Marie Laberge

Née en 1950 au Québec, Marie Laberge est dramaturge, romancière, comédienne, scénariste et metteur en scène. Après des études en journalisme, elle se consacre aux activités théâtrales et entre au Conservatoire d'art dramatique du Québec. Elle joue dans différentes pièces de théâtre à Québec, avant de faire de la mise en scène et d'enseigner l'art dramatique. Auteur d'une vingtaine de pièces et de plusieurs romans – dont *Le Goût du bonheur*, trilogie parue aux éditions Anne Carrière en 2006 et vendue à plus de 500 000 exemplaires au Québec –, Marie Laberge édifie depuis plus de vingt ans une œuvre qui lui vaut une large audience tant au Québec qu'en Europe. En 2016, elle a publié *Ceux qui restent*, chez Stock, suivi, en 2017, du *Poids des ombres* chez le même éditeur.

MIXTE
Papier issu de sources responsables
FSC® C003309
FSC www.fsc.org

Pocket, une marque d'Univers Poche, est un éditeur qui s'engage pour la préservation de son environnement et qui utilise du papier fabriqué à partir de bois provenant de forêts gérées de manière responsable.

ISBN-978-2-266-16762-8

FLORENT

DU MÊME AUTEUR
CHEZ POCKET

LE GOÛT DU BONHEUR

1. GABRIELLE
2. ADÉLAÏDE
3. FLORENT

CEUX QUI RESTENT

LE POIDS DES OMBRES

MARIE LABERGE

LE GOÛT DU BONHEUR

***

Florent

Éditions Anne Carrière

J'ai voulu vivre pendant des années selon la morale de tous. Je me suis forcé à vivre comme tout le monde, à ressembler à tout le monde. J'ai dit ce qu'il fallait pour réunir, même quand je me sentais séparé. Et au bout de tout cela, ce fut la catastrophe. Maintenant j'erre parmi des débris, je suis sans loi, écartelé, seul et acceptant de l'être, résigné à ma singularité et à mes infirmités. Et je dois reconstruire une vérité – après avoir vécu toute ma vie dans une sorte de mensonge.

ALBERT CAMUS, *Carnets – III*

Chaque roman m'entraîne dans une solitude choisie et voulue. Mes amis, mes alliés me laissent m'exiler et me couvent de loin, s'inquiètent discrètement et acceptent d'être séparés de moi. Toutes les pages que j'ai écrites ont une dette d'amour envers eux, envers leur sollicitude respectueuse.
Pour ceux et celles qui me donnent tant en me permettant de m'éloigner,
Pour Jean-Luc Ducharme qui a fait de ses mains la table sur laquelle j'écris et qui me laisse à cette table, une fois certain que j'y serai bien pour écrire,
For you, Terry Carter, my dear friend, my « Prince », always there, keeping an eye on me, calling me to make sure that « your woman » is still alive and well,
À vous tous, mes proches, mes amis, ces pages sont imprégnées du bien que vous me faites.

M. L.

Note de l'éditeur

Pour toutes les locutions et les termes québécois, le lecteur pourra se référer, s'il en éprouve le besoin, au lexique établi par l'auteur qui se trouve en fin d'ouvrage.

« Jetez-la au feu, aux vidanges si vous voulez, mais l'assassin de Nic et Anne ne sera pas enterré dans le même cimetière qu'eux ! Donnez son corps pourri à la science ou aux vautours, je ne veux même pas le savoir, ça ne m'intéresse pas. »

C'est le seul commentaire qu'ont pu obtenir Florent et Germaine, qui est accourue de Québec dès que la nouvelle lui a été communiquée.

Le problème de l'enterrement du corps de Kitty ne se pose d'ailleurs pas pour l'instant, puisque l'autopsie qui suit les trois décès prend beaucoup de temps. La justice remet les corps de Nic et du bébé au bout de quelques jours, mais celui de Kitty fait l'objet d'analyses plus approfondies.

Le 27 juin 1949, un groupe imposant d'hommes d'affaires, de relations et d'amis se rassemblent pour les funérailles de Nic et d'Anne McNally.

Adélaïde a refusé que l'on sépare le bébé de son père et c'est elle-même qui a posé Anne contre le torse de Nic avant qu'on ne ferme le cercueil. Elle est allée chercher la petite couverture fétiche du bébé et elle l'en a tendrement abriée. Seules la petite tête aux joues arrondies et les boucles rousses sont visibles. Le visage de Nic, blême, demeure étonné malgré les yeux clos, malgré la rigidité de la mort.

Adélaïde le fixe longuement, incapable de pleurer

ou de seulement dire adieu. Il est si fort, si puissant dans ce cercueil étroit, elle n'arrive qu'à se dire qu'il protégera Anne. Elle sait qu'il l'a protégée. Elle sait qu'il a tout fait pour la protéger – sauf estimer l'adversaire à sa juste force.

Elle touche délicatement la bouche généreuse, caresse la mâchoire carrée, elle se revoit sur le quai à discuter : « Jure-moi ! » Aurait-il pu, aurait-il pu échapper à cette furie ? La seule qui les ait séparés momentanément, la seule qui les sépare à jamais ?

« Ada... »

Florent s'approche, enlace ses épaules : « Il faut y aller, les gens sont là.

— Attends ! »

Comme elle l'avait décidé, elle va chercher Thomas et Léa et les amène près du cercueil. Thomas se détourne immédiatement et se réfugie dans le cou de sa mère, sauvagement agrippé à elle. Adélaïde lui parle longuement, doucement, et elle observe Léa qui pose sa main sur la tête d'Anne et sur la joue de son père. En voyant que Thomas demeure violemment détourné et refuse de bouger, Adélaïde prend la main de sa petite fille et s'éloigne en laissant Florent s'occuper du reste. Comme son fils, elle non plus ne désire pas voir le cercueil se fermer.

Malgré la chaleur, malgré le poids de Thomas qui ne quitte pas ses bras un instant, Adélaïde suit tout le service et se rend au cimetière, stoïque. Tous les amis, tous les proches se montrent très inquiets : le choc est si puissant, si horrible, personne n'arrive à prévoir ou à évaluer l'ampleur des dégâts.

Après les funérailles, les intimes se réunissent chez Florent. Depuis le soir du 20 juin, depuis que la police a débarqué dans la maison de Westmount, seul Lionel y est retourné et il assure la navette entre la maison et celle de Florent. Aucune décision n'a été prise au sujet du déménagement, mais dès le 1er juillet les nouveaux propriétaires sont supposés prendre possession de la maison de Westmount. Depuis une semaine, Adélaïde ne s'occupe et ne se préoccupe que de ses enfants et des funérailles. Elle a beaucoup de mal à attacher la moindre importance au policier enquêteur qui vient la questionner. En ce qui la concerne, Kitty est jugée et condamnée, le seul ennui, c'est qu'elle se soit infligé elle-même son châtiment. Les journalistes sont tenus à distance par Florent et Lionel. La curiosité suscitée par le drame est énorme. Mais personne n'a à cacher les journaux à Adélaïde, elle ne les lit pas, totalement désintéressée de tout ce qui n'est pas ses enfants.

Le fait d'habiter chez Florent permet de garder Thomas presque calme. Le petit cherche continuellement sa sœur et il ne peut manger, prendre son bain ou se mettre au lit sans demander mille fois où est Anne. Tous les jours, il faut recommencer, réexpliquer qu'Anne ne reviendra plus, qu'elle est au Ciel, et tous les soirs, il faut répéter que, non, le Ciel ne peut pas recevoir Thomas qui veut visiter Anne. La détresse du petit garçon est si intense, si dure à supporter que Florent s'enfuit avec Léa pour se rendre au parc ou en ville. Jeannine essaie de le seconder, mais Léa résiste à tous sauf à sa mère et à Florent. Étrangement, elle ne pleure jamais, ne pose aucune question et ne paraît pas aussi affectée que son frère. Florent ne s'y trompe pas et se rend bien compte que Léa réagit exactement comme sa mère : même apparente impassibilité, même froideur qu'il soupçonne être une colère formidable.

Trop inquiet pour ressentir sa perte, Florent se concentre sur Léa et sur Ada qui, toutes les nuits, s'endort très tard en serrant contre elle ses deux petits endormis. Les heures de sommeil sont souvent écourtées : quand ce n'est pas Thomas, c'est Léa qui fait un cauchemar et qu'il faut bercer patiemment.

Chez Florent, Lionel s'occupe de toute l'intendance et il se charge de répondre au téléphone qui sonne sans arrêt. Louisette, incapable de cesser de pleurer en voyant Thomas, a été remerciée de ses services, Adélaïde jugeant la tâche suffisamment lourde.

C'est Aaron Singer qui, le soir même du 20 juin, apprenant que la police était chez Adélaïde, s'y était présenté en compagnie d'un avocat criminaliste, Philippe Kennel. Celui-ci s'était aussitôt occupé des aspects juridiques et il a veillé à ce que rien ne puisse inquiéter inutilement Adélaïde, sa cliente.

Le 28 juin, accompagnée de Philippe Kennel, Adélaïde se présente devant le coroner judiciaire. La fortune de Nic, l'atrocité des crimes et la publicité accordée à l'affaire rendent le coroner prudent. L'intérêt et la curiosité du public sont excités et les journaux ne cessent de suggérer les mobiles les plus sordides pour les meurtres. Le policier enquêteur, René Thiboutot, se fait aussi insistant que les journalistes : tout dans cette affaire doit être clair et sans ambiguïté. Les causes du décès de Nic et du bébé sont nettes : ils ont été abattus à bout portant d'une seule balle qui a traversé la nuque de Nic pour finir dans la poitrine d'Anne. L'exécution a été faite dans la position où ils ont été trouvés et ils sont morts sur le coup.

La mort de Kitty pose problème. L'autopsie indique un taux létal de morphine. Tout porte à croire qu'elle se l'est injectée. Le bout en verre du cylindre de la seringue qui n'avait pas été brisé par le pied d'Adélaïde était assez gros pour présenter des empreintes, celles de Kitty. La petite fiole de morphine vide a été trouvée dans le sac à main de Kitty, dans la chambre. Des fioles semblables étaient cachées dans la malle et provenaient vraisemblablement d'Italie. Le coffret de voyage en cuir contenant la seringue était dans la malle, jeté parmi les vêtements. Tous ces objets, la malle et son contenu, l'arme de guerre de type 303 retrouvée dans la chambre, tout était couvert des empreintes de Kitty et de Kitty seulement. Rien n'a permis à René Thiboutot d'approfondir ou de confirmer l'hypothèse d'une mise en scène ou d'un maquillage. Kitty est bien la personne qui a appuyé sur la détente et qui s'est injecté la drogue. Même les clés qui ouvraient la malle portaient ses empreintes et faisaient partie d'un trousseau lui appartenant.

La dernière chose à éclaircir qui incite le coroner à interroger Adélaïde est le soupçon de l'enquêteur qui, zélé, a assisté à l'autopsie de Kitty. Celle-ci présentait aussi des blessures corporelles importantes dont deux lésions graves au crâne. L'une, dite vitale, soit antérieure à sa mort, et l'autre, subséquente au décès.

Le coroner explique longuement à Adélaïde que la première conclusion de l'enquêteur a été de croire les blessures imputables à une légitime défense de Nic avant que sa sœur ne l'exécute. Mais il n'y a aucune trace de lutte sur le corps de Nic.

« Voyez-vous, madame, vous avez dit à M. Thiboutot le soir du 20 juin que vous et votre petite fille avez trouvé les cadavres des trois personnes. Êtes-vous certaine qu'ils étaient tous morts à votre arrivée ? »

Adélaïde murmure qu'elle le croit, mais qu'elle n'en est pas sûre pour Kitty.

« L'avez-vous touchée ?

— Comme je l'ai dit aux policiers, je l'ai giflée et je l'ai poussée.

— Ce qui n'est pas suffisant pour infliger les blessures au crâne. J'ai ici, dans votre témoignage du 20 juin, cette phrase : *Léa était sur le lit et je me suis précipitée avant qu'elle ne touche son père.* Les traces de rouge à lèvres sur la tempe et le visage de votre mari laissent croire que Kitty McNally était étendue sur lui, ce que votre témoignage confirme incidemment. Qui a écarté Kitty dans ce cas ?

— Qui ? »

Adélaïde fixe Philippe, éberluée : « Qu'est-ce qu'il veut dire ? »

Le coroner ne laisse pas le jeune avocat répondre : « Vous pouvez me le demander, madame. Je veux dire que la personne qui a déplacé le corps de Kitty McNally la première fois, cette personne risque d'avoir provoqué la lésion fatale qui a été infligée à la tête de Mlle McNally quand elle a heurté le pied en bronze travaillé de la lampe. Je vous demande qui a écarté Kitty McNally.

— Elle... elle est tombée.

— Toute seule ? »

Adélaïde se tait. Elle ne se souvient pas du pied de la lampe qui était près du lit ni de Kitty heurtant quoi que ce soit. Elle se souvient de la chemise blanche ensanglantée de Nic et des grognements de Léa qui cherchait son père sous Kitty.

« Madame McNally, Kitty est-elle tombée toute seule en bas du lit ?

— Je ne sais plus, monsieur.

— Essayez de vous souvenir.

— Je me souviens de Nic et... de sa chemise blanche pleine de sang. Elle n'est pas morte à cause de la drogue ?

— Oui et non. C'est le point délicat de cette enquête. Je veux dire qu'il est difficile d'établir ce qui l'a tuée précisément. Je parle de l'ordre des impacts mortels, la blessure à la tête et la dose fatale de morphine. C'est ce que je cherche à découvrir. »

Quelle importance ? pense Adélaïde, elle serait morte de toute façon. Et si elle n'avait pas eu l'idée de s'injecter de la drogue, elle-même l'aurait tuée en déchargeant toutes les munitions de l'arme dans son corps haï.

« Madame McNally, je sais que c'est difficile, mais c'est capital. Quand vous dites *"avoir poussé la victime"*, voulez-vous dire l'avoir fait tomber en bas du lit ?

— La victime ? Je pense que vous ne parlez pas de Kitty ?

— Oui, madame, Kitty McNally devient la victime aux yeux de la loi si quelqu'un l'a poussée violemment, même si c'est accidentel et sous le coup d'une violente émotion. »

Adélaïde se tait, sidérée. Philippe se penche et chuchote : « Ne dites plus rien. »

Le coroner répète ses questions et, devant la mémoire défaillante d'Adélaïde, conclut qu'il aimerait que celle-ci lui amène sa fille, Léa.

« Non. » Le regard d'Adélaïde est déterminé.

« Ce n'est pas pour l'accuser, madame, c'est pour essayer de faire la lumière sur ce qui s'est passé.

— Ma fille a perdu son père et sa sœur. Elle a subi le même choc que moi en les voyant sur ce lit, et je vous prie de croire que ça suffit à lui donner des cauchemars. Elle a six ans et si ça vous prend une réponse pour ne pas l'obliger à se rappeler ce jour devant vous ou devant qui que ce soit, ma réponse est celle-ci : jamais Léa n'a touché Kitty. Moi et moi seule l'ai touchée. Léa n'a rien à voir là-dedans.

— Vous étiez donc sur le lit ?

— Non, pourquoi ?

— D'après les conclusions du rapport d'enquête, il faut qu'elle ait été poussée et non tirée pour frapper le pied de la lampe avec sa tête.

— J'étais là où il fallait être.

— Madame McNally, votre attitude ne vous épargnera pas les questions qui vous embêtent tant. Je vous rappelle que vous avez prêté serment. Je cherche à établir s'il y a lieu de tenir quelqu'un criminellement responsable de la mort de Kitty McNally. Mon devoir est de tirer au clair les circonstances de la mort de trois personnes et de faire ensuite mes recommandations au procureur de la Couronne. Pour y arriver, j'ai le droit de vous faire témoigner sous serment et d'assigner tous les témoins que je souhaite entendre. Cette préenquête judiciaire pourrait être publique. Elle pourrait même se tenir devant un jury de six hommes. Si j'ai accepté de vous entendre en privé, sans jury, c'est à cause des circonstances dramatiques de votre perte, pour ne pas donner de l'ampleur à la publicité dont vous êtes l'objet. C'est aussi sur la base des rapports d'autopsie du médecin légiste et sur celui de l'enquêteur Thiboutot qui laissent peu de zones d'ombre. Mais si je désire entendre votre fille, je l'entendrai. Vous n'y changerez rien. Je cherche la vérité, madame, et jusqu'à présent, je présume que c'est aussi ce que vous cherchez. Maître Kennel, expliquez à madame ce qu'elle risque en inventant des faits et je vous revois demain matin. »

* * *

Sur le chemin du retour, Philippe a beau expliquer et recommencer, Adélaïde refuse de se présenter avec

Léa. L'avocat n'en revient pas : « Mais pourquoi ? De toute façon, vous n'avez pas le choix ! On ne la poursuivra pas, il y a des précédents, elle est trop jeune pour distinguer le Bien du Mal, elle a voulu vous aider et elle a poussé la femme qui est tombée, totalement droguée, la tête sur le pied de la lampe. On ne peut pas la tenir criminellement responsable, c'est un accident, voyons ! En cinq minutes, l'affaire est classée, Léa confirmera votre déclaration et vous pourrez essayer de laisser l'événement dans le passé. Si vous vous obstinez, le coroner fera venir Léa contre votre gré et cela va l'irriter contre vous. Il peut recommander au procureur de porter des accusations et vous risquez pas mal de complications judiciaires. Imaginez la publicité ! Alors que les journaux commencent à vous laisser tranquille. Même une conclusion favorable n'effacera pas que vous aurez été soupçonnée d'être mêlée à un meurtre, celui de Kitty McNally. Vous rendez-vous compte de ce que tout cela implique ?

— Je ne veux pas que le nom de ma fille soit mêlé un instant à cette histoire. Point.

— Mais elle l'a poussée ? La première fois ?

— Je refuse de répondre.

— Même à moi ? Je suis votre conseiller, dites-moi la vérité. Dites-moi ce qui s'est passé.

— Si quelqu'un a eu l'intention de tuer cette femme, c'est moi. J'aurais dû le faire, d'ailleurs. S'il y a un procès à tenir, c'est celui de mon manque de détermination à protéger mes enfants et mon mari de cette folle. »

Philippe l'observe sans rien ajouter : cette femme ne peut pas parler au coroner ou à un enquêteur, cette femme est dévorée de culpabilité, elle s'en veut de ne pas avoir sauvé ses enfants du malheur et, de toute évidence, même pour se sauver elle-même, elle n'avouera jamais que sa fille de six ans a pu commettre le moindre geste incriminant. Rien ne la fera démordre de sa version.

Il la raccompagne chez Florent et la suit à l'intérieur où Thomas et Léa se jettent dans ses jupes. Thomas réclame Anne, et Adélaïde retire son chapeau en répétant qu'elle n'est plus là. Soudain, elle lève les yeux vers Philippe : « Est-ce qu'il y a autre chose, monsieur Kennel ?

— Je réfléchis... Est-ce que vous avez un médecin de famille ?

— Pourquoi ?

— Je voudrais retarder la rencontre avec le coroner. Si le médecin pouvait me signer un papier disant que votre état nerveux ne permet pas... vous savez, ce genre de chose.

— Je ne changerai pas d'idée dans trois jours.

— Je peux vous parler seul à seule ?

— Je crains que non, pas maintenant. Tu as mangé, Thomas ? Lionel, il a mangé ? »

C'est Léa qui dit que non et qu'aussi il va falloir sortir les couches parce que Thomas a encore mouillé sa culotte. Philippe saisit le regard d'Adélaïde et s'incline : « Je peux revenir ce soir ? Je vais essayer de voir ce que je peux faire par moi-même.

— Thomas... shhh ! Mon bébé... Viens, Léa, on va faire un petit pique-nique dans la cour. Monsieur Kennel ? Pas avant neuf heures, ce soir. »

* * *

Philippe Kennel arrive à neuf heures pile, mais cette fois, il est accompagné d'Aaron. La présence du vieil homme est infiniment apaisante pour Adélaïde, qui tient la main de Florent en l'écoutant attentivement.

Aaron tente de faire comprendre à Adélaïde que, quels que soient les sentiments de fureur ou d'horreur que Kitty suscite, elle demeure aux yeux de la justice une possible victime de violence. Le fait qu'elle ait tué deux personnes, qu'elle ait été suffisamment droguée pour expirer deux secondes après le coup reçu à la tête n'empêchera jamais un coroner et à plus forte raison un juge de chercher qui a donné le coup, avec quelle intention et dans quelles circonstances. Parce que la rage ou la violence subies ne peuvent justifier ou excuser un acte criminel. Voilà pourquoi la justice insistera jusqu'à l'obtention d'une réponse concluante.

« Le coroner ne se contentera pas d'un mensonge. Il a le pouvoir de faire venir Léa, de l'interroger. Il en a même le devoir. J'ai parlé à Lionel et il m'a dit que la lampe en question a un pied de bronze où deux lapins dressés sur leurs pattes de derrière jouent. Kitty n'avait pas à être poussée très fort pour se blesser là-dessus, surtout si son corps décontracté n'a pas résisté à la chute : ce qui fait de cette fracture un accident. Vous rappelez-vous qu'elle se soit frappée ? »

Adélaïde, le regard au loin, ne répond pas. Les lèvres pâles et serrées, elle ne revoit que l'éblouissant soleil dans la chambre presque nue, le soleil insolent sur le lit poisseux. Florent serre sa main : « Ada ? » Elle soulève la main de Florent et la pose sur sa joue brûlante. Elle se sent si fatiguée et si fâchée qu'on la ramène sans cesse dans cette pièce.

« Je n'ai vu que lui... Nic. Et le sang. J'ai sorti Léa de cette pièce où elle n'aurait jamais dû entrer. »

Aaron reprend sa démonstration, essaie d'obtenir une réponse claire, mais Adélaïde se méfie et elle refuse de préciser les événements : « Tant que Léa est susceptible d'être questionnée, je ne laisserai aucune place à quiconque pour la harceler de questions et la forcer à se souvenir. Personne ne va l'abîmer davantage. Ça suffit, le massacre.

— Très bien. Alors, je suis venu vous demander ceci : à qui voulez-vous que l'on confie vos enfants pendant votre procès ? Préférez-vous les séparer ou les laisser ensemble ? »

La violence du regard d'Adélaïde est fulgurante et sa réponse, cinglante : « Pardon ?

— Si vous voulez vraiment protéger vos enfants, il va falloir vous y prendre autrement, Adélaïde. Votre attitude mène directement au procès, le vôtre. »

Outrée, Adélaïde se lève et marche de long en large, incapable de retenir ce mouvement qui, chez elle, accompagne toujours les grandes émotions. « Je ne peux pas croire qu'ils oseraient m'accuser, moi, alors qu'elle a tué les miens et qu'elle était droguée au dernier degré ! Quelle sorte de justice est-ce que c'est ? Qui va me faire justice à moi ?

— Vous me demandez ça, Adélaïde ? À moi ? Ma réponse est qu'il faut s'en remettre à Dieu pour cette justice que vous réclamez. Les hommes ne s'occupent pas de ça.

— Au risque de vous offusquer, Aaron, je trouve Dieu assez négligent, pour ne pas dire incompétent. Je ne suis pas sûre de pouvoir Lui faire confiance.

— Moi non plus. C'est pourquoi je suis venu. »

Les yeux verts emplis de compassion la fixent : cet homme sait ce que c'est que de perdre des enfants, des amis, de la famille. Ses trois fils sont morts à la guerre, sa famille juive, celle de sa femme, tous ceux qui étaient restés en Pologne et en Allemagne sont morts. Aaron sait très bien ce qu'est la rage impuissante de n'avoir pas su protéger ceux qu'il aimait contre la folie meurtrière des autres.

Depuis des années qu'il la connaît, Aaron a compris qu'Adélaïde est une batailleuse et qu'elle trouve habituellement de la force dans l'adversité, mais, cette fois, il a peur qu'elle ne se trompe d'ennemi et qu'elle ne s'en veuille encore davantage après coup. Le choc de la perte de Nic et de son enfant peut lui donner l'impression qu'il faut cacher Léa à la justice, mais il sait que ce serait payer trop cher un soulagement temporaire. « Léa souffrira beaucoup plus d'être séparée de vous et de vous voir subir un procès que d'apprendre que son geste pour protéger Nic a provoqué ou accéléré la mort de Kitty. Vous pensez à vos enfants, je le sais. Alors, nous expliquerons à Léa qu'elle n'a rien fait de mal. Mais je ne veux pas être celui qui lui expliquera pourquoi elle doit être séparée de vous. Écoutez-moi bien : quand Nic était enfant, il a été séparé de son frère et de sa sœur. Nic et Kitty sont restés ensemble un certain temps, puis Nic est parti, laissant sa sœur à des étrangers ou presque. Je ne peux plus rien pour Nic, parce que cette sœur est revenue le chercher et vous priver de votre mari et de votre enfant. Mais tout ce que je pourrai faire pour empêcher que se répète l'histoire et empêcher que les enfants de Nic soient privés de leurs deux parents, je le ferai. Vous venez d'une famille unie et lui venait de l'errance. Vous voulez protéger vos enfants, faites-le avec vos moyens, pas avec ceux de la dispersion. Pour protéger Léa d'une petite chose, vous allez lui faire subir une nouvelle perte.

— Une petite chose, Aaron ? Avoir provoqué la mort ?

— Tant qu'elle est avec vous, ce sera une petite chose. Les enfants sont ainsi.

— J'ai besoin de réfléchir. »

Aaron se lève immédiatement, suivi de Philippe qui

a eu, de toute évidence, le mandat de laisser parler le maître. « Madame, laissez-moi obtenir un billet de votre médecin pour justifier un report d'entrevue.

— Non. Ce ne sera pas nécessaire. Je vais réfléchir cette nuit et demain matin, à huit heures, vous saurez ce que je choisis de dire. Vous voulez venir déjeuner avec nous, Aaron ?

— Non, Adélaïde. Je sais que vous allez protéger les enfants. C'est vous qui m'avez montré le chemin, je vous vois mal le perdre. »

Il pose sa main sur la joue pâle de la jeune femme : « Après... après, nous penserons à notre peine.

— Taisez-vous ! »

Il tapote la joue en douceur : « Courage, petite Ada. »

Adélaïde sait que Florent n'argumentera pas et qu'il la secondera, quelle que soit sa décision. Elle hume la nuit douce dans le carré de jardin si exigu où Florent a placé deux chaises longues. « Je voudrais aussi prévenir le coup que ce serait dans dix, quinze ans si elle apprenait soudain qu'elle a tué quelqu'un. Je ne veux pas seulement penser à aujourd'hui, Florent.

— Je sais. Mais tu oublies combien ta fille te ressemble. Qu'aurais-tu dit, toi, si ta mère avait pris sur elle un de tes méfaits et vous avait privés d'elle pour... disons six mois ? Léa va dire la vérité, Ada, parce qu'elle la sait. Parce qu'elle était là et qu'elle la sait. Elle ne supportera jamais d'entendre Thomas hurler jour et nuit pour toi qui es partie la protéger. Tu lui en demandes beaucoup pour la sauver de quelque chose qui ne t'appartient pas.

— Je m'en veux tellement, Florent.

— Alors, ne laisse pas Léa s'en vouloir à son tour. Tu ne peux plus sauver les morts, Ada. Il faut accepter que ce soit comme ça et sauver les vivants.

— Je voulais la tuer. Je veux encore la tuer.

— Oui. Mais tu ne l'as pas tuée. Elle a tué Nic, Anne et elle-même. Rien ne fera disparaître les faits. Tu ne peux pas être celle qui change cette histoire-là et tu protégerais mal tes petits en t'enfonçant dans un récit de mère héroïque. Tu ne peux pas réclamer l'immunité maternelle et t'accuser d'un accident. Ce ne serait pas la vérité, même si c'est la tienne.

— Ça fait beaucoup de secrets pour Léa.

— Ça fait beaucoup de pertes pour toi.

— Je ne veux pas penser à ça maintenant, Florent, je ne peux pas. »

* * *

« Quand je suis entrée dans la maison, je suivais Léa, ma fille. Elle courait dans sa chambre pour placer sous son oreiller sa dent de lait qui venait de tomber. Une “palette d'en avant”, enfin... une incisive. Je la suivais avec Thomas, son petit frère, que je portais dans mes bras. Je me suis précipitée dans la chambre parce que Léa a hurlé. J'ai laissé mon fils dans le hall et quand je suis arrivée dans la chambre, Léa poussait Kitty pour dégager son père. Quand je suis entrée, Léa était en train d'y parvenir, j'ai vu le corps de Kitty tomber du lit, mais je n'ai pas regardé où et comment elle tombait, j'ai regardé le corps de mon mari que la chute avait exposé. Nic et le sang. Et je n'ai pas voulu que Léa touche à Nic. Je l'ai sortie de la chambre, je lui ai dit d'aller prendre soin de Thomas et je suis revenue sur le lit où j'ai compris que Nic... j'ai trouvé Anne sous lui... »

Adélaïde se tait, impassible. Le coroner observe cette femme encore jeune, très pâle et probablement beaucoup plus bouleversée qu'elle ne le laisse paraître.

Il perçoit une dignité et une force qui donnent envie de la tester : la provocation involontaire des forts qui stimulent l'ignoble au fond des faibles. Il comprend vaguement qu'une femme déshéritée comme Kitty ait voulu « montrer » à cette femme déterminée qu'elle ne gagnerait pas toujours.

« Quand vous avez porté attention à votre belle-sœur, dans quel état l'avez-vous trouvée ? »

Adélaïde se retient pour ne pas hurler que Kitty n'était pas sa belle-sœur et qu'elle interdit à qui que ce soit de l'associer à cette putain. « Je n'ai pas vraiment porté attention à... cette femme. Je dirais que j'ai marché dessus en descendant du lit – comme on marche sur un insecte parce qu'on regarde ailleurs. Je ne l'ai vue que plus tard.

— Et vous l'avez giflée ?

— Oui.

— Mais elle était morte à ce moment-là. Vous le saviez ?

— Elle avait l'air moins morte que mon mari. Je crois qu'elle ne sera jamais assez morte.

— Revenons à sa chute : croyez-vous que Léa voulait lui faire du mal, la blesser ?

— Léa voulait son père. Kitty l'empêchait de l'atteindre. Léa l'a poussée, mais elle était lourde à cause de l'état... comme un homme soûl. Alors elle a poussé fort. Si je n'avais pas été aussi surprise, je l'aurais aidée. Mais, comme je l'ai déjà dit, Léa y est arrivée toute seule.

— Madame McNally, pourquoi refusiez-vous de le dire hier ?

— Parce que ma fille aura sept ans en septembre et qu'elle a déjà perdu son père et sa sœur. Je ne voulais pas qu'elle ait cet accident sur la conscience. Je n'ai pas pu la protéger de ces pertes-là, je désirais du moins la protéger des questions et du doute. En ce qui me concerne, Kitty est morte parce qu'elle s'est droguée. Je voulais que ce soit ça aussi pour ma fille. Je ne voudrais pas qu'un jour elle découvre dans un dossier qu'elle est une meurtrière accidentelle. La meurtrière, c'est Kitty, pas ma fille. J'étais prête à être moi-même accusée pour lui éviter une pareille découverte dans quinze ans ou d'avoir à affronter la justice en plus de la mort.

— D'après les analyses, Kitty McNally serait morte avant l'arrivée des secours, même si vous les aviez appelés sur-le-champ. Son état était irrécupérable. Sa chute accidentelle a possiblement accéléré une mort certaine due à l'absorption de drogue, mais là encore rien ne nous permet de l'affirmer. Ces conclusions auxquelles je parviens vous rassurent-elles sur l'humanité de la justice ? »

Philippe Kennel voudrait pouvoir supplier Adélaïde d'accorder au coroner la reconnaissance qu'il souhaite recevoir pour sa clémence ou sa compréhension. Il entend Adélaïde dire doucement : « C'est de l'humanité tout court que je doute, monsieur. Mais ce que vous dites me permet de croire à la vôtre.

— Pour ce qui est des blessures infligées *post mortem*, je comprends que vous avez poussé le cadavre et vous venez d'ajouter que "vous avez marché dessus" ? »

L'œil sévère, le coroner attend impatiemment : « Vous êtes-vous acharnée sur elle, madame ? »

Une colère terrible saisit Adélaïde qui se redresse brusquement. Comment peut-on chercher à l'accuser d'une telle réaction ?

« Kitty McNally était folle, monsieur. Droguée et folle. Elle était au Allan Memorial depuis son retour d'Italie où elle a été mariée à un baron homosexuel et fasciste qui donnait des réceptions où Mussolini était l'invité d'honneur. C'était une femme violente et dangereuse, une femme amoureuse de Nic, son frère. Elle s'est déjà présentée à moi comme la femme de mon mari. Ce 20 juin, quand j'ai compris ce qu'elle avait fait, je l'ai secouée, en effet, mais je savais que ça en prendrait beaucoup pour la tirer de son état.

— Voulez-vous dire que vous l'avez maltraitée pour la réveiller ?

— Comme on tape sur quelqu'un qui a perdu connaissance pour le sortir des limbes, oui. »

Le regard d'Adélaïde est aussi droit et franc que son mensonge est volontaire et délibéré. Le coroner hésite, revient à ses notes : « À ce que je vois, vous avez tenté l'impossible.

— Je ne savais pas qu'elle était morte. Je ne voulais pas qu'elle soit morte.

— Pourquoi ? Vous aviez le cœur de vouloir la sauver ?

— J'aurais voulu qu'elle paye pour ce qu'elle avait fait. Qu'elle paye longtemps. Elle voulait mourir avec Nic, le prendre avec elle, mourir dans ses bras et je ne voulais pas qu'elle l'obtienne. J'aurais voulu qu'elle meure de peine à jamais, à chaque jour du reste de sa vie. »

Cette fois, le coroner entend l'accent de vérité et il entend aussi que la peine et la mort quotidiennes seront pour cette Adélaïde McNally, née Miller, qui reste avec deux enfants en bas âge à élever. Avec une fortune, soit, mais seule.

« Je vous remercie, madame, je n'ai pas d'autres questions pour compléter mon rapport. »

* * *

C'est Jeannine qui a eu à décider de l'endroit où enterrer sa belle-sœur. Le jour de la mise en terre dans le coin des déshérités du cimetière, ni Jeannine ni aucun autre membre de la famille n'accompagne l'humble cercueil de planches. Seul le docteur Mark Taylor regarde le long rectangle pâle s'enfoncer dans la terre noire.

Deux jours plus tard, le rapport du coroner conclut à deux morts violentes par balle et à une mort accidentelle due à l'administration d'une dose mortelle de morphine. L'intention suicidaire n'est pas précisée et jamais, en aucun endroit, le nom de Léa McNally n'est cité. Les sévices physiques constatés sur le corps de Kitty sont attribués à « des efforts désespérés de réanimation de la part d'Adélaïde McNally ».

Philippe Kennel est tout heureux de venir transmettre la bonne nouvelle à Adélaïde. Elle tient Thomas endormi dans ses bras et ne dit rien. Elle ne semble ni heureuse ni soulagée. Philippe répète les conclusions, certain qu'elle n'a pas bien saisi. Elle se lève, va coucher Thomas à l'étage. Florent offre une bière à Philippe en attendant le retour d'Adélaïde, qui tarde.

Quand elle revient, elle s'assoit posément devant Philippe : « Je voudrais maintenant poursuivre le docteur Mark Taylor pour homicide parce qu'il a négligé de garder une personne dangereuse à l'asile. Je veux prouver qu'il a mal soigné Kitty et mal évalué le danger qu'elle représentait. Je veux l'empêcher de toucher à un malade mental pour le restant de ses jours. Je veux détruire sa réputation à jamais. Pouvez-vous faire ça ? »

* * *

Dans la cuisine au prélart fraîchement ciré, la porte grande ouverte laisse passer la chaleur humide du soir et les éclats de voix qui proviennent de la cour où les enfants jouent. De là où elle est assise, Germaine peut voir la corde à linge sur laquelle le torchon à vaisselle sèche. Fabien a beau, selon ses dires, posséder un bel appartement, pour Germaine, Saint-Henri fait « pauvre et basse-ville », et elle ne comprend pas qu'il aime habiter dans un quartier aussi peu reluisant alors qu'il a des moyens.

Malgré toute l'affection sincère qu'il lui porte, Fabien trouve sa tante envahissante et il aimerait bien que Guillaume fasse un effort et l'héberge « dans son appartement de la rue Marie-Anne qui fait un peu moins peuple, mais ben juste ». Comme Guillaume partage son logement avec Patrick, cela occasionnerait plus de dérangements. Et puis, bien sûr, l'appartement de Fabien est tellement grand que tante Germaine se sent à l'aise. Depuis maintenant deux semaines qu'elle a établi ses quartiers chez son neveu, Germaine attend de voir ce qu'Adélaïde décidera pour l'aider soit à emménager, soit à chercher un autre domicile.

Depuis la mort de Nic et d'Anne, la famille est pratiquement tenue à distance par Adélaïde. Il est impossible de la joindre, encore plus difficile de discuter. Elle ne permet à personne d'autre que Florent, Lionel ou ses enfants de l'approcher. Elle repousse toute sympathie, et chacun a obtempéré en lui accordant tacitement le délai de l'enquête du coroner avant de revenir à la charge. Le plus étrange pour Germaine est d'obtenir des informations par Jeannine, qui glane ses renseignements au travail en compagnie de Florent. Et Jeannine a de quoi s'occuper. Dieu merci, l'Atelier va fermer bientôt pour les vacances et tout est en marche pour la collection d'hiver. Un tel drame serait survenu en octobre et *Coutures Florent* plongeaient. Florent ne laisse Ada que pour de très brèves périodes et il ne règle que les problèmes les plus urgents. Marthe a suffisamment d'expérience pour tenir la *Boutique* sans Ada et, quoique le premier anniversaire de la mort de Babou soit imminent, elle ne parle ni de ralentir ni de se faire remplacer.

Chacun garde ses difficultés pour soi. Jeannine essaie tant bien que mal de contrôler les écarts de conduite d'Alex qui, déboussolé et révolté contre la mort de Nic, traîne en ville tous les soirs, fume et se comporte comme un petit voyou. Il ne semble pas être question de la maison du Lac pour cette année, mais Ada ne peut pas rester chez Florent indéfiniment non plus. Il y a cette maison fraîchement rénovée qui attend, l'ancienne maison de Westmount à vider... Jeannine espère de tout son cœur qu'Alex trouvera quelque chose à faire pour calmer sa peine et quelque chose qui ne sera pas que des mauvais coups.

Le supplément de travail additionné au lourd chagrin de perdre Nic et à celui de ses enfants serait bien assez pour Jeannine, mais il faut en plus se priver de Fabien. Cela fait au moins deux ans qu'elle a connu une aussi longue période sans lui. Et Fabien renâcle, évidemment, il a besoin de parler avec elle, d'être près d'elle, d'autant plus qu'ils sont profondément peinés et démunis devant ces morts. Fabien, en prétextant attendre Alex et surveiller sa conduite, s'échappe quelquefois de chez lui, mais leur répit est sans cesse menacé. Germaine peut toujours survenir et provoquer une interruption-surprise. « Je pense que ma tante a lavé tout ce qui était lavable dans la maison. J'ai besoin de toi, Jeannine, j'ai besoin de te voir, de savoir comment tu t'en sors, comment Tommy et Jacynthe vont passer au travers, pas seulement comment Alex fait à sa tête. »

Jeannine sait surtout qu'il ne peut pas se concentrer sur sa thèse alors que Germaine est dans la maison et qu'elle lui apporte du thé à toutes les demi-heures et qu'elle se meurt de faire quelque chose pour quelqu'un.

C'est Jeannine qui a l'idée de demander à Alex d'emmener Tommy et Germaine au Jardin botanique. L'une surveillant l'autre qui se croit lui-même surveillant, cela permet d'occuper les trois âmes en peine... pour quelques heures.

Le soir du *Dominion Day* est particulièrement pesant et Germaine respire mal dans la cuisine de Fabien. Une réunion est prévue à sept heures et Jeannine prépare un grand pot de thé glacé : « Pourquoi vous allez pas vous allonger en attendant qu'ils arrivent ? Vous êtes toute pâmée. »

Mais Germaine prétend que ce n'est que de l'angine « due à ses inquiétudes pour Adélaïde et un peu au climat malcommode de Montréal ».

Jeannine la trouve bien drôle avec ses comparaisons, mais Germaine insiste : « L'air est moins léger ici qu'à Québec. »

Quand Florent arrive, ils sont tous là, autour de la table : Fabien, Guillaume, Béatrice, Jeannine, Alex, Marthe, Germaine. Tous à le fixer avec inquiétude.

Mal à l'aise, Florent donne les nouvelles les plus réconfortantes en premier : l'enquête du coroner et ses conclusions, l'obtention d'un délai d'une semaine de la part des nouveaux propriétaires, la décision d'Adélaïde de ne pas emménager tout de suite dans la nouvelle maison. C'est Marthe qui demande qui va s'occuper du déménagement.

« Lionel et moi. Je ne pense pas qu'Ada veuille retourner dans la maison. »

Dans le silence pesant qui suit, Alex lance : « Je vais y aller, moi ! »

Florent aperçoit les yeux suppliants de Jeannine alors qu'il allait refuser la proposition d'Alex. Il promet plutôt d'en parler à Adélaïde : « Elle décide de tout, ce n'est pas moi qui peux changer quoi que ce soit. »

Tante Germaine le rassure, ils savent tous qu'Adélaïde a une volonté de fer et un entêtement difficiles à contrarier. « Mais comment elle va ? Tu ne le dis pas. »

Florent avoue qu'il n'en sait rien : entre les enfants qui posent des problèmes cruciaux et son désir de vengeance, il ne semble y avoir de place pour aucun chagrin. Avec des précautions sémantiques, il annonce la décision d'Adélaïde de poursuivre le docteur Taylor pour faute professionnelle et s'il s'attendait à un tollé, il n'avait certainement pas prévu une nappe de silence aussi consterné.

Jeannine finit par dire : « Elle va perdre. Ils sont plus finfinauds qu'elle. C'est pas prouvable, ça. Elle a raison, mais elle va perdre. Tu l'encourages à faire ça, Florent ? »

Il jure qu'il essaie de dissuader Adélaïde, que Philippe Kennel fait aussi sa part. L'éventualité que l'avocat qui défendrait Taylor produise des renseignements délicats fait frissonner tous ceux qui, autour de la table, connaissent les secrets ou un seul secret de Nic. Il est à peu près certain qu'un tel procès fera mal aux deux parties et que la réputation la plus abîmée ne sera probablement pas celle de Taylor. Les psychiatres disposent de bien des arguments pour emplir de doutes l'esprit des jurés et Taylor va emberlificoter tout le monde avec son langage savant et surtout en prétendant qu'Adélaïde a beaucoup à se reprocher parce qu'elle n'a pas aidé sa belle-sœur à recouvrer la santé.

« On ne sait pas ce que Kitty a inventé sur Ada, sur Nic, sur Gabrielle et sur Edward. Même si ce n'étaient que les propos d'une folle répétés par un médecin douteux, toute la famille risque d'être salie et condamnée... »

« ... jusqu'à la septième génération », murmure une Germaine abattue.

La seule idée d'être jetés en pâture à l'opinion publique les scandalise et ils se mettent tous à parler en même temps, Florent les achève en ajoutant qu'Adélaïde est convaincue que Taylor avait une liaison avec Kitty.

« Impossible ! Et même si c'était vrai, il aurait fallu les surprendre en flagrant délit pour dire une chose pareille en cour. Mais pourquoi elle fait ça ? »

Fabien comprend mieux lorsque Florent émet l'hypothèse que c'est sa façon à elle de tuer la cause de son malheur.

Jeannine hoche la tête, peinée : « La vengeance va lui coûter encore plus cher que ce qu'elle a déjà payé. Il faut qu'elle comprenne qu'on ne condamne pas des docteurs sans preuve. Même avec des preuves, ils s'en tirent. Qui va lui faire comprendre ça, Florent ?

— Son avocat a essayé autant comme autant. J'ai essayé. Elle n'écoute pas. Elle n'écoute personne. »

Marthe lève la main et, quand elle se met à parler, tout le monde sent qu'elle a de son côté le terrible avantage de l'expérience. « Je pense qu'il faut y aller par les enfants. Ses enfants, leur réputation, leur avenir. Ada doit avoir l'impression de ne plus exister, de n'avoir qu'un seul devoir : punir les coupables tant qu'il en restera. Le 11 juillet, dans dix jours, c'est l'anniversaire des... de Thomas. Le 27, c'est le sien. Je pense que c'est un mois très difficile. Il faut l'aider sans la brusquer. Je veux bien essayer de lui parler, c'est possible qu'elle persiste à vouloir attaquer Taylor, mais... je ne sais pas comment, il faudrait gagner du temps. Le temps que la rage et le remords se changent en peine. »

Béatrice finit par dire que sa sœur ne peut pas risquer la réputation de tout le monde pour venger Nic : « Si Taylor fait une enquête sur nous, il va trouver beaucoup de choses pour prouver qu'on n'est pas si purs que ça. J'ai une profession publique, moi, je ne peux pas faire face à un procès pareil sans payer avec ma carrière. On ne peut pas l'empêcher légalement de le faire ? Pour se protéger, je veux dire ? Pour la protéger aussi, d'ailleurs... »

La discussion se poursuit très tard sans que personne ne trouve de solution miracle. Il est entendu que Marthe essaiera à son tour de convaincre Ada et que Germaine proposera qu'ils se rendent à l'île d'Orléans pour le reste du mois, question de s'accorder un répit avant de devoir prendre une décision pour le déménagement.

* * *

Le jour où il a appris le meurtre de Nic McNally, Paul Picard a compris que jamais il n'aurait une seule chance auprès d'Adélaïde. Ce n'était pas un raisonnement savant, juste une profonde intuition, basée sur la tentation bien réelle qu'il avait été pour elle alors que Nic vivait. Depuis les funérailles, Adélaïde McNally l'obsède, mais en dehors des condoléances polies et discrètes qu'il lui a faites, il ne se voit pas essayer d'obtenir des nouvelles, même si c'est guidé par un véritable souci affectueux.

Le soir du 1er juillet, il est donc très étonné d'entendre la voix d'Adélaïde au bout du fil.

« Je ne veux pas vous déranger ou abuser de votre amitié, mais j'aurais besoin de votre aide. »

Paul est surpris d'aller la rejoindre dans la maison où il l'avait visitée l'année précédente alors que Kitty, déjà, l'inquiétait tant. Il trouve une Adélaïde froide, glacée même, inquiète et sans tristesse apparente. Elle le mène près de Thomas endormi qu'il observe avant d'aller la rejoindre au salon. Il lui explique que c'est normal de maigrir, de perdre l'appétit, le sommeil et même son autonomie quand on perd presque tout son univers à l'âge de trois ans. Une sœur jumelle est en plus quelqu'un avec qui Thomas se construisait. « Il se déconstruit un peu, mais il va reprendre pied en acquérant de nouvelles habitudes. Comment va sa sœur ? »

Incrédule, Adélaïde a l'air de douter de sa santé mentale : « Mais ! Elle est morte, nous venons d'en parler.

— Non, excusez-moi, je veux dire sa grande sœur. »

Il constate avec inquiétude le détachement dont fait preuve Adélaïde pour déclarer qu'elle va bien.

« Et vous ?

— Moi aussi. »

Il l'observe un bon moment sans rien dire, jusqu'à ce qu'elle baisse les yeux, incertaine : « Léa est... plus grande, plus solide que Thomas.

— Elle est plus grande, vous avez raison. »

Il se tait encore, constatant à quel point le silence est efficace sur elle. Au bout d'un long temps, il ajoute : « J'aimerais bien vous faire du très mauvais thé. »

Elle se lève, confuse : « Vous en voulez ? »

Il l'arrête : « Non. Mais un jour, grâce à du thé infect, vous avez pleuré. »

Elle sourit : « C'était il y a longtemps.

— Une autre vie, oui. Vous m'avez appelé pour que je vous aide. Si Léa est comme vous, si elle réagit comme une grande fille raisonnable qu'elle n'est sûrement pas, vous aurez un gros problème sur les bras dans deux ans. Si elle vous réclame, si elle se désole, vous aurez beaucoup à faire pour l'instant, mais des enfants qui iront mieux plus tard. Demandez aux grands-parents d'aider, ils sont habituellement très bons avec les enfants.

— Ils sont morts. Mais vous avez raison, ma mère aurait trouvé comment aider Thomas.

— Et votre père ?

— Quand maman est morte, je n'ai plus eu de père. C'est drôle comme ça a l'air de faire longtemps aujourd'hui.

— Vous pensez que Léa pourra dire cela un jour ?

— Dire quoi ?

— Quand papa est mort, je n'ai plus eu de mère. »

L'éclair de colère qui traverse le regard gris opaque n'a rien de rassurant, mais Paul sait qu'il a marqué un but. Gauchement, durement, mais l'alerte est sonnée. « Je crois que je vais prendre un thé, sinon vous allez me mettre dehors. »

Le temps de préparer le thé permet à Adélaïde de reconsidérer sa stratégie. Paul Picard ne marchera que si elle est honnête. Elle lui demande donc directement de l'aider et de lui révéler le contenu du dossier médical de Kitty au Allan Memorial. Paul est stupéfait. Non seulement il n'a pas accès à cette information, mais même s'il l'avait, il ne pourrait la divulguer sous peine d'être condamné par sa profession. Personne n'a accès aux dossiers psychiatriques, ni la famille ni même, et surtout, les patients.

Quand Adélaïde lui soumet son projet d'engager des poursuites contre Taylor, il hoche la tête en jurant qu'elle ne gagnera jamais. « Si au moins c'était quelque chose de tangible comme la peste ou une chirurgie ratée ! Mais la folie... rien n'est plus fuyant, plus évasif, rien de plus subjectif que la folie. Assez folle un jour, pas assez folle le lendemain, qui va trancher ? Pas vous ni un jury. Taylor est protégé. Pensez-vous qu'un seul psychiatre viendra témoigner contre lui ? Même si je vous obtenais le contenu d'un dossier disons... discutable médicalement, vous ne pourriez pas l'utiliser.

— C'est lui qui devait venir chercher la malle et il l'a laissée venir seule.

— Elle était libre, non ? Je veux dire, estimée guérie ? Alors, ce sera considéré comme une rechute imprévisible et le jury prononcera un verdict de non-culpabilité. La folie, je vous dis, il n'y a rien de plus difficile à cerner.

— Taylor m'en voulait.

— Il va vous rabaisser à un petit délire paranoïaque de persécution et vous perdrez du coup la confiance du jury. Adélaïde... c'est votre parole contre la sienne et il a plus d'atouts que vous, c'est un médecin réputé.

— Et s'il a eu une liaison avec elle ?

— Prouvée ? Il faut qu'elle soit prouvée. Et ce n'est pas le coup de la jaquette qui va vous aider. Vous avez des soupçons, des preuves, des aveux ?

— Non, je le sens. »

Paul soupire bruyamment, rien de pire en justice que l'intuition. Adélaïde trouve qu'il n'a pas l'air surpris de son accusation. Paul lève un sourcil et avoue avoir quelquefois constaté des choses inquiétantes lors de son internat en psychiatrie : certains membres du personnel avaient la main leste pour sévir ou pour s'offrir une petite gâterie. Il admet que Taylor avait un intérêt très grand, peut-être suspect, pour Kitty, mais de là à l'accuser d'avoir touché à sa patiente... il y a une marge qu'il ne peut franchir.

Il la laisse avaler sa déconvenue avant de lui apprendre une chose dont il se souvient et qui figure au dossier : Taylor a écrit qu'il suspectait une liaison incestueuse potentiellement active entre Nic et Kitty à une certaine époque et que la patiente entretenait constamment le fantasme en revenant de façon obsessionnelle à son frère.

« Rien que ça, c'est de la dynamite pour un jury, vous comprenez ? Vous êtes la femme du frère. À partir de là, vous n'êtes même plus digne de confiance aux yeux du jury. Sans compter le scandale. Les gens se disent toujours que le psychiatre a raison parce qu'il sait des choses cachées, inavouables. Taylor va utiliser ses cartes, vous pensez bien. Une poursuite pareille, il faut des photos, des preuves. Votre avocat ne vous l'a pas dit ?

— Bien sûr, mais je veux l'atteindre. J'en ai besoin, Paul.

— Vengeance ? »

Qu'elle est belle avec cet orage dans les yeux. Qu'elle lui semble affolante avec ce « oui », jeté sans fausse honte, ce « oui » presque cruel.

« Alors, prenez votre temps, ramassez vos preuves, trouvez ses erreurs et attendez votre heure. Vous avez de l'argent ? Faites-le suivre, pistez-le. Je vais essayer de savoir par où vous pourriez l'attraper. Mais jamais je ne vous donnerai un dossier. J'ai emprunté et étudié longtemps pour devenir médecin, ce n'est certainement pas pour me faire radier avant d'ouvrir mon bureau. De toute façon, vous n'obtiendrez pas l'ouverture d'un procès sur un dossier volé. La justice est plus exigeante que cela.

— La justice ? »

Le visage fermé d'Adélaïde, sa rage sèche l'atteignent encore plus que sa manière de cracher le mot. Paul se doutait qu'elle réagirait brutalement à la violence qu'on lui faisait subir, mais il ne savait pas qu'on pouvait devenir si différent. Il voudrait lui dire de penser à sauver ce qui lui reste et il se rend compte qu'elle croit avoir tout perdu. Faut-il qu'elle aime et ait aimé cet homme élégant et désinvolte ! Ce n'est pas une mère éplorée qu'il a devant lui, c'est une amoureuse dépossédée de son amour, une femme blessée qui a perdu un combat capital. Il se souvient de l'été passé et de la certitude qui l'habitait déjà que Kitty voulait sa peau. Elle l'a eue, se dit Paul Picard, elle a eu sa peau sans la toucher. En s'emparant de Nic, Kitty faisait coup double, Kitty gagnait sur toute la ligne. Taylor est un succédané bien pâle, bien frêle pour assouvir la vengeance redoutable qu'il lit dans le regard hanté d'Adélaïde McNally. Il faudrait plus, bien plus que Taylor pour calmer la haine pure qui va finir par la tenir totalement.

Il voudrait arrêter la marche inexorable et stérile de la destruction qui va la laisser encore plus appauvrie et plus seule. Il ne sait pas comment. Il est amoureux d'elle depuis que cette folle lui a enfoncé un crucifix dans le dos, mais il ne sait ni l'aider ni l'atteindre. Et ce rire qui l'a tant séduit, il n'est plus sûr de jamais l'entendre.

Il reste avec elle encore un peu, pour tenter de créer des liens, d'avoir à revenir. Pas une seule fois elle ne demande de ses nouvelles ou des nouvelles de sa vie professionnelle, de la fin de ses études. Elle n'est concentrée que sur une chose : Taylor, la folie de Kitty, le danger des fous furieux qui peuplent les rues de Montréal. Souvent, elle se tait, le regard lointain, et il se tait aussi en l'observant et en constatant que le silence ne lui est jamais pénible avec elle, il est vivant.

Paul Picard marche jusque chez lui dans la nuit moite. Il revoit Adélaïde au bal de l'an passé, il se rappelle ses épaules à la courbe douce, invitante, il ressent encore l'attraction de cette courbe sur sa bouche, l'envie folle d'y poser un instant les lèvres et de la cueillir comme un fruit velouté. C'est foutu ! Aussi simple qu'une porte qui se ferme. La seule issue est l'amitié. Et Paul Picard se demande si, honnêtement, il peut devenir l'ami d'une femme qu'il aime. Rien n'est moins sûr.

Il se couche en récapitulant les moyens qu'il possède d'atteindre le dossier de Kitty au Allan Memorial ou d'obtenir des renseignements sur Taylor et l'idée lui traverse l'esprit que, tout comme Adélaïde, il ne sait pas renoncer à ses hantises, même s'il les sait dommageables.

* * *

Florent a dit à Lionel qu'il passerait à la maison de Westmount après la réunion chez Fabien. Il n'y est jamais retourné depuis le drame. Mais quand il réussit enfin à quitter Germaine, il trouve Alex en train de fumer, appuyé sur la portière de la voiture. La mèche rebelle qui lui tombe dans l'œil, la lippe gourmande à peine rétrécie pour tenir la cigarette, Alex n'est plus un enfant depuis longtemps. Dans la clarté jaune du lampadaire, il a cette ressemblance avec Nic dans la carrure des épaules, celle de la mâchoire – en pleine nuit, pendant qu'il fume en silence, la similarité est poignante et Florent est tout surpris de la fulgurance du chagrin qui l'étreint à seulement se rappeler Nic. Depuis deux semaines qu'il est mort, jamais il n'a évoqué à haute voix Nic ou le moindre élément du passé s'y rattachant. Ni avec Ada ni avec qui que ce soit. Sujet tabou, sujet exclu, proscrit. Nic a basculé dans la nuit et il fallait cette ombre de lui dans les épaules d'Alex pour que Florent se réveille.

« T'es pressé ? T'as pas le temps, je suppose ? »

La question brutale et agressive en dit long sur l'anxiété qui habite le jeune homme.

Florent s'appuie sur la voiture à côté d'Alex afin de ne plus voir cette carrure qui lui donne envie de hurler et de sangloter : « J'ai le temps. »

Alex fume sans rien dire. Il expédie son mégot à cinq pieds d'une pichenotte précise, fruit d'une longue pratique.

« Je veux l'aider. Je veux aider Ada, Florent. »

Tout le monde veut aider, mais personne ne peut forcer Adélaïde McNally, c'est là le problème. Ils sont tous là avec leur amour, leur affection en travers de la gorge, et elle les empêche de parler ou d'avancer vers elle. Elle les tient à distance.

« As-tu déjà essayé de convaincre quelqu'un de ne pas faire une bêtise, Alex ? Une bêtise grave, je ne sais pas, je ne parle pas de voler de l'argent dans les pintes de lait vides à la porte des maisons à l'aurore.

— Oui. Un vrai coup, tu veux dire. Oui, j'ai déjà fait ça.

— Ben, c'est ça la *job* à faire avec Ada ! Elle est sûre que c'est une bonne idée d'attaquer Taylor. Elle va même nous jurer que c'est pour protéger les autres, les malades, leur famille...

— Rien que des menteries ! Elle veut sa peau, elle veut qu'il crève. Je la comprends.

— Si tu la comprends trop, tu l'aideras pas.

— Même avant la guerre, Kitty était folle à attacher. Elle me disait que Nic allait la marier.

— Ada savait que Kitty lâcherait pas, on l'a pas écoutée. Jamais j'aurais pensé que Kitty ferait une chose pareille.

— En tout cas, si tu veux pas qu'elle le fasse, le procès, faut pas lui dire de pas le faire. T'es mieux d'essayer de l'encourager, de faire semblant que c'est une bonne idée. »

Florent sourit en entendant clairement la marche à suivre avec Alex lui-même en cas de rébellion : « O.K., boss ! Je vais essayer ça.

— T'es sûr qu'elle peut pas gagner ?

— Sûr. Pourquoi ?

— Parce que ça aurait été le fun. Parce que ça m'aurait fait plaisir de voir un *Big Doctor* cogner le plancher.

— Alex, rêve pas ! Les docteurs et surtout les docteurs de fous se font pas avoir par des juges. Encore moins par des femmes.

— Y doivent les soigner gratis, les juges, ça leur donne un passe-droit. C'est tout organisé d'avance, ma mère a ben raison. »

Florent prend ses clés, s'assoit au volant. Alex se penche et lui demande si un jour, à temps perdu, il ne voudrait pas lui montrer à conduire. Ça fait des années qu'Alex réclame de passer derrière le volant. Florent se souvient que Nic avait parlé de lui apprendre cet été au Lac, sur les chemins de campagne déserts. La gorge serrée, il s'engage à le faire très bientôt et il démarre. Trois rues plus loin, les yeux pleins d'eau, il stationne pour respirer un peu. Il se souvient de la patience de Nic quand il lui avait montré à conduire, de son éclat de rire quand il étouffait le moteur en lâchant trop vite la pédale d'embrayage et de cette grimace que lui tirait le son détestable quand il lâchait la pédale trop lentement.

Il regarde l'heure, presque onze heures, Lionel va être fatigué, il faut qu'il y aille. Mais Florent caresse la montre que Nic lui a donnée avant de partir à la guerre, la montre qui ne l'a jamais quitté depuis. Il lui avait confié « ses deux femmes », Ada et Léa. Il avait confiance en sa capacité de les protéger. Depuis la mort de Nic, Florent est obsédé par cette promesse, il en oublie sa peine, veillant, protégeant et se désespérant d'y arriver. Ce n'est que dans cette voiture, la voiture de Nic qui sent le cuir et cette odeur de fougères qu'il lui a toujours connue, ce n'est qu'assis là que les souvenirs refluent avec violence et l'assaillent. Par deux fois, il pense appeler Lionel et se décommander, mais il sait que retarder le moment n'altérera pas sa difficulté.

Lionel a tellement vieilli depuis deux semaines que Florent se demande s'il y a une autre raison que le deuil. Ils s'assoient dans le jardin et Florent écoute son vieil ami lui exposer la liste des décisions à prendre le plus vite possible pour libérer la maison. Quelquefois, le discours de Lionel est interrompu et il se mouche bruyamment dans un grand mouchoir, sans gêne, sans fausse pudeur. Souvent, son long discours en français est traversé d'un soupir suivi de : *« Oh God ! I'm going to miss him so much ! How can we make it ? »*

Sur la table de fer forgé, dans un vase opalin, des roses à l'odeur capiteuse finissent de s'épanouir. Florent tend la main et, dès qu'il en touche une, une pluie de pétales s'étale. Lionel saisit un pétale et en éprouve la douceur entre le pouce et l'index : « Je les ai cueillies pour Ada il y a trois jours, puis je me suis dit que non, ce n'était pas une bonne idée de lui apporter ces fleurs. Je les ai mises là et je les regarde mourir comme tout ce qu'il y a dans cette maison. »

Les veines sur la main de Lionel sont gonflées, la peau est plissée : ces mains ont tant travaillé, tant servi... Florent se demande pourquoi ils font tous cela, se juger avant d'agir et renoncer. Les roses auraient peut-être fait du bien à Ada, qui sait ?

Lionel pose le pétale, soupire : « Irons-nous au Lac, Florent ? Irons-nous vivre dans cette maison qu'ils ont achetée, installée ? Je trouve Ada bien peu elle-même... j'ai rangé tous les vêtements de Nic, toutes ses affaires soigneusement, mais pourquoi on les déballerait ? Pourquoi ? Léa ne va pas bien. Thomas non plus. Qu'est-ce qui nous reste, Florent ? Qu'est-ce qu'on a fait ? Si quelqu'un pouvait savoir combien Kitty était folle, c'est moi. Cette malle, remplie de drogue et d'armes, cette malle, on aurait dû la brûler ! On aurait dû la sortir d'ici avec le reste, le jour où vous avez pris ses affaires. Pourquoi on l'a laissée ? Pourquoi ? Je n'arrête pas de me demander ça. Pourquoi on a été si négligents, comme si la folie excusait tout. J'ai été si stupide, *so damn idiotic !* »

Florent pose sa main sur celle de Lionel et le supplie de se taire, d'arrêter de s'acharner et de ne pas entreprendre le long procès de qui aurait dû quoi. Il comprend que c'est difficile, impossible à accepter, mais s'ils ne le font pas, jamais Ada ne pourra y arriver. Il faut recommencer, repartir, non pas comme avant, mais comme maintenant. Il répète ce qu'il se dit tous les matins : il faut garder le passé, mais cesser de le creuser. Il faut laisser les morts où ils sont et ne pas leur demander de revenir. Les morts ne peuvent qu'une chose pour les vivants, et c'est leur rappeler de vivre. Cela, Florent le sait depuis le sanatorium, depuis toutes ces morts qu'il a vues passer devant lui, à commencer par celles de son père et de sa jumelle. Il explique à Lionel qu'il leur appartient de rendre la mort de Nic responsable ou non d'un désastre, en continuant à se faire des reproches et à vouloir déconstruire ce qui est arrivé ou alors en essayant du mieux qu'ils peuvent de faire quelque chose pour aider ceux qui restent à continuer. « On peut le faire, Lionel, il faut le faire. Il faut pousser Ada à reconstruire une vie de famille dans sa maison ou une autre, même dans la mienne. Il faut que tous les jours on continue sans nier la peine, mais sans rester en arrière. Il faut m'aider, Lionel, parce que ce sera dur avec Ada. Les petits ont besoin de nous et je crois que Nic n'attendait rien de moins de notre part. »

Avant de partir, Florent fait un dernier tour de la maison. Cette maison où, pour la première fois depuis l'île d'Orléans, il s'est senti chez lui, dans ses meubles, dans un espace qui lui ressemble. Il se souvient de son atelier et de sa chambre, de cette décoration minimale qu'il avait tentée et qu'il a maintenant perfectionnée dans sa maison.

Le malheur veut que la mort de Nic soit survenue dans la chambre de Léa, son ancienne chambre à lui qui était, à l'origine, celle de Kitty. Florent s'immobilise avant d'entrer dans ce qui était son atelier – il pousse la porte, la pièce est vide, sans boîtes, sans même une bobine de fil. L'emplacement des meubles, de sa table, rien ne paraît plus. Des murs vides, un sol lisse et la nuit calme derrière les fenêtres. Il revoit encore Léa toute petite qui essaie les robes qu'il vient de coudre, il revoit Ada qui discute, assise dans le fauteuil. Tout est dans sa mémoire, tout est en lui, dans sa tête, plus rien sur les murs pour évoquer le passé. Une maison n'est que la coquille du souvenir, l'enveloppe, mais pas la chair ni l'odeur.

Doucement, il pénètre dans son ancienne chambre :

seule la lampe est encore là, la lampe au pied de bronze, celle qui a causé l'accélération de la mort de Kitty. Florent respire précautionneusement, l'odeur qui règne ici est celle des produits nettoyants. Tout a été lavé, essuyé, détaché, rien ne subsiste des cris ou des coups qui ont retenti dans la pièce. Ce n'est plus qu'une belle et vaste pièce sans trace de l'explosion qui a fait éclater leur vie. Florent se laisse glisser contre le mur jusqu'au sol et il reste là, dans la pénombre. C'est donc ici que devait s'achever la vie de Nic. Après tous ces voyages, toutes ces aventures de Boston à Providence, du Manitoba à la Colombie-Britannique, de Londres à Paris, à Rome, c'est ici, après tous les dangers de la guerre, qu'il est venu mourir, tué par sa sœur. Cela semble si dérisoire, si stupide. Il revoit Nic, cette nuit où, avant de partir pour la guerre, il lui avait confié la clé du coffre de sécurité. Bizarrement, Florent se souvient que Nic sentait l'amour, ce parfum si caractéristique d'un homme qui vient de sortir du lit. Nic l'avait serré dans ses bras pour lui dire adieu et, troublante, l'odeur l'avait frappé. La même chose s'était produite au retour de la guerre, quand il avait surgi dans le bureau d'Adélaïde et que Nic l'avait pris dans ses bras, contre son torse nu. Le même puissant mélange de fougères et de charnel dont le souvenir fait frémir. Nic et les femmes... combien de ces dignes femmes attristées au bras de leurs maris aux funérailles avaient fait un tour de piste avec le beau Nic ? Les voilettes ont dissimulé bien des larmes, Florent le sait. Comme il sait que seules Gabrielle et Adélaïde ont compté profondément. L'odeur de désinfectant dans la chambre est si forte qu'il se lève et va ouvrir les fenêtres : le parfum moite de la nuit pénètre dans la pièce, il y a de l'orage dans l'air. Florent contemple le jardin où, tant de fois, il a guetté l'aube. Ce jardin où jamais plus il ne viendra respirer la nuit. Le jardin où ils riaient tous les trois en se racontant leur journée. Il ressent d'autant plus l'urgence de recréer un foyer pour Léa et Thomas. Peut-être qu'Adélaïde ne le sait pas, mais pour Florent, c'est la seule chose essentielle : trouver des murs qui servent de coquille à la vie, trouver une protection pour eux, l'assurance que tout ne s'est pas terminé ici, dans cette maison, dans cette pièce où Nic est mort. Il faut qu'il y ait une autre maison, et non pas une suite ininterrompue de pièces sans vie, sans douceur, comme celles de son enfance après l'île, après la mort de son père. Pour la plupart des gens, la vie se découpe en segments marqués par la perte d'un être. Pour Florent, qui n'a cessé de côtoyer la mort, la vie se découpe en lieux, en endroits variables, plus ou moins sûrs, presque toujours étroits, les lieux où il a projeté la seule personne au monde qui incarne tous les lieux, toutes les sécurités et tous les dangers, Ada.

Il referme les fenêtres : inutile de faire le tour de la maison, inutile de vouloir dire adieu, Nic est au fond de lui, tout près d'Adélaïde, Nic mourra avec lui. Pour l'instant, il ne peut et ne doit qu'une chose à Nic : soutenir Ada, la sortir du piège de haine et de violence que Kitty a installé.

Florent ne sait pas comment il va réussir, mais l'amour qu'il a éprouvé toute sa vie pour cet homme magnifique qui lui a fait l'honneur de ne pas le fuir, cet amour peut enfin trouver un canal pour vivre, et c'est dans la protection de l'enfance de Léa et de Thomas, la protection sauvage de ce que lui n'a eu que grâce à Nic et à Ada.

Il est près de deux heures du matin lorsqu'il rentre à la maison. Ada est endormie dans le lit de Thomas.

Son visage est agité de tics, comme si un cauchemar la tenaillait. Florent s'éloigne sur le bout des pieds. Dans son lit, comme presque chaque nuit, Léa est couchée avec le vieux lapin de chiffon plein de trous et d'odeurs douteuses. Quand il s'approche, il voit qu'elle a les yeux grands ouverts. Il s'assoit près d'elle, caresse ses tempes humides en silence.

« T'étais où ? »

Il retire ses chaussures, s'appuie contre la tête de lit et la prend contre lui : « Chez Fabien. »

Elle fait oui et reste silencieuse, les yeux fixés sur lui : « Et après ?

— Après, j'ai été voir Lionel.

— Dans ma maison ? »

Il confirme en continuant sa caresse, mais Léa arrête la main, comme si elle l'empêchait de penser : « On n'ira plus jamais. »

Ce n'est pas une question, ce n'est pas une crainte, Florent ne saurait dire si cela est triste ou non. Léa lui échappe un peu.

« Tu voudrais y retourner, Léa ? Pas pour y vivre, mais une dernière fois ?

— Maman voudra pas. Il faut pas parler de ça. »

Étonné, Florent se demande si cette phrase appartient à Léa ou à sa mère. Jamais il n'a entendu Adélaïde dire cela, mais il ne sait pas tout. Il attend patiemment que Léa continue, mais elle ne dit plus rien. Lui non plus, hésitant entre la désobéissance et la soumission à la demande de la petite fille. Finalement, Léa se blottit contre sa poitrine et elle souffle dans son cou : « C'est comme si plus jamais on n'aurait de maison.

— Quand mon papa est mort, j'étais un peu plus petit que toi et j'avais une sœur jumelle aussi, comme Thomas et Anne. Mais j'étais plus grand que Thomas.

— Quel âge ?

— Cinq ans. Tout à coup, ça a fait comme s'il n'y avait plus de vie nulle part, comme si on ne serait plus jamais heureux, comme s'il n'y aurait plus de rire. J'ai pensé que ce serait fini pour moi aussi, parce qu'il a fallu déménager, changer de maison. C'était pas vrai, c'était pas fini. Ça recommence doucement, c'est pas comme avant, ce ne sera pas comme avec ton papa, mais c'est la vie pareil. Ce ne sera pas toujours comme aujourd'hui.

— Ta Kitty à toi, elle est morte aussi ? »

Florent est bien embêté de traiter le fleuve de Kitty, mais il trouve trop compliqué de tout expliquer et il estime que les visions d'horreurs sont déjà assez nombreuses dans la tête de la petite fille. Il confirme donc que sa Kitty est morte.

Après un bon temps de réflexion, Léa reprend la main de Florent et la replace sur sa tête pour qu'il la caresse.

« Maman ne pleure pas.

— Toi ? Est-ce que tu pleures ? »

Elle fait non. Elle est si légère dans ses bras, si fragile. « Thomas pleure. »

Florent se demande bien si c'est de l'exaspération, de la jalousie ou une simple constatation, cette remarque. Il se trouve fort peu armé pour aider Léa, qui conclut : « Le bon Dieu, y aime mieux les enfants sages.

— Tu penses qu'il ne veut pas que tu pleures comme Thomas ?

— Non, je dis ça à cause d'Anne. C'était la mieux pour être sage, c'est pour ça qu'il est venu la chercher. Le bon Dieu aurait jamais enduré Thomas, il fait trop de crises. »

Florent n'est pas sûr du tout que Dieu ait demandé

tant d'aide à Kitty. Il se contente de jouer avec les cheveux sombres en souhaitant que Léa ne lui demande aucun acte de foi ce soir.

« Quand j'ai déterré papa d'en dessous d'elle... »

Florent oblige sa main à persister dans la caresse, à ne pas se tendre sous l'impact de la surprise. C'est la première fois que Léa parle de ce moment.

« ... Pourquoi il faisait si noir ?

— Il faisait noir, Léa ?

— Oui ! Il faisait rouge-noir et ça sentait pas bon !

— Peut-être que tu as travaillé tellement fort pour pousser Kitty et que c'était si dur que tu as été aveuglée par l'effort. Je pense aussi que tu avais très peur. J'aurais eu très peur, moi.

— J'avais pas peur... ben... pas peur d'elle. J'avais peur que papa étouffe Anne. Pourquoi il l'a étouffée ? »

Florent constate avec effroi que Léa ignore ce qui s'est vraiment passé. On lui a toujours interdit de se coucher sur les bébés pour ne pas les étouffer et elle croit que Nic a tué Anne et peut-être même, qui sait, que Kitty a défendu Anne ? Avec beaucoup de précautions, il explique ce qui a dû arriver, la conclusion de l'enquête sur les événements : une fois la malle ouverte, Kitty a poussé Nic jusqu'à la chambre où dormait Anne et elle a dit à Nic de s'étendre sur le bébé. Elle n'a tiré qu'une balle à bout portant qui a tué les deux du coup en traversant la nuque de Nic et la poitrine d'Anne. Ensuite, Kitty s'est « empoisonnée » avec un médicament et elle s'est couchée sur Nic et Anne.

Malgré ces explications, Léa s'inquiète encore du poids de Nic sur Anne, et Florent doit répéter plusieurs fois comment on peut faire semblant de s'étendre et prendre appui sur les coudes pour ne pas écraser un bébé. Léa est soudain très angoissée : « Et elle l'a vu faire assemblant, c'est ça ? Elle s'est fâchée que papa écrasait pas Anne ?

— Peut-être... Kitty était folle, Léa. Assez folle pour être à l'hôpital longtemps. Peut-être qu'elle s'est fâchée ou énervée, mais on ne peut pas savoir les vraies raisons des fous. C'est des raisons folles.

— Mais comment on sait si on est fou, Florent ? Comment on est sûr qu'on n'est pas fou ? C'était le jour et dans ma tête, il faisait noir ! Tu comprends ? C'est fou, ça ! »

Léa est si énervée qu'elle parle fort et répète sa question sans arrêt. Florent répond qu'il est certain, sûr, juré, promis, absolument convaincu qu'elle n'est pas folle, que c'est le choc, le choc comme un coup sur sa tête, un coup comme Anne a eu en tombant de la balançoire qui a fait du noir : « T'étais sonnée, Léa, tout étourdie, mais pas folle. »

Elle se calme lentement, hoche la tête comme si les explications étaient acceptées une par une et qu'elle révisait ce qu'elle avait appris. Au bout d'un long moment, elle se dégage et plante ses yeux dans le regard de Florent : « Si on va recommencer dans une autre maison, vas-tu redevenir le mari de maman comme pendant que c'était la guerre ? T'es mon seul papa, maintenant. Tu nous laisseras pas recommencer tout seuls ? »

Florent n'en revient pas : il y a tellement de questions et d'angoisse dans cette petite fille. Des questions d'adulte, pas du tout des détails. C'est à se demander où ils étaient tous ces derniers jours à négliger de donner des réponses. Pourtant, ils auraient dû savoir qu'à cet âge-là les questions sont pressantes et cruciales. À cinq ans, dans la basse-ville, Florent savait bien que le bonheur était derrière lui. Et il se demande pourquoi elle ne pleure pas ! Léa est bien trop inquiète pour pleurer.

« Écoute-moi, Léa, je ne sais pas ce que nous allons faire, je ne sais pas comment Ada va vouloir recommencer, et rien n'est encore décidé. La seule chose que je peux te dire et te jurer, c'est que tant que je serai là, je ne te laisserai pas recommencer toute seule. Peut-être qu'on ne vivra pas dans la même maison, je ne sais pas, mais je serai proche, tout proche, et n'importe quand, même au milieu de la nuit, tu pourras m'appeler et je viendrai.

— Mais même pour maman, c'est mieux si tu es dans la maison. Toute seule avec Thomas, ça va être trop difficile.

— De quoi, Léa ? Difficile de quoi ?

— D'arrêter de vouloir que papa revienne. »

Elle attrape le lapin et le frotte vigoureusement contre son oreille droite. Elle fait une drôle de tête un peu grimaçante : « ... surtout maintenant qu'on sait qu'il a pas voulu étouffer Anne, qu'il a fait la chose avec les coudes pour pas écraser Anne. C'était courageux, trouves-tu, Florent ?

— Ton papa était très courageux, Léa. Il n'aurait jamais fait de mal à sa petite fille. Ni à toi, ni à Thomas.

— Ni à maman, ni à toi, ni à personne. »

Après avoir massacré l'oreille du lapin, elle retient vaillamment ses larmes avant d'éclater : « Je pense quand même qu'il aurait dû faire mal à Kitty. Il aurait dû la faire *mouru* avec le fusil ! On aurait un papa et pas de Kitty. On aurait comme avant. »

Florent la berce en la laissant pleurer : pour une fois que les larmes sortent, pour une fois que Léa parle et dit son « comme avant » à travers ses sanglots.

Réveillée par les premiers cris de sa fille, Adélaïde se demande pourquoi elle ne va pas la rejoindre et tenter de la consoler, pourquoi le moindre soupir de Thomas l'alerte alors que les questions angoissées de Léa la laissent si indifférente. Elle ne sait pas, elle ne se reconnaît plus depuis la mort de Nic et de son bébé. Elle sait qu'elle aime sa fille, qu'elle ne la rejette pas, mais elle ne peut pas s'en approcher sans anxiété. Un peu comme les autres, tous les amis, la famille qui veulent lui parler, l'aider, la consoler et qu'elle n'arrive pas à entendre ou à désirer écouter. Ils la dérangent, ils l'irritent. Seuls Thomas et Florent sont rassurants et lui font du bien. Léa... on dirait qu'elle lui ressemble trop, qu'elle pose trop de questions. Non. Adélaïde s'agite dans les draps trop chauds, les écarte, nerveuse, elle sent qu'elle est injuste, qu'elle devrait aller aider Florent, faire sa part, mais elle n'y arrive pas. Elle sait que le mieux qu'elle puisse faire est de laisser Florent s'en charger, parce que si elle se rend dans la chambre, elle va essayer de faire taire Léa. Adélaïde est consciente que quelque chose ne fonctionne pas très bien entre elle et sa fille et elle est incapable de le cerner. Elle se rappelle la phrase de Paul Picard et elle se promet d'y réfléchir demain. Dès qu'elle aura déniché un détective pour suivre Taylor, dès qu'elle aura mis sur pied cette enquête, elle essaiera de tirer au clair ce qui la glace ou plutôt l'agace chez sa fille. Elle s'endort en se répétant que c'est sans doute un détail insignifiant.

Le lendemain, Adélaïde a beaucoup à faire pour dénicher un bon détective privé et pour repousser Marthe qui insiste pour lui parler.

Deux jours plus tard, Florent est quasiment obligé de se fâcher pour l'entretenir des urgences. Ada l'envoie promener en lui disant de prendre les décisions qui s'imposent et de la laisser tranquille cinq minutes. Elle l'accuse de toujours attendre après elle, de n'avoir aucune initiative et elle termine en décrétant qu'elle en a jusque-là de toutes ces questions et de toutes ces demandes : « Je ne sais pas, Florent. Je ne prends aucune décision pour l'instant. C'est ça ma réponse. Arrange-toi ! »

Tante Germaine retourne à Québec, bredouille et très inquiète. Marthe prend des arrangements temporaires avec Stephen Stern. Quant à Jeannine, elle équilibre tous les bilans et elle réussit à mener toutes les réunions administratives avec Stephen sans s'opposer une seule fois à celui-ci. Elle admet tout de même que Stern est très affecté par la mort de Nic et que, compatissant, il a cessé de la traiter en semeuse de zizanie. Il a même signé les chèques vacances sans rouspéter.

Aidé d'Alex et de Florent, Lionel effectue le déménagement dans la nouvelle maison... qu'il ferme aussitôt après pour s'installer au Lac. Florent multiplie les voyages pour y emmener aussi Jeannine, Fabien et les trois enfants. Le 8 juillet, ils y sont tous et Alex s'occupe de remettre le jardin en état.

Le 9 juillet au matin, Adélaïde surprend Florent en train de faire les valises : « Tu vas où ?

— On va au Lac. Tu m'as dit de prendre des décisions ? On va au Lac. Lionel y est, Jeannine, les enfants et Fabien aussi. On va au Lac, Ada, et on va faire cuire un gâteau et emballer des cadeaux pour Thomas qui va avoir trois ans après-demain. Voilà ce qu'on fait. »

Adélaïde lui arrache les vêtements qu'il allait ranger en le traitant de fou furieux, d'assassin et d'inconscient : « Arriver là-bas et ne pas voir sa sœur va le tuer ! Il ne peut pas retourner là. Jamais ! Ni là ni dans la maison. Ça fait des semaines que je lui explique qu'Anne n'est plus là et tu veux qu'il fête leur anniversaire à la même place que l'an passé ? T'es fou ou quoi ? »

Florent explique posément que, d'après lui, le dire à Thomas n'est pas suffisant, qu'il faut qu'il vive dans ses affaires, dans les lieux d'avant pour cesser d'attendre. Il faut qu'il voie les autres enfants qui étaient habituellement dans sa vie pour comprendre qu'il perd Anne mais pas tout le reste. Qu'il a encore un anniversaire à lui, même si Anne n'y est plus, même si Nic...

« Qu'est-ce qui t'arrive, Florent ? T'as écouté les conseils de *Fémina* ou t'as parlé à Taylor pour avoir un cours de psychiatrie de l'enfance ? »

Florent a besoin de tout son courage et de toute sa détermination pour ne pas tourner les talons et la planter là. Jamais de sa vie il n'a eu à s'opposer à Ada, jamais il n'a connu une telle violence avec elle. Mais il tient bon, il répète qu'elle n'aide pas son fils. Malgré son amour, sa présence, elle l'empêche de comprendre. Et il croit que c'est parce qu'elle-même n'admet pas ces morts. Adélaïde le ridiculise, le traite de tous les noms et refuse de discuter plus avant : « Nous n'irons pas là-bas, tu m'entends ? Ni moi, ni les enfants !

— Ada, tu fais exactement ce que ton père a fait à la mort de ta mère. Sauf que tu t'enfermes avec les petits. Tu m'en voudrais de ne pas te le dire.

— Alors, je te remercie beaucoup. Tu as fait ton devoir, je te remercie. »

Elle s'enferme dans la chambre avec Thomas et y reste toute la journée. Quand Léa revient du parc, Florent l'emmène au restaurant et explique un peu l'état des choses en essayant de savoir ce qu'elle désire faire s'il faut choisir.

Léa tend la main vers Florent : « On ne peut pas les

laisser tout seuls ici, Florent, c'est trop triste. Si elle veut pas, je vais rester. Toi ? »

Difficile de se montrer moins généreux que cette Léa de six ans et demi. Florent cherche comment faire entendre raison à Ada, mais rien ne lui vient.

« Dis-moi, Léa, ça te ferait quoi d'aller au Lac sans papa, sans Anne ? Plus dur ou moins dur qu'ici ? »

Elle réfléchit longuement avant de demander si les autres enfants, ceux de Jeannine, et surtout Alex, seraient là. Quand Florent confirme, elle trouve que ce serait mieux : « Juste maman, Thomas, toi et moi, on aurait de la peine. Avec eux autres, on va avoir de la peine, mais on va pouvoir jouer. Lionel, lui ? »

Florent se félicite de constater que son instinct est le bon : revoir ceux qu'on aime fait du bien aussi.

Il attend que les enfants dorment avant d'aller cogner à la porte d'Ada. Elle refuse d'en reparler et décrète le sujet clos. Quand il insiste avec douceur pour qu'au moins ils fassent la paix, pour qu'il puisse vivre avec elle sans cette tension insupportable, elle lui offre tout simplement de partir pour le Lac avec Léa et de la laisser seule avec Thomas.

Florent ne saurait dire en quoi, mais la proposition l'inquiète énormément. Cela lui semble dangereux, anormal. Il refuse et lui spécifie que le choix de Léa est le même que le sien : ils doivent rester ensemble, ici ou au Lac, mais ensemble.

Ada se contente de soupirer et de lui dire bonne nuit.

Quand Florent communique la décision à Jeannine, celle-ci réclame une conversation avec Adélaïde et elle trouve que le temps est venu d'être raisonnable : « Elle veut quoi ? S'enfermer chez vous jusqu'à la fin des temps ? Des enfants, ça grandit, ça tire par en avant, si elle le sait pas, elle va l'apprendre. Elle ne peut pas s'asseoir sur sa peine de même. Bonyeu ! Elle est pas toute seule ! »

Florent a beau être d'accord, il ne sait plus quoi faire. Comme toujours, depuis la mort de Nic, son conseiller et dernier recours est Aaron Singer.

Comme il a été entendu, le dimanche matin vers onze heures, alors que Florent et Léa sont partis à la messe, Aaron sonne à la porte de chez Florent, accompagné de Leah. Pendant que la jeune fille s'occupe de Thomas dans le jardin, Aaron prend le thé avec Adélaïde.

« Florent m'a dit que vous refusez d'aller au Lac. Cela vous ferait pourtant du bien, non ?

— Florent s'énerve. Je ne veux pas retourner là-bas. Il n'avait pas besoin de vous appeler pour ça. C'est ridicule.

— Vous voulez vendre, Adélaïde ? J'aurais peut-être un acheteur... »

Aaron constate avec plaisir qu'Adélaïde, stupéfaite, est incapable de répondre à cela. Il continue de sa voix douce : « Il faudrait faire vite, saisir l'occasion au vol... Vous auriez un bon prix, à cause du site.

— Je ne suis pas prête, Aaron. »

Dans le silence, ils entendent Leah qui fait rire Thomas. Surprise, Adélaïde sursaute et essaie de voir par la fenêtre ce qui provoque tant de joie.

« Leah a toujours adoré les bébés. Ils s'entendent bien, non ? Venez vous rasseoir, Adélaïde, j'aimerais vous parler. »

Elle s'exécute, troublée, plus dérangée par le rire de Thomas que par le discours d'Aaron.

« Vous rappelez-vous comme vous vous êtes fâchée après moi quand j'ai dit que j'avais banni Theodore de mon livre familial ? Vous m'avez accusé d'agir comme votre père, de tuer les gens qui me contredisaient, de faire disparaître ceux qui osaient me contester. Quand votre père est mort, il s'est réfugié dans le passé et vous a tous mis de côté. Vous faites le contraire : vous bannissez le passé et vous ne vivez que dans la bulle du présent incarné par vos enfants.

— Au moins, je ne fais pas comme lui. Florent m'en a accusée.

— Mais vous ne prenez pas tout le présent. Vous prenez ce qui fait votre affaire.

— Non, Aaron, je prends ce qui me reste.

— Et comment va la petite Léa ?

— Bien. Mieux que Thomas. Elle est plus grande, elle est plus... »

Adélaïde s'interrompt, incapable de répéter encore cette phrase qu'elle a dite dernièrement, elle ne sait plus à qui. Elle se souvient vaguement qu'on l'avait contestée. Elle perd la mémoire, elle se demande si c'est Aaron, celui à qui elle a dit ça : « On n'a pas déjà dit ça, Aaron ? »

Il hoche la tête en souriant avec bienveillance : « Vous pouvez vous répéter, ce n'est pas grave. À mon âge, je le fais aussi. »

Adélaïde se rend compte qu'elle a déjà oublié de quoi ils parlaient. C'est Aaron qui demande à nouveau comment Léa se porte. Devant le silence d'Adélaïde, Aaron soupire : « Et qu'est-ce qu'elle remet en question qui vous choque tant ? »

Adélaïde replie sa serviette de table, agacée : « Ne me parlez pas en paraboles, Aaron, on n'est pas à la messe.

— Est-ce parce qu'elle n'est pas la fille de Nic ?

— Comment osez-vous dire une chose pareille ? Comment osez-vous, Aaron ? Est-ce que tout le monde est devenu fou ?

— Alors, pourquoi l'éloignez-vous ? Pourquoi est-ce Florent qui en prend la charge ?

— Je ne peux pas tout faire, Aaron ! Pas maintenant. Pas tout de suite. »

Aaron l'observe se relever, nerveuse, retourner épier par la fenêtre ouverte. On entend clairement les rires de Thomas et de Leah. Perfide, sans savoir s'il vise juste ou non, Aaron insinue : « Dieu merci, Thomas a encore sa sœur pour le faire rire et le distraire de sa peine. »

Adélaïde ne dit rien. Elle hoche la tête affirmativement, toujours tendue pour voir ce que fait Leah qui amuse tant son fils.

Elle se retourne brusquement vers Aaron, comprenant qu'elle n'a jamais laissé Thomas seul avec Léa depuis un mois. Aaron interrompt ses pensées en lui demandant si elle va emménager dans la nouvelle maison. Elle s'impatiente et répond qu'elle ne sait rien de tout cela.

Aaron se lève pesamment : « Vous devriez aller au Lac, Adélaïde, pour profiter vraiment de tout ce qui vous reste, comme vous le dites si bien. Vous allez être étonnée d'y trouver autant. »

Elle se tait pour demeurer dans la limite des convenances, mais elle a une sérieuse envie de l'envoyer sur les roses.

Dès qu'Aaron et Leah sont partis, Thomas réclame Anne. Adélaïde répète pour la millième fois que c'est impossible et elle a la surprise d'entendre ensuite Thomas lui demander où est Léa. Songeuse, elle sort les blocs de couleur et construit des tours avec le bébé qui s'amuse à les détruire.

Ce soir-là, elle vient s'asseoir au jardin près de Florent. Il ne dit rien, la laisse venir.

« Si tu penses que c'est une solution, on peut aller

au Lac demain. Mais si Thomas s'effondre et panique, tu t'occupes de nous ramener au plus vite. Je ne pourrais même pas conduire s'il se mettait à pleurer. Je ne veux pas de gâteau d'anniversaire ni de cadeaux.

— Ada... même pas le cadeau de Nic ? »

Elle revoit les deux tricycles cachés dans leur garde-robe, un rouge, un bleu, le rouge pour Thomas l'excité, le bleu pour... « Qu'est-ce que vous avez fait du bleu ?

— Il est dans la cave de la nouvelle maison, on n'a rien décidé pour ces choses-là. Le tricycle rouge est au Lac. »

Ada se lève et répète sèchement : « Pas de gâteau ! »

* * *

La tension dans la voiture est telle et elle s'amplifie si vite à mesure qu'ils s'approchent du Lac que Florent se demande s'il ne devrait pas s'arrêter sur le bord de la route pour vomir. Ada est installée sur le siège arrière avec Thomas qui s'amuse à taper sur la vitre de la voiture. Léa, nerveuse, parle constamment en commentant la signalisation routière et sa signification. Quand la voiture tourne sur le chemin de terre qui mène à la propriété, Adélaïde ordonne brutalement à sa fille de se taire cinq minutes. Le silence tombe du coup et Thomas, surpris, se met à geindre. Aussitôt, Adélaïde le prend dans ses bras, le cajole. La maison est à proximité quand il demande Léa, qui se retourne et le distrait. Adélaïde aperçoit la haie, le terrain et, le cœur fou, elle lève les yeux vers la maison. Quelqu'un apparaît sur la large véranda, descend vers eux en hâte, Lionel.

L'air est irrespirable dans cette voiture, Adélaïde sent sa gorge brûler. « Viens, Thomas ! »

Elle sort en vitesse et, sans un regard vers Lionel qui tendait les bras, elle emmène son fils au quai, les plantant tous là. C'est Léa qui se jette dans les bras du vieux serviteur.

Florent se dit que, Dieu merci, il a eu le choc de retrouver cet endroit si « Nic » quelques jours auparavant. Il entraîne Léa et lui annonce qu'elle peut partager sa chambre si elle le désire. La petite fille est si heureuse, son sourire est plein de larmes, mais soulagé.

Tous les invités ont eu pour consigne de rester là où ils seront, de ne surtout pas envahir Ada ou se jeter sur les arrivants. Alex survient dans la chambre de Florent en traînant son sac, l'air faussement serviable. Léa le contemple sans bouger, bouche ouverte : « Pourquoi t'es devenu si grand ? »

C'est vrai qu'il a grandi cette année. D'un coup, en revenant du pensionnat, il avait gagné deux pouces. Florent a dû lui prêter un de ses pantalons pour les funérailles. Alex part à rire : « Pour te protéger, Léa. Pour te battre à la course et pour te protéger. »

Tout de suite, elle rit et argumente en ce qui concerne la course. Il faut trouver le maillot de bain et sauter dans le lac sans plus attendre.

Florent installe les affaires d'Ada dans sa chambre. Quelqu'un y a mis des fleurs, mais les effets de Nic y sont encore si présents que cela fait mal de seulement ouvrir un tiroir ou la garde-robe. Même sa robe de chambre qui se balance derrière la porte a l'air d'un fantôme venu exalter le souvenir lancinant. Florent la range, pousse les sandales élimées et la raquette de tennis vers le fond de la penderie. Il sort sur le balcon et voit Fabien qui parle avec Ada sur le quai en contrebas. Il n'a qu'à observer sa posture pour savoir qu'elle est furieuse. Elle marche si fort sur le bois du quai qu'il entend ses talons résonner. Il s'assoit dans la chambre et l'attend. Elle surgit, Thomas toujours accroché à elle : « Tu peux aller me chercher ses affaires dans la chambre des... du fond ? Je le garde avec moi. »

Pas un regard pour la chambre, le lit, cet endroit où elle vivait avec Nic. Rien. Des gestes brusques pour poser Thomas et le changer de couche en fouillant dans un sac avec une concentration rageuse. Florent s'exécute et se retient pour ne pas dire ce qu'il pense de ce retour aux couches et à la suce. Il revient avec un chargement et la trouve sur le balcon à disposer des blocs de couleur.

Quand il lui demande pourquoi elle n'installe pas le jeu en bas sur le talus, il est gratifié d'un regard haineux : « Je suis là. J'ai fait ma part. Ne m'en demande pas plus et ferme la porte, s'il te plaît. » Florent se tait et contemple le paysage.

En bas, sur le long quai, Alex court avec Léa. Ils se jettent à l'eau et Tommy les suit de peu. Florent voit Jeannine arriver avec Jacynthe et lever la tête pour les apercevoir, la main en visière. Il envoie un signe de la main. Thomas l'imite en trépignant : « Léa ? Maman ?... On va voir Léa ? Où il est, papa ? »

Florent propose d'emmener Thomas se baigner et n'obtient aucune réponse. Il se penche et, à la dernière minute, il se retient de lancer le « viens, mon lascar » que Nic et lui avaient commencé à utiliser pour Thomas l'an passé. Il s'enfuit avant qu'Adélaïde ne lui retire le petit.

Adélaïde demeure sur le balcon et les regarde tous s'agiter en bas. Cela ressemble à sa vie, tous ces gens qui parlent, crient, s'ébrouent au loin. Elle a l'impression d'être dans un film, une sorte de ralenti dans un décor sublime. Un film où quelque chose manque, la musique ou les paroles. Quelque chose lui semble si inadéquat. Si faux.

Elle n'aurait pas dû venir. Elle se sent si mal, si tendue. Tout l'énerve, même Florent. Elle ne sait plus pourquoi elle a dit oui, une sorte de mauvaise conscience sans doute. Ils sont tous très forts pour lui donner mauvaise conscience. Elle reste seule sur le balcon, coincée, incapable d'aller défaire ses sacs de voyage dans la chambre. Qu'ils le fassent, eux ! Ils voulaient qu'elle vienne ? Elle y est ! Qu'ils s'arrangent avec le reste. Elle estime avoir fait assez d'efforts.

Le délicat écueil du vide de la place de Nic à table est contourné par la célébration de l'anniversaire de Thomas qui est d'autorité placé en bout de table, près de sa mère, là où Nic s'assoyait toujours. Le repas est loin d'être lugubre, même s'il n'est pas à proprement dit joyeux, et c'est en grande partie grâce à Thomas, tout excité d'être entouré, célébré et qui s'applaudit beaucoup avec ravissement. Bizarrement pour Ada, il ne réclame pas Anne une seule fois : Thomas réclame plutôt sa sœur Léa à plusieurs reprises et, dès qu'elle disparaît, il se met à la chercher et à la demander comme si elle risquait d'avoir disparu. Cette amélioration désespère Adélaïde qui a tout à coup l'impression d'être seule avec sa perte. Elle ne dit rien, agit comme si tout était parfait, mais le dépit gronde en elle et la tient sauvagement isolée.

Elle se retrouve dans l'état de colère qu'elle a éprouvé il y a deux ans quand Kitty a provoqué tant de remous entre elle et Nic. Devant l'atmosphère familiale dynamique et quasi enthousiaste, Adélaïde prend ses distances en se disant qu'ils ne sont tous qu'une bande d'ingrats incapables de retenir leur plaisir par respect pour elle. Elle leur en veut à tous de manger, rire, se baigner sans s'inquiéter ni se désespérer. Elle en veut même à Thomas qui se met à aller mieux, à dormir toutes ses nuits et à abandonner sa suce dans les mains de Florent.

Pour éviter d'avoir à les fréquenter ou de subir leurs monologues raisonnables, elle va se promener du côté du sous-bois où jamais auparavant elle n'allait. Elle place sa chaise longue à l'ombre du hangar avec vue sur rien d'autre que les arbres, de sorte qu'elle a enfin la paix. Pas une seule fois depuis son arrivée elle n'est retournée sur le quai, près de l'eau. Pas une seule fois elle n'est allée au salon. La cuisine, sa chambre et ses promenades, voilà tout.

Quand l'angoisse l'étreint trop durement, quand la colère l'étouffe ou que l'insomnie la garde éveillée jusqu'à l'aube, elle se met au travail et noircit des pages et des pages de ce qu'il faut vérifier concernant les agissements de Taylor et les faits à établir. Le scénario de la collecte de preuves occupe ses nuits et ses jours. Mille fois, elle recommence ses listes de faits, de détails accablants. Ce n'est jamais assez, jamais suffisant pour attaquer de front. Elle a beaucoup à faire pour le coincer. Elle est si peu patiente et s'en veut de sa précipitation. L'obsession Taylor la tient à sa table de travail des heures durant. La veille de son anniversaire, avant d'aller s'installer dans son coin, elle met Florent en garde contre toute tentative de célébration : s'ils le font, elle les plante là et retourne à Montréal.

Florent est en train de dessiner Léa et Tommy qui sont occupés à creuser une rigole autour du château de sable fraîchement édifié quand Léa, ravie, lui montre du bout de la langue sa deuxième « palette » qui branle. Impulsivement, elle s'élance pour la montrer à sa mère. Florent la suit parce qu'il redoute maintenant les humeurs batailleuses d'Adélaïde. Léa a tourné le coin de la maison quand il entend un hurlement guttural sauvage. Terrorisé, il se précipite et entre en collision avec Ada qui crie en courant vers la maison : « Thomas ! Pas Thomas ! »

Lionel est déjà sur la terrasse, effrayé. Florent lui crie d'aller voir à Léa et il court à la poursuite d'Ada qui rentre en trombe, monte à l'étage à toute vitesse jusqu'à sa chambre où elle saisit Thomas qui faisait sa sieste et qu'elle réveille en haletant : « Elle l'a pas eu ! On est corrects. Elle l'a pas eu ! »

Elle est comme folle, elle berce l'enfant frénétiquement, essoufflée, les yeux déments, les dents claquantes. Florent pose une main rassurante sur son dos : « Non. Ça va. Ça va, Ada. Personne ne peut lui faire de mal. Il n'y a pas de danger. »

Dans le corridor, bloqués devant la porte restée ouverte, Jeannine, Fabien et Alex attendent, stupéfaits. Adélaïde lève des yeux inquiets : « La petite ? Va voir à la petite ! »

C'est Jeannine qui explique que tout va bien, que Léa est avec Lionel et Jacynthe à la cuisine, qu'elle se remet, qu'elle a seulement eu peur.

Ada marmonne : « Elle n'est pas toute seule. Mon Dieu ! qu'elle m'a fait peur ! »

Thomas qui essaie de s'extraire de l'emprise maternelle empêche Florent de poser sa question. Le ton sec d'Ada : « Tu restes là, Thomas ! » et les pleurs de l'enfant occupent toute l'attention. Jeannine entre et prend Thomas avec fermeté. Elle déclare qu'elle se charge de lui donner du jus et de le consoler. Elle n'attend même pas le consentement d'Adélaïde et elle ferme doucement la porte.

Épuisée, Ada se laisse tomber sur le lit. Elle se recroqueville et ferme les yeux. Elle est livide, sans force. Florent caresse ses tempes en murmurant : « Tu as eu peur, Ada. C'est tout. »

Il la sent s'engourdir sous ses doigts, elle va s'endormir comme une masse.

« Qu'est-ce qui t'a fait peur, tu le sais ? »

Un frisson la fait sursauter, elle ouvre les yeux et fixe le plafond, encore terrorisée : « J'ai dormi ?

— Non. Je ne pense pas.

— J'ai rêvé. »

Florent persiste à caresser le front doux. Elle est si étrange.

« J'ai rêvé à l'autre maison. J'ai eu peur de trouver Thomas... de ne pas le trouver. Je ne sais plus. Un rêve fou. Je suis fatiguée, Florent.

— Tu as mal, Ada. Tu n'es pas fatiguée, tu as mal.

— Non. Tu te trompes.

— Qu'est-ce qui est arrivé tantôt derrière la maison ? »

Elle le dévisage sans comprendre et il doit répéter sa question. Elle ferme les yeux, accablée : « Laisse-moi dormir, veux-tu ?

— Non. Pas avant que tu m'aies dit ce qui t'a fait peur. Pourquoi Léa t'a fait crier ? »

Elle essaie de se dégager, comme Thomas tout à l'heure, mais Florent tient bon. Il sait, il est certain qu'il faut insister. « Qu'est-ce que Léa a dit pour te faire si peur ? Elle voulait juste te montrer sa dent d'en avant qui branle ! »

Le regard qu'elle lui jette ! Cette grimace, ce visage tordu de dégoût, les yeux qui font des allers-retours épouvantés entre deux visions intérieures qui ont l'air intolérables. « Qu'est-ce que c'est ? Qu'est-ce qu'il y a de si terrible là-dedans ? Ada ! Ta petite fille perd ses dents de lait. Elles vont repousser, voyons ! »

La rapidité de sa réaction déstabilise Florent. La main d'Adélaïde repousse violemment son visage, ses doigts s'enfoncent dans la peau, essaient de s'y agripper. Florent se débat, se dégage, revient à la charge et l'immobilise en la tenant contre le lit. Ébloui, secoué, il utilise toute sa force et ce n'est pas assez pour la contrer. Elle se bat comme une folle, se jette sur lui. Il a l'impression qu'elle pourrait le tuer dans cette furie. Elle relève la main vers son visage et il l'attrape avant d'être saisi. Il répète entre chaque effort pour la contrôler : « Quoi ? Quoi, Ada ? Pourquoi ? Les dents te font peur ? »

Brusquement, Adélaïde abandonne la lutte. On la dirait prise d'une réflexion intense.

« Pas les dents... c'est seulement... après. Après... Oh, mon Dieu ! c'est tellement stupide ! »

La main qu'elle place devant son visage tremble beaucoup. Florent voit bien que quelque chose se délie, mais il attend toujours : « Tu sais pourquoi t'as paniqué ? »

Adélaïde demeure cachée derrière sa main pour murmurer que le jour où elle a trouvé Nic, Léa avait couru dans la chambre pour porter sous son oreiller sa dent tombée : « Pour les sous ! Les sous de la Fée des dents. C'est pour ça qu'elle courait. Elle les a trouvés avant que j'arrive. J'ai oublié de mettre les sous ce soir-là. Léa a perdu sa dent de lait sans la surprise de la Fée. Tu te souviens comme elle les a percées tôt ? Cinq mois à peine. Tu te souviens, Nic ? »

Il n'a pas besoin de spécifier qu'il n'est pas Nic. La main descend lentement, quitte son visage alors qu'elle émet un long gémissement. La main rejoint l'autre entre ses cuisses, une torture crispe ses traits, tout son corps se contracte, se recroqueville : « Il ne verra jamais la nouvelle dent. Il allait partir à la guerre quand la première a percé. C'était la dernière nuit, la dernière nuit avant qu'il parte. J'avais tellement peur que la guerre me le prenne. Elle avait percé sa dent pour lui. Il l'aimait comme sa petite fille, ma petite fille. Cette dent-là, pourquoi est-ce que cette dent-là est tombée ? Elle ne l'aurait jamais trouvé. Je ne veux pas qu'elle le voie comme ça ! Je ne veux pas qu'elle le pousse comme ça, je ne veux pas qu'elle voie Anne ni le sang. Il faut réparer pour la Fée des dents. Je ne veux pas le perdre. Il l'aimait tellement. Je ne veux pas. Je l'aimais tellement. Je ne peux pas, je ne peux pas le perdre. Je t'en supplie. Je t'en supplie, Florent. Je ne veux pas qu'elle entre dans cette chambre. Il faut l'éloigner. Je veux Nic. Je veux Nic. C'est tellement insupportable. »

Comme un barrage qui crève, les larmes sourdent avec violence. Expulsées des yeux, elles ne coulent pas, elles sont presque éjectées des orbites. Jamais Florent n'aurait cru possible un tel torrent, une telle détresse. Elle murmure des bribes de phrases et sanglote jusqu'à l'épuisement de ses forces davantage qu'à celui de ses larmes.

* * *

Assise au bout du quai, Léa feint l'indifférence quand Florent vient lui parler. Elle porte plus d'attention à la semelle de ses sandales blanches qui effleurent la surface de l'eau qu'aux propos qu'il lui tient. Il parle longtemps, il explique, essaie de la convaincre, mais Léa se tait.

À la fin, à bout d'arguments, il se tait aussi. Les oiseaux, énervés par le crépuscule, font un vacarme dans le soir d'été.

« Si elle était pas fâchée, c'est elle qui aurait *espliqué*.

— Viens avec moi, Léa. »

Quand ils entrent dans la chambre, il n'y a que la veilleuse d'allumée. Léa voit sa mère étendue, les yeux fermés. Ses cheveux sont défaits et sa bouche est comme enflée. Quand elle ouvre ses yeux de noyée, les larmes coulent sans qu'elle les arrête, elles filent vers l'oreiller en s'accrochant dans le pavillon de l'oreille.

Adélaïde regarde Léa avec une désolation impuissante. Elle tend un bras sans parler et Léa se précipite contre elle. La main de sa mère, celle où la bague à diamants si belle brille toujours, caresse les cheveux bouclés. Quand Léa entend la voix brisée chuchoter « ma petite fille », elle se met à pleurer avec sa mère.

La valse des chambres à coucher recommence : Léa et Thomas sont très rassurés de se trouver dans la chambre de Tommy, tout à côté de celle de Jeannine. Florent ne quitte pas Ada, et Lionel se charge d'aller porter un thé à Fabien pour qu'il quitte le lit de Jeannine à six heures précises puisque Alex est debout à six heures quinze.

Depuis longtemps, Alex sait à quoi s'en tenir sur les relations amoureuses de sa mère et cela ne le scandalise pas du tout. Il se demande seulement comment Fabien peut avoir envie de dormir avec elle, alors qu'il y a tant de jolies filles à séduire. Il aime bien que quelqu'un s'occupe de sa mère, ça le décharge de cette responsabilité. Sans qu'il sache trop pourquoi, Fabien n'a pas l'air de la trouver collante ou fatigante. Tant mieux pour lui, se dit Alex en quittant la cuisine. Il se rend sur le petit plateau où, depuis une semaine, il bêche, creuse et modèle un coin particulier. Il a rusé avec la saison avancée et il est allé chercher des plants dans d'autres coins jardinés, il a importé des fleurs presque ouvertes, pris des risques en transplantant ce qui, d'ordinaire, ne devrait pas tenir deux jours... et il réussit. Il consacre pratiquement toutes ses journées à son œuvre, pressé d'y arriver, de voir le jardin s'épanouir, s'ouvrir. Lionel l'aide du mieux qu'il peut, mais il a les genoux trop raides pour se pencher longtemps – alors, il arrose et commente.

Ce bout de jardin, c'était le dernier projet de Nic. Ils en avaient discuté au retour du pensionnat pendant tout le mois de mai et Alex se fait un point d'honneur de le réaliser encore plus beau, encore plus fastueux que ce que Nic en rêvait. De toute façon, bêcher et emménager est la seule façon de faire passer la peine. Si Ada écoutait quelque chose quand on parle, il le lui dirait. Comme il lui dirait ce que Nic voulait faire du terrain en contrebas, le long du lac. Mais prononcer le nom de Nic représente un sacrilège dans cette maison.

Le soleil n'est pas très haut et Alex a déjà retiré sa chemise pour renchausser de terre grasse et de fertilisant une plantation qui a l'air en piteux état.

« Vas-tu réussir à la sauver ? »

Alex n'a pas entendu Fabien arriver. Il hausse les épaules : « J'en trouverai une autre sinon. C'est pas si rare.

— Tu vas l'avoir, crains pas. Tu fais ce que tu veux avec les plantes.

— Mais pas avec les filles ! »

Fabien sourit : pas vrai ! Il est certain qu'Alex fait ce qu'il veut aussi avec les filles : « Ça fait des années que tu t'entraînes, tu devrais commencer à avoir le tour.

— Tu le sais pas si je m'entraîne. »

Fabien examine le dessin précis, presque un plan d'architecture à côté des outils de jardinage : « C'est toi qui as dessiné ça ?

— Non. C'est Nic. »

De son doigt terreux, il indique le coin du dessin où il y a d'inscrit un *Nic 1949*. Alex précise : « Mon boss m'a laissé de l'ouvrage en masse. Si Ada prend la maison en ville, j'ai trois autres dessins à réaliser. Ça fait partie d'un plan, on était supposés essayer une plante mexicaine en construisant une sorte de serre naturelle. Un plan de nègre, comme dirait maman. Entécas !

— Même si elle ne va pas dans la nouvelle maison, tu pourras jardiner dans celle où elle ira.

— Pas envie de faire des boîtes à fleurs, c'est mémère. »

Fabien le regarde retourner à son ouvrage. Intimidé, il tousse avant de sortir ce qu'il a à dire : « Alex... je finis ma thèse et je la dépose en octobre cette année. Je ne sais pas ce que Nic a fait pour... pour les dispositions testamentaires. Je veux te dire qu'avec ma *job* à plein temps je pourrais payer tes études. Je veux dire ta dernière année au pensionnat et après à l'université, dans la branche que tu voudras. On n'est pas obligés de le dire à ta mère. Ça resterait entre nous.

— Tu sais ben qu'a va le savoir.

— Pas nécessairement.

— T'es capable de pas y répéter de quoi ? Je te crois pas. Pourquoi tu ferais ça ? T'es pas mon père !

— Non. Mais Nic non plus ne l'était pas.

— T'oublies que je suis un McNally, moi aussi.

— J'oublie pas. Je veux juste te l'offrir.

— Pas besoin. Merci, mais non. Je vais m'arranger.

— Pourquoi, Alex ? Es-tu fâché contre moi ? »

Alex s'active sans se donner la peine de répondre. Fabien répète sa question, ce qui irrite passablement

Alex : « T'as déjà Jacynthe et Tommy dans ta poche, pourquoi t'as besoin de la famille au complet ? Occupe-toi d'eux autres et laisse-moi tranquille ! »

Alex regarde Fabien s'éloigner. Il se trouve bébé et assez niaiseux, mais c'est plus fort que lui, il en veut à Fabien de vouloir remplacer Nic ou même son père. Il déteste qu'on se remette si vite de la mort de Nic. Il trouve les adultes lâches, infidèles, absolument indignes de confiance avec leurs manières de tout effacer et de continuer en faisant semblant de rien. À commencer par sa mère qui se console dans les bras d'un jeune et qui a rangé la photo de son père dans le tiroir de sa table de nuit. Il a du mal à se rappeler les traits d'Alexandre, mais il estime que sa mère, elle, devrait se souvenir. D'autant plus qu'il n'y arrive plus très bien.

Fabien est tellement persuadé qu'Alex a tout deviné qu'il reste terré dans sa chambre toute la journée à travailler sur sa thèse. Et quand Jeannine vient le rejoindre à l'heure de la sieste, elle le trouve trop occupé pour se distraire trente minutes.

Elle regagne le quai, profondément troublée. Pour la première fois en trois ans, elle éprouve le pincement de l'abandon. Elle qui n'a cessé de se répéter que cette liaison ne ferait qu'un temps et que Fabien trouverait un autre intérêt, une femme de son âge, de son rang même, elle qui ne cessait de s'admonester, de se prémunir en prévision d'un événement hautement probable, elle est totalement désespérée à l'idée de le perdre déjà. Elle surveille les enfants qui s'ébrouent en hurlant de rire et elle se demande comment Adélaïde pourra survivre à la mort de Nic, sans oser penser à ce qu'elle fera, elle, le jour où Fabien s'éloignera, sans arriver à se dire que ce jour est peut-être aujourd'hui.

* * *

Adélaïde dort comme on perd connaissance et elle s'extrait de ces pauses en cherchant l'air comme une noyée qui émerge avant de replonger. La violence du chagrin, la démesure du désespoir sont telles que Florent commence à douter de sa capacité d'endiguer le séisme. On dirait que le meurtre est arrivé la veille. Dans ses bras, Ada n'est qu'une vibration de douleur, une plaie ouverte. Dès qu'il s'éloigne, elle pose une question inquiète, toujours la même : « Les enfants ? », et il doit revenir vers elle et la rassurer. Il lui fait couler un bain dans lequel elle sanglote en hachurant des phrases sibyllines qui parlent des ravages de la guerre sur Nic. Florent ne peut pas la laisser, il a peur qu'elle se noie.

Quand Lionel vient leur porter à déjeuner, Florent réussit à entraîner Ada sur le balcon pendant que Lionel change les draps du lit.

« Vous devriez descendre au quai, le soleil est doux. Et puis, vous avez eu beaucoup d'appels ce matin pour votre anniversaire, vous voulez que je vous donne les noms ? »

Adélaïde refuse, le visage tourné vers le lac : « Tu te souviens, Florent, de cette chaîne en or que Nic m'avait donnée à l'île ? J'avais quoi ? sept... huit ans ? Je voudrais bien l'offrir à Léa. Qu'est-ce que j'en ai fait ? Je ne l'ai pas perdue ? »

Lionel la rassure : tout est en sécurité, tout est rangé dans des boîtes étiquetées, ils vont retrouver le bijou et le lui apporter.

Adélaïde observe le visage de Lionel, elle retrouve ces traces de l'inquiétude qu'ils ont partagée du temps de la guerre. Elle saisit sa main dans les deux siennes :

« On pensait pourtant avoir échappé au pire, Lionel, on pensait bien l'avoir sauvé du pire. Vous me l'aviez dit qu'elle m'aurait. Elle m'a eue. Elle nous a tous eus.

— Dites pas ça, Ada. Ne dites pas une chose pareille. Je m'en veux déjà tellement.

— Non, Lionel, non. Vous ne pouviez rien changer.

— Si j'avais été avec lui à la maison...

— Elle aurait trouvé autre chose. J'aurais aimé mieux qu'elle me tue, moi. Mais je ne voudrais pas que Nic endure ça non plus. Elle n'était pas si folle, elle savait que le pire serait pour moi. »

La voix d'Adélaïde est presque atone. Elle parle bas. Lionel ne sait pas quoi dire devant cette dévastation. Il se demande si la haine glacée d'avant ne valait pas mieux. Il lui tend une tasse de thé : « Ne la laissez plus jamais vous atteindre. Ne prenez même pas la peine de la haïr.

— Ça, Lionel... »

Elle reste un long moment à fixer le quai : « Il manque Alex et Fabien, où sont-ils ? »

Lionel explique, rassure. Elle est si faible que la brise légère la fait frissonner.

« Si vous m'apportiez une couverture, je m'installerais ici. Vous pourriez me laisser seule. »

Florent revient toutes les demi-heures et la trouve quelquefois pensive, quelquefois en larmes, mais toujours calme et abandonnée.

Du balcon, Adélaïde regarde la vie se dérouler en bas et elle attend que l'immense fardeau de la détresse cesse de la déchirer. À cet endroit, tout le long de cette journée de ses vingt-six ans, elle se dépouille de toute l'obsession haineuse qui empêchait l'acuité de la mort de Nic de l'atteindre. Elle a l'impression d'immoler son corps à la douleur. Rien n'altère la déchirure de la perte, rien ne se dressera plus entre elle et le trou béant qui l'aspire. Nic est mort. Il ne reviendra plus. Il ne se penchera plus vers elle, amoureux, fougueux, rieur. Nic n'aura jamais cinquante ans. Elle sait qu'elle a aussi perdu Anne, mais c'est Nic qui, aujourd'hui, lui manque. Pour la première fois, elle saisit ce qui a permis à Edward de se détourner d'eux pour s'enfermer avec le fantôme de sa mère. Ses parents étaient un couple avant d'être des parents. Elle a formé un couple avec Nic parce qu'ils étaient parents, mais leur couple a été plus puissant. Elle se rappelle soudain que c'est à Paul Picard qu'elle a parlé de son père. Comment a-t-elle pu le confondre avec Aaron ? Le pauvre serait bien déçu... Comment a-t-elle pu éprouver une attirance pour lui ? Il fallait qu'elle soit bien tranquille, bien amoureuse de Nic pour s'offrir un tel passe-temps. La nuit du bal où Nic avait été jaloux, ses mains qui glissaient sous l'étoffe bruissante de la robe. Non ! Ça, elle le sait, il ne faut pas aller dans ce secteur. Terrain interdit, banni. Terrain miné qui la laissera anéantie. Ne pas penser à ce Nic. Ne pas revoir son visage au moment précis du plaisir, ne pas chercher l'odeur de sa peau, la fermeté de ses épaules. Elle a vingt-six ans et elle voudrait mourir. Elle se sent si vieille, si usée de souvenirs inutiles. Fini, il n'y a plus d'élan, même pas celui, solide, de la haine. Elle voudrait décliner comme le soleil et s'enfouir dans l'eau sans même essayer de respirer. Elle ne sera plus jamais bien ou heureuse comme elle l'a été avec Nic. Aucun homme, jamais, ne lui apportera ce qu'il lui a donné. À quoi bon continuer ? Elle se promet une chose : elle s'autorisera à partir le jour où les petits seront tirés d'affaire. Le jour où ils seront sur la route, elle pourra quitter la sienne.

Elle entend Florent ouvrir la porte de la chambre, s'approcher.

« Je ne dors pas, je suis seulement trop fatiguée pour ouvrir les yeux. »

Il la rejoint, s'assoit près d'elle, ses yeux inquiets la scrutent, sourcils froncés. Comment a-t-elle pu oublier Florent ? Cet amour total, lumineux. Comment a-t-il fait pour ne jamais lui imposer son chagrin ? C'était *leur* Nic. Comment peut-elle être si égoïste, si peu généreuse alors que lui l'est tant ?

« Comment as-tu fait, Florent ? Pas une seule fois tu ne m'as imposé ta peine. Où as-tu mis ta peine ? »

Il soupire, les yeux pleins d'eau : « J'ai eu tellement peur de te perdre, Ada. Jusqu'à ce soir, je ne savais pas si je ne t'avais pas perdue aussi. Avec lui. »

Elle l'attire contre elle, l'étreint et chuchote : « On l'a aimé tous les deux... ça ne doit pas être possible d'être plus aimé que ça. Quelque chose est fini, Florent, quelque chose que seulement nous deux connaissions. On a perdu Nic, mais tu ne m'as pas perdue. C'est moi qui m'étais perdue. Je vais probablement me perdre encore, je ne sais pas comment je vais y arriver, mais je vais me retrouver. À cause de toi, à cause des petits. Je vais y arriver, je te promets.

— Un jour, Nic m'a dit que tu étais plus vivante que la vie. J'ai toujours cru Nic. C'est sûr que tu vas y arriver. »

Ils entendent une voiture. Le moteur qui s'éteint est immédiatement suivi d'un double bruit de portière qui claque. Florent se penche et aperçoit Marthe et Jean-Pierre qui amorcent la montée vers la véranda. Quand Florent propose à Ada que Marthe vienne lui parler dans la chambre, elle refuse. La chambre est son refuge à elle, son lieu pour se retrouver, elle n'y veut que Florent et ses enfants.

« Aide-moi à m'habiller : quand ils vont me voir, ils ne resteront pas longtemps. »

Elle a peine à croire qu'en vingt-quatre heures elle a pu autant altérer son visage à pleurer. Le gris si dense de ses yeux est éclairci, presque bleuté. Elle attache ses cheveux qui, sinon, partent dans tous les sens. Florent lui suggère une robe qu'elle affectionne, mais elle réclame un large pantalon de crêpe noir par-dessus lequel elle passe une chemise de Nic, trop grande pour elle, mais dont le bleu fait ressortir la lumière de ses yeux.

« Je sais que j'ai l'air folle, mais j'ai encore trop besoin de lui. »

Florent l'observe, étonné. Il remonte les manches de la chemise à mi-bras, recule : « Tu as, au contraire, beaucoup d'allure. Lauren Bacall... non, plutôt Hepburn. »

Il fouille sur la coiffeuse, lui tend un tube de rouge à lèvres écarlate. Elle reste un moment le tube en main, comme hypnotisée. Elle revoit le rouge gras, dégoûtant de vie sur la tempe livide de Nic, elle revoit les lèvres molles de Kitty, entrouvertes, la bulle de bave sur le carmin étalé. Elle referme le tube et le jette : « Je ne porterai pas que du noir, Florent, mais le rouge à lèvres, c'est terminé. »

Fabien reste tout étonné devant Adélaïde : jamais auparavant il n'avait trouvé qu'elle ressemblait à ce point à sa mère. Calmée par l'intensité de son chagrin, sa sœur a perdu la flamme intérieure qui la différenciait tant de Gabrielle.

Ils restent à l'intérieur pour prendre un verre. Marthe donne des nouvelles de Béatrice, de Guillaume, de la *Boutique*. La conversation est souvent interrompue par les enfants qui sont plus bruyants depuis qu'Adélaïde est sortie de sa chambre. À toutes les dix minutes, Léa vient se blottir contre sa mère et s'informer anxieusement de son humeur. Tous les sons qu'elle prononce sont affectés par le trou laissé par les deux dents tombées, mais ces manques n'effraient plus Adélaïde qui caresse doucement les boucles folles en rassurant sa fille.

Au bout d'une heure, Marthe amorce le départ, mais Adélaïde insiste pour qu'ils mangent tous ensemble, elle ira se reposer dans sa chambre, elle refuse qu'ils aient fait trois heures de route pour repartir sans se sustenter.

Selon Florent, il s'agit d'une grande amélioration.

Une fois dans la voiture, Marthe exprime de sérieux doutes quant au rétablissement d'Adélaïde : « Tu te rends compte qu'elle doit tout administrer toute seule maintenant ? Tout ? »

Jean-Pierre ne s'affole pas et fait remarquer qu'elle peut engager des gens pour le faire.

« Au moins, Marthe, le nom de Taylor n'a pas été prononcé une seule fois. Tu sais comme moi qu'il faut passer par en bas pour remonter. Laisse-lui le temps. Cinq semaines après la mort de Babou, on n'était pas beaux à voir non plus. »

Marthe serre la main qu'il a glissée dans la sienne. Il a raison. Ils commencent seulement à pouvoir en parler sans que leur voix faiblisse.

« J'ai pas osé lui offrir mon cadeau.

— C'était quoi ?

— Un dessin.

— Comment, un dessin ? Une de tes toiles, tu veux dire ?

— Non. Un dessin de cette année. Un dessin, Jean-Pierre. En fait, mon premier dessin depuis... douze ans. »

La route sombre a l'air d'exiger beaucoup de concentration de Jean-Pierre. Ils sont sur le pont Victoria quand il lui dit la date de son anniversaire à lui. Beaucoup plus tard cette nuit-là, Jean-Pierre lui demande si elle sait pourquoi elle a recommencé à peindre.

« Ce n'est pas la mort de Babou, Jean-Pierre, ni celle de Nic. Je pense que c'était ma fragilité.

— Tu n'es plus fragile ?

— Oui, mais c'est moins grave. Quand j'ai eu Babou, quand j'ai arrêté de peindre, quand tu vivais avec d'autres femmes, je pensais toujours que j'en mourrais. On n'en meurt pas. Les autres meurent, les amours meurent, mais on n'en meurt pas. C'est presque décevant de se découvrir si...

— ... fort ?

— Non ! Si bassement vivant. Si égoïstement accroché. C'est une affaire de romantiques de prétendre qu'on meurt d'amour. On meurt, point. Mais on est coriace. Les cathos appellent ça la foi, les romantiques appellent ça la passion, pour moi, c'est un solide entêtement égocentrique d'animal.

— J'ai jamais cessé de t'aimer, Marthe. »

Elle rigole, ce qui insulte Jean-Pierre qu'elle fasse si bon marché de son aveu.

« Tu n'as jamais arrêté de m'admirer, Jean-Pierre, ce n'est pas la même chose. Tu as commencé à m'aimer il y a un an, et si je me remets à peindre, tu vas peut-être m'excommunier encore de ton cœur avec ton admiration, parce que tu vas vouloir que je réussisse comme dans le temps. Mais c'est pas pour ça que je peins, il va falloir que tu le comprennes. C'est pas pour ça. C'est pour désobéir et provoquer. »

Il ne comprend pas vraiment, tout comme il ne la comprend pas de se relever au lieu de s'endormir avec lui après l'amour.

« Je veux aller dessiner le visage d'Adélaïde, Jean-

Pierre. Comme il était aujourd'hui. Un jour, elle n'en reviendra pas de cette image. »

Le lendemain matin, alors qu'il sirote son café, Jean-Pierre voit Marthe lui tendre un dessin : Adélaïde à la beauté déchirée, probablement aussi éclatante de douleur qu'elle l'a été de vie. En bas, la date, suivie de la signature ancienne, *Letellier*, et d'un titre : *Le jour où je suis morte*.

Il ne peut même pas dire que c'est beau tellement ça fait mal.

« Je me suis trompée. On n'en meurt pas totalement, mais à chaque fois, on meurt. Si on a bien vécu, je suppose que le jour de sa mort, on est mort bien assez souvent pour ne plus avoir peur du tout et pour mourir debout.

— Sauf si on est un petit enfant.

— Non, Jean-Pierre, notre petit enfant qui ne savait pas faire une phrase est mort debout. »

* * *

La plupart du temps, la douleur de la perte la laisse inerte, quasi abandonnée sous l'assaut débilitant. Mais, la nuit surtout, une violente révolte reprend Adélaïde qui se réveille alors pour lutter contre les faits, nier la mort de Nic, exiger un retour à avant. Dans ce temps-là, elle trouve Florent près d'elle, Florent qui veille ou argumente ou se tait, déçu de devoir redire, comme elle le faisait il n'y a pas si longtemps avec Thomas, que Nic est mort.

Le soir de son anniversaire, quoiqu'il n'y ait eu aucune célébration, Léa lui a offert un dessin magnifique : un autoportrait avec une bouche rieuse pleine de dents. *Un jour, je vais toutes les avoir encore, maman.*

Le dessin est sur le mur et Adélaïde le fixe chaque jour en essayant de croire sa fille, en essayant de croire qu'un tel sourire va revenir sur son visage. Pendant cette période, Adélaïde reste presque constamment dans sa chambre. Elle lutte vaillamment contre l'envie de couler au fond, de se laisser absorber par la douleur et d'en mourir, liquéfiée. Elle ouvre un à un, précautionneusement, chaque tiroir du passé et « fait son ménage ». La mort de Theodore, parce qu'elle a été si peu vraie dans les faits, si évanescente et insaisissable, cette mort, elle a eu le temps d'attacher tous ses liens à la vie avant de l'admettre. Elle a eu le temps d'aimer Nic avant de devoir dire adieu à Ted. La douleur de la réalité de cette mort, c'est elle-même qui se l'administrait, comme un poison auquel on s'habitue par petites doses. Il n'y a que deux morts auxquelles elle a dû faire face avec violence, sans préparation aucune, les mains nues. Gabrielle et Nic. Puis, avec remords, elle se souvient de Léopold, de Babou il y a un an, de ceux que la guerre a volés... et même plus loin derrière, les morts du père de Florent et de Fleur-Ange, l'enfant adoré de Malvina, et même cette compagne de classe de première année dont elle a oublié le nom. Qui se souvient de Léopold Tremblay ? Même son fils doit maintenant croire que son vrai père est Jean-René. Elle s'en veut d'avoir oublié ces morts. C'est elle qui devait les faire vivre, survivre, comme son père avec sa mère. Même Nic a été exclu de cette dévotion au fantôme de Gabrielle.

À travers ces jours de peine et de déréliction, Adélaïde éprouve un besoin de sa mère, un manque cruel de sa présence. Elle voudrait retrouver l'île, retrouver les fleurs que sa mère soignait avec le même dévouement qu'elle soignait « ses pauvres ». Quand Florent lui rappelle que tante Germaine avait offert de l'emmener à l'île, elle refuse encore d'admettre que l'idée ait été bonne. Elle aurait attendu sa mère et sa mère ne reviendrait jamais l'aider et la soutenir dans ses combats.

Un matin, vers cinq heures, alors que la maison endormie n'émet aucun bruit, Adélaïde se réveille en sursaut. Florent dort près d'elle, comme dans son enfance, comme à l'époque de la guerre et des grandes inquiétudes. Elle entend le concert matinal des oiseaux, ivres d'aurore. Elle se lève sans bruit et n'enfile sa robe de chambre qu'une fois dans le corridor pour ne pas alerter Florent.

Elle observe Thomas respirer bruyamment, le bras passé entre deux barreaux de la bassinette. Léa dort le nez en l'air et le lapin serré contre son cœur.

Sur le quai, l'aube est celle des matins de juillet où le lac tranquille, sans un pli sur sa surface, dégage une douce odeur d'eau fraîche et de roseau. Malgré la paix sans faille du paysage, il y a de l'allégresse dans l'air, comme si le jour naissant gardait avec peine le secret des éclatements joyeux à venir. Le contour du lac, où le reflet des arbres dessine des plaques sombres sur le gris de l'eau, a l'air assoupi, sans vie. Il y a pourtant de la vie dans ces alentours, des oiseaux, des poissons, des grenouilles. Pour l'heure, tout est calme, apaisé. Adélaïde s'assoit sur le bois terni par l'eau, le bois sec, encore frais des planches du quai. Tout à l'heure, les petits pieds mouillés vont marquer chaque planche, se croiser dans un cafouillis de traces humides. Les *tires* seront soufflés et les enfants excités vont se jeter à l'eau, la taille grossie par ces gros caoutchoucs sombres. Le directeur des vacances et de la bonne vie aimerait cette heure. Mais c'est une heure où rarement ils se sont trouvés ensemble sur le quai. C'était l'heure de l'amour pour Nic. Combien de fois, si elle était réveillée à cette heure-là, il avait insisté pour voir l'aurore se lever dans ses yeux plutôt que sur le lac ? « Le même gris que celui de l'eau. »

Adélaïde s'allonge sur le quai : pas un nuage dans le ciel d'un bleu lumineux, léger. Le soleil chauffe sa peau sans la brûler. *Dieu ne nous envoie aucune peine qu'on ne soit capable de supporter.* Toute sa vie, même du temps où elle croyait, elle a douté du discernement de Dieu. Les fardeaux qu'il a envoyés ne sont pas pour des épaules humaines. On survit, comme des bêtes enragées, comme des acharnés, des forcenés, on survit, on se cabre et on rue de douleur, mais quant à elle, Dieu ne s'est livré à aucune analyse inspirée. Adélaïde sourit et murmure au ciel : « Vous n'êtes qu'un inconscient dangereux et vous frappez toujours les mêmes parce qu'ils vous résistent. Si vous existiez, je vous tuerais. »

Un trio d'oiseaux traversent la portion de ciel qu'elle contemple. Elle se demande si les oiseaux ont de la peine quand un des leurs meurt.

Elle reste sur le quai, bercée par le mouvement imperceptible de l'eau. Quand le froid du dos est trop prenant, elle se retourne et laisse le soleil la chauffer en respirant la fraîcheur à travers les interstices des planches.

La sensation de flotter, de se laisser dériver sans inquiétude parce que le pire n'est plus à craindre, parce que le pire est arrivé la laisse parfaitement abandonnée à l'instant. Elle se rend compte à quel point sa vie a été une course effrénée jusqu'à aujourd'hui. Elle regrette infiniment de ne pas avoir écouté davantage l'envie de Nic de profiter de la vie, de l'amour, des enfants. Peut-être que si elle avait été à la guerre, elle aurait compris avant que Nic ne meure que certaines choses sont des cadeaux inestimables et qu'il faut savoir en jouir sans s'économiser avant que la vie, ou une folle, ne vous les arrache.

Elle observe la maison, l'élégant équilibre de ses formes, des terrasses et des balcons. Cette maison contient encore d'inestimables bonheurs, Kitty n'a pas tout pris. Il reste deux enfants, Florent, Jeannine, les siens, Fabien. Cette maison est vraiment McNally : tous ceux qui perpétuent le nom y habitent. Alex, Tommy, Thomas... le nom ne mourra pas. Elle s'était donné jusqu'à cet été pour réfléchir à cet autre enfant qu'elle voulait avoir avec Nic. Avant ses cinquante ans, avant qu'il ne lui dise qu'il était trop vieux pour élever des bébés. Le cœur pesant, elle se redresse : fini le débat intérieur, finie la décision. Elle fixe encore le lac et cherche Nic dans la beauté du jour : où est-il ? Où est-il maintenant ? Pourquoi ne lui parle-t-il pas ? Ne sait-il pas combien elle a encore besoin de l'entendre ? Ne sait-il pas qu'il doit veiller sur elle, l'aider, la consoler ? Un pinson fait entendre son chant si caractéristique, « *cache ton cul, Frédéric, Frédéric !* ». Adélaïde soupire : ce serait bien son genre d'être si peu sérieux.

Elle est penchée sur une espèce de fleur inconnue quand elle entend Alex siffler. Il est à peine six heures vingt ! Le sourire d'Alex quand il l'aperçoit, sa fierté devant le jardin de plus en plus avancé lui rappelle combien elle s'est peu préoccupée d'eux dernièrement. Alex lui fait faire une visite complète : ce qu'il a entrepris, ce qui lui reste à semer, les arrangements de couleurs, de formes et la difficulté de s'accommoder à l'ombre de la deuxième partie de la journée. Un jardin du matin, comme il le définit, un des plus malaisés à réussir. Quand elle offre de l'aider, il lui confie une tâche légère, presque enfantine, et du coin de l'œil elle le regarde s'esquinter. Le plaisir d'Alex est flagrant, son zèle est réel, passionné. Quand elle lui demande ce qu'il entreprendra ensuite, Alex lui explique tout le terrain en bordure de lac qu'il voudrait fleurir « sauvagement », dans un désordre étudié. Quand, pour bien lui montrer, il exhibe les dessins de Nic, elle les étale et passe une main caressante sur le papier. Alex se tait, inquiet d'avoir peut-être commis une bévue, regrettant et son geste et son enthousiasme. Après une pause, Adélaïde lui dit de continuer, de lui expliquer ce que Nic avait rêvé.

« T'es sûre ? On peut en parler plus tard... »

Elle insiste et il indique chaque partie du dessin en expliquant dans quelle famille de plantes il va puiser. Elle songe à ce jardin que son père a entretenu pour calmer la douleur de l'absence.

Alex roule une cigarette, l'allume : « Ça, c'est si tu veux...

— Fais-moi une cigarette, Alex. Pourquoi je ne voudrais pas ? C'était l'envie de Nic... mais je pense que tu l'as toujours entraîné plus loin qu'il ne serait allé par lui-même.

— Le mauvais exemple ? Comme pour ça ? »

Il lui tend la cigarette qu'elle allume. « Avant d'avoir des enfants, je fumais. Tu n'es pas un mauvais exemple. »

Ils fument en silence. Adélaïde éteint rapidement : « Ça m'étourdit. Tu me feras penser de te payer, Alex. Je suis sûre que personne ne l'a fait. »

Mais Alex refuse : ni pour ce jardin ni pour celui du bord de l'eau, il ne veut de salaire. Il hésite avant de murmurer : « C'est pour lui... pour Nic. »

Émue, elle fixe le lac et Alex continue : « Tu te souviens quand mon père est mort ? C'est ma façon de te raconter le *Petit Poucet.* »

Elle prend sa main sans le regarder et l'entend demander ce qu'ils vont faire, comment ils vont faire sans Nic.

« Il y a des heures où je pense qu'on ne pourra pas, Alex. Il y a des moments où je me dis qu'il faut juste continuer, essayer, y aller doucement. Tantôt, sur le quai, c'était si tranquille, si beau, que je me suis dit que c'était possible, que j'y arriverais. Dans deux heures, je suppose que je serai découragée et que je n'arrêterai pas de pleurer. Mais même quand je me dis que tout est fini, je sais que je me trompe. Nic détesterait me voir tout arrêter parce qu'il est mort. C'est toi qui as raison en poursuivant ton jardin : c'est ça qui va rester, c'est ça qui compte. Je vais te dire un secret, Alex : quand j'ai envie de couler, j'ai juste à penser que je continuerais ce que Kitty voulait faire pour me reprendre. Elle voulait me détruire. Elle n'y arrivera pas. Je ne lui ferai jamais ce plaisir-là. Et je ne lui pardonnerai jamais. Je sais que ce n'est pas chrétien, mais... c'est de même !

— *Fuck* la charité chrétienne ! Penses-tu que je lui pardonne, moi ?

— Mais moi, je ne dis pas *fuck.* »

Alex éteint sa cigarette, se lève : « T'es pas un homme, Ada. »

Elle ne peut même pas répliquer « toi non plus », il la dépasse d'une tête et il a les épaules de Nic, les épaules McNally, dont Thomas a aussi hérité.

Elle murmure « petit *bum* ! » avant de s'éloigner.

Cet après-midi-là, Fabien bute sur une formule et il recommence cinq fois avant de jeter à bout de bras la feuille froissée. Il fait tellement chaud et c'est si compliqué à expliquer, alors que dans les faits, ça lui semble si simple. Nerveux, il arpente sa chambre.

Il a des problèmes avec Jeannine et il ne parvient pas à les régler. Elle est distante, trop moqueuse. Elle a recours à des prétextes insignifiants pour le repousser. Elle a toujours l'air occupée ailleurs. Il ne comprend pas et il n'ose pas demander pourquoi elle est si peu intéressée. Leur habituelle complicité s'est effritée depuis six semaines, au début à cause de tante Germaine et de l'embargo provoqué par sa présence, et maintenant à cause... Fabien ne sait pas. Peut-être la mort de Nic, l'inquiétude qu'ils ont tous pour Adélaïde, pour l'avenir. Il sait par contre que s'il arrivait à parler à Jeannine, il arriverait aussi à écrire cette équation en un tournemain.

Il se plante devant la fenêtre et l'observe qui descend du quai et se met prudemment à l'eau. Son maillot noir souligne ses hanches rondes, fermes. Elle n'aime pas ses fesses. À cause des maternités ou de l'âge, comme elle dit, son bassin large s'est rembourré de façon très attirante et ses seins généreux et un peu lourds le rendent fou. Mais elle déplore toujours de ne pas être aussi mince qu'Adélaïde. Fabien n'a aucun désir pour ces femmes trop longues, trop minces dont on sent les os à seulement les regarder. Sa mère était toute pareille à sa sœur et cela lui paraît le contraire de la sensualité.

Le casque de bain de Jeannine flotte maintenant et elle exécute de petits mouvements de brasse ridicules qu'il trouve attendrissants. Quand il a essayé de lui montrer à respirer avec la tête dans l'eau, elle criait sans parvenir à le faire. Elle l'émeut avec ses frayeurs, alors qu'elle est si forte, si courageuse.

Il passe son maillot et, à l'instant où il allait sortir,

on frappe. Très étonné, il voit Alex entrer et se dandiner en demandant s'ils peuvent se parler. Fabien acquiesce et attend. Connaissant l'orgueil d'Alex, Fabien apprécie à sa juste valeur les excuses qu'il présente pour son attitude quand il a offert de payer ses études. Fabien n'a même pas besoin de demander pourquoi, Alex décrit combien c'était impossible pour lui de penser que Nic ne serait plus là. « Mais je suppose que ce n'est pas à toi de te faire engueuler pour ça, Fabien. J'aurais pu te dire non merci. »

Fabien est si heureux, si soulagé qu'il réitère son offre. Alex préfère attendre de voir si Ada propose de continuer ce que Nic avait entrepris en répétant que, si c'est le cas, il ne faudrait pas que Fabien se sente insulté. Fabien sourit : « Expliqué comme ça, j'aurais mauvaise grâce de mal le prendre. »

Jeannine est bien étonnée de voir « ses deux hommes » se lancer dans le lac en éclaboussant tout le monde. À les regarder se chamailler, se mettre au défi de sauter plus loin et plus fort que l'autre, elle se rend compte que les huit ans qui séparent Alex et Fabien sont bien minces en comparaison des seize ans qui pèsent entre elle et le jeune homme. Mais quand Fabien vient s'étendre tout près d'elle au soleil et qu'une main discrète et caressante s'insinue sous la bretelle de son maillot pour atteindre son sein, elle doute de ses angoisses : Fabien n'a pas du tout l'attitude d'un homme en perte de désir.

« Mais combien de fois tu vas me tester encore ? Combien de fois tu vas douter et manquer de nous éloigner parce que tu t'attends tout le temps à ce que je parte ? Tu m'énerves, Jeannine. Tu ne veux jamais me croire ! On se marie, O.K. ? On arrête tout, on le dit aux enfants et on se marie.

— Pas si fort, Fabien, quelqu'un pourrait t'entendre. »

Et la même discussion reprend quelques heures plus tard, les mêmes arguments, la même crainte du scandale, les mêmes aveux d'amour éperdu, les mêmes promesses qui culminent dans les mêmes étreintes. Jeannine ne change pas d'idée : tant que les enfants peuvent être blessés par un tel mariage, il ne se fera pas. Dans dix ans, ce qui représente l'éternité pour elle, ils reparleront de mariage si jamais ils se parlent encore.

« Bon, très bien, on va faire une entente : si tu avais le génie de retirer tes derniers mots, la cachette me ferait moins enrager.

— Mes derniers mots ?

— Le “si jamais on se parle encore”. Le jour où je vais partir, Jeannine, ce ne sera ni à cause de ton âge, ni de la cachette, ni de tout ce qui t'inquiète. Ça va être à cause de la peur que tu as que mon amour ne soit jamais vrai, jamais adulte, jamais sincère. Adélaïde a trois ans de plus que moi et jamais tu ne la traites en enfant irresponsable qui saura plus tard ce qu'elle veut. Jamais. Alors, je ne te demande pas si tu veux m'épouser, je te demande si tu es capable d'accepter que je sois un homme qui te choisit. Si tu ne peux pas, dis-le, mais si tu peux, prouve-le et ne me parle plus jamais comme un Alex qui fait des caprices. À l'âge d'Alex, je m'entraînais pour devenir pilote et après j'ai fait la guerre. Ma mère est morte et je n'en cherche pas une nouvelle. Tu ne lui ressembles pas et j'aime ça comme ça. J'aime ce que tu es, ta façon de parler pas gênée, ton envie de défendre ceux qui n'ont rien, ta façon de cacher ton ventre quand tu te couches parce que tu le trouves trop rond. Je l'aime, moi, ton ventre. Il a vécu, il a eu des petits et il est chaud. Mais je ne peux pas endurer que tu décides de ton bord que je ne sais pas ce que je fais. Regarde Adélaïde : elle est veuve à vingt-six ans. J'ai pas envie de jouer tout le temps à "quand-j'aurai-cinquante-ans-t'en-auras-pas-trente-cinq". Je sais compter. Choisis-moi ou bien quitte-moi, mais fais-le !

— Ce n'est pas en toi que je manque de confiance, Fabien, c'est en moi. J'ai pas été élevée pour croire qu'on puisse m'aimer même si je ne suis pas jolie ou jeune ou attirante. On était supposé m'aimer si j'étais généreuse et charitable. Une bonne âme qui a l'esprit de sacrifice. Et regarde-moi faire : je t'entraîne au péché mortel ! C'est vrai que j'ai peur que tu changes d'idée, mais pas parce que t'es bébé ou capricieux, parce que ce serait normal. T'es beau, intelligent, solide, tu vas très bien gagner ta vie. Tu te rends compte du beau parti que tu fais ? Elles vont se jeter sur toi, les belles jeunes filles. Quand Nic est mort, je me suis juré que je ne te dirais plus jamais ça, l'histoire du calcul d'âge, parce que ce qu'on a, on ne sait jamais pour combien de temps on l'a. J'ai bien peur qu'il va falloir être patient avec moi, Fabien. Je l'ai rentré loin dans le coco que je ne mérite pas un amour pareil, un cadeau comme toi dans ma vie. Mais je peux te jurer une affaire : si j'ai peur de le perdre tous les jours, je l'apprécie aussi tous les jours. Ça égalise pas, ça ?

— Un peu. Ça compense un peu. Mais je suis très patient. Je t'aurai à l'usure. Montre-moi ton ventre. »

Jeannine fait taire la petite voix intérieure qui répète vicieusement le « à l'usure » en ricanant au fond d'elle-même. Aimer un homme plus jeune est une torture quotidienne et une félicité remplie de creux et de vagues. Mais quand Fabien est là, avec elle, dans ses bras, quand il lui murmure des mots fous en la faisant pleurer d'amour, rien ne semble payé trop cher. Avec Fabien, le présent est si intense, si délirant qu'elle en oublie de s'inquiéter du lendemain... jusqu'au petit matin quand il pose un baiser sur son épaule et qu'elle fait semblant de dormir pour ne pas le voir partir.

Jeannine veut bien apprendre à taire l'angoisse de l'âge et la crainte de l'abandon, mais elle ne pourra jamais cesser de les ressentir.

* * *

Peu à peu, Adélaïde recommence à participer aux activités de la maison. Comme une convalescente, elle se ménage et essaie d'épargner à tout le monde le spectacle de son chagrin. Dès qu'elle est submergée, elle se retire dans sa chambre et tout le monde apprend à s'ajuster à cette nouvelle Adélaïde.

À la fin du mois, après avoir pris une semaine de vacances de plus que tout le monde à l'Atelier, Jeannine doit vraiment retourner au travail. Laura l'a remplacée, mais elle ne peut pas tout faire et Stephen s'énerve de plus en plus sans que Jeannine puisse lui donner tort : tout a pris du retard, la confection, la livraison, les achats et même la prochaine collection dont Florent n'a réalisé aucun croquis.

Florent passe de longs moments avec Adélaïde à discuter des projets, des arrangements, des décisions qui vont presser. Que le testament de Nic laisse tout à Adélaïde simplifie et complique les choses. Elle n'est pas en état de se remettre à travailler comme avant et il faudrait que quelqu'un prenne des décisions. Les discussions s'achèvent souvent dans des larmes de découragement total qui sont généralement précédées d'un « on vend tout, on ne bouge plus d'ici » qui serait, de l'avis de Florent, une solution draconienne d'isolement.

Maintenant que le conflit avec Jeannine est réglé, Fabien est bien d'accord pour rester au lac encore un peu, ce qui lui permettrait de veiller sur Ada et les enfants pendant que Jeannine et Florent partiraient pour Montréal voir aux urgences. Fabien les accompagne à Montréal pour revenir dès le lendemain avec la voiture d'Adélaïde.

Florent se morfond à Montréal et s'inquiète beaucoup, mais il ne peut revenir avant le vendredi afin de ramener Jeannine.

Cette solution tient deux semaines, mais Stephen Stern doit bouger sur certains dossiers et la réunion qu'il réclame sans cesse à Adélaïde se fait de plus en plus urgente.

La seule idée d'entrer dans son bureau, qui était celui de Nic, répugne tellement à Adélaïde qu'elle en est malade. L'ampleur du travail, la complexité des dossiers, les sommes en cause dans les différentes entreprises, les conseils d'administration à affronter, tout lui semble si énorme, si insurmontable qu'à chaque fois qu'elle se convainc d'ouvrir un dossier, elle le referme en pleurant. Où est allé son invincible courage ? Elle se sent en mesure d'attaquer la vaisselle avec Lionel, et c'est tout. Un casse-tête avec les enfants un jour de pluie, une excursion pour aller aux framboises avec Léa et Jacynthe, et la voilà épuisée, livide.

Quand Florent dépose devant elle une pile de courrier personnel qu'Estelle Gingras a soigneusement trié pour en extraire les lettres se rapportant à des affaires non réglées, Adélaïde hoche la tête : « Je ne pourrai jamais y arriver, Florent. Je n'ai pas fini la pile de l'autre semaine. » Florent répète qu'elle doit prendre son temps, y aller à son rythme, que *McNally Enterprises* et ses filiales attendront.

« Tu vas peut-être perdre quelques milliers de dollars, mais tu connais la fortune que tu gères ? Plus de deux millions. Tu peux te permettre de perdre un peu.

— Non, parce que c'est l'argent de Nic et qu'il faut bien le gérer pour les petits. Il faut que je réagisse, Florent, je ne suis pas la première femme à perdre son mari. Pourquoi je n'y arrive pas ? »

Florent trouve toujours étrange qu'elle ne parle jamais d'Anne, comme si Nic seulement était mort. Il répète que les petits ont davantage besoin d'une mère que d'une fortune. Quel que soit le sujet, Adélaïde s'inquiète : « Parlons-en des enfants : Léa reprend l'école dans deux semaines, je n'ai rien fait, rien acheté et elle n'a plus une paire de souliers qui lui vont. Pourquoi ses pieds grandissent tant, tu peux me dire ça ? Et les jumeaux n'ont pas de gardienne. Je veux dire, Thomas. Louisette... en tout cas, tu comprends. Si je reprends le travail, il faudra veiller sur Thomas et sur Léa quand elle rentrera de l'école. Et rentrer où ? On n'a jamais été dans la nouvelle maison ! Je ne crois pas pouvoir y mettre les pieds. »

Florent reprend un à un les problèmes en éliminant les détails, comme les pieds démesurés de Léa : « Tu peux t'installer avec moi pour prendre le temps de décider pour la maison. Le seul ennui, c'est que Lionel ne peut pas avoir de chambre chez moi et qu'il devra faire la navette entre la nouvelle maison et la mienne. »

Adélaïde sait très bien qu'elle diffère les vraies décisions et qu'elle contourne les problèmes en « se donnant du temps », comme dit Florent.

« Je ne peux pas coucher dans la chambre de mes enfants tout le temps et je ne peux pas non plus partager ton lit, Florent. Il va falloir que j'apprenne à dormir seule.

— T'as fait quoi pendant que je n'y étais pas, cette semaine ?

— J'ai fini mes nuits dans la chambre des enfants. »

Florent sourit de la voir si gênée de son manque d'indépendance : « Tu es bien mieux avec moi, comme dans le bon vieux temps ! Tu sais quoi ? Tout seul, chez moi, je me réveille en te cherchant. Je ne suis pas mieux que toi, Ada, j'arrive mal à dormir si tu n'es pas là. Disons qu'on peut vivre le début de l'année scolaire tous ensemble. Après, on fera le point. Quoi d'autre ? »

McNally Enterprises constituent le principal problème. À force de discuter, ils en viennent à la conclusion qu'Adélaïde a besoin d'une personne de confiance à qui déléguer en toute tranquillité des dossiers importants. Une personne qui pense comme elle, qui aura le courage de s'opposer à Stephen Stern ou aux directeurs adjoints des filiales. Une personne qui aura peut-être davantage de coulant qu'Adélaïde et qui pourra tenir la barre pendant ses absences. Une fois le portrait dressé, ils se regardent et partent à rire : une perle, un alter ego et Superman, le héros de Thomas, voilà ce qu'ils cherchent.

« Tu vois comme Nic était fantastique : on prenait des décisions de trois cent mille dollars en dix secondes !

— Tu peux les prendre toute seule, tu le sais bien.

— Oui, je peux, mais j'aimais mieux avec lui. Bon, qui ? Tu as un nom ? »

Tous les noms qu'ils alignent sur une feuille leur semblent inadéquats : les gens sont incompétents ou incapables à un chapitre ou à un autre. Ils rangent les papiers et décident de fermer boutique pour le reste de la journée.

Cet après-midi-là, quand elle aborde la seconde pile de courrier, Adélaïde trouve sur le dessus une lettre de Rose.

Londres, le 1er juillet 1949.

Adélaïde, ma chère grande sœur,

Mon télégramme a dû être noyé parmi les autres et je ne t'ai pas écrit avant parce que je voulais te donner des nouvelles sûres. Tu dois vivre de telles incertitudes maintenant et tes jours doivent être hantés de tant de souvenirs difficiles, tu n'as pas besoin de « peut-être » dans les nouvelles.

Alors voilà : plutôt que de rentrer en décembre, nous prendrons, James et moi, le bateau du 14 août pour Montréal. Nous nous marierons le 30 de ce mois. James a réussi à régler tous ses problèmes pour cette date. Sa famille (sa mère et sa sœur, son père est décédé voilà plusieurs années) n'est pas folle de joie, mais j'ai besoin de revenir vers toi, je suis inquiète et trop triste de te savoir en peine sans pouvoir être là.

Vois-tu, Adélaïde, je sais pertinemment que je ne pourrai rien à ton chagrin, mais quand j'ai eu besoin de soutien dans ma vie, quand est venu le temps de faire pression sur papa pour mon cours d'infirmière, tu as été là. Jamais je n'oublierai combien tu t'es souciée de moi à la mort de papa et ensuite. Tante Germaine, ma principale source d'information, me dit peu de ton état, sauf que tu restes secrète. Quand tu étais petite (et Dieu sait que je l'étais alors !), tu avais déjà la grange de l'île, la crique de l'Anse et ta chambre avec Isabelle pour te taire et faire à ta tête. Tu sais, tu ressembles beaucoup à papa dans ton caractère, même si tu as les yeux et les allures de maman.

Enfin, je veux te dire que ta réaction m'émeut parce que c'est tellement toi, sauvage et déterminée. Léa est-

elle comme ça ? Florent reste-t-il près de toi ? Rassure-moi, Adélaïde, endure un peu d'affection pour ces jours si difficiles.

*Nous prendrons l'*Empress of Britain *et serons à quai à Montréal le 21 août.*

En attendant de te serrer dans mes bras, je prie pour toi chaque jour et ta pensée ne me quitte pas. Courage, ma grande sœur, et à bien vite.

Rose.

P.-S. : J'envoie ceci au bureau, tante Germaine dit que c'est le plus sûr.

Rose sera donc là dans une semaine ! Rose mariée, enfin de retour. Rose qui s'empresse vers ceux qui ont besoin d'aide, de compassion. Petite Rose si douce, si fiable, sa petite sœur si généreuse, qui ne sait que soutenir et aider sans jamais compter ses efforts. Adélaïde est si contente. Enfin, elle pourra lui montrer les ju... Elle est sortie de sa chambre en courant, elle est dans les escaliers, la lettre tendue quand son sourire se fige, quand son pas s'arrête. Jamais Rose ne verra Anne, sa pareille, jamais elle ne bercera cette petite merveille de douceur si semblable à elle dans son attitude rêveuse.

Florent trouve Ada assise dans les marches, ses bras autour des genoux, le visage luisant de larmes. Étonné, il s'assoit près d'elle. Elle allait si bien ce matin, elle a même déjeuné avec les enfants. Qu'est-il arrivé ? Elle lui tend la lettre sans un mot.

Florent ne comprend pas : c'est une bonne nouvelle, non ?

Adélaïde hoche la tête, lèvres closes sur les sanglots qu'elle essaie de retenir. Florent la prend contre lui : « Ada... Pourquoi ? »

Dans son oreille, elle étouffe un : « Anne. Tu sais bien. Anne était la sienne et elle ne l'aura jamais vue ! »

Florent comprend. Elle a raison. Anne possédait cette même séduction angélique qui donnait à Rose l'amour immédiat du premier passant venu. Anne avait en plus cette pointe de roux qui la rendait croquable. Nic avait bien du mal à ne pas se jeter sur Anne au moindre de ses sourires. Ada disait souvent qu'Anne allait la détrôner. Nic jurait, mais en ajoutant : « Sois quand même prudente : Anne ne contredit personne et elle obtient ce qu'elle veut. »

Fabien les trouve sur la troisième marche, à parler d'aller chercher les photos que Nic avait prises d'Anne. Florent parle aussi de ses croquis, de ses dessins. Fabien est tout heureux de la perspective de revoir sa sœur après toutes ces années : « Tu te rends compte que je ne l'ai pas revue depuis les funérailles de maman ? »

Non, Adélaïde ne se rendait pas compte. Guillaume est celui à qui Rose manque le plus parce qu'elle a été sa compagne après la mort de Gabrielle. Il ne part qu'en septembre pour Paris, il pourra donc la voir un peu avant de s'exiler pour deux ans d'études.

C'est l'arrivée prochaine de Rose qui donne à Adélaïde l'impulsion nécessaire pour rentrer à Montréal. En trois jours, elle ferme la maison « temporairement » avec Lionel et elle ramène son monde chez Florent.

Lionel s'occupe de tout mettre en ordre et de préparer ce qu'il leur faut pour aborder la saison scolaire de Léa.

Une fois en ville, Adélaïde passe à la *Boutique*, à l'Atelier et, finalement, elle appelle Estelle Gingras pour l'inviter à luncher au Ritz.

Estelle Gingras est très étonnée : elle sait que le Ritz a toujours été l'endroit privilégié de Nic McNally pour les occasions importantes ou les lunches d'affaires où devaient se conclure de grosses transactions. Jamais jusqu'à maintenant Madame McNally n'a eu ce genre de fantaisies.

La secrétaire a beau être prête à subir un choc, elle est quand même surprise. Elle trouve sa patronne amaigrie et ralentie. Adélaïde a toujours été péremptoire et décidée, ses manières ont toujours été directes et ses décisions, sans appel. Assise dans cette salle à manger, vêtue d'un tailleur sombre et d'un léger chapeau qui contient davantage de plumes que de paille, elle se résume à un regard intense, attentif. Un regard gris qui capte toute l'attention d'Estelle. Après des salutations écourtées par le désir évident de sa patronne de ne pas se laisser émouvoir, Adélaïde propose sans transition à Estelle de devenir son bras droit. La fourchette d'Estelle reste dans les airs et sa bouche demeure ouverte sans que la crevette y soit posée : « Pardon ? »

Adélaïde, après mûre réflexion, n'a confiance en personne d'autre. Estelle Gingras a travaillé pour Nic et elle pendant vingt ans. Elle a été un pilier de l'entreprise après la Crise, quand Nic a fait profiter ses placements miraculeusement sauvés du krach. À l'époque, ils n'étaient que deux pour tout faire marcher et Nic donnait des contrats à des avocats jusqu'à l'engagement d'Edward et, ensuite, de la cohorte d'avocats et de spécialistes divers.

Estelle est une femme sûre, discrète et efficace. Elle travaille bien et sait distinguer les affaires importantes des essentielles, des dizaines de décisions le prouvent.

Adélaïde est persuadée qu'elles devront imposer cette promotion à des hommes qui ne se gêneront pas pour continuer à la traiter de secrétaire et de subalterne, et ce, précisément parce qu'elle aura un statut plus élevé que le leur.

« Ils vont vous en vouloir, Estelle, et *nous* traiter, mais surtout vous, de femmes sans génie ou d'arrivistes sans scrupule ou même des deux. Mais j'ai besoin de vous. J'ai deux enfants à élever et j'ai peu de temps à consacrer aux affaires. Je décide, vous appliquez. Ils vous résistent, ils vous font des misères, je les renvoie. Il faudra faire preuve de détermination, Estelle, mais vous avez gagné du piquant depuis que je vous connais, vous les laissez déjà moins faire à leur tête. Je vous offre un meilleur salaire, une période d'essai pour déterminer jusqu'où on partage les responsabilités et, si ça vous intéresse, des parts dans certaines filiales. Vous nous dénichez à chacune une secrétaire et on organise un premier conseil d'administration pour annoncer cela à tous ces beaux messieurs. J'ai remarqué que Bégin et John Hodge ont essayé de jouer des coudes et de se faire du capital depuis deux mois : ils vont se rendre compte que même si Nic McNally est mort, sa *business* n'appartient pas à celui qui aura le bras le plus long ou le plus croche. »

Estelle se demandait si Mme McNally avait eu l'œil pour ces petites malveillances à peine perceptibles dans le labyrinthe des longues colonnes de chiffres. Stern ne semblait avoir rien vu, elle-même hésitait à conclure à des actes malhonnêtes. Estelle ne comprend pas pourquoi Adélaïde vient la chercher, elle se sent à la fois compétente et incompétente. Elle donne toutes les bonnes raisons qu'elle aurait de ne pas accepter, à commencer par une autorité mal assurée et un sens de la repartie très pauvre.

« De la repartie, j'en ai pour deux, et vous avez souvent essayé de me ramener à des manières plus discrètes. À nous deux, Estelle, on fait un homme d'affaires redoutable. Vous allez y arriver, il faut vous habituer à prendre les devants et à ne pas avoir peur des gens, surtout des hommes à la moustache agressive.

— Vous avez remarqué ? C'est plus fort que moi, je rentre dans mon trou quand ils rouspètent. Mon père tapait sur la table et on déguerpissait sans manger.

— Il vit encore ?

— Non, mais on a appris à marcher au pas et à se taire.

— Alors, vous appliquerez ses méthodes pour les faire marcher au pas et se taire ! »

Estelle rit, mais elle sait que ce n'est pas si facile à apprendre. Rien en elle ne la prédispose à l'autorité, excepté quand il s'agit de s'y soumettre. La seule contestation à laquelle elle s'est livrée dans sa vie, c'est avec son mari. « J'ai quarante-cinq ans, madame McNally, je crains que ce ne soit un peu tard pour apprendre des choses si difficiles. »

Adélaïde se rend compte qu'elle aurait dû inviter Jeannine à ce repas. Elle aurait su quoi dire, comment stimuler la vaillance et remonter la confiance d'Estelle.

« Trouvez-vous Florent beaucoup plus autoritaire que vous, Estelle ? »

Florent est le favori, le bien-aimé d'Estelle Gingras. Elle éprouve pour lui de la vénération. « C'est un artiste jusqu'au bout des doigts !

— Il dirige maintenant vingt-trois personnes. Jamais il n'aurait cru en être capable. Essayez. Aidez-moi. Vous savez très bien que si je mets un homme dans mon bureau, il ne comprendra jamais le partage que je cherche.

— Ou il voudra partager beaucoup plus.

— Et ça, Estelle, c'est le seul combat que je n'ai aucune envie de livrer. Je suis veuve, mais pas à vendre. »

Estelle sourit, tentée par cette belle détermination :

« À Noël, madame McNally, je vous invite à luncher ici et on revoit tout : ce que j'ai fait, ce que je ne peux pas faire, ce que vous voulez me voir faire et jusqu'où je peux en prendre. D'accord ?

— Je m'appelle Adélaïde, Estelle, mais je crois que j'aimerais mieux Ada. Il ne faut plus me dire Madame, vous êtes mon bras droit.

— Entendu. Ce sera Ada, comme Florent vous appelle.

— Je peux vous poser une question ? Pourquoi Nic ne vous a jamais promue à un poste comme celui-là ? Vous le savez ?

— Il l'a fait. Deux fois, avant que vous n'arriviez à Montréal. C'est moi qui ai refusé. À l'époque, je ne me sentais pas prête. Ensuite...

— J'étais là. Mais on aurait pu former un triumvirat, surtout que Nic voulait travailler moins. »

Elles terminent leur café en silence. Estelle finit par dire que Nic, malgré toute sa confiance, ne lui avait jamais offert autant que ce qu'Ada offrait.

« Il avait une confiance limitée dans le sens des affaires des femmes, c'est vrai. Mais j'étais en train de le faire changer d'idée.

— M. McNally vous a toujours considérée comme un grand homme d'affaires. »

Adélaïde éclate de rire : Nic la traitait souvent comme ça dans l'intimité. Estelle est ravie d'entendre ce rire : « Vous savez, il avait raison sur toute la ligne, *McNally Enterprises* sont loin d'être en baisse.

— On lui doit bien ça, Estelle. Il a travaillé toute sa vie pour y arriver. »

Quand elle pense à Nic à huit ans, parti pour apprendre la *business*, quand elle pense à cet enfant orphelin qui se sauve des foyers adoptifs pour vivre, elle revoit Alex quand elle l'a connu, frondeur et insolent, menteur et charmeur, toujours prêt à enjôler le premier venu. Nic ne lui fait pas pitié, même s'il a eu une vie de forçat, parce que, toujours, ce sens du jeu et de l'amusement l'a habité. Si seulement sa folle de sœur avait pu le laisser vivre à sa mesure, sans l'entraîner dans son abîme... Elle se secoue, revient à Estelle qui respecte son silence : « Un jour, ce sera Alex, Léa et Thomas et peut-être même Jacynthe et Tommy qui dirigeront *McNally Enterprises*. Ce jour-là, on prendra notre retraite et on se contentera des défilés de mode.

— Vous ? Jamais ! Mais moi, peut-être... J'en ai pas vu tant que ça, dans ma vie, des belles robes... »

* * *

Lionel l'attend dans l'immense hall de la maison. D'un coup d'œil, Adélaïde retrouve les miroirs, les tableaux qu'elle et Nic ont achetés pendant le dernier hiver. Elle entre dans leur chambre et s'assoit sur le lit bien fait, comme s'ils y avaient dormi la veille. Lionel demande si elle désire regarder les vêtements maintenant ou si elle préfère être un peu seule.

Le 19 juin, la veille de sa mort, ils étaient entrés dans cette chambre vers cinq heures et Nic, l'œil brillant, lui avait montré comment « l'endroit était fait pour l'amour l'après-midi » à cause du soleil qui inondait le tapis à la place exacte où, maintenant, le lit est placé. Elle l'avait accusé de vouloir prendre une maîtresse puisque jamais elle n'était à la maison à cinq heures et qu'avec des enfants, même si elle y était... ce ne serait pas vraiment l'activité indiquée.

Cette façon qu'avait Nic de la séduire, de lui faire

perdre divinement ses moyens, cette façon qu'il avait eue de profiter de ce qu'il a appelé « le seul cinq-heures de leur vie »... comme la phrase s'était avérée !

Là, sous ce lit exactement, là, sur le tapis immaculé, ils avaient « baptisé » leur chambre et dans le soleil glorieux, ils avaient brûlé ce cinq-heures. Adélaïde est heureuse que la maison garde un souvenir à eux. Sans cette petite heure volée, elle ne pourrait même pas envisager d'y revenir un jour.

Grâce aux bons soins de Lionel, elle trouve les vêtements d'automne rangés par nature d'étoffe, selon la méthode de Florent. La soie, la laine, le tweed, le coton, la flanellette, le velours : tout est étiqueté, classé soigneusement, les fourrures à part... et tout est trop grand, beaucoup trop grand.

Ils gardent et empilent dans la voiture les vêtements ajustables et Adélaïde va fouiller les boîtes de photos de Nic pour en extraire celles d'Anne qu'elle tient à montrer à Rose.

Mais l'épreuve est trop difficile et, les mains tremblantes, elle referme précipitamment les boîtes.

« Trop ! Trop vite, Lionel. » Elle prend le thé qu'il lui tend et patiente jusqu'à être en mesure de parler sans éclater en sanglots.

« Je ne sais pas quand je reviendrai vivre ici, Lionel, mais je vais vous demander une chose : dans la chambre des jumeaux, de Thomas, voulez-vous tout réaménager pour lui ? Donnez le lit d'Anne et essayez que je ne voie pas ses vêtements. Donnez-les. Non ! Non, je vous en prie, non. Ne les éloignez pas tout de suite. Florent a brodé presque toutes ses robes. Sa robe soleil qu'elle aimait tant, la barboteuse jaune aux canetons qu'elle portait quand elle a fait ses premiers pas, Nic en a fait une photo, je viens de la voir, attendez... »

Fébrile, les doigts agités de tremblements, elle tente de rouvrir la boîte. Lionel prend ses mains avec douceur : « Je sais, je sais, Ada... Ne me montrez pas. Je ne peux pas voir ces photos. »

Ils pleurent tous les deux maintenant, et Adélaïde répète entre ses sanglots : « On va y arriver, vous allez voir, on va finir par pouvoir... »

Ce soir-là, en couchant sa fille, Adélaïde lui explique qu'ils vont rester encore un peu chez Florent, qu'elle ira à l'école d'avant, mais que leur maison à eux, ils iront plus tard, pendant l'année.

« Mais papa va rester dans le Ciel ? »

Adélaïde confirme en caressant les cheveux doux. Elle se trouve de moins en moins compétente pour renseigner sa fille sur ce que Dieu veut ou fait de Nic. La seule certitude, la seule foi qu'elle répète sans cesse, c'est que Nic veille sur eux d'en haut et que jamais, pas un instant, les anges ne le distraient de son souci pour sa petite Léa, pour Thomas, Florent, Lionel et pour tous les autres qu'on aime.

« Et Kitty brûle en enfer ! »

Le ton jubilatoire de l'enfant n'est pas particulièrement souhaitable, mais Adélaïde n'est jamais arrivée à disputer Léa lorsqu'elle éprouve des sentiments qu'elle partage.

* * *

L'arrivée de Rose provoque la première vraie réunion de famille depuis la mort de Nic. C'est Guillaume qui organise la veillée, chez lui, rue Marie-Anne. Patrick a émigré chez un ami pour la semaine, afin de laisser sa chambre aux nouveaux mariés. Guillaume ne veut rien entendre des protestations de Fabien et d'Adélaïde : c'est lui qui accueille sa sœur chez lui et rien ne peut l'en faire démordre. Il était prêt à coucher sur le Chesterfield du salon pour avoir le bonheur de la garder avec lui. Il a frotté, astiqué l'appartement et préparé un festin avec tante Germaine, qui a réinstallé ses pénates dans la chambre d'amis de Fabien.

L'insistance et la joie de Guillaume retirent toute mauvaise conscience à Adélaïde, qui sait combien sa maison serait confortable et utile pour le jeune couple, mais qui répugne à l'idée d'y vivre même en compagnie de sa sœur.

James Carter est un homme poli, discret et très timide. À peine plus grand que Rose, il porte de petites lunettes et il a le front dégarni, ce qui lui donne davantage que ses trente et un ans. Très attentionné envers Rose, il se contente d'observer toute cette nouvelle famille, son français souffrant encore de nombreuses lacunes. Il répond tant bien que mal aux questions incessantes de Germaine, mais le plus souvent, il écarte les bras, impuissant à dire ce qu'on attend de lui. Rose finit par prendre sa défense et demander qu'on le ménage un peu.

Elle est radieuse. Elle rougit presque à chaque fois qu'elle regarde son mari, et Adélaïde devine qu'elle est très amoureuse à la seule façon que sa sœur a de tendre le pain à James. En discutant avec lui en anglais, Adélaïde saisit mieux la nature de son charme discret, fait de douceur et d'humour qui émanent de tous ses propos. James Carter n'est pas un homme d'éclat ni de fanfaronnades, il ne fait pas de bruit, n'agite pas les bras, mais elle le sent fiable et soucieux des autres.

C'est avec Fabien que James s'extériorise le plus. Ils ont en commun un intérêt passionné pour la science, et James veut comprendre toutes les hypothèses de Fabien sur l'utilisation de la force nucléaire. Comme ses études et même la rédaction de sa thèse se font en anglais, Fabien parle avec James dans sa langue et ils finissent par s'isoler et discuter sans voir l'heure passer.

Rose ayant un gros rattrapage de nouvelles à effectuer, tante Germaine est mise à profit pour tout le secteur de Québec. Adélaïde se rend compte, en écoutant sa tante, qu'elle pourrait revenir d'Australie et qu'elle ne serait pas plus ignorante de la vie de sa famille. Tante Georgina, celle qui ressemble le moins à leur mère, a eu soixante ans cette année et elle s'occupe exclusivement de son mari, Hubert, à qui on vient de découvrir un diabète léger. Reine est toujours mal en point avec son eczéma qui l'oblige à porter des gants même pour faire à manger, tant son bras droit est affecté.

Jean-René souffre de tous les maux et de rien du tout, il « fait faire de l'argent aux docteurs » et se plaint continuellement. Pierre a eu sept ans et est plus sage que les images pieuses qu'il collectionne.

Du côté d'Isabelle, ça bouge davantage. Maurice est toujours par monts et par vaux à cause de son travail, Louis va commencer l'école en septembre et Isabelle parle d'aller travailler. Tante Germaine passe sous silence qu'Élise a doublé sa deuxième année et qu'une autre servante a été mise à la porte par une Isabelle hystérique : cette fois, ce n'est pas Maurice, mais Jérôme qui avait, semble-t-il, essayé d'embrasser la jeune fille. Isabelle trouve que les traces du père sont précocement suivies, Jérôme n'ayant que dix ans. Germaine termine même avec un bulletin de santé de Paulette Séguin, dont Rose évoque le nom. Paulette est atteinte du même mal que sa mère : une arthrite envahissante qui la fait bien souffrir. « Voilà, ma Rose, ta famille vieillissante se définit par ses bobos ! Intéressant pour toi, ça ne te change pas de tes patients. »

Mais Rose n'a pas le découragement aisé. Elle veut des nouvelles de Béatrice dont on explique l'absence à cause de l'enregistrement d'une émission.

« Mais on est dimanche ! Ils travaillent le dimanche ? »

Personne n'en sait davantage que ce qu'a dit Béatrice, mais effectivement, cela sonne un peu étrange. C'est Florent qui suggère que le théâtre et les répétitions n'arrêtent pas le dimanche.

Rose est peinée d'apprendre que sa sœur ne voit plus jamais son fils et qu'elle ne s'est pas remariée.

« Vous pensez qu'elle va se contenter de faire carrière sans fonder une nouvelle famille ? »

Cela semble si triste à Rose, si peu conforme à l'idée qu'elle se fait du bonheur. Elle chuchote pour savoir si Fabien a des projets de cœur, maintenant qu'il va gagner sa vie et s'installer pour de bon. Là-dessus non plus, personne ne peut la rassurer. Officiellement, il n'y a personne, et Adélaïde garde pour elle ses soupçons concernant un amour illégitime. Fabien est en train d'expliquer ses projets de carrière quand Thomas vient se coller sur sa mère en demandant où sont les autres. Rose doit encore faire la connaissance de Jeannine et des enfants à l'occasion d'un souper chez Florent le lendemain.

L'arrivée impromptue de Béatrice interrompt toutes les conversations. Superbe dans une robe à pois au décolleté plongeant en pointe et à la jupe 360° soulevée par de multiples rangs de crinolines, elle embrasse tout le monde, présente Donald Turcotte, un chanteur à la mode qui dit bonsoir avec une voix de basse à faire trembler les murs, et elle s'installe auprès de James, « afin de faire connaissance ». James, embarrassé par tant d'attentions, écoute le babillage séduisant et futile de sa belle-sœur. Son anglais est impeccable et, au bout de trente minutes, Adélaïde entend Léa lui demander pourquoi tante Béatrice dit « Rouase » tout à coup. « C'est changé, maman ? C'est plus Rose ? » Florent s'amuse follement à expliquer l'art de l'accent que Béatrice maîtrise avec une fierté égale à sa compétence.

Adélaïde se fatigue très vite des efforts de conversation du chanteur qui ramène tout à ses « expériences très intéressantes du disque et de la radio » et qui lui offre une interview en profondeur qu'elle n'a pas demandée. Elle prend Thomas endormi des bras de Rose et quitte la réunion en compagnie de Florent et de Léa.

Béatrice lui jette un œil scrutateur : « Tu pars déjà ? Mais ça va mieux, non ? Tu reprends pied ? Je sais ce que c'est, ma pauvre, ça prend du courage. Essaie de manger un peu, tu es raide maigre ! »

Adélaïde ne veut surtout pas entendre la suite des bons conseils de sa sœur.

Florent et elle échangent leurs impressions sur le nouveau beau-frère et tombent d'accord : il est parfait pour Rose. Adélaïde imagine la détermination dont a dû faire preuve James pour convaincre sa sœur de changer de vocation.

« N'en sois pas si sûre, espèce d'effrontée, Rose a trouvé le sien et ça fait des étincelles, même si on ne voit pas le feu.

— Pourvu que ce soit vrai ! Je trouve notre famille assez triste en ce qui concerne les couples. Et ce n'est pas le chanteur de charme qui va améliorer notre cote ! »

Florent sait très bien que l'amertume de la critique vient directement du dépit d'avoir des réunions de famille sans le charme et l'entrain contagieux de Nic. Florent désamorce une vaine discussion en admettant que Nic lui manque cruellement lors de ces réunions.

« Attends de voir Alex chercher à impressionner Rose demain. L'esprit McNally va pétiller ! »

En se couchant près de lui, Adélaïde se demande la tête qu'il ferait, le beau-frère, en voyant Florent dormir avec elle.

« Tante Germaine voulait nous séparer quand on avait cinq ans et elle l'endure très bien maintenant. Alors, viens pas m'énerver avec l'opinion de James. Il va s'y faire, comme les autres.

— T'es bien insolent, toi, dernièrement ? Où est le Florent tout gêné ?

— Je fréquente un *hum* nommé Alex. »

Il avait la tête ailleurs quand Ada lui fait remarquer que Léa n'a pas été très dynamique à la fête, qu'elle ne parlait presque pas et ne riait pas non plus. « Tu penses qu'elle s'ennuyait ? Ou autre chose ?

— Je pense que Nic lui manque autant qu'à nous. »

Il ne dit pas à quel point il est heureux qu'elle l'ait remarqué, ce qui constitue une nette amélioration par rapport aux deux derniers mois.

Il attend qu'elle s'endorme et il se relève pour aller dans son atelier. Sur la table, quelques croquis, deux esquisses couleurs à peine regardables. Rien. Rien ne vient pour le printemps 1950. *La* saison, l'année ronde, la moitié du siècle, « la prise en main de nos destinées », voilà ce qu'il avait comme idée avant. Avant la mort de Nic. Avant que le papier ne devienne une sorte de vertige lui criant en pleine face à quel point il n'a plus rien à dire, plus rien à dessiner, plus rien à rêver. Il crayonne inutilement. Il n'a qu'un désert dans la poitrine, que des milles et des milles de vide ensablé. Si Ada n'était pas près de lui, il se soûlerait comme de Grandpré ou Maurice, il se soûlerait en espérant qu'au bout de l'ivresse il trouverait une ligne pour illustrer ce que lui fait ce tournant de demi-siècle qui s'appelle pour lui la perte de Nic. Il repense à la jupe évasée de Béatrice, les rangs et les rangs de tulle empesé, bordé de satin : tous ces chiffons, toutes ces matières qui gonflent la silhouette, qui frétillent, encombrent l'œil. Tous ces falbalas excessifs pour faire écran, dissimuler le vide intégral. Des oiseaux, des pies attirées par le brillant, le clinquant, voilà ce que nous sommes. Des linottes qui s'excitent pour un rien. Toute cette ampleur autour du bassin, cette taille prise, serrée, et les seins rendus pointus par les pinces du corsage, les cols remontés qui présentent les têtes des femmes sur un plateau. Tout le dégoûte. Alors qu'il aurait envie de couvrir Ada d'un long voile liquide qui bercerait son corps, alors qu'il aurait envie de cacher sa maigreur en faisant danser en souplesse un crêpe qui l'effleurerait sans la définir, qui lui laisserait son mystère et la forme de sa peine, alors que toutes les lignes qui lui viennent sont celles du respect, de la déférence, celles du corps exalté par le flou, la mode souligne, pince, comprime, la mode taille la silhouette avec franchise et brutalité.

Il dessine la robe qu'il désire et, à côté, il reprend la même robe en dessinant une énorme main mâle qui serre la taille de la femme et l'étrangle, faisant retrousser la jupe et le haut comme deux corolles inversées dont les bases en pointe se touchent à la taille du vêtement. La femme sablier. Qu'est-ce qui l'énerve là-dedans ? Les femmes corolles, il a aimé. *Les Perséides* avaient des tailles. De longues tailles fluides, chutes de reins interminables dont le tissu ne s'évasait que sous la fesse pour virevolter de concert avec les jambes. *Les Perséides* avaient des seins, des épaules et un cou – fluidité, voilà ce qui lui manque tant avec ces crinolines et ces petits cols blancs proprets à la définition rigide.

La main de Florent danse sur la feuille et il rejette son crayon en s'apercevant qu'il dessine encore la bouche de Nic, cette mâchoire si facile à caractériser, les cheveux qui tombent en mèches folles sur le front. C'est bien la peine de faire des reproches à Ada ! Il ne parvient pas mieux qu'elle à s'en sortir. S'il avait fallu qu'il le touche en plus ! Au moins n'est-il hanté que par ses rêveries enfuies. Il a assez entendu Ada appeler Nic dans son sommeil, il l'a assez repoussée avec tous les ménagements possibles quand, endormie, elle se collait contre son corps et cherchait sa bouche. Il peut dire, rien qu'en ayant dormi avec elle, que l'aurore était pour eux une heure favorable à l'amour.

Florent froisse la feuille qui va rejoindre les autres boules de papier par terre. Il fait une chaleur d'été ce soir. Il marche dans l'atelier, déplace des volumes dans la bibliothèque, va s'asseoir dans le fauteuil et replace les épingles piquées en dessinant des ronds concentriques qui ne mènent nulle part. À bout, il descend se verser un verre d'eau, il observe la nuit dans le jardin minuscule dont se moque Alex. Il se sent vide et insignifiant.

Un enfant de la campagne sans culture ni vision, sans la moindre envergure. Même pas capable de dessiner une collection intéressante ! Il va copier des modèles déjà vus en les maquillant, « il va donner le triste spectacle de sa médiocrité en mettant son talent au service de la contrefaçon », comme le disait de

Grandpré en parlant de la plupart des couturiers. « Pas foutus de suivre leurs voix (oui, Florent, leurs v-o-i-x) intérieures, traqués par le désir du succès, ces inspirés de la copie qui se plaignent de ce qui les sauve : la mode, ce qui est à la mode ! Pauvres crétins qui se prennent tous pour Dior ! »

Au moins, se dit Florent, je n'ai jamais prétendu être l'ombre de Dior. Il entend les oiseaux pépier, ce qui signifie qu'une autre nuit blanche s'achève. Et les enfants vont se lever dans deux heures ! Il remonte à l'atelier. Adélaïde est assise par terre et contemple les dessins rejetés. Florent essaie de saisir ceux qui représentent Nic, mais elle écarte sa main. Sachant qu'il ne la fera pas bouger, il s'assoit dans le fauteuil et attend qu'elle en finisse d'examiner les reliefs de ses pauvres efforts.

Elle est assise dos à lui et elle ne se retourne pas : « Et si, au lieu de lutter, tu plongeais ? Si tu dessinais pour lui ?

— Ada, tu veux te ruiner ? On a une clientèle féminine, on habille des femmes. »

Ada se relève, se penche vers lui : « Je suis en peine, mais pas aveugle au point de ne pas voir la tienne, Florent. Ta *job* est de dessiner, la mienne est de vendre ce que tu crées.

— Je vais y arriver. J'ai des idées... »

Elle le fixe sans rien ajouter, navrée de le voir jouer ce jeu avec elle. Il balbutie qu'il ne sait pas, qu'il est bloqué, sous l'emprise de la tension de *devoir* produire à tout prix, incapable de fournir. Mortifié, il suggère de payer quelqu'un d'autre pour dessiner. Adélaïde le laisse vider son sac. Elle a suffisamment profité de son attention pour lui offrir au moins la réciproque. Quand il se tait, mal à l'aise, elle lui recommande d'aller se coucher et de dormir tard, pendant qu'elle ira au parc avec les enfants.

« Lionel se charge de préparer tout le repas de ce soir, tu n'auras qu'à te raser et à te faire beau.

— Ada...

— O.K. Si tu tiens absolument à en parler, voici ma décision : *Coutures Florent* n'emploie que Florent. Si tu ne dessines pas, il n'y a pas de collection. On fera autre chose, je ne sais pas encore quoi, mais je vais trouver, fais-moi confiance. Il n'y en a pas d'obligation, tu comprends ? *Coutures Florent* sera en deuil, en pause, en jachère, ce que tu veux. En rétrospective, tiens ! Regard derrière avant d'aller de l'avant. Mais tu arrêtes de vouloir t'extirper des modèles de force. »

Elle exhibe le dessin où la main mâle étrangle la taille féminine : « Ça doit être à peu près la sensation de ton esprit créateur pour l'instant. On va souffler et on verra après. »

Elle se montre si calme, si persuasive qu'il se détend et va se coucher.

Adélaïde appelle Jeannine pour la supplier de ne pas parler de la prochaine collection ou des achats de tissus à faire lors de leur souper. Elle entend un gros soupir au bout du fil : « Ma pauvre Ada, ça fait belle lurette que j'ai compris qu'on serait en retard cette année ! Je l'ai pas achalé et je l'achalerai pas plus à soir, crains pas. »

* * *

Les remous de septembre finissent par s'apaiser et chacun trouve un *modus vivendi*. Chaque matin, Léa est conduite à l'école par Adélaïde, et Lionel s'occupe de Thomas pendant qu'elle se rend au bureau. À trois heures, Lionel va cueillir Léa et s'occupe du goûter.

Dès quatre heures, grâce à une volonté de fer, Adélaïde revient se pencher sur les devoirs et les leçons de Léa. Deux fois par semaine, c'est Florent qui se rend chercher Léa à l'école. Petit à petit, des habitudes se prennent et une vie familiale, bizarre et peu conventionnelle, s'installe.

Adélaïde a dû affronter des directeurs de filiales hargneux et hostiles, des sous-directeurs ouvertement réfractaires à l'idée d'être sous les ordres de deux femmes et un Stephen Stem admiratif et prêt à la collaboration après le grand conseil d'administration où elle a annoncé les changements apportés au fonctionnement de *McNally Enterprises*.

Une fois qu'Estelle a été présentée et que les responsabilités de chacun ont été redéfinies, au moment où Adélaïde ouvre un dossier, elle entend Hodge demander si l'arrangement est temporaire ou s'ils devront s'habituer à remettre leur rapport mensuel à la secrétaire.

« En effet, la secrétaire transmettra à Mme Gingras, mon vice-président. Quant à vos habitudes, monsieur Hodge, est-ce un mirage ou avez-vous eu la main heureuse dernièrement avec les actions textiles ? Vous avez vendu une bonne part de votre avoir avant de procéder à un remaniement majeur de votre secteur de façon carrément unilatérale. Sans parler du petit profit réalisé, auquel je ne toucherai pas, je dois vous informer que j'ai annulé les transactions concernant *mes* textiles, que j'ai vendu ce matin 50 % des parts de votre filiale et que je compte fermer ce secteur dans les six prochains mois. Je n'aurai plus besoin de vous ensuite. Étant consciente que votre procédé de gestion douteux était probablement une preuve de respect pour mon deuil, je ne rapporterai pas votre... disons transaction *borderline* à des autorités judiciaires qui se délecteraient du cas. Vous avez joué serré, mais je sais lire les cotes de la Bourse. Il y a un nom pour cela, Stephen... aidez-moi ! Un crime... non, un délit...

— ... d'initié, madame McNally. Délit d'initié.

— Voilà ! Merci. D'autres questions, monsieur Hodge ? *Good !* Monsieur Bégin, auriez-vous l'amabilité de m'expliquer si la voie de votre collègue vous intéresse ? Je me réfère au rapport 4269 concernant les achats d'usines où je note soit un oubli, soit un point décimal mal recopié par votre secrétaire... »

La réunion menée tambour battant par une Adélaïde apparemment sans faiblesses les laisse tous muets et convaincus que s'ils avaient l'intention de tirer avantage du veuvage et du chagrin du président et principal actionnaire des entreprises, ils auraient à se lever de bonne heure.

Adélaïde n'ignore pas que ces hommes vont s'acharner à lui faire comprendre qu'elle serait mieux chez elle à élever ses orphelins et à ramasser l'usufruit de sa fortune en confiant les opérations à des hommes plutôt que s'allier à une autre femme et rester en poste.

Stephen ne lui cache pas son inquiétude : les mentalités n'ont pas tellement évolué et, malgré la forte assise d'autorité qu'elle s'est construite en temps de guerre, elle aura toujours à affronter le doute et le mépris des hommes qui travailleront sous ses ordres.

« Pensez-vous que je ne sais pas ce que Nic m'a épargné en courant au-devant des récriminations de ces messieurs et en les menaçant s'ils me faisaient endurer leur point de vue sur la place de la femme ? Pensez-vous que je ne sais pas ce que je vous dois, Stephen, et ce que vous avez fait pour les entreprises depuis la mort de Nic ?

— Tout d'abord, Nic a dû me convaincre aussi et

me faire les mêmes sermons qu'aux autres. Patricia, mon épouse, m'a souvent servi les mêmes arguments que Nic. Mais c'était au début, en 40. Depuis, j'ai eu l'occasion de me battre avec vous et je sais à qui j'ai affaire, à quel œil. Vous êtes vite. Je dois vous dire que la transaction de Hodge, je ne l'avais pas vue. Je n'ai pas fait preuve de discernement.

— Vous aviez d'autres chats à fouetter. Vous étiez seul à prendre toutes les décisions, normal qu'un petit déséquilibre des comptes vous ait échappé. »

Stephen sourit, moqueur, et se dit que deux cent mille dollars, ça s'appelle un énorme déséquilibre pour la plupart des gens. Dans son style tranchant, Adélaïde lui expose son plan de réaménagement et lui demande s'il est prêt à passer à l'action avec elle : « Je sais que je mets la hache dans votre secteur préféré, mais les textiles baissent, c'est un marché fragile, fluctuant. Je préfère aller vers l'immobilier, comme Nic avait commencé à faire. »

Stephen est bien tenté de rouvrir le débat sur les maudits syndicats qui sont, d'après lui, la cause du problème de rendement des textiles, mais Adélaïde n'est pas Jeannine et elle ne perdra pas de temps à discuter politique.

Il est étonné de la voir si au courant des avantages fiscaux offerts aux Américains qui veulent investir dans la province. Elle lance l'idée de négocier les mêmes avantages et elle affirme que, si Duplessis résiste, elle dénichera un cousin d'Amérique qui fera affaire avec le gouvernement du Québec. « On doit bien connaître un jeune loup américain sans le sou qui veut jouer au *big boss*.

— Avec votre nom bien anglais, vous devriez obtenir ce que vous voulez. »

Adélaïde ne se mêle jamais de politique, mais Guillaume, « l'énervé révolutionnaire et quasi bolchevique de la famille », l'a alertée sur le sort des Canadiens français. La réaction de Stephen ne l'étonne donc pas : « Vous ne trouvez pas étrange, Stephen, qu'il soit plus confortable de vivre dans cette province quand on est un Anglais ? »

Mais il l'arrête tout de suite : « Un Anglais, peut-être, mais pas un Juif anglais.

— Je sais, Stephen. Ça, je sais. »

Quand Hodge se présente dans son bureau pour lui offrir des excuses et lui demander de reconsidérer sa décision, Adélaïde insiste pour qu'Estelle reste avec eux.

« Vous ne m'avez pas à proprement dit volée, mais vous avez laissé flotter mon argent pour vous remplir les poches. Votre conscience est trop élastique pour la confiance que j'ai besoin de mettre en mes collaborateurs, John. Il fallait y penser avant. La confiance qui vous a permis de jouer comme ça, je ne peux pas vous la redonner maintenant que vous l'avez trahie. Et je n'ai pas le temps de vous surveiller. Il y a beaucoup de jeux où on a plus qu'une chance. Pas ici. Ici, c'était une. Vous l'avez perdue. »

Hodge a quatre enfants, une maison neuve qu'il doit payer, une épouse qui a été malade et qui a les nerfs fragiles, tout y passe et Adélaïde voit l'œil d'Estelle se mouiller. « John, vous devriez mettre tout cela par écrit pour pouvoir y penser avant de risquer votre prochain emploi sur un coup de dés. Je peux vous faire une lettre de recommandation présentable, mais vous avez mis vous-même votre poste en péril. Je n'ai plus besoin de vous. »

Toutes deux entendent clairement le *« Bitch ! »* qu'il prononce en passant la porte du bureau. Adélaïde n'est pas surprise : « N'oubliez jamais le “*bitch*”, Estelle, et ne pensez pas que s'il avait pu ravoir son poste, j'aurais été autre chose qu'une “*bitch*” qui a voulu lui montrer sa place, une “*bitch*” qui profite du pouvoir. Cet homme-là serait le premier à renvoyer une femme compétente qui élève trois enfants toute seule pour donner sa *job* à un de ses amis. Cet homme-là pense encore que, s'il a perdu son emploi, c'est de ma maudite faute et non pas de la sienne. Quand vous êtes émue, touchée, bouleversée par un employé, prenez le temps de vous moucher avant de décider. L'émotion nous joue des tours. Ce ne sera pas long que des John Hodge vont savoir où placer l'archet.

— Je n'aurais pas eu le cœur de lui dire ce que vous avez dit.

— Vous pensez que c'est manquer de cœur ? Vous n'êtes pas la mère de tous les hommes, Estelle. Il a fait ce qu'il voulait, ce qu'il a décidé. Ça s'appelle la conséquence de ses actes. Pour organiser une *gamique* pareille, il ne peut pas prétendre qu'il ne savait pas ce qu'il faisait. Sa femme, ses enfants, son hypothèque, il les avait avant, c'était à lui d'y penser, pas à moi. Vous me trouvez dure, Estelle ? Pensez à ceci : en six ans, Hodge a fait ici le double de ce que vous avez gagné les cinq dernières années. Il a trente ans. J'estime qu'il a l'âge de raison et qu'il a eu ses chances. Il veut plus ? Il est gourmand à la limite de l'honnêteté ? Qu'il aille voler quelqu'un d'autre ! Et endurcissez-vous, Estelle, c'est le seul moyen de ne pas être mangée tout rond. »

Pressée, Adélaïde part retrouver sa fille. Estelle s'attarde au bureau à travailler, mais elle reste pensive, distraite. Ce n'est pas la dureté apparente d'Adélaïde McNally qui la trouble, ni son discours, même s'il est étonnamment neuf, c'est l'assurance d'une si jeune femme, cette certitude qui la fait décider tout de suite, sans hésitation, c'est cette confiance en son propre jugement, sa capacité d'évaluer et cette audace. Même si elle se trompe, cette femme assumera l'erreur. Sans honte. Et elle ne la répétera pas.

En rentrant à la maison ce soir-là, Estelle observe son mari d'un autre œil et chaque bière qu'elle lui apporte complaisamment la met mal à l'aise. Elle se couche avant d'avoir à apporter la cinquième et se demande comment Adélaïde se serait accommodée d'un tel problème. Mais Nic McNally n'avait pas tout à fait le style de Rod Gingras. Pas tout à fait.

* * *

À leur retour de Québec, Rose et James se sont installés dans la nouvelle maison inoccupée d'Adélaïde, le temps pour eux de trouver à se loger et d'attendre leurs affaires expédiées d'Angleterre par bateau depuis trois semaines. James commence sa recherche au Royal Victoria Hospital et accepte de faire des conférences à l'Université McGill. Rose visite sans arrêt des appartements, des maisons, cherchant un coin vivant et sécuritaire parce qu'ils ont l'intention de fonder rapidement une famille.

Début octobre, Florent n'a encore rien dessiné de valable et il commence à trouver l'expérience éprouvante. Adélaïde lui propose de prendre quinze jours au Lac, tout seul, en paix, avant que le froid ne devienne désagréable. Florent, tenté, soulève tout le supplément de travail que cela va causer et, voyant les réponses assurées d'Adélaïde, il accepte.

« Et si je n'y arrive pas ? Si je ne dessine rien de mieux ? Tout à coup je suis fini ?

— On te recommencera, Florent. On va te détricoter et on va te retricoter, comme un chandail mangé des mites. »

Florent part donc pour le Lac, muni d'une profusion de victuailles préparées par Lionel, ce qui devrait lui permettre de tenir les quinze jours sans avoir à remuer une paille.

La charge de travail d'Adélaïde s'en trouve alourdie, mais elle préfère faire face aux angoisses de *Coutures Florent* sans celles de son créateur.

Le bulletin scolaire d'octobre de Léa est accompagné d'une note de la directrice qui demande un rendez-vous avec elle pour « discuter de certains points litigieux ». Les notes de Léa ont beaucoup baissé, mais le zéro de conduite qui figure à l'encre rouge, ainsi que le faible « passable » au chapitre pourtant habituellement champion de la sociabilité, inquiète davantage Adélaïde.

Elle a beau essayer de savoir si Léa a des problèmes, des agacements, des ennuis, la petite fille soutient que ça va, qu'elle s'est seulement un peu fâchée avec une amie. Elle refuse d'en dire plus. Elle refuse de discuter du sujet et regarde ailleurs quand sa mère l'interroge.

La directrice est une femme d'une quarantaine d'années, aimable et ferme. Elle a une beauté fanée et digne qui lui donne des allures d'ancienne ballerine au dos très droit. Sans prendre de détours, elle décrit les problèmes majeurs d'indiscipline qui préoccupent beaucoup l'institutrice de Léa. Tout le personnel sait évidemment que Léa a perdu son père et sa sœur de façon tragique et chacun a essayé de collaborer et de faire preuve de patience. Mais la limite a été atteinte quand Léa a menacé de tuer une de ses compagnes « avec son fusil ».

Adélaïde n'en croit pas ses oreilles : « Son fusil ? Mais ! Pourquoi ? Je veux dire... qu'est-ce que la petite fille avait bien pu dire ? »

La directrice espère apprendre d'Adélaïde la source et la nature du conflit, puisque cela semble la concerner. Léa a justifié ses écarts de langage par la gravité de l'attaque dont sa mère avait été l'objet. « La camarade en question est Laure de Bellefeuille, vous la connaissez, je crois ? Elle a rendu visite à Léa à quelques reprises. »

Bien sûr, la nouvelle petite amie d'école de Léa qui n'est plus revenue depuis quinze jours, Adélaïde ignore pourquoi.

La directrice croit que le conflit et le problème remontent probablement à une dispute, mais elle déclare que la façon qu'a trouvée Léa pour aplanir ses difficultés de communication est pour le moins navrante. Les notes en baisse sont évidemment le contrecoup du choc subi à la mort de son père, mais la menace proférée par Léa et cette manière de recourir à la violence sont nettement plus inquiétantes.

Adélaïde en convient et promet d'y mettre bon ordre.

De toute évidence, sa fille ne lui dira pas ce qui a provoqué sa colère. À genoux, les mains croisées sur son lit, elle termine sa prière en recommandant Kitty aux bons soins du Diable et elle grimpe sur son lit. Rien ne la fait fléchir : ni la douceur ni l'autorité d'Adélaïde. Elle a l'œil un peu inquiet, mais elle tient bon, elle n'avoue rien. Pour la troisième fois ce jour-là, Ada essaie de savoir, puis elle change de tactique : « Tu aimerais mieux que j'arrête de travailler, Léa, que je reste toujours avec toi ?

— Tu veux dire que j'arrêterais l'école aussi ? Sinon, je ne serais pas avec toi.

— Non... Tu veux arrêter d'y aller ? Tu n'aimes plus ça ? »

Léa hausse les épaules et elle a l'air de trouver cela supportable, sans plus. « Qu'est-ce que tu aimerais, Léa ? »

La petite fille la fixe sans rien dire. Adélaïde entend bien qu'elles aimeraient, l'une comme l'autre, l'impossible. Elle précise : « En dehors de papa, qui ne peut pas revenir. »

Le vieux lapin usé reprend son office près de l'oreille gauche de Léa qui ne dira plus rien maintenant.

« Tu aimerais qu'on retourne au Lac toutes les deux pour chercher Florent ? On resterait tout le samedi.

— Et Thomas ?

— Si tu veux qu'on discute, on demandera à Lionel de veiller sur Thomas.

— Non. J'aime mieux avec Thomas. »

Évidemment, pense Adélaïde en bordant Léa, elle ne veut pas discuter et la perspective d'une promenade en auto ne l'enchante pas.

Adélaïde erre dans la maison, elle essaie de voir et de comprendre ce qui lui résiste chez sa fille. Elle se meurt d'envie d'appeler Florent, de lui demander de sonder Léa, lui qui sait toujours comment s'y prendre avec elle. Il lui manque. Elle étouffe avec toutes ces responsabilités. Elle peut les prendre seule, même si c'est tellement mieux quand il est là et qu'ils en parlent. Mais elle ne veut pas appeler Florent, elle risque de le faire revenir prématurément, d'interrompre sa nécessaire solitude.

Finalement, la clé de l'énigme est fournie grâce à Jacynthe. Florent, incapable de trouver le temps de faire tous les ajustements à la garde-robe d'Ada, a suggéré que Jacynthe s'y emploie. Il a trié les vêtements par ordre croissant de difficulté et il a supervisé le début des travaux. Jacynthe, formée par ses soins, s'est révélée plus que compétente, et Adélaïde a renvoyé Florent à ses problèmes en se débrouillant avec sa nièce.

Souvent, pendant l'absence de Florent, Jacynthe la rejoint et travaille à sa couture jusque vers neuf heures. Un soir, alors qu'Ada tient un dossier sur ses genoux sans parvenir à s'y concentrer, Jacynthe lui demande si elle va se marier avec Florent.

Devant l'étonnement de sa tante, Jacynthe rougit et plonge dans le panier à couture en espérant trouver un nouveau sujet de conversation. Mais Ada ne laisse pas sa nièce tranquille, jusqu'à ce qu'elle murmure que c'est Léa qui lui a dit que bientôt, Florent serait son papa et qu'il se marierait avec sa maman. « Je n'avais rien demandé, ma tante ! Elle l'a dit d'elle-même. »

Ada la croit sans peine, mais elle ne comprend pas pourquoi : « Tu penses qu'elle souhaite ça ? »

Jacynthe a l'air d'être à la torture quand elle avoue que peut-être ça fait étrange de les voir vivre ensemble sans être mariés.

« Mais on vivait ensemble quand j'étais mariée avec Nic !

— Oui, c'est sûr... je dois me tromper. Excusez-moi.

— Toi ? Est-ce que tu trouves ça étrange, Jacynthe ? »

Les yeux bleus de sa nièce la fixent, incertains : « Je ne sais pas... » Adélaïde comprend qu'elle sait très bien et qu'elle n'avouera pas qu'elle trouve ça mal.

* * *

« J'ai réfléchi, Léa, et je me demande bien ce que Laure de Bellefeuille n'aime pas chez nous. Pourquoi elle ne revient pas ? Tu t'es fâchée parce qu'elle critiquait nos façons ? »

Léa ouvre la portière, mais Adélaïde la retient : « Parle-moi, Léa.

— Maman, j'ai de l'école et Laure est niaiseuse. Bonne journée ! »

Elle claque la porte et part en courant.

Assise près de la fenêtre, Léa n'écoute pas vraiment ce que Mlle Charrette raconte. Elle n'aime pas l'histoire de Caïn et Abel, elle trouve cela idiot de la punir d'avoir menacé Laure et de lui raconter ensuite une histoire de meurtre. Contrairement au récit biblique, Kitty, elle, avait fait le bout de partir toute seule en exil avant de revenir tuer. De toute façon, Léa ne comprend pas pourquoi il faut savoir cela pour faire sa confirmation. Elle a envie de dire qu'elle refuse de faire sa confirmation, qu'elle ne veut plus communier ni aller à l'église ni nulle part. Elle ne veut plus être dans cette école où tout le monde la regarde comme une Caïn. Elle n'a tué personne. C'est pas sa faute. Laure et son air de je-sais-tout ! Et sa mère qui veut savoir maintenant, et la directrice qui la surveille et la juge tout le temps.

Léa se répète qu'elle n'aurait pas dû emmener Laure

chez Florent. Elle n'a pas pu expliquer pourquoi ce n'était pas mal de dormir avec Florent. Elle n'a pas pu dire quand sa mère se marierait. Mais elle sait que sa mère n'est pas une cochonne ni un mauvais exemple et que rien de sale n'était en cause dans la mort de son père. Kitty était folle et on ne sait pas pourquoi les fous font ce qu'ils font. Rien à voir avec Florent et sa mère. Et elle tuerait encore la première langue de vipère qui dira des mensonges sur sa mère. Tout le monde le pense, maintenant. Tout le monde le pense sans le dire : elles ricanent quand elle passe devant les autres et elles la regardent toutes quand on dit *impureté* dans l'examen de conscience du vendredi.

Léa voudrait bien que Florent épouse sa mère, ça réglerait le problème et ça permettrait d'être sûre qu'ils n'iraient jamais dans la maison qu'elle n'aime pas. Elle récite le *Notre Père* distraitement et fait le « *nea ne meneu...* » qu'elle a inventé pour ne pas dire la phrase « pardonnez-nous nos offenses comme nous pardonnons à ceux qui nous ont offensés », parce qu'elle ne veut pas mentir à Dieu qui sait tout et qui va le dire à son père qui est assis pas loin de lui dans le Ciel.

Léa ne trouve pas très grave de sauter cette demande parce qu'elle n'a rien à se faire pardonner, sauf justement de ne pas pardonner. Ni à Laure, ni aux autres méchantes langues qui pensent du mal de sa mère ni, évidemment, à Kitty la folle, ni maintenant aussi à la directrice qui a alerté sa mère et qui va la forcer à mentir. Si le monde se mêlait de ses affaires, elle ne serait pas obligée de faire des péchés tout le temps.

* * *

Le soleil se lève plus tard sur le lac. L'automne est éblouissant, les arbres ont l'air de prendre feu quand la lumière les attrape. Florent revient du bois en passant par le jardin de Nic qu'Alex a terminé et qui est protégé avec soin en prévision de l'hiver. En avançant sur le quai, il voit une truite sauter dans l'eau. S'il n'avait pas si peur, il prendrait la chaloupe et il irait pêcher. Mais Nic a oublié de l'emmener ramer quand il l'a réinitié à l'eau après la noyade de son père.

L'eau du lac prend des reflets roses et orangés, ceux du ciel et ceux des arbres. Florent respire à fond : l'air froid sent la neige. Avec un peu de chance, le givre qu'il a vu au sol ce matin sera recouvert d'une petite neige avant son retour à Montréal.

Il revient dans la maison où un feu craque dans le poêle à bois. Depuis six heures qu'il le nourrit, une bonne chaleur chasse l'humidité de la nuit. La cafetière placée sur le *back burner* est encore bien chaude et Florent retire la froque de laine qu'il a empruntée à Nic. Il est comme Ada, incapable de ne pas se couvrir des vêtements de Nic.

Il examine ses dessins : trop de lignes disparates, rien qui converge vers une bonne idée, que des fantaisies sur des thèmes épars, que des commentaires, aucun propos réel. Des exercices de débutant prometteur, voilà ce qu'il a réussi.

Il fait lentement le tour de la longue table de la salle à manger où le meilleur de ses griffonnages est étalé. Il s'accorde un maigre « moyen », le pantalon étant ce qui rachète la médiocrité générale. Des pantalons amples, de coupe nettement masculine, des pantalons qu'aucune femme courte ou grassouillette ne pourra porter. Peu importe, il a dessiné quelques « black fuseaux » classiques. Cette ligne nouvelle de pantalon est pour Ada, pour lui permettre de porter quelque chose de Nic. Et finalement, cela s'avère la seule idée originale et intéressante de la collection.

Il rassemble ses dessins, ses livres, fait son sac. Il a hâte de retrouver Ada, les enfants, il a envie d'être près d'eux, malgré son sentiment d'échec. Il est dans le bain quand il entend le moteur de la voiture. Il est près de midi, Adélaïde sait qu'il doit revenir en fin de journée, qui cela peut-il être ?

Ada est sur la véranda d'où elle observe la beauté de l'automne sur le lac.

« Ada ? Qu'est-ce qui se passe ? »

Inquiet, il la fait entrer, la serre dans ses bras. Le délicat parfum l'envahit, il s'ennuyait pour mourir, il le constate, ébahi, en l'observant retirer ses gants, circuler dans la pièce.

« J'ai pris la route pour réfléchir et j'ai abouti à une heure d'ici. Alors... »

Elle joue franc-jeu : Léa, le bulletin, la directrice et Jacynthe. Ils arrivent à la même conclusion : la petite Laure a compté les lits, les gens habitant la maison, et elle a mis le déficit de lit sur le dos de la conduite immorale. Qu'une petite fille leur fasse une sale réputation ne dérange pas Adélaïde, elle s'en fout, mais que Léa en souffre, qu'elle ait envie de régulariser la situation sans en parler aux intéressés pour ne pas les offusquer ou les brusquer, cela l'embête beaucoup. Florent est certain que Léa n'est pas scandalisée par leur affection.

« Elle, non. Mais les autres le sont. Et Léa vit avec les autres maintenant. Thomas n'a pas d'opinion et il ne pâtit pas de nos manières... Quand il ira à l'école, ce sera différent. Il faut que je rentre chez moi, Florent. Il faut remettre les choses en place pour Léa : sa mère dans sa maison et son Florent dans la sienne. »

Florent se demande si le silence de Léa n'est pas

justement destiné à éviter une telle décision. Si elle se tait, ils restent tous ensemble. Si elle demande et que c'est non, elle risque de devoir se priver d'une situation qu'elle apprécie, même si elle n'est pas acceptable aux yeux des autres.

Adélaïde ne voit pas comment y échapper : ou Florent vient vivre avec eux dans la nouvelle maison, et là encore les ragots pourront continuer, ou il reste chez lui et elle chez elle pour sauver les apparences. Florent suggère une autre solution : « Ou je t'épouse.

— Et tu leur donnes raison d'avoir pensé à mal : il y avait du vice là-dessous, ils se sont touchés avant le mariage ! Guère mieux, Florent.

— Tu ne veux pas m'épouser ? Sérieusement, Ada. »

Elle s'approche, caresse le visage aimé : « Tu serais bien le seul homme à pouvoir succéder à Nic McNally. Mais on sait tous les deux que ce serait un mensonge.

— Pour Léa ? »

Adélaïde éclate de rire : « Vraiment ! Cette enfant me ferait me marier deux fois pour elle ? Tu te rends compte que Nic ne m'a épousée que pour elle ? Et maintenant, toi ? Ça fait beaucoup pour l'honneur de Léa.

— Tu ne t'es jamais plainte du premier mariage...

— Florent ! J'aurais l'impression d'épouser mon frère. Tu as autre chose à faire de ta vie que de m'épouser. Et je ne veux pas me remarier. Je veux rester une McNally pour toujours.

— Tu ne porterais pas mon nom, c'est tout. Tu es la seule femme que j'ai eu envie d'épouser. Si ce n'est pas avec toi, je ne me marierai jamais. »

Elle ne peut pas croire qu'il soit sérieux. Le mariage n'est pas une accommodation pour les scrupules d'autrui, ni une obligation. Léa et Thomas vont emménager dans leur maison avec elle, il les visitera souvent et tout rentrera dans l'ordre.

Florent n'insiste pas, mais il ne rejette pas aussi catégoriquement qu'elle la possibilité. Il sait qu'il n'a pas envie de se marier à tout prix, mais Ada est pour lui plus importante qu'une épouse, plus présente, plus influente. Il ne voit pas pourquoi ils n'envisageraient pas d'officialiser leur association.

Il se tait, croyant qu'elle a besoin de temps avant de seulement penser à se remarier. Nic est mort depuis quatre mois et Noël sera un lourd moment à passer, sans parler de son anniversaire en novembre, date à laquelle il aurait eu quarante-neuf ans.

À l'annonce du retour imminent à la nouvelle maison, Léa fait une telle colère qu'Adélaïde et Florent doutent de leur jugement. Léa n'en démord pas : c'est une très mauvaise idée. Elle refuse d'ajouter quoi que ce soit et déclare que, elle, elle n'ira pas avec sa mère. Elle habitera avec Florent et sa mère viendra les voir de temps à autre.

Complètement déroutée par l'agressivité de sa fille, Adélaïde met le sujet « en attente » et elle laisse Florent creuser la question de son côté. De toute façon, Rose n'a pas encore décidé du quartier où elle veut habiter et Adélaïde craint que son arrivée ne la presse. La maison est bien assez grande pour loger tout le monde, mais la perspective de vivre avec des amoureux fraîchement mariés met les nerfs d'Adélaïde en boule.

La seule chose que tout ce branle-bas entraîne est le déménagement de Florent sur le divan du salon... jusqu'à ce qu'Adélaïde décide d'aller partager le lit de Thomas, qui bouge tout le temps et l'empêche de dormir.

Florent n'arrive pas à percer la colère de Léa. Elle s'entête et refuse de dire autre chose que : « Je l'aime pas, l'autre maison. »

Au bout de deux semaines, Adélaïde décide de passer à l'action et déménage ses pénates et tous les effets des enfants dans la maison. Rose a loué un appartement boulevard Saint-Joseph, il y a une semaine, et elle installe son nid avec bonheur. Comme ils sont près de la rue Jeanne-Mance, James peut se rendre à l'hôpital à pied en traversant le flanc de la montagne. Adélaïde n'a rien dit à Rose de ses problèmes avec sa fille, elle préfère la laisser profiter de son bonheur tout neuf.

Le jour où Adélaïde doit rentrer chez elle, le dernier samedi d'octobre, Léa s'enferme dans sa chambre chez Florent et elle refuse d'en sortir ou de discuter.

À deux heures de l'après-midi, Adélaïde, excédée, va porter une tartine à sa fille en se promettant de négocier serré. Elle trouve la chambre vide. Elle appelle Florent à l'Atelier. Il accourt. Aucune recherche ne permet de trouver Léa. Folle d'inquiétude, Adélaïde refait le parcours de l'école, du parc, des rues avoisinantes et elle revient bredouille. Du perron, Florent lui fait de grands signes : « Elle est avec Marthe. À la *Boutique*. Marthe vient d'appeler. »

Florent propose de se calmer, d'établir une stratégie avant d'aller chercher Léa.

« C'est ça, Florent, et quand elle voudra obtenir quelque chose, elle n'aura qu'à se sauver encore et à me faire mourir d'inquiétude. »

Florent a beau faire valoir que ce n'est pas de la provocation, mais une façon de tenir un discours, Ada ne veut rien entendre : elle est supposée élever cette enfant, pas écouter ses moindres caprices et en faire un bébé gâté sous prétexte qu'elle est orpheline de père.

Mais quand, à cinq heures, Marthe arrive en tenant par la main une Léa piteuse qui se jette au cou de sa mère en pleurant, Adélaïde ne sait plus quoi penser ou décider. Comme à chaque fois qu'elle essaie de s'expliquer, Léa éclate en sanglots, Ada finit par obtempérer et va coucher sa fille et Thomas dans leur chambre chez Florent.

La conversation qu'elle a ensuite avec Marthe ne la rassure pas davantage : Léa ne veut pas se séparer de Florent, elle ira dans l'autre maison si Florent suit, sinon elle préfère rester avec Florent, même si elle doit se priver de sa mère.

« Même si c'est mal, a-t-elle ajouté. » Marthe dépose sa tasse et conclut que Léa a besoin de consulter, que cette terreur doit être un effet de son choc.

« Jamais ! Jamais ma fille ne deviendra l'objet d'étude d'un Taylor. Jamais. Inutile d'en discuter. »

Le ton, d'une sécheresse violente, est sans appel. Marthe se sent obligée de s'excuser et de préciser qu'elle ne pensait pas à la psychiatrie, mais à un bon médecin pour enfants.

« Elle n'est pas malade. Elle s'obstine. J'étais pareille. »

Le silence qui suit est assez éloquent.

Finalement, Marthe ose donner son opinion : « Elle a peur. »

Adélaïde déteste ce genre de constat qui ne mène nulle part à son avis : « Kitty est morte, elle ne peut plus nous faire de mal. Léa sait très bien qu'aucune menace ne subsiste. »

Marthe prend une bonne respiration et se jette à l'eau : « Elle a peur d'être seule avec toi. Avec ta peine. Elle ne sait pas comment te protéger, te consoler, elle a peur de ne pas y arriver.

— Ridicule ! Je n'ai jamais fait subir mon chagrin à

mes enfants. Je me tiens devant eux. Ils n'ont pas eu à me consoler et ils n'auront pas à le faire. Je sais très bien les mettre à l'abri. S'il y en a un qui pourrait se plaindre, c'est Florent, personne d'autre. Léa n'a pas dit ça ? Pour la peur ? »

Marthe a beau répéter que c'est son interprétation, qu'il ne s'agit ni d'un reproche ni d'un jugement de sa part, Adélaïde refuse d'en entendre davantage et d'épiloguer sur le caprice de sa fille.

Florent va reconduire Marthe chez elle. « Qu'est-ce que Léa a dit, Marthe ?

— "Pourquoi maman marie pas Florent ? On serait corrects." Peut-être que mon opinion est idiote, mais Léa ne peut pas penser aller vivre sans toi dans cette maison. »

Florent discute en tête à tête avec Léa et il finit par emménager avec eux dans la nouvelle maison « pour un petit bout de temps ». Les notes de Léa sont loin de s'améliorer et son caractère, déjà assez vif, devient carrément agressif. Elle ne répète jamais les insultes et les noms que les enfants lui crient. La directrice, elle, finit par entendre les rumeurs qui courent et, pour protéger le bon renom de son établissement, elle fait venir Adélaïde pour aborder à mots couverts sa situation gênante.

« Pour être honnête avec vous, madame, je ne crois pas que votre fille ait beaucoup d'avantages à vivre une situation extrêmement douteuse sur le plan moral. »

Quand Adélaïde se voit tenue d'expliquer que Florent est un ami d'enfance, un oncle de toujours pour les enfants, qui l'épaule dans son nouveau statut de chef de famille, la directrice a un sourire onctueux pour spécifier que le soutien moral a des règles qui, ici, ne sont pas respectées. « Les gens sont prompts à juger et les apparences sont contre vous. Les enfants peuvent être cruels, j'en conviens, mais il n'y a pas de fumée sans feu. Je crois utile de vous aviser que l'aumônier ne consentira pas à recommander la confirmation de Léa si elle continue de vivre sous un toit qui abrite des pratiques contraires à la morale et à la religion.

— Je ne vois pas en quoi cela regarde votre aumônier, nous n'avons rien à nous reprocher en notre âme et conscience.

— J'en suis convaincue, madame. Mais la nuance entre un esprit libertin et un esprit dépravé est trop mince pour être laissée à des enfants. Votre fille ne peut pas faire la différence entre la liberté de mœurs et la débauche.

— Vous non plus, à ce que je vois. »

La bouche de la directrice a un rictus sévère et ne s'ouvre plus que pour donner son congé à Adélaïde : « Si vous désirez rencontrer notre aumônier, je le crois à la chapelle. Je vous remercie de vous être donné la peine de venir. »

La réunion de *Coutures Florent* où doivent se prendre d'importantes décisions concernant le défilé de mai est substantiellement retardée par l'arrivée d'une Adélaïde furieuse qui expose à Florent, à Marthe et à Jeannine, abasourdis, les soupçons de mauvaise conduite qui pèsent sur elle et sur Florent. L'aumônier ayant empiré ce que la directrice avait amorcé, le résultat ne se fait pas attendre : dès janvier, Adélaïde placera Léa dans une autre école.

Jeannine ne met pas de gants blancs pour décréter que c'est « du trouble inutile » si Florent ne bouge pas de chez elle.

« Dis tout de suite que tu trouves ça scandaleux, Jeannine !

— Pas moi. Mais les gens, oui. Les gens pensent à mal et tu ne leur sortiras pas de l'idée qu'il y a du vice là-dessous. Florent est beau garçon, connu, célibataire, tu es riche, jeune et veuve. Mets ça ensemble, t'as un scandale. »

Marthe est entièrement d'accord : « Dans notre belle province menée par des Monseigneurs, ils ont mis Borduas à la porte de l'École du meuble parce qu'il a osé dire la vérité. C'est pas toi qui vas faire changer les mentalités, Ada. Ça va en prendre plus que ça. »

Florent ne dit rien. Il est troublé, gêné et atterré, mais il ne pense qu'à une seule chose : que Léa fasse sa confirmation comme prévu, avec toutes les autres, au printemps.

Posément, il interrompt le débat et propose d'épuiser l'ordre du jour.

C'est lui qui retourne à l'école parler à la directrice et à l'aumônier. Comme par miracle, après son passage, les choses se calment, l'aumônier s'adoucit et la directrice cesse d'appeler Adélaïde.

Florent réemménage chez lui et, deux fois par semaine, Léa vient y dormir. Il va la chercher tous les jours, maintenant, et il fait les devoirs avec elle. Ada a essayé de savoir la teneur du discours qu'il a servi aux « saintes autorités », mais Florent refuse de divulguer ses ruses.

Il sait très bien qu'elle serait totalement opposée à sa diplomatie qui a consisté à jouer l'amoureux éperdu qui s'est fourvoyé en croyant faire avancer sa cause. Il n'a pas eu de mal à jurer sur l'Évangile que son souhait le plus cher était d'épouser la veuve et de faire ses enfants siens. Que son rapprochement ait été malvenu, que son comportement prête à la critique, il a convenu de tout et il a imploré avec une dignité touchante l'aide de la directrice et de l'aumônier. Il n'a aucune honte à jouer cette comédie, aucune sensation coupable à aller de l'avant avec le prêtre pour tomber d'accord qu'une femme aussi riche et autoritaire devient très difficile à marier et à convaincre « parce qu'elle se croit supérieure à cause de moyens financiers qui ne sont jamais garants d'une grande moralité ». Comme si Ada avait volé cet argent ! Comme si la richesse était suspecte. Florent a même glissé dans la conversation le montant consenti aux œuvres et il a baissé pudiquement les yeux devant le prêtre qui a abordé le difficile et nécessaire sujet de la concupiscence. Il s'est confessé, a menti devant Dieu, la directrice, et il l'aurait fait devant le monde entier pour que Léa soit réintégrée dans le cheptel de ce gardien des âmes qui a le pouvoir d'accepter qu'elle soit confirmée avec les autres. Il a même laissé savoir à Laure de Bellefeuille qu'il s'était *secrètement* engagé avec Adélaïde, ce que sa présence quotidienne à l'école tend à prouver : sinon, pourquoi un si bel homme se donnerait tant de mal ?

Florent, connaissant le poids de l'élégance raffinée dans le jugement d'autrui, se présente toujours vêtu impeccablement et il prend soin de s'entretenir gentiment avec les mères qui viennent attendre leur progéniture à la sortie de l'école. Il y a plus d'une épouse désœuvrée qui l'invite à prendre une tasse de thé « un de ces jours ». Mais Florent, respectueux, courtois, refuse avec constance.

* * *

Adélaïde laisse le piano et vient se pencher au-dessus du visage renversé de Florent qui écoutait religieusement ce Chopin. « Vas-tu me dire ce que tu as fait pour calmer les justiciers de Dieu et de la morale ? » Depuis trois semaines, elle ne le lâche pas.

Son sourire est moqueur, mais il fait non et tend les bras vers elle. Elle contourne le sofa et vient s'étendre contre lui : « T'as promis de ne plus jamais dormir ici ? De ne plus avoir de mauvaises pensées ?

— J'ai dit que je t'épouserais. »

Elle se redresse, déjà en guerre. Il la ramène contre lui en jurant qu'il n'a pas indiqué de date, que ça fait plaisir à tout le monde et que ça ne l'engage à rien.

« Tu leur donnes raison ! Tu te rends compte de ça ?

— En apparence, oui. Je ne suis pas comme toi, Ada, je ne peux pas réécrire *Refus global*, je ne pourrais même pas avouer publiquement que je suis d'accord. La paix de Léa vaut bien plus que ce mensonge. »

Adélaïde n'est même pas convaincue que la paix de Léa soit gagnée.

« Tu sais quoi, Florent, je pense que je suis athée et heureuse de l'être en plus !

— Chut ! Garde-le pour toi. Jusqu'aux vingt ans de Thomas, garde-le pour toi.

— Jusqu'à nos noces, quoi !

— C'est ça, jusqu'à nos noces. »

Florent fait des blagues, ridiculise sa position, mais il ne peut s'empêcher d'imaginer cette union, la seule possible pour lui, la seule qui lui apporterait du bonheur et, il le croit, une vie sexuelle heureuse. Comme il connaît Ada, il sait que bientôt le chagrin va creuser un autre drame, comme à l'époque de Theodore ou à celle de la guerre : Ada est une vivante et le désir va revenir. Il se souvient de leurs longues conversations sur ce sofa et des jeux où, aisément, s'il avait osé, il aurait pu la basculer et l'embrasser. Quelquefois, depuis ses ruses avec la direction de l'école, il se prend à rêver de renverser Ada et de la serrer de très, très près.

* * *

Fabien a été fortement éprouvé par les événements survenus à l'école de Léa. Comme il a reçu son doctorat *summa cum laude*, la firme américaine de Dallas a réitéré son offre mirobolante et il se propose de redemander Jeannine en mariage et de l'emmener là-bas avec les enfants.

Devant le scandale « Florent » et le discours triomphaliste de Jeannine, heureuse d'avoir épargné à ses petits un tel traitement, Fabien s'est contenté de refuser l'offre sans même lui en parler. Mais quand l'amitié de Jeannine avec Rose se développe et qu'il doit passer de grandes soirées seul parce que Jeannine est conviée à souper avec Ada, il la trouve moins drôle.

« Tu veux que je refuse les invitations ?

— Non, je veux être invité avec toi. Je ne comprends pas, je m'entends très bien avec James. »

Jeannine, honteuse, avoue que c'est sa faute, c'est elle qui s'est arrangée pour faire comprendre qu'elle préférait les soirées « entre femmes » et qui prétendait que Fabien travaillait sans arrêt. Tout ça parce qu'elle craint qu'ils ne devinent, comme Florent ou Lionel, parce que depuis cet été au Lac, ils ont fait beaucoup moins attention à leur comportement public et que l'attitude de Fabien laisse filtrer ses sentiments.

Fabien fait un calcul rapide et se lève pour aller inscrire un X sur le calendrier de la cuisine : « Ça s'améliore : cinq mois qu'on ne s'était pas disputés là-dessus. O.K., Jeannine, message reçu. » Il s'approche d'elle, la soulève du fauteuil en la tirant vers lui : « Mais un jour, tu vas t'appeler Jeannine Miller et je vais le crier sur le balcon ! Viens, je t'emmène aux vues et je te tiens la main pour y aller, pendant les deux vues plus les *Actualités françaises* et aussi pour revenir. Et si tu veux sortir "en filles" samedi prochain, tu me laisses faire ! »

* * *

James Carter fait partie de ceux qui sont très soulagés du retour de Florent dans ses quartiers et de la décence de cette séparation avec Adélaïde. Rose ne s'explique pas qu'il ait de tels scrupules et tente en vain de faire entendre à son mari la nature particulière des liens entre ces deux-là. Mais James, qui aime beaucoup Adélaïde, trouve que c'est nettement mieux pour sa réputation et son avenir. Quand il insinue qu'elle doit même être soulagée, Rose se moque de lui : « Tu ne connais pas ma sœur, James, elle a toujours fait à sa tête, peu importe ce que les autres pensent. Elle ne comprend pas et elle ne veut pas comprendre qu'on s'abaisse à agir pour aller dans le sens de l'opinion d'autrui. Toute petite, elle était comme ça. Elle n'a jamais changé. C'est Florent qui s'est incliné, pas elle. Florent est toute douceur, toute obéissance, mais pas ma sœur.

— Elle est quand même consciente du tort qu'elle se fait, non ? Qu'elle s'enlève des chances de remariage ?

— Mais Adélaïde ne se remariera pas ! Je ne pense pas.

— Pourquoi ? Elle a vingt-six ans !

— Parce qu'il n'y a pas d'autre Nic McNally, je suppose. »

Rose ne peut pas expliquer. Elle sait que sa sœur s'est mariée enceinte, qu'elle a supporté la rupture avec leur père, la radiation du testament, choses qui l'ont humiliée et mortifiée bien davantage que l'opinion de l'école et des gens. Nic n'était peut-être pas le père de Léa. Mais elle sait que Nic était devenu un grand amour. Probablement parce qu'il était aussi rare, aussi hors du commun et charmeur qu'elle. Probablement parce que c'était un homme encore plus merveilleux que leur père : « Si tu avais connu Nic, James, tu comprendrais que personne ne pourra le remplacer.

— Laisse passer les années, Rose, tu verras. Le temps va arranger les choses. »

Le temps va calmer la peine, Rose en convient, mais elle est presque certaine que sa sœur ne bougera pas et n'accordera que peu d'attention aux cavaliers qui se présenteront. À vrai dire, en visitant Isabelle et Reine à Québec, Rose croit que se marier pour en arriver là n'est certes pas enviable et sûrement pas nécessaire.

Sa cousine Isabelle, malgré un mariage qui bat de l'aile, a encore du « répondant » et sa croisade pour travailler à temps partiel provoque au moins des discussions. Chez Reine, on dirait un monastère où l'engourdissement remplace la piété. James a failli périr d'ennui et pourtant, ils ne sont restés que trois heures et tante Germaine les accompagnait. Reine a l'air mal en point. James, en jetant un coup d'œil sur son bras droit, lui a fermement suggéré d'aller consulter un spécialiste. Son bras entier, de la main à l'épaule, est croûté, fissuré, rouge, et l'eczéma, qui a gagné le cou, est hideux à voir. Sans considérer le martyre de la démangeaison, les soins particuliers qu'exigent l'hygiène et la protection de la peau sont longs et ne traitent pas le mal. Reine refuse d'en faire davantage et consent à porter sa croix. Quand Rose traduit la remarque de Jean-René voulant que Reine soit plutôt malade dans la tête, James réplique que, dans la tête ou non, la maladie était bel et bien là maintenant. Quant à Pierre, non seulement il n'a pas reconnu sa tante Rose, mais il n'a pas prononcé d'autres mots que ceux du bénédicité et des grâces. Reine lui a confié, sur un ton extatique, que Dieu avait bien l'air de l'avoir appelé, celui-là.

Rose est profondément croyante et James partage avec elle des pratiques religieuses assidues, mais ce couple confit en religiosité, chez qui l'on prie plus que l'on parle, leur a paru à tous deux inquiétant et, selon James, malsain.

À l'occasion d'un dîner qui rassemble Ada et Jeannine, James prétend que Jean-René ne se préoccupe que de sa santé, qu'il a éclatante, et qu'il se sent négligé à cause de la maladie très grave et réelle de Reine, qu'il nie. Ce qui constitue pour lui la définition du malsain : « Ce qui, à mon avis, pourrait suffire à provoquer le mal de Reine. »

Rose se désole de voir Reine refuser de consulter un dermatologue qui accepterait de la soigner à bas prix parce qu'il est un collègue de James. « Elle dit que le voyage à Montréal est trop cher ! Vraiment, c'est une pitié. J'ai appliqué de la pommade, j'ai pansé son bras. À l'intérieur du coude, c'est gratté à mort. Elle a beau mettre des gants pour dormir, elle les enlève dans son sommeil. »

Ce soir-là, Adélaïde rédige un chèque qu'elle expédie à tante Germaine plutôt qu'à Reine : si sa mémoire est bonne, Jean-René considère que le courrier de sa femme est propriété commune et il n'y a pas de raison qu'il ait évolué sur quelque sujet que ce soit. Elle appelle ensuite Reine et lui demande de venir chez elle et de tenter de faire quelque chose pour se soulager. Une semaine plus tard, elle reçoit son chèque, renvoyé avec un mot d'excuses laconique. C'est tante Germaine qui est la plus déçue : depuis des mois, elle essaie de convaincre Reine.

* * *

Quand Florent tend à Adélaïde une lettre reçue chez lui mais qui lui est adressée, il ne fait aucun commentaire. Adélaïde la met de côté sans l'ouvrir.

Chère Adélaïde,

Comme j'ai essayé de vous joindre à quelques reprises et que je suis tombé sur quelqu'un m'indiquant votre absence, je vous écris pour vous informer que mes recherches ont avancé dernièrement et que je serais en mesure de vous en parler. Si cela vous convient, faites-moi signe.

Amicalement,

Paul Picard.

Pourquoi Florent ne lui a-t-il pas dit qu'elle recevait des appels ? Quel enfant ! Il n'a tout de même pas l'intention de la mettre à l'abri de tous les hommes ?

Loin d'être gêné, Florent trouve qu'un homme qui ne se nomme pas et ne laisse pas de message est un homme qui ne souhaite pas qu'on sache qu'il a appelé.

Adélaïde hausse les épaules, irritée.

Elle appelle Paul Picard de son travail. Quand il l'invite à souper pour discuter, elle hésite et finit par lui demander de passer au bureau en fin de journée, mercredi. Elle raccroche, satisfaite. Comme ça, si elle a envie d'aller manger avec lui, elle ira, sinon elle rentrera chez elle. Le mercredi étant un soir où Florent prend Léa, elle n'aura de comptes à rendre ni à l'un ni à l'autre.

Elle ressort les longs et ennuyeux rapports du détective qui piste Taylor : le médecin vit seul, il travaille tout le temps et n'a l'air de se livrer qu'à une débauche analytique à travers les névroses de ses patients. Évidemment, le détective n'assiste pas aux séances.

Paul Picard connaît l'étroitesse de sa marge de manœuvre. S'il a attendu si longtemps avant d'appeler Adélaïde, c'est qu'il voulait au moins laisser passer deux mois de deuil. Il a beaucoup de mal à calmer ses attentes concernant cette rencontre, mais il évalue réalistement ses chances. Elle va l'envoyer promener s'il commet le moindre mouvement brusque. Il se répète continuellement de la laisser venir, de la laisser faire et il sait qu'il va ne désirer qu'une chose : l'approcher.

Une jolie jeune femme du nom de Julie Béland le fait attendre. Il est près de six heures et elle n'a pas l'air prête à s'en aller. Paul entend la voix d'Adélaïde donner son congé à la secrétaire et celle-ci lui tient la porte ouverte en l'invitant à entrer.

C'est une nouvelle Adélaïde que Paul découvre dans le vaste bureau éclairé avec efficacité et douceur. L'abat-jour ocre de la lampe sur le bureau flatte le visage levé vers lui, le visage où les yeux prennent toute la place, captent toute l'attention.

Elle se lève, tend la main, professionnelle, impressionnante d'élégance et d'assurance. Elle l'invite à s'asseoir sur l'un des deux fauteuils face au sofa et elle évite de parler d'elle en le faisant parler de lui et en ayant l'air de trouver que c'est accidentel s'ils ne se sont pas croisés dernièrement.

Paul Picard saisit tout de suite sur quel air elle veut le faire danser et, à voir les belles jambes se croiser devant lui, il perçoit également que chacun restera ostensiblement à sa place.

Une fois les nouvelles de sa résidence en chirurgie données, une fois révélés ses projets d'avenir, Paul Picard n'a plus qu'à passer à l'action et à communiquer les résultats de ses recherches. Il ne peut pas croire qu'elle va vraiment réduire leur rencontre à vingt minutes de civilités. À l'évidence, c'est ce qui l'attend. Elle a répondu « bien » à ses trois questions. Un « bien » convenu, même pas agrémenté d'un léger détail. Paul s'agite sur son fauteuil et suggère au moins de sortir du bureau et d'aller prendre un verre pour discuter du reste. Adélaïde n'est pas certaine d'avoir le temps. Déconfit, il se demande s'il va livrer la marchandise et se faire renvoyer comme un valet ou s'il va lui vendre chèrement sa piètre récolte. Le silence la fait hausser les sourcils et se pencher légèrement : « Paul ? Vous avez trouvé quelque chose ?

— J'ai fouillé le dossier. Kitty s'appelait Kathryn, vous saviez ? »

La main où brillent des pierres superbes s'agite, comme pour écarter un moucheron. Il continue, il n'a pas le choix, et révèle qu'une infirmière a de sérieux doutes quant aux sentiments de « très profond intérêt » de Taylor vis-à-vis de Kitty. Il a eu, semble-t-il, beaucoup de mal à reprendre le travail après la mort de sa patiente. Une sorte de découragement, de ralenti et de tristesse l'a rendu difficile et bourru. Taylor a traversé un très mauvais moment.

« Le pauvre ! »

Paul voit une haine si franche, si méprisante dans le visage d'Adélaïde qu'il se demande encore si ce qu'il fait n'est pas la plus mauvaise idée de séduction de sa vie. Adélaïde McNally n'a rien à gagner en creusant des sentiments pareils et en entretenant le souvenir de la mort violente de son mari. Paul se répète qu'il est idiot de penser l'amadouer ou l'intéresser en la ramenant sur son champ de bataille. Il se tait, comprenant son erreur et la position dans laquelle il s'est mis lui-même.

« Avez-vous des preuves de son intérêt amoureux pour Kitty ?

— Non... »

Le dira-t-il, le « pas encore » qui lui permettra de gagner du temps, de l'attention ? Il lutte pour ne pas utiliser ces arguments et il la voit soupirer avec découragement. La voilà qui s'appuie contre les coussins, elle s'éloigne, ne l'observe plus. Voilà, Paul en est certain, sa sortie tout indiquée.

Amère, elle murmure que ce n'est pas assez, que Taylor pourrait encore utiliser tout cela pour prouver sa compétence, l'attention véritable qu'il porte à son travail. Il lui en faudrait plus, un geste, une preuve de faute grave, d'assaut véritable.

Paul essaie de lui faire comprendre que si Taylor a approché physiquement Kitty, ce ne sera pas inscrit au dossier, que personne ne les aura surpris et que la principale intéressée ne peut plus témoigner et que, même si ça avait été le cas, personne ne lui aurait accordé la moindre crédibilité. Si jamais une infirmière émettait un soupçon, racontait avoir été témoin d'un geste déplacé, Taylor s'arrangerait alors pour faire passer la malheureuse pour une hallucinée ou une frustrée qui le croit responsable d'une broutille et veut se venger.

« Êtes-vous en train de me dire que Taylor est intouchable, Paul ?

— J'en ai peur. Il n'est pas idiot. S'il a fait quelque chose de... tendancieux, il l'a fait en cachette et cela restera caché. Jamais il n'a emmené Kitty chez lui, au restaurant ou au cinéma. Il n'a pas franchi de frontières discutables.

— Et le défilé, l'an passé ?

— La sortie figure au dossier comme une tentative expérimentale pour placer Kitty en situation conflictuelle et pour tester ses réactions. Très professionnel. Il a inscrit sa crainte de voir la patiente retomber si on la laissait partir sans "répétition" préalable. En plus, les événements lui ont donné raison. Son approche thérapeutique est osée, mais pas condamnable.

— Elle le menait par le bout du nez, lui faisait faire ce qu'elle voulait, vous ne le voyez pas ? »

Paul soupire, mal à l'aise.

« Vous me désapprouvez ? »

Qu'est-ce qu'il peut répondre qui ne provoquera pas son renvoi ? Qu'il ne la retrouve pas ? Que, malgré son visage enfin redevenu le sien, il y manque le rire et la légèreté d'avant ? Qu'il désirait parler d'autre chose avec elle, qu'il voulait l'inviter au restaurant et peut-être au concert ? Qu'il se sent un pion dans un jeu perdu d'avance ? Il a tant attendu ce moment et il est si déçu de sa naïveté, si déçu de ses sentiments qui l'empêchent de voir l'évidence : elle se fiche bien de lui, elle n'a besoin que des renseignements qu'il pourrait apporter. Et même s'il les lui donnait et qu'elle poursuivait Taylor, ce serait encore lui qui jouerait sa réputation. Le dindon de la farce, quoi ! La farce de la dinde, comme on a coutume de dire chez lui. C'est bien comme ça qu'il se sent : un bleu qui s'est fait avoir à la première manœuvre.

Il se lève, met son manteau : « Non. Je vous comprends. Je pense que vous faites face à votre manière, en attaquant. Je ne vous ai pas beaucoup aidée. Je pense que vous ne l'attraperez pas, qu'il est protégé par sa profession, par sa prudence. Je suis triste pour vous, parce que je vois bien que vous y attachez énormément d'importance.

— Mais vous trouvez cela malade ? »

Il se demande combien de gens lui ont dit cela depuis la mort de son mari.

« Je trouve que vous cherchez votre paix d'une drôle de façon, je trouve ça triste de ne pas pouvoir vous aider comme je le souhaite tant. Taylor est une fausse cible. Après lui, si jamais vous arrivez à quelque chose, il va encore falloir accepter que ce soit arrivé. Je suppose que vous n'avez pas le temps de venir manger avec moi ? »

Le regard surpris qu'elle affiche avant de confirmer qu'effectivement, elle doit rentrer, lui fait plus mal que toute la rencontre.

Après le départ de Paul Picard, Adélaïde met sur papier ce qu'elle a de plus compromettant contre Taylor. Rien. Des allégations, des suppositions, du vent, quoi ! Rien de solide, de tangible, pas de preuve, pas d'attaque possible. Son acharnement ? Professionnalisme. Ses audaces thérapeutiques ? Elles ont payé, puisque cette femme est redevenue elle-même. Tellement elle-même qu'elle est revenue chercher son dû à la pointe du fusil. Paul Picard a raison : même Taylor débouté, défait, détruit professionnellement, même une fois le coupable puni, elle se retrouvera avec le même massacre de sa vie sur les bras, la même conclusion inchangée, inchangeable : Nic est mort. Aurait-elle moins de mal à supporter ce fait s'il était le résultat d'un accident de voiture, comme pour sa mère ? Et la mort d'Anne, comment est-elle supposée apprendre à accepter cela ? La mort d'une petite fille qui n'a pas eu sa vie, qui n'a obtenu aucune des promesses qu'elle et Nic lui avaient faites à sa naissance ? Elle n'a pas protégé sa fille. Elle a manqué à son devoir de mère. Elle a laissé une folle tuer sa fille et elle veut attraper le médecin des fous pour l'obliger à dire qu'il n'aurait pas dû la laisser sortir. Et après ? Comme dit Paul Picard, il va encore falloir accepter que ce soit arrivé.

Elle range le dossier dans le tiroir fermé à clé. Il faudrait renoncer, cesser cette inutile bataille. Qu'est-ce qu'elle cherche ? À perdre encore ? Elle a assez perdu, il faudrait laisser Taylor à sa vie, à ses erreurs. Mais elle n'y arrive pas, elle s'accroche, s'enrage, argumente encore au fond d'elle-même. Elle le sait, le sent, cette lutte ne veut pas finir.

Elle se retrouve sur le trottoir enneigé – décembre. Décembre et Noël sans Nic, sans le duo des jumeaux, sans le bal de fin d'année, sans le bonheur.

Comme la désespérance de juillet est encore proche malgré ce fameux temps qui passe et doit effacer l'âpreté de la peine. Comme les pas sont petits pour la distance à parcourir.

Une buée blanche sort de sa bouche, elle remonte son col et marche vers l'église Notre-Dame. Pourquoi y a-t-il un office ? Ah oui, l'Avent. Qui dit Noël dit Avent. Elle se souvient des Ursulines, quand elle était pensionnaire parce que Florent était au sanatorium et que son père craignait de la voir désobéir. Elle aime l'odeur des églises, odeur d'encens et de bougie, odeur réconfortante de la protection divine. Elle sait qu'il n'y a pas de telle protection. Elle reste assise sur un banc en retrait et regarde les gens se lever, s'incliner, s'agenouiller et murmurer leurs prières. Ce sont ces gens qui trouvent son alliance avec Florent malséante, tendancieuse, vicieuse. Pourquoi obéirait-elle à des gens qui s'inclinent et se prosternent devant un Dieu qui ne protège même pas les bébés ?

Elle s'agite sur son banc, quelque chose l'agace dans ce qui est arrivé ce soir et ce n'est pas que son enquête piétine. Ce n'est même pas ce qu'a dit Paul Picard. Ou plutôt oui. C'est fugitif, incertain, mais elle a l'impression qu'il s'est sauvé, qu'il a quitté le bureau parce qu'il était déçu. Elle a cru qu'il la jugeait, la trouvait exaltée d'insister. Mais ce n'est pas ça. Il a tout simplement abandonné le terrain. Choquant. Elle trouve cela choquant et peu courtois. Mais qu'est-ce qu'il espérait ?

Elle quitte l'église, mécontente d'elle-même. Elle lui écrira un mot pour le remercier de sa peine. Un mot avec les vœux de Noël. Voilà qui sera parfait. Elle se demande pourquoi elle a l'impression d'être entêtée et de mauvaise foi. Elle se dit que ce doit être Taylor et elle rentre chez elle.

Quand il reçoit la carte de Noël de *McNally Enterprises* agrémentée d'une phrase personnelle le remerciant, Paul Picard est si furieux qu'il rédige coup sur coup trois cartes de vœux incendiaires avant de se contenter d'un : *Je souhaite à* McNally Enterprises *et à son président un joyeux Noël et une année des plus prospères. Ai-je bien saisi ? C'est le ton que vous souhaitez ? À votre convenance !* et il signe seulement *Paul* – et si elle a oublié qui il est, qu'elle cherche ! Et s'il la perd pour de bon à cause de cette carte, tant pis ! Il en a assez de se faire traiter comme un paillasson. Bon sang, il n'a rien fait, rien dit, et il se fait souhaiter joyeux Noël par les entreprises de son mari ! Qu'elle aille au diable !

Florent arrive à la même conclusion en essayant de planifier les festivités de Noël et du jour de l'An. Adélaïde hésite, tergiverse, ne veut aller ni à Québec ni chez Jeannine ni chez Rose, qui est prête à inviter tout le monde. Si au moins elle savait ce qu'elle veut, Florent pourrait l'organiser, mais Ada change d'idée chaque jour. La seule certitude, c'est que la nuit de Noël, il y aura un réveillon pour les enfants après la messe de minuit. Eux quatre et c'est tout. Le 19 décembre, Jeannine se fâche et avertit Adélaïde que si son logement fait trop pauvre à son goût, ils iront tous chez Fabien, mais que pour quelqu'un qui l'a forcée à célébrer Noël lors de la mort d'Alexandre, elle la trouve « ben effrontée de refuser son invitation. Ça ne me tentait pas plus qu'à toi à l'époque, et je l'ai fait pour mes enfants. Fais pareil. Y a pas de ci ni de ça, tu viens à la maison le 24 décembre avec tes petits, avec Florent, pis de bonne humeur. Force-toi ! ».

Le rappel à l'ordre ou l'autorité bougonne de Jeannine produit l'effet escompté. Pour la première fois depuis des années, Rose et Béatrice se joignent au reste de la famille. C'est une période faste pour Béatrice qui connaît un succès radiophonique important. Elle babille, amuse tout le monde avec ses anecdotes concernant les vedettes, et elle fait rêver Jacynthe en lui disant qu'elle serait tout à fait le style du chanteur Jean Lalonde, le don Juan de la chanson. Jacynthe est rouge de bonheur et elle réclame des détails sur « comment il est dans la vraie vie » comme si chanter le propulsait dans une autre dimension. Pour le plus grand bonheur de Lionel, qui ne lui a jamais ménagé son admiration, Béatrice partage sa connaissance approfondie des potins en faisant le récit du départ de Robert L'Herbier et de Rolande Désormeaux de l'émission *Les Joyeux Troubadours* dont Lionel est un fervent auditeur.

Alex a encore grandi, il atteint presque Fabien et dépasse largement sa mère. Il fume toujours autant et a l'air plus rebelle que jamais. Ses résultats scolaires sont étonnants : il remonte la pente et se place dans les dix premiers. Il confie à Ada en faisant un clin d'œil qu'il n'a rien d'autre à faire que d'étudier, qu'il n'y a pas de filles, donc pas de distractions, au pensionnat. Plus sérieusement, Alex lui parle de l'université et de son envie d'y aller. Ada est certaine de le voir s'inscrire en agronomie, mais Alex la surprend en parlant de génie civil.

« Mais, Alex... qu'est-ce que *McNally Enterprises* vont faire d'un ingénieur civil ?

— Qu'est-ce que t'aurais fait d'un agronome, Ada ? T'as pas besoin de moi et le génie m'intéresse. C'est comme concevoir un jardin avec une ville.

— Tu veux reconstruire Montréal ? Par chance que j'ai pas laissé tomber l'immobilier.

— Je ne veux pas reconstruire, je veux construire. Toutes les *sheds*, tous les loyers sales, sans toilettes, sans chauffage sécuritaire, je veux jeter ça à terre, partir à neuf. »

Adélaïde constate qu'Alex tient de sa mère avec sa propension à défendre les pauvres, les mal abriés, les démunis. Même ferveur, même sens de la justice sociale, même révolte devant l'écart entre les riches et les pauvres. Il est probable que si elle avait connu Alexandre, elle posséderait l'autre clé de cette ressemblance : jamais le frère de Nic ne s'était associé aux entreprises de Nic, jamais il n'avait approuvé ses *business*. En autant qu'Alex ne s'éloigne jamais d'elle à cause des affaires et de l'argent, il peut choisir la profession qu'il veut, elle l'aidera et elle le lui dit. Du coup, il lui demande si elle ne pourrait pas l'aider en lui prêtant sa voiture pour la période de ses vacances sous prétexte de ne pas perdre ses acquis de l'été. Pour promener et impressionner les filles serait plus juste, Adélaïde le sait, mais elle éprouve un sérieux penchant à l'indulgence avec Alex.

Béatrice s'est mis en tête d'enseigner le boogie-woogie à James qui s'applique mais n'y arrive pas vraiment. Elle se fait enjôleuse, séduisante. Adélaïde l'observe en train de manœuvrer pour que James la tienne de plus près, pour qu'il ait une vue imprenable sur son décolleté qui plonge assez profond. Quel besoin maladif a donc sa sœur de tous les mettre dans son lit ? Ou enfin, de les rendre étourdis de désir, de les affamer et de les détourner de leurs épouses ? Rose a l'air de trouver tout cela bien anodin et sa confiance va éviter des drames, Adélaïde en est convaincue. Mais elle a envie de secouer Béatrice et de lui dire de se tenir tranquille au moins avec le mari de sa sœur.

Agacée, Adélaïde va s'occuper de Donald Turcotte, le crooner délaissé au profit des pas de boogie-woogie. Elle lui offre un verre et, la main placée à deux pouces de la sienne, elle lui fait un numéro de charme qui le laisse pantois. Quand, dans un éclat de rire, elle s'incline vers lui en touchant son épaule et que, immédiatement, Donald l'enlace, Béatrice intervient sur un ton qui ne laisse pas de doute : la compétition ne l'amuse pas.

Alex, étonné, vient faire danser Ada et lui demande si, vraiment, elle a envie du chanteur.

« Penses-tu ! Béatrice m'énervait avec James ! »

Alex a envie de lui dire que pendant ces quinze minutes, elle avait eu son air d'avant, son air qui le rendait si fier, si orgueilleux de lui tenir le bras au théâtre. Mais il n'ose pas, il ne sait pas jusqu'où il peut être franc avec sa tante si imprévisible. Il se contente de remarquer que Rose est drôlement plus belle que Béatrice.

« Ah oui ? Et pourquoi, espèce de tombeur ?

— Parce qu'elle est douce, parce que c'est une vraie femme. »

La réponse laisse Adélaïde pensive... Qu'est-elle donc, elle ? Pas douce, ça c'est sûr...

Florent n'a pas été dupe un instant du manège avec Donald. Une fois les enfants couchés, Ada et lui s'accordent une exception de Noël et restent au salon dans la pénombre que le feu éclaire par touches inégales.

« Pourquoi tu penses que Béatrice n'a jamais essayé ses appas sur Nic ? »

Florent rigole, agite le cognac dans le ballon : « Elle a essayé... Elles ont toutes essayé !

— Dis qu'il n'aimait que moi, Florent. Dis qu'il ne voyait pas les autres. Aucune autre.

— Tu en doutes ?

— Non. J'ai envie de l'entendre. J'ai envie de m'en souvenir.

— Je pense qu'il les voyait toutes et qu'il ne regardait que toi. Ce que tu as fait, ce soir, avec Donald, ça l'aurait amusé. Pour en revenir à Béatrice... Nic s'en méfiait parce qu'elle te jalousait.

— Il aurait dû se méfier de sa sœur à lui.

— Il s'en méfiait. Arrête avec ça. »

Elle agite les bûches, fait éclater des parcelles de bois en petits météores flamboyants.

« Viens ici, Ada, arrête de tout bousculer. »

Elle se blottit contre lui, se calme en fixant les flammes. Elle retrouve avec acuité cette sensation d'attente inquiète du temps de guerre, cette période où Nic allait revenir. Si elle avait su combien elle était chanceuse à l'époque !

« Tu l'as revu, le beau docteur Picard ? »

Distraite dans sa réflexion, elle murmure que non et qu'elle n'a pas envie de parler de ça.

« Pourquoi ? Il te plaisait.

— Qu'est-ce qu'il y a, Florent ? Tu veux me pousser dans les bras d'un homme ? Tu en as assez de me tenir ?

— Mais veux-tu arrêter ! Tu prends le mors aux dents tellement vite, on ne peut plus rien te dire !

— Excuse. Il ne me plaît plus. Et il n'est pas si beau. Il a un beau sourire, c'est tout. »

Comme il la reconnaît bien là ! Toute en refus sauvages et en dénégations. Le docteur ne doit pas être si exclu pour mériter trois phrases.

« Est-ce que tu vas prendre un amant, Ada ?

— Es-tu fou ? Je ne peux pas faire ça ! Qu'est-ce qui te prend ?

— Mais tu ne veux pas te remarier ?

— Et alors ? Jeannine ne s'est pas remariée et elle n'a pas d'amant. On survit, Florent, on n'a pas nécessairement besoin de ça.

— Si tu le dis... »

Il faut vraiment être aveugle pour ne pas voir l'union de Fabien et de Jeannine. Florent se demande encore si les gens seraient plus clairvoyants si Fabien avait dix ans de plus. C'est fou comme le refus d'admettre entraîne le refus de voir.

Ada se fait plus lourde contre lui, elle s'endort comme Léa, d'un coup, presque au milieu d'une phrase. Elle était si belle ce soir, quand elle charmait cet imbécile. Si belle.

La lumière rosée des braises rougit l'arcade du sourcil, les longs cils projettent une petite ombre sur le haut de la pommette. Elle ne l'épousera jamais, il en a bien peur. Savoir qu'elle n'épousera personne d'autre ne lui fait pas beaucoup de bien. Il n'aimera pas la voir partir vers d'autres bras. Il est aussi bien de s'y faire, il en est certain. Ada n'est pas femme à vaincre le désir autrement qu'en y cédant, quoi qu'elle en dise. Lui qui n'a jamais considéré le désir comme un allié est troublé, tenté par cette bouche pulpeuse. Horrifié, il constate qu'il ne pourrait pas partager son lit comme avant. Cette histoire de mariage pour consoler Léa, il est en train d'y croire et de l'espérer. Il est en train de jouer un dangereux match en détruisant la tranquillité de leurs rapports. Peut-il faire autrement ? Reculer, revenir à avant ? Nic, en disparaissant, l'a-t-il libéré du désir d'hommes ? Tout le dérange, le déstabilise – il a envie d'affirmer, de réclamer Ada pour lui, tout comme Alex qui pavoise en petit coq sûr de lui ! Il va avoir vingt-trois ans et il n'a jamais touché un autre corps que le sien et celui d'Adélaïde, mais avec une affection paisible qui n'est plus celle qu'il éprouve. Il n'a pas vraiment envie d'analyser, de soupeser, il a envie d'être l'homme qu'elle suscite, il a envie d'elle, et même si ce désir l'affole et l'inquiète il le rend heureux. Heureux et sûr de lui comme jamais il ne s'est senti. Assez sûr pour se pencher, poser ses lèvres sur les lèvres closes et frémir en discernant le frisson qui la réveille, la tend vers lui.

Le baiser est surprenant, doux et totalement irrévocable.

* * *

Depuis le remariage de sa mère avec un Juif de stricte obédience, Leah habite chez son grand-père, Aaron. C'est grâce à Adélaïde si Aaron réussit à parler avec la jeune révoltée sans perdre sa patience. Complètement areligieuse, Leah s'est mise à étudier le français avec ardeur et s'éloigne de plus en plus de ses racines juives en refusant d'aller à la synagogue ou au *Talmud Tora*, en ne respectant pas *shabat* et même en refusant de se plier aux strictes règles qui régissent le comportement des jeunes filles. Elle veut s'émanciper, sortir du milieu juif qu'elle juge étouffant, rencontrer des *goyim*, bref, elle fait le désespoir de sa mère et elle inquiète passablement Aaron.

Il remet à Adélaïde une carte de Noël de la jeune fille en donnant des nouvelles décourageantes : Leah désobéit, provoque et cherche la rupture.

« Évidemment, elle préférerait qu'on la rejette. Ma patience est une ruse parce que je sais qu'elle en est étonnée. Elle me pousse, mais Ted a fait cela bien avant elle. L'ennui, c'est qu'elle est une fille et que son comportement peut lui faire du tort. Je veux dire irréparable. »

Adélaïde ouvre la carte. Le message est court et plutôt amer : *Nous n'avons pas de Noël, nous avons* Hanuka, *un faux Noël. Est-ce que votre malheur va vous tenir loin pour toujours ? Est-ce que je vous perds ? Je suis là et vous faites comme s'il n'y avait personne. Je sais le français, maintenant, et, comme je vous le disais, ce n'était pas nécessaire. Leah.*

Effectivement, l'adolescence de Leah ne sera pas facile.

Sa rencontre avec Leah rassure Adélaïde : l'entêtement est basé sur une évaluation lucide d'un manque de foi qu'Adélaïde ne peut que comprendre. Leah est très directe, très brusque dans ses questions, comme si elle n'avait pas de temps à perdre. Quand Adélaïde explique qu'elle a des problèmes avec sa fille, elle ne le fait pas pour manipuler Leah, mais elle comprend immédiatement que là est la perche qu'elle cherchait. Leah veut tout savoir : si Léa est fâchée, si elle fait des mauvais coups, si elle fait enrager son frère... Pas besoin d'être Taylor pour s'apercevoir qu'elle connaît la musique et sait ce qu'est l'agressivité.

« Tu sais, ma fille ne me parle pas beaucoup. Elle ne me dit pas pourquoi elle se fâche à l'école. Je pense que ses amies ont parlé de moi en mal et que c'est pour me défendre qu'elle a zéro de conduite. Je voudrais bien lui faire comprendre que je peux me défendre toute seule.

— Mais alors, à quoi elle sert ?

— Je peux l'aimer sans qu'elle me rende service. »

Leah ne répond rien et les yeux de Theodore, sévères, la fixent. La demi-sœur de sa fille a beaucoup de points communs avec elle. « Si j'étais comme vous, je n'aurais besoin de personne non plus.

— C'est une fausse impression, Leah, j'ai besoin de mes enfants et j'ai besoin que tu m'aides pour Léa. Elle n'a que sept ans, je ne veux pas qu'elle s'éloigne autant. Elle est trop petite.

— La dernière fois que j'ai vu papa, j'avais cinq ans. La dernière lettre, j'avais sept ans, comme ta petite fille. Un bout de lettre... mais je l'ai coupé. C'était mon bout et ma mère n'avait pas d'affaire à le garder. »

Adélaïde ne doute pas qu'Eva n'ait eu aucune chance de le conserver : « Et il disait quoi, ton papa ?

— Petite Leah, je t'embrasse. Petite Leah, je voudrais être sûr que quelqu'un te protégera du mal. Prends soin de toi comme je voudrais tant prendre soin de toi moi-même. Papa. »

Le ton est ferme, monocorde et rien n'appelle la compassion. Sauf ce « papa » dit sur le souffle. Sauf cet affaiblissement sur le « a », à peine perceptible, fissure minuscule par où on peut entendre et connaître l'abîme.

Adélaïde saisit la main de la jeune fille : il est grand temps que quelqu'un prenne soin des filles de Theodore Singer.

* * *

Rien ne révolte autant Adélaïde que tout ce *fuss* avec le tournant de 1950 ! Irritée, elle décide de décliner toutes les invitations et, pour ne pas avoir à affronter le malaise qu'elle ressent en compagnie de Florent, elle lui demande de prendre les petits chez lui et de lui offrir une nuit à elle toute seule pour réfléchir.

Lionel, qui est invité à festoyer chez Jeannine, ira dormir chez Fabien.

Le problème, outre que Florent n'a aucune envie de la savoir seule ce soir-là, est qu'il désirait assister à la fête chez Jeannine.

« Écoute, tu fais comme tu veux ! Préfères-tu laisser les petits chez Fabien ? »

Florent se fâche net : « D'abord, je ne fais pas ce que je veux et ensuite, si tu essaies de me parler d'autre chose à travers ça, j'aimerais mieux qu'on y aille franchement.

— Bon, très bien. Qu'est-ce que tu veux ?

— Que tu viennes avec nous.

— Non.

— C'est le baiser, Ada ? C'est ça qui t'achale ?

— Je ne sais pas. C'est la fin de l'année, c'est de ne pas y être comme l'an passé. C'est... tout ça. Ma vie... qu'est-ce que je fais de ma vie ? La tienne... je ne suis pas sûre de vouloir aller par là avec toi. Je ne sais pas, Florent, je voudrais démêler les fils et je n'y arrive pas. »

Florent se tait, pensif. Plus d'une semaine pour obtenir ce fatras d'explications floues. Il finit par dire que tout ce qu'il lui demande, c'est d'expliquer mieux que ça à Léa pourquoi elle ne viendra pas à la fête « avec une belle robe pas de bal ».

Et comme il n'arrive pas à lui parler, Florent lui met un mot sur le piano. Il est certain qu'elle va passer une bonne partie de la soirée à jouer.

Adélaïde joue jusqu'à ne plus sentir son dos, ses épaules, ses bras. Elle a perdu l'habitude, elle ne joue plus assez. Vers onze heures, elle lit le mot de Florent.

... S'il faut faire une croix, si tu l'exiges, ne plus jamais t'embrasser, je m'y engage parce que ne pas être loin de toi sera toujours mon choix. Mais j'ai aimé ce baiser. Pourquoi mentir ? Toi aussi, je le sais. Tu veux rester là-dessus, réfléchir ? Depuis que je suis né, nous sommes des jumeaux. Est-ce un désir aussi malade que le reste ? Condamnable, souhaitable, faux, vrai ou pervers ? Je t'aime, Ada, point. Je t'aime. Tu es ce que j'ai de plus pur au monde. Rien de ce qui nous touche ne peut être sale ou impur. Je t'embrasse comme tu le désires.

Florent.

Elle monte dans sa chambre. Il a raison, c'est troublant, confondant, ce baiser. Elle trouve cela idiot et sans conséquence parce qu'elle refuse que ce soit autre chose. Elle ouvre la penderie et en examine le contenu. Pourquoi tout ce qui est à Nic est-il disparu ? Son smoking dans lequel il était si beau, ses chemises que Florent voulait impeccables et qu'il repassait lui-même ?

Dans le rangement de la cave, elle ouvre les housses

une à une : les saisons de Nic, le corps de Nic dans chacune de ses vestes, de ses chemises. D'une main hésitante, elle touche l'étamine de laine d'une veste mi-saison – quel homme pourra jamais égaler la passion et l'intensité de leurs étreintes ? Faire jouer ce rôle à Florent serait le condamner à l'incompétence. Autre chose, il faut tourner la page et s'occuper ailleurs d'autre chose. Et étouffer le désir avec autre chose. Mais Dieu que cela la fâche, l'irrite, la ferait hurler ! Elle voudrait fermer les yeux et s'engouffrer dans une violence sexuelle qui tromperait l'absence de Nic, s'enfoncer dans la chair d'un homme et appeler Nic du dedans, le rejoindre enfin à travers l'extase qu'il savait faire éclater. Le désordre qu'il créait, cette douce violence emplie de plaintes lascives, mais où est-il ? Pourquoi ne vient-il pas lui parler, la consoler ? Elle en a assez du silence, de l'absence, elle en a assez enduré, maintenant, qu'il revienne, qu'on en finisse avec cette torture. Elle claque la porte de la cave et, y trouvant un soulagement momentané, elle recommence jusqu'à en avoir mal au bras. Elle s'installe dans la douche et tend son visage au jet chaud. Elle finit recroquevillée au fond de la baignoire à sangloter. Elle se sèche avec mauvaise humeur : elle voulait quoi ? Sauter l'année avec Nic ? En finir et lui parler ? Beau dommage ! il ne rouspétera pas. Il ne dira rien.

Elle s'apostrophe dans le miroir : « C'est fini, Adélaïde, peux-tu comprendre ça ? C'est fini ! » Elle tape comme une enfant sur la coiffeuse. Rageuse, elle tape en scandant ses « Je veux Nic ! Assez ! Où tu es ? Où ? Tu ne vois pas que je meurs ? Tu ne vois pas ce que tu fais ? ».

Elle peut hurler, personne ne l'entend, et elle hurle le nom de Nic, et elle l'engueule parce qu'il l'abandonne, la laisse continuer sans lui, sans rien. Elle le supplie, le menace. La sonnerie du téléphone interrompt sa dérive. Florent. Elle sait que c'est lui qui prend le prétexte de minuit pour se rassurer. Qu'il attende un peu. Elle se relève sans comprendre comment elle a échoué sur le tapis, elle referme sa robe de chambre, se mouche et soupire : belle réussite, cette soirée ! Tous les bienfaits de la solitude, vraiment.

Dès que la sonnerie retentit à nouveau, elle décroche : « Oui, Florent ?... Oui, toi aussi. »

Elle l'écoute s'inquiéter et le rassure du mieux qu'elle peut. Elle gâche sa soirée, il n'a pas tant de facilité à se passer de Nic, lui non plus, mais elle n'y peut rien, elle n'arrive pas à redevenir elle-même. Elle ne sait même pas si elle y parviendra un jour. Elle s'excuse avec douceur de lui faire la vie dure.

Il est une heure et demie du matin quand Paul Picard est réveillé par le téléphone. Il décroche au bout de quelques sonneries et grommelle un « allô » très mécontent.

« Vous ne célébrez pas, à ce que je vois. Vous voulez vous rendormir ou parler ? »

D'un coup, il se redresse dans son lit, voit l'heure et se sent très tout nu : « Parler. Vous m'attendez une seconde ? Je ne suis pas présentable. »

Elle a ri ! Il se précipite, enfile sa robe de chambre : « Vous êtes encore là ?

— Je vous ai fâché avec ma carte de vœux... »

Oh ! le délice des aveux simples et francs. Il lui pardonnera tellement si elle peut rire encore une fois : « Je ne pensais pas que je parlais aux entreprises tout ce temps-là.

— Mon erreur. Ce n'est effectivement pas le ton que je souhaite.

— Parfait. C'était une tierce trop haut pour moi.

— Vous êtes musicien ?

— Guitare... je m'amuse, je me distrais. Un amateur qui ne se console pas de l'être. Je suppose que vous êtes violoniste à vos heures et que vous interprétez tout Paganini sans faiblesse ?

— Je bute sur la mesure 44 du *concerto n° 1*. Pas du tout, j'aime le piano.

— C'est vrai, je me souviens de l'avoir vu... j'ai pensé à un élément décoratif.

— Finalement, vous me prenez pour une snob ou pire, une parvenue.

— Je vous prends pour... une femme surprenante. »

Il y a un de ces silences que la plupart des gens supportent mal, surtout au téléphone. Paul la sent réfléchir, apprécier leur contact. Il se gave d'elle, il voudrait la tenir là pendant ce qui reste de nuit. Finalement, elle lui demande comment il a changé d'année.

« J'ai fait un jeu de patience en écoutant la radio. À minuit, je dormais. Où êtes-vous ?

— Dans mon lit. »

Il cherche son air, c'est comme si elle l'avait caressé sans pudeur. Il se sent glisser au fond du précipice sans rien à quoi s'accrocher.

Adélaïde sourit : c'était totalement inconvenant et elle le sait, mais elle avait trop envie de le dire : « Paul ?

— Je suis là... snob ou parvenue ne conviennent pas du tout. Vous êtes sortie ?

— Le luxe des luxes : les enfants sont dans ma famille. Je suis seule. »

Elle va le rendre fou si elle continue. Qu'est-il supposé comprendre, entendre ? « Vous préférez être seule ?

— Vous êtes là. »

Dieu ! Si elle savait comme il est là ! Gêné, il essaie d'orienter autrement la conversation, mais c'est du pur flirt assez osé que dégagent toutes ses tentatives. Il finit par ne plus essayer de contrôler l'impression qu'il lui laisse et de profiter du badinage sans scrupule. Ça lui donne la sensation de danser avec elle, de guetter son corps, ses impulsions et de chercher à combler la moindre inclinaison, le moindre appel de mouvement. Elle est fantasque et difficile à suivre, mais il est attentif et il ne se laisse pas distancer ou distraire.

Il raccroche et se retrouve dans un état d'excitation qu'il ne croyait pas possible d'atteindre seulement en parlant au téléphone. Si elle avait été là, il n'aurait jamais osé dire le quart de ce qu'il lui a dit. Aurait-il osé faire ce qu'il n'a pas dit ? Il la sentait si disponible, si complice... que voulait-elle donc de lui ? Que veut-elle encore ?

À trois heures du matin, Paul Picard dévore un bol de céréales en regardant la neige tomber sur la rue tranquille. À ses yeux, la neige danse.

Apaisée comme elle ne l'a pas été depuis longtemps, Adélaïde dort profondément.

* * *

Le prétexte du perfectionnement du français de Leah fonctionne à merveille pour lui permettre de venir rencontrer Léa. Tous les samedis, Leah arrive à la maison et Adélaïde se charge de conduire les deux filles à la patinoire. Léa aime beaucoup enseigner et elle prend sa tâche au sérieux : pas un seul écart de syntaxe n'est toléré. Petit à petit, les deux petites filles se rapprochent, échangent leurs secrets et deviennent intimes.

Quand Leah explique qu'elle veut absolument éteindre la lumière parce que c'est interdit le samedi pour une Juive pratiquante, quand elle expose toutes les désobéissances auxquelles elle se livre en la visitant précisément ce jour-là, c'est comme si un pacte secret était signé entre elles deux.

Florent est horrifié et argumente longuement sur l'à-propos d'un rapprochement aussi dangereux. Risquer que Léa découvre maintenant que Nic n'était pas son vrai père est une folie à ses yeux, même pour obtenir l'amélioration immédiate qu'il est forcé de reconnaître. Malgré les bienfaits évidents de cette amitié qui calme l'une comme l'autre, Florent milite presque violemment pour une prudence qui commande de ne pas favoriser une telle alliance. D'après lui, Adélaïde joue avec l'avenir de sa fille : si leur rapport d'amitié à eux était discutable et condamnable aux yeux des gens, que sera la mise au jour d'un tel scandale pour l'avenir de Léa ?

« Florent, il n'y a aucun danger que quelqu'un d'autre que toi ou moi ne dise cela. Même Leah l'ignore. Elles ont la même histoire et veulent se réconforter mutuellement : elles ont perdu chacune leur père à l'âge de sept ans. Pourquoi refuses-tu d'admettre que c'est bon pour Léa d'enfin pouvoir parler à quelqu'un ? Avoir des secrets avec une petite amie de son âge ? »

Comme toujours quand ils abordent ce sujet, Adélaïde se garde bien de dire qu'elle soupçonne le dépit de Florent d'être davantage causé par le fait qu'il n'est plus la seule consolation de Léa avec ses projets de mariage que par le risque d'un éventuel scandale. Elle ne triomphe pas ouvertement non plus avec la remontée des notes scolaires de Léa qui lui donne raison.

Avant de descendre de voiture puisque, toujours, ils mettent leurs discussions privées à l'abri des oreilles des enfants, elle pose sa main sur l'avant-bras de Florent : « Admets que depuis deux mois, cette enfant va mieux, qu'elle rit plus souvent, qu'elle est redevenue plus impulsive. Ce matin, Florent, pour la première fois depuis la mort de Nic, je l'ai entendue te dire de couper sa tartine en quatre *comme papa faisait*. Sais-tu ce que ça veut dire, pour moi ? Te rends-tu compte qu'enfin elle parle de Nic dans les détails, comme ça lui vient, sans se surveiller ? Est-ce que le risque ne vaut pas le résultat ? Tu penses que Nic désapprouverait ?

— Qu'est-ce qui te dit qu'elle n'y serait pas venue de toute manière ? Tu joues avec le feu, Ada.

— Nic désapprouverait ? C'est ta réponse ? »

Florent se détourne d'elle et sort brusquement de la voiture, sans rien ajouter. Il fait lentement le tour de la voiture, prend le temps de se calmer et ouvre la portière pour l'aider à descendre. Les yeux gris qui le fixent ne lui laisseront aucune chance, il le sait. Il sourit, il n'a pas envie de gâcher leur soirée, ils sortent si peu, maintenant : « Je n'ai jamais eu la témérité de Nic et tu le sais. Ni son aplomb ni son sens de la provocation. Toi, tu l'as. Je ne sais pas pour Léa, c'est tout ce que j'essaie de te dire. »

Quand Ada prend son bras avec douceur, quand elle sourit avec chaleur et se presse contre lui, le temps qu'ils marchent jusqu'à la porte de chez Marthe et Jean-Pierre Dupuis, il a envie de tout accepter, de tout trouver bien.

« J'ai compris, Florent, je vais essayer de respecter le rythme de chacun et de ne pas interrompre la danse. »

Le souper organisé chez Marthe est presque un « dîner », comme les gens un peu snobs disent maintenant. L'ambiance est légère, les reparties brillantes et ils sont peu nombreux, ce qui leur permet de vraiment converser. Adélaïde refuse toute invitation comportant plus de huit convives. Rien ne l'accable davantage que ces foules de gens qui se pressent de serrer des mains et qui se contentent de regarder comment ils sont habillés avant de passer à un autre groupe. « Des cocktails pour faire de la politique et de la *business* », comme elle les qualifie. Elle se rend compte, depuis que Nic n'assure plus sa part de *saucisse habileté*, comme Léa avait appelé la sociabilité, l'an passé, qu'elle est une cible de choix pour tous les prédateurs qui cherchent le *deal* et qui ne l'approchent avec des sourires mielleux que pour lui extorquer soit un contrat, soit une faveur tout en se fichant d'elle et en s'empressant ensuite de déplorer qu'une femme, si brillante soit-elle, ne puisse avoir le discernement d'un homme pour les affaires. Il y en a même qui poussent l'impertinence jusqu'à lui demander, l'air faussement apitoyé, si sa vraie place au foyer avec ses enfants lui manque. Ce genre de réunions où elle n'a aucun plaisir, où elle se surprend à chercher les épaules de Nic dans la foule, sont désormais bannies de son emploi du temps.

S'ils veulent lui parler affaires, qu'ils prennent rendez-vous !

Vers huit heures, personne n'a envie de se lever de table pour se rendre au théâtre, comme prévu. Marthe donne le signal du départ et Ada la suit dans sa chambre. Adélaïde a de nouveau fait couper ses cheveux, qui ondulent, laissent voir son long cou et la font paraître toute jeune. Marthe achève d'appliquer soigneusement du rouge à lèvres et observe Ada qui passe une main « dérangeante » dans ses boucles. Plus jamais Ada n'a mis de rouge à lèvres depuis la mort de Nic, c'est même là le seul deuil que Marthe lui a vu porter. « Les perles, Ada... je suppose qu'elles sont véritables ? »

Adélaïde sourit en touchant les quatre rangs serrés à la base de son cou : des perles magnifiques, d'un orient rosé, douceur mate sur sa peau sobrement découverte dans un décolleté carré. « Nic n'offrait rien de faux. Jamais.

— Tu es belle. À te voir, je me dis que je ne devrais pas quitter le noir. »

Marthe porte une création de Florent d'un rose cendré qui flatte son teint, mais le fourreau d'Adélaïde tranche nettement à son avantage. Marthe conclut que Florent, malgré la diversité de son talent, ne crée que pour Ada : « Tu passerais ma robe et ce rose serait une merveille sur toi.

— Tu veux que je chicane Florent ?

— Surtout pas ! Il a enfin recommencé à dessiner, laisse-nous une chance d'avoir une collection plus fournie que celle du printemps. »

Les employés de *Coutures Florent* se sont donné le mot pour garder leurs commentaires très privés concernant la collection de printemps qu'ils sont à produire, mais ils trépignent d'impatience de voir leur « artiste » retrouver l'inspiration des *Perséides*. Or, depuis décembre, Florent a repris l'horaire création qui le tient en dehors de l'Atelier tous les matins. Adélaïde sait très bien que Florent dort le matin parce qu'il dessine la nuit, comme elle sait que Florent s'est remis à dessiner depuis ce baiser d'avant Noël, depuis ce désir sur lequel ils ne sont pas revenus vraiment, auquel ils n'ont pas retouché, mais qui a stimulé le souffle intérieur de Florent avec constance et passion depuis.

Après avoir vu quelques esquisses, Adélaïde n'a aucune inquiétude pour la collection automne-hiver 1950, mais elle en a quelques-unes concernant l'influence de leurs rapports sur l'élan créateur de Florent. Cela la tracasse beaucoup et, comme elle ne peut en parler à personne, elle engourdit ses propres sentiments, de peur qu'ils ne l'obligent à prendre un parti ou l'autre.

Dans le miroir, Ada voit Florent arriver avec son manteau tendu. Il a détaché son col sous la cravate, comme il le fait toujours, et cet accroc à la perfection de l'ensemble, tout comme ses cheveux taillés un peu trop long, lui donne ce qu'il faut de désordre pour exalter la perfection de ses traits. Il étreint ses épaules, la regarde dans la réflexion du miroir, content, heureux d'être avec elle, près d'elle. Adélaïde se détourne, saisit son bras : « Et ne dis pas qu'on fait un beau couple, je le sais. »

Les évidences, elle ne lésine pas, elle les admet.

Serge Caron, le metteur en scène avec lequel Florent a travaillé sur *Le Bel Indifférent*, a dirigé la pièce à laquelle ils assistent. La soirée se termine très tard et Adélaïde constate à quel point sa présence dérange le metteur en scène et combien il a du mal à garder discret son agacement. Il laisse même entendre que Florent repousse toutes ses propositions théâtrales à cause d'elle. À deux reprises, elle entend Florent l'avertir de ne pas prendre ce ton avec lui, qu'il décide tout seul de ce qu'il fait et de pourquoi il le fait. Caron ne les lâche pas de la soirée qui suit la représentation, il bourdonne autour d'eux comme un insecte en colère. Marthe, moins patiente que Florent, finit par se tanner : « Si je comprends bien, monsieur Caron, pour être metteur en scène, il faut savoir pour tout le monde ce qu'il serait mieux de faire. Ça ne s'arrête pas à la scène, cette pratique ? »

Mais la flèche ne porte pas, Caron est jaloux, dérangé par ce qu'il constate, incrédule et menacé : « Je pense que, pour Florent, se limiter à la mode, ce serait la même chose qu'un grand metteur en scène qui se bornerait à exécuter des comédies de boulevard. Tu es fait pour la tragédie, Florent, pour des costumes dramatiques, pour des excès que seul le théâtre autorise. »

Florent essaie de ramener Serge à un discours plus modéré et il réplique que son expérience théâtrale se résume à deux costumes contemporains sans drames et sans excès.

L'agressivité ambiante fatigue Adélaïde. Elle en a vite assez d'écouter les ronronnements complaisants et les sous-entendus aigris de l'arrière-scène. Elle glisse à l'oreille de Florent qu'elle rentre en taxi.

Au vestiaire, Florent la rejoint, les joues en feu. Ada a beau répéter qu'elle peut rentrer seule, il affiche une raideur qui n'admet aucune riposte. Il conduit brusquement et cale au coin de Sherbrooke et Bleury. Une fois la voiture repartie, Adélaïde lui demande s'il va le dire ce que Caron a fait de si choquant. Florent se contente de stationner devant chez lui et de déclarer qu'il veut lui parler. Parce qu'elle insiste, il répète les mots de Caron : « Cette femme se fout de toi, mon vieux, elle te prend pour son caniche et tu acceptes le rôle. Elle te ridiculise aux yeux de tout le monde. »

Adélaïde décide que, finalement, elle va accepter le cognac que Florent lui offrait.

« Tu sais que ce que dit cet homme m'indiffère, Florent. C'est à toi que je pense. Tout à l'heure, on parlait de Léa, de ce qu'elle peut supporter, de l'audace qu'elle a. Tu sais que je peux aller loin sans me soucier de l'opinion des autres. Je sais aussi que tu ne t'en fiches pas. En dehors de mes enfants, tu es probablement la seule personne au monde qui peut me demander de changer de comportement et pour qui j'accepterais. Je ne veux pas te perdre, Florent. Je ne peux pas te perdre. Ma mère, mon père, Theodore, Nic, Anne... je ne peux pas supporter que tu t'éloignes. Je me suis demandé si j'avais essayé de te séduire pour t'attacher davantage à moi et je pense que ce n'était pas le cas. Mais je crois quand même que ce ne serait pas judicieux de notre part. Honnêtement, je pense que toi et moi, c'est pour toujours et que ça n'a rien à voir avec le sexe. Mais quelque chose a changé et je ne sais pas si ça nous rapproche ou si ça nous éloigne. Et ça me fait peur, ça je le sais. C'est tout ce que je sais. »

Florent boit, sans commenter. Comment pourrait-il lui dire tout ce qui se bouscule, toute la révolution intérieure qu'elle a provoquée ? Toute sa vie, il a voulu ce qui lui arrive. Pour elle et elle seule. Il n'est pas fou, il sait que l'agressivité de Caron vient de son dépit de le voir lui échapper, de le voir se mettre à désirer une femme. Et pas n'importe laquelle. Une femme belle, élégante, inspirante, une voluptueuse et une femme de pouvoir. « Va retrouver ton homme d'affaires, mon beau chien ! » Voilà ce qu'il n'a pas répété à Ada. Pourquoi le ferait-il ? Caron ne fera jamais d'Adélaïde une douairière ou une putain, comme il le voudrait tant.

Elle le regarde, attend un commentaire. Il se lève et passe dans l'atelier où il saisit une liasse de feuilles qu'il lui tend. Il y en a une profusion, et c'est ce qu'il ne saurait dire, c'est sa réponse.

En silence, Ada étale sur le tapis ce chant d'amour, cette ode à la féminité que constituent les esquisses couleur. Toutes les lignes, toutes les coupes épousent, exaltent les corps et rendent les femmes infiniment séduisantes, sensuelles. Alors qu'auparavant la femme était enviable, la voilà désirable – comme si l'affirmation sexuelle de Florent le délivrait d'une certaine projection de lui-même pour faire place à une propulsion sexuelle, un désir de prendre, enfin débarrassé des interdits qui gainent l'expression du désir. C'est cet affranchissement qui fait exploser la beauté de ce qu'il désire.

Sur les dessins, rien d'accessoire ou de poupée comme Florent déteste tant dans cette mode contemporaine, mais la puissance du corps féminin dans son harmonie, quand la taille affinée et non pas étranglée, quand les seins aperçus et non pas exposés, quand les hanches, quand le ventre deviennent des rondeurs attirantes, des courbes ou des aigus désirables et non pas des coussins pour se reposer. Toutes les lignes sont dynamiques, presque guerrières, et en même temps, elles sont fluides, coulantes, caressantes. Le sommet est atteint avec les pantalons, hypermasculins, dessinés dans un sublime hommage pour rendre encore plus femme, plus vénéneuse au sens où les prêtres le déplorent tant en chaire. Ces femmes, délestées de leur afféterie, explosent d'une sexualité impérieuse et troublante, profondément dérangeante.

Adélaïde entend ce qu'elle voit : autour d'elle, mille représentations d'un désir exacerbé, chanté, célébré, magnifié par le dessin, les tissus et la couleur. Autour d'elle, son corps tel que Florent le désire, la totalité de ce qu'elle est qui n'est ni homme ni femme ni walkyrie ni tueuse, elle, toute rage devenue luxure, toute-puissante au sommet de ce qu'elle suscite et désire : prendre et être prise – manger et être dévorée. C'est une vision à la fois avilissante et glorifiante, l'envers de toute beauté, le paradoxe jamais explicité du sexe, dans l'effroi morbide et excitant qu'il réveille, le sexe si magnifique parce que périlleux de vérité.

Comment Florent sait-il tout cela d'elle ? Comment a-t-il transpercé les apparences, saisi l'alliance foudroyante de sa rage de vivre et de son désir du gouffre inquiétant, poisseux du sexe ? Malgré la beauté luxuriante des dessins, malgré l'amour éclatant dont ils témoignent, elle a honte.

Ce ne sont plus des dessins pour fabriquer des modèles, ce qui est hurlé sur papier ne sera pas rendu par le vêtement. Ce qui est révélé est ailleurs, tout comme le plaisir n'est pas que dans la seule palpitation des corps, mais dans l'esprit foudroyé, aboli, réduit au cri gémissant qui se révèle aussi un abandon infini qui permet de capter, happer l'autre et le connaître enfin. Le mystère abominable du sexe. Ces dessins n'ont rien d'obscène, mais ils feraient reculer d'horreur la plupart des gens qu'elle connaît. Comme une farine incrustée dans les pores du bois d'une table blanchit la main, les dessins exsudent violemment une fragrance de sueur et de sperme, attirante et répugnante. Elle passe une main hésitante sur le papier grenu : rien que la rugosité de la couleur séchée sur la fibre.

Fulgurante, la sensation du corps de Nic tendu contre son dos, collé à ses fesses alors que l'orage éclate et que l'électricité vacille, la bouche béante de son sexe qui fait basculer ses hanches, chercher furieusement le sexe de Nic, s'en repaître avec violence dans l'exaltant désordre du désir, ce moment fabuleux où le mot amour s'écrit dans la chair avec la chair. Précisément, les dessins ressuscitent l'instant parfait. L'art, l'alchimie de l'indicible et de l'invisible, la seule façon de transmettre apparemment sans transgresser, l'art doit être cette exposition crue et effrayante qui détraque tous les systèmes en ayant l'air de les illustrer.

Trop ébranlée pour dire quoi que ce soit, elle se

relève, et recule en contemplant les lignes des modèles qui s'entrechoquent par terre.

« Où sont les autres, Florent ? »

Ce ne sont ni des robes ni des tailleurs. Aucune couleur. Des dessins constitués de lignes noires, épaisses. Trois courbes, une zone ombrée, une économie fructueuse qui ne laisse place à aucune équivoque – les nus sont des désobéissances au bon goût et des hymnes à l'indécence bienheureuse, capiteuse.

Le silence dans la pièce bourdonne à ses oreilles. Florent, le sage Florent qui regarde avec elle. Comment a-t-il fait pour ne pas censurer ces lignes ? Comment a-t-il ouvert cette boîte damnée et ténébreuse de son sexe ? Ce n'est pas de l'audace, c'est du courage. Il ne la touche pas, il ne regarde que les feuillets : « Un baiser, Ada... Imagine ce que provoquera le reste. »

Terrifiée, elle se rend compte qu'elle ne souhaite pas l'apprendre. Florent la connaît au-delà de ce qu'elle sait et elle n'a pas la force d'affronter ses propres secrets, même divulgués avec amour. Ses secrets, elle a coutume de les enterrer avec sa sexualité, pas de les exhiber avec fierté. Elle voudrait posséder la simplicité de Florent et retirer ses perles et sa robe, comme il a étalé les fusains. Une pudeur terrorisée l'empêche de s'abandonner. Elle sursaute quand il bouge, s'éloigne. Elle est déçue de le voir lui tendre son manteau, les clés de la voiture : « Va dormir, Ada. Je pense quand même que c'est plus clair. »

Elle ne supporte pas d'être sur le trottoir sans avoir rien dit. Il est en train de ramasser les dessins par terre. Elle s'accroupit face à lui : « Je voudrais le faire... Peux-tu croire que j'ai aussi peur que toi quand tu désirais Nic ? Peux-tu comprendre ça, Florent ? »

Il se relève. Ses bras sont si bons, si rassurants. Elle

voudrait qu'il la garde avec lui comme avant, elle voudrait le retour à l'innocence. De la même façon qu'elle n'a jamais joué avec l'innocence, elle s'abstient de jouer avec la connaissance et elle quitte la maison sans rien ajouter.

Cette nuit-là, au bout de vingt minutes, Paul Picard demande à Adélaïde s'il lui arrive d'avoir envie de lui parler pendant des heures décentes. « ... Je ne sais pas, l'heure de l'apéro ou l'heure de ces fameux cocktails que tout le monde donne pour être dans le ton.

— Je vous empêche peut-être de dormir ?

— Vos appels n'y changent pas grand-chose.

— Insomnie...

— Beaucoup de noms pour la même maladie.

— Je ne veux pas d'un cocktail. Emmenez-moi au concert.

— Pensez-vous qu'il y en a à deux heures du matin ?

— Je ferai une exception. »

Si Florent savait à quel point le vent sensuel qu'il a semé est récolté par Paul Picard, Adélaïde pense qu'il la tuerait. Mais elle est incapable d'éprouver autre chose à travers ce désir que l'appel lancinant de Nic.

* * *

L'amitié entre Léa et Leah s'approfondit. Même si une bonne différence d'âge les sépare, Leah a été élevée dans un monde si particulier et si étanche à la culture francophone que la petite Léa de sept ans peut lui en remontrer pas mal. Par contre la culture juive et l'interprétation du monde à travers certains symboles bibliques n'en finissent pas de provoquer les questions de Léa.

Quand Aaron invite Adélaïde et Léa à un repas chez lui, Adélaïde a bien du mal à expliquer pourquoi la grand-mère fait comme elle fait et pourquoi tout est si codifié dans la maison de Leah. La seule chose enviable pour sa fille est le chat gris tigré qu'Aaron a acheté à sa petite-fille. Léa veut un chat à tout prix. Elle est si drôle avec les conditions qu'elle pose elle-même qu'Adélaïde ne résiste pas : comme Léa l'annonce, si elle a vingt points de plus, si les zéros de conduite ne reviennent pas d'ici la fin de l'année, elle obtiendra un chat « très, très petit pour que je le voie grandir ».

« Et si Lionel accepte », ajoute Ada qui voit bien que sa fille ne nourrit aucune inquiétude quant à l'opinion de Lionel.

Quand Adélaïde interroge Aaron sur l'avenir de Leah, si celle-ci continue de s'opposer à la règle et d'argumenter à propos du comportement des femmes selon sa religion, le vieil homme sourit, convaincu que son amie souhaite fortement cette rébellion : « Mon épouse prétend que vous avez tout d'une profane, d'une *treyf*, une *non-kosher*. Ce que chez vous on appelle une non-conformiste ou une païenne. Elle n'est pas dupe de mes agissements : si j'ai rapproché Leah de votre maison, c'est que je la préfère dans cette voie plutôt que dans celle de la stérile rancœur. Leah est la fille de Ted dans ses moindres réactions. C'est une questionneuse, un redresseur de torts qui refuse la voie injuste. Leah n'épousera jamais un Juif. Vous m'avez appris cela, Adélaïde, qu'il vaut mieux ne pas forcer la nature au risque de la voir se rebeller deux fois plus. On ne saurait faire boire un âne qui n'a pas soif, on peut tout juste le mener à l'abreuvoir. Mon épouse est très déçue de me voir lâcher la bride sur le cou de ma petite-fille, elle ne le dira pas, mais elle estime que c'est une erreur. »

Adélaïde n'admet pas qu'on essaie continuellement de ramener les femmes aux seules tâches ménagères et au devoir de mère. Pour elle, les coutumes juives qui font des femmes des servantes et des prototypes d'abnégation religieuse sont des coutumes de l'Ancien Testament qui ont besoin d'être adaptées au monde d'aujourd'hui.

Poliment, Aaron la traite d'ignorante et d'impatiente : « Dans chaque culture, il y a une cause à un comportement, un lien que l'Histoire peut rendre caduc, mais qui a eu son utilité. Nous n'avons pas les mêmes symboles, mais nous partageons avec les catholiques un sens du rituel et du sacré. Je ne parle pas de vous, mais des Canadiens français en général. Si vous forciez Rachel, mon épouse, à ne plus suivre les lois judaïques et à s'affranchir comme Leah le désire pour elle-même, vous lui feriez perdre toutes les bases sur lesquelles sa vie a reposé. Vous lui feriez du mal. Il y a un temps pour tout, Adélaïde, un temps pour naître, un temps pour grandir, apprendre, choisir et un temps pour décroître et mourir. Mon épouse ne changera ni sa vie ni sa manière de voir et elle aura du chagrin et un sentiment d'échec de voir Leah devenir ce qui vous apportera, à vous, un sentiment de plaisir et de réussite. Je ne sais pas plus que Rachel ce qui rendra Leah heureuse, je ne partage pas vos certitudes, mais j'essaie de faire pencher la balance du côté de ceux qui croissent encore. Du côté de la vie. Quand je vous invite chez moi, je sais que mes rites vont vous choquer, qu'ils vont soulever des questions et j'espère seulement qu'ils ne provoqueront pas du silence ou un refus qui mènerait à l'exclusion et au rejet. Leah ne sait pas qu'elle sera toujours juive. Moi, je le sais. Elle ne sait pas encore que sa judéité va marquer sa vie, qu'elle l'accepte ou non, qu'elle y consente ou non. Il y a les Juifs et les non-Juifs. Vous avez aimé mon fils, il a quitté sa foi pour venir vers vous. Il vous a donné une enfant qui ne sera jamais juive, à notre sens à nous. Et pourtant... elle vient vers nous comme Leah va vers vous. Rachel, parce que notre loi si discutable à votre avis le lui interdit, Rachel ne s'oppose pas à ma décision de laisser Leah suivre les traces de Theodore, mais elle n'est pas d'accord. Paradoxalement, Leah bénéficie, pour obtenir sa liberté, d'une règle qu'elle rejette. Si la règle ne l'interdisait pas, Rachel s'opposerait à moi sur cette question, elle empêcherait ce qu'elle considère comme un désastre.

— Mais vous êtes d'accord ? Vous désirez que Leah vienne vers nous ?

— Non. Mais je suis celui qui voulait bannir mon fils de ma maison et qu'une *shiksa* a converti à la tolérance. Stephen m'a dit que vous aviez une véritable armada féminine à *McNally Enterprises* et que les directeurs trouvent votre règne difficile...

— Vous allez me prêcher la tolérance, Aaron ?

— Je viens prêcher la patience. Ni les femmes ni les hommes ne sont prêts à tout bouleverser. Un principe seul ne rend pas les gens heureux. L'être humain est un animal d'habitudes. Si vous les changez toutes d'un seul coup, plusieurs mourront et les autres vont simplement s'en forger d'autres rapidement. Vous piaffez, comme un cheval de course pressé de prendre le champ. Ne méprisez pas les chevaux de trait : avant l'invention du tracteur, ils avaient l'utilité de vous fournir l'avoine.

— Mais le tracteur est inventé, Aaron. Il va plus vite et travaille plus longtemps que le cheval. »

Les yeux d'Aaron rêvent en la contemplant : « Imaginez combien je me serais battu avec vous si Ted vous avait rencontrée alors qu'il était célibataire. Dieu ! J'aurais sans doute épuisé toutes mes forces !

— Mais ça vous plaît, espèce d'entêté.

— Rachel dit la même chose, sauf qu'elle garde pour elle l'épithète. »

Quelquefois, quand elle a une discussion musclée avec des collaborateurs, Adélaïde se surprend à penser : « Cheval de trait, va ! » Étrangement, le sourire qu'elle esquisse à ce moment-là calme son impatience et l'incline à écouter plus attentivement. Sa tendance à bousculer, à casser pour passer, elle la tient solidement sous le contrôle de l'humour. Force lui est de constater que Jeannine et Estelle sont loin d'avoir la même politique qu'elle pour arriver à leurs fins. Jeannine louvoie, prend des détours payants et ménage toujours l'orgueil de son partenaire. Jamais de confrontation, jamais de conflits ouverts avec Jeannine. Elle répète inlassablement et prend la peine de remâcher tout le discours de l'autre avant de lui relancer le sien. Estelle dépense la moitié de son énergie à se convaincre qu'elle a le droit et le devoir de donner son avis et, *a fortiori*, de donner des ordres. Ses rapports à l'autorité sont ceux d'une fille battue par son père. Le premier réflexe d'Estelle dès qu'on élève la voix : elle baisse la tête et lève les épaules. À la regarder travailler, Adélaïde apprend que ce qui lui vient naturellement à elle, est chez Estelle le fruit d'un endoctrinement quotidien, récurrent et difficile.

« On dirait une esclave du Sud des États-Unis qui vient d'être affranchie. J'ai toujours l'impression qu'elle va partir en courant chercher le bâton avec lequel il faudrait la battre. »

Florent, pour qui Adélaïde garde cette franchise brutale, est outré : « Tu parles comme une enfant gâtée qui n'a jamais vu la misère, Ada ! Tu me choques ! Sais-tu ce que tu demandes à Estelle ? De devenir un boss. Alors qu'elle a été servante. Tu es cynique avec ton exemple. As-tu seulement écouté Rose raconter les chicanes d'Isabelle pour aller travailler à mi-temps ? Isabelle a été élevée avec toi, par ta mère, viens pas me dire que c'est une autre culture ! Vraiment ! À quoi tu penses ? »

Ils se chamaillent de plus en plus souvent, Adélaïde le remarque. Et en plus, il a raison. Elle se contente de l'avouer, mais elle ne va pas jusqu'à faire la paix. Elle préfère s'opposer à lui sur des sujets sans danger plutôt que d'avoir à débattre le vrai sujet brûlant entre eux deux. Florent n'est pas dupe, mais il s'épuise et la tension qui va si bien à Ada le rend absent et lui donne un teint hâve.

Quand, fin avril, il est question qu'ils aillent à New York choisir les tissus de la collection d'hiver, Florent se sent si incapable de supporter ce tête-à-tête qu'il tombe malade la veille du départ.

Fabien et Jeannine, venus prendre soin du malade, le trouvent assis à sa table à dessin. Florent insiste pour les garder à souper. Il jure qu'il était malade à en crever la veille, mais que la gastroentérite est maintenant contrôlée.

Jeannine fait une drôle de tête : « Vas-tu la rejoindre demain ? »

Florent n'y a même pas songé. Le souper tire à sa fin quand, prudemment, il évoque ses sentiments pour Ada et son désir de l'épouser. Jeannine s'étouffe dans son dessert : « Bonyeu ! Penses-tu que tu nous apprends quelque chose, Florent ? Elle veut pas ? Qu'est-ce qu'elle dit ?

— Elle ne sait pas. Pour le mariage... c'est exclu. Elle reste une McNally. »

Fabien ne peut se retenir de mentionner qu'il en connaît une autre comme cela. « Tu veux quoi ? Tu élèves ses enfants, tu travailles avec elle, tu sors avec elle, tu habites quasiment avec elle, tu ne vas pas à New York, mais c'est seulement parce que tu annules ton voyage... »

Florent rougit sans rien dire. Jeannine fusille Fabien du regard. Il n'en revient pas : « Ben quoi ? Vous... vous êtes pas ensemble ? »

Fabien déglutit péniblement, très gêné tout à coup : « Excuse... Je pensais... J'ai jamais pensé... Je veux dire, tout le monde pense... »

Comme il s'enferre au lieu de s'aider, il ouvre les deux bras en signe d'impuissance et se tait. Jeannine résume : « Bref, ce que tout le monde pense, vous ne le faites pas ? »

Un filet de voix confirme qu'effectivement ils partagent une intimité totale, sauf celle-là.

« Ça ne fait pas encore un an que Nic est mort, vous oubliez ce que c'est pour Ada ? »

Ils n'oublient pas, mais ils connaissent Ada, elle ne restera pas veuve longtemps, même si elle demeure une McNally.

Fabien aime beaucoup Florent et il voudrait bien l'aider. Il suggère qu'il passe à l'action : « Tu sais, elle peut être très décidée pour signer un contrat et hésiter à t'embrasser. C'est à toi de faire les avances. Pas une femme ne va faire ça. Bouge-toi, ça presse. J'imagine que tu ne dois pas être le seul à lui tourner autour. »

Devant l'air affolé de Florent, Jeannine ajoute pour l'encourager ; « Mais c'est toi qui as le plus de chances. »

Ce soir-là, quand Ada l'appelle de New York, il lui dit qu'il va mieux et que l'idée de faire face à leur intimité l'a probablement rendu malade. Elle rit avec la douceur qu'il aime tant : « Ça m'a évité d'être malade, je suppose. Prends soin de toi, remets-toi parce que je vais revenir un jour.

— J'espère bien. »

Adélaïde ne sait pas ce qui lui a pris. Une impulsion. Comme quand elle décide d'acheter un immeuble et que la vente doit se conclure la semaine même. Une fois rendue à Dorval, toute seule avec ses bagages et sa déception, il lui restait une heure avant de s'envoler. Elle a appelé sa fille, elle a parlé à Lionel, à Thomas et, une fois cela fait, elle a appelé l'hôpital. Paul Picard allait partir. La proposition l'étonne tellement qu'il ne dit rien. Il réfléchit. Adélaïde se méprend aussitôt : « Si vous avez d'autres plans, je comprendrais, Paul.

— Non, bien sûr. J'avais justement l'intention de prendre un avion pour New York demain. Je pensais voir un film qui n'est pas à Montréal.

— Ça m'arrange, en fait. Vous avez le numéro de l'hôtel ? Je vous rappelle plus tard. »

Jamais Paul Picard n'a été aussi rapide : il se fait remplacer à l'hôpital, emprunte de l'argent, trouve un billet, toutes choses qu'il n'a jamais faites et, en prime, il ment à sa mère qui l'attendait pour souper. Ce soir-là, il annonce à Adélaïde qu'il sera à l'hôtel le lendemain vers cinq heures.

* * *

C'est une erreur et elle le sait. Dès son arrivée à New York, Adélaïde, le cœur serré, le souffle oppressé, a retrouvé le Nic de leur voyage de noces d'après-guerre. Dans cet hôtel, elle lui a appris qu'elle était enceinte, dans cette rue, il l'a embrassée, dans cette vitrine, ils ont contemplé un drapé, dans ce café, ils ont parlé du Mexique. Pourquoi voulait-il tant aller là-bas ?

Adélaïde passe une journée harassante à courir d'un rendez-vous à l'autre, l'ombre de Nic sur les talons et la perspective de voir arriver Paul Picard sur le cœur. Elle ne sait pas à quoi elle a pensé de l'appeler. Elle pourrait jurer qu'elle n'a pas fait le lien entre New York, la force des souvenirs qu'elle y a et cet appel quasi désespéré à Paul pour ne pas s'y retrouver seule. Florent a sûrement été malade pour ne pas se souvenir de son propre voyage avec Nic. « Tout cela est profondément ridicule », voilà ce qu'elle se dit en rentrant à cinq heures.

Paul Picard est tellement heureux, tellement excité de l'aventure qu'à l'instant où elle l'aperçoit, elle sait que ce sera très éprouvant. Ils ne sont absolument pas sur la même longueur d'onde et Adélaïde est très consciente qu'elle est responsable du malentendu. Elle a envie de tourner les talons et de le planter là avec son exubérance.

Paul Picard ne se demande qu'une chose : pourquoi cette femme si chaleureuse au téléphone est-elle glaciale en personne ? Chaque fois, c'est la même douche écossaise : il s'embarque pour une romance et se retrouve sur un navire de guerre. La brièveté de la salutation, l'air affairé que prend Adélaïde, ses yeux animés, comme s'il lui restait mille choses à faire, lui donnent le ton et il saisit son sac pour prendre une chambre. Il ne savait même pas s'il devait partager la sienne ou non. Maintenant, il sait.

Dans le refuge de sa chambre, il change de stratégie et ramène ses espoirs à des proportions plus réalistes : il sera donc l'ami réconfortant et partagera sa table, mais pas son lit. Dès qu'il s'est fait à l'idée, dès qu'il se comporte comme elle semblait le souhaiter, le vent vire encore et elle devient rieuse et détendue... et infiniment désirable.

Il la quitte à la porte de sa chambre, sans même essayer de l'embrasser.

C'est elle qui l'appelle une heure plus tard. Il est à peine moqueur : « Si je comprends bien, vous avez un coup de *blues* entre une et deux heures du matin ? »

Adélaïde répond que cela décrit assez justement ses mouvements intérieurs. Paul se demande si leurs relations amoureuses vont demeurer téléphoniques. Il trouve cela stupide : ils sont ensemble à New York, rien ne les empêche de passer à l'action et ils sont encore au téléphone !

À deux heures, il frappe à sa porte.

À deux heures quinze, hors d'haleine, il roule sur le côté du lit et tente d'attirer Adélaïde contre son épaule avec tendresse.

Adélaïde ne peut pas croire que ce soit déjà fini. Elle n'a rien senti, rien vu. Il doit y avoir une erreur, ce n'est pas possible ! Elle porte encore sa robe de nuit ! Elle est tellement déçue, tellement étonnée qu'elle ne sait même pas ce qui s'est passé. Elle se rappelle lui avoir demandé de prendre des précautions pour ne pas la mettre enceinte. Tout ce qu'il a fait a été de se retirer dès qu'il l'a pénétrée. Sur le coup, elle a cru qu'il procédait à la contraception, mais il s'est contenté de mouiller le drap en murmurant son prénom.

Elle est tellement tendue et furieuse qu'elle est obligée de se lever pour éviter de se ruer sur lui et de le battre. Elle a trompé Nic pour ça ! Pour cette minable et désagréable expérience ! Une envie folle la prend de se laver, d'effacer l'offense, de récurer son corps lésé. Elle emplit la baignoire.

Elle l'entend gratter à la porte de la salle de bains, lui demander ce qu'elle fait et lui rappeler l'heure. Elle s'étend dans l'eau chaude, enveloppante. Nic ! Comme il lui manque !

Paul continue de demander s'il peut entrer et elle finit par lui dire qu'elle préférerait être seule. Il ne répond rien et cesse de frapper. Elle espère follement qu'il est parti, même si elle se sent brutale de le vouloir.

Est-ce possible que la sexualité soit si différente d'une personne à l'autre ? Elle se rappelle sa surprise quand une fureur presque animale la prenait avec Nic, alors que Theodore l'avait initiée à la douceur insidieuse de ses caresses. Les deux hommes possédaient cette science amoureuse qui l'avait laissée suffoquée d'amour, ivre de plaisir. Paul Picard embrassait bien, mais dès qu'un vêtement était écarté, c'était comme si une chasse à courre était ouverte. Se peut-il qu'il ne sache pas ? Theodore et Nic avaient des années de plus qu'elle, l'expérience de beaucoup de femmes en ce qui concerne Nic, une femme pour Theodore... Cette façon qu'il avait eue de laver le premier sang... pas étonnant qu'elle aime tant être dans le bain après l'amour.

À la seule vue des draps défaits, Adélaïde sent remonter le dépit. Est-ce vraiment tout ce qu'elle peut attendre de l'avenir ? Ce soupir affairé, cette exaltation à laquelle elle ne participe pas ? Est-ce parce que Nic lui manque qu'elle n'est pas arrivée à sentir Paul ? Est-ce comme ça qu'un catholique canadien-français approche une femme ou est-ce que la nationalité n'a rien à y voir ? Ça ne donne pas envie de retourner vérifier quoi que ce soit, c'est sûr. Adélaïde étend une serviette sur la souillure des draps et se recouche. Au moins, elle n'aura pas à le supporter toute la nuit. Dire qu'il ne l'a même pas déshabillée complètement ! Cet homme a « fait l'acte » avec elle sans la regarder, sans avoir la curiosité de son corps, et il ne l'a pas laissée le regarder non plus. Étonnant, totalement anormal, pense Adélaïde. Elle revoit les fusains de Florent. Lui, au moins, l'aurait explorée et regardée des mains et des yeux, elle en est certaine.

Mais aucun ne l'aurait fait basculer dans l'euphorique débauche comme Nic savait le faire. De ça, elle est convaincue.

Assis au bord de son lit, Paul Picard contemple son sac qu'il vient de boucler. À trois heures du matin, il ne peut pas aller bien loin. Il a tellement honte qu'il souhaite ne plus jamais croiser cette femme. Il aurait dû l'avertir, lui dire que, peut-être, il aurait des difficultés à contenir son enthousiasme, mais qu'il se calmerait. Il a si peu d'expérience ! Tout ce qu'il sait est si mince, si biologique. Il ne voulait pas la brusquer, agir comme un égoïste, et tout ce qu'il a réussi, c'est à ne pas la mettre enceinte en se retirant. Qu'était-il supposé comprendre ou faire ? Jamais il n'a vu une femme le planter là après et s'enfermer dans la salle de bains. Il ne l'a pourtant pas maltraitée, il l'a laissée bien couverte, il l'a pudiquement respectée.

C'est ce problème de précipitation, il en est certain. Mariée à un homme plus vieux, elle ne devait pas éprouver ce genre de contretemps. Ça devait plutôt être le contraire. Il ne sait pas. Il ne sait rien, sauf deux ou trois blagues salaces. Il ne pourrait pas emplir une demi-page sur l'acte sexuel si on le lui demandait dans un cours de médecine. Aucun danger qu'on le lui demande, d'ailleurs. Ça n'intéresse pas la médecine, ce qu'on fait de son corps. Ce qu'on n'arrive pas à faire, ça va, mais ce qu'on fait...

De toute sa vie, il a eu deux femmes. Deux. Une fois chacune. La première, c'était dans la voiture des parents de la jeune femme et la vitesse d'exécution s'était avérée une chance parce qu'ils risquaient à tout moment d'être surpris.

La seconde était une femme âgée. Elle avait trente ans et il en avait vingt-trois. Une infirmière mariée. Ils s'étaient agacés, approchés, titillés. Finalement, à la fin d'un *shift*, elle l'avait entraîné dans une chambre. C'est la seule qui avait trouvé cela amusant que le plaisir jaillisse si vite. Elle avait dit que ce n'était pas grave et ils avaient recommencé tout de suite. Après cela, son internat rotatif l'ayant entraîné ailleurs, il l'avait perdue de vue. Il l'avait appelée deux ou trois fois, mais elle préférait « ne pas commencer d'histoire ».

Paul se voit condamné à ne toucher qu'une seule fois les femmes qu'il désire. Et mal, en plus. Comme si ses mains et son corps ne lui obéissaient plus, comme s'il perdait tout contrôle. Il ne peut quand même pas les prévenir avant, ce serait un comble !

Triste pour mourir, il arpente sa chambre en s'interrogeant sur ce qu'il peut faire pour la revoir, lui parler. Il n'a pas envie de s'excuser, mais de lui expliquer qu'elle est plus importante que tout cela pour lui, qu'il l'aime et que, pour ne pas la perdre, pour la fréquenter, il est prêt à garder pour lui ses bas instincts et à ne plus l'achaler avec ça. Il est prêt à tout, sauf à la perdre. Il ne veut pas la décevoir ni lui manquer de respect. Il veut la revoir, l'entendre rire. Il veut être près d'elle à ses conditions, il ne réclamera rien d'autre.

À la fin de la nuit, il s'assoit au petit secrétaire et il recommence quatre fois la lettre qu'il finit par glisser sous la porte de la chambre d'Adélaïde. Il est sept heures du matin.

* * *

Épuisée, Adélaïde s'offre un thé dans le salon de l'hôtel Pierre où elle vient de rencontrer un gros client potentiel. Elle s'est habillée trop chaudement, New York fin avril, c'est comme Montréal à la fin mai. C'est déjà le printemps et les magnolias sont en fleur. Elle aurait voulu retourner au Met et marcher dans Central Park, mais elle n'en aura probablement pas le temps.

Elle grignote un scone en observant les gens qui occupent l'endroit : chics, ils sont tellement élégants et distingués. La « fine fleur », comme dirait sa mère. La fine fleur de la société new-yorkaise. Un grand sec qui grignote un biscuit comme un écureuil lui fait un léger signe de tête admiratif. Elle détourne les yeux, elle en a vraiment plein les bras pour l'instant. Elle n'a pas suffisamment dormi et la journée lui pèse, mais elle craint davantage sa rencontre avec Paul Picard ce soir que toutes les négociations à venir. Comme elle préférerait rentrer à l'hôtel et y trouver une note lui signifiant son départ. Elle est bien consciente d'être lâche, mais que peut-elle répondre à sa lettre ? Il lui offre la seule chose dont elle n'a pas besoin, une dévotion amoureuse et une affectueuse amitié. Ce ne serait pas très convenable de lui expliquer qu'elle ne le fréquente pas pour l'aimer, mais pour l'excitation qu'il suscitait. Excitation totalement exclue maintenant. Sa lettre d'amour est touchante, sincère, et elle met en relief tout ce qui la sépare de Paul Picard. Il ne peut pas lui offrir ce dont elle a tant besoin. Si c'était une aventure amoureuse qu'elle souhaitait, elle n'aurait qu'à tendre la main vers Florent. Ce qui semble si bas et si indigne à Paul, cet instinct dont il parle avec mépris, c'était précisément ce qu'elle désirait et elle ne peut plus l'avouer car il en serait probablement dégoûté. Elle se demande comment elle en est arrivée là, à cette chose que son père considérait avec tant de colère quand il lui avait dit que ce n'était pas comme ça qu'il l'avait élevée. Comme ça ou non, elle avait en elle tout ce qu'il faut pour devenir indigne et aussi dévergondée qu'il le redoutait. Elle n'est pas particulièrement fière, mais elle est profondément consciente de l'impossibilité de vivre loin de sa nature. L'imposture représenterait un danger à ses yeux. Tout comme elle s'est trompée en faisant venir Paul Picard à New York, parce qu'elle n'a pas compris qu'elle craignait avant tout d'être seule avec ses souvenirs, elle se tromperait gravement en acceptant les termes de sa proposition d'amitié en ne désirant au fond que se rassurer sur sa dignité de veuve pudique. Elle ne se sent pas veuve et elle n'a pas tant d'attirance pour la modestie et la pudeur. Le constat, quoique gênant, lui semble nécessaire. Elle se promet de ne plus avoir à préciser ces choses avec quiconque à l'avenir.

Elle range la lettre de Paul et rentre à l'hôtel.

Il l'attend dans le hall. Elle lui est reconnaissante de ne pas faire semblant de lire le journal ou de la croiser par hasard. Il l'attend ouvertement, délibérément. Il a un certain courage pour venir vers elle comme il le fait, regard direct et ne cherchant pas à cacher sa tristesse. De cela, Adélaïde se sait incapable.

Elle prend la liasse de messages, vérifie que rien d'alarmant ne vient de Lionel ou de Florent et elle va s'asseoir avec Paul. Il est si mal à l'aise qu'il en bégaie. Comme toujours, la timidité émeut Adélaïde, l'incite à l'indulgence.

Ils vont manger dans un restaurant sympathique et, peu à peu, à mesure que la soirée avance, Paul se détend, redevient un compagnon drôle, perd son air guindé et terrorisé. Il est tard et Adélaïde est fatiguée quand ils retournent à l'hôtel, mais elle l'entraîne vers le bar afin de profiter de la détente entre eux et lui parler. Pourquoi il n'est pas un amant agréable, elle l'ignore, et elle n'a aucune intention d'aborder le sujet. Par contre, elle n'a aucune difficulté à être désolée et peinée de la conclusion à laquelle elle arrive : elle aurait aimé partager jusqu'au lit la complicité qu'ils ont ailleurs.

Paul réagit de la seule manière qu'Adélaïde n'avait pas prévue, il éclate en sanglots. Dans un bar ! À la vue de tous, sans se soucier du regard du serveur et des clients. Elle n'en revient pas. Est-il si jeune qu'il ne sache retenir ses larmes ? C'est si inconvenant, si gênant. Elle a l'impression de voir son fils quand il pleure. Dieu merci, ils parlent français et les gens ne peuvent comprendre que Paul refuse sa décision, l'implore de la reconsidérer et répète qu'il l'aime et qu'il n'essaiera plus jamais de la forcer à faire ce qu'elle ne souhaite pas.

Comme ils sont loin de se comprendre, pense Adélaïde, comment est-ce possible qu'il ne voie pas, ne soupçonne même pas sa nature ? C'est comme si la candeur de Paul augmentait la honte qu'elle devrait ressentir. Elle se tait en le laissant retrouver sa dignité et termine en s'excusant de ne pas pouvoir aller plus loin, en dire plus, en vivre plus. Elle met l'échec de leur rencontre sur le dos de son récent veuvage et lui demande gentiment de ne pas la rappeler.

Quand il la laisse à la porte de sa chambre, il a cette façon de lui parler franchement, sans essayer de faire de jolies phrases, qui lui rappelle pourquoi il l'attirait.

« Je sais très bien que je vous ai déçue, Adélaïde. Et ce n'est ni votre veuvage ni votre état d'esprit qui sont responsables, c'est moi. Ce n'est pas pour chercher des excuses, mais je manque d'expérience et je n'ai pas su vous montrer combien je vous aime. J'aimerais que vous sachiez que vous perdre m'est insupportable, mais que je vais respecter ce que vous me demandez. N'importe quand, pour n'importe quoi, même à deux heures du matin, surtout à deux heures du matin, appelez-moi, si l'envie vous en prend. Je promets que, moi, je ne le ferai pas. Bonne nuit, Adélaïde. »

Il prend sa main et la serre légèrement avant de s'enfuir.

Troublée, Adélaïde se couche en se demandant si la lettre était ce que Paul croyait devoir faire ou voulait faire.

Le retour à Montréal s'effectue dans un tel tourbillon qu'Adélaïde n'a pas vraiment le loisir de s'appesantir sur la fin de cette relation. Le défilé de mai sera suivi du rituel cocktail, mais un autre événement mobilise tous les talents d'Adélaïde : la confirmation de Léa qui sera l'occasion d'une grande réception en son honneur. Léa en est si heureuse, si excitée que rien ne semble plus important que cette date. Léa a choisi le motif du carton d'invitation, le menu et même le chapelet offert par Adélaïde. Florent et elle ont magasiné très longtemps pour dénicher le voile et les chaussures.

« Dieu merci ! s'écrie Adélaïde, il y a un uniforme ! Qu'est-ce que ça aurait été sans ça ? »

Quand elle voit sa petite fille essayer le voile et toucher, émerveillée, le diadème « presque en vrais diamants », les larmes lui montent aux yeux. Léa tourne et fait valser le voile : « Dans mon mariage, je vais avoir une robe très, très longue qui traîne loin, loin en arrière et aussi des vrais talons hauts et des bagues qui brillent, comme tu as, maman. »

Adélaïde est tout à fait d'accord que Léa sera probablement la plus belle mariée du monde et elle garde pour elle le vertige qu'une telle perspective provoque. Sa Léa mariée ! Dieu ! Est-ce déjà terminé pour elle ? Le 1er mai, il y a huit ans, elle se mariait sans robe longue, sans voile, mais avec diamants. Ils étaient quatre et ce n'était ni fastueux, ni prometteur. Nic ne verra jamais sa Léa danser sous le voile, il ne prendra pas son bras pour la mener à l'autel, ému, alors que les grandes orgues feront vibrer l'église – la mener dans les bras de quel homme ? Adélaïde se précipite : « Léa ! Viens, ma puce. Tu es si grande tout à coup, si belle. Ma petite fille est déjà grande... viens dans mes bras que je profite encore un petit peu de toi ! »

Léa se précipite comme quand elle avait cinq ans. Adélaïde se rassure, il reste encore quelques années.

La réception est splendide. Tout le monde est là, tout le monde s'extasie sur les arrangements floraux, la table, le menu, la toilette d'Adélaïde qui s'est même payé le luxe d'aller communier en compagnie de Florent pour bien prouver ses sentiments religieux à la directrice et à l'aumônier. Cela ne lui a même pas coûté l'ombre d'un remords !

Isabelle, qui s'est montrée une marraine plutôt négligente ces dernières années, est venue avec Louis, qui s'amuse beaucoup avec Thomas malgré leur différence d'âge. Isabelle a perdu du poids, mais ce qu'elle porte n'avantage pas vraiment sa taille épaissie par les maternités. Maurice n'est pas venu, « il s'occupe de surveiller la bonne, je pense », a été le commentaire acide d'Isabelle. Adélaïde ne relève pas le ton et se promet une sérieuse conversation avec sa cousine le soir même ou le lendemain matin. Isabelle s'avère charmante avec tout le monde, plus détendue qu'il y a presque deux ans, maintenant, mais un éclat est à jamais disparu de ses yeux. Adélaïde voudrait être certaine de ne pas avoir perdu sa jeunesse et sa vitalité avec la mort des siens, à l'instar de sa cousine depuis la mort de son bébé.

Rose est enceinte de cinq mois et Béatrice n'a aucune chance d'égaler l'attrait qu'exerce le petit ventre rebondi sur James. Béatrice, la taille étranglée par une large ceinture ton sur ton, la poitrine généreusement exposée, n'est pas à proprement parler un modèle-pour-réception-célébrant-un-saint-sacrement-de-l'Église. Un léger châle de mousseline dissimule avec peine la richesse de ses appas que personne ne risque de rater.

Patrick est venu et comme cela fait presque un an qu'Adélaïde ne l'a vu, ils ont un sérieux « rattrapage de placotage » à faire. Patrick a terminé ses études et enseigne sans enthousiasme dans un collège pour garçons une histoire de l'art qui ne le passionne pas vraiment. Guillaume lui manque, surtout pour les discussions politiques et les jolies révolutionnaires qui se joignaient à eux et démontraient avec fougue leur manque de respect pour les conventions rigides de leur belle société. Patrick a toujours adopté ce ton humoristique qui déguise toute tristesse et se moque avec dérision de lui-même et de ses malheurs de cœur, comme il dit.

S'ils ont été surpris par la présence de Leah et

frappés d'une ressemblance avec Theodore, les membres de sa famille ne l'ont pas laissé voir à Adélaïde. Une fois le choc passé, tante Germaine s'est longuement entretenue avec les deux petites filles et elle est bien certaine que les palpitations qu'elle a ressenties ne sont pas dues à son angine : quelle idée saugrenue de mettre en présence ces deux-là !

Alex tient respectueusement le coude de sa compagne, il se lève poliment dès qu'une dame entre ou sort de la pièce, mais Jeannine le surveille attentivement, prête à lui rappeler son engagement à ne pas dépasser la mesure. En trois mois, Jeannine a eu à consoler deux jeunes filles éplorées venues supplier leur future belle-mère de les aider et de leur expliquer comment garder un Alex des plus folâtres et inconstants. Le « Mais je l'aime ! » sangloté qui conclut chacune de ces rencontres épuise Jeannine. Elles font pitié, elles s'amourachent toutes au premier sourire, au premier baiser. Du moins a-t-elle réussi à faire entrer dans le crâne d'Alex que profiter honteusement de l'amour d'une jeune fille pourrait avoir de graves conséquences. Quand elle voit son grand escogriffe venir la chercher pour danser sur la chanson d'Édith Piaf que Fabien vient de mettre sur le *pick-up*, elle l'ébouriffe et danse avec plaisir en l'écoutant chantonner, moqueur : « Quand il me prend dans ses bras... je vois la vie en rose... » S'il savait comment Fabien la lui chante, cette chanson, son fils serait probablement moins léger.

Léa a refusé de retirer le diadème et elle danse en faisant *fiouler* son voile, ce qui rend son cousin Tommy fou d'admiration. Totalement transparent dans sa candeur, il répète à qui veut l'entendre que Léa est une princesse magique.

Adélaïde, en ayant privilégié la jupe étroite, s'évite

de danser. Elle va se réfugier auprès de Marthe. Elles parlent affaires et en sont aux conclusions positives du défilé malgré l'apparente minceur de la collection, quand Jean-Pierre saisit Adélaïde par la taille et l'entraîne « sans permission » pour une danse lente qui ne demande aucun mouvement ou presque. Pour la première fois depuis la mort de Babou, elle le surprend à la serrer de près, à la faire pivoter en rapprochant insidieusement son corps du sien. Cela vient chatouiller ses envies et elle se dégage en s'excusant : vraiment, danser ne lui dit rien.

Elle retrouve Marthe : « Qu'est-ce qu'il a ? Le démon de midi, déjà ? »

Marthe trouve tout naturel que Jean-Pierre s'amuse, séduise et fasse quelques coches mal taillées, ce qui intrigue beaucoup Adélaïde : « Tu n'es jamais jalouse ? Je ne sais pas si j'aurais supporté que Nic...

— Ce n'est pas la même chose, Ada. Pas le même contrat.

— Quoi ? Tu t'es mariée avec une clause spéciale excluant la restriction extraconjugale ? »

Marthe trouve l'idée intéressante. « Disons qu'il n'y a pas de tricherie entre nous et que nous nous sommes mariés sur des bases particulières. Le comportement de Jean-Pierre ne me blesse pas, Ada. Ou plutôt, il ne me blesse plus.

— Je pensais qu'après la mort de Babou... il avait l'air si amoureux de toi, si... fidèle.

— Il avait besoin de moi. Il va mieux. »

Devant le regard incrédule de son amie, Marthe ne peut qu'ajouter que tous les mariages ne se ressemblent pas et que la notion d'échec varie selon l'ampleur de l'entreprise. « Mon mariage me convient, Ada. Il est étrange, un peu anormal, mais je crois que nous avons trouvé ce qui nous arrange. »

Adélaïde se demande jusqu'à quel point son amie lui dit la vérité, si la tendance à la débauche de Jean-Pierre l'indiffère autant qu'elle a l'air de le prétendre et de le croire.

« Il repartirait tout à l'heure avec Béatrice et tu n'aurais pas mal ? Honnêtement, du fond du cœur ? »

Marthe hoche la tête en souriant : « Non. Il ne le ferait pas, d'ailleurs. Béatrice est une conquête acquise, aucun intérêt pour lui. Toi, par contre...

— Tais-toi ! Tu me choques.

— Qu'est-ce qui te choque ? Que je l'accepte ou que je le dise ? »

Adélaïde se lève, s'excuse, mais Marthe la retient : « Il n'y a rien de perverti là-dedans, Ada. C'est juste que... c'est secondaire pour moi. Ne te sauve pas, je t'ai déjà perdue à cause de ces conversations à double sens, je n'ai pas envie de me passer de toi encore. Je ne peux pas changer Jean-Pierre et je ne peux pas lui donner ce qu'il désire, alors j'accepte qu'il aille le chercher ailleurs en autant que je suis informée et traitée respectueusement. Voilà mon contrat.

— Il se conduit mal avec toi et tu le laisses faire. On dirait que tu l'encourages.

— Disons que je le comprends, Ada.

— Et tu peux me dire que tu n'en souffres pas ?

— Je souffrirais bien plus de ne plus être mariée avec lui.

— Tu sais ce qui me choque ? Si *toi*, tu le trompais, ça ne serait acceptable pour personne et surtout pas pour lui.

— Je le trompe... avec ma peinture. »

Voilà exactement ce qui met Adélaïde hors d'elle : les hommes s'émancipent, butinent, se payent des voyages d'affaires et reviennent tranquillement au confort du foyer, et quand vient l'heure de parler des excès de Madame, ce sont les enfants, le bridge ou l'art. Voilà le genre d'équilibre conjugal qui fait le petit bonheur de tout le monde ! Et quand une femme répond avec les mêmes armes que les hommes, c'est une débauchée, une salope méprisable qui porte atteinte à l'honneur de toutes les autres femmes. Adélaïde refuse de discuter parce que Marthe ne veut pas admettre qu'au départ une femme ait le droit d'exiger la fidélité.

Marthe regarde Adélaïde rejoindre Germaine. Que pouvait-elle dire ? Que, contrairement à elle, le devoir conjugal représentait un fardeau désagréable et que la sexualité de son mari non seulement la répugnait, mais la laissait de glace ? Une femme comme Ada possède aux yeux de Marthe un trésor de séduction qui dépasse la simple perfection des formes : elle éclate de sensualité et d'appétit. L'appétit réel, absolument pas fabriqué, qui a réussi à s'implanter dans son corps et pas uniquement dans son cœur ou dans sa tête. Marthe l'a compris dès leur première rencontre et elle a également très vite senti que Nic et Ada partageaient les mêmes gourmandises et la même énergie amoureuse. Dès qu'ils étaient ensemble, cela devenait flagrant, leur harmonie irradiait. Ils en étaient parfois ostracisants. Ils créaient une sorte d'aura sensuelle autour d'eux qui les isolait. En les regardant, Marthe avait l'impression d'avoir accès à ces fameuses passions que Veronika Lake, Lauren Bacall et Ingrid Bergman semaient sur leur passage dans les films de Hollywood. Jamais elle n'a eu envie de se faire terrasser comme ça par un homme. Ada était peut-être enviable du temps de Nic, mais maintenant qu'il est mort, Marthe estime que cette qualité d'appétit deviendra une rude épreuve. Dans ce salon, elle ne voit personne qui ait le quart de ce que Nic possédait. Marthe se demande bien avec quoi Ada va tromper son désir affamé : elle aura sans doute des soirs difficiles où sa belle constitution la damnera. À tout prendre, elle préfère sa position à celle d'Ada.

* * *

« Tu penses que papa m'a vue à l'église ? Tu penses qu'il était fier ? »

Adélaïde jure que Nic a tout vu, a tout su et qu'il a eu les yeux pleins d'eau, comme elle-même.

« Tu sais ce qu'elle a dit, ma maîtresse ? Que tu étais vraiment d'une grande élégance distinguée. Et Leah, elle dit ça aussi ! Elle dit qu'on a des yeux d'océan, toi et moi. »

Léa réfléchit un long temps avant d'aborder un sujet inquiétant : « Tu penses que sa mère a fait *exiprès* de marier le pas bon ? Où j'irais si tu te maries pas avec Florent ? J'en ai pas de grand-père, moi. Pourquoi j'ai pas de grand-père ? »

Ça fait beaucoup de questions et Adélaïde n'arrive pas à contenir l'avalanche : « Je pense que si tu n'es pas d'accord avec moi, tu vas pouvoir me le dire, non ?

— Tu vas le marier, Florent ? Tu vas la vouloir, ma couronne de diamants ?

— Léa, je vais te dire une chose que tu vas peut-être comprendre. Ton papa m'a donné beaucoup de bonheur. J'étais bien quand j'étais mariée avec lui. Et je porte son nom. Et toi et Thomas aussi. Je ne veux pas changer de nom et je ne veux pas épouser un autre homme, même si Florent est quelqu'un que j'aime beaucoup. Je veux qu'il soit dans nos vies, mais je ne pense pas jamais me remarier.

— Oh ! »

Léa n'émet aucun autre commentaire et débat intérieurement certains aspects du discours d'Adélaïde avant de demander s'il va falloir se passer de Florent ou le marier ailleurs.

« Laisse Florent décider pour ses noces et je te promets qu'il restera très, très près de nous.

— Qu'est-ce qu'on va dire à l'école pour toi ? Les filles vont me crier des noms si tu ne te maries pas.

— Quels noms, Léa ?

— Des noms... »

Ça ne doit pas être bien joli, si Léa est si gênée. « Du moment que nous deux, on se dit la vérité vraie, tu peux faire comme si j'étais une fiancée pour très longtemps. Et c'est pas parce que je n'aime pas Florent. C'est parce que ton papa est encore dans mon cœur trop fort pour me remarier.

— On va rester ensemble tous les trois et on va voir Florent tant qu'on veut. On n'a pas besoin d'un autre papa non plus, Thomas et moi. »

Adélaïde se met au lit en se promettant d'avoir à peu près la même conversation avec Florent le lendemain.

L'arrivée du chaton Caramel, son installation, les explications à donner à Thomas et à Louis, les précisions concernant la propriétaire du chat et le pique-nique organisé à la suite d'une séance de jardinage avec les deux garçons empêchent Ada de se rendre au bureau ou de voir Florent. Isabelle est d'ailleurs une priorité et Adélaïde attend d'avoir mis Thomas au lit et fourni un casse-tête à Louis pour la retrouver.

Elle est en larmes, réfugiée dans le sofa du salon.

« Je rate tout. Je vais de catastrophe en catastrophe. Mon mari est rendu qu'il me trompe avec des femmes moins belles que moi. J'ai le courage de rien faire, même pas de perdre cinq livres. Mes enfants sont malheureux. Je te regardais ce matin, avec Louis et Thomas, tu leur expliques tout, tu leur montres comment faire, tu ne te fâches jamais. T'es encore en deuil, mais ta maison est plus gaie que la mienne. Pourquoi j'ai pas le tour ? Pourquoi je ne suis même pas capable de faire la moitié de ce que tu fais ? Je te jure, je te regarde depuis hier et je n'en reviens pas. Je me sens tellement minable à côté de toi, j'ai tellement honte ! »

Elles discutent longtemps de ce qui ne va pas, de ce qu'Isabelle peut changer, de ce qu'elle veut vraiment, des événements survenus depuis le retour de guerre de Maurice. De cette visite qu'Adélaïde avait faite à Québec et qui avait suffisamment troublé Isabelle pour la faire bouger un peu. Le problème est cerné, discuté et Maurice fait des efforts, Isabelle le reconnaît. Mais tout est fragile, instable et chaque fois qu'une déception ou un échec, même minime, survient, tout reprend le chemin des scènes, des reproches, des calculs mesquins et des « tu me dois ça après ce que tu m'as fait endurer ! ». Le fameux pardon dont Adélaïde avait parlé, le pardon nécessaire qui permettrait peut-être l'arrivée d'une période d'accalmie, Isabelle avoue que, de plus en plus, c'est à elle-même qu'elle le refuse : « Je ne suis pas quelqu'un de bien, tu sais, malgré les apparences, malgré ce que je prétends. Je n'ai pas su garder mon mari dans mon lit, mais je n'ai pas su le ramener après la guerre. J'aurais dû lui pardonner le jour où il a tant pleuré dans la chambre de la rue Lockwell. J'ai vu qu'il m'aimait encore, mais j'ai préféré croire que je faisais pitié et qu'il me devait quelque chose pour réparer. Comme si je collectionnais des reproches ! J'ai pensé à moi, à mon petit bénéfice, et je n'ai pas fait ce que j'aurais pu pour le récupérer.

J'avais perdu confiance en lui et, chaque fois que les événements me donnaient raison d'avoir douté de lui, je gagnais une victoire. Peux-tu croire que j'ai été assez niaiseuse pour être presque contente la première fois que je l'ai pogné en flagrant délit d'adultère ? J'avais eu raison ! J'étais enfin justifiée d'avoir douté. J'ai fait ça tellement longtemps que j'en ai oublié ma dignité et je me suis haïe et détestée mille fois plus que lui l'a fait. Lui, il a payé. Pas moi. Je l'engueule, je l'abîme de bêtises, mais c'est moi que j'haïs maintenant. Sais-tu pourquoi je ne pouvais même pas te parler ? Parce que j'ai été trop égoïste pour me réjouir de ton bonheur quand tu as eu les jumeaux. J'ai été jalouse comme une maudite de ton bonheur avec Nic. Il était parti plus longtemps et il ne t'avait pas trompée. Et c'était lui, le tombeur ! J'ai toujours pensé que tu valais beaucoup mieux que moi, mais là, quand les jumeaux sont arrivés, j'avoue que ton bonheur, ta richesse, les bals que Maurice me décrivait, ta beauté qu'il admirait, ta réussite totale, je ne pouvais pas voir ça. Je me suis servie de la mort de la petite pour faire encore pitié et ne pas voir que mes sentiments étaient pas mal moins reluisants que je pensais. Depuis que je suis arrivée ici, depuis hier, j'ai tellement le motton, je me trouve tellement méprisable, haïssable de n'avoir jamais vu Anne que j'ai de la misère à regarder Thomas. Tu vas me trouver folle, mais il faut que je te le dise, il faut que tu m'entendes : j'ai mal agi envers toi, Adélaïde, je t'ai fait défaut et je voudrais que tu me pardonnes. Il n'y a rien au monde pour excuser ce que j'ai fait. Rien. Je suis une sans-cœur jalouse. T'as vécu un enfer à côté de ce que j'ai vécu, une épreuve épouvantable, et je n'ai même pas été foutue de t'aider. Il faut que tu me pardonnes, parce que je vais crever de honte.

— Isabelle... ma chérie, tu ne pouvais pas m'aider. Personne ne pouvait.

— C'est pas vrai. Je me souviens quand la petite est morte. Nic et toi... toute cette soirée à nous parler, nous consoler... et quand je suis venue ici à l'été 45... L'an passé, je ne pouvais pas te redonner Nic ou ton bébé, mais je pouvais te donner moi, même nouille comme je suis devenue. Je m'en veux de parler encore de moi ! Je suis tellement écœurée de moi, je n'en peux plus.

— Arrête... arrête de pleurer, Isabelle. On est là, toutes les deux. Il nous reste ça. Pardonne-toi à toi et reviens plus souvent me voir. »

Isabelle se mouche, se calme : « À qui tu parles ? Parles-tu ?

— À Florent.

— Adélaïde... je voudrais te demander quelque chose de gênant... Quand tu es venue à Québec, tu m'as dit cette chose sur le pardon... sur en finir avec ma haine, ma rage contre la Française et aussi contre Maurice... »

Adélaïde ne voit pas où sa cousine veut en venir. Elle écoute, inquiète.

« Je sais par tante Germaine que tu ne vas plus à l'église, je sais que tu as toujours su t'arranger, mais... Kitty, est-ce que tu as réussi à lui pardonner ? »

Le visage aux yeux révulsés de Kitty, la bouche entrouverte avec ce stupide sourire égaré, le soleil dans la pièce ensanglantée et le corps mou par terre, sur lequel elle frappe sauvagement. Le corps déjà mort qu'elle voudrait encore mutiler et saccager, le corps haï sur lequel elle se ruerait encore pour l'anéantir. Les images atroces s'imposent à Adélaïde, visions d'horreur pure qui la font reculer brusquement, se lever, chercher à fuir.

Elle revoit la bottine blanche d'Anne sur le tapis, les bottines qu'on enlève pour la sieste, le petit pied dodu, tout chaud sous le bas de coton blanc, qu'on embrasse. Elle se demande bêtement où est l'autre bottine. Elle revoit Anne posée contre la poitrine de Nic dans le cercueil unique. Combien de nuits a-t-elle voulu être à la place de sa fille ? Morte contre lui. En paix, à l'abri dans ses bras. L'abri de la vie, l'abri de la souffrance haletante qui réclame une halte, le temps de refaire ses forces. D'où vient la force ? De l'amour engrangé du temps des beaux jours ? Elle s'est trompée dans son conseil à Isabelle. Elle aussi s'est haïe de ne pas avoir été plus opiniâtre à protéger les siens, elle aussi s'est haïe de ces morts évitables. Mais elle sait que si elle avait pardonné à Kitty et à Taylor, si elle les avait absous, elle ne serait pas là aujourd'hui, elle se serait tuée : « Non. Jamais je ne pardonnerai ça. Jamais. Pas de pardon, Isabelle. Tu penses que je suis parfaite ? Si tu savais ce qu'il y a en moi depuis ce jour-là ! Console-toi, Isabelle. Le jour de ma mort, même si c'est dans cinquante ans, le jour de ma mort, je vais l'haïr encore et la recommander au diable et à tout ce qu'il y a de plus maléfique au monde et au-delà. Je ne veux même pas qu'on prononce le nom de cette putain meurtrière dans cette maison. Tu voulais le savoir ? Tu le sais ! »

Isabelle se précipite et l'étreint en silence.

Adélaïde se dégage, refuse cette tendresse avec délicatesse, mais fermement. Elle sourit avec lassitude : « Je n'ai pas dit que c'était utile. Mais c'est comme ça. Et je vais apprendre à vivre avec ça comme avec le reste. Maintenant, moi aussi je vais te demander quelque chose de gênant... Je veux que tu donnes aux pauvres ce que tu portais hier. Ça ne te va pas, Isabelle. Dès que Thomas se réveille de sa sieste, on descend à la *Boutique* et tu vas essayer le magasin s'il le faut, mais tu vas être heureuse de te regarder dans le miroir. Ce qu'on peut changer, on va le changer, ce qu'on ne peut pas, on va s'y faire. D'accord ? D'accord ! »

* * *

Florent et Adélaïde s'amusent à trouver un ordre, une gradation dans la présentation des modèles de la collection hiver. Après un seul mois de travail intense, Florent a repris chaque dessin et refait l'esquisse en privilégiant cette fois le vêtement et non la source d'inspiration qui éclatait dans les premiers tracés. Adélaïde trouve bien sages ces représentations formelles : « Tu n'as pas touché aux originaux, Florent ? »

La main posée sur sa nuque ployée, il lui serre les ouïes en la menaçant de tout jeter aux poubelles si elle le pousse loin d'elle. Ils ont passé la soirée à discuter de leur relation, de Léa, de Thomas et du remariage dont elle veut qu'on cesse de lui rebattre les oreilles. Florent répète qu'il ne voit pas pourquoi elle mourrait d'envie de s'appeler Gariépy. « Même moi, j'ai oublié mon nom de famille. »

Être en compagnie de Florent lui apporte une intimité, un sens d'elle-même qu'elle perdrait si elle ne partageait son temps qu'entre le bureau et les enfants. Maintenant que les rumeurs désobligeantes de l'école ont pris fin avec leur prestation à la confirmation, Adélaïde voudrait qu'ils redeviennent nets, sans arrière-pensées et aussi complices qu'avant.

En discutant et en riant avec lui, elle est convaincue que la complicité ne s'est pas altérée, elle s'est approfondie et elle s'est doublée d'une impression de désir chez Florent, à cause de son comportement à elle, de sa coquetterie qui l'entraîne à des tentatives de séduction d'adolescente, selon elle : « Je ne suis pas mieux que Béatrice, finalement, sauf que je le fais plus hypocritement. »

C'est le genre de déclaration qui fait sourire Florent. Il ne répond rien, il la laisse échafauder des théories fumeuses en l'estimant tout de même d'une intelligence démoniaque. Son silence lui laisse croire qu'il acquiesce, il le sait, mais tant que rien de fondamental n'est en jeu, il préfère la paix domestique aux lourdes discussions qui les ont laissés fâchés, et quelquefois furieux, l'hiver passé. En ce qui le concerne, ses sentiments sont clairs, elle les apprendra quand il le décidera.

Il l'observe en train d'interchanger les modèles, il la voit chercher une idée, jongler avec une envie qu'elle n'a pas encore formulée. Il la connaît, elle est fascinée par cette collection, excitée comme si elle venait de pister un filon. « Les tissus, Florent ? On ne peut pas se contenter d'un imprimé grossier, il faut une laine si fine, si légère que les fleurs aient l'air d'y pousser. »

Elle trie huit dessins, les met à part, reprend sa quête, cherche... « Où t'as mis les robes de stars ?

— Copies d'anciens fourreaux de 48. Je les ai retirées. »

Elle discute âprement cette décision, fait valoir les moindres détails de coupe et de couture qu'il a changés, et Florent s'étonne de sa mémoire sans faille.

« Florent, ce n'est pas de la mémoire, c'est de l'admiration. Un fourreau est, par définition, un vêtement interdit aux femmes qui ont eu des enfants. Les tiens, même Isabelle pourrait les porter sans avoir l'air de faire une erreur de goût. Je ne veux pas priver les femmes d'un tel luxe ! »

C'est en observant Jeannine que Florent a trouvé la ligne qui tiendrait les formes et aiderait la silhouette. Tout le monde n'est pas Gilda ou Rita Hayworth, mais tout le monde a envie de s'en approcher. Il désigne un modèle et précise en quoi Gabrielle ou Adélaïde ne pourraient pas le porter : tout est pensé en fonction de rondeurs désirables, attirantes.

« En art, *a priori*, rien n'est laid. Ce qui choque, répugne ou dégoûte à première vue, c'est peut-être ce qu'on va trouver beau demain. Les fusains... j'ai regardé, essayé de comprendre pourquoi c'était cochon. Même le mot est choquant : cochon. Il y a des civilisations où on expose les seins nus des femmes comme des symboles magnifiques de la maternité. Ici, on cache, c'est indécent. La décence... la décence n'est pas ce qui est beau. On veut nous le faire croire. L'indécence, Ada, c'est ce qui nous fait peur, pas ce qui est laid. Il y a cent ans, voir la cheville d'une femme, une cheville étouffée dans une bottine de cuir, était indécent, affolant. Même le poignet des femmes restait couvert et ce qui était cochon consistait à déboutonner le gant et poser ses lèvres sur l'espace dénudé à l'intérieur du poignet. L'espace où les femmes séductrices posaient une goutte de leur parfum. Incroyable... Est-ce que ça a changé, évolué ou régressé ? Je ne sais pas. Je ne me battrais pas pour imposer cette idée, mais nos peurs, nos craintes, déterminent le fameux *beau* ou *pas beau*, et on ne sait rien de la beauté finalement et on n'en sait pas plus sur nous-mêmes. Des animaux terrorisés, enfermés dans des couloirs étroits, ceux de nos ignorances. Quand il y a une fenêtre pour éclairer le couloir, on crie « cochon ! » parce que ça fait voir le couloir et non pas parce que la lumière est laide ou la fenêtre inadéquate, parce qu'on a des limites dans nos yeux mêmes. J'explique mal, Ada, mon idée n'est pas claire, mais je sens que je piétine, que je m'empêche d'aller plus loin parce qu'on vend ce que je fais et qu'il faut le vendre.

— Tu voudrais quoi, Florent ?

— Voyager. Voir le monde. Sortir de mon couloir, exploser dans la lumière. Je voudrais aller ailleurs et montrer ce que je serais gêné de faire ici.

— Pourquoi tu ne le ferais pas ici ?

— Tu montrerais mes fusains à quelqu'un, Ada ? Quelqu'un d'ici ?

— C'est... c'est parce que c'est moi le sujet que ça m'embête.

— Pas seulement ça, pas seulement le modèle, mais ce qui éclate dans le modèle. »

Adélaïde se tait et essaie de retenir le refus viscéral qui lui vient : elle ne veut pas qu'il parte, elle ne veut pas être seule à faire marcher une *business* sans lui, sans sa capacité artistique. Elle a peur de se retrouver seule avec les enfants – trop de choses se combattent en elle pour qu'elle argumente. Il peut partir, lui, il est libre, sans enfants, sans autre attache que son talent.

« Florent, si tu vas ailleurs faire et dire ce que tu serais gêné de faire ici, comment on va finir par sortir du couloir, nous ? En allant dans des musées étrangers voir ce qu'on ne supporte pas qu'on nous montre ici ? Si tous ceux qui ont quelque chose à changer vont le faire ailleurs, comment veux-tu qu'on évolue, nous ? »

Florent hoche la tête : il ne sait pas. La censure religieuse est trop violente, trop totale pour exciter autre chose que la fuite. Montrer les fusains lui donnerait l'impression de faire une saleté devant ses parents, de se toucher, de désobéir gravement aux strictes règles de la pureté et de la décence. Florent croit qu'il ne sera d'aucune aide pour personne tant qu'il aura cette peur maladive de désobéir. « Et désobéir quand on nous surveille est plus difficile qu'en cachette. »

Il voit Ada se détourner et se remettre à jouer avec les modèles : « Hé ! Je ne suis pas encore parti !... Tu pourrais m'accompagner avec les enfants.

— Très réaliste, Florent !

— Si je peux le faire, tu peux aussi. »

Elle abandonne les dessins, vient vers lui et lui parle longuement de son apparente fragilité à lui et de sa prétendue force à elle. Tout bousculer, choquer, éclater a toujours été sa façon de faire, mais la vraie volonté de changer, c'est lui qui la nourrit dans le silence et la détermination. Quand il était tout petit, le regard de Florent captait les choses différemment et elle a grandi en assimilant son regard à lui, en le pratiquant, mais ce regard demeure le sien. « C'est toi qui as le don, c'est moi qui ai le front. Je suis ton sax, mais Charlie Parker, c'est toi. Pas moi. Alors, je vais essayer de donner à ta collection le son qu'elle mérite. Et je vais essayer aussi de ne pas être comme la religion qui te censure. Si tu as besoin de partir pour ne pas étouffer, pars. Mais jure-moi de revenir. Jure-moi que je serai toujours celle qui crie ce que tu chuchotes.

— Tu es plus que ça. Tu es plus qu'une volonté et un courage. Tu es Ada, mon Ada. Toutes les lignes viennent de toi, toutes les couleurs, toutes les ardeurs. Parce que tu désires si fort, j'ai osé le montrer à travers toi, à travers ton corps, comme je l'imagine en train de désirer. Et c'est mon désir qui grimpe à cause du tien, de la liberté du tien. Si je suis Charlie Parker, tu es la musique. Je dis que je veux partir et, en même temps, je veux que tu viennes avec moi, qu'on invente quelque chose à nous deux, comme on s'est forgé une parenté non parente, une association hors du commun, jamais vue.

— Alors, ne parle plus jamais de nous enfermer dans une association aussi cliché que le mariage. Trouvons autre chose, Florent, ménageons les enfants, nos sacro-saintes réputations de gens respectables, mais trouvons autre chose, sinon...

— Sinon ?

— Je vais avoir vingt-sept ans, Florent, il ne me reste presque plus de temps pour faire avancer les choses, pour vivre ma vie. Je serai vieille bientôt.

— Tu es folle, Ada ! Tu n'es pas vieille. »

Elle pense à l'épuisement dans lequel la laissent certains jours, l'épuisement que provoque l'obsédante nostalgie de Nic, les projets qu'elle a pour les enfants, le désir sexuel qui la dépouille, la vide au lieu de l'épanouir comme avant. Elle s'imagine dans dix ans à diriger une entreprise où des directeurs haineux ne souhaitent que la voir s'embourber et faire banqueroute. « Je ne suis pas vieille, mais je vais vite le devenir si je continue comme ça. »

Ravi de l'entendre avouer, Florent l'entraîne sur le divan où il l'étend. Il éteint toutes les lumières et sort le long-jeu de Charlie Parker qu'ils adorent. Assis sur le tapis, la tête tout près de la sienne, ils écoutent pieusement le saxophone qui déchire la nuit. Quand Adélaïde lui demande de venir près d'elle, elle place son visage tout contre le sien et murmure à un souffle de sa bouche : « À Nic, nous les aurions montrés, les fusains. »

* * *

Peu de temps après cette discussion, Adélaïde décide que le grand événement « moitié du siècle » de *Coutures Florent* aura lieu à l'automne 1950 et viendra couronner l'exceptionnelle richesse et la diversité de la collection automne-hiver 1951. Les débuts de la *Boutique* et de l'Atelier avaient été marqués par le projet d'emmener les créations de Florent au sommet de la reconnaissance en trois ans. En ce qui concerne Adélaïde, le sommet sera toujours pour demain, mais elle tient à inscrire cette collection dans le temps avec une célébration à sa mesure.

Elle multiplie les réunions et elle organise un défilé qui dépassera, et de loin, les habituels déploiements : elle a l'intention de louer un théâtre, d'y asseoir cinq cents personnes et de faire défiler chaque modèle de la nouvelle collection à côté d'un modèle de 1900 ou de 1850, selon le vêtement, qu'ils reproduiront à l'Atelier. L'ancêtre ne sera pas choisi en fonction de la racine commune du vêtement, mais pour faire éclater la différence, saisir l'évolution. Elle voudrait que la musique produise le même effet et elle essaie de rendre le choc du temps et des modes musicales en engageant un quatuor qui jazzera la musique ancienne à mesure que le modèle de l'année s'avancera et supplantera le modèle de l'ancien temps. Le quatuor sera comme cette musique de l'époque des films muets.

Jeannine crie au secours : une telle entreprise nécessitera un supplément de personnel et cinq cents invités risquent de faire exploser les ventes, ce qui signifie un autre surplus de production. Adélaïde promet d'y voir. « On ne se plaindra pas du succès, quand même ! »

Marthe s'adjoint Jacynthe, qui vient de finir son école, et à elles deux, elles sortent des archives des centaines de modèles qui enthousiasment tellement Florent qu'il se remet à dessiner des modèles encore plus explosifs.

Les négociations, les préparatifs, les différents plans de mise en marché, les achats supplémentaires et les recherches de tissus et d'accessoires d'époque grugent les vacances de tout le monde, mais cela permet à Adélaïde et à Florent de traverser la période du premier anniversaire de la mort de Nic et d'Anne sans sombrer.

Rose, qui doit accoucher en septembre et qui se trouve bien affectée par la chaleur et par le bruit de l'appartement du boulevard Saint-Joseph, propose de prendre Thomas et Léa dès la fin juin et de se rendre au Lac avec eux pendant que Florent et Ada s'épuiseront en ville. Pour la première fois de sa vie, Germaine n'ouvre pas la maison de l'Île et elle accompagne les « petits bonjours qu'elle ne voit pas assez » avec sa Rose. Lionel, qui s'entend merveilleusement avec elle, est tout content de pouvoir échanger ses recettes de confiture avec « cette chère Germaine ».

Le vendredi, à midi tapant, quelles que soient la cohue ou la fébrilité, Florent et Ada quittent l'Atelier et ils vont chercher James qui trépigne d'impatience de retrouver sa femme. Fabien et Jeannine viennent les rejoindre le samedi après-midi. Alex fait la navette entre ses jardins de ville et de campagne. « Il fait surtout la navette entre ses conquêtes de ville et celles des champs. Il est parti sur un erre d'aller qui va mal finir ! » prédit Jeannine. Pourtant, Alex est prudent et il garde ses aventures amoureuses discrètes... à l'abri des bosquets où Ada le surprend, flambant nu, à se laisser caresser par une jeune Ève qu'elle a à peine le temps d'apercevoir tant elle déguerpit rapidement. La discussion qui suit renseigne énormément Adélaïde qui ne peut qu'admirer un apprentissage aussi complet tout en restant « vertueux ».

« On fait tout, sauf ça. Je suis pas fou, Ada, je sais qu'une fille doit rester vierge pour se marier. Et je ne peux pas marier toutes celles que je veux toucher ! Tu le dis pas à m'man, O.K. ? Elle ne comprendrait pas. Mais toi, je sais que tu comprends ça. »

Adélaïde ne demande surtout pas d'où lui vient une telle certitude. Elle promet en se disant qu'Alex, au moins, ne réduira pas l'acte sexuel à une pénétration hâtive qui précipite la conclusion de l'entreprise. Si seulement Paul Picard avait eu la chance de rencontrer Alex !

Les soupers de la fin de semaine sont des moments extrêmement gais et bruyants. La maison est grande et chacun fait ce qu'il veut tout le long du jour, mais le soir, on se rassemble autour de la grande table pour souper et ça discute ferme. C'est un été joyeux, où les enfants se mettent à jouer des tours et à devenir de plus en plus malcommodes et rusés. Florent se laisse enrôler pour « une grosse accroire » et, dès la fin de semaine suivante, Rose s'y met et surprend tout le monde en faisant marcher James.

Léa, qui rouspétait de voir sa mère et Florent partir chaque lundi matin, a obtenu la permission d'inviter Leah pour une quinzaine en juillet. Comme l'anniversaire de Thomas est célébré le soir de l'arrivée de la jeune fille, elle finit par croire que, chez les McNally, on ne fait que rire et fêter.

James et Fabien s'initient mutuellement à la pêche à la truite dans les ruisseaux environnants et ils disparaissent des dimanches entiers, quel que soit le temps, pour revenir « mangés des mouches et sans rien à manger ! », comme dit Jeannine, ce qui fait rire Germaine qui s'amuse ferme à écouter Jeannine discuter et « enligner son monde sur le bon sens ! ».

Ces fins de semaine sont aussi l'occasion de tester des idées, d'en trouver de nouvelles et de remettre en question des initiatives risquées. C'est Léa qui demande pourquoi les petites filles n'ont pas de mode, ce qui pousse Ada et Florent à ajouter quatre modèles pour enfants au défilé. C'est Patrick, qui se passionne de plus en plus pour la pêche, qui suggère qu'on fasse défiler des hommes pour illustrer l'ancêtre du pantalon féminin. « À moins que vous ne mettiez des femmes en culottes bouffantes... vous savez ces jolis dessous supposément plus décents pour faire de la bicyclette dans le temps... des *breeches* ! Je voudrais bien voir ça ! Je serai invité ? »

Patrick refuse carrément de défiler, comme on le lui offre. « Même en costume militaire ! » Il est un prof d'histoire de l'art très sérieux, maintenant. Par contre, pour jouer des tours et méditer ses mauvais coups, il est imbattable et son statut ne le fait reculer devant rien. Pour l'anniversaire d'Adélaïde, il concocte des saynètes avec Léa qui font hurler de rire toute l'assemblée, surtout quand Patrick se met à jouer Ada en l'imitant à la perfection. Le repas d'anniversaire, préparé par Lionel et tante Germaine, réunit tout le monde, incluant Isabelle, venue de Québec, et Béatrice qui passe un été de célibataire, ayant semé son chanteur de charme dans la nature. Elle jette son dévolu sur Patrick qui, au lieu de décliner poliment ou discrètement les avances de la belle, se précipite sur Adélaïde en criant au secours et en se cachant derrière elle à chaque tentative de Béatrice. Leah et Léa rient et s'esclaffent avec tant de bonheur que Patrick continue son manège, même une fois Béatrice rentrée à Montréal.

Le dernier dimanche de juillet, pour le plaisir de contempler le soleil se lever sur le lac et pour déjeuner avec les enfants, Ada décide qu'ils ne rentreront, elle et Florent, que le lendemain matin.

Pour fuir Patrick qui tape sur le clavier désaccordé du piano droit, Adélaïde prend un lainage et s'enfuit dans le bois. Elle est à une bonne distance de la maison quand elle entend des bruits dans les taillis. Elle s'arrête, l'oreille aux aguets, certaine qu'une bête rôde, et croit discerner des soupirs très humains et assez caractéristiques. « Alex ? C'est toi ? Alex ! » Adélaïde pénètre dans la végétation touffue en continuant d'appeler. Elle n'entend plus rien, sauf un bruit d'ailes d'oiseau déployées. Elle a dû déranger une copulation de perdrix, pense-t-elle. Mais elle va quand même vérifier que le jeune homme est dans son lit... et ne le trouve pas.

Fabien et Jeannine ont tellement eu peur qu'ils sont restés sans bouger pendant dix longues minutes. Courbaturés, transis d'humidité, ils rentrent en catimini et sont, cette fois, surpris par Lionel et Germaine qui discutent en sirotant une tisane à la table de la cuisine.

Tante Germaine leur demande pourquoi ils sont si échevelés et en quel honneur ils passent par la porte arrière si peu pratique. Ils sont tellement abasourdis et épuisés que Lionel s'empresse d'expliquer qu'il leur a demandé de faire fuir un *skunk* qui risquait de terroriser Caramel. L'air hébété des deux chasseurs ne convainc Germaine que d'une chose : ce n'est pas l'heure pour se livrer à une telle entreprise.

La « course-à-cachette » se termine dans la chambre de Fabien où, heureusement, Patrick n'est pas encore revenu. Jeannine jure que plus jamais elle n'ira dans le sous-bois, à moins que Fabien n'ait envie de la faire mourir d'une attaque.

Armée d'une lampe de poche et accompagnée de Patrick, Adélaïde décide d'aller en excursion du côté du sous-bois pour en avoir le cœur net. Elle revient avec une couverture que les oiseaux n'ont certainement pas installée pour leurs ébats. Elle promet à

Patrick de ne rien dire à Jeannine et elle sert un sérieux avertissement à Alex qui finit par jouer au coupable repentant, ayant deviné de quelles activités illicites provient la couverture et ayant, de toute façon, une conscience peu tranquille ce soir-là.

Patrick raconte toute l'histoire à Fabien avant de s'endormir. Songeur, Fabien s'interroge longuement sur les raisons qu'a eues Alex de ne pas protester davantage de son innocence. Il en vient à la conclusion qu'Alex sait très bien à quoi sert la couverture.

Le lendemain matin, Léa installe Caramel sur les genoux de sa mère et déclare que Florent dort et qu'il a dessiné toute la nuit – ce qui veut dire encore des vacances ! Thomas répète le « Congé de bureau ! » que Léa scande. Adélaïde va quand même vérifier qu'il ne s'agit pas d'un complot avant de prendre des dispositions et d'alerter le bureau.

Elle glisse un œil dans la chambre de Florent. Malgré un soleil éblouissant qui inonde la pièce, Florent, étalé à plat ventre, enlaçant l'oreiller dans lequel son visage est partiellement caché, dort profondément. Ses bras relevés font saillir les muscles longs de son dos. Le drap est tout bouchonné au pied du lit et le soleil fait luire les poils blonds qui frisent sur les cuisses fines. Les fesses, petites, pommées donnent envie de toucher pour s'assurer qu'elles sont aussi douces qu'elles en ont l'air. Adélaïde a, bien sûr, déjà vu Florent nu et souvent ils se sont baignés dans le lac sans se soucier de passer un maillot. Mais il dort, il ne sait pas qu'elle le regarde et elle en éprouve un frisson d'interdit. Elle aimait toucher Nic, lui faire un supplice délicieux, comme il appelait ces jeux. Sans rien enlever à Nic, elle s'avoue tout de même que les fesses de Florent sont les plus jolies qu'elle ait vues. Elles sont joyeuses. Voilà ! Elles donnent envie de s'amuser. Si ce n'était pas si défendu et si lourd de conséquences, elle s'offrirait le plaisir de goûter au dos jusqu'aux deux fossettes tentatrices qui soulignent la courbe ascendante des fesses. Dire qu'elle a engueulé Alex hier soir ! Et que ce matin, elle ferait pire que lui. Cette gourmandise aussi qui fait briller les yeux d'Alex quand il soupire en disant : « Elles sont trop belles, Ada, elles sont trop tentantes ! » Comme elle le comprend ! Elle n'a pas envie de faire l'amour, elle a envie de jouer, de s'amuser contre un corps, de le faire se tortiller d'expectatives luxurieuses. Elle sourit, incapable de ne pas s'imaginer le plaisir de l'attente de la jouissance qui monte, qui veut son aboutissement et qu'on retient, à bout de souffle, à bout de patience fébrile.

Il fait trop beau, le soleil se fait trop tentant sur cette courbe – Ada se penche et pose les lèvres sur la peau lisse des fesses et elle remonte doucement le long des vertèbres qui creusent un sillon où, tout de suite, un frémissement court.

La bouche est à la racine des cheveux. Immobile, tendu, sans ouvrir les yeux, Florent attend. Elle ne le touche plus, elle s'écarte. Il ne respire que par saccades, il a peur qu'elle s'effraie, il a peur de s'effrayer ou que ça cesse. Il adore l'inconscience supposée du sommeil qu'il feint et qu'elle sait qu'il feint.

Encore ! Sa peau supplie, son corps implore encore un peu, encore la main ou la bouche. Il n'entend rien. Il ne perçoit rien dans l'air tranquille du matin.

Soudain, comme une brise, le corps d'Ada, son corps frais, entier et nu s'étend sur toute la longueur de son dos, épouse ses cuisses, ses bras, la bouche est près de son oreille, la bouche rieuse d'Ada qui lui intime l'ordre de dormir. « Je ne veux surtout pas que tu saches ça ! »

Comme l'a si bien décrit Alex, ils font tout, sauf ça. Parce qu'ils ne se questionnent pas sur des aveux implicites, ils profitent de leur longue intimité pour se faire plaisir dans une légèreté d'esprit et une liberté totales.

Ada ramasse son vêtement de nuit par terre, s'étire avec un sourire de chatte repue et déclare qu'il devrait dormir, qu'elle va se baigner et qu'ils ne partent plus aujourd'hui : « Congé de bureau ! »

L'oreiller que lance Florent n'atteint que la porte qui se ferme.

Thomas et Léa dansent sur le quai quand Florent surgit et, sans arrêter sa course, se sauce en sautant à l'eau du bout du quai et en criant comme Tarzan dans la jungle.

Les enfants ont tellement ri et joué toute la journée qu'ils s'endorment presque la face dans leur assiette. Thomas tombe endormi, le bras appuyé au bord de la table, et Léa, qui se moque beaucoup, s'endort dans les bras de sa mère qui essaie de finir son souper.

Rose déclare que, sans leur mère et Florent, les enfants font la sieste et sont pas mal moins énervés.

Parce que la fin de semaine a été fatigante et que le lendemain, juré, promis à Estelle Gingras, ils partent à l'aube, Florent et Ada gagnent chacun leur chambre très tôt... ce qui n'empêche pas Florent d'aller border Ada, question de s'assurer qu'elle ne manque de rien.

* * *

Le petit enfant, vêtu d'un long manteau, coiffé d'un chapeau d'où les boudins s'échappent, entre en scène et essaie de manœuvrer à la fois son manchon de lapin et le traîneau quand une Léa bondissante, vêtue d'un costume de neige léger, seyant, le rejoint. Elle porte des mitaines qui lui permettent de jongler avec de fausses boules de neige. Toute la salle se lève et applaudit la grâce de la petite fille, la liberté de mouvements et le bonheur de voir une enfant danser de plaisir, alors que les confettis tombent des cintres pour imiter la neige. Deux mamans, vêtues selon la mode de chacune des époques, s'avancent et prennent un enfant par la main pour faire une ronde alors que l'orchestre interprète un éternel chant de Noël et que l'éclairage diminue et se réduit à la chute de neige sur les chapeaux si différents.

Le succès est énorme et les rappels, nombreux. Le cocktail qui suit compte tout ce que Montréal a de gens importants. Florent est interviewé, congratulé, célébré. Il a eu droit au *standing ovation* le plus long jamais accordé à un créateur de mode. Serge Caron lui fait remarquer qu'aucun metteur en scène n'est autant applaudi à la première d'une pièce. Adélaïde doit courir, gérer les différentes demandes – il y a ceux qui veulent acheter, ceux qui veulent discuter et ceux qui veulent des photos et qui obligent Ada à recomposer des tableaux. Caron, presque malheureux d'apprendre qu'elle a conçu chaque tableau avec Florent, lui offre de s'essayer à la mise en scène pour laquelle, il en est convaincu, elle a des dons.

Adélaïde est beaucoup trop concentrée pour accorder de l'attention à une quelconque proposition. Léa, par contre, serait prête à signer tous les contrats si Fabien ne la retenait pas.

« Madame McNally, je m'appelle Lucien Savoie, je dirige un magazine culturel qui traite d'art. Un mensuel intitulé *Virages*, je ne sais pas si... »

Il est très grand, très châtain, il a les yeux très sombres et un sourire dévastateur. Adélaïde tend la main : « Oui. Je connais.

— Vous êtes pressée, voici ma carte. Je crois qu'il faut que cet événement soit vu encore et encore. Je vous proposerai une idée ou deux si vous m'appelez. »

Trois jours après le « Défilé du demi-siècle » comme l'a appelé *La Presse*, tout le monde flotte encore sur le nuage euphorisant du succès. Partout on ne parle que de cette première qu'on traite de « mise en perspective qui met au monde le sens profond de la mode ». Les ventes commencent à grimper à la *Boutique* et Ada manque de temps pour mettre en train tous les projets que suscite leur coup d'éclat. D'après Fabien, les Canadiens français se sont aperçus qu'ils faisaient la mode et ne se contentaient pas de la subir. D'après lui, il s'agissait d'un événement culturel, et non pas superficiel, qui exprimait les racines d'une société dans sa représentation vestimentaire.

« Continue, Fabien, et tu pourras écrire la thèse de doctorat de Guillaume à Paris. »

Guillaume est, avec Rose, le seul membre de la famille à avoir raté le triomphe de *Coutures Florent*. Rose a mis au monde une petite Madeleine qui sera baptisée le dimanche suivant, ce qui laisse fort peu de loisirs à Adélaïde qui organise la réception chez elle, à titre de marraine du bébé.

Parce que Julie Béland est une secrétaire très efficace et très organisée et qu'elle a suivi sa patronne à la trace le soir du défilé, Adélaïde se fait rappeler au mois d'octobre les noms de ceux qui n'ont reçu aucune nouvelle d'elle depuis la fin septembre. Derrière chaque carte, Julie a écrit à la mine de plomb qui est la personne et la nature de sa demande. À l'énoncé du mensuel *Virages* et de Lucien Savoie, Adélaïde sourit et interrompt Julie : « Appelez-le-moi tout de suite. »

C'est un architecte converti à la littérature, un *pas décidé*, comme il se qualifie lui-même, qui veut tout et, si possible, un peu plus. Sa famille est une des rares fortunes canadiennes-françaises de souche, « ce qui, bien sûr, a provoqué notre perte, à cause d'alliances discutables ». Un père juge à la Cour supérieure, deux frères avocats, la famille s'est orientée du côté du droit avant de quitter les affaires dans la fourrure où elle avait gagné son blason.

Il a une façon très détachée de raconter, comme si ce n'était pas important. Un charme, fait d'humour et d'attention respectueuse, pas du tout centré sur une démonstration mâle de condescendance (oh ! pour une femme, vous avez un parcours intéressant et regardez comme j'écoute bien !), mais sur un intérêt apparemment sincère.

Il propose deux choses qu'il dit liées à un constat non discutable : il faut archiver l'événement, le rendre accessible aux générations futures. Un livre ou un numéro spécial de son mensuel, avec interviews, articles fouillés et reportage photo du défilé, accompagné des esquisses originales. Comme l'impression des photos et des esquisses revient assez cher, il préférerait un livre. « Par contre, mon magazine gagnerait en publicité et en notoriété si on en faisait le catalogue du défilé, vous savez, comme ces éditions spéciales pour des expositions au musée. Voulez-vous y penser ? »

Adélaïde est surprise de le voir régler la question avec tant de célérité. Il expose les avantages, les désagréments, les coûts, les retombées et, sans insister ou répéter, il la laisse décider. S'il savait comme elle aime cette façon de traiter les affaires !

« Je peux vous déposer, madame McNally ?

— Adélaïde. Je m'appelle Adélaïde. Non, j'ai ma voiture, merci.

— C'est un prénom inusité... Quand j'étudiais à Québec, il y avait une Adélaïde qui signait des billets dans le *Chronicle Telegraph*. C'est la seule fois où j'ai vu ce prénom. Une plume alerte, fine. Adélaïde Miller ! Voilà comment elle s'appelait.

— C'était moi. »

Elle ne sait pas pourquoi elle utilise l'imparfait, elle ne se sent plus assez Miller sans doute. Lucien Savoie tique : « Vous ? Non... Ça fait plus de dix ans !

— Onze ans. J'avais seize ans. Mon père connaissait le propriétaire du journal.

— Je vois que, si je suis un dilettante, vous êtes, vous, une femme d'expérience. Seize ans et déjà un esprit rebelle... »

Elle lui tend la main : « J'ai vieilli, je me suis calmée, monsieur Savoie.

— Lucien, je m'appelle Lucien. »

Son sourire est décidément celui d'un homme séduisant et séduit.

Quand, deux jours après leur rencontre, Julie annonce que Lucien veut lui parler, Adélaïde est presque déçue de constater qu'à l'instar de tous les autres il ne sait pas attendre.

« Je sais que je brise les règles, Adélaïde, je veux seulement vous dire que, un, j'aurais un éditeur intéressé et que, deux, je serais partant si Adélaïde Miller avait envie de reprendre la plume. Je vous appelle comme prévu, le 12. Bonne journée ! »

En tout et pour tout, elle a dit « Allô » et « Bonne journée ! ».

* * *

Les rapports avec Florent, depuis leur journée de congé de juillet, sont demeurés ludiques et sexuels, sans jamais les entraîner plus loin que le « tout sauf le faire ». Sans chercher à analyser ou à en discuter, chacun y trouve un tel soulagement, une telle satisfaction rassurante qu'ils se livrent à leurs joutes comme on ouvre une parenthèse : en ayant bien soin de la refermer et en la gardant très secrète. Le plus extraordinaire est que cela ne semble pas vouloir modifier leur entente. Autant le refus d'épouser Florent avait produit des remous, des flambées d'impatience et d'incompréhension mutuelles, autant cette approche joueuse, impudique et jouissive les comble et les rapproche.

Adélaïde se demande si le fait de ne pas se donner complètement, de ne pas être pénétrée est ce qui empêche la possession et la jalousie de s'installer entre eux. Tout ce qu'elle espère, c'est que Florent ne recommencera pas à vouloir l'épouser.

Les projets de Florent sont beaucoup plus amusants : il a l'intention d'aller se concentrer au Lac pour dessiner la future collection, comme il l'a fait l'an dernier et, à la mi-novembre, il aimerait qu'ils se rendent ensemble à Paris pour acheter les tissus. Les protestations énergiques d'Adélaïde ne l'énervent ni ne le découragent. Il sait, comme elle, qu'elle a deux enfants, une *« business à ronner »*, que quinze jours signifient une planification démente et une course épuisante au retour. Il sait que le dernier défilé les a mis en retard et que *McNally Enterprises* ne se résument pas qu'à *Coutures Florent*.

« Penses-y, on pourrait voir Guillaume et on sortirait du couloir pour quinze jours. »

Border Thomas avant qu'il ne s'endorme est l'affaire de cinq minutes, Thomas ayant hérité du sommeil bienheureux de son père. Léa, exactement comme sa mère, utilise la prière pour revoir les événements de la journée et passe ensuite un moment à faire un bilan et à régler ce qui l'inquiète. Adélaïde reste toujours près de sa petite fille pour cette essentielle partie de la journée, ce qui demeure un moyen privilégié de savoir vraiment comment elle va.

Depuis sa prestation, les réflexions de Léa concernent toujours le défilé et son envie de devenir une vedette. Elle suppute avec sa mère si tante Béatrice est une petite ou une grande vedette, si sa maman (« supposons que tu veux ») pourrait le devenir et (« si elle le deviendrait ») ce serait en faisant quoi. L'envie de gloire, le picotement de vanité font briller les yeux gris de Léa.

« Si je le devenais, Léa, ce serait parce que j'ai quelque chose à dire qui intéresse tout le monde. Florent est connu parce que ses vêtements intéressent tout le monde. On ne peut pas être connu seulement parce qu'on aime ça.

— Comme tante Béatrice. »

Expliquer le jeu, le théâtre, est une lourde entreprise pour l'heure tardive. Adélaïde essaie de prendre des raccourcis, mais Léa note les lacunes et redouble ses pourquoi. La petite gueuse est très intelligente et Ada la borde en promettant que, quoi qu'elle décide, ça devrait marcher. « Comme toi, maman ? »

Caramel, qui connaît sa place, est enroulé au pied du lit et ronronne bruyamment quand Adélaïde lui caresse la tête. Il se renverse, offre son ventre plus pâle et si chaud. Adélaïde sourit : un vrai Florent, ce Caramel, un affamé de caresses qui ronronne dès qu'on lui offre ce qu'il désire.

Elle observe Léa endormie – comment peut-elle lui avoir donné l'impression de réussite totale alors que Nic et Anne ne sont plus là ? Elle murmure « non, mieux que moi, Léa » et constate qu'elle a encore raté l'occasion de discuter de son éventuel voyage à Paris.

Le départ de Florent pour le Lac permet à Adélaïde d'effectuer du rattrapage au bureau. Bien qu'elle doive aller chercher sa fille à l'école à trois heures, elle arrive à faire descendre la pile de dossiers qui l'attend depuis un mois.

L'Atelier se voit octroyer un ajout de personnel qui signifie un supplément de travail pour Jeannine. Il faudrait planifier l'agrandissement des locaux... Quand Lucien Savoie la rappelle, Adélaïde se rend compte qu'elle n'a pas pris le temps de réfléchir et qu'elle a oublié d'en parler à Florent. Elle préférerait d'ailleurs que Florent assiste à leur prochaine rencontre puisqu'il est le premier intéressé.

« N'êtes-vous pas sa représentante, son agent ? »

Adélaïde éclate de rire : « Dieu du Ciel, non ! Je n'aurais pas le temps.

— Vous vous contentez d'être sa muse... l'âme des collections. »

Adélaïde se souvient de cette présentation qu'avait faite Florent à la fin de son tout premier défilé : « Excusez-moi, mais êtes-vous un habitué des défilés ?

— Depuis le début. Je suis un fidèle admirateur. »

Elle ne demande pas de qui et elle reporte leur rencontre à plus tard, lorsque Florent sera revenu du Lac.

« J'attendrai sagement. Et, dites-moi, pour Adélaïde Miller, attendons-nous Florent ?

— Je n'ai pas le temps d'écrire les lettres que je dois à mes amis, alors je crains que Miss Miller ne reste ce qu'elle est : du passé. Mais merci pour l'offre. »

Il l'assure que l'offre tient pour quelques années et qu'il est non seulement patient, mais persévérant. « Je suppose que vous avez vu l'exposition du Musée ? »

Pas si patient, se dit Adélaïde en raccrochant.

Le succès du défilé et le surcroît de travail pour ses collaboratrices, qui n'ont jamais émis la moindre plainte et qui ont plongé dans l'aventure sans restriction, méritent récompense aux yeux d'Adélaïde.

Elle organise un dîner privé et « à grand déploiement » pour célébrer la réussite de l'entreprise et leur magnifique solidarité. Le déploiement s'applique aux mets et aux vins fins puisqu'il n'y a que quatre couverts.

« Un dîner de femmes d'affaires », a précisé Adélaïde. Jean-Pierre est au théâtre, Jeannine et Ada sont veuves sans partenaires connus et Estelle a juré pouvoir expliquer cela à son mari.

C'est la première fois qu'Adélaïde les reçoit chez elle et qu'elle exclut les hommes d'une réception. Une des premières discussions porte justement sur le hasard qui a voulu que Florent soit absent. « Sinon, tu l'aurais invité », soutient Jeannine.

Adélaïde maintient que non, qu'elle voulait que leur cercle reste féminin, qu'elles parlent en toute liberté de problèmes ou de faits qui ne les concernent qu'elles, un peu à la manière des clubs anglais réservés aux hommes. Estelle précise qu'ils ont ici beaucoup de tavernes qui font office de clubs moins chics, mais qui reviennent au même : pas de femmes.

La soirée passe très vite et très joyeusement, une discussion succède à l'autre sans qu'elles aient le temps d'épuiser le sujet. Elles se connaissent si bien et sont tellement en confiance qu'à mesure que la soirée avance elles s'épanchent, livrent leurs doutes, leurs espoirs et l'importance que leur travail revêt pour chacune. Elles rient beaucoup et le champagne n'est pas la seule cause de leur plaisir.

Quand arrive le moment du dessert, Lionel pose devant chacune des trois invitées une assiette contenant un écrin. Adélaïde lève son verre : « Je pense que je vais céder à la coutume du petit discours. Voilà... Depuis un an et demi ou presque, je suis président-directeur général de *McNally Enterprises* que j'administre apparemment seule. Il n'y a pas que le défilé pour lequel je veux vous remercier, il y a votre amitié, votre appui moral, votre fidélité. J'ai peut-être eu l'air de ne pas m'apercevoir de tout votre travail, mais je l'ai vu. Habituellement, dans ces cas-là, on verse un "bonus" et on estime la chose réglée. J'ai voulu faire quelque chose de spécial pour souligner notre exceptionnelle collaboration et... je me suis demandé ce que Nic ferait dans ce cas précis. J'ai fait comme lui. »

C'est un rang de perles, un seul rang, sobre, magnifique. « Les perles sont ce que j'ai vu de plus constant dans ce fameux siècle de mode que nous avons illustré. Les perles reviennent toujours, ne se démodent pas vraiment. Nos mères et nos grand-mères en portaient et je crois que nos filles en porteront. Je souhaite que notre collaboration dure comme ces perles et, évidemment, c'est ma manière de vous dire que vous êtes des perles rares. »

La soirée s'achève très tard et elles se promettent de recommencer ces dîners de « femmes d'affaires » où elles ont tant de plaisir et « prouvent qu'on peut faire autre chose que de se crêper le chignon », comme dit Jeannine.

« Tu dors pas, toi ? » Adélaïde part à rire : au lieu de dire allô, Florent répond avec cette phrase. Évidemment, à deux heures du matin, il n'y a qu'elle pour savoir qu'il travaille, qu'elle ne le réveille pas. Il veut tout savoir, si elles étaient contentes du présent, si Estelle s'est bien intégrée et n'a pas été trop timide, si elle a parlé de Paris...

« Franchement ! Ce n'était pas une réunion de travail ! J'allais pas les décourager avec une perspective d'augmentation de tâche. J'aurais eu l'air de les acheter. »

Florent est ravi d'entendre Ada parler du voyage comme d'une chose décidée pour elle et il se garde bien de commenter ou de faire pression. Il essaie plutôt de la convaincre de venir le rejoindre le samedi suivant.

« Avec les enfants ? Le samedi est la journée des enfants, Florent.

— Samedi soir ? Une fois les petits couchés... on regardera le soleil se lever sur le lac. On reviendrait pour l'heure du dîner, à moins que tu ne tiennes *mordicus* à la messe de onze heures. »

Elle sait très bien que ce n'est pas un projet aussi contemplatif qu'il le prétend. Il peut bien se moquer de son laisser-aller religieux, lui ! Elle a bien envie d'y aller. Mais les enfants ont droit à la totalité de ses fins de semaine, c'est une règle à laquelle elle ne déroge que pour les voyages d'affaires. Et comme elle projette justement de partir dans un mois... « On verra. Travaille en attendant. »

Florent a beaucoup avancé. Toutes ses idées étaient déjà trouvées grâce au défilé. Il peaufine, il enlève des détails qui alourdissent, il simplifie les lignes. Et quand il en a assez de reprendre une couleur, il dessine Adélaïde comme il le faisait dans son lit au sanatorium et pour la même raison : elle lui manque.

Le samedi soir, Adélaïde se persuade qu'elle va vraiment discuter de tout ce qui est en suspens pour ne pas se demander ce qui la fait vraiment courir vers Florent.

Le feu est déjà haut dans la cheminée, le repas placé sur une table basse, tout près du foyer, et Florent ne la laisse pas parler affaires. Il ne la laisse même pas regarder ce qu'il a dessiné. Il lui tend un verre de vin chaud et lui indique le divan du menton. Il lui retire ses chaussures et lui masse les pieds pendant qu'elle raconte les hauts faits de Thomas et les projets de gloire de Léa.

Il n'y a que Nic qui savait masser ses pieds comme ça. Adélaïde ne supporterait ce geste de personne d'autre que Florent et elle le sait. Paul Picard, elle s'en souvient, avait touché sa bouche du bout du doigt un soir à New York et elle avait écarté le visage brutalement, tellement cela ressemblait à un geste de Nic. Elle avait prétendu être chatouilleuse. C'est la première fois qu'elle repense à Paul. Elle n'en a plus entendu parler et elle a plutôt mauvaise conscience, un vague sentiment de ne pas avoir été juste avec lui.

Florent veut savoir ce qui l'agace. Il devine toujours tout, c'est si reposant de ne jamais avoir à dissimuler. Elle ne lui dit quand même pas que Picard était à New York, elle se contente de raconter que, finalement, il ne lui plaisait plus du tout.

Florent hoche la tête : « Curieux... que Nic ne soit plus là change tellement notre façon de regarder les autres. Ça m'arrive encore de lui parler, de lui demander son avis. Toi ?

— Tu ne me croiras pas, mais il me répond en plus. Je te jure, il me dit encore ce qu'il veut, ce qu'il trouve bien ou pas bien. Je suis comme Léa qui dit : y était pas content de ça dans son Ciel, papa !

— Il dit quoi de nous ?

— Il dit O.K. Tu ne le ferais pas si tu ne savais pas ça. Nic n'était pas jaloux de toi.

— Manquerait plus que ça ! Il n'était jamais jaloux, Ada.

— De Picard, oui.

— C'est pour entendre Nic être jaloux que t'as revu Picard, alors ? »

L'idée est amusante, mais elle sait que Picard appartenait au désir insupportable que le veuvage avait provoqué. Dieu merci, elle a commis l'erreur de le toucher avant de s'engager à quoi que ce soit de compromettant. Elle se dit que bien des veuves ont dû se remarier pour connaître une vie conjugale semblable à celle qu'elles avaient et que la déception a dû être amère pour plusieurs. Quelle folie ! Jamais elle ne ferait une chose pareille, jamais elle ne se marierait sans savoir vraiment jusqu'où l'homme lui plaît.

Corrompue et dévergondée, voilà ce qu'elle est. Elle se demande avec angoisse comment elle saura évaluer le fiancé de Léa, le jour venu. « Montre-moi ta collection, Florent. »

Quand Ada est endormie, Florent reprend son carnet et profite de sa présence pour dessiner en se référant à son modèle. Il s'endort, le crayon à la main.

« Promets que tu ne montreras cela à personne ! Jure ! »

Elle lui indique une page. Son visage renversé, yeux clos, sourcils froncés, la bouche entrouverte, son visage à la lisière du plaisir, concentré sur l'imminence de l'extase : on peut pratiquement entendre l'inspiration siffler avant la plainte qui collera au souffle suivant.

Florent se contente de sourire et de tourner les

pages. Ada n'en revient pas, elle est scandalisée et affolée. Les courbes de son dos, la façon de ployer la tête, de la renverser, le bras levé qui cherche à saisir on ne sait quoi au-delà de sa tête, le visage grondant d'un ailleurs indéfinissable : tout est violent et vrai. Cru. Son premier mouvement est de cacher, nier. Florent tourne lentement les pages, sans lui permettre de les toucher.

Il referme le carnet sans rien ajouter et va faire du café.

« Dégradant et avilissant, Ada, voilà comment on appellerait ça. J'y vois... ta force, ta beauté. Rien de pornographique là-dedans, rien qui veut te rabaisser. Ou alors, c'est que le corps heureux est un péché qui avilit l'âme. Dans son Ciel, Nic nous tuerait de penser une chose aussi sale concernant quelque chose d'aussi noble. Jusqu'à toi, j'ai pensé que la honte était mon seul avenir. Jusqu'à toi, Ada, bander était une nuisance malsaine. Je ne t'ai pas volé ces images, je les ai faites de mémoire quand tu me manquais. Celle-là, je l'ai faite cette nuit en te regardant dormir. Celle-là seulement.

— La seule personne qui m'importe adorerait ce carnet et te l'achèterait une fortune. Si on va jusqu'à le faire, je suppose que je devrais être capable de le voir. Cache bien nos aveux, c'est tout ce que je te demande. »

* * *

La serviette de table n'est même pas sur ses genoux qu'Adélaïde sait que ça ne marchera pas. Elle sent un vent d'hostilité passer entre les deux hommes qui fera d'elle un arbitre involontaire. Lucien Savoie et Florent ont assez de classe et de bonnes manières pour camoufler leur antipathie mutuelle, mais la conversation s'étiole dès qu'Adélaïde faiblit.

Ils sont très polis, affables et ils ont l'air de respectables convives qui s'amusent bien. Dès que Lucien devient presque obséquieux, Florent se tait et l'œil qu'il pose sur le grand châtain est pour le moins dubitatif.

« Difficile, votre jeune collaborateur » est le commentaire de Lucien, dès que Florent s'est excusé. Devant la réaction tendue d'Adélaïde, il enchaîne : « ... Mais un talent fou ! Ce qui excuse bien des caprices. C'est un ami très cher, je crois ?

— C'est effectivement un très grand artiste. »

Elle essuie ses lèvres sans rien ajouter et Lucien se le tient pour dit.

Le lunch s'achève sans qu'aucune entente ne soit conclue et Lucien doute même de l'expression d'intérêt qu'il a arrachée au couturier. Il saisit mal les raisons du jeune effronté de le traiter de la sorte, mais il se jure que, s'ils vont de l'avant, c'est avec Adélaïde qu'il travaillera.

Dès qu'ils sont dans la voiture, Florent explose : il ne veut rien avoir à faire avec ce pédant, ce faux esthète qui vient parader avec son costume et sa cravate en pensant que ça suffit pour les faire s'agenouiller d'admiration.

Adélaïde a beau essayer de revenir au livre, au projet plutôt qu'à l'homme, Florent refuse de s'asseoir avec le bellâtre qui veut de toute évidence autre chose que servir l'art avec un grand A. « Il s'en fiche bien, du livre, il veut t'avoir pour sa collection personnelle ! »

Elle le trouve ridicule et enfantin. S'il faut que

chaque fois qu'un homme séduisant leur propose un projet ils refusent d'en discuter sous prétexte que les motifs profonds sont peut-être de nature personnelle, ils vont fermer boutique sous peu. « Tous les hommes qui me parlent d'affaires peuvent être soupçonnés de mauvaises intentions, Florent. On ne peut pas juger du projet sur un tel élément. »

Têtu, Florent se concentre sur la route et la laisse argumenter jusqu'au bureau où il la dépose : « J'espère au moins que tu sais pourquoi il t'attire.

— Bon ! Il m'attire, maintenant !

— Il a peut-être la taille de Nic, mais il est loin de pouvoir chausser ses bottes. »

Insultée, elle claque la portière.

Elle traverse le bureau de sa secrétaire en annonçant que si M. Savoie appelle, elle est absente ou en réunion.

Elle est si fâchée qu'elle abat le double du travail qu'elle aurait normalement fait et elle rate la réunion de l'Atelier. Quand Julie vient lui annoncer qu'on l'attend là-bas, Adélaïde consulte sa montre et déclare qu'elle n'a plus le temps, qu'ils se passent d'elle.

Léa est ravie de voir sa mère à la sortie de l'école.

Florent ne se calme pas. Si Ada est sincère et veut un livre, ils le feront, mais pas avec le bellâtre, là-dessus, il est catégorique. Pour ne pas avoir l'air de mauvaise foi et pour coincer Adélaïde, il demande l'aide de Marthe qui s'y connaît quand même un peu en édition d'art. Elle promet d'essayer de s'informer auprès des peintres qui ont fait de tels catalogues. Quand Florent lui parle de Lucien Savoie, elle s'écrie que ce serait une très bonne idée, qu'il doit avoir des tas de relations dans ce domaine. Elle saisit rapidement que sa mission n'inclut surtout pas Lucien Savoie. Florent ne cache pas qu'il nourrit des doutes quant à la pureté des intentions du Monsieur.

« C'est un ami de Jean-Pierre... enfin, une connaissance. Tu veux que j'enquête discrètement ? »

Florent a l'œil bien mauvais, c'est la première fois que Marthe le voit aussi véhément : « Tu ne veux quand même pas empêcher Adélaïde de fréquenter des hommes, Florent ?

— Si ce sont des profiteurs qui veulent juste chasser, oui.

— Tu veux quoi ? Un rapport sur son *pedigree* artistique ou personnel ? »

Florent veut un rapport complet et un projet rapide pour un livre-catalogue.

* * *

Jean-Pierre Dupuis s'organise pour aller au bureau d'Adélaïde en fin de matinée. « Je me disais que tu dois bien manger de temps à autre... »

S'il y a une chose dont elle peut se passer en ce moment, ce sont les avances peu subtiles de Jean-Pierre : « Je pensais qu'on avait réglé notre cas il y a longtemps, Jean-Pierre. Je suis ton amie, celle de ta femme et c'est tout. Pourquoi vouloir ouvrir de vieux dossiers ?

— Je pensais que Lucien Savoie était un nouveau dossier. »

Finalement, il laisse entendre que son ami Lucien lui a posé beaucoup de questions dernièrement et que, deux et deux faisant quatre... il a conclu que le beau Lucien avait l'œil ouvert. Adélaïde déteste ce genre de ragots de coulisses : « Tu viens me mettre en garde ou t'informer pour lui ?

— Les deux. »

Elle croise ses mains sous son menton : « J'écoute. »

Il aurait préféré le restaurant, mais elle n'a pas l'air de vouloir bouger. Lucien Savoie a trente-deux ans, il est célibataire et il a terminé un cours d'architecture sans jamais dessiner un plan par la suite. Grand amateur d'art et de femmes, il a failli épouser une riche héritière nommée Latner qui lui a préféré un Anglais de Westmount. L'histoire intéressante le concernant est plutôt dans les secrets bien gardés que dans les échos mondains du *Montréal-Matin*. Il a, depuis deux ans, une liaison très secrète avec l'épouse d'un politicien. Celle-ci voulait divorcer pour épouser Lucien, et le mari, qui ne peut accepter sans risquer de perdre non seulement son siège, mais aussi la quasi-assurance de devenir ministre sous peu, a accepté que sa femme voie Lucien à la condition expresse d'éviter soigneusement tout scandale ou même toute rumeur de scandale.

L'histoire n'a pas l'air d'impressionner beaucoup Adélaïde. Elle hausse les épaules et trouve que les gens ont l'air d'« aimer le trouble ».

« Lors du premier défilé, il m'avait demandé des renseignements sur toi. Je lui ai présenté Nic et je pense qu'il a renoncé assez vite.

— Bon ! Je dois me rendre à une réunion, Jean-Pierre. Je m'excuse, je n'ai plus de temps. »

Par réaction, puisque tout le monde semble savoir mieux qu'elle ce qu'elle doit faire, Adélaïde accepte de prendre un verre avec Lucien.

L'endroit qu'il choisit, discret, luxueux, confirme les renseignements qu'Adélaïde n'a pas réclamés : cet homme sait où emmener une femme sans la compromettre.

Il s'empresse de juger sévèrement sa propre attitude peu chaleureuse à l'endroit de Florent, allant même jusqu'à attribuer sa piètre performance à l'importance qu'il accorde à son jugement. Adélaïde est sur ses gardes et il le sent : « Est-ce que mon intérêt privé pour votre personne va interférer avec notre projet, Adélaïde ?

— J'en ai peur.

— Est-ce que j'ai été trop insistant ? Déplacé ? Vous ai-je choquée ? »

Devant sa réponse négative, il lève son verre : « À notre projet, donc ! »

Adélaïde ne le trouve pas très dangereux ni ratoureux. Sauf qu'à la fin de leur rencontre il tient son manteau légèrement plus longtemps sur ses épaules et lui glisse à l'oreille : « Je ne suis pas un fervent lecteur des guides de bienséance et je vous trouve trop attirante pour essayer de le cacher. Ça vous embête ? »

Elle n'arrive pas à dire oui.

Après avoir revu Lucien pour un verre et une séance de cinéma, Adélaïde décide d'aller à Paris avec Florent. Jamais, depuis sa rencontre avec Lucien, Florent n'a reparlé du projet ou de l'homme. Il se contente d'observer en silence, sachant très bien que, s'il en parle, il va précipiter Ada vers la « triste copie », comme il appelle Savoie. Il garde dans sa manche le nom de la personne trouvée par Marthe pour prendre le relais du projet de livre.

Ils doivent partir du 17 novembre au 2 décembre et les préparatifs rendent Florent si heureux qu'il en est contagieux.

Adélaïde rentre chez elle de plus en plus tôt, afin de profiter des enfants et leur donner tout ce dont elle craint de les priver pendant son absence. La présence de Rose et de Jeannine la rassure beaucoup. Les enfants adorent leurs tantes, avec une petite préférence pour Rose qui a une douceur capable d'assagir n'importe quel malcommode. La petite Madeleine, qui se met à pédaler de plaisir dès que Thomas se penche sur elle, est un atout majeur.

Deux jours avant le départ, l'hospitalisation d'urgence de Georgina met le voyage en péril. Prise d'un malaise, Georgina a fait une attaque en arrivant à l'hôpital. Tante Germaine rassure Adélaïde, le danger est passé, et sa sœur devra être prudente à l'avenir parce que « la voilà prise du cœur ».

Isabelle et Reine font la navette au chevet de Georgina et Hubert s'installe chez Reine pour la durée de l'hospitalisation « parce qu'il est tellement dépourvu, le pauvre ! ».

Les prières de Florent étaient davantage une supplique pour ne pas les empêcher de partir qu'un souci pour Georgina qu'il connaît fort peu.

Le soupir de soulagement que pousse Florent, une fois l'avion dans les airs, est assez comique : « T'as eu peur de partir tout seul, Florent ? La santé de Georgina ne t'inquiète pas, quand même ? »

Elle allait s'endormir quand Florent remonte légèrement le châle qui la couvre. Elle ouvre les yeux : il est appuyé contre son dossier, face à elle, comme s'ils partageaient le même lit. Il la couve avec une sorte de tendresse heureuse et elle comprend soudain qu'il a voulu l'éloigner de Montréal et de ses souvenirs parce que la date de l'anniversaire de Nic s'en vient. Elle prend la main de Florent, la pose sur sa joue : « Tu penses que ce sera moins dur à Paris que Nic n'ait jamais cinquante ans ?

— Au moins, on ne sera obligés de rien, ce jour-là.

— Qu'est-ce que je ferais sans toi, Florent ? »

Il la regarde s'endormir et il s'interdit formellement de penser à ce que lui ferait sans elle, aux maigres chances que leur relation si unique puisse durer. Déjà qu'ils doivent se passer de Nic, inutile de creuser les autres terribles éventualités.

Adélaïde se rend compte que Florent a eu raison de l'emmener loin de Montréal, loin des gens qui veulent la distraire de sa peine. Elle se connaît, elle sait qu'il vaut mieux être seule. Étrangement, c'est la veille de la date exacte qu'elle pense le plus à Nic, à ce qui ne sera pas. Le souvenir de Nic est si poignant qu'elle doit s'excuser auprès des hommes d'affaires occupés à déployer des mètres de charmeuse et de soie et elle se sauve avant que Florent n'essaie de l'arrêter.

Toute la journée, elle marche dans Paris. Elle regarde avec les yeux de Nic et, peu à peu, elle regarde avec les siens. Il lui est si difficile de se convaincre qu'il ne reviendra pas. Avec les enfants, elle s'astreint à être rigoureusement terre-à-terre, à ne pas laisser l'espoir insensé s'infiltrer. Mais, au fond d'elle-même, elle a toujours cette sensation de l'attendre, de ne pas admettre sa mort. Pourtant, elle l'a vu mort ! Ce n'est pas comme pour Theodore et c'est quand même pareil. Comme si une guerre au loin retenait Nic et qu'un jour, étendue sur un sofa, elle se réveillerait avec son visage penché au-dessus du sien, son visage amoureux, son visage, enfin.

Un vent aigre balaie la Seine et fait retrousser des vaguelettes brunes. Elle a froid, il faudrait manger. Elle s'installe dans un petit restaurant de l'île Saint-Louis et reste longtemps à songer devant son café crème. Sa vie est comme en suspension depuis la mort de Nic, elle n'arrive pas à reprendre pied, même si elle arrive à tout faire fonctionner. Cet homme, Lucien Savoie, il lui importe peu. Ce ne sera pas autre chose que de l'amusement, une petite joute de pouvoir, de séduction, une petite joute inoffensive. Paul Picard, avant de se révéler un triste partenaire au lit, était plus dangereux. Elle sourit : dangereux pour qui ? Encore une fois, cette impression de toujours être mariée, de toujours appartenir à Nic. Elle se souvient de ses remords quand elle trompait Theodore avec Nic. Peut-être est-ce cette jeune fille de Québec qui écrivait des billets fantaisistes et qui n'avait pas peur de se jeter à la tête d'un homme marié que lui rend Lucien. Une impression de virginité. La femme aux yeux océan... À travers les récits de Leah, Adélaïde découvre un Theodore inconnu, tellement épris, tellement amoureux d'elle. L'aimait-elle autant, avec ses seize ans en feu ? Elle l'aimait de toute sa force volontaire et de tout ce désir qui la consumait – et elle ne regrette pas. Il l'a aimée. Sans cesse, sans faiblir. Il est mort avec elle dans le cœur.

Comme elle a été aimée ! Comme elle a reçu déjà. Sa mère, son père, malgré son bannissement, malgré son refus d'admettre ses actes, son père l'aimait, elle s'en souvient. Florent, Theodore, Nic... qui a eu autant ? Florent a été trimbalé d'un endroit à un autre toute sa vie. Florent avait elle et Nic. Même Gabrielle était un emblème de sa fille dans l'esprit de Florent. Les longues années de tuberculose, le travail dans l'appartement glacial de la rue Arago, alors qu'il n'avait que six ans. Comme il a peu reçu en comparaison. Comme il a peu réclamé et comme il sait cacher ses peines.

En entrant à Notre-Dame, elle cherche l'autel de la Vierge, celui devant lequel s'incliner. Ada ne connaît presque plus rien à la religion, à Dieu et aux saints, mais la Vierge a encore sa confiance. Elle allume trois cierges : un pour ses parents, un pour Theodore et un pour Nic et Anne. « À ceux qui sont morts et qui m'ont aimée, je promets de cesser de me plaindre et de ne plus rechigner. Je promets de me souvenir de l'amour reçu avant de pleurer sur l'amour enfui. Je promets d'essayer de vivre en demeurant digne de cet amour. Mais aidez-moi, par exemple ! »

Elle est en train de prendre son bain quand Florent frappe à la porte. Il relève ses manches et savonne son dos qu'il rince ensuite avec douceur sans rien dire. Il tend la grande serviette et la sèche avant de l'enrouler dedans et de l'emmener sur le lit pour la garder contre lui. Dans la chaleur de l'étreinte, Adélaïde se met à parler tout bas : « Son dernier anniversaire, on l'a passé au Ritz. Il m'a fait promettre qu'on irait au Mexique pour ses cinquante ans. Et qu'on achèterait la maison. Il avait réservé une suite. Il neigeait. Je lui ai offert cette alliance que j'avais achetée, ici, à Paris. On était heureux. Tu te souviens comme il a toujours su célébrer les anniversaires ? »

Ils restent à parler de Nic pendant des heures, ce qu'ils n'ont jamais fait depuis sa mort, ne s'autorisant que de brèves réminiscences qui ne le ramenaient pas avec autant d'acuité. Ce soir-là, ils évoquent tout ce qu'ils ont aimé de Nic, ils parlent de Gabrielle, de Paulette, ils se disent leur propre amour pour cet homme si vivant et si présent encore.

Au bout de longues heures à rire et pleurer et avouer, ils cherchent à se consoler à travers leurs premières caresses. Cette fois, la fébrilité qui les possède est gorgée de chagrin et de la puissante nostalgie de Nic. Rien n'apaise leur quête, rien ne les libère. Ils sanglotent tous les deux quand Florent la pénètre.

Adélaïde n'est pas certaine que ce n'est pas à Nic qu'à travers l'un et l'autre ils font l'amour. Elle est par contre certaine qu'ils sont, l'un comme l'autre, les seuls avec qui ils peuvent le faire.

* * *

Pendant leur séjour parisien, ils revoient Guillaume à maintes reprises. Celui-ci a mûri, grandi, mais il manifeste toujours de fortes dispositions à la critique sociale et politique. Ses études lui fournissent des arguments bien difficiles à contredire. Adélaïde doit subir de longs discours sur l'impérialisme du patronat qu'elle représente aux yeux de son frère. Elle le laisse dire, certaine que tout cela va lui passer quand il reviendra au pays pour y travailler et y vivre.

C'est à regret que Guillaume les voit partir. Il voudrait importer à Paris tous ceux qu'il aime et il ne cesse de décrier la mentalité campagnarde de la société canadienne-française. Ses études lui permettent de prouver à quel point cette société sclérosée retarde en ce qui concerne les grands mouvements mondiaux et il n'a pas assez de mots pour démontrer le tort que causent le clergé et les dogmes stricts de l'Église. Toute sa fougue de sociologue n'empêche pas qu'il s'ennuie des siens et surtout de Rose dont ils doivent décrire en détail le bébé, le mari, les activités.

Le 2 décembre, quand elle serre enfin ses deux enfants dans ses bras, Ada déclare que, dorénavant, ils partiront au maximum dix jours. Florent est si heureux de retrouver Léa et Thomas qu'il est prêt à signer n'importe quelle entente.

* * *

Julie Béland est d'une précision édifiante et elle coche les sujets sur son calepin à mesure qu'elle les aborde. Adélaïde l'écoute tout en jetant un œil sur la pile de courrier qui l'attend. Julie saute immédiatement sur ce sujet et spécifie que tout le courrier personnel est à droite, la pile de gauche étant du professionnel.

« Continuez, je vous écoute, Julie. »

Les problèmes sont nombreux, agaçants, mais pas du tout dramatiques. Adélaïde organise sa journée, charge la jeune fille de rappeler quelques clients. Julie, le carnet proprement refermé sur les genoux, ne bouge pas. Adélaïde la fixe et attend.

« Ce n'est pas de mes affaires... »

Adélaïde sourit : ce sera sans doute intéressant.

« ... mais Mme Gingras a manqué une journée. Je veux dire... c'est pas pour rapporter, c'est à cause qu'elle n'oublie jamais rien et que Jacqueline, sa secrétaire, m'a confié qu'elle oubliait pas mal de ce temps-là. J'ai pensé que vous aimeriez mieux le savoir. »

Apparemment, aucun problème, aucune tension n'est survenue dans les dossiers dont Estelle avait la responsabilité depuis le départ d'Adélaïde.

« Merci, Julie. Attendez-moi avant de rappeler qui que ce soit. Je vais aller voir Estelle. »

Normalement, Estelle aurait été la première à venir la saluer et s'informer du voyage. Normalement, elles auraient eu une brève réunion de mise à jour avant que Julie n'arrive au bureau.

Quand elle entre dans le bureau qui était le sien à l'origine, Adélaïde est rassurée de voir qu'Estelle porte son rang de perles sur son joli tailleur marron signé

Florent. Elle porte aussi un visage marqué d'inquiétude, une sorte d'anxiété dans l'œil qui rappelle le regard des enfants qui ont quelque chose à se reprocher.

Sans s'épancher ou témoigner d'un enthousiasme particulier, Estelle ressemble à elle-même avec une touche d'inquiétude en plus.

Quand, avant de la quitter, Adélaïde s'informe si quelque chose cloche ou l'angoisse, le « Non ! Pourquoi ? » d'Estelle est trop vif et trop faux pour vraiment rassurer Adélaïde.

Jacqueline est une femme d'âge mûr qui a été formée à l'école de la discrétion absolue et elle n'aide pas beaucoup Adélaïde. La secrétaire laisse entendre que toujours, quand Mme McNally s'absente, les responsabilités sont plus lourdes pour Mme Gingras et qu'elle encaisse alors pas mal de tension. La seule nouvelle qu'elle lui apprend est que la fille d'Estelle se fiance à Noël et que cela représente un gros changement dans la vie de sa patronne.

Adélaïde a beaucoup trop à faire pour insister et elle ne voit pas ce qu'elle peut ajouter pour forcer Estelle à se confier. Sans plus y penser, elle enchaîne réunion sur réunion.

Même si Lucien Savoie a laissé des messages, Adélaïde ne rappelle pas tout de suite. Florent lui a demandé de rencontrer un autre éditeur qui est prêt à entendre parler du projet. L'ennui, c'est que Blaise Montpetit n'a pas assisté au défilé et qu'il manque cruellement de références. La rencontre a lieu au bureau de Florent, à l'Atelier. Blaise semble être un éditeur sérieux et déterminé. Dès qu'elle lui serre la main, Adélaïde sait qu'il a de l'ambition et qu'il s'occupe de son affaire. Contrairement à Savoie, qui n'a pas fait la réclame pour ses magazines et n'a jamais eu l'air de soumettre sa compétence au jugement d'Adélaïde, Blaise fait la démonstration, preuves à l'appui, de son professionnalisme. Il est plus jeune que Lucien, moins sûr de lui et, de toute évidence, davantage séduit par Florent que par elle. Les longs doigts fins caressent la jaquette du livre dont il parle et, quand il termine sa phrase, il jette un œil quémandant l'approbation de Florent.

Quand Adélaïde décrète que, s'il n'a pas vu le défilé, il lui sera difficile d'en témoigner avec authenticité, Blaise s'insurge : « Fallait-il être à la construction des cathédrales pour en parler avec justesse ? Faut-il avoir assisté à la peinture de la chapelle Sixtine pour parler correctement de Michel-Ange ? Je peux, au contraire, poser des questions étonnantes, très pertinentes afin que ce que je n'ai pas vu devienne aussi vrai pour moi que ce le sera pour le lecteur. J'aurai la naïveté du lecteur.

— Et pourquoi le feriez-vous si vous n'avez pas vu ce dont on parle ?

— Mais ! J'ai vu les esquisses, le travail de Florent. On pourrait faire le catalogue avec les seules esquisses, d'ailleurs. Elles sont magnifiques, jubilatoires... »

Adélaïde sursaute, *jubilatoires* maintenant ! Entre la prétention de Lucien et l'exaltation de ce jeune homme pâle, elle sait où va sa préférence. « Vous proposez quoi, monsieur Montpetit ? »

Elle écoute attentivement, parce qu'elle a promis à Florent et parce qu'il va l'embêter avec cette possibilité tant qu'elle n'aura pas fourni une bonne raison de s'en passer.

Dès que Montpetit a refermé la porte, Adélaïde se

tourne vers Florent : « Dis-moi, les esquisses jubilatoires, ce ne sont quand même pas les dessins originaux de la collection ? »

Florent pique du nez sur son bureau : « Il a tout vu, Ada. Les dessins d'atelier et les esquisses. Pour lui donner une idée juste...

— Est-ce que, par hasard, le fait qu'il n'aime pas les femmes change ta position ? Est-ce que si j'avais montré une seule des esquisses originales à Savoie, tu serais d'accord ? Est-ce qu'on n'avait pas une entente concernant ces esquisses ? Es-tu en train de me jouer dans le dos, Florent ? »

Il est si malheureux, si désespéré. Il explique que tout est venu par accident, alors qu'une seule esquisse était restée mêlée aux dessins de la deuxième série et que Montpetit s'était montré insistant, fasciné, qu'il refusait de la rencontrer sans avoir vu tous les éléments... « Tu as raison, Ada, jamais je n'aurais dû. C'est déloyal et c'est méprisable. Je voulais tant que ce soit lui qui fasse le livre. J'ai perdu mon bon sens. »

Adélaïde sait surtout qu'il voulait avant tout évincer Lucien, son charme, son évident désir de la séduire. « Florent, même si on ne fait pas le livre, je vais revoir Lucien. Tu ne peux pas m'arrêter en te livrant à des manigances pareilles. Tu n'as pas montré les fusains ? Ni ton carnet ?

— Ada ! Jamais ! Jamais je ne pourrais faire ça ! Ce serait comme de te montrer nue. C'était un accident, l'esquisse, pas une manigance. »

Malgré sa mauvaise humeur, elle le rassure, elle sait très bien qu'il ne la marchanderait contre rien ni personne. Elle sait aussi que leur entente qui s'étend jusqu'à cette sexualité particulière, convenant momentanément à leurs besoins mutuels, risque de se briser s'ils ne parlent pas et s'ils font semblant que tout est comme avant.

« Florent, pour l'instant, je préfère renoncer au livre. Tu le dis à ton candidat, je le dis au mien. Mais je n'estime pas qu'on a réglé notre problème à tous les deux. D'accord ? »

Dépité, angoissé, Florent est d'accord.

Quand Estelle laisse échapper tous ses papiers parce qu'elle est surprise par Jacqueline qui entre dans le bureau, Adélaïde attend que la secrétaire soit sortie et attaque carrément le problème. Après deux ou trois dénégations, Estelle s'effondre et demande à être réintégrée dans ses anciennes fonctions de secrétaire de direction. Elle jure qu'elle ne peut pas assumer ses responsabilités, que c'est trop lourd, trop angoissant, qu'elle ne dort plus et qu'elle risque de nuire énormément à *McNally Enterprises*.

Adélaïde la laisse pleurer et dire tout le mal qu'elle pense de sa compétence et d'elle-même avant d'essayer de savoir ce qui s'est passé durant son absence. Estelle se tait en s'essuyant les yeux. En insistant, Adélaïde constate que sa partenaire n'a plus aucune résistance, mais qu'elle ne dira rien quand même. « Vous avez peur, Estelle ! » La chose lui semble si incroyable, si disproportionnée. Dès qu'elle l'a dite, Estelle se remet à pleurer. Adélaïde a beau lui demander quoi ou qui lui fait peur, la pauvre femme est incapable d'articuler quoi que ce soit.

« Pourquoi avez-vous manqué une journée, Estelle ? C'est chez vous, à la maison, que ça ne va pas ? »

Les yeux d'Estelle sont agrandis d'horreur. Elle se lève, ouvre un tiroir et en sort un paquet de feuilles blanches froissées qu'elle tend sans dire un mot.

Les lettres sont tapées à la machine et écrites en anglais. Le ton est très menaçant, bref, les phrases sont brutales et, évidemment, il n'y a aucune signature.

Salope ! Tu voles les jobs *des hommes et tu mens. Je t'aurai !*

Tu as écrasé ton mari et tu penses pouvoir écraser les autres ? Ton mari est une lavette. Moi, j'ai des couilles. Tu vas y goûter.

La putain qui fait de l'argent sur notre dos ne sait pas tout sur toi. Moi, je sais.

Espèce de maudite vache sale !

Demain, je passe à l'action. Tu vas payer, fucking bitch *!*

Les feuillets se succèdent, tous aussi haineux et sans véritable accusation outre celle d'être une femme en position d'autorité. Adélaïde remarque que chaque feuille a été chiffonnée et ensuite dépliée. La première est nettement recollée. « Je ne savais pas quoi faire. J'avais honte. »

Adélaïde lui épargne le « pour lui ? » qui lui vient.

« Depuis quand ça dure ?

— Un mois.

— Les enveloppes ? »

Estelle va les chercher : aucun timbre, aucun sceau postal. Les lettres sont donc déposées directement. « Où les avez-vous trouvées ?

— Sur mon bureau. Depuis la première lettre, je ferme à clé même sur l'heure du midi. Ça ne change rien. »

Adélaïde réfléchit en triturant les enveloppes : « Il y a autre chose Estelle ? Que je devrais savoir, je veux dire... »

Inquiète, Estelle hoche la tête : « Vous allez faire quoi ? J'ai mal agi, vous pensez ? »

Avant qu'elle n'offre sa démission, Adélaïde lui dit de rentrer chez elle, de se reposer et que, dès la première heure le lendemain, toutes les serrures de l'étage seront changées et les clés seront parcimonieusement distribuées.

Les bureaux sont déserts quand elle fait asseoir le détective devant elle. Georges Matte n'a pas du tout l'air de Bogart. Il porte un *jack-shirt* qui doit laisser le froid de décembre passer assez facilement. Le nez plutôt imposant soutient une paire de lunettes noires pas du tout discrètes et très évidemment nécessaires.

Cet homme piste Mark Taylor depuis un an et demi. Il remet une feuille dactylographiée sur laquelle les mêmes faits et gestes sont reportés tous les 30 du mois et il a l'air de faire son travail comme un laitier livre ses bouteilles de lait et ses chopines de crème : assidûment et sans plaisir.

Quand il entend la patronne lui dire que Taylor ne fera plus l'objet de surveillance et qu'il est libéré de cette tâche, il n'éprouve ni soulagement ni surprise. Il se lève et reprend sa casquette.

« Attendez, monsieur Matte, j'ai autre chose. »

Il est passé sept heures et demie quand elle essaie le numéro du bureau de Lucien. Il répond lui-même et Adélaïde est étonnée de se rendre compte à quel point sa voix fait plaisir à entendre.

Le bureau dans lequel il la fait entrer tient davantage de la bibliothèque encombrée que d'un lieu de travail. Le fauteuil de cuir usé et profond, la lampe sur pied qui l'éclaire parfaitement, le livre ouvert, face contre le pouf qui doit encore porter la trace de ses talons, tout clame que Lucien occupe avec bonheur son « antre », comme il appelle l'endroit. Le fauteuil lui est offert et Lucien débarrasse le pouf pour s'asseoir face à elle, sans cérémonie.

L'intimité de la pièce déteint sur eux. C'est un endroit où Adélaïde se sent à l'abri, un endroit sans témoins mais pas sans risques. Elle lui transmet les mauvaises nouvelles concernant le livre-catalogue. Il n'a pas l'air surpris ni même déçu, il a l'air de se contenter de l'écouter en la détaillant. Au bout de son discours, Adélaïde lui demande pourquoi il ne dit rien.

« Votre décision est prise et je ne vous vois pas souvent. Prendriez-vous un whisky, Adélaïde ? »

Il est déjà debout et verse le liquide dans les verres *old-fashioned*. Ses cheveux châtains sont un peu longs et retroussent sur le col de sa chemise. C'est le genre de chose qui l'a toujours émue chez Nic. Elle détestait qu'il se fasse couper les cheveux.

Lucien lui tend le verre et elle sourit en pensant que, pour elle, c'est toujours une boisson réservée aux drames et aux mauvaises nouvelles.

« Quoi ? Qu'est-ce que j'ai fait de si drôle ? »

Il enjambe le pouf, s'y assoit de telle sorte qu'elle est entre ses jambes. Il s'incline, trinque : « À vous ! »

Elle n'aime pas le goût du whisky, elle aime la chaleur dans sa gorge. Il pose son verre sur le tapis où des exemplaires de magazines traînent et il fait cette chose extraordinaire, il place ses deux mains le long des jambes croisées d'Adélaïde et il les caresse de la cheville au genou, sans gêne aucune, comme s'il vérifiait que la soie des bas est de bonne qualité ou que la couture est impeccablement droite.

Adélaïde ne se demande pas comment l'arrêter, mais jusqu'où elle est prête à aller.

Il est assez tard quand elle rentre et trouve Lionel debout à l'attendre. Isabelle a appelé, Georgina est au plus mal, elle a reçu les derniers sacrements et le pronostic est qu'elle ne passera pas la nuit.

Adélaïde va voir ses enfants avant d'appeler chez Isabelle. Elle ne s'attend pas à la joindre, mais du moins la gardienne lui fournira le numéro de l'hôpital. C'est Maurice qui lui répond et lui fait le récit des derniers événements. Georgina a accompagné son mari à l'office de l'Avent où elle s'est sentie mal en revenant de communion. Elle s'est effondrée avant d'atteindre son banc. Depuis, elle est inconsciente et les médecins ne pensent pas pouvoir la sauver. « Elle n'a pas l'air de souffrir, je l'ai vue tout à l'heure. Mon avis, on va avoir des funérailles avant Noël. C'est Germaine qui fait pitié. Reine, on n'en parle pas, c'est l'héroïsme religieux et dévoué. Isabelle... c'est drôle, elle est comme secouée, comme si elle ne s'y attendait pas. Tu vas venir ? »

Adélaïde a vraiment autre chose à faire, mais comment s'épargner le voyage ?

« Laisse-moi m'organiser, Maurice, et j'essaie de venir le plus vite possible. Rappelle-moi s'il y a du nouveau, à n'importe quelle heure. »

Lionel a fait chauffer du lait avec de la vanille et il s'assoit avec elle pour discuter des préparatifs. À sa grande surprise, elle l'entend proposer de l'accompagner. « Germaine m'est très chère et je m'inquiète pour elle. *Besides*, vous aurez besoin d'aide si vous emmenez les enfants.

— Surtout si Rose emmène Madeleine et que James et Fabien doivent rester ici à travailler ! »

En entrant dans sa chambre, elle trouve toutes les esquisses initiales de la collection ainsi que l'ensemble des fusains. Florent y a joint une note où il réitère ses excuses. Il insiste tant sur la confiance qu'il souhaite ne pas avoir perdue qu'elle l'appelle tout de suite pour le rassurer.

Georgina Bégin-Bussières-Duquette meurt à cinq heures du matin le mercredi 20 décembre 1950, à l'âge de soixante et un ans.

Rose et Madeleine vont chez Germaine, Adélaïde refuse d'aller installer son « campement de quatre » dans la maison déjà bondée d'Isabelle. L'idée d'aller chez Hubert et de mettre ses enfants dans cette atmosphère confinée et sombre la hérisse et l'inquiète davantage que l'idée d'insulter ce « pauvre Hubert ». Elle opte pour ce que Nic aurait fait et s'installe au Château Frontenac où, grâce à Lionel, elle arrive à sortir les enfants du salon funéraire et à leur offrir un peu d'ambiance de Noël.

Les funérailles ont lieu le samedi matin et « les hommes » sont venus les rejoindre dès le vendredi soir, au grand soulagement de Rose et d'Adélaïde. Malgré la tristesse des circonstances, la soirée du vendredi chez Germaine est une belle soirée de retrouvailles et d'évocation, pour le bénéfice de James, des années de jeunesse des sœurs Bégin. « Voilà, soupire Germaine, je suis la dernière fille Bégin. Cyril va avoir soixante ans l'an prochain et il va chanter mon *Libera*, c'est certain. Il est bâti comme papa, sec de corps comme de cœur : c'est pas usant. J'espère que ça veut pas dire que les meilleurs partent en premier. C'te pauvre Georgina... j'ai même pas été à ses deuxièmes noces tellement j'étais insultée. Pouvez-vous croire que c'est la dernière chose qu'elle m'a dite : *T'es même pas venue à mes noces !* Si elle me l'a pas renoté dix-huit fois en dix-huit ans... »

Adélaïde s'aperçoit que, malgré une tenue irréprochable, Lionel s'arrange toujours pour être près de Germaine, pour lui verser un petit brandy, insister pour qu'elle mange et tapoter sa main quand, brusquement, un sanglot la secoue.

Béatrice a fait parvenir la plus grosse couronne où son affection figure en lettres énormes, visibles du douzième banc, ce qui, selon Adélaïde, doit la dédouaner totalement de ne pas assister aux funérailles. Mais qui ne comprend pas les horaires « déments » de cette pauvre Béatrice ?

Reine est pitoyable à regarder : entourée de Pierre et de Jean-René, elle est agitée d'un tic nerveux qui soulève régulièrement son épaule droite vers l'oreille. Assise juste derrière elle, Adélaïde voit Pierre prendre sa main avec douceur et la caresser, les yeux inquiets fixés sur elle. La sévérité et la maigreur de Jean-René le rendent presque apeurant et Léa ne se gêne pas pour grimacer quand elle le regarde. Thomas s'entête à dire un non sec à tout ce que lui demande cet oncle « vilain comme le canard ». Comme Jean-René est concentré sur ses dévotions, il ne se préoccupe pas outre mesure de la famille, incluant la sienne.

Quand Léa chuchote très sonorement : « Mon Dieu Seigneur, maman, ça sera jamais Noël ! » Adélaïde la fait taire et elle passe tout le prône à se demander comment, en effet, elle pourrait ramener un peu de gaieté dans tout ce noir. Coupant court aux civilités qui suivent l'enterrement, Ada prend le prétexte des enfants difficiles à tenir et elle termine cette journée de funérailles à glisser sur les Plaines avec Florent, ses enfants et ceux d'Isabelle. Pierre, trop timide, a refusé de se joindre à eux et est resté soudé au flanc de sa mère adoptive.

Un peu plus tard, Maurice les rejoint et il arrive à

temps pour aider à tirer les traîneaux et les toboggans qu'Adélaïde et Florent n'arrivent plus à remonter assez vite au goût des enfants.

Alors que tout le reste de la famille est encore chez Germaine pour la réception suivant les funérailles, les sportifs rentrent chez Maurice où Adélaïde se met au piano et fait chanter les enfants en chœur alors que Thomas s'endort, joues rouges et nez coulant, dans les bras de Florent.

Adélaïde prépare des crêpes et elle en gâche deux à vouloir faire une démonstration de dextérité culinaire : au lieu de sauter dans la poêle, les crêpes se sont retrouvées sur le plancher, au grand plaisir de Léa qui supplie pour qu'on essaie encore un coup.

Il est près de neuf heures quand Adélaïde redescend au salon où Maurice et Florent discutent : « Ils dorment tous !

— Vous devriez rester pour Noël, les enfants sont tellement contents de voir leurs cousins. Vraiment, Adélaïde, les petits vont parler de cette journée pendant un an ! »

Adélaïde se laisse tomber près de Florent et prend sa main : « Tu retournes chez Paulette ce soir ? On repart demain, Maurice, les enfants seront mieux à la maison pour Noël. J'ai des choses à régler au bureau. Et, franchement, je trouve la ville un peu morne pour les fêtes. »

Maurice est tout à fait d'accord et déclare que, si ce n'était des enfants, il aurait demandé un « transfert » à Montréal depuis belle lurette.

Isabelle rentre peu après et raconte que la soirée s'est finie correctement, mais qu'elle enviait Adélaïde d'avoir pris congé « de mon oncle Cyril et de ses opinions politiques sur la décadence morale qui gruge notre belle et vertueuse société.

— Je fais partie de la décadence morale, Isabelle, je ne peux pas voir mon oncle sans qu'il murmure son "*Vade retro, Satana !*" »

Chacun chargé d'un enfant endormi, Florent et Adélaïde rentrent à l'hôtel d'où Florent hésite à partir, trouvant mille prétextes pour rester.

« Tu oublies qu'on est dans la très respectable ville de Québec et que j'ai une réputation amochée ici.

— On a un chaperon, Lionel va rentrer. »

Adélaïde a l'impression que leur chaperon est en train de s'occuper de son avenir personnel. Elle sait fort bien ce qui chicote Florent et elle ne peut pas le rassurer parce qu'elle ne sait plus ce qu'elle désire depuis Paris. Elle a cette impression de point de non-retour depuis leur dernier jeu qui n'a pas été un jeu, ou alors, un jeu très, très dangereux et plus pervers qu'il n'y paraît. Cette journée sur les Plaines à glisser, les dernières nuits passées au Château, tout appelle Nic avec une telle intensité que permettre à Florent de rester lui semble aussi dangereux que d'étreindre l'illusion de Nic. Elle le repousse avec beaucoup de douceur : « *Vade retro, Satana !* »

* * *

« Si Reine était ma femme, elle serait à l'hôpital et on la soignerait ! »

James est un homme poli et plutôt discret, mais quand la santé des gens est en jeu, il devient d'une étonnante combativité.

À eux neuf, ils occupent presque un wagon entier du train. Madeleine dort béatement dans les bras de son père qui décrit aux autres les évidents problèmes de Reine : « Elle perd de la mobilité parce que le coude est raidi par les plaies eczémateuses. Elle a développé un tic nerveux qui démontre clairement que la démangeaison dans son cou est intolérable. Jusqu'où va-t-il falloir la regarder dépérir avant de faire quelque chose ? Faut-il attendre qu'elle n'utilise plus du tout son bras droit ? »

Adélaïde a parlé à Reine et elle a tenté de lui faciliter les soins et le voyage. Le refus est poli et sans réplique. Fabien est aussi furieux que James : « Elle se prend pour sainte Thérèse de l'Enfant-Jésus et elle offre tout ça au Bon Dieu ! Je suppose qu'aller mieux la déprimerait ? »

Rose trouve qu'ils ne sont pas très délicats et chacun se retient « devant les enfants ». À la fin du voyage, tout le monde s'est plus ou moins assoupi et Adélaïde parle bas : « James... Est-ce qu'on peut faire de l'eczéma par esprit de sacrifice ? Je veux dire, l'empirer parce qu'on le laisse empirer ?

— Non. Tu penses qu'elle est folle ? Un délire de religion ?

— Jamais ! Pas folle... Triste et... comment te dire, avec l'envie d'expier.

— Elle peut le gratter et ne pas s'aider, ça c'est sûr. Tu penses qu'elle *veut* être malade ? Une sorte de compétition avec Jean-René ? »

Adélaïde a autre chose en tête et elle n'ose pas le formuler, de peur que James ne la trouve elle-même assez fantaisiste. Elle préfère garder pour elle cette étrange impression qui ne la quitte plus : Reine bouge maintenant à la manière dont bougeait Léopold après son amputation, cela est flagrant quand elle verse du thé ou tend une assiette. Le bras droit, condamné par l'eczéma, devient aussi étranger à son corps que s'il n'était plus là. Ada préfère réfléchir et s'informer auprès de la spécialiste des maux de l'esprit et de la dévoreuse de livres savants, Marthe.

Le cas de Reine est vite déclassé par la lettre qu'Adélaïde trouve sur son bureau. Elle est écrite à la main et est signée Estelle. Adélaïde passe rapidement sur les condoléances et les remerciements concernant son attitude lors des événements des derniers jours. Elle lit attentivement la suite.

L'auteur des lettres connaît bien ma situation personnelle et, même si je préférais la garder privée, cette situation doit vous être révélée. J'ai épousé Rod il y a vingt-six ans. C'est un homme qui a été élevé dans une grande pauvreté et dans des conditions qui ont provoqué chez lui une conduite souvent insolente vis-à-vis des patrons. Rod est un syndicaliste très convaincu. Briqueleur de son état, il a voulu faire changer les conditions d'emploi et de travail de son corps de métier avec une ardeur qui a été mal jugée. Quoi qu'il en soit, en 1929, quand je suis entrée au service de Mr. McNally, Rod était chômeur. Il a été renvoyé à cause de ses idées, comme il dit. Peut-être aussi à cause de son incapacité à se taire et à laisser faire les abus. Peu importe. En 1932, il a été engagé à nouveau et il a travaillé deux ans « sans rien dire ». Nous parlions alors que je résigne mon emploi ici pour que je retourne à la maison m'occuper des enfants. Mon mari a recommencé à parler fort à cause d'un accident de travail survenu sur un de ses shifts, un accident où la compagnie était en défaut. Il l'a fait à la taverne, avec des gens qui travaillaient avec lui. Une semaine plus tard, il est tombé de l'échafaudage et il s'est brisé le dos. Il a souffert le martyre et s'est trouvé incapable de retravailler dans sa branche. Rod a toujours dit qu'on l'avait poussé. Malheureusement, le patron avait beau jeu avec les passages réguliers de Rod à la taverne et on l'a accusé d'avoir bu sur l'ouvrage et d'être tombé à cause de ça. Je ne veux pas reprendre la discussion ou juger de qui a raison, je veux juste vous expliquer. Quand Rod s'est retrouvé sans job, sans argent et finalement accusé d'avoir fait son malheur, il a eu du mal à accepter. Non, il n'a pas accepté, ce serait plus vrai de le dire. Il s'est renfrogné et il a cessé d'être l'homme d'avant l'accident. C'est sûr qu'il a passé du temps à la taverne à discuter dès qu'il a pu marcher encore. Mais marcher n'est pas travailler et c'est un homme difficile à tenir qui revenait à la maison. Rod s'est fait traiter de communiste, de rouge et de bolchevique avant tout le monde. Et, pour être honnête, il pense que les communistes ne sont pas si mal et il l'a dit à qui voulait l'entendre. Ça fait presque vingt ans que je gagne la vie du ménage et ça fait presque vingt ans que Rod en est très humilié. Je le comprends, vous savez. C'est injuste, et il ne peut pratiquement pas se pencher. À la taverne, c'est le genre d'affaire qui ne paraît pas. Alors, il est certain d'avoir l'air lâche aux yeux des autres. Il n'est pas lâche. Ses positions politiques et sa facilité à chicaner et à rouspéter, son dos qui endure rien ont fait qu'il n'a jamais pu retrouver du travail. Il dit que les boss l'ont barré et qu'ils se sont parlé pour l'empêcher de rentrer dans une job « parce que s'il rentre, le syndicat rentre », comme il dit Mr. McNally savait que Rod ne travaillait pas et là-dessus, mon mari n'a jamais pu rien dire, il m'a payée très convenablement et il m'a toujours traitée avec des égards qu'on fait à une dame, même s'il était pas du tout obligé. Voilà pourquoi j'ai jamais quitté l'emploi.

Mon mari n'est pas un mauvais gars, c'est seulement qu'il a eu des malheurs qui l'ont rendu amer et discuteux. Ce n'est pas un ivrogne, mais la bière l'aide à faire passer le temps. Il n'est pas heureux, je le sais et je ne peux pas beaucoup l'aider. Il est syndicaliste, mais pas communiste. On a le droit d'être syndicaliste, n'est-ce pas ? Il est aussi catholique et bon pratiquant, même s'il dépasse quelquefois les bornes.

Voilà ce que l'auteur des lettres voulait vous apprendre sur moi. Aurais-je dû vous le dire le jour où vous m'avez tellement fait confiance ? Je me pose beaucoup de questions et je ne sais pas les réponses. Ceci est entre vos mains. Vous figurerez et jugerez vous-même. Je ferai comme vous voudrez. Ma fille va se marier à l'été et je pourrai faire du secrétariat à la maison, si votre décision est que je parte. Je le dis pour ne pas vous inquiéter avec mon avenir.

Quoi que vous décidiez, je veux vous remercier pour le bonheur que j'ai eu à travailler avec vous. Rentrer au bureau n'a jamais été du sacrifice. Et, après vingt et un ans, je peux dire que je ne garde que de bons souvenirs.

Bien à vous,
Estelle Gingras.

Adélaïde trouve Estelle sur le point de partir. « Je ne comprends pas, Estelle, votre mari, ce n'est pas vous. Ses agissements ne sont pas les vôtres. Pourquoi je vous renverrais ? »

Estelle prétend que les idées de son mari sont contre celles de Stephen et contre celles de tous les directeurs de *McNally Enterprises*. On pourrait facilement l'accuser de vouloir infiltrer la place avec des idées « rouges » sous prétexte qu'elle serait influencée et dominée par les idées de son mari.

Adélaïde a beau répéter qu'elle sait faire la différence entre deux personnes, Estelle n'en démord pas : « Pas les gens, Ada. Pour les gens, je suis suspecte parce qu'il m'embrigade dans ses batailles, qu'il me trouble l'esprit et que je ne suis pas supposée résister à ses idées parce que je suis sa femme !

— Pouvez-vous ? Êtes-vous communiste, Estelle ?

— Bien sûr que non, je suis catholique pratiquante ! Et puis, pour être bien franche, ça fait longtemps que je ne l'écoute plus, mon Rod, quand il part sur ses grandes idées. Je l'ai marié pour le meilleur et pour le pire, mais pas pour devenir communiste.

— Vous avez eu plus de pire que de meilleur.

— Ada... j'en connais des plus mal loties que moi. »

Elle sort de son sac une enveloppe toujours sans timbre : « C'est arrivé chez moi. Probablement à cause de la serrure ici. Je ne sais pas si vous allez pouvoir comprendre ça, Ada, mais quand j'ai reçu la première lettre, j'ai eu peur que ce soit Rod qui les envoie. En fait... qu'il les fasse écrire par quelqu'un d'autre en anglais pour me tromper. J'ai pensé à mal. À cause qu'il est malheureux. Je sais que ce n'est pas lui parce qu'en lui lisant celle-ci il a vu rouge et que quand Rod voit rouge, ça ne trompe pas. Le gars qui écrit les lettres, je sais qu'il file à peu près comme mon mari. Je sais qu'il ne va pas bien dans son orgueil.

— Allez-vous jusqu'à trouver que vous lui volez quelque chose ?

— Un homme qui a honte est quelqu'un de très diminué, Ada. J'ai pas aidé. On dérange des grosses habitudes en prenant leurs places. »

Adélaïde ne peut s'empêcher de corriger : « *Notre* place, Estelle. Après vingt ans, c'est votre place.

— Celle de la secrétaire, oui. Celle de la vice-présidente... c'était une grosse promotion, vous le savez bien. »

Estelle partie, Adélaïde ouvre la lettre : *Fucking Slut ! Tu bavasses mais ça changera rien ! Tu vas l'avoir. Watch me fucking bitch !*

Après avoir fait la lecture de l'élégant message au détective Matte, Adélaïde s'attaque à la pile de cartes de vœux qu'elle n'a pas encore envoyées. Comme elle aimerait avoir une secrétaire qui sache imiter sa signature !

Il est près de onze heures quand, les yeux brûlants, elle repousse la dernière enveloppe. Elle va porter le tout sur le bureau de Julie et revient à son bureau. La carte de vœux de Paul Picard est belle et le message est fort bien tourné. Elle ne sait vraiment plus comment lui répondre et elle reste en plan avec une indécision qui va bien au-delà des vœux. Un bruit à côté la fait sursauter. Elle va voir. Sa pile de cartes est tombée, comme sous l'effet d'un courant d'air. « Estelle ? Julie ? Il y a quelqu'un ? »

Le bureau d'Estelle est fermé à clé. Adélaïde revient sur ses pas, agacée. En entrant dans son bureau, comme un animal qui renifle une odeur étrangère, elle a l'impression qu'il y a quelqu'un. Un frisson lui raidit la colonne vertébrale et, précautionneusement, elle recule et ferme la porte du bureau d'un geste brusque.

La sensation de peur est toujours intense et elle se retourne juste à temps pour voir John Hodge s'avancer vers elle : « J'aurais dû penser que la porte ouverte voulait dire que vous y étiez. Vous travaillez tard... »

Il est menaçant et elle a l'impression qu'il l'écrase de sa stature. Elle ne peut pas rouvrir la porte sans lui tourner le dos. Coincée, elle fait face : « Qu'est-ce que vous faites ici ? Vous venez porter vos jolies lettres ?

— Mes cartes de Noël, oui. Pour mon ancienne patronne qui est si fantastique. »

Il s'approche lentement, sûr de lui, et elle recule du seul pas qu'elle peut exécuter, la porte est contre son dos. Elle a peur et, en même temps, elle se sent très froide, très distante. La seule pensée qui traverse son esprit est « Nic va m'aider ».

John saisit méchamment la mâchoire d'Adélaïde dans une main et il redresse son visage vers le sien en forçant sa tête contre la porte. Son autre main écrase son épaule et elle sent le corps massif collé au sien. *« Bitch ! Fucking bitch ! »*

Le visage haineux s'approche, la bouche violente force la sienne, une langue épaisse pénètre sa bouche, ouverte par le pouce qui s'enfonce dans sa joue. Elle se débat, écœurée plus qu'apeurée. Il la plaque durement et lutte pour ouvrir son corsage et saisir le sein. Une panique brutale la saisit, elle le repousse des deux mains en levant le genou le plus fort possible en espérant atteindre son entrejambe et écraser le meilleur endroit. Plié en deux, son assaillant recule en vociférant des mots infects. Elle fait demi-tour, ouvre la porte du bureau qu'elle referme et verrouille. Elle se précipite sur le téléphone et hurle à la téléphoniste son adresse en spécifiant qu'il va la tuer, qu'il faut faire vite.

Les deux agents de police trouvent le bureau vide et Adélaïde secouée de tremblements, un coupe-papier à la main. Les seules traces de violence sont une vilaine marque rouge sur sa joue et le premier bouton de sa veste qui a sauté et qui laisse voir la trace d'un ongle sur la clavicule.

Les deux hommes, placides, prennent sa déposition et ils lui demandent pourquoi elle a pris le risque de rester au bureau aussi tard sans son patron. Jusqu'à ce qu'ils comprennent qu'elle est la patronne, ils sont incroyablement peu convaincus de la gravité de la situation et ils ne lui épargnent aucun sous-entendu salé. C'est cette légèreté d'esprit et leur évidente supposition qu'elle a pris un risque qui a mal tourné qui la poussent à les remercier poliment et à leur demander leurs noms « pour leur envoyer des vœux ».

Ils l'accompagnent très respectueusement jusqu'à sa voiture et la regardent partir, un peu embêtés : comment pouvaient-ils deviner qu'elle dirigeait la compagnie ?

Adélaïde roule dans les rues de Montréal, incapable de se décider à rentrer, à appeler Florent ou même Lucien Savoie, incapable de se calmer. Elle stationne et prend une bonne inspiration. Il ne s'est rien passé de grave, elle aurait dû deviner que Hodge serait à surveiller après son renvoi. Mais ça fait si longtemps, maintenant... Il a dû perdre son autre emploi et il a voulu se venger à retardement. Bon, elle est à peu près certaine qu'il ne fera pas d'autres tentatives. Pour le reste, il y a des avocats qui peuvent s'occuper de ça. Elle a eu peur, c'est tout. Peur d'y passer. Dès demain, les bureaux de *McNally Enterprises* seront surveillés par un agent privé. Et armé. Elle en a assez de se faire sauter dessus par des malades et des fous. Elle démarre et se dirige vers sa maison, mais elle n'arrive pas à rentrer. Il faudrait qu'elle parle à quelqu'un qui comprend, pas à ces idiots casquettes qui la regardent avec l'œil allumé de suppositions malveillantes. Pas à Florent qui va vouloir la faire rentrer de clarté tous les jours.

Elle est rue Saint-Julien, devant chez Paul Picard. Elle se dit que c'est à cause de la carte de Noël. Elle se dit qu'elle n'a pas le droit, qu'elle lui a probablement gâché bien des soirées depuis le mois d'avril et qu'elle veut une chose qui ne se demande pas et qu'il est insensé de seulement essayer... et elle sonne.

« J'aurais dû me spécialiser en "*choc nerveux pour directeur d'entreprise*" au lieu de chirurgie. Mettez ça sur votre joue, sinon on va penser que vous avez un mauvais dentiste. »

Il a mis les glaçons dans une débarbouillette. Il lui donne un verre de brandy et s'assoit près d'elle : « Racontez-moi.

— Ne faites pas comme si je vous avais toujours bien traité, Paul.

— On en reparlera plus tard. Vous étiez au bureau... à onze heures ? Si tard ? »

Elle explique les cartes de Noël, le chantage des lettres anonymes, le changement de serrures. Il l'écoute attentivement et lui tend en alternance la débarbouillette et le verre de brandy. Quand elle se met à pleurer, il lui tend les bras et la laisse faire en frottant son dos.

Il sait bien que c'est le crucifix et non la carte de vœux qui l'a fait revenir vers lui, il sait bien qu'elle n'est pas amoureuse le centième de ce qu'il est, il sait que sa caresse doit être franche, sans ambiguïté parce que rien n'est plus éloigné de son esprit présentement que la sensualité. Il sait aussi, avec un serrement de cœur, que si elle est venue vers lui, c'est qu'il est hors jeu pour l'amour physique. Il s'en était déjà rendu compte, mais ça demeure difficile à avaler. Ça fait huit mois qu'il essaie de l'oublier. Huit mois qu'il achète les journaux et se rue sur les *Échos mondains* pour l'apercevoir et l'adorer. Il frotte son dos et constate qu'il n'a rien fait encore pour s'éloigner vraiment et affaiblir les sentiments qu'elle provoque. Ou alors que tout est à recommencer. Quand bien même il se traiterait de tous les noms, elle est là, c'est vers lui qu'elle est venue quand elle a été en peine, c'est peut-être un mince honneur, mais pour lui, c'est un immense cadeau.

Lorsqu'il la sent se calmer et s'endormir, il se félicite, le choc est passé, elle va récupérer maintenant. Il la garde contre lui, espérant que personne ne s'inquiétera d'elle et totalement incapable de la réveiller pour le lui demander.

« Quand maman est morte, on s'endormait comme ça, Nic et moi. »

Paul sursaute, il s'était assoupi lui aussi. Adélaïde s'étire, grimace : « On avait moins de crampes !

— Le sofa devait être de meilleure qualité. Ça va ? »

Elle sourit. Il détourne les yeux tellement elle le bouleverse et qu'il tient à lui éviter la vue de son amour adorateur.

« Je vous accompagne. »

Elle n'a pas le choix, le ton est sans discussion. Il la laisse le conduire jusque chez elle et rentre ensuite à pied, alors qu'il a juré qu'il allait prendre un taxi. Il s'en fout de lui mentir, il lui a bien juré qu'il allait beaucoup mieux et que New York était du passé.

Je ne peux m'empêcher de penser que vos cartes de vœux vous coûtent cher... Merci de votre amitié et de votre aide. Grâce à vous, je vais mieux. Il y a un énorme agent de sécurité qui garde ma porte maintenant. Vous devriez donc avoir des fêtes agréables et tranquilles puisque me voilà à l'abri des attaques imbéciles. Bon Noël et à bientôt, j'espère.

Adélaïde.

Paul Picard place la carte dans le salon et fait une croix sur son calendrier : le 25 janvier, pas avant, il aura le droit de l'appeler, s'il y pense encore. Il embrasse la carte et se demande bien s'il se croit : évidemment qu'il y pensera encore !

* * *

Quand Adélaïde fait le récit des derniers événements à Jeannine, c'est surtout pour obtenir son avis franc concernant des poursuites contre Hodge. Jeannine est estomaquée : « Ada, tu ne te rends pas compte de ce que tu risques ! Comment tes parents t'ont-ils élevée ? Comme un homme ? Ils avaient pourtant Fabien et Guillaume. »

Ada se choque et refuse de trouver son comportement le moindrement mâle ou agressif. Jeannine répète que jamais Estelle n'a douté de sa culpabilité : c'est elle qui a pris la place du mari, c'est elle qui l'humilie en lui donnant de l'argent pour aller boire à la taverne. « Tu ne lui enlèveras jamais de la tête que Rod souffre pendant qu'elle travaille, elle. Le gars, Hodge, il savait sur qui et sur quoi fesser. Jamais t'aurais marché à te faire traiter de même. Et c'est bien le plus extraordinaire de l'affaire. Règle-moi tout ça à la cachette, Ada, pas un mot à personne. Débarrasse-toi du gars en privé. Si tu amènes l'histoire au grand jour, tu vas te faire traiter de *bitch*, garanti. »

L'avocat du contentieux de *McNally Enterprises*, même s'il s'agit du plus jeune et du plus moderne des trois avocats à son service, lui suggère, ou plutôt l'implore, de faire ce que Jeannine recommande. Adélaïde aurait pourtant cru que la militante syndicaliste en Jeannine allait lui dire de parler et d'amener cet « abus » sur la place publique. Jeannine pense au contraire qu'Ada n'a pas compris grand-chose des gens et de son temps : être une femme-veuve-riche-propriétaire est tout ce qui peut stimuler les mauvais esprits. « Même et surtout les femmes vont te détester de réussir, tu dois au moins savoir ça, non ? Ici, ce que quelqu'un n'a pas, c'est ce qu'un autre a réussi à lui voler, pas ce qu'il n'a pas réussi à aller chercher lui-même. Le p'tit pain, Ada, le maudit p'tit pain qui nous colle au palais, comme une hostie consacrée. Le “né pour un p'tit pain, né pour une hostie” qui nous rend *mean* et envieux, qui nous permet d'haïr ceux qui réussissent et de nous asseoir sur notre misère remplis de pitié pour nous-mêmes et consentants, mauditement consentants. Pourquoi tu penses que le Rod d'Estelle s'est mis à boire ? Pour rachever ce que le Bonyeu a commencé : surtout ne pas se relever, surtout ne pas se chercher une sortie. Endure ton mal ! Se punir ben comme faut, c'est ça, la loi des p'tits. C'est à ce monde-là que tu veux enseigner que Hodge a tort de t'en vouloir ? Cré-z'y pis bois de l'eau ! »

Elles discutent longuement sur ce qui devrait être fait et sur ce que Jeannine essaie de changer. Ses espoirs sont limités à « deux ou trois affaires faisables. Pas des rêves impossibles, Ada. Des petits pas qui ont l'air de rien, mais qui améliorent les conditions et les mentalités. T'es comme ta mère, Ada, tu voudrais refaire le système, les gens. On les refait pas, on fait avec.

— Qu'est-ce que tu sais de ma mère, toi ?

— Pas grand-chose, c'est Fabien et aussi Rose qui

m'en ont parlé des fois... Bon, vas-tu faire attention et régler ça en secret ? »

Adélaïde ne répond pas et Jeannine a des sueurs froides tellement elle a peur que les questions délicates suivent et la mettent en danger. Mais Ada n'a pas accroché sur ce que craint Jeannine. Elle est tout étonnée de se découvrir semblable à Gabrielle : « C'est fou, Jeannine, j'ai toujours pensé que j'étais la mauvaise tête parce que papa m'en a tellement voulu. J'ai jamais vu que je lui ressemblais de caractère. Physiquement, oui, mais de caractère... »

Jeannine se calme et se dit que Fabien a bien raison de voir en Adélaïde une copie de leur mère « sans le côté obéissant que papa obtenait ». Fabien qui lui murmure qu'il l'aime parce qu'il préfère « les têtes de cochon capables de *ronner* plus qu'une cuisine ! » aux soumises. Adélaïde et elle n'ont pas les mêmes tactiques ni le même passé, mais elles ont le même avenir : se battre et gagner leur place.

« Je t'aime beaucoup, Adélaïde. J'aimerais ben gros que tu ne te pètes pas la fiole sur des petits coqs Bendy comme ton Hodge. Fais-y voir sa place, mais dis-le pas à tout le monde. »

Jeannine se lève, met son manteau. Adélaïde ne bouge pas : « T'es pressée ? Les enfants ?

— Non, Jacynthe s'occupe de Tommy. Pourquoi ?

— Je me demandais... c'est personnel, Jeannine. As-tu... depuis que tu es veuve, as-tu eu envie... pas de te remarier, mais... »

Dieu merci, le malaise évident d'Adélaïde met Jeannine à l'abri de ses craintes. Elle comprend tout de suite que ce ne sera pas son cas qui sera analysé.

« Tu veux dire prendre un amant ? Certain !

— Tu l'as fait ? Excuse-moi...

— Entre nous, bien entre nous, oui. J'ai arrangé

mon affaire pour pas que les petits le sachent. Les autres non plus, d'ailleurs.

— Tu vas te remarier ?

— Non.

— Oh ! Il... il n'est pas libre ? Tu ne trouves pas ça difficile de penser à l'autre femme ?

— D'abord, il est libre, c'est pas la question. Je ne veux pas me remarier, Ada. Mais je ne veux pas non plus me priver d'amour.

— La difficulté, c'est d'être sûre que c'est de l'amour... pas juste des envies. »

Jeannine sourit : Florent n'aimerait pas ça et Fabien non plus, qui voit sa sœur comme une sainte quasi intouchable. Évidemment qu'elle doit avoir des envies, elle a marié un McNally, non ? Ça doit faire longtemps qu'elle pâtit à part ça. Jeannine a vraiment du mal à orienter la discussion sans effaroucher Ada : « Ça peut être compliqué... surtout si le candidat est bon.

— Bon ?

— Je veux dire dégourdi, déniaisé... Quelqu'un à qui tu ne dois pas tout montrer, tu sais bien. »

Adélaïde est incapable de poser ses questions tellement elle craint le jugement de Jeannine. Il n'y a qu'avec Isabelle qu'elle a de l'aisance sur le sujet, et maintenant sa cousine est loin d'être disponible pour ce genre de conversation. C'est Jeannine qui passe à l'action et qui décide d'y aller franchement : « O.K., Ada, je vais te dire ce que ça a été pour moi : quand Alexandre est mort, je pensais que personne au monde, personne ne pouvait être aussi fantastique que lui au lit. C'était mon premier et c'était un bon mari. De ce que j'ai entendu dire, Nic aussi avait vu neiger avant de te marier. Je suppose qu'il était aussi doué que son frère. Ils ont ça dans le sang, y a rien qu'à regarder aller Alex. Je me suis haïe, je me suis traitée de tous les noms que tu peux imaginer, mais ça me travaillait. Pas rien qu'un peu à part de ça. J'en ai passé, des veillées à laver mes planchers pour me calmer l'envie. J'étais comme une chatte en chaleur qu'on veut pas laisser sortir et je te garantis que je me trouvais pas très respectable. Quand c'est arrivé, je m'en voulais et, en même temps, je voyais bien que j'étais moins déprimée. Je m'en suis voulu encore plus. Et puis un jour Alex a dit que j'étais drôlement plus vivable et que ça faisait du bien. Je m'en suis voulu un peu moins. Vois-tu, Ada, d'un côté on veut être fidèles à un mort et c'est effrayant à vivre parce qu'on n'est pas mortes. De l'autre côté, se remarier... c'est un pensez-y bien, on a pris nos habitudes de liberté.

— Ce n'est pas me marier, Jeannine, c'est... le faire. J'ai bien peur de ne pas être très normale. Je pense que je laverais beaucoup de planchers... Je me juge mal.

— Regarde Béatrice. Tu ne la juges pas et pourtant... C'est parce qu'elle est actrice qu'elle peut faire ce qu'elle veut ? Elle se prive de rien, elle.

— Je ne pense pas qu'elle fasse tout ce qu'elle se donne l'air de faire. Je pense aussi que je la juge beaucoup. Honnêtement, Jeannine, je ne suis pas certaine d'avoir le plus petit sentiment pour l'homme qui me... tente. Je pense que j'ai seulement une envie de vice.

— Et lui ?

— Pareil... ou plutôt, une envie de conquête. Il a un petit côté Alex, tu sais, un côté tombeur.

— S'il a un côté Alex, il a un côté Nic. Es-tu sûre de ne pas te faire de mal ? Il ne sera pas nécessairement comme celui qu'il te rappelle.

— Non, bien sûr, mais ce serait facile de le croire, trouves-tu ? »

Le téléphone empêche Jeannine de répondre à Ada.

« Oui ?... J'ai justement ta sœur dans mon bureau... je lui demande, je te rappelle. »

Elle raccroche, prend son air désinvolte : « Mon voisin qui nous invite à souper. »

Adélaïde n'y voit que du feu. Elle a promis à Rose de passer, Madeleine fait des coliques qui mettent la mère et l'enfant dans des états de détresse absolue. Elle embrasse Jeannine : « Après moi, tu vas t'occuper de la solitude de mon frère. Encore un qu'il faudrait marier ! »

Chaque fois, Jeannine en a un haut-le-cœur. Elle pousse Adélaïde à s'occuper de sa propre solitude et à laisser faire celle des autres.

Les célébrations de Noël, la visite de tante Germaine à la maison pour deux semaines et les différentes réceptions empêchent Adélaïde de se concentrer sur autre chose que la famille. Thomas et Léa sont tout ce qui importe pour la durée des vacances et Adélaïde se consacre à leur divertissement et à leur bonheur.

Florent, qui s'est fait discret depuis les « événements de Blaise », revient plus souvent à la maison et finit par s'inquiéter de la nouvelle distance instaurée par Ada. Comme toujours, il garde pour lui ses inquiétudes et il attend qu'elle ouvre la porte. Mais elle ne bouge pas sans pour autant s'éloigner davantage. Et quand il essaie de l'embrasser, elle refuse d'aller plus loin avec une douceur désarmante. Quand elle lui demande un moratoire sur cette question, il est soulagé puisque cela signifie qu'elle est du moins consciente que tout n'est plus pareil entre eux.

Pour le 31 décembre, date vulnérable depuis la mort de Nic, Florent a reçu une invitation de Blaise Montpetit pour une soirée. Florent préférerait de loin rester avec Ada, mais, comme l'année précédente, elle demande à rester seule, vraiment seule, pour cette soirée. Cette fois, Florent est solidement secondé par tante Germaine qui trouve cet isolement insensé. Adélaïde finit par se fâcher et déclarer que les enfants iront chez Fabien et que ça ne les regarde pas. Elle n'a aucun doute sur la gentillesse de leurs intentions, mais elle prend ses décisions seule. Là-dessus, elle claque la porte de sa chambre et Lionel doit insister avant de pouvoir entrer et l'informer que chacun vaquera à ses affaires ce soir-là.

Florent a deux surprises désagréables le soir du 31 : la soirée est presque exclusivement une soirée d'hommes aux tendances homosexuelles avouées et il s'y trouve un nombre d'artistes assez impressionnant, dont Serge Caron. C'est la première fois que Florent a à faire face à une telle situation et, s'il n'était pas si poli, il aurait refusé de retirer son manteau et aurait détalé sans demander son reste. La musique est forte, les conversations animées, les approches non déguisées. L'endroit où ils sont est une maison d'Outremont, aménagée de façon très raffinée avec un goût sûr qui appartient justement à un décorateur qui fait la navette entre de gros clients de New York, Boston, Toronto et Montréal. Il clame à qui veut l'entendre que Montréal est un gros village qui a cette « adorable propension à juger. Il n'y a qu'ici qu'un péché est un vrai péché et que c'est si bon d'en faire ».

Tout le monde connaît Florent ici, et tout le monde a l'air d'admirer son talent. Florent est surpris de tant d'attentions et Blaise le pilote élégamment d'un groupe à l'autre, flatté d'avoir réussi à l'intéresser à cette fête et, qui sait, à lui-même. « On s'en doutait bien, mais personne n'en était certain », chuchote

Blaise à l'oreille de Florent qui, d'un ton glacial, lui demande de quoi il parle. De saisissement, Blaise reste la bouche ouverte. Il hésite, incrédule, et quand il balbutie des excuses, Florent s'est déjà éloigné. Il cherche son manteau quand un jeune acteur de vingt ans lui demande instamment un entretien privé. Florent ne sait pas dire non, mais il a le regard plus que distrait pendant que l'acteur lui explique avec force détails qu'il n'est pas comme ça, qu'il ne faudrait pas que sa présence à la réception se sache, qu'il accompagne quelqu'un qui l'est, mais que lui n'a pas « ça », qu'il a un casting de jeune premier et que ça risque de nuire à sa carrière si un soupçon pareil s'ébruitait. N'importe quoi, il ferait n'importe quoi pour que Béatrice Tremblay, la belle-sœur de Florent, ne l'apprenne pas. La démonstration est si pitoyable, si humiliante que Florent est gêné pour le pauvre garçon, gêné d'être l'objet d'une telle demande, gêné de constater que l'acteur est prêt à se renier jusqu'au trognon pour obtenir « toutes ses chances ».

« Ce n'est pas ma belle-sœur et votre vie privée ne me regarde pas. Excusez-moi ! »

C'est sur Serge Caron que Florent bute avant de mettre enfin la main sur son manteau. Le pauvre est très soûl et le retient : « Quoi ? Quelqu'un t'a effarouché, mon beau blond ? Quelqu'un t'a manqué de respect ? On ne s'est pas contenté de rêver, quelqu'un a touché ce cul sublime ? Il ne faut pas venir dans les lieux de perdition, Florent. Voilà ce qui arrive quand une virginité comme la tienne vient se dandiner sous les yeux affamés des loups. Pauvre Chaperon rouge !... Et le loup la mangea ? C'est pour le petit fade à lunettes que tu m'as fait ton numéro de vierge offensée ? T'aimes ça ganté et distingué, toi ? »

Le bras de Serge pèse sur les épaules de Florent qui

tente de se dégager, au supplice. Ces manières le choquent et le dégoûtent. Rien dans ce discours ne peut séduire Florent, surtout pas la vulgarité. Serge se presse contre son corps, Florent sent nettement la masse dure de son sexe frotter sa cuisse. Écœuré, il se détache brutalement, Serge perd l'équilibre, il se laisse tomber dans les manteaux où il se renverse en hurlant de rire et en se caressant l'entrejambe de façon obscène : « Sauve-toi, Maria Goretti ! Ne viens jamais me dire que t'en as pas envie ! »

Florent s'enfuit, déboussolé, bouleversé. Il doit dire trois fois « Excusez ! » à un couple d'hommes qui s'embrassent à pleine bouche alors qu'il veut prendre un couvre-chaussure coincé entre leurs pieds. Les deux hommes finissent par s'écarter, sans se quitter des yeux, avec un air d'adoration mutuelle qui serre la gorge de Florent.

Blaise Montpetit l'attend sur le trottoir. Apparemment, il n'a eu aucun mal à trouver son manteau, lui. Il s'excuse encore, propose d'aller ailleurs pour parler, régler ce malentendu. Florent est trop ébranlé pour faire autre chose que se sauver en marmonnant un « plus tard » pas très compromettant.

Il rentre chez lui, triste à mourir. Il ne peut pas appeler Ada, il ne peut pas avoir recours à elle pour ce genre de problème. Il se l'est répété mille fois. Il craint déjà de se servir d'elle pour se rassurer, pour se convaincre qu'il a changé, qu'il est guéri et que cette chose dangereuse au fond de lui, ce précipice au-dessus duquel il danse, a été comblé par leurs jeux. Ce n'est pas parce qu'ils sont inoffensifs que Florent juge leurs actes moins sales que ce qu'il a vu ce soir, c'est à cause de leur commune urgence, leur besoin fou de se laisser aller quelque part où ils ne paieront pas trop cher, où la punition ne les guette pas. Florent sait très bien qu'il cherche à louvoyer et à guérir de sa tendance grâce à Ada et avec d'autant plus de plaisir que c'est la seule femme qui le séduise vraiment et dont il ait vraiment envie. C'est aussi la seule à n'être jamais dupe de ses attirances. Ada a tellement moins honte du sexe que lui. Elle a moins peur que lui, de tout. Et jamais elle ne triche. Jamais elle ne cache la vérité. Même cette nuit-là à Paris où il était heureux et confondu, même cette nuit-là où elle a dit qu'entre eux deux, toujours, il y a le corps de Nic.

Florent saisit son carnet et griffonne pour se détendre. Ce pauvre Serge Caron avec ses obscénités est loin d'être tentant. Il ne sait pas ce qu'est la tentation suprême et l'indicible jouissance : être dans le corps d'Adélaïde qui consent à Nic à travers lui et qui, en même temps, consent à l'amour fou qu'il a pour Nic et l'absout de toute l'ignominie qu'il y voit.

* * *

Georges Matte est très déçu de ne pouvoir explorer le dossier plus à fond. Cela le changeait de la routine Taylor. Mais la patronne a l'air de savoir où elle va. Il abandonne son rapport, dûment dactylographié par sa femme, et il demande s'il doit reprendre la surveillance du psychiatre. La consternation de Mrs. McNally est si surprenante qu'il se retourne pour voir si quelqu'un n'est pas entré sans qu'il l'entende. Il revient à elle et attend sa réponse. Au lieu de parler, elle se lève et se rend à la fenêtre où elle contemple le paysage en croisant les bras.

Georges Matte se répète qu'une belle femme comme ça ne devrait pas être si jalouse et perdre du temps avec un vieil ennuyant comme ce médecin qui ne fait jamais d'entorse à ses habitudes. Il peut lui jurer qu'il n'a pas d'aventure et que, s'il l'a laissée tomber, ce n'est pas pour une autre. Mais il a assez piégé d'adultères dans sa monotone carrière de détective pour savoir que cela ne le regarde pas.

« Qu'est-ce que je fais ? »

Là encore, Georges Matte attend, ce n'est sûrement pas à lui qu'elle pose la question.

« Si vous voulez, madame, vous pouvez y réfléchir et me rappeler. Pourquoi vous presser ? Prenez votre temps. »

Elle marche maintenant et l'oblige à la suivre du regard comme si elle était un match de hockey à elle toute seule.

« Je ne peux pas. »

Georges Matte sent que le congédiement est imminent. Sa femme le lui avait bien dit : après un an, d'habitude, on en revient de pister quelqu'un. Ça fait quand même dix-huit mois.

« Continuez ! »

Matte ramasse sa casquette – en voilà une à qui il ne faut pas faire de mauvais coup, parce qu'elle ne lâche pas facilement prise. C'est sa femme qui va être surprise.

Dès que le détective a fermé la porte, Adélaïde saisit le téléphone et appelle Lucien Savoie. Il est ravi, il allait passer à l'action et lui envoyer des fleurs.

Il en envoie quand même mais change le message qu'il avait initialement composé.

Adélaïde est très consciente que Lucien adore l'exhiber. Il apprécie son élégance, la scrute toujours longuement en silence. Il ne commente jamais rien, quelle que soit la recherche ou l'originalité de sa mise. Il se contente de parler en général : « Vous êtes un bonheur pour les yeux, Adélaïde... » et, embrassant son poignet : « ... pour l'odorat, pour l'esprit, pour l'oreille... »

À chaque fois, elle l'interrompt : « On dirait que vous jouez à *la bibitte qui monte* qui fait mourir de rire mon fils Thomas. »

Quelque chose l'agace dans cette admiration pesante et elle n'est pas du tout sûre de le croire quand il se pâme devant « son esprit si particulier ». Quelque chose de faux et de retors se dégage de cet homme. En même temps, l'incorrigible conquérant, le joueur qui aime miser fort, le puissant excité par la perspective de pouvoir, tout cela la stimule et lui plaît. C'est quand la partie se corse qu'Adélaïde désire moins partir, quand il est moins mielleux et qu'il avoue plus franchement l'envie de la saisir et de se mesurer à elle, corps à corps, peau à peau. Quelquefois, elle se surprend à penser : s'il pouvait se taire et agir, le charme opérerait enfin.

Lucien provoque son effronterie : elle n'a jamais peur de le blesser ou de heurter des sentiments qu'il n'éprouve pas, contrairement à Paul Picard, qu'elle respecte et tient loin de son agressivité, ou à Florent.

Adélaïde n'avait pas envie d'assister à ce cocktail et elle a proposé de rejoindre Lucien plus tard pour dîner. Il a insisté : « Vous m'obligeriez en m'y accompagnant. C'est le genre d'endroit où tenir le coude de Mrs. McNally pose la carrière d'un homme. Vous voyez ce que je veux dire ? »

Elle voit, oui. Et elle n'apprécie pas : « Rappelez donc vos anciennes flammes, Lucien. Ça leur fera plaisir et m'épargnera un pensum. Je ne suis pas là pour poser quoi que ce soit ! »

Il l'a rappelée trois fois avant que son humeur ne revienne au beau et que, pour préserver ce fragile acquis, elle se montre à ses côtés au fameux cocktail.

Elle se sait éblouissante, d'abord grâce à cette robe de soirée d'un lilas violacé qui lui dessine une silhouette de vamp distinguée, comme Florent sait si bien le faire, et ensuite parce que Léa, qui a suivi les préparatifs, a fini par applaudir, tout excitée de la voir si belle. Elle porte le collier de diamants que Nic lui avait offert et qu'elle ne peut attacher sans sentir ses seins s'affamer de désir. C'est immédiat et imparable : elle attache le collier et attend le baiser.

Lucien la présente à un tas de gens ennuyeux qui la trouvent follement intéressante, ce qui l'impatiente énormément.

En s'approchant d'un groupe, elle perçoit une différence chez son cavalier, une sorte de redressement, comme s'il était aux aguets, flairant un combat. Dès qu'elle voit la femme, elle sait. C'est une blonde un peu fade à cause d'une tenue trop molle qui avachit un corps pourtant bien tourné. Elle a un regard de crucifiée, rien de moins. Elle tend une main à peine énergique et semble prise d'un malaise avant même d'atteindre la main tendue d'Adélaïde. Le mari est présenté et exécute son numéro de politicien ébloui par la personnalité de Mrs. Nicholas McNally. Il a entendu parler d'elle, il est si heureux de pouvoir enfin s'entretenir avec elle. Il lui offre son admiration, son soutien éventuel et son oreille attentive. Adélaïde trépigne sur ses hauts talons et elle a envie de hurler à cet imbécile heureux que sa femme est en train de défaillir et que toute cette cruauté est bien inutile.

Sa main gantée se pose sur l'avant-bras de Lucien : « Je me sauve. Je vous rappellerai. Madame, messieurs. »

Elle fend la foule avec détermination. Elle entend Lucien essayer d'attirer son attention. S'il pense qu'il va obtenir quoi que ce soit d'elle en plus du boni qu'il a eu ce soir !

Elle le regarde se précipiter en fermant le col de son manteau de fourrure. Il prend son bras, hors d'haleine : « Mais enfin, Adélaïde... »

Elle l'arrête, tranchante : « Êtes-vous sûr que vous voulez cette discussion ce soir ? Vous n'aimerez pas ça, Lucien. Vous devriez retourner là-haut. »

Un doute traverse son regard de conquérant et elle le voit hésiter devant son évidente fureur.

Une fois dans le bureau de Lucien, elle ne prend même pas la peine de s'asseoir pour lui dire combien elle le trouve méprisable et cruel de se servir d'une femme pour parler à une autre. S'il ne sait pas comment quitter une femme, il n'a qu'à éviter de les aborder. Lucien fait semblant de ne pas comprendre jusqu'à ce qu'elle lui dise qu'elle était au courant pour son ancienne maîtresse et que rien n'est digne dans toute cette histoire en dehors de l'amour véritable de cette femme. « Je n'aurais rien su à son sujet que j'aurais tout deviné à seulement la voir souffrir ce soir. Vous êtes brutal et insensible si vous ne l'avez pas vu. »

Il jure qu'il a mis fin à cette liaison depuis Noël, que Margot sait qu'il ne désire plus poursuivre, mais qu'elle refuse sa décision.

« Et vous avez pensé que c'était une bonne idée de lui mettre votre nouvelle conquête sous le nez ? Question de bien la convaincre ? Exactement ce qu'on attend d'un gentleman. Chapeau, Lucien ! Je ne sais pas pour qui vous me prenez, mais ce n'est pas mon genre de divertissement.

— Pourquoi prenez-vous sa défense comme ça ? Elle trompait son mari, elle n'était pas elle-même un modèle d'honnêteté. Avez-vous peur que je vous traite comme elle ? C'est ce qui vous rend si furieuse ? »

Brutalement, Adélaïde lui fait face : « De tous les gens qui étaient là ce soir, il n'y avait qu'une seule personne qui faisait autre chose que se livrer à des mondanités imbéciles, et c'était cette femme. Elle vous attendait comme jamais je ne vous attendrai, elle vous aimait comme jamais je ne vous aimerai et elle vous pardonnait comme jamais, je l'espère, vous ne vous pardonnerez. Comprenez-vous pourquoi vous ne pouvez pas me traiter comme ça ? Même si vous le vouliez, vous ne pourriez pas. Vous pouvez me toucher, mais vous ne m'avez jamais atteinte. Vous me décevez, Lucien. »

Elle ferme doucement la porte derrière elle et elle se félicite de n'avoir pas été trop loin avec cet homme. Il possède probablement un plus grand savoir-faire que Paul Picard, mais aussi un appétit de pouvoir qui se dispense de cœur.

Quand Estelle Gingras voit l'énorme bouquet dans le bureau d'Adélaïde, elle demande si le beau Jean-Pierre Dupuis récidive. Adélaïde assure que la technique est assez courante, finalement.

Depuis que John Hodge a été réduit à une lettre d'aveux signée, déposée dans les mains d'avocats prêts à s'en servir publiquement si la moindre attaque de nature à entacher la personne ou la réputation de Mrs. McNally est commise, Estelle a repris son travail avec une énergie difficile à égaler. Elle rit plus facilement, expose ses idées sans les juger à mesure qu'elle les dévoile et elle va même jusqu'à taquiner certains directeurs sur leurs « petits réflexes de propriétaires ».

Adélaïde en fait la remarque lors d'un de leurs rituels dîners de femmes d'affaires et Estelle avoue qu'elle a appris quelque chose de fondamental en voyant sa patronne se battre : « Vous n'avez pas eu peur, Ada. Vous m'avez défendue sans douter de moi une seconde. Vous avez dit non et vous l'avez fait, vous l'avez mis hors circuit.

— Ça vous a enlevé votre peur ?

— Non, ça m'a enlevé une couche de honte. Je sais que c'est difficile pour vous de comprendre ça, mais la honte de Rod était la mienne. Je savais comme lui que ce n'était pas normal que ce soit moi qui ramène le chèque à la maison. Chaque fois, j'avais honte. Chaque fois, je trouvais normal qu'il aille boire sa honte. Ce n'est pas grand-chose qui a changé, mais maintenant, je pense qu'on est bien chanceux d'avoir eu ce chèque-là pendant toutes ces années.

— Bien chanceux... Il a été bien chanceux de *vous* avoir, Estelle. Est-ce qu'il a élevé les enfants, au moins ?

— Pardon ? »

Rien qu'à voir le visage d'Estelle, Adélaïde se doute qu'il est bien inutile de spécifier : « Bon, admettons... Je ne parle pas de faire le lavage ou la cuisine, mais les devoirs ou les leçons ? »

Estelle est tellement rouge que Marthe a pitié et essaie de changer de sujet.

Estelle finit par prendre son courage à deux mains : « Rod ne sait ni lire ni écrire. Je me suis mariée en dessous de ma condition, comme disait maman. Pas que j'aie été à l'école longtemps, mais j'ai étudié de par moi-même toutes les règles et les temps de verbe. L'anglais pareil. Mais Rod ne sait pas. Le journal, au début de nos noces, c'est moi qui le lisais. Après, avec la radio, il n'a plus eu besoin de moi. C'est quelque chose qui le rend bien misérable. Il sait écrire son nom, c'est tout. Imaginez le rêve que c'était pour lui qui n'a pas eu la chance d'aller à l'école de devenir un chef de syndicat. Il s'est cassé bien plus que le dos en tombant, vous savez. Un homme ne peut pas se remettre de ça. »

Elles se taisent et imaginent, en effet : elles imaginent la vie d'Estelle et la détermination que cela a dû lui prendre pour persévérer et arriver à élever ses deux enfants avec un mari humilié.

C'est Jeannine qui dit ce que les autres pensent : « Y a eu vingt ans pour l'apprendre, Estelle. Vingt ans pour ouvrir tes livres ou suivre dans ceux des petits. S'il avait su, il aurait été libre de retravailler ailleurs, dans un autre domaine. Il s'est contenté de critiquer sans apprendre, sans mettre sa fierté de côté.

— Je sais, Jeannine, mais je ne pouvais pas le forcer.

— Au moins, aie pas honte pour lui, Bonyeu ! »

* * *

Quand, à la soirée du Jour de l'An, Béatrice a présenté Bertrand Bédard en déclarant qu'il était l'homme de sa vie, personne n'a vraiment inscrit la chose sous la rubrique *Grosse nouvelle*, sachant par avance que le cœur de Béatrice avait une forte tendance à l'inflation et à la subite déflation.

Sympathique, mais sans grandes qualités évidentes, Bertrand est annonceur radio depuis douze ans. Il a perdu sa femme « dans des circonstances tragiques ». Sans jamais donner beaucoup de détails, c'est la succincte version du « terrible accident de ski » qui semble le mieux décrire ce qui est arrivé. Ce qui est beaucoup plus remarquable, c'est la prise en charge des quatre enfants par le veuf. Bertrand Bédard est un chef de famille responsable qui se dévoue totalement à ses enfants et qui professe l'importance des valeurs familiales et de la présence paternelle pour transmettre ces valeurs.

Toute la famille assiste peu à peu à la conversion de Béatrice au rôle de mère de famille.

Personne n'y a attaché beaucoup d'importance, jusqu'à ce que, très épris et voyant ses enfants adopter avec enthousiasme sa nouvelle flamme, le veuf ne fasse la grande demande. Folle de joie à l'idée de se marier et, en plus, de devenir une femme admirable qui ne recule pas devant la responsabilité laissée par la défunte, Béatrice rayonne et multiplie les entrevues où elle expose ses projets d'avenir et « son attachement déjà bien solide à ces pauvres petits qui ont un père admirable », ce que les journalistes achèvent habituellement avec un « et qui trouveront sous peu une mère tout aussi admirable ».

Par un effet du hasard, un des journalistes affectés à cette nouvelle avait interviewé Béatrice à ses débuts et s'est souvenu qu'elle a eu un enfant. Devant les questions indiscrètes et insistantes du journaliste, Béatrice perd pied et finit par déclarer que « bien évidemment, le petit Pierre sera intégré dans sa nouvelle famille ».

L'impact de cette déclaration est dramatique. Bertrand, qui n'était au courant de rien, apprend à la fois qu'il est en passe d'adopter un cinquième enfant et que la digne mère à qui il croyait confier les siens a commis un manquement grave aux règles qu'il considère comme sacrées.

Dévastée, rendue pratiquement catatonique par la perspective de se voir arracher Pierre, Reine ameute la famille et, comme un animal traqué, se met en devoir de protéger sa maigre couvée. Elle pousse des cris de détresse en suppliant que quelqu'un empêche la catastrophe.

Malheureusement, le fait que Béatrice ait toujours refusé de signer les papiers d'adoption lui donne, en théorie, tous les droits. Comme Béatrice a maintenant dit à la presse qu'elle le ferait et que son image publique s'en est trouvée auréolée d'un éclat supplémentaire, il est hors de question qu'elle recule.

La panique s'empare de tout le monde. En deux semaines, le drame familial devient inextricable : Béatrice menace d'aller devant les tribunaux, Reine se meurt de terreur, Pierre ne dort plus, Bertrand Bédard n'en a que pour la rencontre entre le petit et ses enfants « qui doit absolument se faire avant toute autre démarche », ce qui laisse Béatrice imaginer que, si Pierre ne plaît pas, son avenir et sa renommée risquent de pâtir.

L'ennui, c'est que Béatrice a dû avouer à son fiancé qu'elle n'a pas revu son fils depuis les funérailles de son père, soit depuis près de sept ans. Elle a dû mettre toute sa conviction et son talent pour faire comprendre que le sacrifice était avant tout dans l'intérêt de son enfant. Sa marge de manœuvre est très mince à cause du réflexe opposé de Bertrand qui a, lui, pris en charge sa famille, ce qui incite Béatrice à précipiter les choses.

Isabelle, tante Germaine et Reine suppliaient Adélaïde de faire quelque chose et d'empêcher une catastrophe pareille. Après avoir parlé à Reine, Adélaïde est certaine d'une chose : si le départ de Pierre a lieu, Reine va mourir de chagrin.

Florent et elle discutent longuement de la stratégie à

adopter, mais c'est avec Lionel que la tactique est mise au point. Lionel a toujours adoré Béatrice, sans jamais être dupe de son caractère et de ses impulsions. « Il faut que tout ce que nous ferons soit fait dans un but apparent de consolider ses positions publiques. Après, on s'arrange pour que Pierre et son intérêt personnel gagnent sur les désirs égoïstes d'une mère déchirée, mais convaincue que son fils et le bien-être de son avenir valent sa souffrance. Il faut penser que Béatrice a les mêmes sentiments que Reine. *Anyway* elle est sûre de les éprouver. C'est une grande actrice : quand elle est convaincue, c'est tout comme si elle les avait. »

Impressionnés, Florent et Ada lui demandent où il a pris ça et Lionel leur répète que lire assidûment *Radiomonde* n'est pas inutile.

Le premier mouvement consiste à organiser un grand dîner chez Adélaïde « en l'honneur de la famille de Bertrand » afin de la présenter à celle de Béatrice. Les convives ayant été avertis à l'avance d'être « délicieux » avec chacun, ils sont presque au garde-à-vous. La famille de Béatrice consistera uniquement en la branche immédiate composée de Fabien, de Rose, de Florent, d'Adélaïde et de leurs enfants.

Ni Jeannine ni ceux de Québec ne sont invités, sauf tante Germaine, à titre de *granny*.

Tout est parfait, légèrement ostentatoire, un brin trop chic, trop snob, mais cela provoque la réaction escomptée : l'orgueil de Béatrice et le malaise de Bertrand.

Les quatre enfants se comportent avec une simplicité et une bonne humeur qui séduisent les adultes.

Une fois Béatrice rassurée sur les bonnes intentions des siens à son égard et à celui de son mariage, une fois persuadée qu'ils mettront tout en œuvre pour son bonheur, Adélaïde l'invite à venir lui parler de ses projets concernant Pierre, tout en lui proposant son aide pour les détails qui risquent d'être douloureux pour sa sensibilité.

La chose la plus étonnante qui émane du tête-à-tête avec Béatrice, c'est sa totale insouciance en ce qui a trait à Pierre. Comme s'il n'avait pas de réalité. Comme un objet encombrant dont elle a soudain à nouveau besoin et qu'il faut aller chercher dans l'appentis. Tout au long de leur conversation, Adélaïde se demande jusqu'où un tel détachement est vraiment possible, jusqu'où il est simulé et comment fait sa sœur pour ne jamais penser à son fils comme à son petit enfant ayant des besoins cruciaux.

En adoptant le comportement recommandé par Lionel et en n'abordant que l'aspect douloureux de ces retrouvailles « qui seront difficiles à n'en pas douter, un enfant ayant ses propres façons d'exprimer son attachement », Adélaïde est convaincue de l'erreur que Béatrice s'apprête à commettre.

Même si cela lui semble à la limite de la normalité, elle doit reconnaître que sa sœur n'a aucun instinct maternel. Rien. Aucune réaction qui laisse percevoir que son soi-disant « cœur de mère » s'inquiète pour Pierre. Son cœur de mère ne s'inquiète que de ce que Bertrand va penser et de ce qu'il fera. L'angoisse de Béatrice est qu'il faut séduire quatre petites personnes qui ont tout pouvoir sur leur père, ce qu'elle se propose bien de changer dès qu'elle aura la bague au doigt. « C'est incroyable, Adélaïde, il fait tout ce que les enfants demandent, il n'a aucune autorité, c'est eux qui mènent. »

Béatrice est surtout choquée de ne pas avoir, elle, cette autorité sur Bertrand.

Pas une seule fois, lors de cette rencontre, Béatrice ne parle de Reine ou des sentiments de Pierre qui devra s'exiler et perdre ses points de repère. Elle planifie, suppute, anticipe les problèmes qu'elle aura en récupérant cet enfant qui risque de peser et dont elle se serait passée. « Si on pouvait empêcher les journalistes de dire tout ce qu'ils disent aussi ! J'aurais moins de problèmes. »

Comme toujours, l'apparente cruauté de Béatrice n'est qu'un reflet de son égocentrique ambition. Elle perd le sens commun au profit du but qu'elle s'est fixé et dont elle ne démordra pas : épouser Bertrand et prouver au monde entier qu'elle est une bonne mère. Jusqu'à quel point il y a là-dessous un réel désir de s'amender et de se rendre acceptable à ses propres yeux, Adélaïde l'ignore. Elle est convaincue que la présence de Pierre sera insupportable pour sa sœur et que le changement sera affreux à vivre pour cet enfant déjà passablement ébranlé.

Elle propose à Béatrice de se rendre à Québec avec elle et de procéder par étapes en rencontrant Pierre, d'abord seule, et en évaluant par la suite le temps que ça prendra avant de pouvoir le mettre en présence de Bertrand et, plus tard, des quatre enfants. Elle ménage la susceptibilité de Béatrice, tout en essayant de lui faire voir que, pour Pierre, il s'agit de bouleversements majeurs auxquels il pourrait ne pas consentir avec bonheur.

« Mais pourquoi ? Il gagne sa mère, un père et quatre frères et sœurs dans l'affaire ! Tu penses qu'il pourrait faire le difficile ? Il a besoin de sa mère, voyons ! Ça ne peut qu'être heureux. »

Adélaïde résiste à l'envie de lui dire que le besoin,

s'il a existé, a été assez peu entendu auparavant. Elle ne peut lui riposter que, si on parle de besoins, c'est plutôt Béatrice qui en a présentement.

Celle-ci refuse d'ailleurs le programme suggéré par Adélaïde, les répétitions de sa nouvelle pièce exigeant tout son temps, enfin le temps qu'elle ne consacre pas à Bertrand et aux enfants dont il faut toujours s'occuper.

« On ne pourrait pas demander à Reine de venir le porter à Montréal ? Je pense que je préférerais cela. »

Penser à cet enfant perdu dans Montréal, obligé d'affronter sa mère et l'appartement de celle-ci où il sera seul pendant qu'elle enregistre ses émissions serre tellement le cœur d'Adélaïde qu'elle propose d'aller le chercher elle-même et de le prendre à la maison, le temps que Pierre s'habitue à la ville, à la présence d'autres enfants et, enfin, à sa mère.

« Tu ferais ça pour moi ? Oh ! Ada, c'est tellement soulageant ! Je me demandais déjà comment faire avec les répétitions de soir. On ne peut pas laisser un enfant tout seul avant quatorze ans, c'est ce que pense Bertrand. Tu te rends compte de ce que ça veut dire ? »

Béatrice n'est pas au bout de ses peines et sa sœur lui fait découvrir également les embêtements du régime scolaire : il faudra attendre les vacances de Pâques pour ce voyage, sinon elle risque de retarder les études de Pierre. Béatrice écarte le problème du revers de la main : il n'est pas encore à l'université et ce n'est pas encore important.

« Béatrice, il est dans la même classe que l'avant-dernier de Bertrand, tu sais.

— Ah oui ? Oh ! Mon Dieu ! Bertrand trouve cela très important, l'école... Tu as raison, on est peut-être mieux d'attendre Pâques.

— Ça va te donner le temps de t'habituer aussi.

Béatrice... As-tu pensé à une solution si jamais tu n'as pas le contact et la relation que tu espères avec Pierre ?

— C'est mon fils ! Comment veux-tu ?

— Tu pourrais souffrir énormément d'un tel échec. J'essaie de te mettre en garde contre les déceptions. Il faudrait au moins essayer de préserver ton mariage, si jamais Pierre ne peut pas vivre avec toi.

— Ne commence pas à tout compliquer. Pierre s'en vient à Pâques et on se marie à l'été, Bertrand et moi.

— Mais Pierre retourne terminer son année scolaire à Québec après les vacances de Pâques... ta première de la pièce est au mois de mai, non ? »

Béatrice trouve soudain qu'effectivement Pierre serait bien mieux de finir son année scolaire à Québec. Avant de la laisser partir pour un essayage, Adélaïde lui demande si Bertrand a l'intention d'avoir d'autres enfants avec elle et comment elle entrevoit cette perspective. Béatrice a un sourire charmant pour expliquer que les hommes n'ont pas à tout savoir, que Bertrand est très catholique et qu'elle préfère prendre soin de ces choses-là elle-même, sans en discuter. « Il serait capable de penser encore qu'empêcher la famille, c'est péché mortel ! Je pense que sa femme était un peu rétrograde. »

Légère, soulagée, elle quitte le bureau d'Adélaïde qui, elle, ne peut se remettre au travail tant la tension que cette rencontre a générée la met en colère.

Pour Adélaïde, Rose et Fabien, les enfants sont prioritaires. Guillaume n'a pas semblé avoir une opinion différente, Gabrielle les a élevés en leur laissant ce legs et aucun d'entre eux ne comprend pourquoi ou comment Béatrice a pu y échapper. Rose est catastrophée du manque de cœur de Béatrice et elle s'inquiète maintenant des quatre futurs enfants de Béatrice qui ont déjà perdu leur mère et qui ne devraient pas avoir à affronter un tel sort.

Le plus souvent possible, le dimanche soir, les « familles du Lac », comme ils s'appellent, se réunissent pour le souper chez l'un ou chez l'autre. Le rendez-vous fait la joie des enfants qui se retrouvent avec autant de bonheur que les parents. Ce dimanche, le souper a lieu chez Rose et la conversation roule sur les difficultés à venir et sur le réel calvaire que sera cette semaine de Pâques pour Reine. Les petits se tiraillent et ils ont le droit de quitter la table, ce qui permet aux adultes de parler ouvertement. Seuls Jacynthe et Alex sont restés à table, et quand Alex intervient, tout le monde reste bouche bée : « Pourquoi personne n'a pensé demander à Pierre ce qu'il veut faire, lui ? »

« Il est trop petit » est la réponse commode, mais ils ne sont pas dupes et se disent que « le petit » aurait peut-être le droit de se prononcer.

Le débat dure longtemps et l'escalade d'agressivité est prompte entre les tenants de l'autorité implacable des adultes sur les enfants et ceux du droit minimal mais évident des enfants de dire et d'avoir un terrain d'influence pour les décisions majeures.

Alex jure que si, à neuf ans, sa mère avait voulu se remarier avec quelqu'un qu'il n'aimait pas, elle ne l'aurait pas fait parce qu'il s'y serait opposé. Il est mis hors jeu par Jeannine qui prétend que ce n'est pas pareil.

Rose déclare que, de son côté, à quinze ans, elle n'avait rien à dire quand son père a perdu sa mère : ni sur sa réaction d'enfermement, ni sur ses fréquentations de Paulette.

Florent s'insurge : « Paulette n'est pas Béatrice ! Alex a raison, pourquoi Pierre, qui a été placé par sa mère chez Reine, devrait trouver cela fantastique de venir chez des gens qu'il ne connaît pas, dans une ville qu'il ne connaît pas, avec une mère qu'il ne connaît pas et qu'il n'a pas revue depuis sept ans ?

— Parce que c'est sa mère et que c'est elle qui décide. »

Fabien n'est pas certain d'être d'accord avec James, mais il se fait expliquer par son beau-frère que la règle vaut pour la majorité et que toutes les mères ne sont pas Béatrice.

Alex allume une cigarette et souffle la fumée en laissant flotter un : « En tout cas, moi je sais ce que je ferais si j'étais Pierre... » qui fait grimper la tension.

Jeannine se félicite que Pierre ne soit pas Alex, mais cela ne suffit pas à Adélaïde qui demande des précisions.

« Personne ne me reverrait plus. Personne. Garanti. »

Ils méditent cette phrase chacun à leur façon en revoyant le pauvre enfant traqué que sera Pierre. La fuite et la cachette pour une constitution si frêle risquent fort d'échouer et chacun repense au père de Pierre et à l'héritage dramatique que celui-ci a laissé. Jeannine, elle, voit très bien comment Alex aurait adopté le comportement de Nic enfant : il serait parti sans rien demander. Une fuite qui a produit, somme toute, une éducation bringuebalante, mais sévère.

Adélaïde répète qu'il faut protéger Pierre et qu'il faudra ruser, même si ce n'est pas très acceptable, avec les impératifs et l'égoïsme de leur sœur. « Si j'étais certaine que quelqu'un, Pierre, Béatrice ou même Bertrand, y gagnerait au change, j'agirais autrement. Mais là, il faut empêcher cela. »

James soupire : « J'ai bien peur, en effet, que ce ne soit nocif pour tout le monde. J'imagine dans quel état doit être l'eczéma de Reine... »

* * *

Jamais ils n'ont tant prié. Chaque jour, à la sortie de l'école, Reine vient chercher Pierre pour se diriger ensuite vers l'église et prier en attendant l'office de quatre heures. Les chemins de croix et les chapelets se succèdent à un rythme effréné et Pierre sent que quelque chose de particulièrement grave est dans l'air à cause de sa mère qui tremble et qui pleure au milieu de ses *Ave*. Quelquefois, elle l'étreint avec une telle détresse qu'il étouffe. Il sait que ce n'est pas à cause du mari de grand-maman Georgina qui vient de s'installer chez eux pour toujours, même si Reine trouve cela difficile. Il sait aussi que ce n'est pas à cause de son père qui est tout pareil aux autres jours. Et lui-même, ses notes sont toujours bonnes et il est sage, donc il n'est pas le sujet de l'angoisse qu'il perçoit.

Normalement, pendant le carême, ils vont à l'office du matin. Pour ce carême, Reine préfère celui de fin d'après-midi. Mais Pierre constate que sa mère se rend aux deux offices. Il ne pose aucune question, il ne montre pas qu'il a remarqué une différence des habitudes, mais il guette. Il guette le malheur.

C'est quelque chose qui a toujours été en lui, cette surveillance inquiète, cette certitude que la vie calme et tranquille est un leurre pour distraire son attention et le prendre par surprise. Pierre ne sait pas pourquoi, mais sa vigilance constante est interdite d'affaiblissement. Depuis toujours, il se lève la nuit et va vérifier que les portes sont bien verrouillées et que les voleurs ne peuvent entrer. Dès qu'il n'a plus eu de lit à barreaux, il s'est levé. Sa prudence s'étend à plusieurs matières – ne pas marcher sur les « craques » du trottoir, toujours faire son signe de croix en passant devant l'église, ne tremper que deux doigts, toujours les mêmes, dans le bénitier, placer ses pantoufles dans l'ordre « gauche-droite » près du lit, manger les croûtes de pain avant la mie, ne pas regarder le prêtre à l'élévation, ne jamais dire ou penser *maudit* ou *péteux*. Il y a plein de rituels et d'obligations auxquelles il se soumet pour empêcher le malheur d'entrer dans sa maison, dans sa vie.

Depuis que Reine tremble davantage, Pierre s'est remis à mouiller son lit, et l'humiliation est grande, même si Reine lui jure que Jean-René ne le saura pas et ne le punira pas. Pierre a beau prier, s'accuser à la confesse, jurer au prêtre que non, il ne s'en rend pas compte et que, bien sûr, ça ne produit aucun effet agréable, Dieu ne le débarrasse pas de ce retour de comportement honteux. Pour tenter de maîtriser les dégâts, il se lève maintenant trois fois par nuit. Il a même essayé de ne pas dormir, mais dès qu'il sombre dans le sommeil, il fait pipi et le liquide chaud le réveille tout de suite. Il en vient à ne plus pouvoir uriner quand il est aux toilettes, tellement il est sur ses gardes. Mais rien n'y fait.

Le soir, alors qu'il est censé dormir, il entend Reine pleurer et se lamenter auprès de Jean-René. Il ne discerne pas de quoi elle parle, mais le ton est si triste, si implorant, que Pierre ne comprend pas Jean-René de ne pas céder à ce que demande sa mère. Quand il va aux toilettes la nuit, souvent il trouve Reine assise au salon à pleurer et il va se blottir contre elle, jusqu'à ce que Jean-René l'appelle et qu'il sente le corps de sa mère se tendre immédiatement et se remettre à trembler. Depuis l'arrivée du grand-père, Reine ne va plus au salon parce qu'il y reste jusqu'aux petites heures à lire et à prier, et cela empêche Pierre de savoir comment va sa mère et de la consoler de ses peines. Il est certain qu'elle a la même obligation de surveillance que lui et qu'elle guette le malheur et les catastrophes. Elle guette en grattant son bras plaqué et rougi.

Le soir bleuté tombe sur une journée de printemps hâtif et Pierre s'amuse à marcher sur la glace fragile qui se reforme sur les flaques d'eau. Il écrase la partie la plus blanche et l'eau qui se cachait dessous gicle et éclabousse ses bottes de caoutchouc. Reine le laisse faire sans rien dire, ce qui n'est absolument pas bon signe. Elle ne lâche pas sa main, mais attend patiemment qu'il se soit livré à sa malfaisance avant de continuer leur route sans le chicaner.

« Pourquoi t'es triste, Mattie ?

— Je suis distraite.

— On devrait se sauver juste nous deux. On arrêterait de s'inquiéter. »

L'idée est tellement soulageante, tellement parfaite que Reine ne s'interroge pas sur ce qui a pu l'amener à l'esprit de Pierre. Elle se met à y penser, à organiser l'affaire et elle marche de plus en plus vite, stimulée, propulsée vers la solution.

« Tu vas trop vite, maman. »

Reine ralentit. Comme elle aime l'entendre dire ce *maman !* Jamais plus elle ne le lui interdit ou n'essaie de le ramener aux temps anciens où elle lui répétait de dire Mattie plutôt que maman. Pierre est son seul bonheur, sa seule évasion d'un monde dur, sans égard. Entre Dieu et Pierre, elle trouve une petite paix et elle ne demande rien d'autre. Son mari, son beau-père, les obligations familiales, les privations dues à la pauvreté réelle ou redoutée par Jean-René, tous les devoirs auxquels elle s'emploie sans mot dire, même l'épreuve quotidienne de l'eczéma, tout est tenu par le mince fil de Pierre et de Dieu.

Depuis l'appel de Béatrice et la nouvelle de son mariage assortie de la perte possible de Pierre, Reine est entrée en négociations serrées avec Dieu. Une terreur panique l'habite. Elle a tout offert à Dieu, mais elle n'est pas Abraham, elle ne laissera jamais Pierre partir pour la vie de débauche et de tentations que vit Béatrice. Dieu, elle en est persuadée, ne peut souhaiter une chose pareille. Dieu n'a rien à voir dans cette terrible épreuve. C'est le Diable qui s'agite et vient menacer son enfant. Reine ne peut penser à autre chose qu'à Léopold et à l'affreuse punition qu'a été sa mort. Punition d'avoir désiré, rêvé autre chose, un soulagement interdit de ses épreuves. Dieu est exigeant, elle le sait, elle a assez fréquenté Sa loi pour ne pas s'étonner de Ses demandes incessantes. Dieu voit tout et Il a coupé net le bras qui a tenu sa main de façon impure. Elle le sait et elle a prié pour implorer le pardon de sa faute. Jamais plus elle n'a prononcé un mot pour éviter ou retarder l'accomplissement du devoir conjugal stérile auquel Jean-René la soumet depuis dix-huit ans. Jamais plus elle ne s'est révoltée ou mal comportée et cela n'a pas empêché Dieu de la punir encore en lui enlevant la possibilité même d'avoir des pensées mauvaises et condamnables, d'avoir des désirs malpropres de femme blâmable en rappelant Léopold à Lui. La crainte de Dieu est une réalité quotidienne pour Reine. Elle Le supplie de ne plus frapper, elle jure sa totale soumission et elle ne comprend pas en quoi elle a dérogé à sa Loi s'il revient la frapper à travers Pierre. Elle se sait responsable à part entière de l'épreuve infligée à Léopold, elle ne doute pas un instant de l'avoir tué de sa main, puisque son adultère était déjà en pensée, puisqu'elle avait osé imaginer voler le mari de sa cousine, qu'elle en a entretenu l'espoir, qu'elle a été jusqu'à en parler. Elle est aussi responsable que Léopold et sa mort est, dans son esprit torturé de culpabilité, un quasi-meurtre. Mais Reine connaît la logique de Dieu et s'il veut la punir en lui enlevant Pierre, Il va punir Pierre aussi. Là s'arrête le bon sens. Là est la frontière divine : un enfant ne peut être massacré pour le péché de ses parents. Impossible. Reine en est profondément convaincue. Son passé de bénévolat auprès des petits, l'héritage laissé par sa tante Gabrielle, par Paulette, le dévouement au Centre, celui auprès des femmes en situation difficile, tout en elle hurle que Dieu et Diable se différencient à cette marque infaillible : les petits enfants ne peuvent faire l'objet de la malédiction divine. Reine cesserait de croire en Dieu si cela était, et c'est sur la foi d'une telle règle qu'elle a aidé des mères à avorter : pour ne pas que le fruit du péché soit accablé par le fauteur, pour ne pas que la malédiction soit portée par l'innocent. Parce que Pierre souffrirait de devoir partir, elle sait que Dieu n'est pas de ce complot et que se battre sera légitime. Au-delà de sa propre détresse, il y a celle d'un enfant et Dieu ne lui pardonnera pas de faillir à sa tâche.

Ce raisonnement a mis des jours à faire son chemin à travers les angoisses et l'affolement créés par Béatrice. Une fois convaincue, une fois le chemin tracé, Reine s'enhardit jusqu'à aller discuter avec sa tante Germaine.

Ce qui trouble Germaine, c'est cette tendance qu'a Reine de s'associer à Dieu dans sa croisade pour sauver Pierre. Elle préférerait de beaucoup que Reine réclame son dû, point à la ligne. Mais pour Reine, il y a toujours cette référence à la loi divine qui exige qu'on protège les enfants de tout malheur. Toujours ce besoin de se soumettre à quelque chose de supérieur !

Et puis, Germaine trouve qu'une fois le discours terminé Reine n'a pas beaucoup de solutions. Quand la pauvre parle de s'enfuir avec Pierre, Germaine perd pied et se fâche net : « Pour aller où ? Pour vivre comment et de quoi ? Tu n'as pas un sou, ma pauvre enfant ! Il est trop petit pour travailler et sa mère est toujours légalement sa mère. Tu te vois sur les routes, à fuir la police qu'on va mettre à tes trousses ? Tu te vois privée pour toujours de la garde de Pierre, sous prétexte que tu n'es plus fiable ? C'est la pire idée, la solution la plus insensée qui soit ! Voyons, Reine, as-tu perdu ton bon sens ? Depuis quand Dieu te parlerait-Il personnellement pour te proposer de fuir avec Pierre ? C'est de la folie furieuse ! Répète jamais ça à personne, on va t'enfermer. »

Germaine passe ses nerfs à préparer une bassine d'eau chaude remplie de soda pour faire tremper le bras de sa nièce qui se met à pleurer d'impuissance. Elle s'emploie ensuite à appliquer de l'onguent de zinc et à calmer Reine : « Tiens-toi tranquille deux minutes et réfléchissons, veux-tu ? Laissons Dieu s'occuper de son Ciel pour l'instant. Tu as parlé à Pierre ? Non, évidemment. Il faut l'avertir, Reine, le préparer au choc. Dieu merci, il n'en a que pour une semaine et c'est un essai. Et il va rester avec Adélaïde et non pas avec Béatrice. Si on le prépare bien, si on s'arrange pour faire voir à Béatrice que ce sera du travail, du temps et de la patience que la présence de Pierre va exiger, on risque de n'avoir rien d'autre à faire qu'à attendre sa décision de te le laisser pour son bien-être. Tu comprends ça, Reine ? »

Germaine ne peut pas jurer que Reine a tous les éléments en tête et elle suggère finalement qu'elles parlent à Pierre ensemble.

L'effroi que Germaine voit se dessiner sur le visage de l'enfant, la panique terrorisée qui suit, l'incapacité de Reine à faire autre chose que s'associer à cette réaction et la redoubler par son comportement jettent un doute épouvantable dans l'esprit de Germaine : peut-être que Reine n'est pas non plus en état de s'occuper correctement de Pierre. Peut-être que les choses ont empiré pour Reine sans que personne n'y porte attention et que cette réaction révèle un grave problème d'équilibre. Si Béatrice est de toute évidence une mère très discutable et possiblement inadéquate, Reine est pour l'instant une mère sans ressources et démunie des plus élémentaires réflexes adultes.

Comme aux temps anciens des catastrophes familiales, Germaine ne fait ni une ni deux et elle prend la situation vigoureusement en main. Elle garde chez elle les deux éplorés, elle leur fait prendre ses petites pilules miracles pour dormir et, une fois qu'ils sont « partis pour la nuit », elle se met en campagne auprès de ses troupes. Jean-René rouspète, mais s'occupera du beau-père, Adélaïde viendra chercher les deux rescapés au train et elle ne les laissera pas d'une semelle. Sinon, Germaine est persuadée que Béatrice aura beau jeu de récupérer et son fils et son honneur de mère perspicace qui épargne à son enfant les excès possessifs d'une tante démente. Il y a eu bien assez de Kitty de ce côté-là !

Les cinq jours qui séparent cette soirée de leur départ pour Montréal, Germaine garde Reine et Pierre auprès d'elle. Elle les emmène dehors prendre l'air, elle les nourrit, les laisse s'adonner à leurs nombreuses dévotions et, surtout, elle les fait dormir. Au bout de deux nuits, Germaine n'a même plus à sortir ses petites pilules, il n'y a qu'elle qui continue à faire de l'insomnie.

Reine se réveille au matin, incrédule, soulagée, presque détendue. Depuis des années, elle n'a plus eu une nuit entière de sommeil, sans interruption. Quand ce n'est pas sa conscience, c'est le besoin de Jean-René et la toilette qui suit obligatoirement cette souillure qui la tiennent réveillée. Depuis des années, elle avait oublié ce que pouvait être le bonheur de dormir sans cauchemar, sans peur, sans inquiétude. Les soins de Germaine ne se limitent pas à l'eczéma ou au bien-être des deux pauvres êtres qu'elle accueille, ils ciblent aussi leur esprit, s'emploient à calmer, à apaiser les obligations que chacun s'est créées vis-à-vis de l'autre. Germaine couche Pierre en lui laissant tout le temps voulu pour ses prières, mais quand elle le borde, elle l'avertit sévèrement : « Maintenant, laisse le bon Dieu s'occuper de tout cela et dors !

— Mais si maman...

— Je m'en occupe, moi, de maman, dors ! Je ne veux plus entendre un mot. Je m'occupe de tout. »

En cinq nuits, Pierre n'a pas mouillé son lit une seule fois et il n'a même pas eu à se lever pour prévenir l'accident.

Jour après jour, Germaine constate les bienfaits d'un sommeil réparateur sur l'humeur de ses hôtes. De hâves et tremblants, ils évoluent vers un certain calme qui, s'il n'est pas pétant de santé et exempt d'angoisse, représente du moins une sérieuse amélioration.

Adélaïde, tenue quotidiennement au courant de la tâche qui l'attend, va chercher le trio à la gare, Germaine ayant décidé d'accompagner le chemin de croix de sa nièce.

Rose et Fabien les attendent à la maison pour dire bonjour. L'ambiance est si chaleureuse, si décontractée que Pierre finit par laisser quelques pieds de distance entre lui et Reine et il se joint à la construction de « la plus haute tour du monde entier » avec Léa, Fabien et Thomas.

Malingre, engoncé dans sa gêne, Pierre n'attire pas la sympathie. Ce n'est pas un enfant laid, c'est un enfant sans présence, la seule intensité perceptible étant celle de sa peur. Adélaïde l'observe attentivement. Elle se souvient combien Florent était maigre lui aussi, mais comme il avait cette curiosité, cette flamme intérieure qui rendaient son petit visage si vibrant. Rien de tel chez Pierre.

Les discussions en petits comités se multiplient et les nombreux offices de la semaine sainte, auxquels assistent assidûment Pierre et Reine, permettent à Germaine, à Ada et à Florent de rajuster leur tir.

Pour éviter que Pierre ait à subir l'angoisse maladive et dévastatrice de Reine, Adélaïde propose une simple visite à Florent où ils convieront, en secret, Béatrice. Florent et Ada seront présents et observeront attentivement le choc, tout en empêchant Béatrice d'exagérer et d'accabler son fils avec ses projets.

Dans la voiture, Ada explique à Pierre que Béatrice, sa première maman, va venir le rencontrer chez Florent.

« Est-ce qu'il faut raconter un mensonge à maman ? »

Embêtée, Adélaïde ne sait plus de quelle maman Pierre parle ni, bien sûr, de quel mensonge. Il appert que le petit parlait de Reine et de la protéger de cette épreuve. Pierre emploie le mot *épreuve* et Adélaïde lui demande en quoi ce serait une épreuve pour Reine. Pierre se tait le reste du trajet. Une fois arrivé, il prend la main d'Adélaïde : « Ta petite fille, ma tante, est-ce que c'est vrai qu'elle a mon âge ? »

Évidemment, la chose semble assez peu croyable,

Léa étant si vive, si dégourdie. Adélaïde confirme, sans spécifier qu'en fait il a quelques mois de plus que sa fille.

« Elle dit que le bon Dieu envoie pas tant d'épreuves que ça et qu'Il s'en fiche un peu des péchés véniels. C'est pour ça qu'on dit véniel, parce que c'est comme des pichenottes dans l'eau et que ça éclabousse pas du tout la face de Dieu, qu'elle dit. Elle dit qu'Il s'appelle le bon Dieu à cause qu'Il n'est pas méchant jamais et qu'Il ne guette pas tant que ça pour les péchés. Elle dit qu'elle en a caché et qu'Il ne les a pas trouvés. Est-ce que ça se peut, ma tante ? »

Adélaïde a un sourire très joyeux pour dire que Léa doit avoir ses raisons et que, si elle le pense, ça doit être vrai pour elle.

« Mais la vérité vraie, ma tante ? »

Dieu ! que cet enfant est angoissé ! Elle voudrait bien lui transmettre un peu du bon sens de Léa et lui fournir une vraie récréation. Comment ne pas interférer dans l'éducation ultracatholique et dire quand même qu'il vaut mieux croire selon sa possibilité que selon la norme ? Adélaïde avoue ne pas bien savoir où est la vérité vraie.

« Tu ne sais pas ? »

Pierre est complètement dépassé, il arrive à peine à croire ce qu'il entend. C'est la première fois de sa vie qu'un adulte lui avoue ne pas savoir. Il est fort pensif en arrivant chez Florent.

Béatrice porte une robe très jeune fille et elle a encore la taille pour se le permettre. Ravissante dans son taffetas à petits pois, au sage col blanc arrondi et à la jupe outrageusement soutenue par au moins cinq crinolines, ses jolies jambes de poupée hissées sur des talons aiguilles émergeant de ce fouillis de dentelles comme les étamines sortent d'une pivoine épanouie, Béatrice attend. Ses cheveux sont sagement retenus par un bandeau blanc qui souligne la délicatesse de ses traits, et ses gants, d'un blanc irréprochable, rivalisent d'éclat avec celui de ses manchettes.

Ébloui, Pierre la contemple sans rien dire, et quand Béatrice s'accroupit, sa large jupe se pose sur le sol comme une énorme cloche bruissante. Elle tend les bras en souriant et Pierre s'avance, craintif. Il touche du bout des doigts le tissu craquant de la jupe. Rien ne pouvait mieux convenir à Béatrice que l'admiration muette de son fils. Ravie de le voir conquis, elle lui fait un numéro de charme qui le laisse pantois d'émotion.

C'est Florent qui résume le mieux l'entrevue : « Que personne ne vienne me dire que le costume n'est pas fondamental ! La moitié de cette rencontre s'est jouée sur l'épaisseur des crinolines de Béatrice. »

Dans la voiture, le seul commentaire de Pierre a été : « Est-ce que c'est une fée, ma maman ? »

Ce qui, aux yeux d'Adélaïde, aurait l'avantage d'expliquer sa disparition et son absence.

« Si Bertrand Bédard ne résiste pas au numéro de charme de Béatrice, comment voulez-vous qu'un enfant de neuf ans qui n'a vu que des statues de saints de toute sa vie réagisse ? Encore heureux qu'il ne l'ait pas prise pour la Sainte Vierge en personne ! Ces deux-là sont très intimes avec la Sainte Famille. »

Adélaïde n'en revient pas d'entendre sa tante Germaine parler aussi crûment. Il faut qu'elle soit bien inquiète. La tournure des événements n'est pas très rassurante, effectivement, et, malgré leurs efforts, les apparences semblent donner raison à Béatrice.

Il n'y a pas que l'accueil fait à Béatrice qui surprend tout le monde, mais aussi l'orientation des questions de Pierre. Au moment où tout le monde se préoccupe de qui sera la mère du petit garçon, celui-ci harcèle littéralement Léa de questions. Alors qu'elle vient de coucher Thomas et qu'elle s'apprête à raconter une histoire aux deux enfants, Adélaïde entend Léa expliquer que son papa prend un soin constant d'elle, qu'il avertit les anges de la protéger et que le Ciel est pratiquement aux ordres de Nic. Adélaïde hoche la tête et les laisse discuter en s'éloignant. C'est une Léa très ennuyée qui vient la trouver quelque trente minutes plus tard et qui demande si on n'a pas une photo du papa de Pierre, parce que « ça presse de lui montrer. Imagine-toi donc qu'il ne se souvient plus du tout de la face de son père. Il pensait presque que c'était ce pauvre Jean-René ! ».

Ce qui, aux yeux de Léa, est bien une catastrophe épouvantable. Adélaïde trouve Pierre en larmes, entouré de tout l'attirail de Léa qui consiste en plusieurs photos d'elle avec les gens qu'elle aime, dont, évidemment, Nic. Reine, accourue au premier gémissement, berce le petit garçon, l'air désolé et dépassé, les yeux pleins de larmes elle aussi.

Adélaïde déclare que, s'ils ne se calment pas tous, elle ne cherchera même pas.

Les photos ont été prises à l'île, juste avant le départ de Léopold pour la Sicile. Il a un air déjà ancien avec sa coupe de cheveux militaire, mais il a encore ses deux bras et il tient son fils avec un bonheur évident. Pierre, fasciné, examine la photo en détail et pendant longtemps. Quand il lève les yeux, il est tout souriant, rose d'émotion. Léa est si contente qu'elle le prend dans ses bras : « Tu vois ! C'est comme ça qu'il est, au Ciel, ton papa ! »

Adélaïde tend à Pierre et à Reine un cliché pris lors du passage de Léopold à Montréal, cette fameuse soirée où elle avait laissé le couple ensemble au jardin. Reine étouffe un « oh ! », mais Pierre saisit la photo et ne la lâche pas. Aucune photo n'a été prise de Léopold après sa blessure de guerre.

Adélaïde offre de faire reproduire les archives qu'elle possède, et Pierre lui fait comme réponse le sourire le plus séduisant du monde.

Ce soir-là, Adélaïde dépose sur les genoux de Reine le reste de ce que contenait la boîte marquée *Léopold*. Ce sont les lettres de Reine et de Léopold que sa cousine ne pouvait garder dans son foyer et encore moins recevoir directement.

« Il y a autre chose, Reine, que je n'ai montré à personne et qui, je crois, était pour toi. »

Elle lui tend cette lettre qui n'en est pas une, cette serviette de table sur laquelle Léopold a griffonné de façon illisible parce que de sa main gauche malhabile : *Pardon. Pardon. Que Pierre ne sache jamais*.

Reine reste sans réaction. Elle tend l'enveloppe à Adélaïde et se met à parler du tissu de sa jupe qui est si froissant. Adélaïde ne l'interrompt pas et la laisse jacasser des rideaux du salon, de l'organisation de la maison et de la grandeur du jardin, tout en se grattant affreusement le bras.

Ada commence à partager les doutes de tante Germaine et se demande bien ce qu'ils vont pouvoir faire pour Pierre et pour Reine.

Le dîner de Pâques réunissant les deux familles a lieu chez Adélaïde. Les enfants de Bertrand ne portent aucune attention à Pierre tant ils sont ravis et excités de retrouver Léa, Thomas et Madeleine. Comme il s'agit d'un dîner de fête, les enfants de Jeannine sont également invités et la plus vieille des Bédard, qui porte le prénom pompeux de Bérénice, tombe littéralement en pâmoison devant la dégaine d'Alex, ce qui échappe totalement à son père qui essaie d'amadouer Pierre pendant que Jeannine fait de gros yeux à Alex.

Deux incidents perturbent les plans de Béatrice. Alors que Bertrand discutait avec Reine et tentait de faire preuve de compréhension en ce qui a trait à sa difficile situation, Béatrice l'a non seulement interrompu, mais a cherché à l'entraîner au jardin. D'un ton sec, sans réplique, Bertrand lui a indiqué qu'il parlait à Reine et qu'il irait la rejoindre quand bon lui semblerait. Vexée, Béatrice l'a envoyé promener : « Je ne suis pas ta secrétaire, ne me parle pas sur ce ton ! » et a ainsi provoqué la sortie anticipée du clan Bédard.

Quand Béatrice essaie ensuite de conclure des arrangements pour que Pierre déménage à Montréal après son année scolaire, Reine, balbutiante, supplie pour parler de tout cela plus tard et en privé.

« Bon ! Encore une qui veut me commander ! Tu ne penses quand même pas que tu vas me dire quoi faire, Reine ? »

Pierre s'est alors approché de Reine, a saisi sa main et il a crié à Béatrice : « Laisse ma mère tranquille ! », ce qui, cette fois, a provoqué le départ de Béatrice.

Nul ne sait ce qui ressortira de « la semaine sainte et de tous nos sacrifices », comme Adélaïde a qualifié l'expérience, mais du moins Reine et Pierre ne repartent pas plus ébranlés qu'ils ne sont arrivés. James a même réussi l'exploit de faire soigner l'eczéma de Reine qui, munie de tubes d'onguent, devrait voir son état s'améliorer.

La véritable amélioration du sort de Reine vient d'une tout autre source.

En retrouvant son mari et son beau-père, Reine retrouve également ses pieuses habitudes. Or, la semaine sainte a été difficile pour plusieurs dont le curé de la paroisse, qui est décédé subitement le soir du jeudi saint, après avoir célébré le long office qui remémore la dernière Cène. L'émoi de Reine en apprenant cette triste nouvelle est d'autant plus profond que le vieil homme était son confesseur depuis son arrivée dans la paroisse, soit depuis son mariage il y a dix-huit ans.

Le curé est remplacé par un jeune prêtre assez moderne et plutôt beau garçon. Sa principale qualité, outre celle de raccourcir substantiellement les sermons, est une sorte de sympathie compréhensive envers ses ouailles. Pour Eudore Gendron, fils de cultivateur et issu d'une famille de seize enfants, les mères de famille sont les anges gardiens de la société et il faut en prendre grand soin. Ses études au Petit et au Grand Séminaire ayant été rendues possibles grâce au labeur de ses aînés, retirés très tôt de l'école pour faire vivre les autres, le curé Gendron professe un certain laxisme, pour ne pas dire une nette ouverture d'esprit, concernant les « arrangements privés » des couples pour garder la famille dans des proportions acceptables. Ces proportions étant, quant à lui, liées à la capacité de les éduquer.

Il est difficile d'établir jusqu'à quel point la paroisse a bénéficié de ce changement de mentalité au sein du confessionnal, mais il est certain que Reine en a vu sa vie bouleversée. Cette fois, Dieu était à l'écoute et Dieu répondait par la bouche agréable, qui exhalait de plus une haleine mentholée, du curé Gendron.

Le front appuyé contre la grille de bois, Reine écoute attentivement les réponses tolérantes de l'homme et, jour après jour, elle avance une inquiétude sur l'échiquier de Dieu qui n'en profite pas pour gagner la partie. Aux questions les plus décentes succèdent les sujets délicats qui, eux-mêmes, font place aux angoisses les plus profondes.

Le jour où Eudore Gendron murmure qu'il n'est pas nécessaire de se soumettre à l'acte conjugal toutes les nuits si elle n'en a pas le désir, Reine suffoque presque : « Mais l'harmonie conjugale que je dois sauvegarder, mon père ? Les droits de mon mari et la solidité de notre mariage ? »

La voix du prêtre se fait convaincante : « ... passent par votre droit à exprimer également vos désirs. Peut-être que vous aimez mieux dormir à cette heure avancée de la nuit. Peut-être qu'un compromis acceptable ferait régner une réelle harmonie conjugale... Vous dites, toutes les nuits ?

— Sauf celles où je suis... impure, oui. Entre deux heures vingt-cinq et deux heures et demie du matin. Mais jamais en d'autres temps. Mon mari est très scrupuleux et il ne veut pas en parler, mon père. Je pense que c'est la raison pour laquelle il le fait de nuit. Le curé Thivi...

— Nous ne ferons pas d'études comparatives, si vous le voulez bien ! Essayons plutôt de connaître la volonté de Dieu dans tout cela. Trouvons Dieu.

— L'obéissance, la soumission, endurer son sort et offrir à Dieu son sacrifice. »

Accablé, Eudore Gendron ferme les yeux. Combien de femmes se sont agenouillées devant lui pour lui répéter ces commandements qu'elles imaginent toujours à leur seul usage ? Eudore Gendron vénérait sa mère fatiguée et il a toujours eu un œil critique pour les prérogatives de son père à qui Dieu semblait vouloir épargner l'obéissance.

Lentement, il continue son travail en profondeur. Il

considère sa vraie mission comme une médiation entre la bonté de Dieu, telle qu'il l'a toujours vécue, et la rigidité formelle de l'Église. Il ignore s'il privera la paroisse et le diocèse de beaucoup de baptêmes, mais il sait que ces femmes exténuées qui s'écroulent dans son confessionnal ont largement mérité la miséricorde de Dieu.

À mesure qu'elle s'épanche et confie sa peine au curé Gendron, Reine gagne en vitalité et en bonne humeur. Elle n'aborde pas la difficile question de Léopold, mais déjà, les réponses fournies par le confesseur l'incitent à réfléchir et à remettre sa confiance en Dieu au lieu d'en cultiver une crainte maladive et pernicieuse.

Une amélioration progressive de son eczéma et la décision de Béatrice de retarder d'un mois ou deux la venue de Pierre achèvent de faire croire à Reine que Dieu est satisfait de son comportement et qu'Il est d'accord avec son confesseur.

Béatrice continue de fréquenter Bertrand, mais son œil critique s'est aiguisé et elle supporte de moins en moins qu'il la fasse passer derrière l'intérêt de ses orphelins. Elle était d'accord pour leur laisser un peu de la scène, mais elle considère que le temps est venu de regagner toute sa place et de régner.

Elle veut bien que Bertrand s'occupe de ses enfants, mais quand il se mêle de la questionner et de la juger sur ses comportements avec son propre fils, Béatrice trouve qu'il exagère.

Même s'ils ont des discussions musclées, Béatrice s'accroche et persiste, en grande partie parce que les journalistes qualifient ce mariage de *glamour* et de romantique et que, du coup, Béatrice y trouve aussi ce qu'ils y voient : un heureux dénouement qui résout bien des difficultés et incarne le fameux *happy end* du cinéma hollywoodien.

Le succès de la pièce commencée en mai entraîne un supplément de travail, et Béatrice est ravie de pouvoir retarder l'arrivée de Pierre qui risque d'exciter les dissensions désagréables entre elle et Bertrand. Futée, elle prétend que c'est pour ménager les sentiments de Reine, dont Bertrand a l'air de se soucier. Pierre les rejoindra en août, date prévue pour le mariage.

L'événement qui met fin aux projets matrimoniaux de Béatrice et aux angoisses de Reine est étranger à tout cela et totalement imprévu pour les deux familles : il s'agit de l'arrivée imminente de la télévision et de ses répercussions sur la carrière de Béatrice.

En juillet 51, une ancienne flamme de Béatrice, le réalisateur Roland Hébert, lui confirme que les grands changements dont on parle tant sont imminents et que, dès l'an prochain, la télévision fera son entrée dans les foyers de la province. Pour Roland Hébert, il s'agit d'une chance à saisir et il propose de guider Béatrice et de l'engager pour une des premières émissions qui seront présentées. Comme la technique est assez imposante et que l'approche du jeu est différente de tout ce que la jeune femme connaît, Roland propose à Béatrice de l'accompagner pour un stage spécialisé qui doit se tenir en août.

Entre le stage qui donnera un envol extraordinaire à sa carrière et le mariage, Béatrice n'hésite même pas. Si le réalisateur en question n'avait pas eu une liaison avec sa fiancée dans le passé, il est probable que Bertrand se serait incliné. Mais le fait que ce soit Roland Hébert et que « tout Radio-Canada » soit au courant du passé commun des deux protagonistes constitue un insupportable affront à son honneur. Bertrand place donc Béatrice devant un choix qu'elle ne laisse pas devenir cornélien. Sa carrière a toujours primé et elle y a sacrifié bien davantage dans le passé. Ce n'est pas maintenant que les choses semblent se débloquer pour de bon qu'elle va aller s'enfermer avec cinq enfants et un mari ombrageux.

« Le bonheur tranquille n'est pas pour moi », clame le nouveau *Télé-radiomonde* en illustrant la nouvelle d'une magnifique photo tirée du *Bel Indifférent* où Béatrice avait triomphé.

Au dernier jour de sa neuvaine à la Vierge, Reine apprend finalement que Dieu a entendu ses prières et que Pierre restera près d'elle. Le soulagement est tel qu'elle pleure pendant deux jours, jusqu'à ce que Pierre lui demande si elle est déçue, puisqu'elle pleure autant.

Reconnaissante, débordante d'énergie, Reine organise un tardif séjour à l'Île avec tante Germaine, Hubert, Jean-René et Pierre afin « qu'on se remette de nos émotions et que la mort de maman ne nous empêche pas d'aller là-bas penser à elle ».

Tante Germaine, rassurée de voir Reine en aussi bonne forme et le bras droit pratiquement cicatrisé, décline l'offre. Elle a assez vu sa nièce ces derniers mois et la perspective d'entendre Hubert faire l'apologie de Georgina en se berçant sur la galerie ne l'excite pas du tout. Elle préfère, et de loin, aller rejoindre Adélaïde, Rose, Fabien et Jeannine qui sont maintenant au Lac et qui, comme l'an passé, ont insisté pour l'avoir avec eux.

Rien n'est plus agréable que de se prélasser à l'ombre de la véranda en discutant avec Lionel qui a toujours quelque chose à lui apprendre. Les parents de

Germaine, Dieu ait leur âme, auraient sans doute été scandalisés de la voir se lier d'amitié non seulement avec un domestique, mais un domestique anglophone et protestant. La voir s'entretenir avec lui sans faire état d'une différence de classe, Germaine en est très consciente, les aurait profondément choqués. D'ailleurs, on lui aurait dit cela il y a seulement vingt ans et elle aurait poussé les hauts cris. Mais... quand le débat intérieur s'agite, Germaine se dit que, entre Hubert et Lionel, il y a quand même une autre différence que la classe sociale. Hubert n'a jamais bougé, jamais changé d'un iota ses comportements de vieux garçon après son mariage. Il a enrégimenté tout le monde sous sa loi, sa façon de faire. Lionel a fait preuve de tellement de souplesse dans sa vie que Germaine remet en question ses propres certitudes. Dans son jeune temps, elle critiquait sévèrement que sa sœur autorise l'amitié entre sa fille et le fils de la bonne. Et maintenant, elle doit bien admettre que Florent fait une partie de la fortune d'Adélaïde et vice versa. S'il y a une chose qui a disparu, c'est bien cette barrière, infranchissable à ses yeux à l'époque, et qui, maintenant, n'est même pas discutée.

Ce n'est plus ce qui est convenable ou pas, approprié ou bienséant qui importe pour Germaine, c'est un certain bien-être, un soulagement des ennuis de la vie dans une petite charlotte aux poires ou une partie de yum sur la table de la cuisine. Elle qui a passé sa vie à se plier aux règles prescrites par l'Église et par son rang trouve finalement qu'elle a investi beaucoup pour récolter bien peu. Suivre le grand livre conduit peut-être au succès, mais le bonheur n'est pas très grand, outre le sentiment d'avoir accompli strictement son devoir. Maintenant que la vie a passé, maintenant que ses forces déclinent, Germaine n'a plus envie d'obéir aux convenances qui l'obligeraient à se priver des douceurs parcimonieuses de la vie. Elle a déjà raté la floraison des forsythias, des lilas, des pivoines et des roses, elle ne se privera pas de celle des glaïeuls et des roses trémières dont Alex a le secret.

Le bruit de la chute du livre d'Adélaïde attire l'attention de Jeannine, assise dans le transatlantique voisin. Une brise légère rend la journée sublime. Jeannine se penche, ramasse le livre discrètement – pour une fois qu'Adélaïde s'assoupit ! Les enfants sont partis aux bleuets avec Fabien, tante Germaine fait sa sieste sur la véranda tandis que Rose doit avoir cédé aux bercements destinés à endormir Madeleine.

L'après-midi s'engourdit dans la chaleur ; des fleurs que Jeannine ne pourrait pas nommer s'inclinent joliment, tout en souplesse, et le vent est si léger que la surface du lac a à peine un frisson. Tout à l'heure, trois heures précisément après avoir mangé, les enfants vont se tirer à l'eau, plonger, crier, jusqu'à ce que la collation les sorte du lac, encore tout dégoulinants.

Comme les siens sont grands ! Jeannine se souvient parfaitement du jour où chacun est venu au monde et les voilà presque prêts à partir. Jacynthe vient d'être engagée à temps partiel à la *Boutique* où elle sera responsable des relations avec la clientèle. Sa Jacynthe si grande, si bien habillée qui lui taille encore des robes le soir sur la table de la cuisine. Dire qu'elle est diplômée ! Florent estime que Jacynthe savait déjà tout ce qu'on lui a montré, mais parce que Jeannine rêvait de faire les arts ménagers et qu'elle n'a pas pu y aller à cause de la Dépression, la fin des études de sa fille est comme une victoire rétroactive. Alex entrera à l'université en septembre. Un ingénieur. Son fils sera ingénieur et elle peut à peine dire ce que ça fait dans la vie.

Jeannine le trouve bien tranquille cet été, son grand escogriffe. Fabien prétend qu'il en a assez de s'amuser et qu'il veut une histoire plus importante. C'est vrai que le téléphone sonne un peu moins pour lui. Ce ne sera pas difficile de trouver une histoire d'amour avec le charme qu'il a. Étrange comme Alex ressemble à Nic. Ses manières, son comportement, cette façon d'éclater de rire, ce n'est pas à Alexandre, mais à Nic que cela appartient. Tout le monde le dit, d'ailleurs. Quelquefois, Jeannine surprend le regard poignant qu'Adélaïde a pour Alex. Ça doit être si étrange pour elle cette similarité qui ramène le souvenir de Nic et qui, en même temps, aiguise le sentiment de la perte.

Jeannine regarde la jeune femme. La robe de coton lignée au décolleté chemisier, la main abandonnée où brillent les pierres magnifiques qui ne la quittent jamais. Jeannine aime Ada comme une sœur et une fille. Elle voudrait tellement qu'elle rencontre quelqu'un de bien qui fasse la route avec elle, qui la soutienne et prenne soin d'elle. Un Fabien, quoi ! Mais ce ne sera pas si simple. Si Ada se remarie, elle devra abandonner la direction des affaires aux mains de son époux, et cela, Jeannine en est persuadée, cela sera inacceptable pour Ada. La *business* est et restera pour toujours McNally. Ada pourrait probablement perdre un peu d'indépendance pour un mari, s'astreindre à lui offrir ce qu'il demande, à être une bonne épouse, mais jamais aucun homme n'obtiendra ce que Nic lui a laissé à elle. Les enfants hériteront de tout et, quitte à rester veuve et seule pour le reste de ses jours, Ada ne laissera jamais la *business* passer en d'autres mains.

Fabien dit que c'est rassurant parce que, de cette façon, pas un vaurien charmeur ne pourra fréquenter sa sœur dans le but de la dépouiller et de mettre la main sur le magot. Jeannine a bien peur que ce ne soit la fin des espoirs matrimoniaux de la jeune femme. Si elle pouvait se décider à laisser Florent l'épouser, aussi ! Tout serait tellement plus simple, les enfants seraient contents, elle serait à l'abri de la solitude... Florent n'a pas l'air optimiste sur ses chances.

« Pourquoi tu soupires de même, Jeannine ?

— Déjà ? T'as pas dormi longtemps !

— Ah ! La sieste est un luxe de couple !

— Va raconter ça à Germaine qui ronfle en haut sur la galerie ! »

Adélaïde referme les yeux – l'heure sacrée de la sieste, l'effet combiné du soleil et de la main insidieuse qui appliquait de la lotion jusque très haut sur sa cuisse, jusque sous le maillot. Combien de fois ont-ils monté ce talus en courant, grimpé à leur chambre pour s'embrasser et s'étreindre dans « un temps record » qui réjouissait follement Nic !

« Dis-moi, Ada, as-tu réglé ton problème du printemps ? »

Ada ouvre un œil seulement : comment sait-elle qu'elle a de mauvaises pensées ?

« Celui des noces de Béatrice, oui. C'est de ça que tu parles ?

— Non. Je parle de tes noces moins officielles et tu le sais très bien.

— Non. Pas réglé. »

Entre Paul Picard, qui de loin en loin se manifeste et l'invite amicalement au cinéma ou à dîner, et Lucien Savoie, qui refuse de déclarer forfait et l'assaille littéralement de son amour d'autant plus débordant qu'il est refusé, Adélaïde n'a pas vraiment le loisir d'explorer de nouvelles possibilités.

Comme Florent s'arrange pour disparaître à chaque fois qu'elle veut aborder des questions fondamentales avec lui et que son moral fluctue selon qu'elle est ou non près de lui, Adélaïde estime qu'elle a trois problèmes et pas une seule solution en vue.

Elle essaie de faire glisser la conversation vers les amours compliquées d'Alex ou l'inquiétude qu'elle nourrit quant au célibat de Fabien, Jeannine résiste à toutes ses tentatives de diversion et ramène le sujet de ses fréquentations.

Finalement, jetant le voile sur tout ce qui concerne ses secrets avec Florent, Adélaïde raconte sa seule aventure d'une nuit et l'impérissable souvenir déprimant que l'expérience lui a laissé. À son grand étonnement, Jeannine demande l'âge et non le nom du partenaire et elle conclut que « tout ça vient pas sans pratique ! ». La bonne humeur et la désinvolture avec lesquelles son commentaire est fait désemparent beaucoup Adélaïde : « Tu veux dire quoi ?

— Que ça arrive. Que c'est pas la fin du monde, c'est juste l'inexpérience. Je te garantis pas que le candidat est bon ou doué, mais s'il a le moindrement un peu de potentiel, ça devrait prendre du mieux. Quoi ? Tu l'as repoussé sans appel ? T'as fait ça ? Une seule chance pis ça vient de s'éteindre ? »

Troublée, Adélaïde ne répond pas, mais effectivement, elle essaie de caser Paul dans le chapitre *ami* depuis New York.

« T'es vraiment un homme d'affaires impitoyable ! C'est pas Florent, toujours ?

— Comment veux-tu ? Florent est trop important pour être repoussé comme ça, tu le sais. »

Ce qui rassure énormément Jeannine.

* * *

Quand Stephen dépose un document de dix pages, intitulé *Offre d'achat*, sur le bureau d'Adélaïde, il se contente de dire : « Aaron m'a demandé de vous montrer ceci », et il la laisse.

Vingt minutes plus tard, une Adélaïde furieuse lance le dossier devant Stephen : « Qui a fait ça ? Vous ? Ai-je demandé une initiative pareille ? Pourquoi ne pas m'en avoir parlé avant, ça vous aurait épargné de la peine. »

Stephen sourit, soulagé : « Je suis content de vous l'entendre dire. Aaron n'a pas voulu m'écouter, mais je disais comme vous.

— Il est en difficulté ? Il a besoin de liquide ? On peut le dépanner, il le sait. Appelez-le, convoquez une réunion et je veux que vous y soyez. Il vous a mêlé à l'histoire, ça lui apprendra ! »

Aaron Singer offre à *McNally Enterprises* d'acquérir ses manufactures pour une bouchée de pain. Devant Stephen, Aaron ne démord pas de sa position : il veut que ce soit fait dans ces termes. Dès qu'ils sont seuls et qu'Adélaïde lui refuse ce « vol en plein jour », Aaron l'arrête tout de suite : « Vous souvenez-vous de notre première rencontre ? C'était ici, dans ce bureau. Vous êtes entrée en coup de vent pour parler à Nic. Vous étiez une extraordinaire jeune fille et j'ai su tout de suite, instinctivement, que vous étiez celle qui avait fasciné mon fils. Quand Leah s'est rebellée, quand elle s'est mise à défier sa mère, à défier nos coutumes et à prétendre qu'elle ne serait pas juive, j'ai pensé à vous et vous m'avez aidé à l'apaiser. J'avais trois fils, *olevhasholem*. Trois. Ils sont tous morts. J'ai un petit-fils, David, qui s'intéresse davantage aux livres qu'aux affaires. Je n'ai pas envie de le torturer et de l'obliger à prendre ma *business* en main. Reste Leah. Je pourrais continuer, faire fructifier tout ça, la confier à des parents éloignés qui seront prêts à reprendre le flambeau... je pourrais. J'ai soixante-six ans, Adélaïde, ma femme, Rachel, ne va pas bien, Eva est maintenant installée et elle aura une bonne vie avec de nouveaux enfants, je l'espère pour elle. Vous êtes pour moi une belle-fille, vous êtes ma parente et Léa est autant ma petite-fille que Leah. Ce sont les filles de Ted et, je le crois, c'est par elles que le changement arrivera, puisque c'est par elles que j'ai appris et changé. Dans ma vie, je me suis dévoué à deux choses : l'étude de la Tora et les affaires. J'ai fait ma part d'erreurs et j'ai eu ma part de malheurs. J'ai longtemps cru que Ted ne m'apporterait que déception et inquiétude. Sa vie n'a pas été exemplaire au sens courant du terme, mais je reconnais en Leah tout ce à quoi Ted attachait de la valeur. Mon offre n'est pas un cadeau, parce qu'en héritant de ma *business* vous héritez de ce qui doit être fait pour Leah. Le temps de Rachel arrive à sa fin, le mien... je ne sais pas, mais jamais Leah n'acceptera de retourner dans la maison de sa mère. Elle veut étudier le droit. Elle veut devenir avocat. Il faudra l'aider et il faudra aussi que Léa, la petite, hérite sans hériter, je veux dire que sa part à elle lui revienne un jour, la part de Ted, la part de sa famille. Je voudrais que notre alliance soit concrétisée. Je ne saurai jamais si Ted avait raison de vouloir assouplir nos règles, déverrouiller nos assemblées fermées, mais je suis sûr que vous étiez la bonne personne vers qui aller. Vous êtes, de toutes les *shiksa*, la seule qui saura ne pas nous demander de ne plus être juifs.

— Je suis rusée, Aaron, je ne me bats que sur des terrains où je peux gagner. Theodore avait un charme supplémentaire à mes yeux parce qu'il était juif. Révolté et critique vis-à-vis des siens, mais quand même juif. »

Aaron garde pour lui le commentaire qui lui vient, que cette Ada est une femme et que, pourtant, elle ne fait rien comme les femmes. Une Canadienne française, mais si peu marquée par sa race. À moins que la différence... il n'a jamais attaché d'importance aux femmes avant Adélaïde et Leah : « Je crois que Leah n'épousera jamais un Juif ou alors, pour me damner, elle ira vers un Sépharade. Enfin... il y aura un problème, je le sens. La question est de savoir si son mariage est une affaire de communauté, si cette décision me regarde juste parce qu'elle me touche. Je crois qu'il faut la laisser aller vers sa foi, quelle qu'elle soit. Cette offre d'achat vous liera à elle, pensez-y.

— Aaron, je le suis déjà et vous le savez. Ce contrat n'y changera rien. Laissez-moi réfléchir et vous proposer quelque chose de décent. »

Aaron s'arrange pour ne compromettre personne et faire à sa tête, Adélaïde le voit bien. Acheter ses entreprises veut dire en garder les dividendes pour l'avenir de Leah et saisir l'économie offerte par l'offre d'Aaron pour l'avenir de sa Léa. Ainsi, sans faire de testament, sans nommer Ted, sans entacher la réputation de qui que ce soit, Aaron lègue ses biens à ses deux petites-filles et Adélaïde devient exécuteur testamentaire.

Adélaïde étudie longuement les bilans et elle jongle avec les possibilités. Finalement, elle tend à Stephen une entente et un projet d'incorporation : les *sweatshops* Singer seront avalés par l'empire McNally, mais demeureront Singer et feront l'objet d'une administration séparée, de bilans financiers et de dividendes totalement indépendants, ce qui rend le pécule d'Aaron facile à cerner, même s'il est englouti dans les différents secteurs d'activité des *Enterprises*. Un peu à la manière de *Coutures Florent* qui forment une entité à part au sein de *McNally Enterprises*.

La raison qu'elle donne à ce supplément de travail est de pouvoir reconnaître les profits directement imputables aux manufactures d'Aaron et de se débrouiller pour lui redonner son dû si la transaction apparaît à son détriment. Stephen avertit sa patronne que, même au prix d'ami qu'elle paie, si Jeannine se met en tête « d'imposer ses normes de luxe dignes de la pire union aux manufactures Singer », ils ne feront pas un sou de profit.

Voilà exactement ce que rêvait d'entendre Ada : « C'est justement pour garder ça à l'œil que j'en fais une *business* à part, Stephen ! Nous comparerons les résultats. »

Stephen est tombé dans le panneau et il trouve l'idée très stimulante. Il rêve déjà de démontrer à Jeannine qu'elle a tort et qu'elle fait du tort aux affaires en gâtant ses employés comme elle le fait.

Adélaïde signe l'achat de Singer et Stephen se met en quête d'un directeur pour la nouvelle filiale. Adélaïde envoie à son notaire une note spécifiant que tous les revenus générés par la filiale Singer seront, quand elle mourra, également divisés entre deux légataires spécifiques : Leah et Léa.

« Il ne me reste plus qu'à trouver une façon de faire passer ça sans que ça alerte qui que ce soit », se dit Adélaïde en tablant sur l'espoir qu'il lui reste quelques années pour y parvenir.

Julie frappe doucement avant de passer une tête de belette excitée dans l'entrebâillement de la porte. Elle chuchote comme une conspiratrice : « Mme Ernest Morin demande à vous voir. La femme du ministre !

— Je ne suis pas là, Julie. Et je n'y serai pas. »

Les sourcils de la jeune fille sont bien hauts soudain.

Elle revient au bout d'une minute et, cette fois, elle

entre dans la pièce : « Elle... elle dit qu'elle va attendre, qu'elle ne fait que ça, attendre, et qu'ici n'est pas pire que chez elle. »

Adélaïde referme brutalement ses listes et répète un « Non ! » assez autoritaire pour faire décamper sa secrétaire.

Quand Julie revient en agitant ostensiblement un billet qu'elle tend à Adélaïde, celle-ci se dit qu'elle ne fera pas l'économie d'une scène pénible.

Madame, je ne veux pas être désagréable, je ne veux pas vous embêter, je ne veux que vous demander une chose. Je vous en prie, recevez-moi.

Marguerite Morin.

« Laissez-la entrer. »

Le chagrin ne va pas bien à Marguerite Morin ; elle a les yeux rouges et bouffis, la bouche triste et son rouge à lèvres a tendance à filer. Comme toujours, la vue des bouches trop fardées lève le cœur d'Adélaïde. Elle reste à son bureau et elle fait asseoir sa visiteuse face à elle, sans l'inviter au coin salon. Lucien, qui a juré que tout était fini entre lui et Adélaïde, semble en passe de la larguer de nouveau. Marguerite, pitoyable, explique sa difficile situation, l'entente entre son mari et elle. Les abus de celui-ci pour se venger de l'humiliation qu'elle lui fait subir. Ada lève la main : « Madame ! Je ne veux pas savoir ces choses, ce sont des confidences que rien ne m'autorise à recevoir. Vous vouliez me demander quelque chose ?

— L'aimez-vous ? Une femme de votre valeur, avec les moyens et l'indépendance que vous avez... Une femme comme vous m'obligerait à reculer. Je ne peux pas me battre contre vous, ce sera inutile, perdu d'avance. Alors, si vous l'aimez...

— Non. »

Un soulagement détend tous les traits de la pauvre femme qui s'exclame que c'était donc vrai, qu'elle allait épouser le couturier qui est si à la mode...

Sans faire un seul commentaire, Adélaïde tend la main et salue la jeune femme qui n'a d'autre choix que de sortir.

Lucien répond dès la première sonnerie du téléphone et elle ne le laisse pas se réjouir de l'entendre : « Mme Morin sort d'ici et je vous serais très reconnaissante de prendre vos décisions sans vous servir de moi. Ne la laissez pas croire que je fais obstacle à quoi que ce soit entre vous. Vous comprenez ? »

Difficile de ne pas saisir, Lucien en convient.

« C'est vous, le coup de mon futur mariage avec Florent ?

— Comment voulez-vous que je dise une chose pareille ? Je refuse même de la penser !

— Parlez-lui, Lucien, faites-lui l'honneur de la vérité.

— Je vous vois samedi ?

— Non, j'ai d'autres engagements. »

* * *

Le soleil tombe tôt dans le ciel de novembre. Les feuilles ne sont plus qu'un tapis terne sur le sol. Quand elle arrive vers quatre heures, Adélaïde trouve la maison déserte. Il fait froid, mais elle reste sur la véranda, enveloppée dans son manteau, assise sur la large rampe où Alex a l'habitude de se promener pour la faire hurler d'inquiétude.

Elle voit Florent arriver par la rive, mains dans les

poches, tranquille. Son visage est tourné vers le lac et il reste longtemps à contempler le soir descendre. Il est à mi-hauteur du talus quand il l'aperçoit. Un sourire lumineux chasse tout souci de son visage et Adélaïde ressent une bouffée d'amour pur de le voir si heureux, si Florent.

La maison sent le feu de bois et la soupe. Florent alimente le feu et vient s'asseoir dans le fauteuil face à elle. Depuis un an, depuis Paris, ils n'ont pas repris leurs jeux dangereux, comme ils les appelaient. Mais surtout, ils n'ont pas parlé vraiment. Florent ne perd pas de temps à tergiverser : autant il savait qu'Ada ne voulait pas en parler, autant il sait qu'elle est venue pour ça. Et il préfère en finir avec la crainte de la perdre.

Adélaïde fixe les yeux au regard franc, direct. Elle ne sait pas comment ils en sont arrivés à se rapprocher comme ça, à tricher toute leur intimité et à manquer de se perdre. Elle ne sait plus pourquoi elle est venue. Pour le retrouver, c'est vrai, mais elle ignore à quel titre. Elle se sent perdue et découragée. Sa vie devrait être palpitante, elle a acquis beaucoup en un an, *Coutures Florent* ont décuplé toutes les projections de bénéfices, les enfants sont en bonne santé, Léa étudie bien, Thomas est adorable, elle-même a des amis sûrs, une famille qui se débrouille pour lui apporter des joies et des soucis comme toutes les familles – elle se sent inutile et vide. Elle sait qu'elle ne l'est pas, mais elle se sent comme ça.

« Cette semaine, Florent, il est arrivé deux choses au bureau. La première, j'ai racheté la *business* d'Aaron Singer pour la faire fructifier et assurer l'héritage de Leah et de Léa. Aaron a fait son testament à travers moi, à travers cette vente. Tu te rends compte de ce que signifie pour lui de vendre tout le labeur d'une vie à une femme non juive ? »

Florent se rend compte : « Et la seconde ?

— Une femme de trente-cinq ans, mariée et maîtresse de Lucien Savoie, est venue m'implorer, moi, de changer quelque chose au malheur qui l'accable, à la perte de Lucien. »

Florent ne demande rien et attend de savoir en quoi cette chose est un événement.

« Je ne voulais pas la recevoir et elle n'est pas restée plus de trois minutes dans mon bureau. Malgré sa distinction, ses vêtements, ses manières, elle faisait pitié, Florent. Elle m'a fait pitié. Toute la vie de cette femme, toute sa richesse est dans ses sentiments. Ceux qu'elle a pour Lucien qui, lui, ne la considère même pas. Quand Lucien va la quitter, la vie de cette femme sera finie.

— À cause de toi ?

— Non. Parce qu'elle a mis tous ses espoirs dans un homme et qu'il ne veut pas de cette responsabilité. Lucien voulait s'amuser. Il ne s'amuse plus. Elle se retrouvera mariée à un politicien qui sait tirer profit de toutes les faveurs accordées par le passé. Cette femme est finie, Florent, et elle n'a pas d'enfant. »

Florent se demande bien où Ada veut en venir, si elle a l'intention de lui annoncer quelque chose qui est lié à cette femme ou à elle-même. Ada contemple le feu en silence et il attend qu'elle continue. Mais elle se tait. Quand Florent se lève pour aller s'accroupir près d'elle sur le tapis, il s'aperçoit qu'elle a le visage marqué de tristesse.

« Pourquoi ai-je l'impression que ma vie est finie ? Pourquoi je n'arrive plus à trouver excitant de continuer, Florent ? Je me souviens de qui j'étais quand Theodore et moi... j'avais tellement de force, personne ne pouvait m'arrêter. Quand maman est morte, quand papa m'a chassée, je n'ai pensé qu'à une chose, à ma fille et à gagner contre mon père et sa stupide attitude. Maintenant... »

Il attend, inquiet. Elle le regarde et renonce à dire ce qu'elle pense : que tout est à la fois gagné et perdu.

Florent lui demande avec douceur : « Et maintenant, Ada ?... »

Elle hausse une épaule. À quoi sert de parler, de l'inquiéter avec ses absences d'espoir ? Paul Picard, Lucien... tous des simulacres d'hommes, des gens qui l'intéressent à peine, qu'elle fréquente pour se donner l'impression de vivre, d'être dans un mouvement, alors qu'elle sait qu'elle s'enfonce dans le néant.

« Maintenant, il n'y a plus rien – plus de courage, plus de force. Rien.

— Tu veux dire que, comme cette femme qui est venue te voir, tu avais mis tous tes espoirs dans un homme, dans Nic ?

— Non ! Je n'ai pas...

— Alors, qu'est-ce qui t'arrive, Ada ?

— Je n'ai pas fait comme elle, mais je me sens comme elle. Je m'obstinais avec Nic, je faisais à ma tête. La *business* était un défi, une aventure, tout devenait intéressant avec lui. »

Florent se tourne vers le feu et il se met à raconter les événements menus et insignifiants qui sont pourtant les rebondissements de la vie quotidienne dans l'existence d'Ada. Il raconte qu'il a refusé une pièce avec un nouveau metteur en scène, que Thomas s'est mis au piano et qu'il arrive à exécuter une sonatine, que Léa est meilleure en français qu'en math, que Lionel écrit à Germaine, qu'Alex n'a agrandi aucun jardin l'été passé et que les framboisiers ont donné douze pots de confitures de plus que l'année précédente. Adélaïde l'écoute sans comprendre et elle finit par l'arrêter : « Qu'est-ce que tu fais, Florent ? Où veux-tu en venir ?

— C'est ta vie. C'est ce qui, avant, t'intéressait, Ada. Les gens, les autres. Nic est mort, mais pas eux, pas eux. Ils sont toujours là, ils sont toujours ta vie. Tu sais ce conte que Léa aime tant ? Les gens changés en statues que la princesse peut réanimer tout à coup d'un "Pouisch !" ? Tu n'es pas vide : Léa, Thomas et moi, nous sommes encore là, mais tu ne nous as pas fait "Pouisch !". Ça fait presque un an que j'attends d'avoir cette conversation avec toi. Il y a un an, j'ai fait l'amour avec toi, Ada. C'était la première fois de ma vie, c'était toi et c'était très important pour moi. Je sais que tu ne l'as pas fait par méchanceté, mais tu m'as repoussé après. Tu ne voulais pas parler de ça, alors tu n'as plus parlé de rien. Au début, j'ai eu si peur que tu me rejettes que j'ai fafiné pour éviter de parler. Mais j'avais besoin de revenir vers toi, de te parler. J'avais besoin d'exister à tes yeux, et on aurait dit que je perdais toute réalité pour toi. Comme si j'avais dépassé les bornes sans le savoir. Je ne t'ai pourtant pas forcée. Depuis cet été, depuis que tu as fait comme si tout était comme avant, sans revenir dans mes bras pour... parler ou pour jouer, je suis fâché contre toi. Très fâché. Mais tu ne le sais pas. Tu ne t'en es même pas rendu compte. Imagine l'importance que ça me donne ! Attends ! Je veux finir, je veux te le dire, parce que, si tu m'interromps, je n'y arriverai pas. Je sais que tu as perdu beaucoup et de façon affreuse. Je sais que c'est épouvantable ce qui t'est arrivé. Mais nous sommes là, nous sommes encore là. Et tout ce que je sens, c'est que ça ne fait aucune différence, qu'encore une fois je ne suis pas assez et que je n'arriverai pas à faire la différence dans ce malheur-là. La première fois que ça m'est arrivé, Ada, tu étais près de moi et tu as parlé pour moi. Tu as crié à ma mère que j'étais toujours vivant et que ça devrait la consoler. Tu l'as tapée de ne pas me voir. Depuis six mois, j'ai envie de te taper, moi aussi. Pour Thomas, pour Léa, pour moi. Tout ce que tu as pensé a été de ne pas faire comme ton père. Tu as fait comme elle. Comme ma mère. Je me revois faire des catalognes, travailler, soigner ma sœur qui mourait de tuberculose et je n'avais qu'une idée en tête : te retrouver, parce que tu savais si bien m'aimer. Tu ne te demandes pas pourquoi je ne suis pas allé aux funérailles de ma mère, l'an passé ? Parce qu'elle n'était plus ma mère. Elle m'avait oublié. Le jour où mon père et ma sœur jumelle sont morts, j'ai perdu ma mère qui n'a pas trouvé intéressant de vivre pour nous. Je ne sais pas si tu fais comme elle, ou pire, ou un peu mieux, je sais que Thomas a encore besoin de toi et que Léa aussi. Et moi aussi, j'ai encore besoin de toi. Et tu ne veux plus nous aimer comme avant, parce que tu as payé trop cher ou je ne sais pas. Mais je vais te taper jusqu'à ma mort pour que tu ne fasses pas aux petits ce que ma mère nous a fait : mourir parce que les autres sont morts. Arrêter de te battre et arrêter de croire en nous parce qu'ils sont morts, eux. »

Elle pensait qu'elle avait fait autre chose, qu'elle avait réussi à donner le change, à être celle qu'on attendait qu'elle soit : une bonne mère, une bonne veuve, un bon président d'entreprises. Elle revoit Malvina qui caressait le chapeau de laine angora de Fleur-Ange, absente à jamais, comme son bébé. Elle se souvient de la rage et de la colère qui l'avaient saisie et comment son père l'avait traînée hors de la maison pour la calmer. Elle revoit la petite bottine blanche d'Anne sur le tapis. Le corps d'Anne sous celui de Nic. Un mort peut en cacher un autre... Elle se méfiait de l'attitude de son père et elle courait imiter celle de Malvina, la mauvaise mère qui avait éparpillé ses petits au lieu de les grouper et de les protéger. C'est la première fois qu'elle fait le rapprochement avec le passé de Florent. Il a perdu son père et sa sœur jumelle, comme Thomas.

« Ce n'est pas une question de sexe, Ada, ce n'est pas une question de qui peut remplacer qui ou des besoins dont on ne peut pas parler. C'est une question de vie. Le vide que tu sens, il est dans toi, pas dans ta vie. Après la mort de Fleur-Ange, ma mère n'a plus jamais regardé personne comme avant. Je sentais toujours sa surprise de me voir, alors qu'elle se sentait désertée. Je ne veux pas que Thomas vive cela. Moi non plus, je ne veux pas revivre cela. Cette année, après Paris, quand j'ai compris que tu t'éloignais, j'aurais voulu partir avant de te voir devenir indifférente. Tu t'éloignes, Ada, et pas seulement de moi. Quelquefois, tu avais l'air surprise de me voir, surprise de me trouver là et déçue en dessous de ton sourire distrait, ton sourire pour les clients. C'est possible qu'on ne se touche plus jamais, Ada. C'est peut-être une erreur qu'on a commise. Je sais que tu le penses. Mais il y a autre chose que cela entre nous, autre chose de plus fort, de plus solide et de plus sauvable que ça. Tu m'as défendu auprès de ma mère quand j'avais cinq ans, qui va me défendre auprès de toi, maintenant ? Qui peut le faire, Ada ? Qui peut te convaincre que tu n'as pas tout perdu ? »

Elle se demande comment il fait pour ne pas la battre et lui démolir le portrait. Comment peut-il trouver tant de pardon en lui ? Après tout ce qu'il a fait, tout ce qu'il a passé comme nuits à la consoler, à la tenir dans ses bras pour lui éviter de sombrer ? Faut-il qu'il l'aime pour lui parler encore depuis Paris ! Faut-il qu'il ait du courage pour continuer à s'occuper d'une sans-cœur comme elle ! « Tu es encore fâché, au fond de toi, Florent ?

— Oui. Fâché et malheureux de ne pas suffire.

— Ce n'est pas toi. C'est moi qui ne suffis pas.

— Pour moi, Ada, ça ne change rien : quand tu me regardes, il n'y a plus de joie. Comme si je n'arrivais pas à être vivant à tes yeux. Comme si les morts prenaient plus de place que les vivants. »

Il a raison et elle le sait. Il a raison de croire que rien ne la stimule davantage que d'évoquer Nic à travers quelqu'un ou quelque chose. Elle a secrètement organisé sa vie avec Nic, de connivence avec lui et sans tenir compte du seul fait important : il n'est plus là. Elle lui parle, il lui répond. Elle met une brume, un écran entre les gens et elle, elle préserve une intimité entre Nic et elle. Même Anne... elle a du mal à comprendre pourquoi elle l'oublie toujours. Comme si le bébé n'avait pas eu assez de vie pour rester réel. Elle ne sait pas, elle a honte, c'est tout.

« Comment ai-je pu te faire ça à toi, Florent ? Comment pourras-tu me pardonner ?

— Je pense que tu ne savais pas comment faire autrement et que, maintenant, il nous reste à essayer autrement.

— Essayer ?

— De vivre, Ada. De ne pas laisser les morts gagner sur les vivants et nous les rendre insupportables. Moi aussi, ces derniers mois, j'ai fait le ménage. Moi aussi, Ada, j'ai échappé à quelques terreurs en entretenant nos fantômes avec toi. »

Le lendemain matin, Florent reprend la route de Montréal en laissant Adélaïde à la maison. Elle a décidé de prolonger son séjour au Lac et de prendre le temps qu'il faut pour réfléchir et faire de l'ordre dans sa tête. Pour la première fois depuis la mort de Nic, Florent laisse Ada sans s'inquiéter de sa survie ou de sa vie. Elle doit faire ce bout de chemin seule, et il le sait. Il a dit ce qu'il avait à dire et c'est à elle de décider et de jouer. Comme avec sa mère, il connaît la limite de son amour : il ne pouvait pas forcer Malvina à l'aimer uniquement parce qu'il était resté vivant. Il pouvait l'aimer et l'aider à vivre, mais il ne pouvait pas devenir sa vie. Jamais plus il n'avait oublié l'atroce impression d'abandon qui avait suivi la noyade. Comme si tout ce temps, rue Arago, il était resté dans l'eau froide du fleuve à se débattre. Il est certain que les longues années de solitude dans son lit d'hôpital, ces années passées à réfléchir et à voir la mort de près lui ont permis de ne plus jamais s'illusionner. La vie n'est pas une promesse après laquelle on doit attendre. La vie est là, à prendre ou à laisser, pleine et vide à la fois. La vie éternelle est une promesse à laquelle il ne sait pas s'accrocher. Il l'a compris depuis le jour où il a su que Dieu l'excluait du Royaume des Cieux à cause de l'ignominie de ses désirs cachés. Il n'en a conçu aucune sympathie pour ses tendances. Il n'a pas été davantage capable de s'y adonner, mais il a renoncé à la promesse d'un Dieu si peu miséricordieux. La tuberculose et l'homosexualité étaient deux tares, deux hontes viscérales à dissimuler et à combattre. La corruption du corps et celle de l'âme. Il s'y est employé de toutes ses forces, mais Dieu est Celui qui en a pâti. Le combat pour garder Dieu et ses maigres promesses, qui coûte tant d'abnégation et de trahisons intimes, Florent l'a mis de côté. Et quand il a besoin d'être consolé ou de raviver l'espoir qui s'étiole, ce n'est pas vers son rosaire que sa main se tend, mais vers son crayon et ses couleurs, vers une pièce de tissu que le soleil et le vent font vibrer et danser dans la lumière. Ses combats lui ont appris l'humilité. Non pas l'humiliation des perdants, mais l'humilité des vaillants qui n'oublient pas leurs origines et qui, avec courage, essaient de vivre en les dépassant sans pour autant les nier.

Tout comme il a laissé sa mère derrière lui pour vaincre la tuberculose, Florent est convaincu qu'il faut laisser Nic derrière lui pour vivre ailleurs que dans un passé clos.

Les dix jours que dure la retraite d'Adélaïde, il s'efforce de préserver cet éloignement de l'inquiétude des proches et de donner aux enfants tous les soins et l'affection qu'ils réclament.

Sauf pour se rendre au village chercher des vivres ou marcher des heures dans l'hiver presque installé, Adélaïde a réfléchi et écrit. Depuis la disparition de Theodore, depuis la mort de son père, elle n'avait plus écrit comme cela, de façon presque compulsive. Elle ne juge rien, elle crache les mots, les laisse porter ce qu'ils veulent porter, toute pudeur et prudence envolées. C'est la seule façon qu'elle connaît de se délester et de comprendre où elle en est. Après sept jours, elle commence à voir et ce qu'elle voit ne lui plaît pas.

La maison est froide. La cheminée et le poêle à bois de la cuisine ne suffisent plus à combattre la rigueur du froid et de l'humidité. Adélaïde dort sur le sofa, devant le feu, mais elle se réveille les doigts engourdis, les membres raidis. Elle ne comprend pas comment faisaient leurs ancêtres pour vivre dans des cabanes mal chauffées.

Adélaïde va passer les derniers jours dans un hôtel du village.

Elle termine ses travaux en établissant la liste précise des gens et des choses auxquels elle accorde de la valeur et une liste de ceux et celles auxquels elle désire renoncer. Sur cette dernière, elle tire une ligne et inscrit ensuite ce qui lui reste à faire pour y arriver.

Le dernier matin, Adélaïde va marcher longtemps dans la campagne tranquille et elle revient ensuite à Montréal. De tous ses écrits, elle n'a gardé que trois lettres : une pour Florent, une pour Paul Picard et une pour Georges Matte, détective privé.

Après avoir repris le collier pendant deux jours au bureau, elle avise Estelle qu'en cas d'urgence, et d'urgence seulement, elle pourra la trouver chez elle pour le reste de la semaine.

Adélaïde a averti Lionel que, si elle faiblissait ou perdait courage, il n'aurait qu'à lui laisser vingt minutes et à revenir ensuite. Ce que fait scrupuleusement Lionel, sans demander comment Ada a fini par se décider. Ils prennent le reste de la semaine à vider la cave et les armoires de la maison de tout ce qui appartenait à Nic et à Anne.

Adélaïde garde ce qui sera symboliquement important pour ses enfants plus tard, ce qui l'est pour elle, et elle donne aux pauvres des sacs et des boîtes de vêtements, de chaussures et de jouets. Elle classe et trie tous les papiers, toutes les lettres. Pour la première fois, elle lit la correspondance entre sa mère et Nic, ces lettres que Nic conservait pour Léa et qui vont ensuite rejoindre la boîte réservée à sa fille qui est déjà plus vieille qu'elle-même ne l'était quand elle rédigeait ses premières lettres à Nic.

Au souper du dimanche soir, Adélaïde prend Alex à part et lui tend la serviette de cuir gravée au nom de Nic McNally. « Elle est vieille, j'ai toujours vu Nic s'en servir, mais si tu fais réparer cette couture, tu pourras sûrement passer ton université avec. »

Ému, Alex caresse le cuir tanné : « Sais-tu quoi, Ada ? La première fois que je suis allé au bureau, j'ai profité d'un moment où Nic est allé parler à sa secrétaire pour fouiller dans cette serviette-là. Je pensais qu'il mettait son argent dedans. Y avait juste des papiers et Nic m'a payé un lunch. J'ai jamais plus pensé à le voler.

— Espèce de vaurien ! On t'a réchappé de justesse. »

Alex jure qu'il n'est pas réchappé et qu'il a encore besoin de beaucoup de surveillance.

« Tu veux que je parle à Jeannine, Alex ?

— Je veux que toi, tu m'aies à l'œil. J'aime mieux toi. »

Adélaïde estime pourtant avoir bien peu mérité cette confiance. Elle l'avoue franchement à Alex, qui se moque d'elle : « Je n'ai plus besoin que tu me racontes le Petit Poucet, Ada ! Je ne suis plus un petit garçon !

— Je me demande si tu l'as jamais été, petit *bum* ! »

* * *

Une couche de neige fraîche masque toutes les inégalités du sol. Une paix blanche règne dans le cimetière que personne, depuis la chute de neige, n'a foulé. Adélaïde s'avance lentement et finit par trouver la petite épitaphe grise chapeautée de blanc. *Kathryn McNally, 1902-1949, Deus eam absolvat*. Elle ignorait que Jeannine avait fait graver cette phrase, comme elle ignorait qu'on avait omis d'inscrire les deux noms de femme mariée de Kitty. Probablement parce que, de toute façon, cela n'avait jamais eu aucun sens pour elle.

En lisant les lettres de sa mère, Adélaïde avait compris à quel point l'issue de cette vie était prévisible, à quel point la quête de cette femme dépassait tout, abolissait cruellement tout ce qui ne menait pas à Nic. Dévastatrice comme un feu de forêt, comme celui qui, à Rimouski et à Cabano, avait tant impressionné Léa. « Après, maman, il ne reste plus rien ? » Plus rien, non. Rien debout, rien couché, des cendres que le vent soulève. Après Kitty, il ne restait rien.

Adélaïde s'attarde un long moment, hypnotisée par la phrase en latin. *Que Dieu lui pardonne.* Sa mère aurait-elle pardonné ? À quoi sert de lui en vouloir, maintenant ? Elle est morte. Elle a emmené avec elle ses secrets, ses vices, ses misères. Elle est venue détruire et elle est partie détruite. La haïr, chercher à l'atteindre est une folie digne d'elle, c'est tout. *Il faut laisser les morts enterrer les morts*, cette phrase qu'Adélaïde n'a jamais comprise autrement que comme une trahison, cette phrase qui la fait hurler de refus sauvage, cette phrase est la seule réponse possible des vivants : il faut tourner le dos aux morts et aller son chemin, quelle que soit l'envie qu'on ait de les rejoindre.

Adélaïde avance son pied sur la neige intacte de la tombe, son pied couvert d'une botte où court la fausse fourrure, tout au long du laçage et autour de la cheville.

« Qu'est-ce qu'elle fait, la Sainte Vierge, maman ? Qu'est-ce qu'elle fait au serpent ?

— Elle écrase le Diable, Adéla, elle l'écrase pour protéger l'enfant qui est dans ses bras. »

Où était donc la Vierge, le 20 juin 1949 ?

« Je ne te pardonne pas Anne. Je ne te pardonne pas Nic. J'admets que tu as gagné et que tu les as pris avec toi. Je ne veux comprendre ni tes raisons ni ta folie. Je te hais. Mais tu as gagné et, à partir d'aujourd'hui, je reconnais ta victoire. Elle s'arrête ici. Tu n'auras plus rien. Tu ne m'auras pas. Je te laisse ceux que tu m'as arrachés. Je vais sauver ce qui me reste, incluant moi-même. Kitty McNally, espèce de monstre, s'il y a un Dieu, il va lui falloir beaucoup de miséricorde. »

* * *

Florent, mon si cher Florent,

Quand tu étais petit et que l'hiver nous séparait, quand le fleuve avait l'air d'un océan entre nous, je continuais de t'aimer sans faiblir. La mort de Nic, celle d'Anne, ont été comme un long hiver. Je suppose que je l'ai fait durer par incapacité de marcher avec l'été. Nous ne nous sommes pas perdus, Florent, mais j'ai pris des risques démesurés. Je t'ai laissé seul pour faire face, seul pour tout pendant très longtemps. Je ne me suis pas montrée à la hauteur de ton amour et tu le sais. Et je le sais.

Il faudra me pardonner beaucoup, et comme je ne suis pas très habile là-dessus, je comprendrais que cela te prenne du temps.

Nous avons, après la mort de Nic, cherché à consoler nos corps ou, en tout cas, à consoler la maladie du désir de Nic. J'ai fait cela. Je ne peux pas dire pour toi. Mais je l'ai fait. Il y a, vois-tu, beaucoup d'impossibilités dans cette union à laquelle on a joué. Nous savons tous les deux que nous sommes nos seuls recours pour retrouver Nic. Et nous avons été très loin le chercher. Mais Nic est mort. Te laisser me toucher ou le faire est un mensonge. Je ne sais pas si ce le sera pour toujours. Je sais que ça l'est présentement. Nous ne sommes pas seuls dans notre lit, Florent, nous ne sommes plus des enfants égarés, nous sommes deux adultes affamés d'un homme mort. Ça fait répugnant écrit comme ça, je ne veux pas que ça le devienne entre nous.

Je t'aime, Florent. Tu m'es aussi essentiel que mes enfants. Avec toi, je suis totalement libre et totalement moi. Tu es la seule personne au monde qui me donne un tel sentiment. Le seul au monde à pouvoir me dire ce que tu m'as dit l'autre nuit. Tu avais bien raison d'être fâché, je pensais encore être en contrôle et je suffoquais. Je luttais, Florent. Je luttais contre la mort. Au début, j'attendais tellement Nic que, chaque fois que la porte s'ouvrait, je levais la tête, certaine de le voir arriver. Combien de fois faut-il lever la tête avant de comprendre ? Si tu ne m'avais pas parlé, je le ferais encore. Je te dois beaucoup, Florent. Je ne sais pas où tu as pris ta force et ton courage, mais c'est grâce à eux que j'ai appris comment faire.

Me voilà de retour, Florent, me voilà sortie de mon long hiver, même si on en commence un autre. Peut-être que ta confiance en moi est ébranlée et que je devrai la mériter lentement. Je le ferai. J'attendrai que tu sois prêt à me parler avec une patience que je n'ai jamais eue encore. Mais je la trouverai. Pour toi. Parce que tu en as tant eu. Parce que je t'aime. Parce que je te remercie.

Ada.

Dès qu'ils se retrouvent, Adélaïde et Florent parlent longuement. D'eux, de leurs guerres intérieures avec leurs dragons respectifs, des guerres communes et du désir, première arme qu'ils connaissent pour se battre. Ils parlent comme ça ne leur est plus arrivé depuis longtemps.

Georges Matte montre à sa femme le courrier reçu et lui annonce qu'avec un an de retard Mrs. McNally lui donne raison et demande de fermer le dossier. Généreuse, la patronne envoie un chèque de gratification, même s'il n'a rien de neuf à lui apprendre sur le docteur Taylor.

Sa femme et lui décident de faire parvenir une jolie carte de vœux à Mrs. McNally.

Paul Picard, en ouvrant la lettre, a su tout de suite que ce serait la rupture. Quand il déplie le feuillet et lit les mots tristes et francs, le *« je n'étais pas en état de venir vers vous et j'ai heurté, blessé des sentiments rares et vrais, les vôtres »*, quand il relit pour la troisième fois qu'elle ne reviendra pas vers lui, qu'elle souhaite qu'il trouve un amour digne de son cœur, digne de sa persévérance et que le sien, *« quoique étranglé de peine, étouffé sous les cendres de mes morts, était sincère et infirme »*, Paul sait que cette fois, il ne peut pas refuser d'entendre ce qu'il a toujours su. Adélaïde n'est pas pour lui. À cause de tant de raisons, à cause des hasards de la vie, des malentendus, du *timing*, à cause de ce qu'il ne sait pas et dont il se fout pour l'instant.

Adélaïde, comme un éblouissement impossible à saisir, le laisse étourdi, défait et, sachant qu'aucune autre lumière ne s'approchera de cette intensité, il ne la cherche plus en aucune autre.

Même infirme, même boiteux, bancal, comme cet amour aurait fait l'objet de tous ses soins !

Paul Picard n'envoie pas de carte de vœux. Il demande à être affecté à l'hôpital pour toutes les heures de réjouissance du temps des fêtes, ces heures si difficiles à combler quand l'absence d'un sourire fait hurler de douleur.

* * *

En février 1952, Rachel Singer meurt à l'âge de soixante-neuf ans. Cette mort, alliée à la perspective des débuts scolaires de Thomas à l'automne, incite Adélaïde à chercher une nouvelle maison dans un autre quartier. Depuis la mort de Nic, la maison où elle a emménagé n'est jamais vraiment devenue la sienne et l'immensité des pièces lui a toujours donné le vertige en témoignant des bals et des réceptions qui ne s'y tiendront pas.

C'est un déménagement minutieusement organisé. Adélaïde prend soin de rassurer les enfants, de les mêler aux décisions. Elle n'achète la maison qu'une fois qu'ils l'ont visitée, aimée et approuvée. Adélaïde est très consciente que Rose et Jeannine trouvent qu'elle gâte les petits et leur donne trop de pouvoir – comme s'ils pouvaient réfléchir et choisir alors qu'ils ne sont que des enfants –, mais Ada, appuyée fortement par Florent, n'a qu'à penser à ce qu'a été l'autre déménagement, à l'effet qu'une pièce vide a sur elle pour frémir à l'idée que les petits ne revivent ce cauchemar.

La maison est de dimensions humaines, comme le dit Adélaïde, et elle se situe à mi-chemin de chez Rose et Aaron, à Outremont, pas très loin de l'école des Clercs de Saint-Viateur où Thomas est déjà inscrit. Selon Jeannine, c'est encore une grande baraque avec des pièces inutiles, selon Ada, c'est une grande maison où elle pourra recevoir sa famille de Québec sans être étouffée. Ce que les enfants appellent la « petite maison » possède un jardin plus grand que toutes leurs maisons précédentes. Beaucoup d'arbres, des taillis touffus et du gazon, un espace immense qu'Alex transformera à son gré, selon ses envies, quand l'été arrivera et que ses études le lui permettront.

Quitter Westmount, c'est encore quitter Nic et la proximité de Florent qui restera rue Sherbrooke mais qui promet de venir occuper régulièrement *sa* chambre dans la nouvelle demeure. Dès que la décision est arrêtée, Adélaïde est soulagée. Cette maison qu'elle vend était et restera pour elle la maison de l'échec de sa vie. Nic et elle ne l'ont pas achetée assez vite, et tout ce qui devait y être protégé a été massacré. Elle la vend sans attacher d'importance au profit, trop heureuse de signer l'acte, étonnée d'avoir tant tardé à le faire.

En compagnie de Lionel et de Florent, Adélaïde planifie le déménagement selon son obsession qui est de ne pas voir les choses quitter les pièces, de ne pas transiter par le vide obligatoire. Pour y arriver, elle bouscule toutes les règles et boude la date usuelle du 1er mai. Pendant qu'elle est au Lac, en juillet, des employés sont chargés de tout déménager et de tout installer selon ses plans précis et sous la surveillance d'Alex. Elle effectue même un voyage supplémentaire à Montréal pour céder à sa dernière superstition : elle n'enlève la *mezuza* offerte par Aaron en 1945 qu'une fois le déménagement absolument terminé. C'est elle-même qui l'installe au montant de la porte de la nouvelle demeure, évitant ainsi de ne pas être sous la protection constante de Theodore.

Les enfants ont choisi leurs chambres et l'organisation de leurs affaires. Ils n'ont eu qu'à dire adieu à la vieille maison encore remplie de tous ses meubles et « pas du tout comme l'autre qui était pleine d'écho », explique Thomas à sa cousine bien-aimée, Madeleine.

C'est aussi l'été des changements pour Leah, qui s'occupe seule de son grand-père et qui refuse, comme il le pensait, de retourner chez sa mère : « Qu'est-ce qui m'attend là-bas, tu penses, grand-père ? M'occuper des bébés et de la cuisine, aider ma mère et écouter mon beau-père essayer de me faire comprendre que je gaspille mon temps à ne pas me marier tout de suite ? M'entendre dire mille fois par jour où est ma place et que je suis une paria et une traître ? Non merci. »

Le soir venu, ils s'installent tous deux à la table de la salle à manger : Aaron avec ses livres en hébreu et Leah avec ses livres de droit. « Chacun sa règle, chacun sa loi. Pas de chicane dans la cabane par rapport à la bonne femme », se plaît à répéter Aaron qui tient la formule d'Adélaïde.

Quand Aaron referme ses livres, Leah sort le scrabble et ils font une petite partie que, habituellement, la jeune fille gagne.

Quand Adélaïde les invite tous deux à venir passer une semaine au Lac, Aaron essaie de pousser Leah à y aller sans lui, comme par le passé. Leah refuse parce que alors son grand-père serait seul. C'est ainsi qu'un samedi soir, après le coucher du soleil, une fois le *shabat* terminé, à la condition de ne pas manger de porc, sans pour autant manger *kosher*, Alex vient chercher les deux Singer pour les conduire au Lac.

C'est sa première « mission privée au volant » et il est si heureux de les conduire et si farceur qu'Aaron se laisse gagner par l'euphorie de l'*avera*, ce que Leah traduit par la transgression ou le plaisir de désobéir.

Aaron est reçu comme un patriarche et il doit même insister pour que tout le monde ne lui parle pas anglais : « J'ai fini par apprendre le français, ne me faites pas regretter. »

Alex demeure au Lac et « rattrape ses jardins à l'abandon » de l'aube au crépuscule. Ses plantations de Montréal sont sur la bonne voie, mais le jardin de Nic a souffert.

« Faut pas lâcher une minute, m'man ! Les hibiscus ont la mine basse. Je ne sais pas ce que Lionel leur a fait ! » Jeannine a beau prendre la défense du pauvre homme, Alex est fermement décidé à condamner les soins donnés au hasard des envies de chacun et à instaurer un règlement.

Leah, qui n'a pas encore beaucoup de plaisir à se baigner puisqu'elle ne sait pas nager, s'amuse à aider Alex, à apprendre non seulement les noms, mais l'entretien particulier qu'exige chacune des espèces. Alex, moqueur et patient à la fois, lui transmet sa science.

Agacé par la similitude des prénoms des deux filles, il l'appelle Lili, ce qui est très près de la prononciation anglaise de son prénom, et que tout le monde adopte. Alex discute avec elle en jardinant, comparant les forces et les faiblesses de l'Université de Montréal à celles de l'Université McGill. Lili est « une bolle » et, contrairement à tout ce qu'il a connu jusque-là, Alex est prié de justifier ses assertions et de prouver ses grandes déclarations qui font « beaucoup d'effet sans être très solides pour ce qui est du sens », estime Lili. D'habitude, les filles ne discutent pas avec lui, elles se contentent de rire et de se trémousser, de le regarder avec admiration ou ravissement, bref, de faire les filles. Lili ne le regarde jamais comme ça et elle le contredit souvent. Quelquefois, certaines de ses questions lui restent en tête pour plusieurs jours. Il en vient à l'admirer, à considérer ce qu'elle dit et à douter de ses certitudes, ce qui ne l'avait jamais effleuré auparavant. Il l'observe, lui apporte un chapeau qu'il lui cale sur la tête « pour pas brûler tes précieuses cellules de cerveau et pour ton teint Crino qui va virer cramoisi ! ». Lili n'a jamais l'air ému ou troublé... ce qui, du coup, trouble beaucoup Alex.

Un matin, alors qu'elle l'aide à séparer des bulbes

d'iris, il la fait taire brusquement en saisissant ses deux mains. Sans bouger, il chuchote qu'un couple de cardinaux est derrière eux, le mâle magnifique. Il lâche ses mains et la laisse jeter un coup d'œil, mais les oiseaux, effarouchés par le mouvement furtif, s'enfuient. Alex sait très bien où aller pour voir différentes espèces d'oiseaux et il initie Lili à tous les secrets qu'il a trouvés depuis le temps qu'il vient au Lac.

C'est avec beaucoup de surprise qu'Adélaïde et Jeannine voient Alex apprendre à jouer au scrabble et supporter, sans se fâcher, que Lili le batte à plates coutures. Aaron trouve très réjouissant que quelqu'un d'autre « goûte l'amère défaite aux mains de la championne toutes catégories ».

« Leah ne me laisse gagner que le jour du *shabat* parce que alors j'accepte d'enfreindre mes lois pour jouer avec elle. C'est son offrande, sa façon de chanter ses *zmirot.* »

Autant ces déclarations embêtent Leah, autant Léa questionne sans fin Aaron pour savoir ce que sont le *shabat*, les *zmirot*, le « règlement des Juifs » et ce qui arrive quand on désobéit. Aaron trouve quand même étrange que la première chose qui intéresse la petite soit la punition.

« C'est parce que nous, on a un enfer où on reste toujours à brûler et il y a une grande horloge qui dit *toujours-jamais* tout le temps. Ça veut dire pour toujours t'es pogné là, pour jamais tu pourras sortir. »

Léa adore terrifier Aaron avec ses histoires, et le vieil espiègle se fait expliquer en long et en large les différences entre le péché mortel et le péché véniel. Toutes ces discussions œcuméniques amènent Léa à proposer qu'ils disent le bénédicité et le *kidush* « pour faire égal parce que, sinon, son prêtre va chicaner Aaron ». Quand Lili déclare qu'elle ne dira ni l'un ni l'autre, les questions de Léa reprennent de plus belle, malgré les efforts de Jeannine et de Rose pour faire cesser ce genre de conversation.

Même s'il s'agit de la religion juive, il semble extrêmement préjudiciable aux deux femmes d'encourager une discussion qui laisse croire qu'on peut s'éloigner de sa religion sans blâme et sans effet nocif.

C'est le seul sujet sur lequel Adélaïde est en profond désaccord avec sa famille : « Si on ne croit pas, pourquoi faire semblant que la religion est importante, pourquoi mentir ?

— Pour sauver leur âme, si la tienne est perdue ! Pour leur donner une chance de connaître les consolations de la religion. Si elles sont perdues pour toi, qu'elles ne le soient pas pour tes enfants. »

Quand elles s'opposent sur ces sujets, Adélaïde a envie de les envoyer promener. Fabien est d'un grand secours, puisqu'il apaise les deux parties et s'arrange pour ne pas répondre ou fournir de matière à chicane en ce qui concerne ses propres croyances. De toute façon, pour Jeannine comme pour Rose, les hommes sont moins portés sur la religion et le fait que cette caractéristique ait toujours existé les incite à l'accepter comme une particularité masculine, ce qui choque encore plus Adélaïde.

Malgré le chapeau de jardinage et les précautions, Lili a le teint rose et les bras presque bruns quand elle quitte le Lac. À la fin de la dernière journée, elle a admiré ses deux bras tendus et a murmuré : « Des avant-bras dorés... Regarde, Alex, voici la transgression parfaite. Jamais ma mère, ma grand-mère ou des femmes juives obéissantes n'ont exposé au soleil ou au regard d'autrui leurs avant-bras. Tu ne peux pas savoir ce que cette couleur signifie pour moi.

— Couleur biscuit pas assez cuit ? »

Parce que la semaine lui a fait un bien fou, Aaron déclare que si l'invitation est répétée l'an prochain, il n'hésitera pas à l'accepter.

Une fois qu'ils sont rentrés rue Querbes, Leah délaisse un peu ses livres d'études et se met à potasser des ouvrages d'horticulture. Aaron la voit s'affairer à biner la plate-bande et à y faire pousser des bordures colorées. Quand il lui demande si elle va entreprendre la cour arrière, elle assure que, dès le retour du printemps, ils auront des arbustes où des oiseaux viendront se délecter de petits fruits.

« Tu n'abandonnes pas tes études ? Je t'ai vue lire un roman, l'autre jour ! »

Elle se moque de lui et de son grand nez fourré partout : « Je commence le droit dans un mois, pas besoin d'étudier tout ce que je vais apprendre à ce moment-là. Mais le jardinage et les écrivains canadiens-français, je ne connais pas ça et ce n'est pas à McGill que je vais lire André Giroux ou Roger Lemelin. Ça s'appelle de la culture générale, grand-père, et ça sert également à te battre au scrabble. »

« Et à impressionner les petits *goyim* qui savent manier le râteau et les mots ! », se retient d'ajouter Aaron. Dieu merci, Leah est une fille respectable et très soucieuse de sa réputation. Sa détermination a toujours gagné et Aaron sait à quel point son entrée en droit a été difficile à obtenir, combien elle est décidée à poursuivre ses études et à prouver qu'une femme peut devenir un grand avocat et ne pas lâcher à la première occasion ou au premier battement de cœur. Il se demande seulement si Alex ne rendra pas sa tâche plus ardue. Aaron doit admettre que le charme du jeune homme est un alliage bien dosé de bonne humeur, d'effronterie et d'audace. Même quand Alex s'oppose à quelqu'un, il le fait avec assurance et séduction. Et Alex s'oppose à Leah sur beaucoup de sujets, Aaron le craint.

« Tu as vu *All about Eve ?* »

Alex expire la fumée de sa cigarette en levant la tête d'une façon bien personnelle qui accentue la courbe sous la lèvre inférieure. Lili dépose l'arrosoir et retire ses gants : « Non. » Il est près de cinq heures et elle devrait rentrer chez elle. Elle ramasse les outils, les range sous la galerie arrière.

« Je pensais y aller vers sept heures, tu veux venir ? »

Leah sourit : en plein Alex de lui demander ça sans l'inviter directement. Elle aime beaucoup cette manière détachée qui lui offre le plaisir d'être avec lui sans trop se poser de questions. « Grand-père a son scrabble à sept heures, tu le sais !

— Neuf heures et demie ? »

C'est sûr qu'à cette heure-là Aaron est dans sa chambre.

Souvent, ils se contentent d'acheter une crème glacée et de la manger en marchant vers la rue Querbes. Pour tout le temps où il fait des travaux, Alex habite chez Ada, à quelques rues de chez Aaron. Ils parlent du film, de ce qu'ils feront en fin de semaine. Leah est franchement étonnée du nombre de mariages auxquels Alex accompagne des jeunes filles.

« Des fois, c'est des *blind dates*, une sorte de service qu'on me demande. Les filles aiment pas aller à des mariages sans cavaliers. Ça leur donne l'air pas intéressantes. C'est ce qu'elles disent en tout cas. »

Leah trouve Alex bien accommodant, mais jamais il

ne lui viendrait à l'esprit qu'il puisse s'intéresser à elle comme un cavalier. Jamais elle ne voudrait le voir prendre sa main au cinéma ou l'embrasser. Elle serait terriblement mal à l'aise, et quand la conversation glisse sur le sujet des fréquentations et « des filles » et qu'Alex la regarde avec son petit sourire railleur, son seul commentaire est un : « Viens pas mélanger les cartes avec moi, Alex ! On est amis et on est bien. »

Elle se moque de ses trucs avec les filles qu'il lui a révélés un jour pour la faire rire. Ce « congé de séduction » convient parfaitement à Alex. Il lui permet d'avoir enfin des conversations qui ont de la substance, des conversations qu'il qualifie de « mâles » par opposition aux manières habituelles des filles avec lui.

« Je ne suis pas les filles, Alex, je suis une Juive en rupture de ban ! »

Alex hoche la tête, tout content : « Ouain ! Ce qui veut dire une-Juive-qui-n'est-pas-Juive-qui-est-Juive !

— Tu devrais ouvrir le dictionnaire de temps en temps, Alex.

— Je l'ouvre ! Tous les soirs quand j'ai parlé avec toi, je suis obligé de fouiller dans le *Larousse.* »

Elle sait très bien que c'est plutôt pour trouver des mots dans le seul but de la battre au scrabble.

Fin août, Alex quitte le voisinage de Lili et retourne à Saint-Henri. Il ne cesse pas pour autant de la fréquenter et, malgré des moyens limités, ils vont au cinéma ou se retrouvent au café étudiant de l'une ou l'autre université. Peu à peu, Alex lui présente tous ses amis, mais Leah ne semble pas en voie de lui rendre la pareille. Quand il lui en fait la remarque, Leah jure qu'elle ne fréquente personne d'autre que lui, la famille d'Adélaïde et Aaron. « Ma meilleure amie juive est très stricte et elle se marie l'an prochain avec un Juif que ses parents lui ont choisi il y a six ans. Ils vont avoir un enfant par année et ils vont copuler le jour de *shabat*, comme il est fortement recommandé chez les Juifs. Et comme je serai un avocat en dehors de la communauté et décidée à ne pas pratiquer les rites, je ne la verrai plus. Te présenter Esther serait un manquement grave. Mais c'est dommage parce qu'elle te plairait : c'est une grande fille très joyeuse, pas du tout sérieuse et qui adore le cinéma et Elvis Presley. »

Évidemment, sans rien ajouter ou demander, Alex se promet bien de rencontrer la fameuse Esther, et « avant ses noces », pour se prémunir contre les scénarios de films où il est trop tard pour les héros.

* * *

Le 6 septembre 1952, toute la famille est réunie dans le boudoir de chez Ada et assiste aux débuts de Béatrice à la télévision. Les enfants sont si excités, ils font tellement de simagrées pour attirer l'attention de leur tante dans la boîte, que Jeannine doit se fâcher : « Taisez-vous, Bonyeu, on n'entend rien ! »

Que ce soit à la radio ou à la télévision, c'est la même raison qui a favorisé les débuts de Béatrice : son bilinguisme sans accent lui permet de jouer sans distinction les parties anglaises de certains sketches. Comme il y a un changement de costume entre chaque saynète, Florent se ronge les ongles en répétant : « Elle n'aura pas le temps ! Je suis sûr que la robe n'est pas attachée derrière ! Comment le décolleté pourrait-il gueuler comme ça, sinon ? »

Cette fois, avec plus de délicatesse, Jeannine

réclame un peu de calme. Mais Florent et Jacynthe discutent à voix basse, et c'est un véritable combat pour qu'ils fassent leur réunion de boutique après l'émission.

Une fois les enfants couchés, une fois Béatrice rassurée au bout du fil et Florent accablé du fait qu'elle n'ait pas eu le temps de bien fermer la robe au décolleté rond, ils peuvent parler de l'événement autrement que pour ses variations vestimentaires ou pour le charisme d'une seule actrice.

Fabien et James sont d'avis que cet instrument va changer leur vie autant que la radio. Ils estiment que c'est moins culturel que la radio, mais ils sont d'accord pour en voir davantage avant de juger.

Ce soir-là, Jeannine parle du phénomène en passant une généreuse couche de crème Pond sur son visage : « Tu te rends compte, Fabien ? Ce sera à peu près comme d'avoir un cinéma dans le salon. Ça va vider les salles, mais ça va être pratique : on va pouvoir *watcher* ça en jaquette sur ton Chesterfield ! »

Fabien se déshabille et range son complet sur le dossier de la chaise où Jeannine est assise : « Pourquoi tu veux pas que j'en achète une, dans ce cas-là ? C'est pas chez Ada que tu vas te coller sur moi...

— Parce que t'as déjà acheté un bicycle pour Tommy, t'as payé ma machine à laver et tu gaspilles plus pour nous autres que pour toi.

— Dépense, Jeannine, je ne gaspille pas, je dépense. T'as un mari qui gagne très bien sa vie. »

Il se penche et s'arrête près de sa joue luisante de crème : « Tu vas enlever ça ou on dort avec ? »

Jeannine essuie le surplus de crème : « Je sens que je vais avoir à me battre au petit matin...

— Tommy m'a demandé de rester tout à l'heure.

Tu comprends que je ne peux pas manquer à ma parole de scout. »

Il s'incline et l'embrasse dans le cou, il glisse ses mains dans l'échancrure de sa jaquette à fleurs et cueille les seins doux et lourds : « Des fruits blancs... Je suis fou de tes seins, Jeannine, est-ce que je te l'ai déjà dit ? »

Il se penche davantage, comme s'il connaissait la réponse.

De plus en plus souvent, le système du Lac prévaut et Fabien doit regagner ses quartiers de célibataire aux aurores. Il lui est arrivé de passer tout droit. Les enfants, sans jamais en parler, savent fort bien ce qui en est des relations conjugales de ces deux-là. Ils ne sont ni scandalisés ni frustrés de la situation, ils aiment Fabien et, s'il n'en tenait qu'à eux, la comédie prendrait fin. Tommy, qui a tendance à vouloir officialiser son lien d'affection avec Fabien, est le seul à trouver niaiseux le secret que Jacynthe lui a fait jurer de garder pour lui.

En octobre, Fabien est tout surpris et quasiment commotionné d'entendre Alex lui proposer un marché : parce que ses études exigent de la concentration et du silence et qu'il ne veut pas empêcher le monde de vivre, Alex désire échanger sa chambre contre celle de Fabien. Comme ça, il pourra étudier jusqu'à l'heure qu'il veut et, pour Fabien, ce sera moins loin à aller le matin.

Le clin d'œil entendu et joyeux qui accompagne le commentaire suffoque Fabien : « Tu veux dire quoi, exactement ? »

Alex refuse de croire que sa mère et Fabien ont vraiment tant de naïveté : « C'est vous autres, les enfants ! Je pense que je le sais depuis la première nuit que t'es venu ici. Jacynthe le sait, Tommy aussi. Ôtez-vous ça de la tête si vous pensez que c'est un secret !

— Dis jamais ça à ta mère, elle va vouloir tout arrêter !

— Tu l'aimes pour de bon ? »

Fabien trouve que la conversation n'a pas du tout l'allure qu'il avait prévue quand, angoissé, il songeait à ce qu'il répondrait si, un jour, un enfant avait un doute. Il a plutôt l'impression de passer un test ou une entrevue pour un emploi : « Évidemment que je l'aime ! Je l'aurais épousée depuis longtemps si elle avait accepté. Je respecte ta mère, Alex, et je ne voudrais pas que tu penses à mal.

— Tu trouves pas qu'elle a juste l'air d'une mère ?

— C'est ta mère, pas la mienne. Normal que tu trouves ça. Ça te choque ? Ça te déplaît ?

— C'est de vos affaires, Fabien. Je vais dire comme elle dit : en autant que tu la mettes pas en famille ! O.K., O.K., c'est des farces. On fait quoi pour la chambre ? »

Fabien doit vraiment réfléchir, cette révélation lui fait complètement perdre pied : « Alex ? Ada, est-ce que...

— Rien. Les deux yeux ben fermés. Ada a rien vu, juré, craché. Florent, oui. Lionel, oui. Marthe, non. James, non. Rose, non. Tante Germaine... peut-être, mais non, Lionel est très prudent. Même s'il lui raconte tout, il n'a pas dit ça. Béatrice... elle pense pas à ça. Léa non plus. Thomas, on n'en parle pas. Je me demande si Nic savait...

— Non, parce que alors Ada le saurait. »

Alex se sauve et laisse Fabien ruminer et échafauder une stratégie pour ne pas effaroucher Jeannine.

La réunion se tient un dimanche matin, après la messe, dans le salon chez Jeannine. Les enfants sont cordés sur le sofa, tranquilles, et ils écoutent leur mère expliquer ce qu'ils savent déjà. Jeannine prend la peine de donner les détails : pourquoi ce serait mal vu, pourquoi il ne faut pas le dire, pourquoi c'est comme ça. Les enfants la laissent parler davantage pour lui faire du bien que parce qu'ils en ont besoin. Jacynthe évite de lui répéter ce que la petite Jarry lui criait il y a deux hivers quand elle était fâchée. Tommy a déjà goûté au « Ta mère est une cochonne ! » et il a répondu avec les arguments McNally, c'est-à-dire ses deux poings, ce qui a produit l'effet désiré : les enfants le disent, mais pas devant Tommy.

Quand Jeannine offre aux enfants de se séparer de Fabien, de l'éloigner d'eux, de mettre fin à cette histoire, belle et propre malgré les apparences, la réaction des trois est la même : ils protestent et déclarent vouloir continuer comme avant, avec Fabien près d'eux et le secret bien gardé. Bouleversée, Jeannine éclate en sanglots.

Ce soir-là, quand Fabien s'étend près d'elle dans leur lit, quand il tend le bras pour que Jeannine vienne se blottir contre lui, il a l'impression d'être enfin à sa place et d'avoir droit à sa nuit de noces avec une fiancée longtemps attendue.

Cette nuit-là, Jeannine, sa Jeannine si avare d'aveux, lui dit enfin qu'elle l'aime.

« Je le savais, mais ça fait du bien de l'entendre.

— C'est ça ! Et demain, comme tu seras rassuré, tu vas te mettre à courir la galipote ! »

La seule chose que les enfants n'ont pas comprise, c'est pourquoi Fabien, au lieu de dire *ma chérie* ou *mon amour*, s'est mis à appeler leur mère *ma galipote*.

* * *

En février 1953, Rose met au monde sa deuxième fille, Véronique. James est fou de joie et assure qu'il a été élevé par sa mère et par des tantes et que l'idée du harem ne lui déplaît pas.

La réception du baptême est la première grosse fête à se tenir dans la nouvelle maison d'Adélaïde, et Béatrice y fait une apparition digne des stars de Hollywood. La télévision est en train de la rendre aussi célèbre que les jumelles Dionne à l'époque. Radieuse, charmante, Béatrice s'épanouit : rien ne lui convient mieux que le succès. Autant elle peut devenir mesquine et acariâtre quand le sort lui résiste, autant elle resplendit et gagne en qualités quand tout va selon son goût. Le plus étrange, aux yeux d'Adélaïde, est cette propension qu'a la mémoire de sa sœur à occulter les faits moins reluisants de son passé.

Florent étant le couturier attitré de Béatrice, Ada a des nouvelles fraîches, puisque la populaire actrice se confie à deux personnes : son coiffeur et son couturier. Jean-Louis, son coiffeur, l'accompagne à toutes les premières et à toutes les réceptions. Béatrice a eu d'ailleurs cette remarque blessante que Florent a pris grand soin de ne pas répéter : « Ma sœur et moi, ça fait longtemps qu'on a compris les avantages de sortir avec des hommes qui ont des tendances. Ils savent vivre et ils nous laissent en paix. »

Même s'il est habitué aux remarques désobligeantes, Florent ne se reconnaît pas dans cette catégorie de gens, et ce n'est pas à cause de sa profonde incapacité à admettre ses désirs ou à agir en conséquence. Il ne comprend pas qu'on tranche et qu'on exclue des hommes sur la base de leurs pratiques sexuelles. Ce qui est privé pour les gens normaux devrait l'être aussi pour ceux qui s'éloignent de la norme, voilà comment il entend cela.

Le plus souvent, il laisse Jacynthe terminer l'essayage de Béatrice et se réfugie chez lui.

Florent n'aime plus sa maison, il a l'impression de rentrer au bureau et même d'y dormir. Il s'ennuie d'Ada, des enfants et de Lionel. Souvent, quand il va regarder la télévision, il dort dans la chambre qui lui est réservée et il se lève pour déjeuner avec Léa et Thomas. Ada vient les rejoindre une fois que Caramel est allé la réveiller en lui labourant le cou de ses griffes aiguës.

C'est Ada qui lui parle de la maison voisine de chez Aaron qui vient d'être mise en vente.

« Elle est rue de l'Épée, les cours arrière se touchent. Aaron connaît le propriétaire, je pense que tu pourrais l'avoir pour pas cher. Boiseries, parquets de chêne, trois cheminées et des lustres hideux du début du siècle, tu sais, fanfreluches et tout ce qu'il faut pour t'amuser en masse. »

Elle lui signale même le montant des dividendes de *Coutures Florent* pour l'année qui vient de se terminer et lui garantit que c'est un bon investissement. « Je m'y connais, comme tu sais. »

Florent n'hésite que sur un point, et c'est s'il doit ou non vendre sa maison de la rue Sherbrooke. Finalement, il la garde comme atelier et il transforme le salon en bureau pour Jacynthe, qui l'assiste à plus d'une étape de la création des collections. Béatrice voudrait bien s'attacher Jacynthe en exclusivité, mais Florent s'y oppose : « Béatrice a l'art de l'esclavagisme et ça s'adonne que je suis contre. Tu as trop de talent pour devenir habilleuse privée de la reine du petit écran, Jacynthe ! »

Quand Jeannine apprend cela, elle remercie Florent en lui promettant une neuvaine chaque année : « Parce que celle-là, franchement, elle m'aura jamais dans son fan club ! Elle l'aurait exploitée pas rien qu'un peu, ma Jacynthe ! »

Jeannine a en effet beaucoup de mal à digérer Béatrice et ses comportements de martyre, surtout en ce qui concerne le petit Pierre. Selon elle, une telle mère ne peut pas être un humain convenable.

En mai, la première communion de Thomas et la communion solennelle de Léa font l'objet d'une fête qui dure toute la journée. Le temps est splendide, et l'inauguration officielle du jardin a lieu parmi les allées où des tables garnies de fleurs et de mets sont disposées. Seuls les lilas, les pommiers, les cerisiers et les rhododendrons sont fleuris, mais l'effet blanc, rose et lilas de l'ensemble provoque l'admiration de tous les invités et particulièrement celle de James : « Pour un Anglais, Alex, c'est un paradis. Si, un jour, Rose et moi nous achetons une maison, je t'engage. »

Alex en a plutôt plein les bras avec ses cours à la faculté et ses loisirs amoureux. Depuis qu'il bénéficie du repaire de célibataire de Fabien, il organise des discussions et des réunions chez lui et il enfume l'appartement tout en passant des disques long-jeu sur le *pick-up*. Fabien adore s'arrêter chez lui et se mêler aux interminables délibérations à saveur politique et artistique des amis d'Alex. Ce n'est pas lui qui risque de demander à Alex de « modérer ses transports avec le volume de la musique », et Alex est conscient du coup de main que lui donne son *beau-père* auprès de Jeannine, qui rouspète moins et trouve qu'effectivement un chaperon dans cette « tabagie remplie d'existentialistes à la manque » n'est pas de trop.

Mais quand Fabien lui fait jouer les disques de Piaf, d'Yves Montand et de Mouloudji, Jeannine ferme les yeux et chantonne contre son cou sans trouver que le volume est trop fort.

* * *

Caché derrière le châssis, son sac d'école à ses pieds, Pierre guette les derniers compagnons de classe qui s'enfuient de la cour de récréation. Il s'est trouvé des lacets à rattacher, des livres à ranger, le tableau à nettoyer avant de faire l'espion et d'être bien sûr que plus personne de sa classe ne sera là quand il sortira.

Reine l'attend. Même si elle s'est améliorée dernièrement et même si elle a un nouveau manteau de printemps, Pierre a honte qu'elle vienne encore l'attendre à la sortie de l'école. Comme s'il était un bébé ! Il va quitter le primaire et rentrer en éléments latins. Personne de sa classe n'est attendu à la sortie de l'école, et surtout pas par une mère qui a l'air folle en plus de le traiter en bébé. Le pire, c'est quand elle dit « Pierrot ! » en agitant la main. Il voudrait mourir, disparaître. Et il a honte d'avoir honte.

Cette année, c'était plus fort que lui, il a répété plusieurs fois que ce n'était pas sa mère, mais sa tante. Sa mère est une vedette. Il ne dit pas une fée, parce qu'il serait ridicule, il dit « une vedette de la radio et de la télévision ». Ils sont beaucoup à l'école à ne pas avoir de téléviseur, alors il peut dire ce qu'il veut. « Je m'appelle Tremblay, et ma tante, c'est Reine Gaudin. C'est pas ma mère. Ma mère, c'est Béatrice Tremblay », et il montre la photo dédicacée qu'il a fait venir de Montréal en écrivant et en envoyant une enveloppe timbrée pour le retour. Il a écrit directement au fan club, sans révéler qui il était, parce qu'il craignait que ça fasse des complications. C'est le grand-père qui ramasse la *malle*, alors il lui a dit que c'étaient des images de la Sainte Vierge et qu'il aimait mieux que personne le sache à cause du gaspillage que Jean-René y verrait. Pépé Hubert a tout compris et il lui a donné dix cents. Ce n'était même pas un mensonge qui compte, parce que, pour lui, Béatrice est un peu comme une Sainte Vierge.

Sur le trottoir, il devance Reine. Il marche vite pour la semer et pour qu'elle comprenne qu'il n'a pas besoin qu'elle fasse encore la mère poule. Mais Reine le suit en trouvant cela très amusant. Pierre ne comprend pas qu'elle soit si aveugle et qu'elle le force presque à la trouver niaiseuse.

Il grimpe l'escalier intérieur qui sent l'eau de Javel et pénètre dans l'appartement sombre qui, lui, sent la cire à plancher. Les deux odeurs, mariées à celle du poisson qui cuit, crient « c'est vendredi ! », et Pierre grimace en laissant tomber son sac – toute une fin de semaine encore tout seul avec les *vieux-qui-puent*.

Il prend son verre de lait sans biscuit, parce que c'est jour maigre, et il va dans sa chambre. Pierre sait que Reine va venir lui parler, lui poser encore les mêmes questions sur l'école qui le feront répondre encore la même chose, mais avec un peu de chance, il va pouvoir s'occuper de ses affaires dix minutes avant qu'elle n'arrive.

Il trempe deux doigts dans l'eau du petit bénitier près du commutateur et il fait son signe de croix. Ensuite, il retire sa veste foncée au blason de l'école et la place sur un cintre, proprement. Il s'assoit à son pupitre et ouvre *La Vie des saints* dans lequel il dissimule son *comics* qu'il a échangé contre cinq sous à

Drouin. Les *comics* en valent dix, mais comme ils sont usagés, Pierre peut les avoir à rabais. Les sous, il en emprunte de temps en temps dans la sacoche de Reine. Chaque fois, il se dit que c'est pour la quête, donc pas un vol. Mais il lui arrive de dépenser autrement son pécule. L'argent est dans le porte-monnaie brun à deux compartiments, et si le hasard veut qu'il se trompe et ouvre le côté où le chapelet de Reine repose, il referme la section dans un claquement sec et s'oblige à dire trois actes de contrition, certain d'avoir alors été surpris par l'œil de Dieu qui inscrit sa mauvaise action au grand tableau noir des actes noirs. Pierre est plutôt rassuré en ce qui concerne son avenir dans la vie éternelle : il a déjà plusieurs indulgences plénières, qui comptent pour un Ciel assuré chacune, et cela « même s'il meurt en état de péché mortel et qu'il n'a pas le temps de se confesser », le prêtre l'a confirmé.

À Noël dernier, il a offert un bouquet spirituel à Mattie dans lequel il a inscrit trois indulgences plénières et un nombre impressionnant de messes et de communions. Pierre avait rédigé un autre bouquet spirituel pour sa mère, mais il n'a pas osé l'envoyer au fan club de crainte qu'elle ne rie de lui ou, pire, que quelqu'un d'autre ne vole son accès à la vie éternelle et ne laisse sa mère ignorer ses efforts. Pierre a eu beaucoup de doutes dernièrement sur la comptabilité de Dieu, et rien ne l'assure qu'Il marque les sacrifices et les chemins de croix dans le bon compte. Sa pire crainte est que Dieu n'ait aucun registre au nom de sa mère, parce que c'est une actrice célèbre et une « pauvre âme perdue », comme dit son père, Jean-René, qui n'a pas l'air de l'aimer beaucoup et encore moins de la trouver belle. Pierre ne comprend pas qu'on ne la trouve pas divine avec ses yeux amoureux et son sourire comme si on était très drôle et très séduisant. Quand il est seul, le soir, il prend un miroir et grimace pendant de longues minutes pour essayer de faire comme elle et lui ressembler assez pour qu'elle le voie dans une foule et tende les bras en criant : « Mon Dieu, c'est mon fils ! Regardez, tous ! C'est mon fils enfin revenu ! Il est comme moi, je l'aurais reconnu entre mille ! »

Dans ses rêves, c'est le « reconnu entre mille » qu'il préfère. Quand il songe que plus de mille personnes la regardent, elle, et que c'est lui, et lui seul, qui attirerait son regard ! Quelle vengeance, quelle leçon ce sera pour les autres, les chieurs sales qui lui ont crié des noms depuis qu'il est petit ! Ils vont y goûter à leur tour, ils vont être très humiliés, très écrasés de honte et ils vont enfin demander pardon. Et lui, en tenant la main de sa mère, il va juste ne pas les regarder et ne pas les entendre crier, comme Lazare rendu au Ciel qui n'écoute pas les cris du mauvais riche qui brûle en enfer. C'est permis, c'est dans l'Évangile. On peut lever le nez et passer son chemin quand l'autre avait fait pareil dans le temps où Lazare était couvert d'ulcères et mendiait avec les chiens. Pierre hésite un peu à s'associer à Lazare dans le temps où il était couvert d'ulcères parce que ça le dégoûte. Pour lui, l'ulcérée, c'est Mattie il n'y a pas si longtemps, quand son bras rougi suintait et suppurait. Enfin, c'est fini, et il ne reste plus qu'une mince trace sur le poignet. Il l'entend venir et cache vivement le *comics*. Elle entre et s'assoit sur le lit. Il ricane intérieurement en l'entendant poser les questions qu'il a prévu qu'elle poserait. Il se sent devenir très fort, très malin de tout savoir et de pouvoir abuser de sa crédulité. Il a besoin de le faire, même si ensuite il a des regrets, parce que c'est une pauvre femme, elle aussi. Comme pépé Hubert et Jean-René sont aussi, sans le savoir, de pauvres hommes.

Après une conversation aussi monotone que prévisible, Pierre prend son missel usé, met son chapelet dans sa poche et annonce qu'il va à l'église. Mattie propose de l'accompagner et se rétracte aussitôt : à cinq heures et demie, le souper devra être prêt et, si elle vient à l'église, ce ne sera pas le cas. Elle soupire, le décoiffe d'une main affectueuse et le laisse aller.

Devant la vitrine d'un magasin, Pierre se recoiffe soigneusement avec son petit peigne noir. Puis, il part à l'aventure. Il commence par faire un arrêt à l'église pour ne pas avoir menti, et ensuite, il va chez différents boutiquiers où il fait semblant de chercher quelque chose avant de poser une main sur sa bouche ouverte et de rouler des yeux effarés en prétendant ne plus se souvenir de ce que sa mère lui a demandé. Il pose toujours son missel sur le comptoir, parce que cela atténue la méfiance des commis et qu'ils ne voient jamais qu'un si bon catholique a pris quelque chose à l'étalage. Pierre s'empare de n'importe quoi, du moment que c'est petit et que ça loge dans sa poche. Peu importe l'objet du larcin, c'est prendre sans être pris qui est important. Tromper les gens, les avoir. Il ne sait pas pourquoi il le fait, c'est seulement plus fort que lui, comme s'il devait le faire, comme si une voix intérieure lui ordonnait d'essayer, de le faire. Le frisson de peur, la bouche sèche, l'instant où il défie le commis, le cœur qui bat quand il ramasse son missel et salue poliment avec l'objet volé contre la reliure de cuir usé, tout prend les couleurs d'une autre vie, d'un autre monde. Celui des méchants, peut-être, mais celui des intéressants à qui Dieu va pardonner. Dieu aime bien pardonner, c'est ce qu'Il préfère, et Il aime mieux l'enfant prodigue que celui qui est resté niaiseusement à la maison.

Ensuite, sans même regarder ce qu'il cache dans sa

poche, il se dirige vers la tabagie où il regarde les journaux d'artistes et cherche Béatrice. Là, pas besoin de ruser, le propriétaire le connaît et se moque de lui dès qu'il le voit entrer : « Tiens ! Voilà le Prince ! On ne le dirait pas à le voir comme ça, mais c'est l'enfant caché de Madame Télévision. Il a lu ça un jour et il s'est dit : c'est moi, ça peut pas être autrement que moi ! Ça doit faire du bien, mon gars, de devenir Prince du jour au lendemain. »

Mais le gros maudit a beau rire de lui, il le laisse feuilleter les « journaux jaunes », ceux que Jean-René qualifie de « honte pour notre société, une maladie, un chancre ». Pierre ignore ce qu'est un chancre et il trouve que Jean-René ne sait pas de quoi il parle. Tout comme pour la télévision, qui n'entrera jamais sous son toit. Jean-René a beau faire comme s'il s'agissait de laisser entrer le péché chez lui, Pierre n'est pas dupe : c'est sa mère qui n'a pas le droit d'entrer, c'est sa mère qu'il traite de « péché » et, à cause de cela, plus jamais Pierre n'a nommé son faux père dans ses prières. Fini ! Qu'il soit damné, et Pierre ne bronchera pas à l'heure où il se tordra de douleur dans la géhenne et, quand il réclamera un peu d'eau, Pierre ne fera pas un geste, parce qu'il n'a eu aucune miséricorde de son vivant, le puant.

Les journaux n'ont rien de neuf à lui apprendre, il avait déjà tout lu. Il va ensuite rue Saint-Jean où, dans la vitrine, ils ont installé une télévision qui est allumée et où il voit les « p'tits bonhommes » s'agiter. Même s'il n'entend pas un mot, Pierre sait de quoi il s'agit. Tout le monde à l'école parle de ce qu'ils voient à l'écran. Lui, il a l'air d'un gnochon à cause de Jean-René, mais ça ne durera pas toujours. S'il pouvait venir le soir regarder sa mère avec ses belles robes de fée qui montrent un peu ses seins et son beau cou de cygne blanc où les diamants brillent. Peut-être qu'en prétextant les vêpres... mais Mattie va vouloir venir avec lui. Jamais elle ne le laissera sortir après sept heures sans l'accompagner. Comme s'il était encore un enfant ! Elle peut être tellement gênante !

Pierre a eu beau avoir l'air soulagé et avoir effectué le pèlerinage à Sainte-Anne-de-Beaupré, il y a deux ans, il n'en garde pas moins une solide rancœur à Dieu qui, estime-t-il, lui doit réparation. Pourquoi l'avoir amené si près d'elle et lui avoir fait scintiller la tentation pour ensuite l'éloigner et le ramener à Québec ? Pourquoi lui avoir fait peur, l'avoir rassuré et ensuite l'avoir relégué au logement triste, aux repas mornes et sans autre son que les grâces et les ordres secs des deux hommes qui veulent toujours du pain, du thé ou des marinades au moment précis où Reine vient de se rasseoir ? Pourquoi ils n'ont pas de serviteur, eux ? Comme Léa, qui a l'air d'en savoir plus que lui, même si elle est une fille ? C'est pas juste et c'est enrageant de constater que Léa a une vraie mère qui rit souvent et un autre père très beau et très doux qui dessine des robes de bal pour les épaules nues des femmes, toutes choses profondément interdites et excitantes. Pierre a beau se répéter qu'ils vivent tous dans le péché et la damnation, il ne peut oublier cette rencontre avec sa mère et l'envie qu'il éprouve encore de s'approcher et de la respirer. Il se dit qu'il aurait eu peur de déménager à Montréal, que c'est une ville sale, bruyante et dangereuse, mais il se souvient de Léa, de Thomas et des autres enfants... du bruit à l'heure des repas, et des folleries qu'ils faisaient sans même se faire avertir sévèrement et « pour la dernière fois ». Quand Pierre revoit en pensée la chambre de Léa, c'est d'abord ses dimensions incroyablement vastes et aussi ce qu'il y avait aux murs qui le rendent songeur. Léa n'a pas de bénitier, pas de statue lumineuse de la Vierge, pas de crucifix. Il y a des dessins qu'elle a faits, des photos d'elle avec son père, sa mère et deux bébés jumeaux, et il y a des portraits d'elle exécutés par Florent.

Quand Léa se réveille le matin, elle voit son père qui était sûrement un acteur comme Béatrice avant de mourir, son père qui la tient dans ses bras. Quand Pierre lui avait demandé si elle regardait des images saintes, Léa avait seulement expliqué que son père au Ciel parlait à Dieu et aux autres pour elle. « Moi, je parle seulement à papa, les autres, il s'en occupe pour moi. »

Là encore, Pierre s'était senti dépité et n'avait pu se vanter – jamais son père ne pourrait être digne de confiance à ce point. Un soldat mort à la guerre... C'est sûr que la qualification est impressionnante, mais il est presque certain qu'il n'a pas l'écoute de Dieu, sinon Mattie en parlerait davantage. Et puis, son père était moins beau que celui de Léa, et cela l'humiliait. Il a eu envie de subtiliser une photo pour montrer ce père-là à l'école, mais c'était dans le temps où il ne volait jamais rien, sûr de finir en enfer s'il le faisait. C'est après sa déception vis-à-vis de Dieu qu'il s'est mis à emprunter des choses. Tout comme il s'est mis à dire quel soulagement c'était de ne pas déménager à Montréal, parce que Mattie en avait tant de bonheur. C'était d'ailleurs la vérité vraie quand il le disait, il évitait seulement de dire aussi que le changement, même apeurant, l'attirait. Surtout apeurant.

Pierre revient lentement vers la maison, en prenant soin de ne pas marcher sur les « craques » du trottoir où le Diable se cache. Contre la base d'une clôture blanche, il aperçoit les clochettes ouvertes du muguet. Il se penche et en cueille un brin qu'il respire avidement. Il ne savait pas que le muguet était déjà ouvert, déjà prêt. Demain, il ira au cimetière en prendre deux bouquets : un pour Mattie, qui va se mettre à pleurer parce qu'il est si mignon, et un pour lui. Il va déplacer l'autel à la Vierge de la commode à la table de nuit et il disposera le muguet devant la statue, tout près de son nez. Et pour quelques jours, quelques jours seulement, l'odeur de sa mère flottera dans son lit.

Dès qu'il met les pieds à l'appartement, à la seule façon qu'a Jean-René de lui jeter un coup d'œil par-dessus son journal avant de le plier méticuleusement, Pierre sent que ça va barder.

« Bon ! Alors, si Pierre daigne se laver les mains en vitesse, nous n'aurons que cinq minutes de retard sur l'horaire habituel ! »

Pierre s'exécute en captant le regard de suppliciée de Mattie. Il y a de la colère dans chaque mouvement d'ustensile, et Reine a le cou ployé des jours de grande humilité.

« Où étais-tu, jeune homme ?

— Mais je t'ai dit qu'il était à l'église...

— Tais-toi ! Laisse-le parler. Pierre ?

— À l'église, mon oncle.

— Vraiment ? »

Quelque chose de victorieux dans le ton de Jean-René aiguise la prudence de Pierre : « Sauf pour aller et revenir... Vous avez eu une bonne journée, mon oncle ?

— Petit licheux d'hypocrite ! Dans ta chambre ! »

Pierre quitte la table en courant. Il ouvre la fenêtre et jette la Oh ! Henry qu'il a volée. Ensuite, il s'agenouille et essaie d'entendre les éclats de voix de Jean-René et les murmures implorants de Reine.

Une heure plus tard, ce n'est pas Reine munie d'une assiettée de soupe qui vient le chercher, mais Jean-René qui lui ordonne de le suivre au salon où il le fait s'agenouiller devant lui. Reine pleure dans l'embrasure de la porte en murmurant des : « C'est la première fois ! Ça ne se reproduira plus ! » suppliants qui ne font qu'agacer davantage Jean-René. Pépé Hubert est assis dans son fauteuil, le chapelet dans les mains, et rien ne semble pouvoir le distraire de ses dévotions.

Jean-René place son livre de messe devant Pierre, sur le siège du fauteuil, et il lui dit sèchement de mettre sa main dessus et de jurer qu'il était à l'église.

Ce que Pierre fait : « Je jure que je suis allé à l'église. »

La claque qui visait le derrière de la tête attrape son oreille et ça bourdonne dans sa tête quand il distingue le « menteur ! ». Jean-René l'a vu regarder les stupidités scandaleuses qu'on offre dans certaines vitrines. Il était dans l'autobus et il l'a reconnu.

« Maudit niaiseux de mon oncle stupide », se répète Pierre tout en organisant sa version des faits alors que l'autre s'excite et qu'une pluie de taloches s'abat sur sa tête, ses épaules et son dos.

Dès qu'il en a la chance, Pierre prend sa voix de petit garçon pour expliquer que sur le chemin de l'église, il a succombé à la tentation de regarder les « p'tits bonhommes » et rien d'autre. Il jure que jamais plus il ne le fera et que, si c'est péché mortel, il veut aller se confesser de suite, de peur de se coucher dans cet état et de mourir et d'aller en enfer.

Il connaît Jean-René : à cette heure-ci, rien ne le fera sortir, et il va donc devoir décréter ce péché véniel et, du coup, il ne pourra faire autre chose que réduire le temps de punition à une heure. C'est effectivement ce qui arrive. Et Reine vient le trouver avec un morceau de gâteau au chocolat aussitôt qu'il a pu se relever du milieu du salon, les genoux raides.

Elle le regarde dévorer le dessert et, ensuite, elle

l'aide à passer son pyjama, comme s'il avait encore six ans. « Et si tu étais gentil, tu irais dire bonsoir à ton oncle en lui demandant pardon de l'avoir déçu. C'est pour ton bien qu'il est sévère. Pour te mettre à l'abri du mal. »

« Qu'il aille chier ! » se dit Pierre avec délectation, « qu'il aille chier en enfer ! », et plus ses pensées sont grossières, plus il se sent fort et supérieur à ce pauvre fonctionnaire qui n'a même pas trouvé le vrai péché.

Reine, satisfaite et consolée, borde son grand garçon si vaillant.

« Mattie... à Montréal, ce sont des pécheurs qui restent là ? » Il la voit se tendre, inquiète, il l'entend répondre avec angoisse un « pourquoi » qui le met aux oiseaux. Il laisse durer le plaisir, fait semblant de réfléchir profondément, avant de lui dire ingénument : « Parce que Léa est une sale petite hypocrite qui regarde la télévision. Une licheuse de Satan, probablement une âme damnée, comme tous ceux qui restent là-bas. Qu'est-ce qu'on va faire, Mattie, si Dieu les condamne ? C'est la famille... ma mère n'est pas comme ça ? »

Il boit les paroles de Reine qui efface du mieux qu'elle peut cette impression de péché et de vice que Jean-René a jetée sur les siens. La télévision n'est pas vraiment malsaine, on ne devient pas méchant ou perverti à la regarder. Elle désavoue discrètement son mari, et Pierre se réjouit de la voir prendre parti contre Jean-René et pour sa mère. Il sait d'avance que Mattie va encore essayer d'obtenir que son mari calme sa rigueur morale, comme quand le catalogue *Sears* arrive et que Jean-René arrache les pages de brassières et de petites culottes avant que quiconque ne puisse le feuilleter et que Mattie chuchote qu'il pourrait au moins les lui garder, qu'elle ne soit pas obligée d'aller emprunter celui de sa sœur.

Une fois Mattie bien humiliée, bien morfondue d'avoir dit le contraire de son mari, une fois la torture achevée, Pierre se sent gonflé d'amour pour elle et il la berce et la câline pour lui montrer combien il l'aime. L'élan qui le traverse est sincère et son cœur est tout attendri de la voir aussi vulnérable et influençable. Ce n'est pas le remords qui le pousse, mais une véritable affection mue par la pitié.

Une fois seul, il fixe la statue fluorescente de la Vierge dont les bras d'un vert glauque sont tendus dans le noir. Pierre glisse la main sous son oreiller, y trouve le brin de muguet mou et flétri, mais qui dégage encore cette odeur dont il s'enivre en fixant la lueur de la statue sur la commode.

* * *

Reine attend le moment propice, soit après les ablutions et les dévotions de Jean-René, pour fermer la porte de leur chambre et lui parler posément, sur un ton raisonnable, des excès qu'il a eus envers le petit. Elle lui rappelle les paroles sensées du curé Gendron sur le sujet délicat de la télévision. « Tout objet de Dieu peut être utilisé à bon ou à mauvais escient. Un usage indigne d'une créature de Dieu avilit l'usager et non pas la créature. » Si Jean-René pouvait comprendre que l'Église elle-même ne peut pas arrêter la télévision et que condamner ou battre ceux qui la regardent est disproportionné au...

Jean-René l'interrompt tout de suite : « Je n'ai pas battu, j'ai corrigé Pierre et je l'ai fait avec mesure, sans excès, dans la proportion du mensonge qu'il a commis. Ma mère avait la main autrement plus lourde.

Quant à ton curé Gendron, tu sais ce que j'en pense, et si tu ne veux pas que je t'interdise de t'abreuver de ses paroles licencieuses, épargne-moi ses sermons ou ses idées sur l'usage des créatures de Dieu. Je refuse d'être endoctriné par une télévision où des impies de Montréal vont venir me dire quoi penser. Ferme la lumière, maintenant. Bonne nuit. »

Il s'endort dès qu'elle a éteint, un sifflement nasal en faisant foi. Reine demeure étendue, sans bouger, et se demande qui croire, du curé ou du mari. Ses efforts pour instaurer un compromis conjugal se sont soldés par une seule discussion, une nuit où elle avait quitté le lit avant que Jean-René ne s'exécute. Réveillé par la contestation muette de sa femme, il avait attendu, furieux, qu'elle regagne la couche conjugale pour lui intimer l'ordre de se retourner et de se soumettre. La honte qui avait envahi Jean-René en entendant son épouse avouer qu'elle avait osé parler de cela au prêtre, ouvrir les draps de leur lit en public, exposer sa nudité et ce qui lui apparaît comme une affreuse quoique soulageante turpitude, la honte dépassait tout ce qu'il avait ressenti de dégradant dans sa vie. Le dégoût l'avait gardé éveillé le reste de la nuit et, pour la première fois de sa vie, l'envie d'étrangler cette idiote l'avait traversé.

Quand, au petit matin, à bout de forces et incapable de supporter la tension du silence rageur de Jean-René, Reine avait promis de ne plus jamais en parler ni à Dieu ni à homme, et que, pour prouver sa totale soumission, elle s'était retournée, lui offrant son dos, Jean-René avait décliné l'invite en disant que le jour se levait et qu'il était trop avancé pour lui éviter la vue répugnante d'un acte dont il avait dédain.

« Pourquoi t'y livrer, alors ? »

La main de Jean-René avait laissé une trace sur son

cou, un bleu minuscule, probablement celui du majeur qui s'enfonçait : « Demande à ton curé si répondre à celui qui te fait vivre décemment est la volonté de Dieu ! Tu devrais avoir honte et te taire ! Tu es stérile et vide. J'accueille et j'élève l'enfant de ta dévergondée de cousine, je ne t'ai jamais reproché ton incapacité à mettre au monde un enfant, alors, tais-toi comme je me suis tu et endure ! N'oublie jamais que j'ai beaucoup plus qu'une raison d'être déçu et que j'ai eu la bonté de ne pas te faire pâtir. »

La nuit suivante, à moitié endormi, Jean-René avait trouvé sans difficulté la voie de son soulagement. Après, Reine, assise au bord de la baignoire, avait pleuré tout son soûl. De la même façon que le péché d'impureté ne faisait pas partie de sa nomenclature de confession, les secrets matrimoniaux n'ont plus jamais franchi les lèvres de Reine.

Malgré tout, dans son esprit, le curé Gendron avait ouvert la brèche de l'insoumission. Savoir qu'elle aurait pu manœuvrer autrement, ne pas subir l'humiliation quotidienne lui suffisait pour la tolérer avec distance, la distance de la bonne conscience. Sa répugnance, elle ne la condamnait plus. Elle s'autorisait à la ressentir, et cela faisait toute la différence pour Reine. Son mari avait peut-être des droits, mais elle gardait son quant-à-soi qui prenait pour elle des allures de dignité personnelle.

La discussion sur la télévision n'a jamais été reprise et quand, en septembre, la famille Gaudin venue visiter tante Germaine trouve le salon réorganisé en fonction de l'appareil qui trône en bonne place, avec les antennes bien tirées, Reine jette un regard inquiet à Jean-René qui se contente de grogner qu'il préférerait ne pas avoir à « regarder cela devant le petit ».

« Mon pauvre Jean-René, si je l'avais eu au mois de juin, vous seriez venu regarder le couronnement de la reine ici avec le petit. *Les Plouffe* qui passaient à la radio vont commencer à la télévision. Vous viendrez pas me dire que maman Plouffe est pas un bon exemple pour nous autres ? »

Jean-René pince les lèvres et se contente de hocher la tête, par respect pour Germaine. De ce jour, Pierre n'a de cesse de trouver le plan qui lui permettrait d'aller chez tante Germaine le soir et de regarder enfin sa mère.

Son entrée au Petit Séminaire, le changement des habitudes de Reine et, surtout, le long processus de persuasion menant à l'arrêt de ses séances d'attente à la sortie de l'école occupent une bonne partie de l'automne. Pierre a de la constance et il finit par convaincre sa mère qu'il aimerait bien faire ses devoirs chez tante Germaine. Peinée, Reine l'assure que tante Germaine n'en sait pas plus long qu'elle sur le gérondif et les déclinaisons latines.

« Le mercredi, alors, seulement le mercredi !

— Mais c'est congé, cet après-midi-là ! On a l'habitude d'aller se promener ensemble. Tu ne veux plus te promener ? »

Avec délicatesse, en ménageant la sensibilité de Reine, Pierre réussit à obtenir un mercredi soir d'essai.

Il est beaucoup plus facile de parler à tante Germaine qu'à Reine ou à Jean-René. Dès qu'il arrive, Pierre déclare que, sans vouloir faire de la peine à Mattie, il voudrait voir ce que tout le monde a vu : sa mère qui passe à la télévision. Il jure qu'il ne faut pas le dire, que la télévision est péché chez eux et que sa Mattie serait « très à l'envers » si elle se doutait.

Germaine n'a jamais nourri une admiration féroce

pour le sens religieux de Jean-René qui « pue l'étroitesse d'esprit et une certaine vision rétrograde des feux de l'enfer », mais quand elle entend que la télévision est péché, elle lève les yeux au ciel en se demandant si Dieu envoie à chaque époque des retardataires pour bien marquer l'évolution des mœurs. En un certain temps, son père était le retardataire.

À sept heures trente précises, Pierre est assis sur le sofa, les yeux rivés sur l'écran. Germaine ne regarde pas l'émission, elle fixe le visage transfiguré de cet enfant qui, tendu, les mains agrippées au bord du sofa, semble sur le point de défaillir. Il y a plusieurs sketches, et Béatrice joue une séductrice osée qui agite sous les yeux éberlués d'un homme des pompons de lapin blanc qui retombent de façon seyante sur sa jolie poitrine. Elle entend Pierre déglutir péniblement à chaque sourire ensorceleur. Le pauvre enfant en fait pitié. Sa fascination demeure intacte quand sa mère vient vanter les mérites du savon Oxydol, qui lave si blanc, et ceux des cigarettes Sweet Caporal. Quand l'émission est terminée, Pierre continue de fixer l'écran où la famille Plouffe s'agite, comme s'il ne faisait pas de différence. Germaine regarde tout son programme et elle sacrifie la *Soirée de la lutte* avec Michel Normandin pour discuter avec Pierre.

Quand, dans un dernier clin d'œil lumineux, l'écran se rapetisse pour ne devenir qu'un point qui disparaît, Pierre se tourne vers Germaine, hébété.

« C'est ma mère. »

Et pourtant, se dit Germaine, qui pourrait s'en douter ? Tout l'éclat, toute la séduction, l'amusement joyeux de Béatrice sont absolument absents du visage étiré aux yeux sombres, cernés, à la bouche au dessin gonflé, mais imprécis, à ces joues où des rougeurs plaquent le teint si pâle. Germaine espère seulement que grandir fera de Pierre un jeune homme plus attrayant parce que, même vouée au sacerdoce, sa vie s'en trouvera simplifiée.

Elle l'entend ajouter : « Il va falloir attendre à mercredi prochain ? »

Il y a quelque chose de si révoltant à penser qu'il n'a pas revu sa mère depuis deux ans et demi et qu'il devra attendre une semaine pour la regarder faire des agaceries à l'écran ! « Tu t'ennuies d'elle, Pierre ?

— Si on pouvait s'arranger pour que Mattie s'en doute pas. »

Les mains aux longs doigts blancs, aux ongles impeccables qui se croisent sur les genoux, qui se lèvent, suppliantes, vers la poitrine du petit garçon qui n'a pas du tout l'air d'avoir presque douze ans. Combien de fois, pour obtenir quelque chose chez lui, il lui faut croiser les mains ? Du coup, Germaine éprouve des doutes sérieux quant à la vocation désignée de Pierre. Pour en avoir le cœur net, elle le teste en proposant simplement de mentir. Ce n'est pas de l'indignation qu'elle lit dans les yeux sombres, c'est de la défiance. Le doute de la tentation et de la prudence de qui se sait observé. Le doute si semblable à celui qui habitait Béatrice enfant qui supputait jusqu'où elle pouvait se fier à son interlocuteur. Germaine ouvre son jeu, explique que mentir pour épargner la sensibilité de Reine et pour s'éviter des reproches sans fin devrait être pardonné par Dieu. Elle n'est pas certaine d'avoir entendu Pierre dire qu'il se chargeait de cette tâche, mais elle fait comme si de rien n'était et déclare qu'elle pourrait demander un peu d'aide le mercredi soir pour la vieille tante Germaine. De petites tâches... juste prétendre que... si Pierre s'en occupait, cela la soulagerait.

Pierre applaudit, trépigne de joie et il a toutes les difficultés à se calmer avant de se préparer à partir. Germaine n'en revient pas de le voir se tenir devant elle, debout, à attendre qu'elle attache son coupe-vent et qu'elle enroule son foulard autour de son cou. À la fin, elle s'impatiente et lui dit de mettre son béret tout seul.

Il est assez tard quand elle le laisse devant chez lui et il l'embrasse très fort avant de rentrer. « Ma tante... penses-tu qu'elle m'a vu ? Penses-tu que ma mère m'a vu la regarder ? »

Si ce n'est pas une pitié, Germaine se demande bien ce que c'est.

Peu à peu, à mesure que se multiplient les émissions, une certaine confusion s'installe dans l'esprit de Pierre. Incapable de dissocier l'actrice de sa mère, il finit par assimiler totalement sa mère à la stimulation des sens qu'elle provoque – identifiant du coup l'amour à cette montée de désir que sa beauté et ses invites sensuelles excitent. À l'école, incapable de résister, il parle continuellement de sa mère, l'actrice Béatrice Tremblay, et il en parle avec une convoitise non déguisée, nettement aguiché par elle. Pour ceux qui l'écoutent, il y a une sérieuse antithèse entre la mère et ce que décrit Pierre Tremblay, à tel point que, très vite, le pauvre ne trouve plus personne à qui vanter les mérites de Béatrice.

Ne pas pouvoir en parler n'éteint pas sa flamme. Comme il lui est impossible de s'ouvrir à Mattie, qui n'y comprendrait rien ou alors le prendrait mal, Pierre se tourne vers la seule issue dont, toute sa vie, il a disposé : Dieu.

Le professeur titulaire de Pierre note la hausse soudaine de la piété du jeune garçon et, après l'avoir interrogé, il décèle les grandes lignes de ce qu'il connaît si bien : le calice de la libido qui s'éveille et qui cherche une place au sein de l'âme auparavant si tranquille. Il encourage les dévotions et ce culte à la Vierge qui semblent apaiser les tourments de Pierre.

La lisière ténue entre la ferveur et l'obsession est le dilemme du supérieur chargé des jeunes âmes du Petit Séminaire. Envoyé par son professeur, Pierre Tremblay fait l'objet de l'attention suspicieuse de cet homme sage et pondéré, qui a détourné bien des névrosés du sacerdoce et qui a rendu à Dieu ce qui était à Dieu et à l'asile ce qui était à l'asile. Quelque chose le trouble dans cet enfant fébrile, ostensiblement destiné à la vocation par sa mère très dévote, qui est tout de même agité d'un spasme intérieur, d'un tremblement constant et craintif, comme s'il était en proie à une torture délicieuse. L'abbé Turmel ne peut se fier à la confession parce que ce qui y est dit est connu du pécheur et que ce qu'il cherche, ce qui l'inquiète fait justement partie de l'inconnu, de la part cachée au fond de cette âme, qui la déchire aussi sûrement qu'elle la stimule.

Au début de 1954, Aimé Turmel révise ce dossier qui piétine : résultats scolaires excellents qui avaient valu à cet enfant de faire trois années en deux au primaire, piété hors du commun, attitude sociale réservée et lointaine et rapports à autrui insatisfaisants. Le terrain lui semble aussi favorable à une vie intérieure riche et exaltante qu'à une bascule subtile dans un univers fermé et maniaque qui conduit à l'exaltation de l'esprit et des sens de ceux qui habitent à Saint-Michel-Archange.

Une fois la rencontre du père et de la mère de Pierre Tremblay accomplie, Aimé Turmel inscrit au dossier scolaire : *L'enfant est soumis à une forte pression parentale pour s'orienter vers la prêtrise. Possiblement, l'envie d'obéir va détourner une vraie vocation et la falsifier. Bon candidat pour Dieu, si on lui laisse le choix. Raffermir sa confiance.*

Après s'être confessé une bonne douzaine de fois à l'abbé Turmel, Pierre a compris à travers les questions qu'il lui posait que son attitude inquiétait quelqu'un. Il ne sait ni en quoi, ni pourquoi, mais il varie son comportement, s'obligeant à accomplir un surcroît de prières, à montrer un esprit religieux irréprochable et s'éloignant des autres qui lui donnent envie de se vanter. À la récréation, il fait semblant de lire un livre de prières et contemple, en agitant les lèvres pour mimer les *Ave*, la photo de sa mère qui, tête joliment inclinée et fossettes creusées, l'invite à la rejoindre.

Le mercredi soir où le sketch a voulu que sa mère pleure, certaines répliques étaient en anglais et rien n'a tranquillisé l'angoisse de Pierre tant que Germaine n'a pas traduit absolument tout et promis, juré, que rien de grave n'était arrivé et que sa mère ne l'appelait pas en secret.

Germaine déteste l'entendre dire que c'est peut-être trop triste pour Béatrice d'être loin de son petit garçon. Mais comment avouer à Pierre que sa mère est une sans-cœur pas du tout douée pour la maternité et très talentueuse pour acter ?

Germaine se tait, mais les mercredis soir lui pèsent, et elle voit Pierre grandir et s'efforcer de bien faire tout en se minant pour celle qui ne saurait même plus dire la date de naissance de son fils.

Germaine ignore si la chose est liée, mais sa lettre à

Lionel est toujours rédigée le mercredi soir, après le départ de Pierre. Et l'enfant devient l'objet de ces lettres. Elle a toujours éprouvé du soulagement à parler avec Lionel, alors l'entretenir de Pierre l'aide à faire le point et à opter pour un comportement utile, même si Lionel n'a pas de réponse précise.

Vraiment, Lionel, je ne sais pas quelle attitude adopter. Privé de sa mère, il est gourmand des moindres détails la concernant, mais ajouter au vide de cette relation me semble cruel. À la fois il est affamé, et je voudrais lui donner ce qu'il cherche, à la fois cet enfant risque de s'étouffer avec le genre de pain qu'est sa mère. Il y a tout de même une chose que je puis dire : pour ce qui est de l'exaltation, cet enfant tient en tous points de Béatrice.

Lionel lui fait cette réponse qu'elle juge extraordinaire :

Je crois que quelle que soit la qualité du remplacement, quelle que soit l'adoption dont on a été l'objet, la mère, la vraie mère, on la cherche comme un saumon cherche sa rivière d'origine. Vous savez, Germaine, même quand on ne la trouve pas, on s'invente une mère, et ça peut être aussi nocif que de rencontrer l'indignité réelle du personnage. De toute façon, en l'occurrence, Béatrice n'est pas indigne. Elle est légère, probablement trop éprise de son métier ou de gloire pour laisser autre chose l'atteindre et la déranger, mais ce n'est pas un mauvais cœur. Un cœur distrait, ça oui. Puisque Pierre cherche et qu'il vous a trouvée, puisqu'il a cette chance de vous avoir dans sa vie, pourquoi ne pas lui dire ce que vous savez de sa mère ? Quel mal cela peut-il faire ? Peut-être que la

Providence s'appelle Germaine ? En ce qui me concerne, la Providence s'appelle Germaine.

Le mercredi soir est donc dorénavant consacré aux récits de l'enfance de Béatrice. Assise près de Pierre, ses vieux albums de photos sur les genoux, Germaine égrène les souvenirs et évoque l'autre versant de la *glamoureuse* vedette : celui de la petite fille éprise d'effets, de menteries étincelantes, la petite fille pas très sage, mais charmeuse et câline. Pierre l'écoute avec un ravissement proche de l'adoration. Ses questions s'éloignent peu à peu du côté « femme attirante » et il s'attache à la petite fille qu'il aurait voulu connaître et « avoir pour amie ». Ce qui ne semble pas encore optimal à Germaine, mais qui a l'avantage d'enfin désexualiser le personnage de Béatrice aux yeux de son fils, de lui donner l'étoffe d'une personne normale et non celle d'une femme vouée aux sensualités lascives.

Malgré tout, Pierre conserve avec acharnement une image sexuelle et attirante de sa mère, et cette image comble toutes les attentes de sa sexualité naissante. Mais ce que Germaine raconte ouvre une nouvelle sacristie à la cathédrale, une sorte d'alter ego de l'enfance et aussi une possibilité de considérer autrement le péché de désobéissance. C'est presque son propre examen de conscience que Pierre fait à travers les questions qu'il pose et il en vient toujours à répéter, complètement ébahi : « Et elle ne pleurait pas, sa mère ? Elle trouvait juste ça drôle ? Elle allait pas la faire confesser, sa petite fille ?

— Gabrielle ? Non... sa maman était... de bonne humeur, pas inquiète et pas énervée du tout par ces niaiseries-là.

— Mais c'est pas péché, être belle ? C'est pas de sa faute, à ma mère.

— Pourquoi veux-tu que ce soit un péché ?

— Sa maman à ma mère, c'est ma grand-mère ?

— Oui. Mais elle est morte. Au Ciel. »

Pierre reste silencieux un bon moment : « Elle avait l'air d'être fine... Elle restait ici, à Québec ?

— Oui.

— C'est sûr que ma mère viendrait la voir encore.

— Mais elle est partie, elle est morte. »

Pierre ne lâche pas facilement le sujet de la possible grand-mère, et Germaine doit fournir des détails et des récits sur la mort de Gabrielle, de l'endroit où était sa Béatrice, si elle était venue rapidement : « Elle est venue en courant, c'est ça ? », demande-t-il deux fois.

À la fin, songeur, il en vient à conclure : « Alors, j'étais dans son ventre quand sa maman est morte ? Peut-être que j'ai essayé de sortir pour la consoler quand elle a couru ? Si elle mourrait encore, sa maman, je consolerais ma mère mieux que ça. Personne au monde ne la consolerait mieux que moi. »

Au moins, pense Germaine, Pierre a autre chose à imaginer que les simagrées que fait Béatrice à la télévision. Quand il lui demande, comme à chaque fois qu'ils se laissent, de ne pas en parler à Mattie, Germaine promet.

« Tu comprends, Mattie ne sait rien de tout ça. Elle ne sait pas que ma mère a couru voir sa maman qui mourait. »

Germaine fronce les sourcils, agacée de constater que les histoires se mélangent pas mal dans la petite tête de Pierre. Reine a pourtant dû parler de sa cousine, elle n'a pas été frappée d'amnésie complète en héritant de la garde de Pierre !

Quand, l'air de ne pas y toucher, Germaine profite d'un thé chez Isabelle pour demander à Reine si elle a parlé de Béatrice à Pierre, cela crée une telle commotion chez sa nièce qu'elle ne se surprend pas de la réponse qui suit : « Bien sûr que non ! C'est beaucoup mieux pour lui qu'il oublie que sa mère l'a délaissé ! »

Comme s'il pouvait l'oublier ! Comme si le mot que Reine voudrait utiliser n'était pas « abandonné » ! Comme si c'était une bonne idée de cacher ce que, de toute façon, Pierre sait et n'oubliera jamais !

« Pourquoi demandez-vous ça, ma tante ? Pierre en a parlé ? Il a parlé de Béatrice ? »

Dans quel monde vit-elle, pour l'amour du Ciel ? « Il pose des questions... c'est de son âge.

— Mais vous ne lui dites rien, n'est-ce pas ? Vous ne le troublez pas avec ça ? Ma tante, rassurez-moi : vous ne lui avez pas dit ?

— Quoi ? Pas dit quoi, Reine ?

— Que... que sa mère est un peu critiquable... qu'elle vit dans... Pierre est si croyant ! Je ne voudrais pas qu'il la juge mal. Ça lui ferait tant de mal, le pauvre petit. Il est tellement sensible. »

Germaine pose sa tasse, fâchée et fatiguée de toutes ces fausses bonnes intentions : « Au risque de te déplaire, Reine, Pierre sait très bien qui est sa mère. Il l'a rencontrée, il y a trois ans, et ce n'était pas un bébé. Alors, fais-moi grâce de sa sensibilité et dis plutôt que tu préfères qu'il pense à toi en pensant à sa mère. C'est naturel, c'est toi qui l'as élevé.

— C'est tellement compliqué de savoir ce qui est mieux pour lui... si au moins elle faisait une meilleure vie, je ne dis pas.

— Si elle faisait une meilleure vie, Reine, tu n'aurais pas eu Pierre. Elle l'aurait élevé. Et on ne sait jamais ce qui aide un enfant ou ce qui lui nuit. Béatrice a été élevée par Gabrielle, comme ses frères et sœurs. Comme toi, en partie. Les résultats ne sont pas de notre ressort, on dirait bien.

— Pourvu que Dieu entende mes prières et me le garde près de Lui, à l'abri d'un monde si sale et si perverti ! »

En écoutant attentivement sa nièce, Germaine se demande si elle a perdu la foi ou si, effectivement, la télévision a un effet pervers sur sa morale. Elle juge Reine grandiloquente et fort peu raisonnable. Elle la trouve assez peu saine, comme si ces cachettes pouvaient faire autre chose que du mal ! Comme si Pierre pouvait oublier sa mère parce que ce serait préférable. Il le ferait que Reine serait la première à rétablir les faits... peut-être pas, finalement. Germaine ne peut s'empêcher de trouver la vie bizarrement faite : Léa est celle qui est prétendument née dans l'indignité et le déshonneur le plus honni, une enfant illégitime, née de l'adultère. Et Léa est celle qui a une famille et une vie normale. Germaine se souvient de l'ostracisme dont Adélaïde avait fait l'objet alors et de la bonne conscience de Béatrice qui l'avait exclue de ses fréquentations sans autre forme de procès. Alors que Pierre a une naissance on ne peut plus honorable, on ne peut plus respectable, on lui cache sa mère comme si elle était une adultère sans foi ni loi. On tripote ses origines comme si elles étaient honteuses. Mais comment pourrait-il ne pas avoir honte, en ce cas ?

Germaine soupire et déclare que ça devient apparemment bien compliqué de nos jours d'élever des enfants.

Elle continue de parler de Béatrice à Pierre, mais elle essaie d'être très prudente et de ne pas enflammer davantage l'esprit déjà exalté du petit garçon. Il la déroute beaucoup avec ses idées fixes d'aller consoler sa mère. Un soir, complètement abattu, Pierre avoue que la phrase « Délivrez-nous de la tentation » l'inquiète de plus en plus et qu'il ne peut plus prononcer ces prières sans escamoter cette partie, certain que cela veut dire : « Délivrez-nous de ma mère » et que, même si elle est belle, ce n'est pas sa faute ni un péché. « Et on ne peut pas demander d'être délivré de sa mère ! Ça aussi, c'est un péché ! »

Germaine se voit obligée de donner une leçon de théologie assez fantaisiste et, plus elle pose de questions, plus elle se rend compte du chaos infâme dans lequel cet enfant se débat : tout est péché. Ce qui est doux, bon, consolant est aussi sinon plus suspect que le dur, le méchant et le détestable. Pierre professe un dédain de plus en plus évident pour ses petits camarades de classe et certains enseignants, et il cache de moins en moins une tendance à se croire supérieur « à tous ces crétins imbéciles » qui inquiète énormément Germaine. Elle essaie de ramener Pierre à des sentiments plus humbles, moins affamés de pouvoir, et il lui explique en confidence qu'elle est la seule à savoir que Dieu l'autorise à agir ainsi « parce qu'il est mieux ».

« Mieux que qui, Pierre ? Mieux que quoi ?

— Qu'eux autres, les suiveux qui veulent juste que l'abbé les approuve.

— Et pourquoi tu serais différent des suiveux, tu veux me dire ça ? »

Pierre affiche alors un sourire éclatant et Germaine n'a pas à demander de précisions : il est évident que le fils de Béatrice est une pure réplique du Fils de Dieu ! Découragée, elle se tait et essaie de ne pas en faire une fixation.

Quand le gérant de chez Holt Renfrew l'appelle un jeudi après-midi pour qu'elle vienne chercher son petit-fils dans les bureaux du magasin, Germaine se présente en vitesse et aperçoit Pierre, le regard par en dessous, implorant.

Le gérant lui explique qu'il a surpris l'enfant à voler une bouteille de parfum français très « dispendieux ». « J'ai compris que ses parents sont morts et que vous étiez son seul recours, mais ce n'est pas une raison pour agir de la sorte, vous en conviendrez. Tous les orphelins ne sont pas des voleurs. »

Germaine ne peut être plus d'accord avec lui.

La conversation qu'elle a ensuite avec Pierre ne mène à rien. Il a l'air de n'éprouver aucun regret, aucun remords, ni pour le vol ni pour les mensonges. Il refuse d'entrer à la basilique demander pardon à Dieu et il se contente de répéter qu'il ne peut pas être en retard et qu'il doit retourner à la maison. Elle ne le laisse pas partir comme ça, guilleret et content de s'en être tiré à bon compte, et elle monte dans l'autobus avec lui. « Dis donc à ta grand-mère pour qui était cette bouteille de parfum.

— Pour moi ! »

Le temps qu'ils arrivent et Germaine est à peine revenue de sa surprise : « Tu vas dire à Mattie ce qui t'est arrivé ou je le fais moi-même ? »

Elle peut se vanter d'obtenir enfin une réaction. Mais ce n'est pas du tout celle qu'elle escomptait. « Si tu fais ça, je leur dis que tu me racontes qu'il faut que je retrouve ma mère et que je les abandonne. Ils ne seront pas contents. »

Du chantage ! Du chantage avec ses yeux rusés et son sourire supérieur. Elle rirait si ce n'était pas si triste. « Ah oui ? Tu ne me donnes pas d'autre choix que de leur expliquer vraiment de quoi nous parlons ensemble. À eux de croire qui ils veulent. Je pensais qu'on avait une entente tous les deux ? Que nous étions des amis ?

— C'est toi la première à bavasser ! T'as rien qu'à te taire, c'est ça l'entente !

— Non, Pierre. L'entente est que je te parle de Béatrice parce que tu en as besoin, et qu'on n'en parle pas à Mattie parce qu'elle en serait peinée. L'entente ne peut pas te protéger contre le vol et le mensonge, et je n'ai aucune envie de me taire pour un petit garçon si mal élevé et si mauvais qu'il ne demande même pas pardon de ses mauvaises actions. Il ne reconnaît même pas que c'est mal de voler. »

Pierre voudrait bien qu'elle comprenne que ce n'est pas du vol, c'est une sorte de justice qu'il se fait. Il n'a pas l'argent et il a droit à certaines choses. Dieu est d'accord, à la condition qu'il ne s'en vante pas. Pierre aperçoit Reine à la fenêtre du salon et il décide d'accélérer le départ de Germaine. Il prend son air repentant et se fait monter les larmes aux yeux en pensant très, très fort à sa mère quand elle pleurait à la télévision. Il demande pardon pour tout, d'un bloc, et Germaine a presque l'air convaincu, quand il l'embrasse en lui glissant à l'oreille : « Voilà Mattie. Tu dis rien, promis ? »

Germaine est si perturbée qu'elle décide de s'accorder un temps de réflexion et, après avoir averti Reine qu'elle part à Montréal, elle prend soin de parler à Pierre pour lui expliquer qu'elle doit rater un mercredi, « mais que l'autre, elle y sera ».

Effondré, Pierre se réfugie dans sa chambre et se demande vraiment comment il va pouvoir passer à travers une telle épreuve : treize jours avant de revoir sa mère ! Peu à peu, la rage remplace la détresse et il se convainc que Germaine a décidé de le punir en partant à Montréal. Elle veut lui montrer que c'est elle qui mène ! Révolté qu'on joue avec sa patience pour si peu, Pierre décide de procéder dès le lendemain à une enquête pour trouver le parfum dans un nouveau magasin. S'il réussit son vol, ce sera signe que Dieu est d'accord avec lui.

Le samedi midi, il s'enferme dans sa chambre, jubilant : facile, ça a été facile ! En plus, la bouteille est plus petite que l'autre et il va pouvoir la traîner dans son sac d'école, à l'abri des investigations de Reine.

Il débouche le flacon et ferme les yeux. Il est pris d'un frisson si puissant qu'il entend presque le tissu de sa robe craquer, qu'il sent presque la texture de sa peau entre les seins tentants.

À genoux devant la statue de la Vierge, yeux clos, il respire voluptueusement le parfum de sa mère qui l'excite au point qu'il doit aller s'enfermer dans les toilettes, seul endroit de la maison muni d'un verrou.

* * *

En sortant de son cours de droit constitutionnel, Leah aperçoit tout de suite Alex qui l'attend en marchant nerveusement.

Sans dire un mot, il l'entraîne dans un café de la rue Milton où ils vont souvent. Leah attend l'annonce de la catastrophe qui le bouleverse tant.

« Tu te souviens de Bérénice Bédard ?

— Non. C'est important ? Tu t'es marié en cachette avec elle ?

— Fais pas de farces, Lili. »

Bérénice est cette fille qu'il a rencontrée il y a trois ans, quand tante Béatrice devait se marier avec le père annonceur devenu veuf. Bérénice avait eu un sérieux béguin pour Alex, qui avait usé de tout son charme pour en faire une amie fidèle et non une pauvre éplorée suspendue au téléphone à supplier Jeannine pour un renseignement sur son coureur de fils.

Leah écoute et se retient pour ne pas précipiter le récit d'Alex qui s'interrompt un bon temps avant d'annoncer : « Elle... elle est enceinte. Elle attend un p'tit. »

Leah sait très bien ce que cela signifie : le mariage rapide et la fin des études d'Alex. Catastrophée, elle attend la suite sans rien dire. Mais Alex se tait, il a l'air très gêné.

« Alex... tu vas faire quoi ? Tu vas réparer ? »

C'est comme si elle lui avait tapé sur la tête : « Moi ? Réparer ? Mais c'est pas moi ! J'ai rien à voir là-dedans ! Tu veux dire, me marier ?

— Attends, je comprends rien. Tu veux quoi, d'abord ? Tu veux que je te dise que la loi permet de l'aider à s'en débarrasser ? C'est non. C'est un acte criminel.

— Si je ne trouve pas quelqu'un pour la marier d'ici deux mois, c'est moi qui devrai le faire.

— Pourquoi ?

— Parce que, sinon, son père va la tuer.

— Voyons donc, Alex ! Il va être fâché, il va gueuler, mais il ne la tuera pas. Je comprends qu'elle a peur, mais faut pas exagérer : il va probablement exiger qu'elle épouse le père. Pourquoi tu ferais ça si tu n'es pas le père ? »

Alex soupire et raconte par le menu.

Bérénice Bédard avait douze ans à la mort de sa mère. Malgré les apparences, les choses n'allaient plus très bien entre son père et sa mère depuis au moins quatre ans. Sa mère avait un faible pour l'alcool. Quand elle buvait, elle devenait très violente, très acariâtre et elle engueulait son mari sans arrêt. Une seule personne avait du pouvoir sur elle et arrivait à lui faire entendre raison, son frère Wilfrid. La mère de Bérénice vouait une admiration sans bornes à Wilfrid et celui-ci fréquentait la maison des Bédard quotidiennement. Vers l'âge de huit ans, Bérénice a commencé à trouver les câlins de son oncle un peu trop affectueux, mais sa mère la chicanait dès qu'elle s'éloignait et elle la forçait à être gentille avec Willy, ce qui signifiait l'accompagner pour faire un tour d'auto et revenir avec une barrette neuve, un cornet de crème glacée ou des jolies socquettes avec des souris Mickey. Quand elle a eu onze ans, son oncle ne s'est plus contenté des petits amusements sans conséquence et il est passé à l'action de façon plus entreprenante. Bérénice n'a jamais su si sa mère était ou non complice, si elle permettait à Willy de faire ce qu'il faisait, mais quand Bérénice a supplié son père de la mettre pensionnaire, il a accepté à la condition que les notes de Bérénice s'améliorent. À l'abri et rassurée, Bérénice a travaillé et étudié comme une folle, et ses notes se sont en effet tellement améliorées qu'à l'été, aux vacances, quand son oncle Willy est revenu réclamer ses plaisirs, elle l'a laissé faire en lui disant que ça ne durerait pas, qu'elle retournerait pensionnaire. Mais sa mère s'y est opposée sous prétexte qu'elle avait besoin de l'aide de sa fille aînée avec les enfants. La première chose que Willy lui a dite en allant la chercher à l'école en septembre était qu'on ne pouvait pas lui échapper et qu'il était pas mal plus fort qu'elle et son père.

Persuadée que sa mère favorisait l'oncle Willy et qu'elle savait très bien ce qui en était, Bérénice n'a rien dit et a continué à subir ses « largesses ». Comme Willy fournissait sa mère en boisson, Bérénice en avait conclu que le marché entre sa mère et son oncle était intouchable : sa mère aurait de l'alcool tant que Willy l'aurait, elle.

L'accident de ski s'était produit alors que sa mère était avec Wilfrid. Bérénice n'a jamais douté que sa mère avait bu suffisamment pour se fendre la tête sur un arbre. La mort de sa mère avait soulagé Bérénice et l'avait délivrée des insistances de Willy. Quand son oncle s'était présenté à la sortie de l'école après les funérailles, Bérénice lui avait crié que, maintenant, il ne pouvait plus s'approcher d'elle parce que sa mère n'en souffrirait plus qu'elle refuse. Wilfrid avait prétendu qu'il ne voulait ni être désagréable ni insister et il l'avait reconduite à la maison.

Quand elle a eu seize ans, l'oncle Wilfrid est revenu à la charge avec un argument de taille : la petite sœur de Bérénice, Claudette, commençait alors l'école et Willy proposait de s'occuper de la ramener à la maison à tous les jours. Afin de permettre à Bérénice de faire sa vie comme elle l'entendait, disait-il. Claudette avait six ans et rien au monde n'était plus insupportable à Bérénice que l'idée qu'elle prenne le même chemin qu'elle. Elle a donc accepté de revoir Willy qui, cette fois, l'emmenait au motel et lui offrait de l'alcool pour la dégêner et la rendre moins prude. Alex conclut : « Elle est enceinte de trois mois, personne ne sait rien, même pas l'oncle. Elle ne veut pas le dire à son père parce qu'elle a honte et aussi parce qu'elle a peur qu'il pense que Willy a tué sa mère. Elle ne veut pas que Claudette devine comme elle est sale – elle pleure tout le temps et elle dit qu'elle va se tuer, parce qu'elle n'est même pas sûre que ce n'est pas ce que sa mère a fait.

— Quel âge elle a ?

— Dix-sept ans. Elle vient de les avoir. Tu connais personne, toi, qui pourrait... »

Lili est bien embêtée... Ce n'est pas qu'elle a une opinion morale sur la chose, mais elle n'a aucune idée de qui peut faire ça, de combien ça coûte : « C'est pas ma mère qui peut nous aider ! La tienne ? »

Alex refuse même de penser aborder le sujet avec Jeannine : « Je me disais... Pourrais-tu parler à Ada ? Je ne veux pas raconter l'histoire de Bérénice et si je ne le fais pas, elle va faire comme toi, elle va sauter aux conclusions et croire que c'est moi le père ! »

Leah n'est pas du tout enchantée : « Pourquoi elle t'a dit ça, Bérénice ? Pourquoi te le raconter si tu n'as pas le droit de le répéter ? »

Alex avoue ignorer les raisons précises : « Je l'ai appelée pour sa fête, elle s'est mise à pleurer et j'ai proposé de la voir. C'est là qu'elle m'a raconté l'histoire.

— Alex, elle ne veut pas se débarrasser du bébé, c'est ça ? Elle n'en a pas parlé ? C'est toi qui penses trouver un docteur. Elle n'a jamais parlé de ça ?

— Elle veut se marier et partir de chez elle. Elle veut se marier avec un homme qui le sait pour Willy et qui va lui faire peur et l'empêcher de recommencer avec Claudette. Je la comprends. C'est sûr que si elle perd le bébé, l'autre va recommencer.

— O.K., Alex. Moi aussi, je la comprends. Sauf que t'as un problème : cet homme-là, dans sa tête, c'est toi. »

* * *

Quand Julie Béland fait entrer Leah et Alex, ils ont tellement l'air d'avoir fait un mauvais coup qu'Adélaïde lève la main pour interrompre tout début de récit, fait un appel pour annuler une réunion et vient finalement s'asseoir avec eux : « Maintenant, prenez votre temps et expliquez-moi ce qui vous donne l'air si piteux. »

Lili a gagné qu'Alex brise la promesse de secret faite à Bérénice et Ada écoute avec stupéfaction le récit et les hypothèses de solution.

La réaction d'Adélaïde est aussi surprenante qu'efficace : « Trois mois, vous dites ? C'est tard. Je ne sais pas qui ferait ça. Je vais m'informer, faire comme si c'était pour moi. Je suis prête à payer, à en prendre soin, mais Leah a raison de penser qu'elle n'acceptera peut-être pas. Le mieux serait de me l'emmener ici, Alex. Il faut lui parler. »

Alex refuse absolument de révéler à la jeune fille qu'il a raconté ça à Ada. « Tu ne te rends pas compte ! Tu as failli devenir sa tante. Elle a tellement honte, je ne peux pas lui faire ça !

— Et où elle va croire que t'as trouvé une adresse, un médecin et de l'argent pour un avortement ?

— Ça a l'air que les hommes sont supposés savoir ça. Je ne sais pas, moi ! »

Leah ne peut retenir son rire : « Les hommes, oui ! Vraiment, Alex ! Alors que c'est notre affaire du début à la fin ! »

Ils discutent longtemps avant de s'entendre sur une approche naïve : Alex va avouer en avoir parlé à Lili, mais dans la mesure permise, et Leah va faire comme si elle pensait que Bérénice avait eu un malheur avec un cavalier de son âge. Ada n'a aucune inquiétude en ce qui concerne la diplomatie de Leah et sa clairvoyance : elle saura vite jusqu'où Bérénice veut aller.

Adélaïde garde pour elle que c'est probablement Béatrice qui va lui fournir les renseignements qu'elle cherche.

Alex est tout à fait convaincu que ce qui est arrivé à Bérénice est affreux, mais son solide bon sens refuse d'admettre qu'il n'y ait pas de solution. Quand il se trouve devant la jeune fille pâle et tremblante et qu'il essaie de la persuader d'avorter, avant même d'aborder la possibilité que Leah s'en mêle, Bérénice est en larmes et refuse catégoriquement de se débarrasser de l'enfant. Pour elle, c'est ajouter à son crime, c'est tuer et devenir impardonnable.

« S'il faut tuer quelqu'un, c'est moi que je tuerai, pas le bébé ! »

Alex évite de spécifier que l'un entraîne l'autre. Il trouve seulement qu'elle n'a pas la bonne réaction de défense : « Alors, dis-le à ton père. Dis tout.

— Tu ne veux pas m'épouser, c'est ça ? Tu me trouves trop dégoûtante, Alex ? Tu ne serais pas obligé d'être *vraiment marié*. Je veux dire... Je comprendrais que tu ne veuilles pas me toucher et ce ne serait pas grave en ce qui me concerne. Seulement faire comme si... Ça tiendrait mon oncle Willy en dehors de chez nous.

— Tu veux que j'aille le voir ? Que je le menace ? »

Les yeux agrandis par la peur, elle refuse en reculant. Alex répète qu'il faut parler à son père, que c'est la seule solution, qu'il faut arrêter cet homme et que le mariage n'empêchera pas Claudette de devenir la prochaine proie.

« Mais on la prendrait chez nous, Alex ! On la mettrait pensionnaire, on la protégerait.

— Pourquoi nous ? Pourquoi pas ton père qui ne t'a pas protégée, toi ?

— Tu ne comprends pas ? Tu ne comprends rien, donc ? Je ne peux pas dire ça à mon père ! Je ne peux pas défaire maman dans sa tête ! Je ne peux pas !

— Ça ne regarde pas ta mère ! Elle peut très bien avoir été victime de son affection pour Wilfrid. Ça ne la diminue pas nécessairement. Tu ne peux pas faire ça à Claudette non plus. Ton père va s'en remettre, mais ta sœur, elle, elle ne s'en remettrait pas. Regarde-toi ! Regarde ce qu'il t'a fait ! Tu veux qu'il fasse ça à Claudette ?

— Arrête ! Je vais l'emmener loin, on va se sauver, c'est tout.

— C'est brillant ! Ton père va vous courir après et tu vas devoir lui dire de toute façon.

— Jamais ! Jamais ! Et je te défends d'aller le trouver.

— C'est ton oncle qui t'a menacée ? Bérénice ? Il va faire quoi, si tu le dis ? De quoi t'as peur ?

— Mais mon père la protégera pas ! C'est même pas sa fille ! C'est moi, sa fille, sa seule fille, tu comprends ? Claudette est pas à lui. C'est à l'autre ! »

Abasourdi, Alex essaie de reconstruire l'histoire à travers les parcelles d'informations que les sanglots de Bérénice laissent passer. Sa mère n'était pas mauvaise, c'était juste une erreur et ça ne fait pas de Claudette une enfant sale. Seulement, tout a été fait et accepté pour protéger son père, la réputation de son père. Sa propre mère a laissé faire Willy pour éviter le déshonneur qu'il lui promettait en révélant tout à Bertrand. Que peut-elle faire d'autre que continuer les efforts qui leur ont coûté si cher à sa mère et à elle ?

Alex ne sait plus par où saisir le problème. Il ne dit plus rien, dépassé, horrifié. Il sait très bien qu'il n'épousera pas Bérénice, ne serait-ce qu'à cause de sa mère qui verra tout de suite qu'ils n'ont pas d'amour l'un pour l'autre. Et Jeannine n'est pas le genre à exiger des sacrifices pareils. Il se demande honnêtement si Bérénice n'a pas raison de le croire dégoûté par un corps aussi malmené et sali. Il essaie de rester sincère et de s'avouer ses sentiments. Et il a honte. Honte de ne pas pouvoir la regarder sans voir les actes de Willy, l'obscénité de la copulation autorisée par la mère et cette grossesse incestueuse, cachée, si répugnante. Lui qui aime tant les plaisirs du corps, lui qui peut embrasser une fille pendant des heures, n'arriverait pas à garder Bérénice dans ses bras sans penser à l'indignité qu'elle n'a pourtant pas cherchée, mais qu'elle continue à subir.

Terrassé de honte, il ne dit plus rien.

C'est Leah et son sens aigu des émotions humaines qui devine ses sentiments. Alex peut seulement avouer qu'il n'est pas fier de lui, mais que ce sacrifice est au-delà de ses capacités. De plus, il estime qu'il serait nuisible pour Bérénice parce qu'il ne pourrait pas oublier par où elle est passée.

« Qu'est-ce qui te ferait la regarder autrement ? Si mon beau-père m'avait fait ça, tu serais incapable de me regarder comme avant ?

— Toi ? Tu ne te laisserais pas faire !

— Ça arrive, Alex. On ne peut pas toujours se défendre. Peux-tu admettre que ces femmes méprisables aux yeux de tout le monde, pas seulement des tiens, ces femmes ont protégé un homme ? Elles n'ont rien dit pour ne pas salir sa réputation à lui. À cause de sa carrière publique. Est-ce que ça te semble normal, Alex ? Je ne t'accuse pas, je fais seulement poser la question. Pourquoi ces femmes aimeraient-elles plus cet homme-là, Bertrand Bédard, que leur propre dignité, que leur propre vie ? À ce compte-là, je pourrais dire : pourquoi tu épouserais une femme qui va encore se laisser faire par Willy, si jamais il menace de tout révéler à Bertrand ? Je me demande s'il n'y a que des femmes pour faire ça ?

— Peut-être qu'il n'y a que des hommes pour se conduire comme Willy. Je voudrais pouvoir lui dire que je le fais, Lili, mais je ne peux pas. Je ne suis pas un chevalier. Je veux vivre autre chose qu'un mariage blanc. Je ne l'aime pas ! Jamais je ne pourrais la toucher. Et pas seulement à cause de l'oncle. Quand elle m'appelait il y a trois ans, je ne savais rien pour l'oncle et je ne l'ai jamais touchée. »

Il évite d'ajouter à quel point ça le rassure d'avoir cette référence qui fait de lui quelqu'un d'un peu plus excusable à ses yeux.

Le problème reste entier : Bérénice refuse l'avortement qui s'avère très dangereux à mesure que les jours passent.

Un soir qu'il rentre chez Fabien pour étudier, Alex trouve sa mère occupée à réchauffer un *stew*. Elle le sert et s'installe devant lui, à la table au large bord chromé. Sans un mot, elle lui indique son assiette chaude du menton et il se met à manger. Ce genre de ragoût, surtout réchauffé, est son mets préféré. Jeannine le regarde avaler en souriant et elle finit par dire le « pas trop vite » qui a scandé tous ses repas de famille.

Quand il allume une cigarette, elle prend le percolateur qui glougloute sur le poêle et lui sert son café : « Tu vas avoir vingt ans, Alex, et tu es bien assez grand pour faire ta vie comme tu veux, pas de discussion là-dessus. Mais t'es mon gars. Je te connais, c'est moi qui t'a tricoté. Depuis deux semaines quelque chose te chicote et tu regardes moins franc quand t'as à me regarder. Tu regardes comme quand t'avais fait un mauvais coup. Vas-tu me le dire ce qui t'achale ? »

Elle a posé ses avant-bras sur la table, une main pardessus l'autre, elle attend patiemment et Alex est envahi d'amour pour cette femme solide, fiable, extraordinairement aimante qu'est sa mère. Jamais cette femme n'aurait livré un de ses enfants à des mains vicieuses dans le but de protéger absurdement un homme assez aveugle pour ne pas voir que ses petits sont jetés en pâture afin de protéger sa carrière. Jamais. Jeannine a l'œil, elle ne laisse rien échapper. Quand il s'agit de sa progéniture, elle n'est que griffes et coups de gueule. Alex a souvent menti, souvent agi à sa guise en se moquant des risques encourus parce qu'elle était là et qu'il le savait.

Il se lève, la prend dans ses bras : « Si j'ai des enfants, un jour, je voudrais qu'ils aient une mère comme toi.

— Ça, mon gars, c'est à toi de bien choisir.

— J'aurais rien qu'à te la montrer et tu dirais oui ou non.

— Vas-tu me le dire ce que tu fais de croche, cette fois-ci, que je te dise oui ou non ? »

Dans la cuisine à l'éclairage cru, Alex raconte toute l'affaire à sa mère qui l'écoute attentivement. Pendant toute sa carrière et au cours des réunions de paroisse, celles du syndicat, celles des femmes qui élèvent seules leurs enfants, Jeannine a vu pas mal de drames et de misère.

Rien de ce qui est humain ne l'étonne, la plus grande disgrâce tout comme l'héroïsme pur. Le bon sens de Jeannine est toujours appuyé sur un sain réalisme : ce qu'elle ne peut pas changer, elle n'en rêve même pas.

Alex attend en fixant sa mère avec anxiété.

« Ton père était un pur, Alex. Le genre de gars qui embrassait toutes les filles mais qui estimait ne pas avoir menti s'il n'avait pas prononcé le fameux "je t'aime". Quand on en venait aux devoirs d'un homme, il était intraitable. Le devoir est le devoir, et rien ne doit nous faire reculer. Aucune nécessité. C'est comme ça qu'il est parti se faire tuer à la guerre en me laissant avec trois petits pis dix cennes ! Je ne suis pas sûre que c'était la bonne idée, mais je sais que c'était un homme honorable. T'es comme lui, à soir, tu veux sauver une pauvre fille qui ne sait rien faire d'autre que souffrir. Tu veux changer le monde, Alex, pas juste le sort de Bérénice. Tu voudrais que la corruption de l'oncle, l'inconscience de la mère et du père, l'indignité de la fille, tout ça disparaisse comme si ton mariage était une bonne confession sur une *bunch* de péchés mortels. Ça marche pas de même, Alex. C'est pas ce qui va arriver. Et j'ai bien peur que tu ne puisses pas y changer grand-chose.

— Qu'est-ce qui va arriver ?

— Si la mort de sa sœur a pas arrêté le Willy en question, c'est pas la naissance de cet enfant-là qui va le déranger. Willy va continuer. Ça fait des années que ça dure... Le père voudra rien croire, même si tu vas lui cracher la vérité en pleine face. J'ai pour mon dire que si une enfant est malheureuse dans ta face pendant dix ans sans que tu le voies, le jour où l'explication arrive, t'es pas plus en mesure de le voir. Sa fille est enceinte, il n'écoutera rien et il va l'envoyer accoucher chez les sœurs du Bon-Pasteur. Y a juste une chose rassurante, Alex – et je ne le dis pas par cynisme –, c'est qu'une fois qu'elle aura eu un petit, elle ne sera plus aussi fraîche et appétissante qu'avant et que le salaud va la laisser tranquille. Il va le trouver moins tentant, son corps de vraie femme.

— Mais si elle a une fille ?

— Mon pauvre Alex ! Son père la laissera jamais revenir avec le petit ! Elle n'aura même pas le choix. Elle va signer la formule d'adoption, sinon c'est la rue.

Je te garantis qu'elle va signer. Son père va décider et elle va obéir. Qu'est-ce qu'elle a fait d'autre toute sa vie ? Non... même l'épouser ne servira à rien. Elle ne peut pas être heureuse, Alex. Ça ne dépend pas de toi. Même si tu étais très amoureux d'elle, ça ne peut pas l'aider. Il faut que ça vienne d'elle. Elle m'a tout l'air de croire qu'un homme, un mari, un père, n'importe, peut la sauver. Elle n'a même pas encore compris qu'ils vont l'achever. Si au moins sa première idée n'était pas de s'attacher un autre homme. Si au moins elle les envoyait chez le diable et criait que, dorénavant, plus personne ne va la toucher. C'est bien triste, Alex, mais c'est le genre de brebis que t'as pas besoin de tenir pour l'immoler. Elle se place toute seule la tête sur la roche. Tu dis : envoyé ! sauve-toi ! pis elle reste là. C'te petite fille-là est pas sauvable, Alex. En tout cas, pas par toi.

— Et sa sœur ? »

Les yeux de Jeannine l'observent en silence. Elle n'a besoin de rien ajouter pour qu'Alex comprenne que, si ce n'est déjà fait, Claudette va monter à l'autel du sacrifice et n'aura aucun *bargain* sur le prix à payer. Attristée, Jeannine tend la main sur la table, Alex la prend et la pose contre sa joue. La main un peu gonflée de sa mère, la main où l'alliance serre trop l'annulaire et dessine un bourrelet délicat. « Alex... ce n'est pas parce que tu refuses de la marier que t'es un écœurant comme Willy et comme le père. Si ta solution est de l'épouser sans amour, mais avec pitié, t'ajoutes deux malheureux sur la liste de Willy. Toi, et l'enfant qu'elle pourrait alors garder. Cet enfant-là a une chance de s'en sauver, et c'est en se faisant adopter. Quant à toi... c'est pas par froideur, Alex, mais si tu veux l'aider, il va falloir faire autre chose que rentrer dans sa panique et adopter ses solutions. Les solutions de Bérénice sont une partie du problème, ce sont des solutions de brebis. Il faudrait la reconstruire. Peux-tu faire ça ?

— Je pourrais au moins casser la gueule à Willy et y faire une maudite peur ! »

Jeannine constate que des solutions très mâles viennent à l'esprit de son fils. « Si tu fais ça, arrange-toi donc pour pas y aller tout seul ! Mais si j'ai un conseil à te donner, occupe-toi plutôt de la petite Claudette. Si Willy ne l'a pas attrapée, il y a peut-être de quoi à faire pour elle. Si tu trouvais le tour de lui faire savoir qu'elle n'est pas obligée de passer par là, par Willy. Si elle lui tient tête – et c'est pas Bérénice qui va lui montrer ça ! –, le bonhomme aimera pas ça. C'est pas pour rien qu'il les choisit si petites, il doit pas avoir beaucoup de répondant quand ça rouspète. Montre-lui à rouspéter, Alex. C'est à elle qu'il faut montrer, parce que quand Willy ne sera plus un danger, il va en rester quelques-uns de par le monde.

— T'as confiance, c'est effrayant !

— J'ai vu neiger, mon gars. J'ai vu des femmes faire des *shifts* de douze heures avec des *breaks* de dix minutes pour manger et un *foreman* qui en profitait pour tâter ses employées pendant ce temps-là. J'ai vu des *trâlées* d'orphelins à cause d'accidents de travail qu'on aurait pu empêcher avec un petit peu de bonne volonté. J'ai vu qu'on guérit pas le mal de même, on change pas le monde en claquant des doigts. Mais si je fais mon effort, si tu fais le tien, on n'empêchera pas les Willy d'exister, on va les empêcher de profiter de notre silence pour faire du mal. C'est pas gros, mais ça sera ça de pris. »

Si Alex nourrissait le moindre doute, ce qui n'était pas le cas, la semaine qui suit le repas avec sa mère démontre avec éclat la profonde connaissance de la nature humaine de Jeannine.

C'est Lili qui accompagne Bérénice pour annoncer à Bertrand Bédard son déshonneur. Lili a eu totalement raison de vouloir le faire dans les locaux de Radio-Canada : la fureur du père a été « civilisée » et tenue en laisse par la crainte d'ameuter qui que ce soit.

Bérénice est expédiée à Québec chez une vague parente et elle accouchera à l'hôpital de la Miséricorde. Elle laissera son enfant en adoption à la crèche Saint-Vincent-de-Paul, dans le même bâtiment. La promesse formelle d'Alex et de Lili de lui écrire chaque semaine et de veiller sur Claudette la rassure assez pour qu'elle parte au moins soulagée d'un poids.

Claudette ne comprend pas vraiment pourquoi Alex et Lili viennent la chercher après l'école, mais comme elle connaît Alex et qu'elle le trouve drôle, elle déclare que c'est moins plate qu'avec son oncle Willy.

Leah et Alex se partagent la tâche, leurs horaires de cours étant croisés, mais ils se rendent vite compte que c'est tout un travail de se retrouver à la sortie de l'école tous les jours. Ils persistent et s'organisent. Petit à petit, Claudette les charme avec ses histoires, ses questions, ses « si que ». En gagnant sa confiance, Alex et Leah réussissent à émailler leurs conversations de messages à peine cachés proclamant « qu'on n'est pas toujours obligés de faire ce que les grandes personnes demandent. À sept ans, on peut décider de ce qui est bien ou mal, c'est enfin l'âge de raison ». Ce que la petite n'a aucune peine à saisir.

Au mois de mai, avec la fin des cours universitaires, Alex et Leah vont chercher Claudette ensemble et ils l'emmènent faire ses devoirs rue Querbes où, dès qu'elle a terminé, elle aide ses amis à bêcher et à semer. L'année scolaire prenant fin, le problème de la protection estivale de Claudette se pose. Cette fois, c'est Ada qui trouve la solution. Prétendant que son entreprise offre des bourses de vacances à des enfants orphelins de père ou de mère et que cette bourse permet l'accès à des colonies de vacances aussi formatrices que coûteuses, elle prend rendez-vous avec Bertrand. Elle fait croire qu'il lui tient à cœur de réparer l'espoir que sa sœur a peut-être semé dans l'esprit des enfants. « Je ne sais même pas si cela vous arrangerait ou si un enfant ou deux aurait plaisir à en bénéficier. Je vous l'offre à tout hasard, en partie pour vous témoigner de mon estime et de mon regret de ne pouvoir vous compter dans ma famille. »

Pour ce dîner d'affaires, Adélaïde porte, avec son style si assuré, une robe chemisier aux couleurs fondantes dont le col relevé sur ses cheveux faussement sages donne des idées à Bertrand qui doute soudain de sa clairvoyance. Il aurait dû courtiser la sœur de Béatrice. Il s'enquiert d'un éventuel favoritisme dans l'attribution de ces bourses et, devant la bonne humeur d'Adélaïde qui jure que « bien sûr, elle le favoriserait, enfin, elle le ferait pour ses enfants », il s'empresse d'accepter, comme si cette femme lui avait tendu autre chose que sa main rigoureusement gantée de blanc.

Adélaïde le laisse supposer ce qu'il veut : quand on appelle sa fille Bérénice pour étaler sa culture sans songer que le prénom s'appuiera sur Bédard, on mérite d'être dupé par orgueil.

Elle n'a aucun scrupule à jouer de sa féminité pour ce genre de négociations. Autant elle évite absolument les rires et les sourires charmeurs dans sa *business*, autant ce genre de vanité masculine lui semble facile à combler et moins exigeante qu'une tentative d'éducation des mentalités. Ces rencontres lui confirment également le peu de chances qu'elle aura jamais de trouver un éventuel compagnon avec qui faire un bout de chemin. Depuis sa retraite fermée au Lac, Adélaïde a tiré un trait sur ses désirs et elle a investi la totalité de ses énergies dans ses tâches maternelles et professionnelles. Comme dit Jeannine, « ça occuperait deux hommes », mais les loisirs, même rares, pèsent lourd au cœur d'Adélaïde. Ce qui fait qu'elle s'arrange pour n'avoir de loisirs qu'avec Florent ou les enfants. Sa sexualité ne s'en trouve pas calmée, loin s'en faut, mais elle n'a toujours pas trouvé le moyen de régler ce problème.

Le mensonge inventé pour soustraire Claudette aux attaques de Willy apparaît à Adélaïde une très bonne idée. Leah s'enthousiasme et rédige pour elle une *Convention d'attribution de bourses d'été*. Le projet est destiné à tout enfant d'employé de *McNally Enterprises* qui aurait avantage à recevoir cette formation additionnelle et dont les parents ne peuvent assumer les frais. Outre celles accordées à Claudette et à son frère Bruno, *McNally Enterprises* donnent huit bourses pour le premier été. Cet été-là, Ada discute longuement avec Jeannine, Alex et Leah, et elle décide qu'il est temps de partager une partie des profits extraordinaires de ses investissements.

Jeannine n'est pas du tout enchantée de siéger à un nouveau comité, mais comme elle est la première à protester contre le manque d'esprit philanthropique des patrons, elle serait malvenue de s'épargner cette peine.

Leah est celle qui s'acharne le plus à mettre sur pied le Fonds et à stimuler le comité. Quand elle et Alex écrivent à Bérénice en juin pour lui annoncer que Claudette est tirée d'affaire et qu'elle ira, avec son frère, dans un joli camp de vacances près d'un lac, ils ont l'impression d'avoir tordu le cou au mauvais sort et de l'avoir fait ensemble.

Pour célébrer ce qu'Alex a grossièrement appelé le « pétage de gueule souterrain » de Willy, ils font l'achat d'un magnifique cerisier de Jérusalem qu'ils plantent ensemble dans le jardin tout neuf de la rue Querbes. L'arbuste est le cadeau de remerciement d'Adélaïde qui veut ainsi reconnaître que, sans eux, des enfants seraient malheureux et probablement des aspirants voyous.

Ils organisent une vraie cérémonie de ministres dans le jardin d'Aaron qui se charge du discours.

« Ce n'est pas l'Arbre de la science du bien et du mal, ce n'est pas l'Arbre de vie ou l'olivier dont les branches signifient la paix, c'est l'Arbre des enfants et c'est le plus solide espoir qui me reste : nos enfants vont reboiser la paix, nos enfants vont continuer et perpétuer nos alliances. Même s'ils n'ouvrent plus les livres saints...

— Grand-père ! On n'est pas à la synagogue. »

Aaron abrège en se tournant vers Alex : « Vas-y, mon garçon, plante ! L'idée est là. »

* * *

En grimaçant, Germaine se relève lentement du prie-Dieu. Il devrait y avoir un âge où ce genre de gymnastique est réduite si ce n'est abolie. Ses genoux supportent de plus en plus mal ses dévotions. Elle fait glisser mécaniquement son chapelet entre ses doigts, grain à grain, mais elle ne prie pas. Elle pense. Elle pense à Pierre et au casse-tête qu'il représente. Germaine ne doute pas qu'il faut faire quelque chose pour cet enfant, elle se demande seulement quoi, dans quelle direction, avec quelle autorité, consciente que le moindre faux pas sera chèrement payé. Elle ne sait pas si Pierre tient ses manières de sa mère, de son père ou de ses parents adoptifs, mais elle les trouve inquiétantes. Il y a deux personnes dans cet enfant. Un homme, ou presque, qui parle des créatures avec des yeux brûlants de désir à peine camouflé et un tout petit garçon pétri de peur, d'interdit, de fautes et de repentir extravagant. Un petit garçon bien perdu, à ce que voit Germaine, entre une Mattie implorante, facile à contenter et à manipuler et une maman éblouissante qui lui sourit toujours suavement derrière l'écran de télévision.

Quelque chose cloche dans cet enfant, quelque chose déraille, et Germaine n'arrive pas à cerner ce que c'est. Elle cherche, elle teste, mais il est malin, roué, et il se méfie de tout le monde, même d'elle avec qui il partage tout de même une certaine affection.

Faut-il ou non favoriser la vraie mère de Pierre ? C'est la question récurrente que se pose Germaine, question à laquelle Lionel ne peut répondre. Faut-il que Pierre voie Béatrice et comprenne qu'elle aussi a deux visages, un pour l'écran et un pour la vie ? Va-t-elle désespérer cet enfant en lui retirant ses illusions ? Mais jusqu'où ses imaginations vont-elles ? Quelquefois, Germaine est étonnée de la crudité des mots affectueux de Pierre. Quand il commente la poitrine de sa mère, les termes choisis sont loin d'être filiaux. Elle peut admettre que le vocabulaire concernant cette partie de l'anatomie n'ait pas été enseigné par Reine, mais quand même... Elle se souvient d'un « les petits enfants, ils peuvent fourrer leur face dans la craque de tétons de leur maman ! » qui l'avait saisie et laissée muette. Ce n'est pas pour rien qu'on disait aux mères d'allaiter moins longtemps leurs enfants mâles dans son temps. La remarque de Pierre tend à prouver que le jeu sexuel n'est jamais loin de l'esprit de l'homme, quels que soient son âge et ses connaissances.

Parler à Reine est inutile : elle va s'affoler comme une poule sans tête qui exécute sa dernière course. Parler à Jean-René revient à lire l'évangile du jour. Parler au curé, encore le même sermon. Elle se demande si, finalement, la meilleure solution ne serait pas de parler franchement à Béatrice.

Avoir Béatrice au téléphone est aussi compliqué que de demander une audience papale dans l'heure. Au bout d'un certain temps, Béatrice la rappelle, pressée, impatiente, et ne s'inquiétant que de savoir au plus vite qui était mort. Germaine ne se laisse pas impressionner par tout ce théâtre. « Personne n'est mort et si tu n'as pas cinq minutes d'attention à me donner, dis-moi à quelle heure tu me rappelles. »

Béatrice se calme, mais Germaine n'arrive pas à lui faire comprendre l'urgence de la situation. Béatrice confond totalement l'amour de son fils et celui de ses admirateurs : « Tu sais combien de lettres je reçois chaque jour, ma tante ? Je ne peux pas répondre au quart et tu voudrais que je m'occupe de Pierre ? Je n'ai pas le temps. Pas du tout. Il est beaucoup mieux avec Reine qui n'a que ça à penser. »

Quand Germaine insiste pour au moins la voir et lui parler, Béatrice se met à se plaindre que sa tante s'amuse à la rendre malheureuse et coupable. « C'est déjà assez difficile de penser qu'on n'a pas reçu d'instinct maternel, ma tante, faites-moi pas me sentir mal, en plus. »

Ce qui met fin à l'effort de Béatrice, mais pas au problème de Germaine qui voit Pierre partir pour l'île d'Orléans, assis en arrière à côté de Reine, alors qu'Hubert est assis près de Jean-René qui conduit. « La caravane de l'ennui », pense Germaine en agitant la main et en voyant Pierre se retourner et la regarder le plus longtemps possible.

Dès qu'elle arrive au Lac, Germaine est chaleureusement accueillie et fêtée, entourée d'affection et d'attentions. Les enfants d'Ada grandissent avec tant de grâce, tant de bonne humeur ! Thomas ne parle que de hockey et passe une partie de ses journées à *goaler* en faisant lever la poussière du tennis où sa mère joue encore parfois avec Florent. Léa ne cesse de *catiner* ses deux cousines. Une vraie mère ! Germaine l'écoute parler à Madeleine, lui expliquer patiemment pourquoi elle ne peut pas monter toute seule dans le hamac, pourquoi le lac est trop creux pour sauter dedans sans la tripe de secours, pourquoi Popeye est fort en mangeant des épinards. Le rire du bébé Véronique, malgré son éclat, n'égale pas celui de Léa qui s'amuse à la renverser sur l'herbe et à courir à quatre pattes derrière cette poupée de dix-huit mois.

Quand elle ne s'occupe pas des petits, Léa va s'asseoir dans la balançoire à l'ombre des ormes et elle dévore la Comtesse de Ségur. Souvent, Germaine voit Ada s'y installer face à Léa, les pieds appuyés à côté de sa fille qui fait pareil et étend ses souliers bleu et blanc pour faire bercer en cadence avec sa mère.

C'est le premier été où Jacynthe et Alex sont complètement pris en ville et ne viennent pas rejoindre Jeannine qui n'a plus à se soucier que de Tommy. Fabien a été envoyé en mission à Dallas pour sept semaines et James, tout près d'une importante résolution de sa recherche, ne les rejoint qu'une fin de semaine sur deux.

« Le camp des Pénélope ! » s'écrie Florent, quand il arrive le vendredi soir et les voit se précipiter vers lui pour avoir des nouvelles. Il remet discrètement à Jeannine les lettres de Fabien, il apporte les commandes spéciales de Lionel, du travail et les journaux de la semaine pour Ada. Mais elles ne sont pas si Pénélope et s'amusent ferme à jouer au scrabble, au Monopoly, quelquefois au bluff pour faire plaisir à Germaine, ou un yum, mais pas de bridge, jeu haï de Jeannine, Rose et Ada qui ont adopté à l'unanimité un bannissement temporaire de ce qui sent « l'ennui du dimanche à cinq heures ».

Sans les plus âgés de Jeannine, sans les hommes, la maison est différente, mais pas moins joyeuse. Jeannine compare ses souvenirs de jeunesse à ceux des autres et elles évoquent en riant ce qui, à l'époque, semblait si osé. C'est Germaine qui a la palme des choses indécentes – aucune des trois autres ne peut croire qu'enlever ses gants puisse être provocant et que le père de Germaine l'avait giflée parce qu'elle était restée seule avec un prétendant, sans chaperon, dans le salon... alors que le reste de la famille était sur la galerie, à deux pas.

Les soirées d'été à placoter, à se raconter des peurs, à agiter des dés dans le gobelet ou à compter les points de scrabble, les soirées des dames, comme elles les appellent, sont aussi douces que le ciel piqueté d'étoiles au-dessus d'elles, que le chant des grillons dans l'air du soir, aussi rassurantes que le babil des petites dans la chambre en haut qui ne finissent pas par s'endormir et que Rose va gronder sans aucune conviction pour revenir, chargée de ses deux beautés qui s'endorment dès qu'elles sont bercées.

Germaine est hantée par la pensée de ce qu'est l'été de Pierre en comparaison du sien. Alors qu'elle ne va plus à l'île à cause du terrible ennui que Jean-René et Hubert distillent, elle est convaincue que même un esprit très équilibré ne peut sortir d'une telle fréquentation sans dommages. Et comme Isabelle et les enfants n'iront pas alléger l'ambiance, Germaine a mauvaise conscience et soupire.

« Cœur qui soupire n'a pas ce qu'il désire ! »

Assis sur la balustrade de la terrasse, appuyé contre un pilier et les genoux relevés, Florent dessine au crayon – tout son corps est immobile et sa main droite vole comme une mouche folle sur le carnet. Il arrache la feuille et tend à Germaine son portrait au visage soucieux. « Vous voulez qu'on aille au village faire semblant d'acheter du pain ? »

Comme il est gentil, cet enfant ! « Quel âge as-tu, Florent ?

— Vingt-sept ans et toutes mes dents. Pourquoi ?

— T'as encore l'air d'un enfant, c'est pas croyable ! Fabien a l'air d'un monsieur à côté de toi.

— C'est que je fais une bonne vie, moi !

— Viens pas me dire que Fabien est en passe de se marier !

— Il fréquente, ma tante, je ne peux pas en dire plus...

— C'est ça ! À t'entendre, il fréquente depuis des années et on n'a jamais vu le bout du nez de cette conquête-là.

— C'est ce qui vous fait soupirer ? »

Germaine hésite puis se lève avec effort : « Laisse-moi prendre ma sacoche, mes gants et mon chapeau... On va y aller, chercher du pain ! »

* * *

Quand, après avoir sonné, Germaine entend un bruit de canne régulier qui s'approche, elle se prépare à un choc. Paulette l'avait avertie, mais son état est vraiment une pitié et Germaine se jure bien de ne plus jamais se plaindre de ses genoux en voyant cette femme, qui a pourtant dix ans de moins qu'elle, avancer à pas lents et pénibles.

Vieillir n'est pas le mot qui convient à ce qui est arrivé à Paulette. Elle s'est tassée, ses mains, ses jambes, tout son corps proclame à quel point la douleur s'est installée dans ses moindres articulations.

Germaine insiste pour verser le thé et répète qu'elle ne la savait pas si mal en point.

« Handicapée, tu veux dire ! Ma mère était pareille. Même maladie, même évolution. Rien à faire d'autre qu'endurer son mal. Et toi ? »

Elles ont plaisir à se retrouver et à évoquer les souvenirs, l'époque où Gabrielle et Paulette ouvraient le Centre, où Germaine a aidé pour le Préventorium. Elles reparlent d'Edward, de Nic, tous deux morts si jeunes. Paulette a des nouvelles par Florent, de loin en loin, comme elle dit, et elle nomme un à un les enfants pour avoir les derniers détails les concernant.

« Elle est quand même bien brave, cette Adélaïde... Thomas ressemble à son père ? » Germaine lui trouve surtout des airs Miller, le charme d'Edward, foncé, piquant. « C'est Alex, le neveu de Nic, qui est son portrait craché. Quand il prend Ada par les épaules, on croirait Gabrielle et Nic. C'est remarquable ! C'est évidemment le genre de commentaire que je ne passe pas à haute voix !

— Évidemment ! »

Paulette a l'air perdue dans ses pensées. Elle revient à Germaine, sourit avec cette lassitude qu'ont les gens souffrants qui se sont habitués à supporter la douleur.

« Chaque fois que j'ai été jalouse dans ma vie, j'ai cru avoir réglé mon compte avec cet amour insensé que j'ai eu pour Nic McNally. Gabrielle, Adélaïde, Florent, même Edward, son meilleur ami, son frère, quoi ! Chaque fois, Germaine, j'ai essayé de nier que j'aimais toujours Nic. Le jour de sa mort, je m'en souviens comme si c'était hier, le jour de sa mort, il y a eu cinq ans cette année, j'étais sur le balcon en avant et j'organisais des pétunias dans ma jardinière. J'avais les mains pleines de terre quand j'ai répondu au téléphone et un pétunia rosé dans ma main gauche. J'ai fixé le pétunia en sentant la terre se défaire et tomber par mottons sur la carpette du corridor. Je pense que je n'ai rien dit. J'ai juste raccroché. J'ai serré ma main sur le pétunia et je l'ai lancé sur le mur de toutes mes forces. C'était tellement injuste ! Tellement injuste ! Sa maudite sœur Kitty ! On l'as-tu vue venir, tu penses ? Il n'a jamais été capable de lui dire non. Depuis cinq ans, Germaine, chaque matin quand je me lève, je pense à Adélaïde et je me demande comment elle fait.

— Tu te souviens de Gabrielle ? Son énergie, son élan ? Sa fille est comme elle, branchée à même la fontaine du courage. Je l'ai jamais eu, moi. Ni ma sœur Georgina, d'ailleurs. Gabrielle était la seule à avoir autant d'effronterie et de courage. Des trois filles qu'elle a eues, il y a seulement Ada qui est comme elle. Rose et Béatrice sont différentes.

— J'ai vu Béatrice à la télévision. Elle fait une belle carrière. »

La porte est ouverte et Germaine aborde son sujet principal. Elle raconte tout à Paulette qui a perdu le lien avec les Miller après la mort d'Edward. Elle dit la vérité sur la mort de Léopold, le béguin entre celui-ci et Reine dont Paulette se doutait puisque, à l'époque, elle était toujours au Centre avec elle. Elle essaie de dresser un portrait honnête de la vie familiale de Pierre, sans réduire les qualités d'éducateurs du couple, mais sans cacher la tristesse ambiante. Elle termine avec l'épisode de Béatrice et de son remariage en expliquant le passage d'une semaine de Pierre à Montréal, semaine qui semble bien avoir marqué Pierre pour toujours.

Germaine est étonnée d'entendre la perspicacité de Paulette, la justesse de ses questions. Florent lui avait dit que sa longue fréquentation des enfants délaissés fournirait de bonnes pistes, mais ce que Florent ne soupçonnait pas, c'est l'intérêt réel, l'intensité avec laquelle Paulette se préoccupe de Pierre.

Paulette ne lui cache pas qu'il est tard pour rattraper un enfant aussi laissé à lui-même depuis si longtemps. Elle scandalise Germaine en soutenant qu'un garçon est tout décidé, dans sa tête et dans son cœur, entre treize et quatorze ans. La nature d'une fille est plus lente à se révéler, plus fantasque, mais pour un garçon, personne n'en fera démordre Paulette : à quinze ans, maximum, c'est fini, on ne peut plus le changer en profondeur. « Si c'est un voyou, un bandit, un bon yable ou un saint, c'est ce qu'il est et ce qu'il restera, peu importe nos efforts. Germaine ! Il nous reste un an, ne fais pas cette tête ! »

Germaine est si rassurée de n'être plus seule dans « son équipée de fou » qu'elle reprend courage et met au point une approche qui lui laisse Pierre pendant que Paulette s'occupe de Reine.

« Arrange ça comme tu voudras, Paulette, on n'a pas eu d'enfants, mais on aura quand même fait notre part.

— Toi, peut-être, Germaine, mais moi, j'en ai gros à me faire pardonner. Qu'au moins ma science de la rage rentrée profite aux petits voyous comme Pierre.

Crois-en mon expérience, cet enfant-là a un énorme chagrin d'amour. Je ne sais pas si on peut alléger son cœur. On va essayer. »

* * *

Dès qu'il atteint la crique aux Ours, en bordure de la plage publique, Pierre se débarrasse du chandail à col marin et du petit béret qui lui donnent l'air ridicule. Les épaules chétives et les bras blancs exposés au soleil par le « petit corps » sans manches, ses longues jambes aux genoux cagneux s'échappant du bermuda trop large, il avance sur le sable caillouteux et reste planté là, les bras ballants, à observer les baigneurs. Son regard est surtout attiré par les baigneuses : toutes ces femmes en costume de bain coloré qui s'allongent sur des serviettes et attendent en plaisantant que le soleil les bronze. Quelquefois, elles s'étirent vers leur sac de plage, prennent de la lotion qu'elles étendent soigneusement. Il y en a une qui sort un petit transistor. Il entend la voix de Saint-Georges Côté, suivie d'Elvis qui chante, et elle balance un pied rythmiquement en fumant. Celle-là, Pierre la surveille attentivement : son costume de bain n'a pas de bretelles et la masse de ses seins semble comprimée, prête à ne plus retenir le maillot qui va descendre à un moment donné, il en est sûr, exposant dramatiquement la poitrine. Pierre ne voudrait pas manquer ce moment. Depuis qu'il a remarqué cette blonde qu'il rêve de voir la poitrine gagner et s'échapper. Quelquefois, quand elle sort de l'eau, elle saisit le haut du maillot à deux mains et tire pour s'assurer que tout est en place, et ensuite, elle glisse ses mains le long de sa taille, vers les cuisses et elle tire le bas pour bien couvrir la fesse. Cet instant est particulièrement excitant, Pierre ne pouvant pas croire qu'en tirant par en bas le haut n'explose pas à la lumière du jour.

Des enfants jouent au bord de l'eau, mais il n'a aucune envie de les rejoindre et de construire de stupides tas avec un seau et une pelle. Il n'a plus dix ans. Il préfère s'asseoir contre le rocher et gratouiller le sable en glissant un œil attentif sur le dos de la blonde, installée à plat ventre. Il se demande comment elle peut se coucher comme ça sans se faire mal, sans écraser douloureusement les seins. Il peut voir la fermeture Éclair du maillot... il pourrait la descendre et voir si les fesses des femmes sont comme les fesses des hommes. Il est sûr que non. Il aime se répéter mentalement ces mots interdits, *fesses de femmes, seins, craque de fesses*. Pourquoi les fesses des femmes seraient-elles comme les siennes puisqu'elles n'ont rien devant, qu'elles sont vides ? Il a beau essayer de visualiser ce vide, l'imaginer comme le panneau du costume de bain ou comme les poupées de Léa qu'il s'est empressé de déshabiller dès que Léa a eu le dos tourné, il n'arrive pas à comprendre comment ça peut fonctionner. Ça lui semble bizarre, cette finition du bas où il n'y a que la *craque des fesses*, rien d'autre.

Il sait que, dans le mariage, on doit percer les femmes avec son moineau, mais il trouve l'entreprise très angoissante : comment une femme peut-elle se laisser percer sans crier ? Il est certain que Mattie n'a jamais fait ça. C'est pourquoi Mattie n'a pas eu de bébé. Il paraît qu'en perçant, ça ouvre pour les bébés. Il doit y avoir un secret, une sorte de porte dissimulée. Mais ça ne peut pas être propre, sinon la Vierge aurait été pareille aux femmes, et c'est connu que le Fils de Dieu est arrivé dans ses bras, pas dans son ventre, une sorte de livraison du Saint-Esprit. De tous les mystères religieux, celui-là est le plus simple à croire et c'est sans doute pour ça que les questions techniques sont si angoissantes maintenant.

Depuis le vol du parfum, Pierre *le fait* régulièrement. Il pense à se toucher dès qu'il ouvre les yeux et jusqu'au moment où il retourne s'étendre dans son lit. En fait, il y pense continuellement, il en a des bouffées de chaleur, un malaise physique éprouvant. Il n'arrive plus à se contrôler, à empêcher l'affaire de partir. Il doit être très vigilant avec le parfum, l'odeur des femmes ou juste leur proximité. L'escalade du besoin, de l'urgence de recourir aux gestes a été si rapide ! Elles sont vraiment vicieuses avec leurs formes serrées dans les maillots ou dans les robes soleil. La tentation du Mal, l'excitation des sens, l'impureté absolue dans leur cou blanc quand elles rient et qu'il voit par où la main pourrait rentrer et saisir la *tablette*. Mattie n'est pas comme ça, elle n'a pas de tablette, elle est sèche et sans formes rondes qui rendent fou. Sa mère, elle... sa mère est aussi belle qu'une *pin up* américaine qui bouge en roulant du bas pour demander à être percée. Betty Boop fait ça dans les *comics*. Des salopes qui sont au monde pour tester sa vertu et le tenter. Il les hait d'autant plus qu'il ne résiste pas, qu'il se fait avoir à chaque fois. Il est sûr que c'est un truc et qu'on reste pris dans le trou qu'on a foré dans la femme. Il se voit pris dedans, serré, très serré, la face cachée dans leur tablette et se tortillant pour sortir. Plus il se débat, plus c'est affolant de volupté, pire c'est, parce que le péché grandit et atteint des proportions gigantesques, parce qu'il est obligé de s'aider à sortir du trou qu'il imagine si bien, et il doit toucher ses parties indignes, quoique cela soit absolument interdit, rigoureusement prohibé et punissable de l'enfer.

Le truc pour Pierre, c'est d'arriver au soulagement sans se toucher, sans avoir à poser ses mains sur son corps. Ces pensées qui tournent dans sa tête l'entraînent assez loin, et il joue avec précision avec certains déclencheurs qu'il garde en réserve en s'interdisant d'imaginer avant le moment propice et décisif. Il essaie de réduire ce moment et de n'avoir recours au déclencheur que deux ou trois fois par jour. Pour les agaceries, par contre, les chatouillements, les débuts d'érection, il s'autorise tout ce qui y mène, sauf, bien sûr, à l'heure des repas ou de la prière, à l'heure où Mattie risque de découvrir le pot aux roses. Se cacher de Mattie est tout à fait comme fuir l'œil de Dieu : elle est partout, elle surveille beaucoup, constamment. Pierre ne sait pas si elle peut deviner tout ce qui grouille dans son esprit, mais il la trouve collante à toujours surgir avec un livre, un jeu ou une question.

C'est d'ailleurs de la faute à Mattie et à son insistante servilité s'il doit affronter chaque jour la tentation des pécheresses de la plage. Si elle le lâchait deux minutes, il n'aurait pas à se réfugier dans les tourments des Marie-Madeleine étendues, offertes au soleil. Qu'est-ce qu'il aimerait se faire laver les pieds avec du parfum et se les faire essuyer ensuite avec les cheveux des femmes ! Cette seule image le fait agoniser de plaisir. Quel dommage que sa mère ait les cheveux courts ! Ils sont si blonds, si bouclés, il peut imaginer s'ils étaient longs et que, humble, courbée, avec ses seins qui bougeraient vers le sol, elle baignerait ses pieds de parfum et les sécherait en agitant langoureusement la tête autour de ses pieds. Il se sent comme un roi. Il bouge ses orteils dans le sable chaud et se demande si sa mère embrasserait aussi ses jambes. Le fantasme s'arrête là. Il ne peut rien imaginer de plus affolant que ce moment où les cheveux se prennent entre ses orteils et où sa mère pose une main miséricordieuse sur ses parties en hochant la tête avec un air attendri et en esquissant la moue qu'elle fait à la télévision quand elle dit : « Mon p'tit haïssable ! » Ce moment précis est le déclencheur de Pierre depuis une semaine. Avant, il n'avait pas besoin de la main de sa mère, et c'est ce qui l'inquiète, cette surenchère exigée par l'érosion des pensées excitantes qui diminuent d'intensité s'il y a trop souvent recours.

Pierre s'est aperçu que, en récupérant d'anciennes idées qui semblaient épuisées et sans effet, il arrivait à faire repartir la machine à désirs dans sa tête. Dans les mauvaises pensées, finalement, rien n'est jamais à jeter pour toujours, et son esprit lui semble de plus en plus encombré et occupé principalement à classer et à organiser les scénarios secrets qu'il s'invente.

Pierre bouge un peu pour distraire l'envie qu'il a terriblement exaltée avec l'idée de Marie-Madeleine. Il doit rester prudent et ne pas salir son *brèguet de bain* s'il ne veut pas se baigner. Il a dû faire accroire à Mattie qu'il recommençait à faire pipi pour justifier les caleçons encore mouillés par les rinçages qu'il doit faire tout de suite après s'être échappé. Le mieux, évidemment, serait de faire ça dans la salle de bains, avec du papier de toilette. Mais Mattie est maintenant inquiète du fonctionnement de ses intestins et lui demande, chaque fois qu'il sort des toilettes et que ça a pris un peu de temps : « Encore un numéro deux ? » qui l'humilie et le choque. Depuis quelques jours, Mattie sert du riz, des bananes et l'autorise même à prendre du Seven Up. Il préfère être constipé plutôt qu'avoir à subir les soins purgatifs de Mattie qui s'est toujours inquiétée du bon fonctionnement « de ce côté-là ».

La complication la plus pénible à supporter est la

pluie ou le mauvais temps. À ce moment-là, Pierre doit rester à la maison et jouer à la stupide bataille avec Hubert qui est aussi mauvais perdant que Jean-René ! Ou alors, il doit aider Mattie dans ses entreprises culinaires ou de rangement. Mattie range même ce qui est à l'ordre. Elle recommence sans cesse, comme si rien ne serait jamais assez propre à son goût. Elle travaille tout le temps. « Une place pour chaque chose et chaque chose à sa place. »

La dernière semaine à l'île, le temps s'est mis au gris et la plage est désertée de ses nymphes tentatrices. Pierre, après avoir cherché en vain un bout de robe, un bout de jambe nue, revient vers la maison où tout est calme. Personne en vue et silence parfait. Il monte à sa chambre, ferme la porte et se livre à un de ses rituels favoris : enlever tout le bas et, nu-fesses, s'agenouiller pour prier Dieu avec ferveur en sentant monter l'envie de se saisir. Appuyé sur son lit, le front appuyé sur ses mains croisées, il prie, concentré sur la fraîcheur qui flatte ses fesses exposées, et il se répète que Dieu lui demande de résister à la tentation et d'éprouver sa force morale supérieure en éloignant ses hanches pour ne pas que son moineau effleure vicieusement le tissu du couvre-lit. Contrairement au grand-père, Pierre aime beaucoup perdre ce genre de bataille. Mais il faut un très long temps de résistance. Dans son esprit, Dieu finit par le punir à travers la luxure qu'il envoie, Dieu l'invective, le menace de frapper, de tordre ces petits sacs lourds, remplis de péché. Il tonne contre cette tige tendue, oscillante, où pleure une longue goutte baveuse. Dieu menace d'envoyer Satan, et Dieu, excédé, lui reproche de ne pas lui offrir sa honte avec un peu plus d'humilité. Arrivé à ce moment précis où la colère divine le condamne à agir et à immoler son péché vers le Ciel, Pierre se renverse et s'étend sur le sol, les genoux encore pliés, talons contre ses fesses nues et il s'empoigne fermement pour demander pardon en se vidant et en chassant pour toujours la pression du Diable et du désir confondus.

C'est à cet instant du rituel que Reine fait irruption dans la chambre, les bras chargés de vêtements pliés et repassés.

Quand elle surprend Pierre étendu sur le plancher, la main enserrant son sexe bandé qui lui semble ignoblement gonflé, au bout d'un rouge si vif qu'elle est persuadée qu'il l'a frotté au point de le faire saigner, un sursaut de dégoût la fait lâcher le linge et s'abattre sur Pierre pour le frapper sauvagement : « Non ! Pas toi ! Pas ça ! C'est sale, espèce de vicieux ! Touche pas ! Pas toi ! Écœurant, c'est écœurant ! »

Tétanisé de honte, Pierre se laisse abrutir de coups et il ne sait pas comment ni au bout de combien de temps Mattie réussit à tirer le couvre-lit sur sa nudité, à le considérer d'un air glacial et à jeter, avant de fermer la porte : « Jamais tu ne demanderas assez pardon. Jamais ! »

La phrase lui semble aussi sans appel que le jugement de Dieu.

Pierre ne sait pas sous quel prétexte Mattie avance le départ ni quelle raison elle a donnée pour justifier sa punition de l'enfermer dans sa chambre jusqu'à ce moment. Dès trois heures, ils sont en route pour Québec.

Arrivés à la maison, Mattie ne défait pas les bagages et ne prépare pas à souper : elle ordonne sèchement à Pierre de la suivre et elle l'emmène directement au confessionnal où, l'air dégoûté, elle lui fait signe d'entrer. Tête basse, Pierre s'exécute.

Agenouillée dans son banc, prosternée, Reine trouve enfin un peu de calme. Ce qu'elle a vu, ce qu'elle a surpris, est sûrement la chose la plus abjecte qui soit. Jamais, de sa vie, elle n'aurait cru qu'un enfant si jeune, si innocent, puisse être la proie d'une telle lubricité. Jamais la piété de Pierre, sa dévotion exemplaire à Dieu ne lui avait permis de douter de sa pureté absolue. Dans ce sexe d'homme fait, tenu par la main encore enfantine, Reine a vu ses pires cauchemars prendre forme : même les enfants innocents sont souillés et pervertis, même Pierre, si beau, si pieux, est victime du stupre dégoûtant. Cette lascivité qui pourrit les hommes et qui la force à se soumettre chaque nuit, lui aussi en est habité. Qu'est-ce qu'ils ont tous à être obsédés, à tendre cette hideuse partie comme si c'était un trophée, à vouloir s'enfoncer en elle et l'humilier ? Pourquoi cette chose innommable, immonde n'a-t-elle pas de limites ? Comment le Diable peut-il déjà grouiller dans les entrailles d'un petit garçon, le jeter par terre et le terrasser avec l'infecte sexualité mâle ?

Reine est au-delà du découragement ou de la colère, elle est comme morte. Jamais plus elle ne pourra toucher cet enfant sans revoir la pratique dégradante à laquelle il se livrait avec frénésie. Pierre ne sera plus jamais un enfant. Les fameuses hormones supposées régir cet appétit indécent des hommes l'ont gagné, et Reine est seule à jamais.

Pierre sera donc le fils de Béatrice. Dieu est témoin que Reine a lutté, bataillé pour que la grâce de Dieu ne délaisse jamais le cœur du petit. Pour que Dieu indique à travers la vocation de Pierre à quel point l'irréparable geste de désespoir de Léopold avait été absous dans la miséricorde infinie. Mais Dieu sait compter, et Reine n'oublie pas que sa crainte du « coup pour coup, dent pour dent » s'avère justifiée. Le péché originel est inscrit dans cette arme que les hommes touchent sans honte, Reine ne sait pas pourquoi. Si elle était affublée d'un tel appendice, elle ne le toucherait certainement pas, elle ne le montrerait jamais et elle ferait tout pour l'oublier.

Elle gratte inconsciemment son poignet, torturée à l'idée d'être aussi seule et aussi abandonnée, aussi tristement repoussée. Ce n'est pas qu'à Pierre qu'elle renonce, c'est à la notion du pardon divin, à l'espoir de retrouver un jour Léopold et de s'asseoir avec lui à la droite du Père. Mais Dieu sait compter. La main adultère et si douce, douce à faire pleurer, qui a tenu la sienne toute une nuit, cette main, Dieu l'a reprise au mécréant. Et l'homme adultère en pensée, prêt à renier le serment solennel du mariage, ne pouvait être pardonné d'un geste condamné par l'Église depuis toujours. Judas l'Iscariote, celui qui a trahi Jésus, s'est infligé le même traitement que Léopold. Elle a aimé un traître qui n'a pas eu le courage de vivre sans le péché des hommes. Son refus de briser le serment du mariage ne cherchait pas à désespérer Léopold. Pour la première fois depuis dix ans, Reine se dit que le geste maudit n'était peut-être que l'indice que même Léopold aurait fini par la faire se retourner et se soumettre à sa volonté. Même pieux, même habités par la foi, ils finissent tous par s'avilir et ramper vers une femme pour la souiller à son tour. Oui, Dieu sait compter, et elle ignore pourquoi cette épreuve particulièrement repoussante fait partie de sa panoplie de supplices, mais Reine est trop horrifiée, trop désenchantée et désespérée pour questionner Dieu. L'image de Pierre se tordant sur le sol et exhibant ses attributs lui laisse un goût de fiel que plus rien ne peut adoucir ou estomper. Dieu lui a tout pris, et s'il sait si bien compter, Il doit maintenant observer comment une âme totalement dévastée peut survivre à ce chemin de croix.

Pierre vient se couler dans le banc et s'agenouille près d'elle. Elle le fixe froidement, la main gauche occupée à gratter l'intérieur de son coude. Elle n'éprouve plus rien, ni regret ni colère. Rien. Elle sait dorénavant que derrière chaque homme, même ceux au visage candide, il y a cet effréné qui se tortille sous la brûlure de l'appétit sexuel et que cet appétit ne cherche qu'une chose : qu'humiliée elle se soumette et se taise. Quel dommage qu'elle n'ait pas eu le courage de se faire religieuse ! Comment a-t-elle pu s'aveugler à ce point ? Reine ne se souvient que d'une seule chose qui ait gouverné toutes ses décisions dans sa vie, et c'est l'obéissance. La passive et horrible obéissance qui l'a conduite dans ce banc d'église. Cette obéissance qui l'asservit à ce qui règne sur le monde : des hommes gouvernés par cette chose hideuse qui pend entre leurs jambes.

Pierre lui fait son regard repentant et elle baisse les yeux. S'il savait combien, dorénavant, elle se méfiera de lui et ne croira plus rien. S'il savait combien tout est froid et impitoyable au fond d'elle, il retournerait au confessionnal de peur de l'affronter.

Pour la première fois de sa vie, Reine est assise dans une église et elle n'en éprouve aucun bienfait. La rage froide qui l'a conduite à s'acharner sur Pierre, à ordonner le départ de l'île, la rage est comme un lac immobile et gelé qui tient son cœur. Un lac stérile et calme. Elle n'a envie de rien, ni de demander pardon ni d'obéir à la loi de Dieu qui devrait l'agenouiller et la faire s'incliner devant les voies si impénétrables du Tout-Puissant. Pourquoi devrait-elle s'amender alors qu'elle ne fait que subir ?

Elle regarde le cou blanc de Pierre, penché sur le prie-Dieu : autant cette vision ne provoque plus aucune tendresse, autant Dieu et ses mystères vénérables la laissent froide. Reine ne sait pas très bien ce qu'a pu être son manquement en dehors d'avoir aimé un homme marié et d'avoir renoncé à lui, mais ce jour-là, elle est certaine d'avoir payé sa faute.

Elle abandonne l'idée de se rendre au confessionnal : même le curé Gendron lui inspire de la défiance. Pourquoi irait-elle demander à un homme les raisons de Dieu ?

Elle se lève, suivie de Pierre. Une fois dehors, elle lui dit de mettre un pantalon long en rentrant. Elle ne veut plus voir les marques laissées par ses coups sur les jambes du petit garçon. Elle ne regrette pas, elle veut simplement s'éviter de repenser à cet instant.

Pierre est très sensible à l'hostilité de Mattie et il se dit que, avec des attentions et de la délicatesse, il devrait pouvoir l'amadouer et se faire pardonner son immense erreur.

Mais sa tante ne change pas d'attitude. Elle reste froide et se dégage dès qu'il s'approche d'elle, comme s'il l'écœurait. Elle fait enlever la porte de sa chambre et un nouveau code régit celle de la salle de bains où, dorénavant, aucun verrou ne protège l'intimité. Si la porte est fermée, quelqu'un y est, point. Mattie peut entrer à n'importe quel moment n'importe où. Étrangement, Pierre a l'impression que ce qui est interdit le sera tant et aussi longtemps que c'est sous le toit de Mattie, et non pas en soi. Reine a cette façon de seulement dire « pas chez moi ! » qui sous-entend que la tendance vicieuse doit être contrôlée dans sa maison, mais qu'elle n'est pas considérée comme réglée pour autant.

Au bout d'une semaine de ce régime, Pierre, inquiet, a cessé de louvoyer et se livre à une véritable confession et non plus au simulacre de semi-aveux de pensées vaguement lascives qui lui tenait lieu de confession. La pénitence infligée, les questions très embarrassantes du prêtre sont déjà une très lourde épreuve et Pierre se remet mal de l'humiliation qu'il en ressent. Là où il est franchement scandalisé, c'est quand il constate l'impassibilité de sa tante devant ses louables efforts.

Quinze jours après l'événement de l'île, Reine annonce qu'il entrera pensionnaire dès le 3 septembre et qu'il ne sortira qu'aux vacances de Noël « à la condition que les résultats scolaires soient dignes d'une telle récompense ». Aucune excuse, aucune supplique, aucune larme n'attendrit Mattie. Le jugement est tombé, l'exécution suivra. Sa tante coud sur tous ses vêtements un bout de galon où son nom est inscrit et il a l'impression d'aller en prison, d'autant plus qu'elle n'a même pas l'air triste de le voir partir.

La panique qui saisit Pierre à l'idée d'être rejeté de chez sa tante, privé de télévision chez Germaine et livré aux règles de discipline du Petit Séminaire est si violente qu'il en est malade. Mattie ne le touche que pour vérifier s'il a ou non de la fièvre et, quand il s'accroche à cette main sur son front, elle la retire sans commentaire.

Plié de douleur, le ventre tordu de spasmes, Pierre pleure et prie sans réussir à apitoyer quiconque sur son sort. Finalement, fiévreux, agité de tremblements, il profite de ce que tout le monde est parti à la messe pour courir chez tante Germaine implorer son aide afin d'empêcher le pensionnat.

Germaine tente de calmer Pierre en constatant qu'il est à la fois hors de lui et malade d'angoisse. Pierre hoquette que leurs mercredis sont finis, qu'il perd tout et qu'il va mourir.

Reine, alarmée et visiblement fâchée, écoute tante Germaine en silence et elle repart avec Pierre en promettant d'y réfléchir. Sur le chemin du retour, elle administre de petites tapes sèches sur la nuque de Pierre en sifflant : « Tu veux que je le dise ? Tu veux qu'elle sache pourquoi tu es puni ? Tu veux avoir honte pour de bon ? » Pierre essaie de se protéger en avançant trop vite pour Mattie et en l'essoufflant, mais lui aussi est à bout de souffle.

« Le pensionnat va le discipliner, je suis incapable d'obtenir raison avec Pierre. Je suis trop lousse. »

Voilà la seule réponse qu'obtiennent Paulette et Germaine, venues de concert se livrer à une dernière négociation.

Pierre entre au Petit Séminaire avec la promesse de tante Germaine de venir le visiter chaque semaine au parloir. Elle découpe dans le journal des articles qui parlent de Béatrice, et Lionel lui envoie tout ce qu'il trouve de son côté. C'est la seule chose qui fait sourire Pierre. Ça et le récit des sketches joués par Béatrice.

Pierre, qui n'avait jamais été second de sa vie, connaît la chute libre et atteint la queue de sa classe en l'espace de quelques semaines. À la chapelle, alors qu'il était activement pieux et un fort bel exemple pour ses camarades, il devient fantomatique, tout mou, et les mouvements rituels de se lever, de s'agenouiller et de se prosterner, il les exécute en imitant les autres. Comme si toute notion religieuse lui avait été retirée du jour au lendemain. L'aumônier a demandé à changer de servant de messe tellement Pierre est rendu incompétent et distrait. L'abbé Turmel, auquel le cas est renvoyé, n'obtient en guise de résultats de ses efforts de compréhension qu'un : « Quand Dieu m'aura pardonné, Mattie va me reprendre et ma mère va m'aimer. » L'abbé ne comprend pas exactement le dédoublement des affections maternelles, mais il travaille surtout la notion du pardon de Dieu qui ne peut pas toujours transiter par les êtres humains « faillibles et quelquefois distraits de Dieu ».

« Pas Mattie. »

Il en a l'air si certain que le prêtre n'insiste pas et parle plutôt de l'amour de Dieu pour ses enfants : « Tu avais l'intention de devenir prêtre...

— Plus maintenant.

— Ah bon ? Et qu'est-ce qui a changé, tu peux me le dire ? »

Devant le refus obstiné et gêné de Pierre, le prêtre se dit que l'appel des sens est souvent plus claironnant que celui de Dieu et que, comme lui, Dieu saura attendre la fin de ce passage difficile

* * *

Fin septembre, Bérénice met au monde une petite fille de sept livres et deux onces, après un travail de dix-huit heures sans aucune forme d'anesthésie, « par expiation du péché commis ». Leah et Alex décident de partir pour Québec la visiter. Tante Germaine est si contente de les recevoir, d'aménager le divan du salon – même s'il est trop court pour les longues jambes d'Alex, qui refuse de prendre la chambre d'amis et de laisser Lili au salon –, de cuisiner pour eux, de leur offrir des apéros et même du vin, que les deux jeunes gens en déduisent que la solitude lui pèse.

L'hôpital de la Miséricorde est un bâtiment gris qui comprend deux ailes reliées entre elles par la chapelle.

L'aile de gauche reçoit les accouchées et l'aile de droite est un orphelinat de trois étages qu'on appelle la crèche, où les enfants demeurent jusqu'à leur adoption ou, le cas échéant, jusqu'à cinq ans, âge où ils sont alors transférés dans d'autres institutions publiques.

Bérénice est encore faible, et son ventre gonflé étonne Alex qui croyait qu'une fois le bébé sorti le ventre reprenait sa forme. La jeune femme est assise à une grande table où elle plie des couches selon un format strict qui donne de belles piles bien égales. « Il faut se rendre utile, c'est gratis ici, c'est la charité publique. »

Elle les entraîne sur la longue galerie qui suit le mur sud de l'édifice, et là, elle réclame une cigarette à Alex. « Je ne souhaite à personne de passer par là. C'est effrayant comme ça fait mal. Et tout ce que t'entends, c'est : "Plains-toi pas, l'enfer est pire !" Papa n'a pas appelé, il n'a donné aucune nouvelle. Mais j'ai toujours reçu vos lettres et celles de Claudette avec ses dessins. Elle va bien, je le vois, je le sens dans ses lettres. Le camp, cet été, avec Bruno, vous ne pouvez pas savoir... elle était si heureuse ! »

Leah essaie d'obtenir de vrais éclaircissements : comment va-t-elle, se sent-elle capable de revenir à Montréal, de finir un cours pour pouvoir travailler ? Bérénice hoche la tête et regarde les Laurentides, au loin. « Ils te font signer avant d'accoucher. Et quand le bébé arrive, c'est déjà plus à toi. T'as pas le droit de le toucher. Tu l'entends pleurer, tu sais qu'elle veut tes bras, tu demandes à la voir et on te dit non. C'est pas à toi. Ils disent que c'est mieux pas, que ça fait du mal pour rien. Que, d'expérience, rien de bon n'arrive si tu prends ton bébé dans tes bras. Il y a une mère ici, elle m'a dit qu'une fois une fille avait changé d'idée et a refusé de donner le bébé même si elle avait signé. Ça a fait du trouble. Elles ne veulent pas de trouble, les sœurs. “T’avais rien qu’à y penser avant”, c’est leur réponse. Elles sont charitables, faut pas en demander plus. Comment on peut savoir avant ? Ça fait tellement mal, on peut pas imaginer... Après, ça fait encore plus mal et on ne peut pas imaginer non plus ! »

Leah regarde sévèrement Alex qui fulmine et a l’air sur le bord de démolir le garde-fou. Elle rentre en tenant le bras de Bérénice qui se tait et se laisse faire. Quand, une demi-heure et deux cigarettes plus tard, Bérénice propose de marcher jusqu’à l’autre aile pour voir sa fille, Leah hésite. « Elle est tellement belle que chaque jour j’ai peur que quelqu’un l’adopte et que j’arrive devant la vitre de la salle pour voir son berceau vide. »

Comme le samedi et le dimanche sont des jours très propices aux visites, les corridors de la pouponnière sont pleins de gens qui s’arrêtent devant les salles vitrées et observent le contenu des berceaux. Des bébés naissants, jaquettes de coton et couvertures blanches, sont rangés devant les vitres. La disposition des bébés laisse une franche impression de favoritisme pour les plus jolis poupons qui sont placés le plus près des visiteurs, donc plus susceptibles d’être soumis à leur examen.

Bérénice obtient facilement une place parmi les visiteurs qui s’écartent à sa vue, sa robe de chambre dénonçant son identité de fille-mère.

Le bébé est au premier rang, grands yeux bleus ouverts avec étonnement, petits poings batailleurs. Bérénice a les yeux pleins d’eau : « Ils l’ont appelée Brigitte, mais ce ne sera pas son nom. C’est les parents adoptifs qui décident. Ils l’ont quand même baptisée Brigitte, je pense qu’ils trouvaient ça moins compliqué que Bérénice. » Elle cogne du bout du doigt sur la vitre. La petite fille ouvre sa bouche en cœur comme si le bruit indiquait l'heure du biberon. Leah voit la puéricultrice s'approcher en regardant Bérénice. Elle se penche, prend le nourrisson avec tendresse et l'emmène près de la porte où elle le tend le plus près possible de la vitre. Bérénice, le front contre la vitre, regarde sa fille en pleurant : « Je voudrais tellement la prendre. Juste une fois ! Je ne ferais pas de scène, je la redonnerais. Ma petite fille d'amour. La seule chose belle de ma vie. Mon bébé. »

Les gens s'éloignent en regardant avec curiosité « cette pauvre fille » subir les conséquences de ses actes. Alex entraîne Bérénice, incapable de la voir souffrir comme ça. Leah voit la jeune puéricultrice suivre des yeux la mère qui s'éloigne. Elle a ce geste bouleversant ensuite, elle serre le bébé contre elle, ses lèvres bougent, elle parle au bébé et l'embrasse avec une réelle tendresse avant de le reposer dans son berceau. Leah capte son regard et lui fait signe qu'elle désire lui parler.

La puéricultrice est aussi jeune que Bérénice. Elle passe la tête dans l'entrebâillement de la porte en disant qu'elle ne peut pas parler avec des gens et que si c'est pour un bébé, il faut voir la sœur Joshua.

Leah essaie vainement d'argumenter afin d'enfreindre le règlement et de permettre à Bérénice de prendre son enfant.

« Je ne peux pas. C'est défendu. Je sais bien que c'est cruel, mais le règlement est strict. Si je le fais, je suis dehors. J'ai besoin de ma *job*. Dites-lui que j'en prends soin. Un soin spécial. »

Leah est tellement révoltée que ça calme Alex. Ils remontent le chemin Sainte-Foy et la rue Saint-Jean jusqu'au fleuve, en discutant de ce qu'ils peuvent faire.

Lili est très pessimiste concernant l'avenir de Bérénice, et ce qui l'enrage, c'est que rien n'a été fait ou prévu pour les femmes qui voudraient garder ces enfants : « La honte et l'opprobre. Le chômage et la misère. La garantie de rester fille-mère et de ne trouver qu'un dévoyé pour les épouser, voilà ce que les bien-pensants, les bien-puissants ont trouvé pour convaincre les femmes d'arrêter de se faire violer ! Magnifique ! Et ces enfants-là peuvent aussi ne pas être adoptés du tout. Tu sais pourquoi les filles sont adoptées plus vite que les garçons ? Devine, Alex !

— Tu ne le sais pas, Lili. Pourquoi tu dis ça ?

— La puéricultrice me l'a dit et j'ai vérifié sur l'étage des trois ans : que des garçons ! L'hérédité. Une fille est plus maniable qu'un garçon, on en vient à bout plus facilement. Comme la mauvaise graine est dans leur sang, c'est plus simple à dresser quand c'est une fille. »

Alex interrompt leur marche. Leah a les yeux brillants des jours de plaidoirie passionnée, le feu aux joues. Alex n'en revient pas de ces yeux dont l'or est amplifié par l'éclat du soleil d'automne. Il la prend dans ses bras, ému de cette ardeur, amoureux de sa révolte si vraie, si juste : « Je sais bien que c'est vrai. Qu'est-ce que tu veux qu'on fasse ? »

Elle se dégage, toujours aussi véhémente : « Les défendre, bon sang ! As-tu vu les manières des gens qui la regardaient ? Leur curiosité et leur fausse discrétion ? Les premiers à juger, à condamner, à déplorer, comme ils disent ! Les premiers à prier sans rien faire. Finalement, Alex, au bout de la ligne, Willy a eu un malheur dans tout ça, c'est de devoir se trouver une autre victime. Le reste, tout le reste, est au compte de Bérénice. Et les gens qui la regardaient en la méprisant, ces gens-là étaient certains que c'était une salope qui s'était offert du bon temps et qui le regrette bien maintenant. Et que c'est tant pis pour elle. »

Elle reprend sa route d'un pas décidé et rapide, totalement conforme à la colère qu'elle ressent. Ce n'est que devant le fleuve, sur la Terrasse, qu'elle termine, le ton rageur : « Et puis, même si elle s'était offert du bon temps, pourquoi il n'y aurait qu'elle à payer ?

— Parce que c'est supposé être une affaire d'homme, le plaisir. Une sorte de tare à laquelle on ne peut pas couper.

— Et nous ? Nous quoi ? »

Le vent agite ses cheveux noirs qui lui balaient le front, la bouche. Elle a fourré son béret dans sa poche, trop fâchée pour se plier à des règles de bienséance. Alex écarte la boucle de cheveux qui fait une virgule à la belle bouche. C'est terrible comme il a envie de l'embrasser et comme il sait que ce n'est absolument pas le temps.

« Dis-moi, toi...

— Si c'est pour me faire envoyer au fond d'une cuisine ou dans un hôpital sinistre comme celui-là, à regarder mon enfant sans pouvoir le toucher, je vais me priver de plaisir toute ma vie. »

Alex éclate de rire et jure que, maligne comme elle est, personne ne réussira à lui faire subir l'une ou l'autre chose.

« J'ai faim. »

Voilà exactement Lili ! Alors que n'importe quelle jeune femme aurait l'appétit coupé pour trois jours, elle s'affame de colère et d'émotions. Alex lui fait les honneurs du Château Frontenac.

Le lendemain, Bérénice leur annonce qu'elle préfère ne pas retourner à Montréal tout de suite. Sa fille n'est pas partie de la pouponnière, son père est toujours furieux contre elle, il n'y a aucune raison de se précipiter là-bas, juge-t-elle. Elle ne dit pas un mot de son oncle, mais tous les trois savent que Québec a eu cet énorme avantage de lui offrir six mois de répit.

Leah ne voit pas comment le traumatisme de la naissance et de l'abandon de sa fille permettra à Bérénice de gagner de la force pour résister à Willy. Elle préfère que Bérénice s'installe en sécurité à Québec plutôt que de la voir replonger à Montréal.

« Le jour où cette enfant sera adoptée, je la plains, Alex. »

Le train ralentit à l'approche de Drummondville et Alex n'arrive pas à finir le chapitre qu'il pioche depuis trente minutes. Leah est enveloppée dans un gros chandail gris qui lui fait un teint de porcelaine. Sentant son regard, elle lève les yeux de son livre : « Quoi ?

— As-tu déjà été amoureuse, Lili ? »

Elle fait non sans commenter.

« Ah bon. »

Quand elle surprend encore son compagnon en train de la regarder, elle s'impatiente : « Alex ! Qu'est-ce qui te prend ?

— Je pense que je suis amoureux...

— Encore ! De qui, cette fois ? »

Il est tellement mal à l'idée de dire « de toi » qu'il fait une grimace : « T'aimeras pas ça...

— Pas une ancienne, Alex ! Tu les tortures avec tes allers-retours.

— O.K., disons que j'ai eu une tentation... Pourquoi t'es jamais amoureuse ? »

Elle ferme son livre, soupire. Pourquoi faut-il toujours parler comme si le mariage ou l'amour était la seule chose importante d'une vie ?

« Je vais te faire un aveu, Alex. J'ai été élevée pour

devenir une épouse, une mère et une ménagère dévouées. Les trois "dévouée". Après une fille dévouée, on devient une épouse dévouée. Quand j'ai eu douze ans, j'ai supplié maman pour avoir une *bat mitsva*, l'équivalent d'une *bar mitsva* qui est l'entrée des jeunes Juifs mâles de treize ans dans le monde adulte. Ça se fait pour les jeunes filles chez les réformistes. Pas chez ma mère. Ma mère m'a dit que mon mariage tiendrait lieu de *bat mitsva* et je l'ai envoyée chez le yable, comme dirait ta mère. Je lui ai dit que jamais je ne me marierais de ma vie, rien que pour lui montrer que ce n'était pas la même chose. Ça a l'air nono de le dire comme ça, mais je crois que j'ai envie de tenir parole. Je ne veux pas d'un mariage alors qu'on n'a pas célébré mon entrée dans la vie adulte. La *bar mitsva* est l'événement le plus important de la vie d'un Juif. Me marier voudrait dire retourner à la volonté de ma mère, retrouver la loi juive, les rituels, tout ce qui me dérange. Toi, personne ne t'a jamais énervé avec tes projets d'avenir, à toujours surveiller si tu devenais ce qu'on attendait de toi. Moi, oui. J'ai d'autres projets que de me marier et devenir une dévouée. Je suis bien décidée à pratiquer le droit et non pas à épouser un avocat, comme les quelques filles de la fac vont peut-être faire.

— Je ne te parle pas de mariage, je te parle d'être amoureuse.

— Je pense que je n'ai pas la tête à ça. Vraiment. J'estime que c'est une chose dangereuse pour les femmes. Quand je regarde Ada, il me semble qu'elle est très bien, qu'elle n'a pas besoin d'être amoureuse.

— Elle aimait Nic. M'man dit qu'elle trouve ça dur par bouts, Ada.

— Tu l'aimais beaucoup, ton oncle Nic ?

— Comme un père.

— Je pense que j'aime Ada comme la mère non juive que j'aurais tant aimé avoir. »

Alex se replonge dans son livre : il va devoir demander conseil à sa mère, cette fois.

* * *

Dans l'esprit tourmenté de Pierre, l'épreuve du pensionnat est l'épreuve du choix entre Dieu et Lucifer, entre Mattie et Béatrice, entre la prière et les actes malfaisants. Chaque fois que le désir d'impureté s'éveille en lui, il a la certitude que Dieu lui demande de repousser Satan, mais aussi sa mère. Pire : il sait que Dieu juge sa mère sévèrement. Une envie folle le prend de la défendre, d'expliquer, d'argumenter en faveur de la vertu de sa mère. Il va la sauver ! Il va l'extraire de sa vie dissolue. Il va surgir et elle ouvrira les bras en pleurant. Dieu sait que sa mère l'attend et qu'elle fait des bêtises en l'attendant, mais que ce n'est jamais une volonté profonde de heurter Dieu et sa Loi.

S'il résiste à l'appel du péché solitaire, Pierre interprète son geste comme une offrande à Mattie pour la calmer, pour gagner son indulgence et son pardon. Jamais Mattie n'a fait cela avec lui auparavant, jamais elle ne l'a abandonné, délaissé. Elle a déjà été fâchée des bêtises qu'il avait faites, mais elle a toujours pardonné. Depuis l'île, Pierre s'interroge beaucoup et il voit en Mattie le modèle de la femme de Lot changée en statue de sel « parce qu'elle s'est retournée et a regardé Sodome ». Il sait que Mattie est scandalisée et qu'elle ne pardonne pas le péché d'impureté. Il se demande seulement si c'est parce que cela le rapproche de sa mère et l'éloigne d'elle.

Son cerveau rabâche ces questions sans fin, sans repos. Le silence de Dieu est le pire. Avant, Pierre savait où Dieu se situait et ce qu'il attendait de lui. Maintenant, le silence de Dieu accompagne la froideur de Mattie. Peut-être avait-elle plus de pouvoir qu'il n'a imaginé ? Et si elle pouvait faire cela avec Dieu, pourrait-elle faire en sorte que sa mère ne vienne jamais vers lui ? Faut-il vraiment choisir ? Déchiré, Pierre résiste à l'appel du mal, mais persiste à ne pas renier Béatrice. Et quand, livré à la tentation, il implore Dieu de l'aider, le silence de Dieu conduit sa main vers le bas de son corps alors que son esprit essaie quand même de tordre cet acte interdit en une sorte d'offrande approbatrice à sa mère.

Dans l'enfer de honte et de doute qu'il traverse, dans l'épreuve que Dieu lui envoie, Pierre ne trouve qu'un bon samaritain : tante Germaine. Sa tante qui vient s'asseoir, un peu essoufflée, dans le parloir qui sent l'encaustique. Germaine rend simples les notions les plus complexes, elle rit et fait des blagues, elle lui donne des biscuits, des sucreries, comme si la pénitence et le sacrifice n'étaient pas de rigueur. Tante Germaine est une récréation et un baume sur les déchirements intérieurs. Aussi, quand elle lui dit qu'elle s'inquiète de lui, de sa santé et de son état d'esprit, il hoche la tête violemment, il ne veut pas qu'elle parle du choix qu'il doit faire. Il n'est pas arrivé à le faire, il ne faut pas le presser, ça le rend fou. Il ne peut perdre aucune des deux femmes. Il ne peut abandonner aucune. Pourquoi faudrait-il en passer par là ? « Est-ce que Dieu est cruel, ma tante ? »

Germaine en reste bouche bée. Il lui demande cela avec tant de calme que ça doit être une conclusion possible en ce qui le concerne. Quel gâchis d'amener un enfant à se poser une telle question ! Elle n'est pas contente quand elle répond : « Dieu, non, mais les hommes... Je crois que les hommes sont cruels. Souvent, vois-tu, ce sont les hommes qui parlent pour Dieu, qui en témoignent. On n'est pas que le temple de Dieu, on est son émissaire. Et, sincèrement, Pierre, j'ai bien peur que certains émissaires n'aient perdu la tête. »

Ce qui laisse à Pierre le choix cruel de décider si on lui a mal témoigné de Dieu ou si lui-même est un mauvais émissaire. Pierre repart vers ses activités de pensionnaire et Germaine rejoint Paulette chez Kerhulu. Paulette a visité Reine et elles échangent des nouvelles à propos de chacun des « blessés du pensionnat ». De toute évidence, faire entrer Pierre au Petit Séminaire a brisé Reine. Paulette ne retrouve rien de l'ancienne collègue qui bataillait vaillamment, rien de la fanatique de cinéma qui ne sait même pas qui est Montgomery Clift, rien de la bienveillante amie qui se souciait toujours des autres. « Même mes cannes ne l'intéressent pas ! Elle se tient sagement assise sur le sofa et elle attend que je lui fasse la grâce de partir. Elle ne pleure pas, ne se plaint pas, ne se désole pas et elle a même l'air distrait quand je lui demande si Pierre lui manque. »

Les deux femmes sont bien mystifiées : elles n'arrivent à rien ni d'un côté ni de l'autre. Les solutions qui restent sont alarmantes : voir Jean-René ou rencontrer le directeur du Petit Séminaire. L'idée d'alerter ces gens pour rien, de déranger leurs hautes fonctions, empêche Germaine ou Paulette de précipiter quoi que ce soit.

* * *

Le jour où Bérénice quitte la maternité, elle remercie les religieuses et va voir sa fille avant de rentrer chez sa tante.

Le berceau est vide.

Dans la pouponnière aux quatorze petits lits en forme de boîtes transparentes, il n'y en a qu'un de vide, un seul.

Personne n'a l'air de s'affoler, de seulement le remarquer. Les deux puéricultrices vaquent et installent les boires dans les porte-biberons. Elles insèrent les bouteilles dans les élastiques attachés aux dos de petits agneaux de caoutchouc qu'elles déposent dans les berceaux.

Bérénice frappe violemment à la vitre pour les alerter, pour qu'elles se rendent compte. Les deux femmes en blanc se tournent vers elle de concert, elles se figent et baissent les yeux avec malaise. Comme si elles avaient honte.

Bérénice les regarde, affolée, certaine que quelqu'un va venir lui dire, lui parler. Que quelqu'un va lui décrire ceux qui ont emporté sa fille. Mais le rythme reprend de l'autre côté de la vitre et les femmes continuent de se pencher vers les bébés sans plus la regarder.

Bérénice recule lentement, hypnotisée par ce berceau vide, propre et probablement froid maintenant. Elle recule jusqu'à ce que le mur derrière elle l'arrête.

Elle peut rester là des jours et des jours, elle peut fixer le berceau, personne ne viendra lui tendre sa fille, personne ne lui dira qui a eu le droit de la prendre dans ses bras. Personne, plus jamais, ne lui dira plus rien concernant les yeux bleus et la petite bouche en cœur, le teint rose et le nez si court.

Ce n'était pas à elle.

Et si elle me cherche ? Et si elle m'appelle ? Et si,

la nuit, elle a peur ? Et si, comme moi, elle a cette horrible certitude de n'appartenir à rien, de ne servir à personne ni à rien, qui pourra lui dire qu'elle compte ? Qui lui dira que je n'oublie pas, que chaque jour d'indignité qui s'ajoute à ma vie est un jour dédié à ma fille qui n'a plus de nom, plus de lien avec moi, mais qui est la seule partie de moi qui n'est pas morte ?

La porte s'ouvre devant elle, la femme en blanc est une jeune fille, Bérénice la reconnaît, c'est elle qui berçait sa fille avec tendresse et qui venait la lui montrer de plus près derrière la vitre. La puéricultrice ne bouge pas, elle la fixe avec des yeux humains qui savent ce qu'est la perte de l'abandon.

« Je ne sais pas qui l'a adoptée. La sœur m'a dit des gens bien. Un médecin. C'est tout ce que je sais. »

Elle glisse la main dans sa poche d'uniforme et en sort le petit bracelet d'identité de l'orphelinat : « La sœur m'a remis ça ce matin, parce qu'elle savait que je l'aimais beaucoup. Je commence ici. C'est mon premier bébé adopté. Ça a l'air qu'on s'habitue. Il faut se réjouir de les voir partir. Mais pour vous... je ne sais pas. Je ne sais pas quoi vous dire, je ne suis pas autorisée à vous parler. C'est malsain, a dit la sœur. Pour tout le monde. »

Elle s'avance, tend le bracelet à Bérénice : « Votre petite fille est en santé, en sécurité... Essayez de vous dire qu'elle est heureuse, que rien de mal ne va lui arriver. »

Le bruit mat des jupes agitées par les pas énergiques de la sœur provoque une retraite immédiate de la puéricultrice. À chaque pas, le long rosaire tressaute et bat contre les plis sombres. Le visage de la religieuse est coincé par la cornette blanche qui accuse davantage sa sévérité. Les yeux noirs, scrutateurs, se posent sur Bérénice : « Vous êtes perdue, mon enfant ? »

* * *

Quand Leah dépose sur son bureau le rapport final de l'utilisation des sommes allouées au camp d'été, Adélaïde s'entend avec elle pour donner un second souffle à l'initiative. Elle désire y investir plus d'argent et y accorder plus d'énergie. Leah a plein d'idées, mais elle manque de temps.

« Finis tes études, Leah. Ensuite, nous parlerons. »

Mais Leah sait déjà qu'elle ne veut pas devenir spécialiste en droit du commerce à régler des litiges d'hommes d'affaires qui jouent avec des millions et qui ont peur de perdre dix dollars. Elle le dit à Ada, franchement, pour éviter un malentendu. Elle n'a pas envie qu'Ada attende d'elle quelque chose qu'elle ne pourra ni ne voudra lui donner. La jeune fille est si sûre d'elle, si convaincue qu'Adélaïde n'insiste pas.
« Tu veux faire quoi, Leah ?

— J'ai des idées... J'attends de finir avant d'en parler. Il faut passer les examens facultaires, le Barreau... »

Adélaïde lui offre de l'installer, de l'aider de la manière qu'elle le souhaite : « Penses-y. N'écarte rien. Aaron et moi avons fait un *deal* à la condition que je t'aide, que tu aies toutes les chances. »

Leah sourit, pas du tout inquiète : « *Dealpas deal*, tu m'aurais donné plus de chances que les autres, Ada. Grand-père dit qu'il te doit que je ne sois pas une délinquante. »

Adélaïde voudrait bien savoir quels sont ces projets personnels qu'elle garde pour elle, mais la jeune fille ne dira rien. Les principaux renseignements concernant Leah viennent de Jeannine ces derniers temps. D'après son « circuit d'espions », comme dit Florent, Alex aurait une assiduité nouveau genre auprès de Leah.

Le seul commentaire arraché à Leah au sujet de sa vie privée porte sur la difficulté de continuer à suivre tous ses cours et de partager avec Alex la tâche d'aller chercher Claudette à la sortie de l'école.

« Quoi ? Vous le faites encore ? »

Qui d'autre peut le faire, puisque Bérénice est restée à Québec ? Ada est d'avis qu'il serait préférable d'avertir le père qui, lui, doit protéger ses rejetons. Ce n'est pas l'affaire d'Alex ou de Leah. Il est temps de rendre service à Bertrand et de lui dire ce qui se passe chez lui.

La discussion qui s'ensuit est très animée. Leah considère avoir deux devoirs : la parole qu'elle a donnée à Bérénice, et qui est peut-être la seule qui serait respectée dans sa vie de fille trompée et violée, et la promesse de protéger la petite Claudette. Leah est certaine que laisser ce soin à Bertrand revient à condamner Claudette aux sévices de Willy.

Adélaïde veut bien attendre que Bérénice libère Alex et Leah de leur promesse avant de rencontrer Bertrand pour le convaincre de la gravité de la situation.

« Ada, avant de continuer, laisse-moi te poser une question : si ta fille t'annonçait qu'elle est enceinte, ta fille de dix-sept ans, pas mariée et ne fréquentant apparemment personne, lui demanderais-tu au moins qui est le père ? Essayerais-tu de savoir cela avant de la condamner et de l'envoyer en exil ? »

Adélaïde ferme les yeux, étourdie. Elle avait dix-huit ans et son père s'était tellement fâché. Il avait seulement condamné en bloc et inventé le père. Leah s'inquiète soudain : « Ada ? Ça va ?

— Oui. Je le demanderais. Je le rencontrerais et, s'il ne pouvait pas m'être présenté, je m'inquiéterais. Bertrand n'a rien demandé ? C'est la coutume qui veut ça. Il va changer de discours quand il saura.

— Tu veux que je te dise son discours ? Bérénice sera une menteuse, une mauvaise fille à qui on ne peut pas faire confiance. Elle aime mieux rabaisser un parent que d'avouer ses fautes, elle inventerait n'importe quoi pour salir les autres au lieu d'admettre que c'est elle, la salope !

— Leah ! »

Adélaïde est tellement étonnée d'entendre des paroles aussi brutales dans la bouche de Leah qu'elle reste sans arguments. Leah, sans s'excuser, répète que le terme serait dans l'esprit de Bertrand : « C'est le mot que les pères utilisent pour les femmes faciles, tu sais bien... »

Oui, Ada le sait d'expérience : putain, salope, femme indigne, dévergondée, débauchée, grossière, commune, déshonorée et déshonorante – pas de mot qu'Edward n'ait utilisé qui ne demeure comme une gifle encore brûlante à sa joue. Avec étonnement, Ada se dit que les mots de son père à l'annonce de la venue de sa fille il y a douze ans sont plus puissamment ancrés dans sa mémoire que les mots prononcés par Théodore quand ils l'ont faite. Qu'une chose pareille soit possible l'emplit de tristesse. Pourquoi ne garder que l'amer ? Pourquoi pas le sucre de l'amour, pourquoi toujours le fiel de la haine ?

Leah l'observe avec beaucoup d'attention. L'intelligence de cette jeune fille, sa perspicacité sont presque dangereuses, Adélaïde s'empresse de calmer le débat : « Laisse-moi tenter une chose. Bertrand me court après depuis notre rencontre en mai. Laisse-moi lui parler d'une de mes amies qui a des doutes sur la grossesse de sa fille... tu vois le genre ? Est-ce possible qu'un oncle soit allé trop loin...

— Tu veux savoir ce qu'il va te dire ? Je peux t'épargner un dîner.

— Non merci, grand-maman, je vais faire mes expériences par moi-même. »

L'humeur de Bertrand est gamine. Séducteur et protecteur, il rassure Ada au sujet de son amie et de sa fille aînée : les enfants sont beaucoup plus pervers et menteurs qu'on n'a tendance à le croire. Ils se prennent des airs si candides pour nous entortiller dans leurs filets, ils sont remplis d'imagination et ont une sale tendance à ne pas être responsables. « Avec les enfants, c'est toujours la faute des autres ! Et principalement de leurs parents. Quand on est parent, on n'a droit ni à l'erreur ni à l'indulgence et, à entendre les enfants, on ne fait jamais rien de bien. On n'avait pas la critique aussi facile dans mon temps ! Parlez-moi plutôt de vous... Vous devez vous sentir bien seule pour élever vos bambins. »

Ada se retient de lui dire que ce ne sont pas tellement ses « bambins » que l'inconscient à qui ce n'est jamais la faute et qui se tient devant elle qui la fait se sentir bien seule.

Elle confirme à Leah que toutes ses prédictions pessimistes se révèlent exactes et que, dès demain, elle aura à présenter un nouvel ange gardien à Claudette. Ada a pris des dispositions pour qu'une personne de confiance veille sur Claudette : « Elle s'appelle Mme Matte, madame Georges Matte, et elle peut également aider la petite à faire ses devoirs. S'il faut un endroit pour éviter que Bertrand le sache, elles peuvent venir ici, au bureau. Je ne veux pas de discussion, Leah, chacun son boulot : Claudette sera protégée et Alex et toi allez étudier en paix. »

Leah avoue que l'idée de faire encore deux ans de droit avec baby-sitting la dérangeait quand même un peu.

* * *

À cause des horaires compliqués, des voyages d'affaires et des travaux plus lents que prévu, la nouvelle maison de Florent n'est inaugurée qu'à la fin de l'année 54. L'événement est jumelé avec une grande célébration des vingt ans d'Alex que tout le monde n'a pas pu fêter en même temps. Cette fois, tout le ban et l'arrière-ban y est.

Fabien, malgré ses maigres huit ans d'écart, a presque les yeux dans l'eau quand il porte un toast quasi paternel à l'avenir d'Alex.

Léa joue à l'hôtesse et fait visiter la maison à ceux que ça intéresse, en commentant tous les détails d'aménagement qu'elle connaît comme si elle les avait conçus. Sa pièce préférée est sa chambre, que Florent a emménagée selon ses désirs et qui est décorée de façon très romantique avec beaucoup de tissus à rideaux partout. Les goûts de princesse de Léa ressemblent tellement à ceux qu'avait Béatrice dans son jeune temps que Florent n'est pas étonné d'entendre la star se confondre d'admiration pour le baldaquin, les *frils* et les retroussis qui désespèrent Ada : « Si on m'avait offert une chambre pareille quand j'étais petite, je serais certainement plus solide émotivement aujourd'hui. »

Ce qui étonne Florent, c'est de voir que Béatrice se croit et se persuade qu'elle a été victime de traitement de défaveur. Adélaïde préfère se taire et s'éloigner du groupe d'« Aurore, l'enfant martyre ».

Léa est si contente, si excitée, qu'elle étreint sa mère avec force : « On est heureuses, nous deux, n'est-ce pas, maman ? »

C'est la nouvelle marotte de sa fille, elle revient

constamment avec cette question-affirmation qu'elles sont bien, heureuses ou tranquilles. Adélaïde a beau essayer de savoir d'où vient cette inquiétude, elle n'y arrive pas. Aucune émission de télévision, aucun de ses livres ne prêche pourtant cette continuelle réaffirmation d'un bonheur qui, à force d'être répété, en devient douteux.

« Viens, on va aller se poudrer le nez ! »

Adélaïde replace les barrettes dans les cheveux sombres, difficilement retenus dans une queue de cheval qui réclamerait un bon pouce supplémentaire de cheveux.

« Si tu étais moins heureuse, Léa, si quelque chose de tout petit te rendait moins heureuse, tu me le dirais ?

— C'est sûr !

— Est-ce que tu penses que moi, je suis moins heureuse ? »

Le regard gris dans le miroir est bien attentif soudain. Adélaïde attend sans rien ajouter. Léa s'écarte et se met à faire tourner sa jupe de chiffon qui est déjà bien gonflée par trois crinolines. Adélaïde la regarde revenir vers elle et jouer avec les diamants qu'elle porte à la main gauche. « Finalement, tu le marieras jamais, Florent ? Surtout maintenant qu'il a tout arrangé sa maison.

— Il en avait une avant, mais c'est vrai que c'est peu probable. Tu sais que ça n'empêchera jamais qu'on se voie et qu'on s'aime ?

— Juste que la différence, c'est que tu n'es pas mariée avec lui.

— Ça te déçoit ? »

Sa fille réfléchit sérieusement avant d'admettre que, si Florent reste dans leur vie comme avant et qu'elle a toujours une chambre chez lui et lui chez elle, ça va.

« Mais les mères sont obligées de se remarier... Avec qui tu vas le faire si Florent veut pas ?

— D'abord, Florent voudrait peut-être, et puis non, c'est faux, les mères ne sont pas obligées de se remarier.

— Pour vivre, elles sont pas obligées ?

— Qu'est-ce qu'on fait, Léa ? On vit ! Et tante Jeannine, elle fait quoi ? Et tante Germaine ?

— Tante Germaine, elle a pas d'enfant. »

De toute évidence, sa fille vient de frapper une contradiction qui la dérange beaucoup. Adélaïde prend son poudrier et s'amuse à donner quelques coups de houppette sur le nez de Léa, si identique au sien. Elle fait ensuite le tour de son visage en espérant que Léa va raconter ce qui la tracasse. Finalement, elle se décide : « Y a une fille à l'école, elle pleure tout le temps. Pas juste à la récréation ou à la chapelle, là, tout le temps, tout le temps. Son nouveau père, elle l'aime pas. Mais sa mère, c'était pas comme toi, c'était obligé, et ils se comptent chanceux, mais... elle l'aime pas. Je ne lui dirai pas que les mères ne sont pas tout le temps obligées.

— Tu veux qu'on l'invite à la maison ?

— Voyons donc, maman, c'est sûr que non ! »

Quand Léa prend son air découragé de maîtresse d'école tenue de répéter, Adélaïde mourrait de rire. Tout juste si elle ne la traite pas de « ma pauvre enfant ! ».

« Il y a quelque chose que je n'ai pas compris, Léa ?

— Mais en arrivant chez nous, elle va tout de suite voir qu'on a le droit de parler de papa et d'Anne, elle va voir les portraits et tout ! Elle, son père, il faut plus jamais dire son nom. Jamais. Totalement défendu. Pourquoi, tu penses ? C'était un bandit que la police montée a arrêté pour lui régler son compte ? »

Ada se dit que la télévision a de drôles d'effets sur sa fille : « Peut-être pas... Tu sais, il y a des gens qui croient que c'est mieux de ne pas en reparler, d'oublier.

— Nous, on croit pas ça !

— Non, nous on fait comme on croit. Écoute-moi, espèce de princesse : le jour où j'aurai envie de me marier, je vous présenterai le monsieur à toi et à Thomas et on décidera ensemble si on le veut chez nous.

— Et si je dis non ?

— Si un des trois dit non, c'est non. Pas de mariage, pas d'achalage. »

Léa est totalement ravie de l'idée. Elle essaie de savoir si sa mère embrasserait longtemps le monsieur sur la bouche et elle montre à Ada en fermant les yeux et en avançant la bouche, comme elle a vu à la télévision. Cette fin de film avec le long baiser la trouble énormément. « Qu'est-ce qu'ils font après le baiser, maman ? Est-ce que le bébé arrive tout de suite ? »

Adélaïde est étonnée de constater à quel point rien ne change, à quel point sa fille se pose les mêmes questions qu'elle-même se posait à douze ans. Dieu du Ciel ! Quelle cousine trouvera-t-elle pour les détails supplémentaires ? Jacynthe ?

Adélaïde regarde Léa se presser contre Florent qui discute, lui prendre le bras et se lover contre lui. Elle voit Florent s'incliner, murmurer quelque chose qui fait rire la petite fille et revenir à sa conversation. Non, aucun homme ne sera un meilleur père pour ses enfants. Aucun n'aura cette patience affectueuse, cette attention constante. Adélaïde se demande si on ne fait pas une terrible erreur en s'imaginant que les enfants ne comprennent pas ce qui se passe et en se contentant d'être obéi d'eux sans discussion. Ses yeux s'arrêtent sur Béatrice, entourée de sa cour de complets sombres, petit joyau blond et rose dans sa robe écarlate dont la jupe vaporeuse se déploie sur les coussins. Le blond de sa sœur s'accentue de fois en fois, mais son Jean-Louis de coiffeur sait y faire. La petite poupée au regard décidé croise voluptueusement les jambes et ramène vers elle un pan bouillonnant de sa jupe, afin de libérer le siège pour un nouveau venu.

« Il vient communier à la sainte table ! » murmure Germaine à l'oreille d'Adélaïde. Celle-ci se retourne : « Si je comprends bien, tu n'as pas réussi à l'intéresser à son fils ?

— Je l'ai élevée en partie, Ada. Je l'ai couvée, écoutée, adorée et j'en ai fait une capricieuse qui n'en a que pour ses besoins et qui refuse de se soucier de son fils.

— Ma chère Germaine, Béatrice a toujours eu le même problème : elle veut *bosser* tout le monde et qu'on prenne soin d'elle. Autorité et fragilité. Maman finissait toujours par l'envoyer dans sa chambre. Personne ne gagnait avec Béatrice. Et personne ne vivait de plus grands malheurs qu'elle. »

Le commentaire ne déride pas sa tante. Ada voit bien qu'elle s'en fait pour Pierre et elle lui promet que, dès le lendemain, ils feront un petit comité familial pour en discuter. Elles se taisent parce que les verres se lèvent à la santé du célébré et qu'un énorme gâteau est apporté devant Alex qui souffle d'un coup les vingt petites flammes. Avant de couper les portions, Alex demande le silence : « Les discours, c'est vraiment pas mon fort, mais je vais me forcer. Quand on est petit, on pense que les parents servent à nous surveiller pour pas qu'on fasse des mauvais coups et à nous punir quand on en fait, ou plutôt, quand ils nous pognent à en faire. J'en ai fait pas mal. Y a onze ans, ma mère s'est retrouvée toute seule pour nous élever et nous faire marcher droit. Elle a jamais sorti la *strappe* comme les frères à l'école, elle a jamais lâché non plus : elle m'a élevé et elle m'a bien élevé. Si l'année prochaine je deviens ingénieur et majeur, c'est à cause d'elle, de Nic, d'Adélaïde, de Florent et de Fabien. Je voudrais qu'on boive tous à la santé de m'man. »

Jeannine est tellement surprise, tellement émue qu'elle se cache le visage dans le cou de son grand gars de six pieds deux qui doit se pencher pour l'embrasser, sous les applaudissements nourris. Tante Germaine se mouche bruyamment : « Le p'tit bonjour ! Y m'a eue ! Y est-tu beau, c't'enfant-là ? Demande pas ce que je voulais dire tantôt en parlant de Pierre ! »

Adélaïde est si fière d'Alex, de son discours, de sa délicatesse qu'elle promet qu'ils vont trouver une façon pour le petit Pierre aussi.

Le lendemain, à six heures du matin, Thomas vient se coller contre sa mère parce que sa gorge « brûle pis pique » – cent trois degrés de fièvre, amygdalite aiguë. James vient confirmer qu'il va bientôt falloir les enlever, ces amygdales, qu'on peut attendre après Noël, mais que le plus tôt sera le mieux.

Adélaïde est entièrement mobilisée par son malade qui en profite pour se faire relire les aventures de Tintin. Germaine trouve Rose à courir entre ses deux filles et les toilettes : elle est de nouveau enceinte et de nouveau épuisée de nausées. Rose ne comptait pas retomber en famille si tôt, mais elle éprouve quelque difficulté avec la méthode Ogino, la seule permise par l'Église. Germaine rapporte qu'elle se dit très heureuse, surtout que Guillaume sera rentré pour la naissance de celui-là et qu'il pourra devenir parrain.

En revenant du cinéma ce dimanche soir, Leah s'arrête chez Adélaïde pour lui reprocher de l'avoir empêchée d'emmener Léa voir *Vacances romaines* avec elle en matinée. Elle trouve Germaine, Florent, Ada et Lionel attablés autour d'un scrabble qu'Adélaïde est en train de remporter haut la main.

« Léa se prend déjà pour une princesse et elle pleure dès que les amoureux se tiennent la main. Tu l'aurais sortie du théâtre en larmes et elle se serait demandé pendant une semaine si c'est mieux d'être princesse que d'épouser Gregory Peck.

— Gregory Peck, sans hésitation ! Mot compte double, Ada ! »

Germaine aligne son W avec fierté. La partie se termine dans la discussion et Ada gagne tout de même.

Florent raccompagne sa voisine et lui offre un thé « pour l'empêcher de dormir sur ses livres de droit ».

Leah adore la cuisine moderne de Florent, équipée comme un laboratoire de chimie, avec son *blender* et son ensemble laveuse-sécheuse.

« Tu étais très élégante, à la fête, hier. Pourquoi tu ne viens pas plus souvent à la *Boutique* ?

— Pas les moyens de porter du *Florent* ! Hier, c'était juste pour m'amuser, pour faire "gala".

— Alex avait l'air de te trouver très gala.

— Alex ! Quand il voit une épaule de femme, il frétille ! »

Florent se demande si c'est aussi naïf que le ton le laisse supposer. « Bon, alors, moi je t'ai trouvée très séduisante.

— Et tante Germaine m'a trouvée très distinguée, et grand-père, très peu juive !

— C'est quand même Alex qui avait raison de dire que tu étais extrêmement féminine. Le noir te fait un teint extraordinaire et des yeux... dorés de tigre.

— La dernière phrase, c'est ton avis de couturier ?

— Non, c'est celui d'Alex. »

Florent ne s'attendait certainement pas au « ah » presque déçu qu'elle marmonne.

Leah fait un long détour dans le froid de décembre avant de rentrer. Elle ne veut pas que les choses changent entre elle et Alex. Elle a tant besoin de cet ami, elle ne veut pas s'en priver seulement parce qu'il a envie de s'amuser deux mois avec elle. Pourquoi ne se contente-t-il pas de toutes les autres qui sont folles de lui ? Pourquoi lui faudrait-il aussi leur amitié ?

À onze heures et demie, elle l'appelle et déclare qu'elle veut lui parler, qu'elle ne dormira pas sans savoir si c'est vrai qu'il lui trouve des yeux de tigre et toute l'histoire avec sa robe noire.

« Mais de quoi tu parles ? Oui, t'as des yeux de tigre. Qu'est-ce qui t'inquiète, Li ?

— Que ça change entre nous. Que tu décides de... de vouloir autre chose.

— Tu veux parler de ça au téléphone ? Tu ne veux pas venir ici ?

— T'as vu l'heure ? Il n'y a plus d'autobus !

— Si j'emprunte l'auto de Fabien ? Dis oui. »

Au bout de dix minutes de discussion, elle se fâche. Elle est tellement contrariée, tellement rebutée à l'idée qu'ils ne soient plus amis mais davantage qu'il doit reculer et jurer que tout va demeurer comme elle le veut. Sans tentatives, sans regards langoureux ou soupirs pénibles.

Il jure tout ce qu'elle veut, incluant l'énorme mensonge que l'idée de la séduire était tentante à cause du côté intouchable que leur amitié donnait à l'affaire. Il se déclare idiot, décidé à jouer l'homme fort et un peu arriéré avec les filles.

Ce n'est que rendu à la porte de chez elle qu'il la retient et lui demande si, par hasard, elle n'aurait pas décidé de prouver à Jeannine que l'amitié homme-femme était possible.

« Pourquoi pas ? Regarde Florent et Ada ! C'est possible. »

Alex a sa petite idée sur le prix que cette amitié a coûté à Florent. Mais il garde ça pour lui, surtout qu'elle l'achève avec son : « Et ce n'est pas parce que Léa n'a pas essayé de les marier ! »

* * *

« Tu peux me dire pourquoi Pierre est allé chez tante Germaine plutôt que chez lui à Noël ? »

Isabelle se tourne vers Maurice, déjà couché dans son lit, la veste de pyjama rayée bleu ouverte. Elle dépose sa brosse en se promettant de combler les vingt-cinq coups manquants dès le lendemain matin. « T'as remarqué ça ?

— Évidemment ! Reine a l'air d'un fantôme, et le petit est tellement inquiet qu'on dirait qu'il va partir à courir si on lui touche l'épaule. »

Tout ce qu'Isabelle a réussi à savoir, c'est que Germaine est allée sortir Pierre du pensionnat le jour de Noël en découvrant que Reine avait décidé de sévir contre les bulletins extrêmement décevants du petit garçon et de le laisser là pour les fêtes.

« Assez sévère, non ? »

Isabelle utiliserait un autre mot que celui-là. Elle avoue avoir essayé de parler à sa sœur, essayé de savoir s'il y avait autre chose qui clochait : « Elle est tellement bizarre, Maurice. Jamais Reine ne m'avait dit des choses méchantes avant. Jamais je n'ai autant eu l'impression d'être jugée et condamnée que quand elle m'a dit que je ne pouvais pas me permettre de parler d'éducation des enfants avec le succès que j'avais avec les miens.

— Ça ! Je reconnais Jean-René plus que ta sœur.

— Peut-être, mais elle l'a dit ! Elle a gagné, d'ailleurs, j'ai changé de sujet tout de suite. »

Maurice se tait, ferme son livre, pose ses lunettes sur la table de nuit et envoie valser sa veste de pyjama au bout du lit. Elle tombe par terre et Isabelle la ramasse, la place sur le dossier de la chaise. Elle enduit son visage d'une crème qu'elle essuie ensuite. Elle retire sa robe de chambre à carreaux bruns qui lui fait des hanches plus larges. Sa jaquette est en flanellette rose, avec une dentelle blanche qui bouillonne au bout de chaque manche – ce qui fait sourire Maurice.

« Qu'est-ce qui te fait rire ? » Elle est assise au bord de son lit, face à lui.

« Ta jaquette. Ça te ressemble si peu les froufrous de dentelle. Faut que tu les aimes pour porter un cadeau pareil. »

La jaquette est le cadeau de Noël des trois enfants. Choisie par Jérôme, Isabelle le jurerait. « Certain que je les aime ! Je ne sais pas comment Reine a eu le cœur de laisser cet enfant-là au Séminaire. Faut que ça soit grave en tit péché. T'as vu que Pierre n'a pas dit un mot de la soirée ? Même pas à Louis !

— Tu penses que Reine a décidé de forcer sur la vocation et de laisser le petit à ses dévotions ?

— Jamais de la vie ! Il a douze ans, faut toujours pas virer fou avec la vocation ! Faut dire que ça pue le confessionnal chez eux... Ça se pourrait, tu penses ? »

Maurice lève les deux mains en signe d'impuissance : ce genre de vie lui est totalement inconnu et lui paraît passablement terrifiant. Ils ont fêté les Rois avec les Gaudin, mais il espère ne pas avoir à partager un autre morceau de gâteau sec d'ici l'an prochain, ces gens-là le dépriment avec leurs opinions dépassées.

Maurice éteint la veilleuse et le bas de son pyjama atterrit sur la moquette : « J'ai froid ! »

Isabelle fait semblant de ne pas entendre, elle éteint et s'étend dans son lit. Depuis qu'ils ont ces lits jumeaux, supposés être la consécration de leur échec conjugal, une nouvelle accalmie s'est installée entre eux. Est-ce parce que Isabelle réclamait depuis si longtemps le droit de dormir seule puisqu'elle vivait seule et qu'accéder à ses désirs a changé son humeur, est-ce parce que Maurice n'a pas eu d'aventure depuis quelques mois ? Ils ne savent ni l'un ni l'autre à quoi attribuer la fragile trêve, ils ne l'interrogent surtout pas, ils avancent à pas prudents. Aussi, quand Maurice répète qu'il a froid, Isabelle écarte les couvertures de son lit : « O.K. ! Viens. Mais si tu ronfles... » Le ton est loin d'être menaçant.

« ... Je vais aller ronfler de mon bord ! » achève Maurice dans son cou. Il la serre contre lui, l'étroitesse du lit imposant une proximité agréable. Il passe un bras sous la nuque d'Isabelle, se colle contre ses fesses et l'enlace de son autre main. Isabelle soupire un « je suis grosse ! » qui la fait se tourner vers lui pour ne pas qu'il touche un ventre qu'elle n'arrive plus à rentrer. Une fois Isabelle sur le dos, Maurice replace délicatement sa main en faisant mine de lisser la jaquette : « Ta sœur est sèche comme une fève verte qui a manqué d'eau. Elle n'a pas de ventre et jamais je n'aurais le goût de la toucher.

— Un z'haricot, tu veux dire ? »

Ils rient de ce rappel de l'enfance de Louis qui avait regardé ce nouveau légume en faisant la grimace et en refusant de goûter le z'haricot.

« Tu fais quoi, là, tu penses ?

— Rien. Je compte les boutons de ta jaquette neuve. Sais-tu qu'il y en a pas mal ? »

Lentement, chaque bouton détaché est suivi d'une pause de la main – Isabelle ne dit rien et ne fait rien ; elle n'autorise ni ne défend, ce qui permet à Maurice de détacher le bouton suivant. Jusque-là, les lits jumeaux n'avaient été l'occasion que d'un rapprochement d'affection. Rien comme cette valse lente. Isabelle est prise de court, elle n'a aucune envie de briser l'harmonie qui, depuis un mois, règne dans cette chambre. L'achat des lits jumeaux a miraculeusement aidé à faire valoir les raisons qu'ils ont de rester ensemble : une confiance limitée à certains aspects, mais quand même profonde, un humour qui perce dès que le sarcasme s'apaise, et surtout cette impossibilité de se décevoir à nouveau. Élise, en voyant entrer les lits jumeaux, avait fait une crise, certaine que cette étape était la dernière avant le divorce, certaine qu'ils allaient finir séparés et qu'elle serait la honte et la risée de toute sa classe. Il avait fallu l'intervention de Maurice pour la calmer et la convaincre que rien de tel n'arriverait. Isabelle se demande maintenant si le discours de Maurice à sa fille n'avait pas été avant tout un discours pour la calmer, elle. Toutes les inquiétudes d'Élise, Isabelle les avait eues. Toutes les réponses patientes de Maurice, il y a trois semaines, aux questions sanglotées de leur fille, Isabelle les avait écoutées avidement. Ce temps des fêtes est le plus beau qu'ils ont passé depuis dix ans. Un vrai Noël en famille avec des enfants contents. Un Noël comme Isabelle désespérait d'en revoir jamais.

La main sûre de Maurice a pris son sein gauche et la caresse sera difficile à arrêter si elle ne se décide pas à parler. Il y a dans ce jeu lent tant d'incertitudes, si peu d'urgence sexuelle, qu'Isabelle n'arrive pas à déterminer si c'est l'expression d'une tendresse ou si ce sont les prémices d'autre chose de plus substantiel. Maurice continue en silence de caresser son corps fatigué qu'elle hait tant. Quand il atteint ses cuisses trop rondes, trop pleines et plus du tout jeunes, Isabelle retient l'immédiat recul qui lui vient. Maurice embrasse son cou : « Tu es douce. »

Réticente, hésitante, Isabelle attend, au bord de la fuite, à un fil de la panique. Elle ne veut pas penser à toutes ces femmes si belles qu'il a touchées, elle ne veut pas se comparer à celle qu'elle était avant, quand la jeunesse lui remodelait le corps distendu par les grossesses. Maurice a ralenti, comme s'il l'entendait penser, sa main revient sur son ventre, le caresse sans le pétrir, le réveille sans qu'elle ait le loisir de le visualiser, prise soudain du désir violent qu'il l'aime assez pour ne pas lui permettre de se haïr. Maurice dégage son bras de derrière sa nuque et caresse son visage dans l'obscurité de la chambre, sa bouche douce dépose des baisers, soulève un tremblement intérieur. Il goûte un sein avec ferveur, lui arrache un gémissement surpris, un gémissement gorgé de convoitise.

« Tu es si pleine, Isabelle, si belle. Isa ! »

Aux mains d'Isabelle, le corps de Maurice a bien peu changé – la peau plus douce, plus molle, la fesse légèrement flétrie. Cette douceur ardente, cette volupté évidente qu'il ressent à la toucher, à la prendre sans distance, sans dédain, achèvent les résistances d'Isabelle qui le caresse avec fièvre, qui le touche avec l'appétit de ceux qui ne sont pas rentrés au port depuis longtemps.

La trêve prend des allures durables, Isabelle ne peut le nier. Sans sauter aux conclusions, elle remarque que

Maurice rentre plus tôt, qu'il prend davantage de temps à agacer les enfants et que, quand arrive l'heure de leurs programmes préférés à la télévision, il crie du boudoir que l'émission commence et qu'elle lâche la cuisine. Il lui garde la place près de lui sur le divan et, dès qu'elle s'y assoit, il passe un bras autour de ses épaules. Jérôme et Élise le remarquent aussi d'ailleurs, et ils ont des rires d'enfants malcommodes qui ont surpris leurs parents à faire du mal.

Isabelle essaie de profiter du répit et de ne pas nourrir d'espoirs démesurés. Elle s'exhorte à ne pas oublier que Maurice a la désertion facile et que cette soudaine passion retrouvée ne l'est peut-être pas pour longtemps. Elle doit tout de même reconnaître qu'elle monte se coucher plus tôt et que la fameuse jaquette offerte par les enfants finit souvent la nuit sur la carpette.

Isabelle n'en revient pas comme la sexualité qui peut rester endormie longtemps sans frémir, sans se manifester, peut aussi devenir impérieuse et même tyrannique. Elle a peine à se reconnaître quand la veilleuse est éteinte. Sans pudeur, sans gêne pour ce corps qu'elle ne pouvait même plus regarder, elle s'offre les fins de soirée les plus folles et les plus exaltantes de sa vie. Elle retrouve un élan et une disponibilité qu'elle avait au début de sa vie conjugale. Maurice, surpris, séduit, ne laisse pas l'introspection ou la discussion gâcher d'aussi joyeuses dispositions. Pour supprimer le seul frein à leur plaisir, il achète un poste de radio pour leur chambre et il l'allume en sourdine pour apaiser les prudes inquiétudes d'Isabelle. Le *hit-parade* accompagne leurs rires et leurs soupirs.

Isabelle se présente chez Reine un mardi après-midi de février, à une heure raisonnable, c'est-à-dire assez longtemps après dîner et assez tôt avant souper pour ne pas interrompre une tâche ménagère de première nécessité.

Reine est occupée à repasser dans la cuisine. Tout, absolument tout est d'une propreté minutieuse dans cette maison. Sa sœur peut bien être maigre, à frotter comme elle frotte ! Reine lui offre un thé, qu'elle dispose sur un napperon empesé, avec le sucre, la cuiller et la tasse de chez Birks en porcelaine anglaise.

Elle reprend son ouvrage en s'excusant de n'avoir pas le temps de s'asseoir à table avec Isabelle. Le drap qu'elle repasse est déjà plié et elle l'extrait d'une pile qui a toutes les allures de linge repassé. « Reine ! Je pense que tu te trompes. Il est fait, celui-là ! »

Mais sa sœur poursuit sa tâche en expliquant qu'elle « rafraîchit les piles qui sont dans l'armoire depuis quelques semaines.

— Tu veux dire que tu recommences à repasser le contenu de tes armoires quand tu trouves que ça fait trop longtemps ? T'es pas sérieuse ? Reine ! Ça m'arrive de ne pas avoir le temps de les repasser une seule fois avant de refaire les lits.

— Chacun sa façon. »

Isabelle se retient de dire que, d'après elle, c'est une sérieuse perte de temps. « Qu'est-ce qui t'arrive, Reine ? Tu t'ennuies ? »

Isabelle voit sa sœur accélérer le mouvement du fer à repasser, ce qui ne l'intimide pas du tout, elle est elle-même championne dans ce genre de langage : « Qu'est-ce que tu as avec Pierre ? Quel genre de problème ?

— Dis-moi plutôt si tu penses qu'Élise va réussir à finir son année et à graduer, maintenant qu'elle est au cours commercial. »

C'est tellement mesquin et perfide qu'Isabelle reste muette et prend le temps de réfléchir avant de parler. Elle voit bien que Reine n'est pas elle-même, que quelque chose la préoccupe sérieusement, elle sait que la vie de sa sœur est d'une monotonie éprouvante et que, quelles que soient les difficultés conjugales qu'elle-même ait traversées, au moins Maurice est un homme qui valait le chagrin qu'elle a eu. « Je ne sais pas comment t'aider, Reine, mais je sais que je devrais le faire. Je sais que tu as beaucoup donné à Pierre, à ton mari. Un dévouement qui ne s'est jamais démenti. Je sais que tu as eu très peur, il y a quelques années, quand il a été question que Béatrice se remarie. Je veux dire, peut-être que tu te sens seule et que tu penses que je ne peux pas comprendre ce qui te rend malheureuse. Mais si tu m'expliques, je peux essayer. Si tu me dis ce qui t'inquiète, on va peut-être trouver des solutions ou rendre l'inquiétude moins dure. Je sais combien on peut se sentir seule et débordée par la peine, ensevelie par le chagrin. Parle-moi, Reine. Dis-moi ce qui te rend comme ça. »

Le drap rejoint la pile de droite. Reine déplie une taie d'oreiller parfaitement repassée sans dire un mot. Isabelle essaie encore et encore, se fait plus pressante, s'impatiente, se livre à une série de suppositions et d'hypothèses qui n'émeuvent pas du tout sa sœur.

Au bout d'une heure de silence entrecoupé de ses pauvres efforts, elle déclare forfait et se dirige vers la porte. Avant de partir, elle tente une dernière approche : « Tante Germaine va avoir soixante ans cette année, on devrait lui faire un beau souper de fête avec toute la famille. Qu'est-ce que tu en penses ? »

Reine a les yeux tellement cernés, le regard si morne, si terne : « Quand ? »

Prise au dépourvu, Isabelle balbutie qu'elles ont un

mois ou deux pour préparer l'affaire : « Tu vas m'aider ? Je peux compter sur toi ?

— Demande donc à Adélaïde. Elle est tellement plus douée pour ce genre de choses.

— Les anniversaires ?

— Les mondanités.

— Tu en veux à Adélaïde, c'est ça ? Elle a fait quelque chose ? Elle a dit quelque chose ?

— Pourquoi veux-tu ? Non. Tu es bien nerveuse, Isabelle. »

Et elle, elle est particulièrement détendue. À croire qu'elle prend des calmants. Isabelle a une amie comme ça, qui s'assomme à coups de calmants : « Est-ce que tu prends toujours tes pilules pour l'eczéma, Reine ? »

Sans répondre, sa sœur lui tend son manteau et tient la porte donnant sur l'escalier, ouverte. Un tapis de plastique recouvre les marches peinturées et dégage une odeur fraîche de vinyle. Isabelle s'approche de Reine pour l'embrasser et celle-ci recule vivement en tendant une main qui censure toute approche : « Un rhume... »

Isabelle sait très bien que Reine n'a aucun rhume, aucun microbe. Elle en déduit que sa sœur a peur de contracter quelque chose en l'approchant. Elle répète qu'elle est là, disponible, prête à l'aider si elle le peut, et elle s'enfuit alors que l'horloge grand-père du corridor égrène son trois heures sourd.

Ce n'est qu'en pressant le pas à cause du froid qu'elle se rappelle à quel point il était impossible de lui parler à une certaine époque. Maintenant que ce temps est passé, elle reconnaît qu'elle a frisé la dépression et que, certaines années noires, personne ne pouvait l'atteindre au fond de sa détresse, personne. Il y a eu une époque dans sa vie où elle n'avait plus ni larmes ni reproches, elle n'était plus qu'une automate qui nourrit ses petits parce que c'est un instinct bien davantage qu'une envie et parce que les femmes peuvent faillir, mais pas en dessous d'une certaine limite, d'un certain seuil. Ses enfants l'avaient tenue hors de l'abîme total, elle les avait malmenés, bousculés, houspillés, elle leur en avait voulu d'exister, mais elle sait que, sans eux, elle ne serait plus là. Isabelle se demande à quoi Reine peut bien s'accrocher si elle n'a plus Pierre.

* * *

Quand Julie lui annonce qu'une dame Isabelle Leblanc la demande, Adélaïde saisit le téléphone. « Madame, elle est dans le hall, elle dit qu'elle peut attendre. Rien d'urgent. »

Adélaïde se précipite quand même : « Qu'est-ce qui se passe ? Viens vite ! »

Inquiète, Adélaïde assure sa cousine que rien au monde ne pouvait lui faire davantage plaisir que de la voir... en espérant qu'il n'y ait pas de mauvaises nouvelles à la clé.

Isabelle a l'air calme et surprise, comme si c'était Ada qui venait de surgir à Québec.

Adélaïde s'assoit en face d'elle, la regarde interrogativement. Isabelle ne sait pas par où commencer, alors elle y va par la fin : « Je suis enceinte. »

À trente-neuf ans, neuf ans après la naissance de sa fille mort-née, Isabelle a découvert à la fin février que le retard n'était pas dû à autre chose qu'au renouveau conjugal très imprudent auquel Maurice et elle ont joué. « Tu ne me croiras pas, Adélaïde, mais ça faisait si longtemps que... je ne pensais plus à ça que je me suis imaginée trop vieille pour que ça m'arrive.

— Maurice ? Il dit quoi ? »

Isabelle n'a rien dit à personne. Elle n'a même pas été consulter son médecin : après quatre enfants, une femme sait qu'elle est enceinte, pas besoin de test, pas besoin d'examen. C'est d'ailleurs la seule et unique certitude qui l'habite. Elle est trop vieille pour attendre. Elle refait pour le bénéfice d'Adélaïde la longue et angoissante liste des arguments pour ne pas avoir cet enfant. Elle sait qu'il n'y a aucune raison pour que le malheur précédent se répète, pour qu'elle accouche à nouveau d'un enfant mort-né, mais la seule perspective des huit mois à attendre et à prier la tue.

Comme si parler entraînait sa pensée dans une récapitulation, Isabelle donne des détails, se confie sur ce qu'elle a toujours caché – la tristesse et le désert de sa vie sexuelle depuis la fin de la guerre. Comment, à bout de rage et de détresse, elle a abandonné la lutte, elle a subi son sort de femme trompée et combien, maintenant, elle ne peut dire si cela va durer ou si c'est une intermission comme à la télévision, entre deux programmes, quand ils mettent de la musique sur la cible et qu'ils inscrivent « mire et musique ».

« Vous ne parlez pas ?

— Bien sûr, on parle. Mais pas de ça. Tu comprends, on a peur de briser ce qui arrive, on a peur de recommencer les soirées épouvantables de reproches, de souvenirs... Je sais que ça a l'air impossible, mais il s'est rapproché comme par hasard et... je l'ai laissé faire sans discuter, sans vouloir autre chose. Je pense que Maurice ne sait pas plus que moi si ça va durer, si c'est une... je ne sais pas, un *time out* où on ne se pose pas de questions. Ça fait du bien de ne pas se poser de questions après dix ans de “Où tu vas ?”, de “À quelle heure tu rentres ?”. Il rentre, Adélaïde ! Maurice est à la maison à cinq heures tous les soirs. Il grogne quand il doit s’absenter. La semaine passée, il m’a appelée de Rivière-du-Loup pour rien, pour me dire bonne nuit, qu’il s’ennuyait, qu’il aimerait mieux être chez nous. Depuis Noël, j’ose même pas me réjouir tellement j’ai peur que ça s’en aille, qu’il en trouve une autre, qu’il reparte. C’est pour ça que j’ai rien dit, rien demandé. Et maintenant, ce bébé-là... j’ai peur que ça nous tue. Honnêtement, Adélaïde, j’aimerais mieux m’en débarrasser plutôt que de perdre mes chances avec Maurice.

— Dans son dos ? Encore des cachettes ? T’en as pas eu assez ?

— C’est effrayant, je le sais. C’est défendu, c’est risqué, tout ce que tu voudras... je ne sais pas. Tu te rends compte que cet enfant-là aura l’âge de Louis à mes cinquante ans ? C’est pas fini d’élever à cet âge-là ! J’aurai jamais le courage de recommencer les couches, les biberons, surtout pas si Maurice me laisse. Je n’ai aucune idée s’il serait content ou non. Je ne sais même pas ça, Ada, je ne sais rien. Sauf que, pour une fois, je reprenais espoir.

— Ce qui est une bonne nouvelle, non ? »

Isabelle la fixe, l’œil plein de doutes : se moque-t-elle ? « Je suis ridicule, à mon âge, on devrait être plus sensée... C’est Jérôme qui devrait m’arriver avec ce genre de nouvelle : maman, j’ai mis une jeune fille en famille. Oh ! Mon Dieu ! Pourquoi une chose pareille m’arrive ? J’ai presque quarante ans. Je vais devenir énorme et je ne perdrai jamais ce poids-là. Il va me quitter, il va partir, je le sais. Mais on ne fait pas ça pour garder un mari ! C’est immoral. C’est impensable ! Adélaïde, il y a deux choses que je ne peux plus vivre : la mort d’un bébé à sa naissance et le départ de Maurice. »

Adélaïde estime que c'est une conversation qui mérite du temps et du calme : « Tu peux rester combien de temps ?

— Tante Germaine est à la maison. Maurice revient demain soir. J'aimerais ça y être. »

Elle rougit comme au temps du parloir, quand elle expliquait l'après-baiser à Adélaïde. Elle rougit comme une amoureuse timide et Adélaïde la berce contre elle : Dieu ! qu'elle a aimé cet homme, qu'elle a enduré de silences et d'humiliations pour ce petit salaire ! Adélaïde se doute bien que, quelle que soit l'issue, le danger de tout perdre est là. Soudain, elle tressaille, prend le visage vieilli de sa cousine entre ses mains : « Écoute-moi. Tu peux quelque chose. Tu peux parler, agir encore. Tu ne peux pas tout perdre. Tout perdre, c'est quand il n'y a plus personne ni dans ton ventre, ni dans ton lit. Tout perdre, c'est quand ils meurent sans te dire au revoir. On va se battre, Isabelle, on va trouver le moyen de sauver ce qui est sauvable. Maurice vit. Il t'aime, tu le sais. Tu n'as jamais arrêté de le savoir et de l'aimer, même enragée, même prête à le débâtir, à le renier, tu l'aimais. Tu peux encore l'aimer. Tu peux encore te réveiller avec lui le matin. Le reste – on va s'en arranger. On va trouver ce qui est le mieux, Isabelle. Mais ce ne sera certainement pas les cachettes et les secrets. Vous avez assez joué avec le silence. Tu sais ça ? »

Isabelle étreint Adélaïde, rassurée comme dans sa lointaine jeunesse. Elle est venue au bon endroit, vers la bonne personne : Adélaïde va l'aider. Tout a tellement l'air possible auprès d'elle. Tout est si fort, si invincible chez elle.

* * *

Maurice ouvre la porte de la chambre sans bruit et découvre Isabelle assise dans son lit, un livre sur les genoux : « Les enfants m'ont dit que tu étais malade. »

Elle le regarde s'approcher. Depuis deux jours, elle n'a parlé que de lui, n'a pensé qu'à lui et à ces vingt ans de mariage qu'ils auront à leur actif à l'automne. Elle a peur. Elle ne peut plus reculer, parce que sa décision est de ne rien faire sans lui, quitte à le perdre, quitte à gâcher ce qui se règle enfin.

Il s'assoit près d'elle. Isabelle lui dit où elle est allée, à quoi elle a pensé et pourquoi. L'avantage qu'a Maurice sur Adélaïde, c'est qu'il reçoit des faits classés par ordre d'importance et débarrassés des scories d'anciennes peurs.

Quand elle se tait, Maurice prend sa main dans la sienne et joue avec ses doigts : « Je vais aller nous chercher un peu de soupe. Je reviens tout de suite. »

Beaucoup plus tard, quand Maurice tourne le bouton de la radio, la merveilleuse Lucille Dumont qu'ils aiment tant chante *Les Feuilles mortes*.

Avec une délicatesse amoureuse, Maurice arrange les oreillers d'Isabelle et pose les lèvres sur son ventre. « J'espère que ça ne sera pas trop risqué pour toi, parce que, pour moi, c'est un magnifique cadeau. » Quand elle recommence avec la question de l'âge, du vieillissement, des problèmes possibles, des nuits blanches à venir, il répète : « Je suis là, Isabelle. Je suis vraiment là, avec toi. C'est un autre temps, c'est une autre chance qui nous est donnée. Moi, je la prends avec toi. »

Jamais les enfants n'ont compris comment un tel « accident », une telle erreur de parcours pouvait générer tant de paix et de bonne humeur. Leur mère, ventre en avant, sourire aux lèvres, s'occupe de tout et siffle comme un pinson en cuisinant et en peinturant la chambre du bébé à venir.

Jérôme désapprouve totalement et il ne se gêne pas pour déclarer que c'est non seulement gênant, mais ridicule d'avoir des parents aussi irresponsables : « Ma tante Rose a dix ans de moins, elle, ça c'est raisonnable ! » Maurice se contente de sourire et de le conduire au Patro où il peut « passer ses agressivités hormonales », comme il explique à Isabelle.

« Il n'a pas tort, Maurice, ça fait quand même un choc pour lui. Il te voyait plutôt grand-père.

— Qu'il s'habitue ! Je ne suis pas encore fini, c'est tout. Nic avait trois ans de plus que moi quand il a eu les jumeaux. »

Isabelle ne spécifie pas qu'Adélaïde, elle, en avait vingt-trois de moins que son mari. La joie de Maurice est trop bonne à vivre.

* * *

Béatrice signe des autographes à la sortie de son émission où le public l'attend. Jean-Louis s'est chargé de prendre son manteau et ses affaires. Elle se hâte vers la sortie, rue Dorchester. Ils doivent aller rejoindre l'équipe *Chez Desjardins*, rue Mackay, tout à côté, pour un souper tardif.

Jean-Louis n'est pas dans le hall et le *doorman* avise Mme Tremblay qu'un jeune homme la demande et l'attend depuis quatre heures. Béatrice s'avance et voit le grand garçon en uniforme sombre se lever et venir vers elle. Elle est très myope et ne porte jamais ses lunettes qui « nuisent à son apparence », aussi a-t-elle quelque difficulté à discerner les traits du garçon. À mesure qu'il s'approche, elle ne remarque que deux choses, outre une vague ressemblance avec quelqu'un qui lui échappe, et c'est l'acné qui couvre les joues piquées de poils hirsutes et les yeux bordés de rouge, fiévreux, un peu fous, qui la fixent avec intensité.

Elle recule et essaie de le garder à distance, mais il continue à s'approcher, à vouloir la toucher en chuchotant : « Maman ! Maman, je suis venu. Je t'ai choisie. Je suis venu, maman ! » Quand il essaie de la prendre dans ses bras, elle se débat en criant et le portier réussit enfin à retenir le garçon qui hurle : « Écoute-les pas, maman ! Écoute-moi ! Je t'ai choisie ! Tu ne peux pas me renvoyer. Tu ne peux pas me faire ça ! »

En un éclair, la voix lui rappelle Léopold, et Béatrice comprend : « Pierre ! O.K., laissez-le. C'est correct, c'est... c'est de ma famille. Viens, Pierre, viens... »

Dès que Jean-Louis arrive, les choses se calment et ils peuvent discuter de façon civilisée. Pierre explique qu'il est venu la voir, qu'il a besoin de lui parler, que Reine est chez tante Adélaïde avec tante Germaine et que tout le monde est évidemment au courant de sa démarche.

« Sauf moi ! » peste intérieurement Béatrice. Elle en veut à la stupidité de cette pauvre Reine de venir lui mettre cet enfant dans les pattes alors qu'elle sort de studio, qu'elle a faim et qu'elle ne sait pas quoi en faire. Elle a bien un doute ou deux, mais quand Pierre lui dit que c'est le congé de l'Ascension et qu'il ira à la messe le lendemain, Béatrice n'ose plus rien ajouter, ignorant totalement si l'Ascension est ou non une fête religieuse entraînant un congé scolaire. Elle sent que son souper est à l'eau.

Comme il est tout de même dix heures et demie, elle

renonce à ramener Pierre chez Adélaïde et elle l'emmène chez elle, où elle l'installe dans la chambre d'amis. Pierre la rassure beaucoup en lui disant qu'il ira chercher ses bagages demain. Il tombe endormi d'un coup, comme on perd connaissance. Béatrice n'en revient pas de le voir dormir si profondément.

« Tu penses que c'est un effet de l'enfance de dormir comme ça ? »

Jean-Louis se moque d'elle et lui offre de rester pour l'aider avec son fils, si jamais elle est embêtée.

« Jamais de la vie ! Mais demain, si tu pouvais venir à neuf heures, j'ai ma radio et j'aimerais qu'on le ramène à Reine. Ça suffit, les visites-surprises ! Qu'on le laisse chez Ada. Je n'ai aucune envie de le voir arriver comme ça, à chaque congé, en criant "maman" !

— Ça convient mal à ton genre et à ton public, ça c'est sûr. »

Béatrice est réveillée par un rêve affreux : une bête sauvage lui tète les seins et l'étouffe. Elle se débat contre l'animal et hurle en constatant que ce n'est pas un rêve. Son fils, flambant nu, a soulevé le haut de son léger *baby-doll* et lui en recouvre le visage, son fils, la tête enfouie dans sa poitrine, lèche, mord et suce ses seins.

Terrifiée, Béatrice lui crie de reculer, elle essaie de le taper, de le pousser au moins. Il suce avec une telle violence que la panique la gagne et qu'elle se met à se débattre sans le ménager. La réaction est brutale : il s'arrache de ses seins avec un grognement sourd et, avec une force qu'elle ne lui soupçonnait pas, il frappe son visage, il saisit ses deux mains, les tord et les croise derrière son dos, il s'agenouille sur ses jambes qu'elle ne peut plus agiter tant la douleur qui les traverse est aiguë. Il va la tuer, elle en est sûre. Son heure est venue. Il va l'étrangler et la violer, elle sent le sexe dur de Pierre contre sa peau. Elle se met à pleurer et à implorer sa pitié, à offrir ce qu'il veut, ce qu'il voudra, de l'argent, des vêtements, son corps, ce qu'il veut, mais il lui fait mal, il a cassé sa jambe, il faut la laisser. Le haut de son vêtement de nuit lui entre dans la bouche et l'étouffe. Plus elle halète, pire est la sensation. Il la retourne brutalement, la face dans l'oreiller, elle se cabre, essaie une autre fois de lui faire lâcher prise. Les coups pleuvent contre son dos. Quand il déchire la culotte en nylon bouffante de son *baby-doll*, Béatrice retombe et ferme les yeux en sanglotant hystériquement. Elle est certaine d'une chose, elle ne veut pas voir ce qui va suivre.

L'émission de Béatrice vient de finir quand le téléphone sonne. Tante Germaine est sûre que Paulette veut commenter le sketch « trop commun » de la caissière de restaurant. La voix de Reine est tellement atone qu'elle doit lui faire répéter sa question.

« Pierre ? Ben voyons donc ! Il est au pensionnat. Reine ? Où es-tu ?

— Chez moi, mais ils ont appelé pour dire qu'il était manquant.

— Qui a appelé ? Quand ? Qui manque ?

— Pierre.

— Passe-moi Jean-René. »

Germaine s'énerve, on dirait que sa nièce dort. Quand Reine lui dit que son mari et Hubert sont partis en retraite fermée pour deux jours, Germaine tapote nerveusement sur l'appareil et suggère de lui donner le nom du prêtre qui a appelé, qu'elle va se charger d'en savoir plus long.

« T'es sûre qu'il ne faut pas appeler Jean-René ? J'aimerais mieux ne pas le déranger, mais si c'est urgent... Tu penses que c'est urgent ?...

— Dieu du Ciel, Reine ! As-tu bu ? »

L'inquiétude qui agite Germaine ralentit dramatiquement Reine, qui jure que jamais elle ne ferait une chose pareille.

Une fois qu'elle a obtenu les renseignements nécessaires, Germaine promet de rappeler dès qu'elle aura du nouveau.

Reine raccroche, rajuste son chapelet et, assise sur le banc de l'ensemble *téléphone guéridon* de fer forgé, elle reprend sa dizaine en jurant à Dieu qu'elle se soumet à Sa sainte volonté.

Quand Germaine a terminé ses appels, elle saute dans un taxi et va sonner chez Reine. Après le premier coup de sonnette resté sans réponse, elle regrette de n'avoir pas prévenu qu'elle arrivait. Sa nièce est capable de la laisser poireauter à la porte parce qu'elle est toute seule à la maison. « Jamais je ne croirai qu'avec Pierre en fuite elle ne répondra pas ! Ça pourrait être lui, Seigneur ! » Son troisième coup de sonnette est le bon et Reine, apeurée, ouvre chichement la porte que Germaine pousse avec autorité.

Pierre a dit qu'il allait à la chapelle à l'heure où les petits externes arrivent et il a dû se faufiler parmi eux pour prendre le large. Germaine a téléphoné à Montréal. Adélaïde ne l'a pas vu, n'a rien entendu de la part de Béatrice, mais ce serait étonnant qu'en si peu de temps Pierre ait eu la possibilité de se rendre à Montréal. « Demain, si on ne l'a pas retrouvé, il pourrait bien sonner chez Béatrice.

— Pour quoi faire ?

— Parce que c'est sa mère et qu'il s'en inquiète. Tu ne sais pas ça, Reine ? »

Reine hoche la tête, désolée, le chapelet tordu entre

les doigts. Germaine a pitié et elle essaie de la rassurer. Pierre est encore bien jeune d'esprit et il faut beaucoup de débrouillardise pour se rendre à Montréal. Cela nécessite de l'argent, un sens de l'orientation... toutes choses dont Pierre est dépourvu.

Les trois fois que le téléphone sonne, Reine sursaute si fort que Germaine se dit qu'elle va lui faire une crise de cœur. C'est Paulette, Isabelle et Adélaïde qui, chacune leur tour, s'informent. Ada promet d'appeler à n'importe quelle heure si elle apprend quelque chose. Elle a appelé Radio-Canada et Béatrice est partie et elle n'est pas chez elle.

« Il est presque minuit, je vais rappeler demain matin. À cette heure-ci, Béatrice doit être sortie, inutile de l'inquiéter. Comment va Reine ? »

Germaine glisse un œil sur le visage tourmenté de Reine qui prie fiévreusement : « Pas fort. Rappelle-moi sans faute, je fais pareil. »

* * *

À neuf heures précises, Jean-Louis sonne chez Béatrice. Après deux tentatives, il sort les clés en se disant que les bienfaits du sommeil de l'enfance atteignent quelquefois les grandes filles.

Étonné, il se rend compte qu'il a fermé le verrou au lieu de l'ouvrir. Béatrice a donc oublié une chose aussi essentielle ! Ce n'est pourtant pas son genre. Agacé par cette étourderie, il entre. Quelque chose ne va pas dans l'ordre du salon, il ne peut pas dire quoi, mais quelque chose cloche : « Béatrice ? Béa ! Il est neuf heures ! »

Il avance vers la chambre de son amie, plus du tout

tranquille : le désordre est épouvantable. On dirait un saccage d'une terrible violence, tout est sens dessus dessous, le miroir de la coiffeuse a volé en éclats qu'il écrase pour s'approcher du lit, le fouiller. Le sang le rend fou d'angoisse. « Oh ! Mon Dieu ! Mon Dieu, Béatrice ! » Sa voix est un filet flûté. Il court dans l'appartement en ouvrant toutes les portes. La panique le désorganise, il regarde mal, il doit retourner dans la salle de bains où le rasoir pour dames traîne par terre. Le sang, la vue du sang, lui donne envie de vomir. Mais où sont-ils ? Où l'a-t-il emmenée ? Qui a pu entrer ?

Le téléphone sonne sans cesse et lui cause une angoisse supplémentaire. Jean-Louis se rapproche de la chambre. Il faut répondre, c'est sans doute quelqu'un qui peut lui dire où le jeune garçon a mis Béatrice. Jean-Louis remue les objets par terre, il essaie de se concentrer sur le son pour guider ses recherches, mais il est presque engourdi de terreur. À quatre pattes sur le tapis, il voit l'appareil, le saisit et miaule un « Allô » au bord des larmes.

Il entend la femme dire : « Pierre ? C'est toi, Pierre ? » et se fige sur place. Il laisse tomber l'appareil et rampe jusque sous le lit où il a aperçu quelque chose. Ce sont les yeux brûlants d'effroi de Béatrice, les yeux grands ouverts et fixes de son amie recroquevillée le plus loin possible contre le mur de telle sorte que, même en tendant le bras, il n'arrive pas à l'atteindre.

Jean-Louis hurle : « Béatrice ! Ils me l'ont tuée ! Ils me l'ont tuée ! » en s'aplatissant pour gagner, pouce par pouce, la masse sanguinolente aux yeux ouverts.

* * *

Adélaïde fait les cent pas dans la minuscule salle d'attente et Florent doit la faire asseoir de temps en temps, au risque d'être malade. Elle a tout fait seule. Elle s'est précipitée en hurlant à Lionel d'avertir Florent de la rejoindre chez Béatrice. Elle a appelé l'ambulance et ils ont pris soin de Béatrice et de Jean-Louis qui, lui, est victime d'un choc nerveux.

Aucune trace de Pierre. Béatrice, catatonique, ne dit rien, ne voit rien, n'entend rien. Il a fallu l'endormir pour réduire une double fracture de la jambe droite, et ils attendent pour apprendre l'ampleur des dégâts.

Même si elle a essayé de s'y soustraire, Adélaïde a alerté la police qui cherche Pierre dans tout Montréal. Rien. Aucun signe de son passage, sauf ce lit défait dans la chambre d'amis et le sac à main de Béatrice renversé sur le sofa du salon et dont le porte-monnaie a été volé.

Florent laisse Adélaïde se relever, se remettre à marcher en silence. Elle ne respire pas bien, le souffle est léger, saccadé. Il s'en veut tellement de ne pas être resté près d'elle la veille au soir, de l'avoir laissée courir encore vers le malheur, sans être là pour recevoir le choc à sa place. Elle revient vers lui, regarde l'heure à son bras pour la millième fois. Florent devine que ce n'est pas l'heure comme le besoin de toucher la montre de Nic qu'il porte toujours. Le besoin de se persuader que l'insensé n'est pas encore en train de ravager sa vie.

Il répète avec fermeté : « Elle ne mourra pas. Elle va se remettre. Ça va aller, Ada. Ils en prennent soin. » Il ne peut malheureusement pas dire si Pierre, lui, est entre bonnes mains. Si c'est lui qui est responsable de ce massacre... comment un futur prêtre de treize ans pourrait-il avoir détruit un appartement de la sorte ? Comment avoir réduit Béatrice, qui a tout de même trente et un ans, à cette bouillie terrifiée, quand on n'est qu'un paquet d'os sans muscles ? Il faut qu'il se soit passé quelque chose d'horrible, une erreur épouvantable. « Il doit être fou de terreur. »

Adélaïde s'arrête brusquement : « Pourquoi ? Il a pensé qu'elle était quoi ? Elle a voulu faire quoi ? Pourquoi, Florent ? »

Il soupire. Qui sait ce qui a pu traverser l'esprit de Pierre ? Qui peut savoir ça ? Peut-être même que lui ne le sait pas. « Viens, Ada, on va marcher dans le corridor, parce que ici, c'est trop petit, tu vas t'étourdir. »

Elle s'accroche à lui, lève des yeux minés d'inquiétude : « Mais où ils sont ceux qui devaient nous protéger, Florent ? Comment des choses pareilles arrivent ?

— Viens. Je suis là, moi. »

Vers midi, Jean-Louis est calmé, quoique tremblant, et Béatrice est sous surveillance étroite. Le médecin n'a pas caché à Adélaïde que son état l'inquiétait. Outre les deux fractures, la jeune femme a une dent cassée, des coups et des lacérations multiples, principalement à la poitrine et au bas-ventre. Confidentiellement, il suggère que l'attaque a dû aller assez loin, que les blessures indiquent une lutte acharnée de plusieurs heures et de possibles abus sexuels.

« Ceci ne figurera pas au dossier, sauf si Mme Tremblay y voit un inconvénient. Nous ferons tout pour protéger son droit à la discrétion. Je ne vous cache pas que des journaux ont déjà appelé et que des journalistes vont arriver sous peu. Évidemment, personne ne sera autorisé à la voir et à obtenir des renseignements. Mais je me suis dit qu'en l'occurrence un peu de prudence était indiquée. J'ai préféré taire cet aspect des blessures. »

Après toutes ces circonlocutions, Adélaïde saisit enfin de quoi il est question : « Vous voulez dire... violée ? L'abus... c'est ce que vous voulez dire ? »

Le médecin porte des lunettes à la monture si noire qu'elles lui mangent le visage. Il hoche la tête affirmativement. Adélaïde se tait, achevée.

« Nous pourrions bien sûr être plus précis en procédant à certains tests. Mais dans le cas présent... Vous croyez que ce sera nécessaire ? Aucune poursuite n'est envisagée ? J'ai cru comprendre que le jeune homme était... un adolescent. »

Le médecin est si mal à l'aise, si embarrassé de devoir aborder le sujet qu'il n'arrive pas à la regarder en pleine face. Ses yeux errent du dossier au mur, à Ada, à la fenêtre. Adélaïde confirme qu'il n'y aura pas de plainte portée contre l'assaillant et qu'il a bien agi en jugeant qu'aller plus loin ne sera pas nécessaire. Ce qui soulage visiblement le médecin qui la regarde enfin. « À mon avis, cet enfant a un urgent besoin de soins. La vie moderne a des effets si surprenants sur des esprits fragiles. »

Adélaïde garde pour elle son opinion sur l'effet de la vie moderne. Elle retourne près du lit où Béatrice dort, le visage tuméfié, les lèvres méconnaissables. Qu'a-t-il fait ? Il a frappé cette bouche jusqu'à ce qu'elle dise ce qu'il voulait entendre désespérément ? Il a frappé et détruit pour changer le verdict de sa mère ? Ou est-ce un geste sans volonté particulière, un geste fou ? Adélaïde ne veut pas retourner dans cette sphère, dans cette spirale mortelle qu'est l'idée fixe des fous. Elle voudrait tant que Pierre ne soit pas de ceux-là, de ceux dont elle ne peut même pas imaginer les souffrances parce que la sienne surgit avant et prend toute la place.

Elle se demande où est Paul Picard à cette heure-ci. Dans quel hôpital ? C'est cet homme qui lui manque, sa remarquable tranquillité et sa capacité d'écouter les pires horreurs sans jamais montrer l'inquiétude ou la peur. Paul Picard et son amour discret, respectueux. Il saurait l'apaiser. Il saurait quoi faire. Peut-être même qu'il saurait faire sauter le poids d'angoisse sur sa poitrine, le poids qui l'empêche de respirer à l'aise.

Depuis sa lettre de rupture, elle ne l'a revu qu'une fois, il y a deux ans. C'était à un banquet pour une quelconque entreprise charitable. Il portait, avec le même charme désinvolte qu'elle lui a toujours connu, un smoking qui accusait son côté sombre. Le sourire qu'il avait eu en la voyant ! Les yeux foncés emplis de plaisir, de bonheur avoué d'être en sa présence. Avant qu'il le dise, elle a su qu'il la trouvait splendide. Avant qu'il tende la main, elle a su qu'il se conduirait avec une infinie discrétion.

Il lui avait présenté sa fiancée, une jeune fille très timide aux épaules rentrées qui aurait bien du mal à se dégêner, avait pensé Adélaïde. Il doit être marié maintenant. Elle se souvient qu'il était assis de biais à elle, quatre tables plus loin, mais que chaque fois qu'elle avait tourné les yeux vers sa table, elle avait croisé son regard qui la fixait. Ce regard était grave et toujours fasciné.

Ce n'est pas cette fascination qu'elle souhaite, c'est quelqu'un qui puisse lui confirmer que la vie moderne aux effets nocifs n'est pas simplement une horrible inconscience qui confine à la cruauté. Elle n'est pas sûre que même Paul Picard pourrait la soulager de cette conviction que quelqu'un a négligé un aspect fondamental, qu'une erreur s'est glissée, a enrayé l'engrenage et a fait s'emballer le désastre. Paul ne pourrait apaiser sa conscience rongée par l'idée que cette personne, c'est elle. Qu'elle était la mieux placée pour voir et comprendre. Ils l'ont laissé seul et il avait treize ans. Ils l'ont laissé seul et le désir de revoir sa mère s'est tordu, corrompu en quelque atroce erreur.

Ils sont tous coupables. Et ils diront qu'il est fou.

Adélaïde ferme les yeux, étourdie, accablée : elle ne veut pas adoucir ou excuser la folie qui a détruit sa vie. Elle ne veut pas savoir si on a massacré Kitty avant qu'elle ne la massacre.

Les mains de Béatrice, nues, sans bagues, sans vernis sur les ongles, sont posées sur le drap blanc. Adélaïde en prend une dans les siennes. Elle dort si bien, si profondément. Comment pourra-t-elle sortir de la douce amnésie du sommeil ? Sur la main qu'elle tient, à la base du pouce, trois marques fines en demi-cercle, trois traits incurvés d'un rouge violacé : les traces des incisives de son fils.

* * *

Au bout de deux jours de vaines recherches, les policiers ne cachent pas à Adélaïde le risque qui augmente jour après jour : Pierre a peut-être disparu pour de bon, ce qui, dans leur esprit, signifie non pas évanoui dans les airs, mais mort.

Béatrice, quand elle reprend conscience, ne reprend pas ses esprits pour autant. Elle regarde les gens avec une indifférence qui témoigne de la profondeur du traumatisme. Elle ne répond à aucune question, à aucun geste d'affection. Elle est absente. Jean-Louis, fou d'inquiétude, campe à la porte de sa chambre et s'occupe à la fois d'éloigner les journalistes et de livrer les commentaires qui échappent à son angoisse et qui obligent Adélaïde à le faire surveiller, afin qu'il n'empire pas les choses pour Béatrice. « Dire que ce voyou mérite la potence est totalement déplacé.

Qu'est-ce qu'elle va penser en lisant cela dans les journaux ? »

Tante Germaine murmure que le problème est surtout de savoir si Béatrice lira jamais les journaux.

Adélaïde a envoyé Thomas chez Rose et Léa chez Florent afin qu'ils échappent à l'atmosphère « fin du monde » de la maison, où Reine et Jean-René sont en train d'élever un autel à saint Jude. Au lieu de calmer Reine, l'arrivée de Jean-René ajoute à son angoisse. Adélaïde comprend, à voir la sévérité monastique du personnage, que la vie de Pierre était proche de celle d'un saint.

Germaine bénéficie du soutien indéfectible de Lionel qui fait des prouesses pour l'extraire de cette ambiance de cataclysme.

Isabelle et Paulette, bloquées à Québec, sont suspendues au téléphone. Mais que pourraient-elles faire à Montréal ? Pierre est introuvable.

Le seul moment agréable de la journée, pour Adélaïde, c'est quand elle va chercher les enfants et les écoute raconter l'école et les histoires de cour de récréation. Thomas est ravi d'être chez sa tante Rose. Il aime surtout ses deux petites cousines. « Est-ce que tu pourrais nous acheter une petite sœur à Léa et moi ? Une grande comme Madeleine, parce que c'est elle qui rit le plus. »

Léa se moque et explique que ce n'est pas du tout une chose qu'on achète, les bébés. Adélaïde écoute les explications saugrenues et approximatives que donne Léa aux questions de son frère. Léa a l'âge de Pierre... Savait-il, lui, ce qu'il faisait en attaquant sa mère ? Pouvait-il savoir ce qu'étaient la sexualité, les enfants ? Pouvait-il savoir que c'était dénaturé ? Horrifiée, Adélaïde se dit qu'il se pourrait, si ce que le médecin a dit est vrai, il se pourrait que Béatrice soit enceinte... Ce qui lui paraît la perspective la plus infâme.

Léa n'est pas tranquille. Elle refuse d'accompagner son frère et ne veut être qu'avec son chat Caramel, Florent ou sa mère. Quand les deux adultes sont pris ailleurs, c'est Lili qui lui tient compagnie. Même si Lili est plus âgée, les deux s'entendent à merveille. Léa peut poser à Lili toutes ses questions, incluant les plus bizarres, Lili répond toujours, et quand elle ne sait pas, elle l'avoue tout simplement. Léa n'a pas du tout été élevée comme elle et Leah se rend compte à quel point la petite fille est libre et sans contraintes. Elle n'écarte jamais une question, même si elle peut sembler impolie ou déplacée. Elle veut comprendre à tout prix et tout de suite, pense Lili. Alors qu'elle-même remet parfois à plus tard certaines questions trop troublantes ou porteuses de réponses qu'elle ne désire pas affronter, Léa est d'une inébranlable détermination et jamais elle ne renonce.

Quand Leah lui demande pourquoi elle veut savoir tout ça, en quoi cela change les événements de les analyser autant, Léa a l'air toute surprise : « Mais pour comprendre, Lili ! Il faut comprendre, sinon tout a l'air d'être fou. »

Et quand Leah avance que certaines choses, certaines personnes sont peut-être folles, la petite fille reste longtemps songeuse et finit par déclarer que c'est souvent moins fou qu'on pense, les fous. Elles discutent jusqu'à très tard et pas seulement de tante Béatrice qui est blessée et de Pierre qui a disparu. Sans que personne ne lui ait dit quoi que ce soit, Léa sait bien qu'on soupçonne Pierre d'avoir attaqué sa mère. Il lui a suffi de voir Reine et tante Germaine pour comprendre que Pierre était dans le pétrin. Quand Léa demande à Lili de confirmer ses hypothèses, la jeune fille le fait en se demandant ce qu'Adélaïde va penser de ses initiatives.

C'est une Ada exténuée qui rentre ce soir-là chez Florent pour embrasser sa fille avant d'aller chez elle s'occuper de Reine. Lili ose à peine lui dire que Léa en sait plus long parce qu'elle a deviné la majeure partie de ce qui s'est passé. Adélaïde sourit : « Cette enfant est une sorcière. C'est inutile de vouloir lui cacher des choses et je pense que c'est pire pour elle de ne pas savoir que d'apprendre la vérité. J'imagine qu'elle t'a soumise à une série de questions ? Elle est infatigable. »

Il y a deux choses que Léa a dites ce soir-là qui tracassent Lili – elle en livre une à Adélaïde et garde l'autre pour elle-même, trop soucieuse à l'idée de provoquer davantage l'inquiétude d'Ada. « Moi, si je le cherchais, c'est au confessionnal que j'irais. Mon meilleur ami, c'est Caramel, et je lui dis tout. Pierre, son meilleur ami, c'est le bon Dieu et il lui dit tout. »

Ce soir-là, en compagnie d'Aaron, Leah discute de l'autre déclaration de Léa : « Finalement, Kitty, elle voulait se coucher sur papa. Elle n'est pas tombée du tout. Pierre voulait faire pareil peut-être, et sa mère ne l'a pas laissé faire. Penses-tu que Pierre est mort ? Comme Kitty ? »

Aaron est d'accord avec Leah, cette assimilation est bizarre. « On aurait pu croire qu'elle a oublié. Elle était petite à l'époque. Non seulement elle n'a pas oublié, mais elle met le doigt sur le problème central : le désir. Je ne connais pas Pierre, mais je t'assure que Kitty n'a eu qu'une obsession dans sa vie, et c'était ce pauvre Nic. Comment une si petite fille a-t-elle pu le deviner en voyant les cadavres de Nic et Kitty ? »

Leah trouve idiots ces aveuglements d'adultes convaincus de pouvoir tout cacher aux enfants. Depuis Bérénice et son père prétendument si aimant, elle pense qu'il n'y a que les adultes pour pouvoir se faire des accroires pareils et qu'il n'y a qu'eux pour demander aux enfants de ne pas les affoler en disant la vérité.

Aaron voit bien qu'il fâche sa petite-fille avec ses théories simplistes : « Léa ne *peut* pas savoir cela, elle ne *peut* pas. Elle n'a jamais eu cette information. Elle n'a jamais vu Kitty de son vivant.

— Grand-père, Léa en sait beaucoup plus long que vous ne pensez. Elle a rencontré Kitty. Un jour qu'elle aidait son père à nettoyer le terrain, Kitty est passée au bras d'un homme et elle a dit en voyant Léa : "Elle a les vilains yeux méchants de l'autre. Comment peux-tu, Nic chéri ?" et son père a fait rentrer Léa, et ensuite, il lui a fait promettre de ne pas le dire à sa mère. C'est d'ailleurs pour ça qu'elle me l'a dit : parce que c'est à sa mère qu'elle avait promis de ne pas le dire. Et ce qui a le plus intrigué Léa, c'est le secret, évidemment. Pas le commentaire sur ses yeux !

— Adélaïde va susciter de la haine toute sa vie, et ce n'est pas la beauté de ses yeux qui en est responsable, c'est son indépendance. Kitty se croyait seule de sa sorte. Elle s'est battue avec deux femmes : Gabrielle et sa fille, Adélaïde.

— La femme à côté de papa sur la photo qu'Adélaïde m'a offerte ? Mais elle jure que papa n'était pas amoureux de sa mère.

— Elle a raison, il ne l'était pas.

— Mais il y avait une femme, grand-père, vous le savez ? »

Aaron sourit : « Laisse ses pauvres secrets à ton père, Leah. Laisse-lui ses trésors. On ne fouille pas les tombeaux des morts. La mort nous échappe, mais la poursuite de la vie nous appartient.

— Dans la poursuite de la vie, il y a les devoirs aux morts, grand-père.

— Le respect, oui. Ne gratte pas la terre des tombeaux. Laisse repousser l'herbe.

— Grand-père... Avez-vous jamais pensé que papa est peut-être encore vivant ? »

Aaron observe ces yeux si semblables à ceux de Theodore : « Quand Nic est mort, j'ai supplié Ada de le laisser vivre dans ses enfants et de se détacher de ses restes. Ton père vit en toi et en David, ton frère. Ton père est sûrement mort pour ce qui est de son corps. Pour le reste, c'est toi et David. »

Leah ne réplique rien parce qu'elle n'a aucune envie de contredire son grand-père, mais elle n'est pas convaincue. Rien ne la convainc. Depuis longtemps, elle croit que son père a rejoint la femme aux yeux océan, qu'il a échappé à la guerre. Ou alors, si la guerre l'a vaincu, elle voudrait savoir où et comment. Cette tâche, ce pèlerinage vers Theodore Singer, elle ne le fera qu'une fois Aaron en paix. Cette décision et celle de ne pas heurter son grand-père, elle les a prises le jour où il lui a permis de s'éloigner de la règle stricte et de sa mère remariée. « Il est tard, grand-père, vous êtes fatigué. On va aller dormir. »

Aaron profite de sa nuit d'insomnie pour réfléchir à de nombreux problèmes, dont celui des secrets. Jusqu'où un enfant cherche-t-il son père et sa mère ? Jusqu'à la folie, comme Pierre ? Jusqu'au déni, comme Leah ? Theodore vivant... C'est un beau déni, une belle tentation, mais si Ted avait vécu, comme Leah le prétend, il aurait couru rejoindre la femme qu'il aimait. Et cette femme, Aaron en est persuadé, cette femme a su dans son corps la mort de Ted, elle l'a su si bien que Nic est devenu son véritable époux. Étrange que

Leah ne *voie* pas que Léa est sa sœur. Mêmes cheveux, même dorure dans l'iris quand le soleil les traverse. Il est conscient que Léa a pris beaucoup de Nic et de Florent. Léa est la seule à réconforter Aaron dans l'idée que les enfants ne cherchent pas nécessairement leurs véritables père et mère jusqu'à la destruction.

* * *

L'odeur des églises a quelque chose d'infiniment rassurant pour Pierre. L'encens, même refroidi, l'encens embaume et flotte de concert avec l'odeur du cierge fraîchement éteint. Odeur de cire et de feu. Odeur de l'eau légèrement croupie du bénitier géant à l'entrée de l'église, en forme de coquille Saint-Jacques, odeur de cave humide des petites chapelles, où les lampions brûlent d'un éclat nimbé de rouge ou de vert. Toutes les églises ont cette odeur et toutes les églises permettent au voyageur errant de se reposer. Toutes ont cet immense Christ en croix, au flanc percé et aux pieds cloués ensemble, ce Christ trépassé qui a encore une couche, ce qui a toujours consolé Pierre de ses oublis nocturnes.

L'une des choses qui inquiètent beaucoup Pierre, ce n'est pas d'être loin de sa maison, cette église pourrait être sa maison et, un jour, il sera un prêtre avec l'église à protéger et les fidèles à guider. L'ennui vient de la certitude du mal et de l'impossibilité de le nommer. Il y a une honte en lui, et il n'arrive pas à s'en confesser. Il y a un manquement grave, une transgression très condamnable en lui, mais qui résiste à tous ses examens de conscience. Il a beau creuser, rien ne vient. Sa mémoire résiste. Sauf qu'il a couru comme un fou dans la nuit. Il a couru tout de suite après qu'un miroir s'est brisé. Il le sait parce que, s'il regarde sa main, il peut encore discerner des morceaux de verre incrustés dans sa peau.

Pierre lève les yeux vers le Christ en croix. Comme Il est grand, comme Il le domine, malgré sa nudité. La plaie du côté avec le rouge du sang attire irrésistiblement son regard. Pierre pourrait la fixer des heures durant. Jusqu'à ce qu'elle palpite, bouge, jusqu'à voir le sang sourdre, dégorger de la plaie. Dieu s'est sacrifié pour nos péchés. Il faut offrir nos misères en sacrifice. Le sang l'éblouit, le sang le fait respirer mal. Peut-être est-ce la position renversée dans laquelle le tient la hauteur du Christ ? Pierre s'incline vers le sol, tête baissée. Oui, ça va mieux, ça arrête de tourner. Quand il était petit, il jouait à mal respirer pour perdre connaissance. Parce que c'était excitant, cette sensation de mollesse partout. Le sol est froid sous son front. Marbre ou céramique. Un sol froid et bienfaisant. La nuit, il reste dans le cimetière. Il n'a pas peur des morts, pas comme Cantin au Séminaire. Les morts ne peuvent rien faire, ni nous hanter ni nous chatouiller la nuit. Ni parler et dire des menteries. Il est fatigué, il va s'endormir et il ne faudrait pas. Quelqu'un pourrait le trouver et vouloir le sauver. Un bon samaritain. Mais le sauver veut dire être sauvé si on lit bien les Évangiles. Comme il aime ces débats théologiques ! Expliquer la parabole, la faire parler pour les esprits simples, pour les femmes, les enfants si touchants avec leur ridicule naïveté.

« Qu'est-ce que tu fais là, mon garçon ? »

Tiens ! Il ne l'a pas entendu venir, celui-là ! Pourtant, son oreille est collée au sol, comme les Indiens font pour entendre l'ennemi. « Vous êtes qui ?

— Je suis le vicaire Fillion, monsieur l'Insolent. »

Pierre se redresse, joint les mains avec humilité : « Pardonnez-moi, mon père, parce que j'ai péché. »

Ernest Fillion fronce les sourcils : encore un enfant illuminé qui veut se confesser en plein milieu de l'allée ! Ça fait deux, cette semaine, qu'est-ce qu'ils ont tous ?

Il écoute patiemment le cortège prévisible des fautes insignifiantes de ce jeune enfant, trop exalté pour savoir seulement ce qu'est un vrai péché. Il l'absout, touche sa tête avec gentillesse : « Dis-moi, mon garçon, où est ta maman ? »

Le regard de pur effroi qui précède la fuite précipitée du garçon laisse le vicaire sans voix. Évidemment, sur le perron de l'église, il n'y a aucune trace du petit.

* * *

Au bout de cinq jours, Reine et Jean-René retournent à Québec, et Adélaïde retrouve enfin sa maison. Tante Germaine admet que la « fréquentation quotidienne de ces deux-là » a quelque chose d'éminemment sanctifiant.

La question de l'avenir de Béatrice est soulevée ce soir-là. Jean-Louis est prêt à la prendre chez lui, mais Florent est d'avis que sa tendance au drame risque de ralentir les progrès éventuels. Il est hors de question de la ramener chez elle – trop risqué comme effet traumatique, selon le médecin. Reste la clinique privée de soins psychiatriques qui est hors de question, pour Adélaïde cette fois : « Elle n'est pas folle. Laissons-lui une chance de récupérer avant de la condamner à côtoyer des malades mentaux. » Dernière solution : la prise en charge familiale. Le médecin est formel, ça peut être très long avant que Béatrice ne retrouve son énergie normale et des réactions tempérées. Adélaïde est déchirée entre son devoir de sœur et l'équilibre de ses enfants. « Et si elle se met à croire que Thomas est Pierre et qu'elle lui fait du mal ? Je ne me pardonnerais jamais ça ! »

Tous les engagements professionnels de Béatrice ont été annulés et la curiosité des journalistes commence à s'affaiblir. Prendre Béatrice ne veut déjà plus dire prendre une cohorte à sa porte. « Ils ont un autre scandale à traiter », déclare Florent.

Rose toussote et regrette de n'avoir même pas la place pour son prochain bébé chez elle. Adélaïde répète que les enfants ne sont pas nécessairement à l'abri avec Béatrice et que ce qui est valable pour elle le sera pour Rose. Fabien conclut : « Le mieux serait que je la prenne, je le vois bien, mais les enfants de Jeannine sont souvent chez moi, Tommy en particulier. Remarquez qu'il a quinze ans et qu'il est assez grand pour se défendre. Je connais Jeannine, elle ne voudra plus qu'il traverse si Béatrice n'est pas normale. Et elle ne l'est pas, je pense ? »

Ça, personne ne peut accuser Fabien d'exagérer, Béatrice est tout, sauf normale. Tremblante, le regard perdu, le corps tassé, toute sa superbe a disparu. Tout l'éclat si « femme fatale » est éteint. Ses épaules sont tellement basses qu'elle a l'air de cacher ses seins dans ses bras fermés devant elle. Son regard ne s'attarde sur rien et chaque bruit provoque une étincelle de terreur dans ses yeux. Elle est si menue que le plâtre qui recouvre la totalité de sa jambe gauche semble énorme. Elle n'a pas encore suffisamment de force dans les bras pour utiliser des béquilles. La chaise roulante est son seul moyen de locomotion. Elle mange si on reste près d'elle pour la nourrir. Elle ne pleure pas, ne parle pas, mais elle semble très bien comprendre de quoi on lui parle. Personne, sauf le médecin traitant, ne pose la question du récit des événements, et la police attend respectueusement que Mme Tremblay livre sa version. Comme tout le monde est persuadé que jamais une mère ne poursuivra son fils de treize ans pour assaut, coups et blessures, les policiers ont refermé leurs dossiers et indiqué qu'ils continuaient leurs recherches du côté de la morgue et des hôpitaux.

Adélaïde a immédiatement appelé le fidèle Georges Matte qui, depuis, ratisse les rues et les églises de Montréal.

Florent finit par proposer que, si quelqu'un peut soigner Béatrice et s'en occuper quotidiennement, sa maison lui sera ouverte. « Mais ça veut dire que je viendrai dormir ici deux soirs par semaine, Ada, je veux voir les enfants, moi. »

Contestation générale : Florent doit dessiner toute la collection automne-hiver 1955-56, où pourra-t-il le faire si Béatrice est chez lui ?

« Dans mon ancienne maison. J'irai là comme on va au bureau. Vous savez tous que c'est la meilleure solution. Elle sera près d'ici, près de Rose sans être trop proche. Jean-Louis pourra venir la voir, on fera des horaires. Il reste à dénicher l'infirmière-perle-rare. »

Tante Germaine lève la main : « Je peux m'en charger, le temps qu'on trouve la bonne personne. Je ne pourrai pas faire les nuits si elle ne dort pas parce que ça va m'user trop, mais pour le reste, ça ira. »

Dès qu'il apprend les nouvelles dispositions, Lionel exprime son profond et virulent désaccord. Béatrice est un cas d'hôpital, le seul fait de la soulever pour la laver exige une force que Germaine n'a plus. La conduire aux toilettes, l'aider pour ses besoins primaires représenterait une tâche difficile pour lui, alors

Germaine avec son cœur fragile et fatigué ? Aussi bien dire que dans six mois, c'est à Germaine qu'on va trouver une infirmière !

Le problème reste entier. Ce n'est d'ailleurs pas le seul, puisque Béatrice se retrouve sans ressources pécuniaires pour traverser sa convalescence. Son métier d'artiste étant le plus mal payé et le moins assuré pour ce qui est des lendemains, il aurait fallu un sens de l'économie très développé pour qu'elle puisse subvenir à ses besoins. Béatrice a toujours dépensé tout ce qu'elle gagnait, ce qui la place dans une situation financière extrêmement délicate.

Adélaïde met fin à la réunion avant que le découragement le plus total ne les saisisse : « L'argent n'est pas le problème. Je m'en charge. De toute façon, le médecin dit qu'une fois le choc passé elle va récupérer très vite. »

* * *

Éberluée, Adélaïde écoute Georges Matte lui défiler les noms des sept prêtres qui ont formellement identifié Pierre sur la photo qu'il leur a tendue et les noms des cinq autres qui ont eu des doutes, mais qui sont « presque sûrs de le replacer ». Tous l'ont confessé et chacun a réaffirmé le droit de quiconque au secret de la confession.

Georges relève la tête de ses notes : « Il y en a un qui m'a dit que ce n'était pas du butin de policier, si c'était ce que je cherchais. Le petit a confessé dans le véniel à ce que j'ai compris. »

Tous les prêtres ont vu l'enfant partir en courant après un certain moment et aucun n'a idée de où il est allé, de où il dort, s'il mange et s'il a de l'argent.

Georges Matte referme son calepin en précisant qu'aucun prêtre n'avait vu Pierre plus qu'une fois. Il déplie une large carte de Montréal sur laquelle il a dessiné le parcours présumé de Pierre depuis la nuit où il a attaqué Béatrice.

« Nous partons d'ici et voilà où on en est. Je vais essayer de visiter les églises de ces paroisses ou, mieux, de m'y asseoir dans un coin et d'attendre. Il devrait se montrer à plus ou moins brève échéance.

— Mais que fait la police ? Personne n'a vu Pierre, selon eux.

— Peut-être que vous ne les avez pas mis sur la piste des églises, comme pour moi ? »

Évidemment qu'elle ne l'a pas fait ! C'était l'idée de Léa et elle ne pouvait pas dire aux enquêteurs de la ville que sa fille croyait que Pierre irait à l'église. « Au moins, il est vivant, c'est énorme pour nous.

— Mon idée, il ne se souvient pas de ce qu'il a fait. Ça va être difficile de l'approcher. »

Adélaïde propose au détective de l'appeler pour qu'elle aille à l'église en compagnie de sa tante qui, elle, aurait une chance de pouvoir l'approcher. « C'est d'ailleurs la seule qui pourrait le faire. »

Le troisième après-midi, Germaine entend la porte s'ouvrir derrière elle et elle ne bronche pas quand elle voit M. Matte faire une génuflexion et se diriger vers la sortie. Cette génuflexion est le signe qu'elle attendait et, peu après, elle reconnaît Pierre qui va s'agenouiller au pied de la croix. S'il lève la tête, il va la voir. Elle serre son chapelet en espérant qu'il viendra de lui-même vers elle. Elle attend, assise dans son banc, tendue. Il est si maigre, si chétif, comment a-t-il survécu tous ces jours ?

Au bout de vingt minutes, elle toussote et la voûte

de l'église amplifie sa discrète manifestation. Comme un oiseau effrayé, Pierre se retourne, prêt à fuir.

Quand il la voit, la peur reste marquée sur son visage. Puis, un doute traverse les yeux fixés sur elle. Germaine sourit en faisant oui de la tête. La transformation de Pierre est stupéfiante : son visage s'éclaire, pour tout de suite après se tordre en une grimace de tristesse, et il vient vers elle en pleurant à gros sanglots désolés. Il monte sur le banc, s'assoit à califourchon sur Germaine et l'enlace solidement en continuant à pleurer comme s'il avait trois ans. Il la tient si fort et si serré qu'elle étouffe presque. Le chapeau de travers, elle essaie de le calmer, de voir son visage, mais il est comme une sangsue dans son cou et il se presse contre elle, comme pour s'agripper désespérément.

« Tu étais perdu, mon Pierre ? Tu as eu peur ? »

C'est très long avant qu'il ne se calme sous la caresse combinée de la main contre son dos et de la voix de Germaine. Elle arrive au bout de ses peines et il reste immobile, presque tranquille. Puis, Germaine sent quelque chose se détraquer dans l'esprit du petit quand, toujours pelotonné contre elle, son souffle change. Dès que le corps de Pierre se met à se frotter contre le sien, dès qu'elle discerne cette frénésie animale qui agite les hanches de l'enfant, elle tente de se dégager : « Pierre ! Regarde-moi ! Regarde ma tante, Pierre ! »

Le ton peut-être, l'autorité et la fermeté font qu'il se tasse encore plus, comme un chien honteux qu'on vient de frapper. Elle sent le torse de Pierre se détacher et il veut descendre, sans la regarder. Elle lui répète de la regarder, mais il coule contre elle, complètement atone, et il se réfugie sous le banc en se faisant tout petit. Il a mis son pouce dans sa bouche et ses yeux prennent une fixité un peu bovine. L'autre main est serrée sur son entrejambe qu'il frotte énergiquement. « Ça suffit, Pierre ! Ne fais pas ça, c'est sale ! » Le petit retire son pouce de sa bouche et, à deux mains, il frotte de plus belle, secoué de tremblements, les yeux chavirés, il ahane : « C'est le Diable, maman, laisse-le sortir. C'est les cochonneries du Diable. C'est pas moi, c'est Satan. Je vais l'avoir, il va sortir. C'est pas moi ! C'est pas moi, maman ! »

La lutte qu'un si petit enfant livre à Georges Matte, la rage écumante, la furie qui le fait hurler, battre et mordre ne s'achèvent qu'une fois son pantalon souillé. Brutalement, comme si effectivement le Diable avait quitté son corps torturé, Pierre s'effondre, apathique, sans aucun réflexe.

* * *

Assise dans le jardin, au soleil joyeux de juin, Béatrice regarde *La Revue moderne* en commentant les tenues, les photos. Dans sa chaise longue, Germaine a fermé les yeux. Elle n'est pas fatiguée, comme Lionel ne cesse de le dire, elle est abattue. Depuis qu'elle a laissé ces gens passer les bras maigres de Pierre dans une camisole de force, depuis que les yeux incrédules de l'enfant se sont levés vers elle et qu'il a dit gentiment : « Mais tu vas venir me chercher, après ? On va regarder la télévision, maman ? », depuis qu'en larmes elle a juré que oui, elle viendrait, tout le monde l'assure que Pierre ne pourra pas s'en souvenir, que là où il est « il n'est plus là ».

Fou à lier. Fou à vie. Fou. Depuis longtemps, disent les médecins. On n'y peut rien, on n'y pouvait rien. Il existe des médicaments qui vont le calmer. « Mais pas le ramener. » Il faut accepter le jugement de Dieu, voilà ce qu'ils disent.

Il y a treize ans, à sa naissance, Germaine se souvient d'avoir soigné une Béatrice dangereusement malade à cause d'une infection due à l'accouchement. Était-ce l'infection qui, déjà, avait abîmé la petite tête du bébé ? Germaine revoit sans cesse la ronde des bras dans lesquels Pierre a échoué. Ceux d'Isabelle, d'Adélaïde, de Rose, de Léopold, les siens, ceux de Reine. Tout le monde était si triste, si bouleversé par la mort de Gabrielle. Même elle, elle avait si peu de ressources pour cet enfant arrivé en plein drame. Était-ce cela, la folie ? Ne pas trouver sa place et devenir une catastrophe pour s'en faire une ? Était-ce Léopold et sa mélancolie ? Léopold, mutilé du corps, de l'âme, Léopold pendu au bout d'une corde dans les toilettes publiques d'une gare. Était-ce cette solution, jamais vraiment discutée mais tout de même adoptée, de l'éloigner de Béatrice ?

Germaine cherche. Depuis qu'elle les a laissés faire, depuis qu'elle a vu Pierre se tordre en se masturbant pour que le « Diable sorte », Germaine ne connaît plus de paix. Dieu ne l'aide plus. Il est muet. Elle n'a pas la piété de Reine qui s'incline et se soumet à la volonté de Dieu sous prétexte qu'Il sait mieux que nous. Cette fois, Germaine se dit que Dieu est dans les patates. Dieu est victime d'une grave erreur. Cet enfant n'a rien fait. Cet enfant a enduré l'errance toute sa vie et il n'a trouvé qu'un Dieu malade au lieu d'un Dieu maternel. Cet enfant a été maltraité, et Germaine ne peut s'empêcher de s'accuser d'avoir laissé faire ce mal. Bon sang ! Elle-même ne peut rester quatre jours d'affilée en présence de Reine et de Jean-René, et elle a laissé Pierre vivre là-bas ! Et tout le monde s'étonne que Pierre soit victime d'un délire mystique ! Est-ce que c'est fou de dire qu'il faut que le Diable sorte quand tout le sexe est dégoûtant, sale et répugnant ? Comment pouvait-il appeler cela ? Lui a-t-on dit le mot pour « désir » ? Lui a-t-on enseigné que tout ce remue-ménage était normal ? Un enfant qu'on purge à la moindre constipation peut-il voir autre chose dans la masturbation que la purgation de Dieu qui va le libérer de l'autre « méchant » ? Tout ce qui sortait de son corps était du méchant. « C'est un esprit faible, malade, délirant », ont-ils dit. Quelle force d'âme faut-il pour résister à tant d'injustice, à tant de sécheresse, à tant de prières ? Quelle santé morale trouverait son chemin, en dépit de cette mère pulpeuse, attirante, aguichante, qui lui souriait sur la photo ? Germaine se mord les lèvres : rien que de penser à cette pitoyable photo usée, signée, rien que de penser qu'il a payé pour obtenir une photo de sa mère lui donne envie de sangloter et de se jeter à ses pieds en demandant pardon. Mais on ne demande surtout pas pardon aux fous... on les laisse s'hypnotiser sur un sourire acheté avec de l'argent de poche, on les laisse rêver à l'impossible et on les enferme quand ils viennent le réclamer.

« Tu ne peux pas arrêter d'y penser, ma tante ? Toi non plus ? »

Germaine ouvre les yeux. Béatrice, la revue sur ses genoux, n'a pas l'air particulièrement émue. Elle répète : « Il ne peut plus rien m'arriver, maintenant ? Il ne peut plus me faire de mal ?

— Non. Il ne peut plus.

— Ils l'ont enfermé, n'est-ce pas ?

— Oui, Béatrice. Ils l'ont enfermé.

— Pour toujours ? Ils ne le laisseront jamais sortir ?

— Sauf s'il va mieux. S'il n'est plus malade, Béatrice, il pourra sortir.

— J'aimerais mieux pas. On pourrait l'empêcher ?
— Ne t'inquiète pas. Je vais chercher un peu de limonade. »

Germaine ne peut plus entendre cette litanie. Quand Béatrice répète ces questions, elle la secouerait jusqu'à ce que son plâtre s'émiette : « C'est lui qu'il faut protéger de toi, pas l'inverse ! Lui ! On l'a encore éloigné et il faudrait te promettre autre chose ? »

Elle verse la limonade dans les jolis verres de Florent. Saisie de tremblements, elle appuie ses deux mains vieillies sur le rebord du comptoir. Elle supplie Gabrielle de l'aider parce qu'il n'y a plus d'amour en elle pour Béatrice, plus d'indulgence ou de compassion. Il n'y a plus que de la colère et l'envie de hurler que c'est de son fils qu'elle parle. « Tu les as pourtant aimés, Gabrielle, et je l'ai aimée, celle-là plus que les autres. Et ça ne change rien. Rien du tout. »

* * *

Le souper des associées a lieu chez Marthe cette fois, parce que tout le monde trouvait qu'Adélaïde avait eu suffisamment à faire en mai et en juin. C'est leur dernier souper de groupe avant le début officiel de l'horaire estival qui va les tenir éloignées. Marthe, grâce à Jacynthe, va prendre tout l'été pour peindre et pour préparer sa première exposition qui aura lieu à l'automne. Estelle et Jeannine se partageront une bonne partie des tâches administratives, alors qu'Ada fera la navette entre le Lac et le bureau. Toutes sont d'accord pour dire qu'elle devrait prendre le mois de juillet en entier avec les enfants pour se reposer, profiter de l'arrivée de Guillaume.

« Et oublier que Pierre est enfermé à Saint-Michel-Archange ? »

Estelle baisse la tête, mais Jeannine ne se laisse pas intimider : « As-tu le choix ? Peux-tu faire de quoi pour lui ? Peux-tu le rendre normal ? Tu le veux dans les parages de tes enfants ? Non ? Alors ! À quoi veux-tu que ça serve de te ronger ? Penses-tu que sa mère se ronge, elle ?

— Je n'ai jamais considéré Béatrice comme un exemple. »

Marthe et Jeannine et, plus faiblement, Estelle essaient d'expliquer à Adélaïde combien ces événements l'ont changée, combien elle est ralentie, fatiguée dernièrement. Combien elle a travaillé, fourni à tous ces dernières années.

« Sauf à toi, précise Jeannine. Tu as déménagé, tu t'es occupée des enfants, de *McNally Enterprises*, des collections, tu n'arrêtes pas. Et il n'y a jamais rien pour toi.

— Tu fais la même chose, Jeannine.

— Non. Je me donne du temps à moi. J'existe, moi aussi. Je ne me considère pas seulement comme une mère et un *foreman* à l'Atelier. Jeannine McNally existe quand même un peu. »

Marthe a sa peinture, Estelle, son petit-fils, qui sera suivi d'un autre petit sous peu, Jeannine a ses secrets. Personne ne dit qu'Adélaïde est marquée, complètement sous le choc du diagnostic de Pierre. C'est Marthe qui finit par dire ce que tout le monde tait : après des années, Adélaïde commence à sentir les effets de sa découverte des cadavres de Nic et d'Anne. Elle est passée au travers à cause de l'urgence qui a suivi, mais maintenant, Pierre et Béatrice ravivent toutes ses peurs, toutes ses inquiétudes. « Tu te souviens quand t'es venue me voir pour l'eczéma de Reine ? Te souviens-tu quand tu m'as dit qu'elle voulait s'arracher le bras en se grattant et que tu pensais qu'elle imitait Léopold à qui il manquait ce bras-là ? J'ai trouvé que ça avait plein de sens et je t'ai prêté un livre là-dessus. Deux jours plus tard, le livre était revenu, tu ne pouvais pas lire ça et tu me demandais si ça faisait de Reine une folle et s'il fallait faire quelque chose. »

Adélaïde, fâchée, jette sa serviette sur la table à côté de son assiette pleine : « Bon ! Oui, c'est une folle qui a tué Nic et Anne. Oui, j'ai peur des fous. Et non, ça ne m'intéresse pas d'aller plus loin que le diagnostic. Ça fait six ans qu'ils sont morts, ne venez pas m'insulter en disant que je suis folle moi-même et que je viens juste de m'en rendre compte !

— On t'accuse de rien, Bonyeu ! On dit que ça te fait du mal. Moi, je dis que Kitty était une maudite folle que j'ai jamais aimée. Tu peux dire pareil et ça ne nous dérange pas. Mais Pierre... disons que s'il est fou, c'est plus dur à prendre. Tu le prends mal.

— C'est vrai. »

Estelle n'en revient pas de cette capacité qu'a Adélaïde de reconnaître ce qui est vrai : « En tout cas, tu ne seras jamais folle, Ada. Jamais. La plupart des gens zigonnent avant de reconnaître une contradiction. Pas toi. Tu dis "c'est vrai" toute calme, toute pensive. »

Adélaïde n'est pas sûre du tout que cela fasse d'elle une personne saine et solide : « Ce qui m'énerve, c'est l'impression atroce que tout se met à prendre le bord, à se détruire. Quand je me suis vue encore à l'hôpital à faire les cent pas, à redouter le pire... »

Marthe raconte qu'elle s'est gravement coupée six mois après la mort de Babou. Le couteau a glissé, douze points de suture. « Il a fallu que Jean-Pierre me flatte l'autre main, me parle tout le temps qu'on me faisait les points. J'ai fait ce qu'ils appellent de l'angoisse, tu sais, ce qui te fait respirer trop... hyperventilation. J'étais une vraie folle. J'ai fait jurer à Jean-Pierre de ne pas te le dire, Ada. J'étais pas gênée du tout, comme tu vois. J'ai fait jurer le docteur aussi, parce que tu le connaissais. C'était l'hôpital où Babou est mort.

— Pourtant, j'ai été capable d'y être pour les amygdales de Thomas. »

Jeannine part à rire en constatant combien Adélaïde a le tour de l'indulgence envers elle-même : « C'est l'urgence qui est dure, la surprise, pas les amygdales qu'on a soignées douze fois avant de les faire enlever. C'est qui le docteur que Marthe a fait jurer ? Un ami ? »

La conversation glisse sur les intérêts amoureux cachés que personne n'avoue, sur Jean-Pierre, encore sur la voie des liaisons éphémères, sur le mari d'Estelle qui la chicane de plus en plus à cause de son gros salaire et de sa façon de s'habiller comme un boss. Ensemble, elles discutent des problèmes et elles finissent toujours par en rire et se trouver chanceuses d'avoir des éléments comparatifs pour apprécier ce qu'elles ont, tout en déclarant que jamais elles ne pourraient vivre comme l'autre.

* * *

Quand Léa la surprend en larmes, Germaine regrette de n'avoir pas eu la présence d'esprit de fermer la porte de sa chambre.

« Qu'est-ce que t'as, ma tante ? »

Cette enfant est si réconfortante avec sa façon de

regarder attentivement, de poser son bras sur ses épaules et d'attendre patiemment qu'elle finisse de se moucher. « Rien, ma puce, un peu de fatigue. Tu as fini tes devoirs ? »

Léa ne répond pas, elle observe sa tante, cherche ce qu'elle cache : « Tu penses que je ne peux pas comprendre ? Que je suis trop petite ?

— Non. Je pense que tu es très débrouillarde déjà. Non.

— Tu penses qu'on peut rien faire ?

— Pour ma peine, non.

— Je peux te prêter Caramel. Ce que tu ne peux dire à personne, à lui, tu peux. À moi aussi, je ne répéterai pas. C'est à cause de Pierre que tu pleures. Parce qu'il a cassé la jambe de ma tante Béatrice et qu'il a aussi cassé sa dent ? »

Germaine estime que Léa en sait déjà beaucoup. Qui a pu lui révéler les méfaits de Pierre ? C'est une enfant, elle a l'âge de jouer, pas celui d'apprendre des horreurs. Elle voudrait démentir, mais Léa parle avant : « Tu ne devrais plus aller la soigner, parce que tu pleures toujours quand tu reviens de chez Florent. Avant, tu ne pleurais jamais.

— Elle a besoin qu'on l'aide.

— Moi aussi, j'ai besoin de toi. Pas juste elle. Pourquoi ma tante Béatrice s'est jamais occupée de son petit garçon ? Elle ne l'aimait pas ? »

Germaine voudrait bien s'exclamer « Non ! », protester. Elle voudrait expliquer et justifier ces comportements difficiles à accepter maintenant. Elle n'y arrive pas. Elle se tait, bataille intérieurement avant de conclure : « Je ne sais pas, Léa.

— Peut-être que c'était pas sa vraie mère et qu'elle ne pouvait pas l'aimer à cause de ça.

— Non, Léa. J'ai bien peur que Béatrice soit la vraie mère de Pierre. Elle l'aime à sa façon. »

Après un long temps, Germaine se lève, repoudre son visage et se coiffe sous l'œil attentif de Léa : « As-tu remarqué, ma tante, que quand c'est pas beaucoup, on dit "à sa façon" ? À l'école, la maîtresse, elle dit à Odile Méthot qu'elle a fait un effort à sa façon. Mais Odile est dernière ! Je pensais qu'une mère était obligée d'aimer son enfant, qu'on pouvait pas le faire "à sa façon".

— Tu sais quoi, Léa ? Moi non plus, je ne le savais pas.

— Peut-être que c'est nouveau. Peut-être que c'est les communistes qui nous empoisonnent sans qu'on s'en rende compte.

— On peut leur en mettre beaucoup sur le dos, mais pas ça. Je pense que les Rouges ont rien à voir avec l'amour maternel.

— C'est quoi, d'abord ? »

Évidemment, il n'est pas question de laisser Léa sans réponse. « C'est un mystère, je pense. Tu sais, ces choses inexplicables qui arrivent ? L'amour maternel a des faiblesses, ça a l'air que ça se peut, une mère incapable d'aimer son enfant. Mais ne me demande pas d'expliquer ça.

— Pourquoi tu irais la soigner, si elle fait ça ?

— Parce que ça ne veut même pas dire qu'elle est méchante, Léa. Ça peut la rendre très malheureuse.

— Si elle est beaucoup malheureuse, est-ce qu'elle va l'aimer, Pierre ? »

Germaine se demande bien quel malheur pourrait réveiller l'amour de Béatrice. Même la mort de Pierre n'aurait pas eu un tel effet. Elle se demande depuis quand elle sait que jamais le cœur de Béatrice ne frémira pour quiconque d'autre qu'elle-même. Béatrice est centrée sur elle-même, Reine sur sa religion, et Pierre effectuera pour toujours cette course effrénée entre les deux extrêmes... Et ni la beauté de sa mère, ni la piété de Reine n'apaiseront son âme et son cœur tourmentés.

« Non, Léa, je ne pense pas que Béatrice puisse jamais devenir une vraie maman. Quelque chose est cassé dans son cœur. Je ne sais pas quoi. »

Ce soir-là, Germaine annonce qu'elle finit la semaine, mais qu'ensuite elle ne pourra plus s'occuper de Béatrice. Adélaïde convient que ce doit être une tâche épuisante.

« Ce n'est pas d'en prendre soin qui est dur, Ada, c'est de voir que, même après ça, Pierre n'existe pas pour elle. Je lui en veux, tu comprends ? À elle d'être comme ça, et à moi de n'avoir rien fait. »

Adélaïde la prend dans ses bras avec tendresse : « Je sais tout ça, ma tante, je sais. Tu n'as peut-être pas fait assez, mais c'était ce que tu pouvais. Je ne pourrai jamais comprendre comment on peut poser le canon d'un revolver sur la nuque de Nic et tirer. Jamais. Même le corps rempli de morphine, jamais je ne comprendrai qu'on tire sur un bébé de trois ans. Ce qu'on a fait à Pierre, c'est aussi épouvantable que ce que Kitty a fait à Anne et à Nic, mais il est trop tard. On ne peut plus rien y changer. Il faut accepter.

— Ada... il n'est pas mort. Il est enfermé quelque part avec des fous qui hurlent et il les entend. Il attend quelqu'un. Il l'attend, elle. Quand il était sur moi dans l'église, il avait tellement peur. On est tous là, à pointer Béatrice, moi la première, parce que ça nous fait du bien. Mais on a tous mal agi, on a tous manqué à Pierre. On l'a abandonné en se disant que si Béatrice le faisait, il n'y avait pas de raison de se sentir mal de l'abandonner à notre tour. Je n'arrête pas de revoir Gabrielle en train de courir sur la route, courir vers sa mort pour protéger Fabien. Je la revois à l'ouverture du Préventorium, à celle du Centre. Comment veux-tu que je puisse me pardonner ce qui arrive à Pierre ? Jamais ta mère n'aurait laissé faire ça ! Jamais ! Je ne peux même pas penser arriver au Ciel et la regarder en face. Gabrielle me fusillerait et elle aurait bien raison.

— Tu crois qu'on peut encore quelque chose ? Tu l'as vu ? Tu as entendu les docteurs ? Il ne sort de son mutisme que pour se secouer comme un fou en criant au démon...

— Tais-toi ! Je ne veux pas que tu me dises ça !

— Ma tante... même maman serait bien obligée d'abandonner. »

Germaine admet, mais au fond d'elle-même, elle reste persuadée qu'il y avait autre chose à faire et qu'elle a failli. Le cœur brisé, elle repart pour Québec.

Avec Paulette, elle discute longuement et elle essaie de trouver ce qui a tout provoqué. Le supérieur du Petit Séminaire lui ouvre ses dossiers, lui confie ses analyses, ses réticences. Il l'entretient de cette phase si difficile pour les garçons où le mysticisme rejoint l'extase sexuelle. La notion de péché, celle du rejet de Dieu, la force de la libido, ces tentations si puissantes – le tout forme un mélange explosif qui n'est pas, en soi, sacrilège, mais qui se confond quelquefois avec la ferveur religieuse. « La discipline du corps est très ardue à imposer. C'est une lutte sans merci avec Satan. Pierre n'est pas le premier à y sombrer, les médecins vous le confirmeront. »

La deuxième tentative de compréhension de Germaine l'amène à aller visiter Reine pour essayer de savoir pourquoi elle a décidé de mettre Pierre pensionnaire et de ne pas lui permettre de sortir aux fêtes passées. Reine lui semble bien tranquille, bien peu ébranlée quand elle déclare que le petit avait tendance à désobéir.

« Mais tous les enfants désobéissent, Reine ! Toi aussi ! »

Reine affirme avoir ses raisons et elle répète que Pierre était sur une mauvaise pente. « Une pente que Léopold n'aurait pas approuvée.

— Et Béatrice ? »

Le visage de Reine se ferme, le regard fuit. Le visage impassible a l'air songeur et absent. Le silence, scandé par le gong de l'horloge, semble macabre à Germaine. Elle se lance : « Est-ce qu'il... se touchait ? C'est ça ? Il a fait des saletés ? Avec ses parties ? Je le demande parce que c'est important, Reine. Ça me gêne autant que toi.

— Il a désobéi et je n'ajouterai rien de plus, ma tante. »

Germaine choisit de changer d'approche : « Ça t'a beaucoup déçue de sa part, n'est-ce pas ? »

Le regard reconnaissant de Reine revient vers elle. Elle baisse les yeux pour avouer que rien au monde, rien ne pouvait la décevoir davantage : « J'imagine comment Dieu a dû se sentir humilié et trahi par Pierre. »

Germaine a un frisson de crainte : Reine serait-elle plus atteinte que Pierre ? « Dieu ? Dieu n'est jamais humilié, jamais délaissé. Il est toute patience et toute tolérance.

— Oh non ! ma tante ! Dieu peut être abandonné par ses fidèles, par les siens. Obéir à Dieu est très difficile, je l'admets. La tentation peut être grande de fuir ses devoirs, de ne pas obéir, ne plus se soumettre à sa loi...

— Tu veux dire que ça t'a coûté de punir Pierre aussi sévèrement ? Que tu trouvais ça difficile ?

— Non. Pas ça. Pierre n'était plus mon petit garçon à ce moment-là.

— Il s'est mis à ressembler à sa mère... Tu trouves ça, toi aussi ? Il a adopté les comportements osés de Béatrice ? Et ses coquetteries ? Tu ne reconnaissais plus Léopold, je pense, tout comme moi... »

Ce regard soulagé, ce discours d'extrême rigueur religieuse et de ce que Dieu n'autorise que par le mariage. Ces mots impitoyables sur les conduites sales, répréhensibles, sur les femmes vulgaires qui laissent la concupiscence régner, cette affirmation du sang mauvais qui coulait dans les veines de Pierre et ce rappel brutal de la punition qui attend ceux qui s'égarent. Quand Reine, très énervée, aborde le châtiment de Béatrice « qui a été punie par où elle a péché » et qui pourrait bien périr de même puisqu'elle a réussi à avilir la part de Léopold dans Pierre et que ce n'est que justice qu'elle endure maintenant le prix de ses actes, Germaine essaie de la calmer, de retenir ce fiel amassé qui coule dans le discours précipité de Reine : « Il l'a quand même attaquée, Reine.

— Elle l'a cherché, vous le savez bien. Elle ne cherche que ça. Je ne sais pas ce qu'elle trouve de si agréable là-dedans, mais elle l'a cherché et elle l'a eu.

— Dans ce cas-là, pourquoi en vouloir encore à Pierre ? Pourquoi refuser d'aller le voir ?

— Parce qu'il est trop tard, ma tante. Pierre ne deviendra jamais un prêtre. Il s'est souillé bien avant de retrouver sa mère. Il ne sera qu'un homme. Un homme avec des besoins d'homme ! »

Germaine, secouée, doit faire un solide effort pour adopter le ton dégoûté de Reine : « C'est difficile à croire, trouves-tu ? Qu'un si petit garçon devienne si fou à cause de pulsions sataniques qui n'ont, je pense, rien d'agréable...

— Jamais je ne comprendrai pourquoi Dieu nous envoie une telle épreuve, ma tante. Il faut que le péché d'Ève ait été bien avilissant. Vous ne connaissez pas votre chance d'être restée célibataire.

— Viendrais-tu avec moi voir Pierre, par charité chrétienne ? Je pense qu'il s'imagine que tu ne l'aimes plus. Qu'il n'est plus ton petit garçon.

— Il sait très bien qu'il ne peut plus l'être après ce qu'il a fait. Il a choisi un chemin sur lequel je ne peux pas l'accompagner. »

Après cette conversation, Germaine n'est jamais retournée chez Reine. À chaque semaine, le mercredi, elle fait du sucre à la crème, elle va chercher Paulette en taxi et elles vont ensemble s'asseoir devant Pierre qui mange ses sucreries sans dire un mot et qui ensuite se berce, le regard vague, en chantonnant des cantiques.

En juillet, quand elle se rend au Lac, c'est Isabelle qui accepte de prendre sa place à côté de Paulette, parce que Germaine craint qu'une variation de l'horaire jusque-là inflexible n'inquiète inutilement Pierre.

Plus jamais Germaine n'aborde le sujet de Reine ou de Pierre, mais de ce jour, plus jamais elle n'entre à l'église. Elle ne s'estime pas brouillée avec Dieu, mais avec l'Église et ses lois faites pour rendre fous les esprits les plus sains. « Dieu viendra me parler en privé s'Il veut rouspéter. Finies les séances d'endoctrinement du troupeau. »

Isabelle a suivi le conseil de sa sœur et elle a confié à Adélaïde le soin de célébrer les soixante ans de tante Germaine. « J'ai six mois de faites et je suis déjà grosse comme quand j'ai accouché de Jérôme. Inutile de te dire que les bonnes sœurs me regardent arriver à l'asile avec un œil réprobateur... Je pense que je suis mieux de ne plus me montrer. »

Une des raisons de sa discrétion est la réaction inattendue et plutôt fraîche de ses amies, celles-là mêmes qui lui avaient généreusement indiqué les écarts de conduite de Maurice. Elles ont eu l'air de trouver déplacée et vulgaire une grossesse si tardive et « dans les conditions que l'on sait ». Isabelle a compris que, dans la meute des femmes trompées, il est de mauvais goût de récupérer son époux et de lui pardonner. Il est plus indiqué de mordre et de ne pas lâcher le morceau. Sa grossesse est considérée comme une trahison au ressentiment légitime des épouses en droit de « faire payer » leur mari pour insubordination.

Une à une, ces fausses amies s'écartent et Isabelle n'éprouve aucun malaise à rester seule plutôt que de fréquenter des gens qui font du reproche et du sous-entendu amer le menu principal de leurs dîners. Elle estime avoir joué assez longtemps à ce jeu pervers qui consiste à calculer sans cesse les méfaits du conjoint afin de s'assurer qu'on est en droit de ne pas se remettre en question.

« Je n'ai rien à me reprocher », ce leitmotiv des femmes délaissées ne convainc plus Isabelle. Même de cela, elle peut en parler à Maurice – tranquillement, sans agressivité, ils discutent de tout ce mal qu'ils se sont fait et ils n'arrivent pas encore à percer le pourquoi et le comment ils en étaient arrivés à un tel mur.

Le plus ardu, pendant cet été, c'est d'arriver à tenir Jérôme et Élise qui, tous deux, réagissent fort mal au nouveau mode conjugal. L'un comme l'autre clame que rien ne dure, qu'ils ne croient ni au mariage ni au couple et que l'union libre est la seule issue moderne et évoluée pour les hommes et les femmes. Maurice et

Isabelle ont beaucoup à faire pour restreindre les libertés de ces « jeunes gens énervés » qui rentrent tous les soirs au moins une heure après le couvre-feu fixé par leurs parents.

« C'est le monde à l'envers, Maurice ! Nos enfants nous aiment mieux fâchés qu'accordés.

— Donne-moi tes pieds ! Ils sont inquiets, ça se comprend. Ils préfèrent croire que ça ne durera pas. Ça donne l'ampleur de leur inquiétude, rien d'autre.

— Où t'as pris ça ?

— J'ai lu. De la psychologie, ma chère.

— Tu vas savoir comment élever celui-là, alors ?

— Isabelle... Tu n'as jamais la peur des enfants ? Que ça ne dure pas ?

— Je l'ai. Je la combats. Jamais je n'ai été enceinte sans mal de cœur, sans malaise, comme cette fois-ci. Je me dis que c'est bon signe. C'est sûr que j'ai l'air d'un éléphant et que le mois de juillet est pénible...

— Tu penses qu'il y en a deux ?

— Je pense que c'est mon cinquième et que ça paraît. Je pense que j'ai presque quarante ans et que ça paraît.

— Tes chevilles sont enflées. On devrait aller à l'île si Reine n'y va pas.

— J'ai promis d'aller à Beauport voir Pierre tous les mercredis de ce mois. »

Comme Beauport est plus près de l'île que Québec, comme Paulette n'est pas dans une phase trop souffrante et trouve l'idée d'aller à l'île pour dix jours très agréable, Maurice et Isabelle embarquent leur progéniture malcommode pour les champs tranquilles et frais de Sainte-Pétronille.

* * *

La fête des soixante ans de Germaine a lieu au Lac en août et elle est jumelée avec celle d'Aaron qui célèbre, lui, ses soixante-dix ans. Tout le monde est présent, Rose ayant accouché presque le jour de l'anniversaire d'Adélaïde d'une autre petite fille. Madeleine et Véronique, expédiées au Lac sous la garde de Jeannine, font la connaissance de Geneviève en même temps que tous les autres. Elles la déclarent trop petite et trop chiffonnée à leur goût.

Guillaume est arrivé avec sa fiancée parisienne, Agnès, qui éprouve de sérieuses difficultés d'adaptation à la langue utilisée par la famille, ce qui déplaît souverainement à Germaine. « Quand je vois Lionel parler français et quand j'entends James et Aaron se forcer, je ne comprends pas pourquoi cette Agnès a le front de nous reprendre. Qu'elle se compte chanceuse de ne pas arriver sur un morceau d'Amérique anglais et qu'elle nous sâpre patience avec ses "vous dites ?". C'est-tu insultant à votre goût ? »

La délicatesse n'est pas la principale qualité de la mignonne Agnès, mais Guillaume est si amoureux et si content de la présenter et de l'initier à la pêche, au jeu de poches, aux joutes d'abordage avec les tripes sur le lac, que tout le monde essaie d'y mettre du sien. « Ça grince aux entournures », murmure James, mais ça tient... jusqu'à ce que Léa se fasse reprendre pour la millième fois et s'entende dire par Agnès : « Niais, tu veux dire ?

— Non, Agnès, je veux dire niaiseux. Ici, niais, c'est niaiseux, et niaise, c'est niaiseuse. Pourquoi tu l'apprends pas ? »

Adélaïde essaie d'intervenir, mais Léa insiste :

« C'est pas Paris, ici ! Elle peut parler comme elle veut, mais moi aussi ! Personne la chicane quand elle dit *merde* et tout le monde sait que c'est *maudite marde* qu'elle veut dire et que c'est pas poli et que c'est défendu. Elle parle comme elle veut et je parle comme je veux. »

Agnès laisse filtrer un « Si on peut appeler cela parler ! » qui provoque Adélaïde : « Agnès, il y a dans ma maison une règle qui date de mon enfance : le mépris de la différence y est interdit. Ma fille propose un arrangement que je trouve acceptable. Vous parlez comme il vous plaît et nous parlons de même. Je suis d'accord avec la suspension des remarques désagréables concernant nos manières de parler.

— Êtes-vous hostile à toute forme d'amélioration ? Pourquoi ne pas utiliser le mot juste, si on a le choix ? Pourquoi s'enfoncer dans une ignorance qu'on peut changer ? C'est ce que tu voulais dire, mon chéri, lorsque tu parlais de l'affreux retard des Canadiens français ? »

Guillaume balbutie une évasive explication que Léa interrompt : « Améliorer qui on est en vous imitant, ça donnera jamais rien. C'est comme faire de la peinture à numéros parce qu'on ne sait pas dessiner. Florent est contre, parce que ça empêche de vraiment dessiner et de choisir ses couleurs. Il dit que c'est mieux un dessin personnel inachevé qu'une peinture à numéros bien exécutée. »

Une pause remarquable suit. Agnès, qui éprouve une admiration sans réserve pour Florent et pour sa distinction, son talent et ses manières, est prise de court par l'argument brillant de Léa. Florent sourit et fait un clin d'œil à Léa. Chacun reprend le fil de la conversation en toute aménité.

Les frictions langagières ont le temps de s'assouplir

avant que Leah et Aaron ne se joignent au groupe et que les préparatifs festifs ne commencent. Guillaume est tout de même sévèrement averti de dire à Agnès que, si elle a quelque chose contre les Juifs, elle est aussi bien de le garder pour elle parce que les Singer sont très protégés par Léa.

La fête est une totale réussite et le temps est splendide, ce qui permet de faire cuire le repas dehors. Il est très tard quand Alex et Leah ont fini de tout ramasser en compagnie de Jeannine, de Lionel et d'Adélaïde. La nuit est infiniment douce et calme, et Jeannine décide d'aller se baigner, suivie des autres. Lionel s'éloigne et va rejoindre Germaine qui goûte la nuit, assise dans la balançoire. Il s'assoit près d'elle et prend sa main : « Je suppose que ce serait très mal vu, un domestique et une grande bourgeoise de Québec, mais je vous épouserais si c'était encore de notre âge, Germaine. »

Elle lui serre la main en silence. On entend les plouf ! et les cris de plaisir des baigneurs dans le soir. Germaine sourit : « Êtes-vous en train de me faire la grande demande, Lionel ?

— Ça a pas grand bon sens, comme dirait Jeannine.

— Faites-la dans les formes, Lionel. À mon âge, je ne risque pas de l'entendre encore. Faites-moi plaisir, et demandez-le comme ça devrait l'être. »

Lionel manque de se casser le cou en s'agenouillant sur le plancher mouvant de la balançoire. Germaine est morte de rire et elle l'aide à se relever. Une fois enfin assis, Lionel remarque qu'il n'a pas obtenu de réponse.

« C'est parce que je suis supposée y penser, Lionel, réfléchir. À mon âge... c'est risqué, je ne peux pas me tromper.

— Alors, c'est peut-être ?

— C'est peut-être. »

Le 15 août 1955, jour de la fête de la Vierge, alors qu'on vient de célébrer ses soixante ans, Germaine laisse Lionel l'embrasser. En soi, l'événement paraît assez surprenant aux yeux de Germaine. Elle considère donc qu'apprécier ce doux baiser et aller jusqu'à en frémir tient pratiquement de la révélation.

* * *

La cigarette d'Alex est le seul point lumineux dans la nuit en dehors des étoiles. Leah et lui sont restés dehors alors que les autres ont fini par rentrer se reposer. « Tu as froid, Lili ? Tu veux la couverture ? »

Ils sont sur la petite plage où Alex a éteint le feu pour que les risques d'accident soient écartés. Depuis Babou, les feux sont très suspects aux yeux des parents. Leah s'enveloppe dans la couverture et Alex la prend contre lui, la serre dans ses bras : « Tu es bien ? »

Oui, elle est bien.

Ils se taisent et savourent la paix de cet instant. Depuis quelques années, c'est au Lac qu'ils se sont le plus parlé d'eux-mêmes. Comme si cet endroit exaltait le désir d'évoquer ses racines, ses conflits, ses assurances et ses doutes. Ici, Leah a raconté à Alex son enfance entre un frère modèle, déjà accepté, célébré comme le futur représentant du nom Singer, premier-né de Ted, et une mère timide, obéissante et malheureuse. Elle a raconté l'amour fou et possessif qu'elle portait à son père si charmeur, toujours absent, éternellement de passage et si merveilleux quand il prenait le temps de lui inventer des histoires. Leah a raconté que le temps de son enfance silencieuse s'est passé entre les apparitions éblouissantes de son père et l'attente mortelle de son retour qui, un jour, n'a plus été envisageable. Elle a vu les funérailles de ses oncles sans cercueil, celles de tous ces Juifs de là-bas, jamais connus, mais quand même de la famille, et elle n'a plus revu son père. Plus de lettre, plus de nouvelles, plus d'espoir.

Le vide du cœur qui se ferme parce qu'il ne veut plus jamais avoir mal de cette attente jamais comblée. Alex l'imagine, le front contre la vitre, à guetter le chapeau de son père enfin de retour, ce chapeau de son père qui ne viendrait plus vers elle. Il a mal pour elle. Il voudrait tant qu'elle se tourne vers lui, qu'elle prenne cet amour qu'il lui offre. Quelque chose résiste énergiquement en elle et ce n'est pas l'orgueil d'une femme qui refuse de céder. C'est autre chose. Lili ne sera pas amoureuse avant longtemps, Alex le sait. Il n'a pas à redouter les autres garçons, ces avocats en puissance qui rôdent autour de la belle noiraude aux notes époustouflantes. Alex n'a pas à vaincre d'éventuels compétiteurs. C'est contre un mort qu'il doit combattre, contre un fantôme jamais revenu vers une femme qui l'attend encore. Elle était petite et elle est devenue une femme, mais l'attente n'a pas varié. Lili est une fidèle et attacher son cœur veut dire pour toujours, Alex le sait. Il n'a qu'à voir combien Lili se donne du mal pour la Fondation dont elle a la charge chez *McNally Enterprises*. Elle en prend soin comme s'il s'agissait d'Ada en personne. Et c'est une des choses qu'il aime chez elle, ce dévouement total à ceux qu'elle a choisi de protéger. À eux deux, Alex trouve qu'ils seraient imbattables, tout le monde y gagnerait. Mais il connaît les femmes d'instinct et il sait que le temps de Lili n'est pas arrivé. Alors qu'il tremble de la sentir contre lui, elle se tranquillise, s'apaise dès qu'elle est dans ses bras. Rien de tendancieux ne mijote là-dessous pour elle. Rien d'affamé, rien de désirant, Leah n'est pas tournée vers ce genre de choses. Leah, quand elle laisse voir son cœur, n'est qu'un front collé à une vitre qui attend toujours un absent. Et quand Alex voit la dévotion de la jeune fille pour Ada, Léa et Aaron, il sait que, pour elle, l'amour est une notion grave et coûteuse, l'amour de Lili est un don total et sans retour. Alors il attend ce jour où, libérée de cet espoir si improbable, elle viendra vers lui et où il sera pour toujours celui qui compte. Il attend sans faire le sacrifice de sa jeunesse, comme dit sa mère, sans amertume, sans impatience. Son seul problème, c'est le dépit de certaines blondes qui trouvent son engagement amoureux très fugace et qui s'en offusquent. « As-tu décidé de nous faire souffrir parce qu'une fille t'a dit non, Alexandre McNally ? Vas-tu te venger le reste de tes jours parce qu'une seule a osé te niaiser ? »

Elles sont fâchées, ces femmes répudiées qui rêvaient de mariage. Alex fait pourtant attention et il ne promet jamais rien. Mais depuis quand une femme attend-elle une promesse pour rêver ? Il le voit bien, ces jeunes filles rêvent de famille, de machine à laver, de réception du samedi et de bowling en groupe, le vendredi soir. Alex sait très bien qu'il s'ennuierait avec une femme qui « tient la maison propre et à l'ordre » – peut-être à cause de sa mère qui a toujours dû travailler et qui, maintenant qu'elle pourrait arrêter, ne semble pas du tout en avoir envie. Peut-être à cause d'Adélaïde qui n'a jamais cessé de projeter de nouvelles bases pour *McNally Enterprises*, de nouveaux départs. Même Nic la trouvait trop entreprenante. Et cet esprit batailleur qu'il reconnaît chez Leah est une des raisons de son admiration pour Ada. Il est certain qu'entre Jeannine et Ada il n'a pas eu l'occasion de fréquenter des modèles tranquilles ou soumis. Tante Rose, avec sa douceur et son dévouement familial, est bien la seule femme de ce type qu'il connaît. Alex se souvient de cette Carole qui, fâchée de le voir s'éloigner, l'avait carrément accusé de désirer Adélaïde. Le style et la richesse d'Ada, alliés à son charme et à leur bonne entente, pouvaient donner à croire davantage que ce qui les unissait. Alex peut même reconnaître un soupçon de vérité dans les accusations de Carole : il y eut un temps pas si éloigné où, quand il tenait le bras d'Ada au concert ou au théâtre, il devenait comme un jeune coq et se croyait capable de tout. Mais il avait treize ans ! Maintenant, il se sent comme un allié de Nic, capable de la faire éclater de rire comme avant, capable de la convaincre d'entreprendre ce qu'elle hésite à faire en la mettant au défi, mais il connaît les limites de sa ressemblance avec Nic. Jamais Ada ne confondrait et jamais il n'a souhaité qu'elle confonde. Et là est la supériorité de leur relation, ce que Carole ne pouvait évidemment pas soupçonner, puisque le plus loin qu'il pouvait aller avec elle n'arrivait pas à la cheville de sa complicité avec Ada. Il éprouve un profond respect et une confiance totale pour Adélaïde. Carole se trompait de cible, mais elle avait raison de croire que son cœur était pris ailleurs. Il sait qu'il est plus facile pour une femme de renoncer à un homme quand il y a mieux et plus fort qu'elle dans le cœur de cet homme. Ada lui a servi de leurre assez souvent, il a laissé planer le doute sans se vexer quand on l'accusait de flirter dans ses parages. Parfait. Il ne veut pas que ces filles aillent ennuyer Lili, l'agacer avec ces histoires. Son mutisme lui coûte assez cher pour ne pas le voir mis au jour par une « désespérée de la bague au doigt ».

Leah s'endort dans ses bras, il la sent devenir plus lourde contre son épaule. Il se cale plus confortablement, l'étreint de plus près, profitant de son abandon. Ses cheveux sentent à peine, comme ces fleurs qu'il apprécie pour leur odeur discrète et que les ignorants disent sans parfum. Lili ne déparerait aucun jardin. Il écarte les cheveux pour l'observer, les pointes sont humides, la rosée de la nuit ou la baignade, il ne sait pas. Il n'arrive pas à voir sa bouche, il est trop près. Aussi bien, il pourrait facilement s'égarer et l'embrasser. Et sa mère l'a mis en garde contre ses tactiques de « p'tit conquérant pressé d'attaquer ». Si un jour Lili accepte de l'épouser, il devra beaucoup à Jeannine. Les soirs de découragement, quand il aurait voulu casser quelque chose ou provoquer une réponse, c'est vers sa mère qu'il allait. Et elle a toujours prêché la patience. « Si tu penses que tu peux tout obtenir en forçant les portes et en gueulant, oublie ça, Alex. C'est peut-être une fille pour toi parce que, justement, c'est pas une bêlante, une chigneuse qui appelle ta mère parce que toi, tu l'as pas appelée. Va falloir changer d'air, mon gars, va falloir apprendre la patience. C'te p'tite-là fait rien pour t'enjôler, c'est pas des manigances. C'est pas gagné, Alex, mais c'est pas perdu. C'est autre chose que ce que tu connais. Prends sus toi. »

Alex sourit en se demandant si c'est sa mère ou Fabien qui a eu à être patient dans leur couple. Il ne mettrait pas un gros montant sur sa mère, s'il avait à parier.

Il dormait quand il a senti Lili bouger. Engourdi, il lui dit de rester tranquille, de ne pas s'éloigner parce qu'il aura froid. Il ouvre un œil éberlué quand elle roule sur lui et s'étend de tout son long, face à lui. Elle a l'air bien réveillée, elle a une question dans l'œil et il attend qu'elle la formule. Elle fait cette chose extraordinaire au lieu de parler, elle s'approche et pose sa bouche sur la sienne. Il a le temps de ressentir la fermeté des lèvres, le souffle léger près de son nez. Il ferme les yeux, elle s'écarte. Court-circuité, il ouvre les yeux : toujours la même question dans les siens. Il n'a aucune envie de parler, de discuter, d'argumenter, il la veut encore contre sa bouche, il veut terminer ce baiser, pas question d'être patient avec ses seins qu'il sent parfaitement bien contre son torse. Elle sourit, la *vlimeuse* ! Quoi ? Elle se moque ? C'était pour rire ? Non, elle revient, elle ferme ses yeux, elle ouvre sa bouche, elle le prend et elle s'offre, elle fait sauter toutes ses digues patiemment échafaudées, elle gémit dans sa bouche quand il l'étreint, roule avec elle sur la plage.

Il ne voit pas le doré de ses yeux, mais la question est toujours vrillée au cœur du regard. Tant qu'elle caresse son visage avec cet air pensif, il ne se sent pas menacé.

« Lili...

— Oui, je sais. C'est de ma faute, j'ai commencé... J'en ai eu tellement envie que... »

Il s'incline vers son visage, hume la peau douce, fraîche, il frôle sa bouche pour dire le « mais ? » qu'il sent venir. Elle soupire. Il trouve qu'elle a l'air bien accablée pour une fille qui en avait envie : « Hé ! Li ! T'as rien signé ! Tu peux encore te rétracter. »

Elle a un rire d'aurore, un rire de commencement heureux : « Ah bon ! Il y avait une clause d'essai ? »

Il s'emploie à lui démontrer qu'elle a droit à tous les essais « sans engagement de la part du client ».

* * *

Le petit matin inonde la chambre d'Adélaïde quand Florent frappe légèrement avant d'entrer. Il est précédé d'un plateau chargé de jus, de café, de confitures et de toasts. Sa chemise de lin est impeccable, ses cheveux sont presque aussi pâles que quand il était enfant, à cause du soleil. Adélaïde s'étire, pose son pied sur la cuisse de Florent : « T'as quelque chose à me dire, toi. »

Il beurre une rôtie, étale de la confiture, la lui tend : « Ça peut attendre...

— Quoi ? Que Thomas arrive en catastrophe pour que tu répares la chaîne de sa bicyclette ? Tu m'as réveillée pour me dire que ça peut attendre ! »

Florent a deux nouvelles. Enfin, deux projets. Le premier concerne une pièce de théâtre qu'on lui a proposée et qui le tente beaucoup. Ada, surprise, lui demande si on va assister à un retour en force de Serge Caron. Florent hoche la tête, l'air mystérieux : il s'agit d'un des metteurs en scène les plus réputés de Montréal et le projet est pour novembre. Comme Béatrice n'a pas l'air en voie de reprendre son émission en septembre, Florent pense qu'il aurait assez de temps pour dessiner la collection et les costumes de la pièce. Surtout si son deuxième projet passe.

Ada fait semblant de ne pas comprendre : « Passe où, Florent ?

— Dans ta caboche. »

Depuis deux ans, Jacynthe assiste, seconde, soutient et aide Florent. Elle collabore maintenant beaucoup plus qu'au début et son apport est de plus en plus original et digne d'intérêt. Florent lui accorde le crédit de plusieurs bonnes idées qu'il s'est empressé d'adopter pour ses dernières collections. Il estime maintenant qu'elle est formée et en droit d'« exercer sa griffe » et de signer ses créations. Autrement, leur association tiendrait davantage du vol que de la collaboration. « Elle a des idées, Ada. Elle est timide, mais originale. Elle ne peut pas te le dire, défendre son point de vue, elle ne le fait pas encore, mais ça viendra. Je pense qu'il faut lui donner sa chance. »

Florent propose de créer une nouvelle ligne pour Jacynthe, une ligne plus jeune, pour les femmes de son âge.

« Les jeunes filles, tu veux dire ? Une ligne enfant ?

— Elle va avoir vingt ans l'an prochain, ce n'est plus une enfant, Ada. Une ligne vingt ans !

— Comment veux-tu qu'on vende une ligne pareille ? Ils n'ont pas d'argent à cet âge-là !

— Elles n'ont pas envie de porter les petits tailleurs roses de leurs mères, ni leurs perles. Elles ont envie de séduire et d'attraper un mari. Elles ont envie d'un pantalon *capri* ou d'un *pedal pusher* de luxe, de jupes larges à porter avec des ballerines et non pas les talons hauts de leurs mères. Elles veulent prendre la place, leur place. Et je te jure que Jacynthe peut dessiner pour elles. Si on la laisse essayer.

— Es-tu en train de me dire que les femmes de trente ans et plus sont déjà dépassées ? Que mon temps est révolu ?

— Non, espèce de séductrice ! Ton temps est différent. On ne peut plus penser la mode pour une seule femme d'un certain âge, mariée, s'occupant des choses de la maison. Il faut ouvrir. Moins cher, moins chic, moins durable, mais plus... Elvis, plus moderne, genre rock'n'roll.

— T'avais pas la confection d'usine en horreur, Florent ? J'en crois pas mes oreilles ! Toi, tu veux du moins cher, du moins chic ? L'homme de la Haute Couture, devenu *Coutures Florent*, va devenir *Confection Florent* ? Tu ne me dis pas ça ? Je comprends mal... Vous allez créer des petites Marilyn Monroe et des petits Elvis Presley sur mesure ? »

Au lieu de discuter pendant des heures, Florent va chercher un cartable et montre les dessins de Jacynthe à la patronne de *McNally Enterprises*. Comme il le prévoyait, au lieu d'argumenter sur le principe et les changements de valeurs sociales qui feraient le bonheur de Guillaume, Ada examine soigneusement les lignes, les tissus nécessaires, elle évalue rapidement le prix approximatif et la clientèle à cibler. Au bout de vingt minutes, elle est acquise à l'idée qui vient non pas faire double emploi, mais renforcer le concept de mode pour les femmes modernes, celles qui veulent davantage que la décoration intérieure de leur nid familial, celles qui sortent et affrontent le monde, même si, le soir venu, elles regagnent le nid, le mari, les enfants et les mille tâches ménagères à finir avant de repartir. Adélaïde imagine les dispositions nécessaires pour permettre une production d'essai, une sorte de collection miniature à mettre à l'épreuve l'année suivante. « Si ça marche, on recycle les manufactures d'Aaron qui arrivent tout juste avec les nouvelles conditions de travail des employés. Stephen m'en veut pas mal là-dessus. Il va être ravi que je change la vocation de "Singer". Tu penses qu'elle peut le faire ? C'est pas trop pour elle, pas trop tôt ? »

Florent en est certain. Ada examine les esquisses soignées aux couleurs pétantes et à la timide signature en bas. Elle distingue à peine plus que le *J*. « Tu crois qu'elle va gagner en confiance assez pour qu'on mette tout son nom ? Pour l'instant, c'est *Ja* ! »

Florent aime bien, lui, l'idée jazz de « *Ja* ». Ada se

moque de lui en expliquant que, justement, le jazz est révolu et passé de mode. Ils discutent pendant plus de deux heures en s'amusant, en jonglant avec ce qu'ils pourraient inventer pour lancer l'idée, la collection. Ils retrouvent la passion des premiers temps, quand Stephen doutait de la possibilité de vendre une seule robe de Florent. Ils mesurent le chemin parcouru depuis le temps où Ada, en pleine guerre, démarchait les produits *Florent* en rencontrant les femmes une à une.

« Quelle folie, Florent ! Quel travail ! Jamais Nic ne m'aurait laissée faire cela. Il fallait que j'aie du temps en maudit ! »

Florent range les esquisses : « D'abord, Nic ne t'a jamais empêchée de faire quoi que ce soit, et ensuite, il fallait t'occuper sous peine de te voir exploser d'impatience.

— Ça ! Si je n'avais pas tant travaillé, je me demande comment j'aurais fait. Après sa mort aussi, d'ailleurs... Tu veux que je te dise ? Je ne comprends pas comment font les femmes qui restent à la maison.

— Regarde Rose.

— D'accord, je corrige : les femmes qui n'ont pas une grosse famille.

— Demande à Germaine : elles jouent au bridge, Ada ! Ça manque énormément à ta culture. »

Adélaïde s'étire, pleine d'enthousiasme, la tête bouillonnante d'idées : « Va chercher d'autre café, Florent, on reste encore un peu ici. J'ai deux ou trois autres idées à discuter. Et tu dois me parler de ta pièce de théâtre. »

Quand il revient, elle le prend par la main et lui montre le quai où les enfants ont un plaisir fou, la terrasse où Germaine, Aaron et Lionel traînent en jasant et où Rose installe sa dernière-née à l'ombre : « Regarde... On a quand même réussi quelque chose, non ? On les a protégés, et les enfants vont devenir adultes sans être trop marqués. »

Florent demande si elle doutait vraiment d'y arriver.

« Évidemment que j'en doute ! Regarde ce qui s'est passé avec Pierre et dis-toi que ce genre de choses est ma plus grande terreur.

— Je sais. Mais pour le moment, ni Léa ni Thomas ne font preuve de mysticisme dangereux. Surtout pas Thomas. »

Ada regarde son fils prendre une course d'un bout à l'autre du quai et se lancer à l'eau en produisant les plus gros éclaboussements possible. Ce soir, cet enfant va dormir dans son souper, épuisé d'avoir trop joué : « Il a les yeux de son père, mais c'est tout. Le reste du visage serait plutôt Miller. Veux-tu bien me dire de qui il tient une telle énergie ? »

Florent rit tellement que les trois sur la terrasse lèvent la tête vers eux.

* * *

Fabien embrasse Jeannine sous l'oreille, là où elle est si chatouilleuse. Ça ne rate pas, elle rigole. La chambre est encore fraîche, le soleil n'a pas atteint ce côté de la maison. Il est venu la réveiller et il la réveille encore avec ferveur, malgré ses réserves de moins en moins fermes. Il l'étourdit de mots et de caresses. Elle est toujours aussi étonnée de l'entendre avouer si facilement son amour, si librement. Il lui fait l'amour en répétant combien il la trouve belle. Sans jamais s'y habituer ou le croire, elle sait qu'elle ne pourrait plus s'abandonner sans ces mots chuchotés qui lui font perdre ses inhibitions de « femme très mûre ».

Fabien la retient contre lui : « Sauve-toi pas ! Je veux te parler. »

Adélaïde, malgré les efforts de Florent pour l'en empêcher, a encore organisé un dîner pour lui présenter une jeune fille et Fabien devra encore y aller, faire semblant de s'y intéresser et mentir pour ne pas alarmer ses sœurs, puisque Rose s'en mêle à son tour et s'associe aux efforts d'Adélaïde. Les noces prochaines de Guillaume excitent la fibre marieuse de ses sœurs, et Fabien sent qu'il devra rencontrer pas mal de candidates d'ici l'an prochain, où il atteindra l'âge fatidique de trente ans. Jeannine en a le vertige : trente ans ! Qu'est-ce qu'elle donnerait pour les avoir encore ! À trente ans, elle accouchait de Tommy, à trente ans, Alexandre était encore vivant. Fabien interrompt ses réminiscences : « Tu avais dit quinze ans, et Tommy a quinze ans. Alors, je te le demande encore : on le dit et on se marie. Tommy n'est plus en danger de se faire abrutir de moqueries et, vraiment, j'en ai assez de jouer à la cachette. »

Rien qu'à penser au scandale, aux commentaires, aux ragots, Jeannine défaille. Ils sont tellement bien, tellement à l'abri de ce que la nouvelle va provoquer.

« Tu as envie de les voir discuter si c'est bien ou non, si c'est propre ou sale, acceptable ou indécent ? Tu as envie de voir des gens que tu aimes refuser de venir manger chez toi ?

— Certainement, Jeannine, j'ai envie de cesser de manger avec des gens s'ils ne sont pas capables de se réjouir de mon bonheur. Tu aurais honte ?

— J'ai peur, mais pas honte. Peur pour toi. Peur qu'on te plaigne, qu'on te dise que tu cherches ta mère, qu'on te fasse de la peine avec des propos humiliants.

— Pas toi ? Tu n'auras pas de peine ?

— Fabien, j'ai quarante-cinq ans, je connais ma chance. Je t'ai aimé très vite et ce n'était pas pour six mois, je le savais. Alors... Ce que les autres pensent quand ma terreur était que tu te tannes de moi...

— Me tanner ? Tu appelles ça comment ? »

Il l'embrasse et recommence à la caresser, à lui faire l'amour et à lui montrer qu'avoir trente ans a plus d'un avantage.

Jeannine refuse de s'en faire, de planifier la surprise désagréable des gens qui habitent cette maison. Elle refuse de faire autre chose que de fermer les bras sur son amour et d'en profiter avec allégresse.

Un éclair de culpabilité la traverse avant qu'elle ne s'abandonne totalement : elle se rappelle le commentaire piteux d'Adélaïde au dernier souper, quand elle avouait que, quelquefois, elle lâcherait toute décence, elle braverait tous les interdits pour une nuit d'amour. Mais elle ne le fait pas, elle !

Une heure plus tard, assise à deviser poliment avec tante Germaine, Jeannine voit Fabien lui envoyer un baiser avant de sauter à l'eau. Ils ont reculé le mariage d'un an. Un an de pure détente avant la tempête.

Elle est d'ailleurs si détendue qu'elle sursaute en entendant la confidence de Germaine qui s'interroge sur la possible transformation d'une vieille fille en épouse. Jeannine trouve que les couleurs aux joues de Germaine éloignent de cette conversation l'aspect théorique que la pauvre ne cesse de revendiquer.

* * *

Dès la fin des beaux jours d'été, un rythme de travail frénétique reprend tant chez Adélaïde que chez Florent. L'organisation de la nouvelle ligne *Déjà* exige de nombreuses heures supplémentaires et une énorme planification. Si, comme elle le croit, la collection fonctionne, Adélaïde veut ouvrir tout de suite une boutique, rue Saint-Denis, dans l'Est de la ville plutôt que dans le quartier chic de l'Ouest où est située la *Boutique Florent*. Comme Béatrice ne veut pas retourner à la scène et que ses moyens sont ceux qu'Adélaïde lui offre, l'idée de la nommer responsable de l'aspect « relations avec la clientèle » est fort bien reçue. Il est encore trop tôt pour conclure une telle collaboration, mais Florent et Jacynthe sont d'accord avec le principe.

Jeannine est si fière et si enthousiaste qu'il faut la retenir pour qu'elle ne vende pas la peau de l'ours avant de l'avoir tué et l'empêcher de faire pression sur Jacynthe, déjà bien nerveuse. Sa future créatrice de mode décourage Ada avec son perfectionnisme encore plus maniaque que celui de Florent. Vraiment, elle ne croyait pas la chose possible !

Ada est au téléphone avec Isabelle quand celle-ci ressent les premières contractions. Dix heures plus tard, avec l'aisance des femmes d'expérience, Isabelle met au monde une toute petite fille en parfaite santé qui fait pleurer de bonheur son père et sa mère, comme s'il s'agissait d'un premier-né. La petite Françoise s'avère d'une beauté et d'une tranquillité exemplaires. Jamais de cris, à peine un soupir sonore quand elle a faim. Elle promène son regard étonné et curieux sur tout ce qui se penche sur elle. Jusqu'aux enfants, pourtant décidés à trouver cela ridicule, qui sont gagnés par le charme. Adélaïde prend cette poupée qui la fixe en papillonnant des cils et une bouffée de souvenirs mouille ses yeux et lui serre la gorge.

Isabelle lui dit qu'elle sait ce qu'elle ressent et elle la remercie d'être venue, même si elle ne l'a pas fait, elle, à l'époque des jumeaux. Adélaïde sourit : « C'est pas fini, le temps de la contrition ? Tu vas en parler longtemps ? Raconte-moi comment Maurice se comporte. Il est toujours aussi parfait ? »

Les yeux d'Isabelle sont ceux d'une femme conquise et heureuse. Maurice est fou de joie, il n'en revient pas de leur chance, de la petite, des enfants qui se placent enfin : « Mais il y met du temps. Jérôme a joué au tennis avec son père tous les jours à l'île. Élise a eu droit à son souper toute seule au restaurant et à la discussion privée sur les problèmes de la vie, incluant les problèmes d'une mère dévergondée qui tombe enceinte à l'aube de la vieillesse et qui lui fait honte. Ne fais pas cette tête-là, ma fille avait honte ! Ça lui passe, Dieu merci. Être parrain et marraine de leur sœur les a beaucoup tranquillisés. Encore une idée de Maurice. »

Isabelle raconte que Reine n'est venue ni à l'hôpital ni au baptême, qu'elle s'est contentée d'envoyer un bavoir avec ses vœux. « Elle ne voit plus personne. Tante Germaine n'y va jamais plus. Elle ne sort que pour aller à l'église ou pour faire des courses. C'est effrayant. Elle ne va jamais voir Pierre, et si j'appelle dans le jour, quand elle est seule, elle ne répond pas au téléphone. Il faut parler à Jean-René pour avoir des nouvelles. Tu imagines ? Elle a tiré un trait sur tout : Pierre, moi, ma tante. Tout. Qu'est-ce qu'on peut faire ? »

Adélaïde n'a pas beaucoup de sympathie pour Reine qui se comporte encore plus mal que Béatrice. À ses yeux, au moins, Béatrice a une bonne raison de se tenir loin. Mais Reine ? Pierre ne l'a jamais attaquée !

Germaine, qui garde pour elle ses opinions, se rend régulièrement à Beauport où elle constate de semaine en semaine que Pierre grandit, devient un homme fait et conserve néanmoins son regard d'enfant coupable et halluciné.

Le retrait de Reine de la vie sociale a au moins un effet agréable : pour la première fois depuis la guerre, Isabelle, Maurice et les enfants se joindront à toute la famille réunie à Montréal pour fêter Noël. Florent ouvrira sa maison aux parents de Québec, et les festivités seront marquées par le mariage de Guillaume et d'Agnès, le 23 décembre. Guillaume a promis qu'ils resteraient en ville le 24 pour célébrer le réveillon « tous ensemble » et ils partiront ensuite en voyage de noces en France, dans la famille de sa femme.

Les cours qu'il donne à l'université lui permettent de prendre cette période de congé et il est si heureux, si exalté que la famille commence à trouver des qualités à « sa petite pointue de partout », comme Fabien appelle Agnès.

Début novembre, les événements artistiques se succèdent et l'exposition de Marthe reçoit un accueil critique et public extraordinaire. On se bouscule à la galerie et Adélaïde est d'accord pour dire que Marthe perd son temps à la *Boutique*, qu'elle a mieux à faire et qu'il faut qu'elle se consacre uniquement à ses pinceaux. Elle le lui dit franchement, à l'issue du vernissage, et Florent l'appuie totalement. Marthe hoche la tête et répète qu'elle reste à la *Boutique*, qu'elle en a besoin.

« Besoin comment ? Tu t'inspires des collections ? Des clientes ?

— Pour gagner ma vie, Ada ! Pour manger, payer mes toiles, mes couleurs.

— Qu'est-ce que tu racontes ? Jean-Pierre fait bien

assez d'argent pour deux. Ce n'est pas comme si tu avais besoin d'argent.

— Non, Ada. On divorce. »

Les toiles se seraient décrochées toutes seules qu'Adélaïde ne serait pas plus étonnée. « Comment ? Pourquoi ? Après toutes ces années ? »

Marthe précise que ça fait dix-neuf ans et qu'elle a pris la décision avant l'exposition : « J'ai arrêté de peindre pendant les dix-neuf ans de mon mariage. Je reviens comme j'étais quand je peignais, divorcée. C'est fini, Ada.

— C'était fini avant et tu n'avais pas envie de divorcer. Tu vas te causer tellement de tort. Ça va bouleverser ta vie sociale, les gens vont se sentir obligés de prendre parti...

— Ils le feront ! Je m'en fous. Je ne veux plus. C'est tellement un gros mensonge, ce mariage-là, que ça me gêne. Tu comprends ? Ça me donne l'impression d'être malhonnête. Et je pense que Jean-Pierre va peut-être se remarier. »

La nouvelle fait l'effet d'une bombe et Ada discute longtemps avant de s'apercevoir qu'elle est la seule à argumenter, que Florent se tait : « Quoi ? Tu trouves ça raisonnable, Florent ?

— Oui. Je trouve qu'il y a des limites à ce qu'on offre aux normes et aux bonnes mœurs. Marthe a le droit d'être bien. Elle a le droit de vivre comme elle le veut, franchement, ouvertement. Elle n'est plus mariée depuis des années, pourquoi ne se comporterait-elle pas en harmonie avec ce qu'elle vit ?

— Pourquoi maintenant ? Pourquoi annuler tous les efforts de toutes ces années ? On ne sait jamais : regardez Maurice et Isabelle. C'est possible que ça reprenne.

— Ada, Babou ne peut pas mourir deux fois. Le

seul moment de bonheur conjugal, et encore, un bonheur mitigé, que nous avons eu, Jean-Pierre et moi, a été après la mort de Babou. Quand j'étais brisée, en morceaux, Jean-Pierre m'a aimée. Dès que je redeviens celle que je suis, solide, décidée et indépendante, il part se chercher une petite maîtresse toute coulante et terrassée d'avance à l'idée de le perdre. Jean-Pierre aime l'idée d'aimer une femme comme moi, mais il déteste le vivre. C'est comme cette idée qu'il ne lâche pas que tu es la femme qu'il lui faut. Fais attention, il va te demander en mariage. Et tu sais comme moi qu'il essaiera de te ralentir, de te ramener à ce qu'il croit être une dimension féminine, mais qui ne sera que l'expression de son impuissance à lui. C'est un bon diable, un compagnon enjoué qui ne laisse jamais tomber la conversation, d'accord. Mais j'ai fait le tour de Jean-Pierre Dupuis et je pense que j'ai perdu assez de temps comme ça. Me gardes-tu comme directrice ou tu trouves qu'une divorcée fait mauvais genre ?

— Tu sais bien que je ne peux pas te mettre à la rue, espèce de divorcée déshonorée ! De toute façon, Florent ne me laissera jamais faire. Marthe... as-tu pensé à la solitude qui t'attend ?

— Ada, espèce de veuve éplorée, tout le monde n'a pas la chance de regretter des heures aussi rares et belles que celles que tu regrettes. Ta solitude est bien pire que la mienne, crois-moi ! »

Comment pourrait-elle répliquer à ce que dit Marthe ? Depuis six ans, elle se bat contre l'évidence que personne, jamais, ne remplacera Nic. Depuis six ans, elle se retourne dans son lit, se languissant de lui, et les rares fois où elle s'est égarée dans d'autres bras, c'était pour en ressortir encore plus désespérée. Florent est le seul compagnon qu'elle ait et ils ont failli se perdre dans ce dédale du temps sans Nic et de l'urgence des sens épouvantés de rester sans réponse ni apaisement.

* * *

Même si elle a droit à une discussion dramatique et à une séance de boudage digne des enfants martyrs les plus maltraités, Adélaïde refuse d'emmener Léa à la première de Florent. Quand elle y assiste en compagnie de Leah, elle est tellement choquée que Florent ait pu penser que sa fille puisse voir une pareille chose sans dommage que la pièce ne fait même plus l'objet de la moindre discussion. Leah essaie de calmer Ada, mais elle voit tout de suite que la pièce ne peut pas lui plaire, que c'est exactement le genre de choses qu'elle ne peut pas supporter.

Adélaïde refuse d'aller en coulisses ou au restaurant avec l'équipe. Elle rentre chez elle après avoir dit son fait à Florent et elle n'écoute pas un mot de ce que Leah lui raconte. En ce qui concerne Adélaïde, la pièce n'est qu'un ramassis de thèses psychiatriques pour expliquer ce qui ne s'explique pas : la folie.

Leah a bien du mal à faire comprendre à Adélaïde que le point central de l'affaire est l'homosexualité et sa répression. Ada est strictement incapable de dépasser l'aspect « fous et médecin des fous » de la pièce. Elle est formelle : « Il y en a eu assez dans ma vie pour ne pas aller m'asseoir au théâtre les regarder. Les costumes de Florent sont magnifiques, mais je ne trouve rien là-dedans qui soit susceptible d'éclairer Léa sur son passé. Vraiment, Lili, on dirait que Florent perd son sens commun ! »

Leah, très diplomate, se laisse déposer à la porte de

chez elle et, une fois Ada éloignée, elle retourne illico au théâtre. Elle connaît assez Florent pour savoir qu'il doit être dans un état pitoyable. Il est en effet très bouleversé et Leah le voit remercier les gens qui lui font un triomphe avec des yeux si tristes et si battus qu'il pourrait avoir assisté à un ratage de premier ordre.

Elle l'écoute lui expliquer tout ce qu'il regrette avant d'essayer de le consoler : « Je suis sûre que Léa aurait tout vu, tout compris et tout aimé. Le problème, c'est que, pour Adélaïde, ce serait terrible. Elle veut toujours protéger Léa et, dans pas grand temps, Léa ne se laissera plus faire. Mais vraiment, Florent, la psy et les fous, ça ne sera jamais l'affaire d'Adélaïde. Ça n'a presque rien à voir avec la pièce. »

Elle n'a pas besoin de le dire, il l'a vu et compris. Comme il comprend que Leah a déjà une bonne idée des problèmes à venir entre Léa et sa mère. Marthe le lui a d'ailleurs fait remarquer plutôt brutalement : « C'est terrible à dire, Florent, mais il va falloir trouver un homme à Ada si on veut que Léa puisse respirer. Thomas va faire ce qu'il veut d'elle, parce qu'il est polisson et que ce sera un homme. Mais Léa, avec sa délicatesse et ses égards... elle va trouver l'envol difficile si on n'aide pas ! »

Trouver un homme à Adélaïde... Comme si la succession de Nic n'était pas une épreuve impossible à franchir pour le candidat le plus doué.

Florent raccompagne Leah et va rejoindre Adélaïde. Depuis longtemps, il ne s'est plus couché en étant fâché avec elle, il ne souhaite pas commencer ce soir-là. Il sait ce qu'elle a traversé le printemps passé. Il sait que l'horrible dans la violence de Pierre a été davantage cet esprit qui vacille, qui dérape loin de la réalité et s'enfonce dans la folie que l'acte répugnant auquel son esprit dérangé l'a conduit. Ada n'arrive pas à vaincre sa peur maladive des fous et de leurs obsessions.

Il la trouve enfouie dans ses oreillers. « Ne fais pas semblant, je sais que tu ne dors pas. Viens. Je t'ai fait enrager sans le vouloir. Je n'ai peut-être pas pensé assez loin, mais toi, tu ne veux pas voir que ta fille grandit. »

Un à un, il retire les oreillers et la trouve en larmes, ce qui est quand même rarissime chez Ada. Il ne discute plus et la berce. Il la laisse répéter tout ce qu'il sait et qu'elle lui a déjà dit. Il la laisse vider son sac et la berce ensuite en silence. Il pensait qu'elle s'était endormie quand il l'entend s'excuser : « J'ai fait comme si ça ne parlait pas d'une chose essentielle pour toi, comme si ce n'était pas important de dire qu'un homme peut aimer un autre homme et être attiré par lui. Tu vois, je suis une belle égocentrique qui ne te mérite pas.

— Est-ce que je te bats tout de suite ? »

Elle rit, se dégage : « Raconte-moi ce qu'ils ont dit. »

Il lui tend son mouchoir et lui donne les détails, les commentaires, les noms des gens qui étaient là, tout ce qui fait une première étincelante. « J'ai même vu une spectatrice avec un de mes modèles qui remonte à huit ans au moins. J'ai failli lui offrir un rabais si elle rapporte son vieux tailleur à la *Boutique*. Elle faisait ancien ! Affreux de se revoir après tout ce temps et de se dire qu'on ne devrait pas coudre des choses aussi durables.

— Florent, tu te rends compte ? Dans un an, la *Boutique* aura dix ans ! Notre premier défilé, tu te souviens ? Mon Dieu ! Le 1er mai, c'était notre anniversaire de mariage à Nic et à moi. Avec toute l'organisation, je l'avais oublié et Nic m'avait offert cette bague... »

Ça ne fait pas si longtemps qu'Adélaïde émaille son discours de références à Nic et au passé. Elle a beau détester la psychanalyse, Florent y voit un indice de guérison. Il garde son commentaire pour lui et oriente la conversation sur l'anniversaire de la *Boutique* qu'il faudra célébrer encore plus magnifiquement que l'année 1950. Il suggère de rappeler Lucien Savoie et d'imprimer finalement le livre jamais fait à cause de leurs dissensions.

Ils finissent la nuit en lunchant dans le lit et en buvant le champagne qu'Ada a insisté pour déboucher : « Je t'ai fait manquer la grand-messe des honneurs, je vais au moins arroser dignement ton retour à la scène ! »

Ils sont assez guillerets quand ils découvrent que l'an 10 de la *Boutique Florent* sera, si tout se passe comme prévu, l'an 1 de *Déjà*. Les idées sont de plus en plus excentriques et ils rient comme des fous en se ramenant à l'ordre mutuellement : « Pas de farces, soyons efficaces ! »

Pour la première fois depuis des années, ils s'endorment l'un contre l'autre, enlacés. À son réveil, Ada frissonne en sentant la jambe de Florent contre la sienne. Elle le regarde dormir, il a l'air si juvénile et sérieux, à la fois enfant et mûr, inachevé et précoce. Son Florent qui regardait, fasciné, les couleurs du kaléidoscope... se peut-il que jamais cet homme n'accepte d'aller vers un autre homme parce que celui qu'il a aimé n'était pas pour lui ? Ada sait que ce ne serait pas la véritable raison. Ce serait l'une des raisons, mais pas la bonne ou la vraie. Dans la pièce qui l'a tant choquée la veille, Ada reconnaît que la mère et la jeune femme par qui transitait la séduction des hommes, ces rôles joués par des femmes qui deviennent à la fois l'interdit formel et la permission, le refus et l'invite, ces rôles l'ont choquée davantage que l'homosexualité en cause. Elle ne veut pas être une femme qui freine Florent. Elle ne veut pas être ce qui empêche ou interdit. Au fond d'elle-même, elle sait que dire cela serait aussi faux que de prétendre que l'amour qu'éprouve Florent pour elle l'empêche d'aller vers un autre homme. Les femmes peuvent faire régner la terreur de la norme amoureuse, elles peuvent bien essayer de régner en maîtres sur l'opinion admise des choses de l'amour, personne, et à plus forte raison aucune théorie, ne règne jamais sur les sentiments intimes et profonds des êtres humains. Personne ne détient les clés des serrures intimes. Florent refuse d'aller vers un homme comme elle refuse d'aller vers un autre amour. Grâce à Florent, c'est plus simple de rester figée dans son veuvage, mais il n'empêche rien. Et elle tient le même rôle pour lui. Adélaïde est persuadée qu'un jour elle ira vers un autre homme. Parce qu'elle est une charnelle et que son désir n'est pas mort avec Nic. Elle se doute que, si consentir à cet aspect de sa personnalité lui est pénible, c'est encore plus ardu pour Florent qui briserait alors son propre ordre social, qui se détacherait de tout le connu pour plonger dans la transgression absolue de ses règles à lui, maintenues solidement par l'opinion d'autrui, mais ses règles tout de même.

Qu'il ait accepté de faire cette pièce, qu'il ait défendu Marthe et son droit de divorcer sont deux comportements très nouveaux chez lui. Elle sourit en le voyant se retourner dans son sommeil : le fait qu'il revienne dans son lit est probablement le signe que toute cette nouveauté le dérange pas mal.

Elle se lève discrètement et va assister aux préparatifs de départ pour l'école. Léa est encore fâchée contre elle et il lui faut déployer beaucoup de charme pour la dérider. Adélaïde finit par admettre qu'elle a des réflexes protecteurs puissants et qu'elle a « peut-être » une tendance à la prendre pour un bébé, ce qu'elle n'est pas. Léa lui fait remarquer qu'elle devrait essayer de se souvenir qu'à son âge elle était beaucoup plus grande que ce que sa mère à elle ne voulait reconnaître.

Cette petite phrase assassine tourne dans la tête d'Adélaïde qui reste à boire son café en revoyant ces années lointaines. Est-ce possible qu'à l'âge de Léa elle ait eu déjà tant envie de partir vivre sa vie, ses amours, ses expériences ? Trois ans de plus et elle tombait follement, désespérément amoureuse de Theodore ! À treize ans, le jour de ses treize ans, Leah était née. Est-ce possible que, dans trois ans, sa fille veuille un homme marié dans ses bras, dans son lit ? La chose a l'air impensable, dénaturée. Mais si sa mère l'avait sue, elle l'aurait trouvée pire qu'impensable. Ada se dit que la seule attitude qu'elle puisse adopter n'est pas d'interdire à une nature comme celle de sa fille de prendre son ampleur, mais de lui fournir suffisamment d'armes pour se défendre contre les abus et les illusions. Depuis son enfance, la seule arme qu'elle juge efficace est la connaissance et la confiance. Tenir Léa loin de l'apprentissage des choses réelles et préoccupantes de la vie, c'est la tenir loin de la capacité à juger et à choisir.

Chiffonné, un verre de jus à la main, Florent la rejoint : « Comment tu fais pour ne pas être claquée ? T'as pas mal à la tête, toi ?

— Les ivrognes payent ! Florent, si tu t'assois avec Léa, si tu essaies d'être attentif à ses réactions et que, si c'est trop pour elle, tu t'engages à partir à l'entracte, je pense qu'elle pourrait voir cette pièce.

— Pourquoi ? C'est l'effet du champagne ? Qu'est-ce qui te fait changer d'idée tout à coup ?

— Léa a un deuxième père qui a des "tendances", comme on dit, et je voudrais qu'elle voie que ça n'est pas une maladie, que ça n'est pas une horreur, mais que ça demeure un problème parce que les gens jugent ce goût particulier comme une maladie. Je pense que ça prend du courage quand on est différent de la masse des gens. Je le suis. Tu l'es. Léa le sera aussi. J'ai intérêt à ne pas lui faire de cachettes, parce qu'elle aura du mal ensuite. »

La seule chose qui impressionne profondément Léa est le moment du « déclic du souvenir de la fille ». C'est autour du mécanisme de la mémoire et non pas autour du souvenir lui-même que se concentrent tous ses commentaires. De l'homosexualité, de la violence des faits rappelés, de la violence de la mère et de son refus de la sexualité de son fils – rien. Même la folie ne l'a pas impressionnée. « Comment elle a fait pour se souvenir ? C'est un médicament ou c'est le docteur qui était tellement gentil qu'elle a eu le droit de se rappeler sans crainte ? Pourquoi tout d'un coup ça revient, ce qu'on a oublié ? »

De l'avis de Léa, le problème central de la pièce est celui de la mémoire qui se défile et des mécanismes de l'oubli. Cette vision calme beaucoup les angoisses de sa mère.

* * *

L'appartement de Béatrice était la propriété d'Adélaïde et elle l'offre à Guillaume pour commencer sa vie conjugale. Depuis un mois, Béatrice a déménagé dans un autre appartement, également dans un des immeubles d'Adélaïde, à proximité de chez Jean-Louis. Elle a retrouvé la santé et la certitude que l'assaut n'entraînera aucune conséquence scandaleuse. Elle ne parle jamais de ce qui est arrivé, elle ne pose jamais aucune question concernant Pierre ou Reine et elle ne porte jamais plus de décolleté. Ses blessures sont pourtant guéries, aucune des lésions n'était permanente, mais sa magnifique poitrine est maintenant timidement si ce n'est gauchement portée. Florent en fait la remarque à Ada et ils sont l'un comme l'autre persuadés que Béatrice ne remontera jamais sur scène. Un éclat, un appétit s'est enfui. Celui du fameux *sex-appeal* à la Marilyn, cette envie d'être attirante pour stimuler les regards, les désirs. Cette envie a disparu. Alors que Béatrice régnait dans l'absolue beauté de la jeunesse, avec des airs de poupée capable de faire fléchir les plus durs à cuire, toute sa lumineuse aura s'est envolée et elle a maintenant l'air d'une femme de son âge, une femme calmée, revenue de ses illusions et un peu blasée. Un voile de fatigue plus que de tristesse semble l'affadir, et il devient de plus en plus clair que la télévision ne l'engagera plus. Il y a déjà dix starlettes qui font la queue pour prendre sa place. De jolies filles, de jolis corps et de jolies façons de le présenter, toutes choses faciles à dénicher. Le vrai piquant, cette mystérieuse alchimie qui rend une belle poitrine terriblement excitante, Béatrice l'avait et elle l'a perdu durant cette convalescence. Et elle n'a même pas l'air de s'en rendre compte.

Quand Adélaïde lui parle de son projet d'ouvrir une boutique dans un an et de l'engager pour la diriger, un peu comme Marthe le fait à la *Boutique Florent*, Béatrice refuse. Ada s'informe de ses projets, elle lui demande si elle a l'intention de retourner au travail et Béatrice répond qu'elle songe à la radio, qui demeure possible puisqu'on ne verra pas son visage.

« Mais tu n'as pas à t'inquiéter, Béatrice, ton visage n'a rien. Il est parfait. »

Béatrice la fixe sans rien dire, l'air totalement dérouté. Ada redemande de quoi elle s'inquiète, de quelle marque, quelle cicatrice. Béatrice répète très bas : « Rien ne paraît ? Rien ?

— Je te le jure, Béatrice. Rien.

— Vois-tu, Ada, c'est ça que je ne comprends pas. Que mon visage soit comme avant. Comment est-ce possible ? Je me sens morte et rien ne paraît.

— Béatrice... Ça va revenir. Il faut t'accorder du temps. C'est le choc. »

Jamais les yeux de Béatrice n'ont été si perçants, si nus dans leur désolation. Elle ne dit plus rien et Adélaïde, déconcertée, n'ose pas ajouter quoi que ce soit.

Béatrice se lève et, avant de quitter le bureau, elle se tourne vers sa sœur : « Penses-tu que c'était vraiment mon fils ?

— Il n'était plus lui-même. Il était ailleurs... quelqu'un d'autre dans sa tête.

— Alors, tu le crois ?

— Quoi ?

— Lui. Celui qui est venu chasser le démon de la part de Dieu. Celui qui inflige le châtiment de Dieu. Lui.

— Non. Non, Béatrice. Ni Dieu, ni démon. Un fou, seulement un fou. Ce n'est pas ta punition, ce n'est pas mérité, ce n'est pas raisonné. Un fou égaré, je te dis. »

Béatrice sourit en secouant sa tête blonde : « C'est gentil, mais c'est faux. »

* * *

Le 19 décembre, Adélaïde est tellement débordée avec les préparatifs de la réception de mariage de Guillaume et ceux du réveillon que Germaine est accueillie à la gare par Lionel. Il tient respectueusement la portière arrière ouverte et Germaine hoche la tête, découragée, avant d'ouvrir elle-même la portière avant et de s'installer.

Un fin sourire aux lèvres, Lionel démarre.

« Ne soyez pas si *formal*, Lionel. Si vous avez l'intention de me courtiser, ne me faites pas asseoir en arrière. »

Ce que Germaine apprécie chez Lionel, c'est sa patience. Il n'a pas l'air pressé d'obtenir une réponse, de fixer une date, d'avertir tout le monde. Il a seulement l'air heureux de la voir, de l'installer confortablement, de lui dire que, si elle le désire, il y a une bien jolie crèche cette année à l'église Notre-Dame et que les sablés d'un établissement de l'Ouest sont divins et qu'il est quasiment certain d'avoir réussi à les imiter. Il a mis du pin mélangé à des branches de houx à la porte de sa chambre et les draps de son lit sont en fine percale. Germaine est certaine que ce sont les draps d'Adélaïde que Lionel a réservés pour elle.

On dirait qu'une fois sa demande faite, Lionel s'est amusé à brouiller les pistes, à faire comme si c'était secondaire, une broutille sur laquelle ils pourront éventuellement revenir. Germaine ne l'entend pas de cette oreille. Elle emprunte son *butler* à Adélaïde, histoire de faire quelques courses, et ils partent dès le lendemain matin.

« Emmenez-moi dans une de vos églises protestantes, Lionel. »

Il s'exécute et, une fois assise, Germaine chuchote que ça ressemble assez aux leurs. Lionel avoue ne plus fréquenter l'église depuis longtemps.

« J'ai moi-même une certaine tendance à la baisse, depuis le printemps. Vous ne voulez donc pas vous marier à l'église, Lionel ?

— Si vous voulez qu'on le fasse dans une synagogue avec Aaron, je le ferai.

— Et pourquoi on ferait une chose pareille, mon ami ? »

Lionel a une façon très douce, très assurée de prendre sa main : « J'ai soixante-quatre ans, Germaine, vous en avez soixante. On pourrait peut-être célébrer un vingtième anniversaire de mariage, si on finit par se décider. Ces vingt ans-là, si je les ai, si vous les avez, c'est près de vous que je voudrais les vivre. Je n'ai pas peur de la solitude ni d'être un vieux malade qui a besoin d'une infirmière. J'ai envie de jouer au yum le soir avec vous et de vous tenir dans mes bras la nuit. Et je vous le dis tout de suite : j'ai l'intention que ce soit un vrai mariage. Pas une histoire de jaquette à noirceur comme dans *Un homme et son péché*. Un vrai mariage, Germaine. Aussi bien que vous le sachiez.

— Mon pauvre ami ! M'avez-vous vue ? Je suis vieillie, énorme, pas ragoûtante pour cinq cennes. Aussi bien que vous le sachiez aussi ! »

Lionel rit tout bas, sans éclat. Il a l'air de bien s'amuser : « Pensez-vous que je suis un *spring chicken* moi-même ? Ce n'est pas parce que je ne sais pas nager que je ne me baigne pas, vous savez.

— Et si j'aime pas ça, Lionel ? La nuit ?

— Ah !... On aura un problème. Mais on aimera toujours jouer au yum ensemble, n'est-ce pas ? »

Dans la voiture, Germaine réfléchit en silence. Puis, à l'approche de la maison, elle se décide : « Lionel, au risque de vous scandaliser, je voudrais vous demander si une petite période d'essai... quelque chose de secret et de discret, vous semble envisageable ? »

Le 23 décembre, le soir des noces de Guillaume et d'Agnès, Lionel se glisse dans la chambre de Germaine et trouve, comme sa compagne, que les draps de percale sont indéniablement doux.

* * *

Au réveillon, Thomas est si excité de voir tous ses cousins et cousines, ses oncles, ses tantes, qu'il demande à sa mère de prendre une photo « comme pour le mariage, avec tout le monde qui rit ! ».

C'est Aaron, en tant que membre non officiel de la famille, qui prend la photo. L'ensemble est particulièrement impressionnant et le plus cocasse n'est pas nécessairement de voir Isabelle et Rose, côte à côte, et portant chacune leur dernière-née dans leurs bras.

Les deux autres filles fleurs de James et de Rose sont comme des corolles aux pieds des adultes. Léa est déjà aussi grande que Jacynthe et elle a l'air aussi âgée que sa cousine Élise, mais la parenté avec sa voisine, Leah, est tangible. Alex, Jérôme et même Tommy font figure d'hommes. Tout comme Florent de son côté, Fabien a glissé un bras autour des épaules de Jeannine, comme pour l'empêcher de fuir. Germaine, telle une grand-mère, occupe le centre avec Adélaïde et Béatrice. À l'extrême droite de la photo, absorbés l'un par l'autre et n'ayant apparemment aucune conscience de l'appareil photo, Guillaume et Agnès se contemplent et semblent proches de l'apoplexie amoureuse. Louis tient Maurice par la main et Thomas s'est glissé entre les deux filles de Rose.

Cette photo, Adélaïde l'envoie à chaque membre de la famille, mais elle ne peut la regarder sans penser qu'il y manque Pierre et Reine.

Une fois les tourtereaux envolés vers Paris, la famille Leblanc retournée à Québec et les enfants couchés, Adélaïde s'effondre à côté de Florent en soupirant d'aise : « Trois réceptions en trois jours, c'est pas mal pour une vieille comme moi ! »

Florent se lève, éteint le téléviseur. « Non, Florent, je vais me taire si tu veux écouter.

— Pas du tout. Je pensais à autre chose.

— À quoi ?

— Serge Caron m'a proposé une autre pièce. »

Florent aime avant tout dessiner, créer les lignes, les couleurs. Ses collections sont des succès, mais elles doivent s'attacher à l'époque, la devancer, alors que le théâtre est ailleurs, il exige autre chose, stimule différemment son imaginaire.

« La télévision, finalement, c'est comme mes collections, les gens sont habillés dans un style contemporain. Le théâtre est plus amusant, plus divertissant, plus dérangeant. Je me suis remis à mes classiques grecs, à rêver comment je dessinerais les costumes du chœur. Perte de temps, une façon de me distraire. »

Adélaïde, au contraire, est sûre que rêver, imaginer, est la chose la plus essentielle au monde pour Florent.

« Que tu le fasses à travers Euripide n'est pas une perte de temps. Tu vas accepter ? Pour Caron ?

— S'il réussit à se tenir tranquille, oui.

— Il est plutôt bel homme, pourtant...

— Il est vulgaire, Ada.

— Trouvais-tu Guillaume vulgaire quand il agaçait Agnès, à Noël ?

— Tu ne sais pas de quoi je parle. Ce n'est pas de l'amour ou du sentiment qu'a Serge... C'est autre chose de plus cru et de plus déplacé. Beaucoup moins romantique.

— Je vais te dire une chose indécente, Florent. La chose crue, sexuelle, sans émotion que Serge Caron a envie de te donner, je payerais pour l'avoir. Une nuit. Question d'arrêter d'avoir des idées fixes. Je suis rendue que j'imagine des couples partout ! Même cette pauvre tante Germaine à qui j'ai prêté des regards douteux !

— Douteux ?

— La chose la plus inconvenante au monde, en plus. Germaine m'en voudrait de seulement y penser.

— Quoi ? Qui ?

— Lionel. Je sais ! Je crois que je ne vais pas bien. »

Devant le silence subit de Florent, Ada s'empresse de le rassurer : tout est affaire d'imagination. « Qu'est-ce que tu veux, Florent ? Je regardais Isabelle, Maurice, Rose et James, même Alex qui louche sur Lili avec son air gourmand que je reconnais tellement... J'ai des chatouilles, moi aussi.

— Tu peux me le dire maintenant : l'as-tu fait avec Lucien Savoie ?

— Qu'est-ce que ça change ?

— Ça me soulagerait pour toi. Ça fait longtemps qu'on ne joue plus, tous les deux.

— Tu en as envie ? »

Rieuse, elle le met au défi, s'approche, menace délicieuse : « Tu le ferais pour me rendre service ? Tu sais que ce n'est pas de l'amitié ! »

Il la prend contre lui, sans équivoque : « Je te trouverais quelqu'un avant de recommencer nos folies.

— Ça a été dur...

— Sérieusement, Ada, je pense encore que je pourrais t'épouser. Et être un vrai mari.

— Léa est grande maintenant, je crois que tu peux te détendre avec cette histoire.

— Tu fais semblant de ne pas comprendre. Je te dis que je t'aime. La seule femme au monde que j'aimerai jamais. Rien à voir avec mon indéniable homosexualité.

— Tu l'as dit !

— Et je ne suis pas mort.

— Tu vas le faire ?

— Si je t'épousais, tu me laisserais le faire ?

— Florent, tu l'as fait. Avec moi, à Paris, cette nuit-là, tu as aimé Nic. Et j'ai fait la même chose. On a épuisé nos possibilités amoureuses. Je suis ton alliée à vie et tu seras le mien, mais le sexe est fini entre nous. *Deal ?*

— *Deal*. »

L'idée de se retrouver sans sortie de secours n'est pas neuve, mais chacun se demande vraiment comment ils vont réussir à traverser les années à venir sans succomber à la tentation, ou plutôt, en y succombant sans mettre en péril le fragile équilibre trouvé.

« Pour ce qui est de Lionel, Ada, ce n'est pas ton imagination. Il se passe quelque chose.

— Dieu du Ciel ! Où est-ce qu'on va mettre la croix ? Même Germaine qui se met à avoir des idées modernes ? Le monde à l'envers. Et nous, on est là comme deux pépères... »

* * *

La collection d'essai de Jacynthe est si bien pensée, si variée tout en permettant des croisements infinis, qu'Adélaïde décide d'en faire produire le double de ce qu'elle avait planifié initialement. Le défilé du 1er mai, devenu un rendez-vous du Tout-Montréal, est bondé et il apparaît impossible de jumeler les deux clientèles visées dans ce seul événement, à moins de louer un théâtre, comme en 1950. Mais, selon Ada, cela rend l'affaire trop lourde de conséquences publiques pour un simple essai, et Jeannine défend aussi l'idée de montrer la collection sans en faire le clou de cette saison, juste pour permettre à Jacynthe de se préparer au grand saut de l'année suivante.

Finalement, Adélaïde tranche : il y aura deux défilés bout à bout : un 5 à 7 avec petits fours, punch et jus de fruits pour le défilé de Jacynthe où seront invitées principalement les filles de leurs meilleures clientes, accompagnées d'une ou d'un invité de leur choix, et le défilé de Florent en soirée. Estelle est stupéfaite de l'audace de la proposition :

« Tu veux dire que l'invité de la fille ne sera pas nécessairement sa mère ?

— Voilà ! Soyons modernes ! Elles invitent qui elles veulent : un cavalier, une amie, leur mère, une parente...

— Mais ça va devenir un lieu de... Les parents n'achèteront jamais rien s'ils ne peuvent pas superviser ! »

Adélaïde tranquillise Estelle. Avec le nombre d'invités qu'il y aura, il faudrait être sorcier pour entreprendre de vilains jeux. Et puis, à sept heures, les parents arrivent pour l'autre défilé. Ils vont prendre un cocktail en attendant qu'on installe la salle, et leurs enfants en profiteront pour leur montrer ce qu'elles désirent. « Si tu savais comme les enfants sont persuasifs quand ils veulent quelque chose, Estelle ! Je n'ai aucune inquiétude. Pour ce qui est du risque d'inconvenance, nous mettrons sur le carton un âge minimum requis. Seize ans ? »

Le débat qui suit porte sur l'âge réel « d'une jeune fille digne de confiance ». La notion se révèle assez élastique, selon la mère qui parle.

Quand l'âge de seize ans est finalement retenu, Adélaïde se désole de ne pouvoir y convier Léa et elle prévoit quelques discussions musclées sur le thème de « tu ne veux jamais rien ! » qui est l'air favori de Léa depuis quelque temps.

C'est Lili, venue à une réunion de la Fondation au bureau d'Adélaïde, qui suggère d'engager Léa comme mannequin : « Les cheveux ramenés avec un cerceau, elle est tellement grande qu'elle fera seize ans sans problème. Et puis, on ne peut pas dire que les modèles de Jacynthe ne lui vont pas : elle les a tous essayés pour sa cousine ! »

Le défilé est un événement majeur. Dès les réservations, Adélaïde s'aperçoit qu'il faudra agir avec célérité, les deux manifestations étant bondées. Les jeunes filles ne profitent pas beaucoup de la liberté qui leur est accordée. Il y a bien quelques jeunes hommes, mais beaucoup d'invitées sont accompagnées d'amies et de parents. Parce que Florent n'a jamais clôturé un défilé par la rituelle robe de mariée, Jacynthe s'est inspirée de cette particularité pour terminer son défilé par la robe pour aller au bal de « graduation ». Le succès est de taille : une ovation de trois minutes suit la dernière robe, et Jacynthe, timide, rougissante, fait pleurer sa mère en avançant sur le podium, son petit coussin à épingles encore attaché au poignet.

L'arrivée des invités du soir fait monter le volume des conversations déjà très animées, et le défilé de Florent commence avec une bonne demi-heure de retard, tant la circulation est dense à l'entrée de la *Boutique*.

C'est au Ritz qu'Adélaïde a convié ses couturiers, leur escorte et les membres de son équipe. Fabien est si touché du succès de Jacynthe, si ému qu'Adélaïde l'invite aussi : « Tu joueras le rôle du père. Tu ne t'es pas vu la regarder sur le podium ! On aurait dit que tu l'avais élevée. »

Fabien balbutie un « c'est tout comme » et s'empresse d'aller parler à quelqu'un d'autre. Tous les convives lèvent leur verre au succès de *Déjà* et de sa créatrice. Ils sont tous si excités, si enthousiastes qu'ils projettent des défilés jusqu'en 1966, prévoyant les dix ans de *Déjà* !

Jeannine est complètement bouleversée et elle n'arrive pas à manger : sa fille est accompagnée d'un jeune homme aussi timide qu'elle et qui lui a été présenté à son arrivée au Ritz. « Entendre parler qu'ils se fréquentent depuis sept mois ! Première nouvelle que j'en ai. »

André Bouliane est peintre, artiste peintre, et Jacynthe l'a rencontré au vernissage de Marthe en octobre. C'est le fils d'un peintre assez connu et il a fini ses Beaux-Arts l'année précédente. Il est serveur dans un restaurant et habite le Vieux-Montréal, une sorte d'atelier chauffé avec une « truie » qui doit être « un nique à feu », prétend Jeannine. Quand Adélaïde essaie de la calmer, elle lui lance un regard noir : « Quand ta Léa va te ramener un artiste qui va lui faire manger du *baloney* pour le restant de ses jours, je voudrais bien te voir la face, Ada ! Bonyeu ! On commence à se sortir de la misère et elle va replonger direct dedans avec son peintureux ! »

Ce à quoi Adélaïde ne peut vraiment pas répondre autre chose que le talent de Jacynthe risque fort de la mettre à l'abri de la misère, même si elle épouse un peintre qui n'aura pas de succès.

« T'as vu ce qu'il fait, toi ? Ses coloriages ? »

Jeannine est furieuse : elle n'a rien vu, elle n'a rien deviné, elle n'a rien senti venir et sa fille est amoureuse, c'est évident. « Je suppose que Florent sait tout depuis janvier et qu'il a vu les œuvres du Monsieur. Ça m'insulte, c'est pas mêlant ! Pourquoi elle me l'a pas dit ? »

Adélaïde touche la main de Jeannine et lui indique du menton le couple. Penchée vers André, les yeux brillants, les joues rosies, Jacynthe hoche la tête énergiquement et elle dit quelque chose qui fait rire André, qui saisit alors sa serviette de table et la fait danser pour illustrer son propos. Jacynthe rit aux éclats et il la fait cesser de rire en posant une main délicate sur celle de la jeune fille. Ada murmure : « Ta fille le découvre en même temps que toi, Jeannine. Garanti. Regarde-la, elle est tout étonnée. Je pense que sa collection a pris tout l'espace depuis janvier. On va demander à Florent, mais je t'en prie, ne te fâche pas contre elle, c'est *sa* soirée de gloire.

— Tu sais bien que je suis seulement surprise. Me semble que je viens juste de l'avoir et elle va me faire grand-mère dans le temps de le dire ! »

Florent confirme que le grand jeune homme maigre est un ami et, comme Jeannine l'a prédit, il a vu toutes ses toiles. Il refuse de commenter avant que Jeannine n'ait vu elle-même : « Après, on discutera. »

Ne pas avoir été écartée des amours de sa fille, ne

pas se découvrir éliminée de son premier émoi fait un bien fou à Jeannine, qui se met enfin à manger. Elle serre la main de Fabien sous la table, tout énervée qu'elle est de « voir les petits partir un par un ». Pour elle, Alex, même parti pour aussi loin que l'appartement d'à côté, est hors de sa protection. Il finit ses études cette année, et pour Jeannine, il est parti. Il est devenu un homme, celui qu'il promettait de devenir, et sa tâche de mère est terminée.

Quand le maître d'hôtel vient murmurer à Adélaïde qu'on la demande au téléphone dans le hall, celle-ci se précipite, déjà alarmée.

C'est Paul Picard qui se tient près du téléphone et qui s'excuse de son subterfuge stupide. Il était avec des collègues au bar et il l'a vue en train de dîner : « Je ne voulais pas vous déranger et je ne pouvais pas résister à l'envie de vous saluer. »

C'est la troisième fois qu'il la voit sans qu'elle le sache. Les deux autres fois, il s'est enfui précipitamment, inquiet de ce qu'il dirait, de ce qu'elle ferait, trop nerveux pour l'affronter. Elle lui semble plus belle, plus lumineuse qu'avant. Le noir qu'elle porte, cette élégance racée, ces yeux qui le regardent sans l'agacement qu'il comptait y trouver. Il est seulement étonné de toujours tant la désirer.

Adélaïde parle du défilé, de succès, des amis réunis pour fêter, et elle se demande vraiment pourquoi elle s'agite autant et ce qui lui prend d'expliquer tout ça. Elle s'arrête au milieu de sa phrase : « Comme si ça vous intéressait ! Où exercez-vous, Paul ? »

Il sourit et, dès cet instant, elle sait pourquoi elle s'agite tant. Ces dents qui effleurent les lèvres généreuses, cette bouche l'a toujours énervée et troublée. Il attend quelque chose, sourcils levés. Elle n'a rien écouté et il a dû poser une question. Vraiment, elle se trouve très brillante : « Pardon ? »

La confusion s'installe quand il demande « pardon quoi ? ». Il n'avait pas encore répondu, perdu dans sa contemplation.

Ils sont tellement mal à l'aise qu'ils restent silencieux, face à face.

« Votre femme va bien ? »

Elle n'a rien trouvé de mieux pour savoir où il en est avec cette fiancée d'il y a elle ne sait plus combien d'années.

Paul cherche à qui elle fait allusion puisqu'il est le champion fiancé qui met fin à l'engagement dans les six mois. En cinq ans, il a acheté trois bagues de fiançailles et ne s'est jamais marié. Chaque fois, la terreur le saisit, et il s'est obligé à ne plus prononcer le mot mariage pour encore quatre ans. « Je ne suis pas marié. »

Son soulagement est jugé inadéquat par la sévère petite voix intérieure qui répète à Adélaïde que ceci est un inutile émoi et qu'elle lui a fait bien assez de mal par le passé.

« Vous-même ? » Il sait très bien qu'elle ne s'est pas remariée, il a assez épluché les carnets mondains depuis des années.

Elle hoche la tête – cette femme va le hanter toute sa vie. S'il pouvait, s'il pouvait au moins lui dire qu'il était jeune, inexpérimenté, idiot et naïf, et qu'il est tellement un meilleur amant maintenant !

« Je dois retourner là-bas... Paul ? »

Il n'arrive tout simplement pas à répondre. Il s'approche pour la respirer, parce qu'il ne sait pas quand le hasard va la remettre sur sa route, il pose un baiser léger sur sa joue et, au lieu de reculer sagement, il avance la tête, prend une inspiration près de son oreille, chuchote : « Vous êtes... » sans finir et s'éloigne enfin, terrassé de désir, fou à s'imaginer l'avoir sentie frémir contre ses lèvres.

Les joyaux gris qui le regardent sont si troublés, si indécis, il devrait parler, il ne peut pas.

Voilà, elle se sauve, les longues jambes l'éloignent si vite de lui. Si elle ne s'était pas retournée avant d'entrer dans la salle à manger, si elle ne lui avait pas adressé ce sourire éblouissant, empli de rire étonné, il aurait pleuré.

Et il n'aurait pas envisagé de la rappeler.

À trente-quatre ans, Paul Picard estime qu'il devrait savoir prendre ses risques. Il est devenu un chirurgien réputé et il gagne fort bien sa vie. Il possède une voiture, il loue un bel appartement et il est respecté de ses collègues. Adélaïde McNally est son chemin de croix, sa torture et son Waterloo. Cette femme, il essaie de l'oublier depuis qu'il l'a rencontrée. Il a toujours su qu'il se briserait et souffrirait avec elle, il a toujours su qu'il ne ferait jamais l'affaire, qu'elle ne l'aimerait jamais le huitième de ce qu'il l'aimerait, rien à faire. Il s'est engueulé, s'est menacé, s'est soûlé, il s'est livré à tous les excès, incluant, à trois reprises, des fiançailles sérieuses et remplies de bonne volonté, il a pris des maîtresses, les a fait pleurer, les a toutes blessées, rien à faire. Comme une foi religieuse, Adélaïde lui colle au cœur, et découvrir quelque chose la concernant est devenu son sport préféré.

Une seule autre femme a compté en six ans, et c'est une jolie jeune fille brune aux yeux gris qui avait une douceur angélique et le défaut de ne plus ressembler à Adélaïde quand elle l'embrassait.

Adélaïde... la ferveur de cette femme l'avait rendu fou. Il la cherchait partout et il regrettait d'avoir été si néophyte à New York.

Un jour, il avait revu cette mère qui avait perdu son fils retardé et il avait pris un temps fou à suturer sa plaie pour obtenir le maximum de nouvelles d'Adélaïde. Il ne pouvait s'empêcher d'imaginer qu'il allait la voir à chaque soirée, à chaque dîner-bénéfice auquel il assistait. En six ans, il n'avait qu'une seule victoire à son actif : il avait accepté de ne pas mieux réussir à la bannir de ses pensées.

Rentré chez lui, il fait les cent pas et essaie de se remémorer son retour de New York, la souffrance de ne plus pouvoir l'approcher qui le sciait de douleur alors. Il relit la lettre qu'elle lui a écrite en 51, cette lettre terrible qui l'oppresse encore d'un tel poids.

Il sait sa nouvelle adresse. Il est passé mille fois en voiture devant chez elle. Il a vu Léa et Thomas. Il les a observés patiner une fois, à la patinoire municipale à côté de l'église. Il sait qu'elle travaille toujours dans les mêmes locaux, rue Saint-Jacques. Il a failli lui écrire quand sa sœur Béatrice a fait les manchettes, le printemps dernier, mais il a eu peur d'avoir l'air écornifleur.

Il a gardé d'elle tant de blessures, tant de silences, tant de nuits blanches. Il ne sait dire « je t'aime » que les yeux fermés, sous l'emprise du souvenir de ses yeux à elle. Il a été lâche, menteur, il a abusé de la confiance de jeunes filles de bonne famille en les laissant rêver d'un mariage, parce qu'il avait besoin de rêver, lui. Il a fait l'amour à des femmes en avouant ne pas savoir réveiller ce cœur paralysé par un hiver.

Il revoit ce dos blanc déchiré par la femme qui lui arracherait sa vie. Il revoit les points minuscules qu'il y avait fait, sa nuque inclinée – mille fois il a posé ses lèvres sur cette blessure en pensée, mille fois il s'est condamné à mal vivre s'il n'effaçait pas cette mémoire d'elle, blessée, cette mémoire d'elle, tenace, cette présence qui le hante et qu'il laisse le hanter. Il s'est tant demandé si, du moins, elle, elle arrivait à être heureuse, vraiment heureuse. Il a toujours su que non. Comme lui-même, mais pour un autre visage que celui qui le brûle.

Paul Picard ne croit pas au destin. Il croit à l'être humain et il en rencontre beaucoup dans des moments où la vie les maltraite et où la mort les menace. Dans une salle d'opération, Paul Picard se sent enfin maître de quelque chose, capable de forcer la vie à être meilleure. Dans sa vie, dans cet appartement où la voix de Maria Callas pleure pour lui, Paul Picard sait que rien n'apaisera cette soif incessante, cette obsession dans laquelle il se perd et se déchire inutilement : entendre encore une fois le rire de cette femme pour guérir de sa tristesse de ne pas la tenir.

* * *

Il est quatre heures quand Léa rentre de l'école. Elle se change en vitesse en se promettant de ramasser son uniforme plus tard, après être allée chercher un biscuit ou deux. Elle a un petit peu mauvaise conscience, mais ça lui déplaît beaucoup d'être toujours à l'ordre. Elle a essayé d'expliquer à sa maîtresse d'école pourquoi le désordre était parfois une bonne idée. Ça n'avait pas marché. Elle n'est pas censée faire l'apologie du mal dans ses compositions, voilà ce que Mme Gagné avait déclaré. Et le désordre est mal. Léa a encore envie d'argumenter, elle le sait. Elle retire ses souliers lacés et les regarde tomber avec un angle bizarre : si elle les mettait comme ça, elle serait une infirme ou une contorsionniste. Voilà ce qui l'amuse dans le désordre, la surprise qui force à penser autrement, à imaginer des choses folles.

Ses bas beiges, si chauds quand arrive le mois de juin, son porte-jarretelles, tout rejoint les chaussures avec allégresse, maintenant que la décision est prise de ne pas ramasser. Elle enfile une blouse sans manches sur un *pedal pusher* de l'été passé qui est déjà trop petit : elle a grandi de deux pouces en tout, cette année. Thomas a l'air tellement petit à côté d'elle, comme s'il ne finirait jamais par grandir. C'est fou comme il ne ressemble pas beaucoup à leur père. À comparer, Alex est mille fois plus ressemblant. Thomas ressemble à leur mère. Et elle... Léa s'approche de la coiffeuse et examine son visage : elle est sombre, plus sombre que sa mère, plus bouclée – les yeux, pareils, et supposés être très beaux. Ses yeux ont ceci de différent que les cils sont plus noirs et plus fournis. Léa trouve très pratique d'avoir l'air maquillée. Au défilé, on l'a maquillée pour de vrai et la longue ligne d'eye-liner bien épaisse lui avait fait des yeux langoureux, des yeux de femme mystérieuse, avait dit Florent. Pas fatale. Léa, c'est fatale qu'elle aimerait. Son nez est moins gros que celui de Jacynthe, mais ce n'est pas encore l'idéal. Le vrai beau nez, c'est Grace Kelly qui l'a. Et la bouche. Léa se sourit dans la glace. Ses dents sont solides, sa bouche est trop grande à son goût, ou alors son nez est trop petit. Ou ses pommettes sont trop hautes ? Quelque chose manque, elle ne sait pas ce que c'est. Peut-être qu'elle est seulement trop grande ? C'est triste parce qu'elle ne pourra jamais mettre des talons hauts comme elle aime tant. Les garçons sont déjà plus petits qu'elle quand elle porte des souliers plats. Et si elle veut un cavalier, elle est aussi bien de faire attention à ça, les garçons détestent les filles trop grandes. Quand on les dépasse un peu, ils s'en vont. C'est sûr qu'une femme plus grande que son mari, c'est ridicule.

Léa soupire : si seulement elle pouvait arrêter de grandir ! Elle ne trouvera jamais de mari si elle continue. Ou alors, les grandes échalotes boutonneuses comme Sirois. Beurk ! Elle préfère rester vieille fille, comme Lili.

Léa jette un coup d'œil dans le boudoir où Thomas écoute *Pépinot* – trop bébé pour elle, merci ! Elle ramasse des biscuits dans la cuisine où Lionel est en train d'éplucher des légumes et elle se sauve dans le jardin.

Elle a son coin préféré et, dès que toute la neige a fondu, le nouveau jardinier travaille tout le mois de mai pour entretenir et développer le travail d'Alex. Ce jardinier-ci parle une drôle de langue, faite d'un mélange d'anglais, d'espagnol et de français. La majorité des sons étant espagnols, Léa a renoncé à comprendre. Elle a un peu honte de faire oui de la tête comme si c'était clair, mais c'est gênant de tout faire répéter tout le temps. Elle ne veut pas faire comme Agnès qui réplique un : « Vous dites ? » automatiquement après chaque phrase que les pas-Français prononcent. C'est dommage qu'Agnès soit si jolie, si délicate et si nouille. Léa trouve enrageant de constater que les femmes sont mieux d'être ravissantes qu'intelligentes. En tout cas, si elles veulent se marier. Les garçons de Brébeuf, elle le sait, n'épouseront jamais une femme plus intelligente qu'eux. Ni plus riche. Ni plus grande. Ça fait beaucoup de conditions qu'elle ne remplit pas. Pour ce qui est de l'intelligence, Léa n'est pas certaine de pouvoir vraiment définir en quoi ça consiste. Mais le reste... elle est sûre que si sa mère ne s'est pas remariée et si personne ne vient la chercher le soir en voiture pour l'emmener à des soirées, ce n'est pas à cause de Florent. C'est parce qu'elle est trop intelligente et trop riche. Même si l'argent est celui de son père, c'est sa mère qui le fait fructifier. C'est elle, la boss. Florent dit qu'elle est un homme d'affaires redoutable et que, s'il ne l'avait pas, son talent ne lui rapporterait pas le cinquième de ce qu'il lui rapporte. Léa sait très bien que sa mère est quelqu'un de rare, de spécial, et elle ne peut pas penser entrer en compétition avec elle, quel que soit le domaine. Ça fait longtemps qu'elle a décidé de ne pas devenir un homme d'affaires. Elle veut autre chose. De toute façon, pour l'argent, elle aura un mari un jour. Thomas fera le boss, comme maman. Léa veut des enfants, elle en est presque certaine. Presque, parce que Lili la déstabilise beaucoup quand elle parle de la domination des tâches ménagères dans la vie des femmes. Quand Lili et elle parlent de l'avenir, de ce qu'elles vont faire, Lili a toujours l'air de beaucoup se méfier des hommes, du mariage et de l'envie de devenir aliénée qu'elle sent en elle. Léa a vérifié dans le dictionnaire et « aliénée » veut dire une sorte de perdante, un peu comme si l'homme devenait un maître et que la femme aimait cela, devenir celle qui cède. La difficulté dont Lili et Léa discutent le plus, c'est de discerner l'envie de céder par amour et l'envie de céder parce que c'est moins compliqué de même.

Léa s'est nettement prononcée en faveur d'Alex et de l'envie de céder par amour qu'elle décèle dans cette histoire. Lili n'est pas certaine. Il y a toute cette différence entre l'envie d'embrasser et l'envie d'aimer... Lili est tellement intelligente ! C'est la première personne au monde qui reconnaît qu'on peut avoir envie d'embrasser sans nécessairement vouloir épouser le garçon. Ce n'est pas souhaitable, comme dirait

Mme Gagné en parlant d'autre chose, mais c'est toujours possible. Voilà le genre de choses dont Léa veut discuter : jusqu'où l'envie d'être prise dans des bras et de frissonner a à voir avec l'intelligence ou la qualité d'un garçon. Elle a fait l'expérience et a embrassé trois garçons : deux totalement niaiseux, très peu développés pour ce qui est de l'esprit, et un premier de classe imbattable en latin et en grec. Résultat : aucune différence si ce n'est que le premier de classe transpirait beaucoup. Mais c'était peut-être la peur. Il ne savait pas encore qu'un baiser ne produit pas de bébé et il était terrorisé de le faire sans aller vérifier auprès de quelqu'un d'autre les allégations de Léa. Ça l'avait un peu insultée qu'il doute de ses connaissances et c'est peut-être la raison de son manque d'enthousiasme à l'embrasser. Léa n'est pas certaine, mais elle croit que plus on discute avant d'embrasser, moins c'est fort quand on le fait. On dirait que ça use le baiser par avance. D'ailleurs, le meilleur des baisers était celui qui l'a déconcertée : surprise au point de l'immobiliser totalement. On aurait dit une douche chaude, réconfortante. Le garçon était grand et il l'avait enveloppée dans ses bras et elle aurait fait n'importe quoi pour que ça ne cesse pas, tellement c'était rassurant et affolant. C'était Didier Fortin, un dernier de classe de Brébeuf, un farceur qui embrasse tout le monde, ça a l'air. Chaque fois que Léa a dit son nom, il s'est trouvé une fille qui a rougi dans le groupe et une autre pour dire qu'il avait des manières peu recommandables et des notes atroces. Alors... Elle a demandé à Lili si Alex embrassait bien et elle n'a obtenu qu'un vague : « Je ne sais pas, je ne veux pas commencer ça avec lui ! » qui ne la convainc pas du tout. D'abord, elle a rougi, et ensuite, ce n'est pas possible que Lili n'embrasse pas une belle bouche comme celle d'Alex ! Elle refuse de l'avouer et c'est tout. Léa est sûre et certaine qu'Alex est un merveilleux embrasseur parce que sa bouche est belle, parce que ses épaules sont larges et parce qu'il ressemble à son père. Et une chose est sûre : son père était un champion embrasseur parce que, sinon, sa mère ne l'aurait pas épousé.

* * *

La bouche de Paul Picard est un envoûtement. Adélaïde ne peut s'en détacher. Vissée à lui, elle est un gouffre, un abîme dans lequel et par lequel elle veut couler, s'anéantir, devenir cette vibration aiguë qui lui scie les jambes, la projette contre son corps solide, contre sa peau grisante. Adélaïde essaie de reprendre ses esprits – impossible. Elle glisse, s'engouffre, elle n'écoute plus aucune voix intérieure. Elle a eu un éclair de conscience, quand il a pris son verre pour l'écarter. Elle s'est dit, attention, il va... et c'était trop tard. La bouche voluptueuse l'ouvrait, l'attirait, irradiait son corps entier. La détermination de ce baiser avait vaincu toute velléité de discussion. Adélaïde ne veut plus discuter. Elle voulait cela, précisément cela : une bouche qui lui ferme les yeux, muselle son esprit critique, dénoue les interdits. Les mains de Paul détachent tout ce qui empêche son corps de se libérer et elles le font avec une telle assurance qu'Adélaïde ne doute plus, elle cède sans contrainte, sans retenue, elle le saisit et sombre avec lui dans ce redoutable et toxique péril qu'est la recherche affamée de la jouissance.

« My God ! »

Est-ce elle, étendue sur le tapis jonché de vêtements ? Est-ce elle, nue et caressée langoureusement par cet homme avec lequel elle se proposait de parler ? Essoufflée, rompue de plaisir, elle essaie de former une phrase sensée dans son esprit engourdi qui n'émet que de vagues ondes sourdes, vibrations graves qui la parcourent de frissons. Elle va se dissoudre dans ses mains s'il continue à la toucher. Elle soulève sa tête lourde. Paul remonte une main volontairement lente le long de son flanc, il enfonce ses yeux dans les siens alors que la main atteint son sein tendu, prêt à éclater dans sa bouche qu'elle voit s'incliner, merveilleusement docile à ses envies inexprimées. Il la cueille alors qu'elle ferme les yeux, chavirée. Une extrême faiblesse l'ouvre, lui retire toute résistance. Le sexe de Paul l'enfonce encore dans cette mouvance âpre, le sexe qui se réveille déjà, sans même avoir eu le temps de la quitter, qui s'enclave en elle. Cette pulsation mouillée qu'il provoque, cette pulsation qui draine ses forces, la propulse, l'expédie dans cette quête aveugle, cette pulsation qui la transforme en bête féroce, primitive, dévoreuse de cette bouche qui s'offre, de ce corps qui se renverse, qui la retient à l'exacte pliure du plaisir, cette pulsation la fait chevaucher la dernière crête de l'escalade, le dernier sursaut avant de l'engloutir dans un gémissement rauque qui chute jusqu'au murmure de la glorieuse capitulation.

Depuis qu'elle est entrée dans cet appartement, ils ont prononcé deux phrases. Adélaïde ne peut même plus servir les avertissements et les mises en garde qu'elle avait à l'esprit.

Paul l'entraîne sur le sofa et il s'étend sur elle pour se livrer à une contemplation tranquille. Rien ne rappelle le très jeune homme qu'elle a connu. Rien. Ses mains ont découvert de nombreux sentiers pendant ces années. Ses mains, sa bouche et... Non, s'il l'embrasse encore, elle va recommencer à le désirer et il faudrait, elle est sûre de cela, il faudrait vraiment qu'ils parlent. Il a sur son corps un empire dont elle voudrait le prévenir : cela ne signifie pas qu'il règne ailleurs, que, par exemple, elle l'aime. Il faudrait lui dire que cette reddition n'est pas totale, même si elle en a les apparences. Qu'il ne s'agit ni d'un retour ni d'un recommencement. Même si elle le touche, même si elle l'embrasse, le caresse – malgré les nombreuses apparences trompeuses qui ne sont dues qu'à une solitude trop intense, trop longue, trop usante.

Tout ce qu'Adélaïde a réussi à faire a été d'appeler les enfants vers six heures pour expliquer qu'elle était retenue, qu'elle rentrerait tard et que Florent passerait les voir. Elle a parlé dix minutes, en espérant reprendre ses sens et se retrouver. Dès qu'elle a eu appelé Florent, lui mentant sur « l'urgence à régler » tout en regardant dans les yeux l'urgence en question, Paul Picard a pris le téléphone, l'a posé sur la table basse et il a emmené Adélaïde visiter le reste de son appartement.

Adélaïde est sortie du lit de Paul à contrecœur à onze heures et demie, le corps moulu, éreintée d'amour.

« Tu peux conduire, tu es sûre ? Tu n'es pas trop soûle ? »

Soûle ? Elle n'a pas bu. Elle n'a rien mangé, il le sait pourtant. Les yeux de Paul qui la couvent, cette question qu'il ne pose pas. Adélaïde voudrait y répondre, mais elle ne sait pas. Il l'a égarée sur un terrain qu'elle ne pensait plus jamais fouler. Elle peut parler de son corps, elle ne sait rien de son cœur. Autant cet homme est avoué d'amour, autant elle est muette, ignorant elle-même l'origine du séisme : du cœur ou du corps. Il a eu lieu. Et cela, elle le sait.

Contre sa bouche, elle formule un « merci » qu'il reçoit avec gratitude, comme une caresse ultime.

Adélaïde s'écroule dans son lit en soupirant de bien-être. Ses draps sont frais, une plage apaisante pour son corps brûlant, exténué. Elle exécute deux ou trois ciseaux avec ses jambes avant de rouler et de sombrer dans un profond, merveilleux et amnésique sommeil.

À sept heures du matin, pimpante, l'œil limpide, elle tend un jus à Florent qui s'informe de l'urgence. « Réglée » est tout ce qu'il obtient. Mais il connaît très bien cette allégresse qui sous-tend chaque geste, comme si le corps dansait.

Paul Picard évalue instinctivement les limites de leur entente. Il essaie de demeurer à l'intérieur des balises qu'Adélaïde lui donne sans jamais les formuler : conversations limitées, projets proscrits et sexualité débridée. Il peut aller très loin au lit, oser ce que seule une grande complicité permet, Adélaïde ne recule jamais. Offerte, généreuse, rien en elle n'est soumis, mais tout accueille le plaisir avec abandon. Paul ne s'y trompe pas, si Adélaïde McNally est asservie à quelque chose, c'est au chant du corps et non pas à celui qui le fait naître.

Pour lui, chaque rencontre creuse son désir d'elle, son attachement passionné. Chaque fois qu'elle a ce geste détendu vers la table de nuit pour y prendre sa montre et l'enfiler sans un mot, chaque fois il doit détourner les yeux, tellement son départ lui coûte.

Il vit sur des charbons ardents. Les plus folles pensées l'habitent et il agit avec une prudence parcimonieuse. Il a envie de la couvrir de fleurs, il a envoyé un bouquet. Splendide, mais unique. Il ne cesse de contempler les vitrines de bijoutiers, mais il n'a qu'à regarder ses mains qui, même pour se promener sur sa peau nue, ne se déparent jamais de ces bagues offertes par son mari. Un seul scintillement sous la lueur de la veilleuse lui rappelle que ce terrain est miné pour lui. Il lui offre de la musique. Cette pianiste ne connaissait même pas Clara Haskil, une fabuleuse interprète dont il lui fait écouter les disques. Ces années sans Adélaïde, Paul a continué à fouiller les passions qu'il lui connaissait pour demeurer, d'une certaine manière, près d'elle, et il s'aperçoit qu'elle s'est elle-même éloignée de ce qu'elle aimait par manque de vigilance. La première fois que, dans la pénombre du soir déclinant, il lui a fait entendre un concerto de Mozart joué par Haskil, Adélaïde a écouté, fascinée, le visage baigné de larmes. Il n'y a que deux choses qui tirent les larmes d'Adélaïde, l'extrême acuité de l'orgasme et la musique. Dans les deux cas, Paul se sent toujours en mesure de recevoir ces émotions qui la déstabilisent et lui donnent par la suite un regard d'enfant étonné. Ce sont les seuls moments où il peut toucher la fragilité de cette femme. Les seuls moments où il pourrait la vaincre et l'abattre si le moindre désir de puissance était en jeu. Mais Paul chérit ces instants et il les recherche passionnément.

Il ne sait pas pourquoi il aime si totalement, si démesurément cette femme, mais il y consent sans hésitation. Il connaît la distance qu'elle cultive entre elle et lui, il lui arrive d'en souffrir, il n'ignore pas le danger qu'elle le quitte sans explications, sans recours possible, et qu'il se retrouve devant l'âpre désert de la vie sans elle à contempler. Mais il ne peut pas se protéger d'elle. Il la laisse l'atteindre, le bouleverser et l'entraîner dans cette brutale intensité qui donne aux autres sommets de l'existence des allures de soupirs délicats.

Le bonheur d'être avec elle, près d'elle, les délices de ses caresses lui procurent une rare énergie et l'extraient en même temps de tout ce qui n'est pas elle. Il opère, soigne, écoute ses patients avec une attention apparemment dévouée, mais une part de lui-même trépigne et le presse de rentrer près d'elle, de se repaître de sa présence. Ce qui rend le docteur Picard encore plus efficace aux yeux de ses collègues.

La secrétaire de Paul a très vite compris qu'elle ne devait jamais demander le nom de la femme à la voix coupante et à la parole brève et qu'elle avait intérêt à trouver le médecin dans les délais les plus courts : Madame ne laisse pas de message et elle ne rappelle pas toujours, ce qui laisse son patron dans un état assez irascible. La secrétaire voudrait bien voir cette femme qui règne sur Paul Picard comme aucune de ses fiancées, jamais, n'a régné. Probablement une femme mariée puisqu'elle ne donne jamais son nom de famille, mais pas une femme timide ou incertaine. Elle s'appelle Adélaïde, c'est tout ce qu'elle sait, et quand Picard prend le téléphone en prononçant ce prénom, on dirait qu'il vient de trouver son ciel.

Un soir, début juin, Paul l'a emmenée au concert. Évidemment, se promener au bras d'une femme aussi connue est flatteur, mais Paul avait surtout ressenti le contentement d'écouter enfin un concert en présence de la bonne personne, de celle qui, depuis longtemps, l'accompagne et écoute avec lui. L'effet avait été assez fulgurant. Toute la musique déviait, transitait par elle, il se sentait comme un radar affolé par une surabondance de signaux. À l'entracte, elle avait simplement dit : « Partons, je n'en peux plus. » Ils avaient eu du mal à demeurer vêtus jusqu'à son appartement. Elle s'était jetée sur lui avec une ardeur réjouissante, elle lui avait interdit la moindre initiative en murmurant « laisse-moi jouer ta musique, laisse-moi faire », et elle avait su faire surgir la musique des moindres replis de son corps.

Après, seulement, elle avait demandé à écouter la dernière partie du concerto. Il avait mis le long-jeu sur le tourne-disque. Il se souvient de la douceur paisible de sa voix qui lui expliquait qu'au prochain concert il faudrait passer chez lui avant.

Une joie insensée avait déferlé en lui : prochain, elle avait dit prochain ! Il y a donc un demain dans l'esprit d'Adélaïde.

* * *

Depuis les funérailles de Nic et d'Anne, il y a sept ans, l'été commence le 28 juin chez les McNally, la fête du 24 étant complètement ignorée. Normalement, Ada part pour le Lac dès le 28 et elle y installe les enfants, Lionel et ceux qui se joignent au « joyeux campement ».

Chez Jeannine, c'est l'été où Tommy commence à travailler, rejoignant les rangs des privés de vacances avec Jacynthe et Alex, qui n'ont qu'une maigre quinzaine de jours de congé à la mi-juillet. Jeannine décide donc de ne se rendre au Lac qu'à la mi-juillet, d'autant plus que Fabien doit repartir en août pour Toronto. Elle veut être près de lui tant qu'elle en a la possibilité. Leah termine son droit cet été, elle potasse son examen pratique du Barreau, et après, elle projette d'aller se reposer au Lac, fin juillet.

Florent fera la navette, ayant ajouté à son horaire de travail une pièce de théâtre qui ouvrira la saison en septembre et dont il dessine les quinze costumes, ce qui représente tout un défi. Sans prendre de vacances, il se mettra ensuite à l'œuvre pour la collection 1957-58, qui sera celle du dixième anniversaire de la *Boutique*.

Rose est de nouveau enceinte et, cette fois, une anémie difficile à contrôler l'affaiblit beaucoup. Il est certain que Léa peut donner un coup de main avec les trois filles, mais Ada n'aime pas laisser tout ce beau monde seul. Aussi, quand Isabelle demande si ce serait possible de venir « avec tout le barda » dès le 30 juin, Adélaïde s'empresse-t-elle d'accepter. Thomas et Léa auront leurs cousins pour jouer et se distraire, et Rose obtiendra de l'aide parce que tante Germaine sera du voyage. Le seul problème est toujours celui des visites à Pierre que Germaine ne veut pas interrompre. Paulette assurera seule les deux premières semaines et ensuite Germaine reprendra la route pour aller le visiter.

Adélaïde espère pouvoir convaincre Germaine pendant le début de son séjour de ne pas s'infliger une telle fatigue.

Isabelle est dans une forme superbe. Sa jolie Françoise lui a fait la grâce de dormir toutes ses nuits au bout de deux semaines et la mère bénéficie du soutien de toute la famille pour les soins. C'est presque comique de voir Jérôme et Élise se précipiter au moindre glapissement. Maurice, rieur, détendu, a construit un radeau sur lequel les enfants passent la journée à entreprendre des « abordages sanglants » en hurlant : « Pas de quartier ! » avant de se jeter à l'eau.

« T'as remarqué que celui qui crie le plus fort a quarante-quatre ans ! » note Isabelle qui vient rejoindre

Ada dans le jardin où elle essaie de séparer des racines de pivoines. Isabelle est si évidemment heureuse, si comblée qu'elle a retrouvé des accents de sa jeunesse, quand elle était la Fée aux biscuits. Elle a aussi retrouvé cette attention aux autres qui s'était évanouie pendant les années noires. Louis est transformé : d'enfant réservé, au bord du mutisme, il est devenu enjoué, rigoleur et espiègle. C'est un des pirates les plus rusés et, le soir venu, il s'endort dans son assiette, exactement comme Thomas, qui dépense toujours une énergie fabuleuse à jouer.

Lorsque Adélaïde demande si la lune de miel continue, Isabelle est presque gênée d'être si gâtée. Jamais plus Maurice ou elle ne se laissent fâchés ou irrités. S'il y a un conflit, ils le règlent. Quand il y a un malaise, une inquiétude, même idiote, elle en parle. Et le plus extraordinaire, c'est qu'elle obtient des réponses.

« Je vais t'avouer que je pensais que la vie d'une femme se terminait avec ses trente ans, Adélaïde... Mais je te garantis que non. C'est un vrai mariage que nous avons, une vraie famille avec des problèmes comme tout le monde, mais avec de la bonne volonté. Et je t'assure que je n'en ai pas toujours eu. »

La seule ombre au tableau : Reine et Pierre. Reine n'a jamais plus donné signe de vie à sa sœur et elle ne va jamais visiter Pierre non plus. Isabelle le tient de tante Germaine qui s'informe toujours des visites à l'asile. Isabelle a presque le sentiment d'avoir échangé sa place contre celle de sa sœur, comme s'il fallait que le malheur trouve une branche où se poser et que, s'il quittait son arbre, il allait chez Reine. Calcul simpliste et très primaire, Isabelle l'admet, mais la sensation de malaise ne se dissipe pas.

« Je devrais l'aider, Ada, je devrais essayer plus,

mieux, mais je ne sais pas. Quand je l'appelle, j'ai l'impression de lui faire perdre son temps, de l'ennuyer. J'ai rien à lui dire. Elle fait pitié, c'est tout ce qui me vient. Ça ne se dit pas, ça ! »

Comme Adélaïde se sent à peu près aussi inutile et injuste envers Béatrice, elle comprend le dilemme, en effet. Mais que peuvent-elles faire ? Béatrice se promène avec un air d'ennui indélébile, elle ne parle de rien, assure que tout va bien, va lire ses rôles à la radio et refuse les invitations de ses frères et sœurs. Son détachement n'est pas feint, il demeure le même avec son allié et compagnon, Jean-Louis. Elle ne fait pas un pas sans lui, et on les voit ensemble à tous les événements mondains et artistiques de Montréal. Marthe prétend que chacun fait du bien à l'autre et que ce n'est pas plus mal comme couple : « Béatrice ne voudra plus jamais qu'un homme l'approche, j'en ai peur, et Jean-Louis ne le fera jamais. »

Adélaïde ne peut pas croire que sa sœur ne guérira pas davantage. Mais, à la voir se satisfaire de cette vie, elle craint qu'en effet une partie de sa personnalité soit éteinte à jamais.

Pierre, quant à lui, a connu des passages très violents cet hiver et il a commencé à se montrer dangereusement autoritaire avec les autres patients, ce qui a obligé le personnel à l'isoler davantage. « Il est toujours l'envoyé de Dieu auprès des autres fous et il les exorcise à tout bout de champ. Moi, je n'y suis presque pas retournée, c'est ma tante qui m'a raconté ça. »

Germaine, qui refuse d'abandonner et qui explique à Adélaïde que tous les mercredis, quel que soit le temps, même quand Paulette, trop souffrante, ne peut l'accompagner, elle part, munie de son sucre à la crème. Elle va visiter cet enfant égaré qui a tant besoin, comme elle dit. Trop besoin pour qu'elle s'offre le luxe du Lac alors qu'il est si esseulé.

Adélaïde a vite renoncé à persuader sa tante de ne pas se rendre à Québec pour sa visite du 11 juillet. La profonde tristesse de Germaine quand elle pense à Pierre suffit à donner envie de tout planter là et d'aller chercher Pierre.

Cette idée terrorise Adélaïde, tout comme l'idée d'abandonner quelqu'un de sain parmi les fous. Pierre et son comportement, son délaissement, les traitements qu'eux tous, dans leur inconscience, lui ont fait subir, Pierre accable Adélaïde d'un terrible et incessant remords. Et comme rien au monde ne l'inquiète autant que les personnes hors de leur bon sens, elle se contente de se ronger et de ne pas se pardonner de si mal l'aider.

Tante Germaine, qui devine tout, lui tapote toujours la main en concluant : « T'as eu ta part de déments, laisse ça aux autres. »

La seule consolation d'Adélaïde est de voir Lionel entourer Germaine d'attentions délicates, de faveurs. Quand elle les voit partir bras dessus, bras dessous le soir, pour leur promenade de santé, elle est tout émue.

Depuis longtemps, Lionel est un membre de la famille à part entière et, s'il gâte encore Ada et Florent, il n'est plus engagé pour faire les repas ou tenir la maison. Le bien-être des enfants est sa seule mission. À Montréal, un personnel d'appoint se charge de toutes les tâches qu'il juge nécessaires, et cela, sous sa surveillance. La seule chose pour laquelle son salaire généreux est encore versé est sa présence et son attention pour les enfants et pour rassurer Adélaïde.

Au Lac, les estivants ont la charge d'un repas à tour de rôle. Les enfants, dès l'âge de quinze ans et avec l'aide qu'ils réussissent à glaner, ont un repas à penser et à cuisiner par semaine. Il arrive qu'un mauvais cuisinier parvienne à s'associer le soutien de la majorité des invités après un premier essai qui a coûté à tout le monde. Alex, par exemple, après une paella exotique et orange foncé qui a dégoûté la table entière, n'a plus eu à cuisiner de l'été : le jour de son affectation, les bénévoles se précipitaient pour l'aider et le surveiller à la cuisine. Comme le troc est permis, il se trouve toujours des arrangements secrets qui permettent à tous de se nourrir plutôt bien.

À part Florent et Lionel, James est le seul homme qui ne négocie pas son tour et qui remplace même sa femme, parce qu'il adore cuisiner. Le roi des sauces fait manger du poisson même à Thomas, qui n'a pourtant aucune tolérance pour ce genre de mets. À la surprise générale, le petit garçon a tendu son assiette : « Encore ! Ça goûte doux comme du dessert ! » Les sauces onctueuses de James ont effectivement du velouté et... des calories, comme les apprécie tante Germaine.

Étendue à plat ventre sur le quai qui la berce, Adélaïde laisse le soleil darder sa peau. Le silence est strié des sifflements perçants des cigales et des petits écureuils. Tout le monde est à la sieste, sauf Léa et Germaine qui lisent dans la balançoire.

Un engourdissement gagne Ada. Elle respire à travers une fente de bois l'odeur fraîche de l'eau. Elle a baissé les bretelles de son maillot et laissé son dos exposé jusqu'aux reins. La chaleur est comme une main posée sur la courbe où le maillot est ramassé.

Elle rêve à la bouche de Paul posée précisément là, dans cette cavité chaude, la bouche qui remonte vers sa nuque, redescend, serpente, s'égare à la naissance des seins sur le côté, là où il sait si bien s'infiltrer et la tenter de se retourner ou de se soulever. Elle entend le « non ! » qu'il murmurerait avant de se réfugier vers ses chevilles et de reprendre lentement la caresse ascendante. Elle écarte légèrement les cuisses et le soleil cuit la peau fine de l'entrecuisse, cette peau qu'il mouille de baisers, cette peau fragile, frémissante, qu'il prend un temps infini à explorer, à gagner à force de caresses concentriques qui finissent par l'excéder de désirs. Dieu ! qu'il la prenne ! Qu'il s'étende de tout son poids sur sa peau assoiffée, qu'il s'attache de toute sa force et lie ses mains aux siennes et l'embrasse avec cet inconfort de devoir tourner la tête sans faire pivoter le corps, cloué par le sien, crucifié au plaisir. Sa rêverie voluptueuse lui arrache un soupir sonore qui la surprend comme de l'eau froide. Qu'est-ce qu'elle fait là ? En train de se livrer à Paul en plein après-midi, au milieu du quai ! D'un élan, elle remonte son maillot, se secoue et plonge pour se rafraîchir les sens.

Au bout de cinq jours, elle n'en peut plus et se rend au village téléphoner. Quand elle entend la voix grave prononcer « Picard ! », elle en est électrifiée de désir. C'est la première fois qu'il lui répond comme cela, avec son nom de famille. Cette belle autorité professionnelle la provoque agréablement : « Qu'est-ce que tu m'as fait ? Tu m'as droguée ? »

Étourdi, Paul se tourne vers la fenêtre. Il a un patient dans son bureau, la secrétaire, il ne sait pas pourquoi, n'a pas averti que c'était Ada. Le cœur déjà emballé, il demande quels sont les symptômes.

« Tu veux des détails ou savoir que je meurs de te voir suffit ?

— Je peux vous rappeler ? J'aurais sans doute besoin des détails, effectivement...

— Tu es avec quelqu'un ?

— Effectivement. »

Avec un aplomb et une précision sans pudeur, elle se met à lui décrire ce qu'elle lui ferait, ce qui l'oblige à tousser et à bouger sur son fauteuil : « Votre cas m'intéresse, mais je dois vraiment vous rappeler.

— Je peux être chez toi dans deux heures. »

Un rapide coup d'œil à sa montre : « Trois, c'est possible ? J'ai des patients...

— Maximum ! »

Jamais le patient n'a vu son médecin aussi réjoui d'entendre ses symptômes.

* * *

Prévoyant devoir se passer d'elle quinze jours, Paul tenait son désir latent, s'empêchait de penser ou de rêver inutilement, refusait de céder à l'envie de la remémorer. Ces trois heures où les patients se succèdent dans son bureau surchauffé sont un véritable championnat de concentration. Chaque fois qu'il se lave les mains, écrit dans un dossier, dès qu'il revient à lui-même, il revient à elle, vers elle, il trépigne d'impatience, les sens brutalement réveillés et totalement réfractaires à son autorité.

Elle dit qu'elle n'en peut plus ! Jamais il n'aurait espéré un tel aveu. Il n'est pas fou, il voit bien qu'elle a du bonheur avec lui, en tout cas, une fougue qui ne ment pas. Mais l'appel au bout de cinq jours... cet appel est un baume sur la plaie creusée par la patience à laquelle il se contraint pour ne pas l'effaroucher. D'elle-même, comme il le désirait tant, d'elle-même, elle revient, elle demande.

Paul dépose le dernier dossier sur la pile quand sa secrétaire lui rappelle que le docteur Drouin l'attend pour discuter d'un cas. Il a oublié ! Il se hâte, explique tant bien que mal qu'il a une urgence, une terrible urgence, que demain, oui, promis, juré, demain.

Il sent son parfum dans l'escalier, avant d'ouvrir la porte. Cette clé cachée au fond du pot de géraniums, il se félicite d'en avoir eu l'idée. Il aurait voulu prendre une douche avant qu'elle... le son de la douche l'accueille. Du coup, il se détend, sourit, retire sa cravate en se dirigeant vers la salle de bains : voyons plutôt ces symptômes !

Le soir est tombé sans qu'ils s'en rendent compte. Des fenêtres ouvertes proviennent les cris des enfants qui jouent dans la ruelle. Quelque part, un poste de radio diffuse la voix de Piaf. Le lit est un cataclysme, les oreillers ont fui depuis longtemps, les draps pendent jusqu'au sol dans un joli drapé. Il caresse le ventre d'Adélaïde qui a l'air de dormir, un bras replié sur ses yeux, mais un large sourire bienheureux dément son apparente tranquillité.

Leur étreinte était comme une tornade, le parquet de la salle de bains à la chambre doit en porter les traces. Quel bonheur que cette paix lente d'après l'amour.

La semaine précédente, après le départ d'Adélaïde, Paul a écrit une longue lettre à Bernadette Hallé, cette femme mariée plus âgée que lui qui l'a initié à tous les secrets du sexe. Avec une patience amoureuse, une sensualité généreuse, elle l'avait guidé, lui avait montré comment suivre son instinct amoureux, comment écouter son désir et celui de l'autre, sorte de formule magique à laquelle aucune femme ne devrait résister. Bernadette avait des dons de pédagogue et, surtout, elle ne connaissait pas la honte. Ni celle du plaisir, ni celle du corps. Elle nommait les choses et les désacralisait. La véritable initiation de sa vie, Paul la doit à cette femme et il lui a dit merci. Pour la liberté qu'elle lui avait enseignée davantage que pour les tâtonnements qu'elle lui avait évités. Ne plus avoir peur du désir, ne plus trembler qu'il nous terrasse, nous fasse du mal ou nous humilie, ne plus craindre, mais prendre avec bonheur le sucre de la vie, voilà la liberté que lui avait transmise Bernadette.

Tout le corps d'Adélaïde clame qu'il est bien. « Tu as faim ? »

Elle s'étire, soupire, vient poser sa tête contre son torse : « Un peu. » Où a-t-elle appris, elle ? Est-ce Nic qui lui a montré ces caresses qui le rendent fou ? Un homme plus âgé qu'elle devait en savoir davantage. Ce qui est certain, c'est qu'elle connaissait le plaisir – comment lui a-t-elle dit tout à l'heure ? « Esclave de mon envie », oui, voilà bien la seule chose qui puisse dominer cette femme, son envie.

Il s'étire vers une chemise qui traîne sur le dossier d'une chaise. Il l'entend dire de ne pas partir tout de suite. Pourquoi dit-on posséder une femme, la prendre ? Qu'est-ce qu'elle fait là, si elle ne le possède pas, si elle ne le prend pas ? Voilà l'esclave de ses sens qui se venge de cette domination et il se laisse faire, voluptueusement, enchanté que la vengeance sexuelle vienne d'être inventée par cette femme de pouvoir à qui il donne tant d'ascendant sur lui.

Ils vont manger chez l'Italien à deux pas de chez lui, ils n'ont pas la force d'aller plus loin et il est déjà dix heures. Elle a les pommettes roses, les yeux brillants, ils sont soûls d'amour. Par deux fois, il se retient de lui dire qu'il l'aime. Elle sait tout ça, de toute façon.

Ils rentrent en se tenant par la main, pas pressés.

Dans le salon, il fouille parmi ses disques, mais Adélaïde désigne celui qui est déjà à côté du tourne-disque : « Ça ? C'est ce que tu écoutais, hier ? Mets-le ! »

Il s'exécute. Le saxophone soprano de Sidney Bechet vibre dans la pièce où il éteint et l'enlace pour danser en douceur.

Soudain, elle ne sait pas si c'est la musique, la journée d'été ou ce léger tangage contre un corps désiré, elle se rappelle cette soirée chaude où Theodore l'avait tenue dans ses bras pour la faire danser. L'instant qu'elle vit n'est pas moins doux. Adélaïde croyait ne plus jamais éprouver cette plénitude si proche de la jeunesse qu'elle l'y avait assimilée. Pour la première fois depuis des années, elle se rappelle qu'elle a aimé, vraiment aimé, avant Nic et que, cela étant, elle arrivera peut-être à aimer après Nic.

Cette nuit-là, pour la première fois, Paul garde Adélaïde à dormir avec lui.

* * *

Après le départ d'Isabelle et de sa famille, un léger creux permet à tout le monde de récupérer avant l'arrivée des « pauvres travailleurs accablés de fatigue ». Adélaïde profite d'une journée venteuse pour laver tous les draps dans la machine à tordeur qu'elle se jure chaque année de remplacer. Cette antiquité demande tellement de temps et d'efforts, alors que les machines automatiques font tout toutes seules. Quand elle pense qu'à l'île sa mère pompait l'eau avant de frotter sur la planche à laver.

Lionel l'assiste avec cette bonne humeur besogneuse qui rappelle à Ada pourquoi elle lave encore avec cet instrument : c'est lui qui adore aplatir les draps entre les deux rouleaux. Ils ont l'habitude de travailler de concert et ils abattent l'ouvrage en jasant.

Adélaïde propose à Lionel de lui prêter sa voiture pour emmener tante Germaine à Québec et à Beauport. Ils prendraient leur temps, Lionel pourrait visiter la ville, apprendre à la connaître, ils iraient voir Pierre les deux mercredis et, dès le jeudi, Lionel les ramènerait au Lac. « Comme ça, Germaine pourrait rester ici le mois d'août, parce que Isabelle a promis d'aller voir Pierre dès son retour de chez les Leblanc. »

Lionel a l'air très concentré à ajouter le bleu à laver dans l'eau du rinçage. Sa main tremble. Rien ne touche davantage Adélaïde que cette main qui révèle son émotion.

Convaincre Lionel prend beaucoup de patience, surtout qu'il craint la réaction de Germaine : « Elle est comme vous, Ada, il ne faut pas la brusquer, Germaine, ou décider pour elle, parce que ça, c'est s'assurer de perdre. »

Ce qui fait sourire Adélaïde, c'est cette référence à un trait de caractère qu'elle croyait avoir hérité de son père. Elle ne commente pas et se contente d'affirmer que si, un jour, Germaine et lui font un bout de vie officiellement ensemble, il a intérêt à apprécier la ville de Québec, parce que cette Québécoise ne viendra pas vivre à Montréal, c'est certain.

« Maintenant, Lionel, racontez-moi et donnez-moi votre opinion sur tout le monde. »

La séance de placotage dure une bonne heure. Ada glane de précieux renseignements que seuls Lionel ou Florent sont capables de connaître. Elle apprend que Jérôme fume en cachette, qu'il lit des livres osés à l'index et que sa sœur Élise les lit ensuite. Que Louis a peur la nuit et qu'Élise le rassure, en prend soin comme une mère. Qu'Isabelle et Maurice préfèrent les bosquets et l'imprévu à leur couche conjugale et qu'ils se sont baignés nus, la nuit où elle était en ville. Il rit en précisant que c'est extraordinaire le nombre d'invités qui sont persuadés d'être les premiers à faire ce que tout le monde fait.

« Vous l'avez fait, Lionel ? Vous baigner nu à la pleine lune ? »

Le visage rosé ne livrera aucun de ses secrets : « Vous savez bien que je ne nage pas ! »

Lionel poursuit son récit en prédisant que Thomas va se casser le cou à bicyclette si on ne sévit pas et qu'elle devra bientôt accepter de le voir partir à la pêche avec les grands. Dans un tiroir de cuisine, Lionel va prendre une « mouche » fabriquée par Thomas : « Il en a des dizaines. Elles ne sont pas parfaites, mais je sens que James et Alex seront très favorablement impressionnés. »

Son petit garçon ! La mouche a des plumes follettes qui lui donnent un corps un peu obèse et elle peut imaginer le visage concentré de Thomas et l'habileté exigée pour ficeler une telle œuvre d'art.

Elle la garde dans sa main pendant que Lionel parle de Léa et des changements de cet été : plus tranquille, plus renfermée, Léa se livre à il ne sait quelle introspection. Elle est changeante, à la fois réservée et expansive, secrètement préoccupée. Adélaïde sait bien que sa fille est devenue une jeune fille et que les questions qui ont plu tout l'hiver et auxquelles elle a répondu doivent provoquer un petit temps de réflexion.

Une fois la laveuse rangée, les derniers draps étendus, Adélaïde fait bouillir de l'eau et apporte un thé brûlant à Lionel : « Vous ne pensiez pas vous en tirer comme ça, quand même ? Donncz-moi des nouvelles de Germaine. »

C'est un amoureux très épris et fort patient qui explique pourquoi garder le secret est essentiel à la réussite de l'entreprise. Germaine a des principes vacillants, certes, mais elle n'est pas d'accord pour risquer la réputation de la famille avec des actes ridicules ou risibles. Elle pense à tout le monde avant de penser à elle-même, parce que c'est comme ça qu'elle a été élevée, prétend-elle. « Peu importe sa décision officielle, Ada, nous avons un été magnifique et elle est bien, je le vois. Je n'en demande pas davantage. »

Pour Germaine, l'idée de prendre la voiture d'Adélaïde et de la laisser seule au Lac pour trois jours, sans moyen de locomotion, avec les deux enfants est impensable. La discussion est longue et il est difficile de la convaincre que passer trois jours à se rendre au village à bicyclette, à être toute seule avec ses enfants, à se parler, à rire, à jouer, représente un bonheur pour Adélaïde et que le service est peut-être réciproque.

Passé le désagrément de « savoir qu'Ada sait », Germaine serre le bras de Lionel : « Ça serait quand même très pratique que tu voies un peu mieux cette ville-là... On pourrait aller jusqu'à Saint-Jean-Port-Joli où j'ai encore une amie de jeunesse. Et puis, je voudrais bien que Pierre te connaisse mieux. Si tu deviens mon mari, il va te voir toutes les semaines. Elle avait l'air de penser quoi, Ada ? »

Ce soir-là, la conversation de tante Germaine avec Adélaïde dure plus de deux heures dans la balançoire. C'est une Germaine qui a l'air absoute de tous ses péchés qui se met au lit avec Lionel. Pour la première fois, c'est elle qui commence leurs « folleries » comme elle appelle leurs ébats.

La décision est prise, ils partiront en voiture.

Lionel n'a pas osé aborder avec Ada la découverte essentielle qu'il a faite : elle a un homme dans sa vie et cet homme la fait chanter le matin comme il l'a entendue il y a longtemps, juste avant la naissance de Léa et avant Dieppe, quand la chambre de Nic devenait la leur.

Les trois jours de décompression avec les enfants passent à une vitesse folle. Ils prennent leur petit déjeuner sur le quai et traînent en pyjama, ils organisent la véranda différemment et ils installent des jardinières partout, ils se racontent des histoires insensées, ils vont même à la pêche, et les vers sont accrochés par Thomas qui rit des filles peureuses, et ils restent tard à parler dans la balançoire. Ils ont droit aux sujets qu'ils veulent, rien d'interdit, et Adélaïde se rend compte que le départ de Lionel les inquiète beaucoup, parce qu'ils tiennent à la fois à ce qu'il soit heureux et qu'il ne s'éloigne pas trop non plus. Les enfants trouvent que Florent et Leah à proximité de leur maison sont de bons exemples de « faire sa vie » tout en restant dans les alentours.

Pendant trois jours, ils s'amusent et se sentent une vraie famille, toute pareille aux autres sauf que le père n'est pas là. Un soir, les deux enfants se mettent à parler du temps où Nic était là et ils rient et ils évoquent avec joie des détails qu'Ada avait oubliés. Elle s'aperçoit que toutes ses activités lui font manquer une partie de ses enfants, que Thomas est déjà si grand, si adulte, que Léa est devenue aussi élancée qu'elle et que, bientôt, les garçons vont devenir importants pour sa grande fille. Voilà exactement ce que Nic voulait faire quand il est revenu de guerre et désirait diminuer ses obligations professionnelles : voir grandir ses enfants. Adélaïde a l'honnêteté de s'avouer que, même s'il avait vécu, elle n'aurait probablement pas consenti à ralentir. Mais les enfants auraient eu Nic et Anne pour combler ses insuffisances. Thomas écoute tout ce que Léa lui raconte à propos d'Anne, il s'exclame et en redemande comme s'il n'avait aucune mémoire de sa jumelle. Quand Ada lui demande d'essayer de se souvenir, Thomas hoche la tête, déçu de ne pas y arriver. Adélaïde voit Léa entourer les épaules de son frère de son bras protecteur : « Quand ça va te faire plus de plaisir que de peine, ça va revenir, tu vas voir. »

D'où sa fille tient-elle une telle vérité ? Adélaïde est sidérée ! Si jeune, savoir une chose si grave... Le souvenir du visage de Nic qui lui échappait les premiers temps – comme c'est long avant que le déchirement ne se calme, comme c'est long avant d'évoquer le bonheur perdu sans que la douleur de la perte ne fasse basculer le souvenir au rang du cauchemar du manque. Comme Nic a dû lui manquer, à sa fille, pour qu'elle sache cela.

Le dernier soir, ils font un vrai pique-nique de hot-dogs et de Coca-Cola « dans la bouteille avec une paille » et ils décident de recommencer chaque année ces trois jours bien à eux. Le lendemain matin, pour l'arrivée des estivants, il pleut à verse. La pluie dure trois longs jours où le salon et la véranda deviennent des salles de jeux bourdonnantes.

Tant qu'elle a été seule avec les enfants, Adélaïde n'a pas pensé à Paul Picard, ou plutôt, pas avec impatience. Dès que la horde prend la maison d'assaut, dès que les activités et les événements se multiplient, Paul se met à traverser son esprit à la moindre occasion.

Quand le soleil se montre et que la brume se lève enfin, dégageant un paysage d'un vert brillant, rafraîchi, elle se sent devenir obsédée.

Adélaïde est presque certaine que ce n'est pas le sexe, pas seulement, pas vraiment. Elle a tout le temps d'argumenter avec elle-même sur la nature de l'appel qu'elle ressent. Elle se persuade que c'est d'être tenue dans des bras solides, de sentir le souffle tranquille de quelqu'un qui dort dans son cou ou de manger un casseau de fraises à même les doigts et la bouche de l'autre qui lui manque. Comme si tout cela s'inscrivait dans une catégorie « amitié-amoureuse-sans-conséquences-graves-ou-affolantes », elle se prend à rêver de l'avoir avec les autres au Lac, de partir pêcher et, au bout d'une demi-heure, de sacrer après les moustiques et de décider de rentrer en s'attardant au sous-bois où Alex ne va plus. Une chose est sûre, dès qu'elle ferme les yeux et s'offre au soleil, c'est à Paul qu'elle s'offre, et cela devient vite intenable.

Quand Florent vient jouer l'émissaire et démontre à Adélaïde la nécessité de convaincre Jeannine de laisser Jacynthe inviter son amoureux pour une semaine, le discours tombe dans une oreille on ne peut plus compréhensive. Alex doit se rendre en ville chercher Leah, et André pourrait profiter de l'occasion. « Tu te rends compte, Ada, du paysage et des couleurs ici, pour un peintre ? »

Elle se rend surtout compte qu'elle va trouver une raison pour emprunter la voiture de Florent et pour aller elle-même chercher Leah et André.

Jeannine est si réfractaire à cet amour qu'il faut toute la diplomatie conjuguée de Florent et d'Adélaïde pour la faire céder. Et ils ne savent pas ce que Fabien a fait valoir de son côté ! L'idée de laisser sa seule fille fréquenter un homme de qualité, sans doute, mais qui aura toute sa vie à craindre pour le lendemain, épouvante Jeannine.

Mais Jacynthe a eu vingt ans et elle aime André,

elle a un métier stable, sûr, ct Ada jure qu'elle ne la laissera jamais tomber. « Et puis, plus t'es contre, Jeannine, plus elle va y tenir. Laisse aller les choses, c'est peut-être juste un feu d'été qui va lui passer. »

Voilà exactement ce qu'elle essaie de se dire elle-même à propos de Paul Picard : ça va lui passer. Dès qu'elle aura assouvi ce désir lancinant, quasiment douloureux, elle pourra passer à autre chose.

Elle lui a donné rendez-vous chez elle pour lui faire les honneurs de sa maison. Aussitôt qu'il arrive, une sorte de gêne s'installe entre eux qui les empêche de se jeter l'un sur l'autre. Adélaïde ignore la cause du malaise, mais elle se sent étrangère à Paul, tout désir disparu, toute envie de lui envolée. Ils visitent la maison, le jardin et ils aboutissent dans la chambre d'Adélaïde au lit impeccablement fait.

Paul observe Adélaïde s'asseoir au pied du lit, déconcertée, et il se dit qu'il doit trouver comment les sortir de cette impasse au plus vite s'il ne veut pas se faire poliment indiquer la porte. Il la prend par la main et l'emmène au salon où il ouvre le piano : « Montre-moi un peu la pianiste que tu es. »

Adélaïde referme sèchement le couvert du clavier : elle n'a pas laissé ses enfants et ses invités pour jouer une sonate à Montréal, elle ne prend pas de gants blancs pour le lui faire savoir. Quand elle adopte ce ton, il a l'impression de sombrer. Il refuse de paniquer et discute âprement jusqu'à ce que, excédée, elle lui recommande de bien fermer la porte en sortant.

Il est tellement furieux qu'il se plante devant elle et lui sert une tirade complète sur son égocentrisme et cette manière insupportable de le traiter depuis trois mois comme un valet sexuel qui n'a qu'à se montrer prêt pour le cas où elle claquerait des doigts. Il admet qu'elle ne l'aime pas, qu'elle le garde secret, qu'elle l'écarte de son réseau familial, amical et même de son réseau professionnel, mais il estime qu'il y a une limite à être humilié et qu'elle l'a atteinte. « Si tu me laisses passer cette porte-là tout seul, je ne reviens pas, Adélaïde, je ne reviens jamais, quel que soit le prix que ça me coûte. Alors, penses-y bien. Tu as des sentiments et je les respecte. Essaie de penser aux miens, pour une fois. »

Il la laisse assise au banc de piano et se dirige vers le hall. Devant la porte, le cœur lui manque, il ralentit, traîne la patte. Ce n'est pas vrai ? Elle ne le laissera pas partir encore une fois ? Elle ne fera pas ça ? Rien. Il n'entend rien. Il tourne la poignée, la mort dans l'âme.

Il ne s'est pas retourné, il ne peut pas. Il se mettrait à supplier s'il la voyait encore. Il regrette déjà. Il regrette tant. Ils ont été si heureux quand ils l'ont été. Il démarre et embraye pour aller sangloter à l'abri de ses murs.

C'est le claquement de la porte qui l'arrête. Ses yeux embrouillés distinguent la tache jaune de sa robe soleil qui danse vers lui. Elle se penche à la fenêtre de sa portière, elle crie quelque chose, affolée, en courant avec la voiture. C'est cet affolement, cette réaction enfin inquiète à l'idée de le perdre qui lui fait tout lâcher. La voiture fait une embardée avant de s'arrêter. Adélaïde se cogne contre le montant de la portière et recule, étourdie. Il se précipite et sort juste à temps pour la cueillir. Il ne cesse de penser qu'ils sont ridicules, stupides, en l'assoyant dans la voiture où elle jure qu'elle n'a rien, seulement le choc sur sa tête. C'est Paul qui va chercher son sac, qui ferme à clé et la ramène chez lui où il lui pose un sac de glace sur le dessus de la tête. Il l'étend sur le sofa, ferme les vénitiens à moitié et une lumière striée la cisaille. Il lui retire ses sandales et jette un œil à la bosse qui prend de bonnes proportions : « J'ai manqué mon coup, mais de peu ! »

Il la laisse tranquille et prépare un plateau de crudités, de salade aux crevettes et de vin blanc qu'il dispose sur le balcon arrière où l'ombre commence à arriver sur la nappe à carreaux bleus de la petite table.

Quand il vient la chercher, elle commence à s'excuser et il l'empêche d'aller plus loin : « Plus tard. On va manger en paix. On parlera de ça plus tard. »

Il raconte les opérations de sa journée, il lui demande des nouvelles des enfants et elle se rend compte qu'elle n'a rien dit des trois jours merveilleux avec eux. Pour expliquer certains événements, elle décrit la maison, ses alentours, le quai, la plage... Elle s'interrompt brusquement, l'étanchéité de ses univers devenant si évidente : « Comment veux-tu que je t'intègre à ça ? Je ne peux pas. C'est ailleurs. C'est différent...

— Je n'ai pas envie d'être intégré.

— Tu veux quoi ?

— Que notre ailleurs à nous soit plus solide. Que j'aie le droit de décider, moi aussi. Quelque chose. Si c'est toi qui décides de tout, comme c'est le cas avec les femmes mariées, je vais me sentir minable et tu n'aimeras pas ça.

— Je ne décide pas de tout. »

Il se tait en la regardant et lui laisse le temps de réviser une telle affirmation. Elle joue avec son pain et elle finit par admettre qu'elle ne lui laisse pas beaucoup de place, en effet.

Elle est tellement fermée et entêtée, il la voit refuser l'idée de céder le moindre pouce, de lui offrir la plus petite chance. Elle lui en veut de la rendre vulnérable, parce que dévorée de désirs. Elle lui pardonne mal de venir déranger sa vie volontaire avec l'impondérable de ce qu'elle appelle l'attirance et qu'il sait être le début de l'amour. Il y a neuf ans, c'était du désir. Il y a cinq ans, c'était du désir. Maintenant... elle hésite parce que c'est probablement de l'amour.

Adélaïde se méprend sur le silence de Paul et se sent obligée de parler : « Tu veux que je t'invite au Lac, c'est ça ? »

Ça le fait sourire. Il se voit mal, coincé entre les enfants, la famille, Florent et l'envie de la basculer dans le moindre recoin. Si elle était si rigide dans sa maison vide, qu'est-ce que ce serait au Lac ? Une hécatombe, c'est sûr. « Non.

— Tu as beaucoup de pouvoir sur moi. Ce n'est pas assez ?

— Tu consens au désir. Tu ne consens pas à moi.

— Ce que tu as dit tantôt, chez moi, ce n'est pas vrai. Tu n'es pas quelqu'un que je siffle.

— Vois-tu, Adélaïde, je n'arrive pas à déterminer ce qui te fait honte là-dedans : d'en avoir envie ou de le faire. Tu le fais. »

Ils frisent encore la dispute en essayant de départager ce qu'elle fait ou non. Paul a toutes les peines du monde à calmer les choses. Il ramasse les assiettes et se dirige vers la cuisine. Elle le suit, les mains pleines : « Laisse-moi au moins faire ça !

— Tu vois, pour toi, c'est effrayant de laisser un homme desservir la table. Pour moi, ce n'est rien. Je vis seul, Adélaïde, je le fais tous les jours. Ce n'est pas *ton* affaire. C'est beaucoup plus terrible pour moi de te voir devenir une étrangère parce qu'on est dans ta maison et que tu ne m'y admets pas. Ta maison, c'est toi, pas seulement chez toi. »

Elle sait que c'est vrai. Elle sait qu'elle est devenue toute lointaine, presque glacée, à l'idée de se laisser toucher par lui sur son lit, dans cette chambre, dans sa vie. C'est le lit de la femme mariée, le lit de la mère de famille. Jamais elle n'a fait l'amour avec quelqu'un d'autre que Nic dans ce lit. Même Florent, leur seule vraie fois était à Paris. Même avant, les jeux n'étaient pas dans son lit, mais au Lac ou chez Florent.

Il la laisse réfléchir, le torchon à vaisselle dans les mains, le regard vague. Il finit de desservir. Il ne comprend pas comment ils en sont arrivés là, alors que tout son espoir était de lui arracher un peut-être pour le congrès de chirurgie de Vancouver en novembre.

Cette robe jaune, si légère, qui expose son dos bronzé, ses épaules carrées, cette robe sans manches où il a repéré une fermeture Éclair sur le côté gauche, cette robe dont il devinait la chute probable en la suivant dans cette maison, là-bas, peut-être qu'il ne la touchera pas. Peut-être que c'est foutu pour eux.

Découragé, il pose une main douce sur son dos, à l'endroit exact où la respiration rend la peau mouvante, vibrante, à l'endroit fragile où il poserait les lèvres avec adoration : « Viens, je vais te reconduire. »

Elle lui fait face et l'enlace, surprise de s'entendre dire non : « Garde-moi. Ne me laisse pas m'enfuir encore. Ne me laisse pas te perdre. »

Il s'y applique fiévreusement. Il en oublie même de regarder si la robe s'affaisse avec grâce.

Le nez contre son épaule, il dort depuis une minute quand elle lui demande de s'habiller et de l'accompagner chez elle.

« Pourquoi tu ne veux pas rester ici ? Tu n'es pas bien ? »

Arrivés devant chez elle, au lieu de descendre, elle coupe le contact et le fait sortir de la voiture en le prenant par la main. C'est dans son lit qu'ils s'endorment. Au matin, les oiseaux qui pépient sous la fenêtre le réveillent. Elle dort profondément, la main ouverte contre son cou à lui. Il a arraché une grande victoire et c'est comme si rien ne s'était passé, elle dort avec l'abandon d'une femme que rien n'inquiète.

Il incline la tête et embrasse le cœur de sa main, sa bouche remonte le long du bras jusqu'à l'épaule et traverse jusqu'à l'autre épaule. Adélaïde roule contre lui, chaude et alanguie, avec un miaulement de chatte indécise – il lui dit de dormir, qu'il va seulement voir à ce que rien ne vienne la déranger. Les seins d'Adélaïde contre sa poitrine, il resserre son étreinte, la tient plus étroitement captive, mêlant ses jambes aux siennes, il murmure qu'il ne bouge plus, qu'il la laisse dormir en paix.

Le corps alerté par d'allègres expectatives, elle se tend, ondule contre lui. Il reste immobile et elle se met à gémir qu'elle n'a plus vraiment sommeil. Il ne bouge pas davantage, la laisse s'énerver, le chercher, le vouloir explicitement, le provoquer. Il joue à ne pas vouloir jusqu'à ce qu'elle ne joue plus et que, tremblante, elle chuchote un pressant *time out*.

Le temps se suspend, effectivement, le temps reste en apnée. Comme si le bruissement de la peau respirait pour eux, comme si l'accélération des souffles étirait l'instant jusqu'au glissement délicieux.

À sept heures, le jardinier est tout surpris de trouver la terrasse occupée par le couple qui ne fait même pas honneur au petit déjeuner somptueux étalé sur la table.

* * *

Les invités du deuxième arrivage ont plus de difficulté à faire régner l'harmonie. Jeannine, énervée par la présence d'André, surveille sa fille de près et laisse moins de place à Fabien, qui s'énerve à son tour et va plus souvent pêcher avec James. Rose n'est vraiment pas bien, elle aborde son quatrième mois de grossesse avec l'espoir que les nausées la lâchent un peu, qu'elle puisse reprendre des forces. Malgré une cure au Geritol, elle fait pitié à voir et Ada s'occupe des petites pour la libérer et lui permettre de respirer. Florent est en train de paniquer parce qu'il n'arrive à rien ni pour le théâtre ni pour la collection alors que Jacynthe a terminé tout son concept et qu'elle refuse de lui montrer ses dessins tant qu'il n'aura pas fini. C'est la première fois que Florent se mesure à un « compétiteur » à l'intérieur de son territoire et, qu'il le veuille ou non, qu'il ait ou non suscité lui-même cette émulation, il en est freiné. Il travaille toutes les nuits et n'arrive qu'à déchirer des feuilles et des feuilles au petit matin. Il dort ensuite jusqu'à midi, quand la maisonnée le lui permet. Ada trouve que les horaires de chacun commencent à créer des conflits sérieux.

Quand elle s'aperçoit qu'une vaste partie de la montagne et du terrain avoisinant est mise en vente, elle l'achète tout de suite, sans même s'acharner à faire baisser le prix astronomique, en se disant que, si les invités entrent en guerre d'horaires, elle aura toujours la possibilité de faire construire une nouvelle maison. Et puis, avec les transistors qui envahissent tout, elle préfère s'assurer la paix. C'est le genre de transaction qui aurait réjoui Nic.

Alex, Lili, Jacynthe et André passent leurs journées

à bicyclette ou sur le radeau de Maurice, à faire hurler les plus jeunes.

Alex est si épuisé par sa première année de travail qu'il ne touche pas un râteau de son séjour. Lili essaie de lire et Alex s'évertue à la distraire et à lui prouver qu'un esprit brillant ne sera pas sain dans un corps décadent. Ce qui provoque des courses, des concours, des batailles sans fin pour prouver que la décadence du fumeur est plus grave que celle de la lectrice.

Le retour de Germaine et de Lionel donne lieu à une sorte de consensus de discrétion qui atteint un sommet comique quand chacun fait semblant de ne pas avoir noté l'incongruité de la situation. C'est l'aînée de Rose, qui, du haut de ses six ans, demande à sa mère si ma tante Germaine va attraper un bébé aussi, parce qu'elle a embrassé Lionel. Pour Madeleine, les bébés sont comme la varicelle et s'attrapent par friction. Rose, effarée, essaie de limiter l'affaire en soutenant que non, il n'y a aucun danger. Madeleine ne s'arrête pas pour autant et elle demande, dans le silence général, si elle a oublié d'appeler Lionel mon oncle ou si c'est nouveau, finalement. Toute la tablée s'arrête de manger. Germaine pose sa fourchette : « Sais-tu, Madeleine, je trouve que mon oncle Lionel est une bonne idée. »

Lionel la regarde comme s'il allait faire une attaque et il reprend une bouchée en lançant un « Excellent ! » qui peut applaudir soit le mets, soit la réponse.

« Je l'aime, Lili. Je l'aime, c'est épouvantable ! Je ferais n'importe quoi s'il me le demandait. C'est effrayant à dire, mais c'est comme ça. Et il ne veut pas. Ni se marier, ni se fiancer, ni me manquer de respect. C'est fou, c'est moi qui supplie pour un baiser. Si maman me voyait, elle me tuerait ! »

Leah regarde Jacynthe massacrer le long brin d'herbe qu'elle tortille et effiloche avec un ongle. Les garçons sont en amont de la rivière, où ils pêchent. Elles sont restées entre elles, sur la couverture où leur pique-nique est maintenant celui des fourmis. Leah est étonnée de voir que Jacynthe, si sage, si bien élevée, est prête à offrir sa virginité à un homme qui n'en veut pas. « Il a dit qu'il ne t'aime pas ? C'est étrange... J'ai vu les quatre portraits qu'il a faits de toi. On dirait qu'il t'aime, pourtant. »

Jacynthe est certaine qu'il l'aime. Ils s'entendent si bien, ils sont d'accord sur tout, ils détestent les mêmes choses, ils sont contents des mêmes choses. « Il ne veut pas se marier. Il veut être libre. Peindre sans attaches, sans autre souci que son art. Il ne veut pas d'enfants, pas de femme. Que des maîtresses, mais pas moi.

— Tu le ferais, s'il le demandait ?

— Tout de suite. Je ne comprends pas pourquoi maman ne l'aime pas. Il dit comme elle. Il dit qu'il ne serait bon qu'à faire durer la misère et à gâcher notre amour avec ses pinceaux. Il prend pour preuve Marthe, qui divorce. Le mariage fait surir la peinture, et vice versa, qu'il dit.

— Mais il ne dit pas qu'il ne t'aime pas ?

— Non. »

À voir le visage de Jacynthe, cette omission ne la console pas beaucoup. Leah essaie de l'encourager à prendre patience, à bien réfléchir : « Parce que tu vas peut-être devenir sa femme malgré ses idées arrêtées, mais pour les enfants, j'ai bien peur qu'il ne change pas d'idée. »

Jacynthe jette son brin d'herbe : « Je ne veux pas qu'il change d'idée ! Je ne veux pas qu'il fasse le contraire de ce qu'il croit pour moi. Ce n'est pas ça, aimer quelqu'un. Ce n'est pas l'entraîner en dehors de ses convictions et le forcer à vivre dans la contradiction. Je voudrais juste être sûre que je ne sacrifie pas tout pour rien. Je voudrais lui dire et je n'ose pas ! »

Elle se met à pleurer en cachant son visage. Leah ne sait pas quoi dire. Elle ne veut pas se marier, elle non plus, elle l'a répété à Alex qui fulmine en prétendant que, maintenant que le Barreau est passé, le moratoire est levé et que la discussion va certainement être plus musclée qu'elle ne l'a été jusque-là. Leah se met à tapoter le dos de Jacynthe avec compassion : si elle pouvait changer de place avec elle. La vie est si mal faite.

« Tu veux me promettre quelque chose, Jacynthe ? Ne fais rien sur un coup de tête. Ni t'offrir à André, ni te marier à quelqu'un d'autre, ni jouer avec tes sentiments. André a vingt-cinq ans, il cherche quelque chose qu'il va peut-être trouver. Après, il sera plus tranquille et il verra tout ça d'un autre œil.

— Il couche. »

C'est tellement étouffé que Lili n'est pas sûre d'avoir bien entendu. Jacynthe répète, rouge de gêne : « Les modèles, les autres étudiantes des Beaux-Arts, il couche à droite et à gauche. Je le sais.

— Mais pas toi ? Jacynthe ! T'as pas fait ça ? »

La jeune fille hausse les épaules, se mouche : « Il s'en fiche bien de moi ! Il ne veut qu'une chose : partir d'ici. Aller en France, devenir un peintre célèbre. »

Leah jure qu'André ne s'en fiche pas. Il est troublé, tenté, c'est pour ça qu'il refuse de la toucher. Il la respecte, la considère beaucoup plus que les autres femmes. C'est elle qui interprète tout mal. Elle finit par arracher un sourire à Jacynthe.

Quand Alex et André reviennent avec deux menés et l'air piteux, Lili entraîne Alex au bord de la rivière pour laisser une chance à Jacynthe de parler à André en tête à tête. Celui-ci n'est pas très réticent, d'après ce qu'elle voit.

Alex et elle s'éloignent et s'installent sur une grosse roche au milieu du vacarme de la rivière qui descend avec un débit plutôt violent à cet endroit. Ils doivent hurler pour s'entendre. Lili essaie de lui faire comprendre le débat de Jacynthe, mais elle se sent ridicule de hurler des secrets pareils. Elle agite les mains pour lui signifier qu'ils en parleront plus tard. Alex la rattrape juste à temps, parce que avec ses simagrées elle allait perdre l'équilibre. Il la garde contre lui, la tête renversée sur ses genoux, le soleil en plein dans ses yeux fantastiques. Elle voit ses lèvres former les mots qu'il réserve à leurs moments à eux, « ma petite Juive ». Leah tend les bras et fait descendre la belle bouche vers la sienne. Elle se dit que ce doit être le désir de Jacynthe qui déteint sur elle.

Apparemment, Jacynthe et André ont été pas mal plus sages. Alex et Leah les trouvent à discuter aussi passionnément qu'eux s'embrassaient.

Alex prend sa sœur par les épaules et rentre en sifflotant *Only you* des Platters. Quand Lili se laisse aller, tous les espoirs sont permis.

Ce soir-là, Ada a décidé de parler à Leah de son avenir, mais le manque d'appétit de Rose au souper, son air souffrant, son teint livide l'alertent. Elle va la trouver dans sa chambre et décide que ça suffit : « Je t'emmène voir le médecin à Sherbrooke ! »

Rose se moque d'elle : son mari est médecin et il ne voit rien d'inquiétant à son état.

« Ton mari s'occupe de recherche et il travaille sur les enzymes. Ça fait loin des bébés. De toute façon, c'est encore un cordonnier mal chaussé. J'ai peur que tu fasses une fausse couche et je trouve qu'on est loin des hôpitaux de Montréal. Peux-tu faire ça pour moi, Rose ? Peux-tu monter dans la voiture et m'accompagner à Sherbrooke pour me rassurer ? »

James est tout surpris de voir Ada s'énerver autant pour des malaises qu'il juge normaux et il les laisse partir sans se moquer davantage, parce que sa belle-sœur est habituellement très raisonnable.

La fausse couche commence dans la voiture et Adélaïde retire son cardigan que Rose bouchonne entre ses jambes, étendue sur le siège arrière, pâle comme la mort. Ada appuie sur l'accélérateur et récite toutes les prières qu'elle se rappelle.

C'est de Montréal, du Jewish Hospital, qu'elle appelle James : Rose aurait pu y passer en même temps que son bébé. Tout va bien, maintenant, elle dort. On a affecté une garde-malade à son chevet pour toute la nuit. « Reste avec les petites, je ne la quitte pas. Demain matin, tu viendras. Pas avant, James, je n'ai pas envie de veiller un accidenté de la route en plus ! »

Rose est si faible. Elle ouvre les yeux, sans parler. Ada prend sa main : « Ben oui... il est dans tous ses états, tu penses bien. Il te connaît moins que moi. Tu es comme maman, là-dessus, pareille à elle. Il va falloir apprendre à te plaindre un peu. Dors, ma petite sœur, je reste avec toi toute la nuit.

— Non. Va dormir, ça va aller maintenant.

— Chut ! Dors, je te dis. »

En allant chercher un café, elle appelle Paul qui veut tout savoir, les détails cliniques, qui l'a soignée, sa tension artérielle. Adélaïde l'arrête en riant : « T'es pas le seul bon médecin de Montréal, Paul Picard !
— Je sais. Y a toi aussi.
— Non. C'est un hasard. Rose m'a rappelé maman le jour où elle a fait une fausse couche. J'avais sept ans, mais j'ai eu peur. Tu te rends compte ? Je lavais les draps en cachette, à la main, dans la cave.
— Laisse-moi venir.
— Surveiller le travail des autres, faire des misères au personnel ici ? Non merci.
— Tenir ta main pendant que tu la veilles.
— Viens. »

Paul n'a pas pu s'empêcher de jeter un œil sur le dossier, mais il obéit et reste assis près d'Adélaïde dès qu'elle le lui demande. Ils passent la nuit à parler à voix basse. Ils sont assez loin du lit où l'infirmière veille Rose et ils se racontent leur enfance, leur famille, leurs traditions. Ils ne voient pas le temps passer. À sept heures, quand Rose ouvre les yeux, Adélaïde est étonnée que ce soit déjà le matin.

Rose va déjà un peu mieux, assez bien pour trouver que le médecin que sa sœur lui présente comme un bon ami a les yeux bien caressants.

James arrive, inquiet et repentant.

Paul rassure Rose et James : il ne laissera pas repartir Adélaïde sans qu'elle ait pris du repos.

Il fait un temps splendide : « Tu es en salle d'opération ce matin ?
— Si c'était le cas, j'y serais déjà. Je commence à sept heures ces matins-là. Non... si j'allais très vite, je pourrais te laisser chez toi sans me mettre en retard.

Mais te laisser chez toi... rien que l'idée me met déjà en retard ! »

Il se retient pour ne pas l'embrasser, parce qu'ils sont dehors, à la vue des gens et que « ce n'est pas indiqué », selon le code de bienséance de sa mère. Il se penche en refermant la portière : « Au risque de te surprendre, j'ai passé une nuit merveilleuse en parlant avec toi. »

Adélaïde appelle Jeannine et Germaine avant de s'effondrer sur son lit.

À son réveil, elle appelle l'hôpital où James la rassure complètement et la remercie avec tous les *mea-culpa* de la terre. Elle le traite de danger public et le renvoie auprès de Rose.

Elle prend une douche et grignote en se promenant dans le jardin. Elle a une impression de décalage horaire, une impression de vacances subites.

Avant de repartir, elle ne résiste pas à la tentation.

« Picard !

— Pas de secrétaire ? On parle au docteur directement ?

— La secrétaire a fini sa journée. Le docteur aussi.

— Je suppose qu'une consultation à cette heure-ci...

— ... est double tarif ! On n'avait pas dit que tu ne claquais jamais des doigts ?

— Mais je te jure que j'ai une bosse sur ma tête !

— Dans ce cas, j'arrive. »

* * *

Quand Rose voit sa sœur s'éloigner en compagnie de Paul « qui est revenu prendre de ses nouvelles », elle n'est pas dupe un instant. Elle prend la main de James : « Enfin ! Je pensais qu'elle ne se déciderait jamais ! »

James sourit : « Connaissant Adélaïde, je dirais encore un chapelet ou deux : la cause n'est pas entendue. »

Et pourtant, James adore sa belle-sœur.

Madeleine et Véronique ont eu le droit d'attendre leur tante et Adélaïde a un pincement au cœur de les avoir tenues debout si longtemps. Elle les berce, les cajole, les rassure. Elle récite les prières avec elles et jure que maman va mieux, qu'elle reviendra bientôt. Réconfortées, les petites se couchent. Les négociations touchant la veilleuse et l'entrebâillement de la porte viennent de se terminer quand Madeleine demande s'il va venir ou pas, le petit frère. Elle trouve que, de toute façon, les filles, c'est mieux.

Adélaïde répète à Germaine cette phrase qui va tellement changer dans quelques années, quand les garçons vont voir leur cote monter en flèche.

Arracher Leah à Alex ou au plaisir des vacances pour discuter est tout un exploit. Adélaïde est déconcertée de la trouver fébrile, pas du tout à l'aise de parler. Elles échangent leur avis sur la santé d'Aaron qui a maintenant les jambes trop raides pour monter au Lac, et il est vrai que la dénivellation du terrain est assez abrupte, Alex n'ayant pas altéré les sauvageries du paysage en aménageant les abords de la maison.

La nervosité de Leah grandit quand Ada précise que, maintenant qu'elle a été admise au Barreau, sa place sera celle qu'elle désire chez *McNally Enterprises*. Leah s'occupe déjà de la Fondation, mais elle a toute la confiance d'Adélaïde, qui lui réserve le bureau près du sien et les conditions qui lui conviendront. Leah interrompt ce discours en posant une main apaisante sur l'avant-bras d'Adélaïde : « Ada... J'aurais dû te le dire avant, mais je n'étais pas capable. Je n'irai pas travailler chez *McNally.* »

Le silence est brutal. Adélaïde attend, certaine qu'elle a dû faire quelque chose de grave que Leah va lui apprendre. Rien. Leah ne dit plus rien.

« Pourquoi tu ne me dis pas ce que tu as en tête, Leah ? Tu penses que je n'aimerai pas ton projet ?

— Je n'ai pas de projet.

— Tu veux dire pas d'emploi en vue ou pas d'idée de ce que tu voudrais faire ? »

Leah veut partir. Si la santé d'Aaron le permet, dès qu'elle aura terminé les entrevues dans certains cabinets, elle partira en Europe. Elle veut retrouver la trace de son père. Elle veut chercher son corps, s'il est mort, et les circonstances de cette mort et l'endroit où c'est arrivé. Elle ne veut pas le dire à Aaron. Adélaïde est la première à qui elle en parle. Même Alex ne le sait pas.

« J'en ai besoin, Ada. Ça fait quinze ans qu'on me dit qu'il est mort et que moi, je l'attends. Je vais l'attendre le reste de mes jours si je n'y vais pas, si je ne vois pas Dieppe, le cimetière, les camps de prisonniers. Après, quand j'aurai la conviction, la certitude que plus jamais papa ne reviendra... après, Ada, je crois que je vais faire du droit pour protéger les êtres humains. »

Ce qui est arrivé à Bérénice, ce qui arrive aux femmes qui se taisent de peur de perdre encore plus leur réputation, l'horrifie. Elle veut que les femmes cessent de payer pour les actes criminels des hommes, protégés par les familles, protégés parce qu'ils sont responsables des lois. Elle veut que, si une femme perd son honneur en devenant enceinte à la suite d'un viol ou d'un inceste, elle puisse ne pas tout perdre aux yeux du monde. Adélaïde est effarée, cette mission lui semble encore plus impossible à achever que la première. Et Dieu sait si retrouver la trace de Theodore ne sera pas facile !

Quand Leah lui demande si elle comprend, Adélaïde ne peut qu'être aux prises avec un terrible dilemme.

« Je comprends, Leah, mais j'ai beaucoup de craintes. Retrouver ton père, toute seule là-bas, alors que la guerre est finie depuis onze ans, douze quand tu iras... C'est si improbable. Je suppose que c'est ta paix avec lui que tu vas chercher. Peut-être même son accord pour le genre de croisade juridique que tu veux entreprendre. Est-ce que... peut-être que je suis complètement à côté, mais est-ce que tu veux sa permission pour ne pas continuer ce qu'il avait commencé chez nous ? Tu as besoin de ça, Leah ? »

Elle hoche la tête : « J'ai eu besoin de lui toute ma vie. Il a été parti toute ma vie. Chez les Juifs, le corps doit être enterré pour qu'il puisse ressusciter. S'ils ont brûlé mon père, ils lui ont enlevé ses chances aussi dans l'autre vie. Je voudrais qu'il repose en paix. Je voudrais commencer ma vie de femme sans inquiétudes pour lui. »

Adélaïde observe Leah. L'amour du père est donc plus important que celui, fulgurant, qu'on porte à un homme ? *Tu quitteras père et mère*, cette phrase venue du catéchisme de son enfance n'est pas si vraie, alors ? En quinze ans, elle a refait sa vie, rapiécé ce cœur qu'elle croyait en lambeaux et elle a aimé Nic. Leah n'a jamais quitté la pensée de son père. L'enfant attend toujours qu'il revienne. Et si c'était de ne rien quitter qui est impossible ? Peut-être que tout amour est rendu inatteignable si on n'a plus de père à quitter, à qui dire non, à qui refuser la perpétuation de ses règles ? Adélaïde sait qu'elle n'oubliera jamais son père qui la surprend dans le bureau de Theodore, son père qui l'écarte de cet homme, le renvoie loin d'elle. Jamais elle n'oubliera le mensonge qu'ensuite elle a maintenu, les yeux rivés à ceux de son père. Ce jour-là, en jurant qu'elle n'aimait pas Theodore, en se parjurant pour ruser, elle quittait son père pour toujours, elle renonçait à lui plaire, à poursuivre son rêve à lui, pour prendre le sien en charge. Ce jour-là, malgré l'interdit, malgré le peu de hauteur ou le peu d'avenir de son rêve, elle l'avait choisi. Quitter sa mère n'avait pas suffi à Leah. Quitter la religion juive, quitter sa langue d'origine, n'avait pas suffi. Leah cherche l'exil parce que Theodore en disparaissant l'a condamnée à l'exil. La mère n'a rien à y voir et elle-même ne fera pas la différence pour ses deux enfants, elle le craint.

Quoique... Ses enfants savent où est Nic, ses enfants l'ont vu mort et ils peuvent se rendre sur sa tombe. Ils ne resteront pas ignorants de leurs racines, ils seront seulement affaiblis de ne pas pouvoir s'opposer à leur père, le défier. Est-ce que tout est là ? Dans ce défi enragé qu'on lance à la face du père pour se nommer et dire sa différence ? Dès que ce moment nous est extorqué, retiré, dès que ce fil est coupé, il n'y a plus qu'un fil fou qui cherche sa trame ? Elle voudrait tant aider Leah – et elle est celle qui l'a empêchée en partie d'avoir ce père près d'elle. Mais, tout comme Leah, elle n'a pas pu le retenir et elle a dû le voir partir. Aucune femme ne pouvait empêcher Theodore de partir, ni elle-même ni Leah. Là-dessus, elles sont semblables. Sauf que cette enfant n'a pas rapiécé son cœur et que, à l'heure de choisir sa vie, elle doit traverser l'océan pour chercher qui elle est, pour étendre le souvenir du père dans sa tombe, la refermer enfin et continuer. Edward est mort sans la reconnaître, sans l'aimer. Son père est mort sans lui permettre d'être sa fille à nouveau. Mais elle est tout de même sa fille, qu'il le veuille ou non. Leah, elle... Que reste-t-il à la petite fille qui a découpé les dix mots de son père qui lui étaient destinés sur la dernière lettre qui était adressée à sa mère ? Un morceau, arraché à quelqu'un d'autre. Une parcelle de père, volée à une autre. Pourquoi est-ce l'enfant fille qui le cherche, Ada l'ignore. Mais David ne cherchera pas Theodore. David est, pour toujours, un Singer. Et Léa ne cherchera pas non plus Theodore.

Tu quitteras père et mère... Pourquoi l'Évangile n'a-t-il pas prévu que le père nous quitte et nous laisse en exil de nous-mêmes jusqu'à ce que, épuisé, on trouve enfin la lourde pierre où poser son front, la pierre sous laquelle repose le déserteur qui a emporté notre nom et notre raison de continuer en nous lacérant d'absence ?

Leah a tant essayé de tourner le dos à cette pierre, à cette fuite de Theodore. Il est temps qu'elle rapièce ce qui lui reste de cœur, et qu'elle ait enfin un matin à elle.

« Je ne sais pas ce que tu vas trouver, Leah. Je sais que tu cherches ta paix. Je ne peux pas te la donner. Je veux que tu me promettes une chose : si c'est trop dur, si tu es trop seule, appelle. Quoi qu'il arrive, quoi que tu trouves, je voudrais que tu te souviennes que je t'aime. Le jour où je t'ai connue, le jour où je t'ai vue... je n'avais pas idée que tu existais, Leah. Mais du jour où je t'ai connue, tu es devenue importante pour moi. Tu peux avoir confiance en moi, jamais je ne te trahirai. Si tu en doutes un jour, rappelle-toi ce que je te dis : tu peux avoir confiance. »

Leah ne comprend pas pourquoi elle dit une chose si étrange. Un instant fugitif, Adélaïde se demande s'il faut le dire, s'il faut avouer à cette enfant ce qu'elle a partagé avec son père. Comment Leah pourrait-elle y trouver un soulagement ? Cela n'a rien à voir avec ce que Leah cherche. On ne présente pas un amant à une enfant qui cherche un père.

Leah répète qu'elle tient au secret vis-à-vis d'Aaron : « Laisse-moi le dire à grand-père moi-même. Mais après... aide-moi à le convaincre de me laisser partir. »

Alex, qui remonte du lac, leur fait un signe joyeux de la main. « Et celui-là, Lili, celui-là, qui va t'aider à le convaincre de te laisser partir ? »

Le visage de la jeune fille est si tourmenté, si attristé, qu'Adélaïde essaie d'amoindrir la portée de ce qu'elle a dit. Leah ne la laisse pas faire : « C'est risqué, Ada. Je peux le perdre, je le sais. Il faut quand même que je parte. Il ne comprendra pas... Il ne comprendra pas que c'est pour lui aussi, pour savoir si je peux être avec lui. Je ne comprends pas moi-même... »

Adélaïde la prend dans ses bras : « Vas-y ! Tu comprendras une fois rendue là-bas. Reviens vite, ne te perds pas, ne te fais pas de mal si tu peux l'éviter, mais vas-y, sinon tu vas toujours te demander si tu n'aurais pas dû partir. »

Adélaïde regarde Leah descendre le talus vers Alex. Pour la première fois de sa vie, elle ressent ce qu'a dû sentir Nic, le jour où il l'a envoyée vers Theodore. Comme Nic sans doute, elle est certaine que la rencontre doit se faire, quel qu'en soit le prix. Il y a des quêtes dont on ne peut faire l'économie au risque de tout perdre.

* * *

Jeannine continue d'embrasser Fabien, mais elle repousse doucement ses hanches qui se collent aux siennes. Fabien connaît la signification contraignante de ce geste : « Encore ? »

Quand Jeannine a « ses affaires de femme », il n'est pas question de se livrer aux joies de la chair. Or, depuis quelque temps, les affaires de Jeannine sont plus fréquentes et Fabien sait compter : « Veux-tu me dire ce qui se passe ? C'est pas normal. »

Jeannine voit se dessiner la conversation qu'elle redoute tant. Il lui faut expliquer une des choses qui lui fait le plus peur – que la vieillesse s'en vient, que son temps est fini, bref, que le fameux retour d'âge est commencé et qu'elle ne pourra plus avoir d'enfants. Dans son esprit, Jeannine ne conçoit pas que Fabien puisse rester près d'elle alors qu'elle ne sera plus une femme mûre, mais une femme vieille. Cette limite tracée par le sang, qu'elle voyait pourtant venir sans plaisir à chaque mois, lui semble tout à coup porteuse d'une terrible conséquence, le départ de Fabien. Elle est persuadée qu'il va trouver la différence d'âge et de statut beaucoup trop grande.

À sa grande surprise, il est soulagé, heureux : « C'est ça ? C'est seulement ça ? Ça veut dire que je n'aurai plus à mettre des claques ? C'est une bonne nouvelle. Pourquoi tu fais cette face-là ? »

S'il lui joue la comédie, il le fait très bien. Rien n'a l'air de le déranger dans cette nouvelle. Rien n'a l'air de l'éloigner ou de le dégoûter. Elle est si soulagée qu'elle se met à pleurer en expliquant que ça aussi, ça fait partie du retour d'âge. Fabien n'en revient pas : « Tu veux dire que tu t'en fais depuis un bout de temps ? Tu vois, si on était mariés, ça ne te ferait pas aussi peur. Épouse-moi, Jeannine ! »

Il recommence à l'embrasser et elle a bien envie de

céder. « Ça dure combien de temps, le retour d'âge ? » Elle avoue ne pas savoir et elle jure de le demander à son médecin la prochaine fois qu'elle aura besoin de le voir. « Faut que je t'aime, parce que c'est gênant à demander. J'espère que ça dure pas des années... »

Elle l'embrasse encore, le laisse la déshabiller. « Quand on sera chez nous, Fabien, on mettra une vieille serviette et on le fera. » Elle a eu si peur de le perdre, de le voir se détourner d'elle que, quand il exhibe fièrement sa serviette de plage personnelle, elle lui tend les bras en riant.

* * *

La surprise qu'Alex a concoctée exige une solide organisation. Pour leur dernière soirée de vacances, il a pris la chaloupe et ramé jusqu'à une crique éloignée. Le fanal dessine une traînée lumineuse sur l'eau qui clapote. Alex tire la chaloupe à sec et aide Leah à descendre. Dans l'anse, il a préparé un feu et il sort ses cachettes de la chaloupe : deux couvertures, du kérosène pour le fanal, des victuailles : « Tout ce qu'il faut pour tenir un siège d'une nuit. »

Alex a gardé un excellent souvenir de l'an passé et il a eu envie de répéter l'expérience à distance plus sécuritaire de la maison. Ils sont sur le nouveau terrain d'Adélaïde et il a obtenu la permission d'y venir : « Tu vois, je suis même resté dans les limites de la loi. »

Il l'enlace, l'installe confortablement contre lui. Le feu pétille et dégage une odeur piquante de foin. « Vas-tu rester dans les limites de la décence, Alex ?

— C'est toi qui décides de cette partie-là. »

Leah sourit, il est rusé, Alex. Elle lui raconte ce que

Jacynthe est prête à faire pour garder André. Ils discutent longtemps de l'avenir de ce couple. Ils ont toujours eu plaisir à discuter, à tout se dire sans pudeur, sans crainte.

Le feu a beaucoup baissé quand Leah décide d'aborder le sujet de son départ. Quand elle essaie d'expliquer pourquoi et en quoi c'est essentiel, l'opposition d'Alex est si manifeste, son refus est si physique, qu'elle n'y arrive pas. Bien sûr, Alex n'y voit pas autre chose que le refus de Lili de l'aimer.

Leah se dit qu'elle va devenir un avocat hors pair quand, au bout d'une longue argumentation, elle arrive à calmer Alex et à reprendre le débat sans s'énerver. Quand Alex lui explique qu'il est prêt à attendre qu'elle ait trouvé un emploi, qu'il est prêt à la voir travailler même quand ils auront des enfants, même s'il gagne bien assez pour pouvoir faire vivre sa femme et ses enfants, même s'ils n'ont aucun besoin de cet argent, mais qu'il n'accepte pas qu'elle parte seule pour un temps indéterminé, Leah comprend qu'ils se trompent de discussion : « Alex, je ne te demande pas si je peux partir, je t'informe que je le fais. C'est pour ça que je ne m'engage pas à toi. Pour être libre. Personne ne peut m'empêcher de faire ce voyage. Ni toi, ni grand-père, ni Ada. Et ce n'est pas parce que je ne vous aime pas assez, quoi que tu en penses. Je n'arrive pas à te dire en quoi c'est si important, mais ça l'est. Il faut que je le fasse. Et maintenant.

— Bon. D'accord. On se marie et on fait le voyage. Mais je viens avec toi. »

Comment lui dire qu'elle ne peut pas ? Comment expliquer ce qu'elle saisit si mal elle-même ? Avec Ada, c'était comme si elle comprenait *avant* qu'elle explique. Maintenant, avec Alex, c'est compliqué, et ça semble si égoïste, si peu généreux. Alex est son allié indéfectible, un homme qu'elle aime et respecte, un homme qu'elle désire et dont elle s'éloigne pour ne pas perdre de sa détermination. Elle sait qu'elle pourrait faiblir, parce qu'il lui donne une telle impression de force. Elle pourrait renoncer et se marier avec lui et ne jamais savoir si elle avait ou non la capacité de faire cette route, ce voyage qui réglerait enfin l'enfance. Elle n'est pas sûre d'être amoureuse, même si elle est sûre de l'aimer. Elle a peur de le perdre. Peur qu'il se tanne et l'envoie promener avec ses doutes et ses questions. Elle hésite, elle essaie de se rappeler pourquoi il lui fallait tant partir et elle a une boule dans la gorge qui semble prouver que ce qu'elle risque de perdre sera plus important que ce qu'elle risque de trouver. Pourquoi faut-il qu'à ce moment précis Alex comprenne ce qui la déchire ? Pourquoi prend-il cette voix si douce, si calme : « Tu ne sais pas si tu peux m'épouser, c'est ça ? Tu le sauras après, quand tu auras fait le voyage ? Lili... Il faut que ça soit sans moi ? C'est ça ? »

Elle ne peut même pas prononcer le oui que sa tête fait.

« Et si tu ne trouves rien ? S'il a disparu pour toujours, éclaté en mille morceaux ? »

Elle se jette contre lui en pleurant : « Alex ! Je vais revenir, je le jure. Te vais revenir vers toi ! »

Elle ne sait pas si elle l'embrasse tant et si sauvagement pour qu'il ne dise plus rien ou pour lui avouer tout ce qu'elle ne sait pas dire ou parce qu'elle est si perdue et qu'il est si solide. C'est Alex qui l'arrête, qui refuse d'aller plus loin, de prendre ce qu'elle offre.

« Je te veux pour toujours, Lili, je te veux dans ma vie pour toujours. J'irai jusqu'au bout le jour où tu seras ma femme, le jour où tu m'auras dit oui. Et je t'avertis que je n'attendrai pas quelqu'un qui se donne à un autre homme. »

Elle est étonnée qu'il attache tant d'importance à ça, à cette virginité qu'il a pourtant ravie à bien d'autres. Alex refuse de discuter l'affaire et elle se rend compte qu'elle veut devenir sa femme sans rien d'autre que ce serment sans témoins, cette promesse assortie d'un gage, le seul qu'elle ait : sa première fois.

Alex s'obstine, même quand elle cesse d'argumenter avec des mots, même quand le feu n'est plus que braise et que, étendue sur lui, elle devient extrêmement convaincante.

Le cri d'un canard qui file vers le milieu du lac les réveille. Le sable est creusé comme un lit sous leurs corps, les couvertures font un abri étroit, enveloppant. Leah passe un doigt amoureux sur le visage d'Alex – il l'aime tellement, il aime tellement le nouvel aveu qu'il lit dans sa tranquille contemplation. « Ma petite Juive, tu feras jamais rien comme les autres, toi. »

Elle se soulève, glisse une main sous le chandail d'Alex : « Sauf avec toi : j'ai pas réussi à te faire prendre le chemin du péché mortel !

— On n'est pas rentrés. »

Elle glisse l'autre main, sa peau chaude où les poils doux frisent. Le long torse et la peau plus fine près du nombril, là où ça creuse en douceur vers le sexe. Il saisit ses deux mains, les immobilise sans rire, la renverse dans le sable et ouvre son chemisier. Il insinue ses deux mains dans son dos et détache, avec une facilité étonnante, son soutien-gorge de coton blanc. Les mains d'Alex sont plus larges que ses seins. Elle voit la bouche frémir et demander : « Lili ? » comme s'il la menaçait. Elle place ses deux mains contre les longues cuisses qui l'enserrent et elle s'y accroche pour se hisser vers lui, attraper le baiser et ramener tout le corps d'Alex contre le sien vers le sol. Ils tremblent tant qu'ils n'arrivent pas à ce que ça soit fluide. Les gestes sont hachurés, comme les souffles. Alex perd toute sa science et, quand il voit le visage de Leah se contracter de souffrance au moment où ses doigts déchirent l'hymen, il fige net. Du coup, il s'excuse en la berçant trop fort, en jurant qu'il ne le fera plus, qu'il est désolé, qu'il ne voulait pas lui faire mal.

Quand Leah comprend qu'Alex n'ira pas plus loin, que sa douleur lui a coupé l'élan, elle rouspète : « C'est pas vrai ? Je ne serai plus vierge sans l'avoir fait ? T'es pas sérieux, Alex McNally ? Tu ne feras pas ça ? »

Elle le tape, le houspille et il rit tellement qu'ils n'arrivent pas à reprendre leurs ébats.

« Lili Singer, on ne bat pas un homme qui nous respecte, on dit merci !

— Je vais t'en faire un merci, moi ! Imposteur ! Menteur, qui ne me veut même pas ! Faux respectueux ! »

Le « Hou-ou ! » d'André qui arrive les immobilise en plein assaut. Gêné, André explique que l'eau porte très efficacement le son et que, la maisonnée se réveillant, il a préféré venir ramer dans leur coin... pour les avertir.

Finalement, les deux amoureux ne sont pas si contrariés. Leah se rabat sur la menace en levant un index justicier devant le visage d'Alex : « J'ai pas dit mon dernier mot ! »

Alex perd la course qu'il entreprend avec André, mais il prétend que sa chaloupe, alourdie du poids de Lili, rendait la bataille inégale.

Lili met le pied sur le quai et se sauve : « C'est ça ! Dis que je suis grosse, maintenant ! Espèce de brute ! »

Alex n'arrive pas à la rattraper.

* * *

Un froid cassant tient la ville déserte quand Aaron est annoncé par Julie. Adélaïde est désolée de le voir se déplacer par un temps pareil. Le vieil homme l'assure qu'un froid sec lui est moins pénible qu'une chaleur humide. Il ne perd pas un instant en civilités inutiles et demande à Ada ce qu'elle pense du départ prochain de Leah. « Elle a donc attendu tout ce temps pour le lui dire », pense Adélaïde. Six mois, ce n'est pas rien. Aaron s'inquiète de l'utilité d'une telle démarche, de sa nature même.

« *She told me that you understand, Adélaïde, that I should ask you.* »

Il faut qu'il soit bien ému pour lui parler en anglais. Elle prend sa vieille main dans la sienne : « Elle cherche, Aaron. Elle cherche d'où elle vient, elle cherche le premier homme de sa vie avant d'aller vers un autre homme. Avant de s'en sentir ou d'en être capable.

— Elle sait fort bien que son père est mort.

— Elle a besoin d'autre chose, Aaron.

— Alors, c'est qu'elle est plus juive qu'elle ne l'admettra jamais.

— Ça devrait vous faire plaisir. »

Ada branche sa bouilloire et leur prépare un thé brûlant. Aaron attend qu'elle dépose sa tasse avant de lui demander ce que lui fait la perspective que Leah découvre la vérité. Sur le coup, Adélaïde prétend que c'est totalement impossible, que si ses lettres existaient encore aujourd'hui, ça voudrait dire que quelqu'un a trouvé Theodore et ce quelqu'un les aurait avertis. « Mes lettres ont disparu, Aaron, comme Theodore. Ce que Leah va trouver, ce sont les cendres de son père.

La trace de sa disparition, dans le meilleur des cas. Mais pas ma trace, j'en suis assurée.

— À moins qu'elle ne trouve le cœur de son père, vous avez raison. »

Adélaïde reste saisie, la tasse au bord des lèvres : « Pardon ?

— Toutes ces années, je n'ai eu qu'une consolation, et c'est la certitude que mon fils n'est pas mort seul. On se dit que c'est faux, qu'on meurt seul, qu'on se présentera seul pour faire le bilan de sa vie – j'en doute. Mon fils vous avait. Leah va découvrir que son père a souffert, qu'il a été torturé, humilié et qu'il est mort dans la plus grande indignité. Elle aura très mal. Pour son père, mais aussi à travers sa race, pour son identité juive qu'elle ne pourra jamais renier quand elle saura vraiment ce qui est arrivé. Dans toute cette histoire, la seule information qui lui apporterait du réconfort est la connaissance de cet amour. Si elle ne l'apprend pas, elle n'aura que l'atroce, que la brutale cruauté de ce qu'on appelle l'*Holocauste*. Je souhaiterais tant lui épargner cela. Vous me dites que nous ne pouvons pas.

— Ça prend la vérité, Aaron, pour éviter de recommencer. Elle a besoin de cette vérité.

— Mais pas de la vôtre ? Dites-lui. Elle gardera le secret, Léa ne saura rien.

— Lili sait qu'il y a eu un amour. Elle sait qu'il y a eu la Princesse aux yeux océan. Elle n'a pas à savoir que c'était moi. Je vous en prie, mon ami, c'est si dangereux pour ma petite fille, ça pourrait lui faire tant de mal.

— Vous me demandez de laisser Leah faire face à sa vérité, mais vous ne direz jamais à Léa qui est son père ? La règle du double standard, Ada ? »

Ça fait bien longtemps qu'Adélaïde ne s'est pas sentie rougir. Jamais elle n'a vu la nécessité de révéler à Léa l'identité de son père. Même maintenant, elle ne voit pas ce qu'elle y gagnerait : « Léa ne l'a jamais connu, Aaron. Ted est mort, elle n'était pas née. C'est Nic qui a accouché Léa. C'est lui qui a été le premier à la prendre dans ses bras. Il a été son père plus longtemps que pour ses propres enfants. Elle est sa fille. Elle l'était pour lui. Elle l'est pour moi. Pour quelle vérité je briserais ce silence ? Elle ne cherche pas son père, comme Leah. Elle n'a aucun doute. Pourquoi agir comme ça ? Par cruauté ? Par justice, parce que Leah va souffrir ?

— Non. Certainement pas. Je me demande seulement si tout enfant n'a pas au fond de lui l'inquiétude du secret de sa naissance. Mais vous avez raison, j'ai dû me tromper. »

Cette conversation laisse un drôle de goût dans la bouche d'Adélaïde. Quand, trop incertaine de la justesse de sa position, elle en parle à Florent, il s'étonne qu'elle ne se soit jamais posé le problème avec plus d'acuité. Elle l'a oblitéré, comme si le mariage avait été, à l'origine, le prix à payer pour la respectabilité de Léa et que, une fois ce prix payé, elle effaçait le premier père de sa fille. Adélaïde ne comprend absolument pas en quoi Léa pourrait être lésée de ne pas savoir la vérité : « J'aimais Nic. Ce n'est pas comme... je ne sais pas, les enfants d'Isabelle qui n'ont jamais su ou compris que leur mère a changé à cause de l'enfant illégitime de Maurice. Même ça, je comprendrais qu'on le leur dise parce que ça a eu des conséquences directes sur leur vie. Mais... Léa n'a pas eu ce genre de problème. J'aimais Nic. Le seul vrai problème sera toujours que c'est elle qui l'a trouvé mort avec Kitty. Je redoute drôlement plus ce drame-là que le faux drame de ses origines. »

Florent a sa théorie personnelle là-dessus : tant que le silence ne protège pas l'honneur, la vanité ou l'orgueil des parents, ça va. Tant que le silence protège le bien d'un enfant sans égard pour le confort des parents, il peut y adhérer : « J'ai toujours pensé que tu dirais la vérité à Léa, un jour. Je sais que si tu ne le fais pas, ce ne sera pas pour te protéger, toi. De toute façon, tu n'as jamais eu honte de cette naissance. C'était d'ailleurs bien mystérieux pour moi, cette assurance que tu avais.

— Moi ? J'étais terrorisée ! »

Ils passent une merveilleuse soirée à se remémorer cette époque et Florent la fait mourir de rire en lui racontant ses angoisses lors de l'accouchement. Ces soirées en tête à tête sont devenues si rares depuis quelque temps qu'ils étirent celle-ci jusqu'à une heure du matin. Quand Adélaïde met son manteau et serre Florent dans ses bras, ils sont si complices, si détendus qu'il lui demande si elle va le cacher encore bien longtemps.

« Quoi ?

— L'homme qui te rend heureuse. »

Évidemment ! Elle s'est trouvée un peu moins libre ces derniers mois et elle aurait dû se douter que l'absence de questions était, chez Florent, une réponse : « Je ne sais pas encore s'il me rend heureuse.

— Menteuse !

— O.K. Je ne sais pas encore si je veux partager le secret.

— Pour une fille qui accorde une énorme importance à la vérité, tu la gardes pas mal dans ta poche.

— Depuis quand tu t'en doutes ?

— L'an passé, en mai. T'as appelé parce que tu réglais une urgence, et le lendemain, c'est fou comme tu avais l'œil clair. Et puis après, ça a été confirmé :

quand tu as insisté pour emprunter ma voiture et venir chercher Leah et André en juillet. Je t'ai appelée ce soir-là. Tard.

— Tu me surveilles ?

— Non. J'avais des angoisses de création.

— Menteur toi-même.

— Dis-moi au moins qu'il t'aime, qu'il est fou de toi et qu'il n'en revient pas de sa chance.

— Il est tout ça... et un peu plus. Florent... Tu ne t'es pas senti écarté, poussé par lui ?

— On est ailleurs tous les deux, maintenant, et tu n'as pas touché à cet ailleurs, Ada. Tout va bien. »

Elle l'embrasse, se sauve. Il lui crie du perron que, si jamais elle a besoin d'un *baby-sitter*, il couchera à la maison pour la dépanner.

* * *

Le 15 avril 1957, toutes les clientes importantes de *Coutures Florent* et les invités habituels des défilés reçoivent une jolie boîte contenant une poupée vêtue de la première robe créée par Florent, la Robe de la Victoire. La poupée tient un carton indiquant le dixième anniversaire de l'ouverture de la *Boutique* et l'événement le célébrant. L'idée est de Jacynthe. Elle a étonné tout le monde en leur apprenant qu'aux XVIIe et XVIIIe siècles, c'est ainsi qu'on faisait la promotion des modèles auprès des clientes : on leur expédiait des robes miniatures sur des poupées.

Le double défilé, incluant les créations de Florent et celles de Jacynthe, aura lieu au Ritz, endroit privilégié d'Adélaïde. Le Ritz a été le foyer de tous les moments importants de sa vie, et elle a même vu un signe de

Nic dans sa rencontre fortuite avec Paul Picard à cet endroit l'année précédente. C'est donc le Ritz qui abritera le banquet-défilé. Cinq cents poupées ont été expédiées, et Ada espère que pas plus de deux cents personnes ne confirmeront leur présence. Le 25 avril, Estelle cherche à résoudre les énormes problèmes d'étiquette pour les six cent trente-cinq invités confirmés. Adélaïde s'arrache les cheveux : pourquoi les gens viennent-ils tous accompagnés, aussi ?

La réunion est fébrile, chacun se débattant avec ses problèmes et chacun se sentant laissé à lui-même. Jacynthe est la seule à ne pas s'énerver : André et elle ont rompu en mars et sa peine d'amour assombrit l'événement qui devait marquer ses grands débuts.

Jeannine est invivable, nerveuse, incapable de voir sa fille dans cet état, incapable de supporter le chagrin que Jacynthe cache du mieux qu'elle peut. Le départ de Leah prévu en mai ne l'adoucit pas beaucoup. Alex n'est pas le roi des joyeux drilles de ce temps-là, et Jeannine est prête à condamner tous ceux qui ne pensent qu'à leur carrière ou à leurs plaisirs au lieu d'aimer ses enfants comme elle le souhaiterait. Tout est prétexte à récriminations, et Jeannine met la patience de ses collègues sérieusement à l'épreuve. Il est passé onze heures le soir du 27 avril quand Adélaïde referme un dossier et déclare que la journée est finie. Les « mais » et les « je pourrais te parler deux minutes ? » sont refusés net : « Vous êtes mortes, Florent est mort, je suis morte. Ça suffit. On ne règle rien à cette heure-ci, on s'affole, un point c'est tout. » Elle fixe à chacun un rendez-vous pour le lendemain et lève la séance. Du coin de l'œil, elle voit Jeannine traîner, s'arranger pour être la dernière. Quand Jeannine s'approche pour lui parler, Adélaïde répète qu'aucune décision intelligente ne peut sortir de son cerveau.

« Non ! Je veux... je veux m'excuser. »

Adélaïde observe Jeannine : elle a vieilli ou la fatigue la creuse : « Voyons, Jeannine, on se connaît mieux que ça ! Tu ne vas pas t'excuser pour un petit mouvement d'humeur. »

À sa stupéfaction, Jeannine éclate en sanglots. Avec ses larmes, tout sort en vrac : sa fatigue, Jacynthe, Alex, le retour d'âge qui lui donne de l'anémie, l'insomnie, les douleurs...

« Attends, attends ! Ton retour d'âge ? Déjà ? Quelle anémie ? Qui te soigne ? Tu n'es pas bien ? »

Jeannine a « ses affaires » tous les quinze jours ou presque et, à la longue, elle s'affaiblit. Elle s'est mise au fer elle-même, comme à l'époque où elle accouchait et perdait trop de sang. Mais c'est très long à passer, ce retour d'âge, et elle dort moins bien. Évidemment, elle passe sous silence que Fabien et elle ont des difficultés, qu'elle a souvent mal en faisant l'amour et qu'elle doit l'arrêter. Elle ne dit pas non plus que Fabien trouve qu'elle perd des seins au profit du ventre. Mais tout cela l'accable : « Je sais que c'est normal d'être découragée, mais avec le défilé, c'est trop. J'ai peur de ne pas être capable, Ada. J'ai peur de te faire défaut.

— Tu as vu un médecin ? On peut faire quelque chose, je suis sûre.

— Mon médecin dit que c'est ça, c'est le retour d'âge. Bonyeu ! Qu'y s'en retourne pis qu'on aye la maudite paix ! »

Adélaïde essaie de voir avec Jeannine à qui elle peut déléguer une partie de ses responsabilités. Elle réussit à dégarnir l'horaire de son amie en remplissant le sien et en prétendant que le jour de son retour d'âge, Jeannine va avoir à rendre la politesse. Elle l'accompagne au parking, lui recommande de dormir le lendemain matin : « Je m'occupe de Tessier, promis. Jeannine... ton médecin, c'est encore le vieux Simoneau ? Celui qui t'a accouchée ? »

Jeannine ne jure que par lui, et Simoneau, retraité depuis quelques années, ne voit plus que quelques clientes qui préfèrent leurs habitudes de confiance.

Il est passé minuit et Paul a quand même l'air content de la voir.

« Je sais que tu opères demain. »

Il jure qu'il ne dormait pas, qu'il allait prendre un thé et rêver à elle. Il l'attire contre lui : « Hou ! J'ai hâte au 2 mai, moi !

— Paul, le retour d'âge, c'est comment ?

— Il te reste quelques années, rassure-toi. »

Ses mains défont les minuscules boutons dans le dos de sa robe. Adélaïde n'a pas l'air conquise : « Mais c'est normal qu'on saigne tout le temps ? Qu'on ait mal ? »

La main de Paul glisse sous le jupon : « Mal où ? Saigner de façon moins régulière, oui. Tout le temps, non. C'est pas ma spécialité. Pourquoi ? »

Il écoute attentivement le récit d'Adélaïde et sa main s'immobilise. Quand il apprend que Jeannine a quarante-sept ans, il hoche la tête : « Non. Ça me laisse l'impression qu'il y a autre chose de déréglé. Tu veux que je lui fasse voir Savard ? C'est un gynécologue qui n'a pas l'âge de Mathusalem. Simoneau, tu dis ? Je ne le connais même pas, il doit avoir cent ans !

— Écoute, Paul, je pense qu'elle va le voir parce que c'est le seul en qui elle a confiance et avec qui ça ne la gêne pas. C'est délicat. Jeannine est directe sauf pour ça. Penses-tu qu'il ne l'a pas examinée ?

— S'il est certain que c'est la ménopause, il pourrait ne pas aller voir et manquer quelque chose. C'est peut-être un fibrome... On devrait pouvoir la soulager. Il faut arrêter le sang en tout cas, sinon elle va finir par être très malade, très affaiblie. Tu veux que je lui parle ? Comme ça, en tête à tête, juré que je ne regarde pas ? J'écoute ce qu'elle a à dire et j'essaie de la convaincre de voir Savard ou un autre.

— Ça peut attendre le 2 mai ?

— Dans mon bureau ou dans le tien ? »

La main s'incruste sous la fine dentelle, farfouille pour atteindre la peau lisse du sein, le bout agréablement tendu qu'il saisit entre le pouce et l'index : « Tu veux dormir ici ? Je te ferais couler un long bain chaud...

— ... et tu vas tuer ton premier patient en t'endormant dessus. Je ne veux pas avoir ça sur la conscience. »

Elle part, malgré toutes les preuves que Paul exhibe de l'état peu favorable au sommeil dans lequel elle l'abandonne, la conscience nette.

La secrétaire de Paul Picard reconnaît immédiatement dans la très sophistiquée cliente qui s'approche la femme qui a fait les manchettes des pages féminines de la fin de semaine, Mme Nicholas McNally. Elle a lu l'entrevue que le *Supplément* de *La Patrie* lui a consacrée et elle a été soufflée de constater qu'une si jeune femme dirige un tel empire. Elle ne fait le lien avec le prénom tant entendu que lorsqu'elle se nomme : ahurie, elle n'arrive pas à croire que cette femme est celle qui fait courir son docteur.

Elle se précipite dans le bureau et annonce Mme McNally. Paul Picard se lève du coup, la suit et elle n'a plus aucun doute quand elle le voit prendre la femme par le bras et s'éloigner discrètement. La secrétaire n'entend rien, mais son pronostic n'est pas bon : ces deux-là ont l'air grave des décisions pénibles.

Gérard Savard voulait opérer dans la semaine, mais Jeannine refuse d'aller si vite. Elle veut des explications, elle veut comprendre les risques, savoir comment elle va se réveiller. Jeannine est dans un tel état de fatigue, elle est si paniquée qu'Adélaïde ne sait plus quoi dire pour la rassurer.

Quand elle se présente chez Jeannine avec Paul, Jacynthe et Tommy sont là, et Fabien est près de Jeannine, assis sur le lit, la main de celle-ci dans la sienne, comme s'il était son mari. Un peu surprise, Adélaïde ne fait aucun commentaire et elle laisse Paul expliquer à tout le monde ce qu'il lui a déjà dit. Même si c'est un cancer, il faut s'en débarrasser au plus vite, et il y a des traitements nouveaux à essayer, ce n'est plus le diagnostic d'avant. Adélaïde n'en revient pas de voir Fabien parler à Jeannine, lui soutirer une promesse formelle et une planification de l'opération dans de meilleurs délais.

Dans la voiture, Paul lui dit que Fabien fait partie des maris sur qui on peut compter et que c'est très rassurant pour Jeannine.

« Ce n'est pas son mari.

— Quoi ?

— Enfin, Paul, c'est ridicule ! C'est mon frère. C'est un ami très proche de Jeannine et des enfants, mais c'est tout. Il lui tenait la main pour l'encourager, pour... par affection.

— Tu penses ?

— Je le saurais, quand même ! Devant les enfants, tu n'y penses pas ? »

Paul se tait. Il y a assez d'inquiétude dans l'air sans soulever une discussion pareille. Elle reprend sa voiture et refuse de rentrer chez lui parce qu'elle préfère retourner chez Jeannine. Elle monte dans sa voiture et en redescend tout de suite pour courir derrière Paul et l'embrasser avec douceur : « Je ne t'ai pas dit merci. C'est vrai que ça me contrarie que tu penses qu'il est autre chose qu'un ami, mais c'est pas une raison pour te bouder. Merci, Paul. »

Il y a six mois, Adélaïde n'aurait jamais admis une chose pareille. Il caresse son menton : « N'importe quand, tu m'appelles ou tu viens. J'ai dit à ma maîtresse de déguerpir pour que tu aies toute liberté ! »

Quand Fabien la voit entrer dans la chambre où Jeannine dort, il lui fait un léger signe de tête et elle le suit jusque chez lui.

Fabien lui annonce, sans aucune formule atténuante, que depuis onze ans il partage la vie de Jeannine, qu'il l'aime et se considère comme son mari et le second père de ses enfants. Fabien ne s'excuse pas, n'explique pas, il dit les choses simplement. Ce n'est pas la scandaleuse position dans laquelle Jeannine s'est placée qu'Adélaïde entend, mais l'amour total, dévoué, l'amour authentique, indéniable que son petit frère éprouve pour cette femme. Son angoisse de la perdre est si violente, sa détresse le rend livide, serre ses mains l'une contre l'autre : « Si je pouvais prier, je serais à genoux à l'église, jour et nuit, si je pouvais payer quelqu'un, je m'endetterais jusqu'à la fin de mes jours pour elle. Je ne peux pas la perdre, Ada. C'est ma vie, c'est ma force, c'est mon amour. Si tu savais comme elle est merveilleuse, si tu savais comme elle est courageuse, tu n'en reviendrais pas.

— Je sais, Fabien. Je sais. Moi aussi, je l'aime. »

Il s'effondre sur la table, les bras croisés sur sa tête inclinée. Il sanglote comme jamais elle n'a vu un homme sangloter. Même leur père à la mort de Gabrielle, même lui, n'a pas pleuré comme ça. Elle s'approche de ce frère qui a gardé pour lui tous ses secrets, tous ses bonheurs. Elle passe son bras par-dessus ses épaules : « Pleure tout ce que tu as à pleurer avec moi, Fabien, parce que ensuite elle aura besoin de notre courage et de nos yeux secs. Après, il va falloir se battre et ne pas la lâcher. »

* * *

Pour leur dernière soirée, Lili et Alex essaient vaillamment de faire comme ils ont décidé. Ils vont au cinéma, ils dînent en ville, reviennent à la maison en parlant de tout, sauf du départ.

Alex parle de la tristesse de Jacynthe, de son courage et des efforts qu'elle fait pour ne pas montrer combien la rupture avec André la démolit. Elle ne dort pas très bien et, souvent, ils écoutent de la musique jusqu'au milieu de la nuit. Jacynthe comprend André et pleure. Comprendre n'empêche pas la peine, comprendre n'empêche pas le cœur d'être lourd. Pour Alex, on dirait que Jacynthe ne sera plus jamais jeune, drôle et insouciante. Leah saisit très bien, à travers la peine de Jacynthe décrite avec mille détails, tout ce qu'Alex ne veut pas lui avouer du prix de leur séparation à eux.

En arrivant à la maison, Aaron leur tient compagnie une demi-heure, puis il les laisse au salon. Leah prend Alex par la main et l'entraîne dans sa chambre. Les deux valises, alignées contre le mur, rendent Alex nerveux : « Ce n'est pas une bonne idée d'être ici, Li. Aaron serait fâché. Viens. »

Elle le retient : « Grand-père ne dira rien. Il est comme toi : inquiet et triste. J'en ai assez de faire de la peine à ceux que j'aime. Reste avec moi un peu. »

C'est Leah qui l'embrasse, Leah qui l'entraîne sur le lit étroit, Leah qui ouvre elle-même sa chemise.

Alex lui rend ses baisers, mais il a le cœur si lourd, il est si triste qu'il va se mettre à pleurer s'il se laisse aller. Il va sangloter sur sa peau chaude, s'il peut la toucher. Il ne veut pas d'une récompense avant le départ, il ne veut pas un peu d'elle pour ensuite la perdre. Il la veut toute ou pas du tout. Toutes les nuits, ou pas une seule.

Leah voit bien qu'il ne peut pas, que les yeux d'Alex contiennent plus de peine que de passion et que la désirer maintenant qu'elle part rend tout cruel. Elle prend sa tête dans ses mains, le contemple avec amour : « Je pensais que tu voulais. C'était pour te jurer que je reviendrais le plus vite possible. Je le jure pareil. Je t'aime, Alex. »

C'est trop pour Alex, qui se mord les lèvres, essaie de rester calme : « Pourquoi tu pars, d'abord ? Pourquoi ? »

Elle le laisse pleurer dans son cou. Au fond d'elle-même, elle chuchote sa réponse, cette réponse si peu convenable, si inacceptable dans la logique de l'amour : « Pour moi. »

Il est très tard quand ils se laissent. Ils ont décidé qu'Alex ne viendrait pas à l'aéroport, ne la regarderait pas partir. Ils ont décidé qu'elle écrirait la première et que rien ne sera caché de ce qu'elle fera, rien. Là-dessus, Alex est intraitable. Si elle lui cache quelque chose, il ne pardonnera pas.

Il quitte la maison en courant, tellement il a mal.

Quand il entend son nom appelé dans le noir, il croit que c'est Lili qui le rappelle. Il s'arrête, fait volte-face et revient. Ada est debout à côté de sa voiture, frissonnante, parce que la nuit est quand même fraîche. Étonné, il s'assoit avec elle dans la voiture.

Elle conduit lentement, ils font un grand détour avant qu'elle ne le laisse à Saint-Henri. Elle sait que c'est une nuit difficile pour lui. C'est pour lui éviter de devoir affronter la peine des autres et de tout prendre en pleine face le lendemain matin qu'elle est allée l'attendre en sortant de chez Fabien.

Elle décrit la situation exacte de la maladie de Jeannine, les risques, ce qu'il faut envisager pour le temps de convalescence, pour le soutien moral. Elle finit son laïus avec Fabien et apprend alors que les enfants savent depuis longtemps. Adélaïde observe le profil d'Alex, impassible. Elle voit sa pomme d'Adam monter et descendre plus vite que la normale, seul indice de son anxiété.

« Elle va mourir, Ada ? M'man va mourir ? »

L'entendre dire « m'man », l'entendre avoir mal, le voir perdre Leah et « m'man » du même coup est insupportable pour elle : « Non. Elle va souffrir, elle va avoir peur, mais elle va se battre. On va se battre, Alex. Ça va faire, les mauvais films ! Leah va revenir à la fin de l'été et ta mère sera sur pied pour vos noces. Il n'y a que pour Jacynthe que je ne peux pas promettre que ça va s'arranger. Mais si on est courageux, on devrait s'en sortir. »

Alex soupire profondément : « O.K. On va se battre, comme tu dis. Ada... Dis rien à Li. Je sais que tu vas la conduire demain. Ne lui dis pas, O.K. ? La pire chose serait qu'elle reste à cause de m'man. Comme si ça devait finir mal. Comme si c'était déjà décidé pour les résultats.

— Tu es sûr, Alex ? Elle ne sera pas contente.

— Laisse-la partir en paix. Laisse-la aller. Si elle reste, j'aurai toujours peur qu'elle parte. Là, au moins, ce sera fait.

— Je t'avertis, Alex, si tu ne lui écris pas pour lui dire, je vais le faire, moi. Je ne lui cacherai pas longtemps une chose aussi importante. »

Alex promet de lui écrire tout de suite. Ils restent dans la voiture à parler de Jeannine, de Fabien, de leur état d'esprit. Alex étreint Ada, lui rappelle sa promesse pour Leah : « Combien de temps tu m'as attendu à la porte ?

— Une heure.

— Si j'étais resté toute la nuit, on aurait eu l'air brillants ! Tu découvrais le pot aux roses.

— Aucun risque, Don Juan, tu étais chez Aaron. Si toi tu l'oubliais, elle ne l'aurait pas oublié. »

Alex sourit en gardant pour lui son « encore drôle ! ». Il l'embrasse : « Ada, merci. Pour tout. »

Elle regarde le grand gars monter les escaliers tortueux – encore une chose qu'il va falloir discuter, ces escaliers seront si épuisants pour Jeannine.

Elle reprend la route, inquiète, indécise. Elle ne sait plus si elle s'est montrée trop optimiste avec Alex. Elle ne sait pas l'ampleur du mal de Jeannine et elle a été probablement plus positive que la situation ne le laisse vraiment espérer.

Quand elle se retrouve devant son ancienne maison dans la rue où, tant d'années, elle est rentrée le soir, elle coupe le moteur. Pourquoi ici ? Depuis huit ans, elle n'est pas revenue. Ni dans le quartier, ni dans la rue.

Les arbres sont à moitié couverts de feuilles. Elle sait exactement le petit vert-jaune tendre qu'ils ont au matin. Derrière la maison, les tulipes, les jonquilles, les jacinthes sont sûrement écloses. Elle regarde le perron tranquille dans la nuit. Rien. On dirait que rien n'a changé, qu'elle pourrait prendre sa clé et rentrer. Nic l'attendrait au salon. Florent serait dans ses appartements à dessiner. Et Anne dormirait dans son berceau.

Il y a si longtemps. Comme dans une autre vie et, en même temps, c'était la veille. Elle n'est jamais revenue. Elle était occupée à vivre, à faire vivre et à élever ses enfants. C'est parce que la mort revient qu'elle revient. Cette fois, la mort s'annonce. Elle frappe avant de faire exploser la maison. Mais c'est encore la mort. Ce n'est plus la guerre, ce n'est plus l'impondérable, c'est celle qui envoie sa carte de visite avant, qui dit : préparez-vous à défier votre pire ennemi, combat final, combat fatal.

Depuis longtemps, Adélaïde ne s'autorise pas à imaginer ce que serait devenue Anne, son visage à cinq, sept ou dix ans. Cette nuit, elle sait pourquoi. Quelle que soit l'issue de l'opération, de la lutte de Jeannine, quelle qu'ait été la dureté de la mort de Nic, de celle de ses parents, de celle de Theodore, ils ont eu une vie. Ils ont eu une chance. Ils ont aimé, souffert, lutté. De toutes les morts qui ont traversé et marqué sa vie, il n'y en a qu'une avec laquelle Adélaïde n'arrive pas à faire sa paix, Anne. Anne qui n'a jamais eu trois ans et qu'elle n'a pas su, pas pu protéger.

Adélaïde sourit : voilà donc où l'on revient quand la mort laisse sa carte. On revient vers ceux qu'on a mis au monde et qu'on a mal gardés contre les dangers. Ceux qui, sans crainte, dans une admirable confiance, s'endormaient dans vos bras.

Il n'y a plus d'enfants qui dorment derrière ces fenêtres tranquilles, ce n'est plus sa maison. Elle a laissé la porte ouverte et on est venu lui voler ses amours. Ada tourne la clé dans le contact : elle va aller vers ses enfants vivants les mettre à l'abri, les bercer et les rassurer. Parce que Jeannine, quel que soit le résultat, Jeannine va entraîner toutes les questions si difficiles à répondre. Les pourquoi, les quand et les comment. Et elle veut que ses enfants vivants sachent retourner la carte à son expéditeur, elle veut qu'ils sachent comment on se bat. Même si on perd de temps en temps.

Elle trouve ses enfants paisiblement endormis et Florent debout, affolé, pas content du tout. Il est trois heures et demie du matin et, depuis minuit, il s'inquiète d'elle. Adélaïde a beau faire valoir qu'elle avait à faire, qu'elle n'a pas à donner de raisons ou d'explications, Florent ne décolère pas. Elle finit par comprendre que Fabien s'est informé auprès de Florent de sa réaction à la nouvelle de ses amours avec Jeannine. Du coup, elle comprend aussi que Florent savait tout et qu'il ne lui a rien dit. Cette fois, c'est à elle de s'énerver. La discussion devient intenable, épuisés comme ils sont, après le défilé et avec l'angoisse de voir Jeannine atteinte sérieusement. Ils se chicanent comme un vieux couple qui en a gros sur le cœur et qui déballe les griefs lourds à l'occasion d'une broutille. Le débat devient si stérile qu'Adélaïde va dans sa chambre au lieu d'argumenter inutilement.

Elle se met au lit, toujours furieuse. Mentalement, elle sert à Florent les arguments qu'elle a oublié d'utiliser, des phrases bien senties, bien blessantes qui ne lui sont pas venues à l'esprit sur le moment. Elle sait fort bien pourquoi il était si inquiet. C'est parce qu'il a mauvaise conscience de lui avoir caché les faits. Rien à voir avec elle.

Un léger coup est frappé à sa porte. Il peut bien essayer de se faire pardonner, maintenant qu'il a gâché sa nuit !

Florent s'assoit près d'elle sans rien dire. Adélaïde attend, pas contente, pas très secourable.

« Finalement, ce que j'aurais aimé, c'est que tu me

donnes le numéro de téléphone du gars. J'ai eu peur qu'il te soit arrivé quelque chose et, en même temps, je me disais que tu étais allée vers lui, parce que je t'avais caché l'histoire de Fabien.

— Je ne te trompe pas avec lui, Florent. Et je ne savais pas que tu étais au courant pour Fabien. Enfin... j'avais autre chose à penser. »

Elle lui raconte ce qu'elle a fait, où elle est allée, et cela amorce les excuses, la contrition mutuelle, la réconciliation et le commentaire d'Adélaïde qu'ils sont ridicules et enfantins.

Florent s'étend près d'elle : « Non. On est inquiets.

— Tu couches ici ?

— Avant que l'autre ne prenne ma place, je vais en profiter un peu. » Adélaïde va se blottir dans le bras tendu : « Il aimerait beaucoup ça, l'autre ! »

* * *

Tant qu'Aaron les a accompagnées, Léa s'est conduite de façon irréprochable. Ils ont embrassé Leah, ils ont fait des au revoir jusqu'à ce qu'elle soit à bord de l'avion même si elle ne pouvait plus les voir et elles sont allées déposer Aaron chez lui.

Une fois seule dans la voiture avec sa mère, Léa s'est mise à pleurer et à se désespérer de jamais revoir Leah, « sa seule vraie amie au monde ». Calmer Léa, l'encourager, l'emmener manger toute seule au restaurant, réviser ses leçons et la border exige un temps et une patience folle.

Dieu merci, Lionel et Germaine sont là, revenus de Québec à toute vitesse quand ils ont appris pour Jeannine. Ils s'occupent de Thomas et permettent à Ada de partir sans crainte, une fois les enfants endormis.

Jeannine va mieux, son moral combatif a repris le dessus. Elle avertit tout le monde que, tant que les petits ne seront pas casés, elle ne nourrira aucun pissenlit par la racine. De toute évidence, elle est terrorisée, mais elle lutte vaillamment.

Ada raconte à Alex le départ de Lili et elle jure n'avoir rien révélé, malgré ce qu'il lui en coûtait.

Il est plus de minuit quand Adélaïde sonne chez Paul : « Tu as encore passé un dimanche tout seul !

— Je fais très pitié. Surtout que le *Ed Sullivan Show* présentait un Elvis Presley que j'ai pas vu se déhancher : ils l'ont montré seulement jusqu'à la taille.

— Comment ça, à la taille ?

— J'ai pas pu voir ses belles bottes de cow-boy, tu sais, celles que tous les garçons de quinze ans veulent. Je ne peux pas te dire combien d'amygdales j'ai enlevées cette année avec cette promesse de bottes en récompense. »

Il lui fait une démonstration de l'homme à la guitare le plus sexy du monde et il se déhanche pour lui montrer ce que la télévision ne pouvait révéler : « Tu vois, c'est comme... »

Adélaïde estime qu'effectivement elle a beaucoup raté. Un Paul attentif, soucieux, la prend dans ses bras, s'inquiète de savoir si elle a mangé, si elle va bien.

« Arrête de faire ton Lionel ! Tu n'es pas pour me nourrir à chaque fois que je mets les pieds ici !

— Pourquoi pas ? Tu sais que tu as notablement amélioré mon standing auprès de ma secrétaire ? Depuis qu'elle t'a vue, mon thé est servi avant que je le demande, et elle me fixe, la bouche ouverte, comme si j'étais un champion. C'est fou comme l'idée que je puisse tenir ta main l'impressionne ! Imagine si elle savait le reste ! »

L'humeur d'Adélaïde n'a pas l'air de suivre la main de Paul qui s'arrête : « Tu me racontes ou tu te contentes de te ronger d'inquiétude sur mon sofa ? »

Entre le départ de Leah et les effets attristants qu'il a sur elle-même, sur Alex et sur Léa, entre les colères de Florent, l'opération de Jeannine, Adélaïde avoue à Paul qu'il avait fort bien jugé de la situation : son frère a, depuis onze ans, une liaison avec Jeannine.

« Et je n'ai rien vu ! Rien !

— Est-ce qu'ils sont heureux ? »

Alors là, il l'étonne. Ni triomphaliste ni scandalisé, il veut savoir une chose qu'elle ne s'est pas demandée. Évidemment qu'ils sont heureux, elle le constate à rebours. Elle en est certaine. Elle ne peut pas dire qu'elle trouve cela normal ou acceptable, mais oui, ils sont heureux. Ils l'ont été. Maintenant...

Paul croit que d'arrêter de se cacher, que de vivre leur amour en plein jour peut être le côté positif de cette maladie.

« Tu penses que Fabien va oser ? Et elle ? Ça ne peut pas être soulageant, voyons ! C'est pire de devoir affronter l'opinion des autres. Tu sais ce que les gens vont dire ? Qu'il aime sa mère.

— Tu ne te rends pas compte, Adélaïde ! Tu ne sais pas comme ça peut être important pour un homme de se promener en tenant le bras de la femme qu'il aime ? Tu ne connais pas la fierté des hommes ? Tu n'as jamais senti ça, avec aucun homme ? »

Elle admet que Nic, Florent... et même Alex, il n'y a pas si longtemps, qui la montrait au théâtre, tout fier de faire comme si elle était sa compagne. Elle réfléchit en le regardant, s'approche et se penche vers lui en s'appuyant sur les accoudoirs de son fauteuil : son collier de perles oscille et cogne presque sur le visage levé vers elle : « Tu as cette envie-là ?

— Entre autres. »

Elle soulève sa jupe qu'elle replace ensuite pour cacher l'indécence de sa posture une fois qu'elle s'est assise sur lui, jambes écartées de chaque côté des siennes, les enserrant. Les mains de Paul reposent toujours sagement sur les accoudoirs. Il appuie sa tête contre le dossier du fauteuil : « Tu fais quoi, là ?

— Je m'inquiète de ta vanité mâle. »

Il place les deux mains autour de sa taille, il en fait presque le tour « En ce moment, précisément à cet instant, tu peux me faire jurer à peu près n'importe quoi.

— Que tu n'as pas envie de le révéler à tout le monde ? »

Un à un, elle détache les boutons de son cardigan de laine. Le jupon est en soie rose et la dentelle incrustée est grise et blanche. Les perles retombent sur sa peau, nacre sur nacre. Il jure que non, effectivement. Elle écarte le vêtement, l'envoie sur le sol et abaisse les bretelles du jupon qui barre ses bras pendant qu'elle défait l'attache de son soutien-gorge : « Que tu vas me garder secrète ? À toi, mais secrète ? Que ça ne te coûte pas ? »

Paul délaisse sa taille et glisse les mains sous sa jupe, sur les genoux pliés qu'elle a coincés entre lui et le fauteuil. Elle stoppe son mouvement, remet ses mains sur les accoudoirs, yeux vissés aux siens, joueuse, amoureuse. Il jure. Elle soulève le tissu à carreaux de sa jupe, expose la jarretelle avant, qu'elle détache, puis passe à celle de derrière, elle roule le bas jusqu'au genou pour ensuite reprendre la main de Paul et la placer sur sa cuisse nue. Elle recommence son manège pour l'autre bas. Sous les doigts de Paul, la peau est chaude, lisse, invitante, la peau de cette femme est le textile le plus doux du monde. Il remonte les cuisses jusqu'à l'aine, cette fragilité du grain de l'épiderme qui lui donne envie de prier. Il la voit s'incliner vers lui, il pourrait en profiter pour saisir un sein avec sa bouche. Les yeux gris le caressent en silence, les yeux amoureux de son amoureuse prise au jeu de ses initiatives tentatrices. Il insinue ses pouces sous les bords de sa culotte, elle ferme les yeux, bascule contre lui. Avant qu'elle ne le fasse taire, il profite de son léger avantage : « Mais tu ne m'en voudras pas de le dire ? Tu vas me laisser l'annoncer moi-même ?

— Non. »

Il l'embrasse fougueusement, ses pouces effectuent une légère avancée, de celles auxquelles elle résiste si mal, il abandonne sa bouche alors qu'il la sent flancher contre lui, chercher à se soulever pour faciliter sa caresse : « Pardon ?

— Non. »

Les mains de Paul redescendent vers les genoux. Il les place posément sur les accoudoirs. La bouche humide, l'œil fiévreux, Adélaïde est un sérieux hommage à sa vanité mâle. D'une voix altérée par l'urgence, elle le presse de cesser de jouer.

Il pose ses mains sur les épaules carrées, les descend en suivant la ligne des bras, entraînant le jupon qui s'affaisse autour de sa taille, sur le bouillonnement de la jupe. Elle dégage ses bras pour rejeter le soutien-gorge et elle a ce joli réflexe de les croiser ensuite sur sa poitrine où les perles agacent le bout de ses seins.

« Tu es si belle... Comment veux-tu que je n'aie pas envie de hurler au monde entier que je t'aime ? Pourquoi je ne le ferais pas ? Tu peux me laisser faire ça, non ? »

Les mains de Paul reprennent la route de ses cuisses, les mains rusées, habiles, qui connaissent ses faiblesses, ses envies. Elle laisse retomber ses bras, approche sa poitrine de la bouche tendue, impatiente de Paul. Elle sent sa jupe se desserrer autour de sa taille, comme par magie, elle sent les vêtements, comme ses pudeurs, la quitter, elle sent les caresses se préciser, l'affoler, devenir grisantes. Elle se soulève, presque debout au-dessus de lui, pour se débarrasser des masses de tissus inutiles, elle redescend vers lui, coulante, longue, lascive, enveloppante caresse.

Quand il ouvre enfin sa bouche sur ses seins, quand il la ploie et la renverse sur le tapis, dans l'amas de tissus chiffonnés, elle oublie à quelle question elle dit oui.

* * *

Le matin de l'opération, Paul, qui a promis à Jeannine d'être présent et d'assister Savard, conduit Adélaïde près de la civière où Jeannine est prête à être emmenée.

« Jamais je ne te serai assez reconnaissante d'avoir insisté pour ne pas faire arracher les dents des enfants. Laisse-moi te dire qu'avec la capine que j'ai sur la tête, partir sans mes dentiers, c'était rien que trop ! »

Elle agite la petite boîte de plastique posée sur sa poitrine : « J'attends la dernière minute, sans ça, j'y allais pas ! »

Adélaïde en pleurerait de la voir aussi vulnérable.

Jeannine lui prend la main : « Va voir Fabien. Je m'excuse pour le secret... pour...

— Jeannine, non ! Il te rend heureuse ? Je sais que tu le rends heureux. Alors, pense à ça en t'endormant. Pense rien qu'à ça, veux-tu ?

— Tu t'occupes des petits si y arrive de quoi ?

— Je m'occupe de tout et surtout de toi. Si y arrive

de quoi, il va rester à se battre. Compte sur moi là-dessus. »

Jeannine agite sa boîte : « Va-t'en que je leur fasse plaisir. »

Paul est déjà « en habit de travail » quand il vient saluer Fabien. Le savoir là-bas, près de Jeannine, rassure Adélaïde à tel point qu'elle prend sa main devant les autres et la garde dans la sienne tout le temps que Paul explique les délais possibles avant qu'ils aient des nouvelles. Il se tourne vers elle, embrasse l'intérieur de son poignet et lui fait son sourire craquant avant de s'éloigner.

Ce qui permet à Fabien et aux trois enfants de penser à autre chose, l'espace de deux minutes.

La tumeur était cancéreuse, logée dans le col de l'utérus, et ils ont enlevé tous les organes féminins, gratté tout ce qu'ils pouvaient gratter. Malheureusement, la tumeur n'était pas jeune et le temps pris par Jeannine pour alerter son médecin a permis au cancer de s'étendre. Les prochains jours permettront d'évaluer jusqu'où vont les métastases.

Effondré, Fabien répète sans arrêt : « Mais elle ne va pas mourir ? On peut la soigner ? » Ce à quoi Paul et le docteur Savard répondent du mieux qu'ils peuvent sans pouvoir jurer de rien.

Jeannine est si blanche, si livide qu'on la dirait morte. Elle ne parle pas. Somnolente, elle ouvre à peine les yeux, mais elle serre la main de Fabien quand il lui parle avec douceur pour la rassurer.

Peu à peu, à mesure qu'ils se présentent au chevet de Jeannine, Paul finit par rencontrer une bonne partie des membres de la famille. Il revoit Léa et Thomas, lors d'une réunion de famille pour discuter de Jeannine. Léa se souvient très bien de lui : « Tu m'as touchée et j'ai eu les oreillons après. J'étais très petite à l'époque. » Thomas, lui, n'a aucun souvenir.

Tous ceux qui avaient connu Paul Picard du temps du bal de fin d'année se souviennent très bien de lui. Florent glisse même un : « J'aurais dû m'en douter, pourtant ! » à l'oreille d'Adélaïde. Même si les amours d'Adélaïde les intéressent, ils sont réunis pour discuter de Jeannine et de sa santé, et c'est ce à quoi ils s'emploient.

On décide que la longue convalescence, rendue difficile par les escaliers de Saint-Henri, se passera chez Ada, où les enfants de Jeannine auront la possibilité de demeurer aussi. Ensuite, dès qu'elle aura récupéré un peu, Jeannine pourra retourner chez elle. Bien après, une fois Jeannine suffisamment remise et une fois la plaie bien cicatrisée, il y aura les traitements au cobalt à l'hôpital. Des radiations quotidiennes, cinq jours par semaine durant six semaines. Ce traitement l'affaiblira à nouveau, mais ils décident d'attendre pour discuter de cette étape.

La patience dont Paul fait preuve pour expliquer posément quels sont les choix, les risques, les pronostics, est constante. Que ce soit avec Fabien, Germaine, Tommy ou même Thomas, jamais il ne s'énerve ou n'esquive une question. Ce qui contribue grandement à diminuer l'angoisse des enfants. Tout le monde finit par accepter l'idée que rien n'est perdu, mais que rien ne sera donné.

Écartelée entre les soins et les gens qui visitent Jeannine chez elle, entre l'engagement d'un nouveau directeur intérimaire pour l'Atelier et la mise en marché de la collection *Déjà*, Adélaïde n'a plus une minute à elle. Elle court à longueur de journée, occupée à régler problème sur problème et à essayer d'offrir un peu d'aide à Jacynthe et à Alex qui sont incroyablement discrets pour ce qui est de leurs états d'âme. Marthe, Rose et James font leur part avec Jeannine, Germaine et Florent sont, avec Lionel, d'un indispensable soutien, mais Léa et Thomas sont ses enfants et, pour Adélaïde, les négliger ou ne pas réciter la prière du soir avec eux est impensable. Ce qui fait que, vers onze heures, elle téléphone à Paul pour prendre de ses nouvelles et déplorer qu'ils ne se voient plus.

Paul sait très bien toute l'angoisse que génère une nouvelle comme celle qu'a reçue Jeannine. Le fait qu'Adélaïde l'ait présenté à tous et qu'elle n'ait pas caché l'affection qu'elle éprouve pour lui l'a énormément rassuré. Mais, au bout d'un mois, une fois Jeannine retournée à Saint-Henri, il trouve difficile d'accepter le rythme effréné d'Adélaïde : « Tu sais depuis combien de temps je ne t'ai pas vue, Adélaïde ?

— Je suis passée au bureau, hier, te porter...

— Bon : que je ne t'ai pas vraiment vue. Prise dans mes bras, disons.

— Une semaine ?

— Deux semaines demain.

— Ah oui ? Ah bon ! »

S'il espérait obtenir un rendez-vous avec ça, il en est pour ses frais. Quand Adélaïde précise que les deux prochaines semaines sont consacrées à la fin de l'année scolaire, aux examens, aux distributions des prix, aux discussions et aux préparatifs pour les vacances, il comprend qu'il est carrément sur la voie d'évitement.

Avec douceur, il lui souhaite une bonne nuit et raccroche.

Ensuite, quitte à s'attacher les mains, il attend qu'elle rappelle.

Les cinq jours de silence sont une torture. À bout, mais faussement désinvolte, il se présente chez Jeannine pour prendre amicalement de ses nouvelles. Toujours au lit, Jeannine est assez bien pour « qu'on arrête de parler d'elle » et elle confesse Paul sur ses intentions.

Au début de la conversation, Paul ne veut rien dire, rien admettre, il parle d'affection mutuelle, de complicité et d'un vif intérêt de sa part. Jeannine finit par s'énerver de ses précautions verbales : « Bonyeu, Paul ! Je ne vous demande pas à quelle heure je vais mourir, je vous demande si vous l'avez fait ! Vous pouvez me parler de ça, non ? »

Il reste hésitant, marche sur des œufs et elle l'interrompt à nouveau : « Je la connais, Ada, c'est pas le genre capable de s'en passer. Excusez-moi, mais avec l'air qu'elle a, si c'est pas vous, c'est quelqu'un d'autre. »

Rien qu'à voir le tressaillement d'aversion traverser le médecin, Jeannine part à rire : « Êtes-vous inquiet, cout donc ? »

Piteusement, il laisse entendre que les bons moments sont derrière eux. Léa en arrache avec son latin qu'elle doit travailler doublement, Thomas profite de chaque absence de sa mère pour faire un mauvais coup, Aaron est bien seul depuis le départ de Lili, Paul répète qu'il comprend toutes les charges d'Adélaïde.

« Si vous comprenez trop, vous allez la perdre. Vous faites quoi pour lui faire savoir que vous êtes aussi mal pris qu'Aaron ? »

— Je ne le suis pas. Enfin... pas comme lui. »

Jeannine l'observe, il se sent méprisable de lui parler de ça. Elle a besoin de lui, et c'est lui qui vient lui siphonner ses pauvres forces avec ses histoires de dépit amoureux : « Excusez-moi de vous avoir fatiguée. Je m'en veux, Jeannine. Je vous laisse vous reposer.

— Ada vous impressionne et vous la laissez régner à son goût. Il y a juste une chose que vous ignorez : elle ne sait pas s'arrêter, elle ne sait pas qu'elle a besoin d'autre chose que de travailler. Je l'ai vue se tuer à l'ouvrage à force de volonté. Arrêtez-la. Rattrapez-la. Je ne peux rien faire, c'est de ma maladie qu'elle se sauve en étant tellement efficace. »

Il la remercie, lui jure de lui donner des nouvelles et des vraies.

« Revenez après-demain ! »

Ce soir-là, à neuf heures et demie, Paul sonne chez Adélaïde qui vient de terminer un thème latin avec Léa. Surprise, elle a l'air plus contrariée que réjouie de le voir assis dans son bureau. Il renonce à la toucher en la voyant surveiller la porte dès qu'il s'approche d'elle. Elle explique que tante Germaine peut entrer à n'importe quel instant. Il comprend, s'assoit à distance très raisonnable : « Je suis venu m'informer si je dois ou non rappeler ma maîtresse. J'ai quatre jours de congé à la Saint-Jean, je pensais t'offrir un voyage, une escapade dans un hôtel quelque part, mais je sais déjà que tu ne peux pas. Je sais que tu as des priorités et des problèmes de famille. Je vais être honnête avec toi, je ne pense pas pouvoir tenir très longtemps notre rythme. »

Les yeux gris acier le toisent, méprisants : « Fais ça une fois, Paul Picard, embrasse une seule fois quelqu'un d'autre et tu ne me revois plus ! »

Alors que le coup de la maîtresse a toujours été un sujet d'humour entre eux, une sorte de blague ! Il faut qu'elle soit bien susceptible pour le prendre si mal. Paul a immédiatement conscience de son erreur de stratégie. Il ne doit pas s'enferrer, ils n'iront nulle part ailleurs qu'à la rupture s'il continue sur ce ton.

« Je n'ai aucune envie d'une autre femme que toi, aucun désir pour aucune autre que toi. Mais je veux mon tour ! Je veux ma place. Je veux une nuit avec toi et que tu sois si fatiguée, si épuisée que tu demandes grâce et que je te dise non, pas grâce ! Encore, parce que j'ai juste une nuit. »

Dieu merci, elle sourit. Il se tait et attend. Elle vient s'asseoir près de lui : « Je suis inquiète.

— Je sais. Tu n'es pas seule, vas-tu comprendre ça, un jour ? »

Les grands yeux soucieux le scrutent : « L'ennui, c'est que ça aussi, ça m'inquiète. »

Paul est très prudent. Au lieu de débattre sérieusement de ses angoisses, il se moque d'elle, du confort et des joies du célibat et de la vertu obligée qui compliquent tellement moins l'existence. « Ce qu'il y a de bien avec toi, c'est que dès que tu as l'occasion de faire du mal, hop, tu choisis la vertu ! Ce ne serait pas ton genre de te laisser entraîner à la luxure sur... disons le tapis du salon, celui de la chambre ou dans la baignoire. Pas ton style de rester nue dans un rayon de soleil de la cuisine, appuyée au comptoir à beurrer tes toasts, comme si tu étais décente. Non... Pas toi, ça ! Ni d'ailleurs de courir d'une pièce à l'autre sans te couvrir !

— Arrête !

— Ça ne risque pas de t'arriver, je te dis ! Tu as seulement une aisance naturelle avec ton corps. On ne sait pas pourquoi, une sorte de don. Comme cette façon que tu as d'appeler le plaisir, de le prendre sans te gêner, urgente et assoiffée. Incroyablement indécente. Magnifiquement indécente. Tu sais comment tu t'offres, comment tu t'ouvres avec amour ? Tu sais ce que tu me fais quand tes yeux se ferment juste avant et que je te demande de me regarder ? »

Il chuchote, il ne la touche pas, il chuchote sur le même ton pressant qu'il a quand il lui demande de le regarder et qu'elle ne peut pas, éblouie de plaisir, les yeux au fond de l'implosion qui va la terrasser. S'il continue, elle se déshabille, séance tenante ! « Arrête... »

Il a cette coquetterie qu'il lui a déjà servie de se lever, de passer sa main douce et ferme le long de sa nuque, d'attendre qu'elle tende le visage vers lui et de s'éloigner vers la porte en faisant mine de quitter la pièce. Quand il fait volte-face depuis la porte, elle met un doigt sur ses lèvres et elle tourne la clé dans la serrure avant de le ramener vers le sofa : « Je suis certaine que tu as apporté ce qu'il faut... »

Elle adore la menace joyeuse qu'elle voit dans ses yeux : « Penses-y. Adélaïde, je vais te faire des choses et tu vas risquer d'être entendue...

— Non. Tu vas m'embrasser et je vais être très sage. »

Le lendemain, en ouvrant son cahier de rendez-vous sur son secrétaire, elle trouve une note laissée par Paul indiquant que l'entente n'est pas conclue et qu'il continuerait les négociations.

Elle apprécie énormément ces notes qu'il sème dans ses poches, son sac à main, jusque dans ses gants ! Elle appelle et prend rendez-vous.

* * *

Le traitement est aussi horrible que la maladie, Jeannine le répète en luttant bravement contre les nausées, les coliques, la diarrhée et l'impitoyable fatigue qui l'accablent. Elle a l'impression que toute sa vie s'écoule d'elle, l'abandonne. Elle n'est plus qu'une plaie, qu'une plainte affaiblie. Tout lui fait mal, à commencer par respirer. L'opération l'avait amaigrie, la radiation massive la rend squelettique. C'est si peu Jeannine, ces grands yeux dans un visage ridé dont la peau flétrit. Elle ne fait que des commentaires sarcastiques, mais l'épreuve est terrible et terrifiante.

Fabien a pris des vacances et il ne la laisse pas d'une semelle. Il la conduit à l'hôpital, attend patiemment qu'on « la martyrise » et la ramène ensuite chez Ada. Les enfants accourent dès qu'ils ont une minute. Tommy travaille au jardin chez Ada pour gagner mais surtout pour s'occuper. Le jardinier italien lui montre comment s'y prendre. Alex et Jacynthe se dépêchent de relever Fabien et de tenir la main de Jeannine dès qu'ils sortent de leurs bureaux. Jacynthe travaille beaucoup trop et Adélaïde lui a engagé une assistante, qui lui rapporte que la jeune femme ne lui laisse rien faire. Il n'y a que Marthe qui puisse ralentir Jacynthe et lui faire entendre raison. Marthe se concentre d'ailleurs sur la boutique *Déjà* et elle repousse sa prochaine exposition d'un an. Estelle s'occupe de la formation du nouveau directeur de l'Atelier et Florent fait ce qu'il peut pour ne pas perdre patience. Mais le directeur n'a rien d'autre en tête que le rendement et il traite le « petit personnel » avec une arrogance intolérable pour Florent. Laura et Mélanie sont là depuis le tout début, et les manières du superviseur sont si méprisantes que le conflit risque d'éclater. Estelle en a plein les bras avec les récriminations de chacun et elle est loin de bénéficier de l'autorité naturelle de Jeannine.

Rose, de nouveau enceinte, s'occupe principalement des loisirs de Thomas et elle essaie de s'arranger pour qu'il ne tombe pas amoureux toutes les dix minutes.

Thomas marche allégrement sur les traces d'Alex et trouve que seules les filles savent rire et s'amuser. Il fait son clown, se dépense pour les séduire et elles se pâment d'admiration. Les filles de Rose sont les premières à céder à tant de charme. Même Madeleine le trouve irrésistible. Rose a beaucoup à faire pour ne pas que Véronique, jalouse, réclame que Thomas s'occupe d'elle en exclusivité.

Un soir où Paul vient chercher Adélaïde à l'Atelier, il assiste à une scène entre celle-ci et le nouveau directeur, Gérard Drolet, qui le laisse pantois. Assis dans le bureau de Florent, faisant mine de feuilleter un magazine de mode, il ne perd rien des arguments du jeune coq.

De toute évidence, M. Drolet estime fort peu les qualités de Florent, et Paul l'entend le qualifier « d'artiste trop rêveur pour s'occuper de ça ! ». Il lève les yeux juste à temps pour voir la femme qu'il aime devenir ce que les gens appellent « un redoutable homme d'affaires ». Cinglante, elle indique au directeur que son *bleu* sera prêt dans l'heure et que son chèque suivra. Quand l'homme se met à injurier violemment Adélaïde, Paul se lève et intervient. En deux secondes, Drolet est sorti.

Paul est furieux de constater qu'elle n'aurait pas agi autrement en son absence.

« Toute seule, sans protection, tu aurais pris le risque qu'il te saute à la gorge, comme l'autre fou ? Fais-tu exprès, bon Dieu, pour les provoquer ?

— Si j'étais un homme, ça s'appellerait de l'autorité, Paul. Ne viens pas me sermonner avec la provocation des femmes. Je suis au courant que si les femmes restaient chez elles à élever des enfants, les hommes auraient plus de plaisir entre eux ! Je ne suis pas provocante seulement entre onze heures et minuit. Ce petit *boss des bécosses*, ce petit homme si sensible à ma provocation, a traité Florent de “maniéré pas normal”. S’il était si fort que ça, il aurait de meilleurs arguments pour voler la place de quelqu’un comme Florent. Il ne lui vient pas à la cheville ! Et il faudrait laisser Florent se battre quotidiennement avec lui ? Jamais ! »

Elle déplace inutilement d’énormes rouleaux de tissu, range des patrons, des ciseaux, bouscule des bobines de fil tellement elle est hors d’elle. Elle continue à invectiver le directeur, à lui redire son fait, même s’il est parti. Paul n’en revient pas de la hargne accumulée qui sort. Il écoute, stupéfait, la liste des injures, des quolibets, des détails choquants, blessants, des minuscules accrocs devenus des trous, des innombrables fois où il lui a fallu manœuvrer pour sauver la face et ménager ces hommes méprisants. Ces hommes qui la haïssent et reprennent toujours le même thème maudit des femmes de pouvoir qui protègent les homosexuels, sous prétexte qu’ils ne sont pas de vrais hommes, donc pas de vraies menaces au sens réel du terme pour eux, le sens sexuel.

Elle a raison d’être hors d’elle, il a vu tout comme elle le petit prétentieux essayer de l’humilier, de la rabaisser et de la « mettre à sa place ». Il a assez entendu et vu certains de ses collègues accueillir des résidentes avec des sourires moqueurs, comme si une femme médecin avait encore à prouver qu’elle pouvait exercer le métier pour savoir qu’Ada a raison, qu’elle n’invente ni n’exagère.

Elle a raison, mais ce qui la fâche le plus est toujours qu’on mette en cause l’honneur de Florent, son intégrité, le respect qui lui est dû. C’est là que Paul se trouve blessé, vaguement délaissé. Il souhaite la protéger, elle, mais il s'aperçoit que cette chose jamais abordée entre eux, cette osmose entre elle et Florent, le chicote, l'agace et le menace.

Il faut qu'elle se cogne méchamment sur une machine à coudre pour arrêter le flux de reproches et qu'un peu de calme revienne. Elle s'assoit, découragée : « Tu trouves que j'exagère ? »

Il ne peut même pas dire ça, il est certain qu'elle a raison : « Je trouve que tu en as gros sur le cœur. »

Elle lui indique le tabouret à côté du sien, contre la table de coupe : « Assieds-toi ici. »

Elle passe une main caressante sur la surface lisse de la table et elle commence à lui raconter comment elle a ouvert cet Atelier, en pleine guerre, avec un Florent si travailleur, si talentueux, qu'aucun effort n'était excessif pour donner libre cours à son génie.

Le soleil laisse à peine une trace rose au-dessus des verrières quand elle s'arrête : « Voilà, Paul. C'est, de tous les nouveaux secteurs, celui que j'aime le plus. À cause de Jeannine, cet endroit a fait ses frais sans jamais exploiter le personnel. Je n'ai pas envie qu'un petit minable vienne gâcher les efforts de Jeannine. Elle s'est battue comme une furie contre Stephen pour obtenir tout ça. C'est le travail de plusieurs années et de beaucoup de gens, cet Atelier. C'est une magnifique réussite. »

Il est tout retourné de constater à quel point, malgré sa position, malgré sa fortune, Adélaïde fait attention aux individus, à leurs préoccupations, à leur dignité. Il aurait tendance à régler ses conflits avec un coup d'autorité aveugle, contrairement à elle. Elle est dure avec les imbéciles, il l'admet, mais elle voit les efforts véritables. Il se demande si être une femme rend l'autorité plus difficile à exercer et il comprend que ce n'est pas ça, le problème. C'est autre chose. Comme si cette femme nourrissait un respect automatique pour tout être humain jusqu'à l'obtention de la preuve qu'il en est indigne. Et alors... pas de pardon, pas de négociation ou de fafinage, la porte.

Il fait presque noir, maintenant. Il se lève, la prend contre lui : « Tu es une femme bien, Adélaïde, tu sais ça ? »

* * *

C'est Laura et Mélanie qui sont chargées de la tâche de Jeannine et qui engagent le personnel pour les remplacer dans leurs anciennes fonctions. Jeannine est très flattée que ça en prenne deux pour faire son travail : « J'aurais dû exiger un plus gros salaire à Stephen... rien que pour le faire enrager ! »

Mais Stephen, son vieil opposant qui l'a tant tarabustée, a reçu la nouvelle du cancer de Jeannine comme un choc terrible. Extrêmement touché, il fait pitié à voir tant il s'inquiète d'elle, se soucie de la moindre amélioration. Adélaïde doit lui faire un rapport complet chaque jour et il a vraiment du mal à se passer de Jeannine.

« Je ne te mens pas, Jeannine, je ne sais plus combien de fois par jour il dit : "Ah ! Si Jeannine était là, aussi !"

— Pour dire comme nos vieilles guerres nous ont unis. Il va me manquer à moi aussi. De toutes les parties patronales que j'ai affrontées dans ma vie, Stephen était le plus dur, mais celui que j'ai le mieux convaincu. Maudits Anglais ! Ils sont longs à faire comprendre, mais quand c'est fait, c'est gagné pour de bon. »

Jeannine finit la trentième session de radiation en juillet, « à moitié morte d'avoir été soignée », comme elle prétend. D'après Savard, ils ont tout enlevé en opérant et la radiation devrait avoir achevé le travail. Une fois solidement remise sur pied, elle devrait s'en sortir. Évidemment, il faudra contrôler chaque année pendant cinq ans, mais ensuite, comme dit Jeannine : « Je serai une miraculée de la science et j'irai faire ma neuvaine à Sainte-Anne-de-Beaupré. »

Ils se retrouvent tous au Lac, soulagés d'une angoisse pesante. Petit à petit, la vie reprend ses droits, l'espoir d'avoir échappé au pire permet à chacun de revenir à ses préoccupations personnelles. L'après-cancer est sous le signe d'une détente soulagée. Même Alex et Jacynthe, qui arrivent au Lac épuisés, vidés, se remettent à blaguer et sortent de leur mutisme peiné. Pour une fois, tout le monde adopte un rythme semblable et, dès dix heures du soir, les habitants de la maison, usés par des mois de labeur angoissé, sont au lit à récupérer.

Cette fois, la grossesse de Rose est plus facile et elle promène allégrement son ventre déjà rond. Léa, quand elle n'agace pas son frère, passe de longues heures dans sa chambre à lire. Guillaume est reparti en France parce que Agnès, enceinte, veut accoucher près de sa mère. Il a promis de faire signe à Leah en écrivant à la dernière adresse connue qu'elle a laissée.

Jeannine est restée en ville, mais elle devrait les rejoindre en août, avec Fabien. Aaron a accepté de passer trois semaines avec eux puisque ses jambes le lui permettent. Il est clair que ce séjour brise sa difficile solitude.

Leah donne des nouvelles régulièrement et, selon le destinataire, elle se montre plus ou moins précise au sujet de ses recherches.

Avec Alex, elle s'inquiète de son état d'esprit et de Jeannine, et elle révèle fort peu de ses déplacements. Avec Léa, elle raconte le pays, le paysage et dit beaucoup sur les gens qu'elle rencontre et rien sur ceux qu'elle cherche.

C'est Aaron et Adélaïde qui reçoivent les lettres les plus exhaustives. Sans se les montrer, ils discutent de ce que Leah leur confie et réussissent à obtenir de la sorte un portrait plus authentique de l'aventure.

Leah est arrivée à Paris et elle a tout de suite essayé de fouiller les documents archivés. Mais beaucoup de dossiers ont disparu, ont été transférés ou ne sont pas accessibles pour protéger un secret ou un autre.

Elle a obtenu la preuve que Theodore faisait bel et bien partie de la mission de Dieppe et qu'il avait effectivement débarqué.

À Dieppe, elle piétine, épluche les cadastres de cimetières militaires, interroge les gens sur ce qui s'est réellement passé, sur les prisonniers, les conditions de détention – mais tout cela prend un temps infini.

De tous les soldats faisant partie de la division de son père, elle n'a plus qu'une dizaine de noms en main qu'elle peut retracer personnellement. Les autres sont morts anonymes ou ont disparu aussi anonymement.

Avec son grand-père, Leah se fait consolante, donnant tous les détails illustrant la reconnaissance des Français envers ceux qui sont venus les aider. Elle rapporte le moindre fait louangeur raconté par les vieux avec qui elle parle.

Adélaïde reçoit les lettres les plus personnelles, où la jeune fille exprime sa rage, son impuissance à trouver des preuves, à en apprendre davantage.

Il y a un mur entre les faits militaires datés et recensés dans les livres d'histoire et les réelles condi-

tions de vie des prisonniers. Nous savions pour les Juifs d'Allemagne, de Pologne, de toute l'Europe en fait, nous savions pour les camps de la mort. Mais nous ne savons rien *des conditions de garde des soldats juifs par les états-majors allemands qui occupaient alors la France. Je redoute ce que je vais apprendre parce que, même encore, même aujourd'hui, le mot juif ne plaît pas à tout le monde et, quelquefois, je sens le désintérêt des gens quand il s'agit précisément de soldats juifs. Quand j'entends leur : « Ah ! Eux ? Ils étaient gardés à part, c'est sûr », je crains le pire. Crois-tu qu'il soit possible que mon père, parti se battre comme les autres Canadiens, risquant les mêmes enjeux, soit jugé moins valeureux parce qu'il était juif et que « c'est un peu de leur faute, tout ce bordel ! » comme ils disent ? Il était ici, il s'est battu jusqu'ici et je ne trouve rien ni personne qui puisse me montrer sa tombe ou sa trace. Ici, dans ce village, mon père a disparu. Et il a disparu comme un Juif prisonnier des Allemands. J'en suis presque sûre. Tous les morts sont enterrés avec leur numéro de matricule.*

Peut-être que je me décourage, il est tard et, en me relisant demain, je n'enverrai probablement pas cette lettre. Mais je pense que le soldat Singer ne compte pas beaucoup dans la liste des libérateurs. Pour eux, ce sont de braves Américains, tous des mâchouilleurs de chewing-gum, qui les ont aidés. Pas un petit Juif de Montréal qui avait laissé sa femme et ses enfants. Non, des Américains blancs qui fumaient du tabac blond. Mon soldat juif Ada, ils pensent encore « juif » et non « soldat » quand ils en entendent parler. Ils me regardent avec pitié en me recommandant tous de continuer ma route et d'oublier. Inutile de leur dire qu'ils me recommandent de me couper les deux jambes pour ensuite reprendre ma route. Ce que je sens, c'est qu'ils ne sont pas fiers de ce qu'ils ont fait, ils sont gênés, alors ils préfèrent parler comme si cela n'avait pas existé. Mais mon père à moi, j'en suis fière, il les a aidés, et je demeure convaincue que c'est à eux, maintenant, de m'aider. Je vais y arriver. Mais ce que je vois de la nature humaine, de leur désir d'effacer et de faire disparaître les vestiges de la honte, m'inquiète pour l'avenir. Si nous ne pouvons pas faire face à nos propres actes, comment construire un avenir qui soit assuré contre la répétition de ces hontes ?

Et puis, en juin, Adélaïde reçoit ceci : *Je ne l'écris qu'à toi et ne le répète à personne, parce que je crains d'inquiéter Alex ou grand-père. J'ai rencontré quelqu'un, un Juif nommé Denis Dutrisac qui a vingt ans et qui s'intéresse à mon histoire. Son père est mort en France, fusillé, on ne sait trop comment. Son nom n'est pas juif parce qu'il porte celui de sa mère. En fait, sa mère n'a jamais épousé son père. Elle a eu cet enfant sans être mariée, à l'époque, et elle a été accusée de collaboration avec les Allemands. Le père de Denis était un Juif allemand, un Straub qui n'avait rien à faire avec l'armée nazie, mais que les occupants nazis ont trouvé suspect. Je ne sais pas toute l'histoire, c'est compliqué, mais la mère de Denis a toujours été mise à l'écart, doublement à l'écart, à cause de cette liaison. Elle sait, elle, où et dans quelles conditions on gardait les prisonniers juifs ici. Denis essaie de la convaincre de me rencontrer, mais elle fait partie de ceux qui ont laissé tout ça derrière, elle est maintenant mariée à un Français d'une grande famille et elle craint encore les représailles. Si elle refuse, Denis m'a parlé de quelqu'un d'autre, un résistant pendant la guerre, et nous irions le voir. Il est à Montpellier, mais ce n'est quand même pas Israël : comme il m'accompagnerait, cela pourrait accélérer le processus, les gens se confient pas mal moins à une étrangère. À un petit Français, c'est plus facile. Et tellement plus encourageant.*

Ada se garde bien de révéler à qui que ce soit ce type d'encouragement qui en découragerait un assez vite. Elle espère que Leah sait ce qu'elle fait, mais à vingt-deux ans, on ne peut pas vraiment forcer un enfant à agir selon nos normes.

Même à quinze ans et demi, se dit Adélaïde qui n'arrive pas à faire parler Léa de ce qui l'intéresse ou l'inquiète. Léa garde ses secrets pour elle et quand Thomas livre un renseignement, c'est pour dire que sa sœur est « craque-pot avec ses livres ».

Au bout de deux semaines au Lac, Adélaïde se sent enfin reposée et en forme. Comme toujours, c'est à ce moment-là que Paul lui manque cruellement. Elle se reproche son manque de manières et ses façons brutales de le rabaisser au titre d'amant, mais elle n'y peut rien. Elle croit vraiment que cette urgence est la seule qui justifie la présence de Paul dans sa vie. Rose et Germaine ont beau essayer de la faire parler là-dessus, de la faire se déclarer, elle peut seulement dire qu'elle est en bons termes avec Paul, mais pas amoureuse de lui.

Un soir qu'elle s'est assise au bout du quai, Florent arrive à l'improviste de Montréal. Ce n'est pas une angoisse soudaine pour la santé de Jeannine qui lui vaut ce voyage, mais une nouvelle qu'il désirait lui communiquer en personne. Béatrice l'a appelé pour lui commander une robe de mariée, sa première robe de mariée, puisqu'il n'en a jamais dessiné. Elle va épouser Jean-Louis, son coiffeur. Elle dit que c'est une sécurité pour elle, que personne au monde ne peut mieux la comprendre et qu'elle le comprend aussi. Le mariage est prévu pour octobre.

Quand ils l'annoncent aux autres, ils sont tous muets, sauf Germaine, qui ne peut garder son dépit pour elle : « De mieux en mieux ! »

Beaucoup plus tard ce soir-là, après les exclamations et les commentaires plus ou moins moqueurs, Florent vient rejoindre Ada qui s'est réinstallée sur le quai : « Tu vas lui parler ?

— Pour lui dire quoi, Florent ? Que ça ne fera pas des enfants forts ? Elle l'épouse précisément pour ça, pour ne plus avoir à coucher avec un homme. Ils sont assez grands pour savoir ce qu'ils font, je pense. »

Florent se tait et évalue les effets fâcheux d'un tel mariage sur Adélaïde et lui-même. Depuis des années, leur collaboration étroite, leurs relations personnelles sont discutées, jugées, évaluées publiquement. Il sait fort bien que les hommes ne se cachent pas pour prétendre que la femme forte de *McNally Enterprises* est bien habillée, mais n'est pas autre chose qu'un homme sans queue. Et les homosexuels de sa connaissance ne se gênent pas pour réduire cette relation à une aimable couverture pour des penchants que Florent ne veut pas exposer. Des deux côtés, ils sont méprisés. Des deux côtés, ils sont exclus. En ce qui le concerne, Florent n'a pas envie d'aller plus loin, il a choisi de ne pas se livrer à ses « tendances », tout comme il a accepté de ne plus jouer avec Ada au dangereux artifice de leur alliance déguisée en mariage. Ils ont une rare relation, privée et franche, ils ne la gâcheront plus en prenant des risques inutiles. Mais entre eux deux, la vraie menace a toujours été l'autre homme. Quand Theodore est arrivé dans la vie d'Ada, Florent n'était pas assez mûr, pas assez présent pour que cet amour bouscule leurs liens. Mais Ted l'a quand même éloignée de lui un certain temps. Avec Nic, ils ont eu la même profonde complicité et, dans la mesure du possible, ils ont partagé le même amour. Maintenant, Adélaïde s'obstine à garder Paul secret, privé et plus caché que si elle avait une relation condamnable. Florent a cru qu'il verrait Paul atteindre le statut de cavalier ou de chevalier servant quand Jeannine a été le seul et brûlant sujet de leurs préoccupations. Mais non. Même quand Rose a essayé d'en savoir davantage, elle n'a rien obtenu d'Adélaïde et ils en sont tous à supputer l'avenir, sans aucun indice de la voie que prend la relation. Les enfants lui demandent à lui ce que leur mère fait avec Paul. Florent n'est pas loin de penser que le pauvre type doit en savoir aussi peu que les autres.

Il retire ses chaussures, ses chaussettes et agite les pieds dans l'eau fraîche : « Est-ce que tu t'éloignes, Ada ? »

Évidemment, elle ne le suit pas du tout. Il précise : « Si quelqu'un arrivait dans ma vie, Ada, si je me mettais à aimer quelqu'un, tu le saurais tout de suite. Un homme ou une femme, d'ailleurs. Tu le saurais et tu m'en parlerais. Pourquoi tu ne parles pas de lui ?

— Ce n'est pas... ça ne compte pas comme... »

Elle n'arrive pas à le dire, elle a honte. Elle voudrait expliquer que Nic ou Theodore étaient autrement plus importants, plus essentiels que Paul. Que cette histoire est méprisable parce qu'elle commence avec les sens et ne contente que les sens.

« Tu te trompes, Ada, tu te trompes beaucoup et tu vas le perdre si tu continues. »

Elle n'a rien dit encore ! De quoi parle-t-il ? De quoi se mêle-t-il ? « Tu veux aller à un double mariage,

Florent ? N'y compte pas. Je n'ai aucune envie, aucun besoin de me remarier. Tu crains pour ma réputation ?

— Pour ton cœur, idiote ! Pour toi. Comment on ferait, si j'étais amoureux ? On inviterait l'homme, tu le présenterais à tes enfants ?

— Évidemment.

— Pourquoi je n'ai pas eu droit à un dîner officiel avec Paul ? »

Adélaïde n'a pas du tout envie de discuter de ce sujet et elle le lui fait savoir sans détour. Le jour où elle jugera bon de présenter Paul aux siens autrement que comme l'ami qu'elle a présenté, elle le fera.

Florent ne se fâche pas souvent, mais là, il trouve qu'elle exagère : « Je suppose que tu te crois, Ada. Mais pour quelqu'un de si avisé en affaires, je te trouve singulièrement bornée en amour. Je t'ai vue désirer cet homme-là, alors que Nic dansait à côté de toi, il y a plus de dix ans.

— Justement, Florent : désirer n'est pas aimer. »

Elle se lève et lui souhaite froidement bonne nuit. Il se retourne et lui lance, en proie à la colère : « Viens donc me parler encore contre les catholiques qui méprisent le sexe ! »

Cette nuit-là, bien assise dans son lit, elle attend Florent et ses excuses. Elle voudrait bien qu'il regrette une telle phrase. Mais Florent travaille à Montréal très tôt le lendemain et il prend la route après avoir embrassé Léa : « Tu t'es encore chicané avec elle ! Tu le sais, pourtant, qu'il ne faut pas la contredire.

— Ça lui arrive d'avoir tort.

— Bien sûr que ça lui arrive.

— Tu ne lui dis pas, toi ?

— Jamais de la vie ! Des plans pour se chicaner tout le temps ! »

Florent se dit que ça vaut bien la peine d'essayer

d'élever des enfants dans la vérité et la franchise ! Léa fait exactement comme toutes les filles de quinze ans : elle met du rouge à lèvres en sortant de la maison et elle l'essuie avant de rentrer. Il l'embrasse, la traite de grande sage et promet de revenir dès vendredi soir, même tard, même « si maman est pas déchoquée. Juré, craché.

— Crache pour de vrai ! »

Ce que, bien sûr, même au milieu d'un bois, Florent n'a jamais été capable de faire tellement ça lui semble grossier. Léa s'amuse toujours de le voir se scandaliser de sa demande.

Béatrice est rarement venue à la maison du Lac. Sa visite coïncide avec les vacances de Jean-Louis, parti à un voyage de pêche « entre hommes » dans le Nord. Pour éviter de rester seule, elle vient discuter avec Adélaïde de son prochain mariage. Inutile d'essayer de la convaincre de faire dans la modestie : toute l'idée du mariage tient dans la réception et les falbalas entourant l'événement. Même si elle n'est plus une grande vedette comme auparavant, sa constante présence sur les ondes radiophoniques lui assure une couverture médiatique intéressante. Porter la première création de mariage de *Coutures Florent*, avoir des demoiselles d'honneur et un cortège composé de vedettes de la télévision et de la colonie artistique augmente l'impact publicitaire.

Adélaïde est scandalisée : il s'agit d'un deuxième mariage, le blanc ne convient pas et le cortège avec demoiselles d'honneur non plus. C'est provocant. Après ce qui est arrivé il y a deux ans, Ada essaie de ramener Béatrice à la raison, il est inutile d'essayer de faire parler de ce mariage. Les journaux vont aller rechercher le drame et cela ne fera que du tort.

Béatrice, divine de naïveté, prétend au contraire avoir à cœur de rassurer son public et de prouver qu'on peut surmonter les coups durs de la vie. Ada n'est pas mécontente que tante Germaine n'entende pas ça. L'ennui, c'est que Béatrice compte sur Adélaïde pour offrir la réception. Elle fait ses yeux doux et explique que Jean-Louis, malgré un franc succès, n'a pas les moyens du Ritz.

Une bagatelle, en effet, le Ritz pour quatre cents personnes ! Et quatre cents personnes qui ne boiront pas du vin de Saint-Georges !

« Je t'en prie, tu l'as fait pour un parfait étranger, tu vas le faire pour ta propre sœur !

— Je suppose que le parfait étranger est Florent, Béatrice ? »

Béatrice baisse un peu le ton et admet que c'est peut-être exagéré, mais qu'elle n'a pas reçu beaucoup de sa sœur en comparaison des autres et qu'elle aussi, Nic l'aimait et que, s'il vivait, il l'offrirait sans qu'elle ait à demander.

Dégoûtée, Ada se demande si le seul fait d'évoquer la mémoire de Nic a toujours produit une telle manne. Elle refuse de continuer la discussion et prétend qu'elle veut réfléchir à l'affaire, évaluer les coûts.

« Dépêche-toi ! On est en août et le mariage est prévu pour le 12 octobre ! »

Adélaïde ne demande pas si elle recevra également la facture du voyage de noces, puisque le 14 octobre Béatrice commence les répétitions d'une nouvelle pièce de théâtre, la première qu'elle fera depuis deux ans.

Ce mariage, les préparatifs, l'excitation autour de l'événement ramènent des couleurs aux joues de sa sœur et effacent les derniers signes de dépression qui ont suivi le viol. Méchamment, parce que Béatrice l'irrite, Ada a envie de demander à sa sœur si Pierre recevra un carton. La seule pensée du garçon enfermé avec les fous lui cloue le bec. Inutile d'être dure, la vie se chargera de rappeler à sa sœur qu'elle a un fils, le jour où il sortira de Beauport. S'il en sort.

Deux heures plus tard, ses nièces et Léa viennent lui expliquer comment seront les jolies robes roses des demoiselles d'honneur que « ma tante » va leur offrir ! Adélaïde va trouver Germaine pour tenter de la convaincre d'assister au mariage qui sera une gracieuseté de sa part.

* * *

Florent a l'impression de fouiller les tiroirs d'Ada quand il appelle Paul Picard. Étonné, le premier réflexe du médecin est de s'inquiéter de Jeannine, mais Florent le rassure tout de suite : « C'est une initiative privée et... personnelle. J'aimerais vous rencontrer. »

Ils ont l'air fins, pense Florent, assis face à face avec leur bière, engoncés, mal à l'aise, échangeant de lamentables commentaires sur la température et la qualité de l'été. Paul finit par attaquer de front et demander si Florent est chargé d'une mission particulière à remplir de la part d'Adélaïde. Confus, Florent se rend compte que le pauvre diable pense qu'il est là pour lui signifier son congé. L'évident soulagement qu'il lit dans le comportement de Paul quand il lui dit que, si Ada l'apprend, elle le massacre, lui donne suffisamment confiance pour continuer et expliquer qu'il connaît Adélaïde et craint qu'elle ne le présente jamais : « J'ai décidé d'essayer de vous connaître... et de vous aider.

— À quoi ?

— Appelons ça... à négocier le tournant. »

Paul rit. Il n'a pas besoin d'aide, il refuse qu'on se mêle de cette histoire. Il est heureux de connaître Florent, de parler avec lui, mais il croit sincèrement qu'Adélaïde va prendre ses décisions toute seule. « Je sais très bien qu'Adélaïde ne se remariera pas tant que les enfants seront à la maison. Si quelqu'un la pousse à le faire, si quelqu'un exerce une pression pour la forcer à s'engager, je la perds. Si vous la connaissez, Florent, vous savez ça. Alors, la seule chose que je vous demande, la seule aide dont j'ai besoin, c'est d'arrêter la bonne volonté familiale qui veut le bonheur d'Adélaïde malgré elle. Arrêtez de vouloir la protéger et laissez-la vous protéger. Ce sera toujours comme ça avec elle. »

Florent se tait. Il est d'accord avec l'analyse et se trouve stupide d'avoir même essayé. Il se demande où est l'intérêt de cet homme dans l'affaire, pourquoi accepter d'être traité sans reconnaissance publique, presque honteusement. Pourquoi, comment peut-il sacrifier des années importantes pour un homme qui veut se marier, fonder une famille ? Paul Picard finit sa bière et répond aux questions qu'il devine : « Vous et moi, on a cela de commun, on aime cette femme. Et vous savez quoi ? Son argent, son talent pour les affaires, son empire, je m'en fous. Je gagne très bien ma vie, Dieu merci, et personne ne peut venir m'accuser de la fréquenter pour lui extorquer sa fortune. »

Florent sait que Paul Picard ne ment pas. Impulsivement, il l'invite à souper chez lui.

Les deux hommes cuisinent de concert et mangent dans le jardin, très à l'aise, très détendus. Paul entend enfin l'histoire de cet extraordinaire couple d'affaires qui est, comme il le soupçonnait, un couple à bien d'autres égards. Florent ne révèle pas tout, il escamote la part sensuelle et physique ainsi que toute la part de Nic dans l'histoire, mais il a plaisir à raconter et à rassurer Paul sur le fondement de l'amour qu'il éprouve pour Ada : « Elle ne veut pas m'épouser non plus, et pourtant, c'est Léa qui le demandait. Vous n'avez rien à craindre de moi. »

Paul Picard garde pour lui sa conviction que ce mariage avec Florent n'était pas si fou. Il remercie le Ciel que cet homme si séduisant soit attiré par d'autres charmes que ceux d'Adélaïde. Parce que, s'il avait été doué pour la seule chose qui fait perdre son empire à Ada, la cause serait entendue. Quand il demande, le plus discrètement possible, si Florent « a des attachements affectifs », il voit le jeune homme rougir et expliquer que son travail au théâtre et à l'Atelier le prend totalement.

« Vous êtes comme elle, finalement, vous consumez vos forces, toutes vos forces, dans le travail. C'est ce que je n'arrive pas à faire. Peut-être parce que je suis paresseux, mais je suis tout de même certain que c'est mauvais pour la santé. »

Florent lui promet non seulement de cesser de vouloir convaincre Ada d'intégrer Paul à la vie familiale, mais d'essayer d'étendre cette politique aux autres membres de la famille. Paul part à moitié rassuré : cette entrevue avait l'air d'un examen de candidature qui ne l'amuse pas. Depuis quelques mois, il investit beaucoup d'énergie à soulager la pression familiale qu'Adélaïde supporte, il n'a pas envie de les voir envahir son oasis. Même si c'est par amitié pour lui.

Peu à peu, il gagne du terrain, il grignote sur l'horaire consacré et intouchable. Adélaïde et lui se sont livrés avec beaucoup de plaisir à l'établissement d'un tableau entier des membres de la famille qui ont été affublés de cotes allant de *absolument prioritaire* à *peut être remis à plus tard*. Paul a supplié de ne pas figurer au tableau, craignant trop de se voir classer dans l'accessoire.

Devant le nombre de personnes pouvant déranger leurs amours, Adélaïde a réagi avec une certaine gêne : « Pas beaucoup de place pour toi, Paul, je trouve aussi. » Depuis, quand ils sont un peu trop lourds à porter, ou qu'elle a besoin d'un peu de paix, elle vient chez lui. Elle a la clé, elle reste là à lire, quelquefois même à travailler sur un dossier, il lui est arrivé de laisser un mot parce qu'elle ne pouvait pas l'attendre, et c'est sur cette intimité-là que Paul compte pour que leur relation dure.

Cela porte des fruits, elle considère l'appartement de Paul comme le sien et, surtout, il a maintenant le numéro de téléphone du Lac et il peut s'en servir, toutes choses rassurantes et encourageantes pour lui.

En rentrant ce soir-là, il a très envie de l'appeler, mais il est tard pour la campagne où tant de gens dorment. Il résiste héroïquement à son envie puisque cette conversation avec Florent a réveillé tout l'amour qu'il lui voue et désire lui offrir.

Il est minuit quand elle appelle. Il est beaucoup plus tard quand il comprend que, après avoir essayé de le joindre en vain, elle a décidé de prendre la route pour Montréal.

Elle dort dans ses bras quand il se rend compte qu'elle n'est pas venue à l'appartement directement parce qu'elle a eu peur d'y trouver l'objet de leurs blagues, une autre femme.

Il sourit de cette lacune dans l'assurance de la femme si capable en affaires. Il interprète cette inquiétude comme un compliment – si elle savait qu'il était en compagnie d'un homme dont il est jaloux à cause d'elle et de l'importance qu'elle accorde à cet homme !

Elle se détourne de lui dans son sommeil et saisit son oreiller à plein bras. Il pose sa bouche sur le dos doré, respire ce parfum exquis d'après l'amour sur la peau fraîche qui garde une trace salée de l'ardeur amoureuse. Il chuchote « je t'aime » avant de s'endormir profondément.

* * *

Nous partirons demain pour la Pologne. Denis veut voir Auschwitz et je crois que moi aussi, même si je sais que je ne trouverai rien là-bas à propos de mon père. Les choses ont changé, je ne sais plus trop quoi faire. D'abord, ce résistant à Montpellier, M. Bruneau, m'a surtout appris que les prisonniers de guerre juifs étaient souvent déportés vers l'Allemagne ou alors mis à l'ouvrage pour des travaux difficiles, ardus, pour l'armée allemande en terrain occupé. Selon M. Bruneau, mon père a pu être mis à profit s'il était encore fort et vaillant. Sinon, ils l'ont exécuté sur place, ce qui serait la meilleure solution à son avis, ou ils l'ont expédié vers Dachau en Allemagne ou alors vers des camps en France, le Vernet d'Ariège ou Pithiviers, ce qui semble plus improbable.

Il est très difficile de savoir ce qui est arrivé, parce que certains camps de prisonniers étaient gardés par des Français qui ont tout fait ensuite pour cacher leur collaboration avec les Allemands. M. Bruneau est certain que des fusillades ont été ordonnées par des Français, de leur propre chef, mais que nous n'en saurons pas un mot. Ils sont terrés et d'une discrétion absolue, comme il dit, et je n'ai pas de peine à le croire. Il devient clair que Vichy a fait davantage que s'incliner devant les nazis.

Il est peu probable qu'on ait pris le risque de transporter des prisonniers de guerre jusqu'à Dachau. À moins qu'ils n'aient été annexés à un « convoi de Juifs civils », ce qui est douteux, selon M. Bruneau. Il me faudra retourner à Dieppe après la Pologne.

Tu dois te demander pourquoi je me rends là-bas, puisque je sais que je n'y trouverai rien. C'est pour Denis. Il m'a raconté son histoire tout au long du voyage et je vais t'en dire un peu, malgré le secret juré, parce que tu comprendras mieux ce qui m'arrive. Le père de Denis, Walt Straub, était un employé des Postes françaises, après avoir fui l'Allemagne avec ses parents en 1935. Le grand-père de Denis parlait français et il l'avait enseigné à son fils. En 1940, le père et la mère de Walt ont été soupçonnés de faire partie de la cinquième colonne et ils ont été internés dans les camps du Sud de la France. Ils y sont morts. Walt Straub a échappé aux camps parce qu'il vivait déjà loin de ses parents. Il avait cette liaison avec Louise Dutrisac et, quand elle a été enceinte, il a voulu l'épouser. Les parents Dutrisac n'ont jamais accepté que leur fille épouse un Juif allemand. Pire : ils préféraient la honte de la maternité à celle du mariage. Denis ne sait pas si cela a joué dans les événements, mais son père ne l'a jamais vu. Il a été écarté et l'est resté. D'après Denis, il n'y a pas que ses grands-parents Dutrisac qui soient profondément antisémites, mais sa mère également. Tu te rends compte, Ada, que ce Juif en exil a eu une liaison avec une antisémite ? Le reste de l'histoire, Denis la tient de sa mère. Quand les Allemands ont occupé la France, Walter Straub, qui avait été destitué de ses fonctions par le gouvernement de Pétain (les Juifs n'avaient plus la même classe que les autres citoyens en France non plus), n'a pas été expédié dans un camp. Il aurait livré aux autorités un certain nombre de Juifs français. Il les aurait donnés en échange de sa vie. D'après Louise, c'était sa haine des Français plutôt que sa peur de mourir qui jouait dans cette délation. Bref, on ne sait pas pourquoi, mais le père de Denis s'est senti plus Allemand que Juif ou plus peureux que brave et il a été assassiné par des résistants français. Cela, c'est sûr. On le tient de M. Bruneau. Ce qu'il n'a pas dit, ce que Denis n'a pas demandé, c'est si Louise Dutrisac ou ses parents ont donné Walter. C'est ce que je crois. C'est aussi ce qui torture Denis. Il n'est pas juif selon la religion, puisque sa mère ne l'est pas, mais il l'est quand même. Il a le nom français et son éducation qui maquillent son origine allemande, mais cela ne change rien. Comme Juif, il a appris à haïr les Allemands. Comme Français, il a appris à haïr les Juifs (comme Dutrisac, je veux dire, pas tous les Français quand même !) Tu sais ce qu'il a fait ? Il y a quatre ans, il s'est fait circoncire. Je sais que c'est osé de parler de ces choses-là, mais à seize ans, on dit que c'est très douloureux, même si c'est fait à l'hôpital. Il a fait ça et ensuite il s'est enfui de chez sa mère. Depuis, il fait des travaux de voirie, il cherche une place et une raison de continuer. Il est très perdu et très désespéré, Ada. Il est touchant. Je t'écris ces choses privées pour que tu comprennes ce qui m'arrive. Denis se pense amoureux de moi. Je dis bien « se pense ». Je représente pour lui tout ce qu'il cherche : une Juive d'origine dont le père est mort « du bon côté du combat » et sans honte. De plus, ma quête, alors que je pourrais être avocat et gagner ma vie au Canada, ma quête le rend très admi-

ratif. Lui qui a à peine gratté la surface de la mort de son père, il est devenu enragé de tout savoir. Il dit que je lui donne le courage de faire face à la lâcheté que son père lui a léguée. Il est très exalté, très entier. C'est pour ça qu'il se pense amoureux. Je crois qu'il est amoureux de mon comportement et de ma judéité. Il n'a jamais voulu croire que j'ai tourné le dos à ma mère, à la famille, aux rituels juifs. Il faut dire qu'ici ils sont beaucoup moins à cheval sur les principes religieux. Ce qui ne veut pas dire que Denis n'ait pas un énorme désir d'expiation des actes de son père. Il veut voir les camps parce qu'il veut voir où son père a envoyé ses semblables. Il dit que je veux embrasser mon père avant de le quitter pour toujours et que lui, il veut tuer à nouveau son père pour s'en affranchir. Je ne sais pas si c'est vrai, mais il ne peut pas faire ce voyage tout seul. Nous l'avons commencé ensemble, nous le terminerons ensemble. Aussi étrange que cela puisse paraître, Denis m'aide à mieux me comprendre : il est si bouleversé, si près de ses émotions qu'il me force à considérer les miennes, à rester lucide. Je ne l'aime pas d'amour, Ada, mais je l'aime beaucoup. Il a tellement mal et il est *tellement mal.*

Inutile de te dire de garder tout ça pour toi. Alex serait inquiet pour rien *et il ne croirait pas que rien d'autre ne nous garde ensemble, Denis et moi, que cette recherche. Ce voyage rend tout secondaire et ça m'inquiète. Présentement, il n'y a que mon père, et tout ce qui est arrivé sur ce continent, qui ait de la réalité pour moi. Comme si le reste disparaissait. Sauf, bien sûr, grand-père et vous tous. Tu lui diras ce que tu juges bon ou opportun de ce que je t'écris. Vous avez vos ententes, je le sais très bien. Dis-moi bonne chance et bonne route, Ada, dis-moi bon courage.*

Leah.

Aaron remet la lettre à Ada. Le jeune chien qu'elle lui a acheté s'affole et jappe après un papillon dans le jardin. Florent estimait qu'un chien était une drôle d'idée pour tenir compagnie à un homme qui n'a pas les jambes solides, et c'est à lui que revient la tâche de le promener tous les soirs. Mais Be-Bop est si affectueux que Florent ne pourrait plus s'en passer. De toute façon, Aaron déteste les chats et il a fait semblant d'aimer Caramel seulement parce que Léa l'aimait tant.

Be-Bop vient partager son dépit aux pieds d'Aaron qui lui caresse les oreilles : « Mon avis, Ada, c'est qu'elle va nous ramener un faux Juif, faux Français qui se cherche une maison... »

Adélaïde échange un regard déprimé : elle voit déjà la guerre que ce sera avec Alex.

Elle quitte Aaron, très pensive. Depuis le retour à Montréal, fin août, Ada constate qu'Alex sort plus souvent et qu'il a l'air décidé à s'amuser. Un soir qu'elle l'a invité à l'accompagner au théâtre, il a décliné tout en annonçant qu'ils se verraient là, puisqu'une jeune fille l'a invité à la première de la pièce. Adélaïde doit lui rendre justice : la jeune fille est bien belle. Aussi blonde que sa sœur Béatrice, elle a un petit air dégourdi qui la rend dangereusement attirante. À voir la lippe gourmande d'Alex, Ada ne donne pas cher de sa vertu.

« Et pourquoi serait-il vertueux ? Ils sont fiancés ? Ils se sont promis de s'attendre ? » lui demande Paul Picard ce soir-là. Il est venu la rejoindre à l'entracte et il a réussi à « récupérer » à côté d'elle tout le long du deuxième acte. Ce qui fait qu'il l'emmène chez lui ensuite.

Adélaïde trouvait l'idée de ce mariage très bonne,

elle l'avoue, mais Alex a le droit de jeunesser. Paul maintient qu'Alex a le *devoir* de jeunesser : « Je ne l'ai pas fait, moi, et regarde ce que ça a donné : j'ai failli te perdre. »

Elle refuse de confirmer son diagnostic, ce n'est pas son manque de compétence sexuelle qui l'a éloignée. Le sourire de Paul est pire que moqueur. Elle s'insulte, elle n'est pas une vicieuse pervertie quand même ! Et d'ailleurs, où a-t-il pris sa soudaine habileté ?

« Je pensais que tu ne le demanderais jamais ! Pas dans les livres, Ada. »

Il l'observe attentivement. Rien ne le réjouit davantage que les efforts qu'elle fait pour rester discrète et avoir l'air dégagée. Elle est jalouse pour mourir. Il fait exprès de la provoquer parce que ensuite, comme par hasard, elle est encore plus déchaînée et sauvage dans l'étreinte. Adélaïde McNally éprouve un petit problème avec le pouvoir et la possession, et Paul ne se gêne pas pour l'exploiter à son avantage.

Habilement, elle remet le sujet d'Alex et de Leah sur la table et elle déclare que ce serait dommage qu'une fausse petite Marilyn empêche une union durable. « Cette fille ne veut Alex que parce qu'il est beau garçon ! Elle l'aguiche et essaie sa séduction, mais il n'y a rien de sérieux là-dedans.

— Pourquoi tu t'inquiètes ? »

Elle repousse son assiette : « C'est qui, la femme ? »

Il fait semblant de chercher le nom de la compagne d'Alex, mais elle l'interrompt : « Tu te moques de moi, Paul ? Tu me trouves ridicule ? »

Comment une femme pareille peut-elle devenir si vulnérable soudain ? Repentant, désolé, il vient vers elle, s'excuse, explique que c'est par jeu, pour le bonheur de la voir lui montrer combien il compte, combien elle tient à lui. Elle ne comprend même pas qu'il en doute : « Les hommes que j'ai aimés, Paul, je les ai tous fuis au début. Ils me font peur. Quand je suis seule, je suis triste, mais au moins j'apprends à compter sur moi. Les hommes me prennent ma force et j'ai envie de la leur abandonner. Je devrais l'abandonner. Mais après ? Si j'ai besoin de ma force, où sera-t-elle ? »

Elle qui en a tant ! Elle qui en donne tant à ses enfants, à sa famille, à ses affaires. Comment peut-elle devenir si fragile, si peu sûre tout à coup ?

« Moi, c'est quand tu dis *après* que j'ai peur, Ada. Quand tu évoques l'après-moi, je fige de terreur. »

Elle passe une main douce sur son visage : « C'est parce qu'ils sont morts, Paul. Pas parce que je suis partie. »

Le mariage de Béatrice aura lieu au Ritz, comme elle le désire tant, mais la liste a été réduite à deux cents invités, ce qui, pour une deuxième noce, est déjà beaucoup, de l'avis d'Adélaïde. Inutile de militer pour la sobriété, et Léa et les deux aînées de Rose seront vêtues comme de petites princesses Grace à son mariage à Monaco.

Ada n'est même pas certaine que Béatrice ait noté la défection de tante Germaine, qui a décidé de passer cette journée à l'asile avec Pierre. Lionel l'accompagnera. Ce n'est pas que Pierre puisse être conscient de ce qui se passe, il dit « maman », mais personne ne sait s'il appelle sa mère originelle ou sa mère adoptive. Il parle de moins en moins, et ce n'est que pour dire des prières ou marmonner de longs récits bibliques. Dieu, avec ce « maman » confondant, occupe tout son esprit. Les médecins essaient de persuader Germaine de moins se fatiguer et d'espacer ses visites, mais la mine réjouie de Pierre quand il la voit, cette façon de se blottir contre elle, démentent sa supposée inconscience.

Germaine fait à sa tête et continue ses visites sans se soucier de l'avis des hautes instances médicales, tout comme elle se comporte avec Lionel, en se fichant des bonnes âmes craintives qui trouvent très déplacée son affectueuse relation avec cet éternel fiancé. Le mariage n'est pas pour demain, le conflit entre les deux religions des amoureux ayant momentanément réglé le problème. Comme Germaine n'a pas l'intention de se convertir à son âge et qu'il est hors de question qu'elle demande cela à Lionel, ils s'organisent peu à peu une vie assez scandaleuse sans avoir eu la moindre intention malhonnête. Germaine trouve même le tour de rire de cette incroyable conclusion des empêchements de l'Église : à force d'être scrupuleuse sur les détails, la sainte mère l'Église perd deux fidèles.

Adélaïde essaie de convaincre Léa d'inviter un jeune homme au mariage de sa tante Béatrice, mais sa fille ne nourrit aucune amitié ou attirance secrète et elle déclare qu'elle trouve les filles amoureuses niaiseuses. Florent sait très bien que c'est faux et qu'il s'agit probablement de dépit déguisé, mais son intervention est également un échec. Léa a décidé d'accompagner Alex, et la scène qu'elle lui fait quand il refuse parce qu'il a invité quelqu'un d'autre inquiète beaucoup Florent et Ada. Thomas connaît suffisamment sa sœur pour les rassurer : « Ce qu'elle veut, c'est qu'Alex attende Lili. C'est juste pour ça qu'elle est fâchée. »

Ce qui a plein de bon sens et qu'Adélaïde finit par confirmer après une longue conversation avec sa fille, qui ne comprend pas que Lili ne voie pas le danger. « Je l'ai pourtant avertie que la blonde courait après Alex ! »

Ada ne remporte pas un énorme succès avec ses propos apaisants sur la liberté et le choix de chacun qu'il faut respecter. Léa est de bien mauvaise humeur et elle n'a pas beaucoup de patience : « Il est mort, son père, non ? Pourquoi elle ne peut pas le comprendre et revenir ? Elle va juste perdre le temps qu'il reste à Aaron. La première chose qu'on va savoir, c'est qu'il va mourir et qu'elle va revenir pleurer ici. Tu trouves ça brillant, toi ? »

Adélaïde admet que le point de vue est intéressant.

« Si tu veux le savoir, maman, Leah a trouvé quelqu'un là-bas. Et c'est pas son père et c'est pas si bien parce qu'elle ne le dit même pas. Si toi tu lui dis pour Alex, elle va peut-être te croire. »

Ada en doute, mais elle promet qu'elle va essayer de la prévenir que son retard risque de lui faire rater certaines bonnes choses de la vie, incluant la présence de son grand-père. Elle est toujours surprise de constater la finesse d'analyse de Léa, sa grande intelligence des gens et des choses. Si elle n'était pas si coléreuse et impatiente !

Jeannine se remet peu à peu, mais elle se fatigue très vite et elle n'a pas repris le travail. Après cinq mois, elle a regagné du poids et elle arrive à sortir marcher, appuyée au bras de Fabien.

Adélaïde a procédé à deux négociations avec Béatrice. Tout d'abord, elle ne veut pas entendre un mot de travers concernant la relation de Fabien et de Jeannine. Ni publiquement, ni privément. Cela ne la regarde pas. Béatrice fait la grimace en jurant que, de toute façon, selon elle, son frère ne doit pas être normal. Ensuite, c'est avec le futur époux que la deuxième étape est franchie : Jean-Louis s'engage à faire bénéficier Jeannine de son art de la couleur. Cet homme a un sens inné de la teinture. Il se rend à domicile et trouve enfin une coloration qui atténue les effets dévastateurs des « efforts maison » de Jeannine, qui viraient au rouge brique strié de reflets orangés.

Florent dessine une robe que Jacynthe coud pour sa mère. C'est même le premier modèle de la série « mariage de Béatrice » qu'il dessine. Jeannine refuse « d'aller se montrer là et de faire rire d'elle », mais Fabien n'ira jamais sans elle. C'est Rose, la très pratiquante Rose, qui sert d'émissaire et qui convainc Jeannine que ce serait cruel pour Fabien après l'été qu'il a passé à craindre pour elle, qu'il est temps pour tout le monde de se réjouir.

Quand, une semaine avant le mariage, Adélaïde assiste à un essayage chez Jeannine, elle est tout émue de la voir arriver, bien coiffée, faible, mais visiblement ravie de l'ensemble robe-manteau noir et rose cyclamen assez vibrant qui lui réveille magnifiquement le teint. Ada se lève, prend les mains de Jeannine dans les siennes : rien au monde ne lui apporte davantage de bonheur que de la voir enfin remise.

« Tu vas pas pleurer, Ada ? Je suis rendue tellement braillarde qu'on dirait qu'ils m'ont enlevé mon *requinben* en même temps que le reste. Si tu pleures, je pars pour une demi-heure. Je ne suis pas arrêtable, je te dis. Demande à Fabien !

— Le chapeau ?

— Dramatique. Noir avec un *braid* rose. Tu connais Florent... chic et fait pour mettre en valeur même ce que j'ai pas. Il connaît son affaire. C'est bien du trouble pour rien, on restera pas une heure à la réception. J'ai pas encore la force. »

Jacynthe vérifie les moindres détails, plante une épingle ou deux et s'écarte, satisfaite. Si Jeannine a jamais douté de l'amour de ses enfants, elle ne peut se méprendre sur le regard de sa fille. Ada s'informe de ce que Jacynthe va porter et elle essaie de savoir si elle sera accompagnée. Jacynthe hausse les épaules et Jeannine fait un geste discret à Ada : pas d'insistance.

« Avant qu'elle ne remette son cœur à louer, ma Jacynthe... ça a l'air qu'il fait une exposition, son beatnik ? »

Rien ne peut attendrir le regard de Jeannine sur André et sur sa gloire. Jamais elle ne lui pardonnera le chagrin qu'il cause à sa fille qui reste « sa petite ».

Octobre 1957.

Ada, ma si chère Ada,

Comment te dire ? Par où commencer ? Je ne sais pas. Je ne serai plus jamais pareille. On dirait que de seulement voir, *ça m'a fait le même effet que d'y vivre, enfin... pas vivre comme survivre. Il faisait froid, un ciel pesant, gris, un ciel qui fermait tout, bouchait l'horizon. Il y a le silence, le silence qui terrorise. Les poteaux vers le ciel, pas d'arbres, les cabanes comme des hangars dans des champs désertiques où le vent faisait rouler un papier gras vers des clôtures de barbelés où il s'est coincé. Je ne sais pas comment dire, mais le vide de l'endroit, les rails de chemin de fer qui s'arrêtent dans un des hangars, on ne peut pas s'empêcher de voir, on les imagine dans le wagon, nus, têtes rasées, serrant un enfant contre leur nudité maigre pour qu'il n'ait pas conscience. Ada, que disaient les mères à leurs enfants qu'elles tenaient contre elles ? Qu'ils allaient encore se faire doucher pour les épouiller ? Savaient-ils en montant là-dedans, en entrant là-dedans, savaient-ils et avaient-ils peur ? J'ai essayé de regarder sans rien imaginer, et c'est impossible. J'étais là, sauvée sans aucune raison, vivante dans un endroit mort, construit pour les morts, fait pour tuer, abattre, détruire. Nous. Pour la première fois de ma vie, j'ai pensé « nous ». Je me suis sentie « nous ». Je n'ai pourtant jamais oublié que j'étais juive. Je n'ai jamais su ce que cela avait vraiment signifié à une certaine époque.*

Dans ce qui reste des camps, tout est propre, tout est rangé, tranquille. Et c'est ça le pire. On entend les morts hurler dans le silence et le calme. On entend les sacrifiés demander de ne pas être oubliés.

Je ne trouverai jamais mon père. Je ne trouverai jamais cet homme, précisément, le seul qui m'importe dans tous ces morts anonymes. Ils ont caché mon père dans une montagne de morts et ils ne me laisseront jamais le trouver. Mon père ne savait pas ce que j'ai vu. Il n'a pas eu à vivre ça, à voir ça. Je vais te dire une chose folle, idiote, que je n'arrête pas de penser : si les nazis avaient vu papa rire et s'amuser, ils n'auraient pas haï les Juifs. Je revois son sourire et ses yeux qui brillaient de plaisir et je sais qu'ils n'auraient pas pu ne pas l'aimer. C'est stupide. Pourquoi vouloir que des gens pareils aiment mon père ? Pourquoi vouloir les convaincre ?

Je ne comprends pas, Ada, je ne comprends pas pourquoi. Je regardais la terre grise, la terre remuée par des tracteurs et intacte des milliers de pieds juifs qui l'ont piétinée pour la dernière fois de leur vie – venir mourir ici, au bout du monde, sous un ciel pareil. Venir se faire brûler dans un four crématoire, alors que notre religion interdit de faire autre chose qu'enterrer les corps – je suppose qu'il y a une raison à cela, je suppose qu'un jour on va comprendre que ce n'est pas aussi horrible que ça en a l'air, pas aussi impitoyable, qu'il y avait là-dedans des êtres humains qui ont refusé de le faire, des Allemands qui ont dit non ou qui n'ont pas compris. Je ne peux pas croire que quelqu'un ait fait cela en conscience. Ce n'est pas seulement « qu'est-ce qu'être juif ? » que je me demande, mais « qu'est-ce que ne pas être juif ? ».

Est-ce si difficile d'être différent ? Est-ce si inadmissible ? Pourquoi sommes-nous irréconciliables ? Ada, je regarde Denis et je comprends un peu que ces guerres ne finiront pas de sitôt. C'est avec lui-même qu'il est irréconciliable. Depuis que nous avons vu, il n'est pas bien. Il se ronge, il se décourage, il ne sait plus qui il est et qui il peut être. La chose la plus étrange, c'est que, si je ne l'avais pas près de moi, si je n'avais pas à me préoccuper de lui, je serais encore plus malheureuse et plus triste. Il est tellement dérangé par ce qu'il découvre qu'il m'oblige à être pratique. Pas froide, mais plus raisonnable.

J'ai écrit à maman. Je n'ai pas dit ce que j'ai vu, j'ai seulement dit que ça allait bien. Mais ça ne va pas. J'ai peur que papa n'ait souffert mille morts et je comprends aujourd'hui ce que M. Bruneau voulait dire en parlant de « la meilleure issue », quand il disait que mon père avait probablement été fusillé sans se faire déporter. Maintenant, je ne crois plus rien. Même s'ils l'ont gardé dans des camps en France occupée, ils lui ont fait mal. Ils l'ont affamé, torturé, humilié. Ils l'ont haï et il est mort seul. Seul devant la haine et le mépris. Mon père seul, debout, devant un peloton qui l'achève sous prétexte qu'il est juif et en l'haïssant comme s'ils le connaissaient. J'ai seulement écrit à maman que j'avais trouvé sa tombe – avec une croix et un numéro dessus, son numéro. Ce n'est pas vrai, bien sûr. Je ne trouverai jamais la tombe de mon père parce qu'ils l'ont brûlé ou écarté de leur chemin ou lancé sur un tas de corps déjà morts. Je ne donnerai jamais à mon père la sépulture qu'il mérite. Ce qui est fou, ce qui est absurde, c'est qu'il ne voulait plus pratiquer comme eux, il ne croyait pas à cette religion – comme je n'y crois pas –, et il est mort pareil de sa qualité de Juif. Il est mort d'être un Juif.

Je sais que le père d'Alex est mort aussi dans la même guerre et qu'il n'était pas juif, comme mes oncles. Je sais, Ada, mais moi, c'est le regard de haine pure avant de mourir que je ne peux pas supporter. Le regard de mépris qui t'enlève le droit d'être là juste avant de t'enlever la vie. Ça, le père d'Alex n'a pas eu à le supporter. C'est mince, tu me diras, mais ça fait toute une différence. Ou peut-être pas... Comment savoir ?

Mon sort est meilleur que celui de Denis. Ça doit être pour m'éviter d'être désespérée que je l'ai rencontré. Mon père l'a mis sur ma route pour ne pas que j'oublie qu'il y a pire que le mépris des nazis pour les Juifs. Il y a le mépris des Juifs pour eux-mêmes. Le mépris et la haine de soi. Walt, le père de Denis, a probablement cherché son exécution, je suis sûre qu'on ne peut pas vivre en sachant qu'on a livré des gens aux nazis. Je comprends qu'on ait peur, que mourir soit atroce à regarder quand on a vingt-quatre ans (c'est l'âge qu'avait son père), mais je pense que, une fois seul face à lui-même, Walt avait tout perdu, sauf la vie. Il avait perdu sa Louise antisémite qu'il aimait, son fils, son honneur et son respect de lui-même. « Imagine comme les nazis devaient rigoler de lui voir la tête quand il caftait », voilà ce que Denis voit, lui, quand il pense à son père. Un Juif blond aux yeux bleus qui dénonçait en tremblant et qui donnait le spectacle de sa honte et de sa déchéance à ceux qui le haïssaient. Et quand Denis l'appelle « le mouchard », je le vois souffrir, je le vois ressentir la même humiliation que son père. Je le comprends, il aurait tellement besoin d'un père plus admirable. Denis déteste les

Dutrisac et il ne peut pas aimer son père. Il est le plus défait des hommes. Il est la jonction des deux haines. Et il cherche l'amour. Il est malade du besoin d'admirer quelqu'un. De se reposer de haïr et de fuir.

Je ne sais pas pourquoi papa m'a envoyé Denis, mais je ne peux pas l'abandonner. Même si j'ai horriblement envie de me retrouver avec grand-père, à l'abri, au chaud. Je voudrais au moins ramener Denis en France avant de revenir. Nous sommes encore en Pologne, dans une chambre qu'on loue chez des gens à la campagne près de la frontière. Notre visa va arriver à échéance dans deux semaines. Je voudrais te demander de nous envoyer de l'argent par la banque dont je mets le nom et les coordonnées en bas. C'est la ville la plus proche. Je te rembourserai, évidemment. Tu es la seule à qui je peux le demander. Denis a perdu tous ses revenus « Dutrisac » quand ils ont su qu'il partait pour voir les camps. Sa famille ne veut pas qu'il se souvienne du « salaud géniteur » qu'il a eu. Ils ont coupé les vivres aussi sec et nous avons dû continuer avec mes seules économies, qui ont fondu.

Ce n'est pas une lettre gaie, mais ce n'est pas un voyage gai non plus. Je ne me demande pas si je devais ou non voir ce que j'ai vu, je me demande seulement comment contribuer à ce que l'exclusion et le mépris s'atténuent dorénavant et comment faire en sorte que plus personne ne meure en regardant la haine les exécuter. Que ce soit celle des bons ou des méchants, selon le grand livre de je ne sais plus qui, je m'en fous. La haine que mon père ou celui de Denis ont eu à fixer avant de ne plus jamais rien voir.

Alex me manque. Je sais que je l'aime. J'aime son rire. J'aime sa façon de vivre avec gourmandise. Alex a toujours faim de tout. Il ne comprendra jamais pour

Denis. Il faut garder cela pour toi. Plus je fréquente Denis, plus Alex me manque. Toi aussi. Je reviendrai dès que j'aurai ramené Denis à Dieppe. Je n'arrête pas de penser à quand je reviendrai. Je t'embrasse très fort et merci.

Leah.

Cette lettre, Adélaïde ne la montre à personne. Elle a été adressée au bureau et ce n'est pas pour rien. Leah ne voulait pas que quiconque puisse la lire, outre Ada.

Le mariage est dans trois jours. Adélaïde partira le lendemain et elle sera dans ce village le jour même. Elle prend ses dispositions, envoie un télégramme annonçant son arrivée et n'envoie pas d'argent tellement elle a peur que Leah n'y soit plus quand elle arrivera. Elle se dit que quatre autres jours de pauvreté ne les tueront pas et elle ne veut pas avoir à courir après eux à travers toute l'Europe. Elle ne sait pas pourquoi elle a si peur que Leah fuie. C'est une conviction dont elle ne peut se défaire.

Une fois les réservations faites, le visa obtenu, les rendez-vous de la semaine annulés, elle va trouver Florent et essaie de paraître calme et pondérée pour expliquer qu'elle part chercher Lili. Son numéro ne doit pas être persuasif parce qu'il ne dit rien en la fixant un bon moment, puis il soupire et déclare qu'il l'accompagne. Elle met une heure à convaincre Florent qu'il doit l'aider depuis Montréal, en gardant les enfants et en parlant à Aaron pour le rassurer. Adélaïde se dit qu'elle a bien fait de tout planifier avant d'en parler parce que Florent a mille solutions de rechange à proposer qui, toutes, l'obligent à rester à Montréal ou à être accompagnée.

Persuader Florent n'est rien à côté de faire la démonstration des bonnes raisons de son départ à Léa. Adélaïde croyait que les joies du mariage à venir et des célébrations feraient passer l'amertume de son voyage, mais elle ne s'attendait certes pas à une réaction aussi violente de sa fille.

« Emmène-moi ! Je vais t'aider à la convaincre de revenir ! »

Ada ne sait pas d'où Léa tient que Lili sera difficile à convaincre ou qu'elle résistera, mais il est hors de question que sa fille l'accompagne. Elle a beau faire valoir qu'il n'y a aucun drame, aucune inquiétude à y avoir, que Léa a ses cours à suivre et qu'il s'agit d'un voyage rapide d'une toute petite semaine, sa fille la regarde avec rage et discute ferme jusqu'à ce qu'Adélaïde se fâche net et décrète qu'il n'y a plus de discussion, elle part seule et c'est tout. Elle a droit à un retentissant : « Maudit que t'es bouchée des fois, maman ! » avant que sa fille ne claque la porte. Ada se rue sur le téléphone et avertit Florent qu'il va recevoir une furie dans cinq minutes. Florent a à peine le temps d'écouter le sujet de la dispute : « La voilà, Ada. Occupe-toi d'Aaron, je vais la calmer. »

Adélaïde sert à Aaron la version édulcorée qu'elle a mise au point, mais son ami n'est pas dupe : « Va me la chercher. Tire-la de là. »

Il se lève et écrit un mot qu'il met dans une enveloppe et lui tend : « Si c'est trop difficile, donne-lui ceci.

— Les menaces du grand-père ?

— Non. Du père. Tu penses devoir ramener le Juif errant aussi ?

— S'il le faut ! Je reviens avec elle, Aaron. Quel que soit le prix, quels que soient les arguments à utiliser. »

Aaron s'approche, déplace tendrement une mèche bouclée du front d'Adélaïde : « Je t'aime comme ma propre fille, Ada. Tu es un cadeau de Dieu dans notre vie, à Leah et à moi. Elle a dû te faire très peur pour que tu ne me montres pas sa lettre. S'il y a quelqu'un qui peut aider cette enfant, c'est toi. »

* * *

La « Guerre du départ » de Léa dure trois jours. Trois jours éprouvants où Adélaïde est déchirée entre les multiples coups de téléphone concernant le mariage, les invités de dernière minute, la famille qu'il faut loger chez elle et chez Florent, tante Germaine qu'elle ramène d'urgence à Montréal avec Lionel pour veiller sur la tête dure de Léa et faire face aux interminables discussions de celle-ci, qui n'arrête pas de revendiquer son droit à accompagner sa mère.

« Jamais je ne te demanderai une autre faveur, laisse-moi venir. Je vais être utile, je la connais, je sais ce qu'elle cherche, je vais t'aider. »

Adélaïde ne sait pas pourquoi sa fille nourrit autant de doutes sur ses capacités ou sa compétence à ramener Lili, mais elle met fin aux débats en exigeant de ne plus en entendre parler : « Boude tant que tu veux, c'est non. J'ai assez discuté de ça, j'ai autre chose à faire que de te persuader. Arrête de t'inventer des drames inutiles. Lili va bien, je vais la chercher et ça finit là ! Si tu veux, je peux lui apporter un mot de toi. Mais je te préviens : si j'entends encore un seul argument sur le sujet, ta lettre reste ici. On fera un voyage toutes les trois au printemps, mais celui-ci, je le fais seule. Point à la ligne ! »

En fermant la porte de Léa, Adélaïde entend nettement le « Je t'haïs ! » lancé par sa fille. Appuyée contre la porte, elle lutte pour ne pas retourner mettre Léa en face de ses insultes.

« Elle a quinze ans, elle est impulsive et contrariée, tu peux comprendre cela ? »

Recroquevillée dans le sofa, Adélaïde écoute Paul tenter patiemment de la consoler. Sortie marcher pour se calmer avant d'aller au lit, elle s'est retrouvée en larmes, a pris un taxi et est arrivée chez lui à bout de nerfs, bouleversée par les paroles de Léa.

« On fait tous ça à quinze, seize ans : on se fâche contre notre mère, on pense qu'on la hait, on le dit tout bas. Elle l'a dit tout haut, pendant que tu fermais la porte. Tu l'as dit tout bas ou tout haut, toi ? Honnêtement, Adélaïde, tu l'as pensé en regardant ta mère qui t'interdisait quelque chose, non ? »

Adélaïde est sincère, jamais, de sa vie, elle n'a eu envie de dire une chose pareille à sa mère. Même quand elle lui interdisait de voir Florent. Même quand sa mère la contredisait, la contrariait.

Paul est très dubitatif : « Peut-être que tu ne t'en souviens pas...

— Non ! Je te jure. Maman était sévère, elle nous envoyait dans notre chambre, mais elle expliquait toujours pourquoi. On comprenait. En tout cas, je comprenais. Même quand je suis allée pensionnaire, j'ai compris. Jamais de ma vie je n'ai haï ma mère !

— Et as-tu expliqué à Léa pourquoi elle ne peut pas venir ? Comme ta mère faisait si bien ? »

Adélaïde ferme les yeux, accablée. Elle a expliqué l'explicable, l'école, les raisons apparentes, mais pas les vraies raisons. Comment dire à Léa déjà affolée ce qui la terrorise dans la lettre de Lili ? Comment expliquer à Paul, qui attend, que la seule chose qu'elle puisse encore faire pour Theodore, c'est de tirer sa fille du désespoir de sa mort ? Comment dire ce que la haine de Léa lui fait ? Bien sûr qu'elle devrait expliquer mieux, mais comment expliquer sans révéler les secrets ? Déjà cette entente entre les deux filles de Theodore, cette reconnaissance aveugle la jette dans le doute ! Et cette connivence entre les demi-sœurs qui se reconnaissent sans le savoir : « Je ne peux pas tout dire, Paul. Il y a des choses qu'elle ne doit pas savoir. »

Paul ne demande surtout pas lesquelles. Il essaie plutôt du côté positif : « Et toutes les choses que tu pouvais dire, ce qui n'est pas secret, tu les as dites ? »

Il la voit réfléchir, faire le tour des éléments : « Je pourrais parler du garçon... de Denis. Je pourrais dire que j'ai peur que Lili ne fasse des bêtises avec lui. Pour le consoler, pas parce qu'elle l'aime. Ce genre de bêtises, Léa va comprendre, parce qu'elle veut beaucoup voir Lili épouser Alex.

— Et c'est une éventualité ou un rêve de Léa ?

— Malgré les apparences, je pense qu'Alex attend vraiment Lili. »

Paul prend son imperméable, l'enfile : « Malgré les apparences, en effet.

— Tu sors ? »

Il lui tend sa veste-tailleur : « Je te raccompagne. Tu dois parler à ta fille ce soir, parce que demain nous avons une grosse journée. Tu as oublié que le mariage est après-demain et que les gens de Québec arrivent dans quelques heures ? »

Elle se lève, épuisée d'avance à l'idée de parler à Léa et à celle des deux jours qui viennent : « Quand est-ce que je vais te voir, alors ?

— Au mariage ! Et là, tu vois qui ?

— Un homme qui prend soin de moi et de qui je ne prends pas bien soin.

— Avec une phrase comme celle-là, je ne comprends pas que tu cherches tes mots avec ta fille.

— Léa est moins pâmée sur sa mère que tu ne l'es sur moi ! »

* * *

Adélaïde frappe à la porte avant d'entrer. C'est une chose qu'elle a lue dans un courrier du cœur qui lui a inspiré ce comportement. D'ordinaire, les parents entrent dans la chambre des enfants sans s'annoncer et une jeune fille avait écrit qu'elle trouvait cela injuste de toujours montrer du respect sans jamais être elle-même respectée. La réponse de la courriériste était : chaque chose en son temps, vos parents ont leurs raisons d'agir ainsi et votre bien vous échappe souvent. Adélaïde avait vraiment détesté ce genre de réponses toutes faites. Depuis, elle frappe avant d'entrer chez les enfants.

L'entretien dure longtemps, mais le ton est beaucoup plus calme. Dans sa crainte de révéler quoi que ce soit de Theodore, Adélaïde a oublié que le passé de Leah ne compte pas tant pour sa fille. Ce qui importe, c'est le présent, ce qui lui arrive, ce qui la menace maintenant. Une fois les craintes de chacune calmées, Ada écoute mieux ce que sa fille raconte. D'après elle, chercher son père n'est pas inutile, mais c'est impossible. « Tu comprends, maman, elle ne pourra pas le trouver, elle ne pourra pas le ramener avec elle. Il faut qu'elle se console en dedans toute seule. »

Elles discutent longtemps sur l'avantage de savoir et

d'avoir vu son père mort, comparé à savoir sans preuve irréfutable. Ada peut même avouer à sa fille qu'elle craignait de lui rappeler de mauvais souvenirs en parlant avec elle de ces sujets tristes. Sa fille se montre beaucoup plus raisonnable et adulte qu'elle n'a cru. Léa a énormément réfléchi et elle n'a évité aucun sujet. Rien ne semble la prendre au dépourvu ou la démonter, sauf la perspective de Denis : « Tu penses qu'elle va se sentir obligée de se marier avec lui ?

— Mais Léa ! Je n'ai pas dit qu'elle s'était mal conduite avec lui. Elle n'a rien fait de mal, elle ne peut pas se trouver "obligée" de se marier.

— Non, pas ça ! Mais obligée moralement. Parce qu'il est juif, comme elle, et abandonné. Tu la connais : pour se faire pardonner d'avoir abandonné sa religion, tout ça... »

Où sa fille prend-elle des idées pareilles ? Comment peut-elle lui tenir un discours aussi psychanalytique ? « Elle n'a rien à se faire pardonner, Léa. C'est de la foutaise, ces histoires-là ! »

Léa prend son petit air supérieur de qui en sait plus et laisse passer l'occasion de sermonner sa mère. Elles ont déjà discuté la question et cela n'a pas bien fini du tout. Elles ne seront jamais d'accord sur ce qui s'appelle le sensé et l'insensé

Le lendemain matin, Léa apporte à sa mère une enveloppe assez volumineuse : « Je ne sais pas trop quoi faire avec ça. C'est une sorte de roman. Je l'ai écrit pour Leah, pour lui raconter l'histoire de son père comme je l'imagine. Je l'ai écrit depuis qu'elle est partie, parce qu'elle me manquait et parce que je savais qu'elle reviendrait déçue. Penses-tu que ça peut l'aider à abandonner son Denis ? »

Adélaïde n'en revient pas, elle soupèse l'enveloppe :

« C'est lourd ! Tu as écrit tout ça ? Oui, je pense qu'elle serait contente de lire ton histoire. Moi aussi, d'ailleurs. »

Léa a presque l'air de se moquer : « Si je te dis de ne pas la lire, vas-tu le faire ? »

Adélaïde admet que ce sera très dur, mais qu'elle fera selon les ordres de Léa.

Elle voit sa fille venir s'asseoir sur son lit et jouer avec l'enveloppe : « Des fois, maman, je te trouve pas normale tellement tu es entêtée et décideuse. Même avec papa, tu l'étais. Mais il y a une chose que pas une fille de l'école peut dire de sa mère et que moi, je peux dire : t'es pas menteuse. »

Elle embrasse Adélaïde légèrement : « Tu peux la lire si ça te tente. »

Dès que sa fille est sortie, Adélaïde, le cœur battant, sort les feuillets de l'enveloppe. Ça s'appelle *Pendant ce temps*.

Elle n'a pas une minute, elle ne peut pas se permettre de lire, il y a des gens qui l'attendent au bureau. Elle soulève la page de garde et lit :

Les contes de fées commencent par « En ce temps-là ». Ceci est une histoire où aucun prince, aucune fée ne viendra arranger les choses. Ceci est une histoire fausse qui pourrait être vraie, comme toutes les histoires, surtout les fausses. Il y a toujours près de nous ou plus loin, de l'autre côté des océans et du monde, des gens qui vivent, des gens à qui il arrive des bonheurs, des malheurs, des débuts et des fins. Il y a des vies parallèles aux nôtres, des vies qu'on ne connaît pas ou qu'on voudrait beaucoup connaître. Ce sont les vies de Pendant ce temps, *les vies qui nous accompagnent sans qu'on le sache.*

Lili avait cinq ans quand son père est parti. Lili a

continué à vivre, à grandir, à aimer son père. Elle a attendu pendant des années. Elle a attendu son père et, ensuite, elle a attendu de savoir ce qui était arrivé à son père disparu.

Je vais vous raconter ce qui est arrivé à Theodore, le père de Leah. Je vais vous raconter ce qui s'est passé pendant ce temps où Lili grandissait.

Adélaïde s'arrête, pétrifiée – et si sa fille savait ? Elle soupèse la masse de feuilles écrites d'une main soigneuse. Un travail fou. Elle range le roman, le cache dans sa table de nuit. Elle le lira d'un bout à l'autre, pas autrement. Elle le lira en ayant la peur de sa vie s'il le faut, mais elle ira au bout des inventions de sa fille pour consoler Lili. Elle ira au bout et subira les conséquences de cette petite phrase qui vrille sa conscience avec son acide : « T'es pas menteuse. »

* * *

Si Béatrice avait l'intention de faire concurrence à l'événement qu'a été le dixième anniversaire de la *Boutique*, elle a réussi. Le mariage est à inscrire aux annales mondaines de la ville : beaucoup de photographes, quelques micros, des artistes connus, des gens de la radio, de la télévision. Même Bertrand Bédard salue Adélaïde et lui présente sa nouvelle épouse, sur qui « le fuchsia est une grave erreur », chuchote Florent. Discrètement, mais sans faiblir, l'attention de tout ce beau monde se porte sur l'assemblée autant que sur les mariés, et le couple formé par Paul et Adélaïde n'est pas le moins scruté. Vêtue d'un noir-noir qui fait éclater la blancheur de sa peau, Adélaïde est un modèle de modestie troublante. La ligne de sa robe est près du corps, mais sans l'exhiber, le décolleté, caché sous la veste pour l'église, dégage totalement les épaules, mais s'arrête à la naissance des seins, laissant deviner de façon confondante qu'il y a matière à sexualité, mais que, à l'opposé de tant de femmes qui se prennent pour Marilyn, celle-ci préfère couvrir ses appas. Le drapé de la veste 5/8 qui couvre le décolleté ne laisse rien deviner des fantaisies abyssales que la pointe du décolleté a provoquées chez Paul. Toute la frivolité et l'audace de la tenue résident dans le chapeau à très large bord, d'une classe folle, et dans les pendants d'oreilles de saphirs et de diamants qui rendent hommage aux yeux superbes. Contrairement à toutes les femmes dans cette église, Ada ne porte aucun rouge à lèvres. Dans son visage uniformément opalin, les yeux en gagnent un éclat unique.

C'est tante Germaine qui, voyant le couple quitter la maison, a trouvé la formule : « Je ne sais pas s'ils ont l'impression d'être discrets, mais c'est évident que ces deux-là ne jouent plus au gin-rummy depuis longtemps. Dieu du Ciel, Florent, les statues vont avoir de mauvaises pensées ! »

Assis juste derrière eux, Florent peut garantir la tenue irréprochable de Paul. Mais cet homme a une façon de regarder Ada qui fait frissonner. Et elle frissonne, il peut le garantir aussi. Exactement comme il y a longtemps, au bal de fin d'année. Cette chimie qu'ils dégagent rend troublante leur proximité. À côté des mariés qui laissent paraître le trac des acteurs devant la représentation de leur vie, ou à côté de la pulpeuse et un peu commune Amanda qui s'accroche au bras d'Alex, la sobre et puissante attirance de ces deux-là donne une idée de ce qu'est la véritable affaire du mariage. Et pourtant, se dit Florent, ils ne sont pas à veille d'y céder. Il voit Jean-Pierre Dupuis se rapprocher d'Adélaïde comme un aimant, dès la sortie de l'église. La jeune, très jeune brunette qui l'accompagne a de la bataille dans les yeux en regardant ceux d'Adélaïde.

Sans être petit, Paul n'a pas la prestance que Nic avait. En les observant danser, Florent distingue bien les différences et il n'arrive pas à qualifier ce qui charme chez Paul. Une masculinité évidente, une réserve aussi, une sorte de concentration exclusive qui ne laisse aucun doute sur son objet : cette femme est pour lui et quand elle le regarde, le monde cesse d'exister. Voilà ! Florent y est. Autant Nic laissait le monde le distraire apparemment, le happer, autant cet homme se fout de tout ce qui n'est pas Adélaïde. D'où l'aura d'indécence qui les entoure.

Aaron les regarde aussi et se tourne vers Florent : « Vous avez remarqué ? Voilà un jeune homme que les sentiments ne mettent pas du tout à la gêne.

— En effet, Aaron, il me rend jaloux.

— Manifestement, vous n'êtes pas le seul. »

C'est Thomas qui enlève sa mère des bras de Paul pour la faire danser à son tour. Il n'est pas encore très grand ou bien habile, mais sa partenaire semble totalement conquise. Paul va s'incliner devant Jeannine, qui refuse de danser, et Rose sourit en montrant son « état avancé » : « Je pense que vous feriez une grande heureuse en allant demander Madeleine. »

La petite fille l'entraîne ostensiblement près de Thomas pour lui démontrer son succès auprès des hommes et exciter sa jalousie. Ada avertit Paul que les femmes de son clan doivent être exclues de son champ de séduction.

Alex prend la relève de Thomas et fait tourner Ada : « Je peux te parler, demain matin ? » chuchote Alex à son oreille.

Adélaïde en perd la cadence. Évidemment, Alex a su qu'elle partait et il veut des détails. Elle n'a eu le temps ni de l'appeler ni de l'avertir. « La maison est pleine de monde, Alex, on n'aura jamais la paix. »

Il a l'air si dépité qu'elle l'entraîne dans un petit salon adjacent. Elle essaie de trouver une formule apaisante pour présenter les événements quand Alex commence : « J'ai des problèmes, Ada, des problèmes graves, et j'ai pas envie de faire de la peine à m'man après ce qui lui est arrivé. Amanda est en famille. »

Il est livide. Adélaïde comprend qu'elle n'est pas au bout de sa journée. Elle n'a pas besoin de demander comment, Alex se défend contre toute imprudence, il a toujours utilisé ce qu'il fallait, mais... une *bad-luck*, quelque chose a dû arriver.

« Tu me demandes quoi, Alex ? Une adresse, de l'argent ? Quoi ?

— De lui parler. Elle refuse de s'en débarrasser. Elle veut se marier. »

Tout en elle a envie de hurler. Elle le battrait ! Risquer son avenir, sa vie, pour une telle stupidité, se mettre dans une position pareille alors qu'il est averti, qu'il sait ! Alex n'est pas fier et même si elle prenait le parti de l'agonir de bêtises, elle ne pourrait pas l'accabler davantage. Il l'achève en disant qu'Amanda a parlé d'aller trouver Jeannine : « Elle sait bien que je vais lui promettre n'importe quoi plutôt que d'aller achaler m'man. Ada... je ne l'aime pas, je ne l'ai jamais aimée et je vais être obligé de l'épouser si tu ne la convaincs pas !

— Tu... tu es sûr ? Excuse-moi, mais tu es sûr que c'est de toi ? »

Alex a un regard incrédule, il ose à peine envisager ce qu'il entend. Adélaïde se jette à l'eau : « Tu n'étais pas le premier ? Elle a l'air joliment dégourdie. Tu me dis que tu as pris des précautions...

— Ce serait commode, Ada, mais ce ne serait pas vrai. Je ne suis pas le premier, mais elle est amoureuse depuis le premier soir. Veux-tu essayer de lui parler ?

— Maintenant ? Ici ?

— Non. Lundi ou mardi... »

Il ne sait pas qu'elle part. Il ne sait rien. Il faut maintenant lui annoncer son départ. Ada le voit vaciller, s'asseoir, ou plutôt s'effondrer dans le fauteuil, la tête entre les mains : elle révèle le minimum, mais elle ressent physiquement le supplice d'Alex, son accablement. Elle s'agenouille devant lui, relève sa tête : « Attends, ne panique pas. On va trouver des solutions. Ne pense pas à Lili maintenant. »

Il saisit violemment ses deux poignets : « À qui je pense, depuis une semaine ? Qui j'ai peur de perdre à cause de mes niaiseries ? Christ ! Qu'est-ce que j'ai fait, Ada ? Qu'est-ce que j'ai fait ? C'est fini. Je suis un gars fini. Ma maudite faute, en plus !

— Arrête, Alex ! Tu te fais mal pour rien. Arrête ! Calme-toi ! Elle a quoi ? Combien de temps de fait, Amanda ?

— Dis-moi plutôt pourquoi tu vas là-bas. Dis-moi la vérité : il est arrivé quelque chose de plus grave que ce que tu me dis ? Elle est en danger, dans une histoire épouvantable ? Laisse-moi y aller avec toi. Après, je me marierai, je ne demanderai plus rien. »

Adélaïde se relève et marche de long en large, trop énervée pour s'asseoir. Encore un autre qui veut l'accompagner ! Encore un autre qu'il va falloir combattre ! Elle trouve qu'il en a assez fait pour l'instant. C'est idiot, mais la seule idée de la colère de Léa devant ce gâchis la galvanise. Elle s'assure qu'il a été clair, même brutal avec la vérité, qu'il a dit ne pas vouloir de cet enfant et ne pas aimer la jeune femme. Alex jure qu'il l'a répété mille fois : « Elle s'en fout !

Elle est sûre que je vais finir par l'aimer, que le bébé va tout arranger. Je lui ai même dit que j'en aimais une autre. Elle ne me croit pas. Elle pense que j'invente pour me débarrasser. »

Et elle n'est pas la première... Adélaïde ne peut dire à quel point les jeunes filles s'illusionnent sur les services que rendent les enfants à une union forcée. Déjà, quand tout le monde est d'accord, c'est difficile. Il n'y a qu'à penser au mariage d'Isabelle et de Maurice, qui était pourtant promis au plus bel avenir et qui a l'air d'enfin échapper aux longues années de vide conjugal. Dès qu'elle cesse de questionner Alex, dès qu'elle prend une minute pour réfléchir, il se remet à parler de Lili, à s'inquiéter, à essayer d'en savoir davantage. Il va être tellement, tellement malheureux avec cette fille, Jeannine va en mourir de chagrin, Adélaïde en est persuadée : « On va dormir là-dessus, Alex. On ne peut pas la forcer. Ce serait épouvantable. Mais te forcer à l'épouser n'est pas beaucoup plus raisonnable.

— Je peux te conduire à l'aéroport demain ? Je peux, Ada ? »

Elle avait promis à Paul. Mais Alex est si torturé qu'elle n'a pas le cœur de lui refuser. Ils s'entendent pour un « moratoire » en ce qui concerne Jeannine, une franchise absolue entre eux deux et un effort d'Alex pour communiquer à Amanda son manque d'amour et sa terrible erreur. Alex caresse la main d'Ada, joue avec la bague de saphir : « Tu vas lui dire, à Li ? Tu vas lui dire si elle te parle de moi ? Mais elle n'en parlera pas. Elle a cessé de m'écrire, Ada. Depuis août. J'avais trop de fierté pour le dire. J'ai seulement couché avec toutes celles qui le voulaient. Pour la punir. Comme un maudit bébé-lala que je suis. Quand je n'ai plus eu de lettres, j'ai pensé qu'elle ne m'aimait plus, qu'il y avait quelqu'un d'autre. J'ai pensé comme un égoïste, juste à ma petite personne. Mais même égoïste et imbécile comme je suis, je l'aime. Je l'aime comme Nic t'aimait. Je me souviens quand j'étais petit et qu'on lunchait ensemble, t'étais enceinte, je t'avais jamais vue et il me parlait de toi. Tu sais quoi ? Il disait : "Tu vas l'aimer parce qu'elle est aussi malcommode que toi..." Ça m'a pris du temps à m'apercevoir que j'aimais Lili. Ça m'a pris du temps à lui dire. Tu vois comment je suis ? On dirait que je pense seulement après, quand c'est trop tard. Nic... Nic me disait que c'était la chose la plus difficile à démêler, l'amour. Que je risquais de me perdre longtemps. J'ai pas été capable d'attendre, j'ai perdu espoir quand elle a arrêté d'écrire. Si, au moins, je t'avais demandé si toi, t'en avais, des lettres ! »

Quand la porte s'ouvre sur une Amanda très agressive, Adélaïde se demande s'ils n'auraient pas mieux fait de s'embrasser sous ses yeux et de régler par un bon scandale l'imbroglio dans lequel Alex s'est mis.

« On ne dit bonsoir à personne, on passe par le bar et on rentre chez moi. Comme Jeannine et Fabien, il y a quelques heures. »

La joue de Paul effleure la sienne, elle l'enlace de plus près : « J'ai deux enfants à border. Je ne suis pas la jeune fille délurée que tu crois. »

Paul arrête de danser, prend sa main : « Profitons-en de tes enfants ! On rentre. »

Elle a beau expliquer qu'elle doit aussi saluer les gens, qu'Isabelle et Maurice s'attendent à parler avec elle plus tard, à la maison, et que rien n'est prévu pour qu'elle fasse « un détour chez lui ce soir », Paul refuse d'écouter. Il refuse même de l'attendre chez lui, prévoyant le coup de fil qui va l'informer deux heures plus tard qu'elle n'y arrive pas.

Elle ne sait pas ce que Paul a raconté à Isabelle en l'attendant, mais dès qu'elle revient à la table après avoir parlé à Florent, à Thomas et à Léa, elle reçoit le bonne nuit expéditif de sa cousine et de Maurice et elle se retrouve seule face à Paul qui lui tend son manteau : « Chez toi ou chez moi ? »

Elle met son manteau.

Dans la voiture, elle raconte la dernière d'Alex. Du coup, Paul saisit que sa seule nuit avec Adélaïde est hautement compromise. Il lui jette un œil rapide : « En trois jours, combien d'heures tu as dormi ? »

Elle ne sait pas, elle ne veut pas compter. Il l'emmène directement dans la chambre, la déshabille en annonçant qu'il ne veut plus rien entendre des méfaits de cette famille, qu'il se tait lui aussi et sacrifie toutes ses idées de débauche au sommeil qu'elle a mérité.

Elle proteste, elle ne veut pas dormir chez lui, il n'est pas question qu'elle ne retourne pas à la maison, il se trompe.

« Adélaïde, je n'abuse pas des dames qui n'ont plus leurs moyens. Tu es au-delà du mot fatigué. Tu es en morceaux. À sept heures trente demain matin, tu seras dans ton lit, promis. Ferme tes jolis yeux et profite de ma compréhension, elle ne sera pas éternelle. »

Il se glisse dans les draps, la prend contre lui : « Dors ! »

Il ne bouge plus, attentif à son souffle, caressant légèrement son épaule. Au bout de deux minutes, elle roule sur lui de tout son long, en prétextant avoir un point au milieu du dos. Il met bien une grosse demi-heure à liquider ce foutu point.

* * *

« Je peux te demander quelque chose ? Pourquoi tu vas là-bas ? De quoi tu as peur ? Tu pouvais envoyer l'argent sans y aller ! »

Adélaïde prend le temps de réfléchir – elle a montré la lettre à Paul, c'est le seul qui l'a lue. Il n'y a donc pas vu la même menace qu'elle y a vue s'il lui pose cette question. Elle essaie d'être très honnête : « Leah fait avec ce garçon ce que Nic a fait avec sa sœur, elle veut le sauver d'un problème pour lequel elle n'est pas une solution. Denis pense que oui. Comme Kitty pensait que Nic était la solution. Ça m'a coûté très cher, je ne veux pas courir de risque. Et puis... il y a autre chose. C'est hier, au mariage, que ça m'est revenu. Quand je suis allée reconduire Léopold à la gare où il s'est pendu, je n'ai rien deviné, rien senti. Ce garçon, la façon dont Leah en parle, il va peut-être faire comme Léopold. Je ne vais pas l'empêcher ou même le sauver, Paul, je vais arracher Leah à cette décision qu'elle doit mais ne peut pas prendre. Il faut qu'elle le laisse. C'est moi qui vais l'y obliger. Elle n'aura pas sa mort sur la conscience. Je veux dire... S'il doit le faire, elle n'y peut rien, je ne veux pas qu'elle se sente coupable le reste de ses jours.

— Tu t'es sentie coupable, toi ?

— Hier, à l'heure des vœux, j'ai encore essayé de lui demander pardon de ne pas avoir entendu sa détresse.

— Comment veux-tu éviter ça à Leah ?

— Je veux lui éviter de le faire toute seule. Denis est peut-être fou, peut-être suicidaire ou les deux. Leah est fragile. À trois, ce sera plus facile. J'aurai au moins essayé.

— Et s'il se tue ?

— Je serai là, avec elle. »

Elle ne peut pas lui dire pour Theodore, pour Léa,

pour cette promesse lointaine que Ted a faite à sa fille que la princesse aux yeux d'océan lui ouvrirait les bras. Il est temps d'aller chercher la petite Leah des bras dangereux de la mort. Elle ne sait pas jusqu'où ce voyage l'entraînera, elle imagine peut-être des détresses inexistantes, mais elle ne se reprochera jamais de ne pas y être allée.

* * *

Le jour où Alex a invité Amanda Simard au cinéma, il ignorait à qui il avait affaire, mais elle a su tout de suite à quoi elle s'attaquait. Alex est le rêve à l'état pur : beau, séduisant, instruit et gagnant sa vie. Après tous les sans-éducation qu'elle a fréquentés, Amanda ne s'y est pas trompée et elle a vu dans ce jeune homme la perche qui la sortirait pour toujours de la pauvreté. Jeune, elle se laissait toucher pour un *ice cream soda* ou un *sundae*, et le Corps de Clairon où elle était majorette comptait peu de musiciens qui n'aient pas joué sous sa jupette affriolante. Devenir majorette avait été son premier pas vers la liberté. Elle avait économisé chaque sou pour se payer le costume, les bottes et le bâton. Mais une fois sortie du Corps de Clairon, une fois arrivée à Montréal, les espoirs avaient pris fin derrière le comptoir des sacs à main de chez Eaton.

Elle sait très bien qu'Alex n'était pas sérieux et voulait seulement s'amuser. Elle a fait comme si c'était son but à elle aussi. C'est la première fois qu'elle rencontrait un homme qui agissait mal mais qui avait une sorte de morale. Elle a compris bien vite que si elle était enceinte, il ne la *dumperait* pas. Ça fait des années qu'elle cherche quelqu'un comme lui, et dès qu'elle l'a vu, elle est devenue folle amoureuse, persuadée que s'il ne veut pas d'elle, elle va en mourir.

Cette conviction lui permet d'avoir recours à n'importe quel moyen pour le garder, ses sentiments étant, à son avis, garants de la hauteur de ses intentions et de son but, même si les moyens sont un peu douteux. Ce n'est pas mal agir quand c'est par amour fou, quand il est question de vie ou de mort. Pour Amanda, selon ses normes à elle, il lui faut absolument Alex, sinon elle crève. Elle connaît des tas de filles qui ont joué sur l'enfant à venir pour accrocher un homme. Ce n'est pas comme s'il ne l'avait jamais touchée !

L'ennui, c'est que du jour où elle a annoncé être enceinte, il a paniqué, il a refusé de le faire à nouveau, alors qu'elle tablait sur la nouvelle pour déjouer ses précautions et tomber vraiment enceinte. Le changement d'état a provoqué la coupure nette du désir d'Alex et il s'est mis à lui révéler ses rêves d'avenir qui ne l'incluaient pas. Entendre qu'il en aime une autre, qu'il l'attend et l'espère est déjà difficile, mais l'entendre essayer de la convaincre de se débarrasser d'un bébé qu'elle n'attend même pas encore est horrible. Par un effet de contradiction pervers, plus Alex cherche à s'éloigner, plus elle s'accroche, se persuade que, sans lui, elle n'y arrivera pas. Pleurer, se désespérer est tellement aisé et soulageant qu'elle se croit non seulement enceinte, mais victime d'une goujaterie sans nom. Parce que Alex a du cœur, parce qu'il est torturé, elle dévide toutes ses déceptions, elle cède avec confiance à tous les chagrins amassés au long de sa vie et elle fait de leur union la seule obsession qui puisse corriger les malchances accumulées et les abandons précédents.

Quand elle a surpris Alex avec la belle femme en

noir supposée être sa tante, elle a tout compris. Il est amoureux d'une femme très riche, encore belle, mais de la famille. Avec la mère d'Alex qui couche avec ce beau petit jeune qu'Amanda a vite repéré, rien ne l'étonne. Elle sait qu'elle ne peut pas battre la classe et les moyens d'une Adélaïde McNally, mais elle possède une chose que l'autre n'aura jamais : elle n'est pas de la famille et ce qu'elle offre est inestimable, elle offre une relation normale qui peut, sans honte, s'étaler à la face du monde.

Malgré tous ses efforts, Alex la repousse et il a même l'air d'être dégoûté par elle. Amanda a peut-être la conscience élastique, mais son chagrin est réel. Elle sait qu'elle devrait abandonner, que c'est sans espoir, mais elle n'y arrive pas. Une voix intérieure paniquée, hystérique, la prend quand elle essaie seulement d'envisager de partir, de se retrouver encore toute seule. Elle s'agrippe à Alex comme s'il était son seul espoir et, si le mariage ne se fait pas rapidement, il va s'apercevoir du stratagème et il va la haïr. Cette seule possibilité lui est intolérable et elle le supplie, rendue véhémente par la perspective de le perdre. Pour la première fois de sa vie, un garçon offre de payer l'opération, et pour la première fois, elle ne veut pas de cet argent parce qu'il signifie qu'elle a affaire à un gentleman et que, elle le promet à Dieu, celui-là sera dorénavant le seul. S'il peut se décider.

Adélaïde presse Alex d'obtenir qu'Amanda vienne la rencontrer au bureau dès son retour. Il doute beaucoup de la persuasion qu'elle pourrait avoir : « Amanda est sûre que toutes les femmes me veulent et qu'on ne peut pas se fier à elles. »

Ada se demande alors si Paul accepterait... « Tu veux que je demande à Paul ? Il est médecin, il est digne de foi, non ? »

Alex est surtout ébahi qu'elle lui en ait parlé. Adélaïde garde pour plus tard la réflexion que ce commentaire commande et fait part d'un autre avis que Paul a émis et qui la chicote. Paul croyait que la poitrine d'Amanda ne devait rien au support de la maternité. Devant l'évidente naïveté d'Alex, elle précise : « Ses seins, Alex, ils ont changé ou pas ? Paul trouvait qu'elle n'avait pas la poitrine des femmes enceintes. Tu sais de quoi je parle ? »

Alex, gêné, dit que non, qu'il ne sait pas et que, de toute façon, il n'a pas retouché la jeune fille depuis ses révélations. Adélaïde réfléchit, elle se méfie d'elle-même, de son désir de tirer Alex du mauvais pas où il s'est mis. Elle ne veut pas être responsable du malheur et du déshonneur d'une jeune fille seulement parce que cela ne lui convient pas de voir Alex réparer ses bêtises.

Quand Alex soupire que la réaction d'Amanda à son indifférence est une attaque incessante qui n'est pas loin de le répugner et qui produit toujours des torrents de larmes, Adélaïde se demande si elle-même n'est pas naïve et si certaines femmes ne sont pas prêtes à tout pour attraper un mari. Dès que l'idée d'une tricherie pareille l'effleure, elle se demande comment Béatrice réagirait, ce qu'elle dirait d'une telle possibilité, sa sœur ayant plus d'une fois rusé avec le code d'honneur familial.

« Va voir Marthe, Alex. Raconte-lui et tâche de la faire rencontrer Amanda. Emmène-la à la *Boutique*, fais en sorte que Marthe ajuste une robe, ce que tu veux, mais dis à Marthe d'essayer de voir si elle est enceinte ou non. Ce serait trop bête...

— Ce serait trop beau, tu veux dire... »

* * *

Une fois assise dans l'avion, Adélaïde sort de l'enveloppe le récit de Léa. Elle le lit d'une traite, amusée de la candeur et bouleversée par certaines phrases. Léa a inventé un univers de guerre comme on en voit à la télévision, avec ces films sur le Far West, et les Allemands ont plutôt l'air d'Indiens malintentionnés. Léa attribue à Theodore de hauts faits et aucune peur n'effleure le soldat Singer. L'intérêt du roman réside ailleurs que dans ces époustouflantes aventures où le héros intrépide a toute liberté de choisir et de décider des stratégies gagnantes. L'intérêt, c'est quand Léa donne les raisons profondes du courage du soldat, quand elle écrit que *le soir, sous la tente, il pense à Lili et la guerre disparaît*, quand elle raconte combien la pensée constante de sa petite fille l'encourage, le fortifie et lui donne envie de gagner *pour retourner très vite la prendre dans ses bras et lui promettre de ne plus jamais repartir*.

À chaque fois que le héros Theodore pense à Lili, l'émotion étreint Ada, elle entend combien sa petite fille aime Leah, combien chaque mot est écrit pour la consoler de sa perte, pour lui expliquer que l'amour de son père lui appartient, même s'il a disparu et ne peut plus en témoigner. Léa se fait la mémoire de Ted, elle invente pour lui les mots d'amour, les pensées qu'il n'a pu dire et que désormais sa disparition l'empêchera de jamais révéler. *Pendant ce temps* est bien sûr le roman naïf d'une très jeune fille qui ignore presque tout de la vie, mais il a des accents de vérité troublants. Ce moment de la mort de Theodore sur le champ de bataille, ce moment où, avant de tomber dans la terre boueuse, il revoit dans le crépuscule rouge le regard apaisant de la femme aux yeux d'océan, quand il essaie de murmurer le nom aimé de celle qui *malgré le bruit des bombes lui parle doucement*, Adélaïde se dit que ce serait bien réconfortant de pouvoir y croire.

Il y a une chose que sa fille a accordée à cette femme et c'est le regard de sa mère. Quand Léa décrit la femme aimée, le secret enfoui au cœur de Theodore, elle décrit précisément Adélaïde. Ce qui ne la surprend pas outre mesure, puisqu'elle est à proximité et que la référence s'imposait peut-être pour sa fille. Ce qui étonne Adélaïde, c'est cette aventure que Léa prête à Theodore avant de s'embarquer pour toujours. Léa décrit une rencontre où les amoureux s'embrassent passionnément dans le port où un bateau de guerre attend. Cette scène, qui n'occupe qu'un paragraphe, est saisissante de vérité et quoique, pour elle, elle ait eu lieu dans un hôtel, dans une petite chambre pauvre et froide, il s'agit du même silence déchiré, du même regard d'adieu pétrifié, de la même intolérable pensée du *plus jamais ses yeux*.

Adélaïde n'arrive pas à cerner ce qui a pu faire écrire à sa fille cette scène si proche de celle de sa conception. Elle ne peut penser à rien d'autre qu'à une puissante attraction de la mer, principalement à cause du nom de la femme aux yeux océan dont, de toute évidence, Leah l'a longuement entretenue. Elle note les différences marquantes, dont le fait que rien d'immoral n'est commis, rien de répréhensible, si ce n'est le sentiment lui-même, interdit par l'état d'homme marié du héros. La lutte de Theodore contre l'ennemi commence d'ailleurs avec cette lutte contre la pensée envahissante de fuir vers la femme aimée. De fuir *en emmenant Leah à celle qu'il aime, à celle qui aimera sa fille, il le sait.*

Dans le roman, la guerre a eu moralement raison et l'honneur est sauf. Adélaïde range le récit de sa fille, songeuse. Elle voudrait tant être sûre de ce qui est préférable de faire. Savoir qu'elle est sa demi-sœur n'augmentera pas l'affection de Léa pour Lili. Tout ce que cela peut provoquer est un déséquilibre, une terrible déception. Adélaïde se torture avec cette vérité dont elle ne sait que faire. Si Nic vivait encore, si Nic pouvait parler pour lui-même, ce serait envisageable de dire toute la vérité. Mais Léa n'écoutera jamais si Adélaïde est seule à faire le récit. De rage, elle va repousser sa mère et la sortir de sa vie, Adélaïde en est certaine. Et elle se dit que sa fille a davantage besoin d'une mère que de cet autre roman qui est celui de ses origines.

Adélaïde a l'impression de venir de s'endormir quand l'avion se pose.

Retrouver le couple français dans le trou perdu où personne ne comprend un mot de ce qu'elle dit lui prend deux jours entiers.

Quand la dame polonaise fait des *« yes ! »* presque convulsifs et l'entraîne promptement vers la mansarde où un froid cru règne, Adélaïde n'a le temps de voir que les yeux effrayés de Leah avant de constater que le jeune homme qui gît sur le matelas posé à même le sol réclame des soins urgents.

Secoué de tremblements, la fièvre le fait délirer. Adélaïde ne perd pas de temps à questionner davantage et, aidée de Leah, elle descend le poids plume, l'installe dans la voiture et essaie de savoir où est l'hôpital le plus proche. Leah sait. La dame fait un signe de croix sur sa robuste poitrine en les regardant partir.

Les mains de Leah posent la tasse sur ses genoux – le liquide chaud la rend vulnérable, ou alors c'est le soulagement d'avoir Adélaïde devant elle, Adélaïde si efficace qui a réglé en deux temps, trois mouvements les problèmes insolubles de Denis.

« Bois ! »

Leah obéit, se calme peu à peu, à mesure que la chaleur regagne ses membres, que la conscience aiguë d'un désastre inéluctable prend des proportions plus modérées. Maintenant qu'Adélaïde est là, elle ne lui en veut plus de son télégramme. Sur le coup, elle a eu l'impression d'un doute sur ses capacités, sur sa ténacité. Denis est tombé malade après la visite des camps et elle croyait pouvoir maîtriser la situation.

Leah finit sa tasse, referme sur son corps transi le chandail prêté par Adélaïde : « Il a dit que c'était une sorte de malaria, que ça lui était déjà arrivé. Il vomissait tout, tout le temps, il se vidait. On n'avait plus d'argent et il s'est mis à parler de punition divine, à prier comme si c'était une bonne chose, une sorte de justice de souffrir autant. Il ne veut pas retourner à Dieppe. Il veut me suivre. Il dit qu'il va se tuer si je pars. »

Les yeux de Leah se plantent dans les siens, elle n'est pas très émue et c'est ce qui inquiète Adélaïde : « Il va le faire, je n'ai aucun doute là-dessus. Ce n'est pas du chantage, tu sais, pas des menaces. Juste un constat.

— Je sais, Leah. Je suis là parce que je le sais. »

Le soulagement est déjà une amélioration. Elles attendent en silence qu'un médecin qui parle anglais vienne leur expliquer ce qu'il faut faire. Le pronostic est inquiétant, mais pas fatal. La déshydratation est extrême et ils essaient d'arrêter à la fois l'effet et la cause. Denis ne pourra pas voyager avant quelques jours, et cela, à la condition que les médicaments agissent.

Sachant qu'il est inutile d'évoquer le départ avant que Denis soit en mesure de les suivre, Ada va louer une chambre à proximité et elle va chercher les affaires du jeune couple et payer la dame qui les a hébergés. Même si elle ne parle pas un mot d'anglais, la dame fait des signes très clairs pour exprimer sa pensée : ce garçon n'est pas bien dans sa tête et le mariage ne devrait pas se faire. Adélaïde fait son sourire le plus rassurant, remercie chaleureusement et revient chercher Leah à l'hôpital.

La jeune fille parle peu et Adélaïde ne questionne pas, elle la laisse venir. De toute façon, elles ont des jours à passer ensemble, ça ne sert à rien de faire pression et de bousculer les choses, Leah a été assez bousculée comme ça, de l'avis d'Adélaïde qui prend en charge tous les détails pratiques de l'extension du séjour.

Au début, les premiers soirs, Leah se réveillait en sursaut dans le lit voisin et, plusieurs fois, Ada a murmuré qui elle était, où elles étaient et que Denis était en sécurité. Peu à peu, l'emprise des camps se desserre, l'obsession de la mort et des morts perd de son acuité, s'atténue. Denis va mieux, il s'alimente et reprend des couleurs. Leah se détend enfin.

La ville où elles sont est petite, jolie et très rurale. C'est la petite Pologne. Elles n'ont rien d'autre à y faire que marcher, manger, visiter Denis et se reposer. Un soir où elles finissent de souper, Leah pose enfin la question du retour et de comment elles vont procéder.

Adélaïde manœuvre pour que toutes les possibilités soient ouvertes : ou elles prennent un avion d'Allemagne pour revenir à Montréal, ou elles vont reconduire Denis à Dieppe et repartent ensuite.

« Ça te ferait perdre encore beaucoup de temps de passer par Dieppe. »

Adélaïde finit par arracher à Leah une réponse concernant sa volonté à elle, son vrai plan. Elle s'inquiète de savoir si Leah a pris suffisamment de distance avec la douleur de Denis pour décider de ses projets d'avenir. Elle ne doute pas un instant, en voyant Leah rougir, que la pitié et la compassion ont entraîné des actes difficiles à discuter ouvertement.

Une fois dans leur chambre, Ada s'assoit au bord du lit et demande carrément à Leah si elle a été jusqu'au bout avec Denis. Quand, tête baissée, Leah murmure un oui repentant, Adélaïde est soulagée de l'entendre ajouter : « Ça n'a pas eu de conséquence. » Elle ne sait plus quoi penser quand Leah se met à parler.

« Ce n'était pas de l'amour. Ce n'était pas léger ou joyeux. C'était... Je ne sais même pas si je pourrais l'expliquer. Denis était de plus en plus perdu, désespéré. Il se détestait tant, il haïssait tout le monde et me voyait comme une madone. Une sorte de sainte envoyée pour le sauver de la haine. Tous les soirs, il fallait discuter, recommencer à argumenter pour lui faire comprendre que ce n'était pas par mépris ou par manque d'affection que je me refusais. Il a commencé à parler mariage, à vouloir le faire à Montpellier, avant de quitter la France, parce que ce serait plus facile de voyager en couple officiel. Je... je n'avais pas le courage de lui dire que je ne l'aimais pas. Je l'aime, mais pas comme un mari ou un fiancé. J'avais toujours peur de le désespérer davantage. Il n'arrêtait pas de dire que, sans moi, il se tuerait. Il a essayé deux fois dans sa vie. J'ai vu les marques aux poignets. Je savais que c'était vrai et j'avais peur. C'est difficile de raconter comment ces choses-là se passent. J'étais toute seule avec lui et il insistait et me répétait qu'il avait atrocement besoin d'une preuve, une preuve d'espoir contre la putréfaction, c'est comme ça qu'il disait. Le jour où j'ai cédé, il ne l'a même pas demandé. C'était après la deuxième visite à Auschwitz. C'est lui qui voulait y retourner. Moi, je ne voulais pas. Je ne pouvais pas revoir ça. Je ne pourrai jamais l'oublier, alors à quoi ça sert d'y retourner ? Mais il a fallu y retourner. Il n'en avait jamais assez. Il parlait de tout cela pendant des heures. Le Canada, tu sais ce que c'est ? À Auschwitz, c'était l'endroit où on entassait toutes les possessions des Juifs avant de les tuer. Denis savait tous les détails. Des détails... Je ne sais pas s'il les a inventés, j'espère que oui. C'était morbide, mais aussi étrange, parce que c'est tout ce qui l'intéressait. Le vrai mot est "fascinait". La torture, la mort, le gaz, même les tontes, tout ça le rendait halluciné. Il en sait tellement long là-dessus. Des détails affreux, des choses comme combien de temps avant de mourir, les effets des traitements, ce qu'ils ont senti... Atroce ! La deuxième fois, on est allés aussi à Birkenau, à deux ou trois kilomètres d'Auschwitz. Tu sais ce que veut dire *Birken* ? Bouleaux. J'ai attendu là près du bois de bouleaux où c'était si paisible que l'idée de la guerre semblait irréelle.

« Quand il est revenu vers moi dans le champ où je l'attendais, il n'avait plus son air normal. Il était plein de mort. Je ne peux pas dire ça autrement. Plein d'atrocités. Ce soir-là, pour le ramener vers la vie, pour que quelque chose de beau existe, j'ai dit que je serais à lui et on l'a fait. Après, il a été trop malade pour que la question se pose. Maintenant, j'ai honte, parce que je lui ai menti en lui cédant, je lui ai laissé croire que je l'épouserais, que je serais à lui. Ce n'est pas honnête, Ada. Et il a tant besoin d'honnêteté ! Ce n'est pas juste et je ne pourrai pas lui faire autre chose que du mal, comme tous les autres.

— Tu ne penses pas encore à l'épouser ? »

Leah ne conçoit même pas que la question se pose : « Ada ! Je l'ai fait ! J'ai donné plus que ma parole en me donnant. »

Adélaïde cherche furieusement l'angle qui permettrait de ramener Leah vers elle-même. Prudente, sachant que le terrain est sévèrement miné de ce côté-là, elle demande si elle a pensé à Alex. Elle n'obtient qu'un silence pesant et les yeux de Leah qui la fuient.

« As-tu pensé à Theodore, Leah ? Ton père que tu es venue chercher, qu'est-ce qu'il dirait de te voir te lancer dans un mariage de pitié ? Un mariage de compassion pour un Juif que tu ne sauras jamais guérir de sa culpabilité ? Theodore t'aimait, je peux le jurer. Aaron t'aime et moi aussi. Tous les trois, tu m'entends, Leah, tous les trois, nous pensons que personne au monde ne mérite que tu renonces au bonheur par pitié. Tu n'es pas responsable des actes des parents de Denis. »

Enfin, un doute traverse l'or des yeux, enfin, Adélaïde sent qu'elle tient un levier : « Peut-être qu'Alex n'est pas ton avenir, tu verras cela par toi-même, mais tu voulais pratiquer le droit. Tu as refusé de travailler avec moi pour défendre des femmes victimes d'abus. Comment vas-tu le faire, si tu es toi-même victime d'un abus ? Si tu consens à ce mariage seulement parce que Denis te donne mauvaise conscience de ne pas l'aimer ? Selon la loi, c'est quoi un abus, Leah ?

— J'étais libre et je l'ai fait de mon plein gré, Ada. Denis n'a rien fait de mal. Il m'aime vraiment.

— Tu crois qu'on peut être capable de haïr toutes ses origines et d'aimer vraiment quand même ?

— Je n'aimais pas beaucoup mes origines non plus...

— C'est la règle, le rituel juif que tu ne reconnais

pas comme le tien. C'est ta mère, quand elle refuse de remettre ses actes en question et quand elle obéit sans rien dire. C'est la négation de toi dans un culte qui te met à part que tu n'aimes pas. Denis te tire vers une autre négation de toi. C'est aussi dangereux que le traditionalisme juif, que l'orthodoxie ou que le puritanisme catholique. Pourquoi Aaron t'a prise avec lui, tu penses ? Pourquoi a-t-il cédé et changé sa façon de voir sa religion et ton éducation ? Pour toi. Pour te garder. Et tu voulais de lui. Tu as agi comme ton père. Ton père a fui les orthodoxes et les scrupuleux. Ce sont tes origines, Leah. Ton père serait horrifié de te voir épouser un Juif qui se hait. Un catholique qui se hait aussi, d'ailleurs. Faisons une chose : dis-toi un instant que Léa veut faire ce que tu fais. Mets-la dans ta situation et dis-moi maintenant ce que tu penserais de son désir d'épouser Denis. »

Elle n'attend pas longtemps avant d'entendre le « non » navré mais ferme de Leah.

Au bout de huit jours, ils prennent tous les trois l'avion pour Paris et, ensuite, le train pour Dieppe. Denis, en recouvrant la santé, a également retrouvé un sens commun qui rassure beaucoup Adélaïde. Il comprend la situation difficile de Leah, le choc qu'a été pour elle ce voyage, il comprend qu'elle ait besoin de « faire le point » avant de prendre toute décision qui engage son avenir entier. Denis estime avoir à poursuivre la même réflexion de son côté.

Ce n'est pas un jeune homme rieur, mais il est plus sympathique qu'au premier abord, Adélaïde le reconnaît. Il a seulement ce regard blessé qui fait si mal. Comme s'il disait tout le temps adieu. Adélaïde lui répète que, s'il vient à Montréal, il sera le bienvenu chez elle et que, s'il décide d'émigrer, elle l'aidera du mieux qu'elle peut.

Par discrétion, elle laisse les deux jeunes gens se faire leurs adieux en privé et se rend à l'hôtel attendre Leah.

En ouvrant les volets de sa chambre, elle est assaillie par la rudesse et l'âpre beauté du paysage : la plage de Dieppe où de furieuses vagues s'abattent. Comme le vent qui lui fouette le visage, elle reçoit en pleine poitrine le souvenir de ce mois d'août 42 où les vagues s'écrasaient en roulant les corps des soldats abattus par les Allemands qui les attendaient. Elle marche jusqu'à la plage.

C'est ici que Theodore est venu mourir. Ici. Sous un ciel moins limpide qu'aujourd'hui, dans des eaux moins glacées – ici qu'il a peut-être touché terre et s'est trouvé pris au piège. Ici que s'est achevé l'espoir. Il avait trente-deux ans et elle l'aimait. Tout à coup, elle se rend compte qu'elle a trente-quatre ans, que déjà elle est plus vieille qu'il ne le sera jamais. Elle avait dix-huit ans, à l'époque. Leah est plus vieille qu'elle l'était alors. Ça lui semble si jeune maintenant. Une enfant qui court vers un homme de trente-deux ans. Une enfant si amoureuse et qui attend un autre enfant.

La plage est presque déserte. Le vent violent chasse même les mouettes qui protestent à grands cris. Les galets de la plage roulent sous ses pieds, rendent sa démarche malaisée. Comment ont-ils fait, eux, pour courir là-dessus ? Elle imagine le bruit des milliers de bottes qui raclent la plage hostile. C'est plus fort qu'elle, elle se penche, touche les pierres rondes, polies par le frottement des marées – depuis toutes ces années, est-ce que ce sont les mêmes galets ? Ou la mer a-t-elle charrié machinalement des tonnes de pierres neuves, des pierres lavées, blanchies, qui ne disent plus rien du sang et des défaites ? La voilà donc sur cette plage qu'elle ne pensait jamais voir, ne jamais fouler. La plage haïe où s'arrête la trace des pas de Theodore.

Elle observe l'horizon où de petites boules blanches de nuages filent à toute allure, comme de petits voiliers qui cinglent le ciel. Elle est comme ces nuages, elle traverse et va son chemin. Elle ne sait pas si elle est égoïste et dénuée de cet élémentaire sens de la charité que les sœurs ont tant essayé de lui inculquer, mais elle sait qu'il faut faire un tri dans la vie, sinon la vie le fait pour nous. Cela, elle le sait depuis le jour où elle n'a pas fui assez vite et écarté assez brutalement Kitty. Adélaïde n'a aucun remords de soustraire Leah à Denis, elle se sent en droit de le faire dans la mesure où ce qui attache ces gens ensemble est de l'ordre de la mort. Tout comme les nuages ne vont jamais contre le vent, il ne faut pas contrarier le sens de la vie et se tourner vers la fin, comme si elle pouvait donner un sens au début. La fin ne donne aucun sens, c'est la course qui trace la ligne, pas la fin. Ce n'est pas cette plage qui nomme Theodore, c'est le tracé bref et fulgurant de leur amour, c'est ce baiser sous un porche glacé, rue Sainte-Geneviève, c'est cette chambre d'hôtel à Halifax et le son précipité des bottes de Theodore qui s'éloigne à jamais. Elle saisit une lourde poignée de galets dans ses mains et les appuie contre sa poitrine : tu es mort ici, sans savoir que tu avais deux filles, deux Léa, tu es mort, certain de mon amour, certain de mon cœur – et c'était vrai, tu n'es pas mort trompé et si j'étais près de toi, dans tes yeux, dans ton corps, c'est tant mieux. Ta fille a quinze ans, Theodore, je suis une femme mûre et la vie n'a pas voulu arrêter pour moi sous prétexte qu'elle arrêtait pour toi. Aime-moi, Theodore, protège-moi, que je puisse protéger tes filles.

Adélaïde dégage ses mains et laisse tomber les galets dans un bruit mat. Elle regarde ses paumes ouvertes : seuls quelques grains de sable demeurent incrustés. Le bruit sourd de la mer, le vent étourdissant sous le soleil oblique d'octobre enveloppent Adélaïde qui fixe toujours ses mains où les grains ont formé un T flou.

Elle entend Leah arriver. Quand la jeune fille s'assoit près d'elle, quand elle prend dans sa main celle d'Adélaïde où le T se lisait, Ada ne dit rien. Lili élève la main vers sa joue où elle la pose avec tendresse : « Merci, Ada. »

Elles restent en silence à contempler la mer. Les nuages sont loin derrière quand Leah parle, les yeux fixés sur l'horizon : « Je ne sais pas pourquoi j'ai toujours pensé que tu étais la femme aux yeux couleur d'océan.

— Parce que c'est moi. »

* * *

Extirper Leah des pièges d'un mariage de pitié ne règle pas tout, et Adélaïde essaie vaguement de la mettre en garde contre certaines attentes du côté d'Alex. En arrivant à Montréal, elles doivent faire face au prochain mariage du jeune homme. Amanda est allée pleurer dans le giron de sa future belle-mère qui, même si elle se désespère de voir Alex prendre le chemin d'une si mauvaise union, ne se sent pas capable de renvoyer la jeune fille aux conséquences de ses actes.

Adélaïde rencontre Alex une fois et cela lui suffit pour comprendre qu'il sera un homme d'honneur, même si cela fait de lui un homme malheureux. Dès qu'Alex lui a signifié que rien ne changerait sa décision et qu'il n'y a plus rien à tenter, il se met à parler de Lili, il s'informe de son état, de son moral. L'écouter s'en faire pour elle, l'entendre parler d'elle brise le cœur d'Adélaïde. Alex lui remet une lettre pour Leah et déclare qu'il va essayer de ne pas la revoir « parce que c'est trop dur ».

Le mariage est prévu pour la mi-novembre, à Saint-Étienne, un village situé en banlieue de Montréal où la famille d'Amanda habite. La mariée sera alors enceinte de quinze semaines et rien ne devrait paraître. Malgré les circonstances, Amanda veut se marier en blanc et organiser une vraie noce.

Jeannine pleure tout le long de la cérémonie, tenue par Fabien qui bout de rage devant un tel gaspillage. Il envoie presque son poing à la figure du père de la mariée quand celui-ci lui fait remarquer lors de la réception « qu'il ne broute pas sur de verts pâturages ». Le bon homme avait un sérieux coup dans le nez, mais Fabien n'y voit aucune excuse. Il quitte la noce, alors que Jeannine se dépêche de saluer et que Paul et Jacynthe essaient de retenir Alex, prêt à sauter à son tour sur le beau-père.

C'est une noce atroce, une noce triste, sur des chaises droites, avec un petit buffet de *cold cuts* servi au sous-sol de l'église. Alex a l'air d'un géant égaré chez des Pygmées. Adélaïde supporte à peine les regards curieux, alléchés, de toutes les « amies de fille » d'Amanda, ces pauvres filles excitées, admiratives, qui la félicitent comme si sa prise était le championnat de l'année. Et ça l'est ! Cette future mère n'a pas trois mois de fait, Ada le jurerait. Quand elle demande à Paul son avis, il soupire, désolé : « Je peux jouer ma carrière là-dessus : cette fille n'est pas enceinte d'une semaine. »

Évidemment, demander un certificat ne se fait pas. Et tant qu'à y être, il aurait fallu demander un autre certificat garantissant qu'Alex est bien le père ! Adélaïde est dans une telle colère, elle a du mal à assister à un pareil désastre.

Léa est si fâchée contre Alex qu'elle a refusé de venir au mariage, suivie de Thomas, solidaire de sa sœur, qui a ajouté que sa candidate à lui était Lili.

Leah n'a rien dit, rien montré de ses sentiments. Elle a pris la lettre d'Alex et, sans même la lire, elle a fait la remarque que ce serait difficile pour elle dorénavant d'assister aux réunions de famille. Elle a ajouté, d'une voix tremblante : « On sait tous les deux que c'est une erreur, mais je ne peux pas le voir malheureux, Ada. Comme je ne pourrai pas lui montrer que je vais bien... C'est mieux de faire comme il dit, de ne pas se revoir. »

Leah va rencontrer Jeannine, qu'elle n'a pas revue depuis son retour. Elle reste longtemps avec elle, discute, essaie de la consoler du mieux qu'elle peut et, quand Jeannine lui demande de revenir la voir de temps en temps, Leah hoche la tête et montre du menton l'appartement d'en face qui deviendra celui du nouveau couple qu'elle ne peut pas voir. Elle embrasse rapidement Jeannine, lui dit qu'elle l'invitera avec Fabien chez grand-père et elle part en courant. Elle sanglote jusque chez elle. Elle se fout des gens qui la regardent curieusement. Elle se fout de ce qu'ils pensent. Alex est perdu pour elle. Alex va poser sa belle bouche sur une autre bouche et c'est sa faute à elle, c'était son risque. Elle repense à toutes ces fois où ils ont ri, placoté en prenant des cafés à l'université, elle le revoit au Lac, charmeur, séduisant, elle se souvient quand ils allaient au cinéma, les interminables discussions qui suivaient, les fous rires. Elle a tellement mal qu'elle ne sait plus où se mettre, où se cacher. Elle hurlerait comme une bête malade. Terrée dans sa chambre, elle laisse Be-Bop lui lécher les mains en essayant d'étouffer ses sanglots. Elle croyait que le pire à supporter dans sa vie serait cette mémoire des camps, cette vision de l'inhumanité organisée pour tuer. La torture de voir Alex s'engager dans un mariage malheureux, s'éloigner d'elle pour toujours est encore plus intolérable que tout le reste. Ce qu'elle n'a pas pleuré, ce qu'elle n'a pas désespéré en Pologne parce qu'elle devait tenir bon, se désintègre et s'effondre maintenant. Ce gâchis, cet échec, le leur, elle aurait pu l'empêcher, elle aurait pu faire la différence.

Elle sait la lettre d'Alex par cœur.

Ma Li, ma Li, ma Lili,

Ma litanie. Tu vas me haïr et tu n'y arriveras pas autant que moi. Il y a une règle dans cette famille, on paie pour ses erreurs. Je paie.

Ça fait mille fois que je recommence cette lettre. Il y a eu les raisons, les reproches, les regrets, les désespoirs. J'ai tout écrit. Leah, que puis-je dire ? Que je t'aime, que je n'ai jamais été aussi malheureux, que je t'aime, que tu es ma vie et que je te perds. Que chaque fois où tu ne m'as pas écrit, j'ai eu peur de te perdre.

Je ne peux pas te revoir, parce que je te kidnappe, je te garde sauvagement et je tue quiconque veut t'arracher de mes bras.

Leah, pardon. Mon amour de petite Juive – je t'aime.

Alex.

Leah surnage difficilement, elle s'isole, cesse de voir les gens. Seule Léa a droit de passage à n'importe quelle heure. Léa qui lui a écrit cette magnifique histoire. Léa qui comprend tout, qui écoute tout, même les contradictions.

Aaron regarde le désastre de ces années qui vont se gaspiller et il jure à Adélaïde que si Alex était son fils, il aurait affaire à s'expliquer.

« Mon pauvre Aaron ! Alex est tellement défait que vous n'auriez pas le cœur de dire un mot. Et puis, qu'est-ce que j'entends ? L'homme qui voulait rayer le nom de Theodore écouterait des explications ?

— Ma belle enfant, ça fait longtemps que je suis entré dans mon siècle. Il n'y a plus rien de chevaleresque, alors pourquoi élever des chevaliers ? Pour les voir souffrir et pleurer ? Je regrette ce mariage, Ada, parce que Alex était le bon pour Leah et, cela, même s'il n'était pas juif. Et peut-être même justement parce qu'il n'était pas juif ! »

* * *

Début décembre, le jour même où Rose met au monde sa quatrième fille, Adélaïde a à peine posé le téléphone qu'il sonne à nouveau. Julie, sa secrétaire, a un message urgent de Jeannine qui lui demande de venir le plus vite possible.

Certaine que quelque chose de grave est arrivé, Adélaïde se précipite. Jeannine est en effet dans tous ses états, mais le drame a l'air terminé. Jeannine a entendu des cris. En allant sur le balcon, elle a vu que c'était en face, chez Fabien. Enfin, chez Alex maintenant. Malgré les fenêtres closes, toute la rue a dû les entendre hurler. Jeannine a téléphoné et Alex criait derrière la voix d'Amanda. Elle entendait des bruits de casse et les pleurs de la jeune femme qui a raccroché sans rien dire.

« Je t'ai appelée parce que je ne savais plus quoi faire. J'ai pensé qu'il la battait, qu'il allait la tuer. Je n'ai pas la force de le retenir, et descendre pour remonter ensuite chez lui m'aurait pris toute mon énergie. Je l'ai vu partir. Il a claqué la porte et est allé trop vite pour m'entendre l'appeler. Jamais je ne l'ai vu comme ça. Faut aller voir à sa femme, Ada. Faut que tu y ailles. Surtout si c'est ce que je pense. »

C'est ce que Jeannine pensait. Ce matin-là, Alex a trouvé sa femme en train de laver tranquillement ses sous-vêtements souillés de sang. Aucun malaise, aucune faiblesse pour prouver que, finalement, elle avait perdu son petit.

Adélaïde regarde le logement sens dessus dessous, les bibelots cassés, une chaise au dossier arraché. Apparemment, Alex a gardé le contrôle sur lui-même et n'a pas touché Amanda qui ne sait que hoqueter en répétant : « Y devrait être content ! Y en voulait pas, de petit ! Y voulait que je m'en débarrasse. C'est un maudit air bête, si tu veux le savoir. Y a failli me frapper. »

Ada se retient de dire ce qu'elle pense et elle s'enfuit à la première accalmie.

Elle trouve Jeannine bien fatiguée. La nouvelle ne l'étonne pas du tout : « Bonyeu, Ada ! C'était si difficile que ça d'attendre ? Pourquoi il est si peu raisonnable ?

— Il l'aurait attendue cent ans si elle l'avait demandé. Mais il a douté et s'est emporté.

— Maudite tête folle ! Il va faire quoi, tu penses ? Et elle, pas plus fine, elle a l'air de quoi avec son beau mari qui l'aime pas ?

— Elle a ce qu'elle voulait, Jeannine : la bague au doigt.

— C'est moi qui l'a achetée, son alliance. Alex voulait rien faire, rien acheter. On aurait dû empêcher ça, Adélaïde.

— On a essayé. On n'a pas pu.

— Ouais. Y a pas à dire, je ne suis plus ce que j'étais. »

Elles restent ensemble à attendre un coup de fil et à essayer de trouver des solutions.

Alex disparaît trois jours.

Tout le monde est sur les dents, inquiet. Jeannine ne se tient plus tellement elle est angoissée. Fabien l'empêche d'alerter la police.

Adélaïde ne sait pas comment elle le sait, mais Leah est au courant et finit par rejoindre le peloton des angoissés chez Jeannine.

La mère et la sœur d'Amanda sont venues tenir compagnie à l'épouse éplorée, mais elles restent dans l'appartement du couple.

Le troisième jour, Ada se rend au bureau, incapable de remettre la réunion des directeurs de filiales. En sortant de la salle de conférence, elle s'arrête au bureau de Julie qui s'incline et chuchote : « Il est dans votre bureau.

— Quoi ?

— Il a refusé que j'aille vous chercher. J'ai obéi. »

Ada évite de discuter et se hâte vers son bureau. La barbe longue, le teint gris, les cheveux hirsutes et l'air mauvais, Alex est effondré dans le sofa, ses longues jambes tendues devant lui. « Exactement comme

Nic », constate Adélaïde. Il ouvre les yeux en l'entendant entrer. Elle ressort tout de suite et demande à Julie de leur apporter du café et n'importe quoi à manger.

Alex est formel : qu'on le mette en présence d'Amanda et il la tue. Il veut qu'elle débarrasse le plancher, qu'elle garde tout le contenu de l'appartement, il va lui envoyer de l'argent, mais il ne veut plus jamais la voir ni l'entendre. Elle ne veut pas divorcer ? Elle ne veut pas d'humiliation publique ? Fort bien, qu'elle reste mariée avec lui si elle veut, il s'en fout, mais s'il la croise une seule fois, il met fin aux liens indissolubles du mariage dans le temps de le dire.

« Je suis sérieux, Ada. Tu peux aller négocier ça pour moi ? Demander à un de tes avocats...

— Si tu appelles ta mère.

— C'est fait. J'ai même eu son absolution.

— T'aurais pu appeler avant, non ?

— Non. »

Les yeux rougis d'Alex la fixent sans honte, sans gêne : « J'ai viré une balloune de trois jours, Ada. Quelque chose que tu ne peux même pas imaginer. J'aurais pensé à appeler que j'aurais pas su le numéro de m'man. Laisse-moi te dire qu'Amanda est chanceuse d'être encore en vie.

— C'est toi, le chanceux. Vingt ans de prison pour te libérer d'Amanda, ça t'aurait tenté ? »

* * *

Dès qu'elle a su qu'Alex était sain et sauf, Leah est rentrée chez elle. Léa est la première à l'appeler, à vouloir savoir ce qu'elle va faire, si Alex a appelé, si elle va accepter de le voir. Leah la raisonne, explique qu'une chicane n'est pas la fin d'un mariage et qu'on se marie pour la vie.

Quand Alex appelle Leah ce soir-là, il est chez Florent. Lili se place devant la fenêtre donnant sur le jardin en tirant sur le fil du téléphone. Elle peut le voir dans la cuisine de Florent, elle distingue la carrure d'épaules, mais pas les traits de son visage.

« Si tu fais marcher Be-Bop, je pourrais t'accompagner. »

Ils se rejoignent à la lisière des deux jardins où la neige a saupoudré légèrement le gazon gelé. Be-Bop doit se contenter de renifler tous les arbustes et bosquets pendant que Leah et Alex s'embrassent en tremblant. Ils essaient de parler, de trouver la situation épouvantable, désolante, mais ils affichent l'un comme l'autre un grand sourire ravi qui dément leurs propos. Ils n'arrivent même pas à formuler toute une phrase, ils s'arrêtent, se contemplent et mélangent la buée qui sort de leurs bouches.

Quand elle rentre, Be-Bop sur les talons, Leah a un teint de pêche et les yeux brillants. Elle se blottit contre Aaron : « Grand-père, je pense que je vais mal me conduire. »

Aaron caresse d'une main les cheveux encore tout froids de Leah et, de l'autre, les oreilles de Be-Bop qui s'est aussi installé sur le sofa.

« Je me suis souvent demandé ce que je pouvais attendre d'une jeune fille qui a juré de ne jamais se marier. Je suppose que, cette fois encore, tu as oublié de dire *bli neder*.

— Grand-père, pour rien au monde je ne voudrais délier ce vœu.

— Tu vas voler le bien d'autrui, détruire sa maison, humilier sa race ?

— Non.
— Tu vas mettre ta vie en danger ? Celle d'autrui ?
— Non. »

Aaron embrasse le front de Leah : « Je suis trop vieux pour savoir ce que ça peut bien être. *Shalom.* »

Le lendemain soir, habillé d'un smoking, rasé de près, magnifique de prestance, Alex McNally monte à la suite 901 du Ritz-Carlton au bras d'une femme aux cheveux noirs bouclés. Elle porte une robe de chiffon de soie dont la couleur fait éclater ses yeux de chat.

L'engagement est solennel et scellé d'un magnifique solitaire monté sur platine.

Le plus ardu est de faire admettre à Léa que, même s'il n'y aura jamais de cérémonie de mariage, Leah est heureuse.

* * *

Le baptême de bébé Gabrielle est prétexte à l'inauguration de la petite maison de la rue Jeanne-Mance que James et Rose ont achetée, refusant toute aide d'Adélaïde. James estime que sa belle-sœur a bien assez à faire avec les aînés pour venir jouer au chef de famille avec Rose. « Tu viens d'installer Guillaume et Agnès, je le sais très bien. »

Adélaïde essaie d'expliquer que, malgré ses efforts pour dépenser, sa fortune ne cesse d'augmenter et que le secteur immobilier créé par Nic est plus que florissant.

« C'est normal pour moi de partager, James.
— Je suis un chercheur, Ada. Je gagne ma vie, et très bien à part de ça. Tu as une Fondation pour parta-

ger, développe-la et partage au-delà de la famille. Mais, je t'en prie, ne t'excuse pas de ta fortune. »

Adélaïde réfléchit longuement à ce commentaire qui lui rappelle ce que son père disait des Canadiens français honteux et « nés pour un petit pain ». Son père qui, comme James, possédait la richesse d'une famille et d'un mariage heureux au lieu de la fortune d'un Nic McNally. Mais la fortune n'interdit pas le bonheur conjugal, elle le sait. Le petit pain est loin d'être un ordre de Dieu.

Rose a donné à sa fille le prénom de leur mère et elle a sans doute résisté à cette envie depuis la naissance de la première.

« Non, Ada. Je voulais appeler mon premier fils Gabriel. Parce que je trouve qu'Edward fait ancien. On dirait bien que je n'aurai pas de garçon. Je dois avoir le sang trop clair... »

Clair ou pas, ses filles sont magnifiques et follement énergiques. Elles rient autant qu'elles se chicanent, selon Rose : « Espérons qu'avec des chambres séparées, on va obtenir du calme. Madeleine traîne de la patte à l'école. »

La fête est réussie et dépasse aisément en enthousiasme ce que le dîner de noces d'Alex avait généré. Il est là, seul, surveillé de près par une Léa qu'il taquine sans arrêt. Tommy est accompagné d'une jolie rousse que Thomas suit partout, les yeux ronds, le sourire fendu jusqu'aux oreilles. Quand Adélaïde essaie de le distraire, de le décoller des talons de Tommy, Léa hausse les épaules : « Tu sais bien comment il est, maman, c'est juste parce qu'elle est rousse. »

Adélaïde se rend compte que ce baptême va être troublant et lui donner à réfléchir jusqu'à la nouvelle année.

« T'es bien seulette. Est-ce que quelqu'un manque à

ton bonheur ? » Florent la pousse et vole une place sur le sofa. Ada se moque de ses subterfuges pas du tout discrets pour s'informer de ses amours.

« Ce qui ne me dit pas comment va Paul.

— Si ma famille peut arrêter de me charger de négocier des séparations de corps quatre semaines après le mariage, je vais pouvoir le savoir moi aussi. »

Florent lui retire son verre, se lève et l'entraîne dans la chambre de Rose et James où il se met à fouiller parmi les manteaux pour en extraire celui d'Adélaïde : « Ada, je m'occupe d'emmener les enfants au restaurant. Je les borde, je leur raconte une histoire. Je les écoute respirer, ce que tu voudras. Fais-moi plaisir, pose le monde et ses malheurs par terre et va travailler un peu pour toi. »

Elle n'aime pas ça. Ni qu'on se mêle de ses amours, ni qu'on lui dise quoi faire.

« Laisse-moi tranquille, Florent, je fais ce que je veux et comme je veux. Je ne suis plus une enfant.

— Tu sais ce qu'elle dit, Léa ? Elle dit que, quand tu vois Paul, tu es vraiment plus facile à vivre. Je me souviens, quand Nic était au loin, combien on a parlé de la difficulté de vivre seul. Paul n'est pas à la guerre, mais il va se tanner, Ada.

— Tu ne trouves pas qu'au chapitre mariage on a bien assez performé cette année ? »

Florent tend le manteau ouvert : « Surtout, ne l'épouse pas ! Ou attends l'an prochain. »

Elle enfile son manteau : « Ça se peut que je revienne coucher à la maison.

— Pourquoi ? Je vais garder, je te dis !

— Parce qu'il n'a pas voulu m'accompagner aujourd'hui. »

* * *

Il est quatre heures trente et Adélaïde se trouve mille bonnes raisons de prendre son temps et de marcher un peu avant d'aller chez Paul. Elle sait qu'elle lui doit une ou deux explications. Elle ne l'a pas bien traité dernièrement, le faisant passer loin derrière ses préoccupations familiales. Il aurait raison de la bouder ou de lui mettre sous le nez l'arbre familial avec lequel ils ont tant ri de ses propensions à l'impérialisme.

Peut-être ne sera-t-il pas chez lui ? Elle l'espère. Elle n'a vraiment pas bonne conscience. Dès le deuxième palier, elle entend de la musique chez lui. Classique. Du Mahler. Sur son palier, il y a une sorte de banc de piano qui voisine avec un tapis protecteur destiné à recevoir les couvre-chaussures. Elle s'assoit et écoute la musique en réfléchissant. Le deuxième mouvement, son préféré, commence. Le mouvement lent, avec la plainte qui sourd des cordes, avec le bercement qui fouille inexorablement la douleur du monde. Comment peut-on écrire une telle musique ? Quelle sorte de chagrin peut habiter un homme pour le pousser à bercer celui des autres avec cette lenteur volontaire, comme s'il ne fallait pas chercher à fuir ce qui fait mal, ce qui tord le cœur ? Fais face, dit la musique, regarde et ne fuis pas, c'est la seule façon d'être au monde totalement. La seule façon de vivre sans rien perdre ou échapper. Adélaïde ferme les yeux, abandonnée à ce bouleversement que crée en elle la musique. Elle pourrait être encore sur cette plage de Dieppe ou dans cet hôpital où Leah avait si froid, elle pourrait être ici ou au bout du monde, elle est ailleurs, dans l'abri de la musique qui permet de respirer un chagrin qui, autrement, l'étouffe.

La musique s'arrête brusquement. Adélaïde ouvre les yeux, surprise, quand Paul sort de son appartement. Il reste là, une main sur la poignée, l'autre tenant son chapeau. Il ne bouge pas, ne parle pas. Adélaïde cherche ce qu'elle pourrait trouver à dire – elle ouvre les mains, impuissante.

Il s'assoit à côté d'elle, place son chapeau sur ses genoux et attend dans un silence impeccable qui la paralyse.

« As-tu attrapé le premier mouvement ? »

Évidemment, il n'aurait pas la vulgarité de lui demander ce qu'elle fait là !

« J'ai manqué le début. »

Le ton est léger, elle a l'impression de marcher sur de la glace trop mince. Il se décide et murmure en mettant ses *canots* : « J'en ai pour une heure. Le disque est encore sur le tourne-disque. »

Il s'oblige à descendre sans la regarder, sans attendre de voir si elle entre ou non dans son appartement.

En sirotant sa bière avec Émile, Paul est distrait et n'arrive pas à se concentrer sur le récit tortueux de ses difficultés financières. Émile cale sa bière puis lui recommande de filer. Devant l'air ébahi de Paul, il se fâche : « Penses-tu que je ne sais pas que ta *big boss* s'est annoncée ? T'es arrivé ici avec l'envie de repartir. Je sais très bien pourquoi et je sais très bien que je vais aller au cinéma tout seul. Je sais pas comment t'arrives à supporter ça, par exemple. »

Paul finit sa bière sans se presser. Lui non plus ne sait pas. Il a perdu des amis qui se sont tannés de se faire décommander à la dernière minute. Peu à peu, à mesure qu'Adélaïde prenait de la place, il a fait du vide autour de lui pour prévoir le cas où elle arriverait à l'improviste. Il connaît sa famille, ses amis, ses préoccupations. Elle sait beaucoup sur lui, mais n'a jamais rencontré aucun de ses amis. Le problème de leurs débuts demeure toujours d'actualité : elle accorde totalement le peu qu'elle donne, mais il n'y a pas beaucoup de place pour lui. Et il se sent humilié, ramené au niveau méprisable de l'homme de service, l'homme de la nuit. C'est cyclique, chaque cycle ramène sa crise et il n'arrête pas la roue parce qu'il faudrait pour cela faire un geste d'éclat et la quitter. Il se sent comme ces femmes qui écrivent dans les pages féminines du journal : négligé. Quand il lit : *je tiens la maison propre, accueillante, les enfants sont impeccables et il ne remarque rien*, il a un tel sentiment de reconnaissance qu'il se répugne lui-même. Son meilleur ami, Gilles Bessette, lui a demandé s'il trouvait surprenant que cette femme ait comme ami intime un « homme à hommes ». Paul sait très bien le sous-entendu que Gilles lui a épargné : qu'une femme porte la culotte, d'accord, mais de là à ce que lui s'empresse d'enfiler la jupe...

Paul ne se trompe pas, il sait qu'il est l'homme de ce couple et qu'Adélaïde a mille vulnérabilités très féminines. L'ennui, c'est qu'elle ne les a qu'avec lui, en privé. L'ennui, c'est qu'elle n'a pas l'air de vouloir être sa compagne à la face du monde. L'ennui, c'est d'avoir honte de deviner ce que les gens pensent, alors qu'elle a cette témérité de s'en ficher royalement. Il ne sait pas si c'est l'argent ou le pouvoir qu'elle possède qui lui donnent un tel anticonformisme, mais lui n'y arrive pas.

Il a vu la voiture toujours stationnée dans la rue et est monté plus tranquillement, en se chicanant de son insupportable asservissement. L'odeur de rissolé le frappe dès le palier. Ce sera difficile de résister si Adélaïde cuisine.

La table est mise, Mahler joue toujours et c'est délicieux.

Elle aborde le sujet avant qu'il ne se décide à le faire et, pour la première fois, il n'a pas à formuler de reproches, elle se les inflige elle-même.

Elle ne sait pas pourquoi elle se débat tant contre cet amour. Il n'en revient pas de l'entendre dire le mot amour. Elle lui raconte cette chose extraordinaire à propos de son mariage obligé et des débuts turbulents et pas du tout amoureux avec Nic. Lui qui croyait avoir à se battre avec un fantôme de la perfection, il découvre que Nic a été logé à la même enseigne que lui, celle de la résistance sauvage et des abandons tout aussi violents.

« J'ai lu ce livre, supposément scandaleux, de Wilhelm Reich, *La Fonction de l'orgasme*. Il parle de la sexualité. Je suppose que j'ai appliqué ses théories avant l'heure... J'ai tendance à séparer ces deux choses, même si elles sont infiniment liées. Je mets le sexe et l'amour dans deux cases différentes. Enfin, j'essaie de le faire...

— Désespérément.

— Oui, j'essaie désespérément. Parce que je ne crois pas que ce soit comme ça, l'amour. Je crois que c'est plus élevé, plus digne que ce que j'en fais.

— Tu méprises le sexe, alors que tant de femmes voudraient avoir tes dispositions au plaisir. Tu es même certaine que ces femmes te mépriseraient – parce que aimer le sexe est masculin. Viril.

— Je pense que je te demande non seulement le plaisir, mais l'absolution par après.

— Et si tu m'aimais, tu aurais encore besoin d'absolution ou tu aurais le droit total au plaisir ? »

Elle ne prend aucune pause avant de l'assommer en déclarant posément : « Mais je t'aime, Paul. Je t'aime.

— Et ce... cette nouveauté n'atténue pas ton besoin d'absolution ?

— C'est bien pire que ça, Paul, j'ai l'impression de salir, d'avilir un grand sentiment avec mes mauvaises tendances.

— Et si tu n'étais pas si mauvaise, comme tu dis, si tu n'avais pas tes penchants au plaisir, aurais-tu su que tu aimais un seul des hommes que tu as aimés ? »

C'est très long avant qu'elle ne murmure, gênée : « Aucun des hommes que j'ai aimés ne m'aurait vraiment connue s'il n'avait pas su cela de moi. Pour moi, l'intimité, c'est permettre à un homme de savoir cela. Et je pense que, sans le plaisir, je ne les aurais pas aimés. Tu avais raison à propos de notre première fois à New York, je ne supportais pas que cela soit si... si loin de ce que je voulais. Et le vouloir me semble dégradant. Mais même dégradant, je ne peux pas aimer sans ça.

— Il faut donc toucher ton sexe avant de toucher ton cœur.

— Tais-toi ! Tu me fais honte. C'est tellement cru.

— Ça fait longtemps que tu ne crois plus en Dieu et que tu te fous de cette notion de vice ou de honte. Ne me dis pas à moi que tu n'es pas heureuse quand tu te livres à tes penchants soi-disant dégradants. Je ne te croirai pas.

— Évidemment que j'aime ça !

— Tu te fous aussi de ce que les gens pensent.

— Pas toujours.

— O.K., sauf quand il s'agit de tes enfants. Maintenant, dis-moi pourquoi cela te conduit à me cacher comme si j'étais infirme ou dépravé. Parce que moi, ma honte, Adélaïde, elle est là : être traité comme une escorte de bas étage.

— Ce n'est pas vrai ! J'ai changé, tu m'accompagnes, je t'ai présenté à ma famille, à mes amis. Je ne te cache pas. »

Paul se lève, va chercher une coupure de journal et la place devant elle. C'est une photo prise lors du mariage de Béatrice. Au premier plan, Paul et Adélaïde McNally, identifiés comme « le directeur de *McNally Enterprises* et son escorte ».

Adélaïde est flamboyante sur la photo et Paul la dévore des yeux, sans égard au photographe qui a saisi l'instant. On dirait une photo volée à un moment intime. Elle ne comprend pas ce que la photo veut dire ou devrait révéler.

« Tu sais qui a découpé cette photo, Adélaïde ? Ma mère. Ma mère de soixante-quatre ans qui a eu le choc de sa vie quand elle a lu que j'étais directeur de *McNally Enterprises*. Ensuite, elle a eu le deuxième choc en comprenant que j'avais une liaison publique avec une des femmes les plus en vue et les plus riches de Montréal, pardon, de la province, Mme Nicholas McNally. Tu veux savoir ce que mon frère, plombier de son état, a dit à ce propos pour aider ma mère ? Qu'il ne se passait rien entre nous, que tu étais mariée à un couturier homo et que ta sœur était cette actrice battue par un jeune et qui a épousé aussi un homo. Je n'étais là que pour camoufler ta disgrâce et tes mœurs plus que douteuses. Mon frère m'a expliqué au téléphone que tu te livrais à toutes sortes de cochonneries avec Florent et son équipe. Il avait l'air de trouver ça très excitant, il a répété que tous ces déviés ne sont pas capables d'avoir du plaisir comme tout le monde, en plantant une vraie femme. Je sais, c'est cru. Mon frère n'écoute pas Mahler. Mon frère aime le hockey et il me trouve maniéré et il a des doutes sérieux sur mes qualités viriles. Quand ma mère m'a sorti ça, elle n'a pas tenu le discours de mon frère, mais elle m'a demandé pourquoi j'étalais publiquement des sentiments déplacés. Elle m'a demandé si j'étais en train de perdre mon âme et de gaspiller ma vie. J'ai expliqué comme j'ai pu que tu étais veuve, catholique et décente, et elle n'a eu qu'une question : "Pourquoi alors tu ne la présentes pas à ta mère ? As-tu honte de moi, Paul ?" Ma mère a travaillé chez *MacDonald Tobacco* toute sa vie, Adélaïde. Dans l'Est. À côté de où on restait. Quand j'étais petit, je lui portais son lunch à l'heure du *break*. J'avais juste à traverser la cour. Mon père était chauffeur de tramway. Je suis le seul de la famille à avoir fait des études. Je me suis endetté pour des années, mais ma mère, elle, a travaillé toute sa vie pour qu'il y en ait un qui sorte du Faubourg à M'lasse. Ça a été moi. J'ai toujours été son chouchou. Elle est maintenant installée dans un nouvel appartement, beaucoup plus chic d'après ses standards, rue Garnier. Ça me fait plaisir de le payer et je vais le payer tout le temps qui lui reste. Je lui ai acheté une télévision à Noël passé, et mes deux sœurs et leur famille viennent la *watcher* avec elle. Mon frère en a une, lui. Ma mère, elle n'attend qu'une chose : mes noces. Elle a peur que mon frère ait raison, je le sais. Elle a peur que je ne sois pas normal depuis la première fois où j'ai cassé mes fiançailles. Je ne te dis pas les sermons que j'ai eus les deux autres fois. La troisième fiancée, ma mère n'a pas trop voulu la voir, parce qu'elle ne peut pas faire autrement que s'attacher et que ça lui fait de la peine après. Et quand j'ai rompu, elle a seulement dit qu'il devait y avoir une malformation en quelque part, qu'elle avait dû me tricoter croche. Quand elle a mis son doigt sur ton visage, elle m'a regardé sévèrement et je sais qu'elle pensait à ces trois fiancées et à la morale. Elle n'a pas demandé si tu étais mariée quand je t'ai connue. Elle m'a demandé si j'étais respectueux des valeurs qu'elle m'avait enseignées. Tu étais en Allemagne quand c'est arrivé. J'avais décidé de t'en parler et de t'emmener la voir. Juste nous trois, pas toute la famille. Quand tu es revenue, ça a été Alex, son mariage, la peine d'amour de Leah, la scène d'Alex, la négociation avec Amanda. Aujourd'hui, c'était le baptême. Je sais ! Je sais tout ce que tu peux me donner comme excuses, je me les sers tous les soirs. Regarde la coupure de journal, regarde comme c'est coupé croche : ma mère a mal aux mains. Le tabac les a tachées à vie, elle fait une sorte de rhumatisme qui la rend malhabile. Cette coche-là, sur le bord, je ne peux pas la regarder sans imaginer ma mère en train de découper en faisant attention que ses mains usées n'abîment pas son ouvrage. Quand un patient a des mains abîmées, Adélaïde, ça ne me fait pas aller plus vite et vouloir l'expédier, parce qu'il n'aura pas d'argent pour me payer comptant, ça me fait prendre mon temps. Parce que c'est toujours des mains qui ont trimé dur et qui méritent des soins respectueux. Je ne sais pas ce qu'on va faire pour ma mère, elle ne comprend pas pourquoi tu refuses d'épouser son garçon et elle va être gênée devant toi, parce que tu es riche et qu'elle n'a jamais fréquenté des gens riches. Parce qu'elle dit "du matériel" au lieu de "tissu", parce que c'est une femme simple. Mais je voudrais qu'elle sache que je n'ai pas honte d'elle, mais de moi. »

Les mains élégantes d'Adélaïde sont posées sur l'image noir et blanc. Elle ne s'est jamais vraiment informée de la famille de Paul, enfin, pas au-delà des renseignements conventionnels. Comme si son silence à lui suffisait à ordonner le sien. Elle ne s'est jamais inquiétée de savoir si quelqu'un s'en faisait pour lui.

Adélaïde pourrait établir de longues listes avec les excellentes raisons qui justifient le manque de temps pour se préoccuper de ces choses. Mais elle relève la tête et se dit que, à défaut de générosité, elle pourrait avoir de l'honnêteté : « C'est de moi que tu devrais avoir honte, Paul. Tu aurais dû rire tout à l'heure quand j'ai dit que je t'aimais. Je l'aurais mérité. »

Elle retire ses bagues magnifiques et ne garde que son alliance, nue. Elle pose les bagues sur la photo : « Quand le mari de Jeannine est mort, je les ai retirées instinctivement et, dans la voiture, Alex m'a fait signe de ne pas remettre mes gants. Jamais je n'oublierai cette leçon. Je ne sors pas de la cuisse de Jupiter, Paul, mon argent est celui de Nic, pas celui de ma famille. Je propose que tu appelles ta mère maintenant. Il est huit heures, ce n'est pas si tard pour un petit thé. Nous passerons chez moi pour que je me change avant, et je te jure que ta mère ne sera pas gênée.

— Tu n'es pas obligée de faire ça, je ne te le demande pas.

— Tu ne comprends pas, Paul : je le fais pour moi. Cette coche-là, c'est comme si maman me montrait que j'avais manqué de cœur. Et j'en ai manqué. Et nous le savons tous les deux.

— Ne te change pas. Tu es très belle comme ça et ma mère s'attend à une dame très élégante. »

Il n'ose pas ajouter qu'il a peur que, s'ils passent à la maison, un enfant ou un problème les empêche de continuer jusqu'à la rue Garnier.

Le salon est tellement petit et garni de meubles et de bibelots qu'il n'y a aucun espace libre pour reposer l'œil. Les murs sont couverts des photos d'enfance de chaque rejeton. Berthe Picard est petite, dodue et vive comme un oiseau. Nerveuse, intimidée, elle est attendrissante à force d'essayer de paraître naturelle. C'est quand Paul la fait rire enfin, avec son humour un peu raide, qu'elle se détend et lui donne la réplique avec la même verdeur. Quand Adélaïde la fait rire à son tour, les manières de Berthe reprennent de l'aisance et elle questionne avec naïveté la profession d'Adélaïde. Son grand point d'interrogation, comme elle dit, c'est comment une femme aussi peu charpentée peut *bosser* des pièces d'hommes faites. « Parce que vous êtes grande, mais vous êtes pas faite forte. »

Adélaïde a beau expliquer du mieux qu'elle peut, elle voit bien que ça ne reste pas tout à fait normal dans l'esprit de la mère de Paul. Mais elle est, de toute évidence, séduite et elle a l'air sincère quand elle invite Adélaïde pour les fêtes : « Rien de *fancy*, mais de la bonne dinde aux atacas. »

Adélaïde promet qu'elle considérera sérieusement la tentation.

Quand Paul prend la direction d'Outremont, elle l'informe qu'elle préférerait passer la nuit chez lui. Il freine brusquement : « La nuit ? Tu as dit, la nuit ?

— À moins que tu n'aies d'autres projets...

— Merde ! Je suis en salle d'opération demain matin !

— On peut se coucher tôt. On parlera au lit. »

Paul embraye. Pas un seul mot sensé n'est prononcé ce soir-là. À six heures du matin, il embrasse une Adélaïde enfouie sous les couvertures et se sauve vers l'hôpital.

* * *

Les grandes questions et les grandes théories de l'existence, c'est avec Florent que Léa les aborde. Ils discutent jusqu'à l'épuisement de Florent parce que Léa, elle, n'a jamais l'air de se fatiguer de poser des questions.

Le mariage d'Alex et la position délicate de Lili, maintenant qu'Alex est marié mais seul, ont monopolisé une grande partie des débats des derniers jours. Habituellement, Léa rejoint Florent vers neuf heures et elle l'accompagne pour promener Be-Bop avant la nuit. C'est une heure tardive qui ne convient pas à Aaron, et Florent apprécie cette obligation de prendre l'air. Quelquefois, Léa est si insistante avec ses questions que Florent a dû mettre au point une technique pour limiter les enquêtes de fond. Quand il n'en peut plus, il décrète : « Trois dernières ! » et Léa doit se limiter à trois dernières questions. Après cela, pas de discussion, on change de sujet.

Comme elle a remarqué que l'étape « trois dernières » a tendance à ne récolter que du vasouillage et des approximations, Léa a perfectionné les règles : trois questions à répondre par oui ou par non, sans bémol, sans peut-être. Depuis qu'il a accepté, Florent se repent parce qu'il est beaucoup plus difficile de louvoyer avec ce genre de réponses.

Février n'est pas du tout agréable, et il n'y a que Be-Bop pour trouver le vent et la neige amusants. Léa n'est pas très volubile, mais Florent met cela sur le compte du froid. Il n'y a personne dans les rues glissantes et ils croisent un seul homme qui promène également son chien. Florent le salue et ils passent leur chemin.

« Tu le connais ?

— Vaguement.

— Ça arrive souvent qu'on le croise.

— Oui. »

Florent, mal à l'aise, appelle Be-Bop qui revient tournoyer autour d'eux. L'homme est un acteur que Florent a rencontré lors d'une production dont il a fait les costumes. Un bel homme, milieu de la vingtaine, châtain clair, solidement bâti. Celui-là, Florent n'avait pas eu à rembourrer les épaules de sa veste.

« Est-ce qu'il a un faible pour toi, Florent ?

— Léa !

— Quoi ? Ça ne se demande pas ?

— Non.

— Tu m'as bien demandé si j'avais embrassé quelqu'un !

— C'est pas pareil.

— Pourquoi ? Parce que c'est un homme ?

— Il n'a pas de faible. Il est marié.

— Ah ! »

Ils marchent en silence et Florent se demande pourquoi Léa invente des choses pareilles. Jamais cet acteur ne l'a regardé particulièrement. Il a été exceptionnellement gentil et délicat avec lui. Rien d'autre.

« Tu y penses encore ? »

Léa l'observe avec intérêt. Florent commence à trouver qu'elle a drôlement de la perspicacité : « À quoi ?

— À lui. L'acteur.

— Trois dernières, Léa. Oui.

— T'as déjà embrassé une femme ?

— Oui.

— Un homme ?

— Non.

— Maman ?

— Fini, Léa. Fi-ni – Fini ! Les trois dernières sont passées. »

Elle rouspète, argumente, essaie par des moyens détournés, comme d'habitude, mais il connaît ses ruses et les déjoue.

C'est très étrange d'avoir à affronter une forme miniature d'Adélaïde qui aurait encore plus d'audace pour les questions et moins de franchise pour les réponses. Parce que Léa, fouilleuse et questionneuse des secrets d'autrui, garde plein de choses pour elle-même. Elle ne livre que ce qu'elle veut bien et habituellement au compte-gouttes. Le jeu des trois dernières ne tient absolument pas pour elle, parce qu'elle ment sans hésitation. Ce qui plonge Florent dans le plus grand désarroi. La théorie de Léa est que la vérité se mérite. Pourquoi se forcer quand ça ne donne rien ? Pourquoi dire à tante Germaine que Dieu n'est pas tout-puissant, sauf si on le laisse faire sur nous et si on lui accorde la puissance, ce qui revient à dire que Dieu n'est puissant que dans la mesure de notre accord personnel, donc pas du tout puissant ? Ce genre d'entourloupettes, Léa en possède des centaines en réserve. Il n'y a pas de sujet sur lequel elle ne raisonne ou n'argumente. Sa curiosité est insatiable et son jugement, implacable. Léa possède, comme sa mère, la dangereuse vertu de ne se soucier que de l'opinion de ceux qu'elle respecte. Il est loin, le temps de sa deuxième année où le professeur et les filles de sa classe régnaient sur les désirs de Léa. Le nombre de personnes qu'elle estime est limité, et son amour est généreux, mais rarement accordé. Aucun garçon n'a, jusqu'à maintenant, obtenu ses faveurs. Elle s'intéresse, mais n'est pas troublée. Elle a « expérimenté » des baisers, sans éprouver autre chose que de la répulsion. Comme elle a dit à Florent, ça ressemblait aux baisers baveux de Babou quand ils étaient petits. Elle considère d'un œil froid et analytique toutes les thématiques sexuelles. Romantique, elle comprend les sentiments de Lili, de Thomas, de tout le monde, mais elle ne s'épanche jamais sur les siens, sauf pour questionner ce qu'il adviendra des gens aimés. Il y a un conformisme chez Léa qui n'est pas lié à l'opinion d'autrui, mais à la logique. Les questions sur lesquelles elle bute le plus sont celles du mariage et des variations sur ce thème. Pourquoi Fabien et Jeannine ? Pourquoi tante Germaine n'épouse pas Lionel ? Pourquoi Jacynthe n'est pas allée au lit avec André, qu'elle aimait, alors qu'Alex est allé se marier avec une femme stupide qu'il n'aimait pas et avec qui *il a couché* ! Pourquoi coucher quand on n'aime pas ? Pourquoi ne pas se marier quand on peut ? Pourquoi mal se marier quand on peut faire autrement ? Pourquoi les gens n'agissent pas seulement selon leur cœur ? Quand ils pensent, ils pensent tout croche et se mélangent. Alex a cherché le trouble, voilà son avis. Elle veut savoir pourquoi. « Penses-tu qu'il a forcé Lili à se marier, même si elle a juré de ne jamais le faire ? Je veux dire, sans passer par l'église... »

Florent est déconcerté par les questionnements de la jeune fille. Il perd rarement patience et, quand c'est le cas, il avoue carrément qu'il n'en peut plus.

Le sujet d'Adélaïde fait l'objet d'un accord spécial entre eux : tout l'aspect « mère » est admissible, tout l'aspect « femme » est hors circuit. C'est certainement l'élément le plus fluctuant de leur entente. Adélaïde est la pierre d'achoppement de leur complicité qui, autrement, est sans nuage. Florent doit souvent rappeler les principes d'amitié et de loyauté qui le lient en priorité à Ada. Ce que Léa considère comme une infidélité à leurs liens à eux deux. Florent ne se gêne pas pour la traiter de manipulatrice et pour l'envoyer promener. « Les secrets privés de ta mère, tu les demandes à ta mère. »

Léa dédaigne de répondre autre chose qu'un buté :

« Penses-tu que je ne le sais pas que... » qui teste encore l'étanchéité de la discrétion de Florent.

Ce soir de février, Léa reste à coucher chez Florent, et il se dit, en allumant la télévision, qu'il devra peut-être instaurer un nouvel embargo dans leurs conversations. Il n'est pas du tout certain d'avoir envie d'entendre Léa creuser l'homosexualité. La sienne ou celle de quiconque, d'ailleurs. La chose en elle-même l'a bien assez tourmenté pour qu'il n'ait pas à la dépecer sous l'œil vigilant de la jeune fille. Déjà qu'Adélaïde l'a suffisamment asticoté là-dessus. Déjà qu'il résiste éperdument.

Il ferme les yeux, découragé de se voir reprendre le chemin de la stérile argumentation avec lui-même. Il éteint la télé, sort son cahier de *sketches*. Celui qu'il ne montre pas. Le sien. À part quelques croquis d'Adélaïde, à part celui de Lili qui tourne la tête vers Alex qui n'est, là-dessus, que le sosie de Nic, Florent ne voit que des hommes. Les dix dernières esquisses sont des souvenirs de Francis Métivier en salle de répétition. Florent ne comprend pas pourquoi cet acteur ne joue pas davantage. C'est un interprète solide qui dégage un charme et une force rares. Serge Caron le trouve trop jeune, trop bâti pour sa densité intérieure. Ce que Florent a pris pour un compliment détourné qui veut dire « pas pour Serge ». L'œil moqueur qui avait accompagné le : « Envie de convertir, Florent ? Ne t'oublie pas dans le périple ! » avait fait retraiter Florent dans le temps de le dire.

C'est vrai que Francis n'est pas indifférent, Léa a eu l'œil tout à l'heure. Quand ils se rencontrent par hasard le soir, ils échangent des banalités, des lieux communs sur la météo, et Florent continue sa route, le cœur fou. Il sent une attirance réciproque, même si Francis est marié. Même si rien ne laisse supposer des dispositions. Même si.

Florent se rappelle avoir effleuré les cheveux fins sur la nuque longue de Francis et avoir suggéré de les raccourcir un peu. Francis avait levé les épaules en frissonnant et s'était retourné, surpris : « Excuse-moi, je suis chatouilleux. » Florent avait plongé vers ses croquis en s'excusant à son tour. À la première, Francis lui avait présenté sa femme, Ghyslaine, une jolie femme, sans plus, très sage, très discrète et visiblement enceinte. « Francis m'a tellement parlé de vous ! Il dit que vous êtes un génie. »

Florent avait croisé le regard ironique de Francis, plein d'assurance, qui avait cligné de l'œil en murmurant : « J'ai un peu exagéré... mais pas tant ! » La présence de sa femme l'avait dégêné et, ce soir-là, à la table, il s'était moqué et avait montré un humour décapant, irrésistible et troublant. Chaque fois qu'il réussissait à faire rire tout le monde, son regard s'immobilisait sur Florent et semblait lui offrir le trait d'humour, comme un compliment. Très sérieux soudain, Francis l'avait surpris en plein éclat de rire et lui avait glissé à l'oreille : « Tu ris comme un enfant qui s'amuse », ce qui avait gâché toute la spontanéité de Florent, le rendant péniblement conscient.

Il crayonne un autre profil du jeune homme. Francis s'est-il moqué de lui ? A-t-il cherché à le séduire pour l'humilier ? Il ne peut pas deviner. Quand il désire quelqu'un, il n'arrive pas à décoder la différence entre le désir d'autrui et la simple sympathie amicale. Son envie interfère et trouble ses perceptions. Léa est si limpide, si simple, elle. Elle regarde, elle constate et déclare : il a un faible ? Donc, ce n'est pas que lui qui a un faible ? Dans le milieu des acteurs, il y a ceux qui avouent et pratiquent leur homosexualité sans problèmes apparents, il y a ceux que ça n'intéresse pas et il y a la zone d'ombre, comme partout ailleurs dans la société, mais plus grise encore parce que ceux qui s'y tiennent risquent une image publique avec laquelle ils gagnent leur vie. Le mariage de Jean-Louis et de Béatrice n'a choqué que la zone d'ombre et les militants homosexuels qui prétendent que les problèmes viennent des hétérosexuels et non d'eux-mêmes et que la société va devoir considérer un jour ce qui lui fait si peur là-dedans.

Les acteurs de la zone d'ombre, eux, ont tous trouvé cela indécent, choquant et malsain. « Qu'il cache sa honte et ne fasse pas semblant de s'assimiler aux autres, aux normaux », voilà ce que sous-entend leur réaction. La « couverture » de Jean-Louis ne semble outrancière qu'à leurs yeux. Ils sont jaloux d'un abri qu'ils désirent et n'osent s'offrir, Florent s'en doute bien. Dommage que Francis n'ait pas été dans les parages alors, Florent aurait aimé entendre son avis.

Il sait pertinemment que Francis n'a pas d'avis et qu'il n'a qu'une envie et une seule : lui. Il est profondément convaincu qu'aucun autre homme n'a touché Francis de sa vie et que l'idée ne lui était jamais venue de céder à un homme. Que ce soit accidentel, lié au hasard, il s'en fout. Il le sait, c'est tout. Étrangement, cette certitude purifie l'entreprise aux yeux de Florent. Autant la vulgaire et pornographique approche d'un Serge Caron blesse la sensibilité de Florent, autant la virginité de Francis l'excite. Il en rêve. Il en a des hallucinations. Il est en train de tomber amoureux fou d'un autre homme marié. Mais celui-là, contrairement à Nic, est tenté. Nic l'aimait sans le désirer. Francis le désire, même s'il aime sa femme. Est-ce que ça fait de lui un inverti ? Florent l'ignore. Il ne sait rien de ces choses-là. Avoir couché avec Ada ne le rend pas moins homosexuel. Il suppose donc que Francis pourrait avoir des dispositions contraires aux siennes

– n'avoir qu'une désobéissance sexuelle à ses orientations habituelles ou fondamentales. Et cette désobéissance serait lui. Chose certaine, l'immunité conjugale de Francis favorise la rêverie de Florent, lui retire des précautions dont il se serait entouré si l'homme n'avait pas été aussi ouvertement ancré dans son hétérosexualité.

Il n'y a pas un seul soir où il promène Be-Bop sans scruter la noirceur. Il se passe trois jours sans qu'il croise Francis, puis, le premier soir de la semaine où Léa ne l'accompagne pas, Francis est là. Il parle beaucoup, avec un débit précipité, énervé, qui étonne Florent. Tout à coup, Francis lui demande où il habite. « Pas loin. À deux pas, en fait. » Il n'ose même pas l'inviter. C'est Francis qui parle de se réchauffer avant de reprendre la route.

Jamais Florent n'oubliera. Il versait du cognac dans les ballons, le liquide giclait contre le creux du verre quand Francis a dit que sa femme avait eu une petite fille la veille. Florent l'a félicité et, quand il s'est tourné vers Francis avec les deux verres, celui-ci était debout, tout près de lui. Sans quitter Florent des yeux, Francis a pris un verre, fait tourner le liquide et a pris une gorgée. Il a dégluti, passé le bout de sa langue sur ses lèvres, les a ensuite mordues : « Bois, c'est divinement brûlant. » Florent s'est mis à trembler, le verre a cogné contre ses incisives. Francis a saisi le verre de Florent, il en a bu une gorgée, s'est incliné et a transféré le cognac dans la bouche de Florent, quasi hypnotisé. Il a souri de son air stupéfait. Sans emphase, il a dit : « Ta bouche est tout ce que j'embrasse depuis six mois. » Florent a senti la brûlure du cognac dans sa gorge, la montée des larmes qu'inévitablement la liqueur provoque, avant que la bouche de Francis ne reprenne la sienne avec un recueillement concentré, une lente pénétration sans autre objet que l'intensité de la sensation, l'éblouissement absolu du désir contenté.

S'il avait voulu arrêter Francis, briser cette irrésistible escalade, il aurait dû prendre conscience de ce qui arrivait. Or, du moment précis où le cognac a coulé dans sa bouche, du moment où cet homme l'a goûté avec cette autorité tranquille, avec cet appétit férocement contrôlé, Florent a glissé dans l'euphorie absolue. Celle de tenir et d'être tenu, de s'ouvrir et de se tendre, d'embrasser et de gémir de la faiblesse soudaine de son corps devant un corps qui ploie, un corps qu'il dévore et qui le vénère en le faisant jouir, un corps que rien ne salit, rien ne souille, un corps que tout glorifie.

Toute la force bandée de cet homme qu'il caresse sans aucune honte, qui l'assouvit sans le diminuer, toute cette éclatante beauté qui s'échoue sur sa peau, l'illumine d'une imprévisible douceur, le confond de baisers et de gémissements extasiés, transforme ce qu'il prenait pour un naufrage en une sourde victoire. Celle des forces occultes qui émergent à la lumière ocrée du salon, la lumière ambrée qui caresse leurs gestes. Florent se rend à l'inéluctable sans résistance. Pas un velours, pas un cachemire, pas une fibre ne surpasse l'onctueuse douceur du grain de peau qui court sous sa bouche. Pas une ivresse qui n'atteigne celle de ce sexe qui touche le sien. Tout le corps de Florent hurle sa reddition consentie. Toute sa vie, il s'est senti en rupture, un usurpateur qui vole la place du prince, un valet qui a emprunté les habits, le titre du maître, mais pas le sang, jamais le sang. Cet homme qui l'enivre, cet homme qui le rend homme, cet homme dont la bouche est une caresse, un but et une incantation, cet homme nomme sa peau, nomme son être, l'entraîne là où il existe totalement – il règne enfin dans sa vie, il habite enfin son corps, chanté dans cet autre corps, damné dans cette autre bouche, coulé dans cet autre regard.

Toute la nuit, Francis a sombré avec Florent jusqu'à l'extrême plaisir. Sans un mot, mais sans jamais baisser les yeux, sans jamais détourner le regard allumé, brillant, qui participe à l'extase. Toute la nuit, sans se poser une seule fois la question du pourquoi ou de l'après, ils brûlent chaque parcelle du désir et quand, au matin, les cendres mêmes prennent feu, ils gémissent de se reprendre et de se perdre encore.

Au petit matin, Francis s'est habillé et, sans un mot, après un long baiser, il est parti, suivi de son chien.

Pendant trois jours, Florent ne porte plus à terre, il flotte, littéralement expédié dans une autre dimension. Le corps moulu, il a l'impression étrange d'avoir été mis au monde et de chercher fébrilement sa source, sa nourriture. Tous les soirs, il promène Be-Bop et tous les soirs, il est déçu dans son attente.

Distrait, étranger à tout ce qui n'est pas l'expectative de Francis, il n'arrive plus à travailler, à manger, à écouter. Il est tendu vers cette heure du soir où il ira marcher. Il est de plus en plus inquiet, affolé à l'idée qui point sans prendre forme : et si Francis ne revient pas ?

Au bout d'une semaine, rongé, défait, il se rend aux supplications d'Adélaïde qui le questionne sans arrêt et il lui raconte tout. Il ne vit plus, il attend. Son corps en manque, affamé, désespéré, son corps cherche et tremble de ne pas trouver. La seule odeur du cognac le fait pleurer. Il ne pourra pas, il ne pourra jamais en rester là.

Adélaïde voit son Florent ensorcelé, à la torture,

comme si Francis avait coulé dans ses veines pour l'intoxiquer et lui manquer à jamais. Il est si ravagé qu'elle ne peut même pas discuter ou le raisonner. Il faut agir. Il faut qu'il appelle cet homme, qu'il lui demande si c'était en passant, ou pire, pour prouver quelque chose. La seule idée révulse Florent. Jamais il ne supportera le sacrilège d'une moquerie sur une nuit pareille. Que la gêne, le remords fassent mentir Francis, peut-être, mais il y était, lui, et rien ne le fera démordre de ce qui s'est passé : « Je sais que c'était vrai, authentique et qu'il ne s'est pas moqué.

— Alors ? Pourquoi es-tu dans cet état ?

— Il ne peut pas, Ada. Il est marié. Il vient d'avoir un enfant. Il ne peut pas sortir. »

Et peut-être qu'il ne veut pas, achève Adélaïde pour elle-même.

La révélation de cette nuit, pour lumineuse qu'elle soit, déstabilise le fruit de longues années de lutte. Adélaïde irait prier à l'église si cela risquait de changer l'issue d'une telle aventure. Que Florent ait brisé enfin le mur intérieur qui l'empêchait de s'atteindre lui semble inestimable, mais que cela soit fait à travers un homme sans courage, sans honnêteté, un homme qui joue à la cachette avec lui-même, lui fait craindre le pire. Si cette nuit est la seule et que cet homme non seulement ne revient pas, mais ne donne aucun signe de vie, Florent va se désintégrer de peine et va s'empresser d'y voir la confirmation que sa sexualité est indigne.

Les semaines qui suivent sont atroces. Malgré son âge, sa maturité, Florent est un enfant dans l'univers de la sexualité. Pour Ada, il l'est. Quand elle le voit suffoquer de chagrin, chercher son air comme un noyé, elle a mal jusque dans ses os. Rien ni personne ne peut atténuer la blessure. Un téléphone, une lettre, un signe de cet infâme, supplie intérieurement Adélaïde, n'importe quoi qui fasse cesser le supplice de son Florent.

Léa pose beaucoup moins de questions. Elle se range du côté de sa mère et, comme elle, fournit l'essentiel de la vie sans demander à Florent autre chose qu'une fantomatique contribution. La seule activité que Florent fait en solitaire est cette damnée promenade du soir, dont il revient en s'arrêtant chez Ada, désespéré.

Adélaïde le garde contre elle, elle le berce, le laisse pleurer et supplier et offrir tous les trocs de sa vie pour pouvoir une fois encore...

Elle hait cet homme, ce Francis silencieux. Et si le silence est l'expression de sa douleur, elle hait sa façon de souffrir. Cent fois, elle a eu envie de prendre le téléphone et de lui demander des comptes. Sait-il ce qu'il fait ? Qui il touchait ? Sait-il que cet homme brisé qu'elle tient dans ses bras est une merveille et qu'il l'a traité comme une ordure ? Comme si la honte pouvait couvrir une telle splendeur ! Il ne dessine plus, il ne vit plus. Même le printemps précoce qui est venu passer une semaine en mars, même les premiers modèles parfaitement réussis de la collection n'ont pas arraché un regard à la triste contemplation intérieure de Florent.

Sans savoir la cause du chagrin qui abat Florent, Alex et Leah se rapprochent et font, avec Léa et Adélaide, un front commun de tendresse et de solidarité

Au bout de quatre semaines, Adélaide réussit à éloigner Florent de chez lui à l'heure fatidique de la promenade de Be-Bop. Ce soir-là, quand elle le ramène du concert, Florent a presque l'air de respirer par lui-même, sans soutien.

Le lendemain soir, quand Florent rentre, après avoir laissé Be-Bop au jardin et l'avoir regardé courir gratter à la porte de chez Aaron, le téléphone sonne. C'est Francis. Peut-il venir ?

Tout se glace dans l'esprit de Florent, il a même la sensation que le cours du sang dans ses veines s'arrête. Il n'est plus qu'une vibration fragile quand le géant châtain entre dans son salon, retire ses gants en le fixant sans gêne, sans autre sentiment apparent qu'un désir urgent, bouleversant. Sans un mot, Francis s'avance et pose ses lèvres froides sur la brûlure de la bouche fermée de Florent. Le « non » qui plie ses genoux, faiblit ses reins, écrase sa poitrine, le « non » puissant qui ferme ses yeux, n'est plus qu'un vague gémissement, un soupir désenchanté qui peut passer pour tenté, un faible son que Francis recueille ardemment.

Alors qu'il croyait qu'une explication, qu'une dispute même, allait se produire, Florent lutte pour ne pas laisser l'emprise se refermer, ne pas laisser son corps céder ou même appeler et se précipiter de lui-même dans le gouffre. Pourquoi ne peut-il faire autre chose que s'agenouiller devant cet homme, se prosterner d'amour et le lui offrir en silence, comme s'il n'était pas doublé du pire supplice de sa vie ?

Pas un instant Florent ne peut douter de l'authenticité du désir et de l'attrait ressentis par Francis. Il a cette façon de ne dire que son prénom, de le regarder, alors que tout chavire, qui hurle à Florent qu'il n'est pas seul, que dans ce carnage, il y a deux anéantis, que dans ces instants d'absolu abandon, il y a un aveu secret qui doit rester secret.

Parce qu'il comprend si bien la nature du silence de Francis, parce qu'il le laisse partir sans rien demander, terrassé et mille fois plus abandonné d'avoir été saisi de si près, Florent ne se débat plus contre l'évidence qu'est pour lui cet amour.

Quand Adélaïde le voit calmé, comblé et légèrement hagard, comme un drogué qui a eu sa dose, elle a beau se fâcher, réclamer les explications que Florent n'a pas exigées de Francis, démolir un comportement aussi abject, Florent se montre incapable de lutter, même en théorie. Elle sait que, comme une malédiction, un *fatum*, cet homme aura tous les droits, quelle que soit son indignité. Et elle fulmine. Elle n'arrive pas à secouer Florent parce que l'apaisement après tant de douleur est un soulagement trop précieux pour qu'elle l'abîme. Elle l'écoute et prend note mentalement de ce qu'il faudra lui répéter dans deux semaines, quand les euphories seront rongées par l'acide du silence.

Adélaïde rappelle même Jean-Pierre Dupuis et l'invite à luncher pour lui extorquer des renseignements sur le jeune acteur. L'œil averti du dragueur accuse un léger tressaillement avant de confirmer que la prise serait belle, mais impossible.

« Pourquoi ?

— Dieu du Ciel, Adélaïde ! Je pensais que ton docteur te satisfaisait. Tu as l'air aux abois.

— Impossible, pourquoi ? »

Rien, rien n'apparaît d'une quelconque impossibilité à cause d'un manque d'affinités sexuelles ou d'attirance pour les femmes. Jean-Pierre ne lui offre que ce qu'elle sait : un mariage heureux, un enfant nouveau-né, l'acteur ne regarde même pas les plus jolies actrices.

Adélaïde se retient de dire qu'il a d'autres objets de contemplation autrement plus perturbants et dangereux. Elle s'humilie jusqu'à jouer l'amoureuse transie et à réclamer des réponses à une curiosité qui sonde bien au-delà des connaissances de Jean-Pierre. « Tu veux essayer de savoir ? Dis-moi qui il y a eu avant sa femme, pendant, si c'est le cas. Je ne peux pas me tromper à ce point... À moins qu'il n'ait eu envie de s'amuser, de me chercher pour se confirmer un pouvoir qu'il n'a pas envie d'exercer ? Je veux dire... Tu sais, quand un homme a le courage de poser la question, mais pas le geste ? »

Elle lui fait ses yeux vagues, ses yeux languides qui le font sortir de ses gonds : « Comment pourrait-il te résister ? Voyons donc ! Si c'est le cas, c'est un salaud ! »

Et comment ! pense Adélaïde qui tend une main apaisante et demande le secret le plus absolu sur cette enquête.

Les résultats ne tardent pas à venir. Jean-Pierre confirme que le jeune homme est *clean*, qu'il n'a jamais mis personne dans le trouble, jamais abusé de ses charmes autrement qu'en rendant les filles aussi excitées qu'à un concert d'Elvis, mais sans en profiter. Bref, le parfait gentleman. Adélaïde était déjà persuadée que Florent avait vu juste, que Francis était vierge et peut-être même sous le coup d'une attirance encore neuve, jamais ressentie auparavant. Ce qu'elle ne peut pas admettre, c'est la façon méprisable de traiter Florent, cette cruauté de le prendre pour le rejeter ensuite. Elle croit Florent. Elle le connaît trop pour ne pas croire aveuglément que ces deux rencontres ont été mutuellement dévastatrices, qu'il n'y a pas eu un abuseur et un abusé, mais elle ne pourra jamais tolérer que Francis humilie Florent sous prétexte que leur liaison lui fait honte. Dieu ! Elle a passé des années à convaincre, à débattre, à ratiociner sur la question !

Des années à faire reconnaître à Florent que l'objet du désir ne rabaisse pas le désir et qu'il y a droit. Ce Francis n'a qu'à apparaître pour détruire tout son discours, il n'a qu'à avoir honte pour que Florent endosse la honte à sa place, le protège en souffrant une attente débilitante. Que des milliers de femmes de par le monde soient soumises au même traitement par des hommes mariés ne la dérange pas autant que ce qui arrive à Florent. En partie parce qu'elle considère l'envoûtement dont Florent est victime comme une conséquence de son inexpérience. Rien ne mettait Florent à l'abri de ce coup, et il a beau faire valoir que « Francis aussi est déséquilibré, surpris », Adélaïde sait fort bien que, même dans cet état, Francis a eu le courage de céder à ce qu'il appelle sans doute maintenant une faiblesse. Le beau Francis s'est offert, en toute impunité, un luxe qu'il juge trop dégradant pour lui accorder d'autre importance que celle de le consommer secrètement. Pour elle, ce luxe s'appelle Florent et c'est un sacrilège qu'elle ne pardonne pas à Francis Métivier.

Le souvenir, ce puissant aphrodisiaque auquel Florent ne résiste pas, permet à l'attente de durer non seulement sans épuiser le désir, mais en l'exaltant. Aussi, quand Francis appelle à l'improviste, Florent n'arrive ni à refuser ni à poser des conditions de décence humaine. Il se plie aux moments offerts en gardant pour lui ses questions cruciales.

Il est certain d'aimer, même si, dans les faits, peu de phrases ont été échangées entre lui et Francis. Il est également certain d'être incapable de vivre sans la promesse tacite d'un retour éventuel dans les bras de cet homme qui est devenu davantage qu'une obsession, qui est le pivot central de son existence.

Le défilé du 1er mai coûte des efforts surhumains à Adélaïde qui doit superviser avec une vigilance accrue parce que Florent, pour la première fois de sa vie, commet gaffe sur gaffe et compromet certaines exécutions par manque de patience. Florent impatient ! Faut-il que l'autre siphonne la totalité des trésors de patience et de courtoisie que Florent possède. Adélaïde court d'un problème à l'autre et berce les détresses qui suivent inévitablement les extases.

Paul est la seule personne à qui elle peut se confier. Elle ne dit pas tout ce qui l'unit à Florent, mais elle dit tout de cette liaison folle, secrète et dévastatrice à laquelle Florent consent. « Tu ne sais pas ce qu'est l'esclavage amoureux, Paul. Ne me parle plus jamais de mon autorité ou de ma tendance à siffler : tant qu'on n'a pas vu cet homme faire, on ne sait pas ce qu'est l'aliénation. Le téléphone sonne et trois secondes plus tard, tu es expulsée, mise à la porte de derrière et lui, comme un chien, attend son maître. Et l'autre ne le traite pas autrement qu'un chien. Au pied ! *Sit !* Dégoûtant ! »

Paul ne riposte pas. Quand Adélaïde arpente le salon à cette vitesse, il n'y a qu'à la laisser s'épuiser. Cette fois, elle n'est pas près de se calmer. Se faire mettre à la porte, alors qu'elle consolait Florent et tentait un dernier effort pour améliorer un modèle inachevé pour la collection... Se faire évincer, écarter, pour le passage éclair de la comète sexuelle, comme elle appelle Francis, c'est dur à prendre. Paul mesure l'attachement d'Adélaïde à travers l'accablante impuissance qui la terrasse et la désespère. Il l'arrête, répète qu'elle n'y peut rien, qu'elle doit prendre ses distances et attendre le moment où il aura besoin d'elle.

« Il va te demander beaucoup quand ce sera fini.

Garde tes forces, ménage tes élans. On le sait tous les deux que c'est malsain, redoutable, pas du tout ce qu'on lui souhaitait. Mais c'est sa vie, Adélaïde, c'est son corps et son cœur et il en fait ce qu'il veut.

— Même les briser ? Je dois m'asseoir et applaudir ?

— Même les briser. Tu n'es pas obligée d'applaudir. Mais t'asseoir, oui. Et attendre. »

Il a raison, elle le sait. Elle refait avec lui le scénario appréhendé de l'échec à venir. De la chute inéluctable. Elle voudrait tant que Florent soit gracié de sa condamnation à souffrir la perte de Francis. Mais si, en trois mois, cet homme n'a gagné aucun courage, aucune autre énergie que celle de courir vers Florent à chaque occasion qu'il a eue sans jamais risquer d'être découvert, elle sait que l'issue ne sera pas jolie et que la sortie sera brutale. Elle sait, comme Paul, qu'on ne dicte rien au cœur et qu'il bat à sa convenance, sans égard pour les raisons vitales qu'on lui soumet. Quand Paul note que l'apprentissage difficile que fait Ada lui servira le jour où Thomas et Léa auront leur premier chagrin d'amour, Adélaïde pose une main vive sur sa bouche. Elle ne peut même pas l'entendre. Impossible à concevoir ! Déjà, le mois de détresse de Leah l'automne passé l'a mise dans un état proche de la panique : « Je suis incapable de supporter la souffrance des gens que j'aime. Je prendrais le double à mon compte pour éviter de les voir porter la douleur de perdre. »

Paul sait tout cela : « Je t'ai perdue mille fois, je t'ai retrouvée mille fois. Quiconque m'écoutait avoir mal de toi pensait que j'aurais dû abandonner, cesser de t'aimer, que je n'y gagnerais que du mal. Je ne regrette rien. Même pas les nuits où j'ai supplié de t'oublier. Rien. Comme je sais que tu ne regrettes rien des risques que tu as pris avec tes amours. Ni le prix payé après. Tes enfants sont forts, ils sont bâtis à même ton amour. Florent aussi. Un peu de confiance, madame le directeur, un peu de confiance... »

Elle ne comprend pas cette idée de confiance quand elle se soucie du mal qui arrive par les autres. Paul se tait et ne nourrit pas ce genre de discussion. Elle voudrait contrôler la vie de ceux qu'elle aime. Il se félicite de leur entente conjugale sans cohabitation. Parce que Adélaïde aurait peut-être alors voulu contrôler des choses qu'il n'aurait pas aimé voir contrôlées. « Finalement, Adélaïde, tu ne laisses agir seuls que les gens en qui tu as une confiance totale. Il faut être drôlement fort pour mériter ton respect. Nic, tu le laissais faire ?

— Évidemment ! Et Florent. Et Theodore. Et Aaron. »

Elle vient s'étendre sur lui, de tout son long : « Et toi. Qui s'est assise sagement ? Qui écoute respectueusement le grand manitou ? Tu veux que je t'appelle "mon maître" ?

— S'il te plaît. J'aimerais. »

Elle enfouit son visage dans son cou : « Paul, je vais devoir retirer le modèle 17 de la collection si je n'arrive pas à parler à Florent demain matin. Si la comète est passée, je ne pourrai jamais obtenir gain de cause. C'est affreux ! Florent va prendre ça comme un jugement, un affront. »

Paul avait la tête et les mains ailleurs, il faut qu'elle soit bien préoccupée pour ne pas s'en rendre compte. « T'as le choix ? Non. Il s'offre des distractions qui menacent son professionnalisme ? Que veux-tu faire ? *You're the boss*. Maintenant, viens, je vais te faire comprendre pourquoi le modèle 17 sera retiré demain. »

Elle a beau protester que ce n'est pas drôle, qu'elle

n'a pas le temps, qu'elle a des choses à faire, Paul lui fait goûter certains aspects de l'aliénation qui pèsent lourd dans la balance et peuvent effectivement retarder l'affranchissement volontaire.

Florent ne remarque même pas le retrait du modèle. Le soir du défilé, il se consume d'angoisse parce qu'il a fait parvenir un carton à Francis et qu'il ne l'aperçoit pas. Même accompagné de sa femme, même tenu à une froideur calculée, Florent voudrait le savoir assis dans la salle, avec lui en pensée. Les lumières allaient s'éteindre quand il le voit piloter sa femme à travers les rangées bondées. Pendant tout le défilé, Florent guette la nuque de Francis, ses réactions, sa façon de s'incliner vers Ghyslaine qui lui parle à l'oreille. Le spectacle est dans la salle pour Florent, et il jette à peine un œil aux modèles qui suscitent les applaudissements nourris. Adélaïde est obligée de venir l'arracher à son poste d'observation pour le forcer à saluer.

Florent s'avance sur le podium, entouré de ses mannequins, et il glisse un regard furtif à Francis qui, applaudissant énergiquement, le fixe avec une admiration mêlée de despotisme amoureux.

Adélaïde ne lâche pas Florent d'une semelle. Elle s'entretient aimablement avec le couple Métivier, lui montre certains modèles, invite Madame à passer à la *Boutique*. Quand Francis se dirige vers le bar pour leur chercher à boire, Florent est toujours près d'elle. Comment, à la faveur de quelle interruption, se retrouve-t-elle soudain seule avec Ghyslaine, elle l'ignore. Agacée, elle s'excuse et part à la recherche de son couturier. Rien. Nulle part, même pas dans les coins les plus calmes. Elle aperçoit Ghyslaine qui promène son ennui timide et que Jean-Pierre Dupuis intercepte, et elle en profite pour monter aux bureaux du troisième étage, furieuse que Florent ait pu se comporter aussi imprudemment.

Tout dans ce baiser est magnifique. L'apparente fragilité de Florent muée en force puissante se mélange à l'adoration muette de Francis dans une harmonie extatique. Les longues mains de Florent tiennent le visage vers lequel il s'incline et boit, yeux clos, épaules courbées, toute dévotion, alors que Francis, avide et abandonné, se hisse et se tend comme une corde. Les mains de Florent descendent, étreignent solidement son partenaire, le soulèvent, et rien n'est frêle dans le lent, voluptueux mouvement qui atteint les reins, arrache un grondement sourd à Francis. Jamais Adélaïde n'aurait pu imaginer une telle grâce animale, une telle sauvagerie, à la fois féroce et domptée. Dans la pénombre, elle peut ressentir, de là où elle est, la formidable attraction qui scelle les deux corps. Elle referme la porte avec précaution et redescend lentement. De toutes les horreurs qu'elle supposait à la chose, ce qui la déconcerte le plus est bien d'en être bouleversée et d'y trouver une indéniable beauté.

Les critiques sont beaucoup plus enthousiastes pour le travail de Jacynthe, qui renouvelle l'approche de la mode pour les jeunes, que pour Florent, qui, selon certains, piétine et se répète dans son style « élégant, mais d'un classicisme lassant ».

Florent n'est pas le quart affecté de ce qu'Adélaïde craignait. Il se réjouit pour Jacynthe et admet avoir éprouvé des difficultés à créer cette collection.

« T'as remarqué que j'ai retiré le modèle 17 ? Tu es tellement fâché que tu ne m'en parles pas ou tu ne l'as pas vu ? »

Il est dépassé. Adélaïde ne peut plus voir ou entendre Florent s'excuser avec honte de son absence des derniers mois. Elle ne supporte plus de l'entendre s'humilier : « Florent, je t'ai vu. Dans le bureau, au troisième. Je veux que tu sois prudent, que tu t'arranges pour ne pas le perdre pour des niaiseries. Si tu le perds, que ce soit par décision mutuelle, pas parce que vous vous êtes fait prendre en flagrant délit. C'était dangereux, Florent. Risqué. La *Boutique* était pleine de monde, des journalistes, des gens qui ont intérêt à savoir les secrets. Protège-toi. Protège le peu que tu as. Je sais que tu ferais n'importe quoi pour une heure, dix minutes avec lui. Mais n'accepte pas les couloirs, les voitures, les lieux publics où on peut vous surprendre. Et ne rougis pas devant moi. J'ai fait pire. J'ai fait tout ce que tu as fait. Je suis une femme avertie, Florent, j'ai cédé au désir et de bien des manières. Je sais à quelle urgence tu as affaire. Et je sais que tu peux perdre beaucoup. Écoute-moi. Je ne te juge pas, je ne te condamne pas. Je te demande d'être prudent. De ne rien faire qui donne prise aux ragots, aux malfaisances. Tu es un homme talentueux, tu as gagné ta place en travaillant toute ta vie, ne permets pas à cette histoire de tout menacer. Lui risque moins : sa carrière n'est pas lancée, il cherche encore sa place. Mais toi, Florent, une collection faible, ça va. Mais ta réputation, tu ne t'en remettras pas. Et tu sais que je ne parle pas de mon intérêt personnel. Je parle de ton talent, de ton travail. Dis-moi que tu vas faire attention. Que tu vas refuser de prendre des risques. Chez toi, Florent, tu fais ce que tu veux. Ailleurs... Dis-moi que tu ne le feras plus. »

Il a l'air de réfléchir sérieusement, de peser le pour et le contre avant de s'engager : « Pourquoi tu ne me juges pas, Ada ? Tu ne méprises pas ce que tu as vu ?

— Probablement parce que c'est toi, Florent. Je veux comprendre. Je veux que tu sois heureux. Et j'ai vu que tu l'étais. Pas assez à mon goût, mais bon... Parce que c'est toi, parce que je t'aime.

— La première fois que j'ai senti que j'étais... comme ça, j'avais cinq ans. C'était le lendemain de la noyade de papa et de Fleur-Ange. Nic m'a pris dans ses bras et m'a ramené dans l'eau. J'avais peur. Je me suis accroché à lui. Rien au monde n'était plus excitant que ses bras solides. Je tremblais. Je voulais rester dans ses bras et fuir en même temps. Je ne savais pas ce qu'était le désir. Je n'aurais jamais pu appeler ça du désir. Mais c'était ma place. Dans ses bras. Aujourd'hui, avec Francis, c'est pareil. J'ai peur et j'ai des frissons. Je ne pense pas que ça change jamais.

— Tu regrettes, Florent ? Tu voudrais ne pas l'avoir fait ?

— Je voudrais t'avoir aimée d'amour, toi. Je voudrais aimer une femme totalement, comme j'aime Francis. Il n'y a pas de place pour des goûts comme les miens dans le monde. C'est inacceptable. Et je n'arrive pas à me changer. Si je n'ai pas pu avec toi, je n'y arriverai avec personne. Comment veux-tu que je sois heureux ?

— Tu penses que c'est définitif ? Sans appel ?

— Pour toi ?... Quand tu as mis fin à nos jeux, à nos expériences, je ne comprenais pas. Mais comme tu restais près de moi, comme tu continuais à être mon Ada, ce n'était pas grave. Si Francis me quitte... Seulement l'idée me rend fou. Je ne peux pas te dire comme je panique.

— Et sa femme, Florent ? Tu fais quoi de cette idée ? Et s'ils attendent un autre enfant ? »

Le rictus de souffrance, l'angoisse muette de Florent, arrêtent Ada : « Bon, ça suffit ! Pour l'instant, on ne sait pas. On va essayer d'être heureux, d'accord ? D'accord ! »

* * *

Depuis que les promenades de Be-Bop sont interdites, depuis qu'elle voit Florent passer d'une humeur maussade à l'exaltation pure, Léa sait qu'il est amoureux. Depuis qu'il ne répond plus à ses questions, elle sait que c'est d'un homme. La chose la fascine et l'inquiète. Que son « oncle » Jean-Louis soit comme une femme quand il se met à blaguer et à s'exciter, ça ne la dérange pas. Mais que Florent se ridiculise un jour en s'agitant de la sorte ne lui semble pas du tout envisageable. D'après Lili, il n'y a qu'Adélaïde qui compte pour Florent, personne d'autre. Léa trouve que les gens sont bien distraits. Elle met sur le compte de l'amour l'inattention de Lili, mais quand Lionel s'offusque de sa question et la renvoie à sa mère en la traitant de polissonne, Léa est certaine d'avoir vu juste. Florent est amoureux d'un garçon. La première question est : qu'est-ce qu'ils peuvent bien faire pour le sexe ? Déjà qu'imaginer ce qui se passe entre hommes et femmes est complexe, elle se perd sur le terrain exclusivement mâle. Elle a cherché dans le dictionnaire, fouillé chaque mot possible, rien d'autre que cette fameuse attirance pour le même sexe, une sorte de détournement d'un élan, une maladie. Léa ne s'avoue pas vaincue et cherche davantage à la bibliothèque de son école. Elle ne peut évidemment rien demander. Le résultat est assez mince, et le livre scandaleux qu'elle trouve là-dessus parle d'un baiser entre deux garçons, ce qui ne lui apprend rien.

Ce qui lui semble curieux, c'est la réaction de sa mère qui s'en fait beaucoup, qui ne laisse pas Florent, qui agit comme s'il était malade et qu'il avait besoin de beaucoup d'attention. C'est sûr que Florent n'est pas dans son assiette, mais cette inquiétude étonne Léa.

Elle finit par demander directement à Adélaïde pourquoi Florent est amoureux d'un homme et si c'est mal. La réaction est spectaculaire. Toutes affaires cessantes, Adélaïde prend le temps de parler, d'expliquer, de faire le tour des possibilités pour conclure que, pour un homme, aimer un autre homme est une chose possible, une sorte d'égarement qui, de toute façon, est très privé. Mais elle n'arrive pas à promettre que la chose va prendre fin ou qu'elle pourra éventuellement devenir publique. Il faut que Léa garde pour elle ses informations. Ce qui choque Léa, c'est cette manière de lui parler comme si elle avait encore douze ans. Elle ne se gêne pas pour le dire à sa mère. Elle en profite pour lui glisser qu'elle n'est plus naïve ou assez bébé pour s'imaginer que Paul et elle ne font que se tenir la main. Elle exige un peu de considération et la fin du régime infantilisant. Elle proclame qu'elle en sait probablement beaucoup plus long que sa mère sur plusieurs sujets et que cette attitude condescendante la hérisse au plus haut point.

Le plus étrange est qu'Adélaïde ne s'énerve pas et concède à Léa qu'effectivement elle a fait preuve d'étourderie en la traitant de naïve. Léa se calme et elles peuvent parler posément de ce qui reste mystérieux dans la sexualité de Florent ou dans la sexualité en général. Sa mère est rassurée de savoir qu'aucun garçon n'a seulement essayé de manquer de respect à Léa et qu'elle-même n'a pas eu de tentation de la sorte. « Mais, maman ! Ce n'est pas une bonne chose ! Pourquoi personne ne s'intéresse à moi ? Pourquoi personne ne m'intéresse ? Les filles de ma classe ont toutes des amis de garçon. Elles sortent, vont à des *party*. J'ai l'air d'une arriérée ! On dirait que je suis tellement laide que personne ne me voudra jamais ! »

Adélaïde fait ce qu'elle peut pour calmer une angoisse qu'elle trouve bien légitime. À cet âge, elle avait le même désir de tomber amoureuse. Elle le lui dit, d'ailleurs. Quand Léa demande à quel âge c'est arrivé, Ada répond franchement qu'à seize ans elle était très amoureuse.

« Tu l'as embrassé ? Sur la bouche ? *French kiss ?*

— Tout ça.

— Plus ?

— Non ! Voyons... »

Adélaïde trouve la pente dangereuse et elle doit faire un effort pour fournir des réponses aux inévitables questions qui vont suivre. C'est ce pauvre Arthur Rochette, si piètre embrasseur, à qui échoient les avantages de Theodore et l'amour d'Adélaïde. Parce qu'il travaillait également au bureau de son père, le récit gagne en authenticité et Léa est ravie d'enfin en apprendre plus long sur la jeunesse de sa mère. Arthur fait même figure de révolutionnaire averti qui choque tant le grand-père de Léa que la rupture familiale est consommée et que sa mère rompt les ponts et va travailler à Montréal. « Et là, tu as aimé papa ?

— Oui, Léa, j'ai aimé ton papa. »

Léa se tortille une couette de cheveux et Ada sait très bien que la question à venir ne sera pas simple. Quand elle prend des précautions, sa fille se révèle toujours terriblement perspicace. Mais Léa hésite, elle n'arrive pas à formuler sa pensée.

« Léa ? Qu'est-ce qui te tracasse ?

— Est-ce qu'on est condamné à aimer qui on aime ? Je veux dire... Est-ce qu'on peut s'en sortir si on ne veut pas ou c'est comme une punition du Ciel, quelque chose de fatal qu'on ne peut pas changer ? »

Abasourdie, Adélaïde a évidemment envie de réclamer un exemple qui illustre la question. Léa parle de qui ? De Florent ? De Theodore ? En général ? Prudente, elle essaie de broder autour du thème de la liberté individuelle, du choix de s'éloigner d'un amour malsain ou interdit. Sa fille revient à la charge : « Interdit comment ? Comme pour Florent ? »

Adélaïde se sent piégée : comment faire marche arrière ? « Comme un homme marié. Je crois que c'est un interdit puissant. Ça s'appelle l'adultère.

— Je sais, maman ! Ce n'est pas de ça que je parle ! Je parle d'aimer pareil que c'est interdit !

— On dit “même si”. »

Léa se fâche et elle n'a pas tort, Adélaïde fuyait la réponse avec sa sémantique. « Bon ! Très bien, Léa. Je n'en sais rien. Je ne sais pas si l'amour est une condamnation ou pas. Je sais que c'est difficile de renoncer pour la seule raison que c'est interdit et que l'amour ne s'en va pas du cœur juste parce qu'on l'a décidé dans sa tête.

— Donc, c'est ce que je pensais : c'est une condamnation.

— À qui tu penses quand tu demandes ça, ma puce ? »

Les yeux de Léa sont magnifiques de franchise tranquille : « À Kitty, maman. »

Le sourire d'Adélaïde fige net.

* * *

Quand Adélaïde invite Paul à l'accompagner à la maison du Lac pour quatre jours de solitude à deux dans un endroit probablement humide, mais avec une cheminée et le vert printemps des arbres et la splendeur des forsythias qu'elle ne voit jamais fleurir et toutes les fleurs printanières, il estime à sa juste valeur l'importance de l'offre. Il est d'autant plus triste qu'elle se décide si brusquement : « C'est l'anniversaire de maman. Je l'ai déjà invitée au restaurant samedi soir. Adélaïde, je suis tellement désolé. J'aurais tellement voulu...

— Es-tu prêt à faire quatre heures de voiture pour m'avoir toute à toi pendant trois jours ?

— Dix ! Vingt heures ! Tu veux que je revienne à Montréal pour le souper et que je te rejoigne, c'est ça ? Très bien, je suis ton homme !

— Non. Tu vas la chercher à Montréal et je cuisine un repas d'anniversaire. On la ramène le lendemain avec nous. J'ai dit trois jours toute à toi, le quatrième, je te partage, mais je ne te lâche pas. »

Paul n'en revient pas. C'est très gentil, mais c'est une folie, une extravagance. Sa mère ne quitte jamais son logement, elle ne voyage pas, elle va découvrir le pot aux roses, il va faire trop froid pour ses rhumatismes, il n'y a pas de raisons qu'il ne cite pour décourager l'entreprise. Adélaïde s'obstine à prétendre que, pour une fois, sa mère changerait d'air, qu'elle est probablement très au courant qu'ils font des choses interdites par la religion, qu'il y a sept chambres dans cette maison et que mai n'est pas octobre. Paul est finalement d'accord pour en parler à sa mère, mais si elle hésite, il n'insistera pas.

« Qu'est-ce qui se passe, Paul ? Tu ne veux pas me partager ?

— Qu'est-ce qui se passe, toi-même ?

— Je suis fatiguée, épuisée par ma fille, par Florent, par le bureau, le défilé, la famille et j'ai envie de me débaucher, de m'encanailler et de recevoir ensuite l'absolution maternelle me garantissant que je ne gâche pas ta vie. Tu as trente-six ans, tu es déjà en retard pour élever une famille. J'en ai assez de me poser d'insondables questions sur mon honnêteté.

— Veux-tu me dire ce que c'est que cette attaque de piété coupable ?

— Léa veut savoir pourquoi je ne t'épouse pas.

— Et tu réponds ?... »

Le pied nu d'Adélaïde se tend vers la cuisse de Paul, repousse le journal, joue et s'infiltre dans l'ouverture de la robe de chambre. Le pied remonte, frais sur la chaleur de la peau. Paul apprécie, mais répète sa question. Il reçoit une Adélaïde bien échevelée, à l'échancrure bien offerte, une femme bien dangereuse, avec tout un projet au bord des lèvres : « Je ne réponds pas. Je ne veux pas risquer d'arrêter le bonheur de pécher avec toi, je ne veux pas éventer notre cachette, nos secrets. Ici, c'est ma vie à moi. Ici, j'existe pour moi, totalement. Pour toi, partiellement... non, pas si partiellement. T'emmener là-bas... Embrasse-moi. »

Il s'exécute, il sent qu'ils ne parleront pas longtemps : « M'emmener là-bas ?... » Il ouvre son déshabillé, elle est douce et pleine de désirs, Adélaïde est un fruit, il en est certain.

« T'emmener là-bas, avec toute la maisonnée, est trop risqué de perdre ce qu'on s'est construit.

— Es-tu en train de me dire que le mariage est malsain ? Anathème ! Je vais te dénoncer !

— Si tu continues, dans deux secondes, je t'épouse. »

Il continue.

* * *

C'est avec Leah qu'Adélaïde organise le projet de *party*. Leah offre de servir de chaperon en compagnie d'Alex et de surveiller « cette belle jeunesse » qui va danser et s'amuser jusqu'à minuit. Léa est absolument ravie, rien ne pouvait lui faire autant plaisir. Adélaïde se réfugie chez Florent pour ne pas faire comme ces parents très mal vus par sa fille « qui restent presque dans le salon ».

À minuit, quand elle rentre, les derniers invités partent et Lili reste encore une heure à parler de ce qui s'est passé avec Léa.

Alex rejoint Adélaïde qui rince les assiettes à la cuisine. Un peu mal à l'aise, il s'informe de la date à laquelle la famille s'installe au Lac. Adélaïde saisit tout de suite la nature du projet d'Alex : il veut faire exactement ce qu'elle a fait il y a deux semaines. Elle ne se sent pas vraiment le droit de condamner Alex, mais l'avenir de Leah l'inquiète davantage que celui de Paul. Elle se demande à quel point le mauvais exemple des parents influence les enfants. Elle craint beaucoup de voir ses enfants s'embarquer dans un mariage malheureux pour la simple raison qu'elle refuse d'épouser Paul. Comme une sorte de punition divine. Quand elle interroge Alex sur ses intentions avec Leah, il répond seulement : « De l'aimer. » Devant l'air découragé qu'elle fait, il précise que, même s'il était libre, elle ne voudrait pas se marier. Même sans lui dans sa vie, Leah ne veut épouser personne. Elle veut mener une carrière flamboyante et laisser les familles nombreuses aux autres. « Tu as une émule, Ada.

— Non. J'ai été mariée et j'ai des enfants. Toi ? Tu n'en veux pas ?

— Moi, Ada, si Lili n'en veut pas, je n'en ai pas. J'ai fait assez d'erreurs comme ça. Je vais me tenir tranquille. »

Adélaïde estime que Jeannine a un sort immérité

entre son aîné séparé et sa fille toujours seule et décidée à ne pas guérir de sa peine d'amour. C'est Tommy qui va, semble-t-il, sauver l'honneur. Il sort avec la même jeune fille depuis huit mois.

Alex obtient les clés de la maison du Lac et une liste interminable de recommandations qui le fait sourire : c'est Lili elle-même qui lui a répété qu'Ada s'est offert une escapade avec Paul. Il aime bien ce Paul, dans le genre discret et efficace : « Et toi ? Vas-tu nous donner l'exemple de mœurs irréprochables et convoler ?

— Rends-moi les clés, espèce d'effronté ! »

* * *

C'est un été difficile pour Florent qui est déchiré entre les périodes d'euphorie totale et celles de désespoir sans fin. Quand Francis arrive chez Florent en juin, alors que dix-huit jours se sont passés sans signe de vie et qu'il ne s'annonce que pour une heure, Florent s'effondre et jure que, malgré tous ses efforts, il ne peut plus supporter cette attente stérile.

L'effet sur Francis est radical. Bredouillant, alarmé, il veut savoir si cela signifie qu'il ne peut plus appeler, que Florent veut rompre. Ils ne finissent même pas leurs phrases, la panique les jette dans les bras l'un de l'autre, tremblants, épouvantés à la seule idée de se séparer. Francis balbutie qu'il ne peut pas, qu'il lui est impossible de bouger, mais que, à la seule idée d'être privé de Florent, il pourrait tuer furieusement.

Ce n'est pas une conversation, c'est une série de menaces et de suppliques, d'aveux d'impuissance scandés par une passion désespérée. Ils n'arrivent à rien d'autre que se convaincre de l'impossibilité d'une séparation. Francis dépasse largement l'heure qu'il s'était accordée. C'est Florent qui le rhabille avec des gestes lents, amoureux. Il replace les mèches de cheveux, enlace la nuque qui frissonne comme il aime tant : « Dis-le-moi. »

Francis résiste, recule : « Il faut que j'y aille. »

Les mains croisées derrière son cou ne cèdent pas. Les épaules nues de Florent, tendu par l'effort, se creusent sous la clavicule. Francis fixe cette cavité douce – il devine le goût salé qu'elle aurait sous sa langue. Il ne comprend plus rien. Cet homme le dépasse. Il veut partir. Un étau d'angoisse lui serre la gorge : « Laisse-moi, Florent. Il faut que j'y aille. »

Les mains se dénouent, les épaules retombent. Francis hésite devant la dignité défaite de Florent. Il se sait méprisable, il n'y peut rien. Il ne peut pas dire à un homme qu'il l'aime, ça lui semble un horrible sacrilège. Quand il rentre chez lui, après ses séances de dégradation comme il les appelle, il fait à sa femme les aveux les plus enflammés, et les plus platoniques. Les mots sont pour elle si les gestes sont pour lui. Il a déjà bien assez honte sans avoir à le dire. Et quand il lui faut aussi faire la preuve de ses aveux à Ghyslaine, Francis ne parle plus parce que tout son corps n'appelle qu'un prénom et que ce prénom est interdit.

Il est sur le perron, les clés dans les mains, quand il se rend compte qu'il a oublié d'informer Florent qu'il part tout juillet chez ses beaux-parents et ensuite deux semaines à la mer. Il l'appelle d'une cabine et, prétextant l'urgence de devoir rentrer, il assomme Florent avec sa nouvelle et raccroche précipitamment. Dans sa lâcheté, il s'avoue tout de même qu'il espère que l'exaspération de Florent va précipiter une fin qu'il souhaite mais ne peut provoquer. Il se dit qu'à la longue Florent va se fatiguer de ses exigences. La seule idée d'une telle éventualité le fait rebrousser chemin et rappeler pour s'excuser de sa brutalité. Il en pleurerait d'entendre cet ange fait homme lui dire qu'il sait très bien ce qu'il traverse et qu'il n'a pas à donner de raisons. C'est un homme épuisé qui rentre chez lui – un homme qui se dépêche d'aller jouer avec sa fille, pour éviter le regard alerté de sa femme. Quand cet autre ange de patience lui apporte une bière, il se demande si on peut mourir de culpabilité.

L'été est marqué par un autre mariage, celui de Jérôme cette fois, au grand désespoir d'Isabelle et de Maurice, qui estiment que se marier le jour de ses vingt ans est peut-être romantique, mais drôlement hâtif, surtout que les vingt ans sont ceux de la jeune fille, Jérôme n'en ayant que dix-neuf. Leur fils les a menacés de faire en sorte qu'ils n'aient pas le choix s'ils refusaient d'autoriser le mariage.

Isabelle, complètement en désaccord avec le choix de son fils et non seulement avec sa décision, se bat pour obtenir un délai d'un an. Cette petite Maryse est bien mignonne, mais elle ne sait que s'amuser et n'a aucun sens des responsabilités. Avec Jérôme qui n'est pas consciencieux de nature, Isabelle trouve le duo bien peu sérieux pour bâtir une famille. Rien à faire, Jérôme veut partir vivre sa vie, il en a assez de la famille et il prétend que, s'il change des couches, il préfère que ce soit celles de son enfant. Ce en quoi il exagère, sa sœur Françoise étant propre depuis l'âge de quinze mois.

Grâce à Maurice, à ses talents de conciliateur, la noce est quand même joyeuse. La jeune mariée est ravissante et Jérôme n'en peut plus de bonheur.

Ils partent pour New York dans l'après-midi, pendant que la fête bat son plein. Isabelle a la consolation de voir Françoise séduire toute la belle-famille qui s'extasie qu'une si belle poulette devienne « ma tante » avant l'âge de raison. Isabelle grince un « si ma fille est ma tante, moi je suis grand-mère ! Devine si j'en ai envie, Ada ? La vie nous passe dans la face comme un train qu'on n'arrive jamais à prendre !

— Avoue qu'elle est belle, qu'ils sont amoureux et que c'est quand même quelque chose, non ? »

Isabelle avoue. Et, du même élan, elle avoue qu'elle se sent dépassée et déjà hors jeu et que ce n'est pas juste. « Il me semble que je commence à savoir ce que c'est que de vivre. Et j'ai quarante-deux ans ! »

Adélaïde éclate de rire et déclare que, si elle le sait, elle n'a qu'à le faire et vivre. L'an passé, à la même époque, Jeannine relevait péniblement d'un cancer, Leah se désespérait à chercher un père mort jusqu'en Pologne et Alex mijotait son mauvais coup. « Tout compte fait, Isabelle, c'est un joli mariage et une bonne année. Arrête de te plaindre, on a vu pire, toutes les deux. »

Isabelle lève son verre et trouve qu'effectivement Maurice devrait la faire danser.

* * *

Un an après l'opération, Jeannine a récupéré et rien ne paraît du cancer. Elle reprend son travail à mi-temps, convaincue qu'elle y retournera à plein temps après les vacances. Mais, après toutes ces craintes, toutes ces années de labeur incessant, elle bénéficie enfin d'un peu de temps pour elle-même. Jamais auparavant elle n'a eu ses après-midi à elle, libre d'aller au cinéma, de marcher en ville ou de rentrer lire et écouter de la musique. Elle n'a jamais été uniquement une ménagère. À presque cinquante ans, si elle fait le bilan, sa vie s'est passée à travailler et à militer. Elle ne regrette aucune de ces années, elle s'estime chanceuse de pouvoir diminuer ses activités sans être dans la misère, elle trouve ses enfants bien élevés et assez réussis, malgré le mariage éclair et stupide d'Alex et la peine d'amour de sa fille à laquelle elle ne peut rien. Ce sont de bons enfants. Et Fabien reste et demeure l'éblouissement de sa vie. Toute cette année, il s'est employé à la soigner, à la soutenir sans jamais se plaindre ou réclamer. Il y a eu de terribles journées où tout prenait des allures définitives, et jamais il n'a cédé au découragement, jamais il n'a montré de l'exaspération. L'amour de Fabien est un don inestimable. Son dévouement, son souci inquiet ne sont pas feints.

Autant Jeannine a douté de la réalité de cette union, de sa durée, autant, depuis que Fabien demeure avec elle, cette union s'est renforcée.

Elle essaie de le faire comprendre à Adélaïde, parce qu'elle estime que celle-ci devrait se remarier. Elle voit combien Paul est amoureux, combien Ada a gagné en confiance et en détente depuis que cet homme l'accompagne. Les enfants sont encore jeunes et pourraient profiter d'un deuxième père. Adélaïde s'entête à son habitude et elle fait l'apologie du couple Sartre et Beauvoir qui n'habitent même pas ensemble et qui prétendent que leur arrangement n'enlève rien à l'amour, au contraire. C'est le genre d'arguments que Jeannine envoie promener d'un revers de la main : à voir Agnès avec Guillaume, Ada peut garder ses exemples français pour elle. Ces gens-là n'ont pas de mœurs !

« Ils ont des mœurs, Jeannine, ils n'ont pas les nôtres. »

Jeannine lui est reconnaissante de ne pas l'assommer avec l'exemple de ses propres mœurs, qu'elle estime assez douteuses et dont Ada aurait pu se servir pour marquer un point. Elle effectue un virage total et renonce à discuter engagement. Elle questionne sa belle-sœur sur ses sentiments et ses projets de cœur. Adélaïde se moque et détourne à son tour la conversation sur Alex qui a des « mœurs douteuses » avec Leah, sur Léa qui se meurt de goûter à l'amour et désespère d'y arriver, sur Jacynthe, enfin, et son succès professionnel qui ne modifie pas l'impression de faillite personnelle qu'a laissée le départ d'André.

Jeannine agite le drapeau blanc, demande grâce et jure de se mêler dorénavant de ses affaires. Elle n'a qu'une seule question indiscrète : pourquoi Florent a-t-il l'air d'une âme en peine et, si c'est ce qu'elle pense, est-ce une règle dans le monde de la couture d'avoir des peines d'amour ?

« Est-ce qu'il faut vraiment avoir une vie de cœur misérable pour dessiner de grands modèles ? Trouves-tu que ça vaut le coup, toi ? »

Adélaïde ne parle pas des trois dessins que Florent a réussi à terminer et qui ne sont que l'illustration d'un vide intérieur torturé et non la promesse d'une quelconque collection. Elle connaît suffisamment les prouesses de Florent pour ne pas s'énerver et tabler sur une « illumination » qui va entraîner une période intensive de travail. Le processus est ruineux pour la santé de Florent, mais il ne travaille qu'ainsi, par crises concentrées où il s'immerge totalement, ce qui produit toujours un axe intérieur, une logique suprême pour la collection, une diversité liée par un sens profond et constant qui ne perd jamais la ligne de force.

Adélaïde constate que juillet, avec cette certitude de ne pas pouvoir rencontrer Francis, entraîne chez Florent une forme d'apaisement, du moins celle de l'attente maladive et stérile. Reste ce feu dévorant qui capte et consume toute l'énergie de Florent. L'arrivée du jeune homme l'empêche de répondre à Jeannine. Il s'assoit sur la balustrade de la galerie et leur dit de faire comme s'il n'y était pas. Le rire qui éclate le fait au moins sourire.

Pour la première fois, en août, Paul Picard vient passer une semaine au Lac. Fabien et Florent ont l'œil plutôt moqueur quand ils voient Adélaïde se soumettre au régime de la valse des chambres. Alors que Fabien a maintenant gagné le lit conjugal, c'est Adélaïde qui fait voyager son compagnon à l'aube, c'est elle qui monte discrètement faire la sieste, quinze minutes après Paul. Personne n'est dupe, mais tous font comme si les règles strictes d'une conduite morale exemplaire étaient sauves. Florent entend une série de commentaires de la part de Léa qui feraient grimacer Ada.

Léa trouve que Paul n'est pas assez grand ni assez beau pour sa mère. Elle lui accorde un humour très vif, très charmeur, et un sourire auquel il est difficile de résister. Il n'est pas blond, même pas châtain, ce qui lui retire beaucoup de chances selon la jeune fille : « Il ne devrait pas montrer autant qu'il est amoureux, maman aime mieux quand c'est difficile. »

Florent se contente d'applaudir intérieurement : « Et toi ? Tu vas faire quoi s'il veut l'épouser ? »

Elle hausse les épaules, tranquille. Même si Paul veut, sa mère ne voudra pas, inutile de s'en faire avec ça. Ils bercent la balançoire, chacun dans leurs pensées. Quand Léa réclame les « trois dernières », Florent s'étonne que le monde soit à l'envers : c'est son truc à lui pour la faire arrêter, pas une façon pour elle d'en apprendre plus.

« Je veux juste des oui ou des non.

— Essaie. Mais je me méfie et je me garde le droit d'arrêter.

— Es-tu amoureux ?

— Oui. »

Même Léa l'intrépide hésite devant l'évidente peine de Florent. « D'un... d'un homme ? »

Cette fois, Florent ne dit rien, mais il hoche la tête affirmativement. Léa se réfugie contre lui, désolée de voir des larmes dans les yeux de son Florent, désolée de cette impossible chose qu'est l'amour d'un homme pour un homme : « Tu ne peux pas faire autrement ? Il ne veut pas de toi ? Il est gêné ? Il a peur de ce qu'on va dire ? Florent... Je ne veux pas que tu sois malheureux. Pas toi. T'es condamné à l'aimer, c'est ça ? »

Florent passe son bras autour des épaules de Léa : « Chut ! T'as dépassé le nombre admissible et les sujets. Tranquillise-toi, je n'en mourrai pas.

— Tu ne peux pas mourir.

— Ah non ?

— Non. T'es mon deuxième père, et après, j'en ai plus. Je t'avertis tout de suite que Paul Picard ne sera pas mon troisième père.

— Et pourquoi, Mademoiselle l'avertisseuse ?

— Parce que. Après, je vais partir...

— Te marier ?

— Non. Faire ma vie, Florent.

— Faire ta vie, ça peut être te marier.

— Ça voudrait dire que je rencontre quelqu'un de tellement fort, de tellement bien que j'en oublie mes projets. Tu penses que ça se peut ?

— Sais-tu, je pense que c'est mieux pas. Fais tes projets, Léa. »

* * *

Fabien n'a même pas à parler ou à questionner : dès qu'il sent Jeannine se tendre, avoir une crispation du visage, il se retire et l'apaise en la prenant contre lui. Depuis l'opération, leur vie sexuelle a décliné au point de ne plus en être une. Jeannine, malgré ses efforts, éprouve plus de douleur que de plaisir. Ne pas éprouver de plaisir sans douleur serait acceptable à ses yeux, mais la douleur et rien d'autre... Fabien refuse totalement la perspective et il est certain que quelque chose ne va pas. Poussée par Fabien, Jeannine a tout de même demandé à son médecin si cela se pouvait que la chose soit empêchée ou difficile. Elle était si gênée d'aborder la question qu'elle a à peine saisi la réponse. Cela arrive que les choses soient différentes ensuite, voilà ce qu'il a dit. Différentes comment, pour combien de temps, irréversiblement ou non, cela, Jeannine n'a pas fouillé, trop contente de pouvoir s'en aller.

Jeannine reste persuadée que tout va finir par s'arranger. Fabien, lui, à chaque essai, s'inquiète secrètement d'un retour du cancer. Comme il ne veut pas alarmer Jeannine, il se tait. Elle ne veut pas le décevoir et elle essaie de faire l'amour jusqu'à cette douleur « serrée » qu'un Fabien attentif perçoit tout de suite.

Le problème, loin de s'amoindrir grâce à la compréhension de Fabien, prend au contraire des proportions énormes pour Jeannine qui prévoit qu'un homme en pleine maturité ne va pas se priver de sexe sous prétexte que sa femme a été opérée. Chaque fois qu'elle le voit s'arrêter et murmurer que c'est correct, qu'il est bien, alors qu'elle voit qu'il ne l'est pas, leur joie s'évanouit et l'inquiétude de chacun, gardée secrète, augmente celle de l'autre. Le résultat est un éloignement physique de Fabien qui désire ramener ses attentes à une tendresse qui ne lui vient pas sans désir et une mauvaise conscience chez Jeannine qui s'en fait pour son homme et ses besoins légitimes d'homme. Elle se sent totalement inadéquate.

Ce soir-là, quand elle voit Fabien reculer et demeurer à l'extrême bord du lit pour ne pas réveiller un désir lent à engourdir, elle passe par-dessus ses pudeurs : « C'est brillant ! Depuis qu'on ne peut plus le faire, on couche dans le même lit ! Jamais on n'a eu tant de confort et regarde ce qu'on en fait : on dort ! Et on dort loin l'un de l'autre. Viens ici ! »

Réticent, Fabien s'approche, essaie de la caler contre son épaule. Jeannine résiste à l'approche : « Non, tu ne m'endormiras pas. Je veux qu'on fasse quelque chose, Bonyeu ! On n'est pas pour rester comme ça, tu vas te tanner !

— Arrête ! Ça va s'arranger. Faut être patient. Ne fais pas ça, Jeannine. »

Il recule ses hanches comme un puceau apeuré par les mains expertes. Il ne veut jamais qu'elle le soulage autrement, et c'est une partie du problème. Fabien prétend que ce n'est pas ce genre de plaisir qu'il cherche, c'est celui de l'aimer, d'être avec elle. Pas une « p'tite vite d'adolescent ». Quand il la laisse faire, c'est parce qu'elle est trop inquiète de son éventuel « tannage », comme elle dit. Pour Fabien, cette obsession de la chute de son intérêt n'a rien de neuf, Jeannine a toujours pensé qu'il partirait un jour vers de jeunes horizons.

« Allume la lumière, Fabien, faut qu'on parle. »

Comme il le lui fait remarquer, voilà une méthode radicale pour soulager son envie. De saisissement, il en perd le plus mince vestige. Au moins, ça les fait rire.

« Ma méthode ne t'amuse pas, ta façon d'avoir du plaisir me fait mal, j'ai peur de te perdre parce qu'on ne fait plus rien. Voilà ! Maintenant, Fabien, je vais te dire ce que je pense. Au début, je m'en faisais, je voulais retrouver l'envie, tout ce qu'on avait quand on allait dans le bois. Je ne sais pas pourquoi ça m'est parti. Je veux en avoir envie pour toi. Parce que je sais que c'est important pour toi. Fais pas cette face-là ! Je ne peux pas m'inventer un désir, j'en ai pas d'autre que celui de te garder. C'est nouveau pour moi. Je sais que des tas de femmes aiment pas les fesses. Pas moi. J'ai jamais fait semblant. Là non plus, j'arrive pas à faire semblant. J'ai beaucoup pensé la dernière année. J'ai pensé mourir et j'ai trouvé que j'avais eu une vie qui a de l'allure. Tu fais partie des belles choses de ma vie, Fabien. Je suis presque étonnée d'être encore en vie, alors, ça se peut que mes priorités aient changé. Chaque jour, je me dis : tiens, encore un à moi, encore un jour pour moi. Et ça me surprend. Et c'est de l'*overtime* de la vie. S'il fallait que tu partes, Fabien, j'aurais moins de bonheur à constater qu'on m'accorde une rallonge. Alors, je veux être une vraie femme pour toi, je veux rester ta femme. L'année qu'on vient de passer, j'étais à charge, toujours à charge. C'est toi qui m'as gardée, qui m'as aidée à m'en sortir. Maintenant que c'est passé, je veux que tu arrêtes de ne rien me demander et de tout fournir. Je ne suis pas impotente et pas encore mourante. Alors, si on veut être heureux, il faut régler notre problème. »

Fabien jure qu'il n'en a pas, qu'il est bien comme ça, qu'il n'a besoin de rien d'autre que de sa présence et que si elle n'a plus le goût, alors on s'en passe et ça finit là.

« Non. Parce que ça, c'est un mensonge, Fabien. À trente-deux ans, l'envie te passe pas de même. T'as pas eu la grande opération.

— Jeannine, arrête ! Sais-tu ce que je pense, moi, à tous les jours ? Elle est là, elle est encore là, merci mon Dieu, Jeannine est là, dans mon lit, dans ma vie. Au début, je me réveillais à toutes les heures pour être certain que tu ne partais pas. Je m'en fiche des fesses, on a eu du bon temps, on a eu beaucoup, beaucoup de plaisir. Que tu n'arrives plus à avoir envie, ce n'est pas un drame. Je t'aime pour autre chose et je ne supporte même pas de penser que tu pourrais être encore malade. Je ne sais même pas si mon envie, c'est pas ma manière de savoir si tu vas mieux, si tout est guéri. Quand ça te fait mal, j'ai seulement peur, Jeannine, j'ai peur que ça revienne et qu'on n'arrive pas à le battre.

— Les examens sont normaux ! C'est l'opération qui fait ça, pas le cancer, Fabien.

— Tu es sûre ? »

Tant d'inquiétude, tant d'angoisse dans cette question ! Jeannine se blottit contre lui : « Il faut qu'on arrête d'avoir peur, Fabien. Il faut vivre et profiter de ce qui nous est donné. À force d'avoir peur, on va réveiller le mal. »

Il l'embrasse en murmurant qu'il l'aime et ne veut pas la perdre. Il est si anxieux, si agité qu'aucun baiser n'arrive à le faire taire. Jeannine entend les sanglots secs, muets, qui l'étouffent. Elle le caresse doucement : « Pleure, Fabien, laisse-toi aller et pleure une fois pour toutes. »

Il fait non, les yeux secs, le visage crispé, et Jeannine éteint, parce qu'elle ne supporte pas l'aridité de ce tourment, la détermination de Fabien de ne pas céder, de ne pas pleurer. Il étouffe, il suffoque de peur refoulée, de peur rentrée, il en devient fébrile, les jambes secouées de spasmes nerveux. Jeannine le touche et n'écoute pas ses refus. Elle offre ses seins encore beaux, encore pleins à la bouche affamée qui les prend pour s'empêcher de supplier encore. Confus,

Fabien est écartelé entre la terrible angoisse qu'il ne maîtrise pas, son désir pour Jeannine et sa volonté qu'elle ne fasse rien sans plaisir ou rien qui risque de lui faire du mal. Il se sent perdu, fouetté par la peur qui ne le quitte plus jamais, la peur qu'il veut cacher et qui le tenaille, le tient, galope dans sa poitrine et cogne jusqu'à ses tempes. La peur, comme une seconde respiration qui congestionne la vraie, la rend âpre, saccadée, exactement comme dans l'escalade du plaisir, mais sans le soulagement de l'explosion finale. Asphyxié, il s'écarte du sein, paniqué, à bout. Il se débat, cherche à fuir le lit, à se lever pour calmer cette furieuse terreur qui le fait ahaner. Jeannine l'empoigne, le cloue au lit, lui défend de dissimuler quoi que ce soit. La tension est si forte qu'il mord ses lèvres et couvre son visage de son bras replié. Il lutte, combat le halètement court, asthmatique, le râle souterrain qui rampe vers sa gorge. Que Jeannine continue ses caresses, qu'elle suive le rythme de sa panique, croyant suivre celui de son désir, il en est à peine conscient. Fabien se concentre sur la résistance, sur la lutte serrée, désespérée qu'il mène contre l'épouvante. Il est trop tard quand il comprend qu'il confond tout, que le plaisir va éclater, il est trop tard pour juguler la plainte qui jaillit, sourde, sauvage, comme si tous les harnais s'arrachaient en même temps. Il éclate en sanglots violents et hoquette « j'ai peur ! » sans pouvoir contrôler les larmes, le son rauque, sans pouvoir s'arrêter, même quand Jeannine étouffe ses cris dans son épaule, même quand elle le berce en chuchotant des « je sais, je sais... », même quand, enfin lavé, débarrassé de l'étau, il respire librement, le visage inondé de larmes.

* * *

Jeannine se dit qu'il faut qu'elle aime Fabien au-delà d'elle-même pour aller s'asseoir près de Paul Picard, au bout du quai, et lui demander si c'est normal qu'une femme opérée pour les organes ne puisse plus faire l'amour après. Paul perçoit la gêne qu'il connaît bien et il pose ses questions directement, sans faire de détours qui amplifieraient le malaise. C'est un bon médecin qui a depuis longtemps compris qu'un patient préfère répondre brièvement si la question est posée comme à la confesse, c'est-à-dire avec le descriptif à la charge du confesseur. Il explique à Jeannine qu'une simple couture qui boursoufle, enfle, peut provoquer des douleurs suffisantes pour bloquer toute autre sensation. Ce n'est pas rare et c'est un inconvénient qui n'a rien à voir avec le cancer. C'est possible de faire disparaître l'inconfort si on trouve l'endroit où la cicatrice est devenue encombrante, si elle accepte de retourner sur la table d'opération pour que le chirurgien reprenne cela et... si son médecin est d'accord avec son diagnostic.

C'est une Jeannine soulagée qui regagne la maison. Fabien trouve la perspective d'une nouvelle opération très difficile à envisager et il exige qu'ils s'offrent le voyage en Europe auquel il rêve depuis si longtemps avant qu'elle ne retourne s'affaiblir à l'hôpital.

« Tu es certain que tu ne veux pas attendre que je sois réparée ? Comme neuve ?

— Jeannine, notre histoire n'est pas une histoire de sexe, c'est une histoire d'amour. Je t'emmène comme tu es, comme je t'aime, comme maintenant. »

En septembre, ils partent tous les deux pour trois semaines en France et en Italie. C'est à Venise que Fabien achète les deux alliances et qu'il refait sa demande, et c'est à Venise que Jeannine accepte de l'épouser à Noël, si c'est discret, si c'est seulement avec la famille immédiate, s'il est certain de le vouloir encore, si, si, si...

C'est un mariage préparé avec un soin méticuleux, quasi amoureux. Marthe exécute un tableau magnifique, Lionel et tante Germaine confectionnent tous les plats servis au repas de noce qui est offert par Adélaïde. Alex se charge avec Florent de décorer la table et l'église. Tout est délicat, pensé, raffiné. Les trois plus vieilles de Rose viennent réciter un compliment à faire pleurer de rire, petite saynète qui a été répétée pendant des semaines. Les seuls invités qui ne sont pas du cercle familial sont Stephen et Patricia, sa femme. Stephen est aussi ému que s'il mariait sa sœur.

Quand les vœux sont prononcés, quand Fabien et Jeannine se promettent amour et fidélité, dans la joie comme dans la peine, et ce, jusqu'à ce que la mort les sépare, les mariés ne sont pas les seuls à connaître le dur poids des mots. La voix étranglée, ils se jurent cet amour déjà solidement éprouvé.

Adélaïde glisse sa main dans celle de Paul qui la serre à lui faire mal. Sans la regarder, parce qu'il sait comme elle que, lors de l'opération de routine destinée à reprendre la cicatrice, on a trouvé de nouvelles métastases et que, cette fois, il risque de n'y avoir aucune rémission. C'est Adélaïde qui lui a arraché la promesse de ne pas le dire à Jeannine avant le mariage. Pour Fabien, pour le courage qu'il va puiser dans ce symbole. Pour Fabien que Jeannine voudra écarter de sa fin, si c'est la fin, qu'elle voudra libérer d'un serment qu'elle jugera encombrant pour lui.

Rarement un repas de noce a été aussi serein et léger. Ils font même des charades. C'est le jour de Noël et les enfants s'amusent avec leurs cadeaux sans s'obstiner, sans d'autres éclats que ceux des rires. C'est un peu comme si chacun rendait hommage à Jeannine, lui disant combien son bonheur et celui de Fabien importent.

Quand Paul va frapper à la porte de la salle de bains et supplier Adélaïde de le laisser entrer, il la reçoit dans ses bras, en larmes, incapable de regarder tout ce bonheur en sachant ce qu'elle sait. Paul l'assoit sur le bord de la baignoire, s'accroupit devant elle : « On ne peut jamais savoir. Tu peux jurer aujourd'hui que Jeannine est celle qui va partir en premier et la vie peut te donner tort. Arrête de pleurer. J'ai vu des cas plus graves survivre, j'ai vu des cas moins graves mourir. Nous sommes tous là. Ensemble. Nous célébrons Noël et un mariage heureux. De tous les gens qui sont dans ton salon, personne ne sait qui est le plus menacé. Je peux me tuer en rentrant ce soir...

— Tais-toi ! »

L'image du corps de Nic étendu dans son sang flashe brutalement devant les yeux d'Adélaïde : « Tais-toi ! Je sais. Tu as raison. Mais ce que tu ne sais pas, c'est qu'il n'y a pas de risques, parce que ce soir, tu restes avec moi, dans mon lit, à l'abri du danger.

— Qu'est-ce qui te dit qu'il n'y a pas de dangers à courir les couloirs sombres en pleine nuit ? »

Il sort le premier de la salle de bains et trouve Léa, très en beauté et l'air très sévère, qui lui demande des comptes : « Qu'est-ce qu'elle a, maman ?

— Rien.

— T'es pas tout seul à la connaître. Je le vois bien qu'elle a de la peine depuis une semaine. Pourquoi ? Qu'est-ce que t'as fait ? »

Paul a vraiment du mal à comprendre l'instinct de protection d'Adélaïde envers cette jeune fille de seize ans, déterminée et franchement capable de se défendre selon lui : « Bon. Très bien. On s'est disputés. C'était de ma faute, je l'ai fait pleurer et je le regrette. C'est arrangé. Tu sais tout, maintenant. T'es contente ? »

Mais Léa veut savoir en quoi c'était sa faute, pourquoi la dispute et comment il peut supporter de faire pleurer sa mère s'il l'aime.

Paul ne ment pas quand il dit que, justement, il ne supporte pas du tout de voir pleurer Adélaïde. Il est sauvé des questions subséquentes par Adélaïde qui sort enfin et qui prend le relais.

Léa trouve beaucoup plus difficile à supporter les amours de Florent que celles de sa mère. Au moins, celles de sa mère sont constantes et, mise à part la dernière semaine, l'humeur d'Adélaïde ne fluctue pas tous les deux jours. La complicité qu'elle avait avec Florent manque terriblement à Léa. Lili est sa seule autre vraie amie. Or, depuis un an, Lili travaille très fort à son cabinet d'avocats et, dans ses temps libres, elle s'occupe d'abord d'Alex, ensuite d'Aaron et finalement d'elle, ce qui réduit considérablement la fréquence de leurs rencontres. Mais, au moins, Leah est honnête et raconte ce qui lui arrive. Florent ne dit rien, et son silence est pire que son éloignement. Léa se fiche bien d'apprendre des choses épouvantables ou scandaleuses, elle veut retrouver Florent et partager ses secrets. Mais il refuse, il s'éloigne et elle n'aime pas ça.

Adélaïde semble aux prises avec le même problème, ce qui n'arrange rien. Léa est excédée et ne souhaite qu'une chose : être amoureuse et arrêter de vivre à travers les autres, être amoureuse et rire et pleurer et avoir des histoires bien à elle à raconter.

Mais les garçons sont idiots. Ils parlent de choses qui ne l'intéressent pas, ils veulent toujours se tenir en bandes et rester groupés. Léa suppose que c'est pour éviter les conversations sérieuses qui les mettraient mal à l'aise. Ou pour éviter ses questions qui les étonnent autant que s'ils ne s'en étaient jamais posé. Finalement, la question des questions pour Léa, c'est pourquoi, à part elle, personne ne demande pourquoi.

* * *

Florent place côte à côte les deux invitations : et s'il n'allait à aucune ? S'il restait chez lui, ou s'il allait chez Fabien ou chez Ada ? Il n'arrivera pas à être raisonnable et à éviter la fête de fin d'année chez Francis, il le sait et ça le décourage. L'autre réception, un bal costumé, représente tout ce qu'il déteste au monde.

Qu'ira-t-il faire là-bas ? Observer sa maison, scruter, mesurer les différences, avoir mal et se convaincre qu'il le perd, que là est sa vie, même s'il est son amour ? Peut-être n'est-il rien d'autre qu'un amusement passager, une crise de croissance, un transit dégradant dont il se purifie dans les bras de sa femme ? Florent persiste à se lacérer, à se diminuer pour réduire cette histoire à un niveau hideux, à quelque chose de bas, de vil et de méprisable. Ça ne fonctionne même pas, il n'arrive plus à éprouver autre chose que l'espoir de sa présence, de sa voix. Au mois de novembre, Francis a joué une pièce et, tous les soirs, à six heures et demie, en arrivant au théâtre, il l'appelait. Sa voix grave, pressée, sa voix qui jette un « ça va ? », qui sonne agacée, distraite, et qui, au bout d'un long silence, murmure un « parle-moi » comme si ce qu'il pouvait dire était important. Et pourtant, combien d'aveux, qu'il s'était juré de garder pour lui-même, a-t-il faits lors de ces appels ? Francis n'a qu'à dire « raconte-moi » et Florent raconte à combien de tournants de la journée il s'est buté à une image, une attitude, un éclat de rire, un regard de Francis. Combien et comment ces égratignures de lumière ont déchiré le gris compact des jours sans lui. Ces récits étaient suivis de la litanie dérisoire des attentes et des espoirs. Florent n'est pas dupe, il sait qu'il offre à Francis tout ce qu'il désire quand il lui murmure son amour total, éperdu, fou. Quand il se met à délirer sur la frénésie qui le prend à seulement l'imaginer dans la lumière ocrée de la lampe basse, sur le tapis luxueux, mais moins somptueux que sa peau. Jamais Francis ne dit un mot risquant de le compromettre, jamais un aveu, jamais une faiblesse autre que celle de répéter son prénom comme on murmure je t'aime.

Il y a dans la méfiance de Francis une réserve qui en dit très long sur l'impossibilité d'une quelconque reddition. Francis prend, mais ne se compromet pas. Il se donne, totalement impudique, il réclame des caresses qui appellent les feux de l'enfer, mais ne prononce jamais un mot qui risquerait de le révéler amoureux ou seulement conscient et responsable de ce qu'il désire. Alors que toute sa vie Florent a tenté de se réconcilier avec lui-même, il bascule complètement quand, au cœur de ce qui pourrait amender son dédain, l'homme qu'il aime clame l'abjection de leur comportement. Autant la force de leur attirance, la fascination indéniable qui les rend inaptes à s'éviter devrait réfuter l'inadmissibilité de leurs tendances, autant le mutisme méprisant de Francis sur les sentiments qu'il éprouve réduit leur comportement à une bassesse animale et primitive, à un instinct dévié qu'il faut camoufler.

Si Francis sortait de la gangue du silence, s'il avançait plus que son corps dans cette lutte, s'il renonçait à ce qui le couvre et le protège aux yeux des autres, Florent croit qu'il trouverait pour lui-même non seulement le courage de vivre cet amour, mais celui de l'accepter et de ne pas s'y sentir contraint. Même s'il le sait, Florent oublie que ce n'est jamais à deux que l'on fait la paix avec soi-même, même si être deux peut soutenir la détermination. Toute sa vie, tout ce qu'il est brûle dans le regard d'un autre et, dépossédé, il cherche aveuglément à se retrouver au cœur des yeux qui le volent. Dans l'humilité de l'abandon amoureux, Florent discerne le vacillement de l'assurance impitoyable, et quand Francis perd ainsi sa maîtrise, quand il glisse inexorablement vers l'aveu du corps conquis, dompté par la frénésie sensuelle, Florent contemple alors sa propre lumière dans le corps de l'autre.

Cet instant fulgurant, le seul où l'oubli est total, où la capitulation est irréversible, cet instant est l'unique moment de réconciliation. Et il dure le temps d'un soupir. Toute l'énergie de Florent ne tend plus que vers cette parcelle d'acceptation et il n'ignore pas que Francis lui sert d'échappatoire avec ses incessantes hésitations. Lui non plus n'a pas beaucoup avancé, lui non plus n'a pas gagné beaucoup de terrain puisqu'il est toujours prêt à se condamner et à se mépriser, puisqu'il est toujours en exil de lui-même.

Florent regarde la neige tomber sur les arbustes aux sarments couverts. Sa vie est devenue un chaos, une course affolée, insensée, vers un but impossible. S'il pouvait achever cette année sans se ruer comme un malade vers le foyer conjugal de Francis, s'il pouvait se retenir de cogner sa tête sur ce mur-là, il aurait réussi à ne pas sombrer totalement. Puisque ses dessins sont platement acceptables, puisque sa vie perd le sens qu'il essaie de lui donner depuis des années, pourquoi ne pas au moins essayer de sauver l'étincelle d'estime de soi qui reste ?

Il jette les deux cartons et sort marcher.

Quand Florent entre dans son ancienne maison-atelier, le froid l'oblige à garder son pardessus. Il monte le chauffage, fait du feu dans la cheminée, se met en quête d'un sachet de thé et finit par enlever son manteau. Il monte à l'atelier et sirote son thé en observant la feuille blanche sur la table de travail.

Il dessine jusqu'au matin, ne s'arrêtant que pour refaire du thé, vider un fond de céréales sans lait et ouvrir une boîte de sardines qu'il avale avec des biscuits soda amollis par le temps. Vers cinq heures du matin, il s'écroule sur son sofa et s'éveille, hagard, quelques heures plus tard, ne sachant plus où il est. Dès qu'il regarde par terre, il sait non seulement où, mais qui il est.

La première collection pour hommes est là, luxueuse, raffinée, jouant sur les textures, les détails qui se croisent, célébrant les statures hautes, imposantes, les épaules bien dessinées. Une collection hommage au style Francis, mais qui ne déparera pas un Maurice ou un Paul.

Pour la première fois depuis longtemps, Florent sent qu'il a atterri quelque part, qu'il a réussi à refréner la chute et la destruction. Dans ces dessins, dans ces lignes, il y a une vision de l'homme, une interprétation de l'élégance, de la parure qui transforme le vêtement qui couvre en élément qui dévoile et dit. Si Francis portait cette veste, il serait mis à nu dans sa nature suave, son envie qu'un regard le lèche, il serait plus révélé que s'il était dévêtu.

Le silence de Francis, au lieu de museler Florent, l'a

enfin provoqué à parler. Et cette fois, il n'a pas parlé pour Francis, mais pour lui-même. Florent ne sait pas si ce qu'il a dessiné est bon, réalisable, à jeter ou à retravailler. Il s'en fout. Il a libéré l'interdit. Il s'est prononcé à sa manière. Il a clamé au monde ce que ses yeux voyaient, ce que ses sens taisaient. Dans chaque ligne précise, il a affirmé que, même blessé, même amputé du cœur et de l'estime de lui-même, il existe, il vit. Que Francis soit sa damnation ou son ciel n'a plus aucune espèce d'importance, sa main a dépassé le lien restreignant, contraignant, sa main a tracé son nom au-delà du silence et de l'anéantissement, sa main a trouvé la seule fuite, la seule rédemption possible, elle a dessiné.

Pour la première fois depuis longtemps, il rentre chez lui sans se presser, sans cette impatience d'y être pour guetter un appel, regrettant d'avoir peut-être déjà raté une sonnerie.

Il prend une douche et demeure sous le jet, tête levée à boire l'eau violente qui gicle.

Avant que la tentation ne le reprenne, parce qu'il sait ce bien-être susceptible de disparaître, parce qu'il sait que l'obsession ne l'abandonnera pas facilement et que le combat qu'il entreprend est un combat de titan, il appelle Ada et s'engage à se joindre à eux pour la réception de fin d'année.

Il fait danser Léa toute la soirée, et même si, à minuit, il a une faiblesse à seulement penser à la bouche de Francis sur d'autres joues, sur d'autres lèvres, il souhaite la bonne année avec entrain.

Adélaïde le kidnappe pour le premier slow après minuit : « Espèce d'incestueux ! Lâche notre fille ! »

Il apprécie l'accord de leur rythme, la souplesse d'Adélaïde et sa façon câline de lui montrer qu'il est son favori, son *être à part*. Il lui raconte à l'oreille ce qu'il a fait des vingt-quatre dernières heures. Il peut sentir le frisson d'intérêt excité qui traverse le dos qu'il tient et il l'empêche de se détacher et de le regarder : « Top secret ! Vingt-trois dessins, top secret, j'ai dit ! Une sorte de projet à long terme.

— Cette année ?

— Non. 1960, automne 59-hiver 60. Ou peut-être rien. Peut-être un coup dans le beurre...

— J'ai manqué un événement, Florent ?

— Non. Moi, j'ai failli me manquer. »

Frank Sinatra se tait, Ada le regarde enfin, l'œil inquisiteur, curieuse de cette humeur joueuse : « Bonne, belle année, Florent. Tu m'as manqué, l'an passé. »

Il est plus de trois heures du matin quand Florent, dans un état de légèreté avancée, descend les deux rues qui le séparent de chez lui. Le champagne était bon et l'ambiance, chaleureuse. Florent se sentait à l'abri du danger, à l'abri de ses démons et il a abusé allégrement.

Les phares de la voiture s'allument, et Florent ralentit, n'en croyant pas ses yeux : Francis, en veston et en souliers, sort et claque la portière. Il glisse dans la neige, mais ne perd rien de sa détermination : il saisit avec force le coude de Florent et l'entraîne vers le perron. Il s'empare de la clé que Florent tient, ouvre la porte et pousse Florent devant lui. Il est dans une telle fureur que Florent se protège en reculant jusqu'au mur du corridor. Peut-être a-t-il bu, il est hors d'haleine, les yeux sombres, les lèvres serrées. Il s'avance, écarte Florent du mur, le soulève presque jusqu'au salon où il le jette sur le sofa en martelant : « Ne me fais plus jamais ça ! »

Il s'écrase sur Florent, l'immobilise de son corps

puissant, fouille ses vêtements, les écarte sauvagement : « Tu m'entends ? »

Florent, effrayé, cherche à échapper à ce saccage, il repousse les mains violentes, essaie de s'extirper du poids brutal de Francis. À son grand effarement, Francis se met à le frapper. Les coups pleuvent sans direction, dans un désordre rageur qui le fait rater sa cible une fois sur deux. La panique gagne Florent, un goût âcre de sang emplit sa bouche. Un coup franc, en plein plexus, fait hurler Florent qui se plie en deux et assomme quasiment son adversaire avec sa tête. Un calme subit, un silence hébété, choqué, permet à Florent de ramper vers le tapis où il essaie de se relever.

Francis, *groggy* comme si le coup qu'il a assené l'avait lui-même mis hors jeu, regarde ses mains, stupéfait. On dirait qu'il se réveille d'un cauchemar. Leur respiration bruyante est le seul son qui règne dans la pièce. Étrangement, le son est analogue à celui que provoquaient les gestes de l'amour, il n'y a pas si longtemps.

Florent passe une main tremblante sur son cou ; il n'est pas certain, mais la difficulté qu'il éprouve à avaler confirme que Francis a serré fort. Il se lève péniblement et va s'enfermer dans la salle de bains où il est malade pour mourir.

À son retour, quand il trouve encore Francis au salon, la tête dans les mains, il a la force de murmurer : « Je voudrais que tu partes, Francis. »

Sans relever la tête, Francis gronde un son qui peut être non ou pardon. Florent attend qu'il bouge, appuyé contre le chambranle de la porte. Il ne peut même pas penser, tant il est secoué et faible.

Francis relève la tête, mais il y a tant de honte dans ses yeux que c'est comme s'il la baissait. Son visage est luisant de larmes. Il ouvre les mains, impuissant : « Je ne peux pas. »

Florent ne veut pas savoir s'il ne peut pas partir, le quitter, quitter sa femme, supporter ses imaginations concernant d'éventuelles coucheries orgiaques. Il ouvre la porte du vestibule et la tient jusqu'à ce que Francis sorte sans rien ajouter.

Florent passe le reste de la nuit à sangloter, un sac de glace sur la tête et un autre contre la veine du cou qui s'est mise à enfler.

Le 2 janvier, dès que les magasins sont ouverts, Florent reçoit deux douzaines de roses blanches. Sur la carte, nettement calligraphié de la main de Francis, est écrit *PARDON*.

Mais Francis n'a pas signé. Cette absence de courage fait plus mal à Florent que tous les coups qu'il a reçus. Cette signature manquante décide Florent, qui avertit Aaron, Ada et Léa qu'il part travailler dans son atelier et qu'il reparaîtra quand il aura fini.

Il s'installe, fait des courses et doucement, une à une, il termine ou reprend les esquisses. Quelquefois, il est submergé par la tristesse. Il la laisse couler, il la laisse passer. Quelquefois, le manque hurlant du Francis d'avant, celui dont la peau luit dans l'ambre de la lampe, celui qui célèbre la beauté du corps et chante la gloire des sens, le manque le jette dans la vieille attente fébrile du plaisir. Il s'apaise tout seul, sans chercher à faire vivre ces souvenirs. Au bout de quelques jours, toute la ligne est au point, mais il ne se voit pas rentrer chez lui où, il le sait, les roses ont fané et quelque chose ne tardera pas à manifester l'angoisse de Francis de le perdre.

Il fait du ménage, trie les papiers périmés, en jette plusieurs. Il s'occupe sans hâte, sans autre but que de faire durer l'abstention. Quand il tombe sur les boîtes de robes de Kitty, le même vieil émerveillement le saisit en déployant les soies, les chiffons si bien ourlés, finis avec une délicatesse, une précision comme il ne s'en fait plus. Certains tissages sont d'une telle souplesse qu'il les laisse retomber à plusieurs reprises pour apprécier la grâce de la chute. Il respire les textiles, les froisse voluptueusement, les déploie, analyse les coupes des années 30. Gabrielle, l'impériale Gabrielle avec sa classique élégance, sa retenue aimable qui ordonnait le respect sans sécheresse, Gabrielle et ses voilettes qui abritaient l'éclat de métal aqueux – des yeux de mercure, le sourire qui frémit, son menton volontaire. Gabrielle et ses visites au sanatorium, Gabrielle attendue, espérée et si réconfortante. Florent voudrait bien la retrouver, se reposer un peu à l'abri de sa bonté affectueuse. En trois coups de crayon, il esquisse la robe fabuleuse qu'elle portait quand elle avait dansé avec Nic au sanatorium, sous le regard envieux de tous les malades. Comme une part de gâteau de noce que reçoivent ceux qui n'y sont pas allés, ils avaient eu leur part de bal.

Il s'amuse à redessiner la longue robe fluide en l'actualisant, en la rendant moderne, sans perdre de vue l'élégance surannée qui sent la poudre de riz. Le classicisme de Gabrielle. Dessiner pour elle, pour sa classe infinie, dispense autant de consolation que si elle le visitait à nouveau.

Assis à même le sol, au milieu des boîtes éventrées et des tissus éparpillés, Florent recommence à dessiner. Les courbatures l'arrêtent, l'obligent à s'installer un peu mieux. Mais il ne quitte pas les boîtes ni les étoffes, il se contente de repositionner son dos raidi. Jamais il n'aurait cru receler une telle abondance d'idées. Comme dans une transe, chaque robe contient la suivante, et il a du mal à suivre la cadence, à tirer sur le fil qui court et le tient, fébrile, à son crayon. Il ne peut dire combien de temps il travaille, mais il peut jurer que Gabrielle est palpable dans la pièce, présente jusque dans son parfum léger, et que c'est infiniment apaisant. Il puise des forces dans sa présence, dans son souvenir ainsi exalté. Il se nourrit en prévision des luttes à venir contre la tentation d'aller vers Francis ou de le laisser venir vers lui.

Quand il sort de la maison-atelier, plus rien ne paraît des blessures infligées par Francis, même si chacune est inscrite en lui et bleuit sans fin. Florent appelle le metteur en scène à qui il avait promis de dessiner les costumes du spectacle où Francis va tenir le rôle principal. Cette pièce et le travail auprès de Francis consistaient l'espoir heureux de la saison. Il explique qu'il a des problèmes de santé et qu'il doit se retirer du projet.

Ensuite, pour le jour où son amant viendra réclamer des raisons, Florent écrit une courte lettre :

J'ai passé ma vie à me dire : ça ne peut pas être.

J'ai refusé aussi violemment que tu refuses.

Je suis ce que je suis, peu importe ce que j'avais rêvé d'être.

Je ne peux pas laisser ta honte meurtrir et abolir qui je suis.

Tu ne peux pas, Francis, et moi, je ne veux pas.

Je le dois à ceux qui m'ont aimé et accepté tel que j'étais, alors que ma guerre durait encore.

Je me le dois à moi-même.

Pour vivre debout.

Ma guerre est finie.

Florent. Janvier 1959.

Sur un papier, à côté, Florent inscrit :

Gabrielle
Adélaïde
Nic
Léa

Et il embrasse avec reconnaissance les prénoms aimés.

* * *

Les mois qui suivent, Florent les emploie à mettre sur pied avec Adélaïde la *Boutique pour Hommes* et à organiser l'embauche du personnel pour la coupe et la couture des modèles. La tâche est vaste et il peut s'y engloutir aisément, non pour oublier, mais pour résister à l'envie de tout oublier et de retourner dans l'enfer délicieux.

En avril, il assiste à la première de la pièce où Francis tient le rôle principal. Il est accompagné de Léa. À l'entracte, il apprend que Ghyslaine est de nouveau enceinte, ou plutôt, il le constate. Toute la seconde partie du spectacle, il la passe à s'adjurer de ne pas aller en coulisses, de ne plus se permettre de telles soirées qui se soldent par un manque d'une cruauté innommable. Aux applaudissements, le regard de Francis plonge, sans aucune hésitation, dans le sien. Le regard est celui du temps béni, celui de l'homme vrai et nu. Le moment est si intense, si fort que quelqu'un de la rangée de devant se retourne vers Florent. Léa tire son bras, l'entraîne vers la sortie, le presse.

Une fois dans la fraîcheur crue du printemps tardif, Florent essaie de se ressaisir, de parler de la pièce avec

Léa. Celle-ci se contente d'un : « C'était lui ? C'est pour lui que tu as respiré de travers tout l'hiver ? »

Il ne répond pas, lui tient la portière ouverte, et elle s'assoit dans la voiture. Ils ne disent rien jusqu'au perron de chez Léa qui ne bouge pas et n'a pas l'air de vouloir sortir de la voiture : « Tu vas faire quoi, Florent ? Tu vas y retourner ? Tu veux y retourner ?

— Non.

— Il est très beau, très... puissant.

— Oui.

— C'est comment, aimer un homme ? »

Florent sourit : toute Léa dans ces questions qui trifouillent, exposent sans gêne au regard. Elle attend sa réponse, elle va attendre jusqu'à l'obtenir, sans lâcher, sans faiblir.

« C'est comme aimer une femme, sauf que c'est moins bien admis, moins facile à accepter... Non, ce n'est pas vrai, ce n'est pas comme aimer une femme. C'est différent et dangereux.

— Est-ce que le plaisir est dans la transgression ou c'est seulement comme ça, inévitable ? Je veux dire... Est-ce que l'idée de faire enrager compte ? Comme une sorte de pratique révolutionnaire du sexe, une révolte contre l'*establishment* ?

— Pas pour moi, Léa.

— Pour lui ?

— Certainement pas. Le contraire, même. Francis est une sorte de loup-garou. Toute l'apparence est normale.

— Je pense que tu ne devrais plus dire normal ou anormal quand tu parles des homos.

— Et pourquoi ?

— C'est comme si des gens avaient le droit de décider pour toi, le droit de te classer hors jeu, et je déteste cette idée.

— O.K., Léa. Est-ce que tu descends ? »

Il est abattu, très épuisé. Il veut rentrer et mettre de l'ordre dans sa tête, dans le tumulte soulevé à regarder Francis en toute impunité pendant près de trois heures.

« Un jour, Florent, j'aimerais qu'on en parle vraiment. En détail. Quand tu voudras ou pourras. J'aimerais comprendre. »

Il l'embrasse en souriant : « Y a-t-il quelque chose que tu n'as pas essayé de comprendre dans ta vie, Léa ? »

Elle ouvre la portière, se tourne vers lui : « Tu veux que je t'appelle dans une heure ? Pour t'aider à résister ? »

Elle a raison, il aura du mal à ne pas aller à ce restaurant, à ne pas retourner en enfer.

« Non, Léa, je suis un grand garçon, je vais m'arranger. Va dormir. Merci. »

Quand, deux heures plus tard, Francis sonne à sa porte, Florent n'est pas surpris. Il a seulement le cœur fou quand il ouvre. En un coup d'œil, il constate qu'il n'est pas le seul.

Pour la première fois, ils s'assoient à distance l'un de l'autre et parlent. Pour la première fois, c'est Francis qui parle. Il n'est pas soûl, il n'est pas furieux, il est l'homme que Florent a connu. Sauf que quelque chose est cassé. Francis explique, justifie, prouve à quel point la tension de leur liaison a modifié sa vie, l'a rendu fou, incapable de contrôle, incapable de réflexion. Il jure que jamais ça ne lui était arrivé avant, que jamais de sa vie un homme ne l'avait tenté, attiré, même par curiosité. Il essaie de décrire l'envoûtement, mais aussi la censure et l'interdit qu'il a voulu exercer sur l'attirance qu'il ressentait. Il sait qu'il a été violent, inexcusable, probablement impardonnable, il admet tout, mais il ne pourra pas continuer sa route sans que Florent lui pardonne. « J'ai l'impression que tu me punis, que tu me condamnes et me traites comme un pestiféré. Tu me hais probablement, tu me méprises sûrement, je sais ça. Je suis sûr qu'aucun autre homme ne m'approchera plus de ma vie, que tu es le seul. Une sorte de... une attaque, un coup de foudre, je ne sais pas comment appeler ça.

— Une sorte de maladie ? Et tu ne rechuteras pas ?

— Tu m'en veux. Tu as raison. Je te comprends. »

Il ne dit plus rien. Florent se répète qu'il n'a rien compris du tout, qu'il est loin de comprendre et que, aimer un ou mille hommes, c'est encore et toujours de l'homosexualité et que celui qui se hait dans cette pièce, c'est Francis. Mais Florent ne dit rien parce que, même furieux, il comprend tellement le dilemme et la tristesse de Francis. Tromper sa femme avec une autre femme est déjà compliqué. Alors, avec un homme, quand tout devient incontrôlable comme ça l'était entre eux... il ne peut que compatir. Dès que cet élan de sympathie le traverse, Florent se sait en danger de faiblir et de revenir vers l'homme calmement assis sur le sofa de velours.

Francis, perdu dans ses pensées, totalement bouleversé, fait un geste surprenant. Il s'incline et touche le tapis, comme pour en éprouver la douceur des fibres. Florent reçoit presque physiquement cette caresse qui appelle toutes les autres, tout leur foudroyant désir.

La passion est intacte, la brûlure aussi aiguë, aussi parfaite. Ils sont à quatre pieds l'un de l'autre et, s'il n'y prend garde, dans trois minutes, toute la lutte des derniers mois va se dissoudre dans la bouche de cet homme blessé qu'il sait si bien guérir. La main de Francis demeure sur le tapis et ses yeux sont déjà à fouiller les siens, à écarter les défenses comme on écarte des vêtements. Florent s'entend dire, la bouche sèche : « Je crois que tu serais mieux d'y aller, Francis. »

Court-circuité, Francis ferme les yeux. Florent l'entend presque s'ordonner d'obéir, de ne pas supplier, de ne pas, surtout pas, s'agenouiller. Florent ne bouge pas, tétanisé de désir. Francis se lève, se penche vers lui, pose sa longue main sur le côté du visage de Florent et le fait pivoter vers la lumière de la lampe : « Je t'aime. Tu voulais l'entendre dans le temps. Je t'aime, tu l'entends. Je t'aime. Est-ce que ça change quelque chose ? »

Cette douceur plus pernicieuse que la violence de l'attirance, cette douceur chagrinée qui coule sur sa blessure. Florent retire la main de Francis qui s'accroupit devant lui. Tout est si simple, si avoué à cette heure de la nuit.

Florent parle avec précaution, avec une infinie délicatesse : « Je ne t'en veux pas, Francis. Je ne t'en voudrai jamais. Sors-toi ça de l'idée. Je sais seulement qu'il faut que tu choisisses. Sinon, je vais souffrir et me haïr, comme tu vas souffrir et te haïr. Je pense que tu as déjà choisi. Tu es mon amour, j'essaie de te laisser à ton choix. Il faut que tu me laisses derrière, il faut que tu ne reviennes pas, parce que c'est trop dur.

— Tu parles de l'enfant ? Tu parles de...

— Shhh ! Arrête !... Je parle de ce que tu sais. »

Quand Francis murmure « une dernière fois » contre sa bouche, quand il gémit presque du bonheur d'être tenu dans la force de cet amour consenti, quand ils roulent sur le tapis dans cette douceur fondante qui attise la convoitise la plus absolue, Florent est au-delà de la résistance. Il sait depuis longtemps qu'il y a des courants auxquels il faut céder au risque d'y périr. Celui-là est un courant puissant.

L'homme qui sort de cette maison à l'aube n'est plus vierge ni candide. L'aveu qu'il retenait si brutalement condamnait le corps à n'être que corps. En franchissant sa bouche, l'aveu a massacré la fragile construction à laquelle Francis a consacré une bonne partie de son existence. Comme une débâcle, l'emprise des contraintes s'est libérée et Francis s'est laissé happer en toute confiance. Longue, lente descente vers la reconnaissance du désir non déguisé, du plaisir illuminé par la franchise de l'aveu, longue, lente descente qui a pris des allures d'ascension. L'homme étourdi, vacillant, qui retourne chez lui ne sera plus jamais intact. Il a embrassé la vérité. Il a étreint sa vérité et il retourne à son mensonge, brisé.

* * *

Paul, à titre d'ami, a accompagné le docteur Savard quand celui-ci a expliqué à Jeannine l'état des métastases et le développement possible à envisager.

Fabien n'a posé aucune question, laissant Jeannine conduire l'entrevue à son gré. Il lui a tenu la main et s'est contenté d'écouter attentivement. Il a l'impression, depuis, d'avoir attaché sa ceinture dans un avion de combat et de survoler le terrain ennemi en cherchant dans le noir l'endroit à bombarder. Avoir peur ne décrit pas du tout ce qu'il ressent. Il est au-delà de la peur, au-delà de la terreur. Il est dans l'absolue nécessité de tenir pour elle, avec elle. Il ne se permet aucun relâchement ni aucune pause. Dès cet instant où la nouvelle a atteint sa conscience, un mécanisme d'urgence comparable à celui du combattant s'est mis en marche et ne s'arrêtera qu'avec la vie de Jeannine.

Sans détour, Jeannine a coupé court aux formules apaisantes et elle a demandé directement : « Combien de temps ? » On ne sait jamais, cela dépend du patient, de la malignité des cellules, de la résistance... Jeannine répète sa question.

De six mois à un an.

Peut-être quatre saisons, peut-être deux. Elle verra le jardin sûrement, mais peut-être pas l'automne. Si jamais elle assiste à la première neige, ce sera de son lit.

Jeannine ne sait pas pourquoi tout lui vient sous forme de saisons, mais c'est l'image qui s'impose à elle. Assise dans la voiture, elle observe la ville, la façon dont la neige se dépose en coussins sur les aspérités de pierre des maisons. Des ailes duveteuses sur des pierres grises. Aura-t-elle des ailes pour monter au Ciel ? Y a-t-il un Ciel, y a-t-il un Enfer pour les damnés ? La damnation, est-ce d'entendre la voix gênée du médecin dire de six mois à un an ? La damnation, est-ce de voir Fabien, livide, se redresser et faire face ? Elle sait que tout est à venir – la souffrance, la conscience aiguë de la mort, le regard douloureux de ceux qu'on aime, à qui elle ne voudrait jamais faire tant de mal. Pour l'instant, elle n'est qu'une hébétude engourdie, cherchant désespérément un sens à l'insensé, une suite à l'irrévocable.

Comme un enfant qui a pris une trop grosse bouchée, elle a un haut-le-cœur. Fabien stationne devant chez eux. Elle regarde l'escalier – combien de temps avant de ne plus pouvoir le monter ou le descendre ? « Fabien, viens ! On va aller au cinéma, et après, on va aller manger dans un bon restaurant. Viens, Fabien, on va sortir, je ne veux pas rentrer maintenant. »

Adélaïde, qui les guettait de la fenêtre, les voit repartir. Après un certain temps, elle quitte l'appartement en laissant un mot sur la table. Quand ils auront besoin, ils appelleront.

Il y a ceux qui résistent et se battent sans répit et il y a ceux qui s'abandonnent sans lutter ou chicaner. Paul ne peut dire lequel est le premier candidat que la mort saisit. Il constate, un point c'est tout. Jeannine n'engagera aucune bataille impossible, elle a assez de bon sens et de lucidité pour comprendre que toute combativité est vouée à l'échec. Elle garde donc ses forces pour vivre ce qui lui reste. Elle ne s'inclinera pas sans rien dire, mais sa réponse est dans une évaluation précise de ses maigres atouts et de ce qu'elle en fera.

Faire accepter cette attitude diamétralement opposée à celle, violente et résistante, d'Adélaïde est un contrat de taille. Paul se dévoue patiemment. La seule idée de « laisser faire les choses » jette Adélaïde dans un abîme d'angoisses. Elle lui sert des tirades sans fin sur la lenteur de la science, des découvertes et des recherches, due à une attitude comme celle de Paul. Elle fait un véritable procès à ce pauvre James qui ne lui semble pas assez dévoué à sa recherche, elle fustige Alex et Jacynthe et même Tommy pour qu'ils fassent quelque chose. Pour sa part, Jeannine la laisse parler, argumenter, suggérer toutes sortes de nouvelles approches incluant un guérisseur, sorte de sorcier supposé faire des miracles. Quand Adélaïde se met à organiser un voyage en Beauce pour rencontrer l'homme, Jeannine l'arrête catégoriquement : « Je vais mourir, Ada. Je ne te dis pas que ça me fait plaisir, mais c'est mon tour. On a chacun son tour. Arrête de te battre contre l'idée, tu changeras pas ça. Pour une fois, t'as le temps de t'y faire, profites-en ! Mais j'irai pas voir un guérisseur pour te permettre de penser que ça n'arrive pas. »

Paul trouve que Jeannine a bien du mérite et bien de l'amour en réserve pour se donner la peine de calmer les ardeurs belliqueuses d'Adélaïde. Lui n'y arrive pas. Elle se fâche et l'envoie à ses « réflexes de médecin assis sur ses connaissances », et il a bien du mal à tenir dans la tourmente. Leur meilleure alliée dans cette épreuve s'avère Léa. Infiniment secourable, à l'affût du moindre affaiblissement du moral, elle soutient sa mère sans la contrôler, sans chercher à contrer ses initiatives, mais elle est toujours en mesure d'essuyer les dépits qui suivent les défaites. Léa, sensible, attentive, ne contrarie pas Adélaïde, elle écoute et glisse petit à petit des phrases anodines en apparence, mais qui font leur chemin. Léa fait appel au cœur et au courage de sa mère, elle la laisse s'opposer, puis insinue que c'est dur de perdre ceux qu'on aime, de les laisser aller. Ce n'est même pas de la manipulation, pour Léa, c'est de la compréhension. Elle sait comment prendre sa mère quand celle-ci est en butte avec l'impuissance. Avec Florent qui se charge d'une bonne partie des discussions, Léa épaule Adélaïde sans l'encourager dans ses tentatives de sauvetage.

* * *

Un soir de mai particulièrement clément, Florent finit de planter des zinnias et des fleurs de pavot quand Léa traverse de chez Aaron. « Je peux te parler ?

— Tu veux que je m'assoie ou je peux continuer ?

— Continue. C'est maman. Je veux dire... c'est maman et moi. »

Florent n'est pas du tout accoutumé à ce genre de confusion chez Léa. Il l'observe, change d'idée et ramasse son barda. Assis en face d'elle, il attend les détails qui viennent très abruptement.

« À la cérémonie de prise de ruban de ma graduation, j'ai changé de couleur. Je choisis médecine. J'ai fait ma demande en cachette de maman. Elle va faire le saut. Je voudrais que tu m'aides. »

Florent n'en revient pas : « Médecin ? Tu veux devenir médecin, Léa ? Depuis quand ?

— La vérité, Florent, c'est que je veux devenir psychiatre.

— Oh ! Mon Dieu !... »

Florent soupire, découragé. Jamais Adélaïde n'acceptera une chose pareille, jamais elle ne laissera sa précieuse Léa soigner des fous, s'en approcher, fréquenter ce qui représente à ses yeux l'horreur absolue. Ni Léa ni Thomas, d'ailleurs. Psychiatre, le mot seul la hérisse. La seule pensée que le docteur Taylor existe encore la met dans une rage folle. Florent ne voit aucune façon de convaincre Ada et il le dit à Léa.

« Tu sais comme la maladie de Jeannine l'affecte. Elle tient à peine le coup. Comment veux-tu la mettre en face d'une décision pareille ? Elle va... je ne sais pas, Léa. C'est comme si tu lui tournais le dos. Une forme de trahison pour elle.

— Est-ce qu'il va falloir que j'attende qu'elle meure avant de faire ce que je veux dans la vie ? Il va bien falloir qu'elle se rende compte que j'ai grandi !

— Elle le sait, ça. Elle... Ce n'est pas de la mauvaise volonté, je te jure que ses raisons sont bonnes. Tu lui demandes beaucoup si tu lui demandes d'être d'accord avec ton choix.

— Est-ce qu'elle peut le respecter ?

— Je ne sais pas. Je ne suis pas sûr. Ce n'est pas comme si tu avais jamais émis de doutes sur ton avenir. La surprise n'aidera pas. »

La Faculté des lettres était son avenir à partir du moment où Ada a lu le premier roman de Léa. Depuis,

Léa en a écrit plusieurs autres, en sachant que son avenir ne serait pas dans les histoires inventées, mais dans les histoires vécues. Léa sait fort bien ce qui va choquer sa mère. Elle va avoir l'impression d'être mise à l'écart, que sa propre fille prend le parti de Kitty. Même si ça n'a rien à voir avec une alliance, c'est ce qu'elle va penser.

« Florent, est-ce qu'on peut seulement parler de médecine avant de révéler ma spécialisation ? Parce que je dois faire quatre ans avant d'étudier ce qui m'intéresse.

— On va essayer de mettre Paul dans le coup. Tu es sûre, Léa ? C'est bien réfléchi ?

— Écoute, Florent, je peux aller en littérature, mais à ce moment-là, je vais commencer une psychanalyse didactique en même temps et je vais devenir psychanalyste. Tu comprends, par un chemin ou l'autre, je vais m'occuper de ce qui m'intéresse : la psyché. »

* * *

Stupéfait, Paul fait répéter Florent : « Et tu veux que moi, je fasse comprendre à Adélaïde que c'est une bonne chose ? Tu veux mon élimination radicale ? »

Florent essaie de négocier le passage à la médecine sans révéler le but final de Léa. Paul fait basculer sa chaise et il se balance en équilibre sur les deux pattes arrière. Il écoute attentivement, comme il écoute ses patients, en essayant d'entendre ce qu'on ne lui dit pas qui cache la surprise qu'il aura en « ouvrant le bobo ».

« Est-ce que Léa fait la différence entre psychanalyse et psychiatrie ? Pourquoi ne pas faire psycho, à ce compte-là ? Pourquoi aller directement aux plus atteints, aux plus fous ?

— Tu parles des malades ou des docteurs ? Je ne connais pas ça, Paul. Mais l'idée que Léa fasse une analyse de cinq à huit ans pour fouiller son enfance... Je vois d'ici Ada sauter. Léa a trouvé son père et sa sœur morts quand elle avait six ans. C'est comme de dire à Ada qu'on va enfermer sa fille avec ce souvenir-là à regarder en pleine face pendant des années. Au moins, les psychiatres ne sont pas obligés de *se* comprendre avant d'aider les autres.

— C'est justement ce qui choque tant Adélaïde. Oh, mon Dieu ! elle est déjà tellement bouleversée ! Je pensais que la graduation de Léa serait une fête. Ça va être épouvantable ! Léa a tellement de talent, pourquoi elle choisit d'affronter sa mère ? C'est l'adolescence, encore ?

— Non, c'est ce qui l'intéresse. Elle a seulement fait très attention de ne pas le montrer, parce qu'elle savait que ça choquerait. Il faut l'aider, Paul.

— On a combien de temps ?

— Un mois.

— Tu veux que je te dise ? Je pense qu'il faut qu'elle voie où elle veut aller, dans quelle aventure elle s'embarque. Laisse-moi te dire que quand j'ai fait médecine et que je me suis retrouvé au Allan Memorial, j'ai su tout de suite que je ne resterais jamais là. »

Florent et Paul mettent au point une stratégie en deux phases : d'abord approfondir et analyser où Léa veut vraiment aller, ensuite convaincre Ada de la nécessité de laisser sa fille faire ses choix et mener sa vie.

Paul croit quand même qu'un mariage hâtif, obligé, avec un imbécile serait moins difficile à faire passer que le projet de Léa. Florent estime que cela confirme une chose : Léa est la digne fille de sa mère et elle ne manque pas d'audace.

Ils restent dans le bureau de Paul, à discuter de la santé de Jeannine, de la possibilité qu'elle se rende au Lac. D'après Paul, après trois mois, il n'y a pas de détérioration apparente et cela peut durer encore un certain temps. « Le cancer est vicieux, on ne sait pas toujours quand il va devenir trop envahissant. Pour l'instant, elle ne le sent pas, ce qui ne veut pas dire qu'il ne progresse pas. Le jour où la douleur arrive, ce n'est pas le début, mais la fin du cancer. J'espère qu'elle pourra être assez en forme pour le Lac. Je prends des vacances pour y être du 28 juin à la fin de juillet. Si Jeannine a besoin de moi, je serai là. »

Florent entend bien toute l'affection que Paul porte à Jeannine. Il murmure, attristé : « Tu sais, j'ai beau me le répéter, Paul, je n'arrive pas à y croire. »

Paul allume la lampe sur le bureau. Il est frappé par les traits creusés de Florent, sa pâleur, sa maigreur : « Tu as perdu du poids, toi ? »

Florent se lève : « Ne commence pas à faire ton docteur avec moi !

— Pas de farce, Florent. T'as perdu quoi ? Dix ? Douze livres ? »

Florent a un rire gêné, mal à l'aise : « C'est quoi, le poids d'une peine d'amour, Paul ? Quinze livres pile. »

L'œil exercé de Paul intimide Florent, qui se dépêche de mettre fin à l'entretien. Paul accepte de quitter le bureau s'ils vont manger ensemble : « Comme ça, je pourrai te surveiller : tu vas vider ton assiette. »

Ils passent une très bonne soirée à parler cuisine, musique et théâtre et à exclure tout sujet coupeur d'appétit. Florent se félicite de posséder un tel allié pour les dures semaines à venir.

Paul se met au travail : il consulte des collègues,

s'informe, étudie l'affaire et finit par convoquer une réunion dans son bureau où, tour à tour, Léa rencontre un psychiatre et un psychanalyste qui se font, semble-t-il, un plaisir de disserter sur leur pratique. La psychologie ayant été écartée par Léa, Paul essaie vraiment de lui offrir un aperçu détaillé des deux mondes qu'elle a privilégiés. Ce qu'il fait pour la jeune fille, stimulé par l'amour qu'il voue à sa mère, impressionne beaucoup Léa. De tous les discours que Paul aurait pu tenir, aucun n'aurait pu témoigner aussi fortement de sa sincérité que ce qu'il fait pour elle.

Après la rencontre, ils se rendent au restaurant pour discuter en compagnie de Florent. Léa essaie de voir ce qui serait envisageable pour sa mère. Paul l'interrompt et remet la priorité à l'ordre du jour : la carrière de Léa ne devrait pas être choisie en fonction des capacités d'Adélaïde de l'accepter, mais de ses désirs à elle, de ses capacités à elle. « Un problème à la fois, Léa. Si je sais ce qui te tient le plus à cœur, si je comprends bien tes désirs, ce sera plus facile de convaincre ta mère. Tu me vois lui dire “psychiatre parce que Léa croit que tu vas prendre mieux ça” ? »

Il appert que les années de médecine à faire avant d'attaquer la psychiatrie répugnent la jeune fille. Ce qui l'intéresse, c'est la psychanalyse, fouiller les profondeurs du subconscient, chercher les liens, les causes qui n'apparaissent que sous forme d'effets déconcertants au grand jour. Voir la pointe et décoder l'iceberg englouti. Prendre la symbolique poétique d'un rêve et suivre jusqu'à la racine le chemin de l'esprit qui crie quelque chose de sensé en créant de l'insensé.

Son choix permet un délai, puisqu'elle peut faire ses études de lettres tout en devenant psychanalyste. Elle a déjà le thème de son mémoire de maîtrise et elle réfléchit à un doctorat qui allierait psychanalyse et écriture.

Elle est tellement excitée que ses compagnons ne peuvent que partager sans réserve son enthousiasme. Florent lève son verre à *la reine des pourquoi*.

« Paul, comme je prends le même ruban, est-ce que je peux te demander de ne rien dire avant l'été ?

— Si ta mère apprend que j'ai été partie prenante à ta décision et que je ne lui ai rien dit... mon cas est réglé.

— Alors, on a un secret.

— Oui, j'ai bien peur qu'on n'ait tous les trois un secret. »

En rentrant chez lui ce soir-là, Paul trouve Adélaïde au lit, endormie. Surpris, il se sent partagé entre le bonheur de cette visite impromptue et le malaise qu'il éprouve à la tromper. Il prend le temps de la douche pour calmer ses scrupules et se brosse les dents en se répétant qu'il ne fait rien d'immoral puisque Léa ne pouvait être détournée de sa voie.

Une Adélaïde chaude se love contre lui, tout ébouriffée et ensommeillée. Paul est toujours agréablement déstabilisé quand il constate qu'elle dort flambant nue. Il est évident qu'elle était venue le rejoindre avec une arrière-pensée. Elle marmonne : « Tu m'as trompée ou quoi ? Il est tard.

— Oui, je t'ai trompée, mais elle ne t'arrive pas à la cheville. »

Elle rigole, tend une main curieuse, inquisitrice. Elle a une façon faussement apitoyée de conclure : « Mon pauvre amour... elle t'a laissé partir comme ça ? » Et il a une façon pas du tout fausse de se laisser consoler.

La cérémonie de la prise des rubans a lieu au Collège et est suivie d'une réception chez Adélaïde. Jeannine s'est exemptée des discours de l'école, mais elle est venue chez Ada, apparemment en forme, sur son trente et un, à côté d'un Fabien qui la couve. Jean-Louis a gagné son combat avec Jeannine et sa couleur de cheveux est maintenant plus pâle, ce qui adoucit son visage amaigri. Adélaïde n'en revient pas du talent de cet homme : « Au premier cheveu blanc, je me précipite chez toi, Jean-Louis ! »

Le beau-frère passe une main experte dans les cheveux fous, les soulève, recule légèrement : « Tant que tu ne me demandes pas la coupe reine Élisabeth... Tu sais, je rendrais tes boucles plus souples, pour l'instant, c'est tout ce qu'il te faut. »

C'est un homme si gentil, si discret, ce Jean-Louis. Il fait beaucoup de bien à Béatrice qui s'est calmée et a gagné un peu d'« esprit d'équipe », comme dit tante Germaine. La carrière de Béatrice se maintient et celle de Jean-Louis ne cesse de prendre de l'ampleur. À eux deux, ils animent de nombreuses soirées avec leur *glamour* et cette prédisposition dont ils font preuve pour le papotage. Ils en font d'ailleurs bénéficier la fête de Léa. La journée chaude, presque collante, rend l'immense jardin très agréable. La chaleur n'empêche pas les jeunes de se trémousser et de *twister* selon les règles de l'art, enseigné par un Jean-Louis tordant de concentration affectée.

Adélaïde apporte un verre de jus à Jeannine et s'assoit près d'elle, à l'ombre. Jeannine se tait et, au bout d'un certain temps, elle prend la main d'Ada : « J'y ai pensé en me levant ce matin.

— À quoi ?

— À il y a dix ans. »

Il y a dix ans, ce jardin était en friche. Adélaïde n'habitait même pas le quartier. Elle s'était levée, étourdie de n'avoir pas dormi, elle avait passé sa robe noire, descendu la voilette opaque de son chapeau et elle était partie pour le salon funéraire où Florent la rejoindrait avec les enfants. Pendant cette demi-heure de solitude, elle avait essayé de dire adieu à Nic et à leur bébé. « Tu crois que les gens oublient, Jeannine ? Tu crois qu'il le faut ?

— Dans dix ans, Ada, tu seras peut-être dans un autre jardin et cela fera vingt ans. Tu auras toujours cette façon à toi de devenir lointaine pour les rejoindre. Dans dix ans, Ada, j'espère que Fabien aura trouvé quelqu'un sur qui se reposer. Quelqu'un qui saura l'aider à vivre. Comme Paul t'aide et t'accompagne. Dans dix ans, Fabien n'aura même pas encore mon âge. Est-ce que ça t'a frappée, Ada, que cette année je vais avoir le même âge qu'avait Nic ? Quoique... Septembre est encore loin, je n'y arriverai peut-être pas.

— Non, Jeannine, je ne veux pas penser à ça. Ne me parle pas comme si tu faisais ton testament, O.K. ?

— J'essaie de te demander de m'aider. Pour Fabien... pour qu'il ne me fasse pas le coup de Jacynthe avec son André. »

Adélaïde n'en revient pas de cet acharnement qu'a Jeannine à marier sa fille. Elle ne peut quand même pas lui forcer le cœur ! Même chose pour Fabien.

« Je vais te dire un secret, Jeannine. Il m'arrive encore, quand je suis concentrée sur autre chose, de devoir me reprendre à la dernière minute pour ne pas appeler Paul “Nic”.

— Es-tu en train de me dire qu'il faudrait qu'elle s'appelle Jeannine ? Moi qui hais mon nom ! »

Toute Jeannine est dans cette pirouette. Ada l'embrasse : « Bon ! bon, promis. Je vais l'aider. Mais ne me parle plus de tes après. Tu m'énerves !

— Laisse-moi plutôt confesser ton Paul. »

C'est plutôt lui qui la confesse dès qu'Adélaïde s'est

éloignée. Ils ont une entente, Jeannine et lui : pas de cachettes, pas de secrets entre eux. Les autres, c'est Jeannine qui décide. Sans être son médecin traitant, Paul est assez près de Jeannine pour en prendre soin sans insulter quiconque parmi les autres spécialistes qui en ont la charge.

Jeannine lui tend son verre de jus : « Jette-moi ça, pis vite. Ça me tombe sur le cœur. »

Paul trouve qu'elle a le teint bien jaune et il craint pour son foie. Il pose des questions et Jeannine ne lui cache pas qu'elle a beaucoup plus mal depuis un certain temps. Le pire n'est pas de dissimuler la douleur, mais de convaincre Fabien d'arrêter de la forcer à manger comme si elle travaillait au champ.

« Ça passe moins bien ?

— Ça passe pas pantoute ! D'ici à ce qu'il s'en rende compte... »

Ils parlent tous les deux du symptôme et de ce qu'il annonce, s'interrompant à chaque fois que quelqu'un vient parler à Jeannine, lui offrir à boire, à manger, un coussin. Exaspérée, elle finit par avouer que les soins sont aussi durs à supporter que le mal.

Paul propose qu'elle vienne au Lac dès le mois prochain, qu'on l'installe confortablement avec un lit d'hôpital, des soins et du calme : « Quand il sera temps de te transporter ailleurs, s'il le faut vraiment, je le ferai. »

Jeannine évalue la proposition, pèse le pour et le contre. Ce qui l'attend, c'est l'hôpital qu'elle déteste, ou accepter que les autres s'en fassent pour elle et la soignent. Paul ajoute que, jusqu'à la fin juillet, il sera au Lac. Ils n'ont rien à craindre, il la soignera, s'occupera de tout. Jeannine a vraiment mauvaise conscience : « Belles vacances pour tout le monde, ça ! Moi dans le milieu de la place à les empêcher d'avoir du fun. C'est discret un lit d'hôpital, encore !

— C'est ça ou les forcer à prendre la route presque chaque soir parce qu'ils vont vouloir venir t'achaler, même si tu restes à Montréal. Jeannine, tu sais très bien que tu n'as aucune envie de ton troisième où il fait chaud ou de l'hôpital avec des inconnus. Fabien va être mieux là-bas avec nous, penses-y.

— Quand ça va être fini, tu vas me le dire ?

— Oui.

— Tu vas rester jusqu'au bout ?

— Jusqu'au bout.

— Tu vas empêcher qu'on me torture pour me faire durer une heure de plus ?

— Juré.

— Alors, si tu penses que c'est possible, j'aime autant mourir au bord du lac. Tant qu'à faire, Bonyeu ! »

* * *

Alex se penche vers le siège arrière de la voiture. « Mets tes bras autour de mon cou. » Jeannine demande s'il n'aime pas mieux que Fabien l'aide.

« Tu me prends pour une minette, m'man ? »

Précautionneusement, il se relève avec le fardeau léger de Jeannine et, suivi de Fabien, il monte vers la maison où Adélaïde les attend, le cœur serré. Alex la porte comme une enfant. Ada regarde venir la procession, et en distinguant le visage attendri de Jeannine qui fixe son fils, elle manque de partir à pleurer. Il est si fort, si solide, comme Nic, et elle a tellement diminué depuis la fête de la prise des rubans, on dirait l'ombre de Jeannine. Quand Alex dit « m'man », c'est à peine croyable que cette petite femme soit celle qui l'a mis au monde. Et pourtant, tout le regard de Jeannine contient encore cette autorité qui peut faire filer doux même le malcommode Alex.

Ils sont peu nombreux en comparaison des autres années. Rose est restée en ville avec les enfants, la mère et la sœur de James étant venues les visiter ; Thomas a demandé à être inscrit à un camp de vacances mixte où il aura le loisir de séduire toutes les filles, selon Léa, et Tommy, obligé de demeurer en ville pour son travail, fait la navette les fins de semaine avec Leah ou Florent.

La vie s'organise autour du lit de Jeannine, placé au milieu de la grande pièce commune. Lionel, tante Germaine et Ada font les courses, cuisinent, Paul et Fabien se partagent les soins tandis qu'Alex, Léa et Jacynthe s'occupent vaguement et essaient d'être utiles au jardin.

C'est le seul endroit où ils peuvent relâcher la tension. Ce n'est pas que l'atmosphère soit pénible, au contraire, ils ont des fous rires et beaucoup de plaisir à jouer aux cartes sur les draps du lit de Jeannine, mais c'est l'endroit où ils peuvent se recueillir, méditer et faire face à leur chagrin. Alex a même dit, un soir qu'il partait avec Lili, qu'il allait à l'église en parlant du jardin. L'expression est restée et, souvent, quand on cherche quelqu'un, on entend Jeannine lancer : « Allez voir à l'église ! »

La maison est plus calme sans enfants, les heures de la nuit sont par contre plus fébriles, la douleur empêchant souvent Jeannine de dormir. Fabien est remplacé régulièrement à son chevet qu'il a du mal à quitter. En deux semaines, l'état de Jeannine se détériore au point qu'elle somnole presque tout le temps, à cause des calmants qui l'amortissent sans étouffer les plaintes de douleur.

Au bout de trois semaines, Paul parle avec Jeannine un long moment seul et lui laisse ensuite une demi-heure avec Fabien avant de lui administrer assez de calmant pour engourdir le mal. Elle ne s'apaise que de loin en loin, elle n'est plus qu'une douleur au fond du lit.

Florent est appelé et il arrive de Montréal avec Tommy. Paul demande encore un moment avec Jeannine. Il s'assoit près d'elle, elle a tant de mal à respirer qu'il chuchote. Il ne sait pas si c'est à cause de la douleur ou si ce sont les métastases qui ont envahi les poumons.

« Tu m'avais demandé de t'avertir, Jeannine. C'est la fin qui arrive. Il est possible que tu tombes dans le coma, il est possible que ton cœur s'arrête avant. Je vais essayer que tu n'aies pas mal, mais même avec la morphine, je ne pourrai pas te soulager totalement. Encore une fois, ce qui t'empêche d'avoir mal va t'empêcher d'être toute là. Tu décides, je te suis. Si tu préfères, on peut encore te transporter à l'hôpital, mais ils ne feront rien de plus.

— Quel jour on est ?

— Jeudi, le 23 juillet.

— Oh... La fête d'Ada... »

Paul passe une débarbouillette fraîche sur le front brûlant – la fièvre monte, le corps se défend tellement contre la mort qui doit se battre pour gagner sa place. Il voudrait lui dire qu'elle sera là le 27, pour Ada. Il ne peut pas. Il sait que si demain elle y est encore, elle aura tellement mal qu'elle suppliera pour ne plus y être.

« Tu veux parler à Ada ? »

Elle hoche la tête, épuisée : « C'est tellement d'ouvrage...

— Quoi ? Parler ?

— Mourir. »

Ses yeux sont vitreux, ses forces baissent rapidement. « Jeannine... si tu veux parler à quelqu'un, ce serait bien de le faire maintenant. »

Un à un, ils passent dans le salon.

Cette nuit-là, personne ne va au lit. Ils restent dehors, sur la véranda ou sur le quai et ils se remplacent auprès de Jeannine.

Pas un instant la miséricorde du coma n'atténue la douleur de Jeannine. Fabien, hissé vers son visage, tendu, totalement symbiotique, respire aussi mal qu'elle. Il tient sa main brûlante, enflée, et il craint qu'elle n'ait chaud. Mais Jeannine grelotte.

À cinq heures du matin, Jeannine tourne son visage émacié vers Fabien, elle essaie de prononcer un mot, en est incapable, elle se concentre, ramasse ses forces, essaie à nouveau et n'arrive qu'à souffler un « Bonyeu ! » de dépit. Fabien se rapproche de son visage : « Tu veux me dire que tu m'aimes ? »

Ses yeux accrochés aux siens, ses yeux et ce « oui » qui file son dernier soupir, ce « oui » avant que les yeux ne se vident de vie, ne se vident de lui et ne soient plus que des billes fixes et aveugles.

Fabien la soulève, la prend contre lui quand Paul essaie de l'arrêter : « C'est fini, Fabien.

— Maintenant qu'elle n'a plus mal, laisse-moi la serrer dans mes bras. Ça fait si longtemps. »

Ils sortent tous et le laissent avec Jeannine.

Quand les gens de la morgue arrivent au matin et qu'ils veulent monter la civière pour aller chercher le corps de Jeannine, Alex refuse.

C'est lui qui redescend sa mère dans ses bras, jusqu'au fourgon. C'est lui qui l'étend dans le sac hideux que ces hommes ferment.

Sur la terrasse, Adélaïde regarde les épaules d'Alex

s'éloigner et elle ne cesse de se répéter que c'est bien, que c'est ce que Jeannine voulait, qu'elle serait fière de son garçon.

C'est en rentrant au salon, en voyant Fabien toujours à son poste près du lit vide qu'elle craque. Peut-être n'y avait-il que les sanglots de sa sœur pour que Fabien se lève et se réfugie contre elle pour la consoler et pleurer.

Après les funérailles, toutes les familles remontent en voiture et reviennent au Lac. Ce soir-là, un feu est entretenu sur la plage, un buffet est garni dans la salle à manger et la nuit se passe à parler de Jeannine, à l'évoquer, à rire, à pleurer et, à l'aube, à lui offrir ce lever du soleil et à le contempler pour elle.

Au petit matin, Fabien demande à Alex de ne plus cacher sa liaison avec Lili et il demande à sa sœur de monter dans sa chambre avec Paul : « Nous nous sommes tellement cachés, Jeannine et moi, et c'était pourtant tellement beau. Je voudrais que vous alliez au lit ensemble, sans... je ne sais pas, heureux. »

Lili, intimidée, regarde ailleurs. Alex la prend par la main, remercie Fabien et monte dans sa chambre.

Paul entend Léa déclarer que Jeannine aimerait beaucoup cette idée : « On le sait tous, maman, à quoi ça sert de faire semblant ? » et il imite Alex en prenant Adélaïde par la main.

Sur la plage, blottie dans les bras de Florent qui nourrit le feu régulièrement, Léa lui demande si l'amour les a oubliés tous les deux. Il la berce et chantonne le *Ferme tes jolis yeux* qu'il lui servait alors qu'elle n'avait qu'un an.

* * *

Lili est réveillée et observe le sommeil d'Alex quand il ouvre les yeux brusquement. Il y a cette joie qui l'éclaire de la voir près de lui suivie de la conscience subite que Jeannine est morte. Il prend sa main, la place près de son cou et la flatte sans rien dire.

Elle le connaît assez pour savoir qu'il organise ce qu'il sent, le chagrin d'un côté, les erreurs de l'autre, les amours, le travail... Alex est un esprit pratique. Il n'aura de paix que s'il travaille sa vie comme si c'était un jardin.

« Je crois que nous devrions avoir un enfant. »

Leah ne s'attendait pas à ça. Elle retire sa main, recule. Alex se tourne vers elle : « Tu ne veux pas d'enfant, Lili ?

— La question est plutôt pourquoi maintenant, alors que Jeannine n'en aura pas la joie ? Si tu veux le faire pour elle, c'est trop tard, Alex.

— Non. Pour moi. Pour toi et moi. M'man aurait aimé ça, c'est sûr... C'est bizarre, être orphelin, Lili. J'ai vingt-cinq ans et je me sens orphelin.

— C'est pour ça que tu parles de faire un enfant ? »

Il ne sait pas. Sa vie est comme il la voulait, son travail est passionnant, il s'évertue à créer autre chose que de l'utile, il essaie de changer les choses, les façons de voir et de penser une ville, un lieu où habiter et vivre. Il a une femme, même si elle ne l'épouse pas, c'est sa femme. Ils forment un couple, ils reçoivent leurs amis chez lui, ils dorment ensemble quand elle le peut, quand elle accepte de laisser son grand-père. « Tu ne veux pas y penser, Lili ? »

Comme si elle n'y avait pas pensé, déjà ! Comme si la question n'était pas ancienne pour elle ! C'est la seule question soulevée par leur façon de vivre. Et s'il y a un enfant ? Avec Alex séparé, mais marié ailleurs, cet enfant sera un bâtard – un orphelin officiellement. Leah se souvient de l'inquiétude de Jeannine pour cet aspect de leur conjugalité. Elle lui avait demandé de bien y penser avant de faire ce que son escogriffe souhaitait : « Tu peux supporter cette vie-là tant que vous n'aurez pas d'enfant, Lili, mais s'il te met en famille ? Ta réputation, tes droits d'avoir un soutien, un père pour cet enfant-là ? Penses-y, Lili, parce que c'est toi qui vas l'élever, pas lui. »

Alex attend toujours sa réponse. « Je ne suis pas prête, Alex. Avec toi, c'est simple : on fait un petit et on continue sa vie. Pour moi, ça veut dire arrêter de pratiquer, arrêter un temps en tout cas... Je ne sais pas si je veux des enfants, Alex. »

Elle n'a qu'à penser à son enfance dans cette maison où son père n'arrivait jamais. À sa mère omniprésente et, en même temps, transparente. À sa grand-mère, si soumise et dévouée. Son frère David a déjà deux enfants et il est en passe d'en faire sept ou huit. Elle veut autre chose de la vie que cette répétition automatique des actes des parents. Elle veut être un vrai avocat, faire la différence pour la justice. Elle veut défendre des gens qui en ont besoin, pas seulement ceux qui en ont les moyens. Elle veut aller plus loin que son père. Elle n'a pas refusé un travail avec Ada pour finir dans une maison à brasser de la soupe pour une marmaille et à attendre Alex, comme elle a attendu son père et comme ses enfants l'attendront. La seule perspective l'emplit d'un tel sentiment d'échec et de condamnation qu'elle ne peut creuser davantage l'idée. Elle demande un sursis, un moratoire sur cette question. Elle trouve qu'ils ont beaucoup de peine pour l'instant, sans avoir à se mettre à discuter d'une chose pareille. Alex l'arrête : « O.K., O.K. Ça suffit, pas besoin de t'énerver. Tu vas faire comme tu veux et on le sait très bien.

— Alex, ça m'énerve quand tu dis ça ! Qui s'est marié ? Qui a fait un fou de lui ? Qui s'est envoyé en l'air dès que j'ai tourné le dos ?

— Qui va en parler encore pendant combien de temps ?

— Moi. Tant que tu vas faire semblant que c'est moi qui décide de tout.

— M'man décidait de tout avec mon père.

— Peut-être, mais pas avec toi, Alex. T'as toujours fait comme tu voulais. Et c'est pas une question de pouvoir ou de décideur. Un enfant, c'est ma responsabilité, c'est mon corps. C'est moi qui vas l'élever.

— Avec moi. Je me vois comme le père.

— Alex, je pense que je ne veux pas de famille. Je veux être avocat. Je veux t'aimer. Je t'aime. Mais je ne veux pas de famille. Peut-être que je ne suis pas normale, mais c'est comme ça.

— Hé ! Où tu vas comme ça ? »

Elle passe une robe de chambre : « Je vais chercher du café. Je me sens tellement mal de te dire une chose pareille, tellement dénaturée que j'ai envie de prouver que je suis quand même autre chose qu'une sale égoïste qui veut faire sa vie. »

Quand elle revient avec un plateau, Alex est à la fenêtre et regarde le jardin où les fleurs ont l'air de frissonner dans la brise du matin. Elle vient près de lui et l'enlace, sans quitter le jardin des yeux. « On aurait dû l'enterrer ici dans les fleurs, près du lac. On devrait avoir le droit de faire consacrer les jardins et d'y mettre les morts qui le méritent. Maman t'aimait, Lili. Elle m'a dit de faire attention à toi, que j'aurais pas deux chances comme celle que j'ai eue de te retrouver. Oublie ça pour les enfants, pense pas que t'es égoïste. Tu as le droit à ta vie à toi. Pas juste moi.

— Alex, j'ai pas dit non. J'ai dit que je ne le sais pas. Viens manger. »

Il mange deux rôties avant de se demander si Fabien avait eu envie d'avoir un enfant avec Jeannine et si elle avait refusé.

* * *

Paul souhaiterait avoir plus de temps pour rester auprès d'Adélaïde et traverser avec elle cette tristesse. Il doit rentrer à Montréal pour travailler. Ada reste une semaine de plus au Lac avec ses enfants et Florent. Rose arrivera début août avec ses filles. Elle est soulagée de voir partir la belle-famille qui l'oblige à imposer une discipline qui tient du miracle.

Selon la stratégie adoptée, Léa et Florent doivent amener l'idée d'un changement de l'avenir professionnel de Léa, et Paul devra prendre le relais de la persuasion début août, quand Ada reviendra en ville et sera seule avec lui.

Le plan ne fonctionne pas vraiment comme prévu. Léa n'arrive pas à parler à sa mère seule à seule, à croire que tout le monde s'est concerté pour les interrompre.

Finalement, le dernier jour de juillet, Léa fait irruption dans la chambre de sa mère et lui déballe son plan de carrière. Elle a beau essayer d'être diplomate, Adélaïde ne laisse pas le doute régner longtemps quant à son état d'esprit. Dès qu'elle sait en quoi consistent les « aspects flous » de la carrière de Léa, elle l'arrête : « Non. Jamais. Tu m'entends, Léa ? C'est non. Et ça va le rester. Jamais, jamais je ne te laisserai approcher des fous. C'est exclu, c'est non négociable et je ne comprends même pas que tu y penses. C'est comme si tu me disais que tu avais l'intention de jouer avec un revolver toute ta vie. »

Léa essaie d'expliquer son point de vue, de démontrer à sa mère qu'elle se trompe, que ce n'est pas dangereux, pas au sens où elle l'entend. Quand sa mère se fâche, Léa se fâche aussi et reste sauvagement sur ses positions. Devant l'autorité sourde de sa mère, elle la menace de faire à sa tête, elle affirme son droit de penser et de vivre par elle-même et l'accuse carrément de despotisme. Les mots ne sont ni polis ni réservés. Chacune se défend âprement de ce que l'autre l'accuse et cela finit en bataille ouverte et véhémente, Léa jurant de faire sa vie même au prix d'une guerre et Adélaïde la menaçant de lui couper les vivres.

« C'est même pas ton argent ! C'est l'argent de mon père ! Lui, il aurait compris, au moins. Comme Florent comprend. Comme tout le monde, sauf toi, comprend ! Tu devrais être ma première patiente avec ta peur des fous. »

Léa ne sait même pas comment elle a été expulsée de la chambre. Elle se retrouve devant la porte qui claque, étourdie d'avoir tant crié. Florent est dans l'escalier, effrayé par ce qu'il a entendu : « C'est ce que t'appelles y aller doucement, Léa ? »

Léa se met à pleurer, explique, balbutie ; Florent la calme à peine avant d'aller affronter Ada. On dirait qu'elle arrache la porte au lieu de l'ouvrir. Jamais il ne l'a vue dans un tel état. Elle ferme la porte, ne le laisse pas prononcer un mot et parle sur un ton bas, menaçant, cinglant : « Tu t'es mêlé de ça ? Tu es d'accord et tu ne m'en parles pas ? Tu la laisses faire des idioties dangereuses, tu la laisses croire que c'est un avenir et tu ne me laisses pas la chance de parler ? Jamais de ma vie je n'aurais cru vivre une trahison pareille, Florent Gariépy ! Sais-tu d'où elle vient ? Sais-tu à quoi elle a échappé, à quelle folle furieuse ? Tu veux qu'elle fouille son passé jusqu'au cœur pour ensuite aller écouter des malades qui vont lui raconter des saletés et des horreurs ? Et tu vas me dire que tu l'aimes ? Tu as envie que Kitty gagne encore ? Qui va consoler Léa de ses actes ? Qui va expliquer à Léa qu'elle n'a tué personne ? Qui va lui dire que, oui, elle a trois pères, finalement ? J'ai pas envie d'aller la chercher en Europe parce qu'il faut qu'elle voie une chambre à gaz pour comprendre qui était son père et pourquoi elle ne l'a jamais su. Y a rien à comprendre ! Quand je pense que tu l'encourages, que tu lui donnes ta bénédiction ! Sais-tu ce qu'elle veut faire ? Détruire sa vie, détruire le petit équilibre que j'ai essayé de construire. Que Nic a essayé de construire avec moi. Détruire, comme l'autre folle qui ne supportait pas de voir son frère embrasser quelqu'un d'autre. Ça te plairait qu'elle sache que Kitty s'imaginait qu'Anne était sa fille ? Sa fille avec Nic ? Avec son frère qu'elle désirait comme une malade qu'elle était ? Quand je pense que tu m'as suppliée de dire la vérité au coroner et que j'étais prête à aller en prison pour éviter ça à ma fille ! Et tu veux la laisser gratter son enfance jusque-là ? Mais à quoi t'as pensé ? À quoi ? Ma fille ne passera pas sa vie à fouiller les saletés des autres ! Ma fille ne sera pas un Taylor qui lâche les fous pour qu'ils reviennent nous tuer. Ma fille ne s'approchera jamais d'un asile, t'as compris ? Tant que je vivrai, c'est non. Et s'il faut te perdre, je te perdrai. Et s'il faut qu'elle me haïsse, elle me haïra. Mais elle ne finira pas comme Anne avec une balle dans le cœur.

Elle ne finira pas assassinée par des déments qui voient Dieu partout et qui massacrent les autres, sous prétexte qu'ils ont volé quelqu'un à leur amour. Je ne sais pas à quoi t'as pensé, mais si tu voulais me tuer, il n'y avait pas de meilleur moyen ! »

Elle saisit ses clés et le plante là. Il a beau courir derrière elle, elle ne ralentit pas. Elle prend sa voiture et démarre, l'accélérateur au fond.

Paul a reçu l'appel de Florent à onze heures trente.

À deux heures du matin, malade d'inquiétude, il fait les cent pas, se demande s'il ne devrait pas aller à Outremont voir si la voiture est garée devant chez Ada.

À deux heures vingt, il saute sur l'appareil dès la première sonnerie. C'est elle. Sa voix est calme, froide, mais calme : « À ce que je vois, Florent a réussi à t'énerver.

— Où es-tu ? »

Adélaïde a « pris le clos », comme elle dit. Elle est à Granby, dans un petit hôtel où elle a réveillé les propriétaires pour obtenir une chambre. Elle n'a rien de cassé et elle doit attendre l'ouverture d'un garage pour sortir la voiture du fossé. Paul insiste pour aller la chercher. Elle refuse : « Pour me ramener ici, demain matin ? Inutile, Paul. Je vais bien, je vais en profiter pour réfléchir. Je savais que Florent t'aurait alerté. Je veux que tu dormes, maintenant que tu sais où je suis. Demain on parlera.

— Tu n'es pas blessée, tu es sûre ? Comment c'est arrivé ?

— Une manœuvre stupide de ma part. Florent t'a dit ce qu'il a fait ?

— Non. Laisse-moi venir te rejoindre au moins. Je resterai avec toi jusqu'à demain.

— Bonne nuit, Paul. »

Dieu merci, elle ne lui a pas interdit de rappeler Florent. Paul ne sait plus s'il aurait osé le faire dans ce cas, tellement il est effrayé à l'idée qu'elle devine sa participation aux projets de Léa. Il parle à Léa, en larmes, qui répète qu'elle ne veut pas blesser sa mère, qu'elle ne fait rien contre elle. Il raccroche, persuadé que si Léa réussit à devenir psychanalyste, ce sera un tour de force.

Adélaïde n'a pas trop de sa nuit pour réfléchir. Il est très tard, l'aube point quand elle se revoit debout sur la route à faire des signes à l'automobiliste qui s'en vient. Elle aurait pu se tuer ! C'est comme ça que sa mère est morte, un soir d'avril sous la pluie. La similitude des situations la frappe : Gabrielle courait pour empêcher Fabien de s'enrôler, empêcher son fils de se tuer dans une guerre. Qu'est-ce qu'elle fait d'autre ? Léa veut aller se mettre en danger. Qui ne peut comprendre qu'elle fasse tout en son pouvoir pour l'en empêcher ? Ce n'est pas contre sa fille, ce n'est pas contre sa décision qu'elle en a, c'est sa vie dont il est question. Adélaïde est sûre que Fabien, comme Léa, pensait gagner et écraser l'ennemi. Gabrielle savait, elle, que l'ennemi est plus rusé, plus pervers qu'on ne l'estime et que, tant qu'on peut, il faut le fuir et mettre ses petits à l'abri.

Pour beaucoup de gens, Gabrielle avait tort de vouloir soustraire Fabien à son devoir. Pour Adélaïde, la vie d'un enfant, de son enfant, est au-dessus de tout devoir. Une mère n'a qu'un devoir : garder son enfant en vie. Anne est morte. Léa, qu'elle le veuille ou non, ne risquera pas sa vie sur un terrain miné. Pour Adélaïde, incapable de visiter Pierre à l'asile depuis quatre ans qu'il y est, incapable d'affronter ce regard fou et perdu, pour Adélaïde, Pierre est comme mort. Laisser sa seule fille s'approcher des fous, c'est laisser Fabien courir à la guerre, courir vers un danger insupportable.

Jamais Adélaïde ne s'est sentie si près de sa mère. Jamais elle n'a été aussi déterminée.

Paul a dit : « Laissez-moi faire », et il le regrette presque. Adélaïde n'en démord pas, elle ne doute pas le moindrement de la justesse de sa position. Elle récrimine contre Florent qui a exercé une mauvaise influence sur sa fille, contre son inattention, contre tout, et pas un seul instant elle ne considère la possibilité de céder ou même de remettre en question son refus. Paul l'écoute et ne dit presque rien. Il la laisse s'épuiser. Et c'est long. Que la trahison de Florent la rapproche de lui l'inquiète d'autant plus. La colère d'Adélaïde se nourrit de cette déception, de cette séparation beaucoup plus dure qu'elle ne l'admet.

Adélaïde appelle Léa tous les jours. Paul suppose que Léa garde pour elle sa détermination, puisque ses larmes émeuvent Adélaïde qui lui promet mer et monde en échange de son sacrifice. Mais chaque fois que Léa essaie de lui passer Florent, sa mère refuse net.

Étendus sur le sofa, ils écoutent de la musique et Paul caresse le front d'Adélaïde. Il ne voit pas son visage, sa tête est contre sa poitrine : « Si, à vingt et un ans, le jour de sa majorité, Léa décide d'entreprendre une psychanalyse, tu vas penser quoi ?

— Que j'ai échoué.

— Et si elle ne le fait pas et ne t'en parle plus jamais, tu vas penser quoi ? »

La musique seule répond pour un long moment. Adélaïde finit par demander ce qu'il veut dire par là.

« Si ta fille fait ce que tu veux, est-ce qu'elle sera heureuse ? Et c'est ça, ta question : tu veux son bonheur. Si, par amour pour toi, par respect de tes craintes, Léa sacrifie son projet, l'auras-tu élevée comme tu le voulais ? Lui auras-tu donné assez de force pour le jour où tu ne seras plus là ? Ce n'est pas gagner que tu veux...

— Non. C'est lui éviter ça. Je ne crois pas que ce soit un métier sain. Et je ne suis pas sûre que ceux qui le font soient sains.

— Léa est saine. Léa ne risque pas la folie. Tu le sais.

— Il y a des choses que tu ne sais pas, Paul. Je ne veux pas voir ma fille déterrer son passé. »

Il croise ses bras autour de la poitrine d'Adélaïde : « Tu lui as caché des faits ?

— Oui.

— Importants ? Tu as peur de ce qu'elle va penser de toi en les découvrant ?

— Elle ne peut pas les découvrir. Je ne crois pas. Mais oui, j'ai peur qu'elle me juge. Elle ne pourra pas comprendre.

— Là-dessus, tu peux te tromper. Léa comprend beaucoup de choses. Mais, si elle renonce à son projet, cela veut dire qu'elle accepte que tes peurs règnent sur sa vie, non ? C'est pas beaucoup demander à ta fille, ça ? »

Paul l'entend presque réfléchir. Du moins elle ne se braque pas, du moins elle accepte de considérer son point de vue avec calme, ce qui est une amélioration. Il perçoit la faille dans sa voix : « Je ne veux pas qu'elle souffre. Elle va souffrir si elle regarde là-dedans. »

Il ne desserre pas son étreinte, il se tait, attend. « Paul, c'est comme si tout ce que j'ai pris la peine d'écarter de sa vie, tout le laid, tout l'affreux, elle le réclamait. Pire : c'est comme si elle me disait que tous ces bouts du passé, elle en fera son avenir. Ce n'est pas seulement mon opinion qu'elle écarte, c'est moi. Elle me pousse. Elle me tasse et me dit que je n'ai rien à voir dans ses décisions.

— Ce n'est pas ça, grandir ?

— Pas pour moi. Grandir n'inclut pas nécessairement de me tourner le dos.

— Présentement, Léa se dit que c'est toi qui lui tournes le dos et l'abandonnes. Elle pense que c'est toi qui la rejettes parce qu'elle n'obéit pas. Parce qu'elle ne fait pas à ta tête.

— Ce n'est pas ça. Elle ne peut pas comprendre tous les enjeux. Elle ne sait pas.

— Alors, dis-les-lui. Si tu ne veux pas qu'elle se sente abandonnée, donne-lui l'information qui lui manque. »

D'une torsion, Adélaïde lui fait face : « Es-tu fou ? C'est pour éviter ça que je ne veux pas qu'elle fasse une analyse !

— Écoute-moi. Écoute : c'est son passé, sa vie, pas juste la tienne. Elle vit avec et tu le sais, et elle le sait. Elle a droit à son passé, même s'il n'est pas aussi pur que tu le voudrais.

— De quoi tu parles ? »

Paul soupire : encore le ton coupant, agressif. Encore la guerre. Il a réfléchi, lui aussi, depuis le temps. Il a essayé de deviner où est la faute, le péché que cache Adélaïde. Il essaie de contourner le problème, l'affrontement à venir : « Florent les sait, ces informations ? »

Il ne cherchait pas à l'affoler, à lui faire peur. Elle se dégage, blême, et saisit le téléphone. Paul n'arrive pas à l'arrêter. Elle est d'une dureté incroyable, inimaginable. Elle exige que Florent parte, qu'il cesse de voir Léa pour un certain temps. Elle répond, après un silence où Paul imagine le pauvre Florent argumenter : « Je n'ai pas confiance, Florent. Je n'ai plus assez confiance, je ne veux prendre aucun risque. Quitte le Lac, veux-tu ? Nous en reparlerons. »

Elle raccroche. Pétrifié, Paul la regarde marcher de long en large. Il raye le disque en levant le bras du tourne-disque brusquement : « Qu'est-ce qui te prend, veux-tu me dire ? Vas-tu mettre ta fille dans un donjon ? Elle a dix-sept ans ! Tu ne peux pas lui faire ça ! Florent est comme son père. T'as pensé à Florent ? À ce que tu lui fais ? T'as pensé à ce que ça fait à Léa de le voir endurer ça parce qu'il ose être de son bord à elle ? Excuse-moi, mais je te trouve cruelle et injuste. Bon sang ! Laisse-leur une chance de te parler !

— Si c'est pour me dire ce que tu dis, j'ai pas besoin de les entendre.

— Tu fais une erreur, Adélaïde. Tu ne possèdes pas la vérité. Si tu aimes ta fille, laisse-la choisir. Si tu as des raisons cachées d'agir comme tu le fais, dis-les. Et si c'est ton mariage obligé qui t'énerve, Léa sait compter et elle a vu comme moi que quatre mois séparent les dates de ton mariage et de sa naissance. Alors, reviens-en ! Ta fille sait très bien qu'elle est arrivée un peu vite. Florent n'aura jamais rien à y voir. Rappelle-le, excuse-toi et dépêche ! C'est ridicule !

— Une chose est certaine, Paul, ce n'est pas ta fille et ma manière de l'éduquer ne te regarde pas.

— C'est ça ! Règne ! Fais à ta tête ! Envoie le reste du monde sur les fleurs parce qu'ils ne sont pas d'accord. Et garde tes raisons pour toi. Y a que toi qui peux comprendre, évidemment ! Y a que toi qui puisses juger ! Sais-tu que les fous ne pensent pas autrement que toi ? Eux aussi, ils ont raison contre le monde entier. »

Dès que la phrase est sortie, il est conscient d'avoir dépassé la mesure. Dès que la porte a claqué, il lance le premier bibelot qu'il peut attraper : « C'est ça ! Sauve-toi ! Cette fois-là, je n'irai pas te chercher ! »

Il est à peine calmé qu'il appelle au Lac. Alex est furieux. Il raconte que Léa ne peut plus parler tellement elle sanglote, que Florent a sacré son camp, malgré ses supplications et en pleurant autant qu'elle. « Veux-tu me dire ce qui vous prend ? On se croirait au théâtre ! »

Impossible de parler à Léa qui ne fait que répéter que, entre sa mère et Florent, elle choisit Florent. Lili la console de son côté, Alex suggère à Paul d'aller voir chez Florent, si Ada peut supporter d'être seule. Paul grommelle qu'Ada a l'air de pouvoir supporter n'importe quoi pour faire à sa tête, incluant son absence définitive.

Florent est en morceaux. Paul peut expliquer que sa fine suggestion et sa question ont eu l'air de faire paniquer Ada, mais il ne sait pas pourquoi. Florent sait, et l'idée qu'Adélaïde ait pu penser qu'il la trahirait auprès de sa fille l'horrifie.

Ils ont l'air de deux amoureux répudiés et déconfits. Au troisième verre de vin, Florent s'inquiète des patients de Paul, mais celui-ci n'a aucune opération le lendemain. Ils se soûlent presque méthodiquement et, avant de s'écrouler, Paul redemande la nature du secret si bien gardé. Florent lui lance un oreiller et une couverture : « Même à mon jugement dernier, je ne le dirai pas. Tu peux lui répéter ça ! »

Paul n'a aucun moyen de répéter quoi que ce soit à Adélaïde, puisqu'elle ne lui donne aucun signe de vie.

Cette fois, il se sent lésé, frustré et carrément de mauvaise humeur. Quand en plus il se rend compte que Florent est banni et qu'elle travaille en sa compagnie comme s'il s'agissait d'un étranger, il la déclare gravement atteinte, pour ne pas dire pire. Florent et lui se rencontrent et échangent quotidiennement les maigres nouvelles. Léa n'a le droit d'entrer en contact ni avec l'un ni avec l'autre. C'est Leah qui fait la navette et Aaron qui calme les esprits, tant ceux de Florent que ceux de Paul et de Léa. Pour ce qui est d'Adélaïde, la partie est beaucoup plus serrée, Aaron ne parvient pas à briser le mur de ses résistances. Elle refuse de discuter.

Florent la voit tous les jours, il supervise avec elle la collection pour hommes, les travaux de la *Boutique*, rue Sherbrooke, où on procède à l'abattage d'un mur qui joint la maison voisine qu'Ada a achetée pour fournir un espace *Hommes*. Les deux boutiques partageront l'entrée principale, mais disposeront chacune d'un espace spécifique. Le défilé de fin septembre devrait être l'objet d'un traitement exceptionnel. La mort subite de Duplessis et les remous provoqués par sa succession compromettent momentanément l'événement, mais Ada décide que, ce 28 septembre, tout le monde sera content de parler enfin d'autre chose. Travailler sous tension, avec autant de concentration, essayer de voir à tout et faire comme s'il n'avait pas le cœur brisé exige de Florent un effort surhumain. Après la rupture avec Francis, qu'il n'a plus revu depuis avril et qu'il sait père d'un fils depuis le 12 août, après la mort de Jeannine, cette séparation d'avec Léa et la brouille avec Ada le dépriment et le ralentissent. Il traîne un rhume depuis qu'il a passé la nuit des funérailles de Jeannine dehors et, comme tous les rhumes d'été, il n'arrive plus à s'en débarrasser. Il n'est pas naïf et il sait que toute sa peine entrave sa guérison, parce qu'elle gruge son énergie batailleuse. Léa lui manque. Ada, celle qu'il aime et avec qui il est si bien, il ne la voit plus ; il n'a de rapports qu'avec cette directrice froide et efficace, glaçante.

Quand il procède à l'embauche des mannequins mâles pour le défilé, tous ces hommes beaux, bien faits et souvent ouvertement homosexuels le lassent et l'énervent. Lui qui, de sa vie, n'a jamais eu un geste déplacé tord pratiquement le poignet d'un mannequin qui avait mis sa main sur son épaule de façon suggestive et caressante. Le geste pouvait passer pour une perte d'équilibre momentanée, mais Florent a été suffisamment l'objet de telles approches dans sa vie pour ne pas s'y tromper. Il s'excuse tout de même, confus, et apporte de la glace au jeune homme pour éviter toute enflure. Il s'appelle Stephan et il offre de s'en aller si Florent est insulté de sa méprise.

Florent entend très bien ce que Stephan lui offre : faire semblant qu'il n'est pas un homme comme ça.

« Vous ne vous êtes pas mépris sur mes goûts. Seulement, je ne veux pas être approché de cette façon. Ce qui n'est pas une raison pour vous brutaliser. Vous faites partie du défilé, si vous le voulez encore. »

Bien sûr qu'il le veut ! Stephan ne fait plus aucune avance, aucun geste, mais son regard n'a aucune discrétion non plus. Il porte tous les signes de l'amoureux transi. Florent est encore obligé de mettre les choses au clair, et Stephan lui tend une lettre, timidement.

Florent n'a pas la tête à l'amour ni au béguin, Stephan ne lui dit rien du tout. Il est beau, il est charmant, mais rien ne l'incite à seulement lui prendre la main. Florent remet immédiatement la lettre à Stephan : « Non, je ne la lirai pas. Je n'ai pas de disponibilité amoureuse, Stephan. Je suis pris. Je vous demanderais de respecter ma vie privée.

— C'est le docteur ? Celui qui sortait avec la patronne ? On dit que c'est pour ça que vous êtes brouillés, elle et vous. Mais vous n'avez pas l'air en chicane. Elle prend bien ça. »

À défaut d'événement joyeux, l'écho de sa « liaison » fait beaucoup rire Paul. Il imagine la tête d'Adélaïde quand elle va se savoir cocue de cette manière. Florent s'étonne que rien de ce ragot ne l'agace ou ne l'inquiète pour sa réputation : « Tu te rends compte qu'un patient refuse de se faire opérer par toi, sous prétexte que tu es de l'autre bord ? »

Non, Paul ne se rend pas compte et trouve l'idée saugrenue et déplacée. Cette façon de penser rendrait toutes ses patientes susceptibles de subir des approches douteuses, ce qui n'est jamais arrivé. « Il n'y a qu'une femme que je ne pourrais pas soigner, et c'est la mienne. Pas par désir, d'ailleurs, par angoisse de la perdre qui me priverait de tout mon jugement. Déjà que son silence me fait pâtir... Imagine la savoir malade ! On parle d'autre chose. »

Le 15 septembre, Lili rend visite à Florent et lui raconte que les cours de Léa ont commencé, que la surveillance d'Ada va peut-être se relâcher et que, s'il le veut, il peut la rencontrer à la cafétéria de l'université ou à côté, dans un café étudiant.

Léa a renoncé à son projet : toute calme, pondérée, elle semble en forme et contente de son sort. Florent la connaît : c'est un masque : « Tu ne me diras pas ce que tu caches ? Même à moi ?

— J'ai trouvé un travail de placière au théâtre,

grâce à Jean-Pierre Dupuis, et je vais économiser jusqu'à ramasser le prix des séances. Tu comprends, c'est très cher. Il faut avoir des revenus importants pour entreprendre une analyse. Maman ne le saura pas. Je commencerai l'an prochain, en septembre. Je perds un an, mais je vais travailler fort. Tu ne le dis pas ?

— À qui ? Ada ne me parle plus. Il y aurait Paul à qui ça ferait plaisir...

— Je ne sais pas comment il fait pour la supporter ! Laisse-moi te dire qu'elle est marabout... Ça paraît quand Paul est pas dans les alentours. Elle est nerveuse en s'il vous plaît !

— Léa ! Franchement, on ne parle pas de sa mère comme ça !

— Tu penses que je ne parlerai pas de sexe en analyse ? C'est le centre de l'affaire, le sexe. Aussi bien t'y faire. Parle-moi de toi, un peu. T'as encore ton air blême que j'aime pas. On se fait des rendez-vous, O.K. ? Si j'ai pas ma dose de toi, je déprime. »

Ils sautent du coq à l'âne pendant une heure. Toutes ces crises et ces disputes laissent Léa quand même solide, de bonne humeur, et cette constatation fait tellement de bien à Florent qu'il arrive au chantier de la *Boutique* en souriant.

Adélaïde en grince des dents. Elle a tellement envie de lui parler pour de vrai. Elle a tellement de doutes, de craintes sur ses motivations profondes. Les questions de Paul vrillent le moindre moment de calme et, si elle s'est débarrassée de lui, elle n'arrive pas à se débarrasser de la justesse de ses propos. Sans Florent pour la première fois de sa vie, elle doit continuer et se battre seule. Sa confiance s'étiole, elle se pose de difficiles questions sur ses motifs, sur sa réelle volonté de protéger, sur Léa, sa capacité d'en savoir plus, son besoin sincère de fouiller le passé. Elle dort bien mal et elle met sur le compte de la mort de Jeannine la tristesse et la solitude qui l'abattent. Ouvrir cette *Boutique pour Hommes* alors que Jeannine n'est plus là, alors que Florent n'est plus son indéfectible allié, alors que Paul n'appelle pas pour s'excuser et se faire pardonner son abandon de la plus agréable des manières, ouvrir cette *Boutique* devient un fardeau dont elle se passerait. Dieu merci, les enfants sont bien et Léa a l'air de renoncer à ses plans de carrière. Adélaïde se méfie, elle connaît les ruses de sa fille. Mais, pour l'instant, il n'y a pas de doute, Léa marche droit.

Florent offre à Paul toute la pitance qu'il a récoltée auprès de Léa. Paul est tout souriant : « Marabout ? Elle a dit marabout ?

— Tu dirais oui ? Tu la reprendrais sans condition ?

— Pas toi ? »

Florent abdique : lui aussi la reprendrait sans condition. Paul retire les assiettes et ils passent au salon avec une tisane. Florent pose ses pieds sur l'ottoman qui recouvre le tabouret : « Elle apprécierait beaucoup, Ada, de nous voir ensemble comme deux mémères qui parlent contre elle.

— Je pense qu'il est temps qu'Adélaïde assume la portée de ses actes : elle ne peut pas se passer de nous et vouloir régler nos vies en même temps. Maintenant, je pense que je vais commettre un acte séditieux. »

Il demande à Florent de proposer à Léa un prêt sans intérêts de sa part. « Veux-tu lui dire que j'ai besoin de cette rébellion pour ne pas perdre mon estime de moi-même le jour où sa mère va se présenter ici et que, sans condition, elle va m'attraper dans ses filets ? »

Florent admet que l'idée de payer l'analyse lui était venue, mais qu'il croyait l'affaire malsaine si le patient ne payait pas lui-même ses séances. Paul estime qu'un prêt de sa part remplit toutes les conditions thérapeutiques avec un petit bénéfice pour lui, puisque Léa va se sentir obligée de le rembourser, alors qu'avec Florent... c'est moins certain.

Florent promet de lui en parler.

Juste avant de partir, Florent voit Paul sortir son stéthoscope de sa trousse et l'agiter sous son nez : « Pour me rassurer... Ta toux m'énerve. J'écoute et je te laisse tranquille, O.K. ? »

Florent trouve que Paul écoute bien longtemps et qu'il fait une drôle de tête. « Je peux te poser une question très indiscrète, Florent ?

— Indiscrète comment ? Pourquoi ?

— Tu vas me trouver bizarre, mais... as-tu déjà fait de la tuberculose ? »

Tout le sang fuit le visage de Florent. Il reste muet, submergé par cette image de sanatorium, l'ennui des années passées au lit et l'atroce solitude de cette période de sa vie. Paul le secoue : « Hé ! J'ai pas dit que c'était ça. Ça sonne curieux. Il y a des crépitements... Il faut des radios, des analyses. C'est sûrement ton point faible, maintenant. Tu t'es fait suivre si tu en as fait, non ? »

Au début, Florent s'était montré vigilant, puis, peu à peu, il avait laissé cette époque derrière lui et les vérifications au moindre bobo aussi. Paul a beau le rassurer, présenter une éventuelle réactivation de façon légère, guérissable surtout, et pas du tout ce que c'était il y a vingt ans, Florent s'affole : « Ce n'était pas supposé revenir. J'étais sauvé, guéri. J'ai passé cinq ans dans un lit. Je ne veux pas y retourner. »

Il faut tout le talent de Paul pour calmer les angoisses de Florent et le ramener à un peu de réalisme. « Écoute, la streptomycine existe maintenant, tu t'énerves pour rien. Avec les médicaments dont on dispose, on ne fait plus de pneumothorax. On va te remettre sur pied très vite. » Il promet de l'accompagner, de le soigner, de le suivre même si ce n'est pas sa spécialité. Il jure de ne pas le laisser dans un sanatorium pour des années. Ce n'est pas le cancer de Jeannine, c'est peut-être seulement un avertissement : « Tu t'es poussé à bout depuis l'hiver passé. Tu ne fais pas attention à toi, tu te nourris mal et voilà le résultat. Maintenant, Florent, je vais appeler Adélaïde et je vais l'avertir qu'en tant que patron elle a affaire à ménager son couturier. Florent, à partir de maintenant, je dis bien maintenant, tu dors le matin, tu manges trois fois par jour et tu te ménages. Tu m'entends ?

— Penses-tu que ça va la faire revenir ?

— Vers toi, sûrement. Vers moi... Disons que je peux encore attendre. »

Les radios montrent une tache inquiétante qui n'est pas une ombre ancienne de la tuberculose de jeunesse, mais bel et bien une réactivation. Le médecin pense que du repos, de l'air pur, le cocktail d'antibiotiques en doses massives devraient venir à bout de l'alarme.

Florent obtient un sursis jusqu'au défilé. Paul le ramène chez lui et lui ordonne de se reposer pendant qu'il se rend à la *Boutique* où il ne s'est pas annoncé.

Il reconnaîtrait ses jambes entre mille. Elle est penchée, dos à lui, au-dessus d'un plan, les hanches joliment dessinées dans sa jupe étroite, un chandail d'un gris pâle dont il connaît l'encolure et devine déjà l'effet seyant pour sa poitrine. Il voit la veste qu'elle vient de jeter sur la chaise, les manches du chandail relevées, il fixe le pied droit qui s'enroule autour de sa cheville gauche : le temps de la réflexion chez Adélaïde. Le pied s'agite, revient au sol : décision prise. Elle se retourne, le voit et reste là, sans bouger ni parler.

« Tu as cinq minutes ? »

Elle est à la fois heureuse et contrariée. Ce n'est pas son heure, ce n'est pas le moment. Il la voit hésiter, le braver du regard, puis jeter : « Suis-moi ! »

Elle remet sa veste en montant au bureau, Paul y voit le signe d'une vulnérabilité qui le rassure. Elle peut bien se couvrir, cette tentatrice !

Elle est froide. Il est direct. Il n'a aucun besoin de donner des détails, le visage perd toute sa superbe. D'un coup, elle n'est plus qu'inquiétude. Son désarroi est tout à fait semblable à celui de Florent, la veille. Elle saisit le téléphone sans laisser Paul terminer. Elle se détourne vers la fenêtre dès qu'elle dit : « Florent ? Florent, laisse-moi venir. Je te demande pardon. Je t'en prie, laisse-moi te voir. J'arrive ! »

Elle serre le bras de Paul en passant près de lui, jette un « merci » et dévale les marches sans lui laisser le temps de dire au revoir.

Le coup, cette fois, est pour lui.

La journée se traîne et Paul reçoit patient sur patient, la tête ailleurs, mécontent de lui, de sa façon de toujours sous-estimer le pouvoir de cette femme sur lui. Rester cinq semaines éloigné d'elle n'a diminué en rien son ascendant sur lui, au contraire. Adélaïde peut l'entortiller autour de son petit doigt à volonté.

Sa secrétaire passe une tête réjouie dans l'entrebâillement de la porte : « Madame McNally ! »

Il prend l'appareil, adopte un ton sec : « Picard. »

Adélaïde pousse la porte et la referme derrière elle. Il ne l'invite pas à s'asseoir. Il a la mauvaise foi de regarder sa montre comme s'il était très pressé, comme s'il ne l'espérait pas depuis cinq semaines.

« J'aurais attendu, mais il y a une répétition ce soir, on ne peut pas la remettre. Je ne te dérangerais pas sans ça.

— J'écoute. »

Elle s'assoit, croise ses jambes lentement. Il ouvre un dossier sur son bureau. Ce n'est pas ce qu'elle dit, c'est le ton sur lequel elle le dit. La douceur, cette lassitude de quelqu'un qui a couru pour rien et qui revient, découragé, vers le point d'origine.

Elle se lève, ferme le dossier qu'il tripotait, s'interpose entre le bureau et Paul, s'y assoit et s'arrange pour qu'il ne la fuie plus. « Concernant Léa, je ne sais pas ce que je vais faire. Mais j'ai été injuste avec toi. Tu m'as dit des choses vraies. Elles m'ont choquée et bouleversée. J'ai passé cinq semaines à y penser et... à m'ennuyer de toi. Je ne sais pas si je vais jamais être d'accord avec toi sur ma façon d'élever mes enfants, mais je sais que tu es celui avec qui je veux vivre. Tu es celui que j'aime.

— Alors quoi ? On revient ensemble jusqu'à la prochaine bataille ? On fait comme toujours. On cède parce qu'on se meurt de désir et on empile les problèmes ? Je ne suis pas sûr de vouloir encore faire ça, Adélaïde.

— Tu veux quoi ? »

S'il continue à la regarder, sa réponse va être très primaire et sans réel rapport avec ce qu'il veut à long terme. Il se lève, s'éloigne d'elle pour calmer l'envie de la prendre : « Tu connais mon enfance jusqu'à mon premier cauchemar, à l'âge de trois ans. Tu sais tous les détails. Peut-être qu'à moi tu pourrais dire ce que tu caches à ta fille ? »

Il ne s'attendait pas à une telle réflexion. Il s'attendait à un refus net. « Je vais y penser. Je peux t'appeler ce soir, après la répétition vers onze heures ? »

L'idée qu'elle parte déjà, comme ça, sans l'embrasser, lui fait perdre tous ses moyens : « Tu dois vraiment y aller tout de suite ? »

Elle fait oui, ramasse son sac : « Onze heures ?

— Excuse-moi, Adélaïde, mais pas deux fois dans la même journée. »

Il l'embrasse passionnément.

À onze heures, il est dans le hall des *Boutiques* et assiste à la fin de la répétition. Adélaïde est assise tout près de Florent et elle se penche fréquemment vers lui pour discuter. Quand la lumière revient, Paul s'approche. Florent lui fait un signe du sourcil, lui montrant Stephan, qui ne rate rien du trio. Adélaïde en a pour dix minutes, pas plus, c'est juré.

Florent a l'air aux anges. Paul lui recommande d'aller se coucher au plus vite. Florent lui glisse à l'oreille : « Juste pour te mettre dans l'embarras : Léa a accepté ton offre de prêt. Es-tu toujours ouvert à l'acte séditieux ?

— Je te ferai remarquer que je n'ai pas eu de séance de réconciliation, moi.

— Tu vas l'avoir. Regarde sa façon de marcher... »

Adélaïde arrive, la hanche coulante, un rien trop présente : « Qu'est-ce que vous mijotez, tous les deux ? »

Florent se contente d'effleurer sa joue : « Bonne nuit !

— Pourquoi tu t'es dérangé, Paul ? J'avais dit que je t'appellerais. »

Il l'enlace : « Il y a des choses que je ne peux pas faire au téléphone pour te persuader.

— Peux-tu attendre après le défilé ?

— Pour te persuader ?

— Pour le récit de mes secrets, innocent ! Pour les

cachettes sacrées qu'il faut que je t'aime comme une folle pour consentir à te les révéler. Qu'il faut que je craigne terriblement de te perdre pour te les raconter.

— Ne dis pas des choses comme ça, tu me donnes envie de ne plus rien demander.

— Ne me tente pas. »

* * *

Tout de suite après la mort de Jeannine, c'est le soulagement de ne plus la voir souffrir, la certitude de son bien-être qui ont habité Fabien. Il continuait de se réveiller la nuit, mais chaque fois, l'absence de Jeannine se soldait par « elle n'a plus mal ». Peu à peu, revenu chez eux, dans leur lit, Fabien sent son mal à lui qui s'arrime et draine toute son énergie. Il sent tout le non-être de Jeannine. Elle reprend possession de sa mémoire, non plus souffrante, mais rieuse, amoureuse, présente comme il l'aimait. À mesure que s'efface la femme malade, diminuée dans sa vitalité, à mesure que celle avec qui il a vécu si heureux reprend sa densité, Fabien sombre et s'enfonce dans la tristesse de ne plus pouvoir lui parler, être avec elle. Ce n'est pas pour les grandes choses de la vie qu'elle lui manque, même pas pour « les fesses » comme elle appelait ça, c'est le petit geste, le regard au-dessus de sa tasse de café, la façon d'effleurer sa nuque en lisant un dossier, c'est quand elle cherchait ses lunettes, quand elle l'écoutait attentivement et discutait avec lui. Sans son regard, Fabien se cherche. Il ne se trouve plus, parce qu'il ne la trouve plus. Il respire, il vit, il est là, mais sans elle, sans la qualité de bonheur qu'il y avait à être avec elle, il trouve beaucoup plus inutile d'être là et de respirer.

Il sait que c'est temporaire, que même cette peine va faire son temps et s'atténuer, il se le répète quand le manque d'elle devient trop hurlant, trop cruel, quand il s'assoit, découragé, parce qu'il a encore mis son assiette pour le déjeuner.

Les enfants sont fantastiques. Pas un jour sans que Jacynthe ne passe, sans qu'Alex n'appelle. Tommy est toujours là, avec lui, mais Fabien insiste pour qu'il sorte, se distraie. Il n'a aucun besoin d'avoir sur la conscience la dépression de Tommy. À dix-neuf ans, il a autre chose à faire que consoler son beau-père. Rose les a invités à venir au Lac les fins de semaine, mais Fabien n'arrive pas à y retourner. Quand l'appartement devient comme un étau, il va marcher dans la ville – il parcourt les rues comme on tourne les pages d'un album souvenir. Son premier appartement, rue de Bullion, et leurs soirées amoureuses, les cinémas où ils se tenaient la main dès que l'éclairage était tamisé, le port où, le premier matin, il a marché comme s'il venait de naître. Il fixe l'eau et lui parle. Il lui explique les détails de ce qu'elle a été dans sa vie, les mille façons dont son amour l'a aidé, renforcé, rassuré. Il lui répète que s'il ne s'effondre pas, c'est grâce à cette force. Il lui répète que leurs années d'amour est le bien le plus précieux de sa vie.

Un soir d'août particulièrement pesant, sans air, il repasse devant ce café – qui dans le temps était un grill – où il a attendu des soirs et des soirs qu'Alex rentre enfin se coucher, afin qu'il puisse rejoindre sa mère. La rue est animée, les gens veillent sur leur perron, un coke à la main. Il y en a même qui ont traîné leur télévision jusqu'à la porte du balcon et, installés au frais, ils regardent leurs émissions.

En montant chez lui, Fabien voit Alex assis en haut des marches, à fumer tranquillement, les épaules nues dans son « petit corps », les pieds accrochés dans la rampe de fer forgé. « Qu'est-ce que tu fais là ? »

Ce qu'il y a de bien avec la mort de Jeannine, c'est que Fabien ne s'inquiète plus de rien. En ce qui le concerne, les mauvaises nouvelles sont toutes survenues. Alex l'attendait, se demandait s'il arrivait à dormir avec cette chaleur, bref, il s'en faisait pour lui.

Fabien s'assoit dans les marches, raconte son parcours de la soirée et comment il l'a souvent attendu par les années passées. Ils rient ensemble des désobéissances et des libertés que prenait Alex. Pour la première fois, ils parlent de cette union si particulière et des commentaires que Jeannine craignait tant pour ses petits. Alex révèle qu'ils les ont encaissés quand même, et qu'elle s'est privée pour rien.

Fabien sait que Jeannine a agi selon sa conscience, un point c'est tout. Les enfants d'abord, son bonheur ensuite. « Ce n'était pas les autres ou ce qui se fait, Alex. C'était aussi que ta mère n'arrivait pas à croire que ce serait davantage qu'une aventure pour moi. Elle a pris du temps à croire qu'elle serait ma vie. »

Le grand paradoxe qu'il tait est qu'après leur mariage ils n'avaient jamais refait l'amour. Et pourtant, cette maladie avait forcé l'intimité corporelle plus encore que tous les gestes du désir. Laver Jeannine, la porter jusqu'aux toilettes, la nourrir à la cuiller, brosser ses dents « rapportées », changer sa robe de nuit, fabriquer des couches pour elle à même d'anciennes couvertures de flanellette, lui faire accepter l'humiliation de les porter, qu'il les change, abolir toutes les misérables pudeurs pour la soulager un peu, l'entourer d'affection, ne pas la laisser à des mains inamicales, à des mains étrangères qui l'auraient gênée, tout cela consistait à l'aimer, comme auparavant s'unir à elle.

Si, au début de ses amours, on avait dit à Fabien que

rien, jamais, aucun geste, aucune déchéance du corps ne le répugnerait, il aurait douté. Maintenant, il sait qu'il aurait fait n'importe quoi, qu'il serait allé n'importe où avec elle. « Les gens disent des niaiseries, Alex. Ils veulent qu'on suive les règles, parce que ça les console de les avoir suivies sans bonheur, sans plaisir. Ils ont dit que Jeannine était ma mère, juste parce qu'ils ne veulent pas admettre la différence d'âge. Ta mère n'aurait jamais accepté de jouer à ça, de faire quelque chose d'aussi malade. Elle a douté du temps que ça durerait, de sa beauté, de sa féminité... Comme si les jolies poupounes m'intéresseraient jamais ! »

Alex rit : « Tu te souviens du premier bal chez Nic, quand tu l'as fait danser ? J'ai su avant elle qu'elle avait le *kick*. Avant toi.

— Pas sûr...

— Tu sais quoi ? Le lendemain matin, elle arrêtait pas de parler de la fille qui t'accompagnait. Je ne sais plus son nom, mais m'man disait qu'elle la trouvait distinguée. Vraiment distinguée. Elle avait une façon de dire ça, je ne te mens pas, elle crachait du venin. Elle l'a répété jusqu'à tant que je l'arrête en disant une effronterie du genre : distinguée, mais plate à embrasser ! Elle m'avait fait taire, mais elle était contente.

— Tu te souviens de la tape sèche sur le bord de la table pour faire taire les impertinents ?

— Elle nous promettait toujours de l'avoir par la tête, sa taloche. Elle l'a jamais fait.

— Évidemment. »

Ils se racontent Jeannine une bonne partie de la nuit, en riant quelquefois aux éclats, d'autres fois en murmurant. Jeannine et ses courages, Jeannine qui s'arrange toujours et qui envoie chez le diable ce qui ne mérite pas son attention. Quand Alex dit bonsoir à

Fabien, il le remercie de sa soirée et laisse tomber que, s'il a eu le courage d'aller rechercher Leah, c'est à cause de lui, à cause de son exemple et de son amour vrai pour sa mère. « J'ai supposé que tu ne serais pas très fier de me voir passer à côté de Lili sans bouger. J'étais certain que tu ne me jugerais mal que si j'étais malheureux. Ça doit être ça, être un bon père, non ? »

Ce soir-là, Fabien s'endort plus vite, le cœur moins lourd.

* * *

Le défilé du 28 septembre, pour l'ouverture de la *Boutique pour Hommes* de *Coutures Florent*, dépasse de beaucoup le succès des autres défilés, spécialement ceux du mois de mai. Adélaïde se rend à l'évidence et décide que, dorénavant, les grands coups d'envoi seront ceux de la collection d'automne-hiver.

Cette fois, les critiques redonnent à Florent tout son mérite, et ce, non seulement pour les modèles hommes, mais aussi pour la fabuleuse collection évoquant en demi-teintes les années 30. Il n'y avait qu'à entendre et à voir l'ovation pour être persuadé du « grand retour de *Florent* au pinacle ». Depuis deux ans, Florent trouve qu'il piétinait et cette double collection marque enfin un renouvellement. Pendant cette soirée, Adélaïde lui jette de fréquents regards anxieux. Comme lui, elle a vu Francis arriver parmi les premiers invités, chercher à l'apercevoir, à lui parler. Florent a fui. Il ne sait pas si c'est la chute de la tension des dernières semaines, les émotions dues à Jeannine, à Léa et à la rupture avec Ada, ou alors si le retour de ses problèmes pulmonaires lui remet en mémoire sa fragilité, mais il se sait facile à ébranler, facile à bouleverser, et Francis, plus que quiconque, peut lui faire perdre en un instant les acquis durement gagnés pendant les derniers mois.

Dès qu'il a vu le regard inquiet de Francis, ce regard à l'affût, ce regard qui cherche à la fois à être rassuré et à confirmer son empire, Florent a décidé de se tenir loin. Il y a entre cet homme et lui un tel magnétisme qu'il redoute la confrontation. Chaque fois, cela s'est terminé par des nuits d'insomnie. Florent n'arrive pas à saisir comment Francis peut rester avec sa femme alors que, de toute évidence, il est amoureux de lui, mais il n'a pas envie de supporter encore les contradictions de Francis qui n'ont l'air de démolir que lui-même. Ghyslaine semble en forme et joyeuse, qu'elle s'en charge ! Il estime qu'il n'a plus cette capacité.

Il rentre avec Léa, très tôt, presque tout de suite après le défilé. Il lui demande de venir prendre une tisane, tellement il craint que Francis ne surgisse et qu'il n'arrive pas à l'éloigner. Léa l'oblige à parler, au moins à raconter comment il vit cette privation.

Vers une heure du matin, elle lui offre de dormir chez lui et de « garder sa porte », ce qui a le mérite de réjouir Florent, qui la met dehors.

Le lendemain, Florent commence son traitement et il est mis au repos complet pour deux mois. Grâce aux antibiotiques, à une nouvelle approche thérapeutique, sa toux cesse très vite. Il lui reste à guérir en profondeur. Florent, surveillé par ses gardes du corps, comme il appelle Ada, Léa et Paul, se met à dévorer tous les livres qu'il n'a jamais le temps de lire et à écouter de la musique.

Un soir, en regardant la télévision, il voit Francis jouer une scène d'amour. Quand l'acteur le fixe en pleine face, comme s'il savait qu'il le regarderait, quand le visage aimé emplit tout l'écran et avoue un amour indestructible, Florent se met à pleurer en se traitant de femmelette, de tapette, de tous les noms, mais rien n'affaiblit sa conviction que cette scène a été jouée pour lui.

Deux jours plus tard, Francis appelle, inquiet, parce qu'il a appris que Florent était au plus mal. Florent le rassure, lui parle d'une pneumonie maintenant contrôlée, du repos auquel il est forcé. Il s'attend à ce que Francis raccroche, pressé, mais il continue, il a l'air de prendre son temps : « Je sais que je ne devrais pas t'appeler. J'ai compris au défilé... tu m'en veux ?

— Non.

— Tu as rencontré quelqu'un ? Tu es amoureux ?

— Si tu sais pour ma pneumonie, tu sais sûrement la réponse à ça. Non.

— Je n'ai aucun droit, je sais. C'est plus fort que moi, ça m'obsède. L'idée qu'un autre... Je ne peux pas, Florent.

— Je sais.

— Je n'ai pas touché à Ghyslaine depuis notre rupture.

— Arrête de m'offrir ce que je ne te demande pas. Tu as eu un fils, je l'ai appris. »

Un silence où Florent entend la torture de Francis qui finit par demander s'il peut venir le voir, une fois seulement.

Florent ne dit rien, il se répète que c'est simple, c'est non qu'il faut répondre. Il demande : « Où es-tu ?

— J'arrive ! »

Dès que Francis est là, la vie se met à pétiller. Il explique que sa répétition a été annulée. Il prend des airs de mère poule pour forcer Florent à s'étendre, à tirer le plaid sur ses genoux. Florent l'avertit qu'il est contagieux, donc inapprochable, ce qui amuse beaucoup Francis et n'a pas du tout l'air de le contrarier. Francis regarde tous les volumes étalés autour du divan, il feuillette les livres d'art, discute d'un tableau. C'est comme si leur entente avait des années de longues conversations à son actif, comme si, jusqu'à maintenant, l'attirance fulgurante n'avait pas été leur seul lien. Quand Florent met un disque, ils écoutent en silence. Francis s'agenouille par terre, au pied du divan et se met à déboutonner la chemise de Florent avec délicatesse. « Tu es si fragile, Florent. Regarde comme tu es délicat. »

Francis prétend que ce n'est que pour le regarder, puis pour le tenir, puis pour l'aimer. Florent savait que, dès le premier bouton défait, il était perdu aux mains de cet homme qui l'aime avec des gestes d'une nouvelle douceur.

Pendant toute la convalescence de Florent, Francis revient le trouver dès qu'il a un instant de libre. Presque chaque midi, ils mangent ensemble. Ces deux mois approfondissent leurs rapports, les rendent plus légers, plus drôles. Avant, l'urgence et le refus transformaient tout en violence – chaque étreinte cherchait la victoire ou la défaite, mais demeurait un combat. Avec la maladie de Florent, un souci attentif, patient, domine leurs relations. Francis vient avant tout le voir, en prendre soin. Il laisse paraître ses sentiments, il parle enfin librement, se livre sans contrainte et, quand il touche Florent, il prend bien garde de ne jamais être brusque, de ne pas l'épuiser ou même de l'essouffler.

Florent a beau jurer qu'il va mieux, qu'il n'est pas en verre, son amant demeure d'une réserve déconcertante, ce qui incite Florent à prendre l'initiative et à renverser les rôles. Au milieu de leurs ébats, c'est Florent qui, de soigné, devient celui qui décide et contrôle l'étreinte. À mesure qu'il prend du mieux, à mesure, la passion entre eux deux grandit, atteint des sommets qu'ils ne soupçonnaient pas. À mesure que la santé de Florent se restaure, l'heure du déjeuner se passe sans manger, et c'est souvent sans même prendre un café que Francis court vers sa répétition.

Ce matin de novembre, si Léa était passée par-devant, elle aurait aperçu les pas dans la neige, elle aurait su que quelqu'un visitait Florent. Mais elle passe par chez Leah et par le jardin, et elle entre en trombe dans la cuisine où Florent s'arrache des bras de Francis en ramenant brusquement les pans de sa robe de chambre. La chemise blanche de Francis est ouverte et il passe une main nerveuse dans sa tignasse, comme pour se recoiffer, ou pour ramener un ordre quelconque.

Cet homme ressemble à son père. Cet homme a les épaules de son père. Elle n'arrive pas à détacher ses yeux de Francis. Elle n'en revient pas de la ressemblance, surtout en cet instant. Combien de fois est-elle arrivée dans la chambre de ses parents et a-t-elle vu son père avec cette fixité animale dans le regard, avec cette fausse désinvolture pour remettre ses cheveux en place ? Sans porter attention à ce que Florent dit, elle s'avance en tendant la main : « Je m'appelle Léa. »

La main de cet homme est puissante, chaude et sèche. Ses yeux ne mentent pas et ils admettent qu'il a eu peur, qu'il a encore peur. Elle sourit : « Je suis une grande amie de Florent. Vous n'avez rien à craindre. »

Elle dépose sur la table le livre qu'elle venait porter, effleure la joue rouge de Florent : « Je reviens en fin de journée. Arrête de t'inquiéter ! » Et elle part sans faire plus d'histoires.

Quand elle revient, ce n'est ni pour lui faire un procès ni pour condamner, mais pour lui demander tout de go si, entre son père et Florent, il y a eu quelque chose. Horrifié, Florent sursaute, se montre très offensé qu'elle ait de telles idées.

« Excuse-moi, Florent, mais t'as pas remarqué comme il lui ressemble ? C'est fou...

— Mais enfin ! Tu l'avais déjà vu !

— Sur scène. C'est pas pareil. Pas du tout pareil. Je te jure, j'ai eu un choc. Maman n'en a jamais parlé ? Ça ne l'a jamais frappée ?

— Je t'avoue que même moi... à part la structure, la carrure.

— Ses mains, Florent ! Il a les mains de papa. Je ne peux pas croire que maman n'ait pas vu ses mains.

— Ada n'a pas regardé. Une fois qu'elle a vu l'alliance, elle a arrêté de regarder. Tu vas faire quoi ? Tu peux garder le secret ? »

Il jure que c'est différent, qu'ils ne se font pas de mal, que ça l'aide à guérir, qu'il a conscience que rien n'a changé, que rien ne changera pour Francis, il jure qu'il sait et n'attend rien d'autre que ce qu'il reçoit déjà. Léa est bien découragée : « Tu es amoureux, Florent. Amoureux fou de lui.

— En deux ans, je n'ai pas arrêté de le fuir. Ça n'a rien changé, rien aidé. Peut-être que je vais cesser de l'aimer en y succombant.

— Tu te crois ou tu racontes ça pour moi ?

— Garde-le pour toi, je t'en prie.

— Contre un renseignement : maman savait que tu... pour papa, maman savait ?

— Ta mère sait tout de moi, Léa, tout. Francis ne ressemble pas tant que ça à Nic, d'ailleurs. Il n'a ni son courage, ni son humour, ni sa fantaisie. Nic était clair avec lui-même. Alex lui ressemble beaucoup plus que Francis. Et je n'ai jamais eu aucun désir pour Alex. »

Léa sourit : Alex a les manières de Nic, sa virilité. Francis a l'aspect de Nic juste quand il embrasse Florent. Pas autrement, pas ailleurs. Ou alors, elle voudrait bien vérifier. Elle trouve cela passionnant. Florent la met dehors en la suppliant de ne pas le disséquer psychologiquement. Elle voit bien qu'il surveille l'heure nerveusement. L'autre s'en vient, c'est évident.

« Tu attends quelqu'un ? Maman, peut-être ?

— Arrête de rire de moi et ne me le traumatise pas encore plus. Il est plus fragile que Nic. Allez, ouste ! »

En décembre, alors que le rétablissement de Florent est complet, les choses se gâtent pour Francis. Ghyslaine a des doutes, elle fait des scènes, pose des questions, soupçonne une rivale. Francis doit même s'afficher avec une jeune première pour détourner les regards perçants de sa femme. Cette fausse liaison, et la victoire de Ghyslaine qui voit Francis y mettre fin quasi publiquement, écarte momentanément le danger, mais provoque une crise entre les deux hommes.

La perspective de devoir espacer leurs rencontres, de ralentir, celle de voir Florent se remettre à travailler et devenir moins disponible angoisse Francis et altère énormément son comportement. Comme si le désespoir anticipé d'une rupture le précipitait dans des affres dont seule la violence pouvait le libérer, Francis redevient méfiant, possessif, paranoïaque. Il se laisse emporter par sa frayeur de perdre Florent, et la violence de cette peur impose sa marque à leurs rapports.

La vieille bataille avec lui-même s'extériorise en bataille avec Florent, en exigences de plus en plus brutales, moins amoureuses et nettement de l'ordre de la possession et de la domination. La façon dont Francis refuse de consentir à son désir homosexuel le pousse à traiter celui de Florent avec mépris, avec dédain, tout en le savourant âprement.

Dès que leur relation change, dès que Florent voit son amant se défier de lui, de l'empire qu'il exerce bien malgré lui sur Francis, dès cet instant, Florent sait que c'est la fin et qu'il doit, lui, mettre un terme au supplice de Francis.

Il sait que Francis ne comprendra apparemment rien, qu'il va nier la violence de ses débats intérieurs, que le vieux cycle va recommencer et que rien de tout cela ne le fera haïr cet homme. Il sait déjà que Francis va se débattre dans ses contradictions et ses refus jusqu'à faire un autre enfant et que, neuf mois plus tard, il sera en danger parce que Francis n'en pourra plus de désirer un autre corps et de n'être pas l'homme qu'il voudrait tant être. Florent en sait davantage parce que ces derniers mois lui ont permis d'apprendre beaucoup des ruses et des mensonges qu'utilise Francis pour nier sa nature, ses goûts véritables. L'esprit humain est d'une invention démoniaque quand il s'agit de se protéger de la vérité. Florent aime trop profondément Francis pour le mépriser ou juger son manque de courage, mais la violence fait partie de la manière de fuir de son amant. Il n'accepte plus d'en être l'objet, même s'il comprend que la révolte saisisse de temps en temps Francis et que, dépassé, il cède à l'accumulation de dénis et de refus à travers un éclatement intérieur. Même ces passages où Francis veut broyer ce qui lui résiste, ce qui le confronte à ses mensonges, Florent ne les juge pas. Il veut dorénavant ne plus être sur la route de Francis quand ces passages surviennent.

Sa seule inquiétude concerne Ghyslaine, qui doit sans doute faire face à la même violence impuissante de son mari et la subir sans rien comprendre de ces accès.

Florent garde ses angoisses pour lui et il se dépense énormément pour calmer celles de Francis. La tension conjugale, familiale et professionnelle de celui-ci a raison de son contrôle et le soir où, incapable d'envisager de perdre Florent, il va trop loin et le frappe, Florent n'ignore pas que la rupture est celle que, secrètement, Francis souhaite et cherche. Parce qu'il n'en peut plus et qu'il est à deux doigts de devoir s'avouer que sa vraie place est dans ses bras. La seule inconnue dans ce cercle vicieux est ce qu'il adviendra le jour où Francis lèvera la main sur sa femme, non pas parce qu'il la désire et s'en veut, mais parce qu'il ne pourra plus supporter le déni de lui-même auquel il s'oblige à travers elle.

S'il n'avait pas été au repos si longtemps, Florent ne serait pas arrivé à ces conclusions, il n'aurait pas eu le temps d'analyser aussi à fond ce qui arrivait entre Francis et lui. Il n'a pas moins mal de la rupture, mais, la comprenant mieux, il en sort moins meurtri.

C'est cette constatation qui l'induit à encourager Léa à entreprendre son analyse. Les causes une fois reconnues, les événements ne sont pas moins durs, mais ils abîment moins. Savoir ne donne pas de pouvoir sur les bouleversements de l'existence, les crises, mais de la puissance intérieure pour les affronter et les vivre.

* * *

Une fois Florent hors de danger et consentant à prendre les mesures pour faire reculer la tuberculose, Paul et Adélaïde s'offrent une fin de semaine dans une auberge du Nord des États-Unis, au bord de la mer désertée par les touristes. C'est là que le secret entourant la naissance de Léa est révélé, l'histoire de Theodore, de l'exclusion d'Adélaïde par son père, du mariage avec Nic, tout prend sa place et les trous laissés dans le paysage de sa vie sont fort peu nombreux. Quand, à la fin du récit, Adélaïde lève son verre et déclare : « Voilà qui je suis, Paul », il ne peut qu'admirer. Il lui répète ce que sa mère a dit d'elle, un soir : « Ton frère a beau dire ce qu'il veut, ce qui l'enrage dans cette femme, c'est qu'elle fait à sa tête. Je ne sais pas comment elle réussit son compte, mais son chemin, elle le perd jamais. Ton frère pourrait pas la *ronner* et ça le met en maudit. Moi, ça m'encourage. Toute ma vie, j'ai fait ce qu'on m'a dit de faire. J'aurais dû poser plus de questions.

— On ne peut pas dire que ton frère est fou de moi.

— Tant mieux ! Il y en a assez d'un dans la famille. »

Paul constate qu'il n'avait pas tort de croire que le passé caché d'Adélaïde déteignait sur leur union. Cette fin de semaine en Nouvelle-Angleterre, l'intimité provoquée par les aveux, le bonheur de se retrouver malgré les dures semaines de séparation leur donnent des ailes. Florent, Léa, Thomas, tout est discuté, abordé sans réticences. Paul ne parle pas de l'analyse de Léa ni même de la possibilité de lui révéler les secrets de sa conception, il comprend très bien qu'Adélaïde souhaite garder cela pour elle-même. Il se jure de seconder Léa dans ses projets du mieux qu'il peut, mais sans mettre en péril son entente avec Adélaïde, en voulant à tout prix qu'elle soit d'accord avec une chose qu'elle considère comme dangereuse. Il n'a aucune idée de l'impact d'une analyse et des dangers que cela représenterait effectivement pour l'équilibre de Léa, mais il se dit que la jeune fille est forte et qu'elle sait ce qu'elle fait.

* * *

Les fêtes de Noël et de fin d'année sont très calmes, Jeannine leur manque à tous. Ils ont beau l'évoquer souvent, avec plaisir et quelquefois avec tristesse, elle leur manque cruellement.

Quand, en janvier, le Premier ministre Paul Sauvé meurt subitement après un règne de cent jours, Adélaïde doit endurer de fortes pressions de la part de Guillaume qui souhaite la voir aider le parti de Lesage. Elle refuse de se mêler de politique. Elle juge avoir bien assez de travail sans devoir prendre part à ces éternelles discussions. Le gouvernement lui donne bien assez de fil à retordre comme ça.

Adélaïde commence à trouver difficile d'être une mère seule. Thomas fait maintenant des ravages chez les jeunes filles de trois à quatre ans de plus que lui et il néglige ses études. La dernière menace qu'elle a trouvée pour ramener ses initiatives de voyou à une proportion plus saine est de le mettre pensionnaire. D'après Alex, ce serait hautement salvateur, c'est comme ça qu'il a lui-même « arrêté de niaiser ». Thomas n'a aucune envie de se voir enfermé chez les tapettes, comme il appelle les curés. Adélaïde n'apprécie pas particulièrement les idées et le langage de son fils. En conséquence, elle passe ses soirées à parfaire l'éducation de cet enfant turbulent qui a peut-être bénéficié trop longtemps de son indulgence. Dieu merci, Léa s'est calmée et elle travaille très bien. Elle apporte un secours remarquable aux efforts de sa mère en chicanant Thomas sur son étroitesse d'esprit. Enfin, en février, « parce que sa maman a bien étudié et bien fait ses devoirs » comme le dit Paul, Thomas réussit à remonter spectaculairement ses notes. Paul profite d'un relâchement de surveillance de la mère et est gratifié d'une soirée par semaine. Il râle un peu et il réussit à arracher une escapade après Pâques, juste avant la reprise des examens de fin d'année.

Tout son beau plan tombe à l'eau quand Denis Dutrisac annonce son arrivée pour avril. Leah, découragée de devoir s'en occuper, demande à Adélaïde de le recevoir chez elle, pour lui épargner le choc de fréquenter Alex et surtout pour ne pas ennuyer Aaron. De toute façon, Adélaïde lui avait offert l'hospitalité et elle ne peut revenir sur son invitation. Le problème, c'est que Denis débarque sans être muni d'un billet de retour et qu'il projette de traverser les États-Unis jusqu'à San Francisco, ville mythique pour lui. Le désir secret qu'il nourrit est d'emmener Leah avec lui.

Physiquement, Denis n'a pas changé. Il n'a pas pris un gramme, comme il dit. Il a l'air d'être toujours aussi susceptible de tomber malade au premier choc.

Dès que Denis serre la main d'Alex et qu'il a l'occasion de l'observer auprès de Leah, il comprend qu'une partie de ses rêves s'effondrent et, du coup, il tombe malade. Adélaïde n'en revient pas. Elle explique à Paul que c'est sans doute la malaria la plus obéissante qu'elle ait vue de sa vie. Léa surprend tout le monde en diagnostiquant une « déception aiguë » plutôt qu'une malaria. Paul ne peut que confirmer et traiter les effets et non la cause. Leah s'oblige à une explication honnête et franche qui laisse Denis au désespoir. Léa ramasse les morceaux. Elle n'a pas du tout l'air abattue de devoir écouter les histoires de Denis. Il lui déballe tout son passé, ses origines et sa rupture définitive avec les Dutrisac. Son seul espoir était Leah, cet amour qui l'a sauvé et l'a tenu à l'écart des pensées les plus désespérées depuis qu'il la connaît. Léa discute, questionne, argumente et, peu à peu, parvient à communiquer à Denis un peu de son enthousiasme. Il se remet sur pied, la suit à l'université, écoute les cours, lit les livres au programme et parle de s'installer à Montréal définitivement.

« Si on n'y met pas bon ordre, Léa va penser qu'elle peut sauver Denis de ses démons. » Leah est plutôt inquiète de voir la nouvelle entente prendre forme. Elle connaît la tendance à s'accrocher du jeune homme et elle ne rêve pas d'un tel premier amour pour Léa.

Adélaïde voudrait bien mettre Denis en route pour les États-Unis et s'en débarrasser avant de l'avoir comme beau-fils, mais c'est délicat. Elle n'a aucune envie de se battre encore avec sa fille, son affrontement de l'été précédent l'ayant écorchée pour longtemps. Elle se creuse les méninges pour trouver une élégante porte de sortie à Denis quand il la bat de vitesse et lui demande une rencontre privée. Denis veut épouser Léa. Il veut immigrer et fonder une famille avec elle. Adélaïde doit faire preuve d'un sang-froid extraordinaire, elle écoute tout ce qu'il a à dire, tous ses projets d'avenir, tout l'espoir qu'il investit dans ce mariage.

« Denis, Léa a dix-sept ans.

— Bientôt dix-huit !

— D'accord. Mais tu en as vingt-trois, tu as vécu des choses terribles, des conflits graves qui t'ont donné de la maturité...

— Elle en a plus que moi. »

Adélaïde n'a pas de peine à le croire. Elle continue son discours que Denis conteste à chaque phrase. Il finit par déclarer la guerre à la bourgeoisie idiote et sédentaire qui veut étouffer les élans vitaux et les révolutions intérieures. Adélaïde commence à le trouver pas mal allumé et elle sent sa patience s'éroder dangereusement.

« Elle a dit qu'elle t'aimait ? »

Elle le voit surpris, en pleine indécision, et elle se dit qu'il a dû oublier ce détail et que rien n'est donc perdu.

L'éclat de rire de Léa est si réconfortant, si soulageant qu'Adélaïde ferait brûler un camion de lampions. « Maman, Denis ne m'aime pas, il se cherche une place. Dans la vie, dans le monde. Il se cherche une mère. Il t'aurait demandée en mariage si tu avais continué à faire son lavage. Il n'a jamais eu d'amour, d'attention. À chaque fois que quelqu'un est gentil avec lui, il veut se l'attacher. C'est un chaton perdu. »

Adélaïde se fiche un peu des raisons de Denis. « Mais tu ne l'aimes pas ? Tu n'es pas tentée ? »

Léa l'aime beaucoup, mais pas pour l'épouser, voilà sa réponse. Ada essaie d'enrôler Florent comme enquêteur pour savoir si Léa l'aime assez pour l'embrasser ou le laisser exercer des pressions indues, comme il l'avait fait avec Leah.

D'après Florent, l'affaire est pure, la relation très amicale, très profitable à Denis qui reprend vie et devient une machine à projets. Il parle même d'attendre juin, la fin des cours, pour partir avec Léa sur le pouce à travers les États-Unis. Pour Denis, la Californie représente le paradis terrestre retrouvé et il veut y mettre les pieds avec son ange gardien. C'est Leah que ce genre de discours dérange le plus. C'est Leah qui va trouver Adélaïde et lui demande de réagir, de faire quelque chose pour éloigner Denis. Devant le calme d'Adélaïde, Leah s'énerve : « Tu ne vois pas comme il est dangereux pour quelqu'un d'aussi compatissant que Léa ? Je sais maintenant que Denis m'a manipulée exactement comme il la manipule, elle. Tu te souviens de ta question quand je t'ai raconté comment j'avais fini par lui céder ? Tu m'as demandé ce que la loi estimait être un abus. C'est toi qui m'as réveillée et tu le laisses faire avec elle.

— Léa n'accorde pas à Denis l'importance que tu lui accordais. Le fait qu'il soit un Juif tourmenté ne la déchire pas du tout. Et elle ne l'aime pas d'amour. Elle a refusé sa demande en mariage. Je ne peux quand même pas lui interdire d'avoir des amis, même s'ils se prétendent anarchistes. Tu sais comme moi qu'interdire à Léa, c'est l'obliger à désobéir. Si je le mets à la porte, j'ai Léa à dos pour tout l'été. C'est évident que j'aimerais le voir partir au plus vite et sans date de retour. Mais j'ai pitié de lui aussi. Il n'a pas reçu beaucoup dans la vie. Et, de toute façon, j'essaie surtout de ne pas braquer Léa. Parle à Denis, toi. »

Leah le voudrait bien, mais elle a perdu énormément de crédibilité à l'occasion d'un souper chez Alex, avec des amis auxquels ils présentaient Denis. Alex a eu du mal à laisser Denis prendre le crachoir toute la soirée, mais quand le jeune exalté s'est mis à déblatérer sur les Juifs incapables de se reprendre en main et toujours humiliés par un antisémitisme bourgeois décadent, quand il a pris pour exemple Lili qui fait « la Juive de service dans son bureau d'avocats capitalistes », Alex a vu rouge : « Pourquoi tu ne vas pas construire des kibboutz en Israël si tu es si juif et si vaillant ? Pourquoi vouloir manger à la table d'un capitaliste même pas juif ? Pour te venger parce qu'il a une petite amie juive ? »

Lili a eu beau essayer d'adoucir l'attaque, Denis a perdu pied et est parti quand Alex lui a craché sa réponse : « Parce que tu n'es pas plus juif que moi ! Ta mère n'est pas juive, tu ne l'es pas, point final. Et t'aimes mieux parler qu'agir, comme tous ceux que tu méprises ! »

Cette soirée a déclenché la première vraie dispute entre elle et Alex. La première rupture aussi, puisque Alex refuse de s'excuser de sa cruauté. Depuis, rien ne s'arrange parce que Alex, avec un instinct rare, interroge maintenant Leah et veut savoir jusqu'où est allée leur fameuse amitié lors du voyage en Pologne. Le refus de répondre de Leah entraîne le refus d'Alex d'aller trouver Denis. Quand Leah a voulu parler à Denis, celui-ci lui a fait une scène de jalousie et il s'est mis à démolir Alex en souhaitant qu'elle ne se soit pas commise avec un sale type pareil qui pue l'antisémitisme. Pour Denis, quiconque le conteste ou contredit une de ses idées est soit un bourgeois décadent, soit un antisémite. Quelquefois même, il est les deux.

Comme il ne peut traiter Leah d'antisémite, il la ravale au rang de petite-bourgeoise récupérée. Ne pas le croire ne rend pas l'injure moins difficile à avaler pour Leah. Et elle a eu beau tenter d'orienter la conversation vers les projets de Denis, sa poursuite du périple vers la Californie, il a refusé de confirmer ses intentions « à quelqu'un qui risque de le trahir ».

Insultée, Leah lui rappelle jusqu'où elle est allée avec lui.

« Je t'ai aimée, Leah, je t'ai été fidèle jusqu'à maintenant, je t'ai espérée, attendue. Je ne veux plus mourir d'attendre quelqu'un. Je vais aller ma route et prendre la main de Léa. Elle, du moins, n'a rien de bourgeois, rien de perverti. Léa est vierge et compréhensive.

— Mais elle n'est pas juive ! Tu y as pensé à ça ? Tu veux quoi ? Avoir des enfants non juifs ?

— Pauvre petite Juive bourgeoise ! Léa et moi sommes au-delà des conventions de merde qui te régissent. Je l'ai demandée en mariage pour calmer sa despote de mère. Rien à voir avec nos intentions. Le mariage, c'est de la merde. Et tu m'emmerdes ! Va rejoindre ton bûcheron mal dégrossi, va t'embourgeoiser ! »

Leah n'a rien tiré de plus de Denis. Parler à Léa revient à se faire raconter la série de sévices infligés à ce pauvre Denis, qui se fait appeler David par Léa.

« Tu ne vas pas partir avec lui, Léa ? Tu ne feras pas ça ? Je sais ce que c'est que de voyager avec lui. Jure-moi que tu ne l'accompagneras pas.

— Je ne peux pas, Lili. Je ne sais pas. Je ne suis pas amoureuse, mais il a tellement besoin de quelqu'un. Si tu savais comme il est seul. C'est pour ça qu'il est si agressif, si prompt à s'emporter. »

Lili, très inquiète, alerte Florent, Aaron – personne n'arrive à savoir ce que fera Léa.

Adélaïde, à nouveau sur ses gardes, surveille et essaie d'avoir le jeune homme à l'œil. Un soir qu'elle rentre assez tard de chez Paul, elle entend de la musique dans la chambre de Denis. En ouvrant la porte pour lui dire bonsoir, elle se fige sur place. Léa tient le sexe bandé de Denis qui couvre sa main des deux siennes. Il ouvre les yeux quand Léa retire sa main et se lève précipitamment. Denis n'a même pas l'air mal à l'aise. La pièce est enfumée et il y règne une étrange odeur. Adélaïde prend sa fille et elle referme la porte.

Comme Léa était tout habillée, Adélaïde la croit quand elle lui explique que l'expérience était juste pour Denis qui voulait lui montrer comment devenir une grande amoureuse. Léa avoue que le processus et la théorie sont assez difficiles à expliquer à sa mère, mais qu'elle ne fait rien de plus que ce que Thomas fait. Elle essaie surtout d'être « moins niaiseuse avec les histoires de sexe ».

« Tu ne l'aimes pas, Léa. On ne fait pas ça quand on n'aime pas. Il faut de l'amour, sinon c'est triste, c'est technique, c'est sordide.

— Denis prétend que non. Que le plaisir existe sans l'amour. Que l'orgasme dérange les bourgeois et que c'est la raison pour laquelle c'est si défendu. Il dit que ça libère l'individu.

— Oui, bon ! Tu connais un sujet sur lequel Denis n'a pas une explication révolutionnaire ?

— Tu es fâchée ?

— Je suis inquiète. »

Elle est prudente. Elle est très secouée, elle se doute qu'il y a peut-être de la drogue aussi dans les pratiques de Denis. Elle ne veut absolument pas donner prise aux théories révolutionnaires de Denis en agissant de façon brutale ou sèche. « Je vais lui demander de partir, Léa. Est-ce que tu comprends pourquoi ? Je ne veux pas que tu penses que c'est pour te punir de... de ta curiosité de ce soir. Je sais que tu as le droit d'explorer, de faire des essais, comme ton frère... mais je n'ai pas l'impression que Denis te respecte ou respecte notre hospitalité.

— Maman, il ne veut pas partir. Il n'est pas capable de partir.

— Pas capable ?

— Il dit qu'il veut, mais il attend après moi. Il va tomber malade si tu lui demandes ça. »

Elle a raison, en plus, Adélaïde n'en doute pas une seconde. « Léa... jusqu'où es-tu allée avec ce garçon ?

— Jusque là où t'as vu. Il ne m'a même pas embrassée. Il me montrait, c'est tout. »

Elle ne raconte pas les extraits de D. H. Lawrence et de Henry Miller qu'il lui a lus avant de lui montrer son sexe et qui l'ont autrement troublée. Elle ne dit rien non plus de la cigarette de *marie-Jeanne* que Denis a fumée tout seul, parce qu'elle s'étouffait trop. Léa commence à trouver le cas de Denis un peu lourd pour ses épaules et l'intervention de sa mère ne l'agace pas du tout, pourvu qu'elle parvienne à écarter Denis sans le heurter. Ce qui, selon elle, relèvera de l'exploit : « Maman, je ne le dis pas pour te rassurer, mais je n'ai pas envie de le faire sans aimer le garçon. Denis, je l'aime beaucoup, mais pas pour de bon, pas pour de vrai. Alors, si tu peux le ménager, s'il pouvait aller chez Aaron ou chez Florent, quelque part ailleurs pour se faire à l'idée sans se sentir rejeté, tu vois ? »

Adélaïde voit et elle comprend surtout que le jeune homme n'aura aucun intérêt à ne pas se sentir rejeté.

L'attitude de Denis, quand elle se rend dans sa chambre, la dégoûte un peu. Il jure que ce n'est pas sa faute, qu'il a essayé de la retenir, de ne pas le faire, Léa a insisté – portrait du viol de ses bonnes intentions par une louve affamée. Adélaïde lui épargne le récit de ce qu'elle a vu et va droit au but. Quoi qu'il pense de ses principes d'éducation, elle va les mettre en pratique. Dans son manuel de courtoisie, l'hospitalité est un devoir qui trouve sa limite dans le comportement de l'invité. « Tu as dépassé la limite de mon hospitalité, Denis. Je vais te demander de partir dès demain. Je suis prête à t'aider à trouver un endroit où aller, mais j'ai deux enfants et je ne les élève pas selon tes principes. Je te demande de respecter ma décision et de ne pas rendre Léa malheureuse en lui faisant la démonstration de mon indignité. Est-ce que les quelques semaines passées ici valent cette politesse, Denis ? »

Il laisse tomber ses deux bras, l'air accablé : « Je savais que vous ne comprendriez pas ! »

Ada referme la porte doucement en se disant qu'elle aussi elle le savait.

À quatre heures du matin, Léa vient la chercher : Denis se vomit l'âme.

Recoucher sa fille, tenir un récipient sous le menton du jeune homme, l'éponger et essayer de le calmer, Adélaïde y arrive. Elle a plus de scrupules à réveiller Paul à six heures pour qu'il passe à la maison avant de se rendre au bureau.

Devant la colère d'Adélaïde, Paul a beau expliquer ce qu'est un mal psychosomatique, ça ne passe pas. Elle s'enrage de voir Denis gagner en se faisant vomir et elle trouve le truc épouvantable.

« Pas très agréable pour lui non plus, tu sais. »

Quand elle lui raconte les événements de la veille au soir, il comprend un peu mieux son humeur.

« Pour l'instant, c'est l'hôpital ou les soins ici. Tu ne peux pas vraiment y couper. Mais il n'est plus très fringant. M'étonnerait qu'il représente un quelconque danger pour les prochains jours. Il n'a plus la tête à ça, je t'en passe un papier. »

Quand Aaron vient s'asseoir au chevet de Denis et qu'il se contente de lire ses livres sacrés sans ajouter un mot, Denis l'observe sans rien dire non plus. À la fin de l'après-midi, Aaron dépose son livre et plante ses yeux dans ceux du chétif garçon. Rien n'est plus juif que le visage de cet homme de soixante-quinze ans, rien n'est plus noble et plus sage : « Je pense qu'il est temps de commencer votre éducation, Denis. Vous ne savez pas ce qu'est le *Talmud Torah*, vous ne possédez aucun savoir sacré, et les rituels les plus élémentaires vous sont inconnus. Être juif est davantage qu'avoir du sang juif. Être juif, c'est une connaissance et un respect pour la Torah, pour la loi et la pratique religieuses. Vous êtes comme un converti qui n'a pas achevé sa conversion. Vous transgressez sans savoir, par ignorance, et ce n'est pas acceptable. Pour suivre sa route, il faut connaître toutes les routes. La *Halakha* fait partie de l'identité dont vous vous réclamez. Savez-vous ce qu'est la *Halakha* ? C'est notre loi, ce qui régit notre vie, même dans ses aspects moins religieux. C'est un mode de vie. Le mot est construit avec la racine "aller, marcher" – la *Halakha*, c'est la base de nos règles et elle contient tout : la loi écrite, la tradition, la loi orale, les enseignements des scribes et l'usage. Être juif n'est pas être persécuté, ce n'est pas le fondement de notre identité. Même si cela en a été la conséquence regrettable. Être juif, c'est croire, quoique ni la conviction ni la pratique religieuse ne soient réclamées d'un Juif né juif. Vous savez, il y a de mauvais Juifs aussi. Nous n'avons pas été dispensés du mal sous prétexte qu'on nous en a fait. Maintenant, Denis, si vous voulez apprendre, je vous enseignerai. Ne vous fiez pas à mon air de vieillard, je suis un redoutable professeur. J'exige de la rigueur et, pour proférer une hérésie, il faut être armé de connaissances. Une hérésie lancée par ignorance est, pour moi, l'hérésie des hérésies. »

Adélaïde offre à Denis un petit appartement libéré dans un des nombreux « immeubles de capitaliste » qu'elle possède, afin qu'Aaron n'ait pas à l'héberger. Denis se met à l'étude et se passionne pour un héritage dont il ne s'est, jusque-là, que vaguement réclamé. Ce

Juif sans père découvre avec Aaron ce que le père juif aurait dû lui apprendre. Très rapidement, Denis considère le vieil homme comme Abraham, comme le patriarche qui représente pour lui la vertu de la miséricorde. La patience d'Aaron provoque l'apaisement chez Denis. Il trouve enfin des explications divines à son sort, à son malheur. Il trouve enfin un ensemble dans lequel précipiter sa quête d'identité et sa douleur d'être depuis toujours un banni.

Le soulagement est commun à tous – que ce soit Leah, Léa ou Adélaïde, chacune se permet avec délices de retourner à ses préoccupations et de cesser de soutenir Denis. Léa travaille tout l'été en compagnie de sa mère aux *Enterprises*. Ce n'est pas un travail qu'elle aime, mais elle veut économiser, et le salaire est excellent.

Leah, une fois terminée l'administration de l'argent et le rapport de son utilisation par la Fondation, entreprend une semaine de vacances avec Alex où elle se promet de remettre à l'ordre du jour les discussions éludées des derniers mois.

Léa revoit Denis de temps en temps, mais leur amitié se relâche un peu et ce n'est pas seulement à cause des préoccupations de Denis. L'exclusivité exigée par Denis dans leurs rapports passés, le bien-être qui a suivi l'éloignement de Denis font réfléchir Léa et l'inquiètent beaucoup quant à sa capacité d'être indépendante.

Pour ces débats, c'est avec Florent qu'elle discute. Il doit encore se reposer, ne pas travailler comme un fou, et ses temps libres, rendus vraiment libres par l'absence de Francis, il les passe à jardiner et à placoter avec Léa. Si la peine d'amour qu'il traverse est endurable, c'est grâce à cette Léa et à ses questions. Florent souhaiterait follement qu'un jour Francis rencontre une Léa qui l'oblige à répondre jusqu'au cœur du problème, jusqu'au mouvement initial de fuite.

Pendant le mois de juillet, Paul et Adélaïde, restés en ville, dorment ensemble tous les soirs. Thomas est retourné au camp d'été, et Léa a carrément dit à sa mère que, pour cette période, elle serait chez Florent « pour le surveiller ». Ada sait très bien que c'est la façon de sa fille de lui dire d'être heureuse comme elle l'entend. Paul, elle ne sait pas comment, gagne peu à peu le respect de sa fille et s'entend drôlement bien avec elle et Florent. Pendant tout ce mois, les habitués de la campagne restent en ville pour travailler et refusent, pour certains, de retourner au Lac se souvenir de Jeannine mourante. Ils se visitent et soupent chez les uns et les autres à tour de rôle. Ils se créent une façon de vivre, sans chichis, sans contraintes, où Jeannine est évoquée avec joie.

Quand, au mois d'août, tout le monde prend des vacances au Lac avec un Thomas qui a des romans entiers à raconter, ce sont les vacances les plus drôles et les plus calmes qu'ils ont eues depuis longtemps.

« Depuis toujours », dit Paul puisque, auparavant, Adélaïde ne le mêlait pas aux siens.

« Je vais avoir du mal à retrouver mon lit vide, je te le jure. Je suis rendu que je t'appelle Ada, comme eux. »

Adélaïde est sur le balcon et elle regarde le lac tranquille dans la nuit. Elle se retourne et voit Paul dans la chambre en train de traquer un maringouin qui va les empêcher de dormir dès que la lampe sera éteinte. Il est tellement drôle avec son journal roulé, son air attentif, sur ses gardes, et son short boxer trop large. Elle le regarde s'agiter, donner un coup sur le mur, rater sa proie et écouter attentivement pour débusquer l'ennemi qui se cache. Elle rentre, éteint la veilleuse, le prend par la main : « Il est sorti, le maringouin, je lui ai ouvert la porte. Viens maintenant, arrête tes instincts de tueur, tu ne fais peur à personne. »

Fin août, quand Paul reprend son horaire régulier et qu'Adélaïde se remet à courir pour la rentrée, ils mettent deux semaines à s'habituer à l'espacement de leurs rapports, à la frustration du téléphone du soir qui remplace si mal la présence de l'autre, même endormi au creux du lit.

La mère de Paul le trouve bien à cran et elle ne lui envoie pas dire que si ses patients bénéficient du même traitement qu'elle, il va se retrouver chômeur dans pas grand temps. Paul lui raconte ce qui se passe et pourquoi il rouspète.

« Finalement, tu es de mauvaise humeur parce que ça allait trop bien. Va la chercher, mon gars, c'est toi, l'homme.

— Elle ne veut pas se remarier, maman.

— Mais elle veut de toi ! C'est un mariage que tu veux, ou elle ?

— Mais !... Tu veux dire habiter avec elle, sans mariage ?

— Ton frère Rodrigue trompe sa femme depuis dix ans sans discontinuer. Ta pauvre sœur Monique, on n'en parle pas, si elle avait deux enfants de moins, je les prendrais toutes ici, et son mari pourrait se perdre tant qu'à moi. Restent ton autre sœur et toi. Vous avez pourtant tous les mêmes principes. Toi et elle, vous êtes fidèles et travaillants, polis, respectueux de votre mère et des règles. Bon... je ne sais pas si tu vas plus souvent à l'église, mais ça change pas que t'es bon garçon. T'es fidèle sans être marié et les autres ne le sont pas tout en étant mariés. C'est le monde à l'envers. Ça devrait pas être. Mais c'est de même pareil, je ne peux pas le nier. Essaye d'être heureux, Paul. À ta manière, à ta convenance, essaye d'être heureux. Tu l'as attendue en tit péché, celle-là. Ben, elle te mérite ! C'est pas une pimbêche ni une snob, c'est une dame, Paul. Une dame, même si elle s'est donnée à toi sans mariage. Et ça, je peux le dire devant ton effronté de frère qui comprend rien que pas qu'elle a plus de classe que ses pitounes. On est du pauvre monde, Paul, on n'a pas de quoi se changer quatre fois par jour pour des cérémonies pis des histoires de cocktails, mais je sais voir quand quelqu'un a du cœur. Cette femme-là a du cœur, même si elle a de l'argent. Ton frère Rodrigue en a pas gros. C'est mon gars, ça me fait ben de la peine, mais il a pas gros de cœur. Sa Lison pâtit... Je vais être franche avec toi : si un jour elle m'arrive avec l'idée de se séparer, je serai pas surprise. Et je suis pas sûre que je vais essayer de la décourager de le faire. C'est effrayant à dire, mais je la comprendrais. C'est une bonne bru. Les temps changent, Paul. Ils le disent à la télévision. Ils nous expliquent pourquoi on est moins obligés d'endurer de nos jours. L'endurance et le sacrifice, c'est rendu moins payant que c'était. J'ai même entendu une femme se faire répondre par le monsieur de la radio qu'il était temps qu'elle se tanne. J'essaye de te faire comprendre que si tu te retiens de déménager chez elle demain à cause de ta mère, oublie ça ! Attends pas que je passe. Fais un homme de toi et va la chercher. Je dirai pas un mot sur vos mœurs. Et ton frère va se la fermer, garanti. "C'est le temps que ça change", comme y disent aux nouvelles. »

Paul imagine le chemin parcouru par sa mère pour lui tenir un tel discours, la réflexion que cela représente, l'évolution de son regard sur son frère, ses sœurs. Il l'embrasse tendrement, et il l'assure que sa vie est belle et qu'il est heureux comme ça. Ce qui ne l'empêche pas de rêver de trouver Adélaïde près de lui, tous les matins et tous les soirs.

Le discours de sa mère l'émeut tellement qu'il le répète à Adélaïde. Elle ne dit rien, reste pensive. Elle finit par lui demander de mettre un disque de Brel qu'elle aime particulièrement. Brel a déjà chanté deux chansons quand elle murmure : « Ta mère est plus évoluée que moi. Tu te rends compte de ce qu'elle t'offre ? Elle va à l'église tous les dimanches. Elle risque le feu éternel de nous avoir à sa table. Et elle te dit que tu devrais essayer d'être heureux à ta façon, selon tes normes à toi. Je n'en reviens pas !

— Si Thomas t'arrive avec une beauté et qu'il t'annonce son désir d'aller vivre avec elle sans se marier, tu vas t'opposer ?

— Sincèrement, Paul, je n'en sais rien. Alex le fait... Enfin, pas officiellement, mais Aaron n'est pas dupe, ni moi. Et puis, *je* le fais, nous le faisons.

— Tu ne vas pas cesser sous prétexte de donner le bon exemple ?

— Te quitter à trois heures du matin, comme au début ? Dire qu'on a fait ça...

— On a fait pire. Veux-tu y penser, Adélaïde ? À nous deux, à un projet commun ? »

Des yeux, elle fait le tour du salon : « J'aime cet endroit, Paul. J'aime ton appartement. J'aime venir ici, y être avec toi. Je comprends de quoi tu parles. Moi aussi, le soir, je regrette souvent de ne pas pouvoir te parler, te voir, me coller contre toi. Thomas n'est pas assez vieux et... je ne suis pas prête à laisser cet endroit.

— Remarque que je suis prêt à te redemander en mariage. »

Elle le fait taire tout de suite.

* * *

Leah ferme le Code civil et finit de jeter sur papier des notes pour le dossier Smith. Voilà maintenant plus de deux ans qu'elle est chez *Buchman and Stell*, et elle n'a pas eu une seule cause à défendre par elle-même. Première femme entrée dans le cabinet, elle doit faire ses preuves, et les critiques de Denis Dutrisac étaient assez proches de la vérité. Leah doit apporter des cafés à ses collègues et elle fait les recherches, mais elle ne se rend en cour que pour assister ceux qui prennent la parole. Ce n'est pas elle qui porte la toge. Question d'expérience, soutient M. Buchman, question de non-confiance, soutient Alex. Leah se rend compte qu'elle doit être irréprochable, fournir un travail parfait, présenter des arguments deux fois plus convaincants à des gens qui ont pourtant intérêt à la croire. Que fera-t-elle le jour où elle aura à affronter un jury de douze hommes ? Il y a quelques rares femmes avocats qui plaident, elle le sait, mais c'est comme s'il fallait tout le temps prouver. Combien de fois une de ses idées qui, à l'origine, n'a suscité aucune réaction est devenue géniale dès qu'un autre l'a répétée ? Même ses bons mots ne sont appréciés que quand un collègue les reprend à son compte.

C'est frustrant et décourageant. Ce n'est pas un cas unique, loin de là, elle a parlé à d'autres femmes, et le chemin est long et ardu pour gagner le respect des confrères. Comme dit une de ses amies qui a été admise au Barreau la même année qu'elle : « Faut en faire deux fois plus que nos confrères et tu risques quand même de voir un sans-génie ramasser à ta place. »

Leah a pris rendez-vous avec son patron et elle lui a signifié son intention de partir si, dans un délai raisonnable, elle n'hérite pas d'une cause bien à elle qui l'obligera à porter la toge et à faire sa preuve elle-même. Il y a de cela trois mois et elle est encore coincée dans la bibliothèque à effectuer des recherches pour un avocat entré après elle dans le cabinet et chargé officiellement du dossier. Leah estime qu'elle est loin de faire le métier auquel elle rêvait. Elle lorgne du côté de la Couronne où les femmes ont peut-être plus de chances d'obtenir des causes.

C'est dans cet état d'esprit qu'elle est appelée chez M. Buchman. Il se lève à son entrée et lui présente une dame, Mme Roger Tessier, qui cherche de l'aide et « qui n'a aucun inconvénient à être représentée par une femme ».

Leah apprécie la délicatesse du message et offre un café à sa cliente.

Mme Tessier porte avec distinction sa quarantaine avancée. Sans être riche, elle est bien habillée et semble sûre d'elle, malgré la nervosité que provoque sa démarche.

Une fois assise devant elle, Leah sort son calepin et entend avec surprise la première question de Mme Tessier : « Avez-vous des enfants, mademoiselle Singer ?

— Non, madame, je n'en ai pas.

— Ça aurait été plus facile pour vous de comprendre, je crois...

— Racontez-moi ce qui vous pousse à demander de l'aide. Si je ne peux pas vous être utile, je vous assure que je vais trouver la personne qui vous défendra avec succès. D'accord ? »

Georgette Tessier a eu un seul enfant, Marcel. Il est mort il y a six mois. Il avait vingt-deux ans. Il était gardien de but dans une équipe de hockey de la Ligue nationale. Enfin... Il n'a pas eu le temps de jouer beaucoup dans cette équipe, il a été en remplacement, plus souvent sur le banc que sur la glace. L'essentiel étant qu'il a signé un gros contrat de trois ans. C'était, pour Marcel, pour son père et sa mère, l'aboutissement de plus de dix ans de travail. Dix ans à accompagner leur enfant à la patinoire, à aller le rechercher, à acheter l'équipement, à l'encourager. Toute la vie de Marcel s'est déroulée, ou presque, en patins. Le jour où il est passé de la Ligue junior à la Ligue majeure a été un grand jour. À l'occasion d'une « pratique », Marcel a reçu un lancer sur la tempe, il s'est écroulé et n'a jamais repris conscience. Le coma a duré deux mois. Les frais d'hôpital étaient couverts au contrat, mais la Ligue refuse de payer. Elle refuse même de verser un sou du salaire de Marcel qui était dû jusqu'à la date de l'accident. Quand Mme Tessier a demandé pourquoi, on lui a montré une lettre de démission signée par son fils une semaine avant l'accident.

« Sauf que ce n'est pas la signature de Marcel. La lettre est fausse. Je connais la signature de mon fils. Et puis pourquoi aurait-il *résigné* un contrat pareil ? Et sans m'en parler ? Il me disait tout ! Ça n'a pas de sens. Ils veulent économiser cet argent-là, ils disent qu'ils n'ont aucune responsabilité, que c'est le métier et ses risques et que, de toute façon, il était *out*. Je ne peux pas vous dire... Ce n'est pas tellement la question d'argent, quoique... on n'est pas riches et deux mois d'hôpital avec une garde-malade jour et nuit, ça fait cher. C'est prétendre qu'il n'était plus de l'équipe, qu'ils lui avaient donné son *bleu* comme un incompétent, alors que ce n'est pas vrai. C'était sa vie. Il a travaillé pour ça. Il a tout sacrifié et ils vont dire "il était *out*" et ça suffit ? Je ne peux pas les laisser faire une chose pareille. Je veux les poursuivre. Je veux qu'ils disent que la mort de mon fils est une perte pour l'équipe, pas qu'il était *out* et qu'il s'est fait tuer pour rien en faisant de l'*overtime*. Il n'y en a pas un qui est venu aux funérailles, pas un ! Pas un joueur, pas un boss, personne.

— Avez-vous la lettre de démission, madame ? »

Mme Tessier sort de sa sacoche un papier plié et déjà usé. *Pour des raisons personnelles*, dit la lettre, *je me vois dans l'obligation de quitter l'équipe...*

« Avez-vous une idée de ce que seraient ces raisons personnelles, en admettant que la lettre soit authentique ? Je parle pour faire l'exercice, pas pour nier ce que vous dites. »

Il y a un malaise, un flottement. Mme Tessier garde ses yeux baissés, fixés sur la lettre : « Ce n'est pas la signature de mon fils. Ils ne peuvent pas l'humilier dans sa mort.

— Est-ce que vous voyez une raison person...

— Il y en a une. Il y en aurait cent, ce ne serait pas une excuse.

— Nous y reviendrons. Dites-moi, madame, pourquoi votre mari ne vous accompagne-t-il pas ? Si vous voulez intenter une poursuite, il faut qu'il signe. Vous êtes tous les deux ses héritiers légaux, n'est-ce pas ? Selon la loi, vous ne pouvez pas poursuivre sans la signature de votre mari. Si votre mari est l'exécuteur testamentaire...

— Aussi bien que vous le sachiez, mon mari est encore contre l'idée de poursuivre. Je fais les approches dans son dos. Y en veut même pas de l'héritage, il a été signer de quoi chez un notaire pour pas avoir affaire à la succession. Mais j'ai pas dit mon dernier mot. Je vais finir par le convaincre, surtout si on est deux. Je veux dire, un avocat et moi. Il va y venir. J'en fais mon affaire. Personne ne va m'empêcher d'essayer qu'on rende à mon fils ce qu'on lui doit. Personne, même pas Roger Tessier. Il va signer.

— Votre fils est mort depuis peu, il va peut-être vous appuyer quand le chagrin sera moins vif. »

Georgette Tessier ne dit rien. Elle regarde au loin, fermée. Leah allait poser une nouvelle question quand elle la fixe brusquement : « Vous ne connaissez rien au hockey, n'est-ce pas ? Vous ne lisez jamais les nouvelles du sport ?

— Non. J'avoue que...

— Je vais être franche avec vous. Vous êtes le troisième avocat à qui je raconte mon histoire. Vous êtes la seule à l'écouter jusqu'au bout. Marcel Tessier, pour ceux qui lisent les pages de sport, est un homme connu. Ce n'est pas Maurice Richard, évidemment, mais il était connu. Un mois avant l'accident, en décembre 59, mon fils a fait les manchettes. Il avait été pogné dans un bar. Un bar... disons aux mœurs douteuses. Il n'y a pas eu de mal de fait, pas d'accusation, rien, mais beaucoup de publicité. De la mauvaise publicité. Tout le monde l'a su.

— Ce sont ses "raisons personnelles", vous croyez ? Les autres avocats croyaient qu'il n'y avait pas matière à procès, à réclamations ?

— Attendez ! Ce n'était pas un bar de femmes. »

Il faut un certain temps à Leah pour comprendre que, d'après Mme Tessier, tout est révélé. Leah pose son crayon et la pauvre femme se méprend : « Ne me dites pas que, dans ce cas, il n'y a rien à faire ! Marcel n'a jamais rien fait de croche. Il s'est retrouvé là-dedans par hasard, suite à une mauvaise influence. Il faut me croire. Marcel ne faisait pas de mal. Il ne savait peut-être même pas que c'était un bar comme ça... À force d'être entre hommes, il n'a pas dû remarquer, faire attention... Il s'est tellement fait achaler par après. Vous ne pouvez pas imaginer. Les téléphones qu'on a reçus, les insultes, les injures. Je n'osais plus aller à la messe de dix heures. J'allais à la première messe. Mon mari a pris ça dur. Très dur. Il n'a plus voulu parler à Marcel. Il l'a barré. Il n'est jamais venu le voir à l'hôpital. Ça a tout pris pour qu'il se tienne à côté de moi au salon mortuaire. Le peu de gens qui se sont montrés sont venus me dire que c'était mieux de même. Comprenez-vous ce que ça veut dire ? Mieux mort qu'homo ! Mieux mort à vingt-deux ans que soupçonné du pire. J'ai entendu, pendant les trois jours d'exposition, les pires choses qu'une mère puisse entendre. Que ça ne paraissait pas, que s'il avait pu se guérir ou maîtriser ses instincts pervers, personne ne s'en serait rendu compte ! Je ne peux pas vous dire ce que ces jours-là ont été. Mais je veux les faire taire. Tous ceux qui m'ont dit que c'était mieux comme ça, tous ceux qui ont été contents ou soulagés de le voir mort, je veux leur montrer qu'ils ont tort. À commencer par mon mari. À force de vouloir éviter le scandale, on finit par ne plus pouvoir se regarder dans le miroir, tellement on a honte. Si vous me dites que c'est une cause perdue, que mon fils avait toutes les raisons de signer la lettre et que, parce qu'il était nerveux, il a tremblé en signant, j'irai voir un autre avocat. Et un autre. Et un autre. Jusqu'à ce que j'en trouve un. Et si je n'en trouve pas, j'irai aux journaux faire le scandale que Roger a si peur que je fasse. Et je vais dire ce que je pense du beau monde du sport ! Marcel est allé s'asseoir dans un endroit malfamé un soir et ce serait assez pour salir une vie de bonne conduite ? Ce serait assez pour le traiter de tapette à mouches ? Pour le voler de son salaire ? Le *puck* qu'il a eu en plein front, je ne suis même pas sûre qu'on ne l'a pas lancé exprès !

— Moi non plus. »

Ce n'est pas de la surprise que la réponse de Leah provoque, c'est un véritable état de choc. La femme devant Leah reste immobile, incrédule. Puis, quand Leah répète doucement sa phrase, des larmes se mettent à couler, traînant du mascara, barbouillant le visage jusque-là parfaitement composé. Elle ne fait pas un geste pour essuyer les larmes, pour chercher un mouchoir, elle fixe Leah comme si elle venait enfin de trouver un refuge. Leah cherche son mouchoir, le lui tend : « Nous allons faire quelque chose. Je ne sais pas encore quoi exactement, mais nous allons nous battre, madame Tessier. Ne lâchez pas votre mari, il faut qu'il signe. »

Georgette Tessier se mouche, essuie ses yeux, promet de nettoyer le mouchoir et murmure, gênée : « C'était un bon garçon, il n'était pas comme ils disent. Il n'avait pas des manières... pas des petites manières. C'était un grand six pieds deux, fort, pas du tout tapette.

— Madame Tessier, même s'il l'était, même s'il avait eu des manières, même s'il se livrait en privé à des désirs discutables, à des mœurs répréhensibles, cela ne permet à personne de le voler sans être poursuivi. Cela ne permet à personne d'imiter sa signature et de le priver de ses droits. Un criminel est privé de ses droits. Personne n'a prouvé que votre fils s'était livré à des actes criminels ? Ou me cachez-vous quelque chose à propos du bar malfamé ?

— Bien sûr que non ! Je m'excuse d'avoir dit ça. Je suis tellement habituée à le dire, à l'excuser. Je n'ai jamais pensé à dire ce que vous dites. Les gens ont plus peur des tapettes que des voleurs.

— Il a dû y avoir une enquête après l'accident ? Un rapport d'enquête ? Vous avez les dates pour la descente de police dans le bar, les articles infamants, l'accident ? Je vais étudier tout ça et nous nous reverrons dans, disons, cinq jours.

— Même si dans cinq jours vous venez me dire que c'est une cause perdue et qu'il faut pas toucher à ça, je vous remercie de ce que vous avez dit aujourd'hui. Pour la première fois depuis huit mois, je ne me sens pas seule. Et, je ne sais pas pourquoi, vous ne méprisez pas mon fils.

— Pour une très bonne raison, madame Tessier, votre fils n'est pas méprisable.

— Si son père pouvait vous entendre !

— Il va m'entendre. »

Quand M. Buchman lui demande si elle a réussi à décourager Mme Tessier de son entreprise et que Leah lui donne son point de vue, il refuse net de prendre cette cause et de la laisser s'en occuper. Il n'avait que l'intention d'offrir à cette femme une oreille attentive et le bon conseil de ne rien entreprendre. Jamais il n'aurait pensé qu'elle irait l'encourager.

« C'est de la dynamite ! C'est suicidaire. Le monde du sport est puissant, riche. Ce sera public parce que c'était un joueur de hockey et parce que c'est sordide, moralement sordide. Vous serez éliminée avant même que la partie commence. Ne mettez pas vos mains là-dedans, ça pue et c'est sale !

— Monsieur Buchman, j'ai deux défauts graves : je suis une femme et je suis juive. Je sais donc ce que c'est d'être éliminée avant la partie. Vous-même, vous m'éliminez régulièrement. S'il faut quitter ce bureau pour prendre la cause, je le ferai. Mais je vais mettre mes mains là-dedans, comme vous dites. Savez-vous pourquoi ? J'en ai assez de voir les joueurs se faire mettre au ban dès qu'ils sont autre chose qu'obéissants. Moi incluse. Si les joueurs de cette équipe étaient en procès pour viol sur des jeunes filles, ça augmenterait leur prestige et ils ne seraient pas obligés de démissionner. Parce que c'est supposé être normal d'avoir envie d'une jeune fille, un peu moins normal de la violer, mais qu'importe ! La loi de la testostérone veut qu'un sportif mange et copule beaucoup. Voyez-vous, pour moi, ça, ça pue et c'est sale !

— Hors cour. Cherchez-leur un règlement hors cour. Pas de publicité. Pas de procès.

— Et si on se retrouve devant un meurtre, monsieur Buchman ?

— C'est l'affaire de la Couronne, pas la nôtre. Tenez-moi au courant, on avisera à mesure.

— Si je vous tiens au courant, je prends les décisions avec vous. Je ne fais pas que des recherches, je préfère vous le dire franchement.

— Vous l'avez dit, mademoiselle, vous l'avez dit ! »

L'affectation de Leah soulève beaucoup d'émoi dans le bureau. Les commentaires illustrent parfaitement ce que redoute Leah : le procès est déjà celui de Marcel et de ses penchants au lieu d'être celui d'un employeur malhonnête. Elle s'arme de patience : la partie sera très dure.

Le rapport de l'accident est lamentable. Sur à peine deux pages, on qualifie l'affaire d'accidentelle et de regrettable. Le tir a été fait de façon telle que personne n'a été tenu pour responsable de l'accident. Le groupe était si compact qu'aucun joueur n'arrive à se souvenir de ce fameux tir. Tout le monde se souvient d'avoir vu Marcel tomber. Ce serait bien le premier but à ne pas avoir de lanceur gagnant, se dit Leah. Un vrai travail d'équipe.

Les analyses graphologiques comparatives sont formelles et elle n'avait pas besoin d'un œil professionnel pour constater qu'on avait imité grossièrement la signature, sans se donner beaucoup de mal, sans même s'appliquer. Le responsable juridique de la Ligue lui explique, à mots non couverts, que l'administration est dans son droit le plus strict de ne pas payer ou couvrir une hospitalisation qui, quoique due à un incident sportif, n'a pas eu lieu sous contrat officiel.

« Alors, dites-moi un peu, monsieur, ce que faisait Marcel Tessier sur la patinoire ? »

L'avocat ouvre ses mains et fait une grimace éloquente d'ignorance : « Un malentendu ?

— Afin qu'il n'y ait pas de malentendu, écoutez-moi bien. Un homme qui signe de sa main une démission ne revient pas aider les copains à s'entraîner par amabilité. Il reste chez lui. Il ne vient pas être victime d'un "incident sportif" qui se trouve à être un accident mortel, si ce n'est une tentative de meurtre. Je vous ai montré la signature de Marcel Tessier. Si vous êtes un petit peu clairvoyant, vous admettrez avec moi que l'usage de faux et la contrefaçon sont toujours des crimes dans notre société et que, ne serait-ce que pour ça, vous pourriez faire preuve d'un peu d'inquiétude.

— Vous êtes, j'espère, au courant du scandale qui a précédé cette signature ?

— La signature, j'en doute beaucoup. Le scandale, je sais.

— Si tout ce que vous avez pour vous faire payer est cette signature, je vous conseille la prudence. Vous êtes sur un terrain glissant. Il n'y a pas que la Ligue qui avait intérêt à étouffer le scandale... Vous n'avez pas de cause, mam'zelle.

— Plus spécifiquement ?

— Je vais vous rendre service, jolie Némésis. Venez plutôt prendre un verre. »

Lili déteste cette approche, mais l'assurance de ce jeune blanc-bec est trop grande pour qu'elle n'aille pas y voir de plus près.

Ce qu'elle apprend, dans la pénombre du bar, est saisissant. L'avocat Bernard Bastien savoure l'effet de sa révélation avant de prendre la main de Leah et d'y poser les lèvres. Il demande où ils iront manger pour célébrer leur entente.

Leah dégage sa main, prend son air le plus charmant et refuse : « Vous êtes un gentleman, Bernard, vous n'auriez pas en tête une quelconque faveur pour une conversation privée ?

— Non. Sûr. Prenez un autre verre. Je vais vous convaincre de mes talents d'orateur.

— Je suis attendue. Mon fiancé. Et... Bernard, rappelez-vous le dicton : grand parleur... »

Dès qu'elle s'est échappée, elle se rue sur la première cabine téléphonique : « Madame Tessier ? Leah Singer. Excusez-moi, mais savez-vous qui a imité la signature de votre fils ?

— Non. Le *head office* de la Ligue, je suppose.

— Êtes-vous assise ? C'est votre mari, madame Tessier. »

Alex a cuisiné, mais l'assiette de Leah est toujours intacte. Elle se ronge les ongles et s'énerve. Il renonce à la voir finir son assiette, l'entraîne dans le salon et s'assoit face à elle : « Je veux bien t'aider, mais il faut m'aider toi-même. Tu ne peux pas les accuser d'un crime qu'ils n'ont pas commis ? Tu ne peux pas les poursuivre, alors que ta cliente est la criminelle ?

— Son mari est criminel, pas elle. Elle ignorait les faits.

— Mais elle est sa femme. Elle est...

— Inexistante juridiquement. On ne peut pas les séparer et on ne peut rien faire si son mari ne le veut pas. Il pouvait toujours poursuivre pour son fils, en son nom... se mettre dans les souliers du mort pour exiger le paiement de son salaire, puisque c'est lui qui en hérite. Mais il a renoncé à la succession. Pas fou, le bonhomme ! Et il n'acceptera jamais de signer une autorisation à sa femme pour qu'elle puisse hériter et encore moins pour qu'elle aille poursuivre. C'est foutu ! Il n'ira pas se faire un procès à lui-même ! C'est fini, Alex ! Classé ! Réglé ! Pas de cause, pas de débat ! Juste une bande de patrons qui escroquent un pauvre garçon de vingt-deux ans trahi par son père. J'en pleurerais. J'en crierais, Alex. Si tu avais vu la face satisfaite de Bernard Bastien. Ça doit être lui qui a eu l'idée de demander ça au père.

— Mais le papier, ils l'ont eu après l'accident ? La démission...

— Évidemment ! Ils sont allés voir Roger Tessier et lui ont fait signer cela “en cas de problème”, dans le genre bonasse. Un coma de quelques années, ça s'est déjà vu.

— Tu ne peux pas faire valoir son état, sa peine ? Une sorte d'égarement émotif...

— Il faudrait qu'il accepte de me parler. Il ne veut même pas me voir.

— Sa femme ne peut pas arranger un rendez-vous ?

— Il a trahi son fils, Alex. Il l'a trahi deux fois. Comment veux-tu que sa femme ait la moindre influence sur lui ? Il l'envoye chez le diable et c'est pas long. Il lui dit même que c'est sa faute à elle si le petit était pas normal. Son éducation de taponneuse.

Jamais il ne voudra perdre la face, surtout pas devant moi. »

Alex prend le téléphone, le lui tend : « Essaie. Appelle et on y va. Essaye, au moins. Tu vas t'en vouloir de ne pas lui avoir parlé. »

Roger Tessier répond et lui dit que, si elle est prête à entendre sa façon de penser, elle peut venir, mais que c'est à ses risques et périls.

La maison est un petit bungalow dans une rue où ils s'alignent, tous semblables, tous entourés d'une haie recouverte de toile de jute pour les protéger de l'hiver qui arrive. Le salon où on les fait asseoir ne reçoit que les gens en visite officielle ou les réceptions des fêtes. Georgette Tessier est muette et ses yeux rougis indiquent qu'elle a su « la façon de penser » de son mari, qui ne laisse pas Leah placer un mot : « Je ne sais pas si je pourrais vous actionner pour avoir mis des idées pareilles dans la tête de ma femme, mais je vais m'informer. Ce n'est pas un avocat, et encore moins une femme avocat, qui va venir faire la loi chez moi. Vous êtes irresponsable et dangereuse ! Ma femme est en pleine dépression et tout ce que vous trouvez à faire, c'est de la monter contre moi ? Son seul soutien ? Vous cherchez-vous des clients ? Ma femme est pas intéressée. Dis-y, Georgette !

— C'est moi qui est allée la chercher. Je le savais pas pour le papier. Je n'aurais jamais...

— C'est ça ! Si tu te mêlais de tes maudites affaires, on n'aurait pas l'air de deux sans-génie !

— Monsieur Tessier, on a abusé de votre confiance. Vous aviez de la peine, on vous a forcé la main. Ce n'est pas votre faute.

— Quel âge vous avez ?

— Roger ! »

Cette fois, Roger Tessier se tourne vers Alex : « Quel âge elle a ? »

Leah se lève : « J'ai vingt-cinq ans, monsieur Tessier. Je suis plus vieille que Marcel ne le sera jamais. Je suis avocat et je peux vous aider, si vous m'écoutez.

— Vous, écoutez-moi ! Vous êtes jeune, vous avez faim, vous voulez vous battre pour la bonne cause ? C'est pas ici. Ici, c'est l'échec et la cause finie. Ici, mademoiselle, personne n'a besoin d'aide ou besoin que vous vous mêliez de nos affaires. Je n'ai pas de peine ! Je n'en ai pas eu et je n'en aurai pas. Marcel était un déshonneur. Il m'a humilié publiquement. J'en ai fait un homme, un joueur de hockey, sa mère en a fait une tapette. Que des gars *toffes*, que des gars qui sont des vrais hommes aient eu envie de lui donner une leçon, ça me dérange pas. Je ne dis pas que j'ai voulu ce qui est arrivé. Je dis qu'il a couru après. Il avait rien qu'à se retenir. Il avait tout pour faire un grand sportif, il avait rien qu'à se retenir, baptême ! Tout ce qu'il trouve à faire, c'est d'aller boire de la bière avec des... des trous de cul qui se déguisent en femmes pour bander. Crisse ! Je le sais pas ce qu'il avait dans la tête, mais il a perdu ses chances par sa maudite faute. Mourir, c'est pas le pire qui pouvait y arriver. Mon fils est mieux mort que lavette. J'aime autant ça que de le voir traîner dans des bars louches.

— Si c'est une punition qui a tourné au meurtre, monsieur Tessier, vous ne direz rien ? Vous trouvez cela acceptable ? Compréhensible ?

— Vous êtes comme sa mère ! Vous trouvez qu'il fait pitié ! Qui va avoir pitié de moi, sur ma *job* ? Qui se fait traiter de nono tous les jours ? Moi ! Avant, j'arrivais à la *job* et on discutait de ses bons coups. Tout le monde me parlait de Marcel. C'était ma fierté. Et il a fallu qu'il aille se faire du fun de tapette avec des minables. Pourquoi y s'est pas retenu ? C'était pas compliqué, ça, baptême ! Se fermer la gueule et faire son sport.

— Il a essayé pendant vingt-deux ans d'être le gars que vous vouliez. Il devait avoir très peur de vous décevoir, monsieur Tessier. Le pire, c'est qu'il avait raison d'avoir peur. Tant qu'il a fait vos quatre volontés, vous l'avez aimé. Un pas de côté, bonsoir, la porte !

— La porte toi-même ! Pourquoi j'endurerais d'être la risée de tout le monde ? Espèce de niaiseuse : mets-toi donc à ma place aussi. »

Alex se lève, prêt à défendre Leah, qui saisit son sac et se dirige vers la porte : « Votre fils aurait dû souhaiter que vous l'aimiez un peu moins. En signant pour lui, à sa place, vous êtes complice de son meurtre. Moralement complice. Si ça ne se sait pas, monsieur, je suppose que vous n'aurez pas honte ? »

Georgette sanglote dans son fauteuil et Alex saisit le bras de Leah et l'entraîne vers la porte avant que Tessier n'ait un autre meurtre sur la conscience.

Leah est tellement révoltée, tellement écœurée qu'elle n'en dort plus. Monsieur Buchman s'est contenté de lui répéter que certains cas sont mieux au secret qu'en pleine lumière. Mais Leah continue de fulminer, de se ronger et de chercher une issue. Georgette Tessier est retournée vivre chez sa mère, incapable de demeurer dans cette maison, et son mari accuse « la jeune narfée d'avocat » d'être responsable de tout ce bouleversement. Georgette n'a pas les moyens de divorcer et elle envoie un chèque « symbolique » à Leah.

En déposant le chèque sur le bureau de son patron, Leah l'accompagne de sa lettre de démission... qu'il refuse. Il l'envoie réfléchir une semaine et se dit prêt à discuter ensuite.

Sa première journée de congé, Leah la passe à attendre au bureau des enquêteurs. Au bout de deux heures, elle les rencontre, dépose les deux pages du rapport et leur demande pourquoi ils se sont arrêtés là. Les deux policiers haussent les épaules : un accident sportif, un accident malheureux, les risques du métier. Pas de quoi approfondir. Elle n'obtient rien d'autre qu'une assurance sans faille. Même ses révélations concernant la Ligue et le père ne changent pas leur point de vue.

En sortant du poste, le plus jeune des deux policiers la suit. Il l'arrête au premier coin de rue et la renseigne un peu mieux : l'équipe voulait montrer au jeune ce qu'était un homme fort, un lancer viril, bref, ils se sont un peu emportés et la démonstration a viré au drame. Leah demande combien ils étaient à démontrer leur virilité.

« Six.

— Et où ils sont, maintenant ? Quel est leur employeur ?

— La Ligue. Ils jouent. Ce sont des joueurs d'élite.

— Je suppose que, quand vous avez écrit votre rapport, vous vous êtes dit qu'on ne peut pas priver la société de six joueurs d'élite ? Surtout pas pour l'honneur d'une tapette ?

— Je... nous n'avions que des présomptions.

— D'habitude, c'est là-dessus qu'on instaure une enquête approfondie suivie de poursuites, monsieur.

— Personne aurait gagné à ce que ça continue. Ni la famille ni la Ligue. Le directeur nous avait montré le papier signé du gars. Il n'y avait même pas de dommages à encaisser.

— Ça ne vous a pas frappé de voir que sa démission précédait le jour de sa mort ?

— Il n'était pas mort, il était coma.

— C'est exact. Maintenant, il est mort et il ne risque pas de venir dire comment la démonstration s'est faite. Si un jour je fais une démonstration sur un pauvre directeur sportif, j'espère que c'est vous qui mènerez l'enquête. »

Leah lui tourne le dos et elle rentre chez elle.

Aaron la regarde s'en faire, se miner, et toute sa compréhension ne calme pas Leah.

Florent écoute toute l'histoire en admirant la force et la détermination de Leah. Il lui demande ce que donne sa démission, pourquoi elle réagit comme ça, en reculant. Comment elle va aider les gens si elle n'est plus au cabinet ?

Leah pense de plus en plus à devenir avocat de la Couronne pour un salaire moindre, pour des heures supplémentaires non payées et pour défendre ce à quoi elle croit : « Buchman aurait accepté de défendre le président de la Ligue avant Georgette Tessier. Plus payant. Plus sûr. C'est pas le genre de droit que je veux exercer. C'est pas la justice comme je l'entends.

— T'as vu les enquêteurs, Lili. La justice comme tu la vois, elle n'est nulle part. Les gens pensent comme le père du petit. Les gens pensent que c'est moins grave d'éliminer une tapette que de réfléchir. C'est pas à la Couronne que tu vas changer ça. C'est en continuant. »

Leah n'est pas convaincue du tout : « Buchman va encore me faire sécher. Il ne me donnera pas de cause après ce qui vient d'arriver.

— T'avais dit six mois, il lui en reste deux pour prouver qu'il tient à toi. Prends ce temps-là pour réfléchir. Ça fait deux ans que tu leur démontres ta bonne volonté et tes capacités, Lili, ne va pas brûler tes efforts. »

Elle se résigne en soupirant : « En plus, même si ça prend trois ans, c'est même pas exagéré. C'est normal pour une femme. Je trouve que ça ne va pas assez vite, Florent, ni les mentalités ni ma carrière.

— Ça va ensemble. Tu es un grand avocat. Ils vont le savoir. Donne-toi le temps. »

Le sentiment d'échec est cuisant, mais la leçon profitable. Leah sait à quoi elle a affaire, elle évalue un peu mieux le système auquel son intégrité s'attaque. À son retour, elle a la surprise d'être invitée à luncher avec le boss, qui ne prend aucun détour et attaque dès qu'ils ont choisi les plats : « Vous êtes brillante. Vous êtes surtout passionnée. C'est ce qu'il faut pour convaincre un jury. Du feu. De la foi sans hystérie. Je veux vous garder chez nous. Vous êtes exigeante, pressée et vous n'acceptez pas les refus. Je suis pareil. Je n'accepte pas votre refus. Votre critique, oui. Je vous ai tenue en retrait, c'est exact. Je vous ai fait piaffer et votre sortie montre que j'ai sous-estimé mon cheval. Ne vous insultez pas, j'adore les chevaux. J'ai les mêmes caractéristiques que vous, ce que vous appelez des défauts : je suis juif et entêté. Je vous offre ceci : la prochaine cause importante que je prends, vous la suivez avec moi. Vous m'accompagnez tout le long, vous écoutez, vous me conseillez, vous faites mes recherches et je plaide. Après, je vous renverrai la balle.

— Vous voulez dire...

— Je vous assisterai, vous plaiderez. »

Leah part à rire : ce serait le comble qu'un aussi grand maître se rabaisse en l'assistant. Il tend la main : « Entre Juifs, pas besoin de signature ? »

La seule rumeur que ce rôle de mentor provoque au sein du cabinet n'est pas la promotion ou la confirmation de la valeur de Leah, mais la suspicion que, du statut d'avocat, elle est passée à celui de maîtresse de Josh Buchman. Pour ses collègues, les qualités de Leah se résument à des yeux rares et non pas à un regard.

En suivant Josh Buchman, Leah fait l'apprentissage des règles sociales sous-jacentes aux règles officielles, des ruses et des sournoiseries des puissants pour contourner la loi écrite pour les faibles, suivie par les faibles et enfreinte par les forts. Buchman se nourrit à même la révolte de Leah contre les abus des puissants. Il réapprend une règle de base depuis longtemps mise en veilleuse chez lui et qui réveille le fondement de sa pratique : l'indignation. Il a besoin de la colère de cette jeune femme parce que, depuis longtemps, il n'éprouve plus de ferveur, et que le défi d'un procès réside dans le montant de ses honoraires. Leah est habitée d'une énergie émotive ambivalente, risquée, mais qu'il lui envie. Une femme est vite méprisable, indigne de foi, si elle laisse paraître ses sentiments. Chez Leah, les sentiments résistent à la pulsion mélodramatique, ils gagnent en noblesse et il est même tenté de croire qu'ils sont intègres.

La cause sur laquelle ils travaillent les oblige à partager de longues heures de discussion et, petit à petit, Josh subit la séduction la plus dangereuse qu'il connaisse, celle de l'esprit. Cette Leah Singer le captive avec ses idées, ses argumentations brillantes qui, toujours, reposent sur l'affect et pas seulement sur la loi sèche. Pour cette femme, la loi implique les êtres humains qui y sont soumis, elle implique la justice qu'elle prétend faire régner. Josh a l'impression de suivre un cours élémentaire de droit qu'il avait sauté et qui lui manquait depuis le début de sa carrière.

« Cela fait vingt-sept ans que je pratique ce métier, jamais je n'ai eu autant de plaisir à plaider, autant d'assurance et de *challenge*. Merci, Leah. »

Il lève son verre de champagne et le frappe légèrement contre celui de Leah. Il tait le sentiment de puissance que son regard lui a donné, qu'il n'a cessé de fouetter tout le long de sa plaidoirie. Il aurait gagné avec la moitié moins d'efforts, mais la vanité de gagner haut la main, avec panache devant elle, a guidé chacune de ses reparties.

Il essaie de connaître son parcours, ce qu'elle cherche tant dans cette jungle. Il la fait parler, parce qu'elle lui plaît, et ce charme aussi est nouveau pour lui. Marié, père de cinq enfants, il a bien quelques pas de côté à se reprocher, mais rien qui ressemble à ce qui lui arrive dans ce restaurant. Rien qui s'appelle de l'amour ou qui seulement s'en approche. Il la fait rire, ils s'affrontent, ne sont pas d'accord sur des principes et, au lieu de la faire taire avec autorité, il se prend à la provoquer, parce qu'il aime la voir s'avancer vers lui pour le convaincre, la voir s'incliner au-dessus de son assiette, marteler la nappe d'un doigt autoritaire, entre son verre et le sien. Il se retient de saisir cette main, il se retient pour se concentrer sur les yeux brillants d'assurance et d'intelligence, il sourit et s'amuse enfin dans ce métier. Il est bien. Ça fait des années qu'il a oublié comme c'est bon d'être devant quelqu'un qu'il estime.

Il n'a aucun geste déplacé ou seulement osé, il s'en garde d'autant plus qu'il en a des éblouissements de tentation. Il reste sur le plan professionnel et note qu'elle est ravie de le savoir père de cinq enfants. Il est très tard quand il la dépose devant chez elle. Elle tourne vers lui un visage confiant, ouvert. Il tend la main : « La prochaine cause est pour vous.

— Vous allez vraiment le faire ? Je veux dire, m'assister ?

— Je serai le sage qui veille et vous enseigne en ne posant qu'une seule question, mais la bonne. Former un esprit est l'une des entreprises les plus excitantes qui soit.

— Vous avez pensé à ce que diront les autres ?

— Ce n'est pas Maître Singer que j'entends se soucier du qu'en-dira-t-on ? Je me trompe ?

— J'ai passé une magnifique journée.

— Moi aussi. Bonne nuit. »

« Surtout une magnifique soirée » aurait été plus honnête, mais Josh Buchman n'est pas à une demi-vérité près.

La cause dont Leah sera chargée, il la cherche attentivement, il la veut gagnante sans facilité. Il veut également être utile et partie prenante du succès. Il veut jouer son rôle et avoir le plaisir inoffensif de l'admirer dans le prétoire, de la guider moralement. L'affaire Sadler est parfaite. Que tout le bureau s'offusque de la voir confiée à quelqu'un d'aussi peu expérimenté lui permet de faire passer son rôle encore plus aisément. Josh Buchman se fout bien des réactions de ses employés, il ne se soucie que de son partenaire, Stell, et de Leah Singer.

Quand elle gagne son procès, tout le monde se dit que c'est à cause de Buchman, assis près d'elle, à côté du client. Buchman qui a tenu les rênes et a conduit l'affaire avec son doigté habituel. Josh n'ignore pas que, même sans lui, elle aurait gagné. Même sans un mot, sans un conseil, elle aurait gagné.

Lorsqu'elle le remercie chaleureusement ce soir-là,

il a l'honnêteté de le reconnaître et de le lui dire. Elle sourit divinement : « Sans vous, je n'aurais jamais eu cette cause. Ça, on peut lever nos verres à cette partie-là de l'histoire, non ? »

Il lèverait son verre à bien des aspects de l'histoire. Dans le courant de la soirée, elle parle de cette femme qu'il connaît de vue, Adélaïde McNally, et ils discutent mode et couture avec légèreté. Il s'intéresse à la vie du président-directeur général de *McNally Enterprises* et elle se moque de son intérêt faussement professionnel : « Vous êtes comme tout le monde, vous l'admirez, mais vous voulez la séduire secrètement.

— Vous croyez ? Vous me voyez comme un vieux satyre, c'est ça ?

— Mais enfin, monsieur Buchman, vous avez à peine dix ans de plus qu'Adélaïde !

— L'âge de lui plaire à elle.

— Elle est déjà occupée... Je veux dire, elle a quelqu'un.

— McNally... Ce n'est pas lié à ce meurtre incroyable ?...

— Oui.

— Excusez-moi. J'ai l'impression qu'elle est de votre famille.

— D'une certaine manière, elle l'est. C'est sûrement la mère que j'aurais voulu avoir. Elle m'a beaucoup aidée. Elle m'a formée.

— Voilà pourquoi vous êtes une femme si bien. »

Intimidée, Leah joue du bout de sa fourchette avec les petits pois verts qu'elle ne mange jamais. Il est sincère. Il le croit. Elle n'en revient pas. Elle est si heureuse, si comblée de cette confiance qu'il met en elle. Troublée aussi. Ce n'est pas net, cette entente rieuse, affectueuse. Elle n'est pas nette et elle le sait. « Monsieur Buchman...

— Attendez ! Combien d'années avant qu'on s'autorise Josh ? Décidons cela maintenant, que commence le compte à rebours. Trois ans ? Alors, il reste une heure ! Vous êtes entrée chez nous pour la première entrevue il y aura trois ans dans une heure. Donc, dans une heure, vous m'appelez Josh. Que vouliez-vous me dire ?

— Vous vous souvenez de cela ?

— Votre père, Theodore Singer, était de la même promotion que moi. Nous avons souvent discuté de droit. On se connaissait un peu, même synagogue, vous savez, ce genre de choses... Alors, quand sa fille a demandé une entrevue pour entrer chez moi, j'ai eu... disons davantage de curiosité. »

Il ne pensait pas l'émouvoir autant, la toucher comme ça. Josh Buchman n'a jamais pensé qu'une enfant pouvait éprouver autant d'amour et de dévotion pour un père. Écouter Leah parler de Theodore Singer, de sa quête, de ce voyage inouï au bout des horreurs nazies pour l'exhumer, le ramener vers elle, vers sa terre et sa famille, le bouleverse. Il n'a pas fait la guerre. Il « s'en est sauvé », comme il s'en vante habituellement. Dieppe n'est pour lui qu'une étape cruciale et terrible dans les films de guerre. Dieppe n'a jamais existé avant ce soir-là, avant que Leah ne l'évoque et ne le rende atroce.

Quand elle se tait, il n'ajoute rien non plus. Il constate simplement qu'il l'aime. Comme une évidence. Comme une chose toute simple, vitale, essentielle, mais simple. Il n'a pas envie de le lui dire. Il est à l'affût de cette plénitude qu'être avec elle entraîne. Il n'a envie de rien d'autre que de cette confiance absolue qui lui apporte une solidité comme jamais il n'a éprouvée. Le sentiment d'être arrivé à bon port. D'être rentré chez lui. Elle est jeune, elle est plutôt jolie, mais ce n'est pas pour ça qu'il l'aime. C'est à cause d'un indéfinissable alliage de courage et de vulnérabilité. Un mystère pour lui, comme si le feu et l'eau cohabitaient. Leah Singer est si cachottière, si peu consciente de son magnétisme. Elle ne joue jamais, ne simule pas, ne se livre à rien de féminin comme il l'entend. Elle est grave, souvent sombre. Elle est pleine de tragiques questions, et pourtant, elle peut éclater de rire de façon surprenante, avec un fond d'enfance inaltéré.

Ce qui rassure Josh Buchman, c'est que s'avouer cet amour n'éveille aucune concupiscence, comme si la chose n'avait rien à voir. Il ne se demande même pas si le fait d'avoir connu son père l'incite à une paternelle approche. Il se fout des détails. Il laisse cet amour prendre sa place sans crainte, parce qu'il a toujours tout dominé et n'a jamais été l'esclave de qui que ce soit ou de quoi que ce soit. Fort de cette assurance, il ne doute pas un instant que cet amour ne peut qu'être inoffensif et sans danger. Du bonheur. Le plaisir de la fréquenter, d'illuminer ses journées de travail grâce à sa ferveur bienfaisante. Un cadeau pur, sans sous-entendus, sans turpitude. Le but n'est pas de se livrer à la sensualité. Il fera cela ailleurs. Le but est d'aimer. Cela, il ne peut pas le faire ailleurs.

« Il est minuit, Leah, vous pouvez m'appeler Josh. »

Voilà, elle rit et on dirait que c'est l'aurore.

* * *

« Il connaît papa, tu te rends compte ? Papa et lui ont étudié ensemble. Je savais qu'il y avait quelque chose, un lien spécial entre nous ! »

Alex se tait, grognon. Il en a plein les oreilles de

Josh Buchman. Il est jaloux, il le sait, et ça le rend de mauvaise humeur. Comment une fille aussi brillante peut-elle se montrer aussi naïve, ça le dépasse ! Comme ils se sont accrochés à quelques reprises sur le sujet, Alex garde une prudente réserve et ne commente pas. Au moins, elle lui dit tout de ses enthousiasmes, ce qui, à ses yeux, leur retire un fond douteux. Naïve et honnête ! Dieu, cet homme n'en fera qu'une bouchée ! Et il se retrouvera cocu.

Alex s'agite à la seule idée : « J'ai pensé entamer des démarches pour obtenir un divorce.

— Tu ne vas pas encore recommencer ? »

Le divorce, suivi du mariage est le rêve d'Alex et le cauchemar de Lili. Les arguments ont été servis, entendus et aucune solution n'a été trouvée, à part l'impasse de la situation conjugale d'Alex qui fait l'affaire de Leah. Alex y voit un manque d'amour et d'engagement de la part de Leah.

Leah y trouve surtout un conventionnalisme qu'elle ne désire pas. Après l'affaire Tessier, les droits des époux sur leurs femmes la laissent très distante vis-à-vis du mariage.

« Tu es trop libre, Lili, tu me fais peur ! »

Elle se moque de lui, de sa supposée crainte : « Le jour où tu n'auras plus peur de me perdre, tu iras voir ailleurs, Alex McNally ! »

Ce qui insulte beaucoup Alex, qui rouspète.

« Alors, arrête de me traiter de femme libre ! Tu sais ce qu'on dit de ces femmes-là ? Qu'elles n'ont aucune féminité, que ce ne sont pas des vraies femmes. »

Elle vient ronronner dans son cou, faire sa chatte, se lover et s'agripper pour lui donner ses coups de griffes. Au moins, Buchman ne sait pas que, sous la façade sérieuse, il y a cette séductrice féline. Il espère qu'il ne le sait pas. Il embrasse Leah et il est certain qu'il ne le sait pas.

* * *

Léa s'est étendue sur le fameux divan sans aucune hésitation. C'est presque avec euphorie qu'elle plonge.

« Je voulais que ce soit aujourd'hui, ma première séance. Ça fait trois ans que je désirais que ce soit le 21 décembre. Que ce soit le 21 décembre 1960 m'a consolée du délai parce que, aujourd'hui, à deux ou trois jours près, c'est le dix-neuvième anniversaire de ma conception. Et cette année, j'ai eu l'âge qu'avait ma mère ce jour-là. Dix-huit ans. Étrange... elle était célibataire. Je devrais être un accident, une mauvaise nouvelle. Je n'ai jamais senti cela. Jamais. Il faut que ce soit bien refoulé dans mon inconscient si c'est une chose que je pense. Je ne le sens pas. Théoriquement, ce devrait être le cas, je devrais me sentir... malvenue. Ma mère est une femme spéciale. Pas comme les autres mères. Elle ne fait rien comme tout le monde. Elle agit comme elle pense. Alors, si elle n'avait pas voulu de moi, elle se serait arrangée pour me faire disparaître.

— (...)

— Eh bien, je n'ai aucune peine, aucun chagrin, je suis sûre et certaine qu'elle a voulu de moi. Bon, elle ne m'a pas planifiée, mais elle m'a voulue. Comme Thomas. Je veux dire Thomas et Anne...

« Je suis vierge. Je n'ai jamais osé demander à maman si je suis arrivée avec sa première fois. Si elle savait ce qu'elle risquait en faisant l'amour. Dans ce temps-là, vous savez, on ne parlait de rien. Je suis probablement le fruit de l'ignorance. Ce qui ne concorde pas du tout avec mon père. Il était plus âgé que maman. Beaucoup plus. Il savait ces choses. À propos des bébés. Parce que maman n'en a pas eu beaucoup.

Par exemple, ma tante Rose ne doit pas encore savoir, parce qu'elle est encore enceinte. Son cinquième. Bon, je veux dire que papa savait comment l'éviter. J'ai pensé que la guerre a pu être une raison de me faire. Comme pour ne pas y aller, vous savez, être père de famille ? Le côté bizarre, c'est qu'ils se sont mariés après, comme obligés. Mais ils s'aimaient. Vous comprenez ? Il n'y avait pas d'empêchement, pas de désaccord familial, je pense. Alors, pourquoi se marier obligés ? Tout ce que je vois, c'est que maman s'y opposait. Elle n'aime pas se marier. Paul va attendre longtemps, j'en suis sûre. C'est son... amoureux, un médecin. Je ne m'occupais pas de lui avant qu'il ne prenne mon parti contre maman. Maman est contre cette analyse. Maman est contre la psychanalyse. Maman est contre les fous. Ça a l'air borné, dit comme ça, mais c'est à peu près la seule chose sur laquelle elle est bornée. On peut dire que j'ai sauté dessus ! Sa faiblesse, je veux dire. J'en profite pour la provoquer, on dirait. C'est probablement vrai. J'ai besoin de lui prouver qu'elle a tort. Besoin d'avoir raison contre elle. Par chance qu'il y a eu ça, je n'aurais jamais trouvé le tour sans ça. En plus, je la comprends. Ça m'énerve beaucoup de comprendre les gens. Je comprends avant qu'ils n'expliquent. Ça me fait perdre ce que je pense, ce que je suis. Parce qu'ils occupent ma pensée, je ne sais plus qui je suis. Je deviens eux.

— (...)

— Non, ce n'est pas rassurant, c'est pesant. Je veux être moi. Pas eux. Je veux être entière, pas remplie des autres. Ouain, c'est ça, un porte-étendard pour un drapeau qui n'est pas le mien. Je ne sais pas quel est le mien. La littérature est remplie de gens qui ne savent pas ça. Ils écrivent pour ça. Pour trouver leur drapeau, leur patrie, leur terre. Ils ont perdu leur île. L'île d'origine. L'attache. Je n'ai pourtant rien perdu, je sais qui je devrais être. Je suppose que si je dis “devrais”, ça me ramène aux perdus de la littérature ? Perdre est une drôle de notion. Perdre... Je n'aime pas ce mot. Il fait incomplet à cause du “dre” qu'on ne prononce pas. Dans “rendre”, on le prononce, c'est mieux.

— (...)

— Bien sûr que je m'entends ! Perdre-rendre. Oui, oui, je m'entends et je n'en reviens pas d'être si primaire. J'espérais devenir intelligente ici, ou me montrer intelligente. Je me montre très primaire et très... Bon, O.K. J'ai peur de perdre. Perdre sans fin. Comme si on partait avec un tout petit paquet dans la vie et que vivre, c'était perdre à mesure qu'on avance. Jusqu'aux mains vides devant la mort. J'ai peur de perdre tout mon petit paquet avant d'avoir le temps de vivre. Je veux me le rendre à moi-même à travers l'analyse. Je suppose qu'on ne peut pas mourir les mains pleines, mais vivre les mains vides me semble triste.

— (...)

— Je pensais aux mains des morts. La main de mon père était tournée vers le plafond, *twistée*, inconfortable, le bras coincé sous lui et tordu. Je n'ai jamais été capable de dire “tordre le bras à quelqu'un”, l'expression la plus obscène que je puisse imaginer est le “tordage de bras”. J'ai vraiment de la misère à le dire. Je viens la gorge sèche. Ça me donne envie de vomir. Je n'aime pas qu'on me tienne. Je n'aime pas qu'on me prenne, même si j'ai envie d'affection. Je suppose que c'est pour ça que personne n'est amoureux de moi. Je sais que c'est pour ça que, moi, je ne suis pas amoureuse. Non, ça ne m'écœure pas, ça me fait peur. Les bras me font peur. La... prise. La... l'emprise...

— (...)

— Ma sœur ? Pourquoi voulez-vous que je vous

parle d'un bébé que je n'ai pas connu ? On n'en parle jamais. Anne est disparue. Ma mère n'en parle pas. Thomas l'a appelée sans arrêt pendant des mois.

— (...)

— Elle était dans les bras de papa, écrasée par lui. Je ne l'ai pas vue, je savais qu'elle était là-dessous. J'ai travaillé pour la sortir de là, pour qu'elle respire. Je n'ai jamais douté de ça : sous Kitty, il y avait papa et, dans ses bras, en dessous, cachée, étouffée, il y avait Anne. Perdre les bras. Vous pensez que j'aurais voulu être là ? Dans ses bras. Et mourir ? Perdre dans ses bras plutôt que perdre les bras ? Quand j'étais petite, je levais les bras et ne disais que ça : bras ! On me prenait. La main tordue de papa, elle voulait quelque chose... Moi ? J'ai pensé que c'était moi ? Que j'aurais dû mourir ? Avec eux ? Ou à la place d'Anne ? C'est possible que je n'aie plus jamais voulu de bras pour me punir de ne pas les avoir rejoints ?

— (...)

— Qui ? Oh ! Maman m'a prise ! Elle m'a arrachée du lit, elle m'a prise et m'a déposée dans le corridor. Oui, docteur, maman m'a prise dans ses bras et m'a éloignée de la mort et des bras de mon père. Des bras où Anne est restée. Maman, jamais je ne l'oublierai, jamais, maman a pris le cadavre d'Anne au salon funéraire et elle l'a placé sur le torse de papa. Elle dort avec lui. Anne. J'étais terrorisée qu'on ferme la boîte, la tombe. Maman a mis la petite couverte préférée d'Anne sur son corps. Jamais de ma vie je n'ai vu quelqu'un avoir aussi mal que ma mère. Et rester droite. Sa peine était plus forte que la mienne. Elle m'écrasait. Elle m'étouffait. J'ai eu sa peine. Pas la mienne. J'ai la peine des autres. Jamais la mienne. Je suis en exil de ma peine de perdre. Vous croyez qu'on peut vouloir qu'on nous rende une peine ? Comme si c'était beau ou désirable ? Vous croyez que le petit paquet qu'on trimballe, c'est la peine ? Je ne veux plus mourir les bras pleins de peine. Je veux dire : pas. Je ne veux plus mourir... Bon, je suppose que c'est ce que je veux dire : je ne veux plus mourir les bras tordus de peine. Je suis fatiguée. Je ne peux pas croire que je puisse vouloir qu'on me rende ma peine. Me semble que j'en ai bien assez. Je suis fatiguée et j'ai peur. J'ai peur de mourir étouffée si on me rend ma peine. Je pense que je ne suis pas au bout de mes peines ! »

* * *

Un soir de novembre, alors qu'il revenait du cinéma sans se presser, Fabien a senti une présence derrière lui. Quelqu'un le suivait. Il s'est retourné et s'est retrouvé face à face avec un grand efflanqué aux yeux fuyants. Et il lui a parlé. Il lui a dit qu'il avait sur lui de quoi lui offrir une bière. L'autre a fait comme si l'invitation le surprenait, comme s'il n'avait jamais été question de voler qui que ce soit. Ils sont allés s'asseoir à la taverne et ils ont parlé. Fabien surtout. L'autre n'a dit son nom qu'en sortant. Richard Mailloux. Fabien lui a montré où il habitait et il lui a dit que s'il ne savait plus où aller, il pouvait toujours frapper à sa porte.

Richard est venu frapper régulièrement. À l'heure du souper. Il reste à manger et il repart. Il parle uniquement pour questionner. Il ne dit jamais où il va ou d'où il vient. Il s'intéresse passionnément à l'aéronautique. Il écoute Fabien parler de son travail comme un enfant affamé regarde une vitrine de gâteaux. Fabien lui confie un livre. Puis un autre. Quand les livres sont en anglais, Richard les rend tout de suite : il ne parle pas anglais. C'est à la partie de bowling hebdomadaire des Miller et des McNally que Fabien a présenté Richard aux siens. Ils ont été étonnés et déçus. Ils attendaient sans doute une jeune femme. Fabien est conscient de leur désir de le voir refaire sa vie. Il les regarde lui présenter des « amies », toutes célibataires, toutes charmantes et jeunes, toutes pâmées avant le premier mot. Il a dû se fâcher et exiger qu'on ne lui organise plus de ces *blind dates* humiliants. Il n'est pas prêt. Il n'a pas envie d'une autre femme. Il veut la paix, surtout qu'il commence enfin à se sentir mieux, qu'il commence à supporter le vide laissé par Jeannine. S'il veut une femme, il ira se la chercher lui-même, il n'est pas si dépourvu.

Il a présenté Richard comme un ami de quartier et tous lui ont fait bon accueil, malgré le fait que l'accepter dans la famille leur faisait une drôle d'impression. À Noël, au repas chez Ada, Fabien est accompagné de son « enfant perdu », comme l'appelle Adélaïde qui reconnaît là leur mère et la place faite au quêteux. Richard est drôle et peu encombrant. Même s'il a l'air plus vieux, il n'a que seize ans. À le voir à côté de Denis Dutrisac, on le dirait plus âgé, plus mûr, mais tout aussi maigre. Fabien trouve de l'intérêt à sortir Richard de son désœuvrement, à l'aider à se construire un avenir. Il lui parle anglais deux heures par jour et, parce que c'est de la conversation, Richard est tenu de s'exprimer et d'en dire un peu plus sur lui-même. Ils apprennent à se connaître et Fabien lui offre l'hospitalité permanente. Richard n'accepte que pour certains soirs. Rose et James s'inquiètent un peu de cette amitié qui profite des instincts de Bon Samaritain de Fabien, mais ne semble pas lui apporter beaucoup.

« Ça le distrait de sa peine, ça le force à sortir, à parler. C'est déjà ça, non ? »

Contrairement à Adélaïde, James se méfie. Il n'ose pas exprimer sa crainte, qui est de voir Richard voler Fabien. Ou alors, de découvrir des tendances à Fabien. Jamais aucune remarque visant l'homosexualité ou les hommes maniérés n'est admise à la table d'Adélaïde. Que ce soit pour condamner ou pour louanger la chose, c'est interdit. James garde donc pour lui sa répugnance.

La fois où Leah a raconté son procès avorté, James a compris que l'interdit frappait le jugement et non la chose. Il a toujours eu du mal à comprendre à quelle enseigne Florent bénéficiait de la protection puissante d'Adélaïde. C'est le genre de sujet sur lequel Rose n'a aucune réponse. Chaque fois qu'il se retrouve à la table familiale, James se réjouit d'avoir épousé la fille la plus normale de la famille. La plus douce des épouses et la meilleure des mères. Béatrice et son Jean-Louis lui donnent des frissons et Ada lui fait un peu peur avec son sens aigu de la repartie. Sens que Leah est en voie d'adopter, lui semble-t-il. James regarde ses filles avec amour et adoration : elles sont si extraordinaires, si vives et si différentes. Quand Rose veut le secouer de son orgueil paternel, elle lui raconte que les sœurs Miller étaient pareilles à leurs filles quand elles étaient enfants. James souhaite une autre fille. Il sait que personne ne va le croire, même pas Rose, mais l'enfant prévu pour juin serait une fille qu'il en serait très heureux.

Il est distrait de sa contemplation conjugale par Fabien qui veut emmener Richard aux laboratoires où James fait ses recherches. « Tu pourrais lui montrer, lui expliquer ? Ça le fascine, la science. Je pense que c'est un esprit scientifique à qui on n'a pas montré le bon chemin.

— Il est un peu tard pour le remettre sur les rails,

non ? Une carrière scientifique ne se fait pas avec une cinquième année faible.

— Je sais. Mais il peut se reprendre, étudier maintenant. Pourquoi il n'aurait pas une deuxième chance ? J'ai perdu trois ans avec la guerre. J'ai repris après.

— Parce qu'il n'y a plus de guerre, Fabien. Parce qu'il doit gagner sa vie et que des études comme ça coûtent cher. C'est le genre à aller mettre une fille enceinte et à se mettre une famille sur les bras avant vingt ans.

— Au moins, il ne la planterait pas là. Tu dis oui pour le labo ?

— Je dis oui. »

Adélaïde n'est pas du tout surprise de voir Fabien venir lui demander un emploi pour Richard, le temps qu'il retourne à l'école. Elle avait déjà réfléchi et parlé avec Leah de son projet. Elle va instaurer un Fonds Jeannine-Miller dans lequel elle investira une somme égale à celle de la Fondation des vacances, et elle laissera Fabien en définir la charte et les règlements. « Tu formes ton conseil d'administration, tu suis tes règles et je mets les fonds. Que tu veuilles permettre aux jeunes de continuer une formation qui a été arrêtée par la pauvreté ou la misère morale me semble absolument approprié. Jeannine approuverait ça cent milles à l'heure. Je te donne quatre ans d'essai avant qu'on n'ouvre le Fonds à d'autres mécènes. Dans quatre ans, ce sera une œuvre de bienfaisance pour laquelle nous devrons chercher des sources de revenus variées. Vas-y, Fabien. C'est une magnifique façon de garder Jeannine vivante dans l'esprit des gens.

— Tu vas accepter d'être au conseil d'administration ?

— Paul va me tuer si je te dis oui.

— Alors, je vais demander à Paul d'y être. Paul, James et moi, trois scientifiques, toi et Leah, des femmes professionnelles. Qui d'autre ?

— Sors de la famille : va me trouver un vieux riche qui a des contacts. J'ai pas envie de payer toute seule, toute ma vie. »

Voilà comment Josh Buchman s'est trouvé à siéger au conseil d'administration du Fonds Jeannine-Miller et comment son dévouement à la cause des jeunes ignorants en mal d'apprendre a impressionné tous les membres du conseil.

* * *

« Je voudrais parler de Florent. C'est un peu mon père. Pas mon père géniteur, évidemment. Je me souviens du jour où on m'a présenté mon père. Je veux dire, mon vrai père, Nic. C'était l'automne, mais on aurait dit l'été. C'était un après-midi de fête, c'était joyeux. Je dansais avec Florent. On était heureux. Puis, j'ai senti la tension chez Florent... Oh ! mon Dieu ! je me trompe. Ce n'était pas Florent, c'était Fabien. Fabien avec qui je dansais. Mon oncle Fabien, le frère de maman, qui était revenu de guerre avant papa. Florent, lui, était à côté de papa. Et maman tenait sa main. À mon père. Tous les trois me regardaient fixement, comme si je devais faire un spectacle. Comme si c'était une leçon, je ne sais pas. Maman et Florent étaient tout mous de bonheur de voir mon père. Comme malades d'amour. Et lui... Il était tellement grand, tellement fort. Moins beau que Florent à mon avis, mais je ne dirais plus ça maintenant, je le trouve au moins aussi beau. Il ne m'a pas tendu les bras. J'ai été dans ses bras. Il m'a prise, m'a soulevée et j'ai eu l'impression d'être forte, victorieuse. Mon père m'adorait. Je le sentais. Mais je ne le connaissais pas. C'est drôle de ne pas connaître son père. De lui être présentée un après-midi d'octobre. J'avais trois ans. L'âge d'Anne. Pourquoi je n'ai pas souvenir de mon père ? Anne est morte avec son père. J'avais cinq mois quand il est parti. Ma mémoire ne peut pas me le rendre. Mon père est revenu en octobre 1945 et je l'ai adopté. Florent était le premier père et lui le second. Florent est resté. Mais je n'ai jamais cru qu'il était mon père. Parce qu'il était plutôt comme ma mère. Je veux dire qu'il aimait mon père. Comme ma mère. Il mourait de désir quand papa l'approchait. Il tremblait. Papa a toujours fait comme si ça n'existait pas. Pensez-vous qu'il le savait ? Qu'il le sentait ? Il ne jouait pas avec Florent, ça je le sais. Mon père était... je vais dire la chose la plus freudienne du monde, mon père était désiré par tout le monde. Par moi aussi, évidemment. Ma mère... elle perdait le nord avec lui. Elle riait ! Je n'ai plus jamais entendu maman rire comme ça après la mort de mon père. C'était... plein de désirs, de joie de vivre, je pense sincèrement qu'ils avaient une très bonne entente sexuelle.

— (...)

— Non, je ne suis pas jalouse. Je suis seulement sûre et certaine de ne jamais avoir ça. Je ne sais pas si vous connaissez ce jeu : on se place debout sur une chaise, de dos devant des gens et on se laisse tomber et eux vous ramassent ? C'est supposé ne pas faire mal. Bon, vous voyez le genre ? Ma mère était comme ça avec lui. Elle riait et se laissait tomber. Mon père ne l'échappait jamais. Après, je ne l'ai plus vue avoir cette confiance dans la force des autres. Maman ne compte plus que sur sa force.

— (...)

— Vous avez raison, je ne compte pas sur la sienne. Je ne sais pas pourquoi. Elle n'est pas si forte pour moi. Oui et non. Elle est forte, mais c'est moi qui la protège, même si elle fait semblant de le faire. C'est moi qui ai dit oui à Nic. Je veux dire, pour l'adopter quand on me l'a présenté. C'est moi qui ai donné l'alerte pour Kitty, pour papa et Anne... C'est moi qui ai déterré papa de sous l'autre. Mais maman m'a écartée d'Anne. On est encore là... Encore revenu là, sur ce lit. Les deux fois, il faisait soleil. Un soleil éclatant. Le jour où mon père est arrivé et le jour où il est mort. Pourquoi ça me fait l'impression d'acter ? De ne pas être partie prenante ? Pourquoi maman me donne l'impression de mentir ? Elle voulait me protéger, mais elle ne voulait pas que je touche Anne. Papa, oui. Anne, non. Savez-vous cc quc je voulais faire quand elle m'a arrachée de là ? Je voulais essuyer le rouge au bord de la bouche de mon père. Kitty l'avait sali. Le rouge à lèvres gras, graisseux, rouge bizarre, alors qu'il trempait dans le rouge sombre. J'ai vu le rouge et j'ai su que ça tuerait maman. Le baiser. Le baiser de Kitty. Avec la langue. Je veux dire... Ça faisait une marque évidente. J'ai pensé au voile de Véronique. Vous savez, le voile où la face ensanglantée de Jésus-Christ s'imprime ? Avec les larmes, le sang, la souffrance ? J'ai pensé que maman ne supporterait pas ça. Et elle m'a tassée. Elle ne voulait pas que je le touche, jamais. Je vais vous dire une chose. Dans le corridor, j'ai couru vers Thomas, mais je ne suis pas allée. Mes mains étaient pleines de sang. J'ai pensé qu'il aurait peur. J'ai embrassé mes mains. J'ai embrassé mon père dans mes mains. Ça a l'air dégoûtant, mais c'était juste triste. C'était doux et triste. Il restait du sang à lui sur mes mains et je l'ai embrassé pour le sentir. J'ai jamais eu peur du sang. Quand mon sang est arrivé la première fois, je savais ce que c'était, maman m'avait dit et j'étais fière, vous ne pouvez pas savoir. J'étais une femme. Je saignais. Je pouvais avoir des bébés. Je vais vous dire, j'aime sentir le sang couler, ce n'est pas désagréable ou douloureux. C'est chaud. C'est vivant. J'ai refusé d'embrasser mon père mort dans sa tombe. Il était froid. J'ai approché ma bouche, mais je ne l'ai pas collée. J'ai fait semblant. Le sang de papa, c'était... je ne sais pas. Quand on perd sa virginité, il paraît qu'on saigne. Pensez-vous que je vais penser à mon père ce jour-là ? À cause du sang ? Pensez-vous que j'étais amoureuse de lui ? Que maman m'a poussée à cause de ça ? Je l'aimais, c'est vrai. Tout le monde l'aimait. Est-ce que j'ai grandi pour devenir une femme pour lui ? Digne de lui ? Plus forte que maman qui ne touche pas à Kitty ? Je voulais aller vers lui. Je n'aurais pas eu peur de perdre tout mon sang dans les bras de mon père. Mêler mon sang avec le sien. Je suis son sang, non ? Encore maintenant, je le suis. Mais je ne suis pas mon père. Les gens ne me désirent pas comme ils le désiraient. Je pense que si papa avait été moins beau, il ne serait pas mort. Mais Florent et maman n'auraient pas été là non plus. Donc, moi non plus. Il était joyeux. C'était toujours heureux avec lui. Chaud et vivant.

— (...)

— Oui, comme le sang. Comme la vie. Après, il n'y a plus autant de soleil. Plus autant de chaleur. Thomas, je ne sais pas comment il va faire. Il va courir les rousses toute sa vie. Il va coucher avec sa sœur toute sa vie. Comme Kitty avec papa. Elle est venue le reprendre à maman. Elle s'est couchée dessus et l'a tué. Pourquoi elle ne m'a pas tuée ? Je n'étais pas assez importante ? Pas assez menaçante ? Pas assez rousse ? Anne était si belle, comme lui. Comme papa. Maman était jalouse, je le jure. Je ne l'invente pas. Elle ne dira rien parce que c'est Thomas, mais les rousses, elle ne supporte pas. Shirley MacLaine, elle ne peut pas la supporter. Pas de rousse. Est-ce que je vais courir les grands châtains toute ma vie ? Avec des épaules larges ? Comme le nouvel amour de Florent, Francis. C'est tellement évident. Je ne comprends pas qu'il refuse de l'admettre. C'est comme papa.

« Je n'ai jamais eu envie d'un garçon. J'ai envie d'être amoureuse et qu'on le soit de moi. Mais je n'ai rencontré personne. J'ai embrassé, touché des garçons. Ils m'ont touché le haut. Ça ne me fait pas grand-chose. Je suis insensible, je pense. Frigide... Ça fait frigidaire. Je pense que j'aime autant dire frigidaire. Je suis un frigidaire. Je garde les choses, je les conserve. À l'abri de la détérioration.

« Je sais ce qu'est le désir, je l'ai vu dans la face de maman, de Florent. Ma mère le fait encore des fois quand ça fait longtemps qu'elle n'a pas vu Paul. C'est comme une sévérité qu'elle prend. Un air hautain. Ça, c'est ma mère quand elle a envie. Paul, lui, il fond. Il la regarde et il ne cache pas son envie. Les yeux brûlants. Il est beau seulement quand il danse avec elle. Ou quand il rit, quand il la veut.

— (...)

— C'est vrai, vous avez raison, je pourrais avoir envie de Paul. De sa façon de désirer. C'est excitant, c'est différent. Papa, c'était troublant, souterrain, très cochon. Lui, c'est rieur et sain. Je ne sais pas s'il ferait fondre un frigidaire comme moi, mais il a une belle bouche. Oui, c'est effrayant à dire, mais je pourrais. Je pourrais en avoir envie. C'est assez incestueux, non ? Je sais... ce n'est pas mon père. Mais quand même !

— (...)

— Évidemment que ça me dérange ! J'ai jamais eu envie de personne, j'ai embrassé mon premier flirt en me fermant les yeux pour ne pas le voir et je découvre que Paul pourrait m'embrasser sans que je résiste. Sans même insister. Rien que de penser que je vais le voir me met mal, maintenant.

— (...)

— Vis-à-vis de maman ? Quoi ? Je veux ses hommes, la détrôner, la pousser comme elle m'a poussée ? C'est un peu ridicule, non ? O.K., ce serait logique. Peut-être que ma seule façon de m'affirmer est de me mesurer à elle. À qui d'autre, de toute façon ? C'est la seule qui a toujours été là. Mon père est parti et est revenu. Florent est l'autre homme fidèle, et maintenant, Paul. Mais Paul n'est pas mon beau-père. Pas dans mon esprit. Pas dans celui de maman non plus. Alors, on peut dire que ce n'est pas œdipien. Au moins ça...

— (...)

— Non, Florent et papa ont le même type – Florent plus blond, papa plus châtain. Florent plus frêle, moins charpenté. Mais Paul – c'est ailleurs, méditerranéen, brun, ténébreux, rien à voir. Avec les dents blanches et une bouche... Ah ! Ça c'est constant ! Florent, papa et Paul ont tous une bouche intéressante. Je trouve que maman a beaucoup de goût pour les bouches. Et si je suis condamnée à l'imiter, alors, merci pour son goût. Oui, finalement, ça me met de bonne humeur. Je pensais avoir des barrages pour toujours. Et aujourd'hui, je découvre que je pourrais désirer l'amoureux de ma mère. J'ai une bouche à laquelle rêver. Ça me fait vraiment plaisir. Même si c'est déplacé. »

* * *

Leah finit la vaisselle et s'assoit à la table de la cuisine. La maison est calme, Aaron est déjà couché. Elle est seule. Elle devrait appeler Alex, lui raconter sa journée, écouter le récit de la sienne. Elle ne peut pas. Elle a un problème. Elle ne peut plus rire d'Alex qui se moque de son attirance secrète pour son boss. Elle ne peut plus.

Ce matin, elle s'est retrouvée contre lui dans l'ascenseur bondé. Il a haussé les sourcils, tenté de reculer. Quelqu'un a poussé Leah, qui s'est écrasée contre sa poitrine. Instinctivement, il a retenu son corps contre le sien, enlaçant sa taille, comme pour la protéger. « Pardon », a-t-il chuchoté dans son oreille. Les portes se sont ouvertes et elle est sortie de l'ascenseur. Elle a monté le reste à pied. À l'heure du dîner, ils ont pris un sandwich dehors, dans le parc, parce que le printemps était magnifique. Il a dit qu'il ne prendrait plus l'ascenseur avec elle. Trop dangereux. Il a envie de l'embrasser à chaque fois qu'il y pense. Il a ajouté : « Croyez-vous que je suis déjà arrivé au démon de midi ? »

C'est vrai qu'il a le crâne dégarni, mais il n'est pas vieux. Il n'est pas... Il a dit ça et elle a eu une faiblesse aux genoux, l'envie de l'entendre encore. Elle est bien avec lui. Elle se sent stimulée et rassurée en même temps. Compétente et importante. Tout le bureau pense qu'ils ont une liaison, tout le monde agit comme si c'était le cas. Comme si elle avait acheté son apprentissage privé en échange de son corps. En échange de ce genre de choses. Il est marié, père de cinq enfants, il est son patron. C'est ridicule. Il l'aime et elle le sent et elle le voulait. Elle le voulait ! Elle se tuerait d'avoir si peu de sens moral. Et maintenant qu'il l'est, qu'il est amoureux, le second dilemme survient. Jusqu'où aller ? Comment éviter de le toucher, de s'en approcher ? Comment faire pour ne pas quitter le bureau ni lui céder ? Et Alex ? Où en est-elle avec Alex ? Ça ne lui retire même pas l'envie d'être avec lui, le plaisir de leur complicité. Ça fait si longtemps, depuis qu'elle est jeune fille, qu'elle le connaît. Elle n'a connu que lui. Denis ne compte pas. Est-ce parce qu'elle était si jeune, que c'était si confus, si lent à se dessiner qu'elle doute de cet amour ? Josh n'a pas été plus fulgurant, à ce compte-là. Elle ne sait plus. Elle est tellement bouleversée qu'elle ne sait pas. Elle aime Alex, elle en est sûre. Josh... Rien que dire son nom, c'est avoir envie de ses bras. Il faut qu'elle parle à quelqu'un, il faut qu'elle fasse du ménage dans sa tête.

Elle regarde par la fenêtre, derrière la maison : oui, il y a de la lumière chez Florent.

Le téléphone sonne, alors qu'elle passe son manteau. Elle aurait dû appeler Alex. Il s'inquiète facilement et il n'a pas tort.

C'est Josh.

Il veut lui parler.

Maintenant.

Ils restent dans la voiture, stationnée sur le mont Royal. Josh parle. Il dit ce qu'ont été les six derniers mois pour lui. Sa voix est grave, profonde, calme. Il a encore le contrôle, on dirait. Il peut savoir quoi faire. Leah se dit qu'il va arranger les choses, trouver une solution, calmer cette tempête. Josh va savoir. Elle en est sûre.

Il ne sait pas. Il ne sait plus. L'aimer tout seul de son bord, il n'a aucun problème avec cela. L'aimer et sentir son désir à elle, son trouble à elle... c'est trop. Il suffoque et n'arrive plus à rien faire. Il en perd son intelligence et ses réflexes vitaux. L'entendre dire qu'à chaque fois qu'il se penche pour attraper un dossier, une feuille, un livre de lois, à chaque fois, il le fait volontairement, de façon délibérée, dans le but de la respirer, la rend folle.

Ils se taisent parce qu'elle l'a demandé. Elle a dit taisez-vous.

« Voulez-vous que je quitte le bureau, Josh ? »

Il fait non, il ne le dit même pas. Il regarde devant et tapote sur le volant.

« Je ne sais pas si je vous aime. Je suis très bouleversée. Très dérangée par ce que vous me dites. Il y a quelqu'un dans ma vie, vous le savez.

— Je sais. Dans la mienne aussi.

— Je suppose que la question est de savoir si on peut continuer à travailler ensemble sans que ce soit... trop dérangeant. »

Il se retourne brusquement, se penche vers elle, il a l'air furieux : « Êtes-vous si pure, si naïve ? La question est de savoir si nous allons coucher ensemble ou si nous allons nous contenter d'en mourir d'envie. »

Sa bouche est infiniment plus douce que ses paroles. La brutalité de la formulation est gommée par l'ardente douceur du baiser. Sa bouche est redoutablement tendre et puissante. Il pourrait la prendre là, sur le siège de la voiture, elle ne résisterait pas. Ses lèvres murmurent un « petite Leah » sur les siennes. Elle sent le chagrin qui la submerge, déborde. Il la prend contre lui, la berce, la laisse pleurer. Il ne dit plus un mot et démarre. Devant chez elle, il caresse sa joue du revers de la main : « Allez dormir. Ce n'est pas dramatique, ce n'est pas une chose triste. Nous allons trouver une solution qui ne fera de mal à personne. Faites-moi confiance. »

Elle a confiance en lui, mais pas à ce point. Elle se connaît, elle va vouloir mettre tout au clair, tirer les lignes et s'en tenir à sa décision. Ce baiser. Un baiser et elle recommencerait. La pensée d'Alex, de leur merveilleuse entente, de sa façon de la considérer, d'être avec elle, l'étouffe encore de chagrin. Elle ne veut pas perdre Alex. Elle ne peut pas imaginer sa vie sans lui. Elle ne le quittera pas. Josh pose une main sur les siennes : « Bonne nuit. Vous avez l'air d'une enfant présentement. Vous réveillez en moi tout ce qu'il y a de protecteur.

— Alors, protégez-moi. Protégez-nous. »

Le lendemain, Josh n'est pas au bureau.

Le surlendemain, c'est Leah qui n'y est pas.

Étendue sur son lit, catastrophée, Leah est certaine qu'elle est enceinte.

* * *

« Avez-vous déjà marché dans un bois près de l'eau ? Il y a cette chose étrange, à un certain moment. Si le vent est du bon bord, on dirait qu'il frappe l'eau et qu'il traverse le bois, rempli de l'odeur lourde de l'eau. Frais dans la chaleur musquée, la chaleur gardée par les pins.

« Je suis arrivée là. Je ne la vois pas, mais je sens l'eau. Et j'ai peur. C'est difficile de ce temps-là, je me traîne, je n'ai plus de défenses. Enfin, vous allez dire. Non, je vais le dire. Je n'ai plus de défenses, je dors mal et je suis inquiète. Quelque chose menace. Je voulais arriver à l'eau, je la sens, mais j'ai envie de rebrousser chemin. Je ne veux pas voir. Non. Je ne veux pas voir.

— (...)

— Ma réaction, ma première défense ou ma dernière ou ma seule, comme vous voudrez, c'est une envie terrible de le dire à ma mère. Pour l'analyse. Aller bavasser. Lui permettre de m'empêcher de voir. Me sauver en me servant d'elle. Oui, je sais, c'est ce que je voudrais. Prendre ses peurs comme paravent. Aller l'agacer, la mettre hors d'elle de terreur parce que moi, j'ai peur. Maintenant que je l'ai dit, je ne le ferai peut-être pas. Je ne sens aucune culpabilité à cause de ce mensonge. Pourtant, je ne lui mens jamais. Sur rien. J'ai confiance en elle. Sauf là-dessus. La folie. Sa peur de la folie. Sa peur des gens qui virent fous. Elle n'a pas peur pour moi. Je sais que je ne suis pas folle. Je suis solide. Je le répète beaucoup, n'est-ce pas ? J'ai poussé des morts, je peux pousser des mots. Sous un mort, il y a toujours un autre mort. Et un autre. Des poupées gigognes. Anne était belle comme une poupée et l'autre, la rousse, était maquillée comme une catin.

— (...)

— Pourquoi revenir à l'eau ? Vous ne voulez pas que je reste dans cette chambre ? Je vous entends me tirer vers dehors, vers avant les meurtres. Comme ma mère, vous ne voulez pas que je reste sur ce lit, avec ces cadavres.

« Je ne sais pas ce que je veux dire avec l'eau qui menace. Le bois est chaud, fermé, plein de bruits doux, le bois est rassurant et l'eau est vaste, lourde, dangereuse. Le vent circule et c'est froid. Non, ce n'est pas un rêve. C'est juste... la mer. Engloutissant, comme la mer. Dangereux.

— (...)

— Pas ma mère. La mer. L'océan. L'eau – pas la mère. Ce serait trop facile, un vrai cliché ! Je ne me permettrais pas une métaphore aussi pauvre. Vous oubliez que j'ai la meilleure note de mon groupe à l'université ? Ce serait une honte. Pourquoi ai-je l'impression que vous me jetez en dehors de la scène de mort de mon père ?

— (...)

— Je n'ai pas de vrais souvenirs sombres d'avant. Que des petits bouts, des parcelles. Des bouts de vie. Des inventions. J'invente. Je vous l'ai dit, j'invente quand il n'y a pas de réponses, je trouve des histoires, des fictions qui me consolent. Je... J'empile des mots sur mes morts. Ne me forcez pas à vous inventer un faux souvenir. Je pourrais le faire. J'en suis capable. Très bien, on le fait. On le fait ?

— (...)

— Je suis dans un train. Je suis petite, très petite. Le train avance, bouge, j'entends le vacarme, mais il est étouffé, lointain. Je suis bien. Au chaud. Entourée, tenue dans des bras, je suis en sécurité. Très réconfortant. Je bois. Ma bouche est pleine de lait chaud. C'est rond. C'est bon. Les gouttes de lait glissent et je me remplis avec bonheur. Je me remplis d'amour chaud et doux. Je la regarde et elle coule en moi. Ma mère. L'amour de ma mère. Rien ne peut détruire cette sensation de totale sécurité, de total amour, entourée, bercée, aimée. Que c'est bon ! Personne ne peut savoir la douceur extrême de cette sensation.

— (...)

— Je n'ai pas peur, j'ai dit. *Safe*. Je suis *safe*. Je suis sauvée. Je n'ai pas froid.

— (...)

— Je ne sais pas. C'est ailleurs. Le sombre vient d'ailleurs. C'est juste qu'à un moment donné il y a cette chose... Je ne peux pas comprendre... C'est juste un... non. Je ne sais pas. Je ne sais plus. Je veux retourner à avant, dans le chaud.

— (...)

— Oui, je veux retourner dans le bois. Je ne veux

pas arriver au lac. Je ne veux pas voir l'eau. Le sang ? Vous pensez que c'est le sang, l'eau ? Non, je n'ai pas peur du sang. J'ai peur de l'eau. Vous ne m'aidez pas. Vous ne voulez pas m'aider. Oui, je veux m'en aller. Évidemment que je veux m'en aller ! J'ai peur. Vous ne comprenez pas ? J'ai peur ! Laissez-moi, si vous ne m'aidez pas. Laissez-moi toute seule. Je suis toute seule, vous ne voyez pas ? Ils m'ont laissée toute seule ! Ils m'ont abandonnée avant que je puisse m'enfuir. C'est trop lourd. C'est trop dur. Je ne peux pas la porter. Je vais étouffer.

— (...)

— Ma mère ! Qui voulez-vous que ce soit ? Je n'ai qu'elle ! Je suis toute seule sans elle. Ce n'est pas vrai. Même elle, elle est partie. Elle avait mon père. Thomas avait Anne, et Florent, sa jumelle. Je n'ai rien. Personne. Rien. Je ne suis rien. Je ne peux pas la sauver et je ne peux pas me sauver.

— (...)

— À quoi je résiste ? Vous me demandez cela, alors que je pleure comme une Madeleine ? Je veux qu'il m'emmène avec lui. Je ne veux pas rester derrière toute seule. Je ne veux pas qu'on me mette à la porte. Qu'il m'emmène mourir. Qu'il me prenne dans ses bras, dans son sang. Qu'il me garde, lui.

— (...)

— Non, elle ne m'a pas gardée. Non ! Bon, vous êtes content ? Elle ne pouvait pas. Elle ne pouvait pas ! Elle était trop petite. Elle avait mon âge. Elle était trop jeune pour me garder. Maman. Je parle de maman. Ma maman. La nuit où elle m'a perdue. Je ne sais pas, je veux que mon papa vienne. Je veux mon père ! Je veux qu'il revienne me chercher. Elle a trop mal. Elle ne peut pas. Elle se noie. Maman se noie...

— (...)

— Pardon ? Non, ce n'est pas dans la chambre, c'est dans le train. Mais c'est comme dans la chambre. Exactement pareil. Ma mère s'est noyée deux fois. Et la deuxième fois, j'aurais voulu mourir avec mon père plutôt que d'avoir à la sauver encore. C'est trop lourd. Lourd comme l'eau. »

* * *

Leah ne doute pas que ce soit possible, ils n'ont pas toujours été archiprudents, Alex et elle, ils ont fait des écarts. Elle reste sur son lit, écoute son corps qui a plutôt l'air de vouloir se vider. Il y aurait un enfant dans ce ventre ? Elle en est certaine. Au bout de trois jours de retard, elle le savait. Est-ce cela qui l'a fait se précipiter sur Josh ? L'envie de couper court au problème, de faire porter sa décision à Josh ? A-t-elle décidé ? Un enfant maintenant, c'est la fin de son rêve. La fin de l'avocat Singer. C'est s'éloigner pour toujours de Josh. Même si elle revient, ce ne sera plus pareil. C'est s'éloigner pour toujours du lien particulier entre elle et lui.

Alex... S'il le sait, il ne lui pardonnera pas. Ni l'avortement, ni Josh. Ni le secret. Leah se sent piégée comme si Alex avait forcé un espion au cœur d'elle-même. Comme s'il faisait quand même ce qu'il voulait d'elle. Elle avait dit non. Elle avait refusé d'avoir un enfant. Et la voilà enceinte ! Elle est si fâchée contre Alex, contre elle-même. Cet enfant vient tout changer, tout faire basculer.

On frappe à la porte. Son grand-père murmure qu'on la demande au téléphone. Elle ferme les yeux, fait semblant de dormir. Il jette un œil et part. Comme elle voudrait dormir ! Comme elle voudrait perdre conscience. Ne plus penser au regard soucieux de Josh, à sa vigilance. Alex va la tuer ! Il s'est fait avoir une fois avec sa femme, il lui a demandé d'avoir un enfant, et maintenant, elle irait s'en débarrasser sans un mot.

Leah n'est plus sûre de tant l'aimer. Si elle défendait la cause d'Alex, elle se servirait méchamment d'une telle attitude pour obtenir sa preuve. Une femme qui fait cela, sachant ce qu'elle sait de cet homme, une femme pareille n'est pas amoureuse.

Aaron pose la tasse de thé sur sa table de nuit : « D'accord pour ton patron, mais tu ne peux pas faire semblant avec moi. »

Il caresse ses cheveux, prend son temps : « Tu veux me dire, Leah ?

— Non. Je vais aller mieux. Ne t'inquiète pas.

— Je m'inquiète et tu vas quand même aller mieux, c'est ça ? »

Elle a envie de lui dire. De tout raconter. Grand-père a toujours compris. Même qu'elle ne soit pas juive. Cet enfant, celui qu'elle porte, ne le serait pas, même si, en principe, il devrait l'être. Si, un jour, Josh et elle... Elle se redresse, s'assoit, et prend son thé. Elle ne veut pas penser à cela devant Aaron. Pas devant son grand-père.

« C'était ton patron au téléphone. Il a laissé le numéro, mais tu le connais par cœur. »

Il hésite avant de partir, il veut parler mais se retient. Doucement, il lui dit : « Il y a Alex qui a appelé avant-hier soir. Deux fois. Tu devrais aller voir Adélaïde. Ton grand-père est un bien vieux monsieur pour les problèmes du cœur.

— Comment sais-tu que c'est mon cœur ? »

Il sourit, sort.

Leah se lève, se plante devant le miroir, observe son visage – rien. On ne peut pas avoir l'air enceinte dans les yeux ! Elle observe minutieusement son corps. Les seins, c'est là que ça paraît. Plus présents. Juste une façon de les sentir, comme quand ils se tendent à cause du désir. Dans la voiture de Josh, ses seins presque douloureux d'envie qu'il les touche... c'était sa grossesse, alors ? Dix jours de retard et les seins commencent à changer. Combien de temps pour se décider ? Combien de temps avant qu'il ne soit trop tard ? Elle ne pourra jamais faire ça. Pas elle. Elle est contre cette pratique pour elle-même. Elle ne peut pas se livrer à un tel acte. Ce n'est pas parce que c'est un crime. Ce n'est pas parce que c'est un péché. C'est un enfant. L'enfant d'Alex. Elle n'en veut pas, c'est vrai. Elle veut sa vie. Elle la commence. Elle vient de plaider sa première cause. Trois ans qu'elle attend et ça se solderait par une grossesse dont elle ne veut pas ? Alex aurait raison de Josh par défaut ? Et elle serait quoi, là-dedans ? Qui ? Une mère plus qu'un avocat. Une mère plus qu'une femme pour Josh, pour Alex ? Son utérus et le hasard vont régner sur tout le reste ?

Elle est trop énervée pour décider, trop contrariée. Elle n'a même pas à aller à la pharmacie. Elle est certaine et cela l'emplit de colère. Elle se déteste. Elle déteste Alex, Josh, le monde entier !

Elle s'habille et va marcher.

Elle a tellement faim qu'elle mangerait trois fois son assiette. Ada la regarde avec bonne humeur : « Tu as l'air en pleine forme. Je t'ai rarement vu un tel appétit. »

Manger pour deux, qu'ils disent, tout faire pour deux.

Leah est soulagée de constater qu'Ada n'a aucun soupçon. Voilà au moins un gage de liberté. Elle peut encore choisir sans alerter les autres, sans qu'ils s'en doutent.

« Je voudrais te demander quelque chose d'indiscret, Ada. Quand tu as aimé mon père, tu savais qu'il avait des enfants... ça te dérangeait ? Je veux dire... Tu pensais qu'il les quitterait ou quoi ? »

Le regard d'Adélaïde ne la fuit pas. Pas du tout. Il devient plus attentif. Leah peut lire les questions qui répondraient à la sienne. Elle admire la franchise d'Ada qui ne cède pas à la facilité de questionner. « Je savais que vous existiez, ton frère et toi. Je savais que c'était impossible. Que ce soit impossible n'empêchait pas d'aimer. Ni pour ton père ni pour moi. Je n'ai pas souvenir d'avoir jamais réglé la question d'un avenir pour ce sentiment. C'était terriblement fort et impossible. Ton père ne voulait pas perdre ses enfants ou leur faire défaut. Je le savais. J'étais très jeune, Lili, je ne peux pas te faire croire que je pensais beaucoup à vous autres, je pensais à lui, à ses empêchements. Je n'étais pas très responsable.

— Tu l'as fait ? »

Les yeux d'Adélaïde ne révèlent rien. Et elle prend beaucoup de temps avant de dire qu'elle n'a pas envie d'aller jusque-là. « Pourquoi aurais-tu besoin de savoir une chose pareille ? Je l'ai embrassé, je peux te dire que c'était énorme pour l'époque. Je l'ai embrassé malgré l'interdit. Maintenant, dis-moi pourquoi tu es si troublée, si inquiète de savoir si vous avez eu votre part dans cet amour, ton frère et toi. »

Leah se tait. Ada sait tout à coup ce dont il s'agit. Elle a noté aux conseils d'administration que le patron de Lili avait cette déférence, ce constant souci d'elle, de ce qu'elle pensait, qui l'avait étonnée. Son patron est amoureux de Leah ! Un Juif. Séduisant, d'ailleurs. Belle présence, une intelligence vive, une vraie force rassurante. Oui, cet homme est capable d'ébranler le cœur de Leah. Pourvu qu'Alex n'en sache rien ! Pourvu qu'elle n'aille pas tout lui dire !

« C'est ton patron, c'est ça ? Tu peux me parler, tu sais que je ne répéterai rien à personne. Il est... quoi ? Tenté, épris, amoureux ? Tu es quoi, Leah ? Dis-moi. »

Ne parler que de Josh est presque agréable. Leah raconte leur complicité et la façon dont cette complicité a, peu à peu, pris une nouvelle direction. « Il est marié. Il a cinq enfants et, sincèrement, j'aime Alex. Je sais que c'est difficile à croire après tout ce que je viens de dire...

— Non. Ce n'est pas difficile à croire. C'est possible, c'est tout. Et c'est difficile. »

Les paroles d'Adélaïde sont si compréhensives, si pleines d'indulgence. Leah écoute avec stupeur que le cœur n'a pas qu'une porte et que des courants d'air peuvent le secouer. Que rien n'est plus volatil que le désir qui se prend des airs d'amour. Ada ne peut pas juger ses sentiments, mais elle donne au moins une version moins méprisable de ce qui arrive à Leah : « La seule chose que je peux te conseiller, c'est que, si tu ne sais pas quels sont tes sentiments, attends. Ne laisse pas Josh te presser. Ne laisse pas Alex te bousculer en le lui disant. Essaie de faire le point, toi. Ensuite, tu le feras avec eux. Sinon, tu vas perdre ton point de vue. Ils peuvent être très convaincants. Et ton patron est certainement un bon avocat. Alors, ne lui cède pas sans savoir jusqu'où, lui, veut aller. On en a vu beaucoup qui n'avaient aucune autre intention que de s'offrir un petit plaisir. Et tu n'es pas ça. Fais attention, Leah, protège-toi. »

Leah se demande comment se protéger d'elle-même. Grâce à cette conversation, les choses avec Josh prennent une autre dimension. Leah ne peut décider de rien avant d'avoir réglé le cas du bébé. Une fois qu'elle a obtenu l'adresse qu'elle cherchait par une connaissance de l'université qui avait fait le voyage à New York pendant la dernière année de droit, Leah se rend compte que rien n'est résolu.

Elle a le recours, le moyen de se l'offrir, elle peut techniquement le faire. Elle ne sait pas plus si elle pourra y arriver. La chose est très différente quand c'est pour soi. Comme l'adultère, d'ailleurs. Toute sa vie, Leah a considéré l'adultère comme une faute grave, inexcusable. La voilà prête à le commettre. Elle a toujours compris que, après six enfants, une femme ait le droit de ne pas désirer en mettre un septième au monde, ou que l'enfant adultérin soit éliminé. Mais l'enfant d'un homme aimé qui le veut, le désire, le demande ? Ce n'est plus seulement à l'enfant ou à elle-même qu'elle fera mal, c'est aussi à Alex. Faire mal à Alex est beaucoup plus difficile que de se faire mal.

Il monte les escaliers selon son habitude, deux marches à la fois. Il ne l'a pas vue, elle le sait. Il stoppe en plein élan en la trouvant assise en haut. Son visage s'éclaire : Alex ne lui cache pas son bonheur de la voir. La cravate dénouée, les cheveux beaucoup trop longs pour un employé dans un bureau sérieux comme celui où il travaille, il fait un peu délinquant, pas vraiment ingénieur rangé et convaincu de son importance. Un jour, Leah en est certaine, il va tout planter là, il va envoyer promener la *business*, les responsabilités et il va partir. Pour l'aventure, sans que rien ne le dérange. Parce qu'il a les pieds légers et que sa curiosité est insatiable. Ce jour-là, si elle le veut, elle pourra partir avec lui. Les enfants sur le dos, comme une Indienne.

Alex se balance, deux marches plus bas. Il avance la tête en la regardant par en dessous : « Hé ! Tu es congelée ? Pourquoi tu n'es pas rentrée ?... Ça va pas ? Ça va ? Lili !... »

Elle sourit – quel pitre ! Il fait toutes ses simagrées, le numéro complet. Il dépose un disque sur le tourne-disque, la fait danser. Quand elle part à rire, il va arrêter la musique : « Bon ! Ça va mieux maintenant ! Dis-moi pourquoi tu me fais ta face de petite Juive triste.

— Embrasse-moi.

— Tu penses t'en tirer en excitant mes bas instincts ? Je vais en profiter, mais après... T'es pas sortie du bois, ma Li ! »

Elle ne sait pas pourquoi elle a ce désir urgent de confirmer son amour pour lui, de lui montrer, d'effacer jusqu'à l'idée de Josh. Elle doit savoir jusqu'où leur amour prend racine. Elle pourrait lui dire de ne pas faire attention. Elle pourrait... Elle le laisse prendre les précautions, elle ne peut pas le lui dire. Ce sera fini, alors. Elle n'aura plus de décisions à prendre. Il ne la laissera plus faire. Le secret est son seul pouvoir. Après, ce sera son enfant à lui, sa décision. Elle se sent la plus trompeuse, la plus traîtresse des femmes – et ce n'est plus Josh, la pire trahison. Ce n'est plus Josh. Elle l'aime et lui ment. Elle a honte et, en même temps, elle veut lui montrer la vérité de son amour, son authenticité, malgré ce qu'elle garde pour elle. Déchirée, à la fois aimante, passionnée et désespérée de sa lâcheté, elle l'étreint de toutes ses forces, de toute sa tristesse.

« Lili ! Pourquoi tu pleures ? Ma Li... Je t'ai fait mal ? Mon amour de Li, dis-moi ce que j'ai fait, que je ne le fasse plus. »

Quand il est comme ça, elle ne résiste pas. Alors, évidemment, bouleversée comme elle est, elle pleure de plus belle.

« Hé ! Au cas où tu aurais raté quelque chose, je t'aime ! Ce n'est pas un drame, c'est le *happy end* ! Où t'étais ? Tu t'es trompée de film ? »

Elle se mouche : « Excuse-moi. C'est... je ne sais pas. Ça doit être mes affaires qui s'en viennent.

— Oui, elles s'en viennent. Tes seins sont... Laisse-moi t'expliquer à propos de tes... »

Il lui explique fort bien qu'il les trouve dodus, ronds, magnifiques et qu'il ne se fatigue pas de les décrire, ni de les palper, ni de les goûter. La sensation de la bouche d'Alex est aiguisée, à la lisière de la douleur. Leah est subjuguée de le voir faire et de se dire que les mêmes seins, les mêmes seins pourraient nourrir un enfant, leur enfant, dans sept mois et demi. Les seins qui nourrissent le désir du père deviendraient le biberon de l'enfant... Une troublante constatation qui garde Leah à distance du plaisir.

« Si je t'empêche de penser, tu le dis ! »

Leah ne connaît personne au monde d'aussi attentif qu'Alex.

Il est tard quand elle rentre. Elle veut dormir seule, faire le point avant de parler à Josh au bureau demain. Sur son lit, la note d'Aaron : *Ton patron, deux fois. Son numéro personnel.* Leah voit d'ici l'impatience agacée de Josh qui a dû prendre ses décisions et vouloir une exécution immédiate. Qu'il attende à demain.

Son attitude fraîche et bravache ne tient pas une seconde en présence de son patron. Il se lève, vient s'asseoir face à elle, au lieu de laisser l'autorité du bureau de chêne les séparer et faire une partie du travail. « J'imagine que vous avez pris la journée d'hier pour réfléchir. J'aurais tendance à m'informer de vos décisions avant de parler, question de ne pas perdre la face, mais je pense que, pour une fois, je vais risquer de me ridiculiser. Je suis amoureux. Très amoureux. Vous occupez une bonne partie de mon esprit. Je ne parlerai pas du reste. Vous êtes... davantage que la possibilité d'une liaison. Je suis un homme heureux, Leah, je ne suis pas un mari frustré, ma femme est une bonne épouse, une mère exemplaire. Je n'ai aucune excuse, vous comprenez ? Je ne suis pas un ange, j'ai mes faiblesses. J'aime le pouvoir et l'argent. Le plaisir de dominer ne m'est pas étranger. Mais vous... Ce n'est pas ça. Je ne veux pas vous réduire à un *catch*. Je ne peux pas. Vous me changez, vous me donnez envie d'autre chose, soif d'une autre soif, vous pourriez me damner. Je ne ferai pas de vous ma maîtresse, Leah. Même si vous l'acceptiez. Même si vous le demandiez. Ce qui, bien sûr, est hors de question. Je vous respecte et je veux vous garder près de moi. Ce ne sera pas facile, mais, vraiment, il faut qu'on essaie. Il faut enterrer ce baiser, cette... attirance. Il faut être prudent et agir pour le mieux. Il faut dominer cette tentation.

— Vous croyez qu'on peut faire seulement comme si cela n'existait pas ?

— Non. Je crois qu'on peut y renoncer. Refuser. Ne pas y céder. Faire notre devoir. En tout cas, le mien. Je m'engage à ne plus jamais avoir de geste déplacé avec vous. Je m'engage à vous respecter. »

Elle devrait dire merci, elle le sait. Elle en est incapable. Cette décision l'exclut, la pousse encore au statut secondaire de qui exécute les ordres. C'est plus fort qu'elle, elle a envie de le gifler : « Et si je refuse ?

— Pardon ?

— Si je refuse votre engagement ? Si je veux, moi, être touchée ?

— Vous n'êtes pas... comme ça.

— Une femme facile, vous voulez dire ? Une femme de rien ? »

Interdit, il reçoit sa colère sans comprendre. Josh Buchman est un homme brillant et il déteste quand quelque chose lui échappe. Cette fois, il constate que ça déraille ferme et qu'il n'a aucune espèce d'idée de la cause : « Dites-moi ce qui vous insulte. Je n'ai pas dit ni pensé que vous étiez... Leah, expliquez-moi. Je ne supporte pas que vous me détestiez autant.

— Nous avons un rapport professionnel extraordinaire, rare et précieux. C'est la qualité de ce rapport qui m'a fait... flancher, qui m'a fait prendre une autre tangente. Alors qu'on est des partenaires parfaits au Palais de justice, ou en discutant des causes, vous me ramenez à quelque chose d'humiliant, de rabaissant, pour les sentiments. Vous me traitez comme une employée, Josh. Une employée des sentiments. Ça me choque. J'ai mes sentiments. J'ai des droits, des envies. Pourquoi voulez-vous décider tout seul de notre... liaison, oui, disons-le, de notre liaison ? Je ne sais même pas si je suis d'accord avec votre proposition, je sais que vous ne me demandez pas mon avis. C'est la première fois que ça vous arrive. Vous ne pensez pas que ça me concerne aussi ? »

Voilà précisément ce qui fait d'elle un grand avocat, Josh ne peut que le constater. Elle est choquée, bouleversée, insultée et peinée, elle est tout ça, et elle réussit à faire quand même une démonstration impeccable. Il est soufflé. « Vous avez raison, je n'ai jamais pensé à vous laisser prendre part à cette décision. C'est la mienne. Mais je ne saurais pas quoi faire de la vôtre si elle était différente.

— Si, par exemple, je décidais de partir ?

— Non ! »

L'abattement, la souffrance subite sur son visage. Elle l'embrasserait jusqu'à les faire disparaître, jusqu'à en faire disparaître même le souvenir le plus ténu : « Non, Josh, ce n'est pas ma décision. Excusez-moi, j'ai joué à faire ma forte.

— Vous êtes forte. »

Elle veut l'entendre, elle en a besoin. Comme il a besoin qu'elle reste près de lui, même intouchée, même froide. Qu'elle reste. Leah sait avec certitude qu'il ne la laissera pas s'éloigner et cela la réconforte assez pour être honnête : « Je vous en demande beaucoup, Josh, je sais. J'avais décidé de renoncer. Je ne sais pas pourquoi je vous fais cette scène. Nous sommes d'accord, de toute façon.

— Non. Vous aviez raison. Et vous savez ce que vous demandez ? Vous demandez que je vous aime. Que je vous laisse avoir toute votre importance professionnelle et personnelle. Que je le reconnaisse en vous traitant mieux que je n'ai traité ma femme, ma mère ou n'importe quelle femme. »

Il se penche vers elle, prend ses mains dans les siennes. En cet instant, Josh Buchman pourrait lui arracher n'importe quel consentement sans discussion : « Ne cessez jamais de vouloir plus, Leah. Exigez, réclamez, vous le méritez. Je vous aime comme un fou. Je vous aime pour faire des folies, comme abandonner tout ce que j'ai construit : ma famille, ma réputation, ce bureau. Mais je vous aime assez pour ne pas vous entraîner dans un scandale pareil. Maintenant, dites-moi que vous le désirez et je change toute ma plaidoirie. »

C'est donc ce qu'elle voulait ? Elle voulait qu'un homme lui offre tout, lui fasse à elle le sacrifice de ses enfants ? Elle n'a qu'à penser à la petite Leah dans la fenêtre qui attend le retour tardif de son père pour frissonner de terreur. Elle peut faire ça à cinq enfants ? Elle voulait cela ? Elle ? Ce qu'Adélaïde lui a volé lui est remis à travers cet homme qui joue son va-tout dans ses yeux ? Incrédule, elle pose la main de Josh contre sa joue. Il ne faut pas et elle le sait. Il ne faut pas aller par là, ce serait pour toujours l'enfer et le déchirement, même si ce serait aussi la consolation suprême.

« Josh... Je vais prendre une semaine de congé. Juste m'éloigner. Et je vais revenir. Vers vous. Comme avant... je veux dire... vous savez. »

Il place sa main libre sur son genou. La main forte couvre le genou et va légèrement au-delà, vers l'intérieur de la cuisse. Saisissante sensation d'être soudainement happée, de perdre pied. Il peut voir le vertige la traverser : « Non, je ne sais pas, Leah. Dites-le. J'ai besoin de l'entendre avant de vous faire taire. »

Elle se penche vers lui : « Que je vous veux ou que je vous aime ?

— Les deux. Si vous ne partez pas, je ne sais pas ce que ma main gauche va faire. Elle est terriblement autonome. »

Elle quitte le bureau précipitamment, y laissant un homme étourdi, vaincu.

* * *

« Quand je repense à la séance de l'autre fois, quand j'ai perdu les pédales – et Dieu sait que j'y repense –, il n'y a qu'une explication logique à ma métaphore et c'est une fausse couche. Une sorte d'avortement raté où je me serais accrochée. Mais je n'arrive pas à le sentir, je n'arrive pas à le croire. J'essaie de comprendre et d'accepter ce que cela signifie, mais... rien ! On dirait qu'on ne me sortira pas de l'idée que ma mère me voulait. Malgré toutes les apparences, je crois à son amour. Je n'arrive pas à douter de ça.

— (...)

— Un événement comme quoi, docteur ? J'ai dit que c'était pareil au meurtre, mais j'ai peut-être exagéré, cherché à rendre la terreur que je ressentais plus que l'effet sur elle. Vous croyez que quelque chose a pu arriver d'aussi terrible que le meurtre de son mari et de sa fille ? Tiens... je les dissocie de moi. Je les mets à part, de son côté à elle. Pas mon père, son mari. Pas ma sœur, sa fille... ça concorde avec mon expulsion de la chambre. Ma réjection. Je ne sais même pas si c'est un vrai mot, ça, réjection. Rejetée, c'est ce que je veux dire. Expulsée, rejetée. Non, attendez, expulsée va avec naître, avec sortie du ventre. Et rejetée va avec... La chambre où le meurtre est arrivé serait la métaphore du ventre de ma mère ? Aucun sens.

— (...)

— Oui, j'essaie, j'essaie de trouver le sens, docteur, mais c'est comme s'il y avait eu une guerre dans son ventre et que j'en étais sortie pour ne plus en être bouleversée. Comme pour me sauver. L'ambiance du train, celle de la chambre, c'est pareil. Même horreur. Même silence stupéfait. Plus de son. Plus de battements de cœur. L'horreur. Mais j'ai inventé le train, vous le savez, je me suis fâchée de votre insistance et j'ai inventé. On ne va pas se mettre à analyser mes mensonges ? On n'en sortira plus ! Bon, très bien, allons-y : si c'est le ventre de ma mère et qu'il s'y passait la même chose que dans la chambre, je refuse de dire ce que je ne crois pas. Ma mère ne voulait pas m'assassiner. Elle était dans le même état. Même peur, même noyade. Et... Non, ce n'est pas l'émotion qui me fait taire, c'est l'idée que je n'avais rien à y voir. Les deux fois. Témoin. Je suis témoin sans que ça me regarde. C'est probablement pour ça que je pose tant de questions. Ou que je me sens si seule, si isolée. Abandonnée à mes questions, à mes angoisses, à mes drames imaginaires.

— (...)

— Pourquoi pas ? Pourquoi je n'aurais pas tout imaginé ?

— (...)

— Vous voulez dire que j'aurais eu un tel choc que j'ai failli en mourir ? Qu'elle m'aurait laissée seule à m'organiser avec ma survie, comme dans le corridor ? Quel choc ? Quel meurtre que je n'aurais pas su ? Si maman avait déjà eu une telle histoire, quelqu'un me l'aurait dit. Non... Je ne vois rien. Il faut que ce soit la mort. Ce n'est pas une chicane avec son mari. Encore ! Je fais souvent ce lapsus. Son mari. Mon père. Elle est sa femme quand elle se chicane avec lui, pas ma mère, sa femme. Elle ne s'est fâchée qu'une fois, une vraie fois contre lui. À ma connaissance. Quand Kitty est revenue. Ça a bardé. Elle ne lui parlait plus. Elle nous éloignait de lui. Mon Dieu qu'elle était fâchée ! Oui, elle était menaçante, dure. Pas d'amour, pas de pardon. Comme quand j'ai voulu venir ici. Une sauvage. Ma mère est une tigresse. Oui, je l'aime. Oui, j'aime sa protection. Ce n'est pas souvent qu'elle y a manqué. Peut-être la guerre ? Que mon père ait voulu aller à la guerre quand j'étais dans son ventre et que, là, le cœur lui a manqué ? Ce n'est pas assez, pas assez fort pour provoquer une détresse pareille à celle du meurtre.

— (...)

— Je n'aime pas quand vous me faites changer de sujet comme ça. J'ai l'impression d'un piège. Vous allez déjouer les ruses que j'échafaude pour m'échapper à moi-même. Je vais vous parler de noyade, d'accord. Personne ne s'est noyé. J'ai appris à nager au Lac, avec papa. Il a montré à tous les enfants. À nous et à ceux de ma tante Jeannine, tout le monde. Papa avait une patience d'ange pour ce genre de choses. Il était très sérieux là-dessus parce qu'il... J'ai dit pas de noyade ? J'ai dit ça ? Florent a failli se noyer. Il avait cinq ans. Avec sa sœur jumelle et son père. Ils sont morts. Pas lui. Et papa lui a montré à nager. Après. Tout de suite après pour ne pas que la peur laisse de traces. Comment ai-je pu oublier ? Ça ne peut pas être cette noyade, maman avait huit ou neuf ans. Florent n'aimait pas beaucoup sa jumelle. Pas comme Thomas. Mais j'ai quand même associé Florent à elle, l'autre fois. À cause de Thomas. Ça m'a frappé, la similitude des jumeaux qui perdent leur jumelle. Bon, ce n'est pas vrai, ce n'est pas ça. J'ai eu peur que Thomas ne tourne homo comme Florent, qu'il ne veuille plus des femmes à cause de sa jumelle disparue. L'impression que ça va ensemble, la disparition de la moitié qui rend incapable d'aimer encore les femmes. Je veux dire que l'histoire de la jumelle de Florent m'a frappée, mais pas à cause de la noyade, à cause de ma crainte que ça provoque une sorte de traumatisme chez Thomas. Disons que c'est le traumatisme inverse : une noire ou une blonde n'ont aucune chance avec lui. Pour avoir Thomas, il faut se teindre en rousse.

— (...)

— Oui, dans ma compréhension des choses, la noyade de sa jumelle a coïncidé avec l'homosexualité. Quelque chose me l'indique. Florent n'en a parlé qu'une fois. Papa tenait Anne par les bretelles de son costume de bain et elle gigotait comme un clown. C'était le dernier été. Elle faisait beaucoup d'eau, plein d'éclaboussures. Florent et moi, on regardait et on guettait le moment où papa la lâcherait. Florent a dit que papa l'avait gardé dans ses bras tout le long de son apprentissage, qu'il n'aurait jamais supporté d'être tenu par-derrière. Je n'ai pas regardé Florent, mais c'est vrai que c'était un moment particulier, dérangeant. Il a dit "gardé dans ses bras"... comme une étreinte amoureuse. Voilà pourquoi j'ai compris qu'il voulait les hommes. Pour Florent, le désir de papa, le coup de foudre est arrivé ce jour-là. J'en suis convaincue. Ce n'est pas une surprise, vous savez. Maman est la seule femme que Florent a voulu épouser. Et moi aussi, je le voulais. Beaucoup. Ça me rassurait. Elle ne serait jamais plus absente ou en détresse. Florent garantissait la fin des airs hautains de ma mère.

— (...)

— Oui, la fin des noyades aussi. La fin des désirs. Pourquoi je ne suis pas comme elle ? Petite, j'étais colleuse, câline. Une vraie poison. Florent dit que je ne décollais pas. Maman pareil. Maintenant, je ne veux plus qu'on me touche, je n'en ai plus envie. J'observais Paul, l'autre soir. Il est beau quand il rit, mais je ne voudrais pas qu'il me touche non plus. Pensez-vous que c'est exclu, pour moi ? Ma sexualité est morte avec mon père ? Un œdipe impossible qui bloque tout le reste ?

« Mon avis est que ma sexualité est morte quand j'ai constaté l'effet de la noyade. Je n'accepte finalement pas si bien que ça que Florent ait voulu toucher à mon père. Même si je l'aime. Florent, je veux dire. Ça m'a beaucoup fâchée de le voir refuser d'admettre que Francis lui servait de père. Je veux dire de mon père. Je veux dire de père, peut-être... Son père est mort noyé et il a pris le mien pour amour. Et j'ai peur de l'eau. On ne peut pas dire que je ne suis pas logique. Est-ce que c'est toujours son propre père qu'on cherche dans l'amour d'un homme ?

— (...)

— Je voulais dire le dernier été avant la fin. L'été avant 1949. L'été 48. Chez nous, l'été débute après la Saint-Jean, après l'école. Il n'y a pas eu d'été en 1949. Le 27 juin, on a enterré mon père et Anne. Et après, il n'y a plus eu d'été. Pour moi, il n'y en a plus jamais eu. Je ne crois pas pouvoir me réparer suffisamment pour qu'il y en ait jamais un.

— (...)

— Oui, vous avez raison, j'avais oublié la première noyade jusqu'à ce que je me retrouve devant les trois cadavres et ma mère comme une morte. Elle aussi avait peut-être oublié ce qu'elle avait vécu quand j'étais dans son ventre. Croyez-vous que je résiste à l'idée qu'elle ait eu envie de se débarrasser de moi, parce que je trouve ça trop dur à prendre ? Ma mère a été éduquée sévèrement, vous savez. Même si le père de l'enfant l'a épousée, même en ayant réparé, mon grand-père maternel n'a jamais voulu la revoir. Il a revu mon père, mais pas ma mère. C'est quand même écœurant qu'il ait pardonné au fauteur mais pas à sa fille. Deux poids, deux mesures. Dans ce temps-là...

— (...)

— Ma grand-mère ne l'a jamais su, elle est morte avant ma naissance... Elle s'est fait tuer sur une route en essayant d'empêcher l'enrôlement de mon oncle Fabien, qui avait seize ou dix-sept ans à l'époque. Si elle avait su ! Ses enfants étaient très désobéissants. Ma mère qui tombe enceinte sans être mariée, Fabien, et ma tante Béatrice qui s'est mariée très jeune et a... 1942. Le printemps 42... j'étais dans son ventre ! Pensez-vous qu'une mère qu'on adore, tuée sur une route, a pu secouer maman comme le meurtre ? La voilà, la cause ! Elle a été si bouleversée qu'elle a failli me perdre. Elle perdait sa mère, comment voulez-vous qu'elle puisse être une mère à dix-huit ans ? Pauvre petite...

— (...)

— Non, docteur, je n'essaie plus de la consoler, je sais que je ne peux pas. J'essaie seulement de survivre au chagrin de ma mère. De ne pas en être terrassée et expulsée de la vie. Ce qui ne m'empêche pas d'éprouver un immense désir de la consoler, de la prendre dans mes bras. Oui, docteur, la prendre pour lui rendre l'amour. Cet amour qu'elle a perdu. Je crois que personne au monde n'a autant perdu que ma mère.

— (...)

— C'est vrai, si j'ai pitié d'elle qui avait dix-huit ans, je pourrais éprouver un peu de pitié pour moi qui perdais à travers elle et qui n'avais que... trois mois ! Mais je vais vous dire une chose qui ne vous étonnera pas : je n'ai jamais pitié de moi. Et si j'en ai l'air, c'est affecté. Du fond de moi, je n'éprouve aucune pitié à mon égard. Probablement parce que je n'ai pas été assez forte pour la consoler, pour faire la différence. Quand papa est mort, elle a fait la différence pour moi. Si Kitty avait tué ma mère, je mourrais sur le coup. J'en suis sûre. Je ne sais pas pour Thomas, mais pour moi, c'est indiscutable : sans maman, je mourrais. Comment voulez-vous que je ne comprenne pas que perdre sa mère ait failli me tuer ? Ça devient compliqué, mon affaire.

— (...)

— Je vous répondrai que Florent m'a servi de père. L'homme qui s'est servi de mon père comme père m'a servi de père à moi. Or, cet homme aimait mon père. Et j'ai un problème à tomber amoureuse, ce qui ne vous étonne pas, n'est-ce pas, docteur ? Je suppose qu'il faudra attendre que j'espère que vous preniez la place. Comme ça, je pourrai aller de l'avant et piller les champs réservés à Florent, ceux que je m'interdis. Ce qui me donne de quoi réfléchir jusqu'à notre prochaine séance. »

* * *

Après avoir marché jusqu'à la 31e Rue et avoir repéré l'endroit, Leah est revenue à l'hôtel. Elle n'aurait pas dû venir toute une longue journée d'avance, elle va périr d'angoisse. Elle aurait peut-être pu demander à Léa de l'accompagner. La seule idée de débattre sa décision avec quelqu'un d'autre l'a découragée. Léa l'aurait tellement aidée. Là-dessus, elle sait comment faire parler, éclaircir les souterrains. Elle sera une très bonne analyste. L'ennui avec un avortement, c'est que ça exclut l'analyse. Trop long.

Elle a peur. Elle essaie de sentir le fœtus, de se figurer la petite chose, elle ne sent rien. Sentira-t-il quelque chose, lui ? Aura-t-il mal ? Elle aura mal et cela ne l'effraie pas. Mais le bébé... elle n'arrive pas à se persuader que ce n'est rien. Elle n'arrive pas non plus à le garder. Cet enfant ressemble à un chantage de la vie. Une mise en demeure de se ranger, d'obéir, de concéder et de cesser de vouloir autre chose que le destin de sa mère. Elle a ressenti beaucoup trop de contradictions dernièrement pour garder cet enfant en paix. Ce n'est pas sa décision d'avoir un enfant, ce n'est pas celle d'Alex, quoiqu'il en ait parlé, il y a presque deux ans, à la mort de Jeannine. Le jour où ils en auront un... Et si, après, elle ne pouvait plus ? Si on déchirait quelque chose en elle ? Pourquoi l'éliminer pour en faire un autre dans six mois ? Un enfant, ce n'est pas un caprice. C'est un meurtre, ce qu'elle va faire. C'est inscrit au Code criminel, enfin pas dans une catégorie à part, mais c'est une infraction. Meurtre selon la Loi, selon la Bible, selon la Tora. Quoique les Juifs soient plus ouverts que les catholiques, ils considèrent la santé de la mère, ils permettent l'avortement dans certains cas critiques.

Leah s'épuise en raisonnements stériles. Bien sûr qu'elle croit que c'est mal et répréhensible. Mais elle ne peut pas le mettre au monde. Elle n'est pas prête. Elle ne veut pas d'enfant, c'est une erreur. Met-on une erreur au monde, comme Bérénice, pour le donner ensuite ? Non. Elle ne pourra pas. Alex n'acceptera jamais. Dans quelles conditions commencera-t-il sa vie, ce bébé, si elle ne veut pas de lui ? Elle ne veut pas de la vie qui va avec le bébé. Elle ne veut pas arrêter de plaider. Elle ne veut pas perdre sa chance de continuer avec Josh. Elle renonce à l'homme pour pouvoir rester avec lui comme avocat et elle enverrait tous ses efforts chez le diable pour rentrer s'occuper de sa famille ? Elle sait que ça s'appelle de l'égoïsme, mais Josh peut tout faire sans payer, lui : avoir une famille, un métier et même elle. Elle, elle fait un pas de côté, elle a cet enfant ou elle devient sa maîtresse, et tout s'effondre. Le sacrifice de Josh lui semble trop exigeant pour le doubler du sacrifice que représente le fait d'élever cet enfant. Si Josh n'avait pas demandé qu'ils renoncent l'un à l'autre, il est probable qu'elle aurait gardé l'enfant. Elle aurait cédé à Josh et elle aurait eu l'enfant d'Alex. Elle aurait tout perdu pour elle-même et serait devenue maîtresse et mère. Le contraire de ce qu'elle souhaite.

Elle se sent malheureuse, déchirée. Elle tourne toutes les options dans sa tête, elle essaie de ne pas voir le visage aimant d'Alex, sa colère, sa déception si jamais il l'apprend. Elle essaie de se dire qu'elle ne se venge pas de son sacrifice d'une liaison avec Josh. Seule face à elle-même, face à cet enfant qui n'est qu'un peut-être imposé, elle sait qu'elle ferait une erreur en l'ayant, même si toutes ses raisons semblent si dérisoires.

Elle sait, au fond d'elle-même, qu'elle n'a pas travaillé toute sa vie pour être arrêtée dans son métier par un hasard qui lui dicte une autre voie. Elle n'aura pas le courage de ne pas lui en vouloir. Elle doute de son amour. Elle ne s'est pas mariée pour ne pas être emportée dans une sorte de vie qu'elle refuse. Elle ne sera pas une femme au foyer ! Pour elle, cela signifie une femme trompée, amère, une femme sèche, comme sa mère. Mais entre ne pas le vouloir et devoir avorter pour l'éviter...

Elle essaie de ne pas s'imaginer demain. Elle regarde les deux petits calmants dans l'enveloppe. Elle n'a aucune envie de se calmer. Elle veut penser, réfléchir. Elle veut se battre, être sûre.

Elle ne sera jamais sûre. Jamais.

Qu'elle ait ou non cet enfant, elle est condamnée à l'incertitude. Elle s'arrangera avec sa décision, point. Quant à être sûre ou rassurée, cela est hors de question. Tout comme pour Dieppe. Tout comme pour son père, elle a le choix d'imaginer les issues, mais elle ne saura jamais sûrement. Pas de vérité du côté des enfants. Que des hypothèses plus ou moins douloureuses.

Jeannine l'aurait aidée. Même si c'était une mère exemplaire et qu'elle aurait souhaité ce petit-enfant, elle l'aurait écoutée, elle aurait mis de côté ses principes pour l'aider, elle, à déceler les siens. Sera-t-elle jamais capable d'autant de générosité ? La seule idée terrible qui la jette à genoux est la pensée du chagrin d'Alex.

Leah se couche et reste toute droite dans son lit, rigide, attentive aux nouveaux bruits de la nuit. Toute sa vie, elle sera seule avec cette décision. Toute sa vie, elle la portera comme un poids, comme un enfant non né – ou elle le met au monde, ou elle le porte à jamais. Pas comme une faute, un péché, non, comme une question lancinante. Il faut maintenant qu'elle sache où est sa force. Où se situe le courage pour elle, et pour elle seule. Peu importent les autres femmes et leurs opinions, peu importe même l'amour de Josh ou celui d'Alex ou les deux, les deux à la fois. Il faut considérer la force qu'exige l'avortement et celle qu'exige la naissance d'un enfant sans épouser le père tout en désirant continuer son métier d'avocat. Il est fort probable qu'elle sera écartée de la pratique si elle est fille-mère. Malgré la protection de Josh – qui risque de faiblir sous l'impact, d'ailleurs –, elle sera sournoisement mise de côté si elle ne l'est ouvertement. C'est foutu. Avoir cet enfant la condamne à rentrer chez elle se cacher. Au mieux, elle pourra rédiger les contrats chez *McNally*. Jamais plus une cour de justice, jamais plus la défense de ceux qui n'ont pas le choix, jamais plus la toge. Parce qu'un enfant sans mariage, avec Alex qui est déjà marié... ce ne sera ni le Barreau ni le droit qui va la radier, ce sera la société.

Il est quatre heures du matin, elle a pleuré toutes ses larmes, tourné et retourné tous les impossibles. Moralement, elle se condamne. Moralement, elle est contre. Elle s'habille et s'assoit près de la fenêtre. Elle attend qu'il soit sept heures pour se rendre à la clinique.

À midi, elle est revenue dans sa chambre, malade des calmants davantage que de l'opération.

Son sommeil grouille de cauchemars et elle se

réveille, fiévreuse. Normal, qu'ils ont dit. Elle saigne beaucoup. Encore normal.

Elle reste dans son lit et observe une lézarde dans le plâtre jauni du mur. Une fissure qui traverse le mur jusqu'au cadre accroché en hauteur, décoration primitive. Une fissure qui trace le relief d'une montagne sur un mur beigeasse. Elle ne pleure pas. Elle ne pleure plus. Elle se dit qu'il n'y a plus de larmes en elle. Ni larmes, ni enfant. Plus d'amour, plus de haine. Un vide, seul et énorme. Un trou vide.

Une crampe l'oblige à se recroqueviller. Elle voudrait bien mourir à son tour. Elle voudrait que tout s'éteigne, que tout cesse. Elle pense à Jeannine, elle la sent près d'elle, aimante, sans jugement. Jeannine qui a mis tant de temps à mourir. Tant de courage. Elle a honte à seulement l'imaginer près d'elle. À la penser. Elle doit s'être endormie parce que, quand elle demande pardon, quand elle demande à Jeannine de ne pas la haïr, elle sent les bras robustes de l'ancienne Jeannine, celle du temps de la santé, la saisir, la plaquer contre sa poitrine et la bercer en murmurant qu'elle comprend, que c'est infiniment triste, mais qu'il faut dormir maintenant. Il faut récupérer et ne plus juger de rien. « Fais confiance à la vie pour te dire ce qui en est. Ceux qui savent à ta place ne savent jamais rien pour eux-mêmes. Laisse-les faire. Dors. Ce qui est fait est fait. Dors. Tu vas avoir besoin de tes forces par après. »

Ce n'est qu'à ce moment-là que le soulagement l'envahit. Même criblé de culpabilité, même rongé de peut-être, le soulagement est là : sa vie est encore la sienne, son corps est toujours le sien.

* * *

Josh l'accueille avec un regard franc, ouvertement soucieux : « Ça va ? Si vous êtes prête à recommencer, venez me rejoindre. Il y a quelqu'un dans mon bureau que je veux que vous rencontriez. Leah... vous m'avez manqué. »

Assise à la table de conférence, la dame est âgée et magnifique. Toute droite, elle a un visage de madone fanée. Très vite, elle déclare qu'elle a soixante-dix ans. Elle est veuve, son mari, M. Scott, est mort depuis trois semaines.

Elle reçoit avec dignité les condoléances et elle enchaîne sans détour : « Je veux attaquer quelqu'un en justice. Un médecin qui a miné ma vie. Je pèse mes mots. Les événements remontent à vingt-cinq ans. Est-ce trop tard pour faire quelque chose ?

— Ça dépend si le médecin est vivant et, bien sûr, de la nature des choses que vous lui reprochez.

— Il m'a violée. »

Le silence qui suit est d'une lourdeur éprouvante. Leah avance que ce sera difficile, mais elle demande les détails en comprenant d'avance la difficulté de la chose. La dame la jauge longuement avant de parler : « Si je veux l'attaquer publiquement, j'ai intérêt à ne pas avoir de scrupules, n'est-ce pas ? C'est un psychiatre. Il m'a soignée deux fois, à la demande de mon mari il y a vingt-sept et vingt-cinq ans. Il s'appelle Taylor. Le docteur Mark Taylor. Je n'étais pas folle, quoique mon mari ait voulu le croire. J'ai fait une dépression grave suite à la naissance d'un enfant, alors que j'avais quarante-trois ans. L'âge y était pour beaucoup. J'ai eu six enfants. Celui-là, je m'en serais passée, je peux vous le dire à vous, même si je ne le répéterais pas. J'ai su que mon mari était un homme malade, violent, au lendemain de mes noces. C'est sa mère qui nous a mariés. Sa mère avait décidé de vider sa maison pour ses cinquante ans. Il restait celui-là, elle me l'a imposé. Ou plutôt, mon père a accepté de me l'imposer, à sa demande à elle. Pour la petite histoire, parce que ce sont des choses qui comptent, même si on ne les révèle habituellement pas, mon père avait une liaison avec la mère de mon futur. Donc, à mon sixième enfant, j'ai fait cette dépression. Mon mari a mal pris ça. Il m'a amenée au Allan Memorial, hôpital anglais alors que je n'en parlais pas un mot, il a signé pour qu'on m'administre tous les traitements qu'on jugerait bon de me faire subir et il est parti. J'y suis restée deux mois. J'y ai reçu vingt-six séances d'électrochocs, dont une sans dormir parce qu'on a fait une erreur d'anesthésie, et je suis sortie de là apparemment plus calme. J'ai pris religieusement les médicaments qu'on m'avait prescrits pendant presque deux ans. Le jour où j'ai arrêté de les prendre, j'ai plongé. J'ai jonglé avec tous les couteaux de la cuisine, j'étais dans un état plus lamentable que deux ans auparavant. Mon mari a appliqué la même thérapie : retour au Allan Memorial et autorisation *at large*, sauf pour les électrochocs que je l'avais supplié à genoux de m'épargner. Ils m'ont droguée, calmée. J'ai évidemment récupéré et le docteur Taylor a décidé de me soigner. Je ne peux pas dire qu'il a fait quelque chose de répréhensible sur ma personne en 1934. Je ne m'en souviens pas. En 1936, par contre... Vous allez penser que c'est ridicule, puisque j'avais quarante-cinq ans et qu'une vieille femme n'est pas *a priori* intéressante ou attirante physiquement. J'ai toujours été belle et j'en ai toujours souffert. Malgré mes six enfants, mon âge, malgré la vie que j'ai vécue, j'étais encore belle. Et cet homme, ce docteur, n'arrêtait pas de me le répéter et de me le montrer par des attouchements très désagréables. Cela faisait partie de la thérapie, selon lui. Ce n'est pas difficile de deviner que je haïssais mon air de madone qui leur a toujours donné envie de se confesser après leurs péchés. J'ai subi les attentions constantes de mon mari. Toute ma vie, sans dire un mot. Il m'a d'ailleurs trouvée folle le jour où j'ai rouspété. Mais quand j'ai vu celui-là me foncer dessus, je me suis débattue. La première fois, c'était le 9 août 1936. Un dimanche. Le jour du Seigneur. Il n'y avait pas grand monde à l'hôpital. Il m'a sauté dessus en répétant que c'était pour mon bien. Il m'a cassé le poignet, tellement je me suis débattue. Il a fini par m'avoir et j'ai eu un plâtre pour le reste de mon séjour. Un plâtre et des calmants très puissants. Mon mari est venu me chercher le 31 août 1936. Sur mon plâtre, il y avait quinze traits de plume fontaine : un pour chaque viol. Je ne l'ai dit à personne, sauf à l'infirmière de jour à qui j'ai demandé de rester avec nous pour les entrevues thérapeutiques. Elle était débordée. Elle a accepté une seule chose, c'est de me laisser prendre mes médicaments toute seule. Donc, de ne pas les avaler. Le docteur Taylor préférait les injections et les suppositoires. C'était plus difficile pour lui de faire sa petite affaire quand les médicaments ne l'assistaient pas. J'ai réussi à lui infliger un œil au beurre noir. La dernière fois. J'avais eu mon infirmière compréhensive, et le cachet était resté dans la taie d'oreiller. Je lui ai envoyé mon poing dans la figure. Il saignait du nez. Après, il m'a lui-même fait mon injection. J'aurais peut-être dû mettre seize traits, parce que j'ai perdu la carte ensuite. Une fois sortie de l'hôpital, je n'ai pas commis la même erreur qu'en 34. J'ai diminué mes doses graduellement, lentement, et j'ai été une épouse modèle. J'ai marché sur mon orgueil, ma peine, mon désespoir. J'ai gagné. Au bout d'un an, je n'avais plus besoin de ces médicaments. Taylor voulait me revoir. Il a tout fait pour me revoir. Il a essayé de convaincre mon mari de la nécessité d'une thérapie à long terme. D'une sorte de *check-up* régulier. Mon mari voulait me garder à la maison pour les enfants et, de toute façon, payer ces soins-là revenait cher. Et puis, toujours entre nous, j'étais très coopérante au lit. J'ai marché droit, j'ai plié jusqu'à ne plus avoir de dos ni d'orgueil. Mon mari a envoyé Taylor sur les roses : sa femme allait très bien. Taylor m'a écrit trois fois. Si je n'avais pas ces lettres, je suppose qu'on ne pourrait rien faire. Les voici. Elles sont idiotes, mais claires. Ça fait vingt-cinq ans que j'attends ce jour. J'ai attendu d'être veuve pour venir réclamer une justice que mon mari ne m'aurait pas laissée réclamer. Par incrédulité tout d'abord, et aussi pour ménager son orgueil qu'il aurait appelé son honneur. Ça fait vingt-cinq ans que les traits sont gravés dans ma mémoire, dans ma peau et que l'humiliation me rend haineuse. Je veux que cet homme ne pratique plus jamais la médecine. Je veux sa mort. Je ne peux pas le tuer. Le tuer professionnellement, aux yeux du monde, va me suffire. Pouvez-vous m'aider ? »

Josh est secoué, il hoche la tête, dubitatif : « Est-il... vivant ? Quel âge avait-il ?

— Mon âge ou un peu moins. Il doit aller sur ses soixante-dix ans. »

C'est Leah qui répond le mieux : « Il pratiquait toujours il y a douze ans au Allan Memorial. Je connais une femme qui a été en traitement avec lui.

— La pauvre ! »

Josh fait mine d'ignorer la remarque : « Et cette femme peut nous aider ?

— Elle est morte.

— La chanceuse ! »

Cette fois, le regard de Josh cille. La très distinguée Anita Scott sourit : « Il m'a fallu plus que de la foi ou du courage pour rester en vie, Maître. Il m'a fallu acquérir de la dureté. » Elle frappe un poing sec sur la table : « Je suis en bois et je ne fendrai pas. Je jouerai mon rôle de madone, mais je veux la peau de ce salaud. »

Josh ne sait pas comment soulever les points qui lui viennent à l'esprit. Il se tourne vers Leah qui comprend et prend la parole : « Madame Scott, ce que vous racontez est atroce et cruel. Mais la loi est stricte et nous ne pouvons pas intenter une action parce que trop de temps a passé depuis les faits. Il y a ce qu'on appelle prescription. Notre droit d'action est éteint. Je parle bien du nôtre, qui est au civil. Il faudrait que vous alliez à la Couronne pour pouvoir poursuivre le médecin. Là encore, vos preuves sont minces... ce sera votre parole contre celle d'un médecin. Après vingt-cinq ans, vous ne pourrez rien prouver... Avez-vous pensé à ce que le procès peut ajouter à vos souffrances passées ? Taylor va se défendre. Il le fera en attaquant votre honneur. Il va utiliser votre dépression. Il va utiliser tout son pouvoir médical, sa crédibilité scientifique pour vous déconsidérer aux yeux du juge. Il peut dire ce qu'il veut pour vous faire taire. À commencer par l'analyse de votre état mental. Ce n'est pas que votre réputation qu'il va attaquer, c'est votre dignité personnelle. Il aura intérêt à ce qu'on ne vous croie pas, à ce qu'on croie le pire vous concernant, et il fera comme si c'était excusable à cause d'une folie passagère. Il peut encore vous faire du mal, vous comprenez ? »

Anita Scott sourit, l'air tranquille : « Je sais ce qu'il va dire. Que je suis folle. Qu'il l'a fait pour me sauver d'une grave hystérie sexuelle. Que j'en voulais, que je suis une putain déguisée en madone, que c'était à lui de me mater, de me dompter. Ne sursautez pas, Maître, il me l'a dit mot pour mot. En me soumettant. Mon raisonnement est le suivant : à mon âge, je ne peux rien espérer d'autre que mourir. Je voudrais mourir en paix si je ne peux vivre en paix. Cet homme, ce médecin supposé soigner et calmer les douleurs des femmes déchirées qu'on lui amène, il les humilie et les exploite. Cet homme ment et, à mon avis, il est dangereux. Tant que personne ne dit rien, il va continuer. Et d'autres vont continuer, protégés par le silence. Je veux que ce soit moins facile. Si *un* seul homme à ce procès m'entend, me croit et doute des médecins et de leur immunité scientifique, si *un* homme aime suffisamment son épouse pour ne pas la livrer et la laisser aux mains de médecins pareils, j'en aurai sauvé une. Et ce sera déjà ça.

« Je sais très bien qu'il va dire des horreurs sur moi. Que je serai moins qu'un être humain aux yeux du monde. Je suis, à mes propres yeux, depuis vingt-cinq ans, beaucoup moins qu'un animal. Je suis morte. J'ai pensé longtemps prendre le fusil de chasse de mon mari et aller tout simplement le descendre. Mais ce serait une indulgence qu'il ne mérite pas. Je voudrais qu'il sache ce que c'est de mourir à soi-même lentement. De se dégoûter au point de vomir en se regardant, tellement on est souillée. Tellement on est amoindrie. Si vous me dites que je ne peux rien faire, j'irai probablement le descendre. Ce n'est pas la justice que je cherche. Mais je ne peux pas quitter le monde en le laissant derrière moi, vainqueur. Ça ne me décourage pas qu'on sache que je suis finie, quelles humiliations sexuelles j'ai endurées, du moment qu'on sait que ce médecin m'a tuée.

— Vous n'êtes pas finie, madame, et vous avez beaucoup de courage.

— Quel âge avez-vous... Maître ? Je suis supposée dire Maître, à vous aussi ?

— Oui. J'ai vingt-cinq ans. »

Il y a une soudaine douceur qui traverse le regard bleu d'Anita : « Il doit y avoir une Providence pour que ce soit une jeune femme qui écoute une histoire pareille. Une jeune femme qui a ce pouvoir d'aller demander justice pour moi, la vieille femme tuée par un médecin. »

Josh toussote : « Madame Scott, votre cause est délicate et importante. Si nous la prenons, c'est que nous sommes certains d'atteindre une partie de vos objectifs. Comme l'a dit Maître Singer, il y a un problème de temps. Laissez-nous réfléchir, prendre connaissance des lettres, chercher si ce médecin pratique encore... les vérifications de routine. Ensuite, nous aviserons et nous essaierons de vous conseiller adéquatement. »

Anita pousse les lettres vers eux en silence et se lève. Elle est grande, indéniablement belle encore : « Ne vous trompez pas sur mes objectifs : je n'espère pas qu'on le condamne ou l'emprisonne. J'espère qu'on doutera de lui et de ses semblables. Je n'étais pas folle. J'étais une femme malade et déprimée. Qu'une folle n'ait aucun droit, soit. Qu'une femme n'en ait pas beaucoup plus, d'accord. Mais que ceux qui ont besoin d'aide parce qu'ils sont momentanément perdus soient lentement assassinés... et que personne ne dise rien, que personne ne bronche...

— Cela nous rendrait complices d'assassinat, madame Scott. Nous ne serons pas complices. »

Josh, une fois la porte fermée, lui demande ce qui lui a pris de dire une telle chose. Il fulmine : pas complices ! Elle devrait savoir que cette pauvre femme n'a aucune chance d'ébranler qui que ce soit avec son histoire. Que le médecin n'a qu'à brandir un dossier de psychose, il n'a qu'à expliquer ce qu'est un électrochoc pour que tout le monde hoche la tête d'un air entendu et se contente de la plaindre de nourrir des fantasmes de viol avec son thérapeute. « Tout ce qu'elle dira sera retourné comme un gant et rendu indigne de foi. La parole d'une folle contre celle d'un sage médecin respecté et âgé qui a travaillé toute sa vie avec des illuminées qui ne lui en seront jamais reconnaissantes. Si ça se trouve, il sortira grandi du procès.

— Josh, arrêtez une minute. Écoutez-moi. Si votre femme tombait malade, si elle était très malheureuse, dépressive... iriez-vous la mener au Allan Memorial ? Est-ce que vous signeriez pour les traitements ? Quels qu'ils soient ? Même après une rencontre avec le médecin ?

— C'est ridicule !

— Josh...

— J'y regarderais à deux fois. Et je ne la laisserais pas deux mois là sans venir la voir. »

Leah se sent si étrange de recourir à la femme de Josh comme ça. De parler de ce mariage, alors qu'elle essaie tellement de s'en éloigner, de ne plus y penser. De ne plus voir Josh comme un homme, un mari, un amoureux. Elle persiste avec son exemple, même s'il lui semble douteux : « Et est-ce que ce que Mme Scott a révélé ici ce matin a à y voir ?

— Évidemment ! Comment voulez-vous ne pas être ébranlé ?

— J'essaie de vous dire que, dans ce cas, sa cause est gagnée. Parce que c'est ce doute qu'elle veut semer. Ce doute, précisément, que le médecin *peut* être un mauvais médecin et qu'une femme, même fortement diminuée, doit être traitée avec respect. Je ne vous ai pas demandé si vous la croyiez. Je vous ai demandé si cela changeait votre façon de voir. Changer nos yeux, notre regard, voilà ce que cette femme demande. C'est ça, sa justice à elle. Ce n'est pas trop pour une vie de souffrances et d'humiliations, une vie de tortures ? Cette femme peut s'asseoir au banc des témoins et tenir bon.

— Leah, nous ne prenons pas cette cause parce qu'il y a prescription. C'est trop tard, point. Elle aurait dû poursuivre il y a vingt-cinq ans.

— Même si j'essaie d'obtenir un délai de prescription ?

— Comment voulez-vous ? De toute manière, la cause est faible. Ce n'est pas une bonne chose, ni pour elle, ni pour nous. Elle a assez souffert comme ça.

— Elle a soixante-dix ans ! Ne commencez pas à faire semblant de la protéger. Son mari s'en est chargé. Donnez-lui au moins le mérite de savoir ce qu'elle fait et d'avoir le courage de le faire !

— La folie de le faire, vous voulez dire ? Pourquoi vouloir remuer cette boue ? Elle peut finir ses jours tranquillement...

— Parce qu'elle *est* cette boue, Josh ! Parce que, pour elle, le mot tranquillité est exclu à jamais ! On l'a violée, méprisée, droguée. Elle n'avait aucun droit, en tant que femme d'abord, et en tant que folle ensuite. Ne venez pas me dire à moi qu'elle peut finir ses jours tranquillement ! »

Il est fâché, inquiet, contrarié, elle peut le dire à sa façon de bouger, de s'asseoir et de regarder les lettres sur la table. Il est indécis. S'il la laisse essayer de prendre cette cause, il le fera pour elle, parce que ça lui semble essentiel à elle. Ce serait bien la première fois que Josh prendrait une décision sur une telle base.

« Leah, je ne veux pas qu'on se casse la gueule. Ni

Mme Scott, ni vous, ni moi. C'est dangereux et peut-être inutile.

— *À vaincre sans péril, on triomphe sans gloire...* Corneille, Josh, pas moi. Vous savez qui est Mark Taylor ? Le médecin traitant de Kitty McNally, qui a tué Nic et Anne McNally avant de mourir d'une surdose de morphine. »

Les yeux de Josh, brillants, excités, qui la guettent – il suppute, il évalue : « Adélaïde a quelque chose à dire ? Vous vous rendez compte de l'impact d'un tel témoignage s'il était recevable ?

— Nous avons... trois lettres, un poignet cassé, les prescriptions qui sont au dossier médical, peut-être l'infirmière qui a eu un peu d'humanité, Mme Scott et sa solidité actuelle et peut-être, j'ai dit peut-être, Mme Nicholas McNally.

— On n'a rien, Leah. On a trois lettres. Même le témoignage d'Adélaide pourrait être refusé parce que non pertinent. Sans compter qu'elle sera suspecte à cause de la perte des siens qui risque de troubler son jugement. Des œufs, on marche sur des œufs. D'après moi, tout ce qu'on peut faire, c'est agir sur le plan disciplinaire auprès du Collège des médecins. Et à l'âge qu'a ce Taylor, une sanction ne produira pas ce que cette femme veut.

— Josh, est-ce qu'on peut seulement essayer d'évaluer nos difficultés avant de décider ? Ne pas juger la cause et l'analyser ? Est-ce qu'on peut discuter de ce qui est possible, envisageable ?

— On peut ! Ne me fusillez pas comme ça et revenez vous asseoir. »

* * *

Paul fait les cent pas, hors de lui. Il se retient pour ne pas dire tout le mal qu'il pense de Josh Buchman. Il pourrait aller le braver dans ses élégants bureaux et le mettre au défi de recommencer une chose pareille ! Depuis qu'Adélaïde lui a appris que Leah est venue sonder la possibilité qu'elle apporte son aide à Mme Scott, si jamais il y a procès, elle s'est tue et le regarde s'énerver. Il n'aime pas ce calme. Ils vont encore avoir d'interminables discussions sur un passé immuable, sur des événements terminés et ils vont se heurter. Si quelqu'un a essayé de coincer Taylor et de débusquer une faute professionnelle du genre, c'est bien lui ! Il est intouchable. Il ne pratique plus. Sa réputation est fantastique. Pour une seule Mme Scott, il aura vingt, trente patientes reconnaissantes qui viendront jurer sa probité, son respect. Ne le savent-ils pas ? Paul se retient de dire le fond de sa pensée : Josh Buchman veut accuser Taylor de ce que lui a envie de faire : séduire Leah. Ça fait trois mois qu'il les observe aux conseils d'administration du Fonds Jeannine-Miller. Cet homme est visiblement épris de Leah et il veut la faire plaider une cause pareille ! Quelle inconscience ! Aucune faute professionnelle ne sera jamais attribuée à Taylor. Cet homme sait se défendre. Cet homme tient toutes les ficelles bien en main et cette pauvre femme sera moins qu'une marionnette. Mais pas Adélaïde, il se le jure, Taylor ne fera plus jamais de mal à Adélaïde. Il se plante devant elle : « Tu sais comme j'ai cherché à l'époque. Je suis allé sur place, je suis médecin, j'ai consulté les dossiers à des fins prétendument scientifiques, j'ai parlé aux infirmières, on ne peut rien prouver. Rien ! Tu l'as vu tenir la main de Kitty. Ça m'arrive de tenir la main de mes patientes et je ne les désire pas pour autant. Pour la plupart des gens, ça s'appelle de l'humanité. Tu vas te blesser, tu vas perdre ton temps, peut-être même ta réputation en t'associant à une folle. Et tout ça pour rien du tout. Et je ne parle pas de ce que ces souvenirs te font.

— Crois-tu en toute conscience que Taylor a profité de Kitty ?

— C'est possible. Elle s'offrait à qui entrait. Elle se mettait nue automatiquement, c'était assez gênant.

— En as-tu eu envie ?

— Moi ? Tu es folle ? Avoir envie de cette femme absente qui s'éjarrait comme une putain ?

— Voilà où je trouve que Taylor est anormal. J'ai vu Kitty faire, moi aussi. Je crois que rien n'était moins séduisant ou attirant que son comportement. Et Taylor, lui, a trouvé à s'exciter. Un homme pareil est fiable pour des femmes dépressives, tu penses ?

— Pourquoi t'en faire ? Il ne pratique plus. Il est à la retraite. Il ne peut plus abuser de personne. Tu es la seule à risquer quelque chose : cette femme est âgée, lui est hors circuit. Ce sera encore sur ton compte et ça ne te donnera rien.

— Le voir se débattre. Le voir perdre la face.

— Et quand il va t'accuser publiquement d'être victime d'un délire de vengeance et de persécution, Adélaïde ? Quand il va avoir publiquement pitié de toi, quand il va faire comme s'il avait la générosité de ne pas s'attarder au fait que tu cherches à l'abattre, mais plutôt à tes pulsions fort compréhensibles de vengeance, sorte de résidus du coup qui t'a été porté ? Quand il va s'en sortir en laissant planer le doute sur ta santé mentale ?

— Il aura raison : je suis animée d'une forte pulsion agressive devant l'incompétence. La sienne a coûté des vies. L'incompétence d'un *foreman* de chantier est punie, celle d'une infirmière est punie et la sienne ne le serait pas ? Je ne marche pas, Paul.

— Tu ne gagneras pas. Tu le sais ?

— Je vais gagner de l'inquiéter.

— Même pas ! Il est persuadé d'avoir raison, tu ne comprends pas ? Je connais un chirurgien qui avale deux cognacs avant chaque opération, pour empêcher ses mains de trembler. Qu'il agisse comme ça parce qu'il est alcoolique ne le dérange pas. Il est certain de protéger ses patients en buvant, parce que l'effet sur ses mains est bénéfique. Si je dis à cet homme que ses réflexes, son jugement sont quand même abîmés, il va se demander quelle sorte de fou je suis de vouloir l'empêcher de bien opérer, sans trembler. Il ne sera pas inquiet de son honnêteté professionnelle. Pas une seconde.

— Tu ne peux pas le dénoncer ?

— À qui ? Au Collège des médecins ? Pourquoi ? Une sanction disciplinaire ? Il va me traiter de jaloux, d'envieux de sa clientèle. Si je l'accuse sans preuve, c'est moi qui vais écoper de l'avertissement. Protéger les patients, pour l'instant, c'est m'arranger pour que moi, je puisse encore exercer. Lui n'a pas fait d'erreurs assez graves ou évidentes pour être mis en doute. Il n'a tué personne par incompétence notoire.

— Taylor, oui.

— J'essaie de t'expliquer que ces gens-là sont intouchables. Il a peut-être approché et bercé cette Mme Scott pour l'encourager, lui faire reprendre confiance en elle. Il y aura des femmes dans la salle d'audience pour pleurer en pensant qu'elles pourraient se faire réconforter de la sorte. Et il n'y aura pas un homme pour croire qu'elle était attirante en pleine dépression, en jaquette d'hôpital. L'image que les gens ont des fous n'est pas ragoûtante. Les hommes considéreront cela comme un acte de charité davantage qu'un acte de plaisir égoïste. Va expliquer à un juge ce que faisait Kitty et essaie d'obtenir condamnation pour celui qui a saisi l'offre. Bonne chance ! En langage mâle, ça s'appelle en demander, Adélaïde.

— Paul, aurais-tu honte que je m'embarque dans un procès pareil ?

— Honte ? Moi ? Adélaïde ! C'est bien pire, j'ai peur. Je les connais, je connais leurs manières. Ils sont inattaquables. Si je voyais la plus petite chance de gagner, je t'encouragerais. Mais c'est foutu en partant. Et Josh Buchman sait cela. Et il devrait décourager Leah de se lancer là-dedans.

— Il le fait, arrête de t'énerver. Il m'a demandé de dire que, même s'il était admissible, mon témoignage n'est pas acquis, il m'a demandé de refuser. D'après lui, il n'y a aucun moyen d'obtenir un procès. Leah n'en sait rien, évidemment... Ne me regarde pas comme ça, je n'ai rien décidé. »

* * *

La seule façon qu'a trouvée Leah de contourner le problème de la prescription, c'est d'aller avec Mme Scott devant le Collège des médecins et de demander une sanction sévère contre le docteur Taylor. Mais tout se déroulerait à huis clos. La destitution du médecin serait moins publique que ce qu'espérait Anita Scott, mais du moins a-t-elle une chance de l'obtenir. Surtout si Adélaïde McNally lui apporte son soutien en témoignant.

Un soir que Leah travaille sur sa cause, Aaron vient la trouver et lui présente Maître Kennel. Celui-ci parle à la jeune femme du dossier sur lequel il a agi à titre de conseiller juridique il y a douze ans : Adélaïde

McNally, lors de l'enquête du coroner sur les circonstances entourant la mort de Nic, d'Anne et de Kitty McNally. Il lui rappelle des faits importants. Il le fait dans le but de protéger Adélaïde qui ne pense certainement pas que ces rapports pourraient être exhumés pour ruiner sa crédibilité. Une mère qui laisse sa fille achever une femme, même droguée, même meurtrière, est susceptible d'être jugée plus sévèrement qu'un médecin qui assouvit un désir, somme toute normal, sur une femme assommée par des calmants.

Aaron est infiniment triste pour Leah, pour le procès qu'elle voudrait tant obtenir, pour cette femme : « Leah, ces gens-là ne feront aucun marché avec toi. Ils gagneront et ils se fichent pas mal que ce soit au prix de l'équilibre de Léa. Il y a douze ans, je me suis battu pour qu'Adélaïde ne prenne pas sur elle le geste de Léa. Je suis convaincu que j'ai eu raison. Il faut éviter que Taylor ne se défende en tuant quelqu'un d'autre. Explique à Ada qu'il faut protéger Léa. Le risque est trop grand.

— Et Mme Scott, grand-père ?

— Mme Scott ne sera pas étonnée des vicissitudes du monde. Elle a tout vu du pire. »

Là où Leah est étonnée, c'est quand Ada, profondément dérangée par la possibilité de faire du tort à sa fille, réclame une rencontre avec Mme Scott.

L'entretien a lieu dans son bureau. Adélaïde explique à Anita Scott en quoi son expérience et son témoignage auraient pu aider sa cause, et pourquoi elle n'ira pas témoigner. « Il y a douze ans, madame, j'ai choisi de protéger ma fille dans la mesure du possible. Parce que c'est risqué et que je ne veux pas lui faire de mal, je vais renoncer à vous aider. Je voulais vous le dire moi-même et vous assurer que ce n'est pas un manque de courage ou de confiance en votre position.

— Vous n'aviez pas à vous donner cette peine. De toute façon, vous avez beaucoup plus à perdre que moi dans cette histoire.

— Ça dépend du point de vue. Apparemment, oui. Profondément, non. Et c'est ce que je veux vous dire. La bataille que vous entreprenez, les gens ne voudront pas la considérer. Ils vont vous repousser et vous traiter de folle. Pas parce que vous l'êtes, comprenez-le, mais parce que vous demandez un respect et une dignité qu'on vous refuse. Qu'il est plus facile de vous refuser. Si vous inquiétez trois personnes, ce sera une victoire, malgré les apparences. Les femmes vont vous haïr de révéler jusqu'où elles peuvent aller pour obtenir un pouvoir souterrain. Les femmes ne veulent pas que ça bouge parce qu'elles ont peur de perdre au change. La mentalité des humiliées, des laissées-pour-compte, des flouées. La mentalité des colonisées nées pour un petit pain et capables de s'en contenter, de se soumettre à la loi du plus fort tout en finassant pour gagner un petit extra. Aujourd'hui, je me soumets encore et je ne peux pas vous dire combien cela me révolte et m'enrage. Aujourd'hui, ils gagnent encore parce qu'ils savent bien qu'une mère protégera ses petits. Et le jour où un enfant fera du mal, ce sera encore de la faute de la mère. Je ne sais pas si vous allez déposer votre plainte sans mon témoignage. Je souhaite que oui, mais je trouve que c'est beaucoup vous demander. Je m'engage à être assise dans la salle, du début à la fin, je m'engage à partager les frais avec vous. Pouvoir partager me ferait du bien, comme vous devez vous douter.

— Vous n'avez pas à payer. C'est ma lutte, et pour une sanction, il n'y a pas de frais. C'est mon coup de hache dans le portrait de famille unie et convenable sur lequel j'ai figuré toute ma vie.

— Je ne peux pas vous dire combien je suis désolée.

— Ne le soyez pas. Votre confiance m'aide autant que votre témoignage. Maître Singer dit que, devant le Conseil des médecins, le public n'est pas admis. J'aurais tellement aimé que vous puissiez être là, dans la salle. Il aurait eu peur de vous voir. Il aurait eu peur tout le long de ce que vous auriez pu dire. Et il n'aurait pas compris comment ça se fait que vous ne témoigniez pas. Habitué comme il est aux jeux de pouvoir, il aurait cherché qui le protégeait et à qui il devait quelque chose. Aucun risque qu'il s'imagine que Dieu est de son bord. Ces gens-là laissent Dieu aux femmes. »

* * *

« Thomas l'a fait. Au complet. Il l'a fait à quinze ans et moi, à dix-neuf ans, je n'ai jamais rien fait ! Il m'a tout raconté, évidemment. Maman le tuerait si elle savait. La femme a vingt-cinq ans, l'âge de Lili ! Peut-être que maman tuerait la femme, remarquez. Je ne sais pas à quoi elle a pensé. Il est très avancé, Thomas. Pour son âge. Je suppose que vous savez tout ça, mais moi, vraiment, j'aurais jamais pu imaginer... Maman m'a expliqué sans les détails. En tout cas, sans ces détails-là. De toute façon, je ne pense pas qu'elle fasse ces choses-là. Je veux dire, ce que Thomas a expérimenté. Voyez-vous, je n'ai aucune envie de savoir. Pour maman, je veux dire. Pour Thomas, ça ne me dérange pas, ça me renseigne. Il est tellement clair, presque par exprès, je pense, pour me voir la face. Pour voir si ça m'écœure.

— (...)

— Ça dépend qui. Ça m'écœure pour maman. Avec n'importe qui. Pour Florent, parce que je n'arrive pas à imaginer ce qu'il faisait avec Francis. Avec vous. J'ai en même temps envie de vous exciter en vous révélant ces choses-là et j'ai peur que vous vouliez plus que des mots.

— (...)

— Je ne sais pas si j'ai vraiment envie de vous. Je veux que vous m'aimiez, que vous me trouviez belle, attirante, *sexy*... pas le reste. Pas les gestes. Vous pourriez en mourir d'envie, ça me ferait du bien.

— (...)

— C'est en plein ça : tant que vous ne passez pas à l'action, ça me convient. Ce qui me dérange, c'est la certitude que, normalement, je devrais ressembler à maman et aimer ça. Thomas ressemble à eux. À papa et à maman. Il a toujours eu cette curiosité du sexe et il a toujours agacé les filles. Il est un vrai garçon. Moi, je suis comme Florent, lente, rêveuse, pas pressée de passer aux actes. Je comprends que ça fasse peur à Florent, mais pas à moi. Il ne voit plus personne depuis que Francis est retourné chez sa femme. Il l'attend. Il n'admet pas que c'est ce qu'il fait, mais je le sais. Je le vois. Florent est très secret, très privé. On ne lui arrache pas facilement ce qu'il cache. Maman a bien raison de lui faire confiance. Florent ne parle pas. Comme moi dans la vie en dehors d'ici. Je pose des questions, mais je ne parle pas.

— (...)

— J'ai pensé... J'ai peur de deux choses concernant la sexualité : j'ai peur d'avoir hérité beaucoup de Florent et... que Florent soit mon père. Le choc de ma mère aurait été de savoir qu'il était aux hommes, que leur liaison était une impossibilité et elle aurait déjà été enceinte. Maman est assez orgueilleuse pour faire celle qui va s'arranger. Je crois que se faire dire : *merci, j'aime mieux les hommes finalement*, ça l'aurait insultée. Moi, ça m'insulterait. Bon. J'ai peur que Florent soit mon vrai père parce que je lui ressemble beaucoup avec mes façons de ne pas être pressée. Oui, ça me fâche. J'aimerais mieux être une vamp, une femme qui fait mourir les hommes de désir. Qui les fait acheter des fleurs, des bijoux. Papa a offert plein de diamants à maman. Vous vous rendez compte ? Il était fou d'elle. Je les entendais. Ils étaient moins tranquilles que Paul et maman. Papa faisait la même face qu'Alex quand il l'avait fait. Il était tellement de bonne humeur, il riait et il disait des niaiseries pour nous faire rire. Alex fait rire Lili, c'est pour ça que ça marche. C'est évident que j'étais amoureuse de papa. J'aurais fait n'importe quoi pour lui faire plaisir. Comme Florent. Comme tout le monde. Là aussi, maman passait en premier. Je suis jalouse, mais je comprends qu'elle passe en premier. Elle est supérieure. Je ne peux pas le nier. Je la trouve meilleure et plus belle et plus séduisante que moi.

— (...)

— Ne me faites pas le coup de la castratrice, je trouve ça choquant. Je veux bien explorer, mais il y a des limites, non ? Je voudrais bien tomber sur un manuel qui fait des mères autre chose que des monstres.

— (...)

— Oui, et je vais la protéger toujours. Vous savez pourquoi ? C'est ma seule supériorité, pouvoir la protéger. J'en suis consciente et je l'accepte. Qu'est-ce que vous dites de ça ?

« Est-ce que je vous ai dit que la femme avec Thomas, elle est mariée ? Thomas est déjà en train de se mesurer à l'image du père. Il va avoir du travail. Sincèrement, docteur, trouvez-vous que c'est une bonne chose d'avoir des parents aussi forts ? C'est dur à dépasser.

— (...)

— Vous n'oubliez rien, vous. La deuxième chose dont j'ai peur est d'être homosexuelle, comme Florent. Je veux dire, avec les femmes. Je sais bien que ça ne s'attrape pas, mais je serais très menteuse de prétendre que je n'ai pas peur de ça. Je peux garantir tout de suite que tout le monde ne passe pas par là obligatoirement. Thomas n'a aucune, mais aucune peur d'être homo. Est-ce que j'ai peur parce que je le suis ? Parce que j'ai une tentation que je refrène ? Non. Pas encore. Parce que je n'ai envie d'aucun homme ? Ce serait une raison idiote.

« Parce que je ne peux pas battre ma mère sur ce terrain-là et que ça me met en colère ? Ça, oui. Parce que c'est elle qui gagnait toute l'attention de papa ? Oui, c'était comme ça. C'était réglé, en fait, pas de discussion, maman régnait. Bon, je vais l'admettre : je suis jalouse de maman. Je veux ce qu'elle a, et je trouve qu'elle est trop vieille pour continuer à faire des cochonneries, même avec Paul. Ce serait mon tour, normalement.

— (...)

— Bientôt quarante ans. »

* * *

L'audition d'Anita Scott n'a même pas lieu devant les trois médecins chargés d'examiner sa plainte. Son témoignage est reçu par un enquêteur envoyé par le Collège des médecins.

Seule Leah assiste au témoignage du docteur Mark Taylor devant ses pairs. Elle est la seule à poser des questions directes et l'assurance du médecin n'est jamais ébranlée. Celle des pairs non plus, d'ailleurs. Le plus terrible aux yeux de Leah, c'est que, une fois la décision du comité de discipline prise, celle-ci est transmise au médecin et non pas à Mme Scott. Quelle femme aurait le front d'appeler le médecin qu'elle a accusé pour savoir si sa plainte aura ou non des suites ?

Le jour où Anita Scott perd sa cause devant le Collège des médecins et que la réputation de Taylor est lavée de tout soupçon, Leah lui rend une longue visite et elle rentre ensuite au bureau.

Il est tard, elle n'a pas besoin d'y passer, mais elle ne peut voir personne. Ni Aaron ni Alex.

Elle s'assoit à son bureau, éteint la lumière et reste dans le noir à regarder la pluie d'automne tomber sur la rue éclairée comme dans un film de suspense. Mme Scott a été si courageuse. Leah savait qu'obtenir gain de cause était hautement improbable. Elle est consciente d'avoir réussi à bousculer deux médecins... quatre ou cinq secondes. Elle n'ignore pas que sa plaidoirie était efficace, énergique, touchante et brillante. Mais ce n'est pas assez. Pas pour elle. Ce Taylor, d'une politesse exquise, d'une inquiétude crédible pour l'équilibre de sa patiente, cet homme qui rappelait posément à ses pairs que plus le fantasme est fort et puissant, plus cette identification du thérapeute au sauveur est forte et plus la guérison est accélérée. Que Mme Scott réalisait présentement son rêve en l'accusant de son désir secret à elle, son désir pervers et interdit. Qu'elle avait maintenant le droit, étant veuve de fraîche date, d'accéder à son désir. Rien, jamais, n'étonnait cet homme. Surtout pas Leah. Ni ses questions, ni ses sous-entendus. Toujours ce sourire mielleux, supérieur, et cet air d'en savoir plus long qu'elle-même sur ses mobiles inconscients.

Leah a perdu plus que sa cause. Elle a perdu de la confiance, de l'assurance. Il a fallu que Josh la pousse, la provoque pour qu'elle ne cède pas un pouce à ce médecin pervers. Et ce n'était pas l'idée de Josh de prendre cette cause. Elle lui doit beaucoup.

Depuis qu'ils se contentent de travailler ensemble sans plus jamais se réserver le moindre espace d'intimité, Leah éprouve un désir constant qu'Alex ne peut satisfaire. Ce n'est pas lascif, ce n'est pas sensuel, c'est amoureux. Dans sa déprime, Leah sait bien qu'elle a peur d'avoir déçu Josh, de ne plus mériter sa confiance, son amour.

Elle sait que ça n'a rien à voir avec Alex. Comme pour Josh avec sa femme. C'est ailleurs, sur une autre planète. La planète « bureau ».

Alex a cette façon de lui mettre sous le nez qu'elle fuit. Depuis l'avortement, Leah fuit, elle ne peut le nier. Elle fuit sa culpabilité et son remords. Elle est triste. Elle sait, elle est convaincue d'avoir agi pour le mieux, mais ça n'empêche ni la tristesse ni le sentiment de déloyauté envers Alex. Leur relation en souffre, il y a des hauts et des bas qu'Alex a bien du mal à décoder.

Elle ouvre la fenêtre pour mieux entendre le bruit aimable de la pluie.

Elle sursaute, mais n'allume pas quand Josh frappe discrètement. Il reste debout dans le mince trait de lumière diffusée par l'entrebâillement de la porte. « Vous voulez être tranquille ou être consolée ?

— Je voudrais être consolée tranquillement. »

Il ferme la porte et attend de s'accoutumer à la pénombre. L'ombre noire de Leah se découpe contre la fenêtre, nimbée de la lumière du lampadaire. La peau blanche, très pâle, de sa joue luit. « N'allumez pas, d'accord ? »

Il trouve le fauteuil à tâtons, s'y assoit et se tait avec elle.

Leah apprécie : « Vous pouvez me dire que j'étais avertie. Très avertie.

— On a parlé de consolation, pas de radotage. Votre péroraison était magnifique et vous le savez.

— Pas assez pour ébranler les médecins.

— On y allait pour une raison : inquiéter, jeter le doute, semer le ferment. C'est fait. Vous vouliez récolter le jour des semailles ?

— Je voulais plus pour Mme Scott. Quand bien même un procès pour viol commis par un psychiatre serait gagné dans dix ans par une autre femme, contre un autre médecin, elle n'aura pas eu justice.

— Vous trichez, Leah ? Ou vous faites semblant de ne plus vous souvenir de vos propos au début de cette affaire, il y a... cinq, six mois ? Vous disiez, comme elle, qu'une inquiétude, un soupçon, serait un grand pas. Vous l'avez eu.

— Ah oui ? Taylor n'a jamais bronché !

— Pas Taylor. Mais les autres. Ces trois médecins chargés de vous écouter ont eu plus qu'un soupçon. Et vous le savez. Ils sont avides de leurs privilèges, ils protègent leur statut, mais ils ont sûrement été ébranlés. N'oubliez jamais que les médecins ont ce MD sur leur plaque d'immatriculation qui leur permet de conduire comme des cow-boys sans être inquiétés. Ce sont des gens convaincus de leur supériorité qu'on attaquait, ils ne vous accorderont pas gain de cause sans se battre.

— Il n'y aura même pas de procès-verbal, Josh, vous vous rendez compte ? Pas une seule trace de l'effort de cette femme... je n'ai pas pu lui dire. Tout ce que j'ai pu lui suggérer, c'est de recommencer en allant à la Couronne, comme vous l'aviez proposé au début. Le Comité de discipline radie automatiquement un médecin jugé coupable au criminel. Ça a même fait l'objet d'un long débat : si elle est si sûre de son coup, pourquoi ne pas aller voir la justice ?

— La question est bonne...

— Vous savez ce que ses six enfants ont fait quand ils ont su ce que leur mère entreprenait il y a six mois ? Ils se sont réunis en conseil de famille et l'aîné est venu lui dire de cacher sa honte. Ses propres enfants, Josh ! Et sa honte, ce n'était pas les viols, non, c'était d'avoir été enfermée au Allan Mémorial !

— Comment voulez-vous que des médecins fassent preuve de plus d'humanité que les enfants de cette femme ? Vous avez essayé, Leah, vous avez écouté Mme Scott, vous l'avez crue, aidée à obtenir sa justice. Le reste ne vous appartient pas.

— Pourquoi êtes-vous si gentil ?

— Parce que je vous aime. Parce qu'il fait noir et que je me sens à l'abri près de vous. Parce que j'ai envie d'aller vous prendre dans mes bras et de vous embrasser et que je ne le ferai pas. Parce que c'est vrai que ce n'est pas assez, mais rien n'est jamais assez. Il n'y a que vous pour faire comme si on pouvait atteindre tout.

— Je vous ai déçu, aujourd'hui, avouez.

— Vous vous êtes déçue vous-même et c'est dur. Vous étiez à la hauteur. La justice ne l'est pas. Les règles sont injustes, nous le savons. Les changer veut dire se changer, muer, grandir. On n'est pas prêts.

— Il faut attendre, Josh ?

— Non, il faut faire comme vous faites : les houspiller, les tanner, les provoquer. Ne jamais céder.

— Je suis fatiguée, Josh. Je n'ai pas trente ans et je suis fatiguée.

— Vous confondez déception et abattement avec fatigue. Mme Scott, ce soir, est très fatiguée.

— Excusez-moi, je me conduis comme une enfant. »

Elle l'entend se lever. Tendue, elle attend, elle espère qu'il va s'approcher. Il ouvre la porte : « Je voulais vous inviter à dîner, mais je ne pourrai pas finalement. »

Elle pourrait s'approcher, l'embrasser, fermer la porte et sentir ses bras se refermer sur son corps. Elle murmure : « Je ne pourrais pas non plus, Josh. Cette consolation-là serait trop dangereuse.

— C'est bon à entendre. Prenez soin de vous. »

* * *

« Évidemment, maman ne voulait pas que je le sache. Comme d'habitude. Mais, à mon âge, je peux connaître les détails d'une cause de viol. Le viol du psychiatre. Lili dit qu'il a prétendu que c'était la façon de cette pauvre femme d'activer son fantasme. Le raisonnement habituel de la femme qui va chercher le viol, qui l'appelle, l'incite et du pauvre salaud obligé de se retenir et qui est accusé à tort. Oui, c'est un avertissement que je vous sers, docteur : ne passez jamais à l'acte en me disant que je vous le demande inconsciemment. Ne me manipulez pas ! Rien n'est plus dérangeant que ce genre de choses. C'est comme si on ne pouvait plus, comme si *je* ne pouvais plus me livrer impunément à toutes mes petites tentatives de séduction sans devoir payer. J'imagine que le médecin sait à quoi il sert ? Quand bien même je vous supplierais à genoux, vous auriez la décence de refuser ? De me frustrer, ça va, de me faire analyser l'affaire pendant des années s'il le faut, ça va, mais de refuser ?

« Ça m'inquiète, ça me fait douter, ça nous fait reculer, comme vous dites. Je perds ma confiance en vous. Je me dis tout à coup : il profite ? Tout à coup je pensais que c'était clair et que ça ne l'est plus ? Me retrouver sans défense, comme cette femme devant un salaud qui profite d'elle, de sa vulnérabilité, de sa détresse. En plus, elle était malade. Oui, ça me menace, oui, j'ai peur, oui, j'ai envie de reculer et de vous menacer à mon tour ! Non, je n'ai pas confiance. Et oui, je suis en colère ! D'avoir été jusque-là avec vous et qu'un homme comme ce médecin s'en tire indemne.

— (...)

— Évidemment que je pense que vous devez être plus fort que moi et vous contrôler pour ça : si jamais je dérape, vous vous contrôlez. Pas le contraire. Pas me contrôler. On est ici pour ça : pour que moi, je dérape et que vous, vous contrôliez. Si on inverse les rôles sous prétexte que je joue trop bien à la séductrice, vous me tuez. Aussi clair que ça. Vous me tuez, docteur.

— (...)

— Je suis d'accord : l'interdit est aussi fort que celui de l'inceste. J'ai beau vouloir séduire mon père autant que je veux, vouloir battre ma mère sur son terrain, si mon père oublie qu'il est mon père et me donne ce que je demande, je suis morte. Ça me casse. Plus personne ne peut plus me toucher et la vie s'en va. De moi. Je veux dire, la vie me fuit si celui qui doit me protéger ne le fait plus. Je veux probablement dire aussi s'il meurt. S'il nous laisse avec des mains pleines de sang dans un corridor. Me prendre ou me perdre. Vous avez remarqué ? Qu'il me prenne ou qu'il me perde, c'est pareil. Il est mort. Il m'a perdue autant que s'il avait désobéi à la règle de ma confiance. La règle muette qui était : vas-y, Léa, fais comme tu veux, va trop loin, je suis fort, je résisterai. Il n'avait pas plus le droit de mourir que de me violer. Sa parole valait aussi pour vivre. Je ne peux pas vous dire comme la mort de mon père me tue. Elle me tue encore. Elle me tuera toujours. Je vais passer ma vie à essayer de sauver un mort. Des morts. Des gens perdus dans leur tête qui tuent. Des fous qui terrorisent maman. Protéger maman et être trahie par la mort. La parole des pères ne vaut rien. Voilà pourquoi je suis si fâchée contre Taylor. Sa parole ne vaut rien. Il a trahi, dépassé la mesure. Indigne de confiance. Les hommes peuvent toujours trahir et nous perdre, voilà pourquoi je ne peux pas les laisser m'approcher, ils peuvent me faire beaucoup de mal, ne pas comprendre que j'essaie ma séduction, que je ne sais rien, qu'il y a une entente sous-jacente qu'il ne faut pas outrepasser. Florent est le seul à ne pas me menacer. Il rend les femmes belles, les habille. Mais il peut mourir.

« Vous êtes mon père spirituel – j'ai eu un vrai père, Florent est en remplacement du premier et il est plus *safe*, parce qu'il ne peut pas être déjoué par la séduction. Et j'ai un beau-père, Paul, qui me prête de l'argent pour ces séances. Un père nourricier. Ça m'en fait quatre. Ne venez pas me dire que c'est avec ma mère que j'ai un problème ! Et jurez-moi solennellement de ne pas enfreindre nos règles tacites.

— (...)

— Oui, j'aime l'idée. Vous rebâtissez ma confiance. Moi, je vais suivre mon instinct. Vous êtes un père très responsable, je trouve. Pourriez-vous aussi me promettre de ne pas mourir avant que je puisse le supporter ? Je me rends compte que vous êtes le seul des quatre pères à ne pas être lié à ma mère... Oh ! Comment puis-je dire une chose pareille ? Vous êtes le plus lié à ma mère. Non seulement elle ne vous a pas encore séduit, mais vous êtes son ennemi. La seule sorte de personne qu'elle ne peut sentir, qu'elle rejette. Vous. Un psy. Et c'est à vous que je viens faire confiance pour me guider à devenir une vraie combattante. Pour la protéger, donc, tuer sa puissance. Le jour où c'est moi qui protège, c'est moi qui règne, je suppose ?

« Je n'en reviens pas : vous êtes tout ce que ma mère craint, vous êtes ce qui la tue. Je vais même apprivoiser le Minotaure pour elle. O.K., vous avez gagné, le problème est encore et toujours la mère. Sauf si vous transgressez. Mais vous savez quoi ? Je ne suis pas prête à vous refaire du charme. Je vais me tenir un peu tranquille. Il m'a eue, l'autre salaud.

— (...)

— Le fond de ma pensée est que si jamais vous passez à l'acte, moi, je vais vous poursuivre et gagner mon procès ! »

* * *

Le 3 novembre 1961, Leah et Léa reçoivent chacune une lettre de Denis Dutrisac, parti aux États-Unis depuis septembre. Les deux lettres, écrites le 30 octobre, jour de son vingt-quatrième anniversaire, constituaient des adieux. Celle de Leah était signée Denis, celle de Léa, David.

De son bureau, Adélaïde a mis six heures à joindre

des policiers pour pister Denis et tenter de savoir ce qui lui est arrivé. Il était parti « sur un *nowhere* », en laissant ses bagages en consigne à l'hôtel de San Francisco d'où étaient postées les lettres.

La lettre à Leah est carrément annonciatrice d'une mort prochaine. Denis y relate brièvement qu'il ne peut pas aller au-delà de l'âge qu'avait son père quand sa trahison révélée a été suivie de sa mise à mort. Elle se termine par un poème.

Le Juif errant se perdra dans le cosmos
Un Juif, fils d'antisémites, beatnik d'adoption.
Walter Straub, tombé à vingt-quatre ans en vendant des Juifs
Pour acheter sa vie.
Denis Straub volera à vingt-quatre ans, en planant au-dessus des Juifs
Pour vendre son âme
Au plus perdant.
Leah – ton père n'est pas ici
Dans un four dans une fosse
Mon père aurait pu le dénoncer
Pourquoi m'aurais-tu aimé ?
Fils de rien, fils de chien,
J'aboie mon vide
Gueule ouverte vers le ciel
Fils de rien, fils de chien
J'aboie, j'aboie
Dormez bourgeois
C'est un Juif sans kippa.

À part le fait que la poésie soit discutable, le scénario qu'il laisse entrevoir n'est pas encourageant. Léa a bénéficié d'une sorte d'hymne au non-malheur, au non-être, au néant. De toute évidence, Denis est devenu l'émule de poètes influencés par les substances planantes.

Adélaïde confie les deux jeunes filles à Aaron et à Alex et elle fait tout ce qu'il est possible pour essayer d'alerter les policiers de San Francisco et obtenir du moins l'assurance que le jeune homme n'est pas en train d'agoniser quelque part.

Sa secrétaire vient de lui trouver une place dans l'avion du lendemain quand elle reçoit l'appel d'un policier qui lui annonce la mort d'un touriste français qui a laissé une note en français.

Adélaïde est certaine que c'est Denis : « Où ? Comment ? Qu'est-ce qui est arrivé ?

— La note était roulée dans une boîte de conserve.

— Il est mort, vous êtes certain ? Comment ? C'est bien lui ? Voulez-vous que j'aille l'identifier ?

— Apportez un spécimen d'écriture. Personne ne peut reconnaître ce cadavre. Il s'est immolé par le feu. »

Trouver Louise Dutrisac et arriver à lui parler prend deux autres heures. Adélaïde ignore si cela est dû au réveil brutal que son appel en pleine nuit provoque ou à la mauvaise communication, mais cette femme ne semble pas autrement émue. Elle s'en doutait. Elle s'étonne même que ce ne soit pas arrivé plus tôt. Non, elle ne récupérera pas le corps de son fils. Elle a tourné la page.

C'est avec Aaron qu'Adélaïde se rend à San Francisco. Ada ne veut pas que Léa voie Denis comme ça et, si elle permet à Leah de l'accompagner, ce sera des scènes sans fin. Florent et Paul sont écartés du voyage et mis à contribution pour encadrer les jeunes filles. Adélaïde ne revient que le lundi, épuisée, avec un Aaron non moins marqué par son excursion.

Denis est enterré là-bas, dans un cimetière juif.
Il a laissé un mot, comme le policier avait dit.

La guerre est individuelle
Elle est au cœur de chacun
Ma guerre s'achève.
Je serai dispersé, enfin chez moi
Dispersez-moi, fumée d'Auschwitz
Dispersez-moi, que je rentre chez moi.

Dans ses effets, ils ont trouvé des livres, des cahiers, des substances hallucinogènes et du cyanure. Comme leur a dit le policier qui les accompagnait : « Ce gars-là ne voulait pas se rater. » Adélaïde ne sait pas si tout cet arsenal devrait les soulager d'un quelconque sentiment de culpabilité, mais elle voit dans le bidon d'essence le signe d'une cruelle inflexibilité. *J'ai tourné la page*, comment une mère peut-elle tourner la page sur son fils ? Ada ne comprend pas. Mais elle sait comment l'enfant d'une telle mère peut écrire *dispersez-moi*. Même sans être juif, même sans se référer à la diaspora, comme Aaron le dit, cet enfant explosait. La minuterie avait été placée en lui le jour de sa naissance.

Ils passent toute la soirée du lundi ensemble, à parler de Denis, à essayer de se faire à l'idée d'une mort aussi dure, aussi atroce.

Adélaïde regarde les deux jeunes femmes qui se consolent mutuellement. Elles se ressemblent tant en cet instant qu'il lui paraît incroyable que personne ne le remarque. En un éclair, elle imagine que, le jour de sa mort, quand elles pleureront encore côte à côte, il se trouvera bien quelqu'un pour le noter et le dire.

Elle a joué dangereusement en les rapprochant, mais devant la solitude de Denis et sa quête funeste de ses origines, Adélaïde est certaine que ces deux-là auront pour toujours ce recours d'affection. Elle est certaine que, consciemment ou non, elles seront encore plus sœurs que Béatrice et elle-même. Et que c'est une bonne chose.

* * *

Depuis dix mois, Florent n'a plus revu Francis. Il a seulement glané des informations à travers les placotages de coulisses, les médisances, les cancans. Sa carrière va bien, il le constate. Florent essaie de ne pas l'attendre, de s'éloigner du souvenir de leurs moments d'amour vrai, de complicité. Il avait prévu que Francis ferait un autre enfant et reviendrait au bout de huit ou neuf mois. Il s'est trompé. Il ne le voit qu'à la télévision, comme tout le monde, et il se sent imbécile de le regarder aussi amoureusement à travers un écran.

L'énorme travail que génèrent les deux boutiques, l'obligation de ne pas se surmener, la crise qu'a provoquée le sujet de Taylor pour Ada et pour Léa, tout cela occupe Florent et l'empêche de devenir fou à espérer malgré lui le retour de Francis.

La mort de Denis Dutrisac est un choc violent. Ce n'est pas qu'il l'ait connu ou aimé, c'est la façon insupportable de crier au monde : regardez-moi ! Regardez-moi mourir si vous ne m'avez pas vu vivre ! L'image du corps calciné le hante. Où peut être la racine d'un tel mal ? Ce n'est pas d'être juif, ce n'est pas d'être né hors de la norme, d'un père qui se hait et nous hait. Florent pense aux deux enfants de Francis, à cet étrange père déchiré intérieurement qu'ils ont et dont, toute leur vie, ils porteront la déchirure. Si ce n'est pas pour soi, est-ce qu'il ne faut pas du moins apprendre à grandir pour nos enfants ? Comment ses petits pourront-ils rire avec légèreté, alors qu'ils ont la gorge serrée des problèmes de leur père ? Avoir pour père un enfant révolté parce que la vie le punit à travers des désirs jugés dégoûtants. Comment grandiront-ils ? Il faudra un jour en parler avec Francis.

Florent sent Francis comme s'il était son double. Il l'a vu au théâtre jouer Iago dans un mauvais *Othello* et il n'était pas bon, lui non plus. Sa haine de Desdémone, son côté manipulateur, tout était trop poussé, trop forgé pour être vrai. Les critiques ont été abominables, et Florent sait que le pauvre Francis doit avoir bien du mal à contenir sa rage, son dépit.

Il est deux heures du matin, ce soir de novembre où on sonne à la porte. Florent dessinait, incapable de dormir. Francis entre en trombe, dans un état d'énervement et de détresse extrême. Il s'assoit, essaie de contrôler sa panique, se relève, s'agite et s'explique sans que Florent ait à poser la moindre question : « Je sais ! Je n'ai rien à faire ici ! Je devrais trouver un autre abri pour mes drames conjugaux. Je sais. Je ne t'ai pas donné de nouvelles, je ne t'ai même pas parlé. Mais c'était ce que tu demandais, non ? Tu as exigé cela ? Tu ne me veux pas à moitié ou au quart ? Tu es comme elle : c'est tout ou rien ? Ben, c'est ça que ça donne ! Venez vous plaindre, après, et je vais vous expliquer qu'il y a des baptêmes de limites à en demander à un homme. Je ne suis pas le bon Dieu ! Je ne peux pas fournir à tout. Si ça continue, je vais finir par tuer quelqu'un. C'est dur à endurer, je ne sais pas si vous le savez, mais ça fait beaucoup à endurer. »

Florent lui tend un verre, l'invite à s'asseoir, à se calmer. Francis le regarde, comme s'il était surpris de le trouver là. Il s'assoit, passe les mains sur son visage, réfléchit fébrilement. Ses yeux vont d'un point à un autre à une vitesse hallucinante et ça lui donne l'air étrange d'un homme habité qui écoute ses voix.

Florent s'assoit sur le tapis, face à lui. Il essaie d'être calme, apaisant, il connaît cet air égaré. « Francis, qu'est-ce qui s'est passé ? Tu es allé trop loin ? »

« Aller trop loin » est la formule qu'ils utilisaient quand Francis cognait. Aller trop loin veut dire être violent et le reconnaître implicitement. Florent n'est pas sûr que Francis en soit là. Un regard abattu, défait, se pose sur lui. « Trop loin ? J'aurais dû la tuer, tu veux dire ? Lui fermer la gueule, une bonne fois pour toutes ? La mère de mes enfants peut se compter chanceuse d'être la mère de mes enfants. Je l'endure, moi ? Qu'elle endure ! Je ne peux plus, Florent, c'est rendu impossible, invivable. C'est tellement lourd ! »

Il s'agenouille sur le tapis, devant Florent, tend une main hésitante vers son visage : « Tu es encore beau... pourquoi tu ne changes pas ? Pourquoi es-tu si parfait, si magnifiquement troublant ? Un prince... Chaque fois que je lis des histoires de princes aux petits, c'est toi dont je parle. Mon prince... »

Les yeux avides, inquiets qui le scrutent : « Tu m'as oublié ? Trompé ? Quelqu'un t'a touché ? Tu m'as trompé ? »

Florent écarte avec douceur la main trop insistante : « Arrête, Francis. Tu n'as pas à faire ça. Non, mais ça n'a rien à voir. Qu'est-ce que tu as fait ? Parle-moi. Arrête de vouloir me toucher. Tu es venu me dire quelque chose. Si tu me touches, tu vas dérailler et tu le sais. »

Francis recule et s'appuie sur le sofa. Il parle en fixant le tapis. Pas une seule fois il ne regarde Florent. Il raconte ses trucs pour rester loin de Florent et près de sa famille. Les petites sessions vite faites, vite payées, derrière un buisson. Les plus sérieuses sessions dans une voiture ou dans un hôtel minable. L'humiliation de payer, le bonheur de payer, de réduire ça à ce que c'est : un échange de services, un soulagement technique, une constante honte. Florent écoute défiler le chapelet d'actes même pas sexuels, plutôt mortifiants, dégradants, des actes sans rapport avec la beauté et la grâce de ce qu'ils ont atteint ensemble. Des actes qui avilissent autant qu'ils soulagent.

Toujours punir et être puni. Fuir et se laisser rattraper furtivement par en dessous, sans consentement, de force. Il se souvient des arguments de Taylor que Lili lui a répétés : les fantasmes de viol permettent de céder en conservant une conscience propre. Le fantasme des femmes qui ne peuvent passer à l'action sans culpabilité. L'appel des femmes affamées, comme des bêtes rugissantes, qui feront ensuite semblant d'être châtiées pour bien en profiter. Florent perçoit clairement le mépris des femmes à travers ce discours faussement compréhensif, ce discours d'homme supérieur, en mesure de maîtriser ces pulsions répugnantes. Francis lui expose la même chose : l'envie folle d'être dépossédé de son libre arbitre pour pouvoir se vautrer dans l'inacceptable et ne pas être responsable de son sort. Le « fais-moi-le faire, rends-moi inapte à décider que je puisse prendre ce plaisir en toute impunité et sans réfléchir ! ».

Florent est triste et il en a assez de la honte et de la haine. Quand Francis décrit Ghyslaine et ses demandes constantes, son inquiétude amoureuse et la violence avec laquelle il refuse de céder, Florent comprend qu'il éprouve moins d'amour : « Tu es un enfant, Francis. Tu te conduis comme un petit garçon qui veut tout et qui vole. Après, tu viens m'expliquer qu'on t'a forcé à voler. Ta femme n'est pas une salope, elle est normale. Tu n'es pas un fou, c'est normal d'être aussi à l'envers à force de te traiter comme tu le fais. Tu veux quoi ? Mon absolution ? Mon amour ? Je ne peux pas te donner ce que tu veux. Que je t'aime ne change rien pour toi. Que j'aie de l'indulgence ne t'en donne pas. Tu es malheureux, Francis, tu te bats contre ce que tu ne peux pas changer et tu accuses le monde entier de tes petits écarts que tu appelles dégoûtants. Ils sont répugnants à tes yeux et le monde entier n'a rien à y voir. Ou t'acceptes ou t'arrêtes. Tu vas finir par faire du mal à tes enfants, à une partenaire de scène qui te provoque, à un des prostitués qui te soulagent. Tu vas fesser et tu vas te sentir gagnant pendant une heure. Après, tu vas encore avoir honte et accuser les autres de t'humilier.

— Ma femme ne dira rien. Elle n'a jamais rien dit.

— Quoi ? Ça te permet de la battre parce qu'elle ne dit rien ?

— Je ne suis pas le seul ! J'en connais en masse qui le font !

— Bon. Va leur parler, Francis, je n'ai plus rien à te dire. »

Florent se lève et range les verres. Francis lui saisit le poignet et le tourne violemment face à lui. Florent le connaît bien, son Francis, et il est seulement triste de devoir planter ses yeux dans les siens en prenant un ton sec, cassant : « Pas avec moi ! C'est fini, ça. Laisse-moi. Recule ! »

Francis recule effectivement, les yeux agrandis de terreur enfantine : « Toi aussi ? Mais je peux rester ! Je peux rester toute la nuit !

— C'est toute la vie dont on parle. Ta femme est partie, c'est ça ?

— Elle va revenir. Elle est allée pleurer chez sa mère. Si ça lui fait du bien...

— À deux heures du matin ? T'es pas bien, t'es pas là, Francis, à quoi tu penses ?

— Reviens-en ! C'est de sa faute, elle m'a poussé à bout. Elle m'a forcé à frapper.

— Bien sûr ! Sa faute, la faute des autres, jamais ta faute. Je ne veux plus te revoir, Francis. Jamais. »

Surpris, incrédule, Francis fait son sourire de tombeur qui les amusait à l'époque. Il l'accompagne d'un geste obscène, très semblable à celui que Caron, soûl, avait fait pour le provoquer, il y a des années. Florent répète posément à Francis de partir.

« Je te dégoûte, c'est ça ? Espèce de tapette ! »

Florent ne dit rien. Il reçoit, défait, la pluie d'injures qui sont destinées à le faire mourir de honte. Il n'éprouve qu'une terrible lassitude et il n'a pas peur. Il n'arrive pas à s'enlever de la tête cette phrase, laissée par Denis : *La guerre est individuelle, elle est au cœur de chacun*. Florent se demande si on dit toujours la vérité avant de mourir ou si c'est l'apanage de certains esprits clairvoyants. Il murmure : « Tu vas te tuer, Francis, ou tu vas tuer quelqu'un. Il faut que tu arrêtes. »

Mais Francis n'entend rien, aspiré par sa violence, mû par les mots dégradants qu'il profère. Il se jette sur Florent et le tabasse sans cesser de hurler des ordures. La peur s'abat sur Florent comme une chape, il s'écroule sous les coups, il n'arrive ni à les rendre ni à les empêcher. Écrasé sous Francis qui frappe durement, il n'arrive à rien faire, ni bouger ni parler. Tout à coup, un éclair de lucidité le galvanise : sauve-toi ! Il réussit à se dégager, rampe, se relève en courant dans le corridor dès qu'il s'est libéré de la poigne de Francis. Il atteint la cuisine quand Francis, rendu fou furieux, le rattrape violemment, le plaque contre le mur, appuie fortement son avant-bras contre son cou.

La tête de Florent cogne le mur, sa nuque craque, il étouffe. Francis lâche soudainement sa prise, Florent inspire goulûment et il n'a pas le temps d'expirer qu'il se retrouve face au mur, le nez écrasé, bouche ouverte, à nouveau étouffé, le genou de Francis lancé dans son entrejambe, un coup sourd fait exploser son dos. Un son rauque, un feulement de douleur s'échappe de Florent. Les coups contre ses reins sont suffocants. Francis, en voulant arracher le pantalon de Florent, fait un geste si brutal qu'il soulève son corps entier comme s'il était un pantin. Francis le balance par terre, se rue dessus et s'acharne à coups de poing en hurlant des horreurs. Le visage écrabouillé contre le plancher, la bouche pleine de sang, asphyxié, les deux bras coincés, Florent cherche son air et il entend plus sourdement les sons de Francis qui le déshabille en déchirant ses vêtements. Il va perdre connaissance, il le sent. Soudain, la main de Francis saisit son menton, tire sur le visage et le relève vers le plafond. L'acuité de la douleur secoue Florent. Paniqué, il est certain que Francis va lui casser le cou. Il va entendre un craquement et ce sera fini. Il se débat, il ne veut pas mourir, il ne veut pas être trouvé massacré sur un plancher de cuisine. Francis tire davantage sur sa tête. C'est à la limite du supportable, Florent va étouffer, il lui faut de l'air. Francis lâche enfin sa prise, mais Florent n'a pas le temps de respirer suffisamment pour prendre son élan, il entend les « Tu en veux ? Tu en veux, ma salope ? » haletés par Francis qui ressaisit sa prise en tirant sur ses cheveux alors qu'il le viole sans cesser de l'injurier. Terrorisé, certain de crever, Florent s'appuie de toutes ses forces contre le plancher et se redresse d'un élan en espérant frapper Francis et le déstabiliser. Sous le coup de la surprise, la main de Francis lâche sa tête, Florent pivote d'un tour de reins et recule précipitamment en essayant de se relever, le temps que Francis se remette du choc. Les chevilles entravées par son pantalon, il lutte pour se dégager. Furieux, Francis bondit vers Florent qui se relevait, attrape une de ses chevilles, Florent s'étale, sa tête heurte la bordure chromée d'une chaise à laquelle il a le réflexe de s'agripper à deux mains alors que Francis le tire par les pieds sur toute la longueur de la cuisine. La bouche de Florent s'emplit de sang, un gargouillement lui lève le cœur. Il va mourir, c'est trop tard. À l'instant où Francis lâche ses pieds, Florent pousse un hurlement, il soulève la chaise et la lance aveuglément derrière lui, espérant qu'elle frappe Francis assez fort pour le ralentir. Un grondement sourd suit le vacarme, mais Florent ne regarde pas, il se met à quatre pattes, il se relève en gémissant et, avec l'énergie du désespoir, il se précipite vers la porte arrière qu'il réussit à déverrouiller avant que Francis ne l'attrape. Il court dans le jardin enneigé, à moitié nu, ensanglanté, il court jusqu'à la porte arrière de chez Aaron et il a l'impression de couler lentement dans le sang qui remonte dans sa bouche. Il se noie et s'effondre, sa main quittant la sonnette pour glisser contre le montant de la porte en laissant une longue traînée rouge.

Une fracture du crâne, des fractures multiples de la mâchoire, du nez et d'un bras, quatre côtes cassées, d'innombrables lésions ayant causé une hémorragie interne grave, des ligaments, des tissus déchirés, un choc nerveux important – Florent reste trois semaines à l'hôpital. Trois semaines où Leah essaie de le convaincre de porter plainte contre son assaillant pour tentative de meurtre.

Florent, affaibli, meurtri davantage moralement que physiquement, répète à Lili que cette affaire causerait un tort considérable si elle devenait publique. « Tu veux ajouter la honte des mots à celle des coups, Leah ? Tu me demandes de m'exposer à un scandale encore plus grave si je poursuis Francis. Imagine tout ce qu'il dira pour se défendre. Il m'a presque tué pour ne pas savoir qu'il est ce qu'il est, un homo. Tu sais ce qu'un médecin m'a demandé, Leah ? Si j'avais eu ma leçon. Et il n'était pas méprisant. Non. Compatissant. Il espérait vraiment que j'aie compris qu'il faut se comporter mieux que ça. Ne pas accueillir chez moi des gens douteux, des voyous qui en veulent à mon argent. Mme Scott avait beaucoup de courage. Je ne l'ai pas, Leah. Je suis désolé. »

Leah l'assure que tout ce qui importe, c'est qu'il soit remis sur pied et qu'il puisse reprendre ses activités, comme avant.

Mais Florent a peur. Après l'hôpital, il passe sa convalescence chez Ada et quand il rentre chez lui, c'est plus fort que tout, il est transi de peur. Il ne dort plus. Léa reste avec lui, mais il se met à craindre pour elle. Finalement, la seule façon qu'il trouve pour dormir quand il n'est pas chez Adélaïde, c'est d'aller à son ancienne maison. Peu à peu, il s'y réinstalle, y transporte les plantes, les objets qu'il aime, mais quelque chose en lui est cassé, éteint.

Adélaïde a réengagé le gardien qui l'avait protégée après les tentatives de Hodge, mais elle est d'accord avec Léa, un gardien ne rassure pas Florent et lui fait même l'effet contraire en lui rappelant constamment ce qu'il a vécu. Sa fille est, comme toujours dans ces cas-là, de très bon conseil et Ada l'écoute attentivement et suit ses avis scrupuleusement. Mais elle s'inquiète du silence de Florent qui ne lui témoigne que son besoin d'être rassuré et pas du tout son besoin de parler de Francis ou de ce qu'il a subi. « Un jour, il va t'en parler, maman. Laisse-le venir, il va le faire dès qu'il pourra. C'est toi la meilleure personne pour l'aider et il le sait. Fais-lui confiance. »

Comment sa grande fille sait-elle que sa confiance s'étiole et que les derniers événements la laissent sans force et désabusée ? « Léa, viens ici, veux-tu ? Dis-moi si tu vas bien, si je ne t'ai pas trop laissée te débrouiller toute seule avec la mort de Denis et ce qui est arrivé à Florent. »

Léa vient la rejoindre sur le divan, elle entoure les épaules de sa mère et la tient contre elle : « Arrête ! Je n'ai plus sept ans. Arrête de t'imaginer que je ne survivrai pas à ce que j'ai vu dans cette chambre. »

Elle étonne beaucoup sa mère, qui l'observe, émue. Adélaïde caresse la joue douce, elle cherche dans les yeux gris si semblables aux siens cet écho de Théodore que Nic avait vu. Mais la lampe n'est pas le soleil et le gris est dense, sans illumination dorée. « Tu es si grande, déjà !

— J'ai l'âge que tu avais quand tu m'as eue.

— Oh ! »

Léa ne pensait pas la surprendre autant. La main de sa mère continue de caresser sa joue. « Tu as mes yeux. J'étais la seule de la famille à avoir les yeux de ma mère. Thomas a les yeux sombres de mon père. Comme Fabien. Tu es belle, Léa, pourquoi tu n'as pas d'amoureux ? Tu n'en veux pas ? Est-ce que j'ai exagéré le jour où, avec Denis... ? »

Le rire de sa fille est trop éclatant pour qu'elle ait le moindre doute sur sa sincérité : elle n'a pas abîmé l'avenir amoureux de sa fille. « Laissez-moi un peu tranquille avec les amoureux. Vous êtes tous là à me guetter. Occupe-toi plutôt de Thomas qui fait ses mauvais coups en douce.

— Je te jure que lui ! Qu'est-ce qu'ils ont les McNally à être si précoces ? Alex était pareil ! Pas arrêtable !

— Tu veux dire les garçons McNally. Parce que moi...

— Léa... Est-ce que tu as un chagrin que tu me caches ? Tu es triste, toute pensive depuis un bon bout de temps. Pourquoi ? »

Léa se dégage, se lève : « Non. Je réfléchis, c'est tout. Je réfléchis et je repense à Denis. »

* * *

« Lili ne va pas bien. Pas bien du tout et c'était commencé depuis un certain temps. Le suicide de Denis, juste après la perte de sa poursuite contre Taylor, et maintenant Florent... Elle est découragée, elle ne me parle presque plus. Je la connais, elle me cache ses secrets. Elle a fait ça avant de partir chercher son père, elle n'a rien dit et tout à coup, paf ! elle m'annonce qu'elle part. Je m'en fais pour elle, je m'inquiète. Je sais que c'est ma manière de vous dire que je ne vais pas bien et que je m'inquiète. On sait ça, tous les deux. On a suffisamment travaillé ma tendance à soigner mon chagrin à travers celui des autres. Cette fois-ci, je ne pense pas que je fais de la projection et je pense qu'Alex se sent aussi exclu que moi. Nous revoilà à la case départ et au témoin, à celui qui n'est pas invité à l'action. Et si je trouve son secret sans qu'elle me le dise, cela me met dans l'action ? Je ne suis pas contente de moi, j'avais décidé de dire à maman pour mon analyse. J'en suis incapable. Je ne pense pas que ce soit pour la protéger cette fois. C'est pour me protéger, moi. J'ai besoin du secret, du travail caché – le subconscient, n'est-ce pas ? Le fameux subconscient. Ma mère en a un solide. Elle sent, elle voit la différence. Elle cherche. Et je mens. Je pense qu'il faut mentir à sa mère. Il faut mentir, le temps de se rendre assez fort pour s'y opposer. C'est probablement une excuse que je me donne. Je n'ai que peur, au fond. Peur qu'elle le découvre et me fasse une scène. Qu'elle m'interdise, me menace ou les deux. Je sais que je n'obéirai pas.

— (...)

— Alors, là, oui, ce serait différent. Si elle a de la peine, je ne résiste pas. La peine de ma mère est absolument impensable pour moi. C'est une limite. J'abandonne quand elle a de la peine. Je m'effondre, je perds tous mes moyens. Mais elle va bien, elle réagit bien à tout ça. À Denis, à Florent, même. Elle est solide, vous savez, très solide.

« Pensez-vous que Lili s'accuse de la mort de Denis ? Elle avait été jusqu'au bout avec lui. Elle me l'a raconté après sa mort. On a passé ces nuits à parler, parler... Elle m'a dit comment ça s'était passé. Mal. Évidemment ! Qu'est-ce qu'on peut attendre d'un garçon si dérangé ? C'est la recherche du père qu'il aimait en Lili.

— (...)

— En moi ? La naïveté, je pense, le côté vierge. Mon côté à impressionner. Peut-être un peu la recherche du père dans le sens que, moi aussi, mon père est mort assassiné. Bizarre sa façon de trouver des filles à travers un père absent. Peut-être qu'il était homo, lui aussi ? Les homos, est-ce qu'ils ont des problèmes avec leur père ou avec leur mère ? Bon, je dérape encore. Il doit y avoir un petit os là-dedans pour que je me dépêche d'aller ailleurs. Mon père, donc. Le père de Leah, celui de Denis. Si le père de Leah est mort à Dieppe en 42, Lili avait sept ans. J'avais six ans et demi quand mon père est mort. Et Denis... effondrement de la théorie, Denis avait cinq ans. Mais, il y a un mais, son père est mort près de Dieppe, donc, en compagnie ou presque du père de Lili. Où je vais avec mes recoupements arithmétiques ? Où je vais ? Nous savons que Denis cherchait plus qu'un père, il cherchait un peuple, une racine autre que les Dutrisac haineux. Je me demande s'il s'est imaginé que sa mort était politique ? À cause du feu, de la place publique... À cause des bonzes au Viêtnam. Il a peut-être pensé qu'il allait réveiller le monde ? En bon anarchiste... C'est tellement naïf, tellement enfantin. Le monde se fiche de nos questions, de nos pères. De nos guerres, comme il l'a écrit. Les brûlés meurent les bras tendus, vous saviez ça ? Les os des bras tendus en avant. Je vous laisse penser combien l'idée m'est insupportable. Babou est mort comme ça. Pas sur le coup, il est mort à l'hôpital. Après ça, ses parents ont divorcé. Ça doit être affreux, être une mère et voir son bébé brûler. Son grand garçon aussi. Sa mère n'a rien dit. Je veux dire celle de Denis. Elle n'est pas allée. Elle n'a rien demandé, même pas était-il fou, soûl, ou quelque chose ? Non, elle s'est étonnée que ça ne soit pas arrivé plus tôt. La niaiseuse ! L'esprit le plus dépourvu aurait compris qu'avant vingt-quatre ans Denis fouillerait, chercherait, userait sa vie à être aussi malheureux que son père. Pourquoi il n'a pas pris le cyanure ? C'est moins long, moins pénible.

— (...)

— Je ne sais pas, je n'ai pas lu sur le cyanure. J'ai vu les films de guerre.

— (...)

— Moi ? Je n'ai jamais pensé à me tuer ! Jamais.

C'est interdit, chez moi. C'est une mauvaise farce, mais c'est vrai. Ma mère ne pourrait pas y survivre. Ce serait un meurtre. Je n'ai pas envie de me tuer, d'aucune façon. Je pense qu'on peut mourir autrement. En dedans. Ça ne fait plus rien. Plus rien ne fait rien. On prend un radeau et on s'éloigne. On voit les gens parler, s'agiter et on ne les entend plus, on ne les sent plus. On ne pleure plus. On n'a plus chaud. Plus froid. Plus d'envies, donc plus de déceptions – on reste étendu et on regarde l'herbe bouger sous le vent. Ça sent l'été et ça ne nous fait plus rien. Plus rien. On meurt en dedans. On s'éteint, on se tait. On se tait.

— (...)

— On paralyse tout. Vous savez, le poison en Amérique du Sud, comme dans Tintin, *L'Oreille cassée* ? Le curare. Bon, c'est comme avec du curare. Et on n'est pas vraiment bien. C'est juste... On n'a pas la force de demander quelque chose. Tout le dedans est parti, il reste l'enveloppe étendue – personne ne le sait parce que l'enveloppe est trompeuse. Même maman ne l'a pas su. Oui, j'ai dû faire une sorte de dépression. Ça a passé dans le choc du meurtre, mais c'était autre chose. L'impression de ne plus jamais pouvoir changer quoi que ce soit. La vie finie. On reste vivant, mais c'est fini. On est mort dans le fond, mais il n'y a pas de funérailles, l'enveloppe est debout, elle fait illusion. La coquille bien nettoyée, bien récurée. Vide. Denis a vécu vingt-quatre ans comme ça. Une enveloppe vide. Pas étonnant que j'aie voulu être à la place d'Anne. Avec mon père, dans ses bras. C'est sûr que l'idée d'être morte fait moins mal que l'idée de rester toute sa vie vidée de sa substance, vidée de tout. Triste. C'est drôle que maman m'ait dit que j'étais triste. Elle ne sait pas combien je l'ai été. Elle ne se doute pas. Une tristesse énorme, gigantesque – un ciel de tristesse qui immobilise tout, te plaque au sol. *Quand le ciel bas et lourd pèse comme un couvercle...* Une tristesse si effrayante que je ne peux même pas la décrire, même pas pleurer. Trop triste pour pleurer. C'était une tristesse beaucoup plus grande que moi.

— (...)

— Oui, grande comme la mer. Grande comme ma mère. Elle est plus forte que moi parce que la tristesse ne la tue pas, elle. Mais je pense que sans nous, sans Thomas, Florent et moi, je pense que la tristesse l'aurait eue. Je ne veux pas parler de cette tristesse. Je ne veux pas pleurer. Y penser me fait du mal. J'ai peur de la réveiller et qu'elle ne manque pas son coup cette fois.

— (...)

— C'est vrai, vous avez raison. Je suis probablement très courageuse d'aller la regarder chez Lili, mais ça ne fait pas encore de moi quelqu'un d'assez fort pour la regarder dans moi. Et nous le savons tous les deux.

« Bien sûr que j'étais une petite fille pleine de courage... Qu'est-ce que je pouvais faire d'autre qu'en avoir ? Maman ne comprend pas la lâcheté. Elle ne l'admet pas. Florent comprend, Florent sait... Je voudrais que vous preniez ma main, parce que j'ai très mal... Merci. Vous vous rappelez cette fois où j'ai tant pleuré avec vous ?

« À l'école, après leur mort, j'ai pleuré une fois. J'ai arrangé mon affaire pour pleurer. Ce n'étaient pas des vraies larmes, c'était l'actrice qui donnait son *show*. J'ai voulu faire l'importante, me sentir au milieu de l'attention. Et puis, à un moment donné, mes fausses larmes sont devenues vraies. Je ne pouvais plus m'arrêter. Même s'ils me consolaient, tous. Ça les a fâchés de ne pas arriver à me faire arrêter. Et j'ai eu tellement honte et peur que les larmes me débordent comme ça. C'est comme vomir. Je ne supporte pas ça. Je peux avoir mal au cœur une journée entière pour ne pas vomir. Les larmes, c'est pareil. J'ai plein de trucs pour les refouler, les empêcher de me prendre.

— (...)

— Oui, je suis aussi constipée. Pas de surprise. Rétention totale. Je ne vais aux toilettes que si je suis absolument rassurée, en pleine possession de mon territoire. Si on me déplace ou si on m'inquiète, c'est la première manifestation de malaise. Je n'ai pas besoin d'aller chez le psy, mon corps est un parfait baromètre. Je suis bien, tout va, je suis mal, ça bloque. Denis vomissait tout le temps... Que c'est étrange, ça m'aurait terrorisée de laisser sortir le mal, de laisser voir que j'avais besoin d'aide.

— (...)

— Oui, ça me terrorise encore. »

* * *

Leah porte une jolie robe trapèze, dessinée par Jacynthe. Les couleurs violacées lui vont bien. Elle doit rejoindre Alex qui l'emmène au Ritz. Comme Ada, comme Nic, Alex ne célèbre les grands événements qu'au Ritz. Il refuse de faire son annonce au téléphone.

Leah ferme la chemise et s'appuie contre le dossier du fauteuil en regardant dehors. Elle n'a pas été une compagne très drôle pour Alex ces derniers temps. Après Mme Scott, la mort de Denis et cette attaque sur Florent... depuis l'avortement, elle a l'impression d'absorber les coups les uns après les autres, totalement happée par les assauts. Sans en parler à quiconque, elle remet en cause sa profession. Elle n'a peut-être pas l'étoffe, finalement. Cette « couenne dure » dont parle Josh. Cette sorte de froideur professionnelle qui fait les grands orateurs – ça ne l'intéresse pas. Mais ce qui l'intéresse n'est pas plus atteignable. Elle ne fait céder aucun des barrages qui empêchent le droit de régner. De compromission en compromission, elle en vient à l'affreuse conclusion qu'elle est là pour promouvoir le *statu quo* et les vieux principes qui la répugnent. Aussi bien épouser Alex et avoir des petits, tant qu'à ça ! Elle ne s'immolera pas par le feu, mais par la maternité. Jolie façon de penser ! Elle se redresse. Depuis qu'elle pratique le droit, elle n'a jamais réussi à faire valoir les droits des démunis, des humiliés. Et ils sont les premiers à fuir. Elle ne peut pas torturer Florent pour l'obliger à exposer publiquement son homosexualité et ses mœurs sous prétexte que, dans l'intimité, il a droit à son désir. De toute façon, la loi ne lui accorde pas ce droit, même en privé. Il a seulement celui de ne pas se faire tuer. Elle range son bureau. Depuis janvier, Josh ne lui a passé que des dossiers simples, courants, des clients inoffensifs qui ne jouent pas leur vie ou leur intégrité sur un procès. Des querelles de clôture, comme elle les appelle. Elle se doute qu'il en a assez de la voir s'effondrer.

Elle revoit encore la cuisine ensanglantée de Florent, les murs, le sol... toute cette violence. Josh a été délicat, compréhensif, il lui a donné du temps, c'est tout. Elle se dit qu'il peut maintenant cesser de la ménager et qu'elle devrait le lui dire.

Il est très concentré sur le dossier qu'il lit. Il lève les yeux, agacé, et sourit en la voyant : « Joli... »

Leah est intimidée, tout à coup : « Je vous dérange ?

— Oui, et c'est très agréable. Fermez la porte, s'il vous plaît. »

Elle s'assoit et se tait. Il attend qu'elle se décide et n'est pas du tout pressé de la voir partir.

« Ça fait presque un an que nous sommes allés discuter sur le mont Royal... » Elle n'arrive pas à savoir pourquoi elle parle de cette période, soudain. Ce n'était pas son intention. Josh hoche la tête, il attend le segment principal de la phrase. Elle hésite avant de continuer : « Trouvez-vous que c'est vivable ?

— Si vous le demandez, c'est que vous avez un doute. Vous, Leah, le vivez-vous sans peine ?

— Honnêtement, Josh, j'ai toujours besoin de vérifier que vous me désirez encore. Ça ne s'appelle pas renoncer.

— Vous voulez que je vous signe un papier ? Je m'engage à vous désirer...

— Ne vous moquez pas !

— C'est pour ça que vous venez me voir dans votre si jolie tenue ? Pour m'affoler les sens ?

— Non ! Je... peut-être. Je ne sais plus, Josh. Je me sens très perdue. Je songe à quitter le bureau. »

Rien de significatif dans le visage sérieux de Josh. Il a seulement l'air de se concentrer davantage : « Et...

— Je ne sais pas. Avez-vous fait exprès de ne plus me passer de gros dossiers ?

— En partie, oui. Pas depuis deux mois. Il n'y a pas d'affaires importantes. Vous pensez que je vous pousse à partir ? Pour chercher ailleurs les dossiers que je ne vous offre pas ? Quitter ma tutelle ? C'est quoi, Leah ? *Me* quitter ou quitter le bureau ?

— Le bureau, c'est vous.

— Donc, me quitter. Quelqu'un vous y pousse ?

— Vous voulez dire Alex ?

— Non. Je pensais à Adélaïde McNally qui me regarde souvent avec de gros yeux.

— Personne. Je n'en ai parlé à personne. Je ne sais pas pourquoi je vous dis ça.

— Pour me tester, pour savoir ce que ça me ferait. Vous êtes tellement femme, quelquefois !

— Ça ne sonne pas comme un compliment.

— Ne rusez pas avec les vieux messieurs, ne les aguichez pas si vous ne voulez pas une réponse brutale. »

Il est furieux et il a raison, elle en convient. Elle ne sait plus du tout ce qu'elle est venue chercher. Elle a l'impression désolante d'être un maître chanteur de bas étage qui vient menacer quelqu'un de fort avec des preuves ridicules, insuffisantes. Elle le cherche et elle le trouve, que veut-elle d'autre ? Elle lui fait son numéro de faux départ et elle le regarde se désoler. Elle se sent vraiment indigne, il a raison : « Excusez-moi, Josh. »

Il la rattrape à la porte, la conduit en la tenant par les épaules jusqu'à la table de conférence, l'y assoit sans quitter ses beaux yeux honteux : « Laissez faire mon humeur. On va jouer à répondre un peu. Ça vous embête de ne pas avoir de cause juteuse ? Vous êtes venue réclamer du travail intéressant ou il y a autre chose ? C'est moi ? Je vous fais du mal, sans le vouloir ? Vous hésitez entre quoi ?

— Je ne sais pas, Josh. Je veux tout abandonner, pas seulement le bureau. »

Sa voix craque. Il la prend contre lui, cache la jolie tête contre son épaule, frotte son dos en murmurant que ça va, qu'il est là, elle peut pleurer, et après ils discuteront.

Elle s'échappe de sa tendre compassion en reniflant : « J'ai bien assez fait l'enfant avec vous ! Ce n'est pas à vous de me ramasser continuellement. »

Il part à rire. Il s'excuse, mais il ne peut pas arrêter. Elle est si drôle avec son sens de la justice : tant de larmes pour maman, tant de larmes pour papa.

« J'aime quand vous riez. »

Du coup, le rire cesse. Sa bouche est aussi douce qu'il y a un an, aussi offerte, aussi électrisante.

Cette façon unique qu'elle a de se donner dans un seul baiser, cette vibration du corps entier. Dieu ! Il la déploierait sur cette table et il la dévorerait !

Il glisse sa main le long du cou, s'arrête au sein menu, le couvre. Il parle, les lèvres sur les siennes : « Ce n'est pas ce que vous voulez. Ne me laissez pas faire.

— Je veux quoi ? Comment savez-vous ce que je veux ? »

Sentir ses lèvres former les mots contre les siennes, se taire et reprendre l'emprise de sa bouche, s'y enfoncer, ne plus être qu'un désir qui oublie tout ce qui n'est pas ce frémissement urgent qui l'ouvre, la propulse contre son corps solide. Essoufflé, démuni, il recule et bute contre une chaise. Elle est assise toute droite sur la table, la poitrine soulevée précipitamment, les yeux... En un éclair, il connaît le regard qu'elle a dans l'amour, au moment précis de l'abandon : « J'ai un rendez-vous, Leah. »

Ni lui ni elle ne le croient.

Alex a été choisi pour travailler sur la construction du site de l'Exposition universelle de 67. Cela l'occupera les cinq prochaines années. Il sera chargé des travaux avec les architectes et la Ville. Ce n'est pas seulement un gros contrat, c'est un rêve, le genre de défi qui l'anime, le rend enfin satisfait d'avoir « niaisé toutes ces années à faire presque rien ».

Cette nuit-là, assez tard, quand Alex s'écarte et lui

demande pourquoi ce n'est plus comme avant, elle ne dit rien.

Il questionne encore, délicatement, pour savoir s'il fait trop ou pas assez, pour savoir ce qui la ramènerait vers le plaisir qu'ils avaient ensemble.

« Est-ce que c'est à cause de Denis ? Parce que tu te sens mal d'avoir du plaisir alors qu'il s'est tué ? Est-ce que j'ai fait quelque chose qui t'a peinée, sans que je le sache ? Tu es comme moi après la mort de m'man. Tu te souviens ? J'en avais jamais envie. C'est quoi, Lili ? Dis-moi-le que je sois patient, que je comprenne. »

Leah se tait. Elle est certaine d'une chose, il est très malhonnête de sa part de laisser Alex supposer que Denis est responsable de sa froideur. Mais dire la vérité veut dire le perdre. Au moins, elle se rend compte que cette idée lui est insupportable.

Aaron n'est pas surpris de la voir s'asseoir et de lui demander de l'écouter. Ça fait longtemps qu'il attend sa Leah. Depuis qu'elle a été malade, il y a un an, et qu'il a compris, peu de temps après, qu'il ne serait pas arrière-grand-père. Elle se confie totalement et peu de choses le surprennent. Il a eu amplement le temps de réfléchir. Depuis que Be-Bop s'est fait renverser par une voiture, il ne sort presque plus et il se fatigue plus vite. Alors, il reste dans son fauteuil et pense longuement.

« Petite Leah, quand vas-tu cesser de courir après ton père ? Être allée là-bas ne suffit pas ? Qu'est-ce qu'il va falloir faire pour que tu ne le cherches plus ? Je voudrais te le rendre, mais je ne peux pas. Tu te déchires à recommencer toujours cette quête. Tu te disperses, comme ce pauvre Denis. Je pense que le temps de *Yom Kipour* arrive pour toi. Le pardon, Leah.

La contrition, les jours terribles et le pardon. Ce que tu as fait contre Dieu, Il te le pardonne, ce que tu as fait contre les hommes, à eux de te donner leur pardon. Tu ne sais plus quoi faire, parce que tu ne sais plus ce que tu as fait de mal. Tu confonds beaucoup de choses. Une fois qu'un acte est commis, il l'est, il faut se rendre et accepter le jugement. D'un côté, tu as perdu l'enfant, de l'autre, tu n'as pas commis l'irréparable avec cet homme, ton patron. Il ne faut pas confondre. Dieu n'a pas demandé réparation pour l'enfant à travers Denis. Cela n'est pas lié. Denis avait sa propre conversation avec Dieu.

« Leah, écoute-moi : ou tu expies ton geste le reste de ta vie, ou tu offres à Dieu réparation et tu continues ta route. Se rêver sans péchés est déjà un péché d'orgueil. Tu as faibli et, ensuite, tu as agi selon ta conscience. Ce que tu as fait n'était pas simple, mais cela était nécessaire à tes yeux. Ne te fie qu'à tes yeux, ceux des autres ont leur propre jugement. La seule personne lésée dans cette affaire, c'est Alex. Et tu le sais. Et tu hésites entre le laisser sans lui offrir la chance de te pardonner ou alors prendre le risque de son pardon. Est-ce que tu l'aimes, Leah ? Si la réponse est oui, va vers lui et répare. Tu vas vers l'autre homme pour ne pas voir qu'Alex attend ton retour de New York depuis un an. Tu t'étourdis avec l'autre homme.

— Je ne peux pas le lui dire.

— Donc, tu ne peux pas l'aimer.

— Non ! Je l'aime.

— Mais tu as davantage confiance en moi qu'en lui. Tu sais que je t'aime au-delà de tes faiblesses. Au-delà de ce que tu as fait. Si Alex ne peut pas te pardonner, alors tu iras vers un autre homme. Présentement, tu agis à l'inverse, sans lui donner sa chance de te répondre. Et cela, il pourrait ne pas te le pardonner, parce que c'est une faute très grave, une faute contre l'amour. »

Leah sait qu'il a raison : inutile d'essayer de continuer avec Alex si elle ne peut lui dire ce qu'elle a fait. Elle ne pourra pas continuer en mentant sur l'enfant et leur histoire sera une longue agonie.

« Qu'est-ce que je ferais sans toi, grand-père ?

— Je suis là, inutile de te poser la question. »

Le lendemain, parce qu'il lui reste un peu de courage, elle raconte à Alex ce qu'elle est allée faire à New York, l'année précédente. Il l'écoute attentivement. Quand elle lui dit que sa froideur, son impossibilité à revenir vers lui proviennent de là et de la conviction qu'elle triche avec ce secret, il l'arrête, la prend dans ses bras, la garde contre lui en enfouissant son nez dans la chaleur de son cou. Il croyait la perdre à cause d'un autre homme et c'était lui qui l'avait mise enceinte ! Il croyait qu'elle aimait *a posteriori* ce Denis si malheureux. Il l'a perdue une fois, mille fois. Il est soulagé et, en même temps, fâché – contre lui-même de n'avoir rien vu et contre elle de l'avoir fait sans lui. « Ça a fait mal ? Lili... Qui était avec toi ? Ada ?

— Non, j'étais toute seule. Je fais mes mauvais coups toute seule, tu le sais. Non... Je vais te dire une chose qui va peut-être t'épouvanter, mais j'étais avec ta mère. Je te jure. Le soir où c'était fait, j'avais tellement de peine et de remords, tellement mauvaise conscience... Elle m'a prise dans ses bras, comme tu me prends maintenant, et elle m'a dit qu'elle comprenait. Sans mensonges, Alex, ce n'est pas pour te forcer à me pardonner, mais Jeannine m'a consolée et tenue contre elle, le temps que je puisse revenir.

— Je te tiens, maintenant. Je suis là, je te tiens et je ne te lâcherai plus. J'ai eu si peur de te perdre.

— J'étais perdue, Alex. J'étais si loin.

— Tu es là ? Tu es revenue ?

— Je suis là. Comment tu fais pour me pardonner ?

— Un soir, dans le jardin derrière chez toi, tu m'as pardonné bien pire.

— Non. Ton mariage n'était pas pire que ça.

— Tu sais quoi, Lili ? Le plus dur, finalement, c'est de se pardonner à soi-même. Ce qu'on fait de mal est toujours plus dur à prendre que ce qu'on nous fait. »

* * *

La nouvelle de la mort subite du jeune curé Eudore Gendron a ébranlé toute la paroisse et s'est répandue aussi vite que celle de l'Armistice. Reine est occupée à laver les fenêtres doubles de la cuisine qu'elle projette de placer ensuite dans le hangar pour installer les moustiquaires, quand le téléphone sonne. Comme il ne sonne que rarement, Reine a toujours un réflexe de crainte en décrochant. Cette fois, sa crainte est justifiée. Tremblante, elle raccroche et s'assoit péniblement à la table de cuisine. Elle reste pétrifiée un bon quart d'heure avant de tout laisser en place et de se hâter vers l'église, incrédule, affolée. Dieu ne peut pas, Il ne peut pas faire ça ! Cet homme la confesse depuis près de dix ans. Cet homme l'accompagne, la soutient, la réconforte et lui permet, depuis près de dix ans, de croire que la miséricorde divine n'est pas un vain mot. Chaque vendredi, ponctuellement, il ouvre le guichet de bois du confessionnal et elle le laisse calmer sa conscience torturée. Les mots lénifiants coulent sur sa peine, l'apaisent. Chaque vendredi, la vie de Reine prend un sens. Cet homme a pitié, cet homme pardonne. Cet homme n'est pas un homme. Il est un esprit de miséricorde, il la comprend, il n'est pas mortel. Il est un peu Dieu et tellement humain. Il ne peut pas mourir.

À l'église, plusieurs personnes ébranlées par la nouvelle sont en prière. Crise cardiaque, cinquante-trois ans, Eudore Gendron s'est effondré sur son prie-Dieu. Les larmes roulent sur les joues sèches de Reine, sa bouche tremble et forme un rictus de terreur. Le sacristain la fait asseoir et lui recommande de prier. Elle demeure à l'extrême bordure du banc, une main sur le prie-Dieu, l'autre agrippée à sa sacoche. Elle se retourne, aperçoit la croix où le Christ souffre pour nos péchés. Tout bouge autour d'elle, le lustre de cristal se renverse, effectue un trajet en demi-cercle qu'elle ne comprend pas.

Reine tombe par terre, en proie à des tremblements qui la secouent comme si elle était victime du petit mal. Des gens se précipitent, l'étendent, discutent. Le sacristain revient en trombe. Reine n'a pas de convulsions, pas d'écume à la bouche, elle tremble d'un bout à l'autre de son pauvre corps maigre.

Quand le médecin arrive, il ne voit qu'une femme en état de choc qui prie avec une nervosité proche de l'hystérie. Reine jure qu'elle va mieux et demande seulement quand le curé Gendron doit revenir. On explique à nouveau et elle hoche la tête, comme si elle comprenait fort bien, et elle part.

C'est lundi. Reine décide d'attendre le prochain vendredi pour être certaine que le curé ne reviendra pas. Le jeudi, elle assiste aux funérailles et, le lendemain, elle se présente au confessionnal. L'homme a une autre voix, une voix frêle, pas jolie. Une voix qui monte dans le nez. Reine demande après son confesseur et le prêtre lui explique la mort du curé. Le prêtre attend patiemment sa confession, mais Reine sort du confessionnal sans un seul signe de croix.

Elle réfléchit longuement, assise dans l'église en fixant les flammes indécises des lampions.

« Mattie ? »

Pierre a cette inflexion de quand il était petit, mélange de tendresse et d'inquiétude. Il est si grand, si maigre qu'on dirait son père, Léopold. Sept ans qu'elle ne l'a pas vu. Sept ans. Elle n'en revient pas du bruit alentour, de ces exclamations sans fin, de ces fous qui se bercent frénétiquement. Pierre est si calme, serein. C'est très rassurant de le regarder. La seule personne tranquille de la salle. « Je ne sais plus pourquoi je ne voulais pas venir. »

Pierre sourit gentiment : « Je pense que tu étais fâchée. »

Reine hoche machinalement la tête, l'air dépassée : « Je ne pense pas que je vais pouvoir revenir.

— Bon. C'est comme ça. »

Reine l'observe encore, perdue : « Léopold ? C'est toi ?

— Non, Mattie, Léopold, c'était mon père.

— Tu vas bien ? C'est pas trop dur ?

— C'est un peu triste, mais ça va.

— Le curé Gendron est mort, finalement. Je le croyais pas.

— Il y a des choses difficiles à croire. Ça prend du temps à s'y faire. Prends ton temps, Mattie.

— Est-ce que tu vas rester ici encore longtemps, Pierre ?

— Encore un peu longtemps, oui. »

Ils restent en silence, face à face. Au bout de quelques minutes, Pierre tend la main, prend celle de Reine et ils ne bougent plus.

Quand les larmes coulent sur les joues de Reine, elle ne semble pas le remarquer. Pierre sort un mouchoir douteux de sa poche et le lui tend. Reine sursaute, ouvre sa sacoche et prend son mouchoir. Avant de refermer son sac, elle prend son porte-monnaie, en sort son chapelet aux grains de cristal de roche et le tend à Pierre : « Garde-le dans ta main chaude pour moi.

— Voyons, Mattie, c'est ton chapelet. J'en ai un.

— Non, garde-le. Ça me fait plaisir. C'est tout ce que j'ai. »

Pierre sort son chapelet à grains bruns et le lui donne : « C'est un échange. Un secret, Mattie.

— Je ne sais pas pourquoi je ne suis pas venue avant. Je ne pense pas revenir.

— Tu l'as dit déjà. C'est pas grave. Je pensais jamais te revoir.

— Oh non ! On va se revoir. Au Ciel, Pierre, on va se revoir en masse. »

Elle regarde encore autour d'elle, déconcertée par l'ambiance, par les pauvres fous qui se balancent. « Tu n'es pas fou, Pierre ? »

Il sourit et son visage en est tout changé : « D'habitude, non. Je dirais que la plupart du temps, je ne suis pas fou. »

Ce qui rassure énormément Reine.

Pierre la regarde s'éloigner, silhouette longue et sèche. Son eczéma est revenu, il l'a remarqué, il se fait beaucoup de soucis pour Mattie. Il se promet d'en parler à tante Germaine mercredi prochain.

Mais le mercredi, une religieuse lui dit que tante Germaine a appelé et ne pourra pas venir. Quand Pierre demande si Paulette, Lionel ou Isabelle va venir à la place, la religieuse hoche la tête : personne ne s'est annoncé.

* * *

Ce mercredi de juin, l'église de la paroisse est remplie de fidèles et des proches de Reine, venus assister à ses funérailles.

Reine est morte sans raisons apparentes, sans explications. Morte dans son sommeil. Une erreur probable de dosage dans ses médicaments pour les nerfs. Le dernier samedi, après avoir achevé son grand ménage, après avoir mangé avec son beau-père et son mari, Reine s'est mise au lit très tôt, sans rien dire. Elle a vidé la petite boîte cartonnée de pilules, mais Jean-René n'est pas certain si la boîte était pleine ou non. Toujours est-il que Reine ne s'est pas réveillée. Elle est morte dans la nuit, en serrant dans ses mains un chapelet brun, de piètre qualité.

Jean-René ne saura jamais si cette nuit-là, à deux heures vingt-cinq, il a pénétré sa femme ou le cadavre de sa femme.

Tante Germaine et Isabelle pleurent tellement qu'Adélaïde a du mal à comprendre. Florent s'occupe de Paulette, courbée sur ses cannes, le corps tordu par les douleurs rhumatismales. Le repas après les funérailles a lieu chez Jean-René. C'est la première fois qu'Adélaïde entre dans la chambre de Pierre. Même si Pierre n'habite plus chez Reine depuis longtemps, celle-ci a déplié un pyjama sur le lit impeccablement fait, elle a mis des fleurs fraîches devant la statue de la Vierge et, dans la garde-robe, tous les vestons sont rangés, brossés et entretenus. Isabelle vient s'asseoir avec Ada au bord du petit lit. « Je ne l'ai pas aidée, Ada. Je l'ai laissée se débrouiller. Depuis Françoise, depuis sa naissance, je ne me suis pas souciée de ma sœur et de sa misère. Regarde ça... Tout est propre, entretenu, reluisant. Elle l'attendait. Elle attendait Pierre depuis sept ans. Tu ne peux pas savoir ce que ça me fait. »

Adélaïde prend la main d'Isabelle : « Tu te souviens du jour où vous êtes arrivées à l'Île ? Ça fait plus que trente ans de ça. Reine portait son nom glorieusement. Elle était si orgueilleuse. Ce n'est pas toi ou nous, Isabelle. C'est ce mariage, cette vie qu'elle a eue. Ou plutôt qu'elle n'a pas eue. Paul a demandé à voir la boîte de pilules... Il a vérifié à la pharmacie. Il dit que la prescription venait d'être renouvelée, que la moitié de la boîte aurait suffi. »

Isabelle fixe la statue de la Vierge et les fleurs. C'est si stupéfiant de penser que sa sœur ait fait une chose pareille, un acte aussi condamnable. « Pourquoi maintenant ? Pourquoi pas il y a sept ans, quand ils ont enfermé Pierre ?

— Quelque chose s'est cassé. Peut-être... peut-être qu'elle a cessé d'attendre après son petit garçon.

— Il a vingt ans ! Il les a eus vendredi passé !

— C'était un petit garçon pour elle. Il n'avait pas changé dans son esprit, regarde le pyjama. Elle l'a perdu à treize ans. Il avait treize ans pour toujours.

— Ma fille Élise dit que c'est le remords d'avoir enfermé Pierre qui l'a tuée.

— Non, Isabelle. Le remords est pour nous. »

Le geste de Reine, que tout le monde connaît sauf son mari et son beau-père, a un effet immédiat, celui de forcer tout le monde à reconsidérer l'avenir de Pierre. Le conseil de famille qui suit les funérailles a lieu chez Germaine. Paulette, Florent, Lionel, Adélaïde, Paul, Maurice, Isabelle, Fabien et Léa y assistent.

La seule personne qui devrait être là, Béatrice, n'a pas pu se décider à venir : elle a envoyé des fleurs, des vœux, mais elle ne peut pas faire face à tant de souvenirs pénibles.

Tante Germaine est la première à prendre la parole et sa voix est calme : « Je pensais que je partirais avant. À presque soixante-sept ans, on n'imagine pas que les enfants vont nous laisser derrière. Depuis sept ans, chaque mercredi, Paulette, Lionel et moi allons voir Pierre. Isabelle nous remplace quand on doit s'absenter. En sept ans, Pierre n'a eu qu'un ou deux mercredis sans visite. Hier était un de ceux-là. Ce matin, je me suis rendue à l'asile pour lui expliquer ce qui était arrivé à sa Mattie. J'ai appris qu'elle était passée le voir. Le chapelet avec lequel elle a été enterrée est celui de Pierre. Je veux que nous discutions de cet enfant. Il a vingt ans, il est enfermé depuis longtemps. Il n'est pas fou. Sans être totalement bien, il n'est pas fou. Il a des comportements occasionnellement agressifs sexuellement, mais je prétends que c'est dû à sa jeunesse. Il a encore de l'énergie vitale, des besoins... d'homme. Les médecins l'ont stérilisé après qu'il a tenté... enfin, qu'il a réussi à séduire une arriérée. Je crois qu'on doit à Reine de faire quelque chose pour Pierre. »

Paulette ajoute que, d'après elle, on doit à Pierre de faire quelque chose.

La discussion qui s'ensuit est pénible, personne n'étant capable de trouver une solution et tout le monde craignant que le pire ne se reproduise. Isabelle ne peut imaginer prendre Pierre chez elle, avec sa fille qui n'a que sept ans. Adélaïde est incapable de considérer Pierre autrement que comme un fou furieux, donc dangereux, et les efforts de Florent sont destinés à faire entrer Pierre dans un endroit protégé, mais moins sévère que l'asile.

Devant l'impasse des discussions, Germaine leur demande de venir voir Pierre, ce qu'Adélaïde refuse net. Léa prend la défense de sa mère et déclare qu'elle ira avec Florent et Fabien. Germaine soupire en regardant Ada : « Le problème va te revenir à ma mort, Ada. Je ne peux pas croire que tu auras le cœur de le laisser chez les fous toute sa vie.

— S'il fait une seule crise par année et qu'à chaque fois il viole une femme et tente de la tuer, c'est à cette femme que je pense. Pierre a des droits tant et aussi longtemps qu'il ne menace personne. Je veux bien payer des soins, payer une pension ailleurs qu'à l'asile, mais le sortir et attendre son prochain viol, c'est non. Il demande à sortir ?

— Comment veux-tu ? Il connaît deux prisons, celle de la religion et l'asile. La seule chose qu'il désire et dont il rêve, c'est une télévision.

— Ça, je peux le lui offrir. Ce n'est pas de la cruauté ou de l'insensibilité, ma tante, mais Pierre n'est pas guéri. Il est peut-être à tort chez les fous, mais il serait à tort aussi parmi nous. »

Le silence qui suit cette évidence est pénible. Léa demande à Germaine : « Est-ce qu'on le soigne ? » Germaine hoche tristement la tête : « Ils sont des dizaines par salle. Ils restent ensemble, surveillés par des religieuses, et leur seule préoccupation est qu'ils ne fassent pas de mal. Quand ils s'énervent trop, il y a des cellules spéciales pour les isoler et des calmants, mais les calmants ne soignent pas. En sept ans, ceux qui sont sortis de ces salles, ce sont ceux qui sont morts. »

* * *

« Il a mon âge. À quelques mois près, Pierre a mon âge. Enfant, il était très renfermé et très niaiseux. Pas du tout déluré. Jusqu'où pensez-vous qu'on puisse rendre quelqu'un fou ? Qu'est-ce qui fait que, par exemple, ma tante Béatrice n'a jamais été traitée de folle ? Ou ma tante Reine... Jusqu'où on peut en demander à un enfant avant qu'il n'éclate ? Il m'a reconnue tout de suite. Il est maigre, il a des yeux sombres et il a l'air inquiet. Il s'en faisait beaucoup pour le chapelet de Reine qu'il craignait qu'on lui enlève à cause du soupçon de vol. Il embrassait la croix en répétant que son chapelet était moins beau. “Un chapelet de femme, c'est tellement plus beau”, je pense qu'il l'a dit trois fois. Son cas est intéressant, parce qu'il ne sait pas beaucoup de faits de son enfance et qu'à cause de cela il devient obsessionnel. L'ignorance qui appelle la folie, parce que ne pas savoir enlève le sens à l'existence. Insensé, donc fou. À mesure que j'étudie la littérature, je m'aperçois à quel point la folie fascine. Autant que la mort. La folie et la mort, les deux choses les plus effrayantes au monde. Quand quelqu'un se suicide, on dit qu'il s'est donné la mort dans un moment d'égarement, de folie. Les deux terreurs ensemble. Si Pierre se tuait, et je ne vois pas comment il pourrait faire autrement, je crois qu'il le ferait dans un moment de lucidité et non d'égarement. Mon raisonnement est que, si la lucidité nous conduit à nous tuer, il y a une erreur quelque part. On a été trop loin, on a trop demandé à un esprit qui éclate sous la pression. Denis a éclaté, mais lui, c'était de naissance. Pas Pierre. La folie de Pierre, c'est sa mère, ses mères, plutôt. Non, *sa* mère. Ma tante Béatrice l'a donné à Reine quand il était petit. Vraiment donné. Ma tante Reine ne pouvait pas avoir d'enfant ou elle les perdait tout le temps, je ne sais plus. En tout cas, elle n'en a pas eu d'autre que Pierre. Son mari est une sorte de curé qui pense encore que la télévision envoie des messages subliminaux pour nous laver le cerveau et nous rendre communistes. Un paranoïaque religieux qui ne devait même pas savoir comment on fait des enfants. En tout cas, il y a onze ans, ma tante Béatrice est en pleine gloire, elle veut se remarier et le gars a des enfants. Elle décide de reprendre Pierre et la réunion se fait chez nous. Je me souviens de tante Reine à cette époque : une loque épouvantée et lui, un bébé-lala perdu dans ses jupes et complètement fou de sa mère. Le mariage ne se fait pas, on réexpédie Pierre à tante Reine, et voilà ! Quatre ans plus tard, Pierre vient chercher sa mère à Radio-Canada et il la viole en manquant de la tuer. Sa mère ! Œdipe en personne. L'interdit des interdits. Savez-vous à quoi ça me fait penser ? Au saumon qui remonte à la rivière d'origine pour frayer. Frayer – effrayant – tiens ! La frayeur de frayer, ça ne peut pas être la même racine, quand même... Origines, racines, frayer, déposer ses œufs – Pierre a déposé ses œufs dans sa mère. Pas ses œufs, non, ses spermatozoïdes. Il lui a cassé les jambes. Comme Francis a voulu détruire Florent. Pierre voulait détruire ou aimer sa mère ? Les deux... La folie, c'est quand on ne fait pas la différence entre aimer, s'unir, et détruire, écarteler ? Où est-ce que je vais avec ça ? Aidez-moi.

— (...)

— Ça me fait penser à Kitty. Kitty qui détruit pour s'unir. La voleuse d'hommes. Elle a voulu mon père dans elle. Papa était tourné vers Anne. Oh !... J'ai cru qu'il s'unissait à Anne ? J'ai cru qu'il le faisait ? Comme avec maman... Kitty a perverti Anne et papa. J'ai pensé qu'il l'avait prise à cause du fusil, forcé par elle ? Elle a volé maman deux fois. Elle lui a pris son mari et sa fille. Elle a fait faire l'interdit à papa pour le faire ensuite : la sœur et le frère, le père et la fille, la fille et la sœur. Non... pas s'unir à Anne, mais dire qu'elle est à elle, qu'elle vient d'elle, de son ventre, qu'elle vient de papa et elle, rousse comme elle ! Jamais elle ne m'aurait choisie, moi. Jamais. Mais c'était mon lit ! Dans mon lit ! Elle a couché papa sur Anne dans mon lit et elle les a recouverts avec son corps – ses maudits cheveux rouges, le sang foncé partout et maman toute blanche dans le soleil. Maman immobile, blême, morte. J'ai fouillé, j'ai poussé, j'ai travaillé pour défaire leur tas, j'ai tiré fort, de toutes mes forces, et j'ai poussé fort sur son corps. La main de papa, tournée vers le plafond, sa main pas normale, je l'ai remarquée tout de suite, parce que ça me disait qu'il n'était pas d'accord. La main forcée disait que jamais papa n'aurait fait ça à Anne. Il faudrait le dire à maman. Il faudrait rassurer maman. Kitty voulait qu'elle pense du mal, qu'elle pense que papa était d'accord. Papa n'était pas d'accord. Il refusait. Elle l'a exécuté. Ils font semblant qu'ils veulent faire l'amour et ils se mettent à tuer. Ils veulent détruire. Ils n'aiment rien ni personne. Ils veulent détruire avec leurs mains, leur sexe. Ils disent je t'aime et ils se jettent sur... Pierre sur sa mère, Francis sur Florent, Kitty sur papa et sur Anne. J'ai peur que quelqu'un se jette sur moi un jour en me disant je t'aime et en me détruisant. J'ai peur qu'on m'exécute en disant que c'est bien parce que c'est de l'amour, par amour. Qu'on me fasse mal par amour. Je ne comprends pas ce qui fait basculer l'amour là-dedans, ce qui rend violent, mais j'aime mieux ne pas aimer. Je ne veux pas voir ça m'arriver encore.

— (...)

— La bouche molle de Kitty sur mon père, la

bouche qui salit. Maman n'a plus jamais remis de rouge à lèvres de sa vie. Jamais. Je n'ai jamais porté de rouge, la couleur rouge. Et la violence est quand même là. Je regardais Pierre et je cherchais la trace de la violence. Rien. Insoupçonnable, incroyable. Un enfant sage. Kitty n'était pas sage. Droguée et amoureuse de papa. Molle, comme sa bouche collée sur lui. Une sangsue – tout le sang –, une sangsue que j'ai décollée de sur lui. Comme au Lac, une fois, sur le petit mollet de Thomas. La sangsue noire qui laisse du sang sur la peau. Je l'ai décollée. Je ne veux plus jamais qu'on me dise que c'est de l'amour. Je ne veux plus jamais qu'on s'excuse avec l'amour, qu'on s'en serve contre moi. Haïr et aimer, s'unir et tuer, ce n'est pas pareil. Pas la même chose. Je veux que maman me prenne et me sorte de là. Qu'elle me sorte du lit. Qu'elle me sorte du lit ! Qu'elle me sorte vivante du lac de sang... Ma mère ne se trompe pas. Maman sait qu'il faut me sortir de là. Pour la première fois de ma vie, je me rends compte qu'elle s'est occupée de moi en premier. Ni papa, ni Anne, ni l'autre. Moi. Elle m'a prise, moi. Elle m'a sortie de l'enfer. Elle a fait ça. Elle ne m'a pas exclue. Pas mise à la porte. Elle m'a protégée du faux amour qui exécute les gens qui refusent de faire du sexe aux enfants. Elle ne pouvait pas rester, juste me sauver. Après, il fallait bien qu'elle y retourne. Pour la tuer. Elle. La fausse amoureuse de papa. La violeuse. La voleuse. J'ai tellement mal pour elle, pour maman. Pourquoi je n'arrive pas à avoir mal pour moi ? Je sens sa douleur mieux que la mienne. Je pourrais la toucher. Si je n'arrive pas à protéger maman, est-ce que ça veut dire que je ne pourrai jamais m'aimer ? Jamais aimer ? Si je veux soigner les fous, les rendre pas fous, est-ce que c'est encore pour la protéger, elle ? Pour la mettre à l'abri de sa peur ?

J'étais la plus grande, l'aînée, c'était normal que je l'aide.

— (...)

— Non, elle ne me le demande pas. J'aimerais bien qu'elle me le demande. Ça voudrait dire qu'elle me laisserait faire. Elle ne veut pas. Elle est la mère et moi la fille, pas le contraire.

— (...)

— Je suppose... Je suppose que c'est ma façon de lui dire merci. Merci de n'avoir jamais confondu la haine et l'amour. Elle m'a sortie de la chambre, pas pour m'exclure, mais pour m'abriter. Me délivrer. Comme quand on joue à la cachette et qu'on crie *je délivre !* Une de moins pour Kitty. Une de plus de délivrée. Oui, docteur, je vais le dire, comme quand elle m'a mise au monde. On appelle ça la délivrance. Ça ne vous étonne pas, vous, que j'aime autant les mots et que je sois en littérature. Chaque fois que je m'en rends compte, ça m'étonne. Parce que la littérature, c'est ce que maman aurait voulu que je fasse. J'ai honte d'avoir pensé aussi longtemps qu'elle m'avait exclue de la chambre. J'ai honte et je suis inquiète : j'ai déguisé de l'amour en rejet. J'ai fait ce qui m'effraie tant, la confusion de deux sentiments voisins et dangereux, l'amour et la haine. À mon avis, si on ne fait pas le ménage, on risque de construire par haine et de détruire par amour. Est-ce que c'est ça, être fou ? »

* * *

Tout de suite en revenant des funérailles de Reine, Paul a demandé à Adélaïde de prendre trois jours seule avec lui au Lac. Depuis presque un an, c'est la corrida des malheurs et Paul estime qu'il a un urgent besoin d'intimité.

En juin, le Lac est magnifique. Toute la nature est en été et tout est neuf. Le vert tendre des arbres, le gazon riche, les pivoines qui s'inclinent tellement la fleur est généreuse... Il fait aussi chaud qu'en juillet, sauf que l'eau du lac est encore froide.

Ils s'installent sur le quai et Paul étend de la crème *Antoine* sur le dos d'Adélaïde. Il prend son temps, décide de couvrir les cuisses, les jambes, il raconte ce qu'il n'a pas eu le temps de lui dire, le rêve qu'il entretient toujours de l'épouser... Elle soupire et ne dit rien.

« Tourne, je vais faire le devant aussi. »

Elle s'exécute et l'observe en train de travailler avec concentration. Il lève la tête : « Quoi ? J'ai rien dit !

— Ça changerait quoi ? Tu veux emménager à Outremont ? C'est ça ? Ou que je me fasse appeler Madame Docteur ?

— Est-ce que c'est illégitime d'avoir envie de me réveiller tous les matins avec toi ? Voilà ce que ça changerait : tous les matins, tous les soirs avec toi.

— Et après, tu vas vouloir un enfant. Je vais me retrouver comme Isabelle, enceinte à quarante-deux ans ?

— Tu n'as pas quarante ans.

— L'an prochain. »

Il descend les bretelles du maillot, étale la crème jusqu'au bord des seins. Elle rit, se retourne sur sa serviette : « Quand les enfants seront partis de la maison, tu vas te coucher et te réveiller avec moi tout le temps.

— Mais tu ne m'épouseras pas.

— Non.

— Même sous la torture, c'est non ? »

Il s'étend sur le dos huileux de tout son long – elle

l'avertit de ne pas chatouiller au risque de se retrouver dans l'eau froide. Paul ne bouge pas, embrasse les épaules luisantes et se plaint du goût.

« C'est ma protection contre les tortures.

— Je connais des coins où il n'y en a pas. »

Adélaïde s'offusque, résiste, fait valoir qu'ils sont dehors, exposés à la vue indiscrète. Paul retire son maillot et le brandit au-dessus de sa tête : « Où ça, les regards indiscrets ? Où ? »

Leur vie sexuelle a connu une sérieuse flambée depuis quelques mois. Paul a prescrit à Adélaïde la fameuse pilule, et cette incroyable liberté, cette possibilité constante de faire l'amour sans danger, sans avoir à courir les protections a, pour le moins, stimulé leur imagination. Adélaïde soutient que l'effet libérateur va au-delà de la grossesse, au-delà du soulagement du risque : c'est comme retirer de l'esprit une comptabilité obsédante, calmer l'angoisse du « peut-être » que certains soirs ont traînée. Grâce à la pilule, Ada laisse tomber plusieurs inhibitions, elle avoue carrément avoir eu quatre fois sérieusement peur d'être enceinte, avoir même cherché un moyen il y a deux ans et, une fois l'adresse en main, avoir eu ses règles. « Tu ne peux pas savoir comment ça restreint l'imagination et la liberté, toujours se dire qu'il faut être prudente. Tu te rends compte du nombre de femmes qui se pensaient frigides et qui vont se découvrir très normales, une fois la peur des conséquences passée ? Et c'est un moyen sûr à quatre-vingt-dix-neuf pour cent ! Et c'est à nous, on n'a pas à convaincre l'homme. On le fait comme on veut, quand on veut, le bébé ! Pas quand la nature veut. Évidemment, ça, c'est si on bénéficie d'un bon docteur à l'esprit ouvert, aux mœurs évoluées. Un docteur moderne, qui comprend les femmes...

— Comment je vais te contrôler, moi ? C'est rendu que tu m'entraînes à faire du mal, même à mon bureau ! »

C'était un vieux fantasme et Adélaïde le lui avait révélé un soir où elle était allée le chercher. Ils avaient ri comme des fous, malgré l'inconfort et le vieux réflexe du : « On ne peut pas, on n'a rien pour empêcher la famille » qui leur était venu de prime abord. Ces essais n'étaient pas toujours couronnés d'un grand succès, mais la bonne humeur et l'enthousiasme compensaient.

Le quai où Adélaïde avait tant désiré Paul à leurs débuts est franchement confortable et Paul craint même le coup de soleil meurtrier. Adélaïde enfile sa descente de bain. Paul a beau lui répéter qu'elle a une ligne de jeune fille, Ada sait qu'elle a eu des jumeaux et elle trouve que ça paraît amplement. « Achale-moi pas avec ton ventre ! Il est très beau. Dis-moi plutôt si tu penses qu'on devrait prescrire la pilule à ta fille. »

Bouche ouverte, Adélaïde fixe Paul : « Elle t'a demandé ça ? Quand ? Il y a quelqu'un ? » Paul s'empresse de calmer les esprits, cette idée est une initiative personnelle et probablement prématurée.

Douchée, Adélaïde se rassoit : « Tu as peut-être raison, après tout. Elle n'osera jamais m'en parler. Une qui devrait en parler à son mari, c'est Rose. Maintenant qu'elle a eu son garçon, il serait temps qu'ils ralentissent. Tu penses que James est contre ?

— Les catholiques sont contre. Ils sont très pratiquants... Ça me surprendrait qu'ils lâchent le thermomètre... »

Ce qui décourage Adélaïde, parce qu'il est reconnu que la méthode ne fonctionne pas plus qu'à soixante pour cent : « Comment veux-tu qu'elle y arrive ? Les bébés la réveillent en urgence tous les matins. Pas moyen de prendre sa température en paix !

— Par contre... »

L'œil amusé de Paul révèle un secret bien gardé. Adélaïde répète son « quoi » deux fois et elle doit payer son renseignement d'une couche de crème sur le dos de Paul avant de pouvoir apprendre qu'Alex s'est organisé pour munir Leah de toutes les ressources contraceptives modernes.

« Il te l'a demandé à toi ? Pour Lili ? Le bandit ! »

Elle imagine comment Nic aurait été un des premiers à utiliser cette formidable méthode. Paul lui demande à quoi elle pense et elle invente autre chose. Elle a encore un réflexe très possessif pour ce qui est de ses souvenirs de Nic. Elle ne tient pas à les partager avec Paul. C'est à elle, c'est sa vie privée d'avant Paul. Elle se revoit avec Nic au Château, quand il l'avait tant fait enrager avec sa science des bébés. Léa dormait à côté d'eux ! Quel sans-gêne ! Dire qu'elle ose faire des manières pour un quai désert au milieu d'un lac isolé ! Dieu ! Combien de fois Nic et elle ont-ils quitté ce quai en courant vers leur chambre ? Jamais il ne prenait de risques sans qu'elle le demande elle-même. Et elle l'a fait si rarement... Maintenant que Thomas va avoir seize ans, elle a un pincement au cœur – elle aurait voulu un autre enfant de Nic. Elle le sait, la nouvelle maison devait être cette nouvelle aventure. Malgré l'âge de Nic, à cause de son âge, pour qu'il les voie grandir, ses petits. Ils sont grands, Thomas et Léa. Elle pourrait faire un enfant tardif avec Paul. Elle est certaine que ce serait un excellent père. Elle ne peut pas. La question n'est pas l'amour ou le non-amour. Elle aime cet homme profondément, même si ce n'est pas la fureur qu'elle connaissait avec Nic. Elle sait, depuis Théodore, qu'il n'y a pas qu'un homme qui tient les clés du bonheur dans ses mains. Les contes de fées sont trompeurs. Il arrive qu'un amour soit particulièrement inoubliable, mais ce n'est pas ce qui tarit la possibilité de l'amour. Elle aimerait enseigner cela à Léa l'exclusive qui ne donne jamais son cœur. Plus d'un homme peut apporter du bonheur, encore faut-il être prête à le partager. On peut fermer la porte et ce n'est plus une question de clés, c'est une question de cadenas. Thomas va se promener toute sa vie avec un trousseau de clés variées, mais Léa, la si secrète Léa, comme Adélaïde voudrait lui transmettre sa science du bonheur ! Lui transmettre qu'il faut laisser le passé dormir là où il est et se tourner vers le soleil levant. Ne pas nier la vie, ne pas s'installer dans les jours morts. Il y a quelqu'un qui l'attend dans le jour qui vient.

Le ciel est si pur, le lac si calme. La vie peut être si exaltante – Adélaïde pose ses lèvres sur le dos chaud de Paul qui sursaute. « Tu dormais... Tu veux que je couvre ton dos ? » Il grommelle non. Il tend un bras détendu sur sa cuisse : « Viens dormir. Cinq minutes... »

Elle s'étend contre lui. Un oiseau s'enfuit du bosquet d'aubépines qui longe l'eau, ces bosquets que sa mère appelait cenelliers, à l'Île. Une corneille lance un avertissement sonore pour célébrer une bonne prise ou pour criailler une envie frustrée. Elle respire la peau ensoleillée de Paul, la peau chaude, vivante de Paul. Un sanglot de bonheur lui vient devant la perfection de cet instant, devant la miséricorde de la beauté tranquille de cet après-midi. Elle a une pensée pour Reine, terrée dans cet appartement sombre, couchée et mourante près du corps sec de Jean-René. Elle refuse de chercher pourquoi certains fruits sont sans pulpe et pourquoi sa corbeille à elle est si pleine. « Paul, tu es vivant, chaud, et je t'aime. »

Tant de douceur tire Paul de son engourdissement bienheureux pour le plonger dans une autre félicité.

* * *

Aaron, après un incident où son cœur a énormément faibli, doit garder le lit pour un mois. Ce n'est pas une surprise pour Adélaïde quand il lui demande de passer à la maison. Elle se doute bien du sujet dont il veut l'entretenir. Depuis qu'ils ont enterré Denis Dutrisac, elle sait qu'Aaron nourrit des doutes sérieux quant à l'opportunité de sa décision de ne pas révéler à Léa ses origines. Sa surprise est de constater l'état de faiblesse du vieil homme, l'altération de sa voix.

« Ce n'est pas un petit malaise dû à la vieillesse. Venez vous asseoir, Ada, venez près de moi. »

La chambre est tamisée, Aaron est soutenu par des oreillers et, malgré sa faiblesse, il a l'œil brillant des bons jours : « Vous n'allez pas vous apitoyer, comme Leah ? Elle me plaint sans arrêt, comme si mon cœur avait une garantie à long terme et que j'étais trompé sur la marchandise. Mon cœur a très bien tenu la route. Il a des ratés. C'est normal.

— Vous voulez me faire vos adieux, Aaron ? Vous savez ce que je pense des gens qui quittent avant la fin de la fête...

— N'ayez crainte, vous allez m'endurer encore. Ada... le petit Dutrisac... »

Elle ne l'aidera pas, ne finira pas sa phrase pour lui, il le voit bien. Il serre la main douce et ferme : « Je me demande s'il serait mort aussi horriblement si ses origines avaient été plus claires. S'il avait pu obtenir un témoignage de son père. Attendez, écoutez-moi.

Nous avons si peu pour nous assurer que c'était la bonne chose à faire. Ce n'est plus comme avant, Ada, ce n'est plus un scandale affreux que d'avoir un enfant avant le mariage. Leah cherche Théodore avec une telle constance, elle montre encore un tel besoin de lui... Êtes-vous sûre que Léa ne devrait pas savoir la vérité ?

— J'en suis sûre, Aaron. Elle a eu un père en Nic. C'est lui qui l'a mise au monde. C'est celui qui lui a servi de père et il l'a aimée. Elle a eu un père davantage que Leah, vous le savez. Ce n'est pas comme si elle n'avait pas eu de père. Ce n'est pas comme pour Leah. J'ai volé Leah en lui enlevant son père. »

Aaron réfléchit encore et Adélaïde se met à craindre qu'il ne décide unilatéralement de dire la vérité.

« Jamais je ne ferais ça, vous le savez. Nos contrats sont clairs et nos paroles nous lient. Non... Maintenant que toute ma vie est presque derrière, il me semble que tout ce que nous avons de solide pour faire la route tient en deux choses : notre foi et la vérité. Croire en ce qu'on fait si on ne croit pas en Dieu ou en Mahomet, mais croire. Agir selon la vérité. Quand vous êtes venue me reprocher de bannir mon fils, vous m'avez dit clairement que je tordais la vérité parce qu'elle ne me convenait pas et que tuer Théodore avant sa mort ne le ferait pas disparaître. Vous vouliez dire que cela ne ferait pas disparaître la vérité. La vérité étant que mon fils agissait contre mes principes, contre ma foi. Vous êtes celle qui a crié pour lui, pour sa vérité, pour la vérité de sa vie. J'essaie de faire pareil. La vérité de Théodore, c'est qu'il a eu deux filles, mes deux petites-filles. La vérité, Ada, c'est que ce sont des demi-sœurs et que Leah aura besoin de ce lien pour croire à sa route quand je ne serai plus là. Je ne pense pas que Léa ait besoin autant que Leah... Léa possède une famille et elle vous a, vous, sa mère. Comme vous le dites, elle a eu un père en Nic. Leah est l'exilée dans cette famille. Elle n'ira plus vers sa mère, son frère ou son beau-père. Quand je ne serai plus là, elle ne retournera pas à ses origines, elle a quitté les siens. Elle a choisi la vérité de son père. Elle se croira seule quand je serai mort. J'aimerais m'assurer qu'elle aura le moyen de refaire ses forces quand la nuit tombera.

— Aaron, ne pas tout révéler ne change pas la vérité. La vérité, c'est que je l'aime, comme Léa, comme Alex. Pourquoi faudrait-il que Leah sache tout ? Elle sait déjà que je suis celle qui a éloigné son père, ce n'est pas assez ? Il faut risquer l'équilibre de Léa ? Pensez-vous que je ne me suis pas posé la question mille fois ?

— Et mille fois, c'est non ?

— Ne faites pas le naïf. Poser une question mille fois veut dire douter mille fois. Léa est une drôle d'enfant. Très forte et très fragile. Les deux. Elle a eu des coups durs, elle en a eu assez. Elle va mieux, elle est plus gaie, moins secrète. C'est une artiste, comme Florent. Elle est timide avec les gens, comme Théodore. Timide et réservée. Tellement comme lui ! Est-ce que je lui nuis, est-ce que je l'aide en faisant cela ? Comment savoir ? J'ai pris une décision et j'agis en conséquence, Aaron. Le reste... De nos jours, il y a des gens qui disent à leurs enfants qu'ils ont été adoptés. Ils pensent que c'est mieux, moins dur pour eux. Je ne crois pas. Si elle me pose une question, je lui répondrai. Si elle a besoin de savoir, elle me le demandera. La vérité que ma fille détient pour faire sa route est que je l'aime et que son père, Nic, l'aimait. Rien de cela ne serait moins vrai si elle apprenait le reste. Mais elle en douterait, Aaron, et cela lui ferait du mal. Apprendre une vérité lui ferait perdre les dix autres qu'elle possède. Le *deal* n'est pas à son avantage.

— Et pour vous ?

— Je n'ai jamais eu honte, Aaron. Jamais. Ni de cet amour, ni de cette enfant. Ni devant Nic, ni devant mon père. Je ne l'ai pas cachée pour me protéger, mais pour la protéger. Si je me suis trompée, elle me jugera. »

Aaron sait que le jugement ne sera pas discuté : Adélaïde n'a qu'une parole. Si Léa la rejette, elle la laissera faire, elle ne suppliera pas. Il ferme les yeux, fatigué : « Je vous aime vraiment beaucoup, Ada. »

Deux jours plus tard, les forces du vieil homme ont encore baissé et Ada vient s'asseoir près de lui. Elle sait qu'il ne dort pas. Elle reste là, sa main dans la sienne, attentive à sa respiration difficile.

« Gardez vos yeux fermés, Aaron. Je veux vous dire une chose. Jusqu'à dix-huit ans, j'ai eu un père qui m'adorait et qui m'a ensuite tourné le dos à jamais. De dix-huit à trente-neuf ans, je vous ai eu. Je vous ai bien maltraité au début, mais votre présence dans ma vie était la certitude que Théodore et moi n'avions pas seulement détruit. Vous m'avez emmené Lili. Vous m'avez aimée, même si je n'étais pas *kosher*, même si tout... Vous êtes mon fidèle ami et je vous dois beaucoup. Comme j'ai l'intention de vous remettre vos faveurs jusqu'à la dernière, ne profitez pas de notre bonne entente pour mourir.

— Avez-vous la foi, Ada ? Une foi ?

— Non.

— Rien ? Pas un filet de foi ? Quand je mourrai, j'irai où, selon vous ?

— À la terre, Aaron. À la terre maudite et bénite. Celle qui nourrit et se nourrit de nous.

— Quel dommage... Vous auriez été tellement parfaite si vous aviez eu la foi.

— J'aurais énervé tout le monde. Remerciez le Ciel. De toute façon, les saintes finissent martyres, ça ne m'intéresse pas.

— Théodore devait beaucoup apprécier votre humour.

— Oui, Aaron. Beaucoup. »

Il ouvre les yeux. Entre eux, la connivence est parfaite. Ils ne disent plus rien. Ils se regardent avec tranquillité, celle de ceux qui savent que le sablier est presque vidé. Quand les yeux d'Adélaïde se remplissent d'eau, Aaron pose sa main sur son front et le touche délicatement : « Tu en prendras soin, de nos filles ?

— Qui prendra soin de moi si vous partez ?

— Je ne serai pas loin. Je veillerai. Veille sur elles. Je veillerai sur toi. Tu ne le crois pas, mais je le ferai. Que crois-tu que Théodore a fait, toutes ces années ?

— Il a veillé ?

— Il a engueulé ton père de l'autre côté, comme toi tu l'as fait ici. Vous êtes terribles, tous les deux. Maintenant, embrasse-moi, dis-moi adieu bravement. Il va falloir laisser la *mishpaha* envahir la maison du patriarche. La seule chose juive que j'aimerais que tu fasses avec Léa est le rite de *ner-neshama*, la lampe de l'âme qui brûle vingt-quatre heures en mémoire. Demande à Leah de t'expliquer. Ce rite t'ira bien. Parce que tu es faite pour la lumière, Adélaïde.

— Je reviens avec Léa, Aaron. »

Il retient sa main avec une force étonnante : « Je te connais. Dis-moi adieu.

— Pas maintenant, Aaron. Attendez demain. »

La main tient toujours la sienne solidement. Aaron ferme les yeux tout à coup. Ada se rapproche, inquiète : « Quoi ? Vous avez mal ? Quoi ? Dites-moi !

— C'est mon vieux cœur, c'est tout. Fais-le pour moi. »

Adélaïde voudrait s'enfuir en rageant, briser quelque chose, hurler non, comme toujours devant sa vieille ennemie. Si elle réussit à rester près de lui, c'est parce qu'il le demande et qu'il connaît tout de ses faiblesses et de ses détresses : « Adieu, mon ami. Aaron le Juif qui m'a montré à dire adieu. Adieu, mais attendez-moi, attendez demain.

— Va me chercher ma petite-fille. Tu es grande et brave, et il n'y a pas de mais, quoiqu'il y ait peut-être un demain. »

Comme Aaron l'a dit, la maison se remplit de tout le pan de cette famille si peu connue d'Adélaïde. Paul a écouté le cœur du vieil homme et il a répété à Leah que rien ne pouvait améliorer la condition d'Aaron à l'hôpital. Les médicaments sont les bons, mais ils sont inutiles, le cœur usé ne veut plus.

Adélaïde se retrouve au salon en compagnie de la *mishpaha* : la veuve de Théodore, Eva, et son deuxième mari, leurs enfants, David, sa femme et ses enfants. Après quelques vagues politesses, Ada se rend chez Florent pour attendre. Florent n'est revenu dans son ancienne maison que pour être près de Leah et d'Aaron. Il prépare du thé et ils restent tous ensemble assis dans la cuisine à fixer le jardin d'Aaron.

Vers dix heures, Léa vient les chercher : Aaron les demande. Le temps d'arriver, Aaron est terriblement affaibli, un souffle difficile siffle à chaque inspiration. Léa tient la main de sa mère, inquiète, bouleversée. « Tu veux aller au salon, Léa ? Attendre là ? »

Elle fait non, serre sa main en silence. Leah se penche au-dessus d'Aaron, l'écoute murmurer quelque chose. Elle relève la tête, cherche des yeux, fait signe à Léa de venir. De chaque côté du lit, Léa et Leah tiennent une main. Aaron n'ouvre pas les yeux, il ne dit plus rien. Il n'est pas minuit quand Leah, en larmes, couvre les miroirs et allume la lampe pour *ner-neshama*.

Alex reste près d'elle, l'aide à s'occuper de tout et fait comme si de rien n'était quand certains membres de la famille lui demandent s'il a l'intention de se convertir. À un moment donné, Eva, alors qu'Alex peut l'entendre, propose à sa fille de venir vivre la période des *shiv'a* à la maison où ce sera beaucoup plus convenable pour elle. Leah va prendre la main d'Alex et se plante devant sa mère : « Aussi bien que tu le saches, maman, Alex est mon conjoint et je ne pense pas me marier. Je vais habiter ici et, s'il en a envie, il pourra venir s'installer avec moi. Je ne le fais pas pour t'agacer ou te provoquer, c'est ma vision des choses qui est toujours différente de la tienne.

— C'est scandaleux et indigne !

— C'est comme ça, maman. J'ai vingt-sept ans, maintenant.

— Tu n'iras pas ajouter au déshonneur en ayant des enfants ? »

Alex intervient, mal à l'aise : « Madame, ce n'est pas le moment. Aaron... »

Eva se tait, mais Leah termine : « Oui, maman, si Alex le veut, j'aurai des enfants. »

Aux funérailles, à la synagogue, Josh Buchman se tient dans la partie réservée aux hommes et il ne peut apercevoir Leah. Depuis leur baiser, la jeune femme a changé et se tient pudiquement à sa place. Josh a tout de suite su que ce baiser était une erreur aux yeux de Leah et qu'elle le regrettait. Il n'a pas insisté et n'a pas cherché à se faire expliquer quoi que ce soit. En la voyant tenir la main d'Alex tout le long de la réception qui suit, il comprend que son temps est fini. Le gaillard est attirant, costaud. Il passe un bras protecteur autour des épaules de Leah qui s'incline vers lui avec confiance. Josh a beau faire, ses yeux reviennent sans cesse sur le couple. Ce n'est pas de la jalousie, c'est un sentiment de perte. Il a cinquante ans, l'âge d'être son père. Il n'y a jamais cru pour de bon et il l'a espéré désespérément. Cette femme à l'énergie batailleuse, il l'aurait vénérée. Pour la première fois de sa vie, Josh sent que l'échec est possible, que l'échec est là. Il s'appelle le temps. Lui qui a toujours cru posséder le temps vient de se faire posséder. Le temps n'est pas infini et il distribue mal les cartes. Son temps de jeunesse est terminé, celui de Leah est dans son essor. Elle n'est pas pour lui, elle est pour cette autre jeunesse qui lui murmure des choses en massant sa nuque. Une femme comme Leah existait-elle dans sa jeunesse ? Josh a envie de supplier pour une période supplémentaire, sous prétexte que la partie n'est pas juste, qu'à son époque les femmes n'étaient pas avocats, pas aussi vives, aussi follement éblouissantes que Leah. Il voudrait encore une fois la prendre contre lui et que, consentante, elle coule dans sa bouche et contre son corps. Il a envie de lui chuchoter son nom, de l'appeler, et que cesse cette oppression dans sa poitrine. Sa femme lui touche le coude : « Qu'est-ce que t'as à soupirer comme ça ? Ça ne va pas ? »

Josh se reprend, surpris d'avoir laissé paraître ses émotions. Quand il va saluer Leah et qu'Alex lui dit au revoir, il a envie de ne pas lui serrer la main, comme un enfant mal élevé.

Sur le chemin du retour, il se chicane avec sa femme et il s'enferme dans son bureau dès qu'il met le pied chez lui. Il écrit une longue lettre à Leah, une lettre qu'il ne lui enverra pas, mais où il répète que le droit est le centre de sa vie et que Leah sera son plus bel et puissant apport au monde juridique. Il renonce mille fois à elle, à la condition de ne pas en être séparé, de ne pas être tenu loin d'elle.

* * *

Une fois les invités partis, la vaisselle lavée, Leah retire son tablier et Alex finit de ranger les chaises pliantes. Il l'enlace : « Ça suffit ! Repos. Tu veux quoi, Lili ? Rester ici ? Avec moi ? Seule ?

— Je veux qu'on rentre chez toi et qu'on apporte la lampe. »

Lorsqu'ils sont au lit, c'est elle qui, à la surprise d'Alex, lui fait des avances. Il hésite, ne comprend pas qu'avec tout son chagrin elle ait envie. « Quand ma mère a parlé de la période des *shiv'a*, elle parlait des sept jours de deuil. Pendant ce temps, un bon Juif ne peut rien faire d'autre que rester assis sur le sól et se désoler. On n'est pas supposé avoir de relations sexuelles non plus. Mais si on est encore ensemble aujourd'hui, Alex, c'est à cause de grand-père. C'est lui qui m'a montré par où aller quand j'étais perdue. C'est lui qui m'a empêchée de faire des erreurs. Te perdre était une erreur. Depuis qu'il est mort, je sais que je veux être avec toi et ne pas gaspiller mon temps et vivre chaque minute de nous deux sans rien gâcher. Grand-père se désespérait de me voir gratter les archives pour trouver des parcelles de père. Il a raison, je suis ce que je suis, faite d'obscurité et de lumière, de secrets, mais aussi de vérités. Quand j'ai dit à ma mère que nous aurions des enfants, c'était vrai. Quand on le voudra, quand on le décidera. Si tu en veux encore.

— Si j'en veux ?

— Mais pas ce soir... Ce soir, c'est pour la vie de nous deux, pour t'aimer juste toi. Ce soir, Alex, c'est pour te choisir encore, te marier encore. Grand-père a laissé une femme faite derrière lui, une femme qui te choisit et qui, encore une fois, choisit de transgresser la loi juive et de ne pas se conformer au deuil prescrit. *Shalom*, Alex. »

En octobre, Alex emménage chez Leah et laisse son appartement à Tommy, qui compte se marier en juin prochain. De tous les enfants de Jeannine, Tommy est le premier à faire un vrai mariage d'amour. Alex le taquine beaucoup parce qu'il met « à l'essai » l'entente conjugale depuis un certain temps. Et l'essai est conduit avec la plus grande sécurité, grâce aux conseils de son grand frère. C'est Paul qui se plaint du nombre de clientes recommandées par Alex. « Je ne suis pas gynécologue, Alex. Je vais te donner un nom et tu lui enverras tes connaissances. On va me poursuivre pour pratique illégale si tu continues. »

Alex jure que Leah va le défendre âprement pour « sauvetage de la liberté des femmes ». Sitôt qu'Alex a enfin cessé ses demandes, Paul voit Thomas prendre la relève et venir s'informer discrètement des moyens de contraception et d'une possibilité d'échantillons... C'est bien la première fois de sa vie que Paul doit jouer au père et faire l'éducation de Thomas sur les autres risques, incluant l'âge : il n'est pas majeur et c'est prématuré. Thomas lève les yeux au Ciel : il vient d'être accepté à l'École des Hautes Études Commerciales à la grande satisfaction de sa mère, et il estime que le terrain de jeu sera extrêmement stimulant. « Tu comprends, ce sera pas le temps de me mettre dans le trouble, mais les femmes sont trop belles ! Tu trouvais pas ça, toi, quand t'étais jeune ? »

Il lui aurait donné un coup de poing que Paul n'aurait pas été plus sonné. Ada rit tellement qu'elle le traite de « mon vieux » à tout bout de champ. Paul la laisse avoir du plaisir à ses dépens : depuis la mort d'Aaron, Ada a du mal à retrouver son entrain.

* * *

Florent a apporté beaucoup d'améliorations à sa maison de la rue Sherbrooke. Il a loué la maison d'Outremont et il espère que la distance et le temps arriveront à cicatriser les blessures intérieures.

Souvent, quand la journée s'achève et que ses forces sont moins vives, un découragement puissant l'envahit, le sentiment de n'avoir aucune raison de se donner tant de mal, aucune raison de persister. Il sait que c'est sa manière d'être encore atteint, meurtri par Francis. Ce n'est plus le regret amoureux qui lui dicte ses baisses d'énergie, c'est le désenchantement. Celui de l'amour, mais aussi celui de la vie. Jamais la tuberculose ne l'a découragé de cette manière. C'était dur et long, cela prenait du courage, mais il n'avait pas tous les jours à soulever le poids de cette fin aberrante. Même la mort de Nic... Ce qu'il y avait de salvateur quand cette perte était survenue, c'était le besoin urgent, immédiat d'Adélaïde et des enfants. À cette époque, il devait faire face. Il devait se lever pour elle, pour qu'elle puisse continuer et ne pas s'effondrer. Aujourd'hui, Florent se dit qu'il peut s'effondrer en paix, personne ne va le réclamer. Personne n'en mourra. Il ne souhaiterait d'ailleurs pas faire la différence entre la vie et la mort pour qui que ce soit, mais il aimerait faire une différence pour quelqu'un. Ce n'est pas que l'amour d'Adélaïde ou de Léa soit moins essentiel, c'est seulement qu'il n'arrive plus à aller de l'avant pour lui-même, pour sa vie.

L'année s'achève et la collection de printemps est sans surprises, sans élan novateur, sans véritable création. Florent ne sait plus si Francis a réussi à tuer quelqu'un en lui. Il ne sait plus ce qui reste de lui dans l'homme qu'il regarde tous les matins dans le miroir. Il a mis tant de temps à refuser qu'on l'ait tué. Il a si souvent essayé dans sa vie de faire reculer la mort, de la faire se taire et se tenir tranquille. Ce serait si dérisoire que Francis réussisse là où la tuberculose, la guerre et la mort de Nic ont échoué. Là où son homosexualité a échoué. Toutes ces années, il est resté vivant. Sa main cherchait une ligne, un dessin. Un bout d'étoffe réussissait à le garder en vie, vibrant sous l'ineffable douceur d'une soie, d'un simple coton.

Il a trente-cinq ans, il est seul, et il se sent fini. Pour de bon, cette fois. Pour une bonne raison : un homme l'a terrassé, un homme qu'il aimait lui est passé sur le corps pour l'écraser, en finir avec lui. Il fait des cauchemars d'accidents et ce sont des camions à neige qui foncent sur lui, des camions énormes qui font craquer les os de son corps, qui provoquent une douleur qui le réveille, en sueur. Il se croyait fort de sa vérité, de son joli travail sur lui-même, de son édifiante acceptation de ses mœurs ! Voilà où il en est : terré dans la peur qu'on veuille encore le tuer parce qu'il est ce qu'il est. Terré dans la crainte de peut-être, sournoisement, insidieusement, le mériter.

Quand il a vu Pierre à l'asile, quand il a croisé le regard calme, vidé, de ce grand garçon de vingt ans, Florent s'est senti une parenté avec lui. Comment le violeur peut-il lui être associé ? Comment une telle compassion peut-elle encore, malgré tout, l'habiter ? Florent cherche depuis s'il est en train d'organiser les faits dans sa tête pour être celui qui a provoqué, cherché la violence qui a éclaté. Sans le savoir, sans le vouloir, mais quand même. Et si c'est le cas, il voudrait qu'on l'enferme et « faire son temps ». Pour en finir avec cette lancinante douleur d'être responsable et coupable. Pour en finir avec ce goût de cendre et de sang dans sa bouche.

Il aurait aimé parler à Béatrice, essayer de savoir. Il n'arrive pas à s'identifier à elle, à s'approcher d'elle sans craindre son amnésie pire que tout, son déni qui le rejette du côté des impuissants incapables de mettre le mauvais de côté et de continuer sa route. C'est comme ça que Pierre lui a expliqué sa présence à l'asile : la parabole du bon grain et de l'ivraie. Séparer le bon grain de l'ivraie. Et, tout le temps qu'il parlait, Florent se disait : il y a une erreur, je suis l'ivraie et je passe pour du bon grain. Je ne suis pas bon. Je ne suis pas victime. Je suis celui par qui le mal arrive. Celui qui apporte l'ivraie dans le bon grain, le salisseur, la gangrène qui ronge par en dessous. Si Pierre est l'ivraie, alors il est pire que l'ivraie. Il est le provocateur.

Florent fixe le feu qu'il vient d'allumer dans la cheminée. Les flammes hautes, couleur ambrée. Jusqu'où faut-il descendre dans l'abjection pour débusquer un seul bon grain ? Jusqu'où faut-il ramper pour atteindre une étincelle de lumière ? Il se juge tellement, il se méprise et se condamne encore et encore, comme une femme qui a porté une jupe trop courte et « a obtenu ce qu'elle méritait ». Il repense à la longueur qu'il a dessinée pour le printemps : la longueur respectable, sage, prudente. La longueur qui ne fera pas de vagues, qui ne placera pas le regard là où c'est dangereux de dériver. Il se hait. Il se hait et il n'y peut rien. Il a l'horrible certitude intérieure d'être allé chercher ce qu'il méritait. De l'avoir appelé de tout son corps mutilé de désirs inacceptables. Il en est donc là. Si peu loin, si peu avancé, alors qu'il se croyait si supérieur à ce pauvre Francis. Il n'aura jamais la duplicité d'épouser quelqu'un qui le rassurera sur sa virilité, mais là est la seule différence. Francis et sa violence règnent pour le reste, Francis et ses mots humiliants, méprisants, ses injures encore plus blessantes que ses poings. Les injures sont rivetées dans son esprit et demeurent vissées là, vissées à la honte qu'elles ont tout de suite trouvée, comme un lit confortable. La lance a cloué le désir à jamais. Comme les images de douleur mystique, de cœur saignant du Christ, son désir est à jamais crucifié sous les clous de la honte.

Florent se demande s'il a peur de mourir, maintenant, si c'est cette peur qui le tient en marge de la vie. Toujours cette image du mur qui écrase son visage, toujours cette sensation d'être tiré par-derrière, le bas-ventre raclant le plancher de cuisine. Ces images lui apportent toujours la même réponse : mourir, oui, mais pas dans la honte du plancher de cuisine. Lui qui a échappé à la rue Arago où la vermine régnait, à l'ampoule nue qui balance une lumière crue au visage de la pauvreté, lui qui a vaincu la noyade, la tuberculose, ne veut plus jamais qu'on lui écrase la face sur du prélart en hurlant : « Ma salope ! Pédé ! » Et c'est vivre avec cette descente vertigineuse au fond du passé dont il est incapable. C'est vivre avec la voix de Francis qui siffle ses obscénités dans son cou qu'il ne peut pas envisager. Il ne veut plus dessiner des jupes pour des femmes qui seront renversées sur leur plancher de cuisine. Le désir est dangereux. Le désir est un sentiment ambigu, empli de sa violence et qui menace l'ordre des choses, l'ordre des jupes. Il revoit les jolies jambes de Béatrice qui s'agitaient gracieusement sous la corolle empesée des crinolines. Il ne comprend pas, il ne veut plus qu'on lacère les jambes, les étoffes et les âmes qu'elles recouvrent. Il ne peut plus jouer avec cette arme, la séduction. Il a peur. Peur de la beauté qui attise, de la beauté qui fait cracher des obscénités au désir mâle des hommes rendus fous furieux de convoitise. Voilez le corps ! Couvrez-le ! Ne le laissez plus hurler cette pulsation pulpeuse, cette attraction maudite qui appelle sa destruction. Il faut en finir et tuer le désir. Parce qu'il tue. Parce qu'il viole. Parce qu'il fait peur. Il a peur.

Brisé, Florent regarde le feu hypnotique. Dans la flamme, l'ombre noire du bois se dresse : l'ivraie se dresse. Dans la lumière, on peut discerner l'ombre du mal, toujours. Mais sans le bois, pas de feu. Sans cette ombre, pas de lumière. Sans désir, plus de vie. Étouffer le feu, voiler le corps, tuer le désir... et il restera le squelette desséché d'une femme pieuse qu'on porte en terre, les doigts maigres entrelacés au chapelet d'un enfant renié, il restera le squelette noirci d'un enfant de vingt-quatre ans ni juif, ni français, ni nazi, ni collaborateur – un enfant perdu, fou de vent. Dispersez-moi ! Comme il comprend, Florent ! Comme il voudrait être dispersé, ne plus chercher à être nommé, être seulement emporté, tout éclaté comme il est, emporté au loin, sans chance aucune de se reformer, sans espoir d'être un jour entier. Dispersez-moi ! Et il croyait avoir compris et accepté qui il était ! Il ne se sent que le refus des autres, qui le projette sans fin sur son mur, que la condamnation de ceux qui vivent en jetant contre lui les pierres de leurs accusations. Il est ce lieu de violence atroce et hideux, le lieu de la peur d'être inapte, différent et donc violent.

La sonnerie de la porte d'entrée le glace, comme toujours maintenant. Il court à la fenêtre. Sur le perron, face levée vers lui, dans un tourbillon blanc de neige folle, le visage d'Adélaïde, sa main qui lui fait un signe léger, joyeux. Il pose son front contre la vitre et sanglote de la voir là, enfin. De la voir arriver, venue le chercher depuis son pensionnat. La vitre est un obstacle si normal pour Florent qu'elle doit sonner encore pour le tirer de sa contemplation désespérée.

Elle ne dit rien, elle le prend dans ses bras, elle nourrit le feu, elle le recouvre du plaid, le garde contre elle, lui murmurant des mots tendres, consolants, des mots venus de l'enfance, de cette île où l'hiver l'éloignait. Adélaïde maintient la flamme haute dans la cheminée et le berce sans exiger d'explications, sans autre urgence que le souffle syncopé de Florent qui s'apaise enfin, qui n'est plus que de loin en loin traversé du spasme d'un sanglot.

Adélaïde n'écoute personne. Tous les savants avis généreusement émis par Paul, Léa, Fabien et même Marthe, elle les ignore. Elle fait à son instinct, comme elle dit, selon son cœur. Florent est en train de couler et elle ne veut pas savoir par où l'eau entre, elle le tient hors de l'eau, elle le tient contre elle et nage lentement, avec persévérance, vers la rive. C'est comme ça que Florent l'a tenue quand elle a sombré et elle ne connaît rien de plus sûr que cet accompagnement patient. Léa et Paul insistent pour que Florent consulte. Tous deux trouvent stupide cet acharnement à soigner sans s'allier à la science moderne.

Adélaïde hoche la tête et retourne à sa base : elle reste avec Florent, chez lui, elle ne le laisse pas rentrer seul, dormir seul ou manger seul. Elle est très consciente que Paul est dérangé, frustré par son comportement et que Léa estime qu'on ne lui laisse pas assez de place dans cette entreprise. Mais Ada ne veut pas qu'on analyse Florent, qu'on le calme chimiquement ou qu'on le prenne en main. Depuis l'hôpital, depuis un an maintenant, tous ces efforts thérapeutiques se sont soldés par une dangereuse dissimulation. Florent veut soulager les autres du souci qu'il provoque. Ada refuse de prendre le moindre risque. Quand elle a vu l'état de délabrement mental dans lequel était Florent, elle n'a plus écouté autre chose que son instinct de survie. Quand Florent, gêné d'être si « demandant », lui suggère de rentrer dormir chez Paul ou chez elle, elle répond avec assurance que, s'il se sent mieux à Outremont, ils iront, mais que, sinon, ils restent chez lui, rue Sherbrooke.

Lionel est le seul à abonder dans le sens d'Adélaïde. Rentré de Québec en catastrophe, il s'occupe des enfants et soutient Adélaïde sans faiblir. Florent est son allié depuis si longtemps, et cette alliance l'a tellement aidé à devenir l'homme heureux qu'il est devenu. Sans Florent, Lionel serait resté un domestique dans sa tête. Quand il voit son ami terrassé par la dépression, tout amaigri, sans résistance physique ou morale, il cuisine avec énergie et confie aux soins d'Adélaïde ces mets emplis de son art et de son affection pour Florent.

Adélaïde s'est fixé une règle : dès qu'elle entre chez Florent, elle lui accorde sa totale attention, elle fait taire le bruit du dehors, les récriminations, les réclamations, et elle s'occupe en exclusivité de Florent.

Ils ne parlent pas toujours. Quelquefois, ils vont au cinéma, ils écoutent de la musique, regardent la télévision. Quand le visage de Francis s'y encadre, Florent a toujours la même réaction : il est fatigué, il veut aller se coucher. Ada respecte ses silences, mais quand il parle, il a affaire à une adversaire de haut calibre. Les débats faussement philosophiques ou théologiques ravivent toujours ce renoncement, ce découragement qui fait chuter le bras qui tient le crayon, cet affaissement de la volonté de Florent qui rendent Ada furieuse. Son énergie, sa pugnacité qui, au début, laissaient Florent indifférent l'amusent maintenant, et lui donnent envie de se moquer : toute cette ardeur en vain ! Tout ça pour brûler.

Adélaïde réplique avec une bonne humeur indéfectible : « Ah ! Le bois ne se sait pas cendres ! Pourquoi tu penses qu'il faut nous répéter chaque année qu'on est poussière et qu'on retournera poussière ? Parce qu'on ne veut pas le savoir, Florent ! Parce qu'on est chair pour l'instant et que c'est pas mal plus intéressant que d'être poussière.

— Espèce d'impie !

— Quoi ? J'ai rien à perdre, Dieu s'est déjà vengé. J'ai mangé mes croûtes, Florent, comme toi. Pourquoi tu résistes à la mie, je ne le sais pas, mais tu vas y venir.

— Je trouve personnellement que les capacités vengeresses de Dieu sont infinies.

— Elles le sont, Florent. C'est pour ça qu'il faut résister et faire front.

— Comment tu fais ? Comment t'as fait à la mort de Nic ? Pour ne pas mourir, je veux dire ? »

Elle l'enlace tendrement : « J'avais un ami qui m'a tenue solidement jusqu'à ce que je retrouve ma force. J'avais et j'ai toujours un merveilleux ami qui ne s'est pas toujours aimé, mais qui ne m'a jamais permis de me haïr de n'avoir pu rien faire pour sauver les miens.

— Tu crois ?

— Non, je le sais. Tu veux savoir ce que je pense des cendres ? Qu'elles restent ensemble et fassent des tas, je ne suis pas encore là. Pas cendres. La vie nous brise, Florent, elle nous abîme, nous malmène. Mais on fait pire : on l'ignore, on la laisse passer et on la déteste d'être si exigeante. La vie t'a fait mal, elle n'est pas juste, nous le savons. Mais il n'y a qu'une réponse et c'est vivre, porter ses bleus et ses bosses et vivre quand même. Tu te souviens quand, pleine de vengeance, je voulais la peau de Taylor, la peau de Kitty ? Combien de fois tu m'as dit que je me tenais du côté des morts et que je m'y perdais ? Le mal qu'un salaud t'a fait ne fait pas de toi un salaud, un moins que rien. Tu es Florent, tu es encore qui tu étais. Ne lui tends pas l'autre joue, ne lui accorde plus rien. Haïs-le, mais ne te hais plus. Tue-le, mais ne le laisse plus te tuer.

— Tu ne comprends pas : je me sens sale, hideux, puant.

— Oui, je sais. Tu penses qu'il t'a contaminé ? C'est lui qui pense ces horreurs, lui qui les dit. Toi, tu es toujours propre et pur. L'amour que tu sens est le bon, personne n'a le droit de le discuter, de le condamner.

— Je n'ai plus d'amour, Ada. Plus rien.

— Moi ?

— Ce n'est pas pareil.

— Oui, c'est pareil. Je fais partie des êtres humains, je te ferai remarquer.

— Je ne pense plus pouvoir aimer un homme de ma vie.

— Très bien ! Tu n'es pas obligé. Sauf si ça réduit ta vie à rien. Décide comme tu veux de ce qui peut t'aider à vivre, mais ne te tiens pas du côté des morts. Je t'ai à l'œil. Et je connais ce côté.

— Je t'aime.

— Bon ! Tu vois ? »

* * *

Quand Adélaïde réussit à libérer une courte période et qu'elle fait irruption chez Paul, elle a habituellement fort peu tendance à discuter. Les considérations philosophiques sont sacrifiées aux besoins essentiels. Sauf que Paul, lui, ne l'entend pas de cette oreille. Il en a assez d'être traité comme la cinquième roue du carrosse. Leurs discussions sont souvent vives, âpres, et à plusieurs reprises, Adélaïde claque la porte.

En février 63, après une scène éprouvante qui succédait à de nombreux avertissements, Paul réclame ses clés et déclare qu'il ne peut plus supporter cela. Qu'elle reste veuve et indépendante, d'accord, qu'elle se dévoue prioritairement à ses enfants, d'accord, qu'elle supporte ses amis dans la déprime, ça peut encore aller, mais qu'elle ignore ses besoins à lui sous prétexte qu'il n'est pas en lambeaux et qu'il est encore en mesure de les formuler, non.

« S'il faut être malade pour attirer ton attention, je refuse. S'il faut être en dessous de tout, je refuse. Que mes confrères pensent que tu me mènes par le bout du nez, ça ne me dérange pas, tant que je sais mon importance à tes yeux. Depuis quatre mois, je sais que ma place n'est pas celle que je veux. Je ne te la demande plus. Je ne réclame plus rien. Je ne veux plus discuter. Tu vas avoir un problème de moins à régler, Ada, c'est fini. »

Au début, elle est si furieuse qu'elle ne regrette rien et nourrit sa rage sans laisser la réflexion intervenir. Florent a beau militer en faveur d'une reddition totale et sans conditions, elle s'entête et prétend que rien de tout cela n'a vraiment d'importance, que si c'est ce qu'elle vaut pour Paul, aussi bien le savoir et apprendre à s'en passer.

Sans le dire, Florent va rencontrer Paul et s'excuse d'avoir indirectement provoqué un tel désastre. Paul le rassure : il n'est qu'accessoirement la cause de la rupture. Adélaïde avait la possibilité d'aider Florent sans le réduire, lui, à l'état d'amant de service. « Ses enfants n'ont pas perdu leur statut pendant qu'elle était avec toi. Fabien non plus. Le problème est le même depuis le début, Florent, et il est simple : je ne suis pas Nic. Elle est toujours mariée à Nic, même si elle m'aime. Je ne suis pas autre chose qu'une liaison. J'ai essayé, Florent, mais laisse-moi te dire qu'un mort comme Nic, ça a du poids. Je déclare forfait. Et tu n'as rien à voir là-dedans. »

Ce qui laisse Florent sans voix.

Ceux que cette rupture choque le plus, ce sont les enfants. Les deux, Léa et Thomas, se montrent outrés, complètement en désaccord avec leur mère et assez vindicatifs. Thomas est celui qui s'exprime le plus et il envoie promener sa mère sans ménagements quand elle le prie de se mêler de ses affaires.

La seule bonne conséquence de la rupture, c'est de fouetter l'énergie de Florent et de lui rendre des forces. Mais mieux il se porte, plus Adélaïde doit composer avec sa solitude. La première fois qu'on lui rapporte obligeamment avoir rencontré son ex accompagné d'une jeune blonde très distinguée, Ada sent une trappe s'ouvrir sous ses pieds. Quand, fin mai, elle demande à Fabien de l'accompagner au banquet des mécènes de l'orchestre symphonique et qu'elle voit la blonde en question, le cœur lui manque. Il faut que Gabrielle et les sœurs des Ursulines l'aient élevée très strictement pour qu'elle garde son sang-froid, qu'elle s'accroche au bras secourable de son frère et continue à sourire aimablement. Dieu merci, elle se sait d'une élégance souveraine et elle peut constater qu'il lui reste quelques atouts. Sans se dire un seul mot, Paul et elle s'espionnent, se guettent et se flattent d'avoir l'air de s'en sortir avec panache.

Adélaïde passe le reste de la nuit à s'imaginer celle de Paul, et Paul reconduit sa conquête sans essayer de pousser plus loin son avantage. Il connaît ses limites et sait fort bien faire la différence entre une belle femme attirante et l'objet de son désir. En seize ans, il a beaucoup mûri et ce n'est pas lui qui agira comme il le reproche tant à Adélaïde. Au début, il est beaucoup sorti et il a ramené bien des jolies filles dans son lit. Il leur a fait l'amour avec une énergie qu'il savait tenir de la rage de ne plus pouvoir atteindre Adélaïde. Cela fait trois mois maintenant qu'ils sont séparés et il s'avoue qu'il espérait une sorte de rappel avec négociations. Adélaïde n'a pas l'air de vouloir céder et Paul a bien des doutes concernant son avenir amoureux.

Sa mère, Berthe, qui s'est attachée à Ada, ne l'aide pas beaucoup et lui parle sans cesse des qualités de cette femme « extraordinaire » qui peut en remontrer aux hommes. Paul se retient de préciser qu'en l'occurrence c'est de lui qu'il s'agit et se contente de réclamer une pause.

Juin et ses premières belles journées d'été, juin et ses souvenirs du Lac à eux seuls, de ces vacances si délicieuses prises en tête à tête, juin le jette à terre.

Léa vient souvent le visiter et lui fait une chronique agressive des états d'âme de sa mère, mais il préfère la faire parler de ses cours, de sa maîtrise qu'elle doit entreprendre dans un an. La littérature la passionne et

Léa démontre un nouvel équilibre émotif qui lui permet de passer à travers cette crise sans prendre sur elle le malheur de sa mère. « Mais pourquoi elle s'inflige ça, par exemple, ne me le demande pas ! »

Quand Florent vient l'implorer d'instaurer une trêve pour les quarante ans d'Adélaïde qui feront l'objet d'une fête monstre au Lac, Paul avale de travers et refuse net. Florent est désespéré : « Tu ne peux pas ne pas y être ! Tu es important pour elle, tu le sais.

— Je ne suis plus dans sa vie, Florent. C'est fini. Il va bien falloir s'en rendre compte et l'accepter. »

Sauf qu'il a beau se le répéter, la chose ne semble prendre aucune réalité. Juillet arrive et Paul se charge de toutes les périodes de vacances de ses collègues. Il est ficelé serré dans une avalanche d'opérations qui, il l'espère, l'empêcheront de se morfondre.

Le 27 juillet 1963, il lève une flûte de champagne à son ombre et il se répète qu'elle n'a rien organisé de spécial pour ses quarante ans à lui l'an passé et que, seulement cela, seulement cet événement si mal célébré, la condamne à ses yeux.

Le seul ennui est qu'il finit la bouteille seul.

La fête est splendide, la décoration des lieux d'un luxe recherché, les mets sont exquis et même le temps est au beau fixe. Adélaïde, bouleversée, passe la journée à parler avec tous ceux qui sont venus, à déballer des cadeaux, à trinquer et à s'esclaffer. Il y a même un orchestre installé sur le coin de la véranda. Les allers-retours sont incessants, des gens arrivent, partent, ne font qu'un saut ou restent pour la soirée. Adélaïde est quasiment sous le choc de revoir autant de pans de sa vie déroulés ainsi sous ses yeux.

Florent est ravi de son coup et ce seul contentement suffirait à Ada pour être heureuse. Sa famille, les enfants, les amis rassemblés, tout le faste autour de sa petite personne la fait pleurer à plusieurs reprises.

Vers minuit, quand les fêtards qui s'attardent sont ceux qui resteront à coucher, quand les musiciens rangent leurs instruments, Adélaïde va s'asseoir au bout du quai. Peut-être est-elle troublée par le champagne et l'affection, mais elle doit s'avouer qu'elle a attendu Paul toute la journée. Elle a cru qu'il passerait par-dessus sa rancune pour ce jour. Du moins, qu'il l'appellerait. Cette journée et sa splendeur, c'est aussi la certitude que tout est dit entre eux, qu'une page de sa vie est tournée. Ada ne doute pas que, même absent, Paul a pensé à elle. Paul a vécu cette journée avec elle. Alors quoi ? À quoi sert de s'enfermer bêtement sur ses positions ? Ada ne sait pas et Maurice qui vient lui tenir compagnie va lui permettre d'oublier cette épineuse question. Maurice s'étale de tout son long et soupire de bonheur devant le ciel pétillant d'étoiles : « Regarde, Ada : toutes ces bougies pour toi. »

Elle s'étend à son tour – le ciel a l'air très habité ce soir, avec toutes ces lumières qui scintillent comme dans une ville étrangère et lointaine. « Tu crois qu'il y a des gens sur la Lune, Maurice ? Tu crois qu'on prendra un spoutnik comme un autobus pour y aller un jour ?

— Demande à Fabien, c'est lui le spécialiste. On a déjà assez à faire avec la Terre. Je ne suis pas prêt pour la Lune. »

Elle non plus, quant à ça. Elle regarde les points lumineux. Quelle force cela prend pour brûler encore, malgré la distance !

« Isabelle t'a dit ce qui nous arrive ? »

Adélaïde se redresse : « Non.

— Oh ! Alors, peut-être que je devrais la laisser t'en parler.

— Ne me dis pas qu'elle est...

— Non ! Hé ! C'est fini, ça. Plus de risque, maintenant. Non, c'est Mathieu. »

Adélaïde ne comprend pas de qui il parle. Elle doit demander si c'est le nouveau béguin d'Élise. Maurice avoue que ce serait triste, Mathieu étant le demi-frère de ses enfants, celui qu'il a eu en Provence en 45. « Il a eu dix-huit ans le mois passé, il a décidé de venir voir son père. Il arrive dans quinze jours. Il veut me rencontrer avant d'avoir vingt ans parce qu'il aimerait faire son service militaire dans la coopération, ici. Enfin, si ça se passe bien entre nous. Je voulais te demander la permission de l'emmener ici pour... qu'on fasse connaissance tous les deux, avant de le présenter aux enfants. Je t'épargne le récit de l'effet que ça a eu sur eux. Ça fait un mois qu'on essuie les résultats de cette tempête. »

Adélaïde trouve Isabelle dans la balançoire, yeux fermés, pieds appuyés sur le siège d'en face.

« Pourquoi tu ne m'en as pas parlé ?

— C'est ta fête, Ada. Au diable les problèmes des autres.

— Il est minuit et demi et ma fête est finie. Laisse-moi passer. »

Elle s'assoit à côté d'Isabelle : « Comment tu prends ça ?

— C'est pas comme si c'était une surprise, tu sais. C'est pire pour les enfants. Les deux plus vieux ne lui pardonnent pas. Jérôme a servi les pires insultes à son père. Pauvre Maurice ! »

Adélaïde n'en revient pas d'entendre l'indulgence d'Isabelle. Aucune acrimonie, rien d'agressif. Presque tranquille, elle regarde Ada : « Quoi ? Ça t'étonne ? Que veux-tu qu'on fasse ? C'est la vie. C'est la nôtre, en tout cas. On s'est assez massacrés avec cette histoire-là, on ne recommencera pas, certain. Maurice est mon homme, Ada, le mien. Depuis presque trente ans. Ça permet de comprendre beaucoup de choses. Je voulais autre chose quand j'étais jeune. Je voulais la famille comme dans les livres d'images de mon enfance. Je voulais qu'on me félicite d'être une parfaite maîtresse de maison et je voulais vivre une vie sans nuages. Y en a, des nuages. Y en a, des bouts plates, des bouts durs. Depuis la mort de ma sœur, je me pose moins de questions : sa vie était parfaite, son grand ménage était toujours fini à temps et ses chapelets égrenés la conscience tranquille. Une vie sans aspérités, sans creux, sans nuages, apparemment. Avec la certitude de la foi. Regarde où elle s'est rendue avec le bon Dieu de son bord. Le bon Dieu va avoir beaucoup plus à me pardonner à moi qu'à elle, mais j'aurai vécu plus fort. Il n'y en a pas de façon pour vivre comme on rêve quand on est petite parce que la vie fait ce qu'elle veut avec nous. Aurais-tu dit, quand tu avais dix ans, qu'à quarante ans tu serais aussi prospère, aussi active ? À cette époque-là, avoir quarante ans, c'était se préparer pour sa tombe. T'as pas fini de travailler.

— Tu vas recevoir Mathieu ?

— Oui. Et gentiment, en plus. Et les enfants sont avertis : Mathieu a rien à voir là-dedans. Les enfants ne doivent pas payer pour nos erreurs. Je le dis, même s'ils payent quand même au bout du compte. Même s'ils payent le gros prix. Au moins, une fois que je me suis aperçue de mes erreurs, j'essaie de les réparer. »

Adélaïde se demande si elle peut en dire autant. Dans sa vie, jamais les enfants ne sont passés en second. Jamais. Pendant toutes ses peines, toutes ses périodes creuses, elle a essayé de mettre ses petits à l'abri. Ce sont les hommes qu'elle a plutôt fait pâtir. Et Paul est en bonne place sur son triste palmarès.

Il a raison de lui reprocher sa place contestée et mise en péril au moindre accroc. Elle ne pourrait jamais déclarer, comme Isabelle, que Paul est son homme. C'est Nic, son homme. Encore et toujours Nic. Celui à qui elle a pensé ce matin en s'éveillant, Nic. Les cadeaux qui lui ont cruellement manqué en ce jour, ceux de Nic. Danser avec Nic. Dormir contre lui. Elle sait qu'il est mort. Elle l'accepte. Elle s'est rendue depuis longtemps à l'évidente vacuité dans sa vie. Et Paul a comblé, mais n'a pas remplacé. Paul a reçu le surplus d'amour disponible, mais pas le cœur. Il a raison d'être fâché, frustré. Ses reproches sont fondés.

Depuis sept ans, ils se sont trouvé un terrain confortable, d'après elle. Force lui est de constater que ce terrain n'était pas le même dans leur esprit. Pour elle, un terrain clôturé, une aire de repos, pour lui, un terrain pour décoller et atteindre le monde.

Ses longs mois de soutien et d'inquiétude pour Florent ne l'obligeaient pas à traiter Paul comme ça. Elle l'a fait de peur qu'il la pense prête à décoller avec lui. Elle l'a rabaissé et maltraité. Cet homme l'aime. Depuis avant la mort de Nic, depuis... leur première rencontre en décembre 47, cela veut dire seize ans. Seize ans qu'il l'attend et qu'elle le fait piétiner dans l'antichambre. « À quoi tu as eu la certitude que Maurice était le tien, Isabelle ? Le bon, ton homme, comme tu dis ?

— À rien. Il peut toujours s'éloigner, me tromper, me laisser. Je ne le saurai pas pour lui. Pour moi, je le sais depuis toujours. J'ai seulement résisté longtemps à l'évidence.

— Nic était le mien. »

La main d'Isabelle qui se glisse dans la sienne : « Il est mort, Ada.

— Il était quand même le mien.

— Jeannine disait que tu serais une veuve toute ta vie. J'ai parié le contraire.

— Voyons donc ! Je ne suis pas une veuve !

— Tu parles à quelqu'un qui a fait son deuil, Ada. Tu es encore une veuve.

— Peut-être... Si Maurice était mort ?

— J'aurais pas fait mieux que toi, garanti ! Ça doit pas te consoler gros... »

Il est trois heures du matin et tout le monde est couché quand Adélaïde redescend sur le quai. Elle ne peut pas offrir à Paul ce qu'il demande. Sa capacité d'aimer est tenue au fond d'elle par les mains de Nic. Elle se désole de ne pas pouvoir aller plus loin, alors que Paul le souhaite et va plus loin. Mais elle ne peut rien y changer. Elle ne sait pas comment libérer Nic. Elle ne sait pas ouvrir les mains et le laisser mourir. Elle ne veut pas qu'il disparaisse dans la nuit des temps, cette expression qu'enfant elle répétait en évoquant les gouffres affreux. Elle ne peut pas cesser d'aimer Nic. Même mort. Elle ne peut pas jurer à Paul qu'il reçoit ce qu'il offre, un amour aussi pur, aussi entier. Son amour n'est pas faux. Il est moindre, abîmé par la vie. Il est comme celui qu'un jour Paul offrira à une autre femme et que celle-ci à son tour accusera d'imperfection à comparer au sien. Parce que Paul lui réservera toujours à elle un cœur neuf.

De tous les hommes qu'elle a aimés, Theodore, malgré son passé, malgré son mariage, était le seul amour comparable au sien en force et en nouveauté. On n'est vierge qu'une fois. Elle a quarante ans et elle ne sera plus jamais neuve, sans que cela implique qu'elle soit pour toujours veuve. Cette Jeannine, quand même ! Berthe l'aurait tellement aimée. Adélaïde se demande ce qu'il faudrait à Paul pour être satisfait. À quoi il mesurerait son amour ? À l'aune du mariage ? Alors que divorcer est de moins en moins scandaleux ? À quoi ?

S'il était avec elle ce soir, elle dormirait benoîtement dans leur lit, dans ses bras, au lieu de se geler d'insomnie sur le quai. Elle sourit : quelle tête de cochon, ce Paul ! Au moins autant qu'elle. Mais quelle patience, aussi. Et, à ce chapitre, elle ne peut se réclamer que du manque.

Elle regagne sa chambre, trouve ses draps froids et va pousser Florent dans son lit : « Fais-moi de la place ! »

Il s'exécute en maugréant qu'ils n'ont plus l'âge.

* * *

« Je me suis remise au dessin. J'avais complètement arrêté. Ça ne me manquait pas. Jusqu'à maintenant. Maman dit que j'ai trop de talent et que je risque de tout gaspiller. Elle me fait rire avec ses grandes démonstrations. Comme si elle ne gaspillait pas, elle ! Nos relations sont meilleures. Détendues. Sympathiques. Depuis que Paul n'est plus dans le portrait, elle passe plus de temps avec nous. Elle ne se fait pas accroire que c'est pour nous. Elle avoue carrément qu'elle profite de nous pour meubler une solitude pesante. Voyez-vous, c'est le genre de choses que je ne pourrais pas dire sans passer par toutes sortes d'affres. Pas elle. Elle le dit. Simplement.

« L'ennui avec elle, c'est qu'on ne peut pas parler si elle n'est pas d'accord. Par exemple, je voudrais lui parler de Paul. Je pense qu'elle fait une erreur, qu'elle devrait au moins essayer de le revoir. Elle me ferme la porte au nez. Ce n'est pas de mes affaires. O.K., je suis sa fille. Mais j'ai vingt et un ans ! Je suis majeure. On l'a assez souligné à mon *party* de fête. De toute façon, ce n'est pas la vraie raison : elle dit pareil à Florent. Il prend mal ça, Florent. La rupture, je veux dire. Il se sent responsable. Paul est tellement triste, c'est vraiment dommage. Il fait la même chose que Thomas, sauf que lui, c'est les blondes. Alors que maman est si sombre ! Évidemment, il pense que c'est plus éloigné d'elle comme ça, alors qu'il n'y a pas plus lié.

« Alors... Si au lieu d'interpréter tout le monde, je travaillais un peu ? Je sais que je vous vole les mots de la bouche. Je piétine. Voilà la vérité. Je pense que je ne vais nulle part. Je m'enlise dans le confort de notre train-train. Maintenant que je connais mes repères, je fais du surplace et je n'avance plus. La question est : suis-je arrivée ou suis-je en train de me jouer un tour ? Avez-vous une idée ?

— (...)

— Inconsciemment, je m'étais dit : le jour où je mènerais à terme une première relation amoureuse. Je veux dire perdre ma virginité. Tiens ! Un autre perdre. On ne gagne pas un amant, on perd sa virginité. Qu'est-ce que c'est que ça ? Un cadeau ? Un attribut à préserver précieusement ? Laissez-moi vous dire que je me trouve très en retard sur la moyenne. *Toutes* mes connaissances l'ont fait. Toutes ! Je suis la dernière et j'ai l'air encore bloquée. Si je déduis bien, il y a deux attitudes fondamentales dans ma famille : ou on contrôle tout ou on ne se contrôle plus. Maman, Florent, tante Béatrice, Pierre, Thomas, Alex... je dois en oublier. Ou ça explose, ou ça glace, ça fige ben raide. Pour tante Béatrice et Florent, je peux comprendre, analyser. Mais moi ? Personne ne m'a battue, attaquée, violée ! Personne ne s'est même montré intéressé. On dirait une pauvre grenouille laissée à elle-même. Peut-être que j'attends trop. J'espère tellement ce moment-là et depuis si longtemps que personne ne peut se mesurer à mes attentes ? Pas un seul garçon. J'espère que ce n'est pas vrai, parce que ce serait exactement comme ma mère. Avec elle, c'est jamais assez et il faut tout faire comme elle décide. Elle doit être insupportable à aimer. Je veux dire, quand on est l'homme. Les enfants, ça va.

— (...)

— L'homme idéal... Attendez, grand, mais pas autant que papa. Des épaules larges, une belle bouche, des cheveux et des yeux foncés. On dirait que je veux vous prouver que mon œdipe est réglé et que ce n'est pas mon père. Ça ressemble à Paul, mais finalement, ce n'est pas ça non plus. Je pense que je parle de quelqu'un de vrai. Je me demande si Simon Beaupré ne m'intéresse pas plus que je ne pense. Un gars de ma classe. Il fait sa maîtrise. Il a vingt-quatre ans et il fume de la mari. J'ai essayé. Ça m'a rien fait. Je me suis étouffée. Il étudie les opiacés et leur influence dans la littérature. Baudelaire, Rimbaud, Ginsberg, la *Beat Generation*, les drogués, quoi ! Je pense que c'est pour se donner une raison de fumer de la drogue de façon soi-disant expérimentale. Il veut évidemment être un de ceux-là un jour. Je veux dire un écrivain soumis aux substances hallucinogènes pour écrire cosmique. Ça a rien à voir avec la littérature, son affaire. Il est très naïf. Ça m'attire. Ça me rassure. Ça me dit qu'il ne pourra pas m'avoir si je le devine mieux que lui. Eh oui ! Tout ça pour les contrôler et arrêter de trembler devant eux ! Pareille à ma mère. J'ai fait toutes ces années d'analyse pour trouver une évidence. Brillant !

— (...)

— Non, je n'en ai pas envie. Je suis seulement persuadée de la nécessité de passer à l'acte. Comme ça ne me dérange pas de voir ça de même, je me dis que j'ai dépassé mon fantasme « Grace Kelly » qui était évidemment de me marier en blanc, et vierge, mais pas avec son prince que je trouvais trop gros. Avec mon prince. Oui, oui, avec mon père sans doute. Est-ce que le savoir me libère ? Simon ne ressemble pas à Nic.

— (...)

— Je ne sais pas, il ne ressemble à personne... Ce n'est pas vrai. Il ressemble à quelque chose. Oui, pas quelqu'un, quelque chose. Je suis mal à l'aise présentement. Les mains moites, l'envie de partir, d'aller ailleurs. Je fuis la ressemblance. Voyez-vous, ce qui m'énerve maintenant, c'est de me voir venir avec mon arsenal de défenses. Mon vocabulaire d'analyste. Mon côté *ça veut dire quoi ?*

« C'est quand il se drogue. Un regard. Un regard mou. Vous voyez ce que je veux dire ? Un regard parti, pas là. Un regard qui ne voit rien. Ma façon de me cacher ? D'être à l'abri du jugement ? Ma façon de ne pas avoir de témoin, certain.

— (...)

— Qui ? Personne. Personne de drogué dans ma vie avant lui. Pas si drogué, d'ailleurs... Le regard, mais pas le corps mou... *Oh boy !* Ah, maudite marde ! Kitty ! Bien sûr... retour à la chambre des tortures, retour au traumatisme de base. Ah, je tuerais ! Pas encore ! Débarrassez-moi d'elle ! Est-ce que je suis condamnée à l'avoir dans les jambes le reste de mes jours ? Oui, les jambes, pas le subconscient, les jambes – et l'empêchement de vivre ma vie sexuelle à cause de ses maudites folies avec mon père. Je suis tellement tannée que j'ai pas envie d'analyser ça ! J'ai pas envie de décortiquer, disséquer, j'ai envie de la tuer. De l'envoyer là où elle va, chez le diable ! De sacrer mon camp, de fermer cette maudite porte-là pour toujours et de marcher loin de la maison, de ma mère, de mon frère et des morts empilés. Très bien ! Voici ma décision : fini Simon, qu'il reste avec Kitty et ses semblables. Je passe à autre chose et je couche avec cet "autre chose" avant de vous en parler ou de m'en parler, comme vous voudrez. Comme ça, je jouerai franchement dans mes petits bobos et je pleurerai pour quelque chose de tangible. Pas un projet vague qui m'aide à fantasmer sur mon passé. Sincèrement, j'en ai plein mon casse, du passé. Je vais même commettre un sacrilège : je vais vous payer l'heure et aller passer le dernier quart d'heure au cinéma. La vraie fiction. Parce que là, c'est pas de votre faute, mais je n'en peux plus de moi, de mes obsessions et de mes compulsions. Place à celles des autres. Bye ! »

* * *

Tante Germaine prend sa sacoche et se lève pour partir : « Je voudrais que tu y penses sérieusement, Béatrice. Ce n'est pas facile pour toi, je le sais. Mais pour lui non plus. Il a payé cher, très cher. Toi aussi, ma chérie, mais... Penses-y, veux-tu ? »

Béatrice ne se lève même pas du sofa, elle laisse sa tante mettre son manteau et sortir. Elle ne veut pas y aller. Elle n'ira pas. Elle fera appeler Jean-Louis. Son mari ne la laissera pas risquer son fragile équilibre pour quelque chose d'aussi stupide. Pour Béatrice, c'est vraiment étonnant le temps que l'on met à payer ses erreurs. Elle a épousé Léopold seulement pour prouver à sa mère et à son père qu'elle valait autant qu'Adélaïde. Sa mère meurt, son père aussi, et la voilà prise avec un enfant. Est-ce sa faute à elle si Reine l'a rendu fou ? Va-t-il falloir payer toute sa vie ? Qu'on la laisse tranquille, bon Dieu !

Jean-Louis la trouve en larmes. Il la coiffe longuement, choisit les vêtements qu'elle portera ce soir, lui fait couler un bain et fricote un en-cas léger. Dès que Béatrice est habillée, maquillée, ça va mieux. Elle resplendit et son coup de déprime est passé. Jean-Louis lui murmure qu'elle est belle et elle rit de satisfaction.

Son reflet est, en effet, bien joli : « Ça ne paraît pas ? Tu es sûr ?

— Quoi, ma chérie ?

— Que... j'ai pleuré. »

Elle allait dire autre chose et se trouve vraiment imbécile. Personne ne sait ce qui lui est arrivé. Personne. Surtout pas Jean-Louis. Elle prend son sac perlé, elle aimerait bien que tante Germaine arrête de l'achaler avec Pierre.

* * *

Adélaïde regarde sa montre : huit heures, déjà ! Il fait noir et le bureau est désert, comme elle aime. Pas de téléphone, pas d'interruption, elle peut se concentrer et finir en deux heures ce qu'elle n'arrive pas à mettre en train en toute une journée.

Elle a faim. Elle voudrait aller manger avec Paul chez l'Italien à côté de chez lui. Et après, rentrer et courir vers le lit. Inutile de s'attarder à cette pensée.

En août, le soir où Maurice est parti pour Québec avec Mathieu, elle est allée les reconduire à la gare et elle s'est ensuite arrêtée chez Paul, décidée à faire la paix, à implorer l'armistice. Elle a sonné, sans obtenir de réponse. Elle s'est assise dans la voiture et l'a attendu. Au lieu de le voir rentrer, il est sorti de l'immeuble en tenant à son bras une belle fille visiblement amoureuse. Une sorte de Brigitte Bardot, avec un fichu attaché sous le menton, une lippe boudeuse, des yeux de biche. Ils étaient passés près d'elle et elle avait retenu son souffle de peur que Paul la voie. Ils étaient passés, elle avait lancé le moteur quand elle avait entendu Paul crier : « Hé ! Attends ! » Ses pneus avaient crissé sur l'asphalte.

Elle avait eu honte deux semaines de temps à la pensée qu'il croie qu'elle l'espionnait. Après, elle avait seulement eu mal à penser que, au moment où elle sonnait chez lui, il était probablement très occupé à caresser la femme aux yeux de biche. La seule idée étant totalement insupportable, elle se tient tranquille depuis, et elle essaie de ne pas se jouer le scénario catastrophe.

Une fois assise au restaurant, malgré toutes les bonnes raisons qu'elle s'est données, elle n'arrive plus vraiment à apprécier son repas. Un air très en vogue de Pierre Lalonde joue et ça lui donne la désolante impression d'être démodée, plus du tout dans le mouvement, *dans le vent*, comme il dit si justement.

Elle se dépêche de payer et sort.

Devant elle, Paul Picard, la main encore tendue pour attraper la porte.

Elle attendait cela, elle ne peut le nier. Elle l'a tellement attendu. Pas de beauté blonde à l'horizon. Elle a le cœur battant, la bouche sèche. C'est lui, c'est tout. Changé ou pas, l'air plus ou moins fatigué, c'est lui. « Tu as mangé ?

— J'y allais, comme tu vois. »

Sa voix est sèche, mécontente. Paul n'aime pas la surprise. Elle le comprend, ce restaurant est *son* territoire. « Paul, je voudrais te parler.

— Depuis quand ? Depuis cinq secondes ? Ça vient de te passer par la tête ? Pourquoi ne m'appelles-tu pas, si tu veux me parler ? Tu attends à ma porte ou tu viens rôder au restaurant que je fréquente ? Qu'est-ce que c'est que ces manières ? Depuis quand tu te fies au hasard ? T'attends de me voir arriver avant de prendre un risque ? T'as vraiment envie de me parler, oui ! »

Il est furieux ! Elle n'en revient pas. Il est à peine poli, les yeux remplis de rage, la bouche raidie. Elle en perd toute son assurance : « Tu as raison. Excuse-moi. Je n'aurais pas dû venir ici. C'était... une erreur. Excuse-moi, Paul. »

Elle déguerpit et ne se retourne pas. Si elle l'avait fait, elle aurait vu Paul s'appuyer au mur du restaurant et rester là, les mains dans les poches, la gorge pleine de cris rentrés qu'il garde pour lui.

Le plexus écrasé sous un dix tonnes, il regagne son appartement.

Au bout de deux heures, il l'appelle.

Lorsqu'elle répond, sa voix est celle d'il y a longtemps, sa voix de femme préoccupée qu'on dérange. Sa voix qui peut, à l'occasion, moduler de façon si grave et si troublante.

« Je ne peux pas, Adélaïde. C'est parce que je n'arrive pas à te parler, tu comprends ? Te voir me rend fou. Ça me détruit. Je n'ai plus de vie. J'ai ton fantôme à qui je parle la nuit. Je suis fâché et fou, et je crois que je t'en veux terriblement et j'ai peur de t'haïr tellement je t'aime. »

Il a dit tout ça d'un trait, dès qu'il a entendu son allô. Il s'arrête, essoufflé : « Euh... C'est Paul. »

Elle rit comme une folle à l'autre bout, elle rit comme une pluie d'été sur la plaie brûlante du soleil, elle rit comme une pivoine se déploie et chute en pétales odorants sur la surface polie d'un meuble – elle rit et il roule sa peine dans ce rire, dans la chaleur enveloppante de ce son lumineux.

Quand elle arrive, il a l'impression de venir à peine de raccrocher. Il a la barbe longue, il a été en salle d'opération toute la journée. Il a les yeux rouges, bouffis, et il a faim. Et il n'arrête pas de pleurer en la regardant tellement il a peur de la perdre encore.

Adélaïde ne le laisse pas approcher : « Écoute-moi avant. Si on s'énerve, je ne te le dirai pas. Et il faut que je le dise. Tu as raison, Paul. Totalement raison. Je veux dire de te plaindre, de réclamer autre chose, un autre amour. Tu veux la place de Nic. Non, écoute-moi. Tu as envie que je t'aime autant que tu m'aimes. Et ça a du bon sens. Je te comprends. Je ne crois pas que je peux. Peut-être. Ça prendrait du temps. Encore du temps, je veux dire. Je t'aime, Paul. Il n'y a pas de doute et tu le sais. C'est au fond de moi que ça bloque. L'impression de trahir. De le trahir. Il est mort, je le sais. Je ne me fais pas accroire qu'il va revenir. C'est juste que la place est plus petite depuis qu'il est passé. La place est la sienne. De la même façon que tu ne peux demander à Florent d'aller vers une femme, tu ne peux pas me demander d'écarter Nic de mon cœur. Je suis bâtie de cet amour-là. Je vais dire une chose effrayante, mais je ne crois pas que je peux t'aimer autant. C'est fini. Ce n'est pas toi qui n'es pas assez, Paul. C'est moi. C'est dans moi. Tous mes amours futurs ne seront pas l'écho ou la pâle copie de celui que j'ai eu pour Nic. Seulement, ils ne seront pas le même non plus. J'ai pensé que tu comprendrais si je te disais qu'aucune femme ne recevrait de toi ce que tu m'offres à moi. Je suis ton Nic. Mais ça ne fait pas de moi quelqu'un qui peut dépasser ma capacité d'aimer.

— Et Theodore ? Il n'a pas eu à pâtir avec Nic ? Tu l'as écarté pour Nic, sans problème ?

— Theodore était mon premier amour et c'était impossible parce qu'il était marié. Et puis Nic m'a aidée à l'attendre, à accepter sa mort probable et ensuite sa mort certaine. Nic m'a guérie de Theodore sans penser que je viendrais à lui.

— Tu me demandes de faire la même chose ?

— Tu ne peux pas.

— Parce que je ne suis pas Nic... je sais. As-tu pensé à l'âge qu'il aurait aujourd'hui ?

— Soixante-trois ans. Il est né avec le siècle. Tu penses que ça change quelque chosc ?

— Oui. Mais c'est toi qui devrais le penser. Que je le pense ne change rien.

— Paul... Depuis sept mois et demi, je sais que je fais une terrible erreur. Toi et moi, c'est solide et vrai. Je veux revenir vers toi, mais je ne changerai pas. J'ai quarante ans, inutile de s'illusionner. Ce n'est pas que je ne t'aime pas. Tu m'aimes davantage. Je ne peux pas te promettre de pouvoir te rattraper. Même en faisant attention. Et je vais faire attention. Mais je veux être honnête, je ne veux plus te décevoir. »

Paul se tait. Que peut-il dire ? Qu'il sait tout cela depuis longtemps ? Qu'il se bat contre ce fantôme maudit depuis sa mort ? Qu'il aime cette femme à en mourir ? Même avec cet amour chevillé au cœur pour un autre, pour une ombre ? Quelle femme lui apportera autant, même les bras remplis de plus d'amour ? Quelle femme au monde est capable de dire : voilà ma capacité, elle est abîmée, quelqu'un est passé qui a pris une part de mon cœur ? Si elle part, c'est tout son cœur à lui qui éclate. Si elle part, il sera un corps avide d'elle qui la cherche dans toutes les autres, yeux clos sur la déception à venir parce que ce ne sera jamais elle. Jamais comme avec elle. Il prend ses mains dans les siennes, ses mains élégantes, soignées. Ses mains où brillent les bagues de Nic, les emblèmes du pouvoir. Il parle à ses mains : « Depuis des années, je rêve de t'offrir une bague. Un diamant. Je les regarde. Je les touche. J'en ai mis un de côté longtemps. Je ne sais pas où il a pris ceux-là. Je n'ai jamais trouvé aussi beau ou plus beau que ces bagues. C'est idiot à dire, c'est comme la preuve que jamais je n'y arriverai. La bague que je pourrais t'offrir te ferait la main moins belle que celles de Nic. »

Elle serre ses mains : « Je vais te dire un secret, Paul. La bague aux saphirs appartenait à ma mère. Nic l'avait achetée pour elle. Il aimait maman. Elle était son premier amour. Cette bague m'est revenue à sa mort, parce que Nic est allé la chercher et l'a demandée à mon père, bien qu'il m'ait reniée. C'est donc à la fois maman, papa et Nic. Les deux autres... la bague aux diamants entrelacés, c'est Florent qui l'a dessinée et Nic l'a fait faire. L'autre, c'est ma bague de mariage, offerte un an plus tard. Tu vois, ça n'était pas facile non plus. Ces bagues ne sont pas que Nic. Ce sont mes amours. Et si tu m'offres une bague, elle aura sa place sur mes mains.

— Le petit doigt ?

— Regarde-moi... Il n'y a pas de petit doigt, il y en a cinq de formes différentes qui font la main. Tu n'es pas docteur, toi ? Marcher sans petit orteil, ça fait boiter, non ?

— Tu vas m'appeler ton petit orteil ?

— Non. Je vais t'aimer. Mal et pas assez, mais t'aimer pareil. Tous ces derniers mois, je n'ai pu aller vers personne d'autre, aucun homme. Même pas un blond. Pas comme d'autres...

— Aucun risque qu'aucune d'elles ne t'éclipse.

— Ça fait mal quand même.

— Tu es jalouse, toi ?

— Quand tu n'es pas dans ma vie et que je ne peux pas te rattraper, oui.

— Tu es dans ma vie même quand tu pars, Ada. Tu me rattrapes toujours parce que tu ne m'échappes pas. Tu t'échappes. »

Elle est si présente, si peu éloignée, elle est si gourmande et offerte dans son baiser. Même chargées des joyaux de Nic, ses mains sont les seules encore à l'entraîner aussi loin dans l'abandon. Dans l'amour totalement consenti, ébloui.

* * *

Serge Caron a fait preuve de beaucoup de délicatesse avec Florent pendant l'année qui vient de s'écouler. Cette *mémère à coulisses*, comme il se surnomme lui-même, est évidemment au courant de tout ce qui s'est passé entre Florent et Francis, les ragots ayant circulé. Francis a lui-même veillé à faire connaître sa version des faits, version qui incriminait Florent et en faisait un agresseur dont il avait dû se défendre. Serge évite scrupuleusement le sujet pendant leur repas, comme il évite de trop boire. Il ne parle pas beaucoup des autres et se concentre sur sa demande et sur les arguments à déployer pour convaincre Florent de dessiner les costumes du *Roi Lear* qu'il va monter en septembre 64. Florent ne veut plus faire de théâtre. Depuis Francis, il n'a pas vraiment envie de retrouver ce monde qui va le ramener à cet échec et, de plus, il n'a plus eu vraiment de forces même pour concevoir ses propres collections.

Serge n'abandonne pas, il maintient l'offre, l'invite à y réfléchir, lui offre des assistants, des dates de travail qui s'intercaleraient entre ses collections, il lui propose même la distribution en lui demandant si quelqu'un là-dedans risque de l'indisposer. Florent promet de réfléchir, mais il ne lui laisse pas grand espoir.

Ils allaient quitter le restaurant quand Serge retient Florent : « Je n'ai pas toujours agi élégamment avec toi, Florent. Je veux dire... j'ai exagéré à quelques reprises. Je pense que tu ne sais pas comme ton air d'ange intouchable peut faire de victimes. Ce qui n'est pas une excuse. Je peux te promettre que, en ce qui me concerne, plus jamais tu n'auras à te battre pour te faire comprendre. Et ce n'est pas à cause de Gilles, je veux dire, ce n'est pas parce que je viens d'emménager avec lui. Ce que Métivier a fait, ça m'a donné un coup. Je ne pensais jamais qu'il serait aussi lâche. Avec ce qui s'est raconté, il n'y a plus grand monde qui veut l'avoir dans une équipe, comme t'as dû le remarquer.

— Je ne veux pas parler de ça.

— O.K. Mais pour ma part, je m'excuse. Je veux que tu saches que faire *Lear* avec moi est *safe*. »

Florent rentre chez lui à pied : qu'est-ce qui est *safe* dorénavant ? Qu'on ostracise Francis des scènes de Montréal lui apporte quoi, à lui ? Le soutien indirect de la colonie artistique ? C'est Francis qui en aurait besoin. Lui, il a déjà toute sa renommée de couturier sur laquelle se reposer. Francis n'a pas entaché cette part de sa vie. Florent sifflote en marchant, il a prononcé son nom et n'a pas ressenti la terreur habituelle.

Tranquillement, petit à petit, il va mieux, il gagne de l'assurance et se remet à respirer à son aise, sans panique.

À l'approche de sa maison, il ralentit, croyant avoir aperçu une ombre autour du perron. Il prend ses clés dans sa poche, tient la bonne dans sa main cachée, prêt à toute éventualité. Il jette un œil aux alentours, un taxi remonte la rue. S'il se presse, il l'aura à sa portée si quelqu'un survient et le plaque contre sa porte.

Il hâte le pas, fonce vers le perron, ouvre en guettant des deux côtés, se précipite à l'intérieur, verrouille et va faire le tour des pièces pour s'assurer qu'il est bien seul, à l'abri des attaques. Une fois sa tournée achevée, il retire son manteau en se disant qu'il va mieux, mais qu'il lui reste quand même quelques progrès à faire.

* * *

À la fin d'octobre, après de nombreuses démarches et de longues négociations, Lionel et Germaine viennent chercher Pierre à Beauport et l'emmènent faire un tour d'auto. Pierre, terrorisé à l'idée de sortir de son repaire, demande sans cesse quand il pourra y retourner, à quelle heure ils vont rebrousser chemin, et il insiste sur l'heure fatidique du repas du soir. Il ne regarde presque rien du paysage tellement il s'énerve à l'idée de ne pas rentrer. Toutes ses questions angoissées reviennent à l'asile, à l'heure où les portes ferment, à l'heure où on reste dehors, sans rien pour se mettre à l'abri.

Germaine n'obtient aucune accalmie, même en jurant qu'elle ne le laissera jamais en péril. Elle le ramène en constatant l'échec de l'entreprise quand

Pierre, une fois rentré et dans sa salle, une fois rassuré, sourit et demande s'ils vont y aller encore, faire un tour de Plymouth.

Germaine discute ensuite longuement avec Lionel, qui l'encourage et la met en garde contre les espoirs trop grands de rétablissement : « Tout va être comme aujourd'hui, Germaine. Faire un pas dehors n'est pas son rêve, sauf s'il sait qu'on ne le perdra pas, que sa salle et la sécurité qui va avec vont lui être rendues. Ce qui est un cauchemar pour toi, ces gens qui crient et se bercent, pour lui, c'est rassurant. Il n'est pas fou, il a besoin de la sécurité de l'asile, de la prise en charge. Il est perdu. Un petit enfant dans un corps d'homme, partagé par des désirs d'homme.

— On aurait pu le sauver, Lionel, empêcher une chose pareille.

— Je ne sais pas, ma pauvre amie, je ne sais pas.

— Quand je le recommande à Dieu tous les soirs, je demande pardon à Gabrielle. Ma sœur avait un don pour les enfants. Elle savait les protéger. Elle n'aurait jamais laissé faire ça.

— Elle a élevé Béatrice, Germaine. Et Béatrice, malgré sa mère exemplaire, n'est pas devenue une bonne mère. Je vais te choquer, mais les mères canadiennes-françaises accordent trop d'importance à leur famille, aux enfants et à la réussite de leur éducation.

— C'est tout ce qu'on a pour se valoriser... »

Elle est déçue, elle espérait pouvoir sortir Pierre de cet endroit affreux et elle s'aperçoit qu'il n'y tient pas, qu'il préfère être en dedans. « Tu crois qu'on ne pourra jamais rien faire pour améliorer son sort, Lionel ?

— Doucement, de fois en fois, si on prend la même route, si on mange la crème glacée à la même heure, si on le ramène ponctuellement à l'asile, on devrait améliorer sa journée. Élargir son horizon d'un petit peu. Et il va te répéter que c'est l'église de Mattie, la maison de Mattie, sans te parler d'elle. Et si on ne passe pas devant, il sera malheureux et va parler de l'église de Mattie où on va sans doute passer et il va le répéter jusqu'à ce que je prenne l'itinéraire. Sa vie est large comme la chaise dans laquelle il se berce. Le reste, c'est le danger à l'état pur. Ce qui, pour toi, s'appelle vivre, c'est la plus grande menace pour lui. Il ne verra plus jamais la vie comme toi ou moi ou comme quelqu'un de normal. Il voit petit et en forme d'habitudes. Plus l'horaire est strict, plus c'est rassurant. Les enfants ont besoin de règles.

— Alors, je fais une erreur ? En voulant que Béatrice le visite ?

— Je pense que c'est risqué. Très risqué. Ils peuvent avoir très peur. Tous les deux. »

Tante Germaine écrit une lettre à Béatrice, lui expliquant qu'elle comprend ses réticences et retire sa demande. Elle promet de visiter Pierre toute sa vie et de le protéger. Béatrice replie la lettre : « Veux-tu me dire pourquoi elle promet ça ? Comme si ça pouvait faire une différence pour moi ! Elle vieillit, sans doute. Hein, Jean-Louis ? »

* * *

« J'ai rencontré quelqu'un. Quelqu'un de bien qui n'appartient pas à la chambre des horreurs. Je dois être revenue de ma colère puisque j'en parle. Il doit être très important, parce qu'il me fait peur. Au sens où j'ai peur d'être déçue, peur qu'il me trompe et me déçoive.

Donc, j'attends déjà quelque chose. Il est juif. J'ai toujours été attirée par les Juifs. À cause d'Aaron et de Leah. Leah, surtout. Sa manière de l'être tellement et de tellement refuser de l'être. Comme moi, qui ne veux pas être la fille à sa mère. Leah a mené un grand combat pour ne pas être juive. Mais elle l'est. Elle le sait maintenant. Depuis la mort d'Aaron, ça a l'air de se calmer. Ou peut-être que c'est Alex... Donc, il est juif. Il est poète. C'est moi qui le dis. Lui, il ne se prétend rien de cela. Il écrit, point. Il écrit beaucoup, avec une exigence que je n'ai vue nulle part avant. Une urgence et une exigence. Mais il n'est pas satisfait, il travaille. Il dit qu'à sa mort, peut-être, il pourra écrire enfin le poème qui offre quelque chose. Offre au cœur et à l'esprit. Il est tranquille. Pas séducteur, pas pressé. Il est timide. Il porte des lunettes et ses yeux ont l'air tout nus quand il les enlève. Je ne peux pas dire que je l'aime ou même que j'éprouve du désir. Je l'observe et je reste prudente. Je ne veux pas l'effaroucher.

« J'ai commencé à écrire un roman. Un nouveau roman. Complètement en dehors de mon projet initial. Un roman pas de plan, pas de balises, pas de restrictions. Et ce n'est pas pour m'aider avec ma thèse. Pour avoir quelque chose à analyser, je veux dire. C'est pour moi. Ce n'est même pas pour nous, je veux dire pour ici. C'est en dehors de tout. Ma désobéissance. Ma tricherie à l'analyse. Consciente, ma tricherie.

— (...)

— Oui, comme lui. Je vais nous retirer du matériel. Je ne veux pas le soumettre à l'analyse. Ni lui ni le roman. Je vais en parler si quelque chose arrive. Pas maintenant. Je vais le protéger de la chambre. Mais ce n'est pas gagné, je vous préviens. Il parle anglais, écrit en anglais. Beaucoup, beaucoup de choses nous éloignent. Je l'ai rencontré à une soirée de poésie où des gens lisaient leurs poèmes. C'était le meilleur. Et de loin.

— (...)

— Non. La prochaine fois seulement, je vous dirai son nom. Vous le révéler veut dire le faire entrer dans ma spirale. Peut-être il y viendra. Peut-être pas. Comme pour mon roman, je me donne le droit de rêver et d'échouer.

— (...)

— Bien sûr, de réussir aussi.

« Maman est retournée avec Paul. Elle a enfin compris. Elle n'a pas l'air d'avoir changé beaucoup de choses, elle dit que tout est pareil, mais je ne la crois pas. Il y a un lien entre elle et Paul qui se renforce, même si elle prétend le contraire. Maman doit toujours se battre avant de céder. Elle n'aime pas les choses offertes simplement sur un plateau. Elle m'a dit qu'elle avait combattu son amour pour papa. Quelle drôle de femme ! Je suppose qu'à ma manière je ne me rends pas facilement. Mais j'ai eu la vie facile en comparaison. Dans son temps, rien n'était normal pour une femme, à part avoir des enfants. Dans le mariage, je veux dire. Je sais bien que mon père a été assassiné, mais en dehors de ça, ça a été facile pour moi. Ma mère n'a pas fini son cours à l'université. Elle était en littérature, je vous l'ai déjà dit ? Et elle écrivait. Ne me demandez pas pourquoi elle voudrait tant me voir écrire. Sa fille sera sa continuité. Comme Thomas prendra les rênes de l'entreprise dans quatre ans. C'est peut-être pour ça que je me suis remise à la peinture, pour la déranger dans ses espoirs. Elle m'énerve, elle veut trop, trop vite, trop fort. Et puis, la peinture, c'est Florent. C'est me donner de l'indulgence. Mon père faisait de la photo, je vous l'ai dit ? Il a commencé dans les années 20. Il y a des photos de ma mère petite, avec sa mère, ma grand-mère. On dirait un décor et des acteurs. C'est si calme, comme on s'imagine l'ancien temps, vous savez, avec les confitures, les draps sur la corde, les soirs à la chandelle, pas d'électricité. Je n'ai pas l'impression de venir de là. Pour les quarante ans de maman, j'ai fait un dessin. J'ai reproduit deux photos que papa avait prises. Florent m'a aidée pour le concept. C'est une photo de maman et de sa mère qui regardent ensemble en avant. Elles regardaient le papa qui arrivait. Mon père en avait une de maman et moi dans la même position, sur la véranda, au Lac. J'ai fait un montage comme si une appelait l'autre et puis l'autre. Comme si elles se superposaient en se contenant. Ça n'a pas l'air aussi beau que c'est, comme je le décris... Je me rends compte que j'ai encore fait des poupées gigognes. Les cadavres et les femmes de la lignée de ma mère. Toujours cette terrible impression d'empilage. Mon dessin, au moins, crée un cercle, un mouvement ascendant. Les morts, c'est descendant. Je n'ai pas dit déprimant, mais dans un mouvement vers le bas. Je dois aller mieux, parce que j'ai choisi les vivants. Maman était émue. Non, elle était bouleversée, virée à l'envers. Elle m'a dit qu'un de ses plus grands regrets était que sa mère ne m'ait jamais tenue dans ses bras. Sur mon dessin, ça fait comme si je la tenais dans mes bras. Vous savez, comme une spirale. J'ai dit que c'était à moi de porter ma grand-mère. Elle a ri parce qu'elle porte le prénom de sa grand-mère qu'elle n'a pas connue et elle n'aimait pas trop ça au début, sauf que sa mère le disait trop joliment pour qu'elle ne l'aime pas. C'est drôle comme on porte ses origines – je veux dire, consciemment ou non, volontairement ou non, nos origines font leur marque et dessinent notre voie. On est mieux d'aimer son père et sa mère si on veut avancer. Sinon, c'est la guerre totale, comme Denis. Je ne parle pas d'aimer au sens d'Œdipe, je parle de fierté, d'orgueil d'être qui on est, de venir de là d'où on vient. Faire semblant toute sa vie qu'on est différent, étranger à sa race, c'est presque sûr qu'on finit violent. Pour soi ou pour les siens. Y a une fille, à l'université, elle *perle* quand elle pose une question dans les cours. Elle fait sa Française et elle traite la littérature française comme si c'était la seule véritable littérature. Pas de Grandbois, Anne Hébert ou Gabrielle Roy pour elle. Non. Que des Français. Ça me fait cette impression-là quand on se renie, l'impression de cette fille-là, pas capable de parler comme elle est, pas plus capable d'adopter à fond le ton des Français. Fausse d'un bout à l'autre. Et gênée. C'est comme si elle allait se tromper comme il faut à cause qu'elle a honte. Paul vient de l'Est et, des fois, il a honte, je le vois. J'ai toujours envie de lui crier de ne pas avoir honte, que c'est pire. Ça rend plus pauvre, on dirait. Comme Florent qui serait plus tapette s'il avait honte de l'être. Comme les Juifs. Bon, je vais en finir avec mes tournages autour du pot : cette conversation-là, c'est celle que j'ai eue avec mon poète. J'en parle pour éprouver mes sentiments, mes raisonnements. Les mettre à l'épreuve et me renforcir. Je triche, quoi ! Je fourbis mes armes en cachette de lui et je vous parle de lui sans vous le dire. Une vraie traître ! La duplicité incarnée. Et, en plus, ça ne me gêne pas. J'ai été inoculée contre la honte, vous pensez ? L'orgueil de ma mère ! Non, j'ai honte, moi aussi. Comme tout le monde, j'ai honte. Il dit, mon poète juif, qu'il faut plonger dans la honte, que de ne pas être sûr d'être digne arrive à tout le monde. C'est de ne pas l'admettre qui empêche d'accéder à la dignité. Croyez-vous que je suis digne d'être aimée ? Non, la question est : est-ce que je le crois ? Est-ce que je le crois enfin ? Est-ce que j'ai le droit ?

— (...)

— Parce que je l'ai laissé mourir. Mon père. Je l'ai laissé mourir. C'est moi qui ne me pardonne pas. Ma mère ne m'en a jamais voulu. Je pense qu'elle s'en est voulu toutes ces années autant que moi. Elle commence à aller mieux. Qu'elle revienne vers Paul veut dire qu'elle s'en veut moins. Je pense que tout ce temps-là, toutes les deux, on ne s'autorisait pas l'amour. En tout cas, moi. Laisser mon père derrière moi n'est pas pire que laisser ma grand-mère que je n'ai jamais connue. Si je ne me trahis pas, je ne les trahirai pas. Je peux m'éloigner et vivre, je ne me déconstruirai pas pour autant. La question est : est-ce que je peux aller jusqu'à fréquenter un Juif anglophone ? Je veux dire sans perdre de vue qui je suis, sans me couler dans cet ailleurs. La marche est haute, le danger est grand, mais uniquement si je ne suis pas forte. Le danger est grand avec n'importe qui si je ne suis pas forte. L'idée de venir ici, c'était de devenir forte.

— (...)

— Oui, j'ai dit "c'était". Vous avez raison, j'ai utilisé l'imparfait. Vous avez remarqué que la forme qui signifie le passé s'appelle l'imparfait ? Le présent de l'indicatif, vous croyez que ça veut dire le parfait ? »

* * *

Amoureusement recroquevillée dans les bras de Paul, Adélaïde s'engourdit devant la millième reprise du film d'amateur montrant la fusillade qui, depuis quelques heures, a mis le monde entier en émoi. Revoir Jackie Kennedy se redresser et chercher à fuir la décapotable, ça va, mais entendre encore les supputations savantes des experts, qui sont aussi estomaqués que le commun des mortels, et la somnolence gagne Adélaïde. Paul la réveille en sursaut. Dès qu'elle ouvre les yeux, elle voit Francis Métivier plein écran, tête baissée, entouré de deux hommes. Abasourdie, Adélaïde entend le commentateur décrire les causes de l'arrestation du brillant acteur. Électrisée, elle se soulève : « Mon Dieu ! Florent ! »

Elle essaie de contrôler la panique, d'écouter de quoi on parle. Sa femme a été trouvée morte, tuée de plusieurs coups de couteau. Il n'a pas élevé d'objections à son arrestation. C'est Paul qui la secoue : « On y va, Adélaïde. Vite, habille-toi ! »

Le téléphone sonne, il lui indique la chambre pendant qu'il répond. C'est Leah qui a vu les infos, qui s'inquiète. Paul appelle chez Florent : occupé. Il se précipite avec Adélaïde.

Florent est calme, apparemment. Comme tout le monde en Amérique, il était rivé à l'écran depuis la nouvelle de l'assassinat du président. « Tout le monde a dû le voir ! Tout le monde a vu ça ! Le pauvre ! »

Léa, qui tient la main de Florent, murmure que Francis n'en a pas conscience.

Florent s'énerve, il se lève et marche, la main devant la bouche, comme s'il essayait de retenir les mots qui sortent quand même : « Il a fait tout ça pour finir au même point, à la place qu'il voulait tant éviter. Pour rien. Il m'a battu pour rien. Il m'a aimé pour rien. Il a détruit tout ce qu'il avait organisé pour son *frame-up*. Combien de fois je lui ai dit ? Combien de fois, Ada ? Qu'il n'en pouvait plus ? Qu'il finirait par tuer quelqu'un à force. La pauvre femme... sur son plancher de cuisine. Comme un poulet égorgé. Sur son plancher de cuisine... C'est insupportable. La pauvre, pauvre femme ! »

Adélaïde ne peut s'empêcher de penser que, si ce n'était pas cette pauvre femme, ç'aurait été son Florent. Elle en est persuadée. Quand Leah et Alex arrivent, la première question de Florent est la peine que risque Francis, si on peut plaider la folie temporaire, s'il pourra garder ses enfants. Leah avoue qu'elle n'en sait rien, qu'elle ne connaît pas les faits exacts. Le silence est mortel quand Florent demande : « Tu vas y aller, Leah ? Tu vas aller le voir, le défendre ou trouver quelqu'un de bon pour lui ? »

Tout le monde est si choqué, si estomaqué que Florent répète : « Il... il a perdu le contrôle ! Il ne voulait pas la tuer ! Il voulait se faire du mal. Léa, dis-le, tu sais bien : il voulait s'enlever quelque chose, ce n'est pas sa faute ! Il n'est pas responsable. »

Léa le ramène sur le sofa : « Ce n'est pas à lui qu'il a fait mal, Florent. C'est à toi. Ensuite, à elle. Il souffre probablement, je ne dis pas le contraire, mais il est assez narcissique pour ne brutaliser que les autres. Tu sais bien que c'est après que tu l'as contrarié qu'il t'a attaqué. »

Elle lève les yeux vers Leah, cherche un appui. Leah ose à peine expliquer qu'elle ne le défendra pas. « Je ne peux pas, Florent. Je ne fais pas de droit criminel. Je voulais que tu le poursuives quand il t'a presque tué, souviens-toi. Je ne peux pas le défendre, je serais mauvaise conseillère, je n'ai aucune expérience, ce ne serait pas un service à lui rendre.

— Il ne fera plus de mal à personne. Il va se contrôler, maintenant. Sa carrière est finie ! Il va tellement en souffrir. C'est pour sa carrière qu'il a fait tout ça.

— Non, Florent, c'est pour lui. Pour l'image d'homme fort, responsable et viril qu'il voulait donner. C'est pour lui qu'il a fait tout ça. Pour lui qu'il t'a battu, violé. Pour lui, parce qu'il se haïssait de t'aimer.

— Léa ! Arrête ! Je t'en prie... »

C'est Adélaïde qui interrompt sa fille. Elle ne voit vraiment pas l'utilité d'utiliser des mots pareils, aussi crus, aussi violents. Mais Florent hoche la tête : « Elle a raison, Ada. J'essaie de ne pas le condamner parce que je l'aime encore, je suppose. Mais c'est assez malsain, en effet. La vérité, c'est que si je l'avais poursuivi, je l'aurais forcé à arrêter et il n'aurait pas eu l'occasion de tuer sa femme. »

Adélaïde n'est pas plus heureuse avec cette option : « Encore une affaire pour que ce soit ta faute ! Florent, tu as fait la seule chose possible pour toi : tu as sacré ton camp et tu l'as laissé se débrouiller avec ses problèmes. Je doute fort que tu aies pu changer quoi que ce soit pour sa femme. Tu m'as dit toi-même qu'il la battait. Et même quand elle se sauvait chez sa mère, elle finissait toujours par revenir. Et en s'excusant pardessus le marché ! Alors ? Pourquoi faudrait-il encore que ce soit ta faute et non la sienne ? »

Léa reconnaît la combativité de sa mère et son effet apaisant sur Florent, qui finit par admettre que, peut-être, Ghyslaine n'était pas sauvable : « Sauf si elle-même se sauvait. »

Leah soupire : « Comment veux-tu ? Pas de moyens financiers, la honte du mariage raté, deux enfants dont il pouvait s'emparer quand il le voulait. Sans parler de son état d'esprit : elle devait se sentir si peu séduisante avec un mari comme ça. »

La discussion se poursuit, entrecoupée de silences lourds. Vers deux heures du matin, Paul entraîne Adélaïde à part : « Reste avec lui, je dois rentrer dormir. Je suis en salle d'opération demain matin. Je comprends que tu restes. Ce n'est pas le sujet d'une prochaine rupture, promis.

— Tu es sûr ? »

Il l'embrasse doucement. Elle l'enlace : « C'est fou, c'est moi qui ai peur, maintenant. On dirait que le monde est devenu fou. Que tout dérape, que tout prend le bord.

— Maman ? Florent m'a demandé de rester. Je pense que tu peux y aller.

— Mais ! Je vais rester avec lui, voyons !

— Maman, aussi bien le dire franchement, il veut que tu rentres avec Paul. Ça lui ferait du bien. Fais-le donc. »

Adélaïde va voir Florent : « Tu devrais croire ta fille, Ada. Elle a beaucoup d'expérience, tu sais. Va dormir. Emmène-la, Paul. »

Dans la voiture, elle demande si, à son avis, Florent aurait sauvé la vie de Ghyslaine en poursuivant Francis pour coups et blessures, à l'époque.

« Malheureusement, Ada, je pense que oui. Sa femme aurait eu besoin de ce coup de pouce, même si elle l'aurait défendu à mort. Elle aurait moins cherché à protéger le secret de son mari, une fois que Florent aurait vendu la mèche. Un procès aurait secoué Francis, peut-être même assez pour qu'il ne recommence pas à brutaliser les gens. Ç'aurait été l'idée, non ?

— Florent l'aime encore, t'as vu ?

— Non. Il est partagé et il a mal pour lui. Il l'a aimé, ce n'est pas pareil. Si je faisais une chose comme ça, tu aurais mal pour moi ?

— Non, parce que c'est à moi que tu l'aurais fait. T'oublies pas que je suis ta femme, ou presque ?

— Ou presque, oui. »

La première page des journaux est consacrée à Dallas et aux rebondissements de la tragédie à travers le monde. Francis et sa guerre domestique sont relégués aux faits divers. L'impact dans la colonie artistique n'est pas moins énorme. Serge Caron appelle Florent dès le lendemain matin pour lui demander s'il va bien et si c'est un choc trop violent, s'il a besoin de parler à quelqu'un. Il le fait avec un tel respect, une telle amabilité sans malsaine curiosité que Florent décide du coup qu'il fera *Lear*.

Le procès de Francis est suivi en grand par les médias. Sa défense est bien construite, basée sur une conjonction fatale : le couteau était à portée de la main, l'altercation violente. Ghyslaine, devenue hystérique, s'est mise à frapper sur le comptoir, Francis a saisi le couteau pour l'empêcher de s'en emparer, et, il ne sait plus pourquoi ni comment, il s'est retrouvé à faire usage de ce couteau dans le feu de l'action.

Une seule fois, la Couronne a évoqué d'autres accès de violence de la part de Francis, mais la défense a réfuté les on-dit et a rétabli la réputation de son client en faisant témoigner la mère de Ghyslaine. En larmes, la pauvre femme a seulement répété que « c'était pas toujours rose entre Ghyslaine et son mari, mais tout le monde a ses problèmes. C'était pas pire là qu'ailleurs. Ma fille était une bonne mère ».

Francis récolte un verdict d'homicide involontaire qui lui épargne le pire. Le juge lui donne une sentence de deux ans.

« Deux ans ! Aussi bien dire rien, voilà ce que vaut aux yeux d'un juge la vie d'une bonne épouse, bonne ménagère. C'est tout. Qu'un jury d'assises de douze hommes réduise le meurtre en homicide involontaire, ça vous semble acceptable ? S'il avait tué un homme, combien d'années aurait-il pris, Josh ? Pas un homo connu, non, un homme comme vous ?

— Qu'est-ce qui vous prend, Leah ? Allez-vous réclamer le droit de vote ? Il est acquis depuis bientôt vingt-cinq ans.

— Vous trouvez ça juste ? Équitable ? En toute conscience ? »

Josh aime tellement quand elle s'enflamme comme ça, quand elle devient hérissée de contrariétés, combative, ardente, à tel point convaincue qu'elle en prend un ton péremptoire que bien des gens qualifient d'agressif.

Il y a longtemps qu'ils n'ont pas travaillé ensemble. Josh s'est tenu loin d'elle, le temps de reprendre une respiration normale, pondérée, même quand elle est à proximité. L'ennui, c'est que toute cette flamme l'exalte, se communique et que l'envie de l'embrasser le reprend. Josh est certain que la chose serait très mal reçue. « En toute conscience, comme vous dites, vous avez raison. Dites-moi, Leah, je pensais vous confier la tâche d'étudier la loi 16 que le gouvernement compte passer en juillet. Je sais que ce n'est pas une révolution du Code civil, mais c'est tout de même un gain pour les femmes.

— C'est sûr... Ça aurait donné à Ghyslaine le droit de quitter son foyer avant de se faire tuer ! Croyez-vous qu'il y a quelque chose à étudier là-dedans ? On a dépassé cette loi depuis longtemps.

— Les lois rattrapent la société, pas le contraire, Leah. Jamais le contraire. Une loi qui devance la société est une loi inapplicable, donc dangereuse.

— La loi 16, Josh, ce n'est qu'un leurre. Au Québec, on a cent ans de retard à comparer à l'Ontario. Ne venez pas me faire l'apologie de la loi qui ne brusque personne. Malgré sa faiblesse, la loi 16 est vue comme trop permissive. Personnellement, je trouve cela scandaleux.

— Je le vois !

— Mais je vais l'étudier pareil et je vais vous prouver ce que je dis.

— Non seulement je le crois, Leah, mais je suis d'accord, et vous le savez. Je marcherai à vos côtés à la prochaine manifestation.

— Vous ne risquez rien et vous le savez ! »

La loi n'est pas révolutionnaire, mais quand, en septembre 64, Josh entend Mme Georgette Tessier lui réclamer les services spécifiques de Leah Singer pour s'occuper de sa poursuite, il éprouve un frisson de délectation.

Leah n'en croit pas ses oreilles. Josh lui répète que c'est elle et elle seule que réclame Mme Tessier : « Après m'avoir répété que, depuis quatre ans, vos arguments ne cessent de lui tourner dans la tête, elle veut poursuivre avant qu'il ne soit trop tard. Elle espère que la nouvelle loi lui permet de le faire. » Ce qui, malheureusement, n'est pas le cas. Mais Josh refuse d'être arrêté par cette technicalité : « Si elle a l'intention de poursuivre de son propre chef le président de la Ligue, on demandera au juge une double autorisation : d'abord celle d'accepter l'héritage et ensuite, celle de prendre action. La loi 16 que vous aimez si peu va nous faciliter la tâche. Mme Tessier m'a demandé si vous pouviez reprendre l'affaire. J'ai dit que vous seriez peut-être intéressée...

— Josh ! On peut ? On y va ?

— *Vous* y allez. C'est votre cliente.

— Mais vous y serez ? Vous m'assistez ?

— Leah, vous n'avez aucun besoin de moi, vous le savez. »

Leah tend la main, souriante : « Faux, et vous le savez. »

La cause ne sera pas simple. Georgette Tessier réclame le salaire dû à son fils le jour de l'accident, pas un sou de plus. Ni les frais d'hôpitaux alors occasionnés et payés par son mari, ni dommages, ni intérêts. « Je ne peux pas les accuser de me l'avoir tué, même si je me poserai la question toute ma vie. Je ne veux pas accuser mon mari d'avoir signé le papier. Je ne veux pas toucher de l'argent, je veux qu'ils reconnaissent publiquement avoir mal agi envers mon fils. Même s'il était à part, cela ne le rendait pas moins bon joueur. Même s'il avait des habitudes personnelles discutables, il n'a jamais manqué à son jeu ou à la Ligue pendant qu'elle l'employait. Ils auraient le droit de le voler, juste parce qu'il a été pogné dans la descente de bar ? Je ne veux pas que mon fils mort soit volé. Même avec l'aide de son père. Je veux que la Ligue dise : "Marcel Tessier a fait de la belle ouvrage, voici son salaire." Même pas "on est peinés qu'il soit mort". Même pas que ce qu'il faisait le soir ne les regarde pas. Non, juste : "On lui doit son salaire, le voici." Juste ne pas faire comme si mon Marcel avait *résigné* sa job, à cause du bar d'homos. »

Leah est très claire avec sa cliente : « Prouver l'honnêteté de votre fils veut dire prouver la fraude commise par votre mari. Ça veut dire aussi révéler l'homosexualité de votre fils, l'étaler sur la place publique.

— Est-ce qu'elle peut être étalée davantage qu'à la descente du bar ? Pensez-vous que je ne le sais pas qu'il l'était ? Ce pauvre enfant s'est caché pour rien toute sa vie. Il a vécu vingt-deux ans en ayant peur de me faire de la peine avec ça. Son propre père l'a triché avec ceux qui l'ont envoyé dans le coma. Pensez-vous que je me le pardonne ? Pensez-vous que j'ai une vie ? Si j'avais de l'argent, madame, je serais une divorcée et le lendemain de la mort de mon fils, j'aurais arrêté de verser le café de mon mari, de laver son linge et sa maison. Je serais divorcée, je ferais la honte de ma famille, mais moi, je n'aurais plus honte.

— Demandez l'argent pour divorcer, demandez plus.

— Jamais. Je ne le fais pas pour l'argent. Personne ne pourra dire ça. Je ne toucherai pas à cet argent. J'en ferai un don. Un don à son nom propre. Son nom que j'aurai lavé. Mais mon mari ne viendra jamais dire à ma face que j'ai voulu de l'argent. Je veux réhabiliter la mémoire de Marcel Tessier, c'est tout. Après, je pourrai mourir, ou le servir ou n'importe. Après, ce sera après. Mon Marcel sera respecté. »

Le procès est long et sans cesse interrompu, la partie adverse essayant continuellement de faire dériver le débat vers la descente dans le bar, l'homosexualité du joueur, la tolérance de la Ligue poussée à bout par la dépravation des mœurs du joueur. Le nombre de fois que Leah bondit pour s'opposer, pour rappeler l'objet du procès, pour interrompre la campagne de dénigrement du joueur, l'effort de discrédit sur sa personne, est incalculable. Ce qui ne l'empêche pas d'admettre les faits : ce joueur était homosexuel.

Il est très tard quand Leah demande à Josh d'écouter la plaidoirie qu'elle ne cesse de peaufiner.

« Si ce procès était un procès pour vol et abus de confiance, il se serait terminé il y a deux semaines. Ce procès est celui d'un droit et d'un seul : celui à la différence. Le jour où Mme Tessier est venue me trouver, elle n'avait pas le droit d'avoir un avis différent de celui de son mari. Elle n'était pas émancipée. Pas le droit au crédit, pas celui de signer un chèque, d'accepter un héritage, de dire son avis s'il différait de celui de son époux. Sa requête était juste, mais à l'époque, irrecevable. Aujourd'hui, cinq ans plus tard, nous pouvons la recevoir, et encore, grâce à une autorisation du juge ! Vous l'écoutez et elle a le droit de dire ce qu'elle pense. La société le lui permet. Je ne fais pas un détour pour vous permettre de digérer votre dîner, je parle bien du procès en cours. Je parle du salaire de Marcel Tessier, mort à vingt-deux ans des suites fâcheuses d'un accident de travail. Nous ne demandons pas une cenne pour compenser les dépenses, les peines, les humiliations vécues. Non. Nous demandons que le salaire d'un homme lui soit versé. Salaire négocié, signé et, en principe, accordé, en autant que le travail soit fait. Nous avons prouvé que cet homme n'avait pas démissionné, n'avait pas fait l'objet d'un renvoi et n'avait enfreint aucune règle écrite de la Ligue. À Hollywood, on fait signer aux acteurs une garantie de bonne conduite pour éviter des embarras publics. Pas ici. Pas encore. Sauf que, si Marcel Tessier n'avait pas été homosexuel et pris publiquement lors d'une descente de police dans un bar prétendument spécialisé, s'il n'avait pas fait les manchettes de tous les journaux, inquiétant le commun des mortels qui, jusque-là, l'admirait sans réserve et l'estimait grand sportif, jamais la Ligue n'aurait usurpé les droits de cet homme. Si Marcel Tessier avait eu les mœurs de la majorité des hommes, il aurait reçu son salaire. La défenderesse base et justifie sa conduite sur cette seule affirmation : Marcel Tessier a agi fourbement en cachant son homosexualité. La Ligue avait le droit de se faire justice, ayant dû payer pour redorer son image publique. Depuis quand un citoyen, même riche et puissant, depuis quand a-t-il le droit de se faire justice soi-même ? De rendre coup pour coup, vol pour vol, abus pour abus ? Qui décide de l'abus, du vol, du coup ? L'usurpé ? Non ! L'usurpateur ! À quoi sert cette cour de justice si on peut, en certaines circonstances particulières, s'arroger le droit de confisquer un salaire, c'est-à-dire de voler ? Un salaire n'est pas un privilège, c'est un droit. La seule raison qui peut justifier le non-paiement d'un salaire, et là, c'est la cour qui en décide et non pas les parties en cause, c'est le non-respect de l'engagement, c'est-à-dire le travail non exécuté. Marcel Tessier a été tué en travaillant. Il a respecté ses engagements, qu'on le paie !

« Et si jamais l'idée vous traverse qu'à travers ce jugement vous jugez de la légalité, de l'opportunité ou de la potentielle incitation à l'homosexualité, vous faites une erreur. Juger un droit à travers l'identité et la spécificité culturelle, morale ou raciale d'un individu, c'est de l'exclusion. Attenter à l'intégrité morale d'une personne pour pouvoir la voler en paix, c'est de l'agression. Baser son jugement non pas sur les faits, mais sur la morale des acteurs, c'est de l'exclusion. Personne n'aurait le droit de poursuivre le président de cette Ligue sur la simple allégation qu'il est homosexuel, ce serait de l'abus. Personne ne peut m'écarter de ce prétoire sous prétexte que je suis juive ou femme ou, pourquoi pas, les deux. Ce procès ne doit pas être celui de l'homosexualité, ni celui du droit ou de l'interdit de celle-ci. La Ligue a fait une erreur et la reconnaître et la juger telle ne veut pas dire encourager ou susciter l'homosexualité. Ce n'est pas un jugement en faveur ou en défaveur de l'homosexualité qu'on demande ici, et cela même si la Ligue justifie son acte par un jugement de valeur porté sur les mœurs supposées de Marcel Tessier. Laisser passer un tel abus, laisser la Ligue se protéger sous un tel abri, veut dire qu'ici, dans cette société, on peut voler si la personne lésée est méprisable, si elle est indigne selon nos normes, ou si elle est jugée seulement différente et inférieure. Votre jugement doit être clair parce que impliquer un tel sous-entendu ouvre la voie à l'arbitraire et aux pires abus. Il ne faudrait pas qu'on pense que si la victime est l'objet de l'étroitesse de vues de la majorité d'une société, on peut y aller et en abuser. On peut y aller et la voler. On peut y aller et la violer, la blesser, l'humilier et la détruire. Ce n'est pas grave, c'est un mauvais sujet ou quelqu'un de moindre importance : c'est un homo, une femme facile, un immigré, un citoyen de deuxième zone. Ce raisonnement a servi de base à toutes les barbaries de tous les temps, à toutes les tueries, à toutes les atrocités. Ce raisonnement n'en est pas un, et nous le savons. Ce raisonnement s'appelle la peur et l'intolérance. La Bible, la Torah, le Coran, ces livres de lois sacrés, de lois morales, disent tous la même chose : on ne tue pas, on ne vole pas son prochain. Rien ne nous y autorise. Si aujourd'hui vous l'autorisez, vous permettrez à la barbarie de s'asseoir tranquillement, impunément au milieu de nous. Vous permettrez à cette société de croire qu'il suffit de mépriser pour prendre, de condamner pour s'emparer. Si cela est notre société, alors j'y suis en danger et nous le sommes presque tous puisque, demain, nous pouvons passer de la normale majorité à celui qui fait tache, à celui qui est différent. Celui qui n'est plus des nôtres. Marcel Tessier était des nôtres. Il était homosexuel et ça ne l'a jamais empêché de respecter ses engagements, tous ses engagements. Rendez-lui justice. Qu'on lui donne son salaire. Parce qu'il a fait son travail et qu'il en est mort. »

Josh sourit : « Vous avez envie de vous faire accuser d'outrage au tribunal, Leah ? L'avocat de la défense va vous interrompre à la troisième phrase. Tempérez-moi tout ça, ramenez vos arguments au sujet que vous défendez et surtout, ne confondez pas votre passion et la loi. L'emportement émotif va jeter un doute sérieux : le juge pensera que vous n'avez pas d'arguments solides. Vos convictions sont exemplaires, mais elles risquent d'embêter Mme Tessier. Allez, au travail ! »

La salle est archi-comble pour les plaidoiries. Le procès a été suivi par les journalistes en tous genres, les homosexuels, les sportifs et les femmes. Josh a les yeux rivés sur Leah quand elle se lève et s'approche du juge. Il n'est pas le seul à se dire qu'elle est habitée d'un feu particulier.

Dans la salle médusée, Alex, penché vers l'avant, buvant les paroles de Leah, conclut pour elle en fermant son poing et en laissant échapper un *« Yes ! »* enthousiaste. On dirait qu'il vient d'assister au but gagnant d'une série finale. Le regard vert de Leah balaie la salle, comme si elle ne connaissait pas ce type et que sa réaction était agréable. Elle se rassoit et Josh la fixe un instant. Cet instant, ce seul instant où la fierté amoureuse du maître pour son élève l'atteint de plein fouet, la déstabilise. Elle s'incline vers Mme Tessier, qui chuchote : « Merci. Jamais Marcel aurait pu avoir mieux. »

La Ligue est condamnée à payer le salaire et à rembourser les frais de Mme Tessier. Josh se charge de saler la facture.

Au souper offert par Ada pour célébrer la victoire, Florent, assis entre Alex et Leah, éclate en sanglots en répétant certaines phrases de Leah.

Du jour au lendemain, Leah devient « l'avocat des opprimés », l'avocat des citoyens de troisième zone, comme titrent les journaux. Ce qui décourage complètement la jeune femme, qui se plaint de voir les journalistes renforcer des préjugés qu'elle combat et de le faire en plus en la vantant. Josh la trouve bien naïve : « Vous allez vous y faire, Leah, ils vont toujours dire comme la majorité.

— C'est ça, ils sont comme les lois, ils ne précèdent rien !

— Faux ! Certains journalistes, certains journaux le font. Tout comme certains avocats. Ça se sait vite. Regardez : douze personnes ont demandé vos services depuis la fin du procès.

— Toutes des causes difficiles, ardues, où le racisme est présent, mais difficile à prouver ?

— Toutes.

— Donc, tous des pauvres qui n'ont pas les moyens de votre cabinet.

— Exact. »

Leah joue avec son crayon, le tapote contre son front lisse : « Josh... Il va falloir que je prenne une décision difficile, je le sens. Vous avez besoin d'un avocat qui fait rentrer de l'argent et je crois que le droit qui m'intéresse ne sera jamais payant.

— C'est selon, Leah. Une cause comme celle que vous venez de gagner signifie une sorte de garantie morale pour le cabinet : les avocats ne sont pas tous véreux. Les avocats ne sont pas tous des voleurs. Combien ça vaut, ça ? Prendre un client *pro bono*, non seulement ça se fait, mais c'est hautement recommandé.

— Votre associé va trouver que ce n'est pas assez.

— Laissez-moi ma *job*, Leah. Déjà que vous n'avez plus besoin de moi en cour. »

* * *

La première du *Roi Lear* est un événement artistique et mondain. Les costumes de Florent sont sublimes. Tout est un jeu d'étoffes et de teintes – lourdeur chargée, superpositions de tissus qui clament richesse et désir de pouvoir qui, à mesure de leur affaiblissement, s'affadissent et s'amincissent jusqu'à cette scène inouïe où le fou et son roi errants ont l'air du Christ et du dernier apôtre fidèle, où il n'y a plus que la chair pour couvrir l'être humain encore digne de tout son désespoir. Florent, s'il le veut, peut se mesurer aux plus grands. Est-ce la production qui a été particulièrement agréable à faire, est-ce l'attention de Serge, son utilisation brillante des suggestions de Florent, il n'en sait rien, mais il a envie d'y retourner, de refaire des costumes de théâtre.

Pour la première fois depuis le départ de Jacynthe pour la ligne *Déjà*, Florent pense à s'adjoindre un assistant. Quelqu'un qui le soulagera des aspects moins créateurs, mais essentiels aux résultats de la création. Il trouve Héléna à l'école où il a étudié, chez *Cotnoir*. C'est une jeune femme de vingt-cinq ans, méticuleuse sans maniaquerie, une curieuse qui pose les bonnes questions et qui entend à rire. Grâce à elle, à son dévouement, à son talent, il peut dessiner à nouveau pour le théâtre, tout en gardant le rythme infernal des collections.

* * *

« Il s'appelle Jeffrey – Jeffrey Cohen. Vous savez ce que son nom veut dire ? Un grand prêtre, un de ceux qui descendent de la lignée d'Aaron. Étonnant, n'est-ce pas ? Dans la religion juive, un prêtre ne peut pas marier n'importe qui et il ne peut pas être propriétaire, avoir sa terre. Jeff est un poète qui ne sera jamais riche – sauf de poésie. Il ne pratique pas. Par chance, parce que je serais probablement exclue au départ. Il dit mon nom à la perfection, sans accent. Au début, il disait "Lia" et maintenant, il dit "Léa". Il apprend le français parce qu'il m'aime. C'est ce qu'il dit. Il dit qu'il m'aime et que c'est indiscutable. Il l'a dit presque tout de suite et j'ai cru qu'il n'avait pas de pudeur et que ces mots-là lui étaient familiers. C'était la première fois. La première fois pour lui et pour moi. Mais il n'avait pas besoin de temps pour y penser, c'était d'une grande limpidité, qu'il dit. Voyez-vous, jamais je n'aurais eu autant d'audace. Pour moi, ce sont des mots très graves à ne prononcer que si on est certain. Et, pour l'être, il faut que le temps joue sa partie. "Je n'ai pas besoin d'attendre que le jour finisse pour savoir que, dès le lever, le soleil règne et que c'est lui qui fait le jour." Il dit que c'est moi qui fais l'amour dans sa vie. Il aurait pu me le dire le premier soir au café où il a lu sa poésie. Il m'a montré le poème qu'il a écrit sur moi cette nuit-là. On aurait dit qu'il me connaissait déjà parfaitement. Sauf qu'il me voit en mieux. Il me voit belle, lumineuse. Il le pense vraiment. Oh !... Il est si grave quand il m'explique ces mots-là, si grave et si sérieux. D'habitude, il est très persifleur, il a un regard de joueur sur tout, comme si rien ne comptait vraiment, ou plutôt, comme si tout existait pour l'amusement d'un œil détaché, le sien. Sauf quand il parle de moi. Là, c'est... il me fait passer d'un état à l'autre à une vitesse folle. Je ris, je suis en train de rire d'une de ses phrases tordantes et il prend ma tête et cueille le rire en m'embrassant. Il dit qu'il se nourrit de mes rires. Que s'il ne m'entend pas rire, il devient affamé. Il a écrit qu'il buvait l'élixir de mon rire et que l'ivresse se tenait au bord de mes lèvres. Je ne sais même plus si c'est bon quand je lis ça. Je perds tout sens critique, je dévore ses poèmes et je fonds d'amour. Je ne pense qu'à ça, je le vois dans tout ce que je regarde, ses yeux, sa façon de considérer les choses et la vie, tout m'apparaît différent.

— (...)

— Tout est devenu si clair, si simple. On dirait qu'il m'exalte et me tranquillise en même temps. Il fait vivre celle que j'étais, celle que je croyais avoir perdue à jamais. Il l'a libérée. Celle qui riait, posait des questions sans crainte des réponses, sans soupçonner l'horreur ou le secret enfoui qui va éclater. J'étais une petite fille gaie, rieuse, très ouverte. Je me souviens, en première année, avant que papa meure, j'avais eu un prix de sociabilité. Je ne comprenais pas le mot. Je pensais que c'était *saucisse-habileté*, quelque chose comme ça. Mais comme j'aimais les saucisses, je trouvais ça bien d'avoir une habileté de saucisses. On avait tellement ri. Jeffrey en rit encore. Il adore mes histoires. Tristes ou gaies, d'ailleurs. Je ne fais pas le tri, je raconte comme ça vient et lui aussi. Je pensais que ça me prendrait mille ans à construire ma confiance. Avec lui, c'est total, immédiat, même pas réfléchi. Je n'arrive pas à lui cacher quelque chose. Je n'en ai pas envie ou besoin. La chose la plus extraordinaire est que je n'ai jamais peur qu'il me juge, qu'il me trouve nouille ou insuffisante. Vous me croyez ? J'ai encore de la misère à m'en remettre. Je lui ai dit que je faisais cette analyse, je lui ai dit tous mes secrets. Il me dit les siens. Mais ce n'est pas donnant, donnant, c'est... j'ai l'impression qu'il m'attendait. C'est cliché, je sais, mais c'est vrai. Pendant que je me désespérais de ne jamais aimer quiconque, lui m'attendait sans s'énerver en écrivant, en lisant, en formant son esprit pour "apprécier l'éblouissement", comme il dit. Comment voulez-vous que je résiste à un homme qui dit des choses comme ça ? Il en dit des tonnes. Et il les écrit. Il a six ans de plus que moi. Il est prof. Il enseigne la littérature dans un collège classique. Objectivement, il n'est pas beau. Je veux dire, pas comme Alex ou Florent. Eux sont... pâmants ! Ou même, il n'est pas charmeur, comme mon frère. Il est grand, rembourré et il perd un peu ses cheveux en haut du front. Il cale et ça l'énerve. Il n'a pas trente ans et il cale. Il dit que c'est très déprimant d'avoir du poil sur les pectoraux et rien sur le coco. Sa bouche est, comme vous le pensez sans doute, une belle réussite. Pleine, grande, deux lèvres, pas une lèvre et un trait mince, non, une bouche magnifique. Là, ma mère va craquer, je le sens. Et de belles dents. Très important, les dents. Transmission directe de maman aussi qui est carrément maniaque avec les dents. Pour maman, un sourire avarié – c'est son mot – est rédhibitoire. Jamais elle n'embrassera un homme au sourire douteux. Pour la plupart des gens, les yeux sont le reflet de l'âme, pour maman, c'est la bouche qui dit ce qui en est du dedans. Jeffrey a une bouche magnifique, un sourire très tentant, des dents... Il embrasse tellement bien qu'au début j'étais jalouse après chaque baiser, jalouse de là où il avait appris, parce que c'était trop parfait, trop savant pour être improvisé. Il a aimé pour de vrai deux femmes. Une avec qui ça a duré six mois et l'autre, deux ans. Il a fait l'amour avec les deux. Probablement avec d'autres, je n'ai pas demandé ça. Pas encore. Micheline et Rachel. Micheline, une *shiksa*, une comme moi, pas Juive, et Rachel, oui, une Juive. Rachel, ça a duré et il pensait bien que ça y était. Il avait vingt-quatre ans et elle aussi, leurs parents étaient enchantés, ils poussaient pour que le mariage se fasse. Et il se serait fait, Jeffrey le dit, s'il n'avait pas fait l'amour avec Rachel. Elle... bon, ça a l'air idiot à dire comme ça, mais je le comprends tellement ! Elle avait ce qu'il appelle un grain de folie, une façon de regarder autrement les choses. En paroles, du moins. Bon, je vais le dire : la première fois qu'ils se sont retrouvés dans une chambre pour faire l'amour, il était pressé, il était complètement concentré sur elle et il l'a déshabillée très vite et il a presque arraché sa propre chemise, vous voyez le genre ? Comme dans les films, quoi ! Mais Rachel s'est levée, elle a ramassé chaque morceau de vêtement et elle a tout plié soigneusement avant de revenir s'étendre avec lui. Jeffrey s'est dit que c'était une façon de le calmer, de lui demander de ralentir, de ne pas l'effrayer. Mais, à chaque fois, ça s'est répété. Rachel ne pouvait supporter le chaos du désordre amoureux. Il a mis presque un an à se persuader de ce qu'il savait mais n'arrivait pas à admettre : cette femme voulait se marier avant toute chose, même sa folie, son excentricité étaient calquées sur quelque chose à lui, sur son besoin de fantaisie à lui. Rachel n'a jamais compris qu'il rompe. Les parents n'ont jamais admis sa déloyauté et lui-même s'est trouvé assez abject. Il dit qu'avoir attendu le mariage avant de consommer l'acte sexuel n'aurait rien changé, il serait parti quand même. Il ne voulait pas de ces épouses dévouées, respectueuses, aliénées. Celles qui marchent derrière l'homme. Il voulait un être humain dévoué à son propre épanouissement, pas à celui de son mari. Il dit qu'il n'est pas Dieu et n'a aucun besoin de sacrifice suprême. Il s'est juré de ne pas se marier. C'est ce qu'il m'a dit le soir où il m'a demandé de l'épouser. (Elle rit.) Il est fou ! Il dit qu'il veut mourir en regardant mes yeux. Ses poèmes sont si beaux, si puissants. J'en ai des dizaines. Il écrit sans arrêt depuis qu'on s'est rencontrés. Moi aussi. Même si je ne le montre pas, j'écris. C'est la seule façon que j'ai trouvée pour lui échapper un peu, pour me libérer de lui, de l'obsession de lui. Je continue mon roman. Je le fais pour moi, pour être certaine que je ne me fonds pas à lui. Me dissoudre, disparaître dans un autre, ça ne me tente pas. Je veux être. Forte, différente et attirante. Je veux certainement oublier mon individualité en faisant l'amour avec Jeffrey, mais pas après. Je ne deviendrai pas Rachel ou une épouse juive. J'ai mis assez longtemps à savoir qui je suis pour ne pas me perdre dans l'amour d'un homme. Aimer Jeff, c'est me retrouver, être enfin légère, libérée. Et ce n'est pas mon père. Il n'y ressemble pas. Et ce n'est pas pour plaire à maman, elle ne le connaît pas. Personne ne sait. Personne. Je le garde pour moi. Je ne suis pas prête à le montrer, à le partager, à le faire évaluer. Il n'est pas *kosher*, comme il dit, il n'a pas été approuvé par l'autorité du grand rabbin – maman. Mais elle va l'aimer. Elle va l'aimer parce qu'il m'aime.

« Je l'ai invité à la première du *Roi Lear*. Il était assis à côté de moi, pas loin de maman. On a fait comme si on ne se connaissait pas. Je lui ai donné son billet et il est allé s'asseoir avant moi. C'était très excitant, très agréable de sentir sa main dans le noir. Il a vu tout le monde et n'a été présenté à personne. J'avais peur qu'il tombe amoureux de Leah. Probablement parce qu'elle est juive et que ça doit être un attrait supplémentaire pour lui. Il m'a trouvée très drôle avec ma crainte, très naïve. Il m'a demandé s'il devait craindre tout Canadien français d'origine irlandaise, comme mon nom l'indique. Et il a raison : les sens n'ont pas cette frontière du sens, du logique, je veux dire. Les sens sont clairvoyants parce qu'ils cherchent aveuglément la vérité. Et c'est vrai. Jeffrey est plus que son apparence, que son appartenance, plus que sa poésie. Et il l'est parce que je le vois, je le sens, je le crois. Il l'est de façon souterraine, profonde. Quelquefois, on joue à s'asseoir chacun sur un banc dans un parc. On peut se voir de loin, ça n'a pas d'importance. On reste là, à regarder, à contempler, et après, on se dit à quoi on a pensé, ce qu'on a remarqué. On ne voit pas la même chose dans ce qu'on regarde, mais on regarde toujours la même chose.

— (...)

— Oui, je vais y venir. Je savais que le côté sexuel vous intéresserait. Il m'intéresse aussi, évidemment. Non, je ne l'ai pas encore fait. Oui, j'en ai envie. Très envie. On est allés aussi loin qu'on pouvait sans le faire. Comme j'ai dit à Jeff, j'ai eu amplement l'occasion de plier ses chaussettes. C'est lui qui nous retient. Ma virginité l'impressionne. Il veut que je sois sûre. Il dit vraiment sûre. Il est prêt à se marier avec moi vierge, tellement il est sûr. Je suis à la veille de lui demander s'il veut que je me débarrasse de cette encombrante virginité, si ça l'impressionne tellement. Ce serait étrange, non ? Aller ailleurs... Bien sûr que je ne le ferai pas. C'est lui et c'est tout. Ce sera quand ce sera. Je n'ai pas de crainte : ce sera très bien. Vous vous souvenez, quand Thomas me racontait en détail ce qu'il faisait, ça m'écœurait un peu, ça me faisait non, pas moi, je ne ferai pas ça, certain ! L'idée me donnait la chair de poule. Je veux dire, la fellation, par exemple. En théorie, vu de l'extérieur, c'est assez peu excitant. L'affaire est de le sentir sans le voir, sans *se* voir. Juste fermer les yeux sur cette sensation incroyable de douceur et de plénitude. Être pleine. On dit ça de la femme enceinte : elle est pleine. Ronde, remplie d'amour. Je me sens comme ça avec Jeffrey dans ma bouche, son corps, son sexe – je me sens devenir ronde comme si tout mon corps n'était qu'une douceur. J'aime entendre Jeffrey, sa respiration, la façon qu'il dit mon nom quand je le touche, même le son des caresses. J'étais si certaine que ça me dégoûterait. Pas du tout. Le seul ennui, c'est que je suis persuadée que ça me dégoûterait avec n'importe qui d'autre. Il m'a demandé si je me ferais chicaner par vous à cause que j'expérimentais le mauvais orgasme, celui des immatures, le clitoridien. J'ai dit qu'ici c'est moi qui décidais. Je n'aurais jamais dit ça il y a deux ans ! Honnêtement, docteur, que Freud ou ses disciples soient d'accord ou non, un orgasme est un trop joli cadeau pour regarder au ruban. La seule personne qui pourrait me dire que je ne suis pas une vraie femme, c'est Jeffrey. Et il ne le dira pas. Parce qu'il s'en fout ! Pas de l'orgasme. De là où il vient. "Pour autant que le feu prenne, peu importe d'où vient le vent", voilà sa conclusion. Il dit que c'est des salamalecs de psy qui se désolent de n'avoir qu'une seule origine de plaisir : le pénis.

— (...)

— Je savais que vous aimeriez son regard effronté. Vous avez toujours aimé le doute, vous vous méfiez des théories en béton. Vous êtes un vrai contestataire, vous le savez ? Un semeur de transgressions.

— (...)

— Non, je ne vous analyserai pas encore. Mais grâce à Jeffrey, je sens votre attention affectueuse, votre accompagnement respectueux, aimant. Je ne l'aurais pas vu avant Jeff. Vous avez donc été mon juge, mon supérieur, ma référence, mon père, mon *kick*, mon envie de séduire, ma mère, mon allié, mon *alter ego*. Mon miroir fidèle. Sentez-vous que nous approchons de la grande fille capable de faire sa route ? Je n'ai pas dit maintenant. Mais, après quatre ans, je commence à voir où je peux aller. »

* * *

En février 1965, à la naissance de son second fils, qui est son sixième enfant, Rose déclare qu'elle ne veut plus obéir à l'Encyclique, ni au pape, ni à son confesseur, quitte à en changer. Elle a trente-huit ans et elle ne désire pas postuler pour le rôle de « la femme idéale ». James est contre la pilule, il trouve le médicament insuffisamment expérimenté et trop risqué. Il ne veut pas non plus pratiquer une contraception défendue par l'Église. Rose l'écoute sans répliquer. Elle connaît James, ce n'est pas un téméraire, et son étiquette de chercheur ne le rend pas moins conservateur. Rose va trouver Ada et l'interroge sur ses méthodes de contraception. Quand elle se rend compte des avantages et de la liberté que procure la pilule, elle est prête à mentir à James. « Je ne veux pas me retrouver enceinte à quarante ans, je ne pourrai pas. J'aime mes enfants, tu le sais, mais vraiment, six, c'est assez. Je ne veux pas être obligée de recourir à des moyens épouvantables pour ne pas en avoir un septième. Tu es sûre que tu vas bien, que ça ne te fait aucun mal ? James dit que c'est encore expérimental, pas assez testé.

— Excuse-moi, mais l'année de ta fausse couche, quand tu as eu si mal au cœur, ce n'est pas lui qui voulait que tu prennes de la Thalidomide ?

— On ne savait pas à cette époque-là. Et je n'en ai pas pris !

— La question, c'est que James ne le sait pas plus pour la pilule que pour la Thalidomide. La question, c'est qu'après six enfants tu as encore le droit de vivre et de décider que tu fermes le magasin. Ne dis rien à James. Paul peut t'en prescrire. Tu gardes ça pour toi et tu fais ton affaire. Quand James va demander si ta courbe de température est dans le bon bout, tu dis oui.

— Il va s'en apercevoir, voyons ! Je ne peux pas lui cacher ça. C'est une décision importante, une décision de couple.

— J'ai l'impression que ton mari n'aura jamais cette priorité-là, Rose. Et c'est pas une raison pour la négliger. Tu vas t'effondrer. Et si tu penses que je suis la seule à prendre la pilule, demande à Paul. Tu serais étonnée de savoir que bien des mères de famille catholiques pratiquantes ont décidé d'avoir un peu de contrôle sur leur vie. Tu sais quoi ? Tu peux dire que c'est pour ton cycle qui est tout mélangé depuis ton accouchement. Demande à Paul, je te dis. Et, je t'en supplie, fais en sorte qu'on baptise ton fils et qu'ensuite ce soient les mariages qui nous amènent à l'église. »

Paul a traité Adélaïde de contestataire et de semeuse de zizanie après que Rose a effectivement suivi le conseil de sa sœur. Adélaïde s'est donné beaucoup de peine pour expliquer à Paul en quoi le plaisir était garant de l'harmonie conjugale.

* * *

Depuis *Lear*, Serge et Florent se sont beaucoup rapprochés et ils ont l'habitude de se recevoir à souper chez l'un ou chez l'autre, en compagnie de Gilles, l'ami de Serge. Le soir où Serge a également convié Archie, c'était principalement pour préparer le terrain à une éventuelle collaboration artistique et, accessoirement, parce que Archie était de passage à Montréal. Originaire de New York, le metteur en scène est invité partout dans le monde et se consacre uniquement à l'opéra. Serge termine ses présentations en termes cinglants : « La France, pas aussi chauvine qu'on le dit, l'a invité trois fois à l'Opéra Garnier de Paris. Moi qui suis français d'origine, je n'ai jamais reçu une telle invitation. New York est un mot magique pour les Français. New York, c'est l'Amérique à la puissance 200 ! »

Le souper est délicieux, grâce aux soins de Gilles, et animé grâce à ceux de Serge et d'Archie, qui se livrent à des études comparatives de qualité vocale et d'audace scénique. Les noms prestigieux éclaboussent la soirée de leur strass, et Florent, impressionné, et se sentant de plus en plus inculte, écoute avec passion.

Ils en sont au cognac quand Archie se tourne vers Florent et lui demande dans un français impeccable de « faire taire notre vanité de pacotille et de parler de votre art à vous ».

Florent est tellement intimidé qu'il rougit avant de demander : « Quel art ? Je ne suis pas un artiste.

— Vous croyez que la mode est un phénomène para-artistique, en dehors de l'art, à côté ? Je crois au contraire qu'avec les Beatles la mode est la partie de l'art où la jeunesse s'exprime. Si on considère l'opéra dans cette optique, c'est un art totalement en déclin. Le théâtre... Vous connaissez le *Living Theater* ? »

Archie réussit à mettre Florent suffisamment à l'aise pour qu'une conversation s'amorce et que le metteur en scène persuade tout le monde que le *think pink* des dernières années, que les genoux exposés des femmes font plus pour l'évolution des mœurs que *La Traviata*, quoiqu'il adore cet opéra.

La soirée laisse Serge perplexe. Depuis dix ans, Archie partage la vie d'un New-Yorkais, un photographe de mode, d'ailleurs, qui lui a transmis une bonne part des connaissances qu'il a étalées lors de la soirée. Quand Archie a invité Florent à New York pour rencontrer la directrice de *Vogue* qu'il connaît fort bien, Serge a tiqué. Sans rien révéler de sa situation personnelle, Archie n'a pas caché à Florent qu'il l'appréciait, le trouvait séduisant. Archie s'est conduit comme s'il cherchait une aventure amoureuse.

Serge n'a aucune envie que Florent s'imagine qu'il est complice d'Archie et qu'il a organisé ce souper pour favoriser une aventure qui risque de blesser Florent. Aussi prend-il son courage à deux mains pour clarifier la situation : « Archie devrait faire la mise en scène de l'opéra pour l'Expo universelle de Montréal. J'ai favorisé votre rencontre pour ça. Je n'ai jamais pensé à autre chose qu'à une collaboration artistique. Je te jure. Son... John est vraiment bien. Ils sont ensemble depuis des années. Je pensais qu'Archie parlerait de son engagement pour Montréal et qu'il te demanderait de faire les costumes. Pas qu'il essayerait de te séduire sans avoir l'honnêteté de te dire ce qui en est.

— Il me l'a dit. Il m'a parlé de Montréal et de John. »

Serge ne comprend pas : s'il s'est levé deux fois pendant la soirée, ce n'était pas plus de cinq minutes.

« Espèce de mémère ! On a mangé ensemble avant qu'il prenne son avion le lendemain, à Dorval.

— Et ?...

— Je ferai les costumes de l'opéra de l'Expo. Non, rien d'autre. Il n'y a rien entre nous, Serge. Rien. Une collaboration, c'est tout.

— De toute façon, il a dix ans de plus que toi et tu ne fais pas ton âge. Ce serait quand même dommage pour toi. Mais c'est un génie dans sa catégorie. Il a ce qu'on appelle la *touch* internationale. Le genre que New York adore, tu sais. Diaghilev l'a fait sauter sur ses genoux et la duchesse de Windsor a pris le thé avec ses parents, alors qu'il jouait sur le tapis du salon. Il a des relations partout dans le monde. Tu devrais aller rencontrer la directrice de *Vogue*. Il peut vraiment t'ouvrir des portes.

— Arrête de parler comme un entremetteur. Je verrai.

— Florent ? Je veux être clair : personne n'a fait faire une incartade à Archie depuis dix ans. »

Florent ne demande pas pourquoi il pourrait bien désirer une chose pareille. Il se garde de poser la moindre question concernant Archie. Le voyage à New York est décidé depuis sa rencontre à Dorval et il n'en parle à personne d'autre qu'à Serge. Même Adélaïde n'arrive pas à lui extraire la confidence. Il se contente de murmurer « une surprise », ce qui n'est pas entièrement faux, Paul lui ayant demandé de dessiner et de faire exécuter une bague pour s'harmoniser avec celles de Nic. Une bague pour le petit doigt gauche. Comme le dessin de la bague de Nic est très particulier, il faut penser le bijou en fonction d'un complément qui exalte la beauté de la première bague tout en ajoutant à l'ensemble. Florent a été si touché que Paul le lui demande et il comprend si bien l'idée recherchée qu'il s'est mis à dessiner tout de suite, même si la bague est pour leur dixième anniversaire de vraies fréquentations, en mai 66.

Florent retrouve New York avec bonheur. Archie est un cicérone extraordinaire et, comme Serge le lui a dit, il connaît tout le monde. Le voyage est une totale réussite et Florent déniche même le joaillier capable de réaliser son dessin avec la qualité de diamants qui s'apparentent à la bague de Nic.

Le soir où il accompagne Archie au Met, il croyait rencontrer son compagnon, mais il se retrouve seul avec le metteur en scène dans la corbeille. « John n'a pas pu se libérer. »

Florent observe Archie – il est raffiné, élégant et, malgré ses cheveux gris, ses rides, assez affolant. Son attitude n'est pas exempte de séduction et, s'il est si fidèle, Florent se demande pourquoi il le regarde avec des yeux aussi emplis de désir.

Ce soir-là, au dîner qui suit, Archie met cartes sur table : « Je n'ai jamais trompé John, Florent, et je ne le ferai pas. Je lui ai demandé de ne pas m'accompagner ce soir. Depuis notre rencontre, vous prenez des allures d'obsession. J'ai eu une flamme comme celle-là en dix ans et c'était un jeune ténor qui n'était absolument pas intéressé. Je n'ai eu aucun problème de conscience. Présentement, j'en ai un. Je suis un *globe-trotter*, je travaille comme un déchaîné et ma vie amoureuse est un ancrage dont j'ai besoin. Ce n'est pas très *in* de ne pas baisouiller à droite et à gauche, mais c'est le seul moyen que j'ai de ne pas devenir fou, de ne pas m'égarer. Je demande donc à mon conjoint ce que je pratique moi-même : la fidélité. Si vous me confirmez que vous sentez ce que je devine, je quitterai John. Avant tout, je me rendrai libre. À mes risques, je veux dire, sans savoir si nous avons un avenir amoureux. Si vous n'êtes pas sur la même longueur d'onde, vous le dites, je me tape ma peine d'amour et vous ne pourrez pas vous plaindre de moi au travail. Jamais je ne ferai intervenir mes sentiments personnels dans nos relations professionnelles. Le ténor n'a jamais rien su et je l'ai dirigé trois fois. »

Florent ne pensait jamais qu'on pouvait être aussi *business* en amour. Déconcerté, il avoue ne pas pouvoir répondre autre chose que « peut-être ». Il ne sait même pas si, après Francis, il peut encore embrasser un homme sans éprouver de la terreur et il offre à Archie ce qu'il peut, c'est-à-dire son doute profond quant à ses capacités d'aimer.

Archie écoute toute l'histoire et quand il reconduit Florent à son hôtel, il n'a rien commenté ou ajouté. Il range la voiture le long du trottoir, à trois pas de l'entrée, et coupe le moteur : « Je peux t'accompagner ? »

Florent ne saisit pas, puisqu'il a dit ne pas commettre d'infidélités, puisque lui-même vient d'avouer ne pas savoir s'il peut s'engager physiquement avec un homme, pourquoi cette requête ?

« Je veux t'embrasser, Florent. Pas ici. À l'abri. »

La crainte retire toute envie à Florent et il l'annonce en ouvrant la porte de sa chambre. Archie s'incline, retire son manteau, s'installe confortablement dans le fauteuil : « Je ne ferai rien dont tu n'as pas envie. Je vais te tenir compagnie pendant que tu fais tes bagages, d'accord ? »

Et il tient parole, il reste bien tranquille à observer les mouvements de Florent entre la valise et les tiroirs, entre la penderie et la valise. Florent lui tend son carnet de *sketches* qu'il feuillette. Depuis leur rencontre, dûment datée, il figure souvent sur les pages. Il désigne un profil : « Ça ! C'est moi. Exactement moi ! »

Florent s'approche, sourit – ce n'est pas tout à fait exact, c'est encore flatteur à son avis. Ça l'amuse : « Tu es vaniteux, Archie ? »

Archie passe un doigt léger sur la mâchoire de Florent : « J'ai beaucoup de défauts. J'ai un égocentrisme pas du tout acceptable et j'essaie de m'améliorer sans vraiment y arriver. Tu es beau. On te l'a dit beaucoup, je suppose. Une beauté d'aristocrate sans le côté décadent. Tu es fantastiquement beau et tu vas le rester et je vais te détester d'être si beau alors que je serai si vieux.

— J'étais un enfant décevant... considéré laid.

— J'étais un délicieux bambin que tout le monde embrassait sans s'embarrasser de mes goûts. J'ai détesté. »

Florent a une envie folle de le faire, le visage d'Archie est tout près. Le désir ne flotte pas, il imbibe l'air d'une humidité suffocante. Florent se tait, les yeux d'Archie n'évitent pas son regard. Il attend. Il ne bougera pas. Il n'attaquera pas.

Florent, excédé de désir, souffle : « Tu peux m'embrasser. » Archie hoche la tête avec douceur, il refuse : « Dans cette partition, c'est un départ en anacrouse, le mouvement est amorcé par le premier violon. Le chef suit. »

La bouche de Florent s'approche : « Je ne connais pas cette particularité musicale. »

Envoûtant, étourdissant, le baiser est à la fois doux et dévorant. Tremblant, Florent s'écarte, anxieux de se sentir glisser si vite, de se livrer si vite, si totalement.

Archie se lève, met son manteau, assoit Florent dans le fauteuil et s'accroupit devant lui : « Je vais t'aimer, Florent. Tu ne sauras même plus ce qu'est la frayeur. Je vais t'aimer et t'envelopper d'amour et prendre le temps d'embrasser chacune de tes blessures, de les consoler, de les apaiser, avant de faire quoi que ce soit d'autre. Rentre bien. Bonne nuit. »

Juste avant de fermer la porte, il ajoute : « Je t'appelle. »

Il le fait dix minutes plus tard, avant de rentrer chez lui. Il le fait dix jours plus tard, alors que John vient de partir et qu'il est en larmes.

Il le fait, comme il fait tout ce qu'il promet.

* * *

Le 24 mai 1965, Adélaïde va sortir de cellule son frère Guillaume qui a été arrêté lors de la manifestation monstre de la fête de Dollard. Il a beau ne pas être le seul, Adélaïde est furieuse : un père de famille, un professeur respectable, comment peut-il s'exciter autant alors qu'il a des responsabilités importantes et qu'il risque son emploi ? Il ne peut pas se contenter de sa révolution de salon et de ses cours ? Il veut vraiment s'enrôler sous la bannière des rêveurs séparatistes ? « Que Thomas se fasse arrêter, je le comprendrais. Il a dix-neuf ans, lui ! Mais toi, avec tes deux enfants ? »

Guillaume ne se calme pas pour autant et, outre des articles assez chauds politiquement qu'il signe pour *Parti pris*, il parle de joindre les rangs du Rassemblement pour l'indépendance nationale.

Adélaïde ne sait pas si c'est à cause de l'influence de son oncle, mais Thomas a de grands projets de réforme en ce qui concerne *McNally Enterprises*. L'un de ceux-ci est de franciser totalement l'ensemble des filiales. Quand Stephen Stern prend sa retraite, Adélaïde invite Thomas à se joindre au comité de sélection du prochain directeur. Dans moins de deux ans, le jeune homme devra travailler avec cette personne. Thomas insiste pour que ce soit un francophone et Adélaide exige qu'il soit avant tout complètement bilingue. La discussion dure plusieurs jours, et Adélaïde engage le candidat choisi à cause de ses qualités et non de son origine. À Thomas qui, devant Paul, se vante d'avoir gagné, sa mère fait une sévère mise au point. La politique ne peut pas faire marcher la *business*. Quand elle est entrée chez *McNally*, elle était une Miller et c'est elle qui a exigé que les documents et le personnel soient dorénavant bilingues. Elle fait remarquer à son fils qu'il n'a pas inventé la poudre et que sa famille était chaudement nationaliste : « J'ai épousé un Anglais qui a appris le français à Saint-Henri, alors... Nic n'était pas moins nationaliste que toi ou Guillaume. Il a trouvé ma petite révolution très dure à gérer. Je veux bien essuyer à mon tour les bavures que tes positions politiques vont provoquer, sauf si tu exclus quelqu'un à cause de sa nationalité. J'ai été élevée dans le respect de ce qui m'est étranger. L'entreprise sera francophone à cent pour cent, O.K. Tu changes le nom et le francises, O.K. Mais on fait affaire avec le monde entier et on habite l'Amérique. Je veux des gens qui peuvent comprendre ce que nos clients demandent et qui peuvent leur répondre poliment dans leur langue. Ce qui ne t'empêche pas de favoriser un recrutement à ton goût. Je ne viendrai pas gérer tes dossiers à ta place, Thomas. Mais tu vas te souvenir d'une chose, sinon moi, je vais te la rappeler : en 1949, quand ton père est mort et que j'ai nommé Estelle, des directeurs ont fait des pressions très dures pour la faire sauter. Quand Jeannine s'est opposée à l'exploitation des petites mains de *Coutures Florent*, Stephen a fait des efforts extraordinaires pour s'adapter à ces changements. Et ce n'était pas facile à prendre pour un homme de sa génération. Il a respecté mes choix et s'est comporté en gentleman. Tu vas demander des choses qui peuvent être difficiles à accepter pour tes employés. Agis en gentleman, Thomas, ne les prends pas de front et ne les traite pas avec mépris. Discute et répète, fais-toi comprendre avant d'appliquer tes décisions. Même si c'est toi qui décides, tu peux perdre du temps à expliquer. Ça s'appelle du respect. Le jour où tu n'en auras plus, tu seras ce que tu détestes et dénonces : un exploiteur borné. Il faut savoir reconnaître l'effort qu'on exige des gens. Il faut l'exiger, mais le reconnaître loyalement. Les *blokes*, comme tu dis, ont dirigé la *business* et le pays pendant des années. C'est ton tour, j'en conviens. Fais ta loi. Mais n'agis pas comme s'ils n'avaient pas été là. Ne leur fais pas ce que tu les accuses d'avoir fait avec nous.

— J'ai jamais dit que je ferais comme un sauvage.

— Non, mais tu es jeune et pressé. Je l'étais. Nic a travaillé en coulisses pour me permettre de passer. Je suis prête à faire la même chose pour toi. Une seule chose ne changera pas : le nom de McNally. C'est la seule chose intouchable chez nous.

— On pourrait écrire *McNally, mère et fils* ?

— C'est ça : moque-toi de moi ! Ça peut être utile, une mère. Maintenant, parle-moi de cette Élisabeth... »

Thomas lève les yeux au ciel : « Aucune importance, maman. C'est déjà du passé ! »

Son fils est un crève-cœur pour toutes ces pauvres filles. Adélaïde comprend ce que ressentait Jeannine quand elle consolait les conquêtes évincées de son fils. Elle se love contre Paul : « Elles ont rappelé, toi, tes conquêtes blondes ?

— Elles se sont toutes fait teindre en brunes, mais ça n'a pas marché. »

* * *

« Le 4 juin 65 est la journée de ma vie. On est partis pour le Lac, Jeffrey et moi, très tôt. Je l'emmenais là-bas pour la première fois. J'ai dit à maman que je voulais me reposer avant de me mettre à travailler tout l'été. Je savais qu'elle doit y aller avec Paul autour du 15. Ils font toujours ça, chaque année. Je sais que j'ai encore l'air de l'imiter, mais c'est surtout parce que la maison du Lac, pour moi, c'est ma maison. Celle où, vraiment, j'ai été heureuse. C'est l'endroit de la bonne vie, que mon père disait. Et puis, c'est beau. Je ne voulais pas d'une chambre d'hôtel. Je voulais un endroit beau et chaud. Ma chambre donne sur le lac, mais ce n'est pas là que ça s'est passé. Vous ne serez pas étonné de savoir qu'avec mon sens aigu du symbole je n'ai pas choisi cette date pour rien. Ça faisait neuf mois tout juste qu'il m'avait demandée en mariage. On a mis au monde notre amour. Dans le jardin au bord du lac, parmi les forsythias en fleur. Vous connaissez cet arbuste ? Un jaune lumineux, presque éblouissant au soleil. La clairière avait l'air toute jaune. Jeffrey a apporté une couverture et on était comme dans une bulle de lumière jaune avec le ciel au-dessus de nous. C'était merveilleux. Et beau. Beau comme ça devrait toujours l'être. Je comprends maintenant que ce qui est arrivé à Florent, à Béatrice, ça m'a fait plus peur que je ne pensais. Je crois que j'ai toujours craint que quelque chose se déchaîne à un moment donné et qu'on ne puisse pas arrêter la violence. Dans le désir sexuel, je veux dire. Comme Kitty, quoi ! Jeffrey n'est pas comme ça. Il est solide, il est vrai et sain. Sain. Vraiment, c'est le mot qui me vient. Je veux dire... Ce n'était pas particulièrement sage ou tranquille, mais rien, jamais, n'était obscène. C'était toujours amoureux. On s'est baignés et le lac était tellement froid qu'on a failli y rester. Une fin de semaine de rêve. Trois jours parfaits. Intacts. Magnifiques.

— (...)

— Bien sûr que non que je n'ai pas fait d'enfant ! Ça fait depuis février que je prends la pilule. J'ai été patiente, trouvez-vous ? Mais on va se marier quand même. Pour nous. Pour le plaisir. Mais pas tout de suite. Après mon doctorat. En 67. Je pense finir mon analyse avant le doctorat, parce que je n'y arriverai pas sans ça. Vous et le doctorat, moi et le doctorat, ce serait trop.

— (...)

— Non, je n'ai plus l'impression de piétiner. Depuis Jeffrey, vraiment, j'ai l'impression de flotter. L'impression d'être entière et capable de bonheur. Je pensais récupérer ma peine, ici. J'ai récupéré ma capacité d'être heureuse. Je pense que si Jeffrey a pu entrer dans ma vie, c'est à cause de cette analyse, parce que je me suis remise en état d'aimer. Je vais le présenter à Leah et à Alex en premier. Puis à maman... avec Paul. Paul va m'aider. Il a le tour avec elle. Il ne la laisse plus s'éloigner. Et Florent. Jeffrey m'a déjà présentée à ses parents qui me trouvent parfaite, sauf que je ne suis pas juive et qu'ils trouvent stupide de voir Jeffrey se mettre au français pour une fille qui peut parler anglais. Ils ne sont pas comme Aaron. Ils sont comme la mère de Lili et son nouveau mari : à part et ailleurs. Je ne pense pas leur plaire jamais vraiment, je veux dire à cent pour cent. Ça n'a rien à voir avec moi, mes qualités ou mes défauts, je veux dire. Pas *kosher* ! Jeffrey s'en fout. Il dit qu'on va faire un mariage catholique. Il va se convertir, c'est ce qu'il dit. Aucune importance pour lui. Il a changé de religion. Il est entré en "dévotion de Léa".

« Vous savez quoi ? Même si maman ne l'aime pas, ce n'est pas grave. Ce serait mieux, je préférerais, mais ce ne serait pas grave. Je peux me passer de sa bénédiction là-dessus. Je m'en suis rendu compte quand Jeff m'a dit que ses parents n'avaient plus d'influence sur sa vie immédiate. Sur ce qu'il est, sa nature, sa culture, oui, mais il est un grand garçon maintenant et il dit : "Je m'en soucie, mais je ne modifierai pas ma vie pour eux. Ils n'en ont pas besoin. Et moi non plus."

« Ma vie, maintenant, est à moi. La mienne. J'ai commencé un nouveau roman. Et j'aime Jeffrey. Écoutez-moi bien, docteur, je vais le dire : je suis heureuse. Et je n'ai pas peur que mon bonheur éclate et se disperse et me disperse. Je suis heureuse, moi, Léa McNally ! »

* * *

Après les collections de mai, juste avant la mise en chantier des costumes pour l'opéra, Archie vient à Montréal pour voir Florent et ils partiront ensuite pour une semaine de vacances. Florent se fait penser à un jeune marié tellement il s'énerve. Sa valise est pleine de choses inutiles, il ne se décide sur rien, empile des chemises pour un mois. Ridicule !

Quand la sonnette retentit, sa chambre est un lieu de combat où chaque meuble est couvert de vêtements. Florent se précipite pour répondre et il arrive à la porte lorsqu'il s'aperçoit que, pour la première fois, il n'a pas vérifié avant d'aller ouvrir.

C'est Ada. Pimpante dans son ensemble un peu géométrique sans l'être totalement : un zeste de pop sans nier que cette longueur est une audace réfléchie et qui n'excède pas un rigoureux conformisme. Elle fait jeune, sans se prendre pour une *teenager*. Florent la voit entrer, s'installer. Inquiet, il se dit qu'Archie devrait surgir dans dix minutes et que cela forcera des présentations impromptues. Tant mieux ! Il ne savait plus comment parler d'Archie et de ses projets à Ada.

« Florent ! Tu n'as rien écouté ! Tu es si distrait dernièrement. Tu as remarqué, quand même ?

— Excuse-moi. Quoi ?

— Fabien. Fabien qui fréquente enfin quelqu'un. »

Florent sourit de la trouvaille d'Adélaïde. Franchement ! Il trouve qu'elle n'a pas l'œil avec son frère : « Ada, tu veux savoir quand j'ai reçu ici, dans cette maison, Fabien et Jeannine pour la première fois ? Tu veux savoir depuis quand je l'avais deviné, espèce de distraite toi-même ?

— Non. Laisse faire, j'aurais honte. Alors, tu savais pour Héléna ?

— Il est venu à l'Atelier tellement souvent ces six derniers mois que c'était elle ou moi. Comme Fabien n'a pas de tendances...

— Il y en a d'autres comme ça, que tu sais et que tu gardes pour toi ? »

Il déglutit péniblement, regarde par la fenêtre : « Non...

— Léa ? Ne me dis pas que tu n'as rien remarqué ! Elle rayonne ! Si Léa n'est pas amoureuse, je suis une...

— Évidemment qu'elle l'est. Mais elle ne veut rien dire.

— Ah ! J'ai pas zéro quand même ! »

Florent aperçoit le taxi qui se range le long du trottoir et Archie qui en descend. « Ada, je vais te présenter quelqu'un... Tout ce que tu vas penser est vrai. Je suis amoureux, mais on en parlera après, O.K. ? »

Adélaïde, de surprise, reste assise.

* * *

Quand, en février 67, la Commission Bird que vient de mettre sur pied le gouvernement fédéral pour enquêter sur la situation de la femme au Canada demande à Maître Leah Singer de se joindre à elle, l'honneur et la reconnaissance d'un travail de fond sont, selon Josh, extraordinaires et dignes des efforts consentis par Leah. « Huit personnes dans tout le Canada et vous en êtes ! Vous, la plus impatiente, la plus exigeante, vous allez faire avancer les choses. Êtes-vous contente ? »

Lui, en tout cas, a l'air aux anges : « Je n'ai pas pris de décision, Josh. Ça veut dire partir du bureau pour trois ans.

— Ne me dites pas que vous craignez que je ne vous garde pas votre place ?

— Et si je ne partais qu'un an, vous me la garderiez ? »

Il ne comprend pas la question : la Commission déposera son rapport en 70, pourquoi parler d'un an alors qu'il s'agit de trois ans ?

« Je suis enceinte, Josh, je vais avoir un bébé en juillet.

— Oh ! »

Pour la première fois, Leah se demande si leur étroite collaboration n'a pas pesé un peu lourd pour Josh. Depuis sept ans, ils ont connu tant de succès et de désillusions, tant d'aventures qu'elle a perdu de vue qu'au départ il y avait eu ces baisers et cette attirance. Elle était si mêlée, si malheureuse à l'époque, qu'elle avait bien failli se jeter dans ses bras. La seule possibilité d'une telle erreur entre eux lui semble impensable aujourd'hui. Leah se rend compte qu'elle n'est impensable que pour elle : « Josh, asseyez-vous. On devrait se parler franchement. »

Elle voit bien qu'il est secoué, qu'il cherche à reprendre contenance. Dire qu'il était si heureux, si content de l'offre de la Commission ! « Josh, je sais que la Commission va s'occuper enfin du problème des femmes, je sais que j'aurais voulu en être et que l'honneur est immense. Mais je voulais ce bébé. Alex et moi, on le voulait. Et j'ai trente-deux ans. J'ai dû penser, comme les membres de la Commission, que ma réputation était suffisamment solide pour me permettre de partir un an.

— Ce sera plus qu'un an, Leah, vous allez l'élever, en avoir d'autres. Votre carrière va changer.

— Je vais commencer par un, et c'est entendu avec Alex que je reviendrai au travail quand le bébé aura sept ou huit mois.

— Vous arrêterez quand ? Ce mois-ci ? Mon Dieu, Leah, je ne vous verrai plus pendant un an ?

— Je pensais partir en mai et revenir en mai 68. Vous pensez pouvoir accepter de me reprendre ?

— Vous allez me poursuivre si je vous renvoie pour grossesse.

— La loi vous autorise à le faire. Je ne suis pas protégée.

— Vous êtes très protégée et vous le savez. Je suis heureux pour vous, Leah. Votre bureau vous attendra. Moi aussi. Nous n'avons pas les moyens de perdre un avocat choisi par la Commission Bird. Tous les cabinets vous veulent, je serais fou de vous faire croire qu'on vous fait une faveur.

— Vous m'en faites une et vous le savez. Maintenant, je voudrais qu'on procède à la répartition des dossiers. Il y a des causes que je ne pourrai pas plaider, celles de juin, par exemple, vous allez les prendre ? On fait quoi ? Vous engagez quelqu'un d'autre ?

— Je vais me charger de vos causes et j'en profiterai pour vous appeler à tous les jours pour obtenir un détail ou deux... Vous allez me manquer, Leah.

— Je vais revenir, Josh. »

Ce ne sera plus pareil et Josh le sait. C'est exactement comme si Alex l'épousait. « Vous êtes heureuse, ça paraît, et c'est tout ce qui m'importe.

— Je le suis, Josh. Je le suis vraiment. »

* * *

« Je suis prête, je pense. Même si imaginer que je ne reviendrai plus ici m'angoisse et me rend nerveuse, je pense que je suis prête. J'ai quand même étiré ça encore un an ! Mais vous aviez raison, il fallait qu'on règle ce problème d'échec, cette honte qui se serait ajoutée aux autres. Je pense que ma décision est la bonne. Je suis en paix avec. Je sais que j'aurais fait mes six mois de travail clinique et mes examens de l'Institut de psychanalyse avec une détermination malhonnête. Je l'aurais fait pour prouver à maman que la folie n'est pas dangereuse. À mes frais, comme vous dites. Aux frais de ma vie. On pense toujours qu'on est éternel. C'est fou. Vraiment fou. Je suis arrivée ici avec des morts plein les mains, avec tous ces morts qui étouffaient ma vie, et je n'ai jamais pensé une chose comme : et si ma vie s'arrête demain ? Je me pensais "discartée" par la mort. Ma mère avait perdu un enfant, elle ne pouvait pas en perdre deux. Raisonnement d'enfant. Ou peut-être que je me sentais si mal que même la mort ne pouvait venir régler mon problème. Me voilà suffisamment bien pour concevoir que la mort existe et que ma vie n'est pas éternelle. Inutile donc de consacrer un an ou deux à devenir une psychanalyste, alors que ça m'intéresse beaucoup moins. Je vais écrire. D'abord, ma thèse sur les mensonges vrais de la fiction littéraire et ensuite... Vous savez quoi ? Je ne veux pas publier ma thèse. Je veux publier un roman. Pas la recherche de vérité que je fais ici avec vous et que j'applique ensuite sur la littérature et les écrivains. Non, je veux mentir, construire mes mensonges, les rendre plus vrais que la vérité. L'écrivain n'est pas un voleur, pas un fou, c'est un imposteur : quelqu'un qui dit vrai en créant du faux. Je me suis aperçue que je peux écrire sans penser, sans analyser, sans fouiller le sens, tant que ce sont des mensonges. Je ne pourrai jamais écrire mon histoire. Mon histoire est à moi, ma vérité est à moi et à personne d'autre. Mais celle des fictions, des inventions que j'écris, n'est pas moins vraie. Cette vérité prend de la réalité en autant que le fil du mensonge s'attache au cri vrai, réel, au sang et à la chair de ma vie, sans jamais en prendre la forme. Est-ce que c'est pour ça qu'on assimile la création à la naissance ? Nourrie de toi, l'œuvre s'en écarte aussi ? L'œuvre est indépendante. Elle prend naissance dans ma chair, mais ne dessine jamais ma vie. Comme moi avec maman. Quel apprentissage j'ai fait ici ! Quelle histoire, nous deux.

« Pensez-vous que si Marcel Proust avait fait une analyse, il n'aurait pas écrit *La Recherche* ? Je le pense. Si on fouille sa vie en écrivant, on fait une analyse déviée. On ne peut pas tout dire à la face du monde. Donc, on ment. Même les mémoires sont des mensonges vrais. La fiction est un vrai mensonge et la vérité s'infiltre entre les lignes. Il faut être très futé pour la lire. Très futé. Je serai très futée pour écrire ma thèse et débusquer les vérités des mensonges.

« Cette thèse m'excite autant que mon mariage. Leah a réussi à me faire reculer la date. À cause du bébé qu'elle veut avoir avant mon mariage. On va tout faire à l'envers encore une fois, mais je crois que ça nous plaît. On s'installe en juillet et on se marie en août. Les parents de Jeffrey font encore la baboune, mais la publication des poèmes va améliorer leur humeur davantage que les discours. Ils sont très fiers de leur fils. Ils font semblant que les poèmes n'ont rien à voir avec moi. Accident de parcours littéraire, cette Léa. Eux, en tout cas, ils y croient, à la fiction. L'écriture de Jeffrey n'a rien de lié à moi. J'ai beau étudier le mensonge dans la vérité et l'inverse, son écriture est assez probante. Des poèmes en plus ! Comme si on pouvait les faire autrement qu'avec sa chair. Un roman, je ne dis pas, et encore, mais des poèmes ? Les parents du poète mentent. Le poète crie la vérité et ils entendent la beauté du mensonge. Ils doivent se dire qu'il écrit Léa au lieu de Rachel, pour ne pas me blesser. Ils lisent l'amour pour l'élue de leur cœur au lieu de l'amour pour l'élue du sien. Lecteur menteur... un autre aspect auquel je n'ai pas pensé. Il faudrait relire *La Recherche* en se demandant si le lecteur et sa tricherie s'ajoutant à celle de l'écrivain rapprochent ou éloignent la vérité. Joli paradoxe : les parents de Jeffrey se rapprochent de la vérité de notre amour et s'éloignent de son objet. Plus ils s'en éloignent, plus ils me perdent de vue et plus ils adhèrent à la vérité de l'amour de Jeffrey. Fiction ? Vive la fiction. La fiction gagne.

— (...)

— Non, je m'en fiche que ses parents trouvent ce

mariage choquant. C'est normal, après tout. Catholique, vous vous rendez compte ? Maman, elle, est ravie, heureuse et, vraiment, elle adore Jeffrey. Vous savez ce qu'elle a fait ? Elle m'a offert la bague de mariage qu'elle avait donnée à papa. Le jonc qu'elle a gardé depuis sa mort, depuis qu'elle l'a glissé sur une chaîne qu'elle portait toujours. Ce sera l'alliance de Jeffrey. J'ai tellement pleuré quand elle a fait ça. Nous sommes vraiment proches, vous savez. Et je l'aime.

« Comme ce sera difficile de me passer de vous, mon ami. Comment vais-je organiser mes émotions en dehors de notre petit caucus confortable ? Vous allez me manquer, docteur. Mais je suis prête à me passer de vous sans en mourir. »

* * *

Le 24 juillet 1967, à l'instant où une clameur jubilatoire soulève la foule de l'Hôtel de Ville, à l'instant où de Gaulle, bras tendus, semble hisser les Québécois vers ce balcon comme on tient un enfant à bout de bras pour lui voir faire ses premiers pas, le fils de Leah et d'Alex McNally pousse son premier cri. Aux oreilles de son père ébloui, le cri de Louis McNally n'est pas moins triomphant que celui de la foule.

Impossible de rejoindre le futur parrain, Fabien est dans la foule et agite son drapeau fleurdelisé en hurlant aussi fort que les autres.

Alex attrape la marraine, alors qu'elle est sur le point de partir. Adélaïde écoute Alex donner les détails de l'accouchement en fixant l'écran de télévision où le maire Drapeau semble près d'annuler le grand dîner où elle a été conviée. « Je viendrai peut-être ce soir, Alex, j'ai l'impression que l'étiquette vient de se faire bousculer. Tu ne vois pas la face des officiels ! C'est extraordinaire. Dis à ton fils qu'il arrive dans un vrai temps nouveau. Embrasse Lili et on vient aussi vite qu'on peut. »

Adélaïde et Paul ne rencontrent finalement pas le général de Gaulle qui décide de repartir précipitamment. Ils ne lui en veulent pas du tout, ils sont euphoriques, et ce n'est pas seulement à cause de Louis McNally.

* * *

« J'ai attendu trois semaines avant de venir. Trois semaines à lutter, à refaire ma vie, à reprendre le puzzle. Ça fait trois semaines que je sais mon nom. Et je vais avoir vingt-cinq ans ! Je m'appelle Léa Singer. Je m'appelle Léa Singer. Je dois le dire à voix haute pour en être sûre. Pour comprendre. Pour m'en persuader. Ça me donne envie de hurler.

« J'ai besoin de vous... Pour faire le point, pour savoir quoi faire. Pour maman. Maman ne sait pas que je sais. Maman... Excusez-moi, je pensais que j'allais mieux. Je ne pensais pas que ça me reprendrait... Oh ! mon Dieu ! on dirait que je ne sais que pleurer ! Attendez, je me mouche. Je ne suis pas aussi triste que j'en ai l'air. Je suis seulement bouleversée. Je ne peux pas me marier dans cet état, je ne peux pas me marier sans dire à maman que je sais. Je me sens tellement perdue, tellement impuissante.

— (...)

— C'est Florent. Pas lui, mais... Quand j'ai emménagé, au début juillet, Florent m'a permis de prendre le portrait que je voulais depuis longtemps. C'est le portrait de ma grand-mère, de Gabrielle. Florent l'avait fait quand il avait cinq ou six ans. Et pap... Nic le lui avait acheté. Ce n'est pas un grand portrait, mais quand on sait que Florent était si petit, c'est extraordinaire. Il était à la cave, avec d'autres cadres. C'est papa qui l'avait fait encadrer et c'est lui qui l'avait redonné à Florent à son retour de guerre. C'est un cadre ancien, un peu terni. Un cadre en argent, vous savez, mince et travaillé. J'ai retiré le dessin pour frotter le cadre. Derrière, dessous, il y avait un papier plié, jauni, qui était écrit des deux côtés. D'un côté, il y avait des heures et des flèches et des dates. Les deux noms de villes étaient Halifax et Montréal. Et aussi un nom d'hôtel, *The Swann Inn*. Ça doit être à Halifax. De l'autre côté, il y avait un brouillon de lettre. Écrit par Nic. À Ted. Et une date, le 18 décembre 1941.

« Avez-vous vu *Les Oiseaux*, de Hitchcock ? Quand la fille monte au grenier et qu'elle va ouvrir la porte, on sait qu'il ne faut pas, qu'il ne faut surtout pas qu'elle le fasse. Je savais qu'il ne fallait pas que je voie ça, que je ne devais pas voir ça, que ça ne m'appartenait pas. Le 18 décembre 1941, si on s'en tient à mon calcul, c'est trois jours avant ma conception. Cette date anniversaire où je suis venue ici pour la première fois, il y a sept ans ou presque. Le 18 décembre 41, ma mère avait rejoint Theodore Singer à Halifax et elle me concevait. Et c'est Nic qui l'avait envoyée. Mon père a envoyé ma mère à Halifax. Pas mon père, mais mon père pareil. Elle est la princesse aux yeux océan, cette princesse que Lili cherchait tant, que j'ai réinventée pour elle dans un roman, c'est ma mère. Et je suis la demi-sœur de Leah, la demi-sœur de mon frère. Je suis la fille de Theodore Singer et je dois épouser un Juif dans huit jours.

— (...)

— Maintenant que je sais qui je suis, je ne sais plus qui je suis. Il n'y a pas de vérité, il n'y a plus que des mensonges qui font de fausses vérités. Tous ces liens, toutes ces histoires que j'ai décryptées avec vous, toutes ces angoisses ont une autre vérité, un autre fondement. Avec ce petit billet, j'ai refait le parcours, j'ai recommencé l'histoire. En avril 42, enceinte de quatre mois, maman a perdu sa mère ; en mai 42, presque au cinquième mois, elle a épousé mon père, mon deuxième père devrais-je dire, et en août 42, en août, alors qu'elle avait huit mois de fait, c'était Dieppe, c'était la mort de Ted. Comprenez-vous ? Comprenez-vous pourquoi je me sentais si étouffée de peine, si menacée ? C'est mon père qu'elle a perdu ! C'est lui, le chagrin. Lui, la mort. Et après, son père, et ensuite, Nic. Depuis trois semaines, j'essaie de comprendre et, tout ce que je vois, c'est qu'elle n'a pas menti. Elle m'aimait, et elle aimait l'homme avec qui elle m'a faite et elle aimait aussi Nic. J'ai essayé de voir autre chose, de la faire se recouper. Vous connaissez ma détermination, je l'aurais trouvé s'il y avait eu moyen de l'accuser. De la condamner. De la détruire. Je crois maintenant qu'elle a épousé Nic pour moi, pour me donner un nom et un père. Je crois qu'elle l'a fait pour moi parce que, toute seule, elle aurait eu du courage pour elle-même et n'aurait pas eu besoin de Nic. Dans le billet, il y avait autre chose... Nic, mon beau-père, Nic aimait ma grand-mère. Gabrielle. Il l'a écrit. Il l'a marqué. Il l'aimait d'amour. Pas maman. Sa mère. Quand elle est morte, il a épousé maman, mais ils étaient tous les deux en deuil d'elle. C'est tellement fou, tellement difficile à croire ! Je ne sais pas si ces gens-là sont de grands menteurs, mais je ne peux pas douter de ce que j'ai vu et j'ai vu de l'amour. Mon père aimait ma mère. Oui, Nic est mon père. Quand même. Parce qu'il m'a élevée et aimée. Parce que c'est dans ses bras que j'ai pleuré, c'est au bout de ses bras, quand il me faisait danser que j'ai ri, parce que c'est lui qui me protégeait et qui m'aimait. Papa n'est pas un autre que Nic, et Theodore n'y changera rien. Je n'arrête pas de penser à cette scène où maman me l'a présenté au retour de guerre. Cette scène était *vraie*, c'était une demande en paternité. Maman me disait : voici qui j'ai choisi pour père, le veux-tu ? Et Nic le voulait. Et Florent et maman aussi. Tout le monde attendait après moi. Je peux bien m'en souvenir ! Maintenant que je sais, je ne me dédis pas. Malgré tout, Nic est mon père. Mon père est mort quand j'avais sept ans. Et celui de Leah est mort quand elle avait sept ans. Nous avons le même père, mais je suis aussi la fille d'Adélaïde McNally. Elle m'a demandé d'approuver son choix et je l'ai fait. J'aurais pu rester avec Florent, elle m'aurait laissée faire. Maintenant, je comprends un peu mieux pourquoi elle refusait de l'épouser après la mort de papa. Florent le voulait. Elle s'est dit que j'étais probablement assez grande pour ne pas avoir à mentir. Elle aimait Florent, mais jamais comme papa, comme Nic. Et elle aimait Ted. C'est pour lui qu'elle a pris soin de Leah. Pour lui qu'elle s'est rapprochée d'elle. Non... je me trompe peut-être. Je ne sais pas. Aaron était mon grand-père et je sais qu'il le savait. Parce qu'il m'a appelée pour mourir. Il me voulait à ses côtés, avec Leah. Nous avons le même prénom, Leah et moi. Un anglais, un français. Maman ne savait donc rien des enfants de Ted à ma naissance, je veux dire, en tout cas, pas leurs prénoms. En psychanalyse, il n'y a pas de hasard... Leah et Léa, le lien, toutes les deux liées, toutes les deux ensemble ; esseulées, mais ensemble. Elle a mis ma sœur près de moi pour qu'un recours existe, un lien... une sœur. Vous vous rendez compte que Lili voulait être adoptée par maman ? Qu'elle regrettait de n'être pas sa fille, à elle ? Je suis celle qu'elle voulait être. On est toujours prêt à adopter quelqu'un d'autre au lieu de s'adopter.

« Vous savez ce qu'il a fait, Jeffrey, quand il m'a trouvée assise en larmes au milieu du déménagement ? Il m'a emmenée dans mon bureau encore vide, il m'a mis un crayon dans les mains et il a déroulé un grand papier brun devant moi. Il m'a dit de dessiner mon arbre. Mon arbre généalogique. De le dessiner jusqu'où je sais, autant de fois qu'il faut, avec toutes les branches qu'il faut pour me trouver, trouver ma vérité et que, une fois que ce sera fini, de venir lui dire si, aujourd'hui, je suis plus pauvre ou plus riche de ce que je sais.

« Avez-vous remarqué comme, par après, une fois qu'on sait, tout devient évident ? Si évident qu'on se demande comment on a pu ne pas voir ? Si Nic m'avait conçue, elle l'aurait épousé avant. Avant de me faire. C'est évident.

« Je voudrais beaucoup parler à papa, à Nic. Parce que lui saurait quoi faire pour maman. Sa lettre est si belle... J'aurais dû vous l'apporter. Sa lettre est si pleine d'amour, ça me manque tellement. Il me manque. Papa me manque. Il m'a dit la vérité et je voudrais le remercier. C'est lui, mon père. Mon père est celui qui me dit la vérité.

— (...)

— Oui, je suppose qu'on choisit. On choisit quelle branche on coupe ou non dans son arbre. Je ne veux pas couper celle de mon père... Je veux juste rendre à Nic ce qui lui appartient. Et à maman.

— (...)

— Il n'y a qu'une phrase dont je me souvienne par cœur : *même massacré par la guerre, l'amour est la seule chose importante.* Et c'est vrai. Parce que son amour à lui, à Nic, m'a tenue pendant ces semaines où j'ai fait de l'ordre dans moi. L'amour de Jeffrey aussi, tellement mûr, tellement fort, qui a attendu sans faire pression, qui n'a pas décidé à ma place, qui m'a laissée faire mes calculs. Et je suis plus riche. Ma vérité ne m'appauvrit pas, ne diminue rien, ne rend rien inutile ou nul. C'est quand je me dis qu'il faudrait que maman le sache que je perds ma confiance. J'ai peur qu'elle ne croie pas que je l'aime encore autant, que je sais qu'elle a fait du mieux qu'elle pouvait et qu'elle nous a aimés, papa et moi. Vous vous souvenez, je croyais toujours que j'étais sa préférée ? Ça pourrait paraître idiot aujourd'hui, un fantasme d'enfant. Eh bien, non, je le crois toujours. Mieux, je le sais. Je suis sa fierté. Je devais être dure à accepter à l'époque, ça n'a pas dû être facile. Mais une fois que j'ai été là, je suis toujours persuadée qu'elle m'a voulue, désirée, aimée. Comme Nic. Rien ne peut détruire cette conviction. Rien. Je le sais.

« Si j'étais elle, je crois que je serais très fière de moi. Je voudrais que mes enfants sachent aussi fort que moi que je les aime, qu'ils sont ma victoire sur les guerres et les défaites. »

* * *

Léa trouve sa mère dans sa chambre à coucher, en train d'attacher ses cheveux. On entend l'eau couler dans la baignoire. Adélaïde sourit, contente de la voir – elle va fermer les robinets, revient, fronce les sourcils : « Quoi ? Tu t'es chicanée avec Jeff ? Tu t'énerves ? Tu ne veux plus te marier ? Dis-moi. »

Léa lui tend le papier, tourné du côté des heures de train. Ada le prend, demeure figée d'abord de voir l'écriture de Nic et ensuite de lire *Swann Inn*. Livide, elle lève les yeux vers Léa, sans oser rien demander. Léa la fait asseoir sur le lit, elle se met à genoux devant elle et, le plus tendrement du monde, elle pose ses mains sur les genoux de sa mère : « Il y a un mot de l'autre côté, maman, un mot de Nic. Je ne sais pas si mon père l'a lu. Tu le sauras sans doute. Maman... prends ton temps. »

Le ton est si doux, si affectueux, comment sa fille peut-elle avoir cette tendresse si elle sait ? Adélaïde voit bien qu'elle sait. Elle retourne le papier. Un brouillon... Nic qui ne savait pas écrire sans fautes, Nic qui a appris si tard à lire et à écrire. Cet homme si fier qui faisait des brouillons pour ne pas abîmer sa page.

Ted,

Je ne sais pas si nous nous reverrons jamais. En t'envoyant Adélaïde, je trahis la confiance de la femme que j'aime et ai aimée toute ma vie, sa mère, Gabrielle.

Mais je sais que tu l'aimes et que, même massacré par la guerre, l'amour est la seule chose importante.

S'il t'arrive malheur, si tu ne peux le faire, je m'engage à la protéger avec tous les moyens possibles et à l'aider pour toi à devenir quand même heureuse.

C'est le mandat que je te demande, c'est la seule façon de me faire pardonner par Gabrielle.

Prends garde à toi, mon vieux.

Nic.

Le 18 décembre 1941.

Sa mère ne pleure pas, elle ne bronche pas. Son regard gris est perdu et ne voit plus Léa. Elle revoit Nic, assis à son bureau, Nic qui écrit ces mots pour apaiser sa conscience. Elle se souvient de cette autre lettre où il lui avouait qu'elle était ce qui lui était arrivé de mieux et de meilleur dans sa vie. On croit que l'éternité est attachée au visage aimé et que, sans lui, le sentiment périra. Nic, qui croyait que l'amour s'arrêtait à Gabrielle. Nic, aussi étonné qu'elle de cet amour qui fut le leur.

Adélaïde fixe les yeux gris de Léa. La voilà, sa conscience, le voilà, son juge tant redouté à elle. Les yeux de Gabrielle dans ceux de Léa. « Ma petite fille... comme j'aurais voulu éviter que tu aies mal. Comme j'aurais voulu t'épargner ça.

— Est-ce que Ted a eu la lettre, maman ?

— Oui. Il l'a eue. Il l'a lue devant moi, juste avant de partir rejoindre son régiment. C'était le 23 décembre 1941 et il m'a dit de remercier Nic. Je ne l'ai pas lue.

— Mais tu connaissais le contenu de la lettre ? La promesse, je veux dire ? »

Adélaïde hoche la tête. Tout cela est si irréel. Comment Léa ne se fâche-t-elle pas ? Pourquoi est-elle si douce ? Elle caresse la joue de sa fille : « Pourquoi es-tu si tranquille, Léa ? Je sais ce que j'ai fait, je t'ai menti. Tu as le droit d'être extrêmement fâchée.

— Je l'ai été. Je ne le suis plus.

— Et à qui je dois cette indulgence ? À Jeffrey ?

— À toi, maman. À ce que tu es... Tu le savais pour Gabrielle et Nic ? Ça te fait de la peine ?

— Je l'ai toujours su. Toute petite, je l'ai vu. Nic l'aurait nié et je ne l'aurais pas cru. Alors, non, ça ne m'enlève rien. Maman n'a jamais su, elle.

— Tu aurais aimé mieux ne pas savoir ? Ou que moi, je ne sache jamais que Nic n'était pas mon père ?

— Léa... Écoute-toi ! Toujours des questions ! Nic peut bien dire... »

Adélaïde se tait et baisse les yeux sur le brouillon.

Est-ce possible qu'une seule ligne de sa main le ramène comme hier ? Vivant, immense et rieur, à lancer en l'air son bébé Léa ? Est-ce la lettre, est-ce Léa qui lui ramène sa mère, est-ce le choc de revoir Theodore lisant les mots de Nic avant de descendre ces escaliers pour toujours... Elle entend encore la jeep qui klaxonne, les bottes, elle entend l'orage éclater et Nic qui la prend alors qu'elle est encore enceinte de Léa... Elle aime toujours l'orage, elle aime encore Nic. Elle regarde Léa qui attend. Que peut-elle dire ? Que la mort ne peut pas tout nous voler ? Tout exiger ?

« Maman... J'ai aussi apporté ceci. Je voudrais que tu la reprennes et que tu l'offres à Paul le jour de mon mariage. »

Dans sa main brille l'alliance de Nic. Adélaïde comprend vaguement le désir de Léa. Elle est incapable d'analyser, de questionner. Elle est incapable d'accepter. Elle hoche la tête avec tristesse : « Ma chérie... je ne peux pas. J'ai accepté la mort une fois, Léa. Celle de Theodore. On dirait bien que je ne pourrai pas y arriver deux fois. On n'a pas demandé à Nic de le faire deux fois, non plus. Nic a rempli son mandat, j'ai été heureuse. Maintenant, si, pour l'être encore, il faut aller plus loin, quitter au-delà de ce que je peux quitter, jusqu'au souvenir même de Nic, je crois que je ne peux pas. Peut-être qu'il y a un temps où il faut accepter de ne pas pouvoir aller plus loin. J'ai essayé, j'essaie. Paul a tout ce que je peux lui donner. »

Léa se lève, prend sa mère dans ses bras : « Maman, je suis là. Je suis là. Je vais t'aider.

— Non, Léa. Tu vas aller devant, et tu vas faire ta vie à toi.

— Maman, tu m'as mise à la porte de la chambre, mais je suis revenue. Je suis revenue il y a dix-huit ans pour te chercher, pour ne pas que tu restes sur ce lit, dans cette chambre. Tu ne m'as pas vue, cette fois-là. Cette fois-ci, je t'attends. Je veux que tu fermes la porte avec moi. Je veux que tu restes de ce côté-ci avec moi, avec nous. J'ai perdu deux pères et j'ai toujours ma mère. Je veux ma mère.

— Tu es revenue ? Vraiment revenue ? Tu veux dire...

— Que je l'aurais frappée avec toi si j'avais pu. Aussi fort que toi.

— Tu as pu. Tu l'as fait. C'est toi qui as réussi, Léa. C'est toi qui as eu Kitty.

— Ce n'est pas elle que je voulais. C'est te sauver, l'empêcher de te tuer.

— Elle ne m'a pas tuée. »

Adélaïde se rend compte du sens de ses mots. Elle se redresse, inspire profondément. Consciente des yeux de sa fille, elle se penche, ramasse la lettre de Nic et la lui remet : « C'est à toi. C'est ta vérité, écrite par ton père mort.

— Maman... »

Sa fille ne la laissera pas échapper. Elle est si belle, si déterminée, sa Léa. Adélaïde replace une mèche de cheveux derrière l'oreille. Elle prend l'alliance de platine dans la main de sa fille : « La première fois que la mort est passée, elle a oublié que j'avais une alliée solide. Je t'avais, toi. Toute petite au fond de moi, mais déjà forte. Dans sa dernière lettre, Theodore m'appelait *ma vie*. Je pourrais t'appeler comme ça. Tu as bien fait de revenir me chercher, Léa. On dirait bien que le piège de mort me tenait encore, malgré tout. Ne t'inquiète plus, maintenant, nous allons fermer la porte. Elle ne nous a pas tuées. »

FIN

REMERCIEMENTS

Écrire une trilogie à saveur historique représente une aventure risquée : l'Histoire a beau être écrite, elle varie selon les manuels. Tous mes personnages sont fictifs et se démènent dans un temps à la fois vrai et inventé. Quand j'ai essayé de cerner le vrai, j'ai eu recours à des gens plus savants que moi. Ils m'ont aidée énormément. Voici « mes spécialistes » : Francine Laberge, Rita Laberge, François Lachance, Mariette Laberge, Rachel Bureau, Catherine Laberge, Pierrette Goyette, Paule Ménard, Françoise Giroux et sa sœur, Nicole Rochette, dont j'ai pu consulter les écrits, Odette Désilets, Johanne Mongeau, Pierre Anctil, Daniel Fortin, Jules-Albert Ménard, Claire Laberge, Sylvain Landry, Huguette Oligny, Terry Carter, Harry Zeltzer, Ginette Beaulieu, Robert Maltais, Françoise Segall, Paul-André Linteau, le docteur Yvan Méthot, le docteur André Lauzon, le juge Claude Filion, Denis Goulet, Laurent Lapierre, Claude Goyette, Denise Gagnon et Jean-Maurice Brisson, qui ne s'est jamais découragé de mes questions incessantes.

J'ajouterai, pour les soulager d'une responsabilité qui n'incombe qu'à moi seule, qu'il m'est peut-être arrivé de mêler la fiction au strict réel à tel point que le récit peut paraître moins juste historiquement. Ce n'est pas dû à eux mais aux libertés que j'ai prises avec leurs connaissances.

Merci de leur générosité et de leur patience.

M. L.

Lexique

Abrier : couvrir, mettre à l'abri, en sécurité.
Accroire : chose fausse, duperie, menterie.
Achaler : importuner, ennuyer.
Acte (faire l') : faire l'amour.
Acter : jouer, tenir un rôle.
Adonner (s') : se trouver.
« Amie de fille » : une amie.
Anyway : de toute façon, en tout cas.
Asile (à l') : asile d'aliénés.
At large : en général, dans son ensemble.
Atacas : canneberges, airelles.
Autant comme autant : beaucoup, à satiété.

Baboune (faire la) : bouder.
Baby-doll : sorte de pyjama comportant une nuisette assortie d'une culotte.
Back burner : plaque chauffante.
Badluck : malchance, guignon, poisse.
Balloune (virer une) : s'enivrer, faire la noce, se soûler la gueule.
Baloney : mortadelle.
Baptême ! : juron, sacre, blasphème. Au Québec, les sacrements et les objets du culte sont évoqués pour exprimer la colère, l'étonnement, etc.

« Baptêmes de limites à en demander à un homme » : Il y a de sérieuses limites à ce qu'on peut demander à un homme.

Bargain : aubaine, bonne affaire.

Barrer quelqu'un. congédier, destituer quelqu'un.

Bassinette : petit lit d'enfant.

Beau dommage ! : Et comment ! Certainement !

Bébé-lala : bébé cadum.

Besides : d'ailleurs.

Big boss : grand patron.

Big Doctor : grand médecin.

Biscuits soda : craquelins.

Bitch : chienne, rosse.

Black fuseaux : pantalons fuseaux noirs.

Blender : mélangeur.

Bleu : formulaire de cessation d'emploi.

Blind date : rencontre arrangée par un tiers entre deux personnes qui ne se connaissent pas.

Bloke : nom péjoratif donné aux Anglais par les Canadiens français.

« Bolle » (une) : un génie, une personne intelligente, brillante.

Boire (le) : le biberon.

Boîte à fleurs : jardinière.

Boni : bonus, prime.

Bonyeu ! : altération de : Bon Dieu !

Bord (de mon, ton, son) : de façon unilatérale.

Borderline : limite.

Boss des bécosses : personne qui veut tout diriger.

Bosser quelqu'un : diriger quelqu'un, le mener avec autorité.

Boudins (des) : des anglaises.

Bouts (par) : par moments.

Braid : ruban de passementerie, ornement de vêtement.

Brassières : soutien-gorge.

Brèguet de bain : caleçon de bain, maillot de bain pour homme.

Briqueleur : maçon.

Bum (un) : voyou.

Bunch : paquet, tas.
Butler : maître d'hôtel.
Ça a fait du trouble : Ça a fait des vagues.
Ça va faire ! : Ça suffit !
Cachette : chose cachée, secret.
Caler : se dégarnir, perdre ses cheveux.
Canots : enveloppe imperméable servant à protéger les chaussures de la pluie.
Capine : bonnet, capuchon.
Casque de bain : bonnet de bain.
Casse (en avoir plein son) : en avoir ras-le-bol.
Casseau : barquette.
Catalogne : tapis de parquet fabriqué au moyen de retailles de laine ou de coton, de restes d'étoffes tressés et cousus.
Catalogue Sears : catalogue de vente par correspondance d'un grand magasin.
Catch : prise.
Catiner : jouer à la poupée, en prendre soin.
Caucus : réunion à huis clos.
Cenne (un) : un *cent*.
Cerceau : serre-tête.
Charmeuse : sorte de tricot.
Chesterfield : sofa.
Chicoter : inquiéter, tracasser, agacer.
Chigneuse : pleurnicheuse.
Claques (mettre des) : mettre des préservatifs.
Cold cuts : assiette anglaise, viandes froides.
Colleuse : tendre, câline.
Colonie artistique : ensemble des artistes.
Comics : bandes dessinées.
Coq Bendy : un orgueilleux, un vaniteux.
Coroner judiciaire : officier de police judiciaire, équivalent d'un juge d'instruction.
Couenne dure (avoir la) : ne pas céder facilement.
Coulant (avoir du) : avoir de la souplesse.
Courir la galipote : courir la prétentaine.
Couronne : équivalent du ministère public (accusation).
Cout donc : Dis donc !

Couverte : couverture.
Couvre-chaussures : enveloppes imperméables servant à protéger les chaussures de la pluie.
Craque de tétons : ligne entre les seins.
Craque-pot : fêlé.
« Craques » (du trottoir) : lignes légèrement crevassées, incrustées à intervalles réguliers sur les trottoirs de ciment.
Creux : profond.
Cré-z'y pis bois de l'eau ! : Tu peux toujours t'amuser à y croire !
Crise de cœur : crise cardiaque.
Crisse ! : juron, sacre, blasphème.
Croche : malhonnête, dévié ou crochu, qui n'est pas droit.

« Dans le coco » : dans le crâne.
De fois en fois : d'une fois sur l'autre.
De quoi à faire : quelque chose à faire.
Deal : bonne affaire, arrangement.
Débâtir quelqu'un : détruire quelqu'un.
Déchoquer : ne plus être fâché.
Dégêner, se dégêner : mettre à l'aise.
Discarté : mis de côté, écarté.
Discuteux : discuteur.
Dominion Day : fête nationale du Canada.
Doorman : portier.
Dumper : larguer.

Écornifleur : indiscret.
Éjarrer (s') : écarter ses jambes.
Éléments latins : classe de quatrième au collège.
« En s'il vous plaît » : comme c'est pas permis.
En autant que : dans la mesure où.
En famille : enceinte.
En maudit : en abondance.
Entente (faire une) : conclure un accord.
En tit-péché : beaucoup.

Entécas : en tout cas.
Erre d'aller (un) : continuer sur sa lancée en utilisant l'élan initial.

Fafinage : finasserie, ruse.
Fafiner : ruser, finasser.
Faire rentrer de clarté (la) : faire entrer pendant qu'il fait encore clair.
Fancy (rien de) : rien de compliqué.
Faubourg à M'lasse : quartier défavorisé de Montréal.
Fesser : frapper.
Fesses (ne pas aimer les) : ne pas aimer les choses de l'amour.
Figurer : évaluer.
Filer : se sentir, aller (bien ou mal).
Finfinaud : déluré, finaud.
Fiouler : virevolter.
Flanellette : flanelle.
Folleries : folies.
Foreman : contremaître, chef d'équipe.
Formal : à cheval sur les convenances.
Frame-up : apparences, fraude, tromperie.
French kiss : patin.
Frils : falbalas.
Froque : habit.
Fucking slut ! Watch me fucking bitch ! : Poufiasse ! Tu vas voir, sale garce !
Fuss (tout ce) : toutes ces manières.

Gamique : coup monté, arnaque.
Géritol : fortifiant, tonique.
Gnochon : attardé, niais.
Goaler : tirer au but.
« Graduation » (bal de) : bal de fin d'études.
Graduer : obtenir un diplôme.
Granny : grand-maman.
Gueuler (pour un décolleté) : bâiller.

Head office : siège social.
Horloge grand-père : horloge à balancier.

Ice cream soda : breuvage à base de soda et de crème glacée.
Intermission : interlude.

Jack-shirt : chemise de bûcheron.
Jaquette : chemise de nuit.
Jaquette à noirceur : garder sa chemise de nuit pour faire l'amour et ce, même dans le noir.
« Je t'en passe un papier » : Je te le garantis.
Jeter aux vidanges : mettre au rebut.
Jeu de poches : jeu de cible exécuté avec des sachets de sable.
Jeunesser : faire la fête, profiter de sa jeunesse.
Jouer à la cachette : jouer à cache-cache.

Kick : béguin.
Kosher : casher.

Licheux, licheuse : lèche-cul.
Long-jeu : microsillon.
Lousse : laxiste.

Machine à tordeur : lave-linge ancien muni de rouleaux pour essorer.
Mais ben jusse : Mais de justesse.
Malle : courrier.
Mangé des mouches : dévoré par les moustiques.
Marabout : grincheux, irritable.
Maringouin : espèce de moustique qui pique.
Maudit : merde.
Mean : mesquin.
Mêlé : embrouillé, confus, qui a perdu le fil de ses idées.
Mémère (c'est) : Ça fait chochotte.
Mémère à coulisses : commère.
Mené : menu poisson.
Maudit (mettre en) : mettre en rogne.

Minette : femmelette.
Mitaines : moufles.
Moineau : pénis.
Motton (avoir le) : avoir les boules.
Mottons (par) : en mottes.

Narfée : un paquet de nerfs.
Niaiser (verbe à plusieurs sens) : glander ou narguer.
Niaiseux, niaiseuse : niais, niaise.
« Nique à feu » : nid à incendie.
Nono : enfantin, niais.

Oh God ! I'm going to miss him so much ! How can we make it ? : Oh ! Mon Dieu ! Il va tellement me manquer ! Comment on va faire ?
Oh ! Henry : tablette de chocolat.
Old-fashioned (verres) : verres à scotch.
Olevasholem : Que Dieu les garde.
Organes : sous-entendu, organes génitaux.
Overtime : temps supplémentaire.

« Palette » : dent de devant.
Pâmer (sur quelqu'un) : être sous le charme.
Pantalon *capri* : pantalon qui s'arrête à mi-mollets.
Pantoute : pas du tout.
Party : fête.
Pedal pusher : pantalon corsaire.
Peinture à numéros : peinture à exécuter en appliquant des couleurs prédéterminées selon des numéros.
Pensez-y bien (un) : c'est à bien y penser.
Performer : réussir, avoir de bons résultats.
Perler : parler pointu.
Péter la fiole (se) : se casser la gueule.
Péteux : cul.
Petit corps : brassière, sous-vêtement, « marcel ».
Petit mal : transe.
Pichenotte : chiquenaude, pichenette.
Pintes de lait vides : litres de lait vides dans lesquels on déposait de l'argent.

Pire union (la) : le pire syndicat.
Pitounes : filles vulgaires.
Placotage : papotage, bavardage.
Placoter : papoter, jaser.
Plate : ennuyeux, sans agrément.
Plume fontaine : stylo plume.
Pogner en flagrant délit : surprendre.
Pogné (être) : être pris.
Police montée : gendarmerie royale du Canada.
Portrait (ne plus être dans le) : ne plus être dans le paysage.
Poupounes : poupées.
Pratique (une) : un entraînement sportif.
Prélart : linoléum.
Prendre action : poursuivre en justice.
Prendre le clos : déraper, partir dans le décor.
Puck : palet.

Quêteux : quêteur.
Qui a fait un fou de lui ? : Qui s'est rendu ridicule ?

Rachever : achever.
Ratoureux : rusé.
Réchapper quelqu'un : sauver quelqu'un.
Refus global : publié à la fin des années 40 par un groupe d'artistes, ce texte remet en cause le catholicisme, les bonnes mœurs et la décence.
Renchausser : rechausser.
Renforcir (se) : renforcer.
Requinben : retenue, contrôle.
Résigner son emploi : démissionner.
Robe de nuit : chemise de nuit.
Ronner : diriger.

Sacrer : jurer.
Safe : en sécurité.
Saint-Michel-Archange : asile d'aliénés.
Sans-génie : imbécile.
Sâprer patience : laisser tranquille, foutre la paix.

Sauvable : apte à être sauvé.
Sessions : périodes de temps.
She told me that you understand, Adelaide, that I should ask you : Elle m'a dit que tu comprends, Adélaïde, que je devrais te le demander.
Shed (une) : un hangar.
Shift : quart de travail.
Sit ! : Assis !
Skunk : moufette.
Sketches : croquis, esquisses.
So damn idiotic ! : Tellement stupide !
Spring chiken : tendron.
Standing ovation : ovation debout.
Stew : plat mijoté.
Strappe : courroie de cuir ou ceinture servant à frapper.
Suce (la) : la tétine.
Sucre à la crème : friandise à base de sucre et de crème.
Suiveux : personne qui fait comme tout le monde.
Sundae : coupe glacée.
« Sur un *nowhere* » : sans destination, au hasard.
Sweatshop : manufacture où « on sue à l'ouvrage », où l'ouvrier est exploité.

Tabagie : bureau de tabac et de journaux.
Tablette : pour un enfant naïf, nom donné aux seins qui forment une sorte de tablette.
Tannage : lassitude.
Tanner (se) : se fatiguer, se lasser.
Tant qu'à moi : quant à moi.
Tapée de ne pas me voir (tu l'as) : Tu l'as tapée parce qu'elle ne me voyait pas.
Taponneuse : personne qui tripote, touche tout le temps.
Technicalité : détail technique.
Teint Crino : teint pâle.
Think pink : slogan publicitaire des années 60, mouvement de mode.
Time out : arrêt de jeu, temps d'arrêt.
Tire (le) : chambre à air qui sert de flotteur.

Toffe : dur.
Trâlée : bande, troupe, ribambelle.
Tricher (quelqu'un) : tromper quelqu'un, lui être infidèle.
Tripe de secours : chambre à air qui sert de flotteur.
« Truie » : poêle rudimentaire.
Twistée : tordue.

Virée à l'envers : chavirée.
Vlimeuse : coquine, hardie, audacieuse.
Vomir l'âme (se) : vomir tripes et boyaux.
Vues : film.

Watcher : regarder.

Yable : Diable.
Yum : jeu de dés, yam.

Zigonner : tergiverser.

Composé par Nord Compo
à Villeneuve-d'Ascq (Nord)

Imprimé en Espagne par
Liberdúplex
à Sant Llorenç d'Hortons (Barcelone)
en novembre 2020

POCKET – 92, avenue de France – 75013 Paris

N° d'impression : 87390
Dépôt légal : juin 2007
S16762/20